LA CITADELLE DES OMBRES

I

DU MÊME AUTEUR

LES CITÉS DES ANCIENS

Dragons et serpents (t. 1)
Les Eaux acides (t. 2)
La Fureur du fleuve (t. 3)
La Décrue (t. 4)
Les Gardiens des souvenirs (t. 5)

L'Héritage et autres nouvelles

LE SOLDAT CHAMANE

La Déchirure (t. 1)
Le Cavalier rêveur (t. 2)
Le Fils rejeté (t. 3)
La Magie de la peur (t. 4)
Le Choix du soldat (t. 5)
Le Renégat (t. 6)
Danse de terreur (t. 7)
Racines (t. 8)

Tous ces titres ont été regroupés en trois volumes :
LE SOLDAT CHAMANE, *L'intégrale 1, 2 et 3*

Retour au pays
Prélude à *L'Assassin royal* et aux *Aventuriers de la mer*.

L'ASSASSIN ROYAL

L'Apprenti assassin (t. 1)
L'Assassin du roi (t. 2)
La Nef du crépuscule (t. 3)
Le Poison de la vengeance (t. 4)
La Voie magique (t. 5)
La Reine solitaire (t. 6)
Le Prophète blanc (t. 7)
La Secte maudite (t. 8)
Les Secrets de Castelcerf (t. 9)
Serments et deuils (t. 10)
Le Dragon des glaces (t. 11)
L'Homme noir (t. 12)
Adieux et retrouvailles (t. 13)

LES AVENTURIERS DE LA MER

Le Vaisseau magique (t. 1)
Le Navire aux esclaves (t. 2)
La Conquête de la liberté (t. 3)
Brumes et tempêtes (t. 4)
Prisons d'eau et de bois (t. 5)
L'Éveil des eaux dormantes (t. 6)
Le Seigneur des Trois Règnes (t. 7)
Ombres et Flammes (t. 8)
Les Marches du trône (t. 9)

Tous ces titres ont été regroupés en trois volumes :
L'ARCHE DES OMBRES *, ** et ***

ROBIN HOBB

LA CITADELLE DES OMBRES

I

roman

Traduit de l'anglais par A. Mousnier-Lompré

Pygmalion

Titre originaux des ouvrages
rassemblés dans la présente édition :

The Farseer : Assassin's Apprentice,
Bantam Books, New York, 1995.
The Farseer : Royal Assassin,
Bantam Books, New York, 1996.

Ces ouvrages ont paru en langue française
sous le titres suivants :

L'Apprenti Assassin, Paris, 1998
L'Assassin du Roi, Paris, 1999
La Nef du Crépuscule, Paris, 1999

réunis ici en un seul volume sous le titre :
La Citadelle des Ombres, I

Texte intégral

Sur simple demande adressée à
Pygmalion, 87 quai Panhard et Levassor, 75647 Paris Cedex 13,
vous recevrez gratuitement notre catalogue
qui vous tiendra au courant de nos dernières publications.

ISBN : 978-2-7564-0768-5

I

L'Apprenti assassin

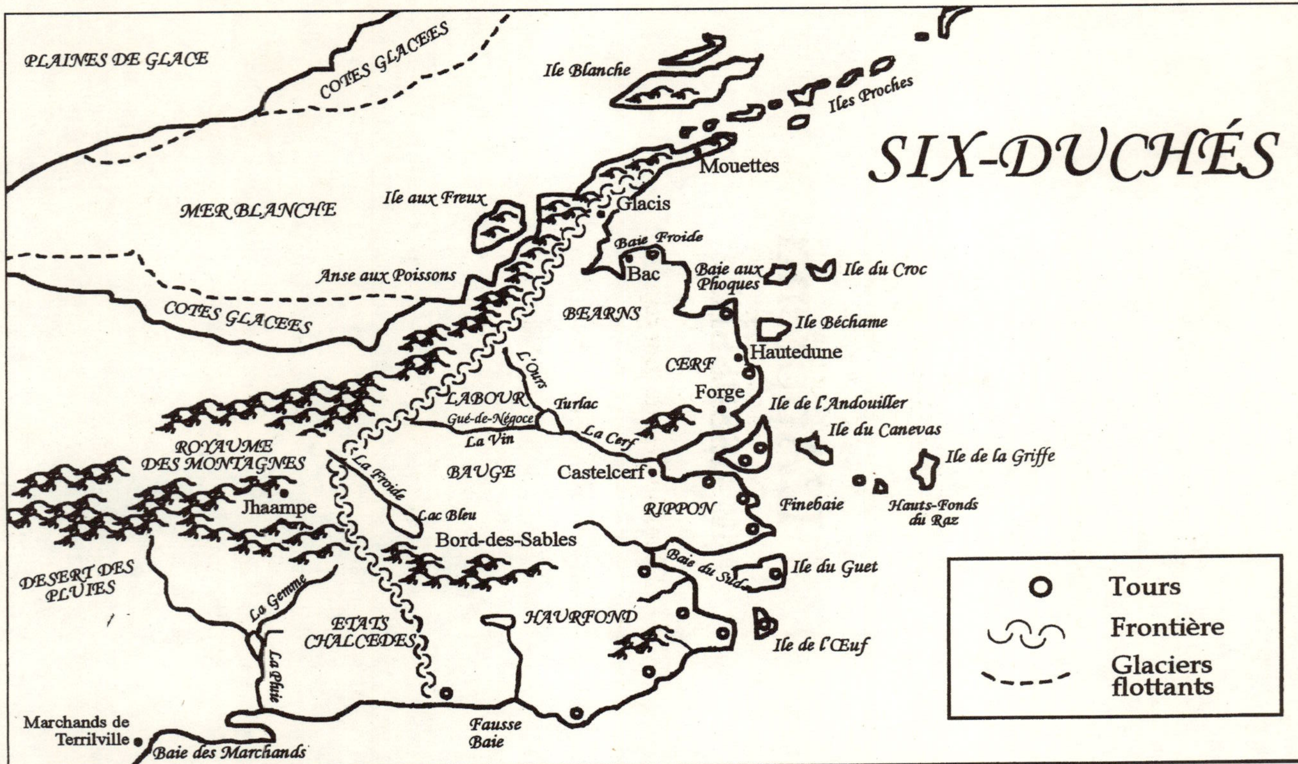
SIX-DUCHÉS
PLAINES DE GLACE
COTES GLACEES
MER BLANCHE
Ile Blanche
Iles Proches
Mouettes
Ile aux Freux
Glacis
Baie Froide
Bac
Anse aux Poissons
Baie aux Phoques
Ile du Croc
COTES GLACEES
BEARNS
Ile Béchame
Hautedune
CERF
L'Ours
LABOUR
Forge
Ile de l'Andouiller
Turlac
Gué-de-Négoce
La Cerf
Ile du Canevas
La Vin
ROYAUME DES MONTAGNES
La Froide
BAUGE
Castelcerf
Ile de la Griffe
Jhaampe
Lac Bleu
RIPPON
Finebaie
Hauts-Fonds du Raz
Bord-des-Sables
Baie du Sud
Ile du Guet
DESERT DES PLUIES
La Gemme
ETATS CHALCEDES
HAURFOND
Ile de l'Œuf
La Pluie
Marchands de Terrilville
Fausse Baie
Baie des Marchands
Tours
Frontière
Glaciers flottants

A Giles
et
à la mémoire de
Ralph l'orange
et de
Freddie Couguar
Princes parmi les assassins
et
Félins au-delà de tout reproche

1

L'HISTOIRE DES ORIGINES

L'histoire des Six-Duchés se confond nécessairement avec celle de leur famille régnante, les Loinvoyant. Un récit complet nous ramènerait à une époque bien antérieure à la fondation du premier duché et, si leurs noms étaient restés dans les mémoires, nous décrirait les Outrîliens venus de la mer assaillant une côte plus clémente et plus tempérée que les grèves glacées des îles d'Outre-mer. Mais nous ignorons les noms de ces lointains ancêtres.

Quant au premier véritable roi, il ne nous en est parvenu guère plus que son nom et quelques légendes extravagantes. Il se nommait Preneur, tout simplement, et c'est peut-être avec ce patronyme qu'est née la tradition d'octroyer aux filles et aux fils de sa lignée des noms qui devaient modeler leur vie et leur être. La croyance populaire prétend qu'on usait de magie pour en imprégner indéfectiblement le nouveau-né et que les rejetons royaux étaient incapables de trahir les vertus dont ils portaient le nom. Trempés dans la flamme, plongés dans l'eau salée et offerts aux vents de l'air, c'est ainsi que les enfants élus se voyaient imposer ces qualités. Du moins le raconte-t-on. Une belle légende, et peut-être un tel rituel a-t-il existé autrefois, mais l'histoire nous montre qu'il n'a pas toujours suffi à lier un enfant à la vertu dont il était baptisé…

⋆

Ma plume hésite, puis échappe à ma main noueuse, laissant une bavure d'encre sur le papier de Geairepu. Encore une feuille de ce fin matériau gâchée, dans une entreprise que je soupçonne fort d'être vaine. Je me demande si je puis écrire cette histoire ou si, à chaque page, transparaîtra un peu de cette amertume que je croyais éteinte depuis longtemps. Je m'imagine guéri de tout dépit mais, quand je pose ma plume sur le papier, les blessures d'enfance saignent au rythme de l'écoulement de l'encre née de la mer, et je finis par voir une plaie rouge vif sous chaque caractère soigneusement moulé.

Geairepu et Patience manifestaient l'un comme l'autre un tel enthousiasme chaque fois que l'on parlait d'écrire l'histoire des Six-Duchés que j'ai fini par me persuader que l'effort en valait la peine. Je me suis convaincu que cet exercice détournerait mes pensées de mes souffrances et m'aiderait à passer le temps. Mais chaque événement historique que j'étudie ne fait que réveiller en moi les ombres de la solitude et du regret. Je crains de devoir abandonner cette tâche si je ne puis accepter de revenir sur tout ce qui m'a fait tel que je suis. Aussi remets-je et remets-je encore sur le métier mon ouvrage, pour m'apercevoir sans cesse que je décris mes origines plutôt que celles de notre pays. Je ne sais même pas à qui je m'efforce d'expliquer qui je suis. Toute mon existence est une toile tissée de secrets, des secrets qu'aujourd'hui encore il n'est pas sans risque de divulguer. Dois-je les coucher sur le papier, pour n'en tirer, au bout du compte, que flamme et cendre ? Peut-être.

Mes souvenirs remontent à l'époque de mes six ans. Avant cela, il n'y a rien, rien que le vide d'un gouffre qu'aucun effort de mémoire n'a pu combler. Avant ce jour à Œil de Lune, il n'y a rien. Mais à cette date, les images apparaissent soudain, avec une richesse de couleur et de détail qui me laisse pantois. Parfois, les souvenirs semblent trop complets et je me demande si ce sont réellement les miens. Proviennent-ils de mon expérience personnelle ? Ou bien de répétitions inlassables de la même histoire par des légions de filles de cuisine, des armées de marmitons et des hordes de garçons d'écurie s'expliquant mutuellement ma présence ? Peut-être ai-je entendu ce récit si souvent, de sources si nombreuses, qu'il est devenu pour moi comme un vrai souvenir ? La finesse des détails est-elle due à l'osmose sans réserve d'un enfant de six ans avec tout ce qui l'entoure ? Ou bien se peut-il que cette perfection soit le vernis brillant de l'Art, qui permet de passer sous silence les drogues que l'on prend ensuite pour maîtriser sa dépendance ? Des drogues qui induisent leurs propres souffrances et leurs effets de manque. Cette dernière hypothèse est la plus plausible, voire la plus probable. J'espère pourtant que ce n'est pas le cas.

L'HISTOIRE DES ORIGINES

Mes souvenirs sont presque physiques : je ressens encore la tristesse froide du jour finissant, la pluie implacable qui me trempait, les pavés glacés des rues de la ville inconnue, même la rudesse calleuse de l'énorme main qui enserrait la mienne, toute petite. Parfois je m'interroge sur cette poigne. La main était dure et rêche et elle tenait la mienne comme dans un étau. Et pourtant elle était chaude et sans méchanceté ; ferme, tout simplement. Elle m'empêchait de déraper dans les rues verglacées, mais elle m'empêchait aussi d'échapper à mon destin. Elle était aussi inflexible que la pluie grise et froide qui vitrifiait la neige et la glace piétinées de l'allée de gravier, devant les immenses portes en bois du bâtiment fortifié, citadelle dressée à l'intérieur de la ville.

Les battants de bois étaient hauts, pas seulement aux yeux d'un gamin de six ans : des géants auraient pu les franchir sans courber la tête et même le vieil homme, pourtant bien découplé, qui me dominait en paraissait rapetissé. Et elles me semblaient étranges, bien que j'aie du mal à imaginer quel type de porte ou d'édifice aurait pu me paraître familier à l'époque. Simplement, ces vantaux sculptés, maintenus par des gonds de fer noir, décorés d'une tête de cerf et d'un heurtoir en airain luisant, ces vantaux se situaient en dehors de mon expérience. Je me rappelle la neige fondue qui transperçait mes vêtements, mes pieds et mes jambes trempés, glacés ; et pourtant, encore une fois, je n'ai le souvenir d'aucun long trajet à pied au milieu des derniers assauts de l'hiver, ni qu'on m'ait porté. Non, tout commence là, juste devant les portes du fort, avec ma petite main emprisonnée dans celle du grand vieillard.

On dirait presque le début d'un spectacle de marionnettes. Oui, c'est bien cela : les rideaux s'étaient écartés et nous nous tenions devant la grande porte. Le vieil homme souleva le heurtoir d'airain et l'abattit une, deux, trois fois sur la plaque qui résonna sous les coups. Soudain, une voix s'éleva en coulisse ; non pas derrière les battants, mais derrière nous, de là d'où nous venions. « Père, je vous en prie ! » fit la voix de femme d'un ton suppliant. Je me tournai pour la regarder, mais la neige tombait à nouveau, voile de dentelle qui s'accrochait aux cils et aux manches des manteaux. Je ne me rappelle pas avoir vu personne. En tout cas, je ne fis rien pour échapper à la poigne du vieillard et je ne criai pas : « Mère ! Mère ! » Non, je ne bougeai pas plus qu'un simple spectateur, et j'entendis des bruits de bottes à l'intérieur du fort et le loquet de la porte qu'on déverrouillait.

La femme lança une dernière supplication. Les paroles en sont encore parfaitement claires à mon oreille, le désespoir d'une voix qui aujourd'hui me paraîtrait jeune. « Père, je vous en prie, par pitié ! » La main qui me tenait trembla, mais était-ce de colère ou d'une autre émotion ? Je ne le saurai jamais. Avec la vivacité d'un corbeau s'emparant d'un morceau de pain tombé par terre, le vieillard se baissa et ramassa un bloc de glace salie. Sans un mot, il le jeta avec une force et une fureur impressionnantes, et je me fis tout petit. Je ne me rappelle ni cri ni bruit de la glace contre un corps. En revanche, je revois les portes en train de pivoter vers l'extérieur, si bien que l'homme dut reculer précipitamment en me tirant à sa suite.

Et nous y fûmes. Celui qui ouvrit les portes n'était pas un serviteur, comme j'aurais pu l'imaginer si je n'avais connu cette histoire que par ouï-dire ; non, ma mémoire me montre un homme d'armes, un guerrier, un peu grisonnant et doté d'un ventre plus constitué de vieille graisse que de muscle, et pas du tout un majordome pétri de bonnes manières. Il nous toisa, le vieillard et moi-même, avec l'air soupçonneux d'un soldat aguerri, puis resta planté là, sans rien dire, en attendant que nous exposions notre cas.

Son attitude dut ébranler le vieil homme et l'inciter, non à la crainte, mais à la colère, car il lâcha brusquement ma main, me saisit au collet et me souleva à bout de bras comme un chiot devant son futur propriétaire. « Je vous ai amené le gamin », dit-il d'une voix éraillée.

Voyant que le garde continuait à le regarder d'un air inexpressif, sans même la moindre curiosité, il continua : « Ça fait six ans que je le nourris à ma table et aucune nouvelle de son père, jamais une pièce d'argent, jamais une visite, alors que d'après ma fille il sait parfaitement qu'il lui a fait un bâtard. Alors, terminé de le nourrir et de me briser l'échine à la charrue pour lui mettre des vêtements sur le dos ! Que celui qui l'a fait lui donne à manger ! J'ai assez à faire avec la femme qui prend de l'âge et la mère de celui-ci à nourrir ! Parce qu'y a pas un homme qui en veut, maintenant, pas un, avec ce morveux sur ses talons. Alors prenez-le et refilez-le à son père. » Là-dessus, il me lâcha si soudainement que je m'étalai sur le seuil de pierre aux pieds du garde. Je m'assis, pas trop meurtri pour autant que je m'en souvienne, et je levai le nez pour voir ce qui allait se passer entre les deux hommes.

Le garde baissa les yeux sur moi, les lèvres légèrement pincées, pas désapprobateur mais avec l'air de se demander dans quelle catégorie me ranger. « De qui il est ? » demanda-t-il enfin, toujours sans curiosité, comme quelqu'un qui réclame des précisions sur une situation afin de faire un rapport clair à un supérieur.

« De Chevalerie, répondit le vieil homme qui m'avait déjà tourné le dos et s'éloignait de son pas mesuré sur l'allée de gravier. Le prince Chevalerie, ajouta-t-il sans s'arrêter. Celui qu'est roi-servant. C'est de lui qu'il est. Il n'a qu'à s'occuper de lui, bien content d'avoir réussi à faire un môme quelque part. »

Le garde resta un moment à regarder le vieillard s'en aller. Puis, sans un mot, il se baissa, m'attrapa au col et m'écarta pour pouvoir fermer les portes, puis il me lâcha le temps de les verrouiller. Cela fait, il se planta devant moi et me contempla. Ses traits n'exprimaient aucune surprise particulière, seulement la résignation stoïque du soldat devant les aspects curieux de son devoir. « Debout, petit, et en avant », dit-il.

Je le suivis le long d'un couloir mal éclairé sur lequel s'ouvraient des pièces au mobilier spartiate, les fenêtres encore munies de leurs volets pour repousser les frimas de l'hiver ; on arriva enfin devant une porte en bois aux battants patinés et décorés de somptueuses gravures. Là, l'homme s'arrêta et arrangea rapidement sa tenue. Je le revois clairement s'agenouiller devant moi, tirer sur ma chemise et rectifier ma coiffure d'une ou deux tapes bourrues, mais j'ignorerai toujours si cela partait d'un bon sentiment et qu'il tenait à ce que je présente bien, ou s'il veillait simplement à ce que son paquetage ait l'air impeccable. Il se redressa et frappa une seule fois à la double porte ; puis, sans attendre de réponse, à moins que je ne l'aie pas entendue, il poussa les battants, me fit entrer et referma derrière lui.

La pièce était aussi chaude que le couloir avait été froid, aussi vivante que les autres avaient été désertes. J'ai souvenir d'une profusion de meubles, de tapis, de tentures, d'étagères couvertes de tablettes d'écriture et de manuscrits, le tout baignant dans la pagaille qui s'installe dans toute pièce confortable et souvent utilisée. Un feu brûlait dans une énorme cheminée et répandait une chaleur agréablement parfumée de résine. Une table immense était placée obliquement par rapport à la flamme, et un personnage trapu était assis derrière, les sourcils froncés, plongé dans la lecture d'une liasse de feuilles. Il ne leva pas les yeux tout de suite, ce qui me donna l'occasion d'examiner quelques instants la broussaille indisciplinée de ses cheveux noirs.

Quand enfin il interrompit sa lecture, j'eus l'impression que ses yeux noirs nous embrassaient d'un seul regard vif, le garde et moi. « Eh bien, Jason ? demanda-t-il, et malgré mon jeune âge je le sentis résigné à être dérangé. Qu'y a-t-il ? »

Le soldat me donna un léger coup à l'épaule qui me propulsa d'environ un pied vers l'homme. « C'est un vieux laboureur qui nous l'a amené, prince Vérité, messire. I'dit que c'est le bâtard au prince Chevalerie, messire. »

Pendant quelques instants, l'homme fatigué derrière le bureau continua de me dévisager, l'air un peu égaré. Puis une expression qui ressemblait fort à de l'amusement illumina ses traits et il se leva ; il contourna la table et vint se placer devant moi, les poings sur les hanches, les yeux fixés sur moi. Je ne sentis aucune menace dans son examen ; on aurait plutôt dit que quelque chose dans mon apparence lui plaisait énormément. Je levai vers lui un regard empreint de curiosité. Il arborait une courte barbe noire, aussi touffue et désordonnée que sa chevelure, et ses joues étaient tannées au-dessus. D'épais sourcils surplombaient ses yeux sombres. Sa poitrine bombait comme un tonneau et ses épaules tendaient le tissu de sa chemise. Ses poings étaient carrés et couturés de cicatrices, bien que les doigts de sa main droite fussent tachés d'encre. Il ne me quittait pas des yeux et son sourire allait s'élargissant, tant et si bien qu'il finit par éclater d'un rire qui évoquait un ébrouement.

« Sacrebleu ! s'exclama-t-il. Ce petit tient effectivement de Chev ! Féconde Eda ! Qui aurait cru ça de mon illustre frère, le très vertueux ? »

Le garde ne risqua nulle réponse ; on ne lui en demandait d'ailleurs pas. Il maintint un garde-à-vous vigilant, attentif aux ordres. Un vrai soldat.

L'autre homme cependant continuait à m'observer avec curiosité. « Quel âge a-t-il ? demanda-t-il au garde.

– Six ans, d'après le fermier. » Le soudard leva une main pour se gratter la joue, puis sembla soudain se rappeler qu'il était au rapport. « Messire », ajouta-t-il.

Son supérieur ne parut pas remarquer ce bref relâchement de discipline. Son regard noir se promenait sur moi et son sourire amusé grandissait. « Disons donc sept ans à peu près, le temps que le ventre de la mère s'arrondisse. Foutre ! Oui, c'était la première année où les Chyurda ont essayé de bloquer le col. Chevalerie est resté dans le coin trois ou quatre mois à les convaincre de le rouvrir. On dirait qu'il n'y a pas que ça qu'il ait réussi à ouvrir ! Ventrebleu ! Qui aurait cru ça de lui ? » Il se tut, puis soudain : « Qui est la mère ? »

Le garde se tortilla, mal à l'aise. « On sait pas, messire. Y avait que le vieux fermier, devant la porte, et il a juste dit que c'était le bâtard au prince Chevalerie et qu'il voulait plus le nourrir ni l'habiller. C'est celui qui l'a fait qui doit s'en occuper, il a dit. »

L'autre haussa les épaules comme si la question n'avait guère d'importance. « Il a l'air bien soigné. D'ici une semaine, quinze jours au plus, je parie que la mère se présentera en pleurnichant à la porte des cuisines parce que son gamin lui manquera. Je saurai alors qui c'est, si je ne l'ai pas appris avant. Dis-moi, petit, comment t'appelles-tu ? »

Son pourpoint était maintenu fermé par une agrafe tarabiscotée en forme de tête de cerf. Elle luisait de reflets bronze, or et rubis suivant les mouvements des flammes de l'âtre. « Petit », répondis-je. J'ignore si je ne faisais que répéter le mot dont le garde et lui se servaient pour s'adresser à moi ou si, réellement, je ne possédais pas d'autre nom. Un instant, l'homme parut surpris et une expression de pitié, peut-être, passa sur son visage. Mais elle s'effaça aussitôt et il eut seulement l'air contrarié ou légèrement agacé. Il jeta un coup d'œil à la carte qui l'attendait sur la table derrière lui.

« Bon, dit-il dans le silence de la salle. Il faut s'occuper de lui, au moins jusqu'à ce que Chev soit revenu. Jason, trouve-lui de quoi manger et un endroit où dormir, pour cette nuit en tout cas. Je réfléchirai demain à ce qu'il faut faire de lui. On ne peut pas laisser traîner des bâtards royaux dans tout le pays.

– Messire », fit Jason d'un ton qui n'indiquait ni accord ni désaccord de sa part, mais simplement la reconnaissance d'un ordre. Posant une main lourde sur mon épaule, il me fit faire demi-tour vers la porte. J'obéis un peu à contrecœur, car il faisait bon et clair dans la pièce. Mes pieds glacés avaient commencé à me picoter et je savais qu'en restant encore je parviendrais à me réchauffer tout à fait. Mais la main inexorable du garde me fit quitter le bureau tiède pour la glaciale pénombre des couloirs lugubres.

Ils me parurent encore plus sombres et interminables tandis que je m'efforçais de suivre les grandes enjambées du garde. Une plainte m'échappa peut-être, à moins qu'il ne se fût lassé de ma lenteur ; toujours est-il qu'il se retourna brusquement, m'attrapa et me hissa sur son épaule aussi négligemment que si je ne pesais rien. « T'es un petit lambin, toi », observa-t-il sans rancœur, et il me porta ainsi le long des couloirs qui tournaient, montaient, descendaient, jusqu'à ce que nous arrivions enfin dans une vaste cuisine baignée d'une lumière jaune.

Là, une demi-douzaine de gardes mangeaient et buvaient, assis à une grande table balafrée d'entailles, devant une flambée deux fois plus fournie que celle du bureau. La salle sentait la nourriture, la bière et la sueur, les vêtements de laine humide, le bois et la graisse brûlés. Tonneaux et tonnelets s'alignaient contre un mur et les blocs obscurs des quartiers de viande fumée pendaient aux poutres. Quelqu'un retira une broche du feu et le morceau de venaison goutta sur les pierres de l'âtre. Mon estomac s'agrippa soudain à mes côtes quand je sentis ce fumet somptueux. Jason me déposa sans douceur sur le coin de table le plus proche de la cheminée, en repoussant le coude d'un homme au visage dissimulé derrière une chope.

« Tiens, Burrich, dit Jason sur le ton de la conversation. A toi de t'occuper du mioche. » Et il me tourna le dos. Je le regardai avec intérêt arracher un bout de pain gros comme son poing d'une miche brun foncé, puis tirer de sa ceinture un coutelas pour couper un coin de fromage dans une roue. Il me fourra le tout dans les mains, puis il s'approcha du feu et entreprit d'enlever du quartier de venaison une portion de viande digne d'un adulte. Sans perdre de temps, je m'attaquai au pain et au fromage. A côté de moi, le nommé Burrich posa sa chope et lança vers Jason un regard dépourvu de bienveillance.

« Qu'est-ce que c'est que ça ? » demanda-t-il, avec une inflexion qui me rappela tout à fait l'homme du bureau. Comme lui, il avait les cheveux noirs et indisciplinés, mais son visage était étroit et anguleux, de la couleur tannée que donnent de fréquents séjours au grand air. Il avait les yeux plus marron que noirs et les doigts longs et habiles. Il sentait le cheval, le chien, le sang et le cuir.

« C'est à toi de le surveiller, Burrich. Ordre du prince Vérité.

– Pourquoi ?

– T'es un homme à Chevalerie, non ? Tu t'occupes de son cheval, de ses chiens et de ses faucons ?

– Et alors ?

– Alors tu t'occupes de son bâtard jusqu'à ce que Chevalerie revienne et le prenne en main. »

Jason me présenta une tranche de viande dégoulinante. Je regardai alternativement le pain et le fromage que je tenais, répugnant à lâcher l'un ou l'autre, mais alléché aussi par la venaison fumante. L'homme haussa les épaules, comprenant mon dilemme, et, avec le sens pratique et le détachement typiques du soldat, plaqua la viande sur la table à côté de moi. Je m'empiffrai de pain jusqu'à la gueule et me déplaçai pour pouvoir surveiller la suite de mon repas.

« C'est le bâtard de Chevalerie ? »

Jason haussa les épaules, affairé à se servir à son tour de pain, de viande et de fromage. « C'est ce qu'a dit le vieux fermier qui l'a amené. » Il étendit viande et fromage sur une tranche de pain, mordit une énorme bouchée de l'ensemble et poursuivit en mastiquant : « L'a dit que Chevalerie devrait être bien content d'avoir fait un môme quelque part et qu'il devait se débrouiller avec, maintenant. »

Un silence étrange tomba dans la cuisine. Les hommes se figèrent, avec leur pain, leur chope ou leur tranchoir à la main, et tournèrent leurs regards vers le nommé Burrich. Avec soin, l'intéressé posa sa chope loin du bord de la table et parla, d'une voix calme et unie, avec des mots précis. « Si mon maître n'a pas d'héritier, c'est la volonté d'Eda et pas la faute de sa virilité. Dame Patience a toujours été délicate et...

– D'accord, d'accord, acquiesça vivement Jason. Et on a devant nous la preuve que sa virilité fonctionne bien ; c'est tout ce que j'en disais, moi, rien d'autre. » Il s'essuya hâtivement la bouche sur sa manche. « En plus, i'ressemble drôlement au prince Chevalerie, son frère l'disait encore à l'instant. C'est pas la faute du prince de la Couronne si sa dame Patience porte pas sa semence à terme... »

Burrich se dressa brusquement. Jason recula précipitamment d'un pas ou deux avant de se rendre compte que c'était moi la cible de l'homme. Burrich m'agrippa les épaules et me tourna face au feu. Lorsqu'il me prit brutalement par la mâchoire et leva mon visage vers le sien, mon saisissement fut tel que je lâchai mon fromage et mon pain. Sans y prêter attention, il me fit pivoter la tête vers la cheminée et m'examina comme on étudie une carte. Mes yeux croisèrent les siens et j'y lus de la colère, comme si ce qu'il voyait sur mes traits lui était une injure personnelle. Je voulus me détourner pour échapper à ce regard mais il me retint. Je restai donc les yeux braqués sur les siens et pris l'air le plus provocant possible ; je vis alors son expression furieuse céder à regret la place à une sorte d'étonnement. Enfin, durant une seconde, il ferma les yeux comme pour les protéger d'une vision cruelle. « Voilà qui va éprouver la volonté de ma Dame jusqu'aux limites de son nom », dit-il à mi-voix.

Alors il me lâcha le menton et se baissa maladroitement pour ramasser le pain et le fromage que j'avais laissé tomber, il les épousseta et me les rendit. Je regardai fixement l'épais pansement qui, lui prenant le mollet droit, remontait jusqu'au-dessus de son genou et l'avait empêché de plier la jambe. Il se rassit, attrapa un pichet sur la table, remplit sa chope et but en m'étudiant par-dessus le bord du récipient.

« Il l'a eu de qui, Chevalerie ? » demanda un imprudent à l'autre bout de la table.

Burrich porta son regard sur l'homme tout en reposant sa chope. Il ne dit rien pendant un moment et je perçus la même intensité de silence qu'auparavant. « A mon avis, c'est les oignons de Chevalerie, de savoir qui est la mère, et pas des commères de cuisine, répondit-il enfin d'un ton posé.

– D'accord, d'accord », acquiesça brusquement l'autre, et Jason hocha la tête comme un oiseau pendant sa parade nuptiale. Malgré mon jeune âge, je m'interrogeai sur cet homme qui, une jambe bandée, parvenait d'un seul regard ou d'un seul mot à soumettre une salle remplie d'hommes aguerris.

« Ce petit, l'a pas de nom, fit Jason, rompant le silence. I'dit qu'il s'appelle "petit", c'est tout. »

Cette déclaration parut laisser tout le monde coi, Burrich compris. Le silence s'éternisa tandis que je terminais mon pain, mon fromage et ma viande et faisais descendre le tout à l'aide d'une ou deux gorgées de bière que Burrich m'offrit. Peu à peu, par groupes de deux ou trois, les gardes quittèrent la pièce, mais Burrich resta à boire et à me dévisager. Puis il dit enfin : « Bon, si je connais bien ton père, il va prendre le taureau par les cornes et il fera ce qu'il faut et ce qui est bien. Mais Eda seule sait ce qu'il considérera comme bien ! Probablement ce qui fera le plus mal. » Il m'examina encore un moment sans rien dire. « Tu as eu assez à manger ? » demanda-t-il enfin.

J'acquiesçai et il se leva raidement pour me faire descendre de la table. « Alors, viens avec moi, Fitz[1]. » Il sortit de la cuisine et s'engagea dans un nouveau couloir. Sa jambe pansée alourdissait sa démarche ; peut-être la bière y avait-elle aussi sa part. En tout cas, je n'avais aucun mal à le suivre. Nous arrivâmes enfin devant une porte massive flanquée d'un garde qui nous fit signe de passer tout en me dévorant des yeux.

Dehors, un vent glacé soufflait. La glace et la neige que le jour avait amollies s'étaient redurcies avec la nuit ; le sol craquait sous

1. Fitz : en anglais, fils illégitime d'un prince. *(N.d.T.)*

mes pas et la bise semblait se frayer un chemin sous mes vêtements par le plus petit accroc, par le moindre ajour. Le feu de la cuisine avait réchauffé mes pieds et mes jambières, mais sans les sécher tout à fait, et le froid s'en ressaisit. Je me rappelle l'obscurité, et la fatigue soudaine qui me prit, une somnolence mâtinée d'envie de pleurer qui ralentit mon pas derrière l'inconnu à la jambe bandée dans la cour noire et glacée. De hautes murailles nous entouraient, au sommet desquelles des gardes apparaissaient par intermittence, silhouettes ténébreuses que l'on discernait seulement parce qu'elles occultaient parfois les étoiles. Brûlé par le froid, j'avançais en trébuchant sur le chemin glissant ; mais quelque chose chez Burrich m'interdisait de pleurnicher ou de lui demander grâce, et je tins bon. Nous parvînmes enfin à un bâtiment dont il tira la lourde porte à lui.

Par l'ouverture s'échappa une bouffée d'air tiède aux effluves animaux, accompagnée d'une vague lumière jaune. Un garçon d'écurie se redressa dans son nid de paille, l'air ensommeillé, battant des paupières comme un oisillon ébouriffé. Sur un mot de Burrich, il se roula de nouveau en boule et se rendormit. Nous passâmes à côté de lui et Burrich ferma la porte derrière nous ; puis, ramassant la lanterne qui brûlait maigrement auprès, il me fit avancer.

Je pénétrai alors dans un autre monde, un univers nocturne peuplé de bruits d'animaux, déplacements, respirations, un monde où des molosses levaient la tête de sur leurs pattes croisées pour m'observer avec des yeux où la lanterne mettait des éclats verts ou dorés. Des chevaux s'agitèrent à notre passage devant leurs boxes. « Les faucons sont plus loin, tout au fond », m'annonça Burrich. Apparemment, c'était un fait qu'il me fallait savoir et j'en pris bonne note.

« Et voilà, dit-il enfin ; ça ira. Pour l'instant, en tout cas. Du diable si je sais quoi faire d'autre de toi ! S'il n'y avait pas dame Patience, je croirais que le maître fait les frais d'une bonne farce divine ! Tiens, Fouinot, pousse-toi un peu ; fais une place au gamin dans la paille. C'est ça, petit, mets-toi contre Renarde, là. Elle va te prendre sous son aile et gare à celui qui voudra te déranger ! »

Je me retrouvai face à une vaste stalle occupée par trois chiens. Bien réveillés, ils restaient néanmoins allongés et leur queue raide battait au son de la voix de Burrich. Je m'avançai d'un pas hésitant parmi eux et finis par m'étendre à côté d'une vieille chienne au museau blanchi qui arborait une oreille déchirée. L'aîné des mâles me considérait avec une certaine suspicion, mais le troisième du groupe, Fouinot, un chiot encore à mi-croissance, m'accueillit en me léchant les oreilles, en me mordillant le nez et avec force coups de patte joueurs. Je passai un bras autour de lui pour le calmer, puis me pelotonnai au milieu du groupe comme Burrich me l'avait conseillé. Il jeta sur moi une couverture épaisse qui sentait fort l'écurie. Dans la stalle voisine, un cheval d'une taille étonnante s'énerva soudain et fit résonner la cloison d'un coup de sabot, avant de passer la tête par-dessus pour voir d'où provenait toute cette agitation nocturne. Burrich l'apaisa d'une main distraite.

« On vit un peu à la dure, dans cet avant-poste. Tu verras, Castelcerf est plus hospitalier. Mais pour cette nuit, tu seras au chaud et en sécurité, ici. » Il resta à nous regarder, les chiens et moi. « Chevaux, mâtins et faucons, messire Chevalerie ; je m'occupe d'eux depuis des années pour vous, et je m'en occupe bien. Mais votre champi, alors là, je ne sais vraiment pas quoi en faire ! »

Je savais qu'il ne s'adressait pas à moi. Par-dessus l'ourlet de la couverture, je l'observai qui décrochait la lanterne de son clou et s'éloignait en marmonnant dans sa barbe. Je conserve un vif souvenir de cette nuit-là, de la chaleur des chiens, de la paille qui me picotait et même du sommeil qui m'envahit tandis que le chiot venait se musser contre moi. Sans le vouloir, je pénétrai dans son esprit et partageai ses rêves nébuleux d'une chasse sans fin à la poursuite d'une proie que je ne voyais jamais, mais dont la voie toute chaude me tirait en avant à travers éboulis, ronciers et orties.

Et avec ce songe canin, la précision du souvenir s'estompe comme les couleurs éclatantes et les contours nets d'un rêve induit par la drogue, et dont la clarté s'affaiblit au fil des jours.

Je me rappelle ces temps bruineux de fin d'hiver où j'appris le trajet qui séparait ma stalle des cuisines. J'étais libre d'y aller et d'en revenir à ma guise. Parfois, j'y trouvais un cuisinier occupé à fixer des quartiers de viande aux crochets de l'âtre, à pétrir de la pâte à pain ou à mettre un tonneau en perce ; mais le plus souvent il n'y avait personne et je récupérais les restes sur les tables, restes que je partageais généreusement avec le chiot qui devint rapidement un compagnon inséparable. Les hommes allaient, venaient, mangeaient, buvaient, et me considéraient avec une curiosité spéculative que je finis par trouver normale. Ils avaient tous un air de famille entre eux, avec leurs manteaux et leurs jambières de laine grossière, leur corps musculeux et leurs mouvements fluides, et leur écusson représentant un cerf bondissant cousu à la place du cœur. Ma présence en mettait certains mal à l'aise. Mais je m'habituai au murmure qui s'élevait derrière moi chaque fois que je quittais la cuisine.

Burrich était constamment présent à cette époque et il me prodiguait les mêmes soins qu'aux bêtes de Chevalerie : nourriture, boisson, toilette et exercices, lesquels exercices consistaient en général à trotter sur ses talons pendant qu'il accomplissait ses autres besognes. Mais ces souvenirs sont flous et les détails, tels qu'ablutions ou changements de vêtements, se sont sans doute fondus dans le postulat serein d'un gamin de six ans pour qui ce genre de chose est parfaitement naturel. En tout cas, je me rappelle le chiot. Il avait un poil roux, luisant, court et un peu raide qui me chatouillait à travers mes habits lorsque, la nuit, nous partagions la couverture de cheval. Ses yeux étaient verts comme du minerai de cuivre, sa truffe couleur de foie cuit et l'intérieur de sa bouche et sa langue rose moucheté de noir. Quand nous n'étions pas en train de manger à la cuisine, nous nous battions dans la cour ou dans la paille des boxes. Tel fut mon univers pendant le temps indéterminé que je passai là. Cette période ne dut cependant pas être trop longue, car je n'ai pas souvenir que la saison ait varié. Je n'ai de réminiscences que d'un temps âpre, de violentes rafales de vent et de neige qui fondait en partie le jour mais se resolidifiait la nuit.

Je conserve une autre image d'alors, mais elle n'est pas nette ; chaude, avec des couleurs douces, on dirait une vieille tapisserie autrefois somptueuse aperçue dans une pièce mal éclairée. Je me rappelle avoir été réveillé par le chiot qui s'agitait et la lumière jaune d'une lanterne qu'on tenait au-dessus de moi. Deux hommes se penchaient sur moi, mais Burrich était planté derrière eux, très raide, et je n'eus pas peur.

« Ça y est, tu l'as réveillé, dit l'un d'eux, et c'était le prince Vérité, l'homme que j'avais vu dans la pièce chaleureusement illuminée le soir de mon arrivée.

– Et alors ? Il va se rendormir dès notre départ. Par la malemort, il a aussi les yeux de son père ! Je te le jure, j'aurais reconnu son sang n'importe où ! Personne ne pourrait dire le contraire. Mais vous n'avez donc pas plus d'esprit qu'une puce, toi et Burrich ? Bâtard ou non, on ne fait pas vivre un enfant parmi les bêtes ! Vous ne pouviez pas l'installer ailleurs ? »

L'homme qui parlait tenait de Vérité par la forme de la mâchoire et des yeux, mais là s'arrêtait la ressemblance. Tout d'abord, il était beaucoup plus jeune ; ensuite, il était glabre et sa chevelure lisse et parfumée était plus fine et plus foncée. Le froid nocturne lui avait rougi le front et les pommettes, mais c'était un phénomène passager qui n'avait rien à voir avec le hâle de Vérité, dû à une vie au grand air. De plus, ce dernier s'habillait comme ses hommes, de lainages pratiques et solides aux couleurs discrètes. Seul l'écusson sur sa poitrine tranchait par ses teintes vives et ses fils d'or et d'argent. Son cadet, lui, arborait des tons coquelicot et primevère, et le manteau qui lui tombait des épaules comptait en largeur le double du tissu nécessaire à couvrir un homme. Le pourpoint qui apparaissait en dessous avait une somptueuse teinte crème et des parements de dentelle ; l'écharpe qui lui ceignait la gorge était maintenue par une broche en or représentant un cerf bondissant, avec une pierre précieuse aux éclats d'émeraude à la place de l'œil unique. Et le tour délicat de ses phrases évoquait une chaîne en or contournée, à côté des maillons sans apprêt du parler de Vérité.

« Royal, je n'y avais pas réfléchi. Que sais-je des enfants ? J'ai confié le petit à Burrich. C'est l'homme lige de Chevalerie, et en tant que tel, il s'est occupé de...

– Je ne voulais pas manquer de respect à son sang, messire, dit Burrich avec une gêne non dissimulée. Je suis au service de sire Chevalerie et j'ai agi envers le petit avec les meilleures intentions. Je pourrais lui faire installer une paillasse dans la salle des gardes, mais je le trouve bien jeune pour vivre au milieu de ces hommes qui vont et viennent à toute heure, sans parler des bagarres, des beuveries et du bruit. » A son ton, il n'appréciait pas non plus leur compagnie, manifestement. « Ici, il dort au calme, et le chiot s'est pris d'affection pour lui. Et avec ma Renarde pour veiller sur lui la nuit, personne ne pourrait lui faire de mal sans que ma chienne prélève sa dîme à coups de crocs. Messeigneurs, je ne m'y entends guère moi-même en gamins, et j'ai cru bon...

– C'est bien, Burrich, c'est bien, l'interrompit Vérité à mi-voix. Si la situation avait exigé qu'on y réfléchisse, c'est moi qui aurais dû m'en charger. Je te l'ai abandonnée et je n'y trouve rien à redire. Son sort est bien meilleur que celui de beaucoup d'enfants du village, Eda le sait ! Etant donné les circonstances, c'est parfait.

– Il faudra que cela change lorsqu'il arrivera à Castelcerf. » Royal n'avait pas l'air content.

« Tiens, notre père souhaite qu'il nous accompagne à Castelcerf ? demanda Vérité.

– Notre père, oui. Pas ma mère.

– Ah ! » Vérité n'avait visiblement pas envie de poursuivre sur ce sujet, mais Royal fronça les sourcils et continua :

« Ma mère la reine n'apprécie nullement cette affaire. Elle a longuement discuté avec le roi, mais en vain. Mère et moi étions d'avis de mettre l'enfant... à l'écart. Ce n'est que simple bon sens. Il ne nous paraît pas utile de compliquer davantage la ligne de succession.

– Je n'y vois rien de compliqué, Royal. » Le ton de Vérité était uni. « Chevalerie, puis moi, puis toi. Et ensuite, ton cousin Auguste. Ce bâtard n'arrive que très loin derrière, en cinquième position.

– Je sais parfaitement que tu me précèdes ; ne te crois pas obligé de t'en flatter devant moi en toute occasion », fit Royal d'un ton glacial. Il me jeta un regard noir. « Je persiste à penser qu'il vaudrait mieux l'éloigner. Imaginons que dame Patience ne donne jamais d'héritier à Chevalerie ; imaginons qu'il décide de reconnaître ce... cet enfant. Cela risquerait fort de diviser la noblesse. Pourquoi tenter le diable ? Voilà notre point de vue, à ma mère et à moi. Mais notre père le roi n'est pas homme à trancher à la hâte, nous le savons bien. Subtil agit en Subtil, comme disent les gens du commun. Il a interdit tout règlement de l'affaire dans un sens comme dans l'autre. "Royal, m'a-t-il dit de ce ton que nous connaissons bien, ne fais jamais ce que tu ne peux défaire avant d'avoir réfléchi à ce que tu ne pourras plus faire une fois que tu l'auras fait." Et il a éclaté de rire. » Royal lui-même émit un rire bref et amer. « Je suis las de son humour.

– Ah ! répéta Vérité et, toujours immobile, je me demandai s'il s'efforçait de débrouiller le sens des paroles du roi ou bien s'il se retenait de répondre à la plainte de son frère.

– On devine naturellement ses vraies raisons, reprit Royal.

– A savoir ?

– C'est toujours Chevalerie qu'il préfère malgré tout. » Royal paraissait écœuré. « Malgré son mariage ridicule et son excentrique de femme, malgré ce gâchis avec ce gosse. Et il croit maintenant que cette affaire va émouvoir le peuple, qu'elle va réchauffer les sentiments des gens pour lui. Et prouver aussi que Chevalerie est un homme, qu'il est capable d'avoir des enfants ; à moins que ça ne démontre qu'il est humain et susceptible de commettre des erreurs comme tout le monde. » Son ton indiquait clairement qu'il n'adhérait à aucune de ces possibilités.

« Et ça lui vaudrait un surcroît d'amour de la part du peuple et son soutien lors de son règne à venir ? Le fait d'avoir engrossé une quelconque campagnarde avant d'épouser sa reine ? »

Vérité semblait avoir du mal à saisir la logique du raisonnement.

La rancœur qui perçait dans la voix de Royal ne m'échappa pas. « C'est l'avis du roi, apparemment. Ne se préoccupe-t-il donc pas du déshonneur qu'encourt le trône ? Mais je subodore que Chevalerie ne sera pas d'accord pour employer son bâtard de cette façon ; surtout à cause de sa chère Patience. Néanmoins, le roi a ordonné que tu ramènes le bâtard à Castelcerf à ton retour. » Royal me regarda d'un air mécontent.

Le visage de Vérité se troubla un instant, mais il acquiesça. Sur les traits de Burrich pesait une ombre que la lanterne ne parvenait pas à lever.

« Mon maître n'a-t-il pas son mot à dire ? se risqua-t-il à protester. S'il veut accorder un dédommagement à la famille maternelle du petit pour qu'elle le garde, il me semble que, par égard pour la sensibilité de dame Patience, on devrait laisser à sa discrétion de... »

Le prince Royal le coupa d'un grognement dédaigneux. « C'est avant de culbuter la gueuse qu'il fallait faire preuve de discrétion. Dame Patience ne sera pas la première à devoir se trouver face au bâtard de son mari. Tout le monde ici est au courant de son existence, grâce à la maladresse de Vérité. Inutile désormais de chercher à le cacher. Et en ce qui concerne un bâtard royal, nul d'entre nous ne peut se permettre de faire du sentiment, Burrich. Laisser ici un enfant comme celui-ci, ce serait laisser une épée suspendue au-dessus de la tête du roi. Même un maître-chien doit bien s'en rendre compte. Et si ce n'est pas le cas, ton maître s'en rendra compte, lui. »

Royal avait débité ces dernières phrases sur un ton dur et glacé qui fit reculer Burrich comme je ne l'avais jamais vu fléchir devant rien d'autre. J'en fus effrayé ; je tirai la couverture par-dessus ma tête et m'enfouis dans la paille. A côté de moi, Renarde se mit à gronder doucement du fond de la gorge. Je crois que Royal fit un pas en arrière, mais je n'en suis pas sûr. Les trois hommes sortirent peu après et, s'ils échangèrent d'autres propos, je n'en garde aucun souvenir.

Le temps passa ; deux semaines plus tard, je pense, ou peut-être trois, je me retrouvai derrière Vérité, agrippé à sa ceinture, m'efforçant d'enserrer un cheval entre mes courtes jambes, et nous quittions le village toujours sous les frimas pour entamer ce qui me parut un voyage interminable vers des régions plus clémentes. Je suppose qu'à un moment ou à un autre Chevalerie était passé voir le bâtard qu'il avait engendré et qu'il avait dû se juger à la lumière de mon existence. Mais je n'ai nul souvenir d'une rencontre avec mon père.

La seule image de lui que je conserve provient de son portrait accroché à un mur de Castelcerf. Des années après, on me laissa entendre que ses talents diplomatiques avaient fait merveille à l'époque, débouchant sur un traité et une paix qui avaient duré jusqu'à mon adolescence et lui avaient valu, non seulement le respect, mais aussi l'amour des Chyurda.

En vérité, je fus son seul échec cette année-là, mais un échec monumental. Il nous précéda à Castelcerf où il renonça à ses prétentions au trône. Le temps que nous arrivions, son épouse et lui s'étaient retirés de la cour pour aller vivre à Flétribois comme dame et seigneur du lieu. Je me suis rendu à Flétribois. Le nom n'a aucun rapport avec la réalité : c'est une vallée tempérée au milieu de laquelle coule une calme rivière bordée d'une large plaine alluviale, elle-même nichée entre des piémonts peu pentus et doucement ondulés ; un terroir idéal pour y faire du raisin, du blé et de beaux enfants potelés. Une tenure aimable loin des frontières, loin de la politique de la cour, loin de tout ce qui faisait la vie de Chevalerie jusque-là. C'était un pacage écarté, une terre d'exil douce et aristocratique pour un homme qui aurait dû être roi, l'éteignoir velouté d'un guerrier de feu, le bâillon d'un diplomate au talent rare.

Et c'est ainsi que j'entrai à Castelcerf, enfant unique et bâtard d'un homme que je ne devais jamais connaître. Le prince Vérité devint roi-servant et le prince Royal monta d'un cran dans la succession. Si mon rôle s'était borné à naître et à être découvert, j'aurais déjà laissé une trace indélébile dans tout le pays. Je grandis sans père ni mère dans une cour où tous me considéraient comme un catalyseur. Ils ne se trompaient pas.

2

LE NOUVEAU

De nombreuses légendes courent sur Preneur, l'Outrîlien qui fit de Castelcerf le Premier duché et fonda la lignée royale. L'une d'elles veut que le voyage qui l'y amena fût le premier et le seul qu'il fit loin du rude climat de son île natale. On dit qu'en apercevant les fortifications de bois de Castelcerf il déclara : « Si j'y trouve un feu et un repas, je n'en repars plus. » Il les y trouva et n'en repartit plus.

*

Mais la rumeur familiale affirme que c'était un piètre marin que rendaient malade les mouvements de la mer et les rations de poisson salé dont se nourrissaient les autres Outrîliens ; que son équipage et lui étaient restés plusieurs jours égarés sur les eaux et que, s'il n'avait pas réussi à s'emparer de Castelcerf, ses propres hommes l'auraient jeté par-dessus bord. Pourtant, l'antique tapisserie de la Grand-Salle le montre sous les traits d'un loup de mer bien charpenté, un sourire carnassier aux lèvres, installé à la proue de son navire que ses rameurs entraînent vers un Castelcerf archaïque tout en rondins et en pierres mal équarries.

A l'origine, Castelcerf était une position facile à tenir sur un cours d'eau navigable, à l'entrée d'une baie pourvue d'un excellent mouillage. Un chef local, dont le nom se perd dans les brumes de l'histoire, vit la possibilité de contrôler le commerce qui transitait par le fleuve et fit bâtir la première place forte, sous prétexte de défendre le fleuve et la baie contre les pillards outrîliens qui venaient chaque été en mettre les rives à sac. Mais c'était sans compter sur les pirates : ils infiltrèrent ses fortifications par traîtrise. Les tours et les murailles devinrent leur pied-à-terre ; ils déplacèrent leurs saccages et leur domination en amont du fleuve, dont ils rebâtirent le fort de bois en donjons et enceintes de pierre taillée, faisant de Castelcerf le cœur du Premier duché et, ultérieurement, la capitale du royaume des six.

La maison régnante des Six-Duchés, les Loinvoyant, descendait de ces Outrîliens. Plusieurs générations durant, ils avaient conservé des liens avec eux, organisé des voyages à but d'alliance dont ils revenaient avec des épouses brunes et potelées issues de leur propre peuple. Ainsi, le sang des Outrîliens demeurait vigoureux dans les lignées royales et les maisons nobles, et produisait des enfants noirs de poil, aux yeux sombres et aux membres courts et musculeux. De pair avec ces attributs allait une prédisposition à l'Art, de même qu'à tous les dangers et toutes les faiblesses que charriait un tel sang. J'ai eu ma part de cet héritage, moi aussi.

Mais ma première impression de Castelcerf n'eut rien à voir avec l'Histoire ni avec mon héritage. Je n'y vis que le point final d'un voyage, un panorama rempli de bruits, de gens, de charrettes, de chiens, de bâtiments et de rues tortueuses qui menaient à une immense forteresse de pierre dressée sur les falaises au pied desquelles se nichait la ville. La monture de Burrich était fatiguée et dérapait sur les pavés des rues, souvent glissants. Je m'accrochais opiniâtrement à Burrich, trop épuisé, trop endolori même pour me plaindre. Je tendis une fois le cou pour contempler les hautes tours grises et les murailles de la citadelle qui nous surplombait. Malgré la tiédeur, étrange pour moi, de la brise marine, elle me parut froide et rébarbative. Je laissai retomber mon front contre le dos de Burrich et me sentis mal en respirant les effluves iodés et fétides de l'immense étendue d'eau. Et c'est ainsi que j'arrivai à Castelcerf.

Les quartiers de Burrich se trouvaient derrière les étables, non loin des écuries. Ce fut là qu'il m'emmena, en même temps que les chiens et le faucon de Chevalerie. Il s'occupa d'abord du rapace, tristement dépenaillé à l'issue du voyage. Tout heureux d'être à la maison, les chiens débordaient d'une énergie sans limites, pénible à supporter pour quelqu'un d'aussi fatigué que moi. Fouinot me renversa cinq ou six fois avant que je ne parvienne à enfoncer dans son crâne épais de mâtin que j'étais éreinté, à moitié au bord de la nausée et pas du tout d'humeur folâtre. Il réagit comme n'importe quel chiot en se mettant en quête de ses anciens compagnons de portée, et se lança aussitôt avec l'un d'eux dans un combat mi-figue, mi-raisin auquel un coup de gueule de Burrich mit rapidement fin. Il était peut-être au service de Chevalerie, mais à Castelcerf, c'était le maître des chiens, des faucons et des chevaux.

Après avoir soigné ses animaux, il entreprit une tournée d'inspection des écuries, prenant note de ce qui avait ou n'avait pas été fait en son absence. Lads, palefreniers et fauconniers apparaissaient comme par magie pour défendre leurs fonctions contre toute critique. Je trottinai sur ses talons aussi longtemps que je le pus ; ce ne fut que lorsque je renonçai enfin et m'affalai, épuisé, sur un tas de paille qu'il parut remarquer ma présence. Une expression d'agacement, puis de profonde lassitude passa sur ses traits.

« Cob ! Viens voir un peu ! Emmène le petit Fitz aux cuisines, fais-lui donner à manger et ramène-le ensuite dans mes quartiers. »

Cob était un garçon de chenil courtaud, brun de peau, qui venait de se faire féliciter pour la propreté d'une litière sur laquelle une chienne avait mis bas pendant l'absence de Burrich, et qui jouissait visiblement de cette approbation ; mais alors, son sourire se fit hésitant et il me regarda d'un air dubitatif. Nous nous dévisageâmes l'un l'autre tandis que Burrich continuait d'avancer le long des boxes, entouré d'assistants inquiets. Enfin, le garçon haussa les épaules et s'accroupit à demi devant moi. « Alors, on a faim, Fitz ? Tu veux qu'on te dégote quelque chose à grignoter ? » demanda-t-il en guise d'invitation, exactement du même ton cajoleur qu'il employait pour appeler les chiots afin de les montrer à Burrich. J'acquiesçai, soulagé qu'il n'en attende pas davantage de moi que d'un bébé chien, et je le suivis.

Il se retournait fréquemment pour s'assurer que je restais bien à sa hauteur. A peine eûmes-nous quitté les écuries que Fouinot vint me retrouver en gambadant. L'évidente affection que me portait le chien me fit monter dans l'estime de Cob et il continua de s'adresser à nous deux par phrases brèves et encourageantes, c'est par là pour manger, allons, venez, non, t'en vas pas renifler ce chat, toi, allez, avancez, c'est bien, vous êtes braves.

Les écuries étaient déjà fort animées, entre les hommes de Vérité qui installaient leurs chevaux et rangeaient leur attirail et Burrich qui trouvait à redire sur tout ce qui n'avait pas été fait selon ses critères pendant qu'il avait le dos tourné ; mais, à mesure que nous nous approchions de la forteresse intérieure, la circulation piétonnière ne cessait d'augmenter. Des gens nous frôlaient constamment, occupés à toutes sortes de tâches : un garçon qui portait une énorme tranche de jambon fumé sur l'épaule, un groupe de jeunes filles qui gloussaient à qui mieux mieux, les bras chargés de roseaux et de branches de bruyère à étaler par terre, un vieil homme renfrogné qui transportait un panier de poissons tressautants, et trois jeunes femmes, en livrée de bouffon avec la coiffe à clochettes, dont les voix sonnaient aussi gaiement que leurs grelots.

Mon nez m'informa que nous approchions des cuisines, mais la circulation augmentait en proportion et, quand nous parvînmes enfin devant une certaine porte, c'était une véritable foule qui ne cessait d'entrer et sortir. Cob s'arrêta et Fouinot et moi fîmes halte derrière lui, nez et truffe au vent. Il considéra la presse à la porte et fronça les sourcils. « C'est plein, là-dedans. Tout le monde se prépare pour le banquet d'accueil de ce soir, en l'honneur de Vérité et de Royal. Tous les grands du pays sont venus exprès à Castelcerf ; la nouvelle que Chevalerie laissait tomber le trône a pas tardé à se répandre. Tous les ducs sont là, eux ou un de leurs représentants, pour en discuter. Il paraît même que les Chyurda ont envoyé quelqu'un pour veiller à ce que les traités que Chevalerie a signés soient honorés même s'il ne veut plus de… »

Il s'interrompit, l'air gêné, mais j'ignore si c'est parce qu'il s'était rendu compte qu'il parlait de mon père au responsable de son abdication, ou qu'il s'adressait à un chien et à un gamin de six ans comme s'ils possédaient une quelconque intelligence. Il jeta un coup d'œil autour de lui comme pour réévaluer la situation. « Attendez-moi ici, dit-il enfin. Je vais me glisser là-dedans pour vous rapporter quelque chose. Je risque moins de me faire marcher dessus… ou de me faire piquer. Restez là. » Et il renforça son ordre d'un geste ferme de la main. Je me reculai contre un mur et m'accroupis à l'écart de la cohue ; Fouinot s'assit sagement à mes côtés. Sous mes yeux admiratifs, Cob s'approcha de la porte et se faufila comme une anguille entre les gens agglutinés.

Cob disparu, je reportai mon attention sur la foule. En majorité passaient devant nous des gens de maison et des cuisiniers, auxquels se mêlaient çà et là des ménestrels, des marchands et des livreurs. J'observai leurs allées et venues avec une curiosité lasse : j'en avais déjà trop vu dans la journée pour leur trouver grand intérêt. Presque plus que manger, je désirais un coin tranquille, loin de tout ce remue-ménage. Je m'assis carrément par terre, adossé au mur chaud de soleil de la citadelle, et appuyai mon front sur mes genoux. Fouinot vint se coller contre moi.

La queue raide du chiot frappant le sol m'éveilla. Je levai le nez et découvris une paire de hautes bottes marron devant moi. Mes yeux remontèrent le long d'une culotte de cuir grossier, puis d'une chemise de laine rude, pour s'arrêter sur un visage orné d'une barbe poivre et sel hirsute. L'homme qui me regardait portait un tonnelet sur l'épaule.

« C'est toi le bâtard, hein ? »

J'avais assez souvent entendu le terme pour savoir qu'il me désignait, sans en saisir néanmoins tout le sens. J'acquiesçai lentement. L'intérêt illumina les traits de l'homme.

« Hé ! s'écria-t-il, s'adressant non plus à moi, mais à la cantonade. C'est l'bâtard ! L'bâtard à Chevalerie Droit-comme-un-I ! C'est qu'il y ressemble, vous trouvez pas ? C'est qui, ta mère, petit ? »

Il faut reconnaître aux passants qu'ils continuèrent leur chemin sans jeter plus qu'un regard curieux à l'enfant de six ans assis au pied du mur. Mais la question de l'homme au tonnelet était manifestement très intéressante, car plus d'une tête se tourna vers nous et plusieurs marchands qui sortaient des cuisines s'approchèrent pour entendre la réponse.

Malheureusement, je n'en avais pas. Ma mère, c'était Maman et tout ce que j'avais pu savoir d'elle s'estompait déjà. Je gardai donc le silence et me contentai de dévisager l'homme.

« Bon ! Alors, c'est quoi, ton nom ? » Et, s'adressant à l'assistance, il dit, du ton de la confidence : « Paraît qu'il en a pas. Pas de nom royal de haute volée pour le modeler, même pas un nom de ménage pour le gronder ! C'est vrai, petit ? T'as un nom ? »

La troupe de badauds croissait. Il y avait de la pitié dans les yeux de certains, mais nul ne s'interposa. Fouinot capta une partie de ce que je ressentais ; il se laissa tomber sur le flanc et exposa son ventre dans une attitude suppliante tout en battant de la queue, selon l'antique signal canin qui signifie toujours : « Je ne suis qu'un chiot ; je ne peux pas me défendre ; soyez indulgents ! » Si ces gens avaient été des chiens, ils m'auraient reniflé sous toutes les coutures, puis se seraient retirés. Mais les humains n'ont pas ce sens inné du respect. Aussi, sans réponse de ma part, l'homme s'approcha d'un pas et répéta : « T'as un nom, petit ? »

Je me levai lentement et le mur jusque-là chaud à mon dos devint un obstacle glacé qui empêchait toute retraite. A mes pieds, Fouinot se tortillait dans la poussière et poussa un gémissement implorant. « Non », dis-je à mi-voix ; quand l'homme fit mine de se pencher pour mieux m'entendre, je hurlai : « NON ! » et je le *repoussai* tout en m'éloignant comme un crabe le long de la muraille. Je vis l'homme reculer en chancelant et lâcher son tonnelet qui éclata sur le pavé. Nul dans la foule n'avait compris ce qui s'était passé ; moi non plus. Pour la plupart, les gens éclatèrent de rire au spectacle d'un homme fait lâchant pied devant un enfant. De ce moment, ma réputation de mauvais caractère et de courage fut faite, car avant le crépuscule l'histoire du bâtard qui avait tenu tête à son tourmenteur avait fait le tour de la ville. Fouinot se remit sur pattes et s'enfuit avec moi. Du coin de l'œil, j'aperçus Cob qui émergeait des cuisines, des parts de tarte à la main, et qui nous regardait nous sauver d'un air ahuri. Si ç'avait été Burrich, je me serais sans doute arrêté pour me placer sous sa protection. Mais ce n'était pas le cas et je continuai de détaler, laissant Fouinot me guider.

Nous plongeâmes dans la cohue de serviteurs, petit garçon quelconque et son chien en train de galoper dans la cour, et Fouinot m'emmena dans ce qu'il considérait à l'évidence comme le refuge le plus sûr du monde. A l'écart des cuisines et de la forteresse, Renarde avait creusé un trou sous l'angle d'une dépendance branlante où l'on stockait des sacs de pois et de haricots. C'est là que Fouinot était né, au mépris de la volonté de Burrich, et qu'elle avait réussi à cacher ses chiots pendant presque trois jours. Burrich en personne avait fini par la dénicher et son odeur était la première odeur humaine que Fouinot se rappelait. Passée l'entrée fort étroite, je me retrouvai dans un antre chaud, sec et à demi obscur. Fouinot se pelotonna contre moi et je passai mon bras autour de lui. Bien dissimulé, je sentis mon cœur se remettre de sa chamade et, de l'apaisement, nous glissâmes dans le sommeil profond et sans rêves réservé aux chauds après-midi de printemps et aux petits chiens.

Je me réveillai en frissonnant, des heures plus tard. Il faisait complètement noir et, en ce début de printemps, la vague tiédeur de la journée avait disparu. Fouinot s'éveilla aussitôt et nous nous extirpâmes tant bien que mal de notre retraite.

Un grand ciel nocturne s'étendait au-dessus de Castelcerf, piqueté d'étoiles brillantes et froides. Les effluves de la baie étaient plus forts, comme si les odeurs diurnes des hommes, des chevaux et des cuisines n'étaient que temporaires et devaient succomber chaque soir au pouvoir de l'océan. Nous suivîmes des allées désertes, traversâmes des enclos d'entraînement et longâmes des entrepôts à grains et des presses à vin. Rien ne bougeait, tout était silencieux. A mesure que nous nous approchions de la forteresse intérieure, pourtant, j'apercevais des torches encore allumées et distinguais des éclats de voix. Mais l'ensemble paraissait morne, derniers vestiges d'une fête qui se mourait avant que l'aube vienne illuminer les cieux. Nous contournâmes largement le bâtiment ; nous avions eu notre content de cohue.

Je me retrouvai à suivre Fouinot en direction des écuries. Arrivé non loin des portes, je me demandai comment nous allions les franchir ; mais Fouinot se mit soudain à remuer violemment la queue et même mon piètre odorat repéra le fumet de Burrich dans le noir. Il se leva de la caisse de bois sur laquelle il était assis près de la porte. « Vous voilà, dit-il d'un ton apaisant. Eh bien, venez. Suivez-moi. » Et il ouvrit les lourdes portes et nous précéda à l'intérieur.

Dans l'obscurité, nous passâmes devant des rangées de boxes, devant des palefreniers et des harnacheurs installés là pour la nuit, puis devant nos propres chevaux, nos chiens et les garçons d'écurie qui dormaient parmi eux, avant d'arriver enfin à un escalier qui montait le long du mur séparant les écuries des quartiers d'habitation attenants. Nous gravîmes les marches grinçantes et Burrich ouvrit une nouvelle porte. La faible lumière jaunâtre d'une bougie qui dégouttait sur une table m'éblouit un instant. Nous suivîmes Burrich dans une pièce mansardée où se mêlaient son odeur et celles du cuir, des huiles, des onguents et des simples qui faisaient partie de son métier. Il rabattit fermement la porte derrière nous et, comme il passait devant nous pour allumer une nouvelle bougie à celle qui agonisait sur la table, je sentis sur lui le parfum du vin.

La lumière augmenta et Burrich s'assit sur un siège de bois près de la table. Il paraissait différent avec ses habits de tissu fin brun et jaune et sa chaînette d'argent en travers du pourpoint. Il posa une main sur son genou, la paume levée, et Fouinot vint aussitôt près de lui. Burrich lui gratta ses oreilles pendantes, puis lui tapota affectueusement les flancs, en faisant la grimace devant la poussière qui s'éleva de son pelage. « Vous faites une belle paire, tous les deux, dit-il en s'adressant davantage au chiot qu'à moi-même. Regardez-vous : crasseux comme des mendiants. Pour toi, j'ai menti à mon roi, aujourd'hui. C'est la première fois de ma vie. J'ai l'impression que la disgrâce de sire Chevalerie va me couler, moi aussi. Je lui ai dit que tu avais fait ta toilette, que ton voyage t'avait épuisé et que tu dormais. Il n'était pas content de devoir attendre pour te voir, mais heureusement pour nous il avait des affaires urgentes à régler. L'abdication de sire Chevalerie met pas mal de seigneurs dans tous leurs états. Certains y voient l'occasion de pousser leur avantage et d'autres grognent d'être privés d'un roi qu'ils admiraient. Subtil s'efforce de les calmer tous. Il fait circuler la rumeur que c'est sire Vérité qui a négocié avec les Chyurda, cette fois. On devrait enfermer ceux qui avaleront cette histoire. Mais ils sont venus regarder sire Vérité sous un nouveau jour, en se demandant si ce sera lui le prochain roi et quand, et quel genre de roi il fera. A tout plaquer comme ça pour aller habiter à Flétribois, sire Chevalerie a mis tous les duchés en émoi, pire qu'une ruche qui vient de prendre un coup de bâton ! »

Burrich leva les yeux du regard sérieux de Fouinot. « Eh bien, Fitz, je crois bien que tu en as eu un aperçu aujourd'hui ; tu sais que tu as fichu une sacrée frousse à ce pauvre Cob à te cavaler comme ça ? Maintenant, dis-moi, es-tu blessé ? Est-ce qu'on t'a maltraité ? J'aurais dû me douter qu'il y en aurait pour te faire retomber tout ce tintouin sur le dos ! Allez, viens par ici. Viens. »

Comme j'hésitais, il se dirigea vers une paillasse faite de couvertures superposées près de la cheminée et la tapota pour m'inviter à m'y installer. « Regarde. Il y a un lit tout prêt pour toi, et du pain et de la viande sur la table pour tous les deux. »

Je pris alors conscience de la présence d'une écuelle recouverte sur la table. De la viande, me confirmèrent les sens de Fouinot, et soudain plus rien d'autre ne compta que ce fumet. Burrich éclata de rire en nous voyant nous ruer sur la table et approuva sans rien dire ma façon de donner sa part à Fouinot avant de me caler les mâchoires. Nous dévorâmes tout notre soûl, car Burrich n'avait pas sous-estimé la faim qui pourrait tarauder un jeune chien et un enfant après leurs mésaventures de la journée. Et puis, malgré notre sieste de l'après-midi, les couvertures nous parurent soudain extraordinairement attirantes. Le ventre plein, nous nous roulâmes en boule et nous endormîmes, le dos cuit par les flammes.

A notre réveil le lendemain, le soleil était haut dans le ciel et Burrich déjà parti. Fouinot et moi finîmes le talon du pain de la veille et nettoyâmes les os de la moindre parcelle de viande avant de quitter les quartiers de Burrich. Personne ne nous interpella ni ne parut nous remarquer.

Au-dehors, une nouvelle journée d'agitation avait commencé. La forteresse était, si la chose est possible, encore plus bondée qu'avant.

La foule soulevait la poussière et les voix mêlées couvraient le bruissement du vent et le murmure plus lointain des vagues. Fouinot s'imbibait de l'atmosphère, de chaque odeur, de chaque spectacle, de chaque bruit. Les sensations de Fouinot passaient en moi et, jointes aux miennes, me faisaient tourner la tête. Tout en me promenant, je captai des bribes de conversations et finis par comprendre que notre arrivée avait coïncidé avec un rite printanier de rassemblement et de réjouissances. L'abdication de Chevalerie demeurait le principal sujet de bavardage, mais cela n'empêchait pas les marionnettistes et les jongleurs de faire de chaque recoin une scène pour leurs bouffonneries. Un spectacle au moins de marionnettes avait intégré la disgrâce de Chevalerie à une comédie paillarde et, spectateur anonyme, je me creusai la cervelle pour décrypter un dialogue où il était question de semer dans les champs des voisins, ce qui faisait hurler de rire les grandes personnes.

Mais bien vite la cohue et le brouhaha nous devinrent insupportables et je fis comprendre à Fouinot que je souhaitais m'en éloigner. Nous quittâmes donc la forteresse par la porte ouverte dans l'épaisse muraille, devant les gardes occupés à conter fleurette aux fêtardes qui passaient ; à leurs yeux, un petit garçon et son chien s'en allant à la suite d'une famille de poissonniers n'offraient aucun intérêt. Sans meilleur sujet de distraction en vue, nous suivîmes la famille par les rues sinueuses en direction de Bourg-de-Castelcerf. Nous nous laissâmes peu à peu distancer, car chaque nouvelle odeur exigeait de la part de Fouinot un examen puis un jet d'urine au coin de la rue, et nous finîmes par nous retrouver seuls à errer dans la ville.

Il faisait froid et venteux à Castelcerf, alors. Le pavé des rues escarpées et tortueuses branlait et se déchaussait sous le poids des charrois. Le vent cinglait mes narines d'enfant étranger ; effluves d'algues échouées et tripes de poisson, tandis que les lamentations des mouettes et autres oiseaux de mer enveloppaient d'une mélodie surnaturelle le susurrement cadencé des vagues. Agrippé aux falaises de roc noir, le bourg évoquait les arapèdes et les bernacles accrochés aux piles et aux quais qui s'avançaient dans la baie. Les maisons étaient en pierre et en bois ; les plus élaborées de ces dernières s'élevaient plus haut et s'enfonçaient plus loin dans la face rocheuse.

La ville était relativement silencieuse comparée au fort, au-dessus, plein du tintamarre de la foule en liesse. Ni Fouinot ni moi n'avions assez de jugeote ni d'expérience pour savoir que la ville portuaire n'était pas un lieu de promenade idéal pour un gamin de six ans et un petit chien. Nous explorions avec ardeur, descendant la rue des Boulangers, la narine palpitante, traversant un marché quasi désert pour enfin longer les entrepôts et les hangars à bateau qui signalaient le niveau le plus bas du bourg. L'eau était tout près et nous foulâmes le bois des jetées autant que le sable et la pierre. Les affaires se poursuivaient là comme d'habitude, insensibles ou presque à l'ambiance carnavalesque qui régnait au fort. Les navires appontent et déchargent selon le bon vouloir des marées, et ceux qui pêchent pour vivre obéissent aux horaires des créatures à nageoires, non à ceux des hommes.

Nous rencontrâmes bientôt des enfants, certains occupés aux menues tâches du métier de leurs parents, mais d'autres désœuvrés comme nous. Je fis aisément connaissance avec eux, avec un minimum de présentations et autres politesses propres aux adultes. La plupart étaient plus grands que moi, mais quelques-uns avaient mon âge ou moins. Aucun ne parut trouver curieux de me voir ainsi errer tout seul. On me montra les points intéressants de la ville, y compris le cadavre gonflé d'une vache rejeté par la dernière marée. Nous allâmes voir des bateaux de pêche en cours de construction dans un bassin parsemé de copeaux tirebouchonnés et de bavures de poix à l'odeur entêtante. Un fumoir à poisson étourdiment laissé sans surveillance fournit le repas de midi à la demi-douzaine que nous étions. Si les enfants que j'accompagnais étaient plus dépenaillés et turbulents que ceux que nous croisions, attelés à leurs tâches, je n'y pris pas garde. Et si l'on m'avait dit que je déambulais aux côtés de petits mendiants interdits d'accès à la forteresse à cause de leurs doigts trop vagabonds, j'aurais été scandalisé. Tout ce que je savais à ce moment, c'est que je jouissais enfin d'une journée agréable et animée, pleine d'endroits à visiter et de choses à faire.

Certains parmi les enfants, plus grands et plus chahuteurs que les autres, seraient volontiers tombés sur le dos du nouveau venu si Fouinot n'avait pas été là et n'avait pas montré les dents à la première bousculade un peu agressive. Mais comme je ne manifestais aucune envie de défier leur autorité, ils m'autorisèrent à les suivre. Je fus impressionné comme il convient par tous leurs secrets et j'oserais dire qu'à la fin de ce long après-midi je connaissais mieux le quartier déshérité de la ville que bien des gens qui avaient grandi juste au-dessus.

On ne me demanda pas comment je m'appelais ; on me baptisa tout bonnement le Nouveau. Les autres portaient des noms simples, tels Dirk ou Kerry, ou plus descriptifs, comme Pique-Filet ou Brise-Pif. La propriétaire de ce dernier aurait pu être une jolie petite fille en d'autres circonstances. D'un an ou deux plus âgée que moi, elle avait son franc-parler et l'esprit vif. Devant moi, elle eut une dispute avec un grand de douze ans, mais ne montra aucune crainte de ses poings et ses sarcasmes acérés eurent tôt fait de mettre les rieurs de son côté. Elle prit sa victoire avec grand calme et sa force de caractère me laissa plein de révérence. Mais son visage et ses bras maigres s'ornaient d'ecchymoses aux teintes violettes, bleues et jaunes, tandis qu'une croûte de sang séché sous une oreille démentait son surnom. N'importe, Brise-Pif était pleine de vie, avec une voix plus aiguë que le cri des mouettes qui tournoyaient au-dessus de nous. La fin d'après-midi nous trouva, Kerry, Brise-Pif et moi, assis sur une grève de galets par-delà les étendoirs des repriseurs de filets, et Brise-Pif m'enseignait à fureter dans les rochers pour trouver les lustrons qui s'y cramponnaient. Elle les décrochait habilement à l'aide d'un bâton taillé en pointe et me montrait comment extirper de leur coquille les résidents fort agréables à mâcher lorsqu'une autre fille nous appela.

Avec son manteau bleu tout propre que le vent soulevait et ses chaussures en cuir, elle n'était manifestement pas du même milieu que mes compagnons. Elle ne se joignit d'ailleurs pas à notre quête et s'approcha seulement pour crier : « Molly, Molly ! Il te cherche partout ! Il s'est réveillé presque dessaoulé il y a une heure et il s'est mis à te traiter de tous les noms en voyant que tu avais disparu et que le feu était éteint ! »

Une expression de défi mêlé de peur passa sur les traits de Brise-Pif. « Sauve-toi, Kittne, mais emporte mes remerciements avec toi ! Je ne t'oublierai pas la prochaine fois que la marée découvrira les bancs de crabes d'algue ! »

Kittne inclina brièvement la tête et fit aussitôt demi-tour d'un pas vif.

« Tu as des ennuis ? demandai-je à Brise-Pif en voyant qu'elle ne reprenait pas la récolte des lustrons.

– Des ennuis ? » Elle fit une moue dédaigneuse. « Ça dépend. Si mon père arrive à ne rien boire avant de me mettre la main dessus, je risque d'en avoir quelques-uns. Mais il y a toutes les chances qu'il soit tellement bourré ce soir qu'il ne pourra même plus viser. Toutes les chances ! » répéta-t-elle fermement pour faire taire les doutes que Kerry s'apprêtait à émettre. Et là-dessus, elle revint à la plage de galets et à notre chasse au lustron.

Nous étions accroupis à observer une créature grisâtre et polypode que nous avions trouvée coincée dans une flaque laissée par la marée, quand le crissement de grosses bottes sur les galets incrustés de bernacles nous fit lever la tête. Avec un cri, Kerry prit la fuite sans même se retourner ; Fouinot et moi bondîmes en arrière, et le chiot se colla contre moi, montrant bravement les crocs mais le ventre lâchement caressé par le bout de sa queue. Quant à Molly Brise-Pif, ou bien elle manqua de vivacité, ou bien elle s'était déjà résignée à ce qui allait suivre. Quoi qu'il en fût, un grand escogriffe lui appliqua une taloche sur le côté du crâne. Le nez rougeoyant, il était maigre comme un clou, si bien que son poing était comme un nœud au bout de son bras décharné, mais la force du coup suffit néanmoins à envoyer Molly s'étaler à plat ventre. Les bernacles entaillèrent ses genoux rougis par le vent et, lorsqu'elle s'écarta à quatre pattes pour éviter un coup de pied maladroit, je fis la grimace en voyant ses coupures toutes fraîches pleines de sable salé.

« Espèce de petit serpent perfide ! Est-ce que je ne t'avais pas dit de t'occuper du trempage ? Et je te retrouve en train de farfouiller sur la plage, avec tout le suif figé dans la marmite ! On va nous demander d'autres bougies à la forteresse, ce soir ! Et qu'est-ce je vais leur vendre, moi, hein ?

– Les trois douzaines que j'ai préparées ce matin. C'est tout ce que j'ai pu faire avec ce que tu m'avais laissé comme mèche, vieil ivrogne ! » Molly se releva et fit bravement front, malgré ses yeux brillants de larmes. « Qu'est-ce que tu voulais que je fasse ? Que je brûle tout le bois pour empêcher le suif de figer ? On n'aurait plus rien eu pour chauffer la bouilloire quand tu m'aurais enfin donné de la mèche ! »

L'homme tituba sous une rafale de vent qui nous apporta une bouffée de son fumet. Sueur et bière, m'informa prudemment Fouinot. Un instant, l'homme eut une expression de regret, mais son estomac instable et sa migraine l'endurcirent à nouveau. Il se pencha soudain et s'empara d'une branche blanchie par son séjour dans la mer. « Je t'interdis de me parler sur ce ton, petite mal élevée ! Ah, je te trouve sur la plage avec tes petits clochards, à faire El sait quoi ! Encore à voler dans les fumoirs, je parie, et à me faire honte ! Essaye seulement de te sauver et t'en auras deux fois plus quand je t'aurai attrapée ! »

Elle dut le croire, car elle ne fit que se replier sur elle-même quand il s'avança vers elle, ses bras maigres levés pour se protéger la tête ;

puis, comme si elle se ravisait, elle se cacha seulement le visage dans les mains. Je restai pétrifié d'horreur tandis que Fouinot, percevant ma terreur, se mettait à glapir en urinant sous lui. J'entendis le sifflement du bout de bois qui s'abattait. Mon cœur fit un bond dans ma poitrine et je *poussai* l'homme ; curieusement, je sentis la force jaillir de mon ventre.

Il tomba comme était tombé l'homme au tonnelet la veille. Mais celui-là s'effondra en s'agrippant le cœur et son arme s'envola en tournoyant, inoffensive. Il chut sur le sable, fut pris d'un spasme qui lui convulsa tout le corps, puis demeura inerte.

Un instant plus tard, Molly rouvrit les yeux, toujours recroquevillée dans l'attente du coup. Elle vit son père affalé sur la grève rocheuse et la stupéfaction se peignit sur ses traits. D'un bond, elle fut auprès de lui et cria : « Papa, Papa, tu vas bien ? Je t'en prie, ne meurs pas, je regrette d'avoir été méchante ! Ne meurs pas ! Je serai sage, je te le promets ! Je me conduirai comme il faut ! » Sans se préoccuper de ses plaies, elle s'agenouilla, lui tourna le visage afin de lui dégager la bouche du sable, puis essaya vainement de le redresser.

« Il allait te tuer ! lui dis-je en essayant de comprendre ce qui se passait.

– Non ! Il me tape quelquefois quand je suis méchante, mais il ne me tuerait jamais ! Et quand il n'a pas bu et qu'il n'est pas malade, il en pleure et il me supplie de ne pas être trop méchante pour ne pas le mettre en colère ! Oh, le Nouveau, je crois bien qu'il est mort ! »

Personnellement, je l'ignorais, mais un instant plus tard il poussait un gémissement à fendre l'âme et il entrouvrit les yeux. La crise semblait passée. Hagard, il écouta les reproches que s'adressa Molly, puis accepta son aide empressée, ainsi que la mienne, moins spontanée. Il s'appuya sur nous pour remonter la grève aux galets inégaux. Fouinot nous suivit en aboyant et en décrivant des cercles autour de nous.

Les rares passants qui nous croisèrent ne nous prêtèrent aucune attention. Je supposai que le spectacle de Molly ramenant son papa à la maison n'avait rien d'original à leurs yeux. Avec Molly qui se répandait en excuses entrecoupées de reniflements à chaque pas, je les accompagnai jusqu'à la porte d'une petite chandellerie. Je les laissai là, et Fouinot et moi rebroussâmes chemin par les rues venteuses et la route pentue jusqu'à la forteresse, la tête pleine de questions sur les bizarreries des gens.

Ayant découvert la ville et les petits vagabonds, je me sentis chaque jour attiré par eux comme par un aimant. Les journées de Burrich étaient tout entières occupées par ses diverses tâches et ses soirées par les beuveries et les réjouissances de la fête du Printemps. Il ne se souciait guère de mes allées et venues du moment qu'il me retrouvait chaque soir sur ma paillasse devant l'âtre. Pour être franc, je crois qu'il ne savait pas très bien quoi faire de moi, en dehors de veiller à ce que je mange bien pour m'assurer une bonne croissance et à ce que, la nuit, je dorme en sécurité derrière les portes. Ce devait être une période difficile pour lui. Il était au service de Chevalerie, et maintenant que ce dernier s'était disgracié lui-même, qu'allait-il devenir ? Il devait en être obsédé. Et puis il y avait sa jambe ; malgré son savoir en matière de cataplasmes et d'emplâtres, il n'arrivait apparemment pas à obtenir sur lui-même la guérison qu'il procurait si facilement à ses bêtes. Une fois ou deux, j'aperçus sa blessure découverte et frémis en voyant l'entaille déchiquetée qui refusait de cicatriser et demeurait suppurante et boursouflée. Au début, Burrich la maudissait franchement, puis, les dents serrées, le visage fermé, il la nettoyait et refaisait son pansement ; mais, les jours passant, son visage n'exprima plus qu'un désespoir dégoûté. La plaie finit tout de même par se refermer, mais la cicatrice noueuse qu'il en garda lui déforma la jambe et alourdit sa démarche. Pas étonnant, dans ces conditions, qu'il n'eût guère la tête à s'occuper d'un petit bâtard confié à sa garde.

Je courais donc librement, comme seuls peuvent le faire les petits enfants, passant inaperçu la plupart du temps. A la fin de la fête du Printemps, les gardes en faction à la porte d'entrée s'étaient habitués à me voir aller et venir quotidiennement. Ils me prenaient sans doute pour un coursier, car la forteresse en employait beaucoup, à peine plus âgés que moi. J'appris à chaparder dans les cuisines dès l'aube et en quantité suffisante pour nous assurer, à Fouinot et à moi, de copieux petits déjeuners. Je passais un certain temps chaque jour à grappiller à droite et à gauche – quignons brûlés chez les boulangers, lustrons et algues sur la plage, poisson fumé dans les séchoirs laissés sans surveillance. Le plus souvent, Molly Brise-Pif m'accompagnait. Je vis rarement son père la battre après cette première fois ; la plupart du temps, il était trop soûl pour l'attraper, ou, dans le cas contraire, pour mettre ses menaces à exécution. Je ne repensai guère à ce que j'avais fait ce jour-là, sinon pour me féliciter que Molly ne se fût pas rendu compte de ma responsabilité.

Pour moi, la ville devint le monde entier et la forteresse un simple logement où dormir. C'était l'été, saison merveilleuse dans un port. Où que j'aille régnait une activité bourdonnante. Des marchandises arrivaient des duchés de l'Intérieur par le fleuve Cerf, sur des chalands manœuvrés par des bateliers en nage. En hommes de métier, ils parlaient de hauts-fonds, de barres de sable, de repères, des crues et décrues des eaux du fleuve. Leurs cargaisons étaient transportées dans des boutiques ou des entrepôts du bourg avant de redescendre sur les quais pour y être chargées dans les cales des navires maritimes. Les marins qui les équipaient avaient toujours le juron à la bouche et se moquaient des bateliers et de leurs façons de l'intérieur. Ils parlaient de marées, de tempêtes et de nuits où même les étoiles ne pouvaient montrer le bout de leur nez pour les guider. Les pêcheurs aussi s'amarraient aux quais de Castelcerf et c'étaient les plus sympathiques de tous. Du moins quand le poisson ne manquait pas.

Kerry m'enseigna les quais et les tavernes, et comment, en ayant le pied agile, on pouvait se faire trois ou même cinq sous par jour en portant des messages par les rues escarpées de la ville. Nous nous trouvions très malins et hardis de couper ainsi l'herbe sous le pied aux garçons plus âgés qui demandaient deux sous, voire davantage, pour une seule course. Je ne crois pas avoir jamais fait preuve de plus de courage qu'à cette époque. En fermant les yeux, je sens encore les odeurs de ces jours épiques : étoupe, goudron et copeaux de bois des cales sèches où les charpentiers maniaient planes et maillets, fumet suave du poisson tout frais pêché, odeur méphitique de la marée qui attend depuis trop longtemps par une journée torride ; les stères de bois au soleil ajoutaient leur note particulière au parfum des tonneaux de chêne remplis d'eau-de-vie moelleuse de Bord-du-Sable. Des gerbes de foin fébrifuge attendant d'assainir un coqueron mêlaient leurs senteurs à celles qu'exhalaient des cageots de melons durs. Et toutes ces fragrances tournoyaient dans le vent venu de la baie, assaisonné de sel et d'iode. Avec son flair aigu qui battait à plate couture mes sens rudimentaires, Fouinot attirait mon attention sur tout ce qu'il reniflait.

On nous envoyait souvent, Kerry et moi, chercher un navigateur parti dire au revoir à son épouse, ou porter un échantillon d'épices à tel ou tel acheteur. L'officier de port nous dépêchait parfois pour prévenir un équipage qu'un imbécile avait fixé les amarres de travers et que la marée allait laisser le navire sur le sec. Mais les courses que je préférais, c'étaient celles qui nous emmenaient dans des tavernes. C'est là que les conteurs et les colporteurs de ragots exerçaient leur art. Les premiers racontaient des histoires classiques, voyages d'exploration, équipages qui bravaient de terribles tempêtes, capitaines insensés qui menaient leurs navires et tous leurs hommes à leur perte ; j'appris par cœur nombre de ces récits traditionnels, mais ceux qui me touchaient le plus, je les entendais non pas de la bouche des conteurs professionnels, mais des marins eux-mêmes. Là, il ne s'agissait plus d'histoires narrées au coin du feu pour le bénéfice de tous, mais de mises en garde et de nouvelles que les hommes s'échangeaient entre équipages autour d'une bouteille d'eau-de-vie ou d'une miche de pain de pollen jaune.

Ils parlaient des prises qu'ils avaient faites, de filets si pleins qu'ils menaçaient de couler le bateau ou de créatures et de poissons fabuleux entrevus seulement dans le reflet de la pleine lune lorsqu'il coupe le sillage du navire ; il y avait des récits de villages mis à sac par les Outrîliens, sur la côte autant que sur les îles éloignées de notre duché, et des histoires de pirates, de combats en mer et de vaisseaux réduits de l'intérieur par des marins infiltrés. Les plus passionnantes portaient sur les Pirates rouges, des Outrîliens qui se livraient à la fois au pillage sur terre et à la piraterie sur mer, qui attaquaient non seulement nos bateaux et nos cités, mais également d'autres bâtiments outrîliens. Certains haussaient les épaules à l'évocation des navires à la quille écarlate et se moquaient de ceux qui parlaient de pirates outrîliens s'en prenant à d'autres pirates.

Mais Kerry, Fouinot et moi nous installions sous les tables, adossés aux pieds, et nous écoutions, les yeux écarquillés, tout en grignotant des petits pains sucrés à un sou, les histoires de navires à la quille rouge aux vergues desquels pendaient une dizaine de corps, pas des cadavres, non : des hommes ligotés qui se balançaient en hurlant lorsque les mouettes venaient les lacérer à coups de bec. Nous buvions ces récits délicieusement terrifiants jusqu'à ce que même les tavernes les plus étouffantes nous paraissent glacées, et alors nous retournions en courant sur les quais pour gagner un nouveau sou.

Une fois, Kerry, Molly et moi construisîmes un radeau en bois flotté, puis nous nous promenâmes sous les quais en le dirigeant à l'aide de perches. Nous le laissâmes amarré là et, lorsque la marée monta, il défonça toute une section de ponton et endommagea deux embarcations ; pendant des jours, nous tremblâmes qu'on découvrît en nous les coupables. Un autre jour, le patron d'une taverne flanqua une taloche à Kerry en nous accusant tous deux de vol. Notre vengeance consista à coincer un hareng bien avancé sous les supports de ses dessus de table. Le poisson pourrit, se mit à puer et engendra des mouches pendant des jours avant qu'il ne mette la main dessus.

J'acquis les rudiments de quelques métiers durant mes errances : comment acheter le poisson, réparer les filets, construire un bateau et flâner. J'en appris davantage encore sur la nature humaine. Je devins prompt à juger qui paierait le sou promis pour la délivrance d'un message et qui me rirait au nez quand je viendrais réclamer ma récompense. Je savais auprès de quel boulanger aller mendier et quelles boutiques étaient les plus propices au chapardage. Et Fouinot partageait toutes mes expériences, si lié à moi désormais que je séparais rarement tout à fait mon esprit du sien. Je me servais de son nez, de ses yeux et de ses mâchoires aussi spontanément que des miens et jamais je n'y vis la moindre étrangeté.

Ainsi s'écoula la plus grande partie de l'été. Mais un jour où le soleil flottait dans un ciel plus bleu que la mer, ma bonne fortune finit par s'évanouir. Molly, Kerry et moi venions de chiper sur un fumoir un beau chapelet de saucisses de foie et nous nous enfuyions dans la rue, le propriétaire légitime à nos trousses. Fouinot nous suivait, comme toujours. Les autres enfants avaient fini par l'accepter comme une extension de moi-même. Je ne crois pas qu'il leur fût jamais venu à l'idée de s'étonner de notre unicité d'esprit. Nous étions le Nouveau et Fouinot, et ils ne voyaient sans doute qu'un truc très commode dans le fait que Fouinot sût toujours où se placer avant même que je lui balance une bonne prise. Nous étions donc quatre à détaler dans la rue et à faire voyager les saucisses de nos mains douteuses à nos mâchoires affamées, tandis que le charcutier beuglant s'essoufflait derrière nous en une vaine poursuite.

C'est alors que Burrich sortit d'une échoppe.

Je me dirigeais droit sur lui. Nous nous reconnûmes, effarés l'un et l'autre. L'expression sinistre qui apparut ensuite sur ses traits ne me laissa aucun doute sur la conduite à tenir. Sauve-toi ! me dis-je, éperdu, et j'esquivai ses mains tendues, pour m'apercevoir aussitôt, sidéré, que je m'étais jeté dans ses bras.

Je n'aime pas me rappeler la suite. Je reçus une solide volée de taloches, non seulement de Burrich, mais aussi du propriétaire des saucisses hors de lui. A part Fouinot, mes camarades voleurs s'étaient tous évaporés dans les recoins sombres de la rue. Le chiot offrit son ventre à Burrich pour se faire battre et gronder. Au martyre, je regardai Burrich sortir des pièces de sa bourse pour payer le charcutier.

Lorsque ce dernier fut parti et que la petite foule venue assister à ma déconfiture se fut dispersée, il me lâcha enfin. Je m'étonnai du regard dégoûté qu'il posait sur moi. Avec une dernière claque sur l'arrière du crâne, il m'ordonna : « A la maison ! Tout de suite ! »

Nous rentrâmes donc, Fouinot et moi, et plus rapidement que jamais. Nous retrouvâmes notre paillasse devant l'âtre et attendîmes là, le cœur en émoi. Et l'attente dura, dura, tout le long après-midi et le début de la soirée. Nous avions faim tous les deux, mais nous nous gardâmes bien de bouger. Il y avait dans l'expression de Burrich quelque chose de plus effrayant encore que la colère du papa de Molly.

Quand il arriva enfin, la nuit était tombée depuis longtemps. Nous entendîmes ses pas dans l'escalier et je n'eus pas besoin des sens affûtés de Fouinot pour savoir qu'il avait bu. Nous nous fîmes tout petits lorsqu'il pénétra dans la chambre ombreuse. Il avait la respiration lourde et il mit plus de temps que d'habitude pour allumer plusieurs bougies à la première qu'il avait embrasée. Cela fait, il se laissa tomber sur un banc et nous regarda tous les deux. Fouinot se mit à geindre et chut sur le flanc dans une pose suppliante. Je mourais d'envie de l'imiter, mais me contentai de lever vers Burrich des yeux angoissés. Au bout d'un moment, il parla.

« Fitz, qu'est-ce que tu vas devenir ? Qu'est-ce qu'on va devenir ? Le sang des rois coule dans tes veines et tu vas courir les rues avec des mendiants et des voleurs ! Tu vis en meute, comme un animal ! »

Je restai muet.

« Et je suis aussi coupable que toi, j'imagine. Allons, viens ici. Viens, mon garçon. »

Je me risquai à faire un pas ou deux. Je n'osai pas davantage.

Mon attitude circonspecte lui fit froncer les sourcils.

« Tu as mal quelque part ? »

Je fis non de la tête.

« Alors, viens ici. »

J'hésitai et Fouinot se mit à gémir, dans les affres de l'indécision.

Burrich lui jeta un regard perplexe. Je percevais presque les rouages de son esprit qui tournaient dans une brume alcoolique. Ses yeux allèrent du chiot à moi, puis une expression révoltée se répandit sur ses traits. Il secoua la tête. Lentement, il se leva et s'éloigna de la table en ménageant sa jambe malade. Dans un coin, un assortiment d'objets poussiéreux s'alignait sur des étagères. Burrich leva lourdement un bras et en saisit un, fait de bois et de cuir raidi par le manque d'usage. Il l'agita et la courte lanière claqua sur sa cuisse. « Tu sais ce que c'est, petit ? » demanda-t-il doucement, d'un ton affable.

Je fis non de la tête, sans rien dire.

« Un fouet à chiens. »

Je le regardai, l'œil inexpressif. Rien dans mon expérience ni dans celle de Fouinot ne me disait comment réagir à cette déclaration. Il dut percevoir mon désarroi. Il sourit d'un air engageant et son ton demeura bienveillant, mais je perçus une dissimulation, quelque chose qui attendait, tapi sous ses manières aimables.

« C'est un outil, Fitz. Un instrument d'éducation. Quand tu tombes sur un chiot qui n'écoute pas – quand tu lui dis : "Viens ici" et qu'il refuse de venir –, eh bien, après quelques bonnes cinglures de ce truc, il apprend à écouter et à obéir du premier coup. Rien de tel que quelques petites balafres pour apprendre à un chiot à faire attention. » Sans quitter son ton dégagé, il abaissa le fouet et fit danser légèrement la mèche sur le sol. Ni Fouinot ni moi ne pouvions en détourner les yeux, et lorsque Burrich jeta brusquement l'objet en direction de Fouinot, le chiot recula d'un bond avec un glapissement de terreur et courut se pelotonner derrière moi.

Alors Burrich se laissa lentement retomber sur le banc et se couvrit les yeux, plié en deux devant le feu. « Oh, Eda ! murmura-t-il entre juron et prière. Je le soupçonnais, je le devinais en vous voyant courir ensemble comme ça, mais maudits soient les yeux d'El, je voulais me tromper, je voulais me tromper ! Je n'ai jamais touché un chiot de toute ma vie avec cette saloperie ! Fouinot n'avait aucune raison d'en avoir peur. Sauf si vous partagiez votre esprit ! »

Quel qu'eût été le danger, je sentis qu'il était passé. Je m'assis à côté de Fouinot qui s'installa à croupetons sur mes genoux et me donna des coups de museau inquiets dans les joues. Je le calmai en lui conseillant d'attendre simplement la suite. Petit garçon et petit chien ensemble, nous restâmes donc à contempler Burrich toujours immobile. Quand il releva enfin le visage, je fus abasourdi : on aurait dit qu'il venait de pleurer ! Comme ma mère, pensai-je, mais, bizarrement, je suis aujourd'hui incapable de me la rappeler en train de verser des larmes. Je ne revois que le visage ravagé de Burrich.

« Fitz, mon garçon… Viens », dit-il à mi-voix et cette fois il y avait quelque chose dans sa voix qui m'interdit de lui désobéir. Je me levai et m'approchai, Fouinot sur mes talons. « Non », ordonna-t-il au chiot en montrant du doigt le sol près de sa botte ; mais moi, il m'installa sur le banc à côté de lui.

« Fitz », fit-il, puis il s'interrompit. Il inspira profondément et recommença : « Fitz, ce n'est pas bien. C'est mal, très mal, ce que tu fais avec ce chien. C'est contre nature. C'est pire que voler ou mentir. Ça rabaisse un homme en dessous de son rang d'homme. Tu comprends ? »

Je lui adressai un regard déconcerté. Il soupira et essaya de nouveau.

« Petit, tu es de sang royal. Bâtard ou pas, tu es le fils de Chevalerie, de l'ancienne lignée. Et ça, ce que tu fais, c'est mal. Ce n'est pas digne de toi. Tu comprends ? »

Je fis non de la tête.

« Tiens, voilà : tu ne dis plus rien. Parle-moi. Qui t'a appris à faire ça ? »

Je fis un effort. « A faire quoi ? » Ma voix me parut rauque et grinçante.

Burrich écarquilla les yeux. Je perçus l'énergie qu'il mit à se contrôler. « Tu sais de quoi je parle. Qui t'a appris à être avec ce chien, dans son esprit, à voir par ses yeux, à le laisser voir par les tiens, à vous raconter des trucs ? »

Je réfléchis un moment. Oui, c'était bien ce qui se passait. « Personne, répondis-je enfin. Ça s'est trouvé comme ça. On est souvent ensemble », ajoutai-je en guise d'explication.

Burrich me regarda d'un air grave. « Tu ne parles pas comme un gosse, observa-t-il soudain. Mais il paraît que c'était toujours comme ça, pour ceux qui avaient le Vif d'autrefois ; que dès le début ce n'étaient jamais vraiment des gosses. Ils en savaient toujours trop et en grandissant ils en apprenaient encore plus. C'est pour ça que, dans l'ancien temps, ce n'était pas un crime de les chasser et de les brûler. Tu comprends ce que je dis, Fitz ? »

Je fis signe que non et, comme il fronçait le sourcils devant mon silence, me forçai à ajouter : « Mais j'essaye. C'est quoi, le Vif d'autrefois ? »

Le visage de Burrich exprima l'incrédulité, puis la suspicion. « Dis donc, petit ! » s'exclama-t-il d'un ton menaçant ; mais je continuai à le regarder d'un air interrogateur. Au bout d'un moment, il accepta la sincérité de mon ignorance.

« Le Vif d'autrefois... » fit-il d'une voix lente. Son visage s'assombrit et il baissa les yeux sur ses mains comme si un péché lointain lui revenait en mémoire. « C'est le pouvoir du sang animal, comme l'Art provient de la lignée des rois. Ça se présente comme un don, au début, qui permet de comprendre le langage des bêtes. Mais d'un seul coup, ça t'attrape et ça t'attire vers le bas, ça te transforme en bête, et finalement il ne reste plus une parcelle d'humanité en toi ; tu cours, tu donnes de la voix et tu goûtes le sang, comme si tu n'avais jamais rien connu d'autre que la meute. A la fin, quand on te voit, on ne peut même plus imaginer que tu aies été un homme. » A mesure qu'il parlait, sa voix n'avait cessé de baisser ; il ne m'avait pas regardé une seule fois, tourné vers le feu dont il contemplait les flammes dansantes. « Il y en a qui disent qu'on prend une forme animale, à ce moment, mais qu'on tue avec la passion d'un homme et non avec la simple faim d'une bête. On tue pour tuer...

« C'est ça que tu veux, Fitz ? Prendre le sang royal que tu portes et le noyer dans le sang de la curée ? Etre une bête parmi les bêtes, uniquement pour les connaissances que ça t'apporte ? Et pire encore, pense à ce qui t'attend avant : est-ce que tu as envie que l'odeur du sang te fasse chavirer l'humeur ? Que la vue d'une proie ferme la porte de ta raison ? » Sa voix avait encore baissé et j'y perçus l'écœurement qu'il ressentait à me poser ces questions. « Est-ce que tu veux te réveiller en sueur et fiévreux parce qu'une chienne du coin est en chaleur et que ton compagnon l'a senti ? C'est le genre de savoir que tu as envie d'apporter dans le lit de ta dame ? »

Je me fis tout petit. « Je ne sais pas », dis-je à mi-voix.

Il se tourna vers moi, outré. « Tu ne sais pas ? gronda-t-il. Je t'explique où ça va te mener, et tu dis que tu ne sais pas ? »

J'avais la langue sèche et Fouinot tremblait à mes pieds. « Mais je ne sais pas ! protestai-je. Comment est-ce que je peux savoir ce que je vais faire tant que je ne l'ai pas fait ? Comment ?

– Eh bien, si tu ne le sais pas, je vais te le dire, moi ! rugit-il, et je perçus alors clairement le contrôle qu'il avait jusque-là exercé sur sa colère, et aussi tout ce qu'il avait bu ce soir-là. Le chien dégage et toi tu restes ! Tu restes ici, sous ma garde, pour que je puisse te tenir à l'œil ! Si messire Chevalerie ne veut pas de moi près de lui, c'est bien le moins que je puisse faire pour lui ! Je veillerai à ce que son fils devienne un homme et pas un loup ! Même si on doit en crever tous les deux ! »

Titubant, il quitta le banc pour saisir Fouinot par la peau du cou. Telle était du moins son intention, mais le chiot et moi l'évitâmes d'un bond. Nous nous ruâmes ensemble vers la porte, mais le verrou était mis et avant que j'aie pu le déclencher, Burrich fut sur nous. De la botte, il écarta Fouinot ; moi, il m'attrapa par l'épaule et me propulsa loin de la porte. « Viens ici, Fouinot », ordonna-t-il, mais le chiot se réfugia près de moi. Le souffle court, debout près de la porte, Burrich nous regardait d'un œil noir et je captai le grondement du courant profond de ses pensées, la fureur qui l'incitait à nous pulvériser tous les deux pour en finir une fois pour toutes. Une couche de sang-froid recouvrait ce courant, mais ce bref contact suffit à me terrifier ; et lorsqu'il bondit sur nous, je le *repoussai* de toute la puissance de ma peur.

Il tomba aussi abruptement qu'un oiseau cueilli en plein vol par une pierre et resta un instant assis par terre sans bouger. Je ramassai Fouinot et le serrai contre moi. Burrich secoua lentement la tête comme pour s'ébrouer. Il se releva, nous dominant de toute sa taille. « Il a ça dans le sang, l'entendis-je marmotter. C'est sa maudite mère ; pas de quoi s'étonner. Mais il faut dresser ce gamin. » Puis, les yeux plantés dans les miens : « Fitz, ne me refais plus jamais ça. Plus jamais. Maintenant, donne-moi ce chien. »

Et il marcha de nouveau sur nous. En percevant le clapotement de sa fureur rentrée, je ne pus pas me contenir. Je le *repoussai* encore une fois. Mais là, ma défense se heurta à un mur qui me la renvoya violemment, si bien que je trébuchai et m'écroulai, au bord de l'évanouissement, l'esprit écrasé par les ténèbres. Burrich se pencha sur moi. « Je t'avais prévenu », dit-il d'une voix basse qui ressemblait au grondement d'un loup. Puis, pour la dernière fois, je sentis ses doigts saisir Fouinot par la peau du cou. Il souleva le chiot et l'emporta sans brutalité vers la porte. Il ouvrit rapidement le verrou qui m'avait fait obstacle et, quelques instants plus tard, j'entendis son pas lourd s'éloigner dans l'escalier.

En quelques secondes, je me fus remis et me jetai contre la porte. Mais Burrich avait dû la verrouiller de l'extérieur, car c'est en vain que je m'acharnai sur le loquet. Mon contact avec Fouinot se fit plus ténu à mesure qu'il s'en allait loin de moi, ne laissant en moi qu'une atroce solitude. Je gémis, puis hurlai en griffant la porte et en m'évertuant à le percevoir à nouveau. Il y eut un brusque éclair de douleur écarlate et Fouinot disparut. Sentant ses perceptions canines se diluer, je me mis à crier et à pleurer comme n'importe quel enfant de six ans en martelant vainement de mes poings les planches épaisses de la porte.

Il me sembla que des heures avaient passé quand Burrich revint. J'entendis son pas et je relevai le front du sol sur lequel j'étais étendu, pantelant, épuisé. Il ouvrit la porte et m'attrapa adroitement par le dos de ma chemise quand j'essayai de me faufiler dehors. Il me jeta au milieu de la pièce, puis claqua le battant et le reverrouilla. Sans un mot, je me précipitai contre le panneau de bois et un gémissement me monta dans la gorge. Burrich s'assit d'un air las.

« Laisse tomber, mon garçon, me conseilla-t-il comme s'il était au courant de mes plans échevelés pour la prochaine fois où il me laisserait sortir. Il n'est plus là. Il n'est plus là, et c'est bien dommage, parce qu'il était de bon sang. Sa lignée était presque aussi longue que la tienne. Mais je préfère perdre un mâtin qu'un homme. » Voyant que je ne réagissais pas, il ajouta, presque tendrement : « Cesse de penser à lui. Ça fait moins mal, comme ça. »

Mais je ne cessai pas ; d'ailleurs, au ton qu'il avait employé, il ne l'espérait pas vraiment. Avec un soupir, il se prépara à se coucher. Sans ajouter un mot, il éteignit la lampe et s'allongea. Mais il ne dormit pas et c'est bien avant l'aube qu'il me souleva du sol et m'installa dans le creux chaud que son corps avait laissé dans ses couvertures. Puis il sortit et ne revint que quelques heures plus tard.

Pour ma part, je demeurai éploré et fiévreux pendant plusieurs jours. Burrich, ce me semble, prétendit que je souffrais d'une maladie infantile et on me laissa tranquille. Des jours se passèrent encore avant qu'il m'autorise à quitter la chambre, et uniquement accompagné.

Après cet épisode, Burrich veilla soigneusement à ce que je n'aie jamais l'occasion de me lier à un autre animal. Il crut avoir réussi, j'en suis convaincu, et ce fut vrai dans une certaine mesure, en ce sens que je ne tissai jamais un lien exclusif avec aucun chien ni aucun cheval. Cependant, je ne me sentais pas protégé, mais confiné. Il était le gardien qui assurait mon isolement avec une ferveur fanatique. C'est à cette époque que la graine de la solitude absolue fut plantée en moi, et elle enfonça de profondes racines dans mon être.

3

LE PACTE

L'origine de l'Art demeurera sans doute toujours dissimulée dans les brumes du mystère. Assurément, la famille royale y a une grande prédisposition, pourtant il n'est pas limité à la seule maison du roi. Il semble y avoir une part de vérité dans le dicton populaire : « Quand le sang de la mer coule avec le sang des plaines, l'Art fleurit. » Il est intéressant de noter que les Outrîliens paraissent dépourvus du moindre don pour l'Art, de même que les purs descendants des habitants originaux des Six-Duchés.

*

Est-il dans la nature du monde que toute chose aspire à un rythme, et dans ce rythme à une sorte de paix ? C'est en tout cas ce qu'il m'a toujours semblé. Tous les événements, aussi cataclysmiques ou bizarres soient-ils, se diluent au bout de quelques instants dans les habitudes de la vie quotidienne. Les hommes qui arpentent un champ de bataille à la recherche de survivants s'arrêtent pour tousser, pour se moucher, pour regarder le V d'un vol d'oies sauvages. J'ai vu des fermiers imperturbables labourer et semer pendant que des armées s'entrechoquaient à quelques milles de là.

Il en fut de même pour moi. Je ne puis que m'étonner en repensant à cette période de ma vie : arraché à ma mère, précipité dans une ville inconnue sous un ciel nouveau, abandonné par mon père à la garde de son serviteur, et enfin dépouillé de mon ami chiot, je me levai pourtant un beau matin et repris mon existence de petit garçon.

C'est-à-dire que je sortais du lit lorsque Burrich me réveillait et je l'accompagnais aux cuisines, où je déjeunais à ses côtés. Ensuite, je le suivais comme son ombre. Il était bien rare qu'il me laisse m'éloigner hors de sa vue. Toujours sur ses talons, je le regardais travailler et, au bout d'un certain temps, je l'aidai de diverses petites façons. Le soir, nous mangions côte à côte sur un banc et il surveillait mes manières d'un œil acéré. Puis nous montions dans sa chambre, où je passais le reste de la soirée tantôt à contempler le feu pendant qu'il buvait, tantôt à contempler le feu en attendant qu'il rentre. Tout en buvant, il travaillait, soit qu'il répare ou fabrique un harnais, soit qu'il compose un onguent ou clarifie un remède pour un cheval. Il travaillait et moi j'apprenais en l'observant, même si, autant qu'il m'en souvienne, nous n'échangions que peu de paroles. Il est curieux de songer que deux années et une bonne partie d'une troisième passèrent ainsi.

J'appris aussi à faire comme Molly, à voler des moments de liberté lorsque Burrich était appelé au loin pour une chasse ou pour assister une jument qui mettait bas. En de très rares occasions, je m'enhardissais à m'éclipser quand il avait bu plus qu'il ne le supportait, mais c'étaient là des sorties périlleuses. Libre, je me mettais vivement en quête de mes jeunes compagnons de la ville et j'errais avec eux tant que mon audace m'y autorisait. Fouinot me manquait de façon aussi lancinante qu'un membre dont Burrich m'aurait amputé. Mais nous n'en parlions jamais ni l'un ni l'autre.

Je pense rétrospectivement qu'il était aussi seul que moi. Chevalerie ne lui avait pas permis de le suivre en exil et il se retrouvait avec la garde d'un bâtard sans nom qui avait, pour couronner le tout, un don pour ce qu'il considérait comme une perversion ! Et une fois que sa jambe eut guéri, il comprit que plus jamais il ne monterait à cheval ; jamais plus il ne chasserait ni même ne marcherait comme avant ; pour un homme comme Burrich, cette avalanche de coups du sort devait être très dure à vivre. Il ne s'en plaignit jamais devant personne, que je sache ; mais encore une fois, rétrospectivement, je ne vois pas à qui il aurait pu s'en ouvrir. Nous étions tous deux enfermés dans nos solitudes personnelles et, assis face à face chaque soir, chacun de nous avait devant soi le responsable de sa situation.

Cependant, tout finit par passer, le temps surtout, et les mois s'écoulant, puis les années, j'en vins lentement à trouver une place dans l'existence. Je secondais Burrich, j'allais chercher le matériel dont il avait besoin avant qu'il l'eût demandé, je nettoyais derrière lui après ses soins aux animaux, je veillais à ce que les faucons eussent toujours de l'eau claire et j'ôtais les tiques des chiens de retour de la chasse. Les gens s'habituèrent à ma présence et cessèrent de me dévisager. Certains même semblaient ne pas me voir du tout. Peu à peu, Burrich relâcha sa surveillance. Je pus aller et venir plus librement, mais je continuai à prendre garde qu'il ne sût rien de mes virées en ville.

Il y avait d'autres enfants dans la forteresse, et beaucoup de mon âge. Certains m'étaient apparentés, cousins au deuxième ou au troisième degré. Pourtant, je ne me liai jamais vraiment à aucun. Les plus jeunes restaient auprès de leur mère ou de leur tuteur, les plus grands s'occupaient de leurs diverses tâches et corvées. La plupart n'étaient pas méchants envers moi ; simplement, j'étais extérieur à leurs cercles. Ainsi, bien que je pusse rester des mois sans voir Dirk, Kerry ou Molly, ils demeuraient mes amis les plus proches. Lors de mes explorations de la forteresse et des soirées d'hiver où tout le monde se rassemblait dans la Grand-Salle pour écouter les ménestrels, assister aux spectacles de marionnettes ou jouer à des jeux d'intérieur, j'appris rapidement à savoir où j'étais le bienvenu et où je ne l'étais pas.

J'évitais la reine car, chaque fois qu'elle m'apercevait, elle trouvait à redire à mon attitude et le blâme en retombait sur Burrich. Royal aussi était source de danger. Il avait presque sa taille d'homme, mais n'éprouvait nul scrupule à m'écarter brutalement de son chemin ou à piétiner, l'air de rien, ce avec quoi j'étais en train de jouer. Il faisait preuve d'un esprit mesquin et rancunier que je n'avais jamais observé chez Vérité. Ce n'est pas pour autant que Vérité s'occupait de moi, d'ailleurs, mais nos rencontres fortuites n'étaient jamais déplaisantes. S'il me remarquait, il m'ébouriffait les cheveux ou m'offrait un sou. Un jour, un serviteur apporta chez Burrich quelques jouets en bois, des soldats, des chevaux et une carriole à la peinture fort abîmée, accompagnés d'un message de Vérité disant qu'il les avait trouvés dans un coin de son coffre à vêtements et que j'en tirerais peut-être plaisir. A ma connaissance, je n'ai jamais accordé autant de prix à aucune autre possession.

Avec Cob, les écuries constituaient une autre zone dangereuse. Lorsque Burrich était dans les parages, Cob me parlait et me traitait correctement, mais le reste du temps je lui étais visiblement antipathique. Il me fit comprendre que je n'avais pas à traîner dans ses jambes quand il travaillait. Je finis par découvrir qu'il était jaloux de moi ; il avait l'impression que ma garde avait remplacé l'intérêt que Burrich lui portait autrefois. Il ne se montrait jamais ouvertement cruel, il ne me frappait jamais ni ne me réprimandait gratuitement. Mais je percevais son aversion et je l'évitais.

En revanche, tous les hommes d'armes manifestaient une grande tolérance à mon égard. Après les gosses des rues de Bourg-de-Castelcerf, c'était sans doute ce qui se rapprochait le plus d'amis. Mais aussi tolérants que soient des soldats envers un enfant de neuf ou dix ans, ils n'ont tout de même pas grand-chose en commun avec lui. Je les regardais jouer aux osselets et j'écoutais leurs histoires, mais pour chaque heure passée en leur compagnie, des journées s'écoulaient sans que je les voie. Et bien que Burrich ne m'interdît jamais la salle des gardes, il voyait évidemment d'un mauvais œil les séjours que j'y faisais.

J'étais donc membre de la communauté de la forteresse, tout en ne l'étant pas. Je fuyais les uns, j'observais les autres et j'obéissais à certains. Mais je ne me sentais de lien avec personne.

Un matin – j'allais sur mes dix ans –, je jouais sous les tables de la Grand-Salle à me rouler par terre avec des chiots et à les taquiner. Il était très tôt. Une fête avait été donnée la veille et le banquet avait duré toute la journée et une bonne partie de la nuit. Burrich s'était enivré abominablement ; presque tout le monde, nobles comme serviteurs, était encore au lit, et ce matin-là les cuisines n'avaient pas rapporté grand-chose à mes errances affamées. Mais sur les tables de la Grand-Salle trônaient des trésors : pâtisseries entamées et plats de viande. J'avais aussi découvert des coupes pleines de pommes et des tranches de fromage ; bref, un rêve de pillage pour un petit garçon. Les grands chiens s'étaient déjà emparés des meilleurs os et retirés dans les coins de la pièce, en laissant les menus morceaux aux chiots. Je m'étais attribué un gros pâté en croûte et je le partageais sous la table avec mes chiots préférés. Depuis Fouinot, j'avais pris garde que Burrich ne me voie jamais en trop grande affinité avec aucun d'entre eux. Je ne comprenais toujours pas pourquoi il s'opposait à mon intimité avec un chien, mais je ne tenais pas à risquer la vie d'un chiot pour en débattre avec lui. Trois bébés chiens et moi-même étions donc en train de manger chacun à notre tour quand j'entendis des pas lents faire bruisser les roseaux qui jonchaient le sol. Deux hommes discutaient à voix basse.

Je les pris pour des employés de cuisine venus débarrasser et je sortis de sous la table afin de récupérer encore quelques reliefs de choix avant leur départ.

Ce ne fut pas un serviteur qui sursauta devant ma soudaine apparition, mais le vieux roi, mon grand-père lui-même. A côté de lui, un peu en retrait, se trouvait Royal. Son regard larmoyant et son pourpoint froissé attestaient de sa participation à la bacchanale de la veille. Le nouveau bouffon du roi, fraîchement acquis, trottinait derrière eux, avec ses pâles yeux globuleux et son visage crayeux. C'était une créature si étrange, avec son teint de papier mâché et sa livrée noire et blanche, que j'osai à peine le regarder. Contrastant avec eux, le roi Subtil avait l'œil clair, la barbe et le cheveux peignés de frais, et des habits immaculés. Un instant, il eut l'air surpris, puis il observa : « Tu vois, Royal, c'est ce que je te disais. Une occasion se présente et quelqu'un la saisit ; quelqu'un de jeune, en général, ou quelqu'un qu'animent les énergies et les appétits de la jeunesse. La royauté ne peut pas se permettre de laisser passer ces occasions-là, ni de les abandonner à d'autres. »

Le roi continua son chemin tout en poursuivant sur le sujet, tandis que les yeux injectés de sang de Royal me transperçaient d'un regard sinistre. D'un geste méprisant de la main, il me fit signe de disparaître. J'accusai réception du message d'un bref hochement de tête, mais fonçai d'abord vers la table ; je fourrai deux pommes sous mon justaucorps et m'emparais d'une tarte aux groseilles à peine entamée lorsque le roi fit soudain demi-tour et me montra du doigt. Le bouffon l'imita. Je me pétrifiai.

« Regarde-le », ordonna le vieux roi.

Royal me dévisagea d'un œil noir, mais je n'osai pas bouger.

« Que vas-tu faire de lui ? »

Royal eut l'air perplexe. « De lui ? C'est le Fitz ; le bâtard de Chevalerie. Encore à voler et à espionner le monde, comme d'habitude.

– Fou ! » Le roi Subtil sourit, mais ses yeux restèrent durs. Le fou, croyant qu'on l'appelait, eut un sourire suave. « As-tu de la cire dans les oreilles ? N'entends-tu rien de ce que je dis ? Je ne t'ai pas demandé : “Que penses-tu de lui ?”, mais : “Que vas-tu faire de lui ?” Le voici devant toi, jeune, fort et plein de ressources. Son ascendance est aussi royale que la tienne, bien qu'il soit né du mauvais côté des draps. Alors, que vas-tu faire de lui ? un instrument ? une arme ? un camarade ? un adversaire ? Ou bien comptes-tu t'en désintéresser et le laisser traîner, au risque que quelqu'un s'en empare et s'en serve contre toi ? »

Royal me jeta un coup d'œil louche, puis porta son regard derrière moi et enfin, ne trouvant personne d'autre dans la salle, revint à moi, l'air un peu égaré. A mes pieds, un chiot geignit pour me rappeler le repas que nous partagions. Je lui fis signe de se taire.

« Le bâtard ? Mais ce n'est qu'un gosse ! »

Le vieux roi soupira. « Aujourd'hui, oui. Ce matin, en ce moment, c'est un gosse. Mais à peine auras-tu tourné le dos qu'il sera devenu adolescent, ou pire, adulte, et alors il sera trop tard pour en faire quoi que ce soit. Par contre, prends-le aujourd'hui, Royal, façonne-le et d'ici dix ans tu commanderas sa loyauté. Au lieu d'un bâtard insatisfait qui ne demandera qu'à se laisser persuader de prétendre au trône, tu auras un homme de confiance uni à la famille par l'esprit autant que par le sang. Un bâtard, Royal, c'est une créature unique. Passe-lui une chevalière au doigt, envoie-le en mission, et tu as un diplomate qu'aucun souverain étranger n'osera refuser. On peut le mandater là où l'on ne peut risquer un prince du sang. Imagine tous les usages d'un homme qui est de la lignée royale et qui, en même temps, n'en est pas ! Echange d'otages, alliances maritales, missions discrètes, diplomatie du poignard, etc. ! »

Aux dernières paroles du roi, Royal écarquilla les yeux. Il y eut un silence durant lequel chacun demeura muet en dévisageant les autres. Quand Royal répondit, on eût dit qu'il avait un bout de pain sec coincé dans la gorge. « Vous parlez de ces choses-là devant lui ? De l'utiliser comme instrument, comme arme ? Vous croyez qu'il ne s'en souviendra pas une fois adulte ? »

Le roi Subtil éclata de rire et son rire se répercuta sur les murs de pierre de la Grand-Salle. « Bien sûr que si ! J'y compte bien ! Regarde ses yeux, Royal. On y lit l'intelligence et peut-être un Art potentiel. Il faudrait que je sois idiot pour lui mentir et encore plus pour entamer sa formation et son éducation sans rien lui expliquer ; car cela laisserait son esprit libre, ouvert aux graines que d'autres pourraient vouloir y semer. N'est-ce pas, mon garçon ? »

Il me dévisageait sans ciller et je pris soudain conscience que je lui rendais son regard. Durant tout son discours nos yeux ne s'étaient pas quittés, chacun déchiffrant l'autre. Dans ceux de l'homme qui était mon grand-père, il y avait de l'honnêteté, une honnêteté abrupte, sèche. Elle n'avait rien de rassurant, mais je savais que je la trouverais toujours là. J'acquiesçai lentement.

« Viens ici. »

Je m'avançai avec circonspection. Une fois que je fus devant lui, il tomba sur un genou pour se mettre à ma hauteur. Le fou s'agenouilla solennellement à côté de nous et nous regarda tour à tour d'un air grave. Royal embrassait la scène d'un œil furibond. A l'époque, je ne me rendis pas compte de l'ironie de la situation : le roi à genoux devant son bâtard de petit-fils ! Je gardai donc une attitude digne lorsqu'il me prit la tarte des mains et la jeta aux jeunes chiens qui m'avaient suivi. Il tira une épingle des replis de soie de son col et, d'un geste auguste, la piqua dans l'humble laine de ma chemise.

« A présent, tu m'appartiens, dit-il, rendant ainsi sa prétention sur ma personne plus importante que tous les liens du sang qui nous unissaient. Dorénavant, tu ne seras plus obligé de manger les restes de personne. Je m'occuperai de toi, et je m'en occuperai bien. Si un homme ou une femme cherche à te retourner contre moi en t'offrant plus que je ne te donne, viens me voir, expose-moi l'offre et je la surpasserai. Jamais tu ne trouveras en moi un ladre et jamais tu ne pourras alléguer de ma part un mauvais emploi de tes talents comme prétexte à me trahir. Me crois-tu, mon enfant ? »

Je hochai la tête, à la manière muette qui était encore la mienne, mais ses yeux bruns qui ne cillaient pas exigeaient davantage.

« Oui, Sire.

– Bien. Je vais donner quelques ordres te concernant. Veille à t'y conformer. Si l'un ou l'autre te paraît étrange, parles-en à Burrich. Ou à moi. Tu n'auras qu'à te présenter à ma porte et à montrer cette épingle. On te laissera entrer. »

Je jetai un coup d'œil à la pierre rouge qui étincelait dans un nid d'argent et je parvins à répéter : « Oui, Sire.

– Ah ! » dit-il à mi-voix ; je sentis une ombre de regret dans sa voix et m'en demandai la raison. Il me libéra de l'emprise de son regard et je repris soudain conscience de ce qui m'entourait, des chiots, de la Grand-Salle, de Royal qui me considérait avec une répulsion nouvelle et du fou qui hochait la tête avec enthousiasme malgré son expression toujours vide. Le roi se releva. Lorsqu'il me tourna le dos, le froid m'envahit comme si je venais de me dépouiller d'un manteau. C'était ma première expérience de l'Art manié par un maître.

« Ça ne te plaît pas, n'est-ce pas, Royal ? fit le roi sur le ton de la conversation.

– Mon roi agit comme il l'entend. » Il était maussade.

Le roi Subtil soupira. « Ce n'est pas ce que je te demandais.

– Ma mère, la reine, ne vous approuvera sûrement pas. En choyant ce gamin, vous allez donner l'impression que vous le reconnaissez. Ça va lui donner des idées, ainsi qu'à d'autres.

– Peuh ! » Le roi gloussa comme s'il était amusé.

Royal monta aussitôt sur ses grands chevaux. « Ma mère, la reine, ne sera pas d'accord avec vous et elle sera mécontente. Ma mère...

– ... n'est plus d'accord avec moi et elle est chroniquement mécontente depuis quelques années déjà. Je n'y fais plus attention, Royal. Elle va brasser de l'air, criailler encore une fois qu'elle ferait mieux de retourner à Bauge pour y être duchesse et toi duc à sa succession. Et si elle est très en colère, elle brandira la menace que, dans ce cas, Labour et Bauge se révolteront et s'instaureront en un royaume autonome dont elle sera la reine.

– Et moi le roi à sa suite ! » ajouta Royal d'un air de défi.

Subtil hocha la tête. « Oui, je pensais bien qu'elle avait semé les graines corruptrices de la trahison dans ton esprit. Ecoute-moi, mon garçon : elle peut gronder tant qu'elle veut, jeter la vaisselle à la tête des serviteurs, ça n'ira jamais plus loin, parce qu'elle sait qu'il vaut mieux être reine d'un royaume en paix que duchesse d'un duché en rébellion. Par ailleurs, Bauge n'a aucune raison de se dresser contre moi, sauf celles que ta mère invente dans sa tête. Ses ambitions ont toujours excédé ses capacités. » Il s'interrompit et regarda Royal dans les yeux. « En matière de royauté, c'est une faiblesse des plus déplorables. »

Je perçus le raz de marée de fureur que Royal réprima, les yeux baissés au sol.

« Allons, viens », dit le roi et Royal trotta derrière lui, obéissant comme un chien. Mais le dernier coup d'œil qu'il me jeta était venimeux.

Sans bouger, je regardai le vieux roi quitter la salle. Un sentiment de perte se répercuta en moi. Curieux homme ! Tout bâtard que je fusse, il aurait pu se déclarer mon grand-père et obtenir gratuitement ce que, pourtant, il avait décidé d'acheter. A la porte, le fou au teint blême s'arrêta ; l'espace d'un instant, il me dévisagea, puis il fit un geste incompréhensible de ses longues et maigres mains. Insulte ou bénédiction ? Ou peut-être seulement le volètement des mains d'un fou ? Il sourit, me tira la langue, puis se hâta de rattraper le roi.

Malgré les promesses du roi, je bourrai le devant de mon justaucorps de gâteaux. Les chiots et moi nous les partageâmes à l'ombre derrière les écuries. Ce fut pour nous tous un petit-déjeuner plus copieux que d'habitude et, par la suite, mon estomac émit des murmures mécontents pendant plusieurs heures. Les chiots se roulèrent en boule et s'endormirent, mais pour ma part mon cœur balançait entre l'angoisse et le plaisir par anticipation. J'en étais presque à souhaiter que rien ne se passe, que le roi oublie ce qu'il m'avait dit. Mais ce ne fut pas le cas.

Tard dans la soirée, je finis par gravir l'escalier de Burrich et pénétrai dans sa chambre. J'avais passé la journée à me demander quelles conséquences les paroles prononcées le matin pouvaient avoir pour moi. J'aurais pu m'épargner cette peine. A mon arrivée, Burrich posa la pièce de harnais qu'il réparait et concentra toute son attention sur moi ; il me dévisagea un moment en silence et je lui rendis son regard. Quelque chose avait changé et cela me faisait peur. Depuis que Burrich avait fait disparaître Fouinot, j'étais convaincu qu'il possédait le pouvoir de vie et de mort sur moi aussi ; qu'on pouvait se débarrasser d'un bâtard aussi aisément que d'un bébé chien. Cela ne m'avait d'ailleurs pas empêché, le temps passant, de me sentir de plus en plus proche de lui ; la dépendance n'exige pas l'amour. L'impression de pouvoir compter sur Burrich était le seul élément stable de mon existence, et cette impression tremblait à présent sur ses bases.

« Bon. » Il parlait enfin, et son ton avait quelque chose de péremptoire. « Alors, il a fallu que tu ailles te coller sous son nez, hein ? Il fallait que tu fasses ton intéressant. Eh bien, il a décidé de ton sort. » Il soupira et son silence changea de qualité ; un bref instant, j'eus presque le sentiment qu'il avait pitié de moi. Mais il reprit :

« Je dois te choisir un cheval pour demain. Il voulait un jeune, pour que je vous forme tous les deux ensemble. Mais j'ai réussi à le convaincre de te faire commencer par une bête plus vieille et plus calme. Un élève à la fois, je lui ai dit. Mais j'avais mes raisons pour te mettre avec un animal moins... moins impressionnable. Tu as intérêt à te tenir comme il faut ; si tu fais l'imbécile, je le saurai. Nous nous comprenons bien ? »

Je hochai brièvement la tête.

« Réponds, Fitz. Il faudra bien que tu te serves de ta langue, si tu dois étudier avec des maîtres et des précepteurs.

– Oui, messire. »

C'était bien de lui. A ses yeux, le cheval qu'il allait me confier passait avant tout ; maintenant que la question était réglée, il m'annonça le reste comme si c'était sans importance.

« Dorénavant, tu te lèveras avec le soleil, mon garçon. Le matin, tu étudieras avec moi comment soigner un cheval et t'imposer à lui ; et aussi comment faire chasser tes chiens comme il faut et t'en faire obéir. Comment un homme commande aux animaux, voilà ce que je vais t'apprendre. » Il insista lourdement sur la dernière phrase, puis se tut pour s'assurer que j'avais bien compris. Mon cœur se serra, mais je hochai la tête, en ajoutant précipitamment : « Oui, messire !

– L'après-midi, tu suivras d'autres cours ; les armes et tout le bataclan. L'Art aussi, sans doute, un jour ou l'autre. En hiver, ce sera en intérieur : langues, signes, écriture, lecture, chiffres, sûrement. Les histoires, aussi. Ce que tu feras de tout ça, je n'en sais rien, mais apprends-le bien, que le roi soit satisfait. C'est un homme qu'il vaut mieux ne pas mécontenter, et encore moins contrarier. Le plus avisé, ç'aurait encore été de ne pas attirer son attention. Mais je ne t'avais pas prévenu et maintenant il est trop tard. »

Il se racla soudain la gorge, puis prit sa respiration. « Il y a encore autre chose qui doit changer. » Il s'empara du bout de cuir sur lequel il travaillait à mon entrée et se pencha dessus. On aurait dit qu'il parlait à ses doigts. « Tu auras une chambre à toi, à partir de maintenant. En haut de la forteresse, là où dorment ceux de sang noble. Tu y dormirais déjà, si tu avais pris la peine de rentrer plus tôt.

– Comment ? Je ne comprends pas ! Une chambre ?

– Ah, tiens, tu sais répondre rapidement quand ça te chante ? Tu m'as entendu, petit. Tu as une chambre à toi, en haut de la forteresse. » Il se tut, puis reprit d'un ton enjoué : « Je vais enfin retrouver mon intimité. Ah ! On prendra aussi tes mesures demain pour t'habiller. Et te faire des bottes. Encore que je ne voie pas bien l'intérêt de mettre une botte à un pied qui n'a pas fini de grandir, mais enfin…

– Je ne veux pas d'une chambre là-haut ! » Aussi oppressante qu'ait pu devenir la vie avec Burrich, je la trouvais soudain préférable à l'inconnu. Je m'imaginais une vaste chambre de pierre, glacée, avec des ombres tapies dans les coins.

« Eh bien, tu en auras quand même une, déclara Burrich, impitoyable. Il est grand temps, et plus que temps. Tu es le fils de Chevalerie, même si tu n'es pas légitime, et te faire vivre ici, dans les écuries, ce n'est pas convenable.

– Mais je m'en fiche ! » m'écriai-je, désespéré.

Burrich leva les yeux sur moi et me dévisagea, le visage fermé. « Eh bien, eh bien ! On a la langue bien pendue, ce soir, hein ? »

Je baissai les yeux. « Toi, tu habites bien ici, observai-je d'un ton maussade. Tu n'es pourtant pas un chien errant.

– Je ne suis pas non plus le bâtard d'un prince, répondit-il sèchement. A partir de maintenant, tu vas coucher à la forteresse, Fitz, un point, c'est tout.

– J'aimerais mieux être un chien errant », m'enhardis-je à rétorquer. Et soudain, toutes mes angoisses me cassèrent la voix quand j'ajoutai : « Tu ne laisserais pas faire ça à un chien errant, tout changer d'un seul coup ! Quand on a donné le petit limier au seigneur Grimbsy, tu lui as donné ta vieille chemise pour qu'il sente un objet de chez lui, le temps qu'il s'habitue.

– Ma foi, dit-il, je ne... Viens ici, Fitz. Viens, mon garçon. »

Et, comme un jeune chien, je m'approchai de lui, le seul maître que j'avais, et il me tapota le dos et me passa la main sur la tête comme il l'aurait fait à un chien.

« Allons, n'aie pas peur. Tu n'as pas à t'inquiéter. Et puis (et je sentis qu'il cédait), on nous a seulement dit que tu devais avoir une chambre à la forteresse. Personne n'a jamais prétendu que tu devais y dormir toutes les nuits. Certains soirs, si tu trouves ta chambre trop calme, tu peux toujours faire un tour par ici. Hein, Fitz ? Ça te va, comme ça ?

– Il faut bien », marmonnai-je.

*

Les quinze jours suivants furent un furieux tourbillon de nouveautés. Burrich me réveilla à l'aube le lendemain, me fit prendre un bain, me récura, me coupa les cheveux qui me tombaient dans les yeux et m'attacha le reste dans le dos en une tresse comme celle des doyens de la forteresse. Il m'intima d'enfiler mes plus beaux habits, puis fit claquer sa langue en voyant qu'ils étaient devenus trop petits pour moi. Enfin, il haussa les épaules en disant qu'il faudrait bien que ça aille.

Ensuite, il m'emmena aux écuries, où il me présenta la jument qui était désormais la mienne. Elle était grise avec une ombre de pommelage. Elle avait la crinière, la queue, les naseaux et les paturons noirs comme si elle s'était promenée dans de la suie. C'était d'ailleurs son nom : Suie. C'était une bête placide, bien découplée et bien soignée. Il aurait été difficile d'imaginer monture moins intimidante. Comme n'importe quel petit garçon, j'avais espéré au minimum un hongre enjoué ; mais non : c'était Suie, ma monture. Je m'efforçai de dissimuler ma déception, mais Burrich dut la percevoir. « Elle ne vaut pas grand-chose, c'est ça que tu penses ? Dis-moi, Fitz, quel superbe destrier est-ce que tu avais hier, pour tordre le nez aujourd'hui devant une bête gentille et en bonne santé comme Suie ? Elle attend un poulain de ce sale caractère d'étalon bai, celui du seigneur

Tempérance, alors veille à la traiter avec douceur. C'est Cob qui la dressait jusqu'à maintenant ; il voulait en faire une jument de chasse, mais j'estime qu'elle te conviendra mieux. Il l'a un peu mauvaise, mais je lui ai promis qu'il pourrait recommencer avec le poulain. »

Burrich avait adapté une vieille selle à mon usage en jurant que, quoi qu'en dise le roi, il ne m'en ferait pas faire une nouvelle tant que je n'aurais pas fait mes preuves à cheval. La jument avançait souplement et répondait sans hésitation aux rênes et à mes genoux. Cob avait fait de l'excellent travail. Le caractère et les réactions de Suie m'évoquaient une mare tranquille ; si elle nourrissait des pensées, elles ne portaient pas sur ce que nous étions en train de faire, et Burrich me surveillait de trop près pour que je me risque à scruter son esprit. Je la menai donc à l'aveuglette, en ne communiquant avec elle que par les genoux, les rênes et les déplacements de mon corps. L'effort physique exigé m'épuisa bien avant la fin de la leçon et Burrich s'en rendit compte. Mais je n'évitai pas pour autant d'étriller la jument et de lui donner à manger, puis de nettoyer ma selle et tout mon fourbi. Il n'y avait plus un nœud dans la crinière de Suie et les vieux cuirs luisaient d'huile lorsque j'eus enfin l'autorisation de me rendre aux cuisines et de me restaurer moi-même.

Mais alors que je fonçais vers la porte de service, Burrich m'attrapa par l'épaule.

« Ça, c'est terminé pour toi, me dit-il d'un ton ferme. C'est bon pour les hommes d'armes, les jardiniers et compagnie ; il y a une salle pour les gens de la noblesse et leurs serviteurs personnels. C'est là que tu vas manger. »

Et, là-dessus, il me propulsa dans une pièce sombre occupée par une longue table, avec, à sa tête, une autre table, plus haute. Toutes sortes de plats y étaient disposés, et des gens étaient installés autour, à différents stades de leur repas ; car lorsque le roi et la reine étaient absents de la haute table, comme c'était le cas aujourd'hui, personne ne se montrait à cheval sur l'étiquette.

Burrich me poussa vers une place sur la gauche, un peu au-dessus du milieu de la table, mais pas de beaucoup. Lui-même s'assit du même côté, mais plus bas. J'étais affamé et, comme nul ne me dévisageait au point de me faire perdre mes moyens, je fis rapidement son affaire à un repas plus que copieux. La nourriture que je chapardais en cuisine était plus chaude et moins desséchée, mais ce genre de considérations ne comptent guère pour un enfant en pleine croissance et je dévorai pour compenser l'absence de petit déjeuner.

L'estomac plein, je songeais à certaine digue chauffée par le soleil et criblée de terriers de lapin, où les chiots et moi passions souvent de somnolents après-midi. Je voulus me lever de table, mais aussitôt un jeune garçon apparut derrière moi : « Maître ? »

Je promenai mon regard sur mes voisins pour voir à qui il s'adressait, mais tout le monde était occupé à jouer du tranchoir. Il était plus grand que moi et plus âgé de plusieurs étés, si bien que je levai des yeux ahuris sur lui lorsqu'il me répéta bien en face : « Maître ? Avez-vous fini de manger ? »

Je hochai la tête, trop étonné pour parler.

« Alors, il faut m'accompagner. C'est Hod qui m'envoie. Vous devez vous entraîner aux armes cet après-midi sur le terrain. Si Burrich en a terminé avec vous, du moins. »

Burrich surgit soudain à côté de moi et m'abasourdit en se laissant tomber sur un genou. Il tira sur mon justaucorps pour le redresser et me lissa les cheveux en disant :

« J'en ai terminé, et pour un moment, sans doute. Allons, n'aie pas l'air si surpris, Fitz ! Tu croyais que le roi n'était pas homme de parole ? Essuie-toi la bouche et en route ! Hod est un maître plus strict que moi ; pas question d'être en retard sur le terrain d'exercice. Allez, va vite avec Brant ! »

J'obéis, le cœur serré. En quittant la salle sur les talons du garçon, j'essayai d'imaginer un maître plus strict que Burrich : le résultat était effrayant.

Une fois dehors, mon guide laissa rapidement tomber ses manières raffinées. « Comment tu t'appelles ? » me demanda-t-il en s'engageant sur l'allée de gravier qui menait à l'armurerie et aux terrains d'exercice en face.

Je haussai les épaules et détournai le regard, feignant un intérêt subit pour les arbustes qui bordaient le chemin.

Brant renifla d'un air entendu. « Allez, il faut bien que t'aies un nom ! Comment est-ce qu'il t'appelle, ce vieux traîne-la-patte de Burrich ? »

Le dédain manifeste du garçon envers Burrich me stupéfia tant que je bredouillai sans le vouloir : « Fitz ! Il m'appelle Fitz.

– Fitz ? » Il émit un petit ricanement. « Ouais, ça m'étonne pas ! Il a son franc-parler, le vieux bancroche !

– C'est un sanglier qui lui a ouvert la jambe », expliquai-je. A l'entendre, on aurait cru que la claudication de Burrich n'était qu'une façon de faire l'intéressant. J'ignore pourquoi, mais ses moqueries me piquaient au vif.

« Je sais ! » Il fit une moue de dédain. « Jusqu'à l'os ! Un grand vieux mâle qui aurait éventré Chev si Burrich s'en était pas mêlé ! A la place, il a croché Burrich et une demi-douzaine de chiens, à ce qu'on m'a dit. » Nous franchîmes une ouverture dans un mur couvert de lierre et les terrains d'exercice se déployèrent soudain devant nous. « Chev s'était approché, croyant devoir seulement achever la bête, mais le cochon s'est relevé d'un bond et lui a couru dessus. Paraît qu'il a cassé la lance du prince comme une brindille. »

Pendu à ses lèvres, je ne le lâchais pas d'une semelle quand il se tourna d'un bloc vers moi. Saisi, je faillis tomber et me rattrapai tant bien que mal en reculant. Mon aîné éclata de rire. « On dirait que Burrich a endossé tous les revers de fortune de Chevalerie, cette année, hein ? C'est ce que disent les hommes, en tout cas. Que Burrich a capturé la mort de Chevalerie et qu'il l'a transformée en jambe boiteuse sur lui-même, et puis qu'il a pris le bâtard de Chev et qu'il en a fait son chouchou. Mais moi, ce que je voudrais savoir, c'est comment ça se fait que tu dois apprendre les armes, d'un seul coup ? Et il paraît que t'as un cheval, aussi ? »

Il y avait davantage que de la jalousie dans son ton. J'ai compris, depuis lors, que bien des gens considèrent la bonne fortune des autres comme un affront personnel. Je sentis son hostilité monter comme si j'avais pénétré sur le territoire d'un chien sans me faire annoncer ; seulement, avec un chien, j'aurais pu établir un contact mental et le rassurer sur mes intentions. Dans le cas de Brant, il n'y avait que l'hostilité, comme un orage qui se lève. Je me demandai s'il allait me frapper et s'il espérait que je me battrais ou que je m'enfuirais. J'avais presque pris la décision de me sauver quand une silhouette imposante toute de gris vêtue apparut derrière Brant et lui saisit la nuque d'une main ferme.

« J'ai entendu dire que le roi a ordonné qu'on lui enseigne les armes, en effet, et qu'on lui donne un cheval pour apprendre à monter. Ça me suffit, et ça devrait être plus que suffisant pour toi, Brant. Et j'ai aussi entendu dire que tu devais l'amener ici et ensuite aller te présenter à maître Tullume, qui a des courses à te confier. Ce n'est pas ce que tu avais entendu ?

– Si, m'dame. » Brant hocha la tête d'un air soumis, son humeur belliqueuse soudain évanouie.

« Et puisque tu "entends dire" toutes ces choses vitales, j'en profite pour te faire remarquer qu'un sage ne révèle pas tout ce qu'il sait ;

et aussi que celui qui colporte des histoires n'a pas grand-chose d'autre dans la tête. Est-ce clair, Brant ?

– Je crois, m'dame.

– Tu crois seulement ? Alors, je vais être plus directe : arrête de fourrer ton nez partout et de jacasser et occupe-toi de ton service. Montre-toi diligent, toujours prêt à bien faire, et peut-être qu'une rumeur finira par dire que tu es mon "chouchou" ! Je te préviens : ce n'est pas le travail qui manque pour t'empêcher de blagasser.

– Oui, m'dame.

– A nous, petit. » Brant courait déjà dans l'allée lorsqu'elle se retourna vers moi. « Suis-moi. »

La vieille femme n'attendit pas de voir si j'obéissais. D'un pas ferme qui m'obligea à prendre le trot, elle se mit en route à travers les terrains d'exercice. Le soleil qui durcissait encore la terre battue me tapait sur les épaules. Je fus en nage presque d'emblée. Mais la femme ne paraissait nullement gênée par son pas rapide.

Elle était vêtue tout de gris : une longue surtunique gris sombre, des jambières plus claires et, recouvrant le tout, un tablier de cuir gris qui lui descendait presque jusqu'aux genoux. Une jardinière quelconque, supposai-je, tout en m'interrogeant néanmoins sur ses souples bottes grises.

« On m'envoie prendre des leçons... avec Hod », articulai-je, le souffle court.

Elle hocha brièvement la tête. Nous pénétrâmes dans l'armurerie ombreuse et mes yeux, soulagés après l'éclat des terrains à l'air libre, purent se rouvrir normalement.

« Je dois apprendre les armes et leur maniement », dis-je, au cas où elle aurait mal compris la première fois.

Elle acquiesça encore une fois et poussa une porte du bâtiment aux allures de grange qui formait l'armurerie extérieure. C'était là, je le savais, qu'on rangeait les armes d'exercice ; celles en bon fer et en bel acier se trouvaient dans la forteresse proprement dite. Dans l'armurerie régnaient la pénombre et une légère fraîcheur, ainsi qu'un parfum de bois, de sueur et de roseaux nouvellement répandus au sol. Elle n'hésita pas et je la suivis devant un casier qui contenait une réserve de bâtons.

« Choisis-en un, dit-elle, ses premiers mots depuis qu'elle m'avait ordonné de l'accompagner.

– Il ne vaudrait pas mieux attendre Hod ? hasardai-je timidement.

– C'est moi, Hod, répondit-elle avec impatience. Prends-toi un bâton, mon garçon. Je veux passer un moment seule avec toi avant que les autres arrivent pour me rendre compte de quel bois tu es fait et de ce que tu sais. »

Il ne lui fallut guère de temps pour établir que je ne savais pratiquement rien et que je me décourageais facilement. Quelques coups et parades de sa canne marron et elle fit sauter la mienne de mes mains meurtries.

« Hum », fit-elle sans hargne, mais sans amabilité non plus ; le raclement de gorge du jardinier devant un plant de pomme de terre victime d'un début de brunissure. Je tendis mon esprit vers elle et y trouvai la même quiétude que chez ma jument. J'y aurais en vain cherché la circonspection que Burrich manifestait envers moi. Ce fut, je crois, la première fois où je m'aperçus que certaines personnes, à l'instar de certains animaux, étaient totalement inconscients de mon contact. J'aurais pu m'enfoncer davantage dans son esprit, mais j'étais si soulagé de n'y découvrir nulle hostilité que je redoutai de la susciter par mon intrusion. Je préférai donc m'abstenir et supportai sans bouger son examen.

« Comment t'appelles-tu, petit ? » demanda-t-elle brusquement.

Encore ! « Fitz », répondis-je à mi-voix.

Elle fronça les sourcils. Je redressai les épaules et, d'une voix plus forte : « Fitz ; c'est comme ça que Burrich m'appelle. »

Elle tressaillit légèrement. « Ça ne m'étonne pas ; il appelle une chienne une chienne, et un bâtard un bâtard ! Bon… Je crois comprendre ses raisons. Tu te nommes donc Fitz, et c'est comme ça que je t'appellerai aussi. Bien ; maintenant, je vais t'expliquer pourquoi le bâton que tu avais pris était trop long pour toi et trop épais. Ensuite, tu en choisiras un autre. »

Ainsi fut fait, et elle me mena lentement par les phases d'un exercice qui me parut alors infiniment complexe mais qui, à la fin de la semaine, ne me semblait pas plus difficile que de tresser la crinière de ma jument. Nous finissions lorsque le reste des élèves arriva. Ils étaient quatre, tous plus ou moins du même âge que moi, mais plus avancés, ce qui régla un problème, car le nombre d'élèves était désormais impair et aucun n'avait particulièrement envie du nouveau comme partenaire.

Par miracle, je survécus à cette première journée, bien que le comment de la chose se fonde aujourd'hui dans un oubli miséricordieux. Je me rappelle mes muscles douloureux lorsque Hod nous congédia enfin, puis mes compagnons remontant l'allée au pas de course en direction de la forteresse, tandis que je me traînais d'un air lugubre loin derrière eux en me fustigeant intérieurement d'avoir attiré l'œil du roi. La montée jusqu'à la forteresse était longue et la salle à manger bruyante et bondée. J'étais trop exténué pour avoir beaucoup d'appétit. Une assiette de ragoût et un peu de pain constituèrent, me semble-t-il, tout mon repas et je me dirigeais vers la porte en claudiquant, n'aspirant qu'à la chaleur et au calme des écuries, lorsque Brant m'accosta de nouveau.

« Ta chambre est prête », se contenta-t-il de dire.

J'adressai un regard désespéré à Burrich, mais il était en pleine conversation avec son voisin de table et ne perçut pas ma supplication muette. Aussi me retrouvai-je de nouveau à suivre Brant, cette fois à l'assaut d'une vaste volée de marches en pierre qui menaient dans une partie de la forteresse que je n'avais jamais explorée.

Nous fîmes halte à un palier où Brant prit un candélabre posé sur une table et l'alluma. « C'est la famille royale qui habite dans cette aile, m'informa-t-il, désinvolte. Le roi a une chambre à coucher grande comme l'écurie au bout de ce couloir. » Je hochai la tête, croyant aveuglément à tout ce qu'il me racontait, mais je devais apprendre par la suite qu'un coursier comme Brant ne pénétrait jamais dans l'aile royale. C'était réservé à des laquais plus importants. Il me fit encore monter un escalier, puis nous nous arrêtâmes de nouveau. « Ici, c'est les chambres des visiteurs, dit-il en agitant son candélabre, si bien que la flamme des bougies se coucha comme une bannière au vent. Des visiteurs de marque, je veux dire. »

Et nous suivîmes à nouveau l'escalier, dont la largeur allait diminuant, visiblement ; en levant les yeux, j'aperçus avec effroi un autre escalier encore plus étroit et encore plus raide. Mais Brant ne m'y conduisit pas ; nous nous enfonçâmes dans la nouvelle aile. Passé trois portes, il fit coulisser le loquet d'une porte en planches qu'il poussa de l'épaule. Elle s'ouvrit pesamment et non sans heurt. « Ça fait un moment que la chambre est plus occupée, observa-t-il d'un ton enjoué. Mais elle est à toi maintenant ; bienvenue chez toi. » Et là-dessus il posa le candélabre sur un coffre, en extirpa une bougie et s'en fut. Il referma la lourde porte derrière lui et je me retrouvai seul dans la semi-obscurité d'une vaste chambre inconnue.

J'ignore comment je parvins à me retenir de lui courir après ou seulement d'ouvrir la porte. Me saisissant du candélabre, j'allumai les flambeaux muraux ; deux nouveaux jeux de bougies refoulèrent les ombres menaçantes dans les angles. Il y avait une cheminée où crachotait un feu ridicule. Je l'attisai un peu, plus pour en obtenir de la lumière que de la chaleur, puis j'entrepris d'explorer mes quartiers.

La pièce était un simple cube avec une seule fenêtre. Les murs de pierre, de la même pierre que j'avais sous les pieds, n'étaient adoucis que par une tapisserie pendue sur l'un d'eux. Je levai ma bougie pour l'examiner, mais ne pus en éclairer qu'une petite surface à la fois. Je distinguai une créature luisante et ailée et, devant elle, un personnage aristocratique dans une attitude suppliante. On m'informa plus tard qu'il s'agissait du roi Sagesse auquel les Anciens apportaient leur aide. Sur le moment, la scène me parut plutôt inquiétante et je m'en détournai.

Un effort superficiel avait été fait pour donner un air propre à la pièce. Des herbes et des roseaux frais avaient été répandus par terre et, à son aspect gonflé, le lit de plume avait été récemment secoué. Les deux couvertures étaient de bonne laine. Les rideaux de lit étaient ouverts et l'on avait épousseté le coffre et le banc, seuls autres meubles de la chambre. A mes yeux naïfs, c'était un décor splendide : un vrai lit, avec ciel et tentures, un banc muni d'un coussin et un coffre où ranger mes affaires ! C'était davantage de meubles que je n'en avais jamais eu. Le fait qu'ils soient à mon usage exclusif les grandissait encore. Il y avait aussi l'âtre, auquel j'ajoutai hardiment une bûche, et la fenêtre, avec un fauteuil en chêne devant, les volets fermés pour empêcher l'air nocturne d'entrer, mais qui donnait sans doute sur la mer.

Le coffre était tout simple, avec des coins de bronze. Foncé à l'extérieur, il était fait à l'intérieur d'un bois clair qui dégageait un agréable parfum, comme je le découvris en l'ouvrant. J'y trouvai ma garde-robe limitée qu'on avait montée des écuries. Deux chemises de nuit y avaient été ajoutées, ainsi qu'une couverture de laine roulée dans un angle. C'était tout. Je pris une des chemises et refermai le coffre.

J'étalai le vêtement sur le lit et y grimpai moi-même. Il était un peu tôt pour songer à dormir, mais j'avais mal partout et je ne voyais pas quoi faire d'autre. Dans sa chambre au-dessus des écuries, Burrich devait être occupé à quelque tâche, à boire ou réparer un harnais. Un feu crépitait dans l'âtre et le bruit étouffé des chevaux qui bougeaient montait des écuries, en dessous. La pièce était imprégnée de l'odeur du cuir, de l'huile et de Burrich lui-même ; elle ne sentait pas la pierre humide ni la poussière. J'enfilai la chemise de nuit, repoussai mes habits au pied de mon lit et me pelotonnai au creux du matelas de plume ; il était froid et ma peau se hérissa. Mais, peu à peu, la chaleur de mon corps le réchauffa et je commençai à me détendre. J'avais eu une journée bien remplie et exténuante ; chacun de mes muscles me paraissait à la fois douloureux et fatigué. J'aurais dû me relever pour éteindre les bougies, mais je n'en trouvai pas l'énergie ; je n'aurais d'ailleurs pas eu le courage de plonger la pièce dans les ténèbres. Aussi somnolai-je, les yeux mi-clos sur les flammes vacillantes du petit feu. Bien inutilement, j'aspirais à autre chose, à une situation où mon choix ne se limiterait pas à cette chambre lugubre ou à l'atmosphère tendue de celle de Burrich ; à une tranquillité que j'avais peut-être connue ailleurs mais que je n'arrivais plus à me rappeler. Et c'est dans cet état d'esprit que je sombrai dans le sommeil.

4
APPRENTISSAGE

On raconte une histoire à propos du roi Vainqueur, le conquérant de l'île qui devint ultérieurement le Duché de Bauge. Très peu de temps après avoir annexé les terres de Bord-du-Sable, il fit mander la femme qui, ne se fût-il pas emparé de son pays, eût été la reine de Bord-du-Sable. Elle se rendit à Castelcerf en proie à un grand émoi, redoutant le voyage, mais redoutant plus encore les conséquences qu'auraient à subir les gens de son peuple si elle leur demandait de la cacher. A son arrivée, elle apprit avec un mélange de stupéfaction et de vague dépit que Vainqueur comptait l'employer, non comme servante, mais comme préceptrice pour ses enfants, afin qu'ils apprissent la langue et les coutumes de son pays. Quand elle lui demanda pourquoi il leur faisait enseigner la vie des siens, il répondit : « Un souverain doit être de tout son peuple, car on ne peut diriger que ce que l'on connaît. » Plus tard, elle épousa de son plein gré son fils aîné et prit le nom de reine Bienveillance à son couronnement.

*

Le soleil dans mes yeux me réveilla. Quelqu'un était entré dans ma chambre et avait ouvert mes volets. On avait laissé une cuvette, un linge et une cruche d'eau sur le coffre. Je m'en réjouis, mais même la toilette ne parvint pas à me ragaillardir. J'étais encore abruti de sommeil et je me rappelle mon malaise à l'idée qu'on pût pénétrer ainsi dans ma chambre et s'y déplacer sans me réveiller.

Comme je l'avais deviné, la fenêtre donnait sur la mer, mais je n'eus guère le temps d'apprécier la vue. Un coup d'œil au soleil m'apprit que j'étais en retard. Je m'habillai à la diable et me précipitai aux écuries sans m'arrêter pour manger.

Mais Burrich avait peu de temps à m'accorder ce matin. « Remonte, me dit-il. Maîtresse Pressée a déjà envoyé Brant te chercher ici. Elle doit prendre tes mesures pour t'habiller. Tu as intérêt à la rejoindre en vitesse ; elle n'a pas volé son nom et elle n'appréciera pas que tu chamboules son programme de la matinée. »

Revenir au trot sur mes pas réveilla toutes mes courbatures de la veille. Tout inquiet que je fusse à l'idée de rencontrer cette maîtresse Pressée et de me faire prendre mes mesures pour des habits dont je n'avais pas besoin, j'en étais convaincu, je fus soulagé de n'avoir pas à remonter à cheval ce matin-là.

Après m'être enquis de mon chemin au sortir des cuisines, je trouvai enfin maîtresse Pressée dans une pièce un peu au-delà de ma chambre, dans le même couloir. J'hésitai devant la porte, puis jetai un coup d'œil à l'intérieur. Accompagné d'une douce brise marine, le soleil entrait à flots par trois hautes fenêtres ; des paniers de fil et de laine teintée s'empilaient le long d'un mur, tandis que sur une grande étagère appuyée à un autre se déployait un arc-en-ciel d'étoffes. Deux jeunes femmes bavardaient au-dessus d'un métier à tisser et, dans un coin, un garçon pas beaucoup plus vieux que moi se balançait au rythme lent d'un rouet. Je ne doutai pas que la femme dont je ne voyais que le large dos fût maîtresse Pressée.

Les deux jeunes bavardes me remarquèrent et s'interrompirent. Maîtresse Pressée suivit leur regard et l'instant d'après j'étais entre ses griffes. Elle ne perdit pas de temps en présentations ni en explications. En un tournemain, je me retrouvai debout sur un tabouret et, en fredonnant, elle me fit pivoter sur moi-même, pris mes mesures, le tout sans la moindre considération pour ma dignité, ni même pour ma qualité d'humain. S'adressant aux jeunes femmes, elle dénigra mes vêtements, observa très calmement que je lui rappelais tout à fait Chevalerie enfant et que mes mesures et mon teint se rapprochaient des siens au même âge. Elle leur demanda ensuite leur opinion tout en tenant devant moi divers coupons de tissu.

« Celui-ci, dit une des tisseuses. Ce bleu flatte son teint sombre. Ç'aurait bien été à son père. Encore une chance que Patience ne doive jamais voir cet enfant ; il porte si clairement sur son visage l'empreinte de Chevalerie que son orgueil ne s'en serait jamais relevé. »

Et c'est ainsi que, debout, drapé de lainages, j'appris ce que tout le monde à Castelcerf savait à part moi. Les tisseuses se racontèrent avec force détails l'arrivée de la rumeur de mon existence à la forteresse et aux oreilles de Patience, bien avant que mon père pût la lui révéler lui-même, et la profonde angoisse qu'elle en avait conçu. Car Patience n'avait pas d'enfants et, bien que Chevalerie n'eût jamais eu un mot pour lui jeter la pierre, chacun imaginait bien à quel point il devait être difficile pour l'héritier de la couronne de ne point avoir de fils à qui transmettre un jour le titre. Patience prit mon apparition comme le reproche suprême et sa santé, déjà vacillante à force de fausses couches, s'effondra en même temps que son âme. Pour son bien autant que par rectitude de caractère, Chevalerie avait renoncé au trône et ramené son épouse valétudinaire dans les terres et le climat accueillants de sa province d'origine. L'on disait qu'ils y menaient une existence douce et confortable, que la santé de Patience se remettait lentement et que Chevalerie, sensiblement plus posé qu'autrefois, apprenait peu à peu à gérer sa vallée aux vignes abondantes. Il était bien triste que Patience condamnât aussi Burrich pour l'écart de conduite de son époux et eût déclaré ne plus pouvoir supporter sa vue ; car entre sa blessure à la jambe et l'abandon de Chevalerie, le vieux Burrich n'était plus l'homme qu'il avait été. Il y avait eu un temps où les femmes de la forteresse ne pressaient pas le pas en le croisant ; attirer son regard, c'était susciter la jalousie de tout ce qui portait jupon. Mais aujourd'hui ? On l'appelait le vieux Burrich, alors qu'il était encore dans la force de l'âge ! C'était une criante injustice ; comme si un serviteur avait son mot à dire sur les actes de son maître ! Mais, finalement, tout était pour le mieux, concluaient les tisseuses ; après tout, Vérité ne faisait-il pas un roi-servant bien meilleur que Chevalerie ? Ce dernier était si rigoureusement aristocratique qu'en sa présence chacun se sentait mesquin et débraillé ; il ne se permettait jamais le moindre écart de justice et, bien qu'il fût trop courtois pour dénigrer ceux qui ne l'imitaient pas, on avait toujours le sentiment que sa conduite parfaite était un reproche muet adressé aux misérables dotés d'une discipline plus relâchée. Mais, soudain, voilà que le bâtard était arrivé après tant d'années et, ma foi, c'était bien la preuve qu'il n'avait pas toujours été l'homme qu'il prétendait. Ah, Vérité, ça, c'était un homme parmi les hommes, un roi en qui le peuple reconnaissait la royauté. Il n'avait pas peur de monter à cheval, il maniait les armes aux côtés de ses hommes et s'il lui était arrivé de s'enivrer ou de se montrer chahuteur, eh bien, il le reconnaissait sincèrement, bien digne du nom qu'il portait. Le peuple pouvait comprendre un tel homme et lui obéir.

Tout cela, je l'écoutais avidement, sans mot dire, tandis qu'on essayait divers tissus sur moi, qu'on les discutait et qu'on les choisissait. Je compris du coup beaucoup mieux pourquoi les enfants de la forteresse me laissaient hors de leurs jeux. Si ces femmes envisagèrent que je puisse nourrir des pensées ou des sentiments particuliers sur leur conversation, elles ne le manifestèrent pas. La seule remarque que me fit maîtresse Pressée, autant que je m'en souvienne, portait sur le fait que je devais mieux me nettoyer le cou ; après quoi, elle me chassa de la pièce comme un poulet agaçant, et je me retrouvai dans le couloir, en route pour les cuisines dans l'espoir de trouver quelque chose à manger.

L'après-midi, j'eus de nouveau cours avec Hod et m'exerçai tant et si longtemps que j'eus la conviction que mon bâton avait mystérieusement doublé de poids. Puis la table et le lit, puis à nouveau le réveil au petit matin et le retour sous la tutelle de Burrich. Mon apprentissage dévorait mes journées et les rares moments libres que je me trouvais étaient engloutis sous les corvées associées à mon enseignement, travaux de sellerie pour Burrich ou nettoyage et rangement de l'armurerie pour Hod. A la date prévue, je découvris un après-midi, rangés sur mon lit, non pas un, ni deux, mais trois costumes, les bas compris. Deux étaient en tissu très ordinaire, de la teinte marron que la plupart des enfants de mon âge paraissaient porter, mais le troisième était en fin tissu bleu et présentait sur la poitrine une tête de cerf brodée en fil d'argent. Burrich et les autres hommes d'armes arboraient un cerf bondissant comme emblème. Je n'avais jamais vu la tête seule que sur le pourpoint de Royal et de Vérité. Je considérai donc le dessin d'un œil émerveillé, mais non sans m'interroger sur la zébrure de fil rouge qui le barrait en diagonale.

« Ça veut dire que tu es un bâtard, me répondit abruptement Burrich lorsque je le questionnai. On te reconnaît de sang royal, mais bâtard quand même. C'est tout. C'est simplement une façon rapide de montrer que tu es de sang royal, mais pas de pure lignée. Si ça ne te plaît pas, tu peux changer d'emblème. Je suis sûr que le roi te l'accorderait. Un nom et un écusson à toi.

– Un nom ?

– Bien sûr ! C'est une requête assez banale. Les bâtards sont rares dans les maisons nobles, et surtout dans celle du roi, mais pas inconnus. » Sous prétexte de m'enseigner l'art de bien traiter une selle, il m'entraînait dans la sellerie et passait en revue toutes les vieilles pièces de harnachement inutilisées. Entretenir et récupérer les vieux harnais était une des obsessions les plus curieuses de Burrich. « Invente-toi un nom et des armoiries, et ensuite demande au roi…

– Quel genre de nom ?

– Je ne sais pas, celui qui te plaira. Ce harnais-ci m'a l'air en mauvais état. On l'a rangé humide et il s'est piqué. Enfin, on va voir ce qu'on peut en faire.

– Je n'aurais pas l'impression que c'est pour de vrai.

– Quoi ? » Il me tendait une brassée de cuir à l'odeur âcre. Je la pris.

« Un nom que je me donnerais moi-même. Je n'aurais pas l'impression que c'est vraiment le mien.

– Qu'est-ce que tu comptes faire, alors ? »

Je pris une inspiration. « C'est le roi qui devrait me nommer. Ou toi. » Je rassemblai mon courage. « Ou mon père. Tu ne crois pas ? »

Burrich fronça les sourcils. « Tu as des idées drôlement bizarres. Réfléchis-y un peu tout seul. Tu trouveras bien un nom qui te conviendra, fils.

– Fitz, fis-je, ironique, et je vis les mâchoires de Burrich se crisper.

– Bon, si on remettait ce cuir en état ? » proposa-t-il d'un ton calme.

Nous transportâmes le travail sur l'établi et nous mîmes au nettoyage. « Ce n'est pas si rare que ça, les bâtards, observai-je. Et dans la ville, leurs parents leur donnent un nom.

– Dans la ville, les bâtards ne sont pas si rares, oui, acquiesça Burrich au bout d'un moment. Les soldats et les marins courent la gueuse ; c'est fréquent chez les gens du commun. Mais pas chez les rois. Ni chez personne qui ait un tant soit peu de fierté. Qu'est-ce que tu aurais pensé de moi, quand tu étais plus petit, si j'étais parti le soir courir la prétentaine ou si j'avais ramené des femmes dans la chambre ? Comment est-ce que tu considérerais les femmes, maintenant ? Et les hommes ? C'est très bien de tomber amoureux, Fitz, et personne n'interdit un baiser par-ci par-là à un jeune homme ou une jeune femme. Mais j'ai vu comment ça se passe à Terrilville ; des marchands amènent de jolies gamines ou des jeunes femmes bien tournées au marché comme si c'étaient des poulets ou des pommes de terre. Et les enfants qu'elles finissent par avoir ont peut-être un nom, mais ils n'ont pas grand-chose d'autre. Et même quand elles se marient, elles n'en conservent pas moins leurs... habitudes. Si jamais je tombe sur la femme qu'il me faut, je tiendrai à ce qu'elle sache que je n'en regarderai jamais une autre. Et je voudrai avoir l'assurance que tous mes enfants sont de moi. » Le ton de Burrich était presque passionné.

Je levai vers lui des yeux malheureux. « Alors qu'est-ce qui s'est passé, avec mon père ? »

Il eut soudain l'air fatigué. « Je ne sais pas, petit. Je ne sais pas. Il était jeune, une vingtaine d'années à peine. Il était loin de chez lui et il essayait de porter un fardeau bien lourd. Ça n'explique rien et ça ne l'excuse pas ; mais c'est tout ce que toi ou moi en saurons jamais. »

Il n'ajouta rien de plus.

Mon existence se poursuivit selon la même routine. Certains soirs, je demeurais en compagnie de Burrich, et, plus rarement, je restais dans la Grand-Salle lorsque s'y produisait un ménestrel ou un montreur de marionnettes. A de très longs intervalles, je parvenais à me faufiler en ville pour une soirée que je payais immanquablement le lendemain en tombant de sommeil. Mes après-midi, je les passais automatiquement avec un précepteur ou un maître enseignant. Je finis par comprendre qu'il s'agissait là de cours d'été et qu'en hiver je ferais connaissance avec un enseignement centré sur les plumes et les lettres. J'étais plus occupé que je ne l'avais jamais été de toute ma courte vie. Et pourtant, la plupart du temps, malgré ce programme chargé, j'étais seul.

La solitude !

Elle venait me rejoindre chaque soir alors que j'essayais en vain de trouver un petit coin douillet dans mon grand lit. A l'époque où je couchais dans les quartiers de Burrich, au-dessus des écuries, mes nuits étaient brumeuses, mes rêves mouchetés du contentement confortable et las des animaux bien employés qui bougeaient dans leur sommeil et heurtaient les cloisons en dessous de moi. Les chevaux et les chiens rêvent, comme le sait quiconque a observé un molosse en train de japper et de tressaillir au cours d'une chasse au pays des songes. Leurs rêves étaient pour moi comme les effluves odorants de la cuisson du bon pain. Mais désormais, isolé dans une pièce aux murailles de pierre, j'avais tout le temps de m'immerger dans ces cauchemars dévorants, douloureux, qui sont le lot des humains. Disparu, le barrage douillet derrière lequel me protéger, disparus, mes frères, mes parents que je sentais sous mes pieds. Je restais éveillé dans mon lit à m'interroger sur mon père et ma mère, et sur la facilité avec laquelle ils m'avaient effacé de leur vie. J'entendais les propos que d'autres échangeaient devant moi sans y prendre garde, et j'interprétais leurs commentaires à ma propre façon, terrifiante. Je me demandais ce qu'il allait advenir de moi quand je serais grand et le roi Subtil décédé. Parfois aussi, je me demandais si je manquais à Molly Brise-Pif et à Kerry, ou bien s'ils avaient accepté ma soudaine disparition avec autant d'aisance qu'ils avaient accepté mon arrivée. Mais c'était la solitude dont je souffrais le plus, car dans toute l'immense forteresse, il n'était personne que je perçoive comme un ami. Personne à part les animaux, avec lesquels Burrich m'avait interdit d'avoir la moindre intimité.

Un soir, je m'étais couché, éreinté, mais le sommeil ne m'avait emporté, bien à contrecœur, qu'après que mes inquiétudes m'eurent longuement tourmenté. La lumière me réveilla, mais je décelai aussitôt une anomalie : je n'avais pas dormi assez longtemps et la lumière était d'un jaune vacillant très différent de l'éclat blanc du soleil qui se déversait habituellement par ma fenêtre. J'émergeai de mauvaise grâce et ouvris les yeux.

Il se tenait au pied de mon lit, une lampe à la main. En soi, l'objet constituait déjà une rareté à Castelcerf où les bougies étaient plus courantes, mais ce ne fut pas seulement la lueur jaunâtre de la lampe qui retint mon attention : l'homme en lui-même était étrange. Sa robe avait la couleur de la laine brute qui a été lavée, mais par intermittence et pas récemment. Ses cheveux et sa barbe étaient à peu près dans les mêmes tons et leur aspect hirsute donnait la même impression de négligence. Malgré la couleur de sa chevelure, je fus incapable de lui donner un âge. Il y a certaines véroles qui marquent leur passage ; mais je n'avais jamais vu de visage aussi grêlé que celui-là, couvert de dizaines et de dizaines de minuscules cicatrices rondes, d'un rose et d'un rouge agressifs, telles de petites brûlures, sur une peau livide même dans l'éclat jaune de la lampe. Il avait des mains osseuses aux tendons saillants, recouvertes d'une peau blanche qui ressemblait à du parchemin. Il me dévisagea et, malgré la piètre lumière de la lampe, je vis qu'il avait les yeux verts, les plus perçants que j'eusse jamais observés. On eût dit ceux d'un chat lorsqu'il chasse et son regard exprimait le même mélange de plaisir et de férocité. Je ramenai ma courtepointe jusque sous mon menton.

« Tu es réveillé, dit-il. Tant mieux. Lève-toi et suis-moi. »

Il fit brusquement demi-tour et s'éloigna de la porte vers un angle de ma chambre obscurci d'ombre, entre l'âtre et le mur. Il me jeta un coup d'œil et leva plus haut sa lampe. « Dépêche-toi, mon garçon ! » fit-il d'un ton irrité, en faisant sonner contre le montant de mon lit le bâton sur lequel il s'appuyait.

Je m'extirpai de mes draps et grimaçai au contact du sol froid sous mes pieds nus. Je voulus prendre mes habits et mes chaussures, mais il ne m'attendait pas. Il regarda une fois par-dessus son épaule pour voir ce qui me retardait, et son coup d'œil perçant suffit à me faire lâcher mes vêtements en tremblant.

Je le suivis donc sans un mot, en chemise de nuit, sans pouvoir m'expliquer pourquoi. Sauf qu'il me l'avait ordonné. A sa suite, j'arrivai devant une porte qui n'avait jamais existé à cet endroit, puis montai un étroit escalier en colimaçon seulement éclairé par la lampe qu'il tenait au-dessus de sa tête. Je me trouvais dans son ombre portée, si bien que je tâtonnais du pied dans des ténèbres mouvantes pour ne pas rater les marches. Elles étaient froides, usées, lisses et remarquablement régulières ; et elles montaient et montaient sans cesse, au point que j'eus l'impression au bout d'un moment d'avoir dépassé la plus haute tour que possédât la forteresse. Un courant d'air glacé s'élevait le long de l'escalier et s'infiltrait par le bas de ma chemise, mais ce n'était pas seulement à cause du froid que je me recroquevillais. L'ascension continua, et enfin mon guide poussa une porte qui, pour être massive, n'en pivota pas moins sans bruit et sans difficulté. Nous pénétrâmes dans une pièce.

Une chaude lumière tombait de plusieurs lampes suspendues par de fines chaînes à un plafond invisible. La pièce était vaste, facilement trois fois plus que la mienne. Une de ses extrémités m'attira tout de suite, dominée par un énorme lit de bois doté d'un matelas de plume et de coussins épais. Des tapis se chevauchaient sur le sol, entremêlant leurs rouges écarlates, leurs verts vif et leurs bleus profonds ou pastel. Sur une table au bois couleur de miel sauvage trônait un saladier rempli de fruits si parfaitement mûrs que je sentis leurs parfums de là où je me trouvais. Des grimoires et des rouleaux gisaient un peu partout, comme si leur rareté ne présentait aucun intérêt. Trois des murs étaient tendus de tapisseries représentant un paysage vallonné avec, au loin, des piémonts boisés. Je voulus m'approcher, mais…

« Par ici », dit mon guide sans s'arrêter et il me conduisit à l'autre bout de la chambre.

Là, le spectacle était différent. Une table dont une plaque de pierre formait le plateau occupait la scène ; la surface en était fort roussie et tachée, et divers instruments y étaient posés, récipients, ustensiles, balance, mortier, pilon, et bien d'autres dont j'ignorais le nom. Une fine couche de poussière s'étendait sur la plupart, comme si certains projets s'étaient vus abandonner à mi-chemin des mois, voire des années plus tôt. Derrière la table, une étagère abritait une pagaille de rouleaux, certains bordés de bleu ou de dorure. Il se dégageait de la pièce une odeur à la fois piquante et aromatique ; des paquets d'herbes séchaient sur une autre étagère. J'entendis un bruissement et aperçus un vague mouvement dans un angle éloigné, mais l'homme ne me laissa pas le loisir de pousser mes recherches. La cheminée qui aurait dû réchauffer la partie de la chambre où nous nous trouvions béait, noire et glacée. Les cendres qu'elle contenait semblaient humides et mortes. Cessant d'examiner la chambre, je regardai mon guide. Mon air effaré parut le surprendre ; il détourna les yeux pour les promener lentement sur la chambre ; après qu'il l'eut étudiée un moment, je perçus en lui un agacement gêné.

« C'est un peu en désordre. Plus qu'en désordre, même. Mais, bast, ça fait déjà un moment ; et même un bon moment. Enfin, tout ça se réglera bientôt. Mais d'abord, les présentations. Il fait un peu frisquet pour se balader avec seulement une chemise de nuit sur le dos, j'imagine ? Par ici, mon garçon. »

Je le suivis à l'autre bout de la salle, plus accueillant. Il prit place dans un fauteuil en bois délabré drapé de couvertures ; quant à moi, j'enfonçai avec délices mes orteils nus dans les poils d'un tapis de laine. Je restai debout devant lui cependant que ses yeux de fauve me parcouraient de la tête aux pieds. Le silence se prolongea quelques minutes ; enfin, il parla.

« Tout d'abord, permets-moi de te présenter à toi-même. Tes origines sont visibles au premier coup d'œil. Subtil a préféré les reconnaître, car aucun démenti de sa part n'aurait convaincu qui que ce soit. » Il se tut un instant et sourit, comme amusé. « Dommage que Galen refuse de t'apprendre l'Art. Il y a des années, on en a restreint l'enseignement de peur d'en faire un instrument trop couramment employé. Je parie que si le vieux Galen essayait, il découvrirait que tu es doué. Mais nous n'avons pas le temps de nous inquiéter de ce qui n'arrivera pas. » Il soupira d'un air songeur et resta un moment silencieux ; soudain, il reprit : « Burrich t'a appris à la fois à travailler et à obéir, deux domaines dans lesquels il excelle lui-même. Tu n'es pas particulièrement fort, ni rapide ni brillant ; ne te fais donc pas d'illusions. Mais tu acquerras la ténacité nécessaire pour abattre à l'usure ceux qui seront plus forts, plus rapides ou plus brillants que toi. Et cela représente davantage un danger pour toi que pour les autres. Mais, en ce qui te concerne pour l'instant, ce n'est pas le plus important.

« Tu es désormais l'homme lige du roi. Et tu dois dès maintenant te mettre dans la tête qu'il n'y a rien de plus important pour toi. Il te nourrit, t'habille, veille à ton éducation, et tout ce qu'il demande en retour, pour le moment, c'est ta loyauté. Plus tard, il requerra tes services. Telles sont les conditions selon lesquelles je serai ton professeur : ton état d'homme lige du roi et ton absolue loyauté envers lui. Car si tel n'était pas le cas, il serait trop dangereux de t'enseigner mon art. » Il se tut et, pendant un long moment, nous restâmes ainsi, simplement à nous regarder. « Acceptes-tu ? demanda-t-il enfin, et ce n'était pas une question de pure forme : c'était la ratification d'un marché.

– Oui », répondis-je ; puis, voyant qu'il attendait autre chose : « Je vous donne ma parole.

– Parfait ! » Et il mit toute sa sincérité dans ce mot. « Autre chose, à présent : m'as-tu déjà vu ?

– Non. » Je pris soudain conscience de la bizarrerie de la chose ; car, bien qu'il y eût souvent des étrangers de passage à la forteresse, cet homme y vivait manifestement depuis très longtemps ; et je connaissais de vue, sinon de nom, tous les résidents.

« Sais-tu qui je suis, mon garçon ? Et ce que tu fais ici ? »

Je fis non de la tête en réponse aux deux questions. « Eh bien, personne d'autre n'en sait rien non plus. Tu devras faire en sorte que cela ne change pas. Qu'il n'y ait pas le moindre doute dans ton esprit là-dessus : tu ne dois parler à personne de ce que nous faisons ici ni de ce que tu y apprends. Tu m'as bien compris ? »

Mon acquiescement muet dut le satisfaire, car il se détendit dans son fauteuil. A travers sa robe de laine, ses mains osseuses agrippèrent ses genoux. « Bien, bien ! Allons, tu peux m'appeler Umbre ; et moi, je t'appellerai... ? » Il se tut, mais devant mon mutisme, il acheva lui-même : « ... mon garçon. Ce ne sont nos noms ni à l'un ni à l'autre, mais ça ira pour le temps que nous passerons ensemble. Je suis donc Umbre, et je suis un nouveau professeur – oui, encore un ! – que Subtil t'a dégoté. Il lui a fallu du temps pour se rappeler que j'étais ici, et de l'espace pour se donner le courage de me demander ce service. De mon côté, il m'a fallu encore plus longtemps pour accepter de t'enseigner. Mais c'est du passé. Quant à ce que je dois t'apprendre… voyons… »

Il se leva et s'approcha du feu. Il y plongea le regard, la tête penchée de côté, puis se baissa pour attraper le tisonnier et remua les braises pour activer les flammes. « Il s'agit de t'enseigner le meurtre, plus ou moins. A tuer les gens. L'art raffiné de l'assassinat diplomatique ; ou bien comment rendre aveugle ou sourd ; ou encore comment affaiblir les membres, provoquer une paralysie, une impuissance ou une toux débilitantes ; ou déclencher une sénilité précoce, ou la folie, ou… mais peu importe. Tout cela, c'est mon métier. Et ce sera le tien, si tu l'acceptes. Sache à priori que je vais t'apprendre à tuer des gens. Pour ton roi. Pas à la façon spectaculaire que t'enseigne Hod, pas sur le champ de bataille, sous les yeux et les acclamations de tes camarades. Non : je vais t'apprendre la manière furtive, sournoise, polie de tuer les gens. Tu y prendras peut-être goût, ou peut-être pas. Ce n'est pas de mon ressort. Mais ce à quoi je veillerai, c'est que tu sois efficace. Et aussi à une autre chose, car c'est la condition que j'ai posée au roi Subtil : que tu saches ce que tu apprends, ce qui n'était pas mon cas à ton âge. Bien ! Je dois donc t'enseigner à devenir un assassin. Cela te convient-il, mon garçon ? »

Je hochai à nouveau la tête, avec hésitation, ne sachant que faire d'autre.

Il me décocha un regard perçant. « Tu sais parler, n'est-ce pas ? Tu es déjà bâtard, tu n'es pas muet en plus, non ? »

J'avalai ma salive. « Non, messire. Je sais parler.

– Eh bien, parle, alors ! Ne reste pas là à hocher la tête. Dis-moi ce que tu penses de tout cela, de moi et de ce que je viens de te proposer. »

Invité à parler, je demeurai pourtant muet. Je ne parvenais pas à détacher mes yeux du visage grêlé, des mains parcheminées, et je sentais le regard vert posé sur moi. Ma langue s'agitait dans ma bouche, mais n'y trouvait que silence. Les manières de l'homme m'encourageaient à parler, mais sa figure était plus terrifiante que tout ce que j'avais imaginé.

« Mon garçon (et, saisi par son ton doux, je croisai son regard), je peux t'apprendre ce que je sais même si tu me hais, ou même si tu méprises les leçons. Je peux t'enseigner mon art, que cela t'ennuie, que tu sois paresseux ou stupide. Mais je ne peux rien faire si tu as peur de me parler ; du moins, si je veux travailler comme je l'entends.

Et je ne peux rien t'apprendre si tu ne veux pas l'apprendre. Mais il faut me le dire. Tu as pris l'habitude de si bien murer tes pensées que tu as presque peur de les connaître toi-même. Mais essaye de me les exposer à haute voix, là, maintenant. Tu ne seras pas puni.

– Ça ne me plaît pas beaucoup de tuer des gens, dis-je soudain, involontairement.

– Ah ! » Un silence. Puis : « Moi non plus, ça ne m'a pas plu, quand je me suis trouvé au pied du mur. Et ça ne me plaît toujours pas. » Il poussa brusquement un profond soupir. « Tu en jugeras au coup par coup. La première fois sera la plus dure. Mais, pour l'instant, dis-toi que cette heure est encore à bien des années devant toi. Et en attendant tu as beaucoup à apprendre. » Il eut une hésitation. « Voilà, mon garçon. Rappelle-toi ce que je vais te dire en toute occasion, pas seulement en ce qui concerne la situation présente : apprendre n'est jamais mauvais ; même apprendre à tuer n'est pas mauvais. Ni bien, d'ailleurs. C'est seulement un élément d'apprentissage, un savoir que je puis t'enseigner. C'est tout. Pour le présent, penses-tu pouvoir l'apprendre et reporter à plus tard la décision de l'utiliser ou non ? »

Rude question pour un petit garçon ! Pourtant, quelque chose en moi se hérissa et renifla l'idée avec méfiance, mais, jeune comme je l'étais, je ne vis aucune objection à élever. Et puis la curiosité m'aiguillonnait.

« Je peux apprendre.

– Parfait. » Il sourit, mais il avait les traits tirés et il ne paraissait pas aussi content qu'il aurait pu l'être. « Alors, ça ira. Ça ira. » Il jeta un coup d'œil sur la pièce. « Autant nous y mettre tout de suite. Commençons par ranger un peu. Il y a un balai par là. Ah, mais d'abord, enlève ta chemise de nuit et enfile... tiens, voilà une vieille robe dépenaillée, là-bas ! Ça ira pour cette fois. Il ne faudrait pas que les lingères se demandent pourquoi tes chemises de nuit sentent le camphre et le liniment, hein ? Allez, tu passes le balai pendant que je range quelques bricoles. »

Et ainsi s'écoulèrent les heures suivantes. Je balayai, puis lavai le pavage ; sous sa direction, je dégageai la grande table du bric-à-brac qui l'encombrait ; je retournai les simples qui séchaient sur leur étagère ; je nourris les trois lézards encagés qu'il gardait dans un coin, en coupant un vieux morceau de viande collant en petits bouts qu'ils avalèrent tout rond ; je dépoussiérai quantité de marmites et de bols et les rangeai proprement. Pendant ce temps, Umbre travaillait à mes côtés, apparemment très content de m'avoir auprès de lui, et jacassait comme si nous étions aussi vieux l'un que l'autre. Ou aussi jeunes.

« Tu n'as pas encore appris les lettres ? Ni le calcul ? Bagrache ! Mais que fait-il, ce vieil empoté ? Ne t'inquiète pas, je vais veiller à ce qu'on y remédie rapidement ! Tu as le front de ton père, mon garçon, et la même façon de le plisser que lui. On te l'a déjà dit ? Ah, te voilà, Rôdeur, bandit que tu es ? Quel mauvais coup as-tu encore fait ? »

Une belette brune sortit de derrière une tapisserie et nous fûmes présentés l'un à l'autre. Umbre me permit de lui donner des œufs de caille qui traînaient dans un bol sur la table, et il éclata de rire en voyant la petite bête, baptisée Rôdeur, quémander un supplément en me suivant partout. Il me fit cadeau d'un bracelet de cuivre que je trouvai sous la table, en m'avertissant qu'il risquait de me verdir le poignet et en me recommandant, si quelqu'un m'interrogeait, de prétendre l'avoir découvert derrière les écuries.

Finalement, nous nous arrêtâmes pour manger des friandises au miel et boire du vin chaud épicé. Attablé avec Umbre sur des tapis placés devant la cheminée, je regardais la lueur des flammes danser sur son visage grêlé en me demandant pourquoi il m'avait paru si effrayant. Il remarqua que je l'observais et un sourire détendit ses traits. « Elle te dit quelque chose, hein, mon garçon ? Ma figure, je veux dire. »

Elle ne me disait rien ; c'était ses horribles cicatrices sur fond de peau crayeuse qui me fascinaient. Je ne comprenais pas de quoi il parlait et je lui jetai un regard interrogateur.

« Ne t'en fais pas pour ça, mon garçon. Ça nous laisse des traces à tous, et tôt ou tard tu comprendras. Mais pour le moment... » Il se leva, s'étira, découvrant ses mollets blancs et décharnés. « Pour le moment, il est surtout tard. Ou tôt, suivant la partie de la journée que tu préfères. Il est temps que tu regagnes ton lit. Allons, tu n'oublies pas qu'il s'agit d'un très grand secret, hein ? Pas seulement cette pièce et moi, mais tout, les réveils en pleine nuit, les leçons sur la façon de tuer les gens, et tout le reste.

– Je n'oublierai pas », dis-je, puis, sentant que cela aurait de l'importance pour lui, j'ajoutai : « Je vous en donne ma parole. »

Il rit dans sa barbe, puis hocha la tête d'un air presque triste. Je remis ma chemise de nuit et il me raccompagna jusque dans ma chambre. Là, il m'éclaira pendant que je grimpais dans mon lit, après quoi il tira les couvertures sur moi comme personne ne l'avait fait depuis mon départ des quartiers de Burrich. Je crois bien que je m'endormis avant même qu'il eût quitté mon chevet.

Il fallut envoyer Brant me réveiller tant je tardais à me lever. J'émergeai complètement abruti, avec une migraine qui me martelait la tête. Mais dès que Brant fut sorti, je bondis de mon lit et me précipitai dans le coin de ma chambre. J'essayai de pousser le mur, mais je ne sentis que la pierre glacée sous mes mains et je ne vis nulle fissure dans le mortier ni dans les moellons trahissant la présence d'une porte secrète ; pourtant, elle était là, j'en étais convaincu ! Pas un instant je n'envisageai qu'Umbre pût être un rêve, et même y eussé-je songé, le bracelet en cuivre à mon poignet m'eût prouvé le contraire.

Je m'habillai en hâte et fis un crochet par les cuisines pour m'emparer d'un bout de pain et de fromage ; je finissais de les dévorer quand j'arrivai aux écuries. Burrich était hors de lui et il trouva des défauts à tout ce que je faisais, dans ma façon de monter à cheval comme de m'occuper des écuries. J'ai encore ses réprimandes dans les oreilles : « Ne va pas t'imaginer que, parce que tu as une chambre au château et un écusson sur ton pourpoint, tu peux jouer à ces feignants qui ronflent dans leur lit jusqu'à des pas d'heures et qui ne se lèvent que pour retaper leur jolie coiffure ! Pas de ça avec moi ! Tu es peut-être un bâtard, mais tu es celui de Chevalerie, et je compte bien faire de toi un homme dont il sera fier ! »

Je m'interrompis dans mon travail, les brosses en l'air. « Tu parles de Royal, c'est ça ? »

L'insolite de ma question le prit par surprise. « Quoi ?

– Quand tu parles des feignants qui font la grasse matinée et qui ne s'occupent que de leur coiffure et de leurs habits, tu parles de Royal, non ? »

Burrich ouvrit la bouche, puis la referma. Ses pommettes déjà rougies par le vent devinrent cramoisies. « Ni toi ni moi, marmonna-t-il enfin, ne sommes en position de critiquer un prince. Je parlais en général : faire la grasse matinée n'est pas le fait d'un homme, et encore moins d'un enfant.

– Et jamais d'un prince. » Je me tus soudain en me demandant d'où m'était venue cette idée.

« Et jamais d'un prince », acquiesça Burrich d'un air sombre. Il était dans le box à côté du mien, occupé à soigner un hongre enflé d'une patte. L'animal tressaillit et j'entendis Burrich grogner en s'efforçant de le maintenir en place. « Ton père ne dormait jamais au-delà de midi sous prétexte qu'il avait bu la veille au soir. D'accord, il tenait le vin comme personne, mais c'était aussi affaire de discipline. Il n'avait pas non plus d'ordonnance pour le réveiller ; il se sortait tout seul du lit et il attendait la même attitude de la part de ses subordonnés. Ça ne le rendait pas toujours populaire, mais ses soldats le respectaient. Les hommes apprécient ça chez un chef, qu'il exige autant de lui-même que d'eux. Et je vais te dire encore autre chose : ton père ne perdait pas son temps et son argent à s'attifer comme un paon. Tiens, un soir – il était jeune alors, c'était avant son mariage avec dame Patience – il dînait à l'une des forteresses mineures. On m'avait installé pas très loin de lui à table (c'était un grand honneur), et j'ai entendu une partie de sa conversation avec la fille du seigneur, placée à côté du roi-servant dans un espoir bien précis. Elle s'était enquis de ce qu'il pensait des émeraudes qu'elle portait et il lui en avait fait compliment. "Je me demandais, messire, si vous aimiez les joyaux, car vous n'en portez aucun, ce soir", elle a dit en minaudant. Alors, il a répondu d'un air très sérieux que ses joyaux à lui étaient beaucoup plus gros et tout aussi brillants que les siens. "Ah, et où cachez-vous de telles pierres ? J'aimerais beaucoup les voir ! – Eh bien, il a dit, je serais heureux de vous les montrer plus tard dans la soirée, quand il fera plus sombre." J'ai vu la gamine rougir, s'imaginant déjà un rendez-vous galant. Et, en effet, il l'a invitée plus tard à l'accompagner sur les remparts, mais il a embarqué aussi la moitié des convives. Là, il a indiqué du doigt les lumières des tours de guet côtières qui brillaient dans le noir, et il a dit à la gamine qu'il les considérait comme ses joyaux les plus beaux et les plus chers, et qu'il utilisait l'argent des impôts que versait son père à les maintenir toujours brillants. Ensuite, il a montré aux invités les lumières scintillantes des hommes de guet de leur hôte sur les fortifications du château même qui les recevait, et il leur a dit que lorsqu'ils regardaient leur duc, ils devaient considérer ces lumières comme des joyaux qui ornaient son front. C'était un beau compliment qu'il faisait au duc et à la duchesse, et les autres nobles en ont pris bonne note. Cet été-là, les Outrîliens ont connu bien peu de succès dans leurs raids. C'est ainsi que Chevalerie gouvernait : par l'exemple et par la grâce de ses paroles. Et c'est ainsi que doit faire un vrai prince.

– Je ne suis pas un vrai prince. Je suis un bâtard. » Il sonnait bizarrement dans ma bouche, ce mot que j'entendais si souvent et prononçais si rarement.

Burrich soupira discrètement. « Sois de ton sang, fils, et ne t'occupe pas de ce que les autres pensent de toi.

– Il y a des moments où j'en ai marre de faire le travail le plus dur.

– Moi aussi. »

Je ruminai cette réponse pendant quelque temps tout en brossant l'épaule de Suie. Burrich, toujours accroupi près du hongre, reprit soudain la parole. « Je ne t'en demande pas plus que je n'en exige de moi-même. Tu sais que c'est vrai.

– Oui, répondis-je, surpris qu'il continue sur ce sujet.

– Je veux faire de mon mieux avec toi, c'est tout. »

C'était pour moi une toute nouvelle idée. Au bout d'un moment, je demandai : « Parce que si tu arrivais à rendre Chevalerie fier de moi, de ce que tu as fait de moi, il reviendrait peut-être ? »

Le bruit rythmé des mains de Burrich en train de frictionner la patte du hongre avec du liniment ralentit, puis cessa brusquement. Mais il resta accroupi et répondit à mi-voix à travers la cloison : « Non. Ce n'est pas ça. Je crois que rien ne le fera revenir. Et même s'il revenait (sa voix baissa encore), il ne serait plus ce qu'il était. Ce qu'il était avant, je veux dire.

– C'est ma faute s'il est parti, hein ? » Les propos des tisseuses résonnèrent dans ma tête. *Sans le petit, il serait encore sur les rangs pour être roi.*

Burrich demeura longtemps sans rien dire. « Ce n'est sans doute la faute de personne s'il est né… » Il soupira et il parut avoir du mal à prononcer les paroles suivantes. « En tout cas, ce qui est sûr, c'est qu'un enfant n'est pas coupable d'être bâtard. Non. Chevalerie s'est attiré tout seul sa disgrâce, même si ça m'arrache le cœur de le reconnaître. » J'entendis ses mains se remettre au travail sur la patte du cheval.

« Et ta disgrâce à toi aussi », murmurai-je contre l'épaule de Suie, sans imaginer qu'il pût m'entendre.

Mais un instant plus tard, je perçus un grommellement : « Je ne me débrouille pas trop mal, Fitz. Je ne me débrouille pas trop mal. »

Il acheva sa friction et pénétra dans le box de Suie.

« Ta langue s'agite comme celle d'une commère de village, aujourd'hui. Qu'est-ce qui t'arrive ? »

Ce fut mon tour de me taire et de m'interroger. C'est à cause d'Umbre, estimai-je enfin ; j'ai rencontré quelqu'un qui veut que je comprenne ce que j'apprends et que j'aie mon mot à en dire ; ça m'a délié la langue et je peux enfin poser les questions que je traîne depuis des années. Mais comme il m'était impossible d'en parler, je haussai les épaules et répondis en toute sincérité : « Ce sont des trucs qui me tracassent depuis pas mal de temps. »

Burrich accepta mon explication avec un grognement. « Bon. Si tu poses des questions, c'est déjà une amélioration, même si je ne te promets pas d'y répondre à tous les coups. Ça me fait plaisir de t'entendre parler comme un homme. Je m'inquiète moins que tu te laisses embarquer par les bêtes. » Avec ces mots, il m'adressa un coup d'œil de mise en garde, puis il s'éloigna en boitant. Tout en l'observant qui s'en allait, je me remémorai le premier soir où je l'avais rencontré et la façon dont il avait d'un seul regard réduit au silence une salle pleine d'hommes. Il n'était plus le même. Ce n'était pas sa claudication seule qui avait modifié son comportement et la manière dont les hommes le considéraient ; il restait le maître incontesté des écuries et personne n'y mettait en doute son autorité. Mais ce n'était plus le bras droit du roi-servant. En dehors de ma garde, il n'était plus au service de Chevalerie. Pas étonnant qu'il ne pût me voir sans rancœur. Ce bâtard qui avait provoqué sa chute, ce n'était pas lui qui l'avait engendré ! Pour la première fois depuis que je le connaissais, ma circonspection vis-à-vis de lui se teinta de pitié.

5

LOYAUTÉS

Dans certains royaumes et nations, la coutume accorde aux enfants mâles la préséance sur les filles en matière de succession. Ce n'a jamais été le cas dans les Six-Duchés ; les titres ne s'y transmettent que par ordre de naissance.

Qui hérite d'un titre ne doit rien y voir d'autre qu'une charge d'intendance. Si un seigneur ou une dame pousse l'incompétence jusqu'à faire abattre trop de surface boisée d'un seul coup, à négliger les vignobles ou à laisser la qualité du bétail s'appauvrir par trop de croisements consanguins, le peuple de ce Duché peut se soulever et requérir la justice du roi. Cela s'est déjà produit et tous les nobles savent que cela peut se reproduire. Le bien-être du peuple appartient au peuple et il a le droit de protester si son duc le gère mal.

Lorsque le seigneur en titre se marie, il doit garder ces notions présentes à l'esprit. Le conjoint choisi doit lui aussi accepter d'être un intendant. Pour cette raison, le conjoint détenteur d'un titre moindre doit le transmettre à son plus proche cadet. On ne peut être l'intendant que d'une seule terre. De temps en temps, ce système a mené à des divisions. Le roi Subtil épousa dame Désir, qui eût été duchesse de Bauge si elle n'avait préféré accepter son offre et devenir reine. On dit qu'elle finit par regretter sa décision et se convainquit qu'en restant duchesse, elle eût disposé d'un plus grand pouvoir. Elle avait épousé Subtil en sachant pertinemment qu'elle était la seconde reine et que la première avait déjà donné deux héritiers au roi. Elle ne cacha jamais son dédain pour les deux princes aînés et faisait souvent observer qu'étant de bien plus haute naissance que la première reine de

Subtil, elle considérait son fils, Royal, comme de meilleur lignage que ses deux demi-frères. Elle tenta de faire partager ce point de vue par le choix du nom de son fils ; malheureusement pour elle, la plupart des gens ne virent dans cet artifice qu'une preuve de mauvais goût. Certains la surnommèrent même plaisamment « la reine de l'Intérieur », car, sous l'emprise de l'alcool, elle affirmait sans diplomatie avoir assez d'influence politique pour réunir Bauge et Labour en un seul royaume, un royaume qui n'attendrait que son ordre pour se débarrasser du joug du roi Subtil. Mais on mettait généralement ses prétentions sur le compte de son penchant pour les drogues, tant alcooliques que galéniques. Il n'en demeure pas moins vrai qu'avant de succomber aux effets de sa dépendance, elle contribua à creuser le fossé entre les duchés de l'intérieur et ceux des côtes.

★

Le temps passant, j'en vins à jouir à l'avance de mes rendez-vous nocturnes avec Umbre. Ils ne suivaient jamais aucun plan, aucun schéma discernable. Il pouvait parfois s'écouler une semaine, voire deux, entre nos rencontres, et d'autres fois j'étais convoqué toutes les nuits pendant une semaine, au bout de laquelle je n'accomplissais plus mes tâches diurnes qu'en titubant. Quelquefois il m'appelait dès que le château s'était endormi ; en d'autres occasions, il ne me faisait venir chez lui qu'à potron-minet. C'étaient des horaires exténuants pour un enfant en pleine croissance, et pourtant jamais je ne songeai à m'en plaindre ni à refuser de répondre à une convocation. Il n'eut jamais l'idée non plus, je crois, que ces leçons nocturnes pussent présenter la moindre difficulté pour moi. Nocturne lui-même, il devait trouver tout naturel de donner des cours à ces moments-là. Et l'enseignement que je recevais convenait étrangement aux heures ténébreuses du monde.

Ses leçons portaient sur une gamme impressionnante de sujets. Je pouvais passer toute une soirée à l'étude laborieuse des illustrations d'un grand herbier qu'il possédait, à charge pour moi, le lendemain, de mettre la main sur six spécimens correspondant aux images. Jamais il ne jugea utile de m'indiquer où je devais les chercher, dans le potager de la cuisine ou dans les recoins les plus sombres de la forêt, mais je finis toujours par les trouver et, en chemin, mes observations m'apportèrent beaucoup.

Nous nous livrions aussi à certains jeux. Par exemple, il m'annonçait que je devais aller voir Sara la cuisinière le lendemain pour lui demander si le lard de l'annéc était plus maigre que celui de l'année précédente. Ensuite, je devais rapporter le soir même toute la conversation à Umbre, mot à mot si possible, puis répondre à une dizaine de questions : comment Sara se tenait, si elle était gauchère, si elle paraissait dure d'oreille et ce qu'elle cuisinait. Ma timidité et ma réserve naturelles n'étant pas considérées comme des excuses valables en cas d'échec de la mission, je rencontrai et finis par connaître pas mal des petites gens de la forteresse. Mes questions m'étaient certes inspirées par Umbre, mais chacun appréciait mon intérêt et se montrait empressé de partager son savoir-faire. Sans l'avoir voulu, je commençai à bénéficier d'une réputation de « gamin éveillé » et de « bon petit ». Bien des années plus tard, je compris que cette leçon n'était pas seulement un exercice de mémoire, mais un apprentissage sur la façon de lier connaissance avec les gens du peuple et de savoir ce qu'ils pensent. Depuis, c'est bien souvent qu'avec un sourire, un compliment sur les bons soins qu'a reçus mon cheval et une question promptement posée, j'obtiens d'un garçon d'écurie des renseignements que tous les pots-de-vin du royaume ne lui auraient pas arrachés.

D'autres jeux avaient pour but de m'endurcir les nerfs autant que d'aiguiser mes capacités d'observation. Un jour, Umbre me montra un écheveau de fil et m'ordonna de découvrir, sans le demander à maîtresse Pressée, où elle conservait la réserve de ce fil particulier et quelles plantes avaient servi à le teindre. Trois jours plus tard, je reçus l'ordre de dérober à la couturière ses meilleurs ciseaux, de les cacher trois heures durant derrière certain casier à bouteilles de la cave à vin, puis de les remettre à leur place, le tout sans me faire repérer ni par elle ni par quiconque. A l'époque, ce genre d'exercices excitait l'espièglerie naturelle de l'enfant que j'étais et j'y échouais rarement. Lorsque cela m'arrivait, j'en supportais entièrement les conséquences. Umbre m'avait prévenu qu'il ne me protégerait contre l'ire de personne et m'avait suggéré d'avoir toujours une histoire toute prête et qui tienne debout, afin d'expliquer ma présence là où je ne devais pas me trouver ou la découverte en ma possession d'un objet que je n'avais pas lieu d'avoir sur moi. J'appris ainsi à mentir de façon très convaincante, et je ne pense pas qu'on me l'enseigna par hasard.

Telles furent mes premières leçons d'assassinat. Il y en eut d'autres : la prestidigitation, l'art de se déplacer sans bruit, l'endroit où frapper un homme pour le rendre inconscient, pour qu'il meure sans crier ou sans répandre trop de sang. Tout cela, je l'acquis rapidement, encouragé par la satisfaction que marquait Umbre devant mon esprit éveillé.

Bientôt, il employa mes services pour de petites besognes dans la forteresse. Il ne me disait jamais à l'avance s'il s'agissait d'éprouver mes talents ou de me faire exécuter un vrai travail. Pour moi, cela ne faisait pas de différence ; j'accomplissais tout avec une dévotion immuable pour Umbre et ses ordres. Au printemps de cette année-là, je trafiquai le vin des coupes d'une délégation de négociants venus de Terrilville, qui s'en trouvèrent beaucoup plus ivres qu'ils ne l'avaient escompté. Plus tard, au cours du même mois, je dérobai un pantin à un marionnettiste de passage, si bien qu'il dut jouer *l'Incidence des Coupes Jumelles*, une petite badinerie populaire, au lieu de l'interminable tragédie historique qu'il avait prévue pour la soirée. Au banquet du Plein-Eté, l'après-midi, j'ajoutai une certaine herbe dans la théière d'une servante, laquelle fut prise, en même temps que trois amies, de diarrhées telles qu'elles ne purent servir à table ce soir-là. En automne, je nouai un fil autour du fanon d'un cheval appartenant à un noble en visite, afin d'imposer une claudication momentanée à l'animal et convaincre ainsi son maître de rester à Castelcerf deux jours de plus que prévu. Je ne sus jamais les raisons profondes des tâches dont Umbre me chargeait. A l'âge que j'avais, je m'intéressais au comment des choses plutôt qu'à leur pourquoi. Et cela aussi, je pense, faisait partie de ce que je devais apprendre : obéir sans poser de questions.

J'eus une fois une mission qui me ravit positivement. Malgré mon âge, j'avais tout de suite compris qu'il ne s'agissait pas d'un simple caprice de la part d'Umbre. Il me fit venir chez lui aux derniers instants d'obscurité avant l'aube. « Le seigneur Jessup et dame Dahlia sont à la forteresse depuis deux semaines. Tu les connais de vue : lui, il a une très longue moustache et elle, elle n'arrête pas d'arranger sa coiffure, même à table. Tu vois de qui je parle ? »

Je fronçai les sourcils. Un certain nombre de nobles s'étaient réunis en conseil à Castelcerf pour débattre des raids de plus en plus fréquents des Outrîliens. D'après mes informations, les duchés côtiers désiraient davantage de navires de guerre, tandis que ceux de l'intérieur refusaient de puiser dans leurs impôts pour ce qu'ils considéraient comme un problème purement côtier. Le seigneur Jessup et dame Dahlia étaient de l'intérieur. Jessup et sa moustache semblaient dotés d'un caractère emporté et constamment exalté ; dame Dahlia, en revanche, paraissait se désintéresser complètement du conseil et passait ses journées à explorer Castelcerf.

« Elle porte toujours des fleurs dans les cheveux ? Qui tombent tout le temps ?

– C'est elle, répondit Umbre en hochant énergiquement la tête. Parfait, tu la connais donc. Alors, voici ta mission, et je n'ai pas le loisir d'en mettre les détails au point avec toi : aujourd'hui, à un moment ou à un autre, elle enverra un page dans la chambre du prince Royal. Il y déposera quelque chose, un billet, une fleur, bref, un objet quelconque. Tu devras t'en emparer avant que le prince ne le voie. Tu comprends ? »

J'acquiesçai et m'apprêtais à parler, mais Umbre se leva brusquement et me mit quasiment à la porte. « Nous n'avons pas le temps ; l'aube est presque là ! » dit-il.

Je me débrouillai pour me trouver dans la chambre de Royal, bien dissimulé, lorsque le page – une jeune fille – y pénétra. A ses manières furtives, je me convainquis qu'elle n'en était pas à sa première mission. Elle posa un petit rouleau de papier et un bouton de fleur sur l'oreiller de Royal, puis s'éclipsa. L'instant d'après, manuscrit et bouton se trouvaient dans mon pourpoint et, plus tard, sous mon propre oreiller. Le plus difficile de l'affaire fut, je crois, de me retenir d'ouvrir la missive. La nuit même, je remis les deux objets à Umbre.

Les jours suivants, j'attendis, certain qu'un tumulte ne manquerait pas de se déclencher, avec au cœur l'espoir de voir Royal complètement déconfit. Mais, à ma grande surprise, rien de tout cela n'eut lieu. Royal ne changea pas, sinon qu'il se montra encore plus tranchant que d'habitude et qu'il courtisa encore plus immodérément toutes les dames du château. Quant à dame Dahlia, elle se prit tout à coup d'intérêt pour les débats du conseil et abasourdit son époux en se posant en ardent défenseur des impôts pour les navires de guerre. La reine manifesta son mécontentement devant ce renversement d'alliance en excluant dame Dahlia d'une dégustation de vins dans ses appartements. Tout cela me laissa perplexe, mais quand je m'en ouvris enfin à Umbre, il me sermonna :

« N'oublie pas que tu sers le roi. On te confie une mission, tu l'exécutes. Et sois heureux de l'avoir menée à bien ; c'est tout ce que tu dois savoir. Seul Subtil est habilité à prévoir les coups et à organiser son jeu. Toi et moi, nous sommes des pions, si tu veux. Mais aussi ses meilleurs pointeurs, sois-en assuré. »

Peu de temps après, pourtant, Umbre découvrit les limites de mon obéissance. Pour faire boiter un cheval, il suggéra que je lui tranche la fourchette d'un sabot. Pour moi, c'était inconcevable ; je l'informai, fort du savoir de celui qui a grandi au milieu des animaux, qu'il existe de nombreux moyens de rendre un cheval boiteux sans lui faire de mal et qu'il devait s'en remettre à moi pour choisir le plus approprié. Aujourd'hui encore, j'ignore comment il prit mon refus. Il n'eut pas un mot pour le condamner ni pour l'approuver. Sur ceci comme sur bien d'autres choses, il garda le silence.

A peu près tous les trimestres, le roi Subtil me convoquait dans ses appartements, en général très tôt le matin. Je me plantais devant lui, souvent alors qu'il était dans son bain, qu'il se faisait natter les cheveux en une queue entremêlée de fil d'or, coiffure réservée au souverain, ou que son valet sortait ses habits. Le rituel ne variait jamais : le roi m'examinait soigneusement, vérifiant ma taille et ma tenue comme si j'étais un cheval qu'il envisageait d'acheter ; il me posait une ou deux questions, d'habitude sur mes progrès en monte ou en maniement d'armes, puis écoutait gravement mes courtes réponses. Alors, il s'enquérait, presque solennellement : « Et considères-tu que je tienne la part du marché que j'ai passé avec toi ?

– Oui, Sire, répliquais-je invariablement.

– Dans ce cas, veille à tenir la tienne, toi aussi. » Telle était toujours sa formule de conclusion, par laquelle il me congédiait. Et le serviteur présent à ce moment-là pour s'occuper de lui et m'ouvrir la porte à mon entrée et à ma sortie, ce serviteur, quel qu'il fût, ne paraissait jamais prêter la moindre attention à ma présence ni aux paroles du roi.

En fin d'automne de cette année-là, à la lisière de l'hiver, je me vis confier ma mission la plus difficile. J'avais à peine soufflé ma bougie qu'Umbre m'appela dans ses appartements. Assis devant sa cheminée, nous partagions des friandises et un peu de vin aux épices ; il venait de me prodiguer ses compliments sur ma dernière escapade, qui m'avait fait retourner comme peaux de lapin toutes les chemises suspendues aux fils à linge de la cour sans me faire prendre. Ç'avait été délicat, le plus dur étant de me retenir d'éclater de rire et de trahir ma présence dans la cuve à teinture lorsque deux des plus jeunes garçons de blanchisserie avaient attribué ma farce aux fées de l'eau et refusé de laver quoi que ce soit de toute la journée. Comme toujours, Umbre était au courant de toute l'histoire avant même que je la lui narre. Il m'enchanta en m'apprenant le décret que maître Lou des blanchisseurs avait pris : on accrocherait de l'herbe de Sinjon aux quatre coins de la cour et on en festonnerait tous les puits pour écarter les fées de la lessive du lendemain.

« Tu es doué, mon garçon. » Umbre rit doucement et m'ébouriffa les cheveux. « J'en serais presque à croire qu'aucune mission n'est hors de ta portée. »

Il était assis dans son fauteuil à dossier droit devant le feu, et j'étais installé par terre près de lui, appuyé contre sa jambe. Il me tapota la tête comme Burrich aurait fait à un jeune chien qui viendrait de lui donner satisfaction, puis il se pencha en avant pour murmurer : « Mais j'ai un défi pour toi.

– Qu'est-ce que c'est ? demandai-je avec ardeur.

– Ce ne sera pas facile, même pour quelqu'un aux doigts aussi agiles que les tiens.

– Mettez-moi à l'épreuve ! rétorquai-je d'un ton provocant.

– Oh non, pas avant un mois ou deux, lorsque tu en sauras un peu plus. Cette nuit, j'ai un jeu à t'enseigner qui t'aiguisera l'œil et la mémoire. » Il plongea la main dans une bourse et la retira pleine ; il l'ouvrit un instant sous mes yeux : des cailloux de couleur. La main se referma. « Y en avait-il de jaunes ?

– Oui. Umbre, en quoi consiste ce défi ?

– Combien ?

– J'en ai vu deux. Umbre, je parie que je peux le faire dès maintenant.

– Aurait-il pu y en avoir plus de deux ?

– Peut-être, si certaines étaient cachées en dessous. Ça m'étonnerait. Umbre, c'est quoi, ce défi ? »

Il ouvrit sa vieille main osseuse et fouilla parmi les pierres de son long index. « Tu avais raison. Deux jaunes seulement. Veux-tu recommencer ?

– Umbre, je peux y arriver !

– Crois-tu ? Tiens, regarde encore, voici les cailloux. Un, deux, trois, et passez muscade ! Y en avait-il de rouges ?

– Oui. Umbre, quelle est cette mission ?

– Y avait-il plus de rouges que de bleus ? Me rapporter un objet personnel de la table de nuit du roi.

– Comment ?

– Y avait-il plus de rouges que de bleus ?

– Non, je veux dire, quelle mission avez-vous dit ?

– Raté, mon garçon ! » s'exclama joyeusement Umbre. Il ouvrit la main. « Tu vois, trois rouges et trois bleus. Exactement le même nombre. Il va falloir que tu aies l'œil plus vif si tu veux relever le défi.

– Et sept verts. Je le savais, Umbre. Mais… vous voulez que je vole quelque chose au roi ? » Je n'en croyais toujours pas mes oreilles.

« Pas lui voler, lui emprunter, simplement. Comme pour les ciseaux de maîtresse Pressée. Ça n'a rien de méchant, n'est-ce pas ?

– Rien, sauf que, si je me fais prendre, j'aurai droit au fouet. Ou pire.

– Et tu as peur de te faire prendre. Tu vois, je te l'ai dit : il vaut mieux attendre un mois ou deux, le temps que tu progresses encore.

– Ce n'est pas la punition. C'est que si on m'attrape… le roi et moi… avons passé un marché… » Le reste de la phrase mourut sur mes lèvres. Je restai les yeux dans le vague, l'esprit confus. L'enseignement d'Umbre faisait partie du contrat que Subtil et moi avions signé. A chacun de nos rendez-vous nocturnes, avant de commencer la leçon, il me le rappelait solennellement. J'avais donné ma parole à Umbre comme au roi d'être loyal ; il devait bien comprendre qu'en agissant contre le roi, j'enfreindrais ma promesse.

« C'est un jeu, mon garçon, dit Umbre d'un ton patient. C'est tout ; une petite espièglerie ; rien d'aussi sérieux que tu as l'air de le croire. Si j'ai choisi cette mission, c'est uniquement parce que la chambre du roi et ce qu'elle contient sont étroitement surveillés. N'importe qui peut s'emparer des ciseaux d'une couturière ; mais là, il s'agirait d'être parfaitement invisible pour entrer dans les appartements privés du roi et prendre un objet qui lui appartient. Si tu y arrivais, j'aurais le sentiment de ne pas avoir perdu mon temps avec toi, que tu t'intéresses à ce que je t'apprends.

– Je m'y intéresse, vous le savez bien ! » répondis-je vivement. Ce n'était pas du tout le problème. Apparemment, Umbre ne comprenait pas ce que je voulais dire. « J'aurais l'impression de… de trahir. De me servir de ce que vous m'avez appris pour piéger le roi. Presque de me moquer de lui.

– Ah ! » Umbre se renfonça dans son fauteuil, un sourire sur les lèvres. « Ne te tracasse pas pour ça, mon garçon ! Le roi Subtil sait apprécier une bonne farce. Ce que tu lui prendras, je le lui rapporterai. Ce sera la preuve pour lui que j'ai été bon professeur et toi bon élève. Chipe un objet sans valeur, si ça t'inquiète tant ; pas la peine de lui retirer la couronne de la tête ni la bague du doigt ! Ramasse sa brosse à cheveux, simplement, ou une feuille de papier qui traîne – même son gant ou sa ceinture conviendrait. Rien de grande valeur : un objet témoin, c'est tout. »

Je voulus réfléchir à la question, mais je sus aussitôt que c'était inutile. « Je ne peux pas. Enfin, je ne veux pas, plutôt. Pas le roi Subtil. Désignez-moi n'importe qui d'autre, n'importe quelle autre chambre et j'en fais mon affaire. Vous vous rappelez quand j'ai pris le manuscrit chez Royal ? Vous verrez, je peux m'introduire n'importe où et...

– Mon garçon ? » La voix d'Umbre était lente, son ton perplexe. « Tu ne me fais donc pas confiance ? Je te dis qu'il n'y pas de problème ; il s'agit d'un défi, pas de haute trahison. Et cette fois, si tu te fais prendre, je te promets de venir en personne éclaircir la situation. Il n'y aura pas de punition.

– Ce n'est pas ça ! » dis-je avec angoisse. Je sentais la perplexité grandissante d'Umbre devant mon refus. Je me creusai la tête pour trouver le moyen de lui expliquer. « J'ai promis à Subtil d'être loyal. Et cette mission...

– Il n'y a rien de déloyal là-dedans ! » me coupa Umbre d'un ton tranchant. Je levai les yeux et vis la colère étinceler dans les siens. Saisi, je reculai. Jamais je ne lui avais connu un regard aussi noir. « Qu'est-ce que tu racontes, mon garçon ? Que je te demande de trahir le roi ? Ne joue pas les imbéciles ! Il s'agit d'une simple petite épreuve pour me permettre de t'évaluer et de montrer tes progrès à Subtil, et toi, tu te dérobes ! Et en plus tu dissimules ta lâcheté sous de beaux discours sur la loyauté ! Tu me fais honte ! Je te croyais davantage de cran, sans quoi jamais je ne t'aurais pris comme élève !

– Umbre ! » J'étais horrifié. Ses paroles me bouleversaient. Il s'écarta de moi et je sentis mon petit monde trembler sur ses bases tandis qu'il poursuivait d'un ton glacé :

« Mieux vaut que tu retournes au lit, petit geignard. Et pense à l'injure que tu m'as faite : insinuer que je puisse vouloir trahir notre roi ! Va-t'en la tête basse, poltron que tu es ! Et la prochaine fois que je t'appellerai... ha ! si jamais je t'appelle encore, présente-toi prêt à m'obéir. Ou ne te présente pas du tout. Et maintenant, du vent ! »

Jamais Umbre ne m'avait parlé ainsi. Je ne me rappelais même pas qu'il eût seulement haussé le ton devant moi. Presque sans comprendre, je regardai le bras maigre et grêlé qui sortait de la manche de sa robe, le long index pointé dédaigneusement sur la porte et l'escalier. En me levant, je fus pris de nausée. Je vacillai et dus me rattraper à un fauteuil ; mais je continuai de marcher, soumis, incapable d'imaginer de faire autre chose. Umbre, qui était devenu le pilier central de mon univers, qui m'avait convaincu de ma valeur,

Umbre me dépouillait de tout. Pas seulement de ses compliments, mais du temps passé ensemble, de l'espoir de pouvoir faire un jour quelque chose de ma vie.

Je descendis l'escalier en trébuchant. Jamais il ne m'avait paru si long ni si froid. La porte du bas se referma derrière moi avec un raclement et je me retrouvai dans le noir absolu. Je trouvai mon lit à tâtons, mais les couvertures ne parvinrent pas à me réchauffer et le sommeil me fuit toute la nuit. Je me tournai et me retournai, malheureux comme les pierres. Le pire était que je ne décelais nulle trace d'équivoque en moi. J'étais incapable de faire ce que me demandait Umbre ; par conséquent, je devais le perdre. Sans son enseignement, je ne serais d'aucune valeur pour le roi. Mais ce n'était pas là le cœur de mon tourment ; l'origine, c'était qu'Umbre avait disparu de mon existence. Je n'arrivais pas à comprendre comment je me débrouillais avant, alors que j'étais si seul. Retourner à la monotonie de la vie quotidienne, à l'ennui mortel des corvées journalières me paraissait impossible.

Eperdument, j'essayai d'imaginer une ligne de conduite. Mais il ne semblait pas y avoir de solution. Je pouvais aller chez Subtil en personne, montrer l'épingle qui m'ouvrirait sa porte et lui exposer mon dilemme. Mais quelle serait sa réaction ? Me considérerait-il comme un petit sot ? Dirait-il que je devais obéir à Umbre ? Pire, dirait-il que j'avais eu raison de lui désobéir et se fâcherait-il contre lui ? Autant de questions bien compliquées pour un jeune garçon, auxquelles je ne trouvai nulle réponse satisfaisante.

Le matin enfin venu, je me traînai hors de mon lit et me présentai à Burrich comme d'habitude. Je vaquai à mes tâches dans une indifférence grisâtre qui me valut d'abord les réprimandes de Burrich, puis ses questions sur l'état de mon ventre. Je lui répondis simplement que j'avais mal dormi et j'évitai ainsi l'affreux remontant proposé. Je ne me débrouillai pas mieux au maniement d'armes. Ma distraction était telle que je ne pus empêcher un adversaire bien plus jeune que moi de m'assener un solide coup sur le crâne. Hod nous morigéna tous les deux pour notre manque d'attention et m'ordonna de m'asseoir un moment.

Une migraine me martelait la tête et mes jambes tremblaient lorsque je regagnai la forteresse. Je montai directement à ma chambre, car je n'avais aucun appétit pour le déjeuner ni pour les conversations bruyantes qui l'accompagnaient. Je m'étendis et fermai les yeux, pour quelques minutes ; c'est du moins ce que je crus, mais je sombrai dans un profond sommeil. J'en émergeai en milieu d'après-midi et songeai aussitôt aux remontrances que j'encourais pour avoir manqué mes cours. Ce fut néanmoins insuffisant pour m'obliger à me lever et je me rendormis, pour être réveillé à l'heure du dîner par une jeune servante venue aux renseignements sur l'ordre de Burrich. Je m'en débarrassai en lui racontant que j'avais la colique et me mettais à la diète en attendant que ça passe. Après son départ, je somnolai mais ne parvins pas à retrouver le sommeil. La nuit s'épaissit dans ma chambre sans lumière et j'entendis le reste du château s'apprêter pour la nuit. Allongé dans le noir et le silence, j'attendis une convocation à laquelle je n'oserais pas me rendre. Que se passerait-il si la porte s'ouvrait ? Je ne pourrais rejoindre Umbre car je ne pourrais pas lui obéir. Qu'est-ce qui serait le pire : qu'il ne m'appelle pas ou qu'il m'ouvre sa porte mais que je n'ose pas la franchir ? J'attendis ainsi, dans les affres de l'angoisse, et aux premières lueurs de l'aube grise j'avais la réponse : il ne s'était même pas soucié de m'appeler.

Aujourd'hui encore, je n'aime pas me rappeler les jours qui suivirent. Je les traversai le dos voûté, le cœur si lourd que j'étais incapable de manger ou de me reposer convenablement. Je n'arrivais à me concentrer sur aucun travail et les sermons de mes professeurs ne rencontraient en moi qu'une soumission hébétée. Il me vint une migraine permanente et j'avais l'estomac tellement crispé que les repas ne m'attiraient plus. Rien que l'idée d'avaler quelque chose m'épuisait. Burrich supporta mon état pendant deux jours, puis il me coinça et m'obligea à ingurgiter un vermifuge et un reconstituant du sang. Le mélange des deux me fit vomir le peu que j'avais mangé ce jour-là. Ensuite, il me fit me rincer la bouche avec du vin de prunes et, de ce jour, je ne puis plus en boire sans être pris de haut-le-cœur. Puis, à ma vague stupéfaction, il me traîna jusque dans sa chambre et m'ordonna d'un ton bourru de m'y reposer le reste de la journée. Le soir, il me fit regagner le château sans me lâcher d'une semelle et, sous son œil vigilant, je dus avaler un bol de bouillon clairet et un morceau de pain. Il m'aurait ramené à ses quartiers si je n'avais pas affirmé préférer mon propre lit. En réalité, il fallait que je reste dans ma chambre. Je devais savoir si Umbre essaierait au moins de m'appeler et si je serais capable ou non d'y répondre. Encore une fois, je passai une nuit blanche les yeux fixés sur un certain angle obscur de la pièce.

Mais il ne vint pas.

Le matin grisaillait à ma fenêtre. Je me retournai et restai au lit.

L'hébétude dont j'étais la proie était trop compacte pour être combattue. Tous les choix qui s'offraient à moi menaient à des culs-de-sac opaques ; me lever me semblait d'une infinie futilité. Une espèce de somnolence migraineuse m'aspirait ; le moindre bruit me paraissait trop fort et j'avais ou trop chaud ou trop froid, de quelque manière que j'arrange mes couvertures. Je fermais les yeux, mais même mes rêves avaient des couleurs trop vives qui me blessaient ; j'entendais comme une dispute, aussi clairement que si elle se déroulait dans mon lit et d'autant plus énervante qu'elle semblait se tenir entre un homme et lui-même et qu'il jouât alternativement les deux points de vue. « Brise-le comme tu as brisé l'autre ! » murmurait-il d'un ton coléreux. « Toi et tes tests imbéciles ! » Puis : « Il faut être très prudent. On ne peut pas faire confiance à n'importe qui. Bon sang ne saurait mentir ; il faut vérifier de quel métal il est fait, c'est tout. » « De quel métal ! Si c'est une épée sans cervelle que tu veux, fabrique-t'en une toi-même ! Aplatis-la à coups de marteau ! » Et, plus doucement : « Je n'ai pas le cœur de continuer. Je ne veux plus qu'on se serve de moi. Si tu voulais mettre ma résistance à l'épreuve, c'est fait. » Puis : « Ne viens pas me parler de liens du sang ni de famille. N'oublie pas qui je suis par rapport à toi ! Ce n'est pas pour sa loyauté qu'elle s'inquiète, ni pour la mienne. »

Les voix irritées se brouillèrent, se fondirent, se muèrent en une autre dispute, au ton plus strident. J'entrouvris les paupières. Ma chambre était le théâtre d'une bataille miniature. Une altercation vigoureuse se déroulait entre Burrich et maîtresse Pressée pour déterminer sous la juridiction de qui je tombais. Un panier d'osier pendait au bras de la couturière, d'où pointaient les goulots de plusieurs bouteilles. Une odeur de sinapisme à la moutarde et de camomille imprégnait l'air, si forte que j'eus envie de vomir. Burrich restait stoïquement dressé entre la femme et mon lit. Il se tenait les bras croisés sur la poitrine et Renarde était assise à ses pieds. Les paroles de maîtresse Pressée résonnaient dans ma tête comme des averses de cailloux : « Dans le château… ces linges propres… les petits garçons, ça me connaît… ce chien puant… » Autant que je m'en souvienne, Burrich ne desserrait pas les dents. Il se contentait de ne pas bouger d'un pouce, si massif et inébranlable que je sentais sa présence les yeux fermés.

Plus tard, je m'aperçus qu'il était parti, tandis que Renarde se trouvait sur le lit, à côté de moi, pas à mes pieds, haletante mais refusant d'aller se coucher sur le pavage pourtant plus frais. Encore plus tard, je rouvris les yeux et le crépuscule approchait. Burrich avait pris mon oreiller, l'avait un peu secoué, et me le remettait maladroitement sous la tête, le côté frais en l'air. Il s'assit lourdement sur le lit.

Il s'éclaircit la gorge. « Fitz, je ne sais pas ce que tu as, mais je n'ai jamais rien vu de pareil. En tout cas, tu n'as rien au ventre ni dans le sang. Si tu étais un peu plus vieux, je dirais que tu as des problèmes de femmes. Tu as l'air d'un soldat qui se tire une cuite de trois jours, mais sans la bibine. Fiston, qu'est-ce qui t'arrive ? »

Il me regardait avec une inquiétude non feinte. C'était le regard qu'il avait quand il craignait une fausse couche chez une jument ou quand les chasseurs ramenaient des chiens malmenés par les sangliers. Il approcha la main de mon front et, sans le vouloir, je tendis mon esprit vers le sien. Comme toujours, le mur était là, mais Renarde geignit doucement et me colla son museau contre la joue. Je m'efforçai d'exprimer ce que j'avais sur le cœur sans trahir Umbre : « C'est que je suis tout seul, maintenant, m'entendis-je dire, et même à mes oreilles c'était une explication plutôt faible.

– Tout seul ? » Le front de Burrich se plissa. « Fitz, je suis là, devant toi. Et tu te crois tout seul ? »

Nous restâmes à nous regarder en chiens de faïence, incompréhensifs, et la conversation en resta là. Plus tard, il m'apporta un repas, mais n'insista pas pour que je l'avale. Et il me laissa Renarde pour la nuit. Une part de moi-même se demandait comment elle réagirait si la porte s'ouvrait, mais une autre, bien plus grande, savait que je n'avais pas à m'en inquiéter. Cette porte ne se rouvrirait plus jamais.

Le matin revint. Renarde me donnait des coups de museau et gémissait pour sortir. Trop anéanti pour me soucier que Burrich me surprenne, je tendis mon esprit vers elle. Faim, soif et la vessie pleine à éclater. Sa gêne physique fut soudain la mienne. J'enfilai une tunique, emmenai la chienne dehors, puis dans les cuisines pour lui donner à manger. Mijote fut plus contente de me voir que je n'aurais imaginé qu'on pût l'être. Elle offrit à Renarde une généreuse portion du ragoût de la veille et insista pour me préparer six tranches épaisses de lard sur la croûte chaude du pain de la première fournée. Le flair et l'appétit aiguisés de Renarde éveillèrent mes sens et je me surpris à dévorer, non avec mon appétit normal mais avec la fringale sensorielle d'un jeune animal pour la nourriture.

Ensuite, la chienne me conduisit aux écuries ; je me retirai de son esprit avant d'entrer, mais ce contact m'avait un peu revigoré. Burrich interrompit son travail et se redressa, m'examina de la tête aux pieds, lança un coup d'œil à Renarde, émit un grognement mi-figue mi-raisin, et enfin me tendit un biberon muni d'une mèche. « Dans la tête d'un homme, déclara-t-il, tout peut se soigner par le travail et en s'occupant des autres. La chienne ratière a mis bas il y a quelques jours et un des petits est trop faible pour se battre contre les autres. Vois si tu arrives à l'empêcher de mourir. »

Avec sa peau rosâtre qui transparaissait sous ses poils tachetés, il n'était pas beau, ce chiot. Il avait encore les yeux fermés et la peau qu'il remplirait peu à peu en grandissant s'empilait pour l'instant en multiples plis sur son museau. Sa petite queue maigrelette évoquait tout à fait celle d'un rat et je me demandai si sa mère ne harcelait pas ses propres petits jusqu'à les faire mourir, uniquement pour faire coïncider leur apparence et le nom de leur race. Il était faible et passif, mais je l'asticotai avec le biberon jusqu'à ce qu'il se mette vaguement à téter et qu'il soit tellement barbouillé de lait que sa mère se décide à le lécher. Je l'installai ensuite à une mamelle à la place d'une de ses sœurs, plus vigoureuse que lui et qui, le ventre rond et bien plein, ne continuait à téter que par pure obstination. Elle serait blanche avec une tache noire sur un œil. Elle m'attrapa le petit doigt et se mit à le téter, et je sentis alors la terrible puissance qu'auraient un jour ses mâchoires. Burrich m'avait raconté des histoires sur des ratiers qui saisissaient un taureau par le mufle et refusaient de lâcher prise quoi qu'en eût la bête. Il ne voyait pas l'intérêt de dresser un chien à cela, mais il ne pouvait cacher son respect pour le courage d'un chien capable de s'en prendre à un taureau. Nous réservions nos ratiers à la chasse au rat et leur faisions faire régulièrement la tournée des silos de maïs et des greniers.

Je passai toute la matinée à cette tâche et je m'en allai à midi avec la gratification d'avoir vu le petit ventre du chiot bien rond et plein de lait. L'après-midi fut consacré au nettoyage des boxes. Burrich ne me laissa pas une seconde de répit, trouvant une nouvelle corvée dès que j'en avais fini une, sans m'accorder d'autre loisir que celui de travailler. Il ne me parlait pas, ne posait aucune question, mais il ne s'activait jamais à plus de dix pas de moi. On eût dit qu'il m'avait pris au pied de la lettre quand je m'étais plaint de solitude et qu'il avait résolu de toujours se trouver dans mon champ visuel. Je terminai la journée en compagnie du chiot, nettement plus robuste que le matin. Je le nichai contre ma poitrine et il grimpa en rampant sous mon menton où il chercha une mamelle de son petit museau carré. Cela chatouillait. Je le fis redescendre et l'observai. Il aurait la truffe rose. On disait que les ratiers au mufle rose étaient les plus féroces au combat ; mais dans sa petite tête, il n'y avait pour l'instant qu'une sensation confuse de sécurité douillette, une envie de lait et de l'affection pour mon odeur. Je l'enveloppai dans ma protection, le complimentai sur sa vigueur nouvelle ; il se tortillait entre mes doigts. Soudain, Burrich se pencha par-dessus la cloison de la stalle et me donna un coup sur la tête, les phalanges repliées, nous arrachant, au chiot et à moi, un glapissement simultané.

« Ça suffit ! dit-il durement. Un homme ne joue pas à ça. Et ça ne résoudra pas ce qui te ronge l'âme. Rends tout de suite ce chiot à sa mère. »

J'obéis, mais à contrecœur et pas du tout persuadé que le lien avec un chien ne résoudrait rien, quoi qu'en dise Burrich. Je regrettais déjà son petit monde chaud plein de paille, de frères et de sœurs, de lait et de présence maternelle. A cet instant, j'étais incapable d'en imaginer de meilleur.

Burrich et moi allâmes manger. Il m'emmena au réfectoire des soldats, où les manières étaient celles de chacun et où l'on n'était pas obligé de faire la conversation. C'était un soulagement de n'attirer aucun regard, de voir les plats passer au-dessus de ma tête sans être l'objet d'une prévenance particulière. Burrich veilla néanmoins à ce que je me nourrisse, après quoi nous nous installâmes dehors, près de la porte de service des cuisines, pour boire. J'avais déjà tâté de la bière, brune et blonde, et du vin, mais jamais je n'avais bu avec la détermination dont Burrich me donna l'exemple ce soir-là. Lorsque Mijote se risqua à sortir et à lui reprocher de donner de l'alcool à un enfant, il lui adressa un de ces regards silencieux qui me rappelaient la première fois que je l'avais vu et où il avait fait taire une salle remplie de soldats rien que par la grâce du nom de Chevalerie. Et Mijote fit demi-tour.

Il me raccompagna lui-même à ma chambre, me fit passer ma tunique par-dessus la tête cependant que j'essayais de conserver mon équilibre, puis il me balança comme un paquet dans mon lit et jeta une couverture sur moi. « Maintenant, tu vas dormir, déclara-t-il d'une voix pâteuse. Et demain on recommencera. Et ce sera tous les jours comme ça jusqu'à ce tu t'aperçoives un matin que t'en es pas mort, finalement, de ce qui te ronge. »

Il souffla ma bougie et sortit. J'avais la tête qui tournait et le corps endolori d'avoir travaillé toute la journée. Mais je ne trouvai pas le sommeil : je m'étais mis à pleurer. L'alcool avait défait le nœud qui assurait mon sang-froid et je versais des larmes. Mais pas dans le calme : je sanglotais, je hoquetais, je hurlais, la mâchoire tremblante. J'avais la gorge prise comme dans un étau, mon nez coulait et je pleurais si fort que je n'arrivais plus à reprendre mon souffle. Je crois que je versai toutes les larmes que j'avais retenues depuis le jour où mon grand-père avait obligé ma mère à m'abandonner. « Maman ! » m'entendis-je crier, et soudain des bras se refermèrent sur moi et me serrèrent.

Umbre m'avait pris contre lui et il me berçait comme un tout petit enfant. Malgré l'obscurité, je reconnus ses membres maigres et son odeur, mélange d'herbes et de poussière. Sans parvenir à y croire, je m'agrippai à lui et pleurai à m'enrouer la voix et à me dessécher la gorge au point que plus un son ne pût en sortir. « Tu avais raison, me dit-il, la bouche dans mes cheveux, à mi-voix, d'un ton apaisant. Tu avais raison. Je te demandais quelque chose de mal et tu avais raison de refuser. Tu n'auras plus jamais à subir ce genre d'épreuve. Pas de ma part. » Et quand je me fus enfin détendu, il me laissa un instant et revint avec une chope pleine d'un breuvage tiède et presque sans goût, mais qui n'était pas de l'eau. Il porta la chope à mes lèvres et je la vidai sans poser de questions. Puis je me rallongeai, pris d'une somnolence si soudaine que je ne me rappelle même pas Umbre quittant ma chambre.

Je me réveillai vers l'aube et me présentai à Burrich après un copieux petit déjeuner. Rapide dans les corvées, attentif dans les devoirs, je ne comprenais pas pourquoi Burrich était si grognon et mal fichu ce matin. A un moment, il marmonna quelque chose comme : « Il tient l'alcool aussi bien que son père », et enfin il me congédia en me disant que, si je tenais absolument à siffloter, j'aille le faire ailleurs.

Trois jours plus tard, le roi Subtil me convoqua au petit matin. Il était déjà habillé et il y avait un plateau sur sa table avec de quoi manger pour plus d'une personne. A mon arrivée, il renvoya son valet et m'ordonna de m'asseoir. J'allai prendre une chaise à la petite table de sa chambre et, sans me demander si j'avais faim, il me servit lui-même, puis s'installa en face de moi pour attaquer son repas. Son geste ne m'avait pas échappé, mais j'eus beau me forcer, je ne pus avaler grand-chose. Il ne parla que du repas, sans un mot à propos d'engagements, de loyauté ni de parole tenue. Lorsqu'il vit que j'avais fini de manger, il repoussa son assiette, puis s'agita sur sa chaise, l'air mal à l'aise.

« C'était mon idée, dit-il soudain, presque agressivement. Pas la sienne. Il n'était pas d'accord. J'ai insisté. Quand tu seras plus vieux, tu comprendras. Je ne peux courir aucun risque, avec personne. Mais je lui ai promis que tu le saurais de ma bouche. Cette idée était de moi seul. Et je ne lui demanderai plus jamais d'éprouver ton courage de cette façon. Tu as la parole du roi. »

Et du geste, il me congédia. Je me levai, mais en même temps je pris sur le plateau un petit couteau d'argent entièrement gravé dont il s'était servi pour découper un fruit. Sans cesser de le regarder, sans me cacher, je glissai l'objet dans ma manche. Le roi Subtil écarquilla les yeux, mais ne dit mot.

Deux nuits plus tard, lorsqu'Umbre m'appela, nos leçons reprirent comme si elles n'avaient connu aucune interruption. Il parla, j'écoutai, je me pliai à son jeu des cailloux sans commettre une seule erreur. Il me confia une mission, et nous nous livrâmes ensemble à de petites plaisanteries. Il m'apprit à faire danser Rôdeur la belette en l'appâtant avec une saucisse. Tout allait de nouveau bien entre nous. Mais avant de quitter ses appartements cette nuit-là, je m'approchai de la cheminée. Sans rien dire, je plaçai le couteau au milieu du manteau. Ou plutôt, je l'enfonçai, la lame la première, dans le bois du manteau. Puis je sortis sans un mot et sans croiser le regard d'Umbre. Nous n'en avons jamais parlé.

Je crois que le couteau n'a pas bougé depuis.

6

L'OMBRE DE CHEVALERIE

Il existe deux traditions concernant la coutume de donner aux enfants royaux des noms évocateurs de vertus ou de talents. La plus courante veut que, par quelque principe, ces noms exercent une contrainte ; que, lorsqu'un tel nom est attaché à un enfant qui sera plus tard formé à l'Art, ledit Art agrège le nom à l'enfant qui ne peut plus, à mesure qu'il grandit, que tendre à pratiquer la vertu dont il a été baptisé. Les plus fervents adeptes de cette première tradition sont aussi les plus prompts à se découvrir devant un membre de la petite noblesse.

Une tradition plus ancienne attribue l'usage de ces noms à un accident, du moins à l'origine. On dit que les rois Preneur et Souverain, les deux premiers Outrîliens à régner sur ce qui devait devenir les Six-Duchés, ne portaient pas du tout ces noms-là dans leur langue maternelle, mais que, dans celle des Duchés, ils ressemblaient beaucoup à ces mots ; ce serait ainsi que ces deux hommes auraient fini par être plus connus sous leurs noms homophones que sous leurs vrais noms. Mais pour la bonne marche de la royauté, il est préférable que le peuple reste persuadé qu'un enfant baptisé d'un nom noble aura une noble nature.

*

« Mon garçon ! »

Je levai la tête. Parmi les cinq ou six autres garçons qui paressaient devant le feu, pas un n'eut seulement le moindre tressaillement. Les filles ne réagirent pas davantage lorsque j'allai prendre ma place de l'autre côté de la table basse devant laquelle maître Geairepu était agenouillé. Il avait mis au point une technique d'inflexion qui permettait à tous de savoir quand *mon garçon* signifiait « mon garçon » et quand cela signifiait « le bâtard ».

Je me coinçai les genoux sous la table, m'assis les fesses sur les talons et donnai ma feuille de moelle d'arbre à Geairepu. Puis, tandis qu'il parcourait mes colonnes de lettres soigneusement tracées, je laissai mon attention s'égarer.

L'hiver nous avait moissonnés et engrangés ici, dans la Grand-Salle. Dehors, une tempête se déchaînait contre les murailles de la forteresse et les vagues martelaient les falaises avec une violence telle que nous sentions de temps en temps le dallage frémir sous nos pieds. Le mauvais temps nous dépouillait des quelques heures de jour glauque que nous avait laissées l'hiver. J'avais l'impression que les ténèbres s'étendaient sur nous comme un brouillard, tant à l'extérieur qu'à l'intérieur. Les yeux inondés de pénombre, je me sentais somnolent sans être fatigué. Un bref instant, j'étendis mes sens et perçus la léthargie hivernale des chiens qui dormaient dans les coins, agités de tressautements. Même là, je ne pus trouver ni pensée ni image qui éveillât mon intérêt.

Le feu brûlait dans les trois vastes cheminées et différents groupes s'étaient rassemblés devant chacune. L'un d'eux s'activait à fabriquer des flèches au cas où le temps serait assez clair le lendemain pour autoriser une chasse. Je regrettais de ne pas en être, car la voix enjouée de Cherfe montait et descendait au gré de l'histoire qu'elle racontait, souvent interrompue par les rires appréciateurs de ses auditeurs. Près de l'âtre du fond, des enfants chantaient en chœur de leur voix haut perchée ; je reconnus le Chant du berger, une chanson pour apprendre à compter. Attentives, quelques mères battaient la mesure du bout du pied tout en faisant des frivolités de dentelle, tandis que, de ses vieux doigts flétris posés sur sa harpe, Jerdon s'évertuait à maintenir les enfants dans le ton.

A ma cheminée, les enfants assez grands pour savoir se tenir tranquilles apprenaient les lettres ; Geairepu s'en occupait. Rien n'échappait à son regard bleu acéré. « Tiens, me dit-il. Tu as oublié de croiser les queues, ici. Rappelle-toi, je t'ai montré comment faire. Justice, ouvre les yeux et remets-toi à la plume. Si je te reprends à t'endormir, c'est toi qui iras chercher la prochaine bûche pour le feu. Charité, tu iras l'aider si tu continues à sourire comme ça ! Bon, à part ça – il reporta soudain son attention sur mon travail – ta calligraphie s'est nettement améliorée, en ce qui concerne non seulement les caractères ducaux, mais aussi les runes outrîliennes. Evidemment, avec un aussi mauvais papier, on ne peut pas peindre des runes convenablement. Il est trop poreux et il boit trop l'encre. De bonnes feuilles d'écorce battue, voilà ce qu'il faut pour les runes. » Il effleura d'un doigt appréciateur le parchemin sur lequel il travaillait. « Continue à travailler comme ça et avant la fin de l'hiver je te permettrai de faire une copie des *Remèdes de la reine Florissante*. Qu'en dis-tu ? »

Je m'efforçai de sourire et de prendre l'air flatté. On ne confiait pas les travaux de copie aux élèves, en général ; le bon papier était trop rare et un coup de pinceau inconséquent pouvait gâcher toute une feuille. Les *Remèdes*, je le savais, étaient une compilation de prophéties et d'études sur les propriétés des simples qui n'avait rien de compliqué, mais tout travail de copie était en soi un honneur. Geairepu me donna une nouvelle feuille de moelle d'arbre. Comme je me levais pour regagner ma place, il m'arrêta de la main. « Mon garçon ? »

Je m'immobilisai.

Geairepu prit l'air gêné. « Je ne sais pas à qui le demander à part toi. En temps normal, j'en parlerais à tes parents, mais... » La phrase mourut miséricordieusement sur ses lèvres. Songeur, il se gratta la barbe de ses doigts tachés d'encre. « L'hiver va bientôt finir et je vais reprendre ma route. Sais-tu ce que je fais en été, mon garçon ? Je me balade dans les Six-Duchés, à recueillir des herbes, des baies et des racines pour mes encres et à faire provision des papiers dont j'ai besoin. C'est une existence agréable d'arpenter librement les routes en été et de se faire inviter à la forteresse pour l'hiver. Le métier de scribe a beaucoup d'avantages. » Il me regarda, pensif. Je lui rendis son regard en me demandant où il voulait en venir.

« Tous les deux ou trois ans, je prends un apprenti. Certains réussissent et s'engagent comme scribes pour les forteresses mineures ; d'autres n'arrivent à rien, soit qu'ils n'aient pas la patience du détail, soient qu'ils n'aient pas la mémoire des encres. Je crois que tu as ces qualités. Que dirais-tu de devenir scribe ? »

La question me prit complètement au dépourvu et je restai à le dévisager sans dire un mot. Ce n'était pas seulement le projet d'être scribe qui me laissait médusé ; c'était l'idée même que Geairepu pût vouloir de moi comme apprenti, avoir envie de m'emmener avec lui et de m'enseigner les secrets de son métier. Plusieurs années s'étaient écoulées depuis que j'avais passé mon marché avec le vieux roi. A part Umbre, avec qui je partageais certaines nuits, et Molly et Kerry qui m'accompagnaient lors de mes après-midi volés, je n'avais jamais imaginé que quelqu'un pût trouver plaisir à ma société, et encore moins voir en moi un apprenti potentiel. La proposition de Geairepu me laissait sans voix. Il dut percevoir mon trouble, car il m'adressa son fameux sourire, à la fois jeune et vieux, et toujours bienveillant.

« Allons, réfléchis-y, mon garçon ; scribe, c'est un bon métier ; et, de toute manière, qu'as-tu d'autre comme perspective ? Entre nous, je crois qu'un petit voyage loin de Castelcerf te ferait le plus grand bien.

– Loin de Castelcerf ? » répétai-je, abasourdi. J'eus l'impression qu'on ouvrait un rideau. Je n'y avais jamais pensé. Soudain, les routes qui partaient de Castelcerf se mirent à briller dans ma tête et les cartes assommantes que j'avais été obligé d'étudier se remplirent de lieux vivants où je pouvais me rendre. J'en restai confondu.

« Oui, répondit Geairepu à mi-voix. Quitte Castelcerf. A mesure que tu grandiras, l'ombre de Chevalerie se fera plus floue. Elle ne te protégera pas toujours. Mieux vaut que tu apprennes à devenir ton propre maître, avec ta vie à toi et un métier pour subvenir à tes besoins, avant que sa protection ne te fasse entièrement défaut. Mais tu n'es pas obligé de me donner tout de suite ta réponse. Réfléchis-y ; discutes-en avec Burrich, peut-être. »

Là-dessus, il me donna ma feuille de moelle d'arbre et me renvoya à ma place. Je réfléchis en effet à ses paroles, mais ce ne fut pas à Burrich que je les rapportai. Aux heures obscures d'une nouvelle journée, Umbre et moi étions accroupis, tête contre tête, au-dessus des tessons rouges d'une cruche brisée par les soins de Rôdeur ; je ramassais les éclats tandis qu'Umbre récupérait les minuscules graines noires qui s'étaient éparpillées au sol. Rôdeur, accroché tout en haut d'une tapisserie affaissée, couinait des excuses, mais je percevais son amusement.

« Elles viennent de Kalibar, ces graines ! Ça en fait, du chemin, espèce de petite descente de lit décharnée ! gronda Umbre.

– Kalibar, répétai-je en fouillant ma mémoire ; à une journée de voyage après notre frontière avec Bord-du-Sable.

– C'est ça, mon garçon, marmonna Umbre.

– Vous y avez déjà été ?

– Moi ? Oh non ! Ces graines en proviennent, mais j'ai dû les faire acheter à Roitelet. Il y a un grand marché, là-bas, qui attire des marchands des Six-Duchés et aussi de pas mal de nos voisins.

– Ah oui, Roitelet ! Vous y avez été ? »

Umbre réfléchit. « Une fois ou deux, quand j'étais plus jeune. Je me rappelle surtout le bruit et la chaleur. Les villes de l'intérieur sont comme ça : il y fait trop sec et trop chaud. J'ai été content de retrouver Castelcerf.

– Connaissez-vous une ville que vous avez préférée à Castelcerf ? »

Umbre se redressa prudemment, ses mains pâles pleines de minuscules graines noires. « Pose-moi franchement ta question, au lieu de tourner autour du pot. »

Je lui exposai donc la proposition de Geairepu et aussi ma brutale prise de conscience que les cartes n'étaient pas que de jolis dessins en couleurs, qu'elles représentaient des lieux et des possibilités réels, que je pouvais m'en aller ailleurs, devenir quelqu'un d'autre, me faire scribe ou…

« Non. » Le ton d'Umbre était posé mais tranchant. « Où que tu ailles, tu resteras le bâtard de Chevalerie. Geairepu est plus perspicace que je ne le croyais, mais il ne comprend quand même pas. Il ne voit qu'une partie du tableau ; il a bien vu qu'ici, à la cour, tu seras toujours un bâtard, une espèce de paria ; mais ce qu'il ne perçoit pas, c'est qu'ici, bénéficiant des bontés de Subtil, poursuivant ton éducation sous ses yeux, tu n'es pas une menace pour le roi. Effectivement, tu es sous l'ombre de Chevalerie, ici ; effectivement, elle te protège. Mais en t'en allant de Castelcerf, loin de ne plus avoir besoin de cette protection, tu deviendrais un danger pour le roi Subtil et un risque encore plus grand pour ses héritiers, après sa mort. Ne va pas t'imaginer menant l'existence simple et sans entrave de scribe itinérant. Pour toi, ce serait plutôt la gorge tranchée dans ton lit ou une flèche dans le cœur au détour d'une route. »

Un frisson glacé me parcourut. « Mais pourquoi ? » demandai-je à voix basse.

Umbre soupira. Il versa les graines dans un plat et s'épousseta légèrement les mains pour en faire tomber les dernières. « Parce que tu es un bâtard royal et l'otage de ta propre lignée. Pour le moment, comme je te le disais, tu ne représentes aucune menace pour Subtil ; tu es trop jeune et, par ailleurs, il a fait en sorte de toujours pouvoir garder un œil sur toi. Mais il réfléchit à long terme – et tu devrais en faire autant. Nous vivons une époque troublée ; les raids des Outrîliens sont de plus en plus audacieux ; les gens de la côte commencent à grommeler, en disant qu'il nous faut davantage de navires de patrouille, voire, selon certains, des navires de guerre pour exercer des représailles. Mais les duchés de l'intérieur ne veulent pas mettre la main à la bourse, surtout pour des bateaux de combat qui risqueraient de nous précipiter dans une guerre générale. Ils accusent le roi de ne s'intéresser qu'à la côte, sans se préoccuper de leur agriculture ; les Montagnards accordent de plus en plus chichement le droit d'emprunter leurs cols ; les taxes sur les marchandises s'envolent tous les mois un peu plus. Du coup, les négociants maugréent et murmurent entre eux. Au sud, à Bord-du-Sable et plus loin, c'est la sécheresse et les temps sont durs ; là-bas, tout le monde se plaint ouvertement, comme si le roi et Vérité étaient responsables de leur situation. Tant qu'il s'agit de boire une chope, Vérité s'en tire très bien, mais ce n'est pas le soldat ni le diplomate qu'était Chevalerie. Il préfère chasser le daim d'hiver ou écouter un ménestrel au coin du feu qu'arpenter les routes au cœur des frimas, par un temps glacial, rien que pour maintenir le contact avec les autres duchés. Tôt ou tard, si la situation ne s'améliore pas, les gens vont commencer à se dire : "Après tout, un bâtard, il n'y a pas de quoi en faire tout un plat. C'est Chevalerie qui aurait dû monter sur le trône ; il mettrait bien vite de l'ordre dans tout ça. Il était peut-être un peu strict sur le protocole, mais au moins, avec lui, le travail était fait et il ne laissait pas les étrangers nous marcher sur les pieds."

– Alors Chevalerie pourrait encore devenir roi ? » En posant cette question, je sentis un curieux frémissement me parcourir. Instantanément, j'imaginai son retour triomphal à Castelcerf, notre rencontre, enfin, et… et puis quoi ?

Umbre parut avoir déchiffré mon expression. « Non, mon garçon. Il n'y a aucune chance. Même si le peuple tout entier le voulait, je doute qu'il aille à l'encontre du destin qu'il s'est forgé ou des désirs du roi. Mais cela n'irait pas sans mécontentements et sans murmures, qui pourraient déboucher sur des émeutes et des échauffourées, bref, sur un climat beaucoup trop dégradé pour laisser un bâtard courir en liberté. Il faudrait régler ton sort d'une façon ou d'une autre. En faisant de toi un cadavre ou l'instrument du roi.

– L'instrument du roi. Je vois. » Une sensation d'oppression m'envahit. Ma brève vision de ciels bleus au-dessus de routes ocre que je suivrais, monté sur Suie, cette vision disparut brutalement. A la place, je vis les molosses dans leurs chenils, et les faucons, encapuchonnés, enchaînés par des courroies au poignet du roi et qu'on ne libérait que pour accomplir sa volonté.

« Ce n'est pas obligatoirement affreux, fit Umbre doucement. Nous nous fabriquons souvent nous-mêmes nos propres prisons. Mais on peut aussi créer sa propre liberté.

– Je n'irai jamais nulle part, c'est ça ? » Malgré la nouveauté de l'idée, voyager me paraissait soudain extrêmement important.

« Je n'irais pas jusque-là. » Umbre cherchait un couvercle pour le plat rempli de graines, et il se contenta finalement d'y mettre une assiette à l'envers. « Tu te déplaceras beaucoup. Discrètement, et lorsque les intérêts de la famille l'exigeront. Mais ce n'est pas très différent de ce que fait un prince du sang. Crois-tu que Chevalerie avait le libre choix de ses destinations pour ses missions diplomatiques ? Penses-tu que Vérité apprécie d'aller visiter des villes mises à sac par les Outrîliens, d'écouter les habitants se plaindre que, si leur ville avait été mieux fortifiée ou mieux garnie en hommes, rien ne serait arrivé ? Un vrai prince dispose d'une liberté limitée en ce qui concerne ses déplacements et ses activités. Chevalerie en a sans doute davantage aujourd'hui que jamais auparavant.

– Sauf qu'il ne peut plus revenir à Castelcerf. » Cette idée m'apparut en un éclair et je me pétrifiai, les mains pleines d'éclats de poterie.

« Sauf qu'il ne peut plus revenir à Castelcerf. Les visites d'un ancien roi-servant créeraient des remous dans la population ; mieux vaut qu'il s'efface discrètement. »

Je jetai les tessons dans l'âtre. « Au moins, il peut voyager, marmonnai-je. Moi, je ne peux même pas aller en ville…

– Ça te tient donc tant à cœur ? D'aller te promener dans un petit port aussi plein de crasse et de graisse que Bourg-de-Castelcerf ?

– Il y a d'autres gens, là-bas… » J'hésitai. Umbre lui-même ignorait tout de mes amis de la ville. Je me jetai à l'eau. « Ils m'appellent le Nouveau ; ils ne pensent pas "Tiens, le bâtard !" chaque fois qu'ils me voient. » Je ne l'avais jamais exprimé si clairement, mais soudain l'appel de la ville se fit très net en moi.

« Ah », fit Umbre et il eut un mouvement d'épaules qui évoquait un soupir, bien qu'il n'émît pas un bruit. L'instant d'après, il m'expliquait comment on peut rendre un homme malade rien qu'en lui faisant manger de la rhubarbe et des épinards au cours du même repas, au point même de le tuer si les quantités étaient suffisantes, le tout sans qu'aucun poison n'apparaisse sur la table. Je lui demandai comment empêcher que les autres convives ne s'intoxiquent et la conversation se poursuivit sur ce thème. Ce n'est que plus tard que ses paroles concernant Chevalerie m'apparurent presque prophétiques.

Deux jours après, j'eus la surprise d'apprendre que Geairepu avait requis mes services l'espace d'une journée. Mon étonnement grandit encore lorsqu'il me remit une liste de fournitures à chercher en ville et des pièces d'argent pour les payer, plus deux de cuivre pour moi-même. Je retins mon souffle, certain que Burrich ou l'un de mes maîtres allait opposer son veto, mais on me dit au contraire de me dépêcher de me mettre en route. Je franchis donc les portes un panier au bras et la tête me tournant de cette subite liberté. En comptant les mois écoulés depuis ma dernière escapade, je m'aperçus avec un choc qu'elle remontait à plus d'un an ! Je résolus aussitôt de refaire connaissance avec la ville. Personne ne m'avait fixé d'heure de retour et je ne doutais pas de pouvoir dérober une heure ou deux sur mes emplettes sans que cela se sache.

La diversité de la liste de Geairepu m'emmena par tout le bourg. J'ignorais quel usage un scribe pouvait avoir de cheveux de sirène séchés ou d'un quart de boisseau de noix de forestier ; peut-être s'en servait-il pour fabriquer ses encres de couleur, me dis-je finalement, et, constatant que je n'en trouvais pas dans les boutiques habituelles, je descendis au bazar du port, où il suffisait de posséder une couverture et quelque chose à vendre pour se déclarer marchand. Je mis assez vite la main sur l'algue et appris que c'était un ingrédient habituel de la soupe de poisson. Il me fallut plus longtemps pour les noix, car c'était un produit de l'intérieur, non de la mer, et il y avait moins d'étals pour ce genre d'articles.

Je les trouvai néanmoins, au milieu de paniers remplis de piquants de porc-épic, de perles de bois sculptées, de cônes d'avelinier et de tissu d'écorce martelée. La propriétaire était une vieille femme aux cheveux plus argentés que blancs ou gris ; elle avait le nez fort et droit et les pommettes hautes et osseuses. Cet héritage racial m'était à la fois étranger et curieusement familier, et un frisson me parcourut l'échine lorsque je compris soudain qu'elle venait des Montagnes.

« Keppet », dit la femme de l'étal d'à côté alors que j'achevais mes achats. Je lui jetai un coup d'œil, croyant qu'elle s'adressait à celle que je venais de payer. Mais c'était moi qu'elle regardait. « Keppet », répéta-t-elle d'un ton insistant et je me demandai quel sens ce mot avait dans sa langue. Elle paraissait réclamer quelque chose, mais comme l'autre vendeuse, impassible, gardait les yeux fixés sur la rue, je haussai les épaules en guise d'excuse et me détournai en déposant les noix dans mon panier.

Je n'avais pas fait dix pas que je l'entendis hurler « Keppet ! » à nouveau. Je me retournai et vis les deux femmes en pleine bagarre ; la plus vieille tenait les poignets de l'autre qui se débattait à coups de poing et de pied pour se libérer. Autour, les marchands s'étaient dressés, l'air inquiet, et remballaient leur matériel pour le mettre à l'abri. Je me serais peut-être avancé pour mieux voir si un autre visage plus familier n'avait pas accroché mon regard.

« Brise-Pif ! » m'exclamai-je.

Elle se tourna face à moi et, l'espace d'un instant, je crus m'être trompé. Je ne l'avais pas vue depuis un an ; comment pouvait-on changer à ce point ? Ses cheveux noirs, autrefois sagement tressés derrière ses oreilles, lui tombaient à présent en dessous des épaules ; et elle était vêtue, non plus d'un pourpoint et de chausses flottantes, mais d'un corsage et d'une jupe. Cette tenue d'adulte me laissa pantois. Je m'apprêtais à faire semblant d'avoir interpellé quelqu'un d'autre quand, m'arrêtant de ses yeux noirs, elle répéta d'un ton glacial : « Brise-Pif ? »

Je ne me laissai pas abattre. « Vous n'êtes pas Molly Brise-Pif ? »

Elle leva la main pour écarter une mèche de cheveux de sa joue. « Je m'appelle Molly Chandelière. » Je vis dans son regard que je lui rappelais quelque chose, mais c'est d'une voix froide qu'elle ajouta : « Je ne suis pas sûre de vous connaître. Votre nom, monsieur ? »

Troublé, je réagis sans réfléchir. Je tendis l'esprit vers elle, découvris son inquiétude et m'étonnai de ses craintes. Par la voix et la pensée, je m'efforçai de l'apaiser. « Moi, c'est le Nouveau », dis-je sans hésiter.

Elle écarquilla les yeux, puis éclata de rire comme devant une excellente plaisanterie. La barrière qu'elle avait dressée entre nous disparut comme une bulle de savon et soudain je retrouvai la Molly d'autrefois, la même impression de fraternité chaleureuse qui m'évoquait irrésistiblement Fouinot. Toute gêne s'évanouit entre nous. Une foule se formait autour des deux femmes qui continuaient à se battre ; nous la laissâmes derrière nous pour remonter la rue pavée. Je fis compliment à Molly de sa jupe et elle m'informa calmement qu'elle en portait depuis plusieurs mois et qu'elle les préférait de beaucoup aux chausses. Celle-ci avait appartenu à sa mère ; on ne trouvait plus aujourd'hui, lui avait-on dit, de laine aussi finement cardée, ni de teinture d'un rouge aussi vif. A son tour, elle admira mes vêtements et je pris conscience tout à coup que mon aspect lui semblait peut-être aussi insolite que son apparence m'avait déconcerté. Je portais ma plus belle chemise, mes chausses avaient été nettoyées quelques jours plus tôt et j'arborais des bottes de la qualité de celles des hommes d'armes, bien que Burrich ronchonnât en voyant à quelle allure elles devenaient trop petites pour moi. Elle s'enquit des raisons de ma présence et je lui répondis que je faisais des courses pour le maître d'écriture de la forteresse ; j'ajoutai qu'il avait besoin de deux cierges en cire d'abeille, pure invention de ma part mais qui me permettait de l'accompagner par les rues sinueuses. Elle bavardait et nos coudes se touchaient amicalement. Elle aussi portait un panier au bras ; il contenait plusieurs paquets et des bottes de plantes, pour les bougies parfumées, m'expliqua-t-elle. La cire d'abeille absorbait les odeurs beaucoup mieux que le suif, à son avis. Elle fabriquait les meilleures bougies parfumées de Castelcerf ; même les deux autres chandeliers de la ville le reconnaissaient. Tiens, que je mette mon nez là-dessus, c'était de la lavande ; adorable, non ? C'était le préféré de sa mère et le sien également. Ceci, c'était du douxbéguin, et ça du baume d'abeille. Ça, c'était de la racine de vanneur ; il y avait plus agréable, selon Molly, mais certains disaient qu'on en faisait de bonnes bougies pour guérir les maux de tête et la mélancolie de l'hiver. D'après Mavis Coupefil, la mère de Molly avait créé, en mélangeant cette racine à d'autres plantes, une bougie merveilleuse, propre à calmer même un bébé coliqueux ; du coup, Molly avait décidé de retrouver par l'expérimentation les herbes nécessaires et de recréer la recette de sa mère.

Devant cet étalage serein de son savoir et de ses talents, je brûlais de me distinguer à ses yeux. « Je connais la racine de vanneur, lui dis-je. Elle sert aussi à fabriquer une pommade pour les douleurs dans les épaules et le dos. C'est de là qu'elle tire son nom. Mais si on en distille une teinture et qu'on la coupe de vin, son goût est indétectable et elle peut faire dormir un homme adulte deux jours et une nuit, ou faire mourir un bébé dans son sommeil. »

Pendant que je parlais, les yeux de Molly s'étaient écarquillés, et, à mes derniers mots, une expression d'horreur envahit ses traits. Je me tus en sentant la tension de début renaître entre nous. « Comment sais-tu tout ça ? demanda-t-elle, le souffle court.

– J'ai... j'ai entendu une vieille sage-femme itinérante en discuter avec notre sage-femme du château, improvisai-je. Elle racontait l'histoire d'un blessé à qui on en avait donné pour l'aider à se reposer, mais son enfant en avait bu aussi. C'était une histoire très, très triste. » Le visage de ma compagne s'adoucit et je sentis sa confiance me revenir. « Je t'en parle seulement pour que tu fasses attention avec cette racine. N'en laisse pas traîner à portée d'un gosse.

– Merci ; c'est promis. Tu t'intéresses aux plantes et aux racines ? Je ne savais pas qu'un scribe s'occupait de ce genre de choses. »

Je compris subitement qu'elle me prenait pour l'assistant du scribe et je ne vis aucune raison de la détromper. « Oh, Geairepu se sert de beaucoup de produits pour ses colorants et ses encres. Certaines de ses copies sont toutes simples, mais d'autres sont plus décorées, avec des oiseaux, des chats, des tortues et des poissons ; il m'a montré un herbier, une fois, dont les bords de chaque page étaient enluminés avec le feuillage et les fleurs de la plante représentée.

– Comme j'aimerais voir ça ! s'exclama-t-elle d'un ton si sincère que je me mis aussitôt à imaginer diverses façons d'emprunter l'ouvrage pour quelques jours.

– Je pourrais peut-être t'en procurer un exemplaire à lire... pas pour le garder, mais pour l'étudier deux ou trois jours », proposai-je, hésitant.

Elle éclata de rire, mais avec un soupçon d'amertume. « Comme si je savais lire ! Ah, mais je suppose que tu as appris quelques lettres, à faire les courses du scribe ?

– Oui, quelques-unes », répondis-je, et je fus surpris de la jalousie que je vis dans ses yeux lorsque je lui montrai ma liste en lui avouant être capable de lire les sept mots inscrits dessus.

Son attitude se fit soudain plus réservée. Elle ralentit le pas et je compris que nous approchions de la chandellerie. Son père la battait-il toujours ? Je n'osais pas poser la question, mais son visage n'en portait en tout cas nulle trace. Nous nous arrêtâmes à la porte du magasin. Elle dut subitement prendre une décision, car elle posa la main sur ma manche, prit son souffle et me demanda : « Tu crois que tu pourrais me lire quelque chose ? Même une partie seulement ?

– Je peux essayer.

– Quand j'ai... Maintenant que je porte des jupes, mon père m'a donné les affaires dc ma mère. Elle a été aide-chambrière auprès d'une dame du château quand j'étais petite et elle a appris les lettres. J'ai retrouvé des tablettes qu'elle a écrites. J'aimerais savoir ce qu'elles racontent.

– Je peux essayer, répétai-je.

– Mon père est à la boutique. » Elle n'en dit pas davantage, mais la façon dont sa conscience résonna contre la mienne me suffit.

« Il faut que je rapporte deux cierges en cire d'abeille au scribe Geairepu, lui rappelai-je. Je n'oserai pas rentrer au château sans eux.

– Ne montre pas trop que tu me connais », m'avertit-elle, puis elle poussa la porte.

Je la suivis lentement, comme si le hasard seul nous amenait ensemble au magasin ; mais ma prudence se révéla bien superflue : son père dormait à poings fermés dans un fauteuil au coin du feu. Je fus bouleversé des changements que je vis en lui. De maigre, il était devenu squelettique ; la peau de son visage m'évoqua une pâte à tarte mal cuite étendue sur un moule bosselé. Umbre n'avait pas perdu son temps avec moi ; je regardai les ongles et les lèvres de l'homme et je sus, malgré la distance qui nous séparait, qu'il n'en avait plus pour longtemps à vivre. S'il ne battait plus Molly, c'était peut-être qu'il n'en avait plus la force. Elle me fit signe de ne pas faire de bruit. Elle disparut derrière les rideaux qui cachaient la partie habitée et me laissa seul à explorer la boutique.

Sans être spacieuse, elle était agréable avec son plafond plus haut que dans la plupart des autres échoppes et bâtiments de Bourg-de-Castelcerf. C'était sans doute grâce à la diligence de Molly qu'elle demeurait propre et bien rangée. Les fragrances délicates et la douce lumière de son industrie emplissaient la pièce. Accrochées par leur mèche commune, ses chandelles pendaient par paires à de longues chevilles plantées dans un support. A côté, de moindre qualité, de grosses bougies destinées à la marine remplissaient une étagère ; on trouvait même exposées trois lampes en céramique pour les clients capables de s'offrir de tels articles. Je découvris qu'outre les chandelles, Molly vendait aussi du miel, produit naturel des ruches qu'elle entretenait derrière la boutique et qui lui fournissait la cire de ses denrées de luxe.

Elle réapparut et, du doigt, me fit signe de venir la rejoindre. Elle déposa un portant de cierges et une pile de tablettes sur un établi ; puis elle se recula, les lèvres pincées, l'air de se demander si elle agissait sagement.

Les tablettes avaient été préparées à l'ancienne : de simples plaquettes de bois taillées dans le sens du fil et poncées au sable. Les lettres avaient été soigneusement dessinées au pinceau, puis fixées à l'aide d'une couche de colophane jaune. Il y avait là cinq tablettes, excellemment calligraphiées. Quatre d'entre elles portaient des descriptions d'une précision scrupuleuse de préparations à base de plantes pour des bougies curatives. Tout en les lisant à mi-voix, je voyais Molly faire des efforts pour les graver dans sa mémoire. A la cinquième tablette, j'hésitai. « Ce n'est pas une recette, dis-je.

– Eh bien, qu'est-ce que c'est, alors ? » demanda-t-elle dans un souffle.

Je haussai les épaules et me mis à lire : « *Ce jour est née ma Molly Brin-d'If, jolie comme une brassée de fleurs. Pour le travail de son accouchement, j'ai brûlé deux cierges à la baie de laurier et deux lumignons parfumés avec deux poignées des petites violettes qui poussent près du moulin de Douelle et une de sanguinaire coupée très fin. Puisse-t-elle faire de même lorsque son tour viendra de mettre un enfant au monde, et ses couches seront aussi aisées que les miennes et leur fruit aussi parfait. C'est ce que je crois.* »

C'était tout ; quand j'eus fini de lire, le silence grandit et s'épanouit ; Molly me prit la tablette et la tint à deux mains devant son visage, comme si elle lisait dans les lettres quelque chose que je n'y avais pas vu. Je déplaçai mes pieds sous la table et le bruit lui rappela ma présence. Sans un mot, elle rassembla les plaquettes et les remporta.

A son retour, elle se dirigea vivement vers le support à chevilles et en décrocha deux grands cierges en cire d'abeille, puis vers une étagère où elle choisit deux grosses chandelles roses.

« Il ne me faut que…

– Chut ! Tout ça est gratuit. Celles à la fleur de doucebaie te procureront des rêves calmes. Je les aime beaucoup et je crois qu'elle te plairont aussi. » Elle parlait d'un ton amical tout en fourrant ses cadeaux dans mon panier, mais je sentis qu'elle souhaitait mon départ. Néanmoins, elle m'accompagna jusqu'à la porte et l'ouvrit doucement pour ne pas éveiller son père. « Au revoir, le Nouveau, dit-elle, et elle me fit un vrai sourire. Brin-d'If… Je ne savais pas qu'elle m'appelait comme ça. Dans la rue, on m'appelle Brise-Pif. Les plus vieux qui connaissaient mon vrai nom avaient dû trouver ça drôle ; et, au bout d'un moment, ils ont sans doute oublié que ce n'était qu'un surnom. Enfin… peu importe. J'ai un nom, maintenant ; celui que m'a donné ma mère.

– Il te va bien », lâchai-je dans un brusque accès de galanterie ; puis, devant son regard surpris, le rouge me monta aux joues et je m'en allai rapidement. A mon grand étonnement, c'était déjà la fin de l'après-midi, presque le soir. Je me dépêchai de terminer mes courses, allant jusqu'à supplier un marchand à travers les volets fermés de sa boutique de me vendre une peau de belette. Il finit par m'ouvrir sa porte en maugréant qu'il aimait manger son souper chaud, mais je le remerciai avec tant d'effusion qu'il dut me croire un peu dérangé.

Je remontais d'un pas vif la partie la plus pentue de la route qui menait à la forteresse quand j'entendis avec étonnement des bruits de sabots derrière moi. Les chevaux arrivaient du quartier des quais et leurs cavaliers ne les ménageaient pas. C'était ridicule : personne n'utilisait de chevaux en ville, car les rues étaient trop escarpées et les pavés trop inégaux. En outre, le bourg s'étendait sur un territoire si réduit que s'y déplacer à cheval relevait plus de la vanité que du sens pratique. Ceux-ci devaient donc provenir des écuries du château. Je m'écartai du milieu de la route et attendis, curieux de voir qui acceptait d'encourir la colère de Burrich à mener des chevaux si vite sur un pavage irrégulier, glissant et mal éclairé.

Saisi, je reconnus Royal et Vérité, montés sur les deux chevaux noirs appareillés qui faisaient l'orgueil de Burrich. Vérité tenait un bâton empanaché tel qu'en portaient les messagers de la forteresse lorsqu'ils avaient à délivrer des nouvelles capitales. En m'apercevant sur le bord de la route, ils tirèrent les rênes si violemment que la monture de Royal dérapa de côté et faillit tomber à genoux.

« Burrich va faire une attaque si vous lui cassez les pattes ! » m'écriai-je, consterné, en me précipitant vers lui.

Royal poussa un cri et, une demi-seconde plus tard, Vérité s'exclama d'une voix moqueuse mais tremblante : « Tu l'a pris pour un fantôme, comme moi ! Ouf, mon gars, tu nous as fichu une belle frousse, à nous apparaître comme ça, sans rien dire ! Et avec cette ressemblance... Hein, Royal ?

– Vérité, tu es un imbécile. Tiens ta langue. » Royal tira méchamment sur le mors de sa bête, puis effaça les plis de son pourpoint. « Que fais-tu si tard sur cette route, bâtard ? Qu'est-ce que tu manigances, à sortir en douce du château à cette heure-ci ? »

J'étais accoutumé au mépris de Royal ; en revanche, ces avanies cinglantes étaient une nouveauté. D'habitude, il se contentait de m'éviter ou de s'écarter de moi comme d'un tas de fumier frais. Sous le coup de la surprise, je répondis précipitamment : « Je remonte, messire, je ne descends pas. J'ai fait des courses pour Geairepu. » Et je levai mon panier.

« Naturellement ! » Il ricana. « Comme c'est vraisemblable ! Je trouve la coïncidence un peu forcée, bâtard ! » Toujours ce ton mordant.

Je dus avoir l'air à la fois ahuri et blessé, car Vérité grogna et me dit à sa manière abrupte : « Ne t'occupe pas de lui, petit ; tu nous as un peu effrayés. Un bateau est arrivé du fleuve tout à l'heure et il arborait le pavillon qui annonce un message spécial. Quand Royal et moi sommes descendus le prendre, imagine-toi qu'il était de Patience, pour nous apprendre la mort de Chevalerie. Par là-dessus, alors que nous remontons au château, qu'est-ce que nous voyons sur le bord de la route ? Le portrait tout craché de Chevalerie enfant qui nous regarde sans rien dire ! Dans l'état d'esprit où nous étions et...

– Tu es vraiment un crétin, Vérité ! cracha Royal. Tu devrais le crier sur tous les toits, pendant que tu y es, avant même que le roi ne soit au courant ! Et ne va pas fourrer dans la tête de ce bâtard qu'il ressemble à Chevalerie ! A ce que je sais, elle est déjà farcie d'idées malsaines grâce à notre cher père. Allons ! Nous avons un message à délivrer ! »

A nouveau, il releva brutalement la tête de son cheval, puis donna de l'éperon. Je le regardai s'en aller et, l'espace d'un instant, je jure que je n'eus d'autre idée que de me rendre aux écuries une fois rentré pour examiner la pauvre bête et les meurtrissures qu'elle devait porter à la bouche. Mais, je ne sais pourquoi, je me tournai vers le prince Vérité et dis : « Mon père est mort. »

Il resta sans bouger sur sa monture. Plus grand et plus corpulent que Royal, il conservait pourtant toujours une meilleure assiette. C'était son côté soldat, j'imagine. Il me dévisagea un moment en silence. Puis : « Oui, dit-il. Mon frère est mort. » Il m'accorda cet instant de parenté, mon oncle, et je crois que cela changea pour toujours ma vision de lui. « Grimpe derrière moi, petit ; je te ramène au château, proposa-t-il.

– Non merci. S'il nous voit à deux sur un cheval par une route pareille, Burrich va m'écorcher vif.

– Ça, c'est sûr, mon garçon », acquiesça Vérité avec douceur. Puis : « Je suis navré de t'avoir appris la nouvelle comme ça. Je n'ai pas réfléchi. Mais je n'arrive pas à y croire moi-même. »

J'entr'aperçus une douleur sincère sur son visage, puis il se pencha pour parler à l'oreille de son cheval, qui bondit en avant. Je me retrouvai de nouveau seul sur la route.

Le crachin se mit à tomber, les dernières lueurs du jour s'éteignirent, mais je ne bougeai pas. Je levai les yeux vers la forteresse, masse noire sur le fond du ciel, piquetée çà et là de petites lumières clignotantes. En un éclair, je me vis poser mon panier et m'enfuir, me sauver dans l'obscurité pour ne jamais revenir. Quelqu'un s'inquiéterait-il de moi ? Mais au lieu de cela je changeai mon panier de bras et entamai la longue et lente remontée jusqu'au château.

7
MISSION

Au décès de la reine Désir, des rumeurs d'empoisonnement circulèrent. J'ai donc décidé de mettre par écrit ce que je sais être la vérité pleine et entière. Désir est bel et bien morte empoisonnée, mais de sa propre main, sur une longue période de temps et sans que son roi y ait quelque part que ce soit. Il avait fréquemment cherché à la dissuader de s'intoxiquer aussi libéralement qu'elle le faisait. Il avait consulté des médecins et des guérisseurs, mais à peine l'avait-il convaincue d'abandonner une drogue qu'elle en trouvait une autre à essayer.

Vers la fin du dernier été de sa vie, elle se montra toujours plus imprudente, expérimentant plusieurs produits simultanément sans plus faire le moindre effort pour dissimuler ses penchants. Son comportement était une rude épreuve pour Subtil car, sous l'influence de l'alcool ou de mélanges à fumer, elle portait des accusations échevelées et se laissait aller à des déclarations enflammées sans se préoccuper des personnages présents ni des circonstances. On pourrait croire que les excès de la fin de son existence auraient ouvert les yeux de ses partisans ; mais non. Au contraire, ils affirmèrent que Subtil l'avait poussée au suicide, voire qu'il l'avait empoisonnée de sa main. Mais je puis dire avec la plus complète assurance que sa mort ne fut pas le fait du roi.

★

Pour le deuil de Chevalerie, Burrich me coupa les cheveux. Il ne m'en laissa qu'une épaisseur de doigt. Il se rasa ensuite le crâne, la barbe et les sourcils pour montrer son chagrin. Les zones pâles de son visage contrastaient violemment avec le teint brique de ses joues et de son nez ; cela lui donnait un air étrange, davantage même que les hommes des forêts qui venaient en ville les cheveux tombants, collés à la poix, et les dents teintes en rouge et noir. Les enfants les regardaient bouche bée puis échangeaient des murmures dans leur dos, mais ils restaient cois et se faisaient tout petits devant Burrich. Je pense que c'était à cause de ses yeux. J'ai vu des crânes dont les orbites vides recelaient plus de vie que les yeux de Burrich à cette période.

Royal envoya un de ses serviteurs le réprimander de s'être rasé et de m'avoir coupé les cheveux, manifestations de deuil réservées à un roi couronné, non à un homme qui a refusé le trône. Burrich regarda l'envoyé sans ciller jusqu'à ce qu'il s'en retourne. Vérité se tailla la barbe et les cheveux d'une largeur de main, comme il convenait pour pleurer un frère disparu ; certains gardes du château amputèrent leur natte à des longueurs diverses, selon l'usage des guerriers en l'honneur d'un camarade tombé. Mais ce que Burrich nous avait imposé, à lui et à moi, était extrême. On nous dévisageait. Je voulus lui demander pourquoi je devais porter le deuil d'un père que je n'avais jamais vu et qui n'était jamais venu me voir, mais un seul regard sur ses yeux et ses lèvres de pierre m'en dissuada. Royal ne sut jamais rien de la mèche de deuil que Burrich préleva sur la crinière de chaque cheval ni sur le feu nauséabond qui consuma tous les poils et cheveux sacrificiels ; cela signifiait, avais-je vaguement compris, que Burrich envoyait une partie de notre esprit accompagner celui de Chevalerie ; il s'agissait d'une coutume du peuple dont sa grand-mère était issue.

On aurait dit qu'il était mort. Une énergie froide animait son corps et il accomplissait ses devoirs sans erreur, mais sans chaleur ni satisfaction. Les sous-fifres qui autrefois rivalisaient entre eux pour le moindre signe d'éloge de sa part se détournaient aujourd'hui de son regard, comme s'ils avaient honte pour lui. Seule Renarde ne le rejetait pas ; la vieille chienne le suivait partout furtivement, jamais récompensée par le plus petit coup d'œil ni la plus légère caresse, mais toujours près de lui. Une fois, je la serrai contre moi par compassion et me risquai même à tendre mon esprit vers elle, mais je ne rencontrai qu'une torpeur effrayante. Elle pleurait avec son maître.

Les tempêtes d'hiver cinglaient les falaises en grondant. Les journées étaient empreintes d'un froid sans vie qui interdisait tout espoir de printemps. Chevalerie fut inhumé à Flétribois ; on décréta un jeûne de deuil à la forteresse, mais il fut bref et discret. Il s'agissait davantage d'observer les formes que d'imposer un véritable deuil. Ceux qui pleuraient sincèrement Chevalerie étaient regardés comme faisant preuve de mauvais goût ; sa vie publique aurait dû s'achever avec son abdication anticipée ; attirer l'attention sur lui en mourant constituait une indélicatesse impardonnable.

Une semaine après la mort de mon père, le courant d'air familier et la lumière jaune venus de l'escalier secret me réveillèrent. Je me levai et me hâtai de grimper dans ma retraite bien-aimée. Quel soulagement ce serait d'oublier l'atmosphère étrange du château, de recommencer à mélanger des plantes et de produire des fumées bizarres en compagnie d'Umbre ! Je n'en pouvais plus de cette impression d'être privé d'identité que je ressentais depuis le décès de Chevalerie.

Cependant, l'extrémité de la salle où se trouvait le bureau était sombre et l'âtre éteint. Umbre était assis devant l'autre cheminée ; il me fit signe de m'installer à côté de son fauteuil. J'obéis et le regardai, mais ses yeux étaient fixés sur le feu. Il posa sa main couturée de cicatrices sur le chaume qui me couvrait le crâne et nous restâmes ainsi un moment à contempler les flammes.

« Eh bien, voilà, mon garçon », fit-il enfin ; il n'ajouta rien, comme s'il avait exprimé tout ce qu'il avait à dire. Il fit courir sa main dans mes cheveux courts.

« Burrich me les a coupés, déclarai-je soudain.

– C'est ce que je constate.

– J'ai horreur de ça. Ça me pique sur l'oreiller et je n'arrive pas à dormir. Ma capuche n'arrête pas de tomber. Et j'ai l'air idiot.

– Tu as l'air d'un enfant qui pleure son père. »

Je me tus un instant. J'avais vu dans ma coiffure une version un peu plus longue de la coupe extrême de Burrich. Mais Umbre avait raison. C'était la longueur de cheveux classique de l'enfant qui porte le deuil de son père, non celle du sujet qui pleure un roi. Cela ne fit qu'accroître ma colère.

« Mais pourquoi est-ce que je dois porter son deuil ? demandai-je à Umbre, comme je n'avais pas osé le faire à Burrich. Je ne le connaissais même pas !

– C'était ton père.

– Il m'a fait avec une femme de rencontre ! Et quand il a appris que j'existais, il s'est défilé ! Ça, un père ? Il ne s'est jamais intéressé à moi ! » Je jetai ces derniers mots d'un ton provocant. Le chagrin profond et violent de Burrich, et maintenant la tristesse voilée d'Umbre, me mettaient en rage.

« Tu n'en sais rien. Tu ne le connais que par les commérages. Tu es trop jeune pour comprendre certaines choses ; tu n'as jamais vu un oiseau faire semblant d'être blessé pour détourner les prédateurs de ses petits.

– Je n'en crois pas un mot. » Mais je me sentais soudain moins assuré. « Il n'a jamais rien fait qui me donne à penser qu'il s'intéressait à moi. »

Umbre tourna son visage vers moi ; il avait les yeux rouges, enfoncés et le regard d'un vieillard. « Si tu avais su qu'il s'intéressait à toi, d'autres l'auraient su aussi. Quand tu seras adulte, peut-être comprendras-tu ce qu'il lui en a coûté de ne pas te reconnaître afin de te protéger, afin de détourner ses ennemis de toi.

– Eh bien, moi non plus, je ne le reconnaîtrai pas de toute ma vie », dis-je, boudeur.

Umbre soupira. « Et ta vie sera beaucoup plus longue que s'il t'avait reconnu comme héritier. » Il se tut, puis demanda d'un ton circonspect : « Que désires-tu apprendre sur lui, mon garçon ?

– Tout. Mais qu'est-ce que vous pouvez savoir de lui ? » Plus Umbre se montrait conciliant, plus ma hargne montait.

« Je le connaissais depuis toujours. J'ai... travaillé avec lui. A de nombreuses reprises. Nous étions comme le gant et la main, selon le proverbe.

– Et vous étiez quoi ? Le gant ou la main ? »

J'étais volontairement insolent, mais Umbre refusait de se mettre en colère. « La main, dit-il après un instant de réflexion. La main qui agit, invisible, dissimulée sous le gant de velours de la diplomatie.

– Comment ça ? » J'étais intrigué malgré moi.

« On peut faire des choses... » Umbre s'éclaircit la gorge. « Des choses peuvent arriver qui facilitent la tâche du diplomate. Ou qui incitent une délégation à négocier. Il peut se passer des choses... »

Le monde chavira. La réalité m'éclata au visage avec la soudaineté d'une vision, la réalité de ce qu'était Umbre et de ce que j'allais devenir. « Vous voulez dire qu'un homme peut mourir et qu'à cause de sa mort son successeur se montrera plus enclin à négocier, c'est ça ? Mieux disposé envers nos arguments, par peur ou par...

– Par gratitude. C'est ça. »

Les pièces du puzzle tombèrent soudain en place et un frisson d'horreur glacée me parcourut. Toutes ces leçons, tout cet enseignement soigneusement dispensé, pour en arriver là ! Je voulus me lever, mais Umbre m'agrippa brusquement l'épaule.

« Un homme peut aussi continuer à vivre, deux ans, cinq ans ou une décennie de plus qu'on ne l'aurait cru pour insuffler la sagesse et la tolérance de la vieillesse dans une négociation. Ou un bébé peut se voir guéri d'une toux suffocante et la mère reconnaissante se rendre brusquement compte que ce que nous proposons peut être au bénéfice de toutes les parties. La main ne donne pas toujours la mort, mon garçon. Pas toujours.

– Souvent quand même.

– Je ne te l'ai jamais caché. » Je perçus deux émotions dans la voix d'Umbre que je n'y avais encore jamais senties : de la défiance et de la peine. Mais la jeunesse est impitoyable.

« Je n'ai plus envie de suivre votre enseignement. Je crois que je vais aller chez Subtil et lui dire de trouver quelqu'un d'autre pour assassiner les gens.

– C'est ton droit. Mais je te conseille de t'en abstenir pour le moment. »

Son calme me prit au dépourvu. « Pourquoi ?

– Parce que ce serait réduire à néant tout ce que Chevalerie a tenté de faire pour toi. Ton geste attirerait l'attention sur toi. Et, à l'heure qu'il est, ce n'est pas une bonne idée. » Il parlait d'un ton grave ; c'était la vérité qu'il m'exposait.

« Pourquoi ? murmurai-je à ma propre surprise.

– Parce que certains voudront mettre un point final et définitif à l'histoire de Chevalerie ; et le meilleur moyen d'y parvenir serait de t'éliminer. Ces gens-là observeront tes réactions face à la mort de ton père ; te donne-t-elle des idées, te montres-tu impatient ? Vas-tu jouer les empêcheurs de tourner en rond comme ton père ?

– Pardon ?

– Mon garçon (il m'attira contre lui ; pour la première fois, je perçus comme un accent d'affection dans sa voix), pour l'heure, tu dois te montrer discret et prudent. Je comprends pourquoi Burrich t'a coupé les cheveux, mais en vérité j'aurais préféré qu'il n'en fasse rien. De ce fait, certains ont dû se rappeler que Chevalerie était ton père et je le regrette. Tu n'es encore qu'un enfant... Mais écoute-moi : pour le moment, ne change aucune de tes habitudes. Attends six mois ou un an ; ensuite, prends ta décision. Mais pour l'instant...

– Comment mon père est-il mort ? »

Umbre scruta mon visage. « Ne t'a-t-on pas dit qu'il était tombé de cheval ?

– Si. Et j'ai entendu Burrich sonner les cloches à l'homme qui l'a rapporté ; il a dit que Chevalerie ne serait jamais tombé et que son cheval ne l'aurait jamais jeté à terre.

– Burrich aurait intérêt à surveiller ses paroles.

– Alors, comment mon père est-il mort ?

– Je l'ignore. Mais, comme Burrich, je ne crois pas qu'il ait eu un accident de cheval. » Umbre se tut. Je m'assis près de ses pieds osseux et contemplai les flammes.

« Est-ce qu'on va me tuer, moi aussi ? »

Il demeura un long moment sans répondre. « Je n'en sais rien. Si je peux l'empêcher, non. A mon avis, il faudra d'abord convaincre le roi Subtil que c'est nécessaire. Et si on l'approche dans ce sens, je le saurai.

– Vous pensez donc que le danger vient de l'intérieur du château.

– Oui. » Umbre attendit longtemps, mais je gardai obstinément le silence. Il finit par répondre tout de même à la question que je ne me résolvais pas à poser. « J'ignorais tout de l'affaire ; je n'y ai eu aucune part. On n'a même pas cherché à me sonder. Sans doute parce qu'on sait que j'aurais fait davantage que refuser : j'aurais veillé à ce que rien ne se produise.

– Ah ! » Je me détendis un peu. Mais il m'avait trop bien formé au mode de pensée de la cour. « Donc, on ne vous préviendra pas si la décision est prise de se débarrasser de moi. On craindra que vous ne me mettiez en garde. »

Il me prit par le menton et tourna mon visage vers lui pour plonger ses yeux dans les miens. « La mort de ton père devrait te suffire, comme mise en garde, aujourd'hui et pour l'avenir. Tu es un bâtard, mon garçon. Nous sommes toujours en danger et vulnérables ; nous sommes toujours bons à sacrifier, sauf quand nous représentons une nécessité absolue pour la sécurité des autres. Je t'ai appris pas mal de choses, ces dernières années ; mais cette leçon-ci, retiens-la précieusement et garde-la toujours présente à l'esprit : si jamais, par malheur, tu te débrouilles pour qu'on n'ait plus besoin de toi, on te tuera. »

J'écarquillai les yeux. « Mais je suis inutile, actuellement !

– Crois-tu ? Je me fais vieux. Tu es jeune, docile, et tu as les traits et le port d'un membre de la famille royale. Tant que tu ne manifesteras pas d'ambitions inopportunes, tout ira bien pour toi. » Il s'interrompit, puis reprit en insistant sur les mots : « Nous appartenons au roi, mon garçon ; à lui exclusivement, d'une façon à laquelle tu n'as peut-être pas encore réfléchi. Nul n'est au courant de mes activités et tout le monde ou presque a oublié qui je suis. Ou qui j'étais. Si quelqu'un a vent de nos agissements, ce ne peut être que par le roi. »

J'entrepris prudemment de rassembler les divers éléments. « Alors... vous avez dit que ça venait de l'intérieur du château. Mais si on n'a pas utilisé vos services, l'ordre n'émanait pas du roi... La reine ! » m'exclamai-je, plein d'une subite certitude.

Les yeux d'Umbre n'exprimaient rien. « Voilà une hypothèse périlleuse à émettre. Et d'autant plus périlleuse si tu penses devoir te fonder dessus pour agir.

– Pourquoi ? »

Umbre soupira. « Quand une idée te vient brusquement et que tu estimes que c'est la vérité sans te fonder sur aucune preuve, tu te rends aveugle aux autres possibilités. Envisage-les toutes, mon garçon : c'était peut-être un accident ; peut-être Chevalerie s'est-il fait tuer par quelqu'un qu'il avait offensé à Flétribois ; peut-être sa mort n'a-t-elle rien à voir avec son statut de prince ; ou encore, peut-être le roi possède-t-il un autre assassin dont j'ignore tout et, dans ce cas, c'est la main du roi qui s'est portée contre son fils.

– Vous ne croyez à aucune de ces conjectures, déclarai-je avec assurance.

– Non, en effet. Parce que je ne dispose d'aucune preuve pour affirmer que c'est la vérité. Pas plus que je n'en ai de la culpabilité de la reine. »

C'est tout ce que je me rappelle de notre conversation. Mais, j'en suis convaincu, Umbre avait fait exprès de m'induire à me demander qui était le responsable du décès de mon père, pour m'instiller une plus grande circonspection à l'égard de la reine. Je ne perdis plus cette idée de vue, et pas seulement au cours des jours suivants. Je continuai à m'acquitter de mes tâches journalières, mes cheveux repoussèrent lentement et lorsque l'été commença pour de bon, tout paraissait redevenu normal. Tous les quinze jours ou trois semaines, je recevais l'ordre de faire des courses en ville ; je m'aperçus bientôt que, quel que fût celui qui me donnait l'ordre, je retrouvais toujours un ou deux articles de mes listes dans les quartiers d'Umbre et je devinai qui se cachait derrière mes petits moments de liberté. Je ne parvenais pas à passer du temps avec Molly chaque fois que je descendais en ville, mais je m'arrangeais pour me planter devant sa vitrine jusqu'à ce qu'elle me remarque ; elle me faisait un petit signe de la tête et cela me suffisait. Un jour, j'entendis quelqu'un au marché louer la qualité de ses bougies parfumées en disant que nul n'avait fabriqué de chandelles aussi parfaites et revigorantes depuis la mort de sa mère. Je souris, heureux pour elle.

L'été revint et nos côtes virent le retour d'un temps plus clément, mais aussi des Outrîliens. Certains débarquèrent en honnêtes commerçants venus échanger leurs produits des régions froides – fourrures, ambre, ivoire et tonneaux d'huile – et partager des récits épiques, de ceux qui me faisaient encore dresser les poils sur la nuque comme quand j'étais petit. Nos marins se méfiaient d'eux et les traitaient d'espions ou pire. Mais leurs marchandises étaient belles et bonnes, l'or avec lequel ils achetaient nos vins et notre grain était lourd et massif, et nos négociants l'acceptaient sans rechigner.

D'autres Outrîliens rendirent aussi visite à nos côtes, sans trop s'approcher de la forteresse de Castelcerf, toutefois. Ils se présentèrent avec des poignards, des torches, des arcs et des béliers pour ravager et mettre à sac les mêmes villages qu'ils razziaient depuis des années. D'un certain point de vue, la situation pouvait avoir des allures de compétition sanglante et subtile : les pirates cherchaient les villages les moins bien préparés ou les moins bien armés tandis que nous tentions de les attirer sur des cibles apparemment vulnérables pour les massacrer. Mais s'il s'agissait d'une compétition, elle tourna très mal pour nous cet été-là. Chaque fois que je descendais en ville, on ne parlait que de destructions et la colère grondait.

Au château, le sentiment dominant des hommes d'armes – sentiment que je partageais – était qu'on nous faisait passer pour des imbéciles. Les Outrîliens évitaient sans mal nos navires de patrouille et ne tombaient jamais dans nos pièges. Ils frappaient là où les soldats faisaient défaut et où nous nous y attendions le moins. De tous, Vérité était le plus embarrassé, car c'est sur lui qu'était retombée la mission de défendre le royaume après le retrait de Chevalerie. Depuis qu'il ne bénéficiait plus des conseils de son frère, murmurait-on dans les tavernes, tout allait de travers. Nul encore ne dénigrait ouvertement Vérité ; mais il était inquiétant de constater que personne ne le soutenait franchement non plus.

A mes yeux d'enfant, les raids demeuraient des événements qui ne me concernaient pas. Certes, ces attaques étaient affreuses et je ressentais une vague compassion pour les villageois dont on avait incendié ou saccagé les maisons. Mais, bien à l'abri à Castelcerf, je comprenais mal la crainte et l'état d'alerte constants dans lesquels vivaient les autres ports, pas davantage que les souffrances des villageois qui ne reconstruisaient chaque année que pour voir le fruit de leurs efforts réduit en cendres la suivante. Cependant, je ne devais pas conserver longtemps ma candide ignorance.

Un matin, je descendis chez Burrich prendre ma « leçon », pendant laquelle je passais en général autant de temps à soigner les bêtes et à entraîner poulains et pouliches qu'à réellement apprendre. J'avais en grande partie remplacé Cob, entré au service de Royal en tant que palefrenier et garçon de chenil. Mais ce jour-là, à ma grande surprise, Burrich m'emmena dans ses quartiers et me fit prendre place à sa table. Je me préparais à une matinée fastidieuse à réparer des harnais lorsqu'il m'annonça de but en blanc :

« Aujourd'hui, je vais t'apprendre les bonnes manières. » Il parlait d'un ton dubitatif, apparemment sceptique quant à mes potentialités dans ce domaine.

« Avec les chevaux ? demandai-je, incrédule.

– Non. Celles-là, tu les possèdes déjà. Avec les gens. A table, et après, lorsqu'on s'assoit pour causer. Ces manières-là.

– Pour quoi faire ? »

Il fronça les sourcils. « Parce que, pour des motifs que je ne comprends pas, tu dois accompagner Vérité lorsqu'il ira voir le duc Kelvar de Rippon à Finebaie. Le seigneur Kelvar n'a pas coopéré avec le seigneur Shemshy pour équiper en hommes les tours côtières. Shemshy l'accuse de laisser les tours sans guetteurs, ce qui permet aux Outrîliens de les passer et même de s'ancrer devant l'île du Guet, et, de là, de piller les villages du duché de Haurfond, qui dépendent de Shemshy. Le prince doit s'entretenir avec Kelvar au sujet de ces allégations. »

Je saisissais parfaitement la situation. On ne parlait que de cela à Bourg-de-Castelcerf. Le seigneur Kelvar du duché de Rippon avait trois tours de guet sous sa responsabilité ; les deux qui encadraient Finebaie étaient toujours équipées d'un bon contingent d'hommes, car elles protégeaient le meilleur port du duché. Mais celle de l'île du Guet ne défendait rien qui présentât grande valeur aux yeux du seigneur Kelvar ; la haute côte rocheuse de Rippon ne cachait que de rares villages et les pillards éventuels auraient eu bien du mal à garder leurs navires des récifs pendant leurs opérations. Quant à la côte sud, elle ne les attirait guère. L'île du Guet n'abritait que des mouettes, quelques chèvres et une solide colonie de palourdes. Pourtant, cette tour était cruciale pour la défense avancée d'Anse-du-Sud, dans le duché de Haurfond. Elle commandait la vue sur les chenaux tant intérieurs qu'extérieurs et se trouvait placée sur une éminence naturelle qui permettait à ses feux de balise d'êtres visibles du continent. Certes, Shemshy possédait une tour de guet sur l'île de l'Œuf, mais cette île n'était qu'un tas de sable qui dépassait à peine des vagues à marée haute ; quant à la tour, elle ne donnait aucun point de vue valable sur la mer et exigeait des réparations constantes à cause des déplacements du sable sous ses fondations et des marées de tempête qui la submergeaient de temps en temps ; mais de son sommet on pouvait apercevoir un feu d'alerte allumé sur l'île du Guet et le transmettre au continent… à condition qu'il y eût quelqu'un dans la tour de l'île du Guet pour envoyer le signal.

Par tradition, les zones de pêche et les grèves à palourdes de l'île du Guet appartenaient au duché de Rippon et, par conséquent, il lui incombait aussi d'équiper la tour de guet en hommes. Mais y entretenir une garnison impliquait d'y transporter soldats et victuailles, de fournir bois et huile pour les feux d'alarme et de maintenir en état la tour elle-même contre les violentes tempêtes océanes qui s'abattaient sur cet îlot désertique. C'était un poste impopulaire chez les hommes d'armes et, d'après la rumeur, on y mutait en manière de sanction subtile les garnisons indisciplinées ou mal orientées politiquement. A plusieurs reprises, sous l'emprise de la boisson, Kelvar avait déclaré que, si le duché de Haurfond attachait tant d'importance à ce que la tour soit habitée, il n'avait qu'à s'en occuper lui-même. Ce qui ne signifiait pas que le duché de Rippon fût prêt à se défaire des zones de pêche ni des prolifiques bancs de coquillages attenant à l'île.

Aussi, lorsque des villages de Haurfond avaient été mis à sac en début de printemps, au cours d'une attaque surprise qui avait réduit à néant tout espoir d'ensemencer les champs à temps et où la plupart des brebis gravides s'étaient fait massacrer, voler ou s'étaient égaillées, le seigneur Shemshy s'était plaint à grands cris au roi que Kelvar s'était montré négligent dans sa façon de garnir sa tour. Kelvar avait démenti en affirmant que le petit corps qu'il y avait détaché suffisait à un poste qui n'avait que rarement besoin de défense. « Ce sont des guetteurs et non des soldats qu'il faut à l'île du Guet », avait-il déclaré. Et dans cette optique il avait recruté un certain nombre de vieillards, hommes et femmes, pour équiper la tour ; une poignée d'entre eux avaient été soldats, mais la plupart étaient des réfugiés de Finebaie ; endettés, voleurs à la tire et putains vieillissantes, disaient certains, citoyens d'âge respectable à la recherche d'un emploi sûr, rétorquaient les partisans de Kelvar.

Tout cela, je le savais mieux par les potins de taverne et les dissertations politiques d'Umbre que Burrich ne l'imaginait. Mais je me tus et prêtai une oreille attentive à ses explications détaillées et pesantes. Comme je l'avais souvent remarqué, il me considérait comme un peu lent d'esprit. Il prenait mes silences pour un défaut d'intelligence alors que je n'éprouvais tout bonnement pas le besoin de parler.

Laborieusement, Burrich entreprit donc de m'enseigner les manières que, me dit-il, la plupart de mes congénères acquéraient simplement en côtoyant leurs aînés. Je devais saluer les gens lorsque je les rencontrais pour la première fois de la journée ou si je pénétrais dans une pièce et la trouvais occupée ; je devais appeler chacun par son nom et, s'il s'agissait d'une personne plus âgée que moi ou d'une situation politique supérieure à la mienne (ce qui serait le cas, me rappela-t-il, de presque tous ceux à qui j'aurais affaire durant le voyage), je devais également lui donner son titre. Il me submergea ensuite sous un déluge de considérations protocolaires : qui pouvait me précéder au sortir d'une pièce et dans quelles circonstances (presque tout le monde avait la préséance sur moi, et ce dans presque tous les cas). Puis ce fut la façon de se tenir à table ; savoir quelle place m'était allouée ; vérifier qui présidait et régler l'allure de mon repas sur la sienne ; porter un toast, voire plusieurs d'affilée, sans boire plus que raison, et aussi converser agréablement avec mon voisin ou ma voisine de table, ou, cas plus probable, lui prêter une oreille attentive, et caetera, au point que je me mis à rêver avec envie d'une éternité que je passerais à nettoyer des harnais.

Burrich me ramena à la réalité d'un coup sec dans les côtes. « Ça non plus, tu ne dois pas le faire ! Tu as l'air d'un crétin à hocher la tête avec le regard vide ! Ne t'imagine pas que ça ne se voit pas ; et ne fais pas cette tête furibonde quand on te reprend ! Redresse-toi et prends l'air avenant. Je n'ai pas dit un sourire idiot, lourdaud que tu es ! Ah, Fitz, mais qu'est-ce que je vais faire de toi ? Comment te protéger alors que tu fais tout pour t'attirer des ennuis ? Et puis pourquoi veut-on t'éloigner de moi, à la fin ? »

Ces deux dernières questions, qu'il se posait à lui-même, trahissaient son véritable souci. J'étais peut-être un peu stupide de ne pas l'avoir compris plus tôt. Burrich vivait depuis assez longtemps à la lisière de la cour pour faire preuve de prudence : d'abord, pour la première fois depuis qu'on lui avait confié ma garde, on me soustrayait à sa surveillance ; et ensuite, il n'y avait pas si longtemps que mon père était dans la tombe. A partir de là, il se demandait sans oser le dire tout haut s'il me reverrait un jour ou bien si quelqu'un était en train de créer de toutes pièces les circonstances nécessaires pour se débarrasser discrètement de moi. Je pris soudain conscience du coup qui serait porté à son orgueil et à sa réputation si je devais « disparaître ». Je soupirai intérieurement et déclarai, l'air de ne pas y toucher, qu'on avait peut-être besoin d'une personne en plus pour s'occuper des chevaux et des chiens. Vérité ne se déplaçait jamais sans Léon, son chien de loup ; à peine deux jours plus tôt, il m'avait complimenté sur ma façon de m'y prendre avec lui. Je répétai ses paroles à Burrich et ce fut un bonheur de voir ce petit subterfuge si bien fonctionner : une expression de soulagement détendit aussitôt ses traits, suivie de la fierté de m'avoir bien formé. La leçon dévia promptement sur les soins particuliers qu'exigeait un chien de loup. Si la péroraison sur les bonnes manières m'avait ennuyé, je trouvai le rabâchage sur la science canine d'une monotonie presque physiquement douloureuse. Lorsqu'il me libéra enfin pour mes autres cours, c'est avec des ailes aux talons que je m'en allai.

Je passai le reste de la journée dans un brouillard distrait qui me valut, de la part de Hod, d'être menacé du fouet si je n'étais pas plus attentif. Puis elle secoua la tête, soupira et me dit d'aller me promener et de revenir quand j'aurais les yeux en face des trous. Je ne fus que trop heureux de lui obéir. J'étais obnubilé par l'idée que j'allais quitter Castelcerf et voyager jusqu'à Finebaie, voyager pour de bon ! J'aurais dû me demander pourquoi j'étais invité, je le savais, mais je ne doutais pas qu'Umbre m'éclairerait sur ce point. Irions-nous par la terre ou par la mer ? Je regrettais de n'avoir pas posé la question à Burrich ; les routes qui menaient à Finebaie n'étaient pas des plus carrossables, à ce que j'avais entendu dire, mais peu m'importait. Suie et moi n'avions jamais fait de long déplacement ensemble. Cependant, une traversée en bateau, sur un vrai navire…

Je pris le chemin des écoliers pour regagner le château, par un sentier qui traversait un bois clairsemé le long d'une pente rocheuse. Des bouleaux à papier poussaient tant bien que mal aux côtés de quelques aulnes, mais la végétation consistait surtout en broussailles mal définies. Le soleil et une brise légère jouaient ensemble dans les plus hautes branches, teignant l'air de tachetures surnaturelles. Je levai les yeux pour regarder les rais éblouissants du soleil à travers les feuilles de bouleau et, quand je les abaissai, le fou du roi se tenait devant moi.

Je m'arrêtai net, abasourdi. Par réflexe, je cherchai le roi des yeux, tout en sachant qu'il serait absurde qu'il se trouvât là. Le fou était seul. Et dehors, en plein jour ! Cette idée me fit dresser les poils sur les bras et la nuque. Il était de notoriété publique au château que le fou du roi ne supportait pas la lumière du jour. Notoriété publique, mon œil ! Malgré qu'en ait la sagesse des pages et des filles de cuisine, le fou était bel et bien devant moi, ses cheveux incolores flottant dans la brise légère. Mais ses yeux ne paraissaient pas aussi pâles que dans les couloirs sombres de la forteresse. Tandis qu'ils me regardaient d'une distance de quelques pieds à peine en pleine lumière, je leur découvris une nuance bleutée, infime, comme une goutte de cire bleu opalin qui serait tombée dans une assiette blanche. La lactescence de sa peau s'avérait aussi une illusion, car dans les mouchetures du soleil, je vis qu'une ombre rosée la colorait de l'intérieur. Son sang ! me dis-je soudain en défaillant. Son sang rouge qui transparaissait sous sa peau !

Le fou ne prêta nulle attention au murmure qui m'échappa. Il leva un doigt, comme pour arrêter non seulement mes pensées mais le jour lui-même. Mon attention n'aurait pas pu être plus complète ; une fois qu'il en fut convaincu, le fou sourit, découvrant de petites dents blanches et écartées, comme un sourire de bébé dans un visage d'adolescent.

« Fitz ! s'exclama-t-il d'une voix flûtée. Fitz dbouchlabouch dubichon. Dubeuressabich. » Il se tut brusquement, puis me refit le même sourire. Je ne le quittais pas des yeux, perplexe, muet, immobile.

A nouveau, il leva le doigt et, cette fois, il le brandit vers moi. « Fitz ! Fitz dbouch labouch dubichon ! Dubeur essabich ! » Il pencha la tête de côté en me regardant et le mouvement projeta sa chevelure en aigrette de pissenlit dans ma direction.

La crainte qu'il m'inspirait commençait à se dissiper. « Fitz, articulai-je avec soin en me tapotant la poitrine de l'index. C'est moi, Fitz, oui. Je m'appelle Fitz. Tu es perdu ? » Je m'efforçais de prendre un ton doux et rassurant pour ne pas affoler ce pauvre être qui s'était certainement égaré loin du château, ce qui expliquait sa joie devant un visage familier.

Il inspira profondément par le nez, puis secoua violemment la tête, au point d'avoir les cheveux dressés tout autour du crâne comme la flamme d'une bougie ballottée par le vent. « Fitz ! répéta-t-il énergiquement, d'une voix légèrement fêlée. Fitz débouch labouch du bichon. Dubeurre et sabiche !

– Du calme », répondis-je d'un ton apaisant. Je pliai légèrement les genoux, bien qu'en réalité je ne fusse guère plus grand que le fou. Sans brusquerie, la main ouverte, je lui fis signe d'approcher. « Allons, viens ; viens. Je vais te montrer comment rentrer. D'accord ? N'aie pas peur. »

Le fou laissa soudain ses mains retomber le long de son corps ; puis il haussa le menton et leva les yeux au ciel. Enfin il braqua son regard sur moi et avança les lèvres comme s'il allait cracher.

« Allez, viens. » Je lui fis signe à nouveau.

« Non, répondit-il d'une voix claire où perçait l'agacement. Ecoute-moi, idiot ! Fitz débouche la bouche dubichon. Dubeurressabich !

– Pardon ? demandai-je, surpris.

– J'ai dit, articula-t-il soigneusement : Fitz débouche la bouche du bichon. Du beurre et ça biche. » Il s'inclina, fit demi-tour et s'en alla sur le sentier.

« Attends ! » m'écriai-je. L'embarras me rougissait les oreilles. Comment expliquer poliment à quelqu'un qu'on le prend depuis des années pour un fou doublé d'un simple d'esprit ? Impossible. Aussi : « Qu'est-ce que c'est que cette histoire de beurre et de bichon ? Tu te moques de moi ?

– Loin de moi cette idée. » Il se tut le temps de se retourner et reprit : « Fitz débouche la bouche du bichon. Du beurre et ça biche. C'est un message, j'ai l'impression. Qui t'incite à un acte important. Comme tu es la seule personne de ma connaissance qui supporte de se faire appeler Fitz, je pense qu'il t'est destiné. Quant à ce qu'il signifie, que veux-tu que j'en sache ? Je suis bouffon, je n'interprète pas les songes. Bonne journée ! » Encore une fois, il me tourna le dos, mais au lieu de suivre le chemin, il s'enfonça dans un fourré de cerfbuis. Je me précipitai, mais, quand j'arrivai au buisson, il avait disparu. Sans bouger, je scrutai le sous-bois bien dégagé, moucheté de soleil, à la recherche d'une branche ou d'un hallier qui frémirait encore de son passage, pensant apercevoir sa livrée de fou. Mais je ne vis nulle trace de lui.

Pas plus que de sens à son message ridicule. Tout le long du chemin qui me ramenait à la forteresse, je repensai à notre étrange rencontre, et finis par la classer comme un incident bizarre à mettre au compte du simple hasard.

La nuit du lendemain, Umbre m'appela. Dévoré de curiosité, je montai l'escalier quatre à quatre. Mais, en haut, je compris que mes questions devraient attendre : Umbre était installé à la table de pierre, Rôdeur sur les épaules, un manuscrit récent à demi déroulé devant lui. Un verre de vin en guise de presse-papiers, il parcourait lentement de son doigt crochu une sorte de liste. J'y jetai un coup d'œil en passant : des noms de villages et des dates ; sous chaque village apparaissait un inventaire – tant de soldats, tant de marchands, tant de moutons, de tonneaux de bière, de mesures de grain, etc. Je m'assis en face de lui sans un mot. J'avais appris à ne pas l'interrompre.

« Mon garçon, dit-il à mi-voix, sans lever les yeux du manuscrit, que ferais-tu si un brigand s'approchait de toi par derrière pour te cogner sur la tête ? Mais seulement lorsque tu aurais le dos tourné ? Comment t'y prendrais-tu ? »

Je réfléchis rapidement. « Je ferais semblant de regarder ailleurs ; mais je me serais muni d'un gros bâton et, quand il essaierait de me taper dessus, je me retournerais et je lui casserais la tête.

– Hmm. Oui. Nous avons essayé cette tactique ; mais nous avons beau prendre l'air dégagé, les Outrîliens semblent toujours être au courant du piège et ils n'attaquent jamais. Nous avons certes trompé un ou deux corsaires ordinaires, mais jamais les Pirates rouges. Et ce sont eux que nous voulons frapper.

– Pourquoi ?

– Parce que ce sont eux qui nous portent les coups les plus rudes. Vois-tu, mon garçon, notre peuple s'est habitué à se faire attaquer ; on pourrait presque dire qu'il s'y est adapté. On plante un hectare en plus, on tisse une coupe de toile en plus, on élève un bouvillon de plus ; nos fermiers et nos villageois essayent toujours de mettre un petit quelque chose de côté, et lorsqu'une grange ou un entrepôt brûlent au cours d'un raid, tout le monde s'unit pour relever les poutres. Mais les Pirates rouges ne se contentent pas de piller en provoquant quelques destructions accidentelles : ils saccagent tout et, quand ils emportent quelque chose, on a l'impression que c'est par inadvertance. » Umbre se tut, les yeux fixés sur le mur comme s'il pouvait voir à travers.

« Ça n'a pas de sens, reprit-il d'une voix troublée, s'adressant davantage à lui-même qu'à moi. En tout cas, aucun que je sois capable de discerner. C'est comme abattre une vache qui donne chaque année un veau de bonne race. Les Pirates rouges mettent le feu aux récoltes de céréales et de fourrage encore sur pied ; ils massacrent le bétail qu'ils ne peuvent emporter ; il y a trois semaines, à Torcebie, ils ont incendié le moulin après avoir éventré les sacs de grain et de farine qui s'y trouvaient. Quel profit en tirent-ils ? Pourquoi risquent-ils leur vie pour semer simplement la destruction ? Jamais ils n'ont cherché à s'emparer d'un territoire ni à le conserver ; jamais ils n'ont exprimé le moindre grief contre nous. Un voleur, on peut s'en protéger, mais nous avons affaire à des tueurs et des destructeurs qui frappent au hasard. Torcebie ne sera pas rebâtie ; les survivants n'en ont ni la volonté ni les ressources. Ils s'en sont allés, certains chez des parents dans une autre ville, d'autres pour mendier dans nos cités. C'est un schéma trop souvent répété. »

Il soupira, puis secoua la tête pour s'éclaircir les idées. Lorsqu'il releva les yeux, toute son attention était concentrée sur moi. Umbre avait cette faculté particulière d'écarter un problème si complètement de ses pensées qu'on aurait juré qu'il l'avait oublié. « Tu vas accompagner Vérité à Finebaie lorsqu'il ira essayer de faire entendre raison au seigneur Kelvar, déclara-t-il comme s'il n'avait pas d'autre souci en tête.

– C'est ce que Burrich m'a dit. Mais il ne comprenait pas et moi non plus : pourquoi ? »

Umbre eut l'air perplexe. « Ne te plaignais-tu pas, il y a quelques mois, d'en avoir assez de Castelcerf et de vouloir connaître les Six-Duchés de plus près ?

– Si, bien sûr. Mais je doute fort que ce soit pour ça que Vérité m'emmène. »

Umbre haussa les épaules. « Comme si Vérité s'occupait de savoir qui fait partie de sa suite ! Il n'a aucun intérêt pour les détails ; et par conséquent il n'a pas le génie de Chevalerie pour manier les gens. Pourtant, c'est un bon soldat et à long terme cela s'avérera peut-être bénéfique. Non, tu as raison : Vérité ne sait absolument pas pourquoi tu l'accompagnes… pas encore. Subtil va lui révéler que tu suis une formation d'espion. Et ce sera tout, pour l'instant. Nous en avons discuté, lui et moi. Es-tu prêt à lui rembourser tout ce qu'il a fait pour toi ? Es-tu prêt à prendre ton service pour la famille ? »

Il parlait avec un tel calme et me regardait avec une telle franchise que c'est presque avec flegme que je pus demander : « Devrai-je tuer quelqu'un ?

– Peut-être. » Il changea de position dans son fauteuil. « Ce sera à toi d'en décider. Décider et ensuite exécuter… ce n'est pas la même chose que s'entendre simplement ordonner : “Voici l'homme en question et voici ce qu'il faut faire." C'est beaucoup plus difficile et je ne suis pas du tout certain que tu y sois prêt.

– Le serai-je jamais ? » Je voulus sourire, mais n'obtins qu'un rictus qui ressemblait à un spasme musculaire. J'essayai en vain de l'effacer. Un tremblement bizarre me parcourut.

« Sans doute pas. » Umbre se tut, puis parut estimer que j'avais accepté la mission. « Tu iras en tant que serviteur d'une vieille dame de la noblesse qui profite du voyage pour rendre visite à des parents à Finebaie. Ce ne sera pas trop dur : elle est très âgée et sa santé n'est pas bonne. Dame Thym se déplace en litière fermée ; tu chevaucheras à ses côtés pour veiller à ce qu'elle ne soit pas trop secouée, pour lui apporter à boire si elle te le demande, bref, pour répondre à toutes ses petites requêtes.

– Ce ne sera pas très différent de s'occuper du chien de loup de Vérité, apparemment. »

Umbre ne répondit pas tout de suite et sourit. « Excellent ! Tu auras cette responsabilité aussi. Rends-toi indispensable à tout le monde au cours de ce voyage ; ainsi, tu auras de bonnes raisons d'aller partout et de tout entendre sans que personne s'étonne de ta présence.

– Et mon vrai travail ?

– Ecouter et apprendre. Subtil et moi trouvons les Pirates rouges trop bien renseignés sur nos stratégies et nos forces. Non sans rechigner, Kelvar a récemment fourni des fonds pour garnir la tour de l'île du Guet de façon convenable. Par deux fois, il a négligé son devoir et par deux fois les villages du duché de Haurfond ont payé pour sa négligence. A-t-il franchi la limite entre l'incurie et la trahison ? Kelvar complote-t-il avec l'ennemi pour son propre profit ? Nous voulons que tu fouines un peu pour voir quel lièvre tu peux lever. Si tu ne décèles qu'innocence ou si tu n'as que de fortes présomptions, reviens nous en faire part. Mais si tu découvres une trahison et qu'il n'y ait pas de doute possible, plus tôt nous en serons débarrassés, mieux cela vaudra.

– Et les moyens ? » J'eus du mal à me reconnaître dans ce ton prosaïque, retenu.

« J'ai préparé une poudre indécelable dans la nourriture et invisible dans le vin. Pour son emploi, nous nous fions à ta discrétion et à ton ingéniosité. » Il ôta le couvercle d'un plat en terre cuite ; je vis un paquet enveloppé de papier fin, plus mince et plus fin que tout ce que m'avait montré Geairepu. Bizarrement, ma première pensée fut que mon maître scribe serait ravi de travailler avec un tel papier. Le paquet contenait une poudre blanche infiniment ténue ; elle s'accrochait au papier et flottait dans l'air. Umbre s'appliqua un tissu sur le nez et la bouche pour en verser une mesure soigneusement dosée dans une papillote en papier huilé, qu'il me tendit ensuite. Je recueillis la mort dans le creux de ma main.

« Et quel en est l'effet ?

– Cette poudre n'agit pas trop vite. Il ne tombera pas raide mort à table, si c'est ce que tu veux savoir. Mais s'il vide sa coupe, il se sentira mal ; connaissant Kelvar, je pense qu'il ira se coucher, le ventre gargouillant, et il ne se réveillera pas au matin. »

Je glissai la papillote au fond de ma poche. « Vérité est-il au courant ? »

Umbre réfléchit. « Vérité porte bien son nom. Il serait incapable de s'asseoir sans se trahir à la table d'un homme qu'il va empoisonner. Non, dans cette mission, le secret nous servira davantage que la vérité. » Il planta ses yeux dans les miens. « Tu agiras seul, sans autre avis que le tien.

– Je vois. » Je changeai de position sur mon haut tabouret de bois. « Umbre ?

– Oui ?

– Ç'a été pareil pour vous ? Votre première fois ? »

Il baissa les yeux sur ses mains et promena un moment le bout de ses doigts sur les cicatrices d'un rouge enflammé qui parsemaient le dos de sa main gauche. Le silence s'éternisait, mais j'attendis patiemment.

« J'avais un an de plus que toi, dit-il enfin. Et je devais simplement exécuter un ordre ; je n'avais rien à décider. Ça te suffit ? »

Je me sentis soudain gêné sans savoir pourquoi. « Je crois, bredouillai-je.

– Tant mieux. Je sais que tu n'y voyais pas malice, mon garçon, mais les hommes ne parlent pas des heures qu'ils passent au milieu des oreillers avec une dame ; et les assassins ne discutent pas de… de leur travail.

– Même pas de professeur à élève ? »

Umbre détourna le regard vers un coin obscur, près du plafond. « Non. » Il ajouta au bout d'un moment : « D'ici deux semaines, tu comprendras peut-être pourquoi. »

Et nous ne revînmes jamais sur le sujet.

D'après mes calculs, j'avais treize ans.

8

DAME THYM

Une histoire des Six-Duchés, c'est d'abord une étude de leur géographie. Le scribe de la cour du roi Subtil, un certain Geairepu, affectionnait cet aphorisme. Je ne puis pas dire l'avoir jamais pris en défaut. Peut-être tous les traités d'histoire ne sont-ils jamais qu'un décompte de frontières naturelles. Les mers et les glaces qui s'étendaient entre nous et les Outrîliens faisaient de nous des peuples séparés ; les gras herbages et les fertiles prairies des Duchés créaient les richesses qui faisaient de nous des ennemis ; peut-être cela devrait-il constituer le premier chapitre d'une histoire des Duchés. Les rivières de l'Ours et du Vin sont à l'origine des vignes et des vergers prolifiques de Bauge, aussi sûrement que les monts des Crêtes Peintes qui dominent Bord-du-Sable protégeaient et isolaient à la fois les gens qui vivaient à leur pied et les ont rendus vulnérables à nos armées organisées.

⋆

Je me réveillai en sursaut avant que la lune eût renoncé à son règne sur la nuit, ahuri d'avoir réussi à m'endormir. Burrich avait contrôlé mes préparatifs de voyage avec tant de minutie la veille au soir que, si cela n'avait dépendu que de moi, je me serais mis en route à peine avalée la dernière cuillerée de mon gruau matinal.

Mais les choses ne se passent pas ainsi lorsque c'est de tout un groupe qu'il s'agit. Le soleil était bien au-dessus de l'horizon quand tout le monde fut enfin rassemblé et prêt à partir. « La royauté, m'avait prévenu Umbre, ne voyage jamais léger. Vérité se lance dans ce voyage appuyé par tout le poids de l'épée de Subtil. Tous ceux qui le verront passer en seront convaincus sans qu'on ait besoin de le leur expliquer. La nouvelle de son déplacement doit arriver en avance aux oreilles de Kelvar et de Shemshy. Le bras impérial s'apprête à trancher leur différend. Il faut qu'ils regrettent tous deux d'en avoir un ; c'est en cela que réside le secret d'un bon gouvernement : il doit inspirer aux gens le désir de vivre de façon à ne pas l'obliger à intervenir. »

Vérité voyageait donc avec une pompe qui agaçait manifestement le soldat qu'il était. Son escorte, triée sur le volet, arborait ses couleurs en même temps que l'écusson frappé au cerf des Loinvoyant et chevauchait devant les troupes régulières. A mes jeunes yeux, le spectacle était impressionnant ; mais, afin d'éviter un effet trop martial, Vérité emmenait des compagnons de la noblesse pour dispenser conversation et distraction aux haltes du soir ; faucons et chiens avec leurs dresseurs, musiciens et bardes, un marionnettiste, servantes et serviteurs pour répondre au moindre désir des seigneurs et des dames, pour s'occuper des habits, des cheveux, des petits plats préférés de chacun, animaux de bâts, tous suivaient derrière les nobles aux montures confortables et formaient l'arrière-garde de notre procession.

Ma place se trouvait à peu près au milieu du cortège. Monté sur une Suie nerveuse, je chevauchais à côté d'une litière décorée portée par deux placides hongres gris. Pognes, un des garçons d'écurie les plus éveillés, s'était vu confier un poney et la responsabilité des chevaux en question. J'avais pour ma part la charge de notre mule de bât et de l'occupante de la litière. Il s'agissait de la très vieille dame Thym, que je ne connaissais pas. Quand elle s'était enfin présentée pour monter dans sa litière, elle était si emmitouflée sous une accumulation de capes, de voiles et d'écharpes que je n'en avais retiré qu'une impression de maigreur plutôt que de corpulence ; son parfum avait fait éternuer Suie. Elle s'installa au milieu d'un nid de coussins, de couvertures, de fourrures et de châles, puis ordonna aussitôt qu'on tire les rideaux et qu'on les attache malgré le beau temps. Les deux petites soubrettes qui l'avaient accompagnée se sauvèrent avec soulagement et je me retrouvai son seul serviteur. Mon cœur se serra. J'avais espéré qu'au moins l'une des jeunes filles partagerait sa litière ; qui allait s'occuper de ses besoins personnels une fois son pavillon dressé ? J'ignorais tout de la façon de servir une femme, surtout très âgée. Je résolus de suivre le conseil de Burrich sur la manière dont un jeune homme doit traiter ses aînées : se montrer attentif et poli, plein d'allant et agréable. Les vieilles femmes se laissaient facilement séduire par un jeune homme bien fait de sa personne, disait Burrich. Je me rapprochai de la litière.

« Dame Thym ? Etes-vous à votre aise ? » demandai-je. Un long moment passa sans réponse. Elle était peut-être dure d'oreille. « Etes-vous à votre aise ? répétai-je plus fort.

– Cessez de m'importuner, jeune homme ! me fut-il répondu avec une véhémence inattendue. Si j'ai besoin de vous, je vous le dirai !

– Je vous demande pardon, m'excusai-je vivement.

– Cessez de m'importuner, vous ai-je dit ! » caqueta-t-elle, indignée. Puis, à mi-voix : « Rustre imbécile ! »

J'eus le bon sens de me taire, bien que plongé dans un abîme de consternation. Adieu, voyage frais et joyeux ! Enfin, j'entendis les trompes sonner et vis l'oriflamme de Vérité se dresser loin devant. Le nuage de poussière qui dériva vers nous m'indiqua que notre avant-garde s'était mise en marche. De longues minutes s'écoulèrent avant que les chevaux qui nous précédaient ne s'ébranlent. Pognes fit avancer les hongres de la litière et je claquai de la langue à l'attention de Suie. Elle obéit avec empressement et la mule suivit, résignée.

Je me rappelle bien cette journée. Je me souviens de l'épais nuage de poussière au milieu duquel nous nous déplacions, soulevé par ceux qui nous précédaient, et de nos conversations, à Pognes et moi, que nous tenions à mi-voix car, à notre premier éclat de rire, dame Thym s'était écriée : « Cessez ce vacarme ! » Je revois aussi le ciel bleu vif qui s'étendait de colline en colline tandis que nous suivions les douces ondulations de la route côtière ; des sommets, on avait sur la mer une vue à couper le souffle, et, dans les creux, l'air calme était lourd du parfum des fleurs. Il y eut aussi les bergères, assises côte à côte sur un mur de pierre, qui nous montraient du doigt en pouffant de rire et en rougissant. Leurs troupeaux floconneux mouchetaient la butte derrière elles et Pognes et moi étouffâmes une exclamation en nous apercevant qu'elles avaient noué leurs jupes aux couleurs vives sur le côté, laissant leurs genoux et leurs jambes nus, exposés au soleil et au vent. Suie était nerveuse, agacée par la lenteur de notre allure, tandis que le pauvre Pognes était constamment obligé de donner du talon à son poney pour le maintenir à ma hauteur.

Par deux fois, nous fîmes halte pour laisser les cavaliers se détendre les jambes et les chevaux se désaltérer. Dame Thym ne quitta pas sa litière, mais me fit observer d'un ton revêche que j'aurais déjà dû lui apporter de l'eau. Me retenant de répondre, j'allai lui chercher à boire. Ce fut ce qui se rapprocha le plus d'une conversation entre nous.

Nous nous arrêtâmes pour bivouaquer alors que le soleil était encore au-dessus de l'horizon. Pognes et moi dressâmes le petit pavillon de dame Thym pendant qu'elle dînait dans sa litière de viande froide, de fromage et de vin qu'elle avait eu la prévoyance d'emporter à son usage personnel dans son panier d'osier. Pognes et moi fîmes moins bonne chère : rations militaires de pain dur, de fromage plus dur encore et de viande boucanée. Au milieu de mon repas, dame Thym demanda sur un ton péremptoire que je l'escorte de sa litière à son pavillon. Elle apparut emmitouflée comme pour affronter une tempête de neige. Ses atours étaient de couleurs variées et de divers degrés d'ancienneté, mais, en un autre temps, tous avaient dû être à la fois onéreux et bien coupés. Comme elle marchait d'un pas hésitant à mes côtés, lourdement appuyée sur moi, je flairai un mélange repoussant de poussière, de moisi et de parfum, avec une odeur sous-jacente d'urine. A l'entrée de sa tente, elle me congédia d'un ton aigre en me prévenant qu'elle possédait un couteau et qu'elle l'emploierait si je tentais de pénétrer chez elle pour l'importuner de quelque façon. « Et je sais très bien m'en servir, jeune homme ! » me dit-elle d'un ton menaçant.

Pour le matériel de couchage aussi, nous étions à la même enseigne que les soldats : le sol et nos manteaux. Mais la nuit était claire et nous fîmes un petit feu. Pognes m'asticota en pouffant sur la prétendue concupiscence que m'inspirait dame Thym et sur le couteau qui m'attendait si j'essayais d'y céder ; la bagarre qui s'ensuivit fut interrompue par les menaces suraiguës de dame Thym que nous empêchions de dormir. Baissant le ton, Pognes m'apprit que personne n'enviait ma position ; tous ceux qui l'avaient accompagnée en déplacement l'évitaient depuis. Il m'avertit aussi que ma pire corvée était encore à venir, mais refusa obstinément, avec des larmes de rire au bord des yeux, de m'en dire davantage. Je m'endormis pourtant sans mal car, enfant que j'étais encore, j'avais écarté ma vraie mission de mes pensées en attendant d'être au pied du mur.

Au matin, je m'éveillai au milieu du gazouillis des oiseaux et de l'épouvantable puanteur d'un pot de chambre plein à ras bord posé devant le pavillon de dame Thym. J'avais l'estomac endurci à force de nettoyer les étables et les chenils, mais j'eus le plus grand mal à me contraindre à le vider et à le nettoyer avant de le rendre à sa propriétaire, qui se mit aussitôt à se plaindre, derrière le tissu de la tente, que je ne lui avais pas encore apporté d'eau, ni chaude ni froide, ni préparé sa bouillie d'avoine dont elle m'avait fourni tous les ingrédients. Pognes s'était éclipsé pour partager le feu et les rations de la troupe, me laissant me débrouiller avec mon tyran. Le temps que je lui serve son repas sur un plateau qu'elle jugea mal arrangé, que je fasse sa vaisselle et la lui rende propre, la caravane était presque prête à repartir. Mais dame Thym exigea d'être installée dans sa litière avant qu'on démonte son pavillon ; nous terminâmes de ranger le matériel en toute hâte et je me retrouvai finalement à cheval le ventre vide.

Après le travail que j'avais abattu, j'avais une faim de loup. Pognes considéra mon expression lugubre avec sympathie et me fit signe de m'approcher. Il se pencha vers moi.

« A part nous, tout le monde a entendu parler d'elle. » Cela avec un hochement de tête discret en direction de la litière de dame Thym. « Sa puanteur du matin est devenue légendaire. D'après Boucleblanche, elle accompagnait souvent Chevalerie en voyage… Elle a des parents partout dans les Six-Duchés et pas grand-chose à faire qu'aller leur rendre visite. Tous les gars de la troupe ont appris depuis longtemps à mettre du champ entre elle et eux, sinon elle leur demande tout un tas de services inutiles. Ah oui, ça, c'est de la part de Boucleblanche. Il te fait dire de ne pas espérer t'asseoir pour avaler quelque chose tant que tu t'occuperas d'elle ; mais il essaiera de te mettre un petit quelque chose de côté tous les matins. »

Pognes me tendit un quignon de pain de bivouac fourré de trois tranches de lard froid. Ç'avait un goût merveilleux et j'en engloutis voracement quelques bouchées.

« Rustaud ! stridula la voix de dame Thym. Que faites-vous là-bas ? Occupé à débiner vos supérieurs, je gage ! Reprenez votre poste ! Comment voulez-vous veiller à mes besoins si vous courez par monts et par vaux ? »

Je tirai promptement les rênes de Suie et me laissai rattraper par la litière. J'avalai tout rond un énorme morceau de pain et de lard et réussis à demander : « Votre seigneurie désire-t-elle quelque chose ?

– Ne parlez pas la bouche pleine, fit-elle d'un ton cassant. Et cessez de m'importuner, rustre ridicule ! »

Et le voyage se poursuivit ainsi. La route longeait la côte et, à notre lente allure, il nous faudrait cinq journées pleines pour arriver à Finebaie. A part deux villages que nous traversâmes, le décor se résumait à des falaises balayées par les vents que survolaient des mouettes, à des prairies et, çà et là, à quelques bosquets d'arbres tourmentés et rabougris. Pourtant, à mes yeux, il ne recélait qu'émerveillement et beauté, car derrière chaque tournant m'attendait un paysage que je n'avais encore jamais vu.

Au fur et à mesure que le voyage se déroulait, dame Thym devenait plus tyrannique. Le quatrième jour, elle me noya sous un déluge incessant de plaintes auxquelles je ne pouvais rien, pour la plupart : le tangage de sa litière la rendait malade ; l'eau que je lui rapportais du ruisseau était trop froide, celle de mes propres outres trop chaude ; les hommes et les chevaux qui nous précédaient soulevaient trop de poussière ; ils le faisaient exprès, elle en était sûre ; et que j'aille leur dire d'arrêter de chanter ces chansons obscènes ! Ainsi encombré d'elle, je n'avais pas le temps de réfléchir à l'assassinat éventuel du seigneur Kelvar, quand bien même l'eussé-je voulu.

Le matin du cinquième jour, on aperçut les fumées de Finebaie ; à midi, on distinguait les édifices principaux et la tour de guet sur les falaises qui dominaient la ville. La région avait un aspect bien plus accueillant que celle de Castelcerf. Notre route descendait au creux d'une large vallée ; les eaux bleues de Finebaie proprement dite s'étendaient devant nous ; les plages étaient sablonneuses et la flotte de pêche uniquement formée de bateaux à fond plat et à faible tirant d'eau ou de petits doris intrépides qui volaient sur les vagues comme des goélands. A la différence de Castelcerf, Finebaie ne possédait pas de mouillage profond ; ce n'était donc pas un port d'embarquement ni de commerce comme le nôtre, mais il devait quand même y faire bon vivre, me sembla-t-il.

Kelvar avait envoyé une garde d'honneur à notre rencontre et nous dûmes patienter pendant qu'elle échangeait des formalités avec les troupes de Vérité. « Comme deux chiens qui se reniflent le cul », observa Pognes, morose. En me dressant sur mes étriers, je pus distinguer, à l'avant de la procession, les poses et les gesticulations officielles, et j'acquiesçai sombrement. Enfin, nous nous remîmes en route et nous fûmes bientôt dans les rues de Finebaie.

La caravane se dirigeait vers le château de Kelvar, mais Pognes et moi dûmes escorter dame Thym au fil de diverses ruelles jusqu'à l'auberge où elle exigeait de résider. D'après l'expression de la servante, ce n'était pas la première fois qu'elle y prenait chambre. Pognes conduisit les chevaux et la litière aux écuries, mais la vieille dame s'appuya lourdement sur moi et m'ordonna de l'accompagner jusque chez elle. Je me demandai quel plat pestilent elle avait pu manger pour éprouver à ce point mon odorat à chacune de ses expirations. A la porte, elle me congédia en me menaçant de mille punitions si je n'étais pas ponctuellement de retour sept jours plus tard. En m'en allant, je compatis au sort de la servante, car dame Thym avait entamé d'une voix sonore une longue tirade sur les femmes de chambre malhonnêtes qu'elle avait rencontrées par le passé, entremêlée de ses exigences sur la façon d'arranger sa literie.

C'est d'un cœur léger que j'enfourchai Suie et criai à Pognes de se dépêcher. Nous enfilâmes au petit galop les rues de Finebaie et parvînmes à rejoindre la queue de la caravane de Vérité à l'instant où elle pénétrait dans le château de Kelvar. Gardebaie avait été bâti sur un terrain plat qui offrait peu de protection naturelle, mais renforcé par une succession d'enceintes et de fossés que l'ennemi devait franchir avant d'affronter les solides murailles de pierre de la forteresse. Pognes déclara que jamais des attaquants n'étaient parvenus à dépasser le second fossé, ce que je crus volontiers. Des ouvriers affectés à l'entretien des enceintes et des fossés interrompirent leur travail pour regarder d'un œil rond le roi-servant pénétrer dans Gardebaie.

Une fois les portes du château refermées derrière nous, ce fut à nouveau une interminable cérémonie de bienvenue. Hommes, chevaux et compagnie, nous dûmes tous rester plantés sous le soleil de midi pendant que Kelvar et Gardebaie accueillaient Vérité. Des trompes sonnèrent et le murmure des voix officielles fut étouffé par le bruit des chevaux et des hommes qui s'agitaient nerveusement. Mais enfin les civilités s'achevèrent, comme nous l'apprit un mouvement général et soudain des soldats et de leurs montures au moment où les formations en avant de nous se défirent.

Alors, les hommes mirent pied à terre et nous nous retrouvâmes subitement entourés de gens d'écurie qui nous indiquaient où désaltérer nos bêtes, où nous installer pour la nuit, et, le plus important pour un soldat, où se débarbouiller et trouver à manger. Avec Pognes et son poney, je menai Suie aux écuries, mais je me retournai en entendant quelqu'un crier mon nom, et j'aperçus Sig de Castelcerf qui me désignait à un homme aux couleurs de Kelvar.

« C'est lui, là, le Fitz. Ho, Fitz ! Bienassis ici présent dit qu'on te demande. Vérité t'attend dans ses appartements ; Léon est malade. Pognes, occupe-toi de Suie. »

J'eus l'impression qu'on m'arrachait mon repas de la bouche. Mais, inspirant profondément, je présentai un visage avenant à Bienassis, comme Burrich me l'avait recommandé. Avec son air sévère, il ne dut même pas le remarquer ; pour lui, je n'étais qu'un embarras de plus dans une journée de fous. Il me conduisit à la chambre de Vérité et me planta là, visiblement soulagé de regagner ses écuries. Je frappai doucement et le serviteur de Vérité m'ouvrit aussitôt.

« Ah ! Eda merci, c'est toi ! Entre vite, la bête refuse de manger et Vérité croit que c'est grave. Dépêche-toi, Fitz ! »

L'homme portait l'emblème de Vérité, mais je ne me rappelais pas l'avoir jamais rencontré. J'étais parfois déconcerté du nombre de personnes qui me connaissaient alors que j'ignorais leur identité. Dans une pièce voisine, Vérité faisait ses ablutions tout en indiquant à quelqu'un quels habits il voulait pour la soirée. Mais je n'étais pas là pour cela. J'étais là pour Léon.

Je tendis mon esprit vers lui, sans aucun scrupule en l'absence de Burrich. Léon leva sa tête anguleuse et me lança un regard malheureux. Couché sur une chemise imbibée de la sueur de Vérité au coin d'un âtre éteint, il avait trop chaud, il s'ennuyait et, s'il n'était pas question d'aller chasser, il préférait rentrer à la maison.

Ostensiblement, je le palpai sur tout le corps, lui retroussai les babines pour lui examiner les gencives, puis lui appuyai fermement sur le ventre. Je terminai en le grattant derrière les oreilles, puis j'annonçai au serviteur : « Il n'a rien ; il n'a pas faim, tout bêtement. Donnons-lui un bol d'eau fraîche et attendons ; quand il voudra manger, il nous le fera comprendre. Et qu'on enlève tout ça avant que ça se gâte et qu'il l'avale quand même ; c'est pour le coup qu'il tomberait vraiment malade. » Je parlais d'une assiette débordante de morceaux de pâtisserie, reliefs d'un plateau disposé pour Vérité. Pour un chien, c'était contre-indiqué, mais, pour ma part, j'avais si faim que j'en aurais volontiers fait mon dîner ; mon estomac grondait devant ce spectacle. « Il y aurait peut-être un os de bœuf frais pour lui aux cuisines ; il a davantage besoin de s'amuser que de manger, pour l'instant...

– Fitz ? C'est toi ? Par ici, mon garçon ! Qu'est-ce qui incommode mon Léon ?

– Je m'occupe de chercher l'os », m'assura le serviteur, et je me dirigeai vers la pièce d'à côté.

Dégoulinant, Vérité sortait de son bain ; il prit la serviette que lui tendait son serviteur, se frictionna vivement les cheveux, puis répéta en se séchant : « Qu'a donc Léon ? »

C'était bien de Vérité. Nous ne nous étions pas vus depuis des semaines, mais il ne s'embarrassait pas de m'accueillir. Umbre disait que c'était un défaut chez lui de ne pas savoir donner à ses hommes l'impression d'être importants pour lui. Il pensait, je suppose, que s'il m'était arrivé quelque chose de grave, on l'aurait prévenu. Sa cordialité bourrue me plaisait, et cette certitude que tout devait aller bien, sans quoi on l'en aurait averti.

« Pas grand-chose, messire. Il est un peu retourné à cause de la chaleur et du voyage. Une bonne nuit de sommeil au frais le ravigotera ; mais, avec ce temps, évitez de lui donner de la pâtisserie et des aliments trop gras.

– Bon. » Il se pencha pour se sécher les jambes. « Tu as sans doute raison, mon garçon. D'après Burrich, tu t'y entends, avec les chiens, et je vais suivre ton conseil. Mais il avait l'air complètement dans la lune, et puis d'habitude il avale n'importe quoi, surtout si ça vient de mon assiette. » Il avait l'air tout confus, comme si je l'avais surpris à cajoler un bébé. Je ne savais plus quoi dire.

« Si c'est tout, messire, dois-je retourner aux écuries ? »

Il me jeta un coup d'œil incertain par-dessus son épaule. « Ce serait perdre ton temps, je trouve. Pognes s'occupera de ta monture, non ? Il faut que tu te baignes et que tu t'habilles si tu veux être prêt pour le dîner. Charim ? Tu as de l'eau pour lui ? »

L'homme qui disposait les vêtements de Vérité sur le lit se redressa. « Tout de suite, messire. Et je lui préparerai aussi ses habits. »

En l'espace d'une heure, j'eus l'impression que ma place dans le monde faisait une culbute complète. J'aurais pourtant dû m'y attendre ; l'un comme l'autre, Burrich et Umbre avaient essayé de m'y préparer. Mais être brusquement propulsé du rôle de parasite à Castelcerf à celui de membre officiel de l'entourage de Vérité avait quelque chose d'un peu effrayant, d'autant que tous ceux qui m'entouraient semblaient croire que je savais ce qui m'arrivait.

Vérité s'était vêtu et avait quitté la pièce avant même que je fusse entré dans le baquet. Charim m'informa qu'il était allé discuter avec son capitaine des gardes. J'accueillis avec plaisir les commérages de Charim ; à ses yeux, je n'étais pas d'un rang assez élevé pour qu'il s'interdît de bavarder et de se plaindre devant moi.

« Je vais vous installer une paillasse ici pour la nuit. Vous ne devriez pas avoir froid. Vérité veut qu'on vous loge près de lui, et pas seulement pour vous occuper du chien, à ce qu'il a dit. Il a d'autres tâches à vous confier ? »

Charim se tut et attendit, plein d'espoir. Je me dérobai en me plongeant la tête dans l'eau tiède, puis en me savonnant les cheveux pour en éliminer sueur et poussière. J'émergeai au bout d'un moment pour reprendre mon souffle.

Il soupira. « Je vais préparer vos vêtements. Laissez-moi les sales ; je vous les nettoierai. »

Cela me faisait un effet très étrange qu'on s'occupe de moi pendant que je me lavais, et plus étrange encore qu'on surveille ma façon de m'habiller. Charim insista pour tirer sur les coutures de mon pourpoint et pour que les manches disproportionnées de ma nouvelle chemise flottent à leur plus grande longueur – et à mon plus grand ennui. Mes cheveux avaient bien repoussé et des nœuds s'y étaient formés, que Charim défit prestement et à coups de peigne, à mon grand dam. Pour un garçon habitué à se vêtir tout seul, tout ce pomponnage et ces examens semblaient ne jamais devoir finir.

« Bon sang ne saurait mentir », dit une voix d'un ton abasourdi. Je me retournai et vis Vérité qui me contemplait avec un mélange de peine et d'amusement.

« C'est le portrait de Chevalerie au même âge, ne trouvez-vous pas, mon seigneur ? » Charim paraissait extrêmement content de lui.

« Si. » Vérité se racla la gorge. « Nul ne peut plus ignorer qui t'a engendré, Fitz. Je me demande ce que mon père avait derrière la tête quand il m'a commandé de t'apprêter comme il faut. Subtil est son nom et subtil il est ; j'aimerais savoir ce qu'il espère y gagner. Enfin, bref ! » Il soupira. « C'est sa façon d'être roi et je la lui laisse. Ma tâche à moi, c'est simplement de m'enquérir auprès d'un vieillard trop préoccupé de sa toilette pourquoi ses tours de guet ne sont pas convenablement fournies en hommes. Viens, mon garçon. Il est temps de descendre. »

Et il ressortit sans m'attendre. Comme j'allais me précipiter à sa suite, Charim me saisit le bras. « Trois pas derrière lui et sur sa gauche. N'oubliez pas. » J'obéis. A mesure que nous avancions dans le couloir, d'autres membres de notre entourage quittèrent leur chambre et emboîtèrent le pas au prince. Chacun avait revêtu ses plus beaux atours pour profiter le plus possible de cette occasion d'être vu et jalousé en dehors de Castelcerf. La longueur de mes manches était tout à fait raisonnable à côté de ce que certains arboraient. Au moins, mes chaussures n'étaient pas garnies de petits grelots ni de perles d'ambre cliquetantes.

Vérité fit halte en haut d'un escalier et le silence tomba sur la foule réunie en contrebas. J'observai les visages levés et j'eus le temps d'y déchiffrer toutes les émotions connues de l'espèce humaine. Certaines femmes faisaient des mines tandis que d'autres avaient l'air moqueuses ; des jeunes gens prenaient des poses pour mettre leur accoutrement en valeur, d'autres, vêtus plus simplement, se tenaient droit comme à la revue. Je lus l'envie, l'amour, le dédain, la peur, et, sur quelques visages, la haine. Mais c'est à peine si Vérité leur accorda un regard avant de descendre les marches. La foule s'ouvrit devant nous pour laisser paraître le seigneur Kelvar en personne qui attendait de nous conduire à la salle du dîner.

Kelvar n'était pas du tout comme je l'imaginais. Vérité le disait vaniteux, mais je voyais un homme rapidement gagné par l'âge, maigre et tourmenté, qui portait ses vêtements extravagants comme une armure contre le temps. Ses cheveux grisonnants étaient tirés en arrière en une mince queue de cheval comme s'il était encore homme d'armes, et il avait la démarche particulière des excellents bretteurs.

Je l'observai à la manière qu'Umbre m'avait enseignée et je pensai avoir assez bien compris sa personnalité avant même qu'il ne se fût assis. Mais ce ne fut qu'après avoir pris place à table (et, à ma grande surprise, mon siège ne se trouvait pas si loin de la noblesse) que j'eus un véritable aperçu de son âme. Cela non pas à cause d'un geste de sa part, mais à travers l'attitude de son épouse lorsqu'elle vint se joindre au banquet.

Je ne pense pas que dame Grâce de Kelvar fût beaucoup plus âgée que moi, et elle était accoutrée comme le nid d'une pie : je n'avais jamais vu d'atours qui évoquent de façon aussi criante à la fois la fortune et l'absence de goût. Elle s'assit avec une débauche de grands gestes élégants qui me firent penser à un oiseau en pleine parade nuptiale. Son parfum dévala sur moi comme une déferlante et lui aussi sentait davantage l'argent que les fleurs. Elle avait apporté un chien de manchon tout en fourrure soyeuse et aux grands yeux ; elle l'installa sur ses genoux en lui roucoulant des douceurs à l'oreille et le petit animal se pelotonna contre elle avant de poser le menton sur le bord de la table. Pendant tout ce temps, elle n'avait pas quitté le prince Vérité des yeux, s'efforçant de voir s'il l'avait remarquée et s'il avait l'air impressionné. Pour ma part, j'observai Kelvar qui la regardait minauder à l'adresse du prince et je me dis : Plus de la moitié des problèmes avec les tours de guet viennent de là.

Le dîner fut un supplice pour moi. J'avais une faim de loup, mais l'étiquette m'interdisait de le montrer. Je mangeai comme on me l'avait appris, en prenant ma cuiller lorsque Vérité prenait la sienne et en repoussant les plats quand lui-même s'en désintéressait. Je rêvais d'une bonne assiettée de viande bien chaude, avec du pain pour éponger la sauce, mais on nous proposa de minuscules bouchées de viande étrangement épicée, des compotes de fruits exotiques, du pain pâlot et des légumes blanchis à l'eau, puis assaisonnés. C'était un incroyable étalage de bonne nourriture gâchée au nom de la dernière mode culinaire. Je voyais bien que Vérité faisait preuve d'un enthousiasme aussi modéré que le mien et me demandai si tout le monde se rendait compte qu'il n'était nullement ébloui.

Umbre m'avait mieux formé que je ne m'en doutais. Je sus acquiescer poliment au bavardage de ma voisine de table, une jeune femme couverte de taches de rousseur, qui m'expliquait la difficulté à se procurer de la bonne toile de Rippon, mais je n'en laissai pas moins traîner mes oreilles pour relever les propos importants dans les conversations environnantes. Rien ne portait sur l'affaire qui motivait notre déplacement ; le seigneur Kelvar et Vérité en discuteraient le lendemain en privé. Mais une bonne part de ce que j'entendis touchait à l'équipement en hommes de la tour de l'île du Guet et jetait sur la question de singuliers éclairages.

Je surpris des murmures sur le mauvais entretien actuel des routes ; une dame exprima son soulagement qu'on ait repris la réparation des fortifications de Gardebaie ; un homme se plaignit de la prolifération des voleurs dans les terres, au point de ne plus pouvoir compter sur l'arrivée que des deux tiers à peine de ses marchandises en provenance de Sillon. Le même problème semblait à la base du manque de bonne toile que déplorait ma voisine. J'observai le seigneur Kelvar et l'adoration avec laquelle il regardait le moindre geste de sa jeune épouse, et j'entendis Umbre aussi clairement que s'il me parlait à l'oreille : « Voici un duc qui n'a pas en tête le gouvernement de son duché. » Je suspectai dame Grâce d'arborer sur sa personne le prix des réparations des routes et le salaire des soldats qui auraient dû surveiller les voies commerciales du pays. Peut-être les bijoux qui pendaient à ses oreilles devaient-ils à l'origine payer la garnison des tours de l'île du Guet.

Le dîner s'acheva enfin. J'avais l'estomac plein mais l'appétit insatisfait tant le repas avait été insubstantiel. Deux ménestrels et un poète se présentèrent pour nous divertir, mais je prêtai davantage attention aux bavardages du public qu'au phrasé raffiné du poète ou aux ballades des musiciens. Kelvar était installé à droite du prince, sa dame à gauche, son chien de manchon partageant son siège.

Grâce se repaissait de la présence du prince. Ses mains s'égaraient souvent à toucher une boucle d'oreilles ou un bracelet ; elle n'était pas habituée à porter tant de bijoux. Je la soupçonnais d'être de simple extraction et de se sentir écrasée par sa propre position. Un ménestrel chanta « Rose belle parmi le trèfle » sans la quitter des yeux et se vit récompensé par le rouge qui monta aux joues de la duchesse. Mais à mesure que la soirée s'avançait et que la lassitude me gagnait, je la vis s'éteindre peu à peu ; une fois, elle leva la main, mais trop tard, pour dissimuler un bâillement. Son petit chien s'était endormi sur ses genoux et couinait parfois en tressaillant, pris dans les rêves qui peuplaient sa cervelle exiguë. A deux reprises, elle piqua du nez ; je la vis se pincer subrepticement les poignets dans un effort pour se réveiller. Son soulagement fut visible lorsque Kelvar fit approcher les ménestrels et le poète pour les féliciter. Elle prit le bras de son seigneur pour le suivre dans leurs appartements, sans lâcher le chien qu'elle tenait au creux de son bras.

C'est avec non moins de soulagement que je regagnai l'antichambre de Vérité. Charim m'avait trouvé un lit de plumes et des couvertures, et ma paillasse était largement aussi confortable que mon lit habituel. J'avais envie de dormir, mais Charim me fit signe d'entrer chez Vérité. En bon soldat, le prince n'avait nul besoin de laquais à ses ordres pour lui retirer ses bottes ; Charim et moi suffisions. Avec des murmures et des claquements de langue désapprobateurs, le serviteur suivait Vérité pour ramasser et lisser les vêtements que son maître laissait négligemment tomber. Il emporta les bottes dans un coin et se mit à les cirer avec diligence. Vérité enfila une chemise de nuit, puis se tourna vers moi.

« Alors ? Qu'as-tu à me raconter ? » Et je lui fis mon compte rendu comme je le faisais à Umbre ; je lui rapportai tout ce que j'avais entendu, le plus textuellement possible, en signalant qui avait parlé et à qui. Pour finir, j'ajoutai mes propres suppositions sur la signification de l'ensemble. « Kelvar est un homme qui a pris une jeune épouse, laquelle se laisse aisément impressionner par la fortune et les cadeaux, résumai-je. Elle ignore tout des responsabilités de sa propre position et encore plus de celle de son mari. Kelvar emploie tout son argent, tout son temps et toutes ses pensées à la séduire. S'il n'était pas irrespectueux de parler ainsi, je dirais que sa virilité lui fait défaut et qu'en remplacement il cherche à satisfaire sa jeune épouse avec des présents. »

Vérité poussa un profond soupir. Il s'était jeté sur le lit pendant la dernière moitié de mon rapport. Il tapotait un oreiller trop mou et le plia en deux pour donner un meilleur appui à sa nuque. « Satané Chevalerie ! dit-il d'un air absent. Ce genre de panier de crabes, ça lui convenait mieux qu'à moi. Fitz, tu as la voix de ton père. Et s'il était ici, il trouverait un moyen subtil de régler toute la question. Avec Chev, tout aurait déjà été résolu avec un de ses sourires et un baiser sur la main d'une dame. Mais ce n'est pas ma façon de faire et je ne vais pas jouer la comédie. » Il s'agita nerveusement sur son lit, comme s'il attendait que je soulève un argument sur la nature de son devoir. « Kelvar est homme et duc, et il a une responsabilité. Il doit placer des hommes valables dans cette tour. Ce n'est pas compliqué et j'ai bien l'intention de le lui dire carrément. Postez des soldats dans cette tour, maintenez-les-y, et faites en sorte qu'ils soient satisfaits de leur travail. Je ne vois rien de plus simple ; en tout cas, qu'on ne compte pas sur moi pour enrober ça avec des ronds de jambe. »

Il changea pesamment de position, puis me tourna soudain le dos. « Eteins la lumière, Charim. » Le serviteur obéit si prestement que je me retrouvai planté dans le noir et que je dus regagner ma paillasse à tâtons. En m'allongeant, je réfléchis à la vision étroite que Vérité avait de la situation. Certes, il pouvait obliger Kelvar à placer des hommes dans la tour, mais il ne pouvait le forcer à y employer ses meilleurs guetteurs ni à en tirer fierté. La diplomatie devait intervenir. Il ne s'intéressait pas non plus à l'entretien des routes, des fortifications, ni au problème des brigands. Il fallait y remédier sans attendre, et de manière à préserver l'orgueil de Kelvar et à corriger tout en la raffermissant sa position vis-à-vis du seigneur Shemshy. De plus, quelqu'un devait s'occuper d'enseigner à dame Grâce ses responsabilités. Que de problèmes ! Mais ma tête avait à peine touché l'oreiller que je m'endormis.

9

DU BEURRE ET ÇA BICHE

Le fou s'en vint à Castelcerf durant la dix-septième année du règne du roi Subtil. C'est l'une des rares certitudes que l'on ait à son sujet. Cadeau des marchands de Terrilville, a-t-on dit, le fou et son origine ne peuvent donner lieu qu'à des conjectures. On a raconté sur lui bien des histoires ; l'une d'elles prétend qu'il était prisonnier des Pirates rouges et que les marchands de Terrilville le leur arrachèrent ; une autre, qu'il fut trouvé tout bébé dans un petit bateau, abrité du soleil par un parasol en peau de requin et protégé des bancs de nage par un berceau de bruyère et de lavande. Mais tout cela peut être écarté comme pures chimères, et nous n'avons nulle connaissance réelle de la vie du fou avant son arrivée à la cour du roi Subtil.

Le fou est probablement né de l'espèce humaine, mais pas d'ascendance purement humaine. Les légendes qui le disent issu de l'Autre Peuple sont presque sûrement fausses, car ses doigts et ses orteils ne sont pas palmés et il n'a jamais manifesté la moindre peur des chats. Les caractéristiques physiques inhabituelles du fou (l'absence de pigmentation de la peau, par exemple) semblent des traits appartenant à son autre ascendance plutôt qu'une aberration individuelle, bien qu'en ceci je puisse me tromper lourdement.

Lorsque l'on parle du fou, ce que nous ignorons est presque plus significatif que ce que nous savons. Son âge à l'époque de son arrivée à Castelcerf reste du domaine de l'hypothèse. D'expérience personnelle, je puis témoigner que le fou paraissait alors beaucoup plus jeune et, en tous domaines, plus juvénile qu'aujourd'hui. Mais comme il présente peu de signes de vieillissement, il se peut qu'il n'eût pas été alors aussi jeune qu'il le paraissait, mais plutôt qu'il parvînt au terme d'une enfance prolongée.

On a beaucoup débattu du sexe du fou. Quand, plus jeune et plus direct que je ne le suis aujourd'hui, je l'interrogeai sur la question, il me répondit que cela ne regardait personne d'autre que lui-même. Ce dont je conviens.

Quant à sa prescience et aux formes fâcheusement vagues qu'elle prend, il n'existe pas de consensus pour dire s'il s'agit d'un talent racial ou individuel. Certains croient qu'il devine tout à l'avance ; et quand on parle de lui quelque part, il le saurait aussi ; d'autres affirment qu'il adore simplement s'écrier : « Je vous l'avais bien dit ! » et que, dans ce but, il reprend ses déclarations les plus obscures et les transforme, à force de contorsions, en prophéties. Ce fut peut-être vrai dans certains cas, mais dans de nombreux autres il a prédit, devant témoins et de façon certes plus ou moins absconse, des événements qui se sont réalisés par la suite.

*

La faim me réveilla peu après minuit. Je restai allongé à écouter mon estomac gronder ; je refermai les yeux, mais j'étais si affamé que j'en avais la nausée. Finalement, je me levai et m'approchai à tâtons de la table où s'était trouvé le plateau de pâtisseries, mais les serviteurs l'avaient emporté. Je délibérai avec moi-même et mon estomac l'emporta sur ma raison.

J'ouvris donc sans bruit la porte de la chambre et sortis dans la pénombre du couloir. Les deux hommes que Vérité y avait postés me jetèrent un regard interrogateur. « Je meurs de faim, expliquai-je. Vous avez repéré les cuisines ? »

Je n'ai jamais connu de soldat qui ne sût pas où se trouvaient les cuisines. Je les remerciai en promettant de leur rapporter quelque chose, puis m'enfonçai dans l'ombre du couloir. Dans l'escalier, j'éprouvai une curieuse impression à sentir du bois sous mes pieds et non de la pierre. Je me déplaçais comme Umbre me l'avait enseigné, en marchant sans bruit, uniquement dans les parties les plus sombres des couloirs, et en rasant les murs, là où les lattes risquaient moins de craquer. Et tout cela me paraissait naturel.

Le château dormait apparemment à poings fermés. Les rares gardes que je croisai somnolaient presque tous ; aucun ne m'interpella. Sur le moment, je mis cela sur le compte de ma discrétion ; aujourd'hui, je pense qu'un garçon maigrichon aux cheveux ébouriffés ne constituait pas une menace suffisante pour qu'ils s'y intéressent.

Je découvris les cuisines sans difficulté. C'était une vaste salle, avec un sol et des murs de pierre pour éviter les risques d'incendie, et trois grandes cheminées dont les feux étaient couverts pour la nuit. Malgré l'heure tardive, ou matinale, selon le point de vue, la pièce était bien éclairée ; les cuisines d'un château ne sont jamais complètement endormies.

Je vis les casseroles couvertes et sentis l'odeur du pain en train de lever ; une grosse marmite de ragoût chauffait au coin d'un des âtres. Soulevant le couvercle, je constatai que la disparition d'un bol ou deux de son contenu passerait inaperçue. Je touillai dedans, puis me servis ; je coupai l'entame d'une miche de pain enveloppée dans un linge sur une étagère et découvris dans un autre coin de la salle un bac de beurre mis au frais dans un grand tonneau plein d'eau. Dieux merci, plus de fantaisie, mais de la nourriture simple et consistante comme j'en avais rêvé toute la journée !

Je terminais mon second bol lorsque j'entendis des pas légers. Je levai les yeux avec mon sourire le plus désarmant en espérant que la cuisinière aurait le cœur aussi tendre que celle de Castelcerf. Mais c'était une servante en chemise de nuit, une couverture sur les épaules et son bébé dans les bras. Elle pleurait. Je détournai le regard, gêné.

Mais c'est à peine si elle m'accorda un coup d'œil. Elle déposa son enfant enveloppé de tissu sur la table et alla chercher un bol qu'elle emplit d'eau fraîche sans cesser de murmurer. Elle se pencha sur l'enfant. « Tiens, mon mignon, mon agneau. Tiens, mon chéri. Ça va te faire du bien. Bois un peu. Oh, mon amour, tu ne peux même pas laper ? Ouvre la bouche, alors. Allons, ouvre la bouche. »

Je ne pus m'empêcher de regarder. D'une main, elle s'efforçait maladroitement de porter le bol contre les lèvres du bébé ; de l'autre, elle essayait de lui ouvrir la bouche, en y mettant plus de force que je n'avais jamais vu une mère en employer avec son enfant. Elle souleva le bol et l'eau déborda. J'entendis un gargouillis étranglé, puis un hoquet annonciateur de vomissement. Comme je bondissais pour protester, une petite tête de chien émergea du tissu.

« Ah, il recommence à s'étouffer ! Il est en train de mourir ! Mon petit Bichonnet est à l'agonie et personne ne s'en inquiète que moi ! Il râle en respirant et je ne sais pas quoi faire ! Il est en train de mourir ! »

Elle serrait contre elle le chien qui hoquetait en s'étranglant. Il secoua violemment la tête puis retomba inerte. Si je n'avais pas entendu sa respiration laborieuse, j'aurais juré qu'il venait de mourir. Ses yeux noirs et globuleux croisèrent les miens et je sentis tout l'affolement et toute la douleur de la petite bête.

Du calme. « Allons, m'entendis-je dire, vous ne lui faites pas de bien en le tenant serré comme ça. Il peut à peine respirer. Posez-le, enlevez-lui toutes ces couvertures. Laissez-le décider dans quelle position il est le plus à l'aise. Tout emmitouflé comme ça, il a trop chaud, alors il halète et il s'étrangle du même coup. Posez-le. »

Elle avait une tête de plus que moi et je crus un instant devoir le lui arracher de force. Mais elle me laissa lui prendre le chien et lui ôter plusieurs épaisseurs de tissu. Je l'installai sur la table.

La petite bête était dans la détresse la plus totale. Il resta debout, la tête lui pendant entre les pattes avant ; il avait le museau et le poitrail luisants de salive, le ventre distendu et dur. Il se remit à essayer de vomir ; ses petites mâchoires s'ouvrirent grand, ses lèvres se retroussèrent, découvrant ses minuscules dents pointues. La rougeur de sa langue attestait de la violence de ses efforts. La jeune fille poussa un cri et se précipita, mais je la repoussai rudement. « Ne le touchez pas, fis-je d'un ton impatient. Il essaye de se débarrasser de quelque chose et il n'y arrivera pas si vous lui écrasez le ventre. »

Elle s'immobilisa. « Il essaye de se débarrasser de quelque chose ?

– A son air et à ses réactions, on dirait qu'il a quelque chose de coincé dans le gosier. Est-ce qu'il aurait pu avaler des os ou des plumes ? »

Elle prit l'air affligé. « Il y avait des arêtes dans le poisson. Mais toutes petites.

– Du poisson ? Mais qui est l'imbécile qui lui a laissé manger du poisson ? Etait-il frais ou pourri ? » A la période du frai, j'avais vu ce qu'un saumon pourri trouvé sur la berge d'une rivière pouvait faire à un chien. Si c'était ce que cette bestiole avait ingurgité, elle était fichue.

« Il était frais et bien cuit. La même truite que celle que j'ai eue au dîner.

– Bon, au moins, il y a peu de chances qu'il s'empoisonne. C'est donc une arête. Mais s'il l'avale complètement, il en mourra sans doute. »

Elle émit un hoquet d'horreur. « Non, ce n'est pas possible ! Il ne doit pas mourir ! Ça va aller, il a seulement mal au ventre ! Je lui ai donné trop à manger, c'est tout ! Il va s'en remettre ! Qu'est-ce que vous y connaissez, de toute façon, vous, un marmiton ? »

Je regardai son chien essayer à nouveau de vomir ; il en était presque convulsé, mais rien ne sortit que de la bile jaunâtre. « Je ne suis pas marmiton. Je suis garçon de chenil ; je m'occupe du molosse de Vérité, si vous voulez tout savoir. Et si on n'aide pas cet animal, il va mourir. Très bientôt. »

Je saisis fermement son chien tandis que sur son visage se peignait un mélange de respect et d'horreur. *J'essaye de t'aider.* Il ne me crut pas. Je lui écartai les mâchoires de force et lui introduisis deux doigts dans la gorge. Les haut-le-cœur devinrent plus violents encore et l'animal se mit à pédaler frénétiquement des pattes de devant. Il aurait bien eu besoin de se faire raccourcir les griffes. Du bout des doigts, je tâtai l'arête ; je la sentis bouger, mais elle était enfoncée de biais dans l'œsophage. Le chien poussa un hurlement étranglé et se débattit furieusement dans mes bras ; je le lâchai. « Bon, eh bien il ne s'en débarrassera pas sans un coup de main », fis-je.

Je laissai la servante pleurnicher sur son animal. Au moins, elle s'était retenue de le reprendre contre elle. J'allai pêcher une poignée de beurre dans le tonneau et la déposai dans mon bol à ragoût ; à présent, il me fallait un objet crochu ou plié selon un angle très fermé, mais pas trop grand. Je fouillai coffres et huches et mis finalement la main sur un crochet de métal muni d'une poignée, qui servait peut-être à retirer les marmites brûlantes du feu.

« Asseyez-vous », ordonnai-je à la servante.

Elle me regarda bouche bée, puis s'installa d'un air soumis sur le banc que je lui désignais.

« Maintenant, tenez-le fermement entre vos genoux. Et ne le lâchez sous aucun prétexte, qu'il se débatte, qu'il griffe ou qu'il glapisse. Et coincez-lui les pattes avant, qu'il ne me mette pas les bras en lambeaux pendant que je travaille. Compris ? »

Elle inspira profondément, déglutit et fit oui de la tête. Son visage ruisselait de larmes. Je lui installai le chien sur les genoux, puis, lui prenant les mains, les posai sur l'animal.

« Tenez-le solidement », lui recommandai-je. Je m'emparai d'un gros morceau de beurre. « Ça va me servir à lui graisser la gorge. Ensuite, je vais lui ouvrir la gueule, crocher l'arête et l'extraire. Vous êtes prête ? »

Elle acquiesça. Elle avait cessé de pleurer et ses lèvres avaient un pli résolu. Je fus soulagé de lui découvrir un peu de volonté et je hochai la tête.

Introduire le beurre ne posa pas de problème ; mais la substance obstrua la gorge du chien dont la panique s'accrut ; les vagues de terreur qu'il émettait mirent à mal mon sang-froid. Sans douceur, je lui ouvris les mâchoires et lui enfonçai le crochet dans le gosier. J'espérais ne pas lui déchirer les chairs ; sinon, eh bien, il était condamné de toute façon. Pendant que je faisais tourner l'ustensile au fond de sa gorge, il se mit à se tortiller, à glapir et à inonder sa maîtresse d'urine. Le crochet agrippa enfin l'arête et je la tirai vers moi sans à-coups et d'un mouvement ferme.

Elle sortit accompagnée d'un mélange de salive, de bile et de sang. Ce n'était pas une arête, mais un méchant petit os, un bout de bréchet de petit oiseau. Je le jetai sur la table. « Il ne faut pas non plus lui donner d'os de volaille », dis-je d'un ton sévère.

Je crois que la jeune fille ne m'entendit même pas. Son chien respirait en sifflant, mais l'air soulagé, sur ses genoux. Je pris l'assiette d'eau et la lui tendis ; il la renifla, lapa un peu, puis se roula en boule, épuisé. Elle le souleva et le serra contre elle, la tête penchée sur lui.

« Je voudrais vous demander quelque chose, fis-je.

– Tout ce que vous voulez. » La fourrure du chien étouffait ses paroles. « Vous n'avez qu'à demander.

– D'abord, ne lui donnez plus ce que vous mangez vous-même. Donnez-lui de la viande rouge et du grain bouilli, pour commencer ; et pour un chien de sa taille, pas plus que ce que peut contenir votre main. Ensuite, cessez de le prendre tout le temps dans vos bras ; faites-le courir pour qu'il se muscle et qu'il s'use les griffes. Enfin, baignez-le ; il pue du poil et de la gueule parce qu'il a une nourriture trop riche. Sinon, je ne lui donne pas plus d'un an ou deux à vivre. »

Elle me regarda, effarée, et porta une main à sa bouche. Et quelque chose dans son geste, si semblable à sa façon maladroite de toucher ses bijoux pendant le dîner, me fit soudain comprendre qui j'étais en train de rabrouer : dame Grâce ! Et j'avais fait pisser son chien sur sa chemise de nuit !

Mon visage dut me trahir, car elle eut un sourire ravi et serra davantage son animal contre elle. « Je suivrai vos conseils, mon garçon. Mais pour vous-même ? Ne souhaitez-vous rien en récompense ? »

Elle s'attendait que je demande de l'argent, voire une place dans sa domesticité. Mais je la regardai d'un air aussi posé que possible et déclarai : « S'il vous plaît, dame Grâce, je vous prie de demander à votre seigneur de garnir la tour de l'île du Guet avec ses meilleurs hommes, afin de mettre un terme à la discorde entre les duchés de Rippon et de Haurfond.

– Quoi ? »

Ce simple mot en disait long sur elle. Ce n'était pas dame Grâce qui avait appris cet accent et cette inflexion.

« Demandez à votre seigneur de bien équiper ses tours en hommes. Je vous en prie.

– Pourquoi un garçon de chenil s'intéresserait-il à ce genre de chose ? »

La question était par trop brutale. J'ignorais où Kelvar avait trouvé sa femme, mais elle n'était pas de haute naissance ni de grande fortune. Son air enchanté quand je l'avais reconnue, le fait d'avoir amené son chien dans le confort familier des cuisines, toute seule, drapée dans sa couverture, tout cela dénonçait la fille du commun élevée trop vite et trop au-dessus de sa condition d'origine. Elle était seule, irrésolue, et nul ne lui avait enseigné ce que l'on attendait d'elle ; pis, elle se savait ignorante et ce savoir la rongeait, teintait de peur tous ses plaisirs. Si elle n'apprenait pas à se conduire en duchesse avant l'extinction de sa jeunesse et de sa beauté, elle se préparait de longues années de solitude et de moquerie. Il lui fallait un mentor, un précepteur secret comme Umbre ; elle avait besoin des conseils que je pouvais lui donner, et sans perdre de temps ; mais je devais avancer avec prudence, car elle n'accepterait pas les conseils d'un garçon de chenil. Seule une fille du commun les écouterait et, si elle était sûre de quelque chose, c'est qu'elle n'était plus une fille du commun, mais une duchesse.

« J'ai fait un rêve, dis-je, pris d'une inspiration subite. Très clair, comme une vision, ou un avertissement. Ça m'a réveillé et j'ai senti que je devais descendre aux cuisines. » Mon regard se fit lointain ; ses yeux s'agrandirent. Je la tenais. « J'ai rêvé d'une femme qui prononçait de sages paroles et transformait trois jeunes hommes en un mur uni que les Pirates rouges ne pouvaient rompre. Elle se tenait devant eux, des bijoux dans les mains, et elle leur disait : "Que les tours de guet brillent plus fort que les pierres de ces bagues. Que les hommes qui les occupent entourent nos côtes comme ces perles entouraient mon cou. Que les forteresses retrouvent une force nouvelle contre ceux qui menacent notre peuple. Car je serais fière de marcher sans ornement devant le roi et les gens du commun, sachant que les défenses qui protègent notre peuple sont les joyaux de notre terre." Et le roi et ses ducs sont restés stupéfaits devant la sagesse de son cœur et la noblesse de ses actes. Mais son peuple ne lui en a porté que davantage d'affection, car il savait qu'elle l'aimait plus que l'or ou l'argent. »

C'était un discours maladroit, beaucoup moins habile que je ne l'aurais voulu ; mais il toucha l'imagination de mon auditrice. Elle se voyait déjà dressée, altière, devant le roi-servant et le laissant foudroyé d'étonnement par son sacrifice. Je sentis en elle le désir brûlant de se distinguer, de susciter l'admiration du peuple dont elle était issue. Elle était peut-être autrefois fille de laiterie ou de cuisine et demeurait telle aux yeux de ceux qui l'avaient connue alors ; ce geste leur montrerait qu'elle n'était désormais plus seulement duchesse par le titre. Le seigneur Shemshy et sa suite rapporteraient son acte de noblesse jusque dans le duché de Haurfond ; les chansons des ménestrels célébreraient ses paroles ; et pour une fois elle surprendrait son époux. Qu'il la considère dorénavant comme quelqu'un qui se préoccupait de sa terre et de son peuple et plus comme un joli petit animal capturé grâce à son rang. J'avais presque l'impression de voir les pensées défiler dans sa tête. Son regard s'était fait distant et un sourire absent jouait sur ses lèvres.

« Bonne nuit, jeune homme », dit-elle à mi-voix et elle quitta la cuisine d'un pas rêveur, son chien pelotonné contre son sein. Elle portait la couverture qui lui protégeait les épaules comme un manteau d'hermine ; demain, elle jouerait son rôle à la perfection. Je souris brusquement en me demandant si je n'avais pas mené ma mission à bien en me passant de poison. Certes, je n'avais pas vérifié si Kelvar était ou non coupable de trahison ; mais, à mon sentiment, j'avais tranché la racine du problème. J'étais prêt à parier que les tours de guet seraient équipées convenablement avant la fin de la semaine.

Et je regagnai mon lit. Avant de partir, j'avais chipé une miche de pain frais ; je l'offris aux gardes qui me laissèrent rentrer chez Vérité. Quelque part à l'autre bout de Gardebaie, quelqu'un annonça l'heure à pleins poumons. Je n'y prêtai guère attention. Je m'enfouis sous mes couvertures, le ventre en paix et la tête déjà pleine du spectacle qu'offrirait dame Grâce le lendemain. Tout en m'assoupissant, je pariai qu'elle porterait quelque chose de simple, une robe droite et blanche, et que ses cheveux seraient défaits.

Je ne devais jamais le vérifier. Je dormais depuis quelques instants à peine, me sembla-t-il, lorsqu'on me secoua l'épaule. J'ouvris les yeux pour découvrir Charim penché sur moi. La pâle lumière d'une bougie créait des ombres démesurées sur les murs de la chambre. « Réveillez-vous, Fitz, chuchota-t-il d'une voix rauque. Un coursier vient d'arriver au château, envoyé par dame Thym. Elle réclame votre présence immédiatement. On est en train de préparer votre cheval.

– Moi ? fis-je bêtement.

– Naturellement ! Je vous ai sorti des vêtements. Habillez-vous sans bruit. Vérité dort encore.

– Qu'est-ce qu'elle me veut ?

– Mais je n'en sais rien, moi ! Le message ne le disait pas. Elle est peut-être malade. Le coursier a seulement dit qu'elle a besoin de vous tout de suite. On vous éclairera quand vous y serez, je suppose. »

Maigre consolation. Mais cela suffit à exciter ma curiosité et, quoi qu'il en fût, je devais obéir. Je ne savais pas exactement quel rapport dame Thym avait avec le roi, mais elle se trouvait bien au-dessus de moi en importance et je n'osai pas braver son ordre. Je me vêtis donc rapidement à la lumière de la bougie et quittai ma chambre pour la seconde fois de la nuit. Pognes m'avait sellé Suie et m'accueillit avec quelques plaisanteries grivoises sur mes convocations nocturnes. Je lui suggérai une distraction qui pourrait l'occuper le restant de la nuit et m'en allai. Les gardes, avertis de mon passage, me firent sortir sans encombre du château, puis des fortifications.

Par deux fois, je me trompai de direction dans la ville. Tout semblait différent, de nuit, et je n'avais guère fait attention au chemin à l'aller. Enfin, je tombai sur la cour de l'auberge. La propriétaire, inquiète, était debout et une lumière brillait à sa fenêtre. « Ça fait presque une heure qu'elle se plaint et qu'elle demande après vous, messire, me dit-elle d'un ton angoissé. J'ai peur que ce ne soit grave, mais elle ne veut voir personne que vous. »

En hâte, je suivis le couloir jusqu'à la chambre de la vieille dame. Je frappai doucement, m'attendant à demi à l'entendre m'ordonner d'une voix stridente de m'en aller et de cesser de l'importuner. Mais non ; c'est une voix chevrotante qui répondit : « Ah, Fitz, c'est vous enfin ? Entrez vite, mon garçon. J'ai besoin de vous. »

Je pris une grande inspiration et soulevai le loquet. Je pénétrai dans la semi-obscurité et l'air confiné de la chambre en essayant d'éviter les divers effluves qui assaillirent mes narines, et je me dis que la puanteur de la mort ne devait guère être pire.

La seule source de lumière était une bougie qui gouttait dans sa bobèche. Je m'en saisis et m'aventurai vers le lit fermé de lourdes tentures. « Dame Thym ? fis-je doucement. Qu'avez-vous ?

– Mon garçon. » La voix provenait d'un angle de la chambre plongé dans l'obscurité.

« Umbre ! m'exclamai-je en me sentant soudain plus bête que je n'aime à me le rappeler.

– Je n'ai pas le temps de t'expliquer le pourquoi et le comment. Ne te fais pas de reproches, mon garçon. Dame Thym en a trompé plus d'un en son temps et elle continuera encore longtemps. Du moins je l'espère. Allons, fais-moi confiance et ne pose pas de questions ; contente-toi de faire ce que je te dirai. D'abord, va trouver l'aubergiste ; dis-lui que dame Thym a eu une nouvelle attaque et qu'elle doit se reposer quelques jours ; qu'on ne la dérange sous aucun prétexte. Son arrière-petite-fille viendra s'occuper d'elle...

– Qui...

– C'est déjà arrangé. Son arrière-petite-fille lui apportera de quoi manger et tout ce dont elle a besoin. Insiste bien sur le fait que le repos et la solitude lui sont absolument nécessaires. Vas-y tout de suite. »

J'y allai et je fus très convaincant, car de fait j'étais encore sous le choc. L'aubergiste me promit de ne permettre à personne fût-ce de frapper à une porte chez elle, car elle regretterait fort de perdre la bonne opinion de dame Thym sur son établissement et son commerce. D'où je déduisis que dame Thym la payait grassement.

Je rentrai discrètement dans la chambre en refermant sans bruit la porte derrière moi. Umbre tira le verrou et alluma une bougie à la flamme mourante de la première. Puis il étala une petite carte sur la table. Je notai qu'il était vêtu comme pour voyager – manteau, bottes et pourpoint noirs. Il paraissait soudain changé, plein de santé et d'énergie ; et je me demandai si le vieillard à la robe usée était aussi un rôle qu'il jouait. Il leva les yeux vers moi et je jure que l'espace d'un instant j'eus l'impression d'avoir Vérité, le soldat, devant moi. Mais il ne me laissa pas le temps de rêvasser.

« Les choses iront comme elles iront entre Kelvar et Vérité. D'autres affaires nous appellent. J'ai reçu un message ce soir : les Pirates rouges ont frappé chez nous, à Forge ; si près de Castelcerf que ce n'est plus seulement une insulte, mais une véritable menace. Et ce pendant que Vérité se trouve à Finebaie. Ils le savaient ici, loin de Castelcerf, et qu'on ne me dise pas le contraire ! Mais ce n'est pas tout : ils ont pris des otages et les ont emmenés à bord de leurs navires. Et ils ont dépêché un messager à Castelcerf, au roi Subtil lui-même. Ils exigent de l'or, beaucoup d'or, sans quoi ils renverront les otages dans leur village.

– Ils les exécuteront, vous voulez dire, non ?

– Non. » Umbre secoua la tête d'un air irrité, comme un ours importuné par des abeilles. « Non, le message était parfaitement clair : si l'or leur est livré, il les tueront ; sinon, ils les relâcheront. L'homme était de Forge, sa femme et son fils avaient été enlevés. Telle était bien la menace, il a bien insisté.

– Je ne vois pas où est le problème, dans ce cas, fis-je d'un ton dédaigneux.

– Au premier abord, moi non plus. Mais l'homme qui a porté le message à Subtil tremblait encore de frayeur, malgré sa longue chevauchée. Il était incapable d'expliquer pourquoi, ni même s'il fallait ou non payer la rançon ; il ne savait que répéter que le capitaine souriait en lui remettant l'ultimatum et que les autres pirates riaient sans pouvoir s'arrêter.

« Nous allons donc enquêter sur place, toi et moi. A l'instant, avant toute réponse officielle du roi, avant même que Vérité ne soit mis au courant. A présent, sois attentif. Voici la route par laquelle nous sommes venus ; tu vois comme elle suit la courbe de la côte ? Et voici la piste que nous allons prendre ; elle est plus directe, mais plus escarpée, et marécageuse par endroits, si bien que les chariots ne l'empruntent jamais. Mais elle est plus rapide pour des hommes à cheval. Là, une embarcation nous attend ; en traversant la baie, nous nous épargnerons pas mal de milles et d'heures de voyage. Nous aborderons ici, et ensuite on file sur Forge. »

J'étudiai la carte. Forge se trouvait au nord de Castelcerf ; quel délai avait-il fallu à notre messager pour parvenir jusqu'à nous et, le temps que nous arrivions sur place, la menace des Pirates rouges n'aurait-elle pas déjà été mise à exécution ? Mais il était inutile de perdre son temps en questions oiseuses.

« Avez-vous un cheval ?

– C'est arrangé. Par celui qui m'a livré le message ; il y a un bai dehors, avec trois pattes blanches. Il est pour moi. Le messager fournira également une arrière-petite-fille à dame Thym, et le bateau nous attend. Allons.

– Une dernière chose, dis-je en feignant de ne pas voir le froncement de sourcils d'Umbre. Il faut que je sache, Umbre : vous trouvez-vous ici parce que vous ne me faites pas confiance ?

– C'est de bonne guerre, je reconnais. Non. J'étais ici pour laisser traîner mes oreilles dans la ville, pour écouter les commérages, comme toi au château. Les bonnetières et les mercières peuvent en savoir plus long que le grand conseiller du roi, sans même en avoir conscience. Bien. Partons-nous, à présent ? »

Nous partîmes. Le cheval bai nous attendait à la porte de service que nous empruntâmes ; Suie ne l'estimait guère, mais elle n'oublia pas ses bonnes manières. Je sentais l'impatience d'Umbre, cependant il nous imposa une allure posée tant que nous n'eûmes pas laissé les rues pavées de Finebaie derrière nous. Une fois dépassées les lumières des dernières maisons, nous lançâmes les chevaux au petit galop. Umbre me précédait et je m'émerveillais de sa qualité de cavalier et de son talent à se repérer sans effort dans le noir. Suie n'appréciait pas cette course dans la nuit ; sans la lune presque pleine, je crois que je n'aurais pas pu la persuader de rester à la hauteur du bai.

Je n'oublierai jamais cette randonnée nocturne. Non parce que c'était une chevauchée effrénée pour secourir les habitants de Forge, mais justement parce que ce n'en était pas une. Umbre nous guidait et traitait les chevaux comme s'il s'agissait de pions sur un échiquier. Il ne jouait pas vite, il jouait pour gagner ; et c'est pourquoi, par moments, nous ramenions nos montures au pas pour les laisser reprendre souffle et, par endroits, nous mettions pied à terre et les conduisions à la main pour leur faire franchir certaines zones dangereuses.

L'aube grisaillait l'atmosphère quand nous fîmes halte pour manger des provisions tirées des fontes d'Umbre. Nous étions au sommet d'une colline si boisée qu'on distinguait à peine le ciel ; j'entendais le bruit de l'océan, j'en sentais l'odeur, mais j'étais incapable de l'apercevoir. Notre piste était devenue moins qu'un chemin sinueux, tout juste une sente de cerf à travers bois. Maintenant que nous ne nous déplacions plus, j'éprouvais par l'ouïe et l'odorat la vie qui nous entourait, le chant des oiseaux, le mouvement des petits animaux dans les taillis et dans les branches qui nous surplombaient. Après s'être étiré, Umbre s'était laissé choir sur une plaque de mousse épaisse, le dos contre un arbre. Il but un long trait d'une outre d'eau, puis un autre, plus court, d'une flasque d'eau-de-vie. Il paraissait fatigué et la lumière du jour accusait son âge plus cruellement que celle des lampes. Je me demandai s'il tiendrait jusqu'au bout du voyage.

« Ça ira, dit-il en surprenant mon regard. J'ai accompli des missions plus ardues en dormant moins ; par ailleurs, nous aurons cinq ou six bonnes heures pour nous reposer sur le bateau, si l'eau est calme, et donc notre content de sommeil. Remettons-nous en route, mon garçon. »

Deux heures plus tard, notre chemin se divisa et, encore une fois, nous prîmes le plus touffu ; très vite, je me retrouvai presque couché sur l'encolure de Suie pour éviter les basses branches. Il faisait chaud et humide sous les arbres et des myriades de petites mouches piqueuses nous harcelaient, tourmentaient les chevaux et s'infiltraient sous nos vêtements pour se repaître de notre chair. Elles étaient si nombreuses que, lorsque je rassemblai assez de courage pour demander à Umbre si nous ne nous étions pas égarés, j'en eus aussitôt la bouche pleine au point de m'étouffer.

Vers midi, nous débouchâmes sur un coteau venteux et plus dégagé, et je revis l'océan. Le vent rafraîchit les chevaux en sueur et chassa les insectes. Quel plaisir de pouvoir se tenir à nouveau droit dans sa selle ! La largeur de la piste me permettait de marcher de front avec Umbre ; ses marques livides ressortaient durement sur son teint pâle, le faisant paraître encore plus exsangue que le fou ; des cernes sombres soulignaient ses yeux. Il surprit mon regard et fronça les sourcils.

« Fais-moi ton rapport, au lieu de me dévisager comme un simple d'esprit ! » m'ordonna-t-il d'un ton sévère, et je m'exécutai.

J'avais du mal à surveiller à la fois la piste et son visage, mais la seconde fois qu'il grogna, je lui jetai un coup d'œil et lui vis un sourire à la fois amer et amusé. J'achevai mon rapport et il hocha la tête.

« Toujours la chance ! Cette même chance qu'avait ton père ! Ta diplomatie de cuisine suffira peut-être à retourner la situation, si elle se résume à ça. Les potins que j'ai entendus allaient dans le même sens. Ma foi, Kelvar était un bon duc avant de se marier et, apparemment, tout provient de ce que sa jeune épousée lui est montée à la tête. » Brusquement, il soupira. « Néanmoins, la conjonction d'événements est malheureuse, avec d'un côté Vérité qui va réprimander un homme parce qu'il s'occupe mal de ses tours, et de l'autre une attaque sur une ville de Castelcerf ! Sacrebleu ! Il y a tant d'éléments que nous ignorons ! Comment les pirates ont-ils pu passer nos tours sans se faire repérer ? Comment savaient-ils Vérité absent de Castelcerf ? Et le savaient-ils vraiment ? Etait-ce un simple coup de chance en leur faveur ? Et que signifie cet étrange ultimatum ? Est-ce une menace ou une raillerie ? » Il se tut un moment.

« J'aimerais être au courant des mesures que Subtil aura prises. Quand il m'a envoyé le messager, il n'avait pas encore décidé. Si ça se trouve, tout aura été réglé lorsque nous arriverons à Forge. Et j'aimerais aussi savoir le message exact qu'il a artisé à Vérité. Autrefois, dit-on, lorsque nombreux étaient ceux qu'on formait à l'Art, un homme était capable de percevoir ce que son chef pensait rien qu'en se taisant et en écoutant attentivement ; mais ce n'est peut-être qu'une légende. Aujourd'hui, rares sont ceux à qui on enseigne l'Art, et c'est au roi Bonté qu'on le doit, je crois : si l'Art demeure un secret, l'instrument d'une élite, il prend davantage de valeur ; tel était son raisonnement. Je ne l'ai jamais bien compris : qu'adviendrait-il si l'on en disait autant des bons archers, ou des bons navigateurs ? Cependant, l'aura du mystère peut accroître le statut d'un chef, ce n'est pas faux... Quant à un homme comme Subtil, savoir que ses subalternes se demandent s'il est réellement capable de lire leurs pensées sans qu'ils disent mot, voilà qui lui plairait. Oui, voilà qui lui plairait fort ! »

Je crus d'abord Umbre inquiet, voire en colère. Jamais je ne l'avais entendu traiter d'un sujet d'une manière aussi décousue. Mais quand son cheval fit un écart devant un écureuil qui croisait son chemin, il manqua d'un cheveu de tomber de sa selle. Je m'emparai de ses rênes. « Vous allez bien ? Que vous arrive-t-il ? »

Il secoua lentement la tête. « Rien. Une fois au bateau, ça ira. Continuons ; ce n'est plus très loin. » De pâle, il était devenu grisâtre, et à chaque pas de son cheval il chancelait sur sa selle.

« Reposons-nous un peu, proposai-je.

– La marée n'attend pas ; quant à me reposer, cela ne servirait à rien si je passais mon temps à imaginer notre embarcation se fracassant sur les rochers. Non. Il faut continuer. » Et il ajouta : « Faismoi confiance, mon garçon. Je connais mes limites et je n'aurai pas la bêtise de m'aventurer au-delà. »

Nous poursuivîmes donc notre route. Il n'y avait guère d'autre choix. Mais je restai à la hauteur de la tête de sa monture, d'où je pourrais saisir ses rênes en cas de besoin. Le bruissement de l'océan devenait plus fort et le chemin plus escarpé. Je me retrouvai bientôt à ouvrir la marche, bien involontairement.

Quittant les taillis, nous débouchâmes sur une falaise qui surplombait une plage sablonneuse. « Eda merci, ils sont là », murmura Umbre dans mon dos et j'aperçus alors l'embarcation à faible tirant d'eau près de la pointe, à la limite de l'échouage. L'homme de garde nous héla en agitant son bonnet. Je levai le bras pour lui retourner son salut.

Nous descendîmes avec force glissades et Umbre embarqua aussitôt. Je me retrouvai seul pour me débrouiller avec les chevaux ; ni l'un ni l'autre ne manifestait d'empressement à s'avancer dans les vagues et encore moins à se hisser sur le pont par-dessus le bastingage surbaissé. J'essayai de tendre mon esprit vers eux pour leur faire comprendre ce que je voulais, mais pour la première fois de ma vie je me rendis compte que j'étais trop épuisé. Je ne parvenais pas à la concentration nécessaire. C'est donc seulement après avoir bu deux fois la tasse, et avec l'aide de trois matelots sacrant à qui mieux mieux, que je parvins à faire monter les bêtes à bord. Le moindre bout de cuir, la moindre boucle de leurs harnais étaient trempés d'eau de mer ; comment allais-je expliquer ça à Burrich ? Je n'arrivais pas à penser à autre chose tandis qu'installé à la proue je regardais les rameurs courbés sur leurs avirons nous propulser en eau plus profonde.

10
RÉVÉLATIONS

Temps et marées n'attendent personne. C'est un adage vieux comme le monde. Pour les marins et les pêcheurs, il signifie simplement que les horaires d'un bateau se plient à la volonté de l'océan et non à la convenance des hommes. Mais parfois je m'étends, le pire de la douleur apaisé par le thé, et je m'interroge. Les marées n'attendent personne, cela est vrai, je le sais ; mais le temps ? L'époque où j'ai vu le jour attendait-elle ma naissance ? Les événements se sont-ils enclenchés comme les dents de bois des monstrueux rouages de l'horloge de Sayntanns, s'engrenant avec ma conception pour guider ensuite mon existence ? Je ne prétends pas à une place prépondérante dans l'Histoire ; cependant, si je n'étais pas venu au monde, si mes parents n'avaient pas cédé à une brève poussée de désir charnel, tant de choses seraient différentes. Tant de choses ! Meilleures ? Je ne crois pas. Et puis je cligne les yeux, je m'efforce de clarifier ma vision et je me demande si ces pensées me sont propres ou si elles proviennent de la drogue qui court dans mes veines. J'aimerais pouvoir prendre conseil auprès d'Umbre, une dernière fois.

*

Le soleil indiquait la fin de l'après-midi lorsqu'on me réveilla d'une tape sur l'épaule. « Ton maître a besoin de toi », me dit-on laconiquement et je sursautai. Les grands cercles des mouettes dans le ciel, l'air frais et salin et le dandinement plein de dignité du bateau me rappelèrent où je me trouvais. Je me levai, honteux de m'être endormi sans même m'assurer qu'Umbre était bien installé, et je gagnai en hâte le rouf, à l'arrière.

J'y découvris Umbre, qui s'était visiblement approprié la petite table de la coquerie, absorbé dans l'étude d'une carte ; mais c'est une vaste jatte pleine de soupe de poisson qui retint mon attention. Umbre me fit signe de me servir sans lever les yeux de sa carte et je m'empressai de lui obéir. Il y avait des biscuits et du vin rouge piqué en accompagnement ; devant la nourriture, je me découvris un appétit de loup. Je finissais de nettoyer mon assiette avec un bout de biscuit quand Umbre me demanda : « Ça va mieux ?

– Oui, beaucoup. Et vous ?

– Mieux aussi. » Il posa sur moi ce regard de faucon que je connaissais bien. A mon grand soulagement, il paraissait complètement remis. Il écarta mon couvert et posa la carte devant moi. « Ce soir, dit-il, nous serons ici. Le débarquement sera plus épineux que l'embarquement ; avec de la chance, le vent sera au rendez-vous ; sinon, nous manquerons le meilleur de la marée et le courant sera fort. Nous serons peut-être obligés de faire nager les chevaux jusqu'à la côte en les menant à bord du doris. J'espère que non, mais tiens-toi prêt, à tout hasard. Une fois à terre…

– Vous sentez la graine de caris. » J'avais du mal à y croire ; pourtant j'avais indiscutablement perçu l'odeur suave de la graine et de l'huile dans son haleine. Comme tout le monde, j'avais mangé des gâteaux au caris à la Fête du printemps et je me rappelais l'énergie étourdissante que pouvait procurer un simple saupoudrage de cette graine sur une pâtisserie. On célébrait toujours ainsi l'Orée du printemps ; une fois par an, quel mal cela pouvait-il faire ? Mais, par ailleurs, Burrich m'avait toujours averti de ne pas acheter un cheval qui sentait la graine de caris ; pire encore, disait-il, s'il surprenait quelqu'un à mettre de l'huile de caris dans le grain d'une de nos bêtes, il le tuerait. A mains nues.

« Ah ? Curieux ! Ecoute, si tu dois faire accoster les chevaux à la nage, je te conseille de placer ta chemise et ton manteau dans un sac en toile huilée et de me les confier sur le doris. Ainsi, tu auras au moins quelque chose de sec à te mettre une fois à terre. A partir de la côte, la route sera…

– Burrich dit que lorsqu'on en a donné une fois à un animal, il n'est plus jamais le même. Ça change les chevaux. Il dit qu'on peut s'en servir pour gagner une course ou pour forcer un cerf, mais qu'après la bête ne sera plus jamais comme avant. Il dit que des maquignons malhonnêtes l'emploient pour donner bonne apparence à un animal lors d'une vente ; ça lui donne de la vigueur et ça lui fait briller les yeux, mais ça passe rapidement. Burrich dit que les chevaux ne sentent plus leur fatigue, si bien qu'ils continuent bien au-delà de la limite où ils auraient dû tomber d'épuisement. Il m'a raconté que parfois, quand l'effet de la graine de caris s'arrête, le cheval s'écroule comme une masse. » Les mots jaillissaient de moi comme de l'eau froide sur des pierres.

Umbre leva les yeux de la carte et me regarda avec douceur. « J'ignorais que Burrich en savait si long sur la graine de caris. Tu l'as écouté attentivement, c'est bien. Maintenant, peut-être aurais-tu la bonté d'accorder la même attention à la prochaine étape de notre voyage ?

– Mais, Umbre... »

Il me pétrifia d'un regard. « Burrich est un excellent maître de chevaux ; enfant déjà, il y montrait de grandes dispositions. Il se trompe rarement... en matière de chevaux. A présent, écoute-moi bien. Nous aurons besoin d'une lanterne pour aller de la plage jusqu'aux falaises au-dessus. Le sentier est très mauvais ; il faudra peut-être y mener les bêtes l'une après l'autre. Mais il paraît que c'est faisable. Ensuite, nous allons directement à Forge en coupant à travers la campagne ; il n'existe pas de route qui nous y conduise tout droit. Le terrain est montueux, mais dépourvu de forêts, et comme nous nous déplacerons de nuit, c'est le ciel étoilé qui sera notre carte. Je compte atteindre Forge en milieu d'après-midi. Nous nous ferons passer pour de simples voyageurs, toi et moi. Je n'ai pas prévu plus loin ; après, il faudra improviser. »

Et le moment où j'aurais pu lui demander comment il pouvait consommer de la graine sans en mourir, ce moment passa, écarté par l'exposé de ses plans soigneusement établis. Pendant encore une demi-heure, il m'entretint de divers détails, puis il me congédia, disant avoir d'autres préparatifs à terminer, et me recommanda de jeter un coup d'œil aux chevaux avant de me reposer tant que je le pouvais.

Les montures se trouvaient à l'avant dans un enclos matérialisé par des cordes tendues sur le pont. Un lit de paille protégeait le bois de leurs sabots et de leurs déjections ; un matelot à la mine revêche réparait une section du bastingage gauchie par un coup de sabot de Suie pendant l'embarquement. Comme il ne paraissait pas disposé à bavarder et que les chevaux étaient aussi calmes et bien installés que les circonstances le permettaient, je fis un tour rapide du bateau ; nous nous trouvions sur un petit bâtiment marchand dans un état passable, plus large que profond, et qui faisait le commerce inter-îles. Son faible tirant d'eau lui permettait de remonter les fleuves ou de s'échouer sur les plages sans dommage, mais son comportement plus au large laissait beaucoup à désirer. Il avançait de guingois avec force plongeons et révérences, telle une fermière chargée de paquets se frayant un chemin dans la foule d'un marché. Nous constituions apparemment sa seule cargaison. Un matelot me donna quelques pommes à partager avec les chevaux, mais se montra peu enclin à engager la conversation ; aussi, après avoir distribué les fruits, je m'installai sur la paille, près des bêtes, et suivis le conseil d'Umbre.

Les vents nous furent propices et le capitaine nous amena plus près des hautes falaises que je ne l'aurais cru possible, mais débarquer les chevaux n'en fut pas moins une tâche pénible. Tous les discours et les avertissements d'Umbre ne m'avaient pas préparé à la noirceur de la nuit sur l'eau ; les lanternes du pont donnaient une piètre lumière, plus trompeuse qu'utile à cause des ombres dansantes qu'elles projetaient. Finalement, un matelot conduisit Umbre à terre à bord du doris ; pour ma part, j'accompagnai les chevaux récalcitrants à l'eau, sachant que Suie se débattrait, au risque de couler la barque, si on essayait de la guider au bout d'une corde. Je m'accrochai à ma jument et l'exhortai à nager en me fiant à son bon sens pour se diriger vers l'éclat sourd de la lanterne sur la plage. Je tenais la monture d'Umbre au bout d'une longue ligne, car je n'avais pas envie qu'il baratte l'eau trop près de nous. La mer était froide, la nuit obscure, et si j'avais eu pour deux sous de jugeote j'aurais prié tous les dieux pour me trouver ailleurs ; mais l'adolescence a la particularité de transformer les obstacles et les contrariétés en aventures et en défis personnels.

Je sortis des vagues gelé, dégoulinant et absolument ravi. Je tenais Suie par les rênes et encourageais à grands compliments le cheval d'Umbre à nous rejoindre. Le temps que je l'aie bien en main, Umbre était à mes côtés, lanterne levée, un sourire exultant aux lèvres. Le marin était déjà reparti et souquait pour rallier le bateau. Umbre me rendit mes affaires sèches, mais, enfilées par-dessus des vêtements trempés, elles n'améliorèrent ma situation que fort relativement. « Où est le chemin ? » demandai-je d'une voix chevrotante.

Umbre émit un grognement ironique. « Le chemin ? Je suis allé y jeter un coup d'œil pendant que tu tirais mon cheval de l'eau : ce n'est pas un chemin, c'est tout juste le tracé de l'eau de pluie quand elle dévale la falaise. Mais il faudra s'en contenter. »

La montée s'avéra un peu moins difficile que prévu, mais pas de beaucoup. La coulée, étroite et raide, était parsemée de graviers qui roulaient sous le pied. Umbre ouvrait la marche avec la lanterne et je le suivais avec les deux bêtes. A un moment, le bai d'Umbre refusa soudain d'avancer et se mit à tirer en arrière, me déséquilibrant et jetant presque Suie à genoux alors qu'elle s'efforçait de continuer à monter. J'avais le cœur au bord des lèvres en arrivant au sommet de la falaise.

Là, la nuit et le versant herbu s'ouvrirent devant nous sous la lune et le ciel piqueté d'étoiles, et l'esprit du défi me saisit à nouveau. Peut-être était-ce une réaction à l'attitude d'Umbre : sous l'effet de la graine de caris, il avait les yeux plus grands et plus brillants, même à la lumière de la lanterne, et l'énergie qu'il manifestait, pour artificielle qu'elle fût, était contagieuse. Même les chevaux en paraissaient affectés : ils ne cessaient de s'ébrouer et d'encenser. Umbre et moi, nous nous prîmes à rire comme des fous en ajustant les harnais, puis en nous mettant en selle ; mon compagnon porta son regard vers les étoiles avant de l'abaisser sur le coteau qui dévalait devant nous. Avec une désinvolture dédaigneuse, il jeta la lanterne au loin.

« En avant ! » cria-t-il à la nuit et il talonna son bai qui bondit. Suie n'avait pas l'intention de se laisser distancer, aussi me retrouvai-je à oser ce que je n'avais jamais fait jusque-là : galoper de nuit sur un terrain inconnu. C'est miracle que nous ne nous soyons pas rompu le cou ; pourtant le fait est là. Parfois la chance sourit aux enfants et aux fous. Et cette nuit-là, j'avais le sentiment que nous étions les deux.

Umbre courait en tête. Lors de cette chevauchée, je compris un nouvel élément de l'énigme que Burrich constituait à mes yeux ; car il y a une sérénité très étrange à s'en remettre à quelqu'un d'autre, à lui dire : « Tu mènes la danse, moi, je te suis, et je te fais entièrement confiance pour ne pas m'exposer à la mort ni au danger. » Cette nuit-là, tandis que, sans répit, nous pressions nos montures et qu'Umbre se repérait aux seules constellations, je ne m'inquiétai pas une seconde de notre sort au cas où nous nous égarerions ou si un cheval se blessait à la suite d'un faux pas ; je ne me sentais plus aucune responsabilité ; tout était subitement simple et clair. Je me contentais d'obéir aux ordres d'Umbre et je m'en remettais à lui pour nous mener à bon port. Transporté, je me tenais sur l'extrême crête d'une vague de confiance et une pensée me vint soudain : c'est cela que Burrich vivait auprès de Chevalerie, et c'est cela qui lui manque si cruellement !

Nous chevauchâmes ainsi jusqu'à l'aube. De temps en temps, Umbre laissait souffler les chevaux, mais pas aussi fréquemment que l'aurait fait Burrich ; il s'arrêtait aussi quelquefois pour scruter le ciel, puis l'horizon, afin de s'assurer de notre direction. « Tu vois cette colline qui se découpe là-bas sur les étoiles ? On ne la distingue pas bien, mais je la connais ; de jour, elle ressemble à la coiffe d'une marchande de beurre. On l'appelle la butte de Kiffachau. Nous devons la laisser à l'ouest. Allons-y. »

Une autre fois, il fit halte au sommet d'une éminence. Je tirai les rênes près de lui. Il était immobile, très grand et très droit ; on l'aurait dit sculpté dans la pierre. Soudain, il tendit le bras. Sa main tremblait légèrement. « Tu vois ce ravin, en bas ? Nous avons un peu dévié vers l'est. Il faudra corriger le cap en route. »

Entaille noire dans le paysage à peine moins obscur qui s'étendait sous les étoiles, le ravin m'était quasiment invisible. Je me demandai comment Umbre le savait là. Environ une demi-heure plus tard, il indiqua une ondulation de terrain au sommet de laquelle brillait un point de lumière. « Quelqu'un est réveillé à Surgemas, remarqua-t-il. Sans doute le boulanger qui met les petits pains du matin à lever. » Il se tourna dans sa selle à demi et je sentis son sourire plus que je ne le vis. « Je suis né à moins d'un mille d'ici. Allons, mon garçon, en route. Je n'aime pas savoir des pirates si près de Surgemas. »

Et nous nous engageâmes dans une descente si escarpée que je perçus la contraction des muscles de Suie qui baissait la croupe pour se retenir lors de ses nombreuses glissades.

Le petit jour grisaillait déjà le ciel lorsque je flairai à nouveau l'odeur de l'océan, et il était encore tôt quand, passé le sommet d'une colline, nous vîmes s'étendre en contrebas le petit village de Forge. Par bien des côtés, le bourg n'avait guère d'intérêt ; le mouillage n'y était possible qu'à certaines marées ; le reste du temps, les navires devaient s'ancrer plus au large et laisser de petites embarcations assurer les transbordements. Tout ce qui empêchait Forge de disparaître des cartes, c'était ses mines de fer. Je ne m'attendais donc pas à une cité débordante d'animation ; mais je n'étais pas non plus préparé à ces tourbillons de fumée qui s'échappaient des bâtiments noircis et des toits effondrés. Quelque part, une vache meuglait, les mamelles pleines. Quelques bateaux sabordés gisaient le long de la grève, leurs mâts pointés vers le ciel tels des arbres morts.

Le matin se levait sur des rues désertes. « Mais où sont les habitants ? m'étonnai-je tout haut.

– Morts, emmenés en otages ou encore cachés dans les collines. » La voix tendue d'Umbre m'obligea à le regarder. La souffrance que je lus sur ses traits me stupéfia. Il surprit mon expression et haussa les épaules. « Le sentiment que ces gens ne font qu'un avec toi, que leur catastrophe est ton échec personnel... tout ça te viendra les années passant. C'est dans le sang. » Et, me laissant ruminer ses paroles, il fit avancer au pas sa monture fatiguée. Au bas de la colline, nous pénétrâmes dans la ville.

La seule précaution que parut prendre Umbre fut de ralentir encore l'allure. Nous n'étions pourtant que deux, désarmés, montés sur des animaux épuisés, au milieu d'un village où...

« Le navire est parti, mon garçon. Un bateau pirate ne peut se déplacer sans un équipage complet de rameurs, en tout cas pas dans le courant qui longe la côte d'ici. Ce qui pose de nouvelles questions : comment connaissaient-ils nos marées et nos courants pour réussir un raid ici ? Et d'abord, pourquoi un raid ici ? Pour voler du minerai de fer ? Il est beaucoup plus facile de s'en emparer en attaquant un navire marchand. Ça n'a aucun sens, mon garçon. Absolument aucun sens. »

La rosée s'était abondamment déposée durant la nuit. La ville exhalait une âcre odeur de bois humide et carbonisé. Çà et là, le feu couvait encore dans les ruines. La rue devant certaines maisons était jonchée d'objets domestiques, mais les habitants avaient-ils tenté de sauver quelques-uns de leurs biens ou les pirates avaient-ils commencé à piller avant de changer d'avis, je l'ignorais. Une boîte à sel sans son couvercle, plusieurs aunes de lainage vert, une chaussure, un fauteuil brisé : symboles éloquents d'une vie douillette et sans danger, tous ces objets gisaient désormais dans la boue, disloqués, piétinés. Un sentiment d'horreur m'envahit.

« Nous arrivons trop tard », dit Umbre d'une voix sourde. Il tira les rênes et Suie s'arrêta près de lui.

« Comment ? demandai-je bêtement, brutalement sorti de mes réflexions.

– Les otages. Ils les ont renvoyés.

– Où ça ? »

Umbre m'adressa un regard incrédule, comme si j'étais fou ou extraordinairement stupide. « Là ! Dans ces ruines. »

Il est difficile d'expliquer ce qui m'arriva dans les instants qui suivirent, tant il se produisit d'événements simultanés. Je distinguai un groupe de personnes de tout âge et de tout sexe dans les décombres calcinés d'une sorte d'entrepôt ; ces gens fouillaient les ruines en marmottant, dépenaillés mais apparemment oublieux de leur état. Deux femmes s'emparèrent ensemble d'une grosse bouilloire et se mirent aussitôt à s'échanger des gifles, chacune s'efforçant de chasser l'autre pour s'approprier le butin. Elles m'évoquaient deux corbeaux se disputant une croûte de fromage ; elles poussaient des cris rauques, se griffaient et s'insultaient tout en tirant sur l'anse chacune de son côté. Sans leur prêter la moindre attention, les autres poursuivaient leur pillage.

De la part de villageois, c'était là une singulière conduite ; j'avais toujours entendu dire qu'après une attaque les gens s'unissaient pour nettoyer et rendre habitables les bâtiments encore debout, puis s'entraidaient pour récupérer les biens les plus précieux qu'ils mettaient en commun afin de survivre en attendant la reconstruction des logis et des entrepôts. Mais ces gens-ci ne paraissaient pas se soucier d'avoir presque tout perdu, possessions, famille et amis, dans l'attaque ; s'ils s'étaient réunis, c'était pour mieux se disputer ce qui restait.

C'était un spectacle horrifiant.

Mais surtout je ne percevais pas leur esprit.

Je ne les avais ni vus ni entendus avant qu'Umbre ne me les désigne du doigt. Sans lui, je serais passé devant eux sans les remarquer. C'est alors que j'eus une écrasante révélation : j'étais différent de tous les gens que je connaissais. Imaginons un enfant voyant qui grandit dans un village d'aveugles dont aucun n'imaginerait seulement ce qu'est la vue ; l'enfant n'aurait pas de mots pour décrire les couleurs ni les degrés de luminosité et les autres n'auraient aucune idée de la façon dont il perçoit le monde. Ce fut l'impression que j'eus en cet instant où je contemplais les villageois ; car Umbre s'interrogea tout haut, d'une voix empreinte de détresse : « Qu'ont donc ces gens ? Que leur est-il arrivé ? »

Et moi, je le savais.

Tous les liens qui courent entre les individus, qui rattachent la mère à l'enfant, l'homme à la femme, le sentiment d'union qu'ils tissent avec la famille et les voisins, avec les animaux de compagnie, les troupeaux, et même avec les poissons de la mer et les oiseaux du ciel – tous ces liens avaient disparu.

Toute ma vie, sans même en avoir conscience, je m'étais reposé sur ces filaments d'émotion pour m'avertir de la proximité de créatures vivantes. Les chiens, les chevaux, même les poulets en étaient dotés, tout comme les humains. C'est pourquoi je levais les yeux vers une porte avant que Burrich ne l'ouvre et je savais qu'il y avait un nouveau chiot dans l'écurie, enfoui sous la paille. C'est pourquoi je m'éveillais quand Umbre ouvrait l'escalier : je percevais les gens. Et c'était ce sens qui me mettait toujours en garde le premier, qui m'avertissait de me servir de mes yeux, de mes oreilles et de mon nez pour voir ce qui se passait.

Mais aucune émotion n'émanait de ces gens-là.

Imaginez de l'eau sans poids et qui ne mouillerait pas ; c'est l'impression que j'avais. Ces gens n'avaient plus rien de ce qui les rendait non seulement humains, mais même vivants, tout simplement. Pour moi, c'était comme si je voyais des pierres se lever et se mettre à se quereller. Une petite fille avait trouvé un pot de confiture et se léchait la main qu'elle y avait enfoncée. Un homme se détourna du tas de tissu roussi dans lequel il fourrageait et s'approcha d'elle ; il saisit le bocal et repoussa brutalement la gamine sans prêter attention à ses cris de colère.

Personne ne fit mine d'intervenir.

Je m'emparai des rênes d'Umbre à l'instant où il s'apprêtait à mettre pied à terre, puis je poussai un cri mental à l'adresse de Suie. Bien qu'épuisée, la jument tira de ma peur des forces nouvelles ; elle bondit en avant et, d'une saccade sur sa bride, j'entraînai le bai d'Umbre à notre suite. Presque désarçonné, mon mentor s'accrocha à sa selle et je nous fis sortir du village au grand galop. J'entendais des hurlements derrière nous, plus glaçants que la voix des loups, froids comme le vent de la tempête qui s'engouffre dans les cheminées, mais nous étions à cheval et j'étais terrifié. Je me refusai à ralentir et à rendre ses rênes à Umbre tant que nous n'aurions pas laissé les maisons loin en arrière. La route vira et, le long d'un petit bois, je m'arrêtai enfin. C'est à ce moment seulement, je crois, que j'entendis Umbre me demander des explications d'un ton furieux.

Elles ne furent guère cohérentes. Je me penchai sur l'encolure de Suie et me serrai contre elle. Je perçus à la fois sa fatigue et les tremblements qui agitaient mon corps. Vaguement, je sentis qu'elle partageait mon angoisse. Je repensai aux humains vides de Forge et, des genoux, je la fis avancer. Elle se mit en route d'un pas fourbu et Umbre suivit à notre hauteur en exigeant de savoir ce qui m'avait pris. J'avais la bouche sèche et la voix chevrotante. Sans le regarder, je lui exposai tant bien que mal, le souffle haché par la peur, ce que j'avais ressenti.

Quand je me tus, les chevaux continuèrent à suivre la route de terre battue. Je finis par rassembler assez de courage pour regarder Umbre en face. Il me dévisageait comme s'il m'était poussé des andouillers sur le front. Le nouveau sens que je venais de me découvrir s'imposait désormais à moi et je sentis le scepticisme du vieillard ; mais je perçus aussi la distance qu'il établissait avec moi, le léger recul qu'il opérait comme pour se protéger d'un proche soudain devenu un peu étranger. Cela me fit d'autant plus mal qu'il n'avait pas eu cette réaction devant les gens de Forge, pourtant cent fois plus incompréhensibles que moi.

« On aurait dit des marionnettes, expliquai-je, des pantins de bois qui auraient pris vie et qui jouaient une pièce monstrueuse. Et s'ils nous avaient vus, ils n'auraient pas hésité à nous tuer pour nous voler nos chevaux, nos manteaux ou un bout de pain. Ils... » Je cherchai mes mots. « Ce ne sont même pas des animaux. Il n'émane rien d'eux. Rien. Ils sont comme des objets sans lien entre eux, comme des livres sur une étagère, ou des pierres, ou... »

Umbre m'interrompit d'une voix où se mêlaient la douceur et l'agacement :

« Allons, mon garçon, reprends-toi. Nous avons voyagé toute la nuit et tu es épuisé. A rester trop longtemps sans dormir, l'esprit se met à jouer des tours, on rêve tout éveillé et...

– Non ! » Je voulais le convaincre à tout prix. « Ce n'est pas ça ! Ce n'est pas la fatigue !

– Nous allons y retourner », dit-il d'un ton raisonnable. La brise matinale faisait tourbillonner son manteau, spectacle si familier que je sentis mon cœur sur le point d'éclater. Comment pouvait-il se trouver dans le même monde une brise si ordinaire et des êtres comme ceux du village ? Et Umbre, qui parlait de façon si calme et si simple ? « Ces gens sont des gens normaux, mon garçon, mais ils sont passés par des épreuves affreuses, et c'est ce qui explique leur comportement bizarre. J'ai connu une jeune fille qui avait vu son père se faire tuer par un ours ; eh bien, elle est restée comme ça, les yeux dans le vague, à ne s'exprimer que par grognements, à peine capable de s'occuper d'elle-même, pendant plus d'un mois. Ces gens se remettront en retrouvant leur existence habituelle.

– Il y a du monde devant ! » m'écriai-je. Sans rien voir ni entendre, j'avais senti un tiraillement sur la toile d'araignée de cette faculté dont je venais de prendre conscience. Et de fait, plus loin sur la route, apparaissait la queue d'une procession d'individus en haillons. Certains menaient des animaux bâtés, d'autres tiraient ou poussaient des carrioles où s'entassait un méli-mélo d'objets hétéroclites. Ils nous jetèrent des coups d'œil par-dessus l'épaule comme si nous étions des démons surgis de la terre et lancés à leurs trousses.

« Le Grêlé ! » cria un homme en fin de convoi, en pointant le doigt sur nous. Son visage creusé par la fatigue était blanc de terreur. Sa voix se brisa lorsqu'il poursuivit : « Les légendes se réalisent ! » Ses voisins s'arrêtèrent pour nous regarder d'un air craintif. « Des fantômes sans pitié rôdent parmi les ruines de notre village dans des corps d'emprunt et le Grêlé au manteau noir répand ses maux sur nous ! Les anciens dieux nous punissent de nos vies trop douillettes ! Notre prospérité sera notre perte !

– Ah, zut ! Je ne voulais pas qu'on me voie ainsi ! » murmura Umbre. Il prit ses rênes dans ses mains pâles et fit volter son bai. « Suis-moi, mon garçon. » Sans un regard pour l'homme au doigt toujours tendu, il dirigea sa monture vers un coteau herbu à l'écart de la route, le tout avec des gestes lents, comme amortis ; Burrich avait cette même façon apaisante de se déplacer lorsqu'il avait affaire à un cheval ou un chien méfiant. Fatiguée, sa bête ne quitta la piste plane qu'à regret. Umbre se dirigea vers un bosquet de bouleaux au sommet de la colline ; je le regardai s'en aller sans comprendre. « Suis-moi, mon garçon, répéta-t-il par-dessus son épaule en voyant que je ne bougeais pas. Tu as envie de te faire lapider ? Ce n'est pas une expérience agréable. »

Prudemment, je détournai Suie de la route comme si je n'avais pas vu la foule angoissée devant nous. Les réfugiés balançaient entre la colère et la peur ; je percevais leurs émotions comme une tache rouge-noir maculant l'éclat du jour. Je vis une femme se baisser, un homme se détourner de sa brouette.

« Ils approchent ! » criai-je à Umbre à l'instant même où ils s'élançaient vers nous. Certains avaient des pierres à la main, d'autres des bâtons de bois vert arrachés dans la forêt. Tous avaient l'aspect dépenaillé propre aux gens de la ville contraints de vivre à la belle étoile ; c'était le reste de la population de Forge, celle qui n'avait pas été prise en otage par les Pirates. Toutes ces pensées me fusèrent à l'esprit entre la seconde où je talonnai Suie et celle où elle bondit mollement en avant. Nos chevaux étaient éreintés et c'est à regret qu'ils prirent le galop, malgré la grêle de cailloux qui heurtait le sol dans notre sillage. Si les villageois avaient été plus dispos ou moins effrayés, ils nous auraient rattrapés sans mal ; mais je crois qu'ils étaient surtout soulagés de nous voir fuir. Ils s'inquiétaient davantage des créatures qui hantaient leur village que de deux inconnus qui se sauvaient devant eux, si menaçants qu'ils parussent.

Ils s'arrêtèrent de courir, mais continuèrent à crier en brandissant leurs gourdins jusqu'à ce que nous soyons au milieu des arbres. Umbre dirigeait notre course et je le suivis sans poser de questions sur un chemin parallèle à la route, hors de vue des sinistrés qui abandonnaient Forge. Les chevaux avaient repris le pas et traînaient le sabot. Je bénis les ondulations de terrain et les boqueteaux qui nous protégeaient de toute poursuite. J'avisai un ruisseau qui scintillait et l'indiquai à Umbre sans un mot ; en silence, nous fîmes boire les chevaux, puis nous leur donnâmes de l'avoine tirée des provisions d'Umbre. Je desserrai leurs harnais et nettoyai la boue qui maculait leur robe avec des poignées d'herbe. Pour les cavaliers, le repas se réduisit à l'eau glacée du ru et à du pain de voyage grossier, mais je soignai les bêtes du mieux que je pus. Umbre semblait perdu dans ses pensées et, un long moment, je respectai son intimité. Mais ma curiosité finit par l'emporter et je posai la question qui me brûlait les lèvres :

« C'est vrai que vous êtes le Grêlé ? »

Il sursauta, puis me dévisagea. Stupéfaction et tristesse se mêlaient également dans son regard. « Le Grêlé ? L'homme légendaire qui annonce maladies et désastres ? Oh, allons, mon garçon, tu n'es pas naïf à ce point ! Cette légende court depuis des siècles ! Tu ne me crois quand même pas si vieux ! »

Je haussai les épaules. J'avais envie de répliquer : « Vous êtes couvert de marques et vous apportez la mort », mais je me retins. Parfois, il me paraissait très âgé et en d'autres occasions si débordant de vitalité qu'on eût dit un tout jeune homme dans un corps de vieillard.

« Non, je ne suis pas le Grêlé, poursuivit-il, davantage pour lui-même qu'à mon intention. Mais, à partir de maintenant, il va s'en répandre des rumeurs comme pollen au vent dans les Six-Duchés. On va parler de maladies, de pestilences et de punitions divines pour des méfaits imaginaires. Je regrette qu'on m'ait vu sous cet aspect. Les habitants du royaume ont déjà bien assez de sujets d'inquiétude. Mais nous avons des soucis plus pressants que la crédulité des gens. J'ignore comment tu l'as su, mais tu avais raison. J'ai réfléchi très soigneusement à tout ce que nous avons vu à Forge ; je me suis rappelé les paroles des villageois qui voulaient nous lapider, et aussi l'expression de leur visage. Je les ai connus par le passé, ces gens de Forge ; de vaillants gaillards, pas du genre à se laisser chasser de chez eux par pure superstition. Et c'est pourtant ce que font ceux que nous avons vus sur la route : ils quittent Forge pour toujours, ou du moins telle est leur intention, avec ce qu'ils peuvent transporter des biens qui leur restent. Ils abandonnent les maisons où sont nés leurs aïeux et ils abandonnent aussi leurs proches qui vaquent et fouillent parmi les ruines comme des simples d'esprit.

« L'ultimatum des Pirates rouges n'était pas une simple rodomontade. Je ne peux m'empêcher de frémir en pensant à ces gens. Il y a là quelque chose de monstrueux et je redoute la suite ; car si les Pirates peuvent capturer nos compatriotes, puis exiger rançon pour les tuer, sous menace de nous les renvoyer comme ceux-ci… quel sinistre choix ! Et une fois encore ils ont frappé là où nous étions le plus désarmés. » Il se tourna vers moi comme pour ajouter un mot et chancela soudain. Il s'assit lourdement, le teint cireux, puis courba la tête et se couvrit le visage de ses mains.

« Umbre ! » m'exclamai-je, éperdu, en bondissant à ses côtés ; mais il se détourna de moi.

« La graine de caris, me dit-il d'une voix étouffée. C'est son terrible défaut : son effet s'arrête brutalement. Burrich a eu raison de te mettre en garde contre elle, mon garçon. Mais parfois, les seuls choix possibles sont tous mauvais ; parfois, en de tristes époques comme la nôtre. »

Il releva le visage : il avait les yeux éteints, les lèvres presque molles. « Il faut que je me repose », dit-il d'un air aussi piteux qu'un enfant pris de nausée. Je le rattrapai alors qu'il s'effondrait et je l'allongeai par terre ; je lui calai mes fontes sous la nuque, puis j'étendis nos manteaux sur lui. Le pouls lent et la respiration laborieuse, il ne bougea pas jusqu'au lendemain après-midi. Cette nuit-là, je dormis collé à son dos dans l'espoir de lui tenir chaud et, au matin, je lui donnai à manger ce qui nous restait de vivres.

Le soir, un peu remis, il put remonter à cheval et ce fut le début d'un voyage monotone. Nous nous déplacions lentement, de nuit ; Umbre choisissait le chemin, mais c'était moi qui menais et la plupart du temps il n'était qu'une charge sur le dos de son cheval. Il nous fallut deux jours pour refaire en sens inverse le trajet accompli en une nuit de folle chevauchée. Nos provisions étaient maigres, les échanges davantage encore ; le simple fait de penser semblait épuiser Umbre et, quelles que fussent ses réflexions, il les jugeait trop lugubres pour les exprimer.

Il m'indiqua où allumer le feu destiné à signaler notre présence au bateau. Un doris vint nous chercher et il y embarqua sans un mot. Rompu, il se déchargeait sur moi d'amener nos montures fatiguées à bord du bateau ; aiguillonné par l'amour-propre, je menai la tâche à bien, puis, une fois sur le pont, je dormis comme cela ne m'était plus arrivé depuis plusieurs jours. Après quoi nous débarquâmes et nous nous traînâmes jusqu'à Finebaie. Au petit matin, dame Thym reprit résidence à l'auberge.

Le lendemain après-midi, je pus annoncer à l'aubergiste qu'elle se sentait beaucoup mieux et apprécierait qu'on lui monte un plateau des cuisines. Umbre paraissait en effet en meilleure forme, bien qu'il eût encore des accès de transpiration profuse et qu'il émanât alors de lui une âcre odeur de graine de caris. Il avalait des repas gargantuesques et buvait d'incroyables quantités d'eau. Et au bout de deux jours il m'envoya prévenir l'aubergiste que dame Thym partait le lendemain matin.

Récupérant plus vite, j'avais disposé de plusieurs après-midi pour me promener dans Finebaie et jouer les badauds devant échoppes et camelots tout en écoutant les potins dont Umbre était si friand. Nous apprîmes ainsi ce que nous avions prévu : les efforts diplomatiques de Vérité avaient porté leurs fruits et dame Grâce était désormais l'idole de la ville ; je constatais déjà un renouveau des travaux sur les routes et les fortifications. La tour de l'île du Guet était à présent occupée par les meilleurs hommes de Kelvar et le peuple l'avait rebaptisée « tour de Grâce ». Mais le même peuple parlait aussi des Pirates rouges qui avaient passé les propres tours de Vérité et des étranges événements de Forge ; j'entendis plus d'une fois dire qu'on avait aperçu le Grêlé ; et les histoires qu'on racontait autour de la cheminée de l'auberge sur les nouveaux habitants de Forge me donnaient des cauchemars.

Ceux qui avaient fui le village rapportaient des récits à fendre l'âme sur des parents transformés en créatures froides et sans cœur ;

elles vivaient toujours là-bas comme si elles étaient encore humaines, mais leurs proches n'étaient pas dupes : ces êtres faisaient ouvertement ce que personne n'avait jamais osé faire dans le duché de Cerf. Les horreurs que l'on narrait dépassaient mon imagination. Plus aucun bateau ne mouillait à Forge ; on se procurerait désormais ailleurs le minerai de fer. On disait même que nul ne voulait accueillir ceux qui s'étaient sauvés de Forge, car qui savait de quelle infection ils étaient atteints ? Après tout, le Grêlé leur était apparu ! Mais il était plus cruel encore d'entendre des gens ordinaires affirmer que tout serait bientôt réglé, que les créatures de Forge finiraient par s'entre-tuer, le ciel en soit remercié. Le bon peuple de Finebaie souhaitait la mort de ceux qui avaient formé le bon peuple de Forge comme le seul bien qui pût leur advenir. Et ce n'était pas faux.

Lorsque je m'éveillai, la veille du jour où dame Thym et moi devions rallier la suite de Vérité pour regagner Castelcerf, je découvris une chandelle allumée et Umbre assis, le dos droit, les yeux tournés vers le mur. Avant que je n'eusse ouvert la bouche, il porta le regard vers moi. « Tu dois apprendre l'Art, mon garçon, me dit-il comme si ç'avait été une décision douloureuse à prendre. Nous vivons des temps funestes qui vont encore durer longtemps ; en ces occasions, les hommes de bonne volonté doivent s'armer comme ils peuvent. Je vais retourner voir Subtil et cette fois je ne demanderai plus : j'exigerai. Des heures difficiles nous attendent, mon garçon. Et j'ignore si elles auront une fin. »

Je devais souvent me poser la même question au cours des années qui suivirent.

11

FORGISATIONS

Le Grêlé est un personnage célèbre de la tradition et du théâtre des Six-Duchés. Bien piètre est la troupe de marionnettistes qui ne possède pas son Grêlé, non seulement pour son rôle classique, mais aussi pour son utilité en tant qu'annonciateur de désastres dans les productions originales. Parfois, la marionnette du Grêlé reste simplement plantée à l'arrière-plan de la scène pour donner une note inquiétante à une pièce. Dans les Six-Duchés, c'est un symbole universel.

Le fondement de cette légende remonterait au début du peuplement des duchés, c'est-à-dire, non pas à leur conquête par les Loinvoyant des Iles d'outre-mer, mais aux tout premiers immigrants des origines. Même les Outrîliens possèdent une version de la légende de base. Il s'agit d'un récit de mise en garde qui conte le courroux que conçut El, le dieu de la mer, à se voir abandonné.

Quand la mer était jeune, El, le premier Aîné, avait foi dans le peuple des îles. Il lui fit don de sa mer, de tout ce qui y nageait et de toutes les terres qu'elle bordait. Bien des années durant, les gens de ce peuple l'en remercièrent. Ils pêchaient, vivaient au bord de la mer partout où ils le désiraient et attaquaient ceux qui osaient prendre résidence là où El leur avait donné domination. De la même façon, ceux qui avaient l'audace de sillonner leur mer devenaient leurs proies légitimes. Le peuple prospéra, devint endurant et fort, car la mer d'El le passait à son crible. La vie était dure et dangereuse, mais elle faisait des hommes robustes et des femmes sans peur tant au foyer que sur le pont. Ils respectaient El, lui offraient leurs louanges et ne juraient que par lui. Et El tirait fierté de son peuple.

Mais dans sa générosité, il leur dispensa trop de faveurs. Trop peu d'entre eux mouraient des rigueurs de l'hiver et les tempêtes qu'il leur envoyait n'étaient pas assez violentes pour leurs talents de marins. Ainsi le peuple crût en nombre. Ainsi crûrent aussi leurs bêtes et leurs troupeaux. Les années grasses, les enfants chétifs ne périrent plus mais grandirent, demeurèrent à terre et labourèrent le sol afin de nourrir le surcroît de bétail, de volailles et de malingres comme eux. Les gratteurs de poussière ne remerciaient pas El pour ses vents violents et ses courants propices aux attaques ; non, leurs louanges et leurs serments n'étaient qu'au nom d'Eda, qui est l'Aînée de ceux qui labourent, plantent et s'occupent des bêtes. Aussi Eda favorisa-t-elle ses chétifs d'une profusion de plantes et d'animaux. Cela ne plaisait pas à El, mais il n'intervint pas car il avait encore pour lui le peuple hardi des navires et des vagues. Les siens bénissaient en son nom et maudissaient en son nom, et pour les endurcir davantage il leur envoyait des tempêtes et de noirs hivers.

Mais avec le temps ses fidèles se firent plus rares. Les femmelettes de la terre séduisirent les marins et leur donnèrent des enfants tout juste bons à gratter le sol. Et le peuple abandonna les rivages hivernaux, les pâtures glacées et migra vers le sud, vers les pays amollissants où poussent le raisin et le grain. Chaque année ils étaient moins nombreux à labourer les vagues et à moissonner le poisson qu'El leur donnait. El entendait de plus en plus rarement son nom prononcé pour bénir ou maudire. Le jour vint où il n'en subsista qu'un pour bénir ou maudire au nom d'El. Et c'était un vieil homme décharné, trop âgé pour la mer, dolent et enflé des articulations, et presque édenté. Ses bénédictions et ses malédictions étaient choses débiles qui insultaient plus qu'elles ne réjouissaient El, lequel n'avait guère d'affection pour les vieillards décrépits.

Enfin se leva une tempête qui aurait dû achever le vieil homme et son petit bateau. Mais quand les vagues glacées se refermèrent sur lui, il s'agrippa aux restes de son embarcation et eut la témérité d'implorer la pitié d'El, dont chacun sait pourtant que la compassion lui est inconnue. A ce blasphème, El fut saisi d'une telle fureur qu'il refusa de recevoir le vieillard au sein de l'onde, mais, au contraire, le rejeta sur la grève en fulminant une malédiction : jamais il ne pourrait reprendre la mer, mais jamais non plus il ne mourrait. Et quand, rampant, l'homme sortit des vagues amères, son visage et son corps étaient grêlés comme si des bernacles s'y étaient enracinées ; il se releva en chancelant et s'en fut vers les régions clémentes. Et où qu'il se rendît, il ne voyait que les pusillanimes gratteurs de poussière. Il les mettait en garde contre leur folie, leur disant qu'El susciterait un nouveau peuple plus courageux auquel il donnerait leur héritage. Mais les gens ne l'écoutaient pas, devenus trop mous et trop habitués à leur existence paisible. Cependant, partout, la maladie suivait le sillage du vieillard. Et c'étaient les varioles qu'il répandait, affections qui ne se préoccupent pas qu'un homme soit fort ou faible et qui emportent tout ce qu'elles touchent, humains et animaux. Et il en était comme il devait en être, car chacun sait que les varioles montent des mauvaises terres et se disséminent par le labourage.

★

Le retour de Vérité à Castelcerf fut douloureusement assombri par les événements de Forge. Le prince, toujours pragmatique, avait quitté Gardebaie dès que les ducs Kelvar et Shemshy s'étaient montrés d'accord sur la question de l'île du Guet. De fait, lui et son escorte d'élite s'étaient mis en route avant même qu'Umbre et moi n'eussions regagné l'auberge. Du coup, notre propre retour baigna dans une atmosphère de frustration. Le jour et le soir autour des feux, les gens ne parlaient que de Forge, et même dans notre caravane, les rumeurs ne cessaient de se multiplier, avec toujours plus de détails inventés.

Pour moi, le voyage fut encore gâché par le fait qu'Umbre réendossa son rôle criard de vieille dame acariâtre. Je dus me plier à ses caprices jusqu'au moment où ses domestiques de Castelcerf firent leur apparition pour l'escorter dans ses appartements. « Elle » habitait dans l'aile des femmes et j'eus beau, les jours suivants, faire des pieds et des mains pour recueillir tous les potins la concernant, je n'appris rien sinon qu'elle vivait en recluse et avait un caractère difficile. Je n'ai jamais pu découvrir comment Umbre avait fait pour créer ce personnage et entretenir son existence fictive.

En notre absence, Castelcerf paraissait avoir subi un déluge de nouveaux événements, si bien que j'eus l'impression d'être parti non pas quelques semaines mais une bonne dizaine d'années. Même Forge ne parvenait pas à éclipser complètement l'acte d'éclat de dame Grâce. Les ménestrels narraient l'épisode à l'envi les uns des autres afin de voir quelle version l'emporterait. On disait que le duc Kelvar s'était agenouillé et lui avait baisé le bout des doigts après qu'elle eut déclaré, et avec quelle éloquence ! vouloir faire des tours les joyaux les plus précieux de son pays. Quelqu'un me raconta même que le seigneur Shemshy avait personnellement remercié la dame et souvent cherché à danser avec elle ce soir-là, menant les deux duchés au bord d'un nouveau conflit aux racines bien différentes du premier !

J'étais heureux que dame Grâce eût réussi. J'entendis même murmurer à plusieurs reprises que le prince Vérité devrait bien se trouver une dame au cœur aussi noble. A le voir si souvent parti, fût-ce pour régler des affaires intérieures ou pour chasser les pirates, le peuple commençait à ressentir le besoin d'un homme à poigne sur le trône. Subtil, le vieux roi, restait nominalement notre souverain, mais, comme me le faisait observer Burrich, le peuple se projette volontiers dans l'avenir. « Et, ajoutait-il, les gens aiment savoir qu'un lit bien chaud attend le roi-servant quand il rentre. Ça leur permet de laisser libre cours à leur imagination. Bien peu connaissent de véritable idylle dans leur existence, alors ils rêvent tout ce qu'ils peuvent pour leur roi. Ou leur prince. »

Cependant, Vérité lui-même, je le savais, n'avait guère le temps de se préoccuper de lits bien chauds, ni de lits tout court, d'ailleurs. Forge avait été à la fois un exemple et une menace. Trois autres cas furent signalés, en rapide succession. Apparemment, Clos, petit village du nord dans les îles Proches, avait été « forgisé », comme on avait baptisé ces attaques, quelques semaines plus tôt. La nouvelle fut longue à venir des côtes glaciales, mais quand elle arriva, elle était sinistre. Des habitants de Clos avaient eux aussi été pris en otages ; le conseil de ville avait été, comme Subtil, pris au dépourvu par l'ultimatum des Pirates le sommant de payer rançon sous peine de se voir renvoyer les otages. Le conseil n'avait pas payé ; et, comme dans le cas de Forge, les prisonniers étaient revenus, pour la plupart sains de corps, mais dépouillés de toute émotion humaine. On murmurait que la réaction des villageois indemnes avait été plus violente que celle de Forge ; la rudesse des îles Proches façonne les habitants à son image, et tirer le fer contre leurs propres frères déshumanisés leur était apparu comme une mesure de miséricorde.

Deux autres villages furent attaqués après Forge. A Pert-de-Roc, les habitants avaient payé la somme demandée ; le lendemain, la marée avait laissé des tronçons de cadavres sur la grève et le village s'était réuni pour les inhumer. La nouvelle parvint à Castelcerf sans commentaire, avec seulement le grief implicite que si le roi s'était montré plus vigilant, Pert-de-Roc aurait au moins pu être averti de l'assaut.

Bourberobin releva bravement le défi. Les villageois refusèrent de payer, mais, les rumeurs effrayantes de Forge circulant dans le pays, ils se préparèrent. Et ils accueillirent les otages qu'on leur renvoya avec des cordes et des fers, les ramenèrent au village après en avoir assommé certains, puis les entravèrent et les rendirent à leurs familles respectives. D'un commun accord, il avait été décidé de tenter de leur faire retrouver leur personnalité de naguère. Les récits de Bourberobin étaient parmi ceux qu'on racontait le plus souvent : celui de cette mère qui avait essayé de mordre un nourrisson qu'on lui avait donné à allaiter, déclarant qu'elle n'avait rien à faire de cette créature geignarde et bavante ; celui de cet enfant qui pleurait et criait qu'on le détache, pour se jeter, une lardoire au poing, sur son propre père qui, le cœur brisé, venait de le libérer. Certains se débattaient, lançaient malédictions et crachats sur leur famille ; d'autres s'installaient dans une existence de captivité et de croupissement et avalaient la nourriture et la bière qu'on déposait devant eux sans un mot de remerciement ni d'affection. Libres d'entraves, ceux-ci n'attaquaient pas leur famille, mais ils ne travaillaient pas non plus et ne participaient à rien, pas même aux passe-temps des soirées. Ils volaient sans remords, même à leurs enfants, gaspillaient l'argent et dévoraient comme quatre. Il ne causaient nulle joie, n'avaient jamais un mot gentil ; mais on disait de Bourberobin que les gens de là-bas entendaient persévérer jusqu'à ce que le « mal des Pirates » soit passé. Cette nouvelle rendit un peu d'espoir aux nobles de Castelcerf ; ils parlaient avec admiration des villageois et jurèrent de les imiter s'il arrivait que certains de leurs parents fussent forgisés.

Bourberobin et ses courageux habitants devinrent le centre d'attention des Six-Duchés ; le roi Subtil leva de nouveaux impôts en leur nom ; certains leur envoyèrent des chargements de grain pour subvenir aux besoins de ceux qui, trop occupés à soigner leurs frères enchaînés, n'avaient pas le temps de reconstituer leurs troupeaux décimés ou de ressemer leurs champs incendiés. D'autres firent bâtir de nouveaux navires et engager des hommes supplémentaires pour patrouiller le long des côtes.

Tout d'abord, le peuple s'enorgueillit de sa propre capacité de réaction. Ceux qui vivaient sur les falaises surplombant la mer s'organisèrent spontanément en équipes de surveillance ; des systèmes de coursiers, de pigeons voyageurs et de feux d'alerte furent mis en place. Quelques villages firent parvenir des moutons et des vivres à Bourberobin afin d'aider ceux qui en avaient le plus besoin. Mais, les semaines s'écoulant sans aucun signe d'amélioration chez les anciens otages, l'espoir et les sacrifices consentis commencèrent à paraître plus pitoyables que généreux. Les plus ardents à soutenir ces tentatives en vinrent à déclarer que, s'ils étaient pris en otages, ils préféreraient se faire hacher menu et jeter à la mer plutôt qu'imposer à leur famille l'épreuve d'un tel crève-cœur.

Le pire à cette époque, je crois, était que le trône lui-même ne savait que faire. Si un édit royal avait été publié, disant qu'il fallait ou ne fallait pas payer la rançon exigée, peu importe, la situation en eût été améliorée. Dans l'un et l'autre cas, il se serait trouvé des gens pour ne pas être d'accord ; mais au moins le roi aurait pris position et le peuple aurait eu le sentiment que la menace ne restait pas sans réponse. Or, bien au contraire, les patrouilles et la surveillance accrues donnaient seulement l'impression que Castelcerf tremblait devant le nouveau danger, démuni de stratégie pour y faire face. En l'absence d'un édit royal, les villages côtiers prirent eux-mêmes les choses en main ; les conseils se réunirent pour décider de la conduite à tenir en cas de forgisation. Certains votèrent dans un sens, d'autres dans l'autre.

« Mais dans les deux cas, me dit Umbre d'un ton las, leur choix affaiblit leur loyauté envers le royaume. Qu'on leur paye rançon ou non, les Pirates peuvent se moquer de nous ; car, en prenant leur décision, nos villageois pensent, non pas “Si nous nous faisons forgiser”, mais “Quand nous nous ferons forgiser”. Et ainsi, ils sont déjà meurtris dans leur esprit, sinon dans leur chair. Ils regardent leurs proches, la mère son enfant, l'homme ses parents, et ils les voient déjà condamnés à mort ou à la forgisation. Et le royaume défaille, car chaque bourg devant décider seul, il se sépare du tout. Nous allons éclater en milliers de petites villes indépendantes, chacune ne s'inquiétant que de ce qu'elle fera pour elle-même en cas d'attaque. Si Subtil et Vérité ne réagissent pas très vite, le royaume va devenir une entité qui n'existera plus que par son nom et seulement dans l'esprit de ses anciens gouvernants.

– Mais que peuvent-ils faire ? demandai-je, angoissé. Quel que soit l'édit qu'ils publient, ce sera un mauvais choix ! » Je pris les pincettes et poussai un peu plus loin dans les flammes le creuset que je surveillais.

« Parfois, grommela Umbre, mieux vaut relever un défi et se tromper que garder le silence. Ecoute, mon garçon, si toi, un simple adolescent, tu te rends compte que toutes les options sont mauvaises, à plus forte raison le peuple tout entier. Mais au moins un tel édit nous permettrait de réagir en commun ; les villages n'en seraient plus réduits à lécher leurs propres blessures dans leur coin. Et, en plus d'un édit, il faudrait que Subtil et Vérité prennent d'autres mesures. » Il se pencha pour examiner le liquide bouillonnant. « Augmente la chaleur », fit-il.

Je m'emparai d'un petit soufflet et l'actionnai avec douceur. « Quel genre de mesures ?

– Organiser des expéditions punitives chez les Outrîliens, fournir des vaisseaux et des vivres aux volontaires pour ces représailles, interdire de faire paître les troupeaux de façon aussi tentante sur les prés côtiers, donner davantage d'armes aux villages si l'on ne peut installer dans chacun une garnison pour le défendre. Par la charrue d'Eda, qu'on les pourvoie en pastilles de caris et d'ombrenuit à porter sur soi dans une bourse accrochée au poignet, de façon que, s'ils se font capturer, ils puissent se suicider ! N'importe quoi, mon garçon ! Tout ce que le roi pourrait faire dans la situation présente vaudrait mieux que cette satanée indécision ! »

J'étais bouche bée. Jamais je ne l'avais entendu parler si violemment, ni critiquer Subtil si ouvertement. J'en étais choqué. Je retins ma respiration, espérant qu'il poursuivrait tout en le redoutant. Il ne parut pas remarquer ma réaction. « Pousse le creuset encore un peu plus loin. Mais sois prudent : s'il explose, le roi Subtil risque de se retrouver avec deux grêlés au lieu d'un. » Il me jeta un coup d'œil. « Eh oui, c'est comme ça que j'ai eu ces marques. Mais ç'aurait aussi bien pu être la variole, pour ce que Subtil m'écoute ces derniers temps. "Tu n'as que mauvais présages, avertissements et mises en garde à la bouche ! me dit-il. Mais si tu veux qu'on forme le petit à l'Art, je crois que c'est parce que tu ne l'as pas été toi-même. C'est une mauvaise ambition, Umbre. Débarrasse-t'en." C'est ainsi que le spectre de la reine parle par les lèvres du roi. »

Sa rancœur me laissa pétrifié.

« Chevalerie ! Voilà celui qu'il nous faudrait ! reprit-il au bout d'un moment. Subtil hésite et quant à Vérité, c'est un bon soldat, mais il prête trop l'oreille à son père. Il a été élevé pour être le second, pas le premier. Il ne prend pas l'initiative. Nous avons besoin d'un Chevalerie ; lui, il se rendrait dans toutes ces villes pour parler à ceux dont les proches ont été forgisés. Il parlerait même aux forgisés, crénom !

– Croyez-vous que ça changerait quelque chose ? » demandai-je doucement. J'osais à peine bouger. Je sentais qu'Umbre s'adressait davantage à lui-même qu'à moi.

« Ça ne résoudrait pas le problème, non. Mais le peuple aurait le sentiment que ceux qui le gouvernent partagent son fardeau. Quelquefois, il n'en faut pas plus, mon garçon. Mais Vérité ne fait que promener ses petits soldats de-ci, de-là, en essayant d'inventer des stratégies ; quant à Subtil, il le regarde faire et il ne pense pas à son peuple, mais seulement à s'assurer que Royal ne risque rien et qu'il est prêt à prendre le pouvoir au cas où Vérité viendrait à se faire tuer.

– Royal ? » bafouillai-je, sidéré. Royal, avec ses beaux habits et ses airs de jeune coq ? Certes, il ne quittait pas Subtil d'une semelle, mais jamais je n'avais vu en lui un vrai prince. Entendre son nom surgir dans une telle discussion me donna un choc.

« C'est devenu le favori de son père, grommela Umbre. Subtil n'a fait que le gâter depuis la mort de la reine. Il cherche à s'acheter le cœur du prince à coups de cadeaux, maintenant que sa mère n'est plus là pour assurer son allégeance. Et Royal en profite copieusement ; il ne dit à son père que ce que celui-ci a envie d'entendre, et Subtil lui laisse beaucoup trop la bride sur le cou. Il lui permet de voyager où il le désire, de gaspiller l'argent en visites inutiles à Labour et à Bauge, où la famille de sa mère lui monte le bourrichon sur sa propre importance. Il faudrait interdire à ce gosse de quitter Castelcerf et l'obliger à répondre de la façon dont il occupe son temps. Et dont il dépense l'argent du royaume : avec les sommes qu'il a jetées par les fenêtres à courir la prétentaine, on aurait armé un navire de guerre ! » Puis, soudain agacé : « C'est trop chaud ! Tu vas le perdre, sors-le vite du feu ! »

Trop tard : le creuset se fendit avec un bruit de débâcle et son contenu emplit la chambre d'une fumée âcre qui mit un point final aux leçons et aux discussions pour cette nuit-là.

Le temps s'écoula sans qu'Umbre me rappelât. Mes autres cours se poursuivaient, mais les semaines passaient, Umbre me manquait et son invitation ne venait pas. Je savais qu'il n'était pas en colère contre moi, mais seulement préoccupé. Un jour où je n'étais pas débordé, je tendis mon esprit vers lui, mais je ne perçus que dissimulation et sentiment de désaccord. Et une taloche à l'arrière du crâne quand Burrich me surprit.

« Cesse ! » siffla-t-il sans s'émouvoir de mon expression étudiée d'innocence outragée. Il promena le regard dans le box dont je nettoyais le fumier comme s'il s'attendait à y trouver un chien ou un chat.

« Mais il n'y a rien ici ! s'exclama-t-il.

– De la paille et du crottin, c'est tout, acquiesçai-je en me frottant l'occiput.

– Mais qu'est-ce que tu faisais ?

– Je rêvassais, grommelai-je. Rien d'autre.

– N'essaye pas de me rouler, Fitz, gronda-t-il. Et ne joue pas à ça dans mes écuries. Je t'interdis de pervertir mes bêtes. Et de dégrader le sang de Chevalerie. N'oublie pas ce que je te dis ! »

Je serrai les dents, baissai les yeux et me remis au travail. Au bout d'un moment, je l'entendis soupirer, puis s'éloigner. Bouillonnant de colère, je continuai à râteler le sol et résolus de ne plus jamais laisser Burrich me prendre au dépourvu.

Le reste de l'été se passa dans un tel tourbillon d'événements que j'ai du mal à m'en rappeler l'ordre. Du jour au lendemain, l'atmosphère parut se modifier ; en ville, on ne parlait que de fortifications et de se tenir sur le pied de guerre. Seules deux nouvelles villes furent forgisées cet été-là, mais on les eût crues une centaine tant les récits les concernant s'enflèrent à force de répétitions.

« C'est à croire que les gens n'ont plus d'autre sujet de conversation », se plaignit un jour Molly.

Nous nous promenions sur Longue-plage au coucher du soleil d'été. Le vent du large apportait une fraîcheur bienvenue après la touffeur de la journée. Burrich avait été appelé à Bouc-de-Font pour résoudre le mystère du bétail qui présentait d'énormes ulcères cutanés. Du coup, plus de leçons du matin pour moi, mais un considérable surcroît de travail auprès des chevaux et des chiens, d'autant plus que Cob avait accompagné Royal à Turlac pour une partie de chasse, afin de s'occuper de ses montures et de ses mâtins.

L'avantage, c'est que, mes soirées étant moins étroitement surveillées, je disposais de plus de temps pour aller en ville.

Mes promenades vespérales en compagnie de Molly étaient presque devenues un rite. La santé de son père chancelait et c'est à peine s'il avait besoin de boire désormais pour sombrer dès le début de la soirée dans un profond sommeil. Molly nous préparait du fromage et des saucisses, ou bien un bout de pain et du poisson fumé, mettait le paquet dans un panier avec une bouteille de vin bon marché et nous descendions sur la grève jusqu'aux brisants. Là, nous nous installions sur les rochers encore chauds, Molly me racontait sa journée, les derniers potins, et moi j'écoutais. Parfois nos coudes se heurtaient lorsque nous marchions.

« Sara, la fille du boucher, m'a dit qu'elle n'avait qu'une hâte : que l'hiver arrive. Les vents et la glace obligeront les Pirates à rester chez eux pendant quelque temps, à ce qu'elle prétend, et nous, nous pourrons nous tranquilliser un peu ; mais Kelty a répondu qu'on aura beau ne plus craindre de nouvelles forgisations, n'empêche qu'on a du souci à se faire avec les forgisés qui se promènent dans le pays. On raconte que certains des anciens otages ont quitté Forge maintenant qu'il n'y a plus rien à y piller et qu'ils attaquent les voyageurs sur les routes.

– Ça m'étonnerait. Ce sont plus probablement de vrais voleurs qui agissent, en se faisant passer pour des forgisés afin de détourner les représailles. Les forgisés n'ont plus assez le sens de la solidarité pour s'organiser en bandes. » Je parlais d'un ton indolent. Je contemplais l'étendue de la baie, les yeux presque clos pour me protéger du reflet du soleil sur l'eau. Je n'avais pas besoin de regarder Molly pour la sentir près de moi. J'avais une piquante impression de tension entre nous, que je ne comprenais pas très bien. Elle avait seize ans, moi presque quatorze, et ces deux années se dressaient entre nous comme une muraille infranchissable. Pourtant, elle trouvait toujours du temps à m'accorder et paraissait apprécier ma compagnie. Elle semblait aussi consciente de ma présence que moi de la sienne ; mais si je tendais l'esprit vers elle, elle se reculait, s'arrêtait de marcher pour ôter un caillou de sa chaussure ou se mettait soudain à parler de la mauvaise santé de son père qui avait absolument besoin d'elle. D'un autre côté, si j'écartais ma perception de cette tension, elle devenait hésitante, son discours était moins assuré et elle me cherchait du regard pour déchiffrer mon expression. Je ne comprenais pas, mais j'avais l'impression d'un fil tendu entre nous. Cependant, en la circonstance, je sentis un soupçon d'agacement dans sa voix.

« Ah oui ? Et naturellement tu en sais long sur les forgisés ? Plus que ceux qu'ils ont attaqués et dépouillés ? »

Ses paroles acides me prirent au dépourvu et je restai un moment sans pouvoir dire un mot. Molly ignorait tout d'Umbre et à plus forte raison de notre voyage jusqu'à Forge. Pour elle, j'étais coursier au château et je travaillais pour le maître d'écuries lorsque je ne faisais pas les commissions du scribe. Impossible de lui révéler que je connaissais le problème de près et surtout la façon dont je percevais les forgisés !

« J'ai entendu les gardes en parler, le soir, près des écuries et des cuisines. Des soldats comme eux, ils ont vu toute sorte de gens et ce sont eux qui disent que les forgisés n'ont plus le sens de l'amitié, de la famille ni de l'affection. Mais enfin, si l'un d'eux se mettait à dépouiller les voyageurs, peut-être que les autres l'imiteraient, et ce serait l'équivalent d'une bande de voleurs.

– Peut-être. » Son ton parut s'adoucir. « Tiens, si on grimpait là-haut pour manger ? »

« Là-haut », c'était une corniche accrochée à la falaise, au-dessus des brisants. Je hochai la tête et nous passâmes les minutes suivantes à nous y transporter, nous et le panier. L'escalade fut plus ardue que nos sorties précédentes ; je me surpris à observer comment Molly se débrouillait avec ses jupes et à saisir toutes les occasions de lui attraper le bras pour l'aider à garder l'équilibre ou à prendre sa main lors d'un passage difficile tandis qu'elle tenait le panier de l'autre. Je compris tout à coup que sa proposition de monter à la corniche n'avait pas d'autre but. Enfin parvenus au surplomb, nous nous assîmes, le panier entre nous, les yeux perdus à l'horizon, et je savourai le plaisir de la sentir près de moi et de savoir qu'elle partageait ce sentiment. La situation m'évoquait les jongleurs, à la Fête du Printemps, qui se renvoient mutuellement leurs massues, sans interruption, toujours plus nombreuses et de plus en plus rapidement. Le silence s'éternisa au point d'en devenir gênant. Je la regardai, mais elle détourna les yeux. Voyant la bouteille, elle dit : « Tiens, du vin de pissenlit ? Je croyais qu'on ne pouvait le boire qu'après la mi-hiver ?

– Celui-ci est de l'année dernière... Il a eu tout un hiver pour vieillir », répondis-je et je m'emparai de la bouteille pour la déboucher à l'aide de mon couteau. Elle observa un moment mes vains efforts, puis, me prenant la flasque des mains, tira un couteau fin de son étui et l'enfonça dans le bouchon qu'elle extirpa d'un coup de poignet expert. Je l'enviai.

Elle surprit mon regard et haussa les épaules. « Je débouche les bouteilles pour mon père depuis toujours. Avant, c'était parce qu'il était trop soûl pour y arriver ; maintenant, c'est parce qu'il n'a plus de force dans les mains, même à jeun. » Chagrin et rancune se mêlaient dans sa voix.

« Ah ! » Je cherchai désespérément un sujet de conversation plus plaisant. « Regarde, la *Fille-de-la-Pluie* ! » Du doigt, je désignai un navire à la coque élancée qui entrait au port à l'aviron. « Pour moi, c'est le plus beau bateau de tous.

– Il revient de patrouille. Les marchands de tissu ont fait une collecte et presque toutes les boutiques de la ville ont participé ; moi aussi, même si je n'ai pu donner que des bougies pour les lanternes. C'est un équipage de soldats qui est à bord et qui escorte les navires entre ici et Hautedunes ; après, c'est l'*Embrun-Vert* qui prend la relève pour la suite de la côte.

– Je ne savais pas tout ça. » Et je m'étonnais de ne pas en avoir entendu parler au château. Mon cœur se serra : même Bourg-de-Castelcerf prenait des mesures sans attendre l'avis ni l'agrément du roi. Je fis part de mes pensées à Molly.

« Ma foi, il faut bien se prendre en main si le roi Subtil se contente de froncer les sourcils sans rien faire d'autre. Ça ne lui coûte pas cher de nous exhorter à nous montrer courageux alors qu'il est bien à l'abri dans sa forteresse. Ce n'est pas son frère ni sa petite fille qui risquent de se faire forgiser. »

A ma grande honte, je ne trouvai rien à répondre pour la défense du roi ; et ma honte me poussa à déclarer : « Enfin, tu es presque aussi en sécurité que le roi lui-même, au pied du château. »

Molly m'adressa un regard qui ne cillait pas. « J'avais un cousin qui faisait son apprentissage à Forge. » Elle se tut, puis reprit d'une voix lente : « Est-ce que tu me jugeras sans cœur si je te dis que nous avons tous été soulagés d'apprendre qu'il a seulement été tué ? Pendant une semaine ou deux, nous n'avons pas su ce qu'il était devenu, et puis nous l'avons appris par quelqu'un qui l'avait vu mourir. Et mon père et moi en avons été bien soulagés. Au moins, nous pouvions le pleurer, en sachant que sa vie était simplement terminée et qu'il nous manquerait. Fini de se demander s'il était toujours vivant et s'il se conduisait comme une bête, à rendre les autres malheureux et à s'humilier lui-même. »

Je restai un moment silencieux. Puis je dis enfin : « Je suis navré. » C'était insuffisant et je tendis la main pour serrer la sienne, immobile. L'espace d'une seconde, j'eus l'impression de ne plus percevoir sa présence, comme si le chagrin lui avait paralysé l'esprit au même titre qu'un forgisé. Mais alors elle poussa un soupir et je la sentis à nouveau près de moi. « Tu sais, fis-je, hésitant, peut-être que le roi lui-même ne sait pas non plus quoi faire. Peut-être que, comme nous, il cherche une solution et n'en trouve pas.

– Mais enfin, c'est le roi ! protesta Molly. Et on l'a baptisé Subtil pour qu'il soit subtil ! On prétend maintenant que s'il ne réagit pas, c'est pour garder serrés les cordons de sa bourse. Pourquoi taper dans son magot alors que les marchands, à bout de ressources, engagent des mercenaires avec leur propre argent ? Mais assez… » et elle leva la main pour m'interdire de répondre. « Nous ne sommes pas ici, au calme et au frais, pour parler de politique et de soucis. Raconte-moi plutôt ce que tu fais en ce moment. Est-ce que la chienne tachetée a eu ses petits ? »

Et nous causâmes donc d'autre chose, des chiots de Bigarrette, de la jument en chaleur qui s'était fait saillir par l'étalon qu'il ne fallait pas, et elle me parla des cônes verts qu'elle récoltait pour parfumer ses chandelles, de sa façon de trier les baies noires, du travail qu'elle aurait par-dessus la tête la semaine d'après à faire des conserves de baies noires pour l'hiver tout en s'occupant de la boutique et en fabriquant des bougies.

Et nous bavardions, mangions et buvions en regardant le soleil de fin d'été s'attarder au-dessus de l'horizon, presque couché mais pas tout à fait. Je sentais la tension entre nous comme un lien agréable, étonnant, comme si nous étions en état de suspension. J'y voyais une extension de mes étranges et nouvelles perceptions, et j'étais surpris que Molly parût y réagir elle aussi. J'avais envie de lui en parler, de lui demander si elle éprouvait la présence d'autrui de la même façon que moi ; mais je craignais, de ce fait, de me dévoiler comme je m'étais révélé à Umbre ou qu'elle en ressente du dégoût comme Burrich. Aussi, masquant mes pensées derrière un sourire anodin, je continuai à bavarder de tout et de rien.

Je la raccompagnai chez elle par les rues silencieuses et lui souhaitai bonne nuit à la porte de la chandellerie. Elle hésita un instant, comme si elle venait de penser à quelque chose qu'elle voulait me dire, mais elle se contenta de me lancer un regard bizarre et de murmurer : « Bonne nuit, le Nouveau. »

Je regagnai la forteresse sous un firmament bleu sombre piqueté d'étoiles brillantes, dépassai les sentinelles absorbées dans leur éternel jeu de dés et grimpai aux écuries. Je fis rapidement le tour des boxes, mais tout était calme et normal malgré les chiots nouveau-nés. Je remarquai dans l'un des prés deux chevaux que je ne connaissais pas et, nouvellement installé dans l'écurie, le palefroi d'une dame. Sans doute une noble dame en visite à la cour, songeai-je. Je me demandai ce qui pouvait bien l'amener chez nous à la fin de l'été, tout en admirant la qualité de ses montures. Enfin, je me dirigeai vers la forteresse.

Machinalement, je pris par les cuisines. Mijote savait l'appétit qui tenaillait les garçons d'écurie et les hommes d'armes et n'ignorait pas que les repas réguliers ne suffisaient pas toujours à les rassasier. Ces derniers temps, en particulier, j'étais pris de fringale à toute heure et maîtresse Pressée avait récemment déclaré que, si je ne cessais pas de grandir aussi vite, je serais bientôt obligé de me vêtir de tissu d'écorce comme un homme des bois, car elle ne voyait pas comment faire pour que mes vêtements m'aillent d'une semaine sur l'autre. En entrant dans les cuisines, j'imaginais déjà l'énorme saladier en terre cuite recouvert d'un linge dont Mijote veillait toujours à ce qu'il soit plein de biscuits moelleux, et aussi certaine meule de fromage très piquant, en me disant que les deux iraient très bien avec une chope de bière.

Une femme était assise à une table. Elle mangeait une pomme avec du fromage, mais à ma vue elle se leva d'un bond et porta la main à son cœur comme si elle me prenait pour le Grêlé en personne. Je m'immobilisai. « Je ne voulais pas vous faire peur, ma dame. J'avais faim et j'ai eu envie de me trouver de quoi manger. Cela vous dérange-t-il si je reste ? »

La dame se rassit lentement. A part moi, je m'étonnai : que faisait une personne de son rang toute seule, la nuit, dans la cuisine ? Car ni sa robe crème toute simple ni l'expression lasse de son visage ne parvenaient à dissimuler sa haute extraction. Sans nul doute, c'était la propriétaire du palefroi aperçu aux écuries et non une quelconque chambrière. Si les tiraillements de la faim l'avaient sortie du sommeil, pourquoi n'avoir pas réveillé un serviteur pour qu'il aille lui quérir à manger ?

De sa poitrine, sa main se porta jusqu'à ses lèvres comme pour apaiser sa respiration irrégulière. Lorsqu'elle parla, ce fut d'une voix bien modulée, presque musicale. « Je ne voudrais pas vous empêcher de vous servir. J'ai seulement été un peu surprise. Vous... vous êtes entré si brusquement...

– Je vous remercie, ma dame. »

Je fis le tour de la cuisine, du tonneau de bière au pain en passant par le fromage, mais où que j'aille, ses yeux ne me quittaient pas. Son en-cas restait intact sur la table, là où il était tombé. Après m'être rempli une chope, je me retournai et croisai ses yeux écarquillés ; aussitôt, elle baissa le regard. Ses lèvres remuèrent, mais je n'entendis rien.

« Puis-je vous être utile ? demandai-je poliment. Vous aider à trouver quelque chose ? Désirez-vous un peu de bière ?

– Oui, s'il vous plaît. » Elle parlait à mi-voix. Je lui apportai la chope que je venais de remplir et la déposai devant elle. Elle se recula comme si j'étais atteint d'un mal contagieux. Peut-être l'odeur des écuries collait-elle à mes vêtements ? Non, Molly me l'aurait sûrement fait remarquer ; elle avait son franc-parler pour ce genre de détails.

Je me tirai une nouvelle chope, puis, après avoir promené mon regard sur la cuisine, estimai préférable d'emporter mon repas dans ma chambre : tout dans l'attitude de la dame exprimait sa gêne à me sentir présent. Mais, tandis que je m'efforçais de tenir à la fois la chope, les biscuits et le fromage, elle indiqua le banc en face d'elle. « Installez-vous, dit-elle comme si elle avait lu dans mes pensées. Je n'ai pas à vous empêcher de manger ici. »

Ni ordre ni invitation, le ton se situait entre les deux. Je m'approchai de la place désignée et renversai un peu de bière en déposant mes affaires. Je m'assis, ses yeux toujours sur moi. Elle n'avait pas touché à son propre repas. Je courbai le cou pour éviter ce regard et mangeai en vitesse, furtif comme un rat qui pressent le chat derrière la porte. Elle me dévisageait ouvertement, sans aucune grossièreté ; mais son examen finit par rendre mes gestes maladroits et je m'aperçus au bout d'un moment, avec un profond embarras, que je venais inconsidérément de m'essuyer la bouche avec ma manche.

Je ne trouvais rien à dire pour meubler le silence, ce silence qui me lançait pourtant comme un coup de poignard. Le biscuit, soudain sec comme de la cendre, me fit tousser et je m'étouffai sur la gorgée de bière que j'avalai pour le faire descendre. Ses sourcils se levèrent, sa bouche prit un pli plus ferme. Les yeux baissés sur mon assiette, je sentais néanmoins son regard posé sur moi. J'expédiai mon repas avec une seule idée en tête : échapper à ces yeux noisette et à ces lèvres immobiles d'où ne sortait aucun son. Je me fourrai les derniers morceaux de biscuit et de fromage dans la bouche, puis me dressai avec tant de hâte que je me cognai dans la table et faillis renverser mon banc. Alors que je me dirigeais vers la porte, je me rappelai les instructions de Burrich sur la façon de prendre congé d'une dame. J'avalai ma bouchée à demi mâchée.

« Bonne nuit, ma dame », bafouillai-je ; l'expression me parut mal appropriée, mais aucune autre ne m'était venue à l'esprit. Et je me dirigeais vers la porte, la démarche oblique.

« Attendez, dit-elle ; je m'arrêtai et elle reprit : Logez-vous au château ou aux écuries ?

– Aux deux. Quelquefois... L'un et l'autre, je veux dire... Enfin, bonne nuit, ma dame. » Sur quoi je fis demi-tour et c'est tout juste si je ne m'enfuis pas en courant. J'étais déjà dans les escaliers lorsque l'étrangeté de sa question me frappa, et j'allais me déshabiller quand je m'aperçus que j'avais toujours ma chope vide à la main. Je me couchai avec le sentiment d'être un idiot, sans savoir pourquoi.

12

PATIENCE

Les Pirates rouges faisaient la détresse et l'affliction de leur propre peuple bien avant de venir troubler les côtes des Six-Duchés. Secte obscure à l'origine, ils parvinrent au pouvoir, tant religieux que politique, en s'appuyant sur une tactique implacable. Les chefs et les dirigeants qui refusaient d'adhérer à leurs croyances finissaient souvent par découvrir leurs épouses et leurs enfants victimes de ce que nous appelons la forgisation, en souvenir du triste sort du village de Forge. Si cruels et impitoyables que nous puissions considérer les Outrîliens, l'honneur charpente puissamment leur tradition et réserve d'atroces sanctions à celui qui enfreint les lois des siens. Imaginez les affres d'un père outrîlien dont le fils a été forgisé : il doit dissimuler les crimes de son fils lorsque celui-ci lui ment, le vole ou viole les femmes de la maison, ou bien le voir écorcher vif pour prix de ses infractions et endurer lui-même à la fois la perte de son héritier et du respect des autres maisons. La menace de la forgisation constituait donc une arme de dissuasion redoutable contre les opposants au régime des Pirates rouges.

A l'époque où ils entreprirent de s'attaquer sérieusement à nos côtes, ils avaient écrasé presque toute résistance dans les îles d'Outre-mer. Ceux qui se dressaient ouvertement contre eux étaient mis à mort ou s'exilaient. D'autres payaient tribut de mauvaise grâce et serraient les dents devant l'indignité de ceux qui présidaient au culte. Mais beaucoup rejoignaient leurs rangs et peignaient en rouge la coque de leurs bateaux pirates sans s'interroger sur la justesse de leur conduite. La grande masse de ces convertis, on peut le penser, était issue des maisons mineures qui n'avaient jamais eu l'occasion d'acquérir de l'influence. Mais celui qui commandait les Pirates rouges ne se souciait du lignage de personne tant qu'il pouvait compter sur l'inébranlable loyauté de chacun.

★

J'eus encore affaire à la dame à deux reprises avant d'apprendre qui elle était. La seconde fois, ce fut la nuit suivante, approximativement à la même heure. Molly occupée à la préparation de ses baies, j'avais passé la soirée dans une taverne à écouter de la musique avec Kerry et Dirk, et j'avais peut-être bu une ou deux chopes de trop. En rentrant, ni fin soûl ni malade, je regardais néanmoins où je mettais les pieds, car j'avais déjà trébuché dans un nid-de-poule.

A côté de la cour des cuisines avec ses pavés poussiéreux et ses quais de déchargement, se trouve un espace clos par une haie, nettement séparé mais contigu ; on l'appelle communément le Jardin des femmes, non que ce soit leur domaine réservé, mais parce que ce sont elles qui le soignent et savent ce qui y pousse. C'est un petit coin agréable, avec un bassin au centre, de nombreux parterres de simples au milieu de plantes à fleurs, de pieds de vigne et d'allées aux pierres verdies de mousse. Je m'étais bien gardé d'aller directement me coucher dans l'état où j'étais : si j'essayais de dormir tout de suite, mon lit allait se mettre à tournoyer, à tanguer, et avant une heure je vomirais tripes et boyaux. J'avais passé une plaisante soirée et il aurait été dommage de la terminer ainsi ; aussi me rendis-je dans le Jardin des femmes plutôt que dans ma chambre.

Dans un coin du jardin, entre un mur que chauffe le soleil et un petit bassin, poussent sept variétés de thym. Par une journée caniculaire, leur parfum peut être entêtant, mais ce soir-là, avec la nuit presque tombée, j'eus l'impression que leurs fragrances mêlées me désembrumaient le cerveau. Penché sur le bassin, je m'aspergeai le visage, puis je m'assis par terre, le dos contre le mur encore tiède. Des grenouilles coassaient et je regardai fixement la surface lisse de l'eau pour m'éviter d'avoir le tournis.

Un bruit de pas. Puis une voix de femme qui demanda sans aménité : « Etes-vous ivre ?

– Pas complètement, répondis-je d'un ton affable, croyant m'adresser à Tilly, la fille du verger. Pas assez de temps ni d'argent, ajoutai-je en plaisantant.

– J'imagine que c'est Burrich qui vous a enseigné cette pratique.

Cet homme est un ivrogne et un débauché et il a cultivé en vous de semblables traits. Il ravale toujours ceux qui l'entourent à son niveau. »

La rancœur que je perçus dans cette voix me fit lever les yeux. Je louchai dans la pénombre pour distinguer sa propriétaire. C'était la dame de la veille. Debout au milieu de l'allée, vêtue d'une simple robe, elle avait l'allure d'une adolescente ; mince et déliée, elle était cependant moins grande que moi, qui n'étais pas d'une taille excessive pour mes quatorze ans. Mais ses traits étaient ceux d'une femme et, en cet instant, sa bouche avait un pli désapprobateur auquel faisaient écho ses sourcils froncés au-dessus de ses yeux noisette. Elle avait les cheveux bruns et ondulés, et, malgré ses efforts pour les nouer, quelques boucles s'étaient échappées à son front et sur sa nuque.

Loin de moi l'idée de défendre Burrich ; mais comme mon état présent n'avait rien à voir avec lui, je répondis que, se trouvant à plusieurs milles de là dans une autre ville, il ne pouvait guère être tenu pour responsable de ce que j'ingurgitais.

La dame fit deux pas en avant. « Mais il ne vous a jamais enseigné d'autres manières, n'est-ce pas ? Il ne vous a jamais mis en garde contre l'ivrognerie, n'est-ce pas ? »

Un dicton des Terres du sud prétend que la vérité se cache dans le vin. La bière doit en receler aussi un peu, car elle s'exprima par ma voix ce soir-là. « A vrai dire, ma dame, il serait fort mécontent de moi en ce moment. Tout d'abord, il me morigénerait pour rester assis devant une dame qui me parle. » Ici, je me levai en chancelant. « Ensuite, il me sermonnerait longuement et avec sévérité sur la conduite de qui jouit du sang d'un prince, sinon de ses titres. » Je tentai une révérence et, l'ayant réussie, me redressai en terminant par un grand geste élégant du bras. « Sur ce, bonne nuit, belle dame du jardin. Je vous souhaite une plaisante soirée et retire ma balourde personne de votre présence. »

J'étais à la porte voûtée qui perçait le mur quand elle m'interpella : « Attendez ! » Mais mon estomac émit un inaudible grondement de protestation et je fis semblant de ne pas l'avoir entendue. Elle ne me suivit pas ; cependant, elle ne devait pas me quitter des yeux et je gardai la tête droite et le pas assuré jusqu'à ce que je sorte de la cour des cuisines. Je descendis alors aux écuries où je vomis sur un tas de fumier, puis je m'endormis dans un box propre parce que, ce soir-là, l'escalier qui menait aux quartiers de Burrich était vraiment par trop escarpé.

Mais la jeunesse possède une résistance extraordinaire, surtout quand elle se sent menacée. Je me réveillai à l'aube le lendemain, car le retour de Burrich était prévu pour l'après-midi. Je fis ma toilette dans les écuries et jugeai qu'au bout de trois jours la tunique que je portais avait bien besoin d'être changée. Je fus doublement conscient de son état lorsque la dame m'accosta dans le couloir de ma chambre. Elle me toisa, puis, avant que j'aie pu rien dire, elle déclara :

« Changez de chemise. » Elle ajouta : « Ces jambières vous donnent l'air d'une cigogne. Dites à maîtresse Pressée qu'il faut les remplacer.

– Bonjour, ma dame », fis-je. Ce n'était pas une réponse, mais, pris au dépourvu, je n'avais rien trouvé d'autre. Je rangeai mon interlocutrice dans la catégorie des excentriques, encore plus que dame Thym ; mieux valait donc ne pas la contrarier. Je pensais qu'elle allait poursuivre son chemin, mais, loin de là, elle me maintint pétrifié sous son regard.

« Jouez-vous d'un instrument de musique ? » me demanda-t-elle.

Je fis non de la tête.

« Vous chantez, alors ?

– Non, ma dame. »

Elle parut troublée. « Dans ce cas, on vous aura peut-être enseigné à réciter les Epopées et les poèmes du savoir traditionnel, sur les simples, les vulnéraires, la navigation... des choses comme cela ?

– Seulement ceux qui portent sur les soins à donner aux chevaux, aux faucons et aux chiens », répondis-je presque en toute franchise. Burrich avait exigé que je les apprenne. Umbre m'en avait inculqué quelques autres sur les poisons et leurs antidotes, mais en m'avertissant qu'ils étaient peu connus et qu'il ne fallait pas les réciter étourdiment.

« Mais vous dansez, sûrement ? Et vous savez écrire des poèmes ? »

J'étais complètement perdu. « Ma dame, je crois que vous me confondez avec quelqu'un d'autre. Peut-être me prenez-vous pour Auguste, le neveu du roi. Il n'a qu'un an ou deux de moins que moi et...

– Je ne me trompe pas. Répondez à ma question ! » C'est tout juste si elle ne glapissait pas.

« Non, ma dame. L'enseignement dont vous parlez est réservé à ceux qui sont... bien nés. Je n'ai rien appris de tout cela. »

A chacune de mes dénégations, son trouble s'était accentué. Sa bouche se pinça et ses yeux noisette s'obscurcirent. « C'est intolérable ! » s'exclama-t-elle et, faisant demi-tour dans une envolée de jupes, elle s'éloigna d'un pas vif. Au bout d'un moment, j'entrai chez moi, changeai de chemise et enfilai la plus longue paire de jambières que je possédais. Puis je chassai la dame de mon esprit et m'absorbai dans les leçons et les corvées de la journée.

Il pleuvait cet après-midi-là pour le retour de Burrich. Je l'accueillis devant les écuries et pris le mors de sa monture pendant qu'il mettait pied à terre avec des mouvements raides. « Tu as grandi, Fitz », observa-t-il, sur quoi il m'examina d'un œil critique comme si j'étais un cheval ou un chien qui fait soudain preuve d'un potentiel inattendu. Il ouvrit la bouche comme pour ajouter quelque chose, puis secoua la tête et grogna. « Eh bien ? » dit-il et je lui fis mon rapport.

Il n'était resté absent qu'un mois, mais il aimait se tenir au courant de tout jusqu'au moindre détail. Il m'accompagna, attentif à mes paroles, tandis que je menais sa jument dans son box et me mettais à la panser.

Parfois je m'étonnais de sa ressemblance avec Umbre. Tous deux attendaient de moi que je me rappelle tout avec précision et sois capable de relater les événements de la semaine passée ou du mois précédent dans l'ordre chronologique. Apprendre à rendre compte devant Umbre ne m'avait guère posé de difficulté : il avait simplement formalisé ce que Burrich exigeait de moi depuis longtemps. Des années plus tard, je devais m'apercevoir qu'un homme d'armes faisant son rapport à son supérieur n'agissait pas différemment.

Tout autre que lui serait allé directement aux cuisines ou aux bains aussitôt après avoir entendu mon compte rendu ; mais Burrich tint à faire le tour de ses écuries, s'arrêtant ici pour bavarder avec un palefrenier, là pour parler à mi-voix à l'oreille d'un cheval. Arrivé au vieux palefroi de la dame, il fit halte encore une fois et le regarda en silence pendant quelques minutes.

« C'est moi qui ai dressé cette bête, fit-il soudain ; au son de sa voix le cheval se retourna dans son box et encensa doucement. Soyeux », murmura-t-il, et il lui caressa le museau. Il poussa subitement un soupir. « Ainsi, dame Patience est ici. Est-ce que tu as déjà fait sa connaissance ? »

J'eus du mal à répondre : mille pensées s'entrechoquaient soudain dans ma tête. Dame Patience, l'épouse de mon père et, à divers titres, la grande responsable de son retrait loin de la cour et de moi ! Et c'est avec elle que j'avais bavardé dans les cuisines, elle à qui j'avais adressé un salut d'ivrogne, elle qui m'avait interrogé le matin même sur mon éducation ! Je marmonnai : « Pas formellement. Mais nous nous sommes rencontrés, oui. »

A ma grande surprise, il éclata de rire. « Ta tête vaut tous les discours, Fitz ! Rien qu'à ta réaction, je sais qu'elle n'a pas beaucoup changé ! La première fois que je l'ai vue, c'était dans le verger de son père. Elle était installée dans un arbre ; elle m'a demandé de lui enlever une écharde du pied et, sans faire ni une ni deux, elle a ôté sa chaussure et son bas. Comme ça, devant moi ! Et sans savoir qui j'étais. Moi non plus, d'ailleurs, je ne savais pas qui c'était. Je l'avais prise pour la servante d'une dame. Ça se passait il y a des années, naturellement, avant même que mon prince fasse sa connaissance. Je ne devais pas être beaucoup plus vieux que toi. » Il se tut et son visage s'adoucit. « Elle avait un petit chien maladif, la respiration sifflante, toujours en train de vomir des paquets de ses propres poils ; il s'appelait Plumeau. » Il se tut à nouveau et sourit presque tendrement. « Dire que je me rappelle ça, au bout de tant d'années !

– Est-ce que tu lui as plu, la première fois que vous vous êtes rencontrés ? » demandai-je sans délicatesse.

Burrich se tourna vers moi et l'homme que j'avais entrevu disparut derrière son regard devenu opaque. « Plus qu'aujourd'hui, répondit-il d'un ton brusque. Mais c'est sans importance. Dis-moi plutôt ce qu'elle pense de toi, Fitz. »

Ça, c'était une autre paire de manches. Je me lançai dans le récit de nos entrevues en glissant sur les détails autant que je l'osais. J'en étais à notre confrontation au jardin quand Burrich leva une main.

« Arrête », dit-il d'un ton posé.

Je me tus.

« Quand tu retranches des bouts à la vérité pour éviter d'avoir l'air ridicule, tu finis par passer pour un crétin. Recommence. »

J'obéis sans rien omettre cette fois, ni ma conduite, ni les commentaires de la dame. Quand j'eus fini, j'attendis le verdict qui ne manquerait pas de tomber. Mais non ; Burrich tendit la main pour caresser le museau du palefroi. « Le temps change certaines choses, dit-il enfin. D'autres non. » Il soupira. « Mon vieux Fitz, tu as le don de te présenter aux gens que tu ferais mieux d'éviter à tout prix. Il y aura des conséquences, j'en suis sûr, mais lesquelles, je n'en ai pas la moindre idée. Cela étant, inutile de s'inquiéter. Allons plutôt voir les petits de la chienne ratière. Tu dis qu'elle en a eu six ?

– Et ils ont tous survécu, répondis-je avec orgueil, car la chienne en question avait toujours des mises bas difficiles.

– Espérons que nous ferons aussi bien », fit Burrich entre haut et bas ; je le regardai, surpris, mais ce n'était apparemment pas à moi qu'il s'adressait.

⋆

« J'aurais cru que tu aurais le bon sens d'éviter cette femme », grommela Umbre.

Ce n'était pas l'accueil que j'espérais après deux mois loin de ses appartements. « Je ne savais pas que c'était dame Patience. Je suis étonné que la rumeur n'ait pas signalé son arrivée.

– Elle désapprouve énergiquement les commérages », m'informa Umbre. Il était installé dans son fauteuil devant le petit feu qui brûlait dans l'âtre. Il faisait toujours froid chez lui et il y était sensible. Il paraissait fatigué, aussi, ce soir, épuisé par ce qui l'avait retenu toutes ces semaines où je ne l'avais pas vu ; ses mains en particulier semblaient vieillies, osseuses, enflées au niveau des articulations. Il prit une gorgée de vin et reprit : « Et elle a ses petites façons bien à elle et tout à fait originales de s'occuper de qui clabaude dans son dos. Elle a toujours exigé qu'on respecte sa vie privée. C'est en partie pourquoi elle aurait fait une mauvaise reine, ce qui était d'ailleurs parfaitement indifférent à Chevalerie, qui s'était marié pour lui-même et non pour des motifs politiques. Ç'a été, je crois, la première déception qu'il a infligée à son père. Après cela, rien de ce qu'il pouvait faire ne contentait complètement Subtil. »

Je ne faisais pas plus de bruit qu'une souris. Rôdeur vint se percher sur mon genou. Il était bien rare de trouver Umbre d'humeur aussi communicative, surtout à propos de la famille royale. J'osais à peine respirer de peur de l'interrompre.

« Parfois je me dis que Chevalerie avait besoin d'un petit quelque chose que, d'instinct, il savait trouver chez Patience. C'était un homme réfléchi, ordonné, toujours correct dans ses manières, toujours au courant de tout ce qui se passait autour de lui. Il était chevaleresque, mon garçon, au meilleur sens du terme. Il ne se laissait pas aller à des gestes ignobles ou mesquins ; cette attitude s'accompagnait naturellement d'un air un peu guindé qui ne le quittait jamais et qui le faisait passer, aux yeux de ceux qui ne le connaissaient pas bien, pour froid ou hautain.

« Et puis il a rencontré cette gamine… et, de fait, elle était à peine plus qu'une enfant. Elle n'avait guère plus de substance qu'une toile d'araignée ou l'écume des vagues. Son esprit et sa langue voletaient sans cesse d'un sujet à l'autre, papillonnaient de-ci, de-là, sans rime ni raison que je puisse discerner. Le simple fait de l'écouter m'épuisait. Mais Chevalerie, lui, souriait et s'émerveillait. Peut-être était-ce parce qu'il ne l'intimidait pas du tout, ou bien parce qu'elle ne semblait pas vouloir le conquérir à tout prix. Toujours est-il que, poursuivi par une vingtaine des meilleurs partis de naissance supérieure et d'intelligence plus brillante, il a choisi Patience. Et il n'y avait nulle urgence à ce qu'il se marie ; quand il l'a prise pour épouse, il a fermé la porte sur une bonne dizaine d'alliances qu'une autre femme aurait pu lui valoir. Il n'avait pas la moindre raison valable de se marier à ce moment-là. Pas une seule !

– Sauf qu'il en avait envie », dis-je, et je regrettai aussitôt de ne pas m'être plutôt coupé la langue, car Umbre hocha la tête, puis s'ébroua. Il détourna le regard du feu et le porta sur moi.

« Bien. Assez parlé de cela. Je ne vais pas te demander comment tu t'y es pris pour lui faire une telle impression ni ce qui l'a fait changer d'opinion à ton égard ; en tout cas, la semaine dernière, elle est allée trouver Subtil pour exiger qu'on te reconnaisse comme le fils et l'héritier de Chevalerie et qu'on te fournisse une éducation digne d'un prince. »

Je fus pris de vertige. Les tapisseries ondoyaient-elles sur les murs ou mes yeux me jouaient-ils des tours ?

« Il a refusé, naturellement, poursuivit Umbre, implacable. Il a essayé de lui expliquer l'impossibilité absolue d'accéder à sa requête, et elle ne faisait que répéter : “Mais vous êtes le roi ! Comment cela peut-il vous être impossible ?” “Les nobles ne l'accepteraient jamais ; ce serait aussitôt la guerre civile. Et songez à l'effet sur un jeune garçon qui ne s'y attend pas de se retrouver soudain dans cette situation.” Voilà ce qu'il lui a dit.

– Ah ! » fis-je à mi-voix. Je n'arrivais pas à me rappeler ce que j'avais ressenti l'espace d'un instant. De l'exaltation ? De la colère ? De la peur ? Tout ce que je savais, c'est que cette émotion était déjà passée, et j'éprouvai une étrange impression de nudité et d'humiliation à l'idée d'avoir ressenti quelque chose.

« Bien entendu, Patience refusait de se laisser convaincre. “Eh bien, préparez-le, a-t-elle répondu au roi. Et lorsqu'il sera prêt, jugez vous-même.” Il n'y a que Patience pour demander des choses pareilles, et devant Royal et Vérité, par-dessus le marché ! Vérité, qui connaissait la fin d'avance, écoutait calmement, mais Royal était livide. Il s'excite beaucoup trop facilement. Même un simple d'esprit aurait compris que Subtil ne pouvait accéder à la demande de Patience ; mais il sait quand faire des compromis. Sur les autres points, il lui a tout accordé, surtout pour la faire taire, je pense.

– Les autres points ? répétai-je stupidement.

– Certains à notre avantage, d'autres à notre détriment. Ou du moins qui n'iront pas sans de sacrés inconvénients. » Umbre parlait d'un ton à la fois exultant et agacé. « J'espère que tu te débrouilleras pour caser davantage d'heures dans une journée, mon garçon, parce que je ne tiens pas à sacrifier le moindre de mes plans à ceux de Patience. Elle a exigé que tu reçoives l'éducation qui convient à ton lignage et elle a juré de s'en charger personnellement. Musique, poésie, danse, chant, maintien... Je te souhaite d'avoir plus d'endurance que je n'en avais à ton âge pour ces choses-là. Il est vrai que Chevalerie n'a jamais paru en souffrir ; parfois même, il parvenait à en faire bon usage. Mais cela va occuper une bonne partie de tes journées ; de plus, tu vas jouer les pages auprès de Patience. Tu es un peu vieux pour ça, mais elle a insisté. Pour ma part, je pense que les regrets la travaillent et qu'elle cherche à rattraper le temps perdu, ce qui ne marche jamais. Tu vas devoir abandonner les exercices de maniement d'armes, toi, et Burrich se trouver un autre garçon d'écurie. »

Le maniement d'armes ne me manquerait pas ; comme Umbre me le répétait souvent, un véritable assassin officie de près et sans bruit. Si j'apprenais convenablement mon métier, jamais je n'agiterais d'épée sous le nez de personne. Mais les heures avec Burrich... Encore une fois, j'éprouvai cette étrange impression d'ignorer ce que je ressentais. Je détestais Burrich... parfois. Il était arrogant, tyrannique et insensible. Il me voulait parfait, tout en m'avertissant d'emblée que je n'y gagnerais jamais la moindre récompense. Mais il était franc, aussi, carré, et persuadé que j'étais capable de ce qu'il exigeait de moi.

« Tu te demandes sans doute quel avantage elle nous a obtenu », poursuivit Umbre sans prêter attention à mon silence. Je perçus de la jubilation dans sa voix. « Il s'agit de quelque chose que j'ai requis deux fois pour toi et qui m'a été deux fois refusé. Mais Patience a si bien noyé Subtil sous son bavardage qu'il a rendu les armes. Il s'agit de l'Art, mon garçon ! Tu dois être formé à l'Art !

– L'Art », répétai-je sans comprendre. Tout allait trop vite pour moi.

« Oui. » Je m'efforçai de rassembler mes pensées. « Burrich m'en a parlé une fois. Il y a longtemps. » Soudain, je retrouvai le contexte de la conversation. C'était après la trahison accidentelle de Fouinot ; Burrich avait décrit l'Art comme l'opposé du sens que j'avais en commun avec les animaux, ce même sens qui m'avait révélé le changement de nature chez les villageois de Forge. L'apprentissage de l'un me libérerait-il de l'autre ? Ou serait-ce pour moi une dépossession ? Je songeai à l'intimité que j'avais partagée avec les chevaux et les chiens lorsque je savais Burrich au loin. Je me rappelai Fouinot avec un sentiment mélangé de chaleur et de peine. Jamais je n'avais été plus proche d'une autre créature vivante, ni auparavant ni depuis. La formation qui m'attendait allait-elle me dépouiller de cette faculté ?

« Qu'y a-t-il, mon garçon ? » La voix d'Umbre était bienveillante mais inquiète.

« Je ne sais pas. » J'hésitai, mais, même à Umbre, je n'osai dévoiler mes craintes. Ni ma tare. « Rien, je crois.

– On a dû te raconter de vieilles sornettes sur ton futur apprentissage », avança-t-il, et il se trompait complètement. Ecoute, mon garçon, ce n'est sûrement pas aussi difficile que ça en a l'air ; Chevalerie y est passé ; Vérité aussi. Et devant la menace des Pirates rouges, Subtil a décidé d'en revenir aux anciennes traditions et d'élargir le cercle des candidats potentiels. Il a besoin d'un clan, voire de deux, pour compléter ce que lui et Vérité peuvent déjà réaliser avec l'Art. Galen est loin d'être ravi, mais en ce qui me concerne c'est une excellente idée, bien que, bâtard moi-même, je n'aie jamais eu accès à l'apprentissage et ne me fasse donc qu'une vague idée de l'usage de l'Art pour défendre notre pays.

– Vous êtes un bâtard ? » La question avait jailli de mes lèvres sans crier gare. Cette révélation avait tranché le méli-mélo de mes pensées comme un rasoir. Umbre me dévisagea, aussi choqué par mes paroles que moi par les siennes.

« Evidemment ; je pensais que tu l'avais deviné depuis longtemps. Mon garçon, pour quelqu'un d'aussi perspicace, tu es curieusement aveugle par moments. »

Je le regardai comme si je le voyais pour la première fois. Les cicatrices de son visage, peut-être, avaient masqué la ressemblance, mais elle était bien là : le front, la forme des oreilles, la ligne de la lèvre inférieure... « Vous êtes le fils de Subtil ! » m'écriai-je, en me fondant sur son seul aspect. Mais avant même qu'il réponde je me rendis compte du ridicule de ma déclaration.

« Son fils ? » Umbre eut un rire lugubre. « Oh, qu'il serait fâché ! Mais la vérité le fait grimacer encore davantage. C'est mon demi-frère cadet, mon garçon ; mais lui a été conçu dans un lit légitime et moi pendant une campagne militaire à Bord-du-Sable. » A mi-voix, il ajouta : « Ma mère était soldat lorsqu'elle m'a conçu ; mais elle est rentrée chez elle pour l'accouchement et, plus tard, elle a épousé un potier. Quand elle est morte, son mari m'a mis sur un âne et m'a donné un collier qu'elle portait souvent en me disant de le remettre au roi, à Castelcerf. J'avais dix ans. Le chemin était long et dur de Surgemas à Castelcerf, en ce temps-là. »

Je ne savais que dire.

« Assez parlé de ça. » Umbre se redressa, le visage austère. « C'est Galen qui va t'enseigner l'Art. Subtil a dû lui secouer les puces, mais il est arrivé à obtenir son accord, quoique avec des réserves : ses élèves ne doivent avoir d'autre professeur que lui pendant leur formation. J'aimerais qu'il en soit autrement, mais je n'y peux rien. Il te faudra être prudent. Tu connais Galen, n'est-ce pas ?

– Un peu, répondis-je. Seulement par ce qu'on en dit.

– Et personnellement, que sais-tu de lui ? »

Je pris une inspiration et réfléchis. « Il prend ses repas seul ; je ne l'ai jamais vu à table, ni avec les hommes d'armes, ni à la salle à manger. Je ne l'ai jamais vu s'arrêter un instant pour bavarder, que ce soit sur le terrain d'exercice, dans la cour de la laverie ou dans les jardins ; on dirait toujours qu'on l'attend quelque part et il est toujours pressé. Il traite mal les animaux ; les chiens ne l'aiment pas et il serre tellement la bride aux chevaux qu'il leur abîme la bouche et le tempérament. Il doit avoir l'âge de Burrich, je pense. Il s'habille bien, presque aussi coquettement que Royal. Une fois, j'ai entendu quelqu'un le qualifier d'homme de la reine.

– Pourquoi cela ? demanda vivement Umbre.

– Hum... il y a longtemps de ça. C'était Gage, un homme d'armes ; il était venu trouver Burrich un soir, un peu ivre et un peu amoché. Il s'était battu avec Galen, qui l'avait frappé au visage avec un petit fouet ou un truc comme ça. Gage voulait que Burrich le soigne parce qu'il était tard et qu'il n'aurait pas dû boire ce soir-là ; c'était bientôt son tour de garde, si je me souviens bien. Il avait surpris Galen en train de prétendre que Royal était deux fois plus noble que Chevalerie ou Vérité et que la coutume qui l'empêchait d'accéder au trône était ridicule ; d'après Galen, la mère de Royal était mieux née que la première épouse de Subtil, ce qui est de notoriété publique ; mais ce qui a chauffé les sangs de Gage au point d'engager la bagarre, c'est que Galen a soutenu que la reine Désir était plus royale que Subtil lui-même, car elle était de sang Loinvoyant par ses deux parents et Subtil par son père seulement. Du coup, Gage a voulu lui mettre son poing sur le nez, mais Galen s'est écarté et l'a frappé au visage. »

Je me tus.

« Ensuite ? m'encouragea Umbre.

– Et alors, Galen soutient Royal de préférence à Vérité ou même au roi. Et Royal, disons, l'accepte. Il a de meilleurs rapports avec lui qu'avec les serviteurs ou les soldats en général ; on dirait qu'il prend conseil auprès de lui, d'après les rares occasions où je les ai vus ensemble. D'ailleurs, c'était presque comique : Galen s'habille comme le prince et il a les mêmes gestes que lui, à croire qu'il le singe. Parfois, ils ont presque l'air de jumeaux.

– Ah oui ? » Umbre se pencha vers moi. « Qu'as-tu encore remarqué ? »

Je fouillai ma mémoire en quête de détails que j'aurais observés. « C'est tout, je crois.

– T'a-t-il déjà adressé la parole ?

– Non.

– Je vois. » Umbre hocha la tête. « Et que sais-tu de lui par ouï-dire ? Que soupçonnes-tu ? » Il cherchait à m'amener à une certaine conclusion, mais je ne voyais pas laquelle.

« Il est originaire de Labour, de l'intérieur. Sa famille est venue à Castelcerf en même temps que la seconde reine du roi Subtil. J'ai entendu dire qu'il avait peur de l'eau, qu'il s'agisse de faire du bateau ou de nager. Burrich le respecte, mais ne l'aime pas ; selon lui, il connaît son travail et il le fait bien, mais Burrich ne peut pas s'entendre avec un homme qui maltraite les animaux, même par ignorance. Les gens des cuisines ne l'apprécient pas ; il fait toujours pleurer les plus jeunes, il accuse les filles de laisser tomber des cheveux dans sa nourriture ou d'avoir les mains sales et il traite les garçons de voyous qui ne savent pas servir correctement. Du coup, les cuisinières ne l'aiment pas non plus, parce qu'après son passage, les apprentis sont dans tous leurs états et ils ne travaillent plus comme il faut. » Umbre ne me quittait pas des yeux, comme s'il attendait quelque chose de très important. Je me creusai la cervelle.

« Il porte une chaîne sur laquelle sont montées trois pierres précieuses ; c'est la reine Désir qui la lui a donnée en récompense d'un service particulier. Hum… Le fou le déteste ; une fois, il m'a raconté que, quand ils sont seuls, Galen le traite de monstre et lui jette des objets à la tête. »

Umbre haussa les sourcils. « Le fou te parle ? »

Il avait l'air abasourdi. Il se redressa si brutalement dans son fauteuil que du vin jaillit de sa coupe et lui éclaboussa le genou. Il l'essuya distraitement de la manche.

« Quelquefois, répondis-je, circonspect. Pas très souvent ; seulement quand l'envie lui en prend. Alors, il apparaît d'un coup devant moi et il me dit des trucs.

– Des trucs ? Quel genre de trucs ? »

Je pris soudain conscience que je n'avais jamais rapporté à Umbre le rébus du « Fitz débouche la bouche du bichon ». Je m'étais découragé devant la difficulté des explications. « Bah, des trucs bizarres. Il y a deux mois, il m'a abordé en me disant que le lendemain ne serait pas un bon jour pour la chasse. Pourtant, le temps était beau, et Burrich a tué un grand cerf ; vous devez vous en souvenir. C'est le même jour que nous sommes tombés sur un glouton. Il a salement amoché deux des chiens.

– Et, si j'ai bonne mémoire, il a bien failli t'avoir, toi aussi. » Umbre se pencha encore, l'air étrangement satisfait.

Je haussai les épaules. « Burrich l'a forcé et l'a abattu. Ensuite, il m'a enguirlandé comme si c'était ma faute et il m'a dit qu'il m'aurait assommé de ses propres mains si la bête avait blessé Suie. Comme si j'avais pu prévoir qu'elle s'en prendrait à moi ! » J'hésitai. « Umbre, je sais que le fou est bizarre, mais j'aime bien quand il vient me parler. Il s'exprime par énigmes, il m'insulte, il se moque de moi, il se permet de me donner des conseils sur ce que je dois faire, me laver les cheveux ou ne pas porter de jaune, mais…

– Oui ? fit Umbre comme si ce que je disais était de la plus haute importance.

– Je l'aime bien. » Je ne trouvais pas de meilleure conclusion. « Il se paye ma tête, mais de sa part ce n'est pas méchant. Ça me donne l'impression d'être, comment dire… important, qu'il ait choisi de s'adresser à moi. »

Umbre se radossa. Il cacha un sourire derrière sa main, mais la plaisanterie m'échappait. « Fie-toi à ton instinct, dit-il enfin avec laconisme. Et suis les conseils que te donne le fou. Et enfin, continue à tenir secret le fait qu'il te parle. On pourrait le prendre en mauvaise part.

– Qui ça ? demandai-je avec inquiétude.

– Le roi Subtil, peut-être. Après tout, le fou est à lui. Il l'a acheté. »

Une dizaine de questions me vinrent aussitôt à l'esprit. Umbre dut déchiffrer mon expression, car il leva la main pour me faire taire. « Pas maintenant. Tu n'as pas besoin d'en savoir davantage pour le moment ; tu en sais d'ailleurs plus qu'assez. Je n'ai pas coutume de divulguer des secrets qui ne m'appartiennent pas, mais ta révélation m'a surpris. Si le fou désire t'en apprendre plus long, qu'il le fasse lui-même. Mais il me semble que nous parlions de Galen. »

Je me renfonçai dans mon fauteuil avec un soupir. « Galen... Donc, il est désagréable avec ceux qui ne peuvent pas lui répondre, il s'habille bien et il prend ses repas seul. Qu'est-ce que je dois savoir d'autre, Umbre ? J'ai déjà eu des professeurs sévères et d'autres désagréables ; je pense que j'apprendrai à m'arranger de lui.

– C'est ton intérêt. » Umbre était grave. « Parce qu'il te hait. Il te hait davantage qu'il n'aimait ton père. La profondeur du sentiment qu'il portait à ton père m'a toujours déconcerté ; personne, pas même un prince, ne mérite une dévotion aussi aveugle, surtout aussi subite. Et toi, il te hait avec encore plus de force. Cela m'effraie. »

Le ton d'Umbre fit naître une nausée glacée au creux de mon estomac. L'angoisse que j'en ressentis me mit au bord du malaise. « Comment le savez-vous ? demandai-je, alarmé.

– Parce qu'il l'a dit à Subtil quand le roi lui a ordonné de t'inclure parmi ses élèves. “Ne faut-il pas que le bâtard apprenne sa vraie place ? Ne doit-il pas se satisfaire de ce que vous avez décrété en sa faveur ?” Et là-dessus, il a refusé de t'accepter.

– Il a refusé ?

– Je te l'ai déjà raconté. Mais Subtil s'est montré inflexible ; c'est le roi, et Galen doit lui obéir, tout homme de la reine qu'il ait été. Il s'est incliné et a déclaré qu'il essaierait de te former. Tu suivras son enseignement tous les jours à compter d'un mois. D'ici là, tu es à Patience.

– Où ça ?

– Au sommet d'une tour se trouve ce qu'on appelle le jardin de la Reine. On t'y introduira. » Umbre se tut, comme s'il voulait me prévenir d'un danger sans m'affoler. « Sois prudent, dit-il enfin, car entre les murs du jardin je n'ai aucune influence. Je suis aveugle. »

C'était un étrange avertissement, que je n'eus garde d'oublier.

13
MARTEL

Dame Patience affirma son excentricité dès son plus jeune âge. Ses nourrices la décrivaient comme farouchement indépendante, mais sans assez de bon sens pour se débrouiller seule. L'une d'elles remarqua : « Elle se promenait souvent toute la journée les lacets défaits parce qu'elle ne savait pas les nouer elle-même, mais ne supportait pas non plus qu'on le fasse à sa place. » Avant l'âge de dix ans, elle avait décidé de se dispenser de l'éducation traditionnelle qui seyait aux enfants de son rang et s'absorba dans des arts d'une discutable utilité pour son avenir : poterie, tatouage, concoction de parfums, culture et multiplication des plantes, surtout exotiques.

Elle n'avait nul scrupule à s'absenter de longues heures loin de toute surveillance ; elle préférait les bois et les vergers aux cours et aux jardins de sa mère. On pourrait croire que tout cela produirait une enfant robuste à l'esprit pratique, mais rien ne saurait être plus éloigné de la réalité : elle était constamment victime d'éruptions, d'éraflures et de piqûres, s'égarait fréquemment et n'acquit jamais le moindre sens de la prudence, vis-à-vis des hommes comme des animaux.

Elle fut en grande partie autodidacte : maîtrisant très tôt la lecture et l'écriture, elle dévora dès lors tous les manuscrits, livres et tablettes qui lui tombaient sous la main avec un appétit insatiable et dépourvu de discrimination. Ses précepteurs s'exaspéraient de sa distraction et de ses fréquentes disparitions, qui ne semblaient aucunement affecter sa capacité à apprendre quasiment n'importe quoi, vite et bien. Cependant, mettre en pratique ses connaissances ne l'intéressait pas du tout. La tête pleine de fantaisies et de chimères, elle substituait la poésie et la musique à la logique et aux bonnes manières et ne manifestait aucun intérêt pour les mondanités ni pour les coquetteries.

Et pourtant, elle épousa un prince, courtisée par lui avec un enthousiasme et une obstination qui causèrent un vrai scandale ; ce n'était que le premier qu'il devait connaître.

⋆

« Tiens-toi droit ! »

Je me raidis.

« Pas comme ça ! On dirait une dinde qui attend la hache, le cou étiré ! Plus détendu. Non, les épaules en arrière, ne te voûte pas. Tu te tiens toujours avec les pieds en canard comme ça ?

– Ma dame, ce n'est qu'un adolescent. Ils sont tous pareils, tout en os et en angles. Laissez-le entrer, qu'il trouve son aise.

– Très bien. Entre, alors. »

D'un hochement de tête, j'exprimai ma gratitude à la servante et un sourire creusa des fossettes dans son visage lunaire. Elle m'indiqua un banc recouvert d'une telle profusion de coussins et de châles qu'il y restait à peine la place de s'asseoir. Je m'y installai du bout des fesses et fis des yeux le tour de la chambre de dame Patience.

C'était encore pire que chez Umbre. J'y aurais vu le désordre de plusieurs années si je n'avais su que son occupante n'était arrivée que depuis peu. Même un inventaire complet de la pièce n'aurait pu la décrire, car c'était la juxtaposition des objets qui la rendait remarquable : un éventail de plumes, un gant d'escrime et un bouquet de roseaux dépassaient d'une botte usagée ; une petite chienne terrier noire avec deux chiots rondelets dormait dans une panière garnie d'une capuche de fourrure et de bas de laine ; une famille de morses en ivoire taillé trônait sur une tablette traitant du ferrage des chevaux. Mais l'élément dominant, c'étaient les plantes : de grosses masses de végétation débordaient de pots en argile, des boutures, des fleurs et des feuilles coupées emplissaient des tasses, des coupes et des seaux, des plantes grimpantes jaillissaient de chopes sans anse et de verres ébréchés ; des tiges dénudées, résultats d'essais malheureux, pointaient de pots en terre ; les plantes se massaient partout où elles pouvaient capter le soleil du matin ou du soir. On avait l'impression d'un jardin qui se serait déversé par la fenêtre et qui aurait poussé au milieu de la pagaille générale.

« Il doit avoir faim, non, Brodette ? Il paraît que c'est fréquent chez les adolescents. Je crois qu'il y a du fromage et des biscuits sur l'étagère près de mon lit. Veux-tu lui en rapporter, mon amie ? »

Dame Patience se tenait à une longueur de bras de moi et s'adressait à sa chambrière par-dessus mon épaule.

« Merci, mais je n'ai pas faim, vraiment, bredouillai-je avant que Brodette pût se lever. Je suis venu parce qu'on m'a dit de me mettre à votre disposition tous les matins pour aussi longtemps que vous le désireriez. »

C'était là une reformulation diplomatique des paroles du roi Subtil : « Va chez elle tous les matins et plie-toi à tous ses ordres, qu'elle me fiche enfin la paix ! Et continue jusqu'à ce qu'elle soit fatiguée de toi autant que je le suis d'elle. » Sa rudesse m'avait stupéfié ; il avait l'air aux abois et je ne l'avais jamais vu ainsi. Vérité était entré au moment où je me retirais discrètement et lui aussi paraissait tourmenté. A leurs gestes et à leur façon de parler, on aurait dit qu'ils avaient trop bu la veille, l'un comme l'autre, alors que le repas du soir avait justement brillé par une nette absence de gaieté et une tempérance presque absolue. Vérité m'avait ébouriffé les cheveux au passage. « Il ressemble de plus en plus à son père, celui-là », avait-il observé ; et, derrière lui, Royal s'était renfrogné. Il m'avait jeté un regard furieux avant de fermer bruyamment la porte des appartements du roi.

Je me retrouvais donc chez ma dame, qui tournait autour de moi à distance respectueuse et parlait sans s'adresser à moi, comme si j'étais un animal susceptible à tout instant de l'attaquer ou de souiller ses tapis. Visiblement, la scène réjouissait beaucoup Brodette.

« Oui. Je le sais, car, vois-tu, c'est moi qui ai demandé au roi qu'on t'envoie, m'expliqua dame Patience d'un ton appliqué.

– Oui, ma dame. » Je m'agitai sur mon bout de banc en essayant de prendre l'air intelligent et bien élevé. Etant donné nos rencontres précédentes, je ne pouvais guère lui reprocher de me traiter comme un dadais.

Le silence retomba. Je promenais mon regard sur le fouillis de la pièce et dame Patience avait les yeux tournés vers une fenêtre. Brodette souriait par en dessous en feignant de faire des frivolités de dentelle.

« Ah ! Tiens ! » Tel le faucon qui fond sur sa proie, dame Patience se baissa soudain et saisit un des chiots, le noir, par la peau du cou. Il poussa un glapissement de surprise et sa mère leva un regard désapprobateur vers dame Patience qui me fourra l'animal dans les bras. « Celui-ci est pour toi. Il est à toi, maintenant. Tous les garçons doivent avoir une bête à eux. »

J'attrapai le chiot qui se tortillait et parvins à le soutenir avant qu'elle ne le lâche. « A moins que tu ne préfères un oiseau ? J'ai une cage de pinsons dans ma chambre à coucher. Tu peux en prendre un, si tu veux.

– Euh, non. Un petit chien, c'est très bien. C'est merveilleux. » Cette dernière phrase s'adressait à l'intéressé. Ma réaction instinctive à ses « Yi ! Yi ! Yi ! » suraigus avait été de tendre mon esprit pour l'apaiser. Sa mère avait senti mon contact et l'avait approuvé ; elle se réinstalla dans son panier aux côtés du chiot blanc avec une joyeuse insouciance. Celui que j'avais dans les bras leva le museau et me regarda droit dans les yeux. Selon mon expérience, c'était là une attitude inhabituelle : la plupart des chiens évitent de croiser trop longtemps les regards. Etonnante aussi, la vivacité d'esprit dont il faisait preuve. Je savais, par une pratique subreptice dans les écuries, qu'en général les chiots de son âge n'ont qu'une conscience très floue d'eux-mêmes et que leur mère, le lait et leurs besoins immédiats en constituent les seuls points fixes. Mais ce petit gaillard possédait déjà une identité solidement établie et un profond intérêt pour tout ce qui l'entourait. Brodette, qui lui donnait des petits bouts de viande, lui plaisait, mais il se méfiait de Patience, non parce qu'elle se montrait cruelle, mais parce qu'elle trébuchait sans cesse sur lui et qu'elle le remettait dans le panier chaque fois que, laborieusement, il parvenait à en sortir. Il me trouvait un fumet tout à fait passionnant, et l'odeur des chevaux, des oiseaux et des autres chiens était comme des couleurs dans son esprit, des images de choses encore sans forme ni réalité pour lui mais qui le fascinaient pourtant. Je lui fournis la représentation correspondant à chaque odeur et il se mit à escalader ma poitrine avec frénésie, puis à me renifler et à me lécher, tout excité. *Emmène-moi, montre-moi, emmène-moi !*

« ... m'écoutes ? »

Je tressaillis ; un instant, j'attendis la taloche de Burrich, puis je repris conscience de ce qui m'entourait et du petit bout de femme qui se tenait devant moi, les mains sur les hanches.

« J'ai l'impression qu'il n'est pas tout à fait normal, remarqua-t-elle à l'adresse de Brodette. As-tu vu cette façon de rester sans bouger à regarder le chiot ? J'ai cru qu'il allait nous faire une attaque ! »

Brodette sourit avec douceur, penchée sur son ouvrage. « Tout à fait comme vous, ma dame, lorsque vous commencez à bricoler avec des feuilles et des boutures, et que vous finissez par contempler la terre, les bras ballants.

– Allons, fit Patience, manifestement mécontente, il n'y a pas de commune mesure entre l'expression méditative d'un adulte et l'air bovin d'un adolescent ! »

Plus tard, promis-je au chiot. « Pardonnez-moi, dis-je en essayant de prendre une mine repentante. Je me suis laissé distraire par le petit chien. » Il s'était roulé en boule au creux de mon bras et mâchonnait négligemment l'ourlet de mon pourpoint. J'aurais du mal à expliquer ce que je ressentais : il fallait que j'accorde mon attention à dame Patience, mais ce petit être mussé contre moi irradiait le bonheur et la satisfaction. Il est vertigineux d'être subitement propulsé au centre du monde de quelqu'un, même si ce quelqu'un est un chiot de huit semaines. Je compris alors la profondeur de ma solitude, une solitude qui ne datait pas d'hier. « Merci, dis-je, surpris moi-même de la reconnaissance qui transparaissait dans ma voix. Merci beaucoup.

– Ce n'est qu'un chien », répondit dame Patience et, à mon grand étonnement, elle eut l'air presque honteuse. Elle se détourna et regarda par la fenêtre. Le chiot se lécha le museau et ferma les yeux. *Chaud. Sommeil.* « Parle-moi de toi », demanda soudain mon hôtesse.

Je fus pris au dépourvu. « Que désirez-vous savoir, ma dame ? »

Elle eut un petit geste agacé. « Eh bien, à quoi occupes-tu tes journées ? Qu'apprends-tu ? »

Je m'efforçai de répondre, mais je la sentais impatiente. Elle pinçait les lèvres à chaque mention du nom de Burrich et ma formation au maniement des armes la laissa de marbre. Je ne pouvais naturellement rien dire d'Umbre. D'un hochement de tête, elle approuva raidement mon apprentissage des langues, de l'écriture et du calcul.

« Bien, me coupa-t-elle brusquement. Au moins, tu n'es pas totalement ignare. Si tu sais lire, tu peux apprendre n'importe quoi. A condition que tu le veuilles. As-tu envie d'apprendre ?

– Je crois. » Tiède réponse, mais dame Patience commençait à m'énerver. Même le chiot qu'elle m'avait donné ne suffisait pas à compenser son dénigrement systématique de mes connaissances.

« Dans ce cas, tu dois pouvoir apprendre. Car moi, j'ai l'intention de t'instruire, même si tu n'en as pas envie pour l'instant. » Son expression devint austère ; ce fut si soudain que j'en restai interloqué. « Et comment t'appelle-t-on, mon garçon ? »

Toujours cette question ! « Mon garçon. C'est très bien », marmonnai-je. Le chiot qui dormait dans mes bras s'agita en poussant un gémissement. Pour lui, je me contraignis au calme.

J'eus la satisfaction de voir une expression de détresse passer fugitivement sur les traits de Patience. « Je vais t'appeler, disons, Thomas. Tom pour tous les jours. Cela te convient-il ?

– Il faut bien », répondis-je effrontément. Burrich se donnait plus de mal qu'elle pour nommer un chien. Pas de Noiraud ni de Médor dans les écuries : Burrich baptisait chaque animal comme si c'était un roi, avec un nom qui le décrivait ou qui évoquait un caractère désirable. Même celui de Suie masquait un feu tranquille que j'avais appris à respecter. Mais cette femme me donnait le nom de Tom sans même avoir pris le temps de respirer ! Je baissai les yeux afin de les dissimuler à sa vue.

« Parfait, dit-elle avec une pointe de sécheresse. Reviens demain à la même heure ; j'aurai des choses à te faire faire. Je te préviens, j'attendrai de toi que tu travailles de bon cœur. Bonne journée, Tom.

– Bonne journée, ma dame. »

Je fis demi-tour et m'en allai. Brodette me suivit des yeux, puis son regard revint rapidement sur sa maîtresse. Je sentis sa déception, mais sans pouvoir en déceler la raison.

Il était encore tôt : cette première entrevue avait pris moins d'une heure. Comme on ne m'attendait nulle part, j'avais tout mon temps libre et je pris la direction des cuisines afin de soutirer à Mijote quelques restes pour mon chiot. J'aurais pu l'emmener aux écuries, mais Burrich aurait alors découvert son existence et j'étais sans illusions sur la suite : mon chien serait certes le bienvenu et demeurerait à moi, nominalement ; mais Burrich veillerait à trancher ce nouveau lien et cela, j'avais la ferme intention de l'éviter.

Je dressai mes plans. Je lui confectionnai une couche avec une panière empruntée aux lavandières et une vieille chemise jetée par dessus un lit de paille. Les saletés qu'il pourrait faire seraient pour l'instant réduites et, plus tard, mon lien avec lui me permettrait de le dresser sans mal. Pour le présent, il devrait rester seul une partie de la journée, mais en grandissant il pourrait m'accompagner. Naturellement, Burrich finirait par découvrir son existence, mais j'écartai résolument cette pensée : je m'en occuperais en son temps.

Il lui fallait un nom. Je l'étudiai donc attentivement : il n'était pas de ces terriers à poil bouclé qui passent leur temps à japper ; il aurait un pelage court et lisse, un cou épais et une gueule comme un seau à charbon. Mais, adulte, il m'arriverait en dessous du genou, par conséquent il ne lui fallait pas un nom trop pesant. Je ne voulais pas en faire un chien de combat, donc, pas question d'Eventreur ni de Chargeur ; il serait tenace et vif : Etau, peut-être ? Ou Vigie ?

« Ou Enclume. Ou Forge. »

Je levai les yeux. Le fou sortit d'une alcôve et m'emboîta le pas dans le couloir.

« Pourquoi ? » demandai-je. Il y avait belle lurette que je ne m'interrogeais plus sur la faculté du fou à savoir ce que je pensais.

« Parce que ton cœur sera martelé contre lui et que ta force sera trempée dans son feu.

– Ça fait un peu mélodramatique, objectai-je ; par ailleurs, Forge est un nom malvenu, ces temps-ci ; je n'ai pas envie de l'imposer à mon chien. Tiens, encore l'autre jour, en ville, j'ai entendu un ivrogne gueuler à un malandrin : "Que ta femme se fasse forgiser !" Tout le monde s'est retourné sur lui dans la rue. »

Le fou haussa les épaules. « Ça ne m'étonne pas. » Il me suivit dans ma chambre. « Marteau, alors. Ou Martel. Tu me le laisses voir ? »

A contrecœur, je lui passai le chiot qui se réveilla et se mit à se tortiller entre les mains du fou. *Pas d'odeur ! Pas d'odeur !* A ma grande surprise, je ne pus qu'être d'accord avec le chiot : même par le biais de son petit museau noir, je ne détectais aucune odeur émanant du fou. « Attention. Ne le lâche pas.

– Je suis un fou, pas un idiot. » Mais il s'assit néanmoins sur mon lit et posa l'animal près de lui. Martel se mit aussitôt à renifler et gratter mes draps. Je m'installai de l'autre côté afin de veiller à ce qu'il ne s'approche pas trop du bord.

« Alors, me demanda le fou d'un air dégagé, tu vas la laisser t'acheter avec des cadeaux ?

– Pourquoi pas ? » Je me voulais dédaigneux.

« Ce serait une erreur, pour l'un comme pour l'autre. » Il tortillait le petit bout de queue de Martel, qui se retourna avec un grondement de bébé chien. « Elle va essayer de te donner des choses et tu seras obligé de les accepter, parce qu'il n'y aura pas moyen de refuser poliment. Mais tu devras décider si ces présents bâtiront un pont entre vous, ou un mur.

– Est-ce que tu connais Umbre ? » demandai-je brusquement, car le fou et lui s'exprimaient de façon si semblable qu'il me fallait savoir. Je n'avais jamais parlé d'Umbre à personne, sauf à Subtil, et je n'avais jamais entendu mentionner son nom dans la forteresse.

« Ombre ou soleil, je sais quand tenir ma langue. Tu ferais bien d'apprendre à en faire autant. » Il se leva sans crier gare et se dirigea vers la porte. Il s'y arrêta un instant. « Elle ne t'a détesté que les premiers mois. Et ce n'était pas vraiment de la haine envers toi ; c'était une jalousie aveugle vis-à-vis de ta mère, capable de donner un enfant à Chevalerie alors qu'elle-même n'y parvenait pas. Après ça, son cœur s'est radouci. Elle voulait te faire venir auprès d'elle, t'élever comme son propre fils. D'aucuns diraient qu'elle désirait s'approprier tout ce qui touchait à Chevalerie. Ce n'est pas mon avis. »

J'étais incapable de détourner mon regard du fou.

« Tu as l'air d'un poisson, la bouche ouverte comme ça », observa-t-il. Puis il poursuivit : « Naturellement, ton père a refusé en arguant que ce pourrait être perçu comme une reconnaissance formelle de son bâtard. Mais ce n'était pas la vraie raison, je pense ; ç'aurait été dangereux pour toi, voilà ce que je crois. » Il fit un geste bizarre de la main et un bâton de viande séchée apparut entre ses doigts. Je savais qu'il le tenait dissimulé dans sa manche, mais du diable si j'avais vu comment il avait exécuté son tour ! Il jeta la viande sur mon lit et le chiot bondit avidement dessus.

« Tu peux lui faire mal, si tu en as envie, continua-t-il. Elle se sent terriblement coupable de la solitude dans laquelle tu as grandi ; et ta ressemblance avec Chevalerie est telle que, quoi que tu dises, ce sera comme si c'était lui qui parlait. Elle est comme un diamant qui aurait un défaut : un coup bien placé de ta part et elle éclatera en mille morceaux. Elle est moitié folle, tu sais. Si elle n'avait pas consenti à l'abdication de Chevalerie, on n'aurait jamais pu le tuer ; en tout cas, pas avec tant de désinvolture quant aux conséquences. Et elle le sait.

– Qui est ce “on” ? demandai-je d'une voix tendue.

– Qui sont ces “on” ? » corrigea-t-il avant de s'éclipser. Le temps que j'atteigne la porte, il avait disparu. Je tendis mon esprit à sa recherche, sans résultat ; à croire qu'il avait été forgisé. A cette idée, un frisson glacé me parcourut et je retournai auprès de Martel. Il mâchonnait la viande dont il répandait des petits bouts gluants sur le lit. Je l'observai. « Le fou est parti », lui dis-je enfin. Il agita vaguement la queue pour accuser réception du message sans s'arrêter de mordiller son jouet.

Il était à moi, on me l'avait donné. Pas un chien d'écurie confié à mes soins, mais un chien à moi, hors d'atteinte de l'autorité de Burrich. A part mes vêtements et le bracelet de cuivre, cadeau d'Umbre, je ne possédais pas grand-chose ; mais ce chiot compensait tout ce qui avait jamais pu me manquer.

Le poil luisant, il était en bonne santé ; pour l'instant, son pelage était lisse, mais il se hérisserait avec le temps. Je le portai devant la fenêtre et distinguai alors de légères variations de couleur dans sa robe ; il serait tacheté sombre, donc. Je lui découvris une marque blanche sur le menton et une autre sur la patte arrière gauche. Il referma ses petites mâchoires sur la manche de ma chemise et se mit à la tirailler violemment en poussant de féroces grondements de bébé chien. Je me bagarrai avec lui sur le lit jusqu'à ce qu'il sombre dans un profond sommeil, les membres flasques, après quoi je le déposai sur son coussin de paille et me forçai à m'acquitter de mes leçons et de mes corvées de l'après-midi.

Ma première semaine avec Patience fut pénible, autant pour Martel que pour moi. J'appris à maintenir un filet d'attention en contact permanent avec lui afin qu'il ne se sente jamais seul et ne se mette pas à hurler quand je le quittais ; mais cela demandait de la pratique, si bien que j'étais souvent distrait. Au début, Burrich fronça les sourcils, mais je le persuadai que cela provenait de mes leçons avec Patience. « Je n'ai aucune idée de ce qu'elle attend de moi, lui dis-je le troisième jour. Hier, c'était la musique ; en l'espace de deux heures, elle a tenté de m'enseigner à jouer de la harpe, du biniou de mer et enfin de la flûte. Et chaque fois que j'étais sur le point de comprendre comment tirer une ou deux notes de l'un, elle me l'arrachait des mains et m'ordonnait d'en essayer un autre. Elle a conclu la séance en déclarant que je n'avais aucun don musical. Ce matin, c'était la poésie ; elle a entrepris de m'apprendre le poème sur la reine Panacée et son jardin. Déjà qu'il y en a toute une tartine sur les simples qu'elle cultivait et leur usage, mais en plus Patience mélangeait tout et elle m'enguirlandait quand je lui répétais ce qu'elle venait de dire : soi-disant, je me moquais d'elle et je devais bien savoir qu'on ne se sert pas d'herbe à chat pour les cataplasmes ! J'ai été bien soulagé quand elle a dit que je lui avais donné une telle migraine qu'on allait s'en tenir là ; et lorsque j'ai proposé de lui cueillir des boutons de main-de-vierge pour calmer la douleur, elle s'est redressée d'un coup : "Là ! Je savais bien que tu te moquais de moi !" Je ne sais pas quoi faire pour lui plaire, Burrich !

– Quel intérêt ? » grogna-t-il, et j'abandonnai le sujet.

Ce soir-là, Brodette se présenta chez moi. Elle frappa à la porte, entra et plissa le nez. « Vous feriez bien de répandre des herbes par terre si vous comptez garder ce chien ici ; et de vous servir d'eau vinaigrée quand vous nettoyez ses saletés. On se croirait dans une écurie.

– Sûrement », répondis-je. Je la regardais d'un air interrogateur.

« Je vous ai apporté ceci. J'ai eu l'impression que c'est ce que vous préfériez. » Et elle me tendit le biniou de mer. J'examinai les tubes larges et courts maintenus ensemble par des lanières de cuir. En effet, des trois instruments que j'avais essayés, c'était celui avec lequel j'étais le plus à l'aise ; la harpe possédait beaucoup trop de cordes et j'avais trouvé strident le son de la flûte, même entre les lèvres de Patience.

« C'est dame Patience qui me l'envoie ? demandai-je, perplexe.

– Non. Elle ignore que je l'ai pris ; elle croira l'avoir égaré dans sa pagaille, comme d'habitude.

– Mais pourquoi me l'apporter ?

– Pour que vous vous y exerciez. Quand vous aurez les doigts un peu plus déliés, rapportez-le et montrez à dame Patience ce que vous savez faire.

– Pourquoi donc ? »

Brodette soupira. « Parce que cela apaisera sa conscience, et moi, cela me facilitera la vie. C'est un calvaire d'être servante auprès de quelqu'un d'aussi mélancolique que dame Patience : elle voudrait tant que vous soyez doué pour quelque chose ! Alors, elle vous teste dans tous les domaines en espérant vous voir manifester un talent subit, afin de pouvoir annoncer triomphalement à tout le monde : "Là, je vous avais bien dit qu'il avait un don !" Mais moi, j'ai eu des fils et je sais que les adolescents, ça ne marche pas comme ça : on dirait qu'ils n'apprennent rien, qu'ils ne mûrissent pas, qu'ils n'ont pas de manières, mais il suffit de tourner le dos et les voilà qui grandissent, qui prennent du plomb dans la cervelle et qui charment tout le monde sauf leur mère ! »

J'étais un peu perdu. « Vous voulez que j'apprenne à jouer de ce truc pour rendre le sourire à Patience ?

– Pour qu'elle ait l'impression de vous avoir donné quelque chose.

– Elle m'a déjà donné Martel ; elle ne peut pas me faire de plus beau cadeau. »

Elle parut désarçonnée par mon abrupte sincérité. J'étais dans le même cas. « Ah bon. Eh bien, vous pourriez le lui dire ; mais apprenez peut-être aussi à jouer du biniou, à réciter une ballade ou à chanter une prière traditionnelle. Elle comprendra peut-être mieux. »

Après son départ, je m'assis pour réfléchir, balançant entre la colère et le désenchantement. Patience souhaitait me voir réussir dans la vie et se croyait obligée de me découvrir un talent, comme si, avant elle, je n'avais jamais rien fait ni accompli. Cependant, en songeant à mon passé et à ce qu'elle savait de moi, je m'aperçus qu'elle devait avoir de moi une image assez plate : je savais lire, écrire et m'occuper d'un cheval ou d'un chien ; pas davantage. Certes, je savais aussi concocter des poisons, préparer des potions soporifiques, dérober des objets, mentir et faire des tours de passe-passe, mais rien de tout cela ne lui aurait plu, quand bien même en eût-elle eu vent. Alors, avais-je des talents cachés, autres que ceux d'espion et d'assassin ?

Le lendemain, je me levai tôt et allai trouver Geairepu, qui se montra ravi quand je demandai à lui emprunter des pinceaux et des couleurs ; le papier qu'il me fournit était meilleur que celui des feuilles d'exercice et il me fit promettre de lui soumettre le résultat de mon travail. Tout en remontant chez moi, j'essayais de m'imaginer faisant mon apprentissage auprès de lui ; ce ne pouvait pas être plus dur que ce qu'on m'imposait depuis quelques jours.

Mais la tâche que je m'étais fixée s'avéra plus compliquée que toutes celles de Patience. Je regardai Martel endormi sur son coussin : la courbe de son dos ne devait pas être différente de celle d'une rune, les ombres de ses oreilles pas très éloignées de celles des illustrations de plantes que je copiais avec tant d'application sous la férule de Geairepu. Et pourtant, si, et j'y gaspillai des feuilles et des feuilles avant de me rendre soudain compte que c'étaient les ombres autour du chiot qui créaient les courbes de son dos et la ligne de sa croupe : je devais soustraire, non ajouter, et peindre ce que voyait mon œil plutôt que mon esprit.

Il était tard lorsque je rinçai mes pinceaux avant de les ranger. J'avais deux dessins dont j'étais assez content et un troisième qui me plaisait vraiment, bien que vague et brouillé ; on aurait dit un chiot vu en rêve plutôt qu'en réalité. Il représentait davantage ce que je percevais par le Vif que par les yeux.

Mais devant la porte de Patience, je regardai les feuilles que je tenais à la main et je me vis soudain comme un petit enfant qui tend à sa maman des pissenlits fanés et tout froissés. Etait-ce là un passe-temps pour un grand garçon ? Si j'étais vraiment l'apprenti de Geairepu, ce genre d'exercice serait tout à fait approprié, car un bon scribe doit savoir aussi bien tirer un trait rectiligne qu'illustrer et enluminer. Mais la porte s'ouvrit avant même que je ne frappe et je restai pétrifié sur place, mes dessins encore humides entre mes mains tachées de peinture.

J'obéis sans un mot lorsque Patience, d'un ton irrité, m'ordonna d'entrer en ajoutant que j'étais déjà bien assez en retard. Je m'assis au bord d'une chaise occupée par un manteau en bouchon et un ouvrage de broderie à demi achevé. Je posai mes œuvres à côté de moi sur un tas de tablettes.

« Je te crois capable d'apprendre à réciter de la poésie, si tu y mets du tien, dit-elle avec une certaine sécheresse dans la voix. Par suite, tu dois pouvoir apprendre à en composer, avec de la bonne volonté. Le rythme et la métrique ne sont jamais que... C'est ton petit chien ?

– C'était le but recherché », marmonnai-je, embarrassé comme je ne l'avais jamais été de ma vie.

Elle prit les feuilles et les examina l'une après l'autre, de près, puis à bout de bras. Elle s'arrêta longuement sur le dessin le plus flou. « Qui t'a donné ces peintures ? demanda-t-elle enfin. Note que ça n'excuse pas ton retard, mais j'aurais l'usage d'un artiste capable de reproduire ce que l'œil voit, avec des couleurs aussi naturelles. C'est l'ennui de tous les herbiers que je possède : toutes les plantes sont du même vert, qu'elles deviennent grises ou rosées en grandissant. Inutile d'espérer apprendre quoi que ce soit avec ce genre de tablettes...

– J'ai l'impression qu'il les a peints lui-même, ma dame, la coupa Brodette d'une voix douce.

– Et ce papier, il est bien supérieur à celui que je dois... » Patience s'interrompit soudain. « Toi, Thomas ? (C'était la première fois, je crois, qu'elle pensait à employer le nom qu'elle m'avait octroyé.) Tu peins comme ça ? »

Devant son air incrédule, je parvins à hocher légèrement la tête. Elle leva de nouveau les dessins. « Ton père était incapable de tracer une courbe, sauf sur une carte. Ta mère dessinait-elle ?

– Je n'ai aucun souvenir d'elle. » J'avais répondu d'un ton

revêche. Personne, à ma connaissance, n'avait jamais eu l'audace de me poser cette question.

« Quoi, aucun ? Mais tu avais six ans ! Tu dois bien te rappeler quelque chose – la couleur de ses cheveux, sa voix, comment elle t'appelait... » Il me sembla sentir dans sa voix un désir douloureux, une curiosité qu'elle n'osait pas tout à fait satisfaire.

L'espace d'un instant, la mémoire me revint presque : un parfum de menthe, ou peut-être de... Puis tout disparut. « Rien, ma dame. Si elle avait voulu que je me souvienne d'elle, elle m'aurait gardé auprès d'elle, je suppose. » Je verrouillai mon cœur. On ne pouvait pas exiger de moi un devoir de mémoire envers une mère qui m'avait abandonné sans jamais chercher à me revoir.

« Bien. » A cet instant, Patience se rendit compte, je crois, qu'elle avait mené la conversation vers un terrain difficile. Par la fenêtre, elle regarda le ciel gris. « Tu as eu un bon professeur de dessin, dit-elle tout à coup, d'un ton trop enjoué.

– C'est Geairepu. » Comme elle ne réagissait pas, j'ajoutai : « Le scribe de la cour, vous savez ; il voudrait me prendre comme apprenti. Mes lettres le satisfont et en ce moment il me fait travailler à copier ses images. Enfin, quand j'en ai le temps ; je suis souvent occupé et lui, il est souvent parti chercher des roseaux à papier.

– Des roseaux à papier ? répéta-t-elle d'un air distrait.

– Il a une petite provision de papier ; il en possédait plusieurs mesures, mais peu à peu la réserve baisse. Il l'avait achetée à un marchand qui l'avait obtenue d'un autre, qui lui-même la tenait d'un troisième, si bien qu'il ignore d'où vient le papier. Mais, à ce qu'il dit, c'était du roseau martelé ; ça donne un papier de bien meilleure qualité que celui que nous fabriquons, fin, souple, qui s'effrite moins vite avec le temps et qui prend bien l'encre, mais sans l'absorber au risque de brouiller les contours des runes. D'après Geairepu, s'il parvenait à trouver la formule, ça changerait pas mal de choses ; avec un bon papier bien solide, n'importe qui pourrait avoir chez soi une copie des tablettes du savoir traditionnel conservées à la forteresse ; et avec un papier bon marché, on pourrait apprendre à lire et à écrire à davantage d'enfants, selon lui en tout cas. Je ne comprends pas pourquoi il est si...

– J'ignorais que quelqu'un d'ici partageait mon intérêt. » Le visage de dame Patience s'illumina soudain. « A-t-il essayé de faire du papier à partir de racine de lis écrasée ? J'ai eu quelques réussites par ce moyen. Et aussi avec des brins d'écorce de kinoué tissés, puis pressés encore humides ; ça donne un matériau résistant et souple, quoique la surface laisse à désirer. En revanche, ce papier-ci… »

Son regard retomba sur les feuilles qu'elle tenait et elle se tut. Puis, d'un ton hésitant : « Tu aimes donc ce chiot à ce point ?

– Oui », répondis-je simplement, et nos yeux se croisèrent soudain. Elle me dévisagea avec la même expression distraite qu'elle avait souvent en regardant par la fenêtre. Tout à coup, des larmes perlèrent à ses yeux.

« Parfois, tu lui ressembles tant que… » Sa voix s'étrangla. « Tu aurais dû être de moi ! Ce n'est pas juste ! Tu aurais dû être de moi ! »

Elle jeta ces mots avec une telle violence que je crus qu'elle allait me frapper. Mais elle bondit vers moi et me serra dans ses bras, non sans piétiner sa chienne au passage ni renverser un vase contenant un bouquet de feuilles. L'animal se releva avec un glapissement, le vase se brisa en répandant de l'eau et des tessons dans toutes les directions, tandis que le front de ma dame prenait durement contact avec mon menton, si bien que, pendant quelques instants, je n'y vis plus que des étincelles. Avant que j'aie le temps de réagir, elle me lâcha et s'enfuit dans sa chambre en poussant un cri qui évoquait celui d'un chat ébouillanté. Elle claqua la porte derrière elle.

De toute la scène, Brodette n'avait pas cessé son ouvrage.

« Ça lui prend de temps en temps, fit-elle d'un ton calme, en m'indiquant la porte d'un signe de la tête. Revenez demain, me rappela-t-elle et elle ajouta : Vous savez, dame Patience s'est prise d'une grande affection pour vous. »

14
GALEN

Fils de tisserand, Galen était adolescent quand il arriva à Castelcerf. Son père était l'un des serviteurs personnels de la reine Désir qui avaient quitté Labour à sa suite. Sollicité était la maîtresse d'Art de Castelcerf, à l'époque. Elle avait formé le roi Bonté et son fils Subtil à l'Art, si bien qu'à l'adolescence des fils de Subtil, elle était déjà vieille ; aussi demanda-t-elle la permission au roi Bonté de prendre un apprenti et il y consentit. Galen bénéficiait largement des faveurs de la reine et, sur les vigoureuses injonctions de la reine-servante Désir, Sollicité choisit le tout jeune Galen comme apprenti. En ce temps-là comme aujourd'hui, les bâtards de la maison des Loinvoyant n'avaient pas accès à l'Art, mais lorsque ce don fleurissait par hasard hors de la famille royale, on le cultivait et on le récompensait. Sans nul doute, Galen était dans ce cas, celui d'un garçon qui manifeste un talent étrange et inattendu et qui attire subitement l'attention d'un maître d'Art.

Le temps que les princes Chevalerie et Vérité soient en âge d'apprendre l'Art, Galen avait assez progressé pour prendre part à leur formation, bien qu'il eût à peine un an de plus qu'eux.

*

Encore une fois, mon existence chercha son équilibre et le trouva brièvement. La gêne qui nous séparait, dame Patience et moi, s'éroda peu à peu en l'acceptation tacite que nous ne serions jamais tout à fait à l'aise ni d'une familiarité excessive l'un avec l'autre.

Nous n'éprouvions aucun besoin de partager nos sentiments et nous nous côtoyions à distance respectueuse, ce qui ne nous empêcha pas, le temps passant, d'arriver à une certaine compréhension mutuelle. Quelquefois même, au cours de cette danse ritualisée qu'était notre relation, nous connûmes des moments de franche gaieté et il nous arriva en certaines occasions de danser au son de la même flûte.

Une fois qu'elle eut abandonné l'idée de m'enseigner tout ce que devait savoir un prince Loinvoyant, elle put m'apprendre beaucoup, mais moins, certes, qu'elle ne souhaitait à l'origine. J'acquis une certaine pratique musicale, mais en lui empruntant ses instruments et au bout de nombreuses heures d'exercices solitaires. Plus que son page, je devins son coursier, et, à force de faire ses commissions, j'accumulai un grand savoir dans l'art de la parfumerie et des plantes. Même Umbre se montra enthousiaste lorsqu'il découvrit mes nouveaux talents dans le domaine de la multiplication par les racines et les feuilles et il suivit avec intérêt les expériences, souvent infructueuses, que dame Patience et moi-même menions afin de convaincre les bourgeons d'un arbre de faire des feuilles quand on les insérait dans l'écorce d'un autre. C'était là une magie dont elle avait entendu parler par la rumeur mais qu'elle ne se faisait pas scrupule d'essayer ; d'ailleurs, encore aujourd'hui, on peut voir dans le Jardin des femmes un pommier dont une branche donne des poires. Le jour où j'exprimai ma curiosité pour l'art du tatouage, elle refusa de me laisser marquer mon corps en disant que j'étais trop jeune pour une telle décision ; mais, sans le moindre problème de conscience, elle me permit de l'observer, et finalement de l'assister, alors qu'à coups d'aiguille elle s'instillait lentement de l'encre sous la peau de la cheville et du mollet pour y dessiner une guirlande de fleurs.

Mais tout ceci se mit en place en plusieurs mois, voire plusieurs années, et non en quelques jours. Au bout de dix jours, nous étions francs mais polis l'un avec l'autre. Elle fit la connaissance de Geairepu et l'enrôla dans son projet de fabriquer du papier à partir de racines. Le chiot grandissait bien et me rendait plus heureux de jour en jour. Les courses que dame Patience m'envoyait faire en ville me donnaient de multiples occasions de voir mes amis, en particulier Molly, en qui je trouvai un guide irremplaçable pour me piloter jusqu'aux étals odoriférants où j'achetais les fournitures pour parfum de dame Patience. La menace des Pirates rouges et de leurs forgisations rôdait toujours à l'horizon, mais, ces quelques semaines durant, ce ne fut guère qu'une terreur lointaine, comme le souvenir des frimas de l'hiver pendant une journée d'été. Un bref espace de temps, je fus heureux et, cadeau plus rare encore, j'en étais conscient.

Puis commencèrent mes leçons avec Galen.

La veille au soir, Burrich m'envoya chercher et j'allai le trouver en me demandant quel travail j'avais mal fait pour me valoir ses réprimandes. Il m'attendait devant les écuries en dansant d'un pied sur l'autre, aussi nerveux qu'un étalon entravé ; il me fit aussitôt signe de le suivre et m'emmena dans ses quartiers.

« Du thé ? » me proposa-t-il, et, à mon hochement de tête, il prit une bouilloire tenue au chaud près de l'âtre et me remplit une chope.

« Qu'est-ce qu'il y a ? » demandai-je en la prenant. Je ne l'avais jamais vu aussi tendu ; c'était si peu dans sa nature que je me pris à redouter quelque terrible nouvelle : Suie était malade, ou morte, ou bien il avait découvert l'existence de Martel.

« Rien. » Il mentait et c'était si visible qu'il le reconnut lui-même. « Voilà, mon garçon, avoua-t-il soudain : Galen est venu me voir aujourd'hui ; il m'a dit que tu allais être formé à l'Art et que, tant que tu serais son élève, je devais rester à l'écart – ne te donner aucun conseil, ne te confier aucune tâche, ni même partager un repas avec toi. Il s'est montré très... clair là-dessus. » Il se tut et je me demandai à quelle expression plus nette il avait renoncé. Il détourna les yeux. « Fut un temps où j'espérais qu'on te donnerait cette chance, mais comme ça n'arrivait pas, je me suis dit, bon, c'est peut-être aussi bien. Galen peut être dur, comme professeur. Très dur. J'en ai eu des échos : il impose une discipline de fer à ses élèves, tout en prétendant ne pas exiger davantage d'eux que de lui-même. Tiens, tu me croiras si tu veux, il paraît qu'on dit la même chose de moi ! »

Je me permis un petit sourire qui m'attira un froncement de sourcils.

« Ecoute donc ce que je te dis ! Galen n'a aucune affection pour toi et il n'en fait pas mystère. Naturellement, comme il ne te connaît pas, ce n'est pas ta faute ; ça tient seulement à... à ce que tu es, à ce que tu as déclenché, et Dieu sait que tu n'y étais pour rien. Mais si Galen l'admettait, ce serait reconnaître que c'était la faute de Chevalerie et je ne l'ai jamais entendu lui attribuer le moindre défaut ; pourtant, on peut aimer un homme tout en gardant les yeux ouverts. » D'un pas vif, Burrich fit le tour de la pièce, puis revint devant le feu.

« Et si tu vidais ton sac une bonne fois ? suggérai-je.

– J'essaye ! répondit-il d'un ton sec. Je ne sais pas ce que je dois te dire ; je ne suis même pas sûr de bien faire en t'en parlant. Est-ce que je suis en train de te donner des conseils ou de me mêler de ce qui ne me regarde pas ? Mais tes leçons n'ont pas encore commencé ; alors je te préviens dès maintenant : travaille d'arrache-pied ; ne sois pas insolent, montre-toi respectueux, poli ; écoute tout ce qu'il dit et apprends-le aussi vite et aussi bien que possible. » Il se tut à nouveau.

« Je n'avais pas l'intention d'agir autrement, répondis-je d'un ton un peu revêche, car ce n'était manifestement pas ce qui lui pesait sur le cœur.

– Je le sais bien, Fitz ! » Soudain, il soupira, puis s'assit brusquement de l'autre côté de la table et se prit les tempes entre les mains comme s'il avait mal à la tête. Je ne l'avais jamais vu si agité. « Il y a longtemps, je t'ai parlé de cette autre... magie. Le Vif. Le fait d'être lié aux bêtes, de devenir presque un animal soi-même. » Des yeux, il fit le tour de la pièce, comme s'il craignait d'être entendu. Il se pencha vers moi et, à voix basse mais d'un ton pressant : « Garde-t'en. J'ai fait ce que j'ai pu pour te montrer que c'était honteux et mal ; mais j'ai toujours eu l'impression que tu n'étais pas tout à fait d'accord. Oh, je sais que tu m'as toujours obéi, la plupart du temps ; mais en certaines occasions j'ai senti, ou soupçonné, que tu bricolais avec des choses dont ne s'approche pas un honnête homme. Je te le jure, Fitz, j'aimerais mieux... j'aimerais mieux te voir forgisé ! Ne prends pas cet air outré : je te dis ce que je pense. Et quant à Galen... Ecoute-moi bien, Fitz : ne lui en parle jamais. N'en parle pas, n'y pense même pas près de lui ! Je n'en sais pas bien long sur l'Art ni comment il marche ; mais parfois... oh, parfois, quand ton père me touchait avec l'Art, j'avais le sentiment qu'il connaissait mon cœur mieux que moi et qu'il y voyait des choses que je dissimulais, même à moi-même. »

Le rouge monta soudain aux joues tannées de Burrich et je crus presque voir des larmes frémir dans ses yeux noirs. Il détourna le visage vers le feu et je compris que nous en arrivions au cœur de ce qu'il devait me dire. Devait et non voulait : une profonde angoisse le taraudait, qu'il refusait de s'avouer. Un homme moins fort, moins dur envers lui-même, en aurait tremblé.

« ... crains pour toi, mon garçon. » Il s'adressait à la hotte en pierre de la cheminée et sa voix était si grave que j'avais du mal à le comprendre.

« Pourquoi ? » Une question simple est le meilleur moyen pour déverrouiller une porte récalcitrante ; c'est Umbre qui me l'avait enseigné.

« Je ne sais pas s'il le percevra en toi, ni ce qu'il fera dans ce cas. Il paraît que... Non, je sais que c'est vrai : il y avait une femme, enfin, à peine plus qu'une enfant, à vrai dire, qui savait s'y prendre avec les oiseaux ; elle vivait dans les collines, à l'est d'ici, et on disait qu'elle pouvait faire venir à elle un faucon sauvage du haut du ciel. Certains l'admiraient et disaient qu'elle avait un don ; ils lui apportaient leurs volailles malades ou l'appelaient quand les poules refusaient de pondre. Elle ne faisait que du bien, à ce que j'ai entendu dire ; mais Galen s'en est pris publiquement à elle, l'a traitée d'abomination et a déclaré que rien ne saurait arriver de pire pour notre monde que de la laisser se reproduire. Et un matin, on a trouvé son cadavre ; elle avait été battue à mort.

– C'était Galen ? »

Burrich haussa les épaules, geste qui ne lui ressemblait guère. « Son cheval n'était pas à l'écurie la nuit précédente, voilà tout ce que je sais. Et il avait les mains pleines d'ecchymoses, et le cou et la figure tout éraflés. Mais ce n'étaient pas des éraflures qu'une femme aurait pu lui faire, mon garçon ; c'étaient des marques de serres, comme si un faucon l'avait attaqué.

– Et tu n'as rien dit ? » demandai-je, incrédule.

Son rire amer sonna comme un aboiement. « Un autre a parlé avant moi. Galen a été accusé du meurtre par le cousin de la fille, qui se trouvait travailler chez nous, aux écuries. Galen a refusé de se défendre et ils sont montés aux Pierres Témoins se battre pour la justice d'El, qui prévaut toujours là-haut. Le règlement d'un différend au pied des Pierres a préséance sur la décision du tribunal royal et nul n'a le droit de le remettre en cause. Le garçon s'est fait tuer. Pour tout le monde, El avait rendu sa justice, le garçon avait accusé Galen à tort ; on a rapporté ces propos à Galen, qui a répliqué que la justice d'El, c'était que la fille soit morte avant d'avoir conçu, ainsi que son cousin, impur lui aussi. »

Burrich se tut. Ses paroles m'avaient retourné l'estomac et je sentais une peur glacée s'infiltrer en moi. Une question une fois tranchée aux Pierres Témoins ne pouvait plus jamais être soulevée ; c'était au-delà de la loi : c'était la volonté même des dieux. Ainsi, j'allais avoir pour professeur un meurtrier, un homme qui chercherait à me tuer s'il me soupçonnait d'avoir le Vif.

« Oui, dit Burrich comme si j'avais parlé tout haut. Oh, Fitz, mon fils, sois prudent, sois avisé ! » Et je m'étonnai un instant, car on aurait dit qu'il craignait pour moi. Mais il ajouta : « Ne me fais pas honte, mon garçon, ni à ton père. Que Galen ne puisse pas dire que j'ai laissé le fils de mon prince devenir à demi animal. Montre-lui que le sang de Chevalerie n'est pas dénaturé dans tes veines !

– J'essaierai », marmonnai-je ; puis j'allai me coucher, inquiet et le moral au plus bas.

Le Jardin de la reine ne se situait pas près du Jardin des femmes, ni de celui des cuisines, ni d'aucun autre jardin de Castelcerf ; non, il se trouvait au sommet d'une tour ronde. Face à la mer, son enceinte avait été surélevée, mais au sud et à l'ouest, le muret était bas et bordé de sièges. Les pierres captaient la chaleur du soleil et protégeaient des rafales salées venues de la mer. L'air était immobile, presque comme si l'on se mettait les mains en coupe sur les oreilles ; pourtant, ce jardin créé sur le roc avait quelque chose de sauvage : il y avait des cuvettes creusées dans la pierre, autrefois destinées, peut-être, à servir de bains d'oiseaux ou de compositions aquatiques, et toutes sortes de bacs, de pots et d'abreuvoirs en terre au milieu desquels se dressaient des statues. En un autre temps, bacs et pots avaient dû déborder de verdure et de fleurs, mais de ces occupants, seuls demeuraient quelques tiges flétries et du terreau moussu. Le squelette d'une plante grimpante s'entortillait sur un treillis vermoulu. Ce spectacle m'inspirait une tristesse plus glacée que les premiers frimas de l'hiver approchant ; c'est Patience qui aurait dû s'en occuper, me disais-je ; elle y aurait fait renaître la vie.

Le jardin était désert quand j'y arrivai, mais Auguste se présenta peu après. Il possédait la large carrure de Vérité, de même que j'avais hérité de la taille de Chevalerie, et le teint sombre des Loinvoyant. Distant mais poli comme toujours, il me salua d'un hochement de tête, puis se mit à déambuler parmi les statues.

D'autres apparurent rapidement à sa suite. Leur nombre, plus d'une douzaine, me surprit. A part Auguste, fils de la sœur du roi, nul ne pouvait revendiquer davantage de sang Loinvoyant que moi. Il y avait là des cousins, germains ou au premier degré, des deux sexes, certains plus âgés, d'autres plus jeunes que moi. Auguste était sans doute le cadet du groupe, avec ses deux ans de moins que moi, et Sereine la doyenne, puisqu'elle avait dans les vingt-cinq ans. Ils se comportaient d'une façon étrangement réservée : certains parlaient doucement entre eux, mais la plupart se promenaient de-ci, de-là, en tâtant du doigt la terre vierge des bacs ou en admirant les statues.

Alors Galen arriva.

Il fit claquer la porte de l'escalier derrière lui et plusieurs élèves sursautèrent. Puis il posa sur nous un long regard, que nous lui rendîmes.

J'ai remarqué quelque chose chez les gens maigres : certains, tel Umbre, semblent si attirés par l'existence qu'ils en oublient de manger ou, au contraire, qu'ils brûlent jusqu'à la moindre miette de nourriture au feu de la fascination passionnée que leur inspire la vie. Mais il existe un autre type d'individus, ceux qui traversent les jours avec des allures de cadavre, les joues hâves, les os saillants ; on sent bien que ce bas monde les dégoûte tellement qu'ils n'en absorbent le moindre élément qu'avec la plus grande réticence. En voyant Galen, j'aurais juré qu'il n'avait jamais vraiment apprécié la plus infime bouchée de nourriture ni une seule gorgée de liquide de sa vie.

Sa tenue me laissa perplexe : riches, opulents, avec de la fourrure au col et une telle quantité de perles d'ambre sur sa veste qu'une épée n'aurait pu la transpercer, ses vêtements étaient pourtant si tendus, taillés si serrés sur sa silhouette qu'on en venait à se demander si le tailleur n'avait pas manqué de tissu pour terminer l'habit. A une époque où des manches bouffantes zébrées de couleurs vives étaient une marque de richesse, il portait une chemise aussi moulante que la peau d'un chat ; ses hautes bottes lui enserraient les mollets et il tenait à la main une petite cravache, comme s'il revenait de faire du cheval. Son costume d'aspect inconfortable s'ajoutait à sa maigreur pour donner une impression de pingrerie.

Ses yeux pâles et distants firent le tour du Jardin de la reine ; il nous soupesa du regard et nous rejeta aussitôt comme quantité négligeable. Il respirait par le nez – un nez de faucon – à la façon d'un homme devant une tâche désagréable. « Dégagez un bout de terrain, nous ordonna-t-il. Poussez tous ces rebuts de côté ; entassez-les là-bas, contre ce mur. Allons, dépêchons. Je n'ai nulle patience pour les lambins. »

Et ainsi les derniers vestiges du jardin furent détruits. Les arrangements de pots et de corbeilles, traces des petites allées et des tonnelles d'autrefois, furent balayés, les pots déposés dans un coin et les ravissantes statuettes entassées pêle-mêle par-dessus. Galen n'ouvrit la bouche qu'une fois, pour s'adresser à moi. « Dépêche-toi, bâtard ! » me dit-il alors que je m'escrimais à porter un pesant bac en terre, et il m'abattit sa cravache en travers des épaules ; le coup ne fut pas violent, guère plus qu'une tape, mais cela sentait tant sa préparation que je cessai tout effort pour regarder Galen. « Ne m'as-tu pas entendu ? » fit-il d'un ton hargneux. Je hochai la tête et me remis au travail. Du coin de l'œil, j'aperçus une curieuse expression de satisfaction sur son visage. Ce coup était un test, je n'en doutais pas, mais j'ignorais si je l'avais réussi ou non.

Le sommet de la tour fut bientôt nu ; seuls les traînées vertes de mousse et les cours d'eau miniatures depuis longtemps à sec indiquaient encore qu'il s'était trouvé là un jardin. Galen nous fit mettre sur deux colonnes, nous aligna par rang d'âge et de taille, puis il sépara les sexes, en plaçant les filles en retrait des garçons, sur la droite. « Je ne tolérerai ni la distraction ni les interruptions. Vous êtes ici pour apprendre, pas pour baguenauder », nous prévint-il, après quoi il nous fit prendre nos distances en nous faisant tendre les bras dans toutes les directions, pour être bien sûr que nous ne pouvions pas nous toucher, fût-ce du bout des doigts. J'y vis le prélude à des exercices physiques, mais non : il nous ordonna de rester sans bouger, les bras le long du corps, et de lui prêter attention. Nous écoutâmes donc son discours, debout dans l'air froid du sommet de la tour.

« Je suis le maître d'Art de cette forteresse depuis dix-sept ans. Jusqu'ici, je donnais mes leçons à de petits groupes, discrètement ; ceux qui ne manifestaient pas de talents étaient éconduits sans bruit. Les Six-Duchés n'avaient pas besoin de plus d'une poignée de personnes formées, et je n'enseignais qu'aux plus prometteurs, sans perdre mon temps avec ceux qui n'avaient pas de don ni de discipline. Ces quinze dernières années, je n'ai initié personne à l'Art.

« Mais les temps à venir s'annoncent difficiles. Les Outrîliens ravagent nos côtes et forgisent nos compatriotes ; le roi Subtil et le prince Vérité emploient leur Art à nous protéger ; grands sont leurs efforts et nombreux leurs succès, bien que le peuple ne se doute pas de ce qu'ils accomplissent. Croyez-moi, contre des esprits par moi formés, les Outrîliens n'ont guère de chances de résister. Ils ont peut-être remporté quelques maigres victoires en nous prenant par surprise, mais les forces que j'ai créées contre eux les mettront en déroute ! »

Une flamme brûlait au fond de ses yeux délavés et il tendit les bras au ciel en point d'orgue à ses propos. Il resta un long moment silencieux, le regard levé, les bras dressés au-dessus de la tête, comme s'il arrachait du pouvoir au ciel lui-même.

« Je le sais, reprit-il d'un ton plus calme. Je le sais. Les forces que j'ai créées vaincront. Mais notre roi, que tous les dieux l'honorent et le bénissent, notre roi doute de moi ; et comme c'est mon roi, je m'incline devant sa volonté. Il veut que j'essaye de trouver parmi vous, qui êtes de sang inférieur, ceux qui auraient le talent et la force de caractère, la pureté d'intention et la rigueur d'âme qu'exige l'apprentissage de l'Art. Selon les légendes, nombreux étaient autrefois ceux que l'on formait à l'Art et qui œuvraient aux côtés de leur roi à détourner le péril de notre pays. Peut-être est-ce exact, peut-être les vieilles légendes exagèrent-elles ; toujours est-il que mon roi m'a ordonné de créer un surcroît d'artiseurs et que je m'y efforcerai. »

Il n'accordait strictement aucune attention à la demi-douzaine de filles que comptait notre groupe. C'était si criant que je me demandai en quoi elles l'avaient offensé. Je connaissais vaguement Sereine, elle aussi élève douée de Geairepu, et j'avais l'impression de sentir la chaleur de sa colère. Dans la colonne voisine de la mienne, un garçon fit un mouvement ; d'un bond, Galen fut devant lui.

« Eh bien, on s'ennuie ? On se lasse des bavardages du vieux ?

– J'avais une crampe au mollet, messire », répondit étourdiment l'intéressé.

Du revers de la main, Galen lui assena une gifle qui lui rejeta la tête en arrière. « Tais-toi et reste immobile. Ou va-t'en ; ça m'est égal. Il est déjà évident que tu ne possèdes pas le courage nécessaire pour prétendre à l'Art. Mais le roi t'a jugé digne d'être ici et je vais donc tenter de t'enseigner. »

Je tremblais intérieurement, car Galen s'adressait au garçon, mais c'est moi qu'il regardait, comme si sa victime avait bougé par ma faute. Je me sentis envahi d'une profonde répulsion à son égard. J'avais reçu des coups de la main de Hod pendant mes cours de maniement du bâton et de l'épée ; j'avais eu des malaises provoqués par Umbre lui-même lorsqu'il m'apprenait les points sensibles du corps, les techniques de strangulation et les divers moyens de réduire un homme au silence sans le blesser ; j'avais eu ma part de claques, de taloches et de coups de pied au cul de la part de Burrich, certains justifiés, d'autres motivés par l'énervement d'un homme occupé. Mais je n'avais jamais vu personne frapper avec un tel plaisir. Cependant, je m'efforçai de rester impassible et de regarder Galen sans donner l'impression de le dévisager ; car je savais que, si je détournais les yeux, il m'accuserait de ne pas l'écouter.

Avec un hochement de tête satisfait, il reprit son discours. Pour maîtriser l'Art, il devait d'abord nous apprendre à nous dominer nous-mêmes et la privation physique était la clé de son enseignement. Le lendemain, il nous faudrait arriver avant le lever du soleil ; nous ne devions porter ni chaussures, ni chausses, ni manteau, ni aucun vêtement de laine ; la tête devait être nue, le corps d'une propreté scrupuleuse ; il nous exhorta à prendre exemple sur ses habitudes, alimentaires et autres, à éviter les viandes, les fruits sucrés, les plats assaisonnés, le lait et les « nourritures frivoles » ; il fit l'éloge du gruau, de l'eau froide, du pain complet et des tubercules à l'étuvée ; nous nous abstiendrions de toute conversation inutile, surtout avec les représentants du sexe opposé ; il nous mit longuement en garde contre les appétits « sensuels » de toute espèce, qui incluaient l'envie de manger, de dormir et d'avoir chaud ; enfin, il avait demandé qu'on dresse pour nous une table à part dans la salle à manger, où nous nous sustenterions d'aliments idoines sans nous perdre en bavardages futiles ni en questions oiseuses. Il prononça cette dernière phrase presque sur un ton de menace.

Ensuite, il nous fit subir une série d'exercices : fermer les yeux et les basculer vers le haut aussi loin que possible ; essayer de les faire rouler sur eux-mêmes comme pour voir l'intérieur de son propre crâne ; sentir la pression ainsi créée ; imaginer ce que l'on verrait si l'on pouvait les faire pivoter à ce point ; le spectacle ainsi révélé serait-il digne et juste ? Les yeux toujours clos, se tenir sur une jambe ; s'efforcer de rester parfaitement immobile ; trouver un équilibre, non seulement du corps, mais aussi de l'esprit ; en chassant toutes les pensées viles, on pouvait demeurer indéfiniment dans cette position.

Pendant ces divers exercices, il se déplaçait parmi nous ; je le suivais au bruit de sa cravache. « Concentrez-vous ! » ordonnait-il, ou : « Essayez au moins ! Essayez ! » Moi-même, j'eus droit à la badine au moins quatre fois ce jour-là ; ce n'était pas grand-chose, à peine une tape, mais, même sans douleur, le coup avait quelque chose d'effrayant. La dernière fois, ce fut sur l'épaule et la mèche s'enroula autour de mon cou tandis que l'extrémité venait me frapper au menton. Je tressaillis, mais je parvins à ne pas ouvrir les yeux et à conserver un équilibre précaire malgré mon genou qui me lançait. Comme Galen s'éloignait, je sentis une goutte de sang chaud me couler lentement sur le menton.

Il nous garda toute la journée et ne nous libéra qu'au moment où le soleil se dessinait comme une demi-pièce de cuivre à l'horizon et où les vents de la nuit se levaient. Pas une fois il ne nous avait permis d'aller manger, boire ni satisfaire aucun besoin. Il nous regarda passer en file indienne devant lui, un sourire sinistre aux lèvres, et ce n'est qu'après avoir franchi la porte que nous nous sentîmes libres de nous enfuir d'un pas incertain dans l'escalier.

J'avais une faim de loup, les mains rouges et enflées de froid et la bouche si sèche que je n'aurais pu parler même si je l'avais voulu. Mes compagnons étaient apparemment dans le même état, bien que certains eussent souffert davantage que moi ; pour ma part, j'étais accoutumé aux longues journées, souvent en pleine nature. Mais Joyeuse, qui avait un an de plus que moi, avait l'habitude d'aider maîtresse Pressée dans ses travaux de tissage : son visage rond était plus blanc que rouge de froid, et je l'entendis murmurer quelque chose à Sereine, qui lui prit la main en descendant l'escalier. « Ç'aurait été moins affreux s'il nous avait prêté la moindre attention », répondit Sereine sur le même ton. Et, consterné, je les vis jeter un coup d'œil apeuré par-dessus leur épaule, de crainte que Galen ne les ait aperçues en train de se parler.

Je n'avais jamais connu de souper plus lugubre à Castelcerf que celui de ce soir-là. Au menu, gruau froid de grain bouilli, pain, eau et purée de navets. Galen, qui ne mangeait pas, présidait notre tablée. Nul d'entre nous ne pipa mot ; je crois même qu'aucun de nous n'osa regarder les autres. J'avalai les portions qui m'étaient allouées et quittai la table presque aussi affamé qu'avant le repas.

Je regagnais ma chambre lorsque je me rappelai Martel et je retournai aux cuisines prendre les os et les restes que Mijote me mettait de côté, ainsi qu'une carafe d'eau pour remplir son écuelle. Tous ces objets me semblaient peser un poids épouvantable pendant que je gravissais l'escalier, et je m'étonnai qu'une journée de relative inactivité dans le froid ait pu me fatiguer autant qu'une même période de travail harassant.

Une fois que je fus dans ma chambre, l'accueil chaleureux et l'appétit de Martel me mirent du baume au cœur, et, dès qu'il eut fini de manger, nous nous pelotonnâmes au fond du lit. Il avait envie de jouer, mais y renonça bien vite et je me laissai sombrer dans le sommeil.

Je me réveillai en sursaut, en pleine obscurité, craignant d'avoir dormi trop longtemps. Un coup d'œil par la fenêtre m'indiqua que je pouvais encore arriver sur la tour avant le lever du soleil, mais tout juste ; pas question de faire une toilette ni de nettoyer les saletés de Martel, et je bénis Galen d'avoir interdit chausses et chaussures, car je n'avais pas le temps d'enfiler les miennes. Trop fatigué pour me sentir ridicule, je traversai la forteresse en flèche et grimpai quatre à quatre l'escalier de la tour. A la lumière vacillante des torches, j'aperçus certains de mes condisciples qui se hâtaient devant moi, et lorsque j'émergeai des marches la cravache de Galen s'abattit sur mon dos.

Elle mordit à travers le tissu fin de ma chemise. Je poussai un cri autant de surprise que de douleur. « Redresse-toi comme un homme et maîtrise-toi, bâtard ! » me dit Galen d'un ton hargneux et la cravache claqua encore une fois. Tous les autres avaient repris leurs places de la veille ; ils paraissaient aussi épuisés que moi et la plupart avaient l'air aussi indignés que moi du traitement que m'infligeait Galen. Je ne comprends toujours pas pourquoi j'allai m'aligner dans ma colonne, face à Galen, sans rien dire.

« Le dernier arrivé est en retard et recevra la punition que vous venez de voir », nous avertit Galen. C'était une règle cruelle, selon moi, car la seule façon d'éviter la cravache le lendemain serait de me présenter assez tôt pour la voir s'abattre sur un de mes camarades.

Suivit une nouvelle journée d'inconfort et d'insultes distribuées au petit bonheur ; c'est ainsi, du moins, que je vois les choses aujourd'hui. C'est ainsi, également que je devais les voir alors, tout au fond de moi, mais Galen ne parlait que de prouver notre valeur, de nous rendre forts et endurants ; il décrivait comme un honneur de rester sans bouger dans le froid, les pieds nus engourdis par le contact de la pierre glacée ; il attisait en nous la rivalité, la volonté de nous mesurer non seulement les uns aux autres, mais aussi à l'image déplorable qu'il avait de nous. « Montrez-moi que je me trompe, allait-il répétant. Je vous en prie, montrez-moi que je trompe, que je puisse au moins présenter au roi un élève digne de mon temps. » Et nous obéissions. En y repensant aujourd'hui, je m'étonne et je m'interroge sur moi-même ; mais en l'espace d'une journée, il avait réussi à nous couper du monde et à nous plonger dans une autre réalité, où les règles de la courtoisie et du sens commun n'avaient plus cours. Nous nous tenions exposés au vent, au froid, muets, dans diverses positions inconfortables, les yeux fermés, vêtus de guère plus que nos dessous ; et il déambulait parmi nous en distribuant des coups de sa ridicule petite cravache et des insultes de sa méchante petite langue. De temps en temps, il nous giflait ou nous bousculait brutalement, ce qui est beaucoup plus douloureux lorsqu'on est transi jusqu'aux os.

Ceux qui reculaient devant le coup ou trébuchaient étaient accusés de faiblesse. Tout le jour il critiqua notre indignité et nous répéta qu'il n'avait accepté de nous prendre comme élèves que pour obéir au roi. Il faisait comme si les filles n'étaient pas là et, bien qu'il évoquât souvent les princes et les rois du passé qui avaient manié l'Art pour défendre le royaume, pas une fois il ne mentionna les reines et les princesses qui en avaient fait autant ; jamais non plus il ne nous donna le moindre aperçu de ce qu'il tentait de nous apprendre. Il n'y avait que le froid, l'inconfort de ses exercices et l'attente du prochain coup de cravache. J'ignore pourquoi nous nous évertuions à supporter de telles conditions. Mais avec quelle rapidité nous nous étions faits les complices de notre propre dégradation !

Le soleil s'approcha enfin de l'horizon. Mais Galen nous avait réservé deux surprises ce jour-là ; d'abord, il nous permit d'ouvrir les yeux et de nous étirer librement pendant quelques instants ; puis il nous fit un dernier discours, celui-ci pour nous mettre en garde contre ceux qui, parmi nous, saperaient la formation des autres par un laisser-aller étourdi. Tout en parlant, il marchait lentement au milieu des rangs, et bien des yeux se levaient au ciel, bien des souffles étaient retenus sur son passage. Enfin, pour la première fois de la journée, il s'aventura du côté des filles.

« Certains, poursuivit-il, se croient au-dessus des lois. Ils s'imaginent avoir droit à une attention et une indulgence particulières. Vous devez chasser ce genre d'illusions de votre esprit avant de pouvoir apprendre quoi que ce soit. Mon temps a trop de valeur pour le passer à enseigner ces leçons aux fainéants et aux rustauds qui les ignorent encore. Le simple fait qu'ils aient réussi à s'introduire parmi nous est un affront ; mais ils sont là et, pour l'honneur de mon roi, j'essaierai de les instruire. Même si, à ma connaissance, il n'est qu'un moyen d'éveiller ces esprits paresseux. »

Et il cravacha Joyeuse par deux fois ; quant à Sereine, d'une bourrade, il la fit tomber sur un genou et il la frappa à quatre reprises. A ma grande honte, je n'intervins pas plus que les autres ; je me contentai d'espérer qu'elle ne se mettrait pas à pleurer, au risque d'aggraver la sanction.

Mais elle se releva, vacilla un instant et enfin se tint d'aplomb, immobile, le regard au-dessus de la tête des filles devant elle. Je poussai un soupir de soulagement. Mais Galen était déjà revenu vers nous et tournait autour de nous comme un requin autour d'une barque de pêcheur tout en pérorant sur ceux qui se croyaient trop doués pour partager la discipline du groupe, qui se permettaient de la viande à volonté tandis que les autres se limitaient à de salubres céréales et à des aliments purs. Mal à l'aise, je me demandai qui avait été assez bête pour visiter les cuisines en cachette.

C'est alors que je sentis la caresse brûlante du fouet sur mes épaules. Si j'avais cru jusque-là que Galen y mettait toute sa force, j'étais désormais détrompé.

« Tu pensais pouvoir m'abuser ! Tu pensais que je ne saurais pas que Mijote mettait de côté une assiette de friandises pour son cher petit protégé ! Mais je suis au courant de tout ce qui se passe à Castelcerf ! Ne te fais pas d'illusions à ce sujet ! »

Je compris soudain qu'il parlait des restes de viande que j'avais récupérés pour Martel.

« Ce n'était pas pour moi », protestai-je ; et je regrettai aussitôt de ne pas m'être plutôt coupé la langue.

Les yeux de Galen étincelèrent d'un feu glacé. « Tu es prêt à mentir pour t'épargner une petite douleur bien méritée. Tu ne maîtriseras jamais l'Art ; tu n'en seras jamais digne. Mais le roi a ordonné que j'essaye de te former et j'obéirai, malgré toi et ta basse naissance. »

Humilié, je subissais les coups qu'il m'assenait en expliquant aux autres que l'ancienne règle qui interdisait d'enseigner l'Art à un bâtard visait précisément à empêcher une telle situation.

Ensuite, je restai sans bouger, muet, honteux, tandis qu'il traversait les rangs en distribuant des coups de cravache de pure forme à chacun de mes condisciples, car, disait-il, la communauté devait payer pour les échecs de l'individu. Peu importait l'absurdité du raisonnement et la légèreté des coups à côté de ceux qu'il m'avait infligés : l'idée qu'on punît mes camarades à cause de ma faute me mortifiait à un degré jusque-là inconnu.

Enfin, il nous libéra et nous allâmes prendre un nouveau repas aussi lugubre que celui de la veille et presque semblable. Cette fois, le silence régna dans l'escalier et à table. Je montai ensuite tout droit dans ma chambre.

Bientôt de la viande, promis-je au chiot affamé qui m'y attendait. Malgré mon dos et mes muscles douloureux, je me contraignis à nettoyer la pièce, à ramasser les saletés de Martel, puis à m'en aller quérir des roseaux frais. Martel faisait un peu la tête à cause de ces deux journées de solitude et je me rendis compte avec inquiétude que j'ignorais combien de temps allait durer ce pénible apprentissage.

Je patientai jusqu'à l'heure tardive où tout le monde devait être couché avant de me risquer vers les cuisines. Je redoutais que Galen ne découvrît mon escapade, mais qu'y faire ? J'avais descendu la moitié du grand escalier quand j'aperçus la lumière d'une bougie, portée par quelqu'un qui montait. Je me plaquai au mur, certain qu'il s'agissait de Galen ; mais c'est le fou qui apparut, le teint aussi blanc et pâle que la cire de sa chandelle. De l'autre main, il tenait un seau rempli de nourriture et une carafe d'eau perchée dessus. Sans un mot, il me fit signe de rentrer dans ma chambre.

Une fois à l'intérieur, la porte fermée, il se tourna vers moi. « Je peux m'occuper du chien à ta place, me dit-il sèchement, mais pas de toi. Sers-toi de ta tête, petit : que peux-tu donc apprendre de ce qu'il t'inflige ? »

Je haussai les épaules, puis fis la grimace. « C'est pour nous endurcir, c'est tout. Ça ne devrait plus durer très longtemps ; après, il commencera pour de bon à nous former. Je peux le supporter. » Puis : « Attends un peu, dis-je tandis qu'il donnait de petits bouts de viande à Martel ; comment sais-tu ce que Galen nous fait subir ?

– Ah, ça, ce serait cafarder, répondit-il d'un ton badin, et je ne peux pas. Cafarder, je veux dire. » Il versa le reste du seau par terre, remplit d'eau l'écuelle du chien, puis se redressa.

« Je veux bien nourrir le chiot ; j'irai même jusqu'à essayer de le sortir un peu tous les jours. Mais je refuse de nettoyer ses saletés. » Il s'approcha de la porte. « C'est ma limite. Tu ferais bien de t'en imposer une aussi. Et vite ; très vite. Le danger est plus grand que tu ne l'imagines. »

Et il sortit, avec sa bougie et ses mises en garde. Aussitôt, je m'allongeai et m'endormis au bruit de Martel qui mâchonnait un os en grognant.

15

LES PIERRES TÉMOINS

L'Art, dans sa forme la plus élémentaire, jette un pont mental entre deux personnes. On peut l'employer de nombreuses façons : au combat, par exemple, un chef peut relayer des renseignements simples et donner des ordres directement à ses officiers subalternes, pour peu que ces derniers aient été formés à les recevoir. Quand l'Art est supérieurement développé, on peut l'utiliser à influencer les autres même s'ils ne sont pas exercés, ou l'esprit de ses ennemis en leur inspirant peur, confusion ou doute. Rares sont les hommes doués à ce point ; mais celui qui possède l'Art à un degré hors du commun peut aspirer à communiquer sans intermédiaire avec les Anciens, qui ne sont inférieurs qu'aux dieux eux-mêmes. Bien peu s'y sont risqués et, de ceux-là, un nombre plus restreint encore a obtenu ce qu'il cherchait. Car il est dit que, si l'on peut interroger les Anciens, il n'est pas sûr que leur réponse concerne la question posée, mais qu'elle porte plutôt sur celle qu'on aurait dû poser. Et un homme risque de ne pas survivre à l'audition de cette réponse.

Car c'est lorsqu'on parle aux Anciens que le bien-être ressenti à l'usage de l'Art est le plus fort et le plus périlleux. Tel est l'écueil dont doit toujours se garder tout pratiquant, fort ou faible : en utilisant l'Art, il perçoit la vie avec une acuité nouvelle, il ressent une telle élévation de l'être qu'il peut même en oublier de respirer ; c'est une attirance irrésistible, même dans les pratiques les plus courantes de l'Art, et assujettissante pour qui n'est pas animé d'une volonté inébranlable. Quant à la communication avec les Anciens, elle procure une exaltation d'une intensité à nulle autre pareille ; l'homme qui parle à un Ancien risque l'annihilation totale de ses sens et de sa raison et il mourra délirant ; il est vrai, cependant, qu'il mourra délirant de bonheur.

★

Le fou avait raison : je n'avais aucune idée du danger que j'affrontais et je continuai obstinément à m'y précipiter tête baissée. Je n'ai pas le courage de décrire les semaines qui suivirent ; qu'il suffise de dire que, chaque jour qui passait, Galen affermissait son emprise sur nous et se montrait plus cruel et plus manipulateur. Quelques élèves disparurent rapidement des rangs. Joyeuse en faisait partie ; elle cessa de venir après le quatrième jour ; la seule fois où je la revis, elle rasait les murs de la forteresse avec un air à la fois inconsolable et honteux. J'appris par la suite que, du moment où elle s'était désistée, Sereine et les autres filles lui avaient tourné le dos ; et quand, après cela, elles parlaient d'elle, on n'avait pas l'impression qu'elle avait échoué à un examen, mais plutôt qu'elle avait commis un acte abject et répugnant pour lequel il n'était pas de pardon. Elle finit par quitter Castelcerf ; j'ignore où elle s'en fut, mais elle ne revint jamais.

De même que l'océan trie les cailloux du sable et les dépose en strates sur la marque de marée d'une plage, Galen, à force de caresses et de brutalités, séparait ses étudiants. Au début, chacun de nous s'efforçait de donner le meilleur de lui-même, bien que nous ne ressentions ni affection ni admiration pour lui. Pour ma part, en tout cas, au fond de mon cœur je n'avais que haine à son égard. Mais c'était une haine si violente qu'elle avait généré en moi la résolution de ne pas me laisser briser par un homme comme lui. Après des jours et des jours d'insultes, lui arracher un seul mot favorable était comme recevoir un torrent d'éloges d'un autre maître. Constamment rabaissé, j'aurais dû finir par me montrer insensible à ses sarcasmes ; mais non : j'en arrivai à me convaincre qu'il avait en grande partie raison et je m'efforçai stupidement de changer.

La rivalité faisait rage entre nous pour obtenir son attention et des favoris se dégagèrent graduellement ; Auguste en était et Galen nous exhortait souvent à prendre exemple sur lui. Moi, j'étais sans conteste le plus méprisé, ce qui ne m'empêchait pas de brûler de me distinguer à ses yeux. Après la première fois, je ne fus plus jamais le dernier arrivé sur la tour et je ne bronchai jamais sous ses coups. Sereine non plus, qui partageait avec moi la distinction de son mépris ; et même, après le violent cravachage qu'elle avait subi, elle devint une sectatrice servile de Galen et ne prononça plus jamais la moindre critique à son encontre, alors qu'il se répandait sans cesse sur elle en sermons, réprimandes et injures. Il la battait bien davantage que les autres filles, mais cela ne faisait que la conforter dans sa détermination de supporter ses avanies et, après Galen, c'était elle qui se montrait la plus intolérante envers ceux qui perdaient courage ou mettaient notre apprentissage en question.

L'hiver s'intensifia. Il faisait froid au sommet de la tour, et sombre, hormis la vague clarté qui montait de l'escalier. Nous étions dans un lieu à l'écart du monde et Galen en était le dieu. Il forgea notre groupe en un bloc monolithique ; nous nous prenions pour une élite, des êtres supérieurs, privilégiés d'avoir accès à l'Art ; même moi, l'objet de tant de moqueries et de coups, j'en étais convaincu ; et nous méprisions ceux d'entre nous qu'il parvenait à briser. Durant cette période, nous restâmes entre nous et n'entendîmes que Galen. Umbre me manqua bien au début et je me demandais ce que faisaient Burrich et dame Patience ; mais, les mois passant, ces questions secondaires perdirent leur intérêt. Même le fou et Martel devinrent presque pour moi sources d'irritation, tant m'obsédait la volonté d'obtenir l'approbation de Galen. Le fou allait et venait sans mot dire. Il y avait cependant des moments, lorsque j'étais le plus endolori et le plus épuisé, où le museau de Martel contre ma joue était mon seul réconfort, et d'autres où j'avais honte du peu de temps que je lui accordais.

Au bout de trois mois de froid et de brimades, notre groupe se trouva réduit à huit candidats ; alors commença le véritable apprentissage et Galen nous rendit une petite mesure de confort et de dignité. Nous vîmes dans ce geste non seulement un luxe inouï mais un sujet de reconnaissance envers lui ; quelque fruit sec aux repas, la permission de porter des chaussures, l'autorisation d'échanger un ou deux mots à table – c'était tout, mais nous en ressentîmes une gratitude abjecte. Cependant, les vrais changements étaient encore à venir.

Tout remonte à ma mémoire, limpide comme le cristal, et je me rappelle la première fois où Galen me toucha avec l'Art. Nous étions sur la tour, encore plus écartés les uns des autres maintenant que le groupe s'était clairsemé ; il s'arrêtait devant chacun de nous un moment pendant que les autres attendaient dans un silence respectueux. « Préparez votre esprit au contact. Ouvrez-vous à lui, mais ne vous laissez pas aller au plaisir qu'il procure. Le but de l'Art n'est pas le plaisir. »

Il passait de l'un à l'autre sans suivre d'ordre particulier. Espacés comme nous l'étions, nous ne voyions pas le visage de nos voisins, et Galen n'aimait pas que nous le suivions des yeux ; aussi, nous n'entendions que ses paroles brèves et sèches, puis le hoquet de celui qu'il touchait. Devant Sereine, il lâcha d'un ton dégoûté : « J'ai dit de s'ouvrir, pas de reculer comme un chien battu ! »

Et enfin il se présenta devant moi. Je l'écoutai parler et, comme il nous l'avait recommandé, m'efforçai d'effacer mes perceptions sensorielles pour ne m'ouvrir qu'à lui. Je sentis son esprit effleurer le mien, comme un vague picotement sur mon front ; je demeurai ferme et le contact devint plus fort, se mua en chaleur, en lumière ; je refusai de m'y laisser entraîner. Galen se trouvait désormais dans mon esprit et m'observait avec sévérité ; en me servant des techniques de concentration qu'il nous avait apprises (imaginez un seau en bois du blanc le plus pur et déversez-vous dedans), je réussis à garder pied devant lui, en attente, conscient du lien créé par l'Art, mais sans m'y abandonner. Par trois fois la chaleur me traversa et par trois fois j'y résistai. Puis Galen se retira. A contrecœur, il m'adressa un hochement de tête approbateur ; pourtant, dans ses yeux je vis, non de la louange, mais une trace de peur.

Ce premier contact fut comme l'étincelle qui enflamme enfin l'amadou. J'avais compris le processus ; j'étais pour le moment incapable de le mettre en pratique, je ne savais pas encore transmettre mes pensées, mais je possédais maintenant un savoir que les mots étaient impuissants à exprimer. Je saurais artiser. Et, grâce à cette certitude, ma résolution se raffermit : rien de ce que pourrait m'infliger Galen désormais ne m'empêcherait d'apprendre.

Il le savait, je pense ; et, j'ignore pourquoi, cela l'effrayait, car, les jours suivants, il s'en prit à moi avec une férocité qui me paraît aujourd'hui incroyable. Paroles et coups violents pleuvaient, mais rien ne pouvait me détourner de mon but. Une fois, il me cingla le visage avec sa cravache et le coup me laissa une zébrure visible ; par hasard, Burrich se trouvait dans la salle à manger au moment où j'y descendis, et je vis ses yeux s'agrandir. Il se leva de table, les mâchoires crispées, avec une expression que je connaissais bien ; mais je baissai le regard et il resta un moment debout à dévisager Galen d'un air assassin, tandis que le maître d'Art le considérait avec hauteur. Enfin, les poings serrés, Burrich tourna les talons et quitta la salle. Je soufflai, soulagé que la confrontation eût été évitée ; mais à cet instant Galen me regarda et son expression triomphante me glaça le cœur. J'étais sa créature, à présent, et il le savait.

Souffrances et victoires se succédèrent la semaine suivante. Galen ne perdait jamais une occasion de me rabaisser, et pourtant je savais que je brillais à chaque exercice qu'il nous donnait. Je sentais mes condisciples tâtonner pour percevoir le contact de son Art, mais pour moi c'était aussi facile que d'ouvrir les yeux. Je connus cependant un moment d'intense terreur ; Galen avait pénétré dans mon esprit et m'avait transmis une phrase à répéter tout haut. « Je suis un bâtard et je déshonore le nom de mon père », dis-je sans broncher. Et soudain il reprit : *Tu tires ton énergie de quelque part, bâtard. Cet Art n'est pas le tien. Crois-tu que je ne saurai pas en découvrir la source ?* Alors je fléchis et m'écartai de son contact en dissimulant Martel au fond de mon esprit. Le sourire qu'il m'adressa lui découvrit toutes les dents.

Les jours suivants, nous nous livrâmes à une partie de cache-cache. J'étais obligé de le laisser pénétrer dans mon esprit pour apprendre l'Art, mais alors je devais jongler pour lui celer mes secrets, non seulement Martel, mais aussi Umbre et le fou, et Molly, Kerry et Dirk, ainsi que d'autres secrets plus anciens que je refusais de révéler, y compris à moi-même. Il les cherchait tous et je me démenais comme un beau diable pour les maintenir hors de sa portée ; mais, en dépit de son harcèlement, ou peut-être à cause de lui, je me sentais devenir plus fort dans ma maîtrise de l'Art. « Ne te moque pas de moi ! » me hurla-t-il à la fin d'une séance, et sa fureur redoubla lorsqu'il vit les autres échanger des regards choqués. « Occupez-vous de vos exercices ! » rugit-il. Il s'éloigna de moi, puis fit brusquement demi-tour et se jeta sur moi. A coups de poing, à coups de pied, il se mit à me frapper et, comme Molly il y avait bien longtemps, mon seul réflexe fut de me protéger le visage et le ventre. Les horions qu'il faisait pleuvoir sur moi évoquaient plus une colère d'enfant que l'attaque d'un adulte ; je sentis leur manque d'efficacité et compris soudain que j'étais en train de le *repousser*, pas au point qu'il le remarque, mais juste assez pour dévier légèrement ses coups. Je sus aussi qu'il ne s'en rendait pas compte. Quand il baissa enfin les poings et que j'osai le regarder, je constatai que j'avais momentanément remporté la victoire : dans les yeux des autres étudiants se lisaient à la fois la désapprobation et la peur ; même pour Sereine, Galen avait été trop loin. Blême, il se détourna de moi et, en cet instant, je perçus qu'il prenait une décision.

Ce soir-là, bien qu'affreusement fatigué, j'étais trop énervé pour dormir. Le fou avait laissé de quoi manger à Martel et j'excitai le chien avec un gros os de bœuf ; il avait planté les crocs dans ma manche et la tiraillait pendant que je tenais l'objet de sa convoitise hors de sa portée. C'était le genre de jeu qu'il adorait et il grondait avec une feinte férocité tout en me secouant le bras. Il avait presque sa taille d'adulte et je palpais avec fierté les muscles de sa nuque épaisse ; de mon autre main, je lui pinçai la queue et il tourna sur lui-même en grognant pour répondre à cette nouvelle attaque. Puis je me mis à jongler avec l'os et il essaya, les yeux rivés dessus, de l'attraper en claquant des mâchoires. « Pas de cervelle, l'asticotai-je. Tu ne penses qu'à ce qui te fait envie ! Pas de cervelle, pas de cervelle !

– Exactement comme son maître. »

Je sursautai et Martel en profita pour happer l'os au vol. Il se jeta au sol avec sa proie en n'accordant au fou qu'un battement de queue de pure forme. Je m'assis, hors d'haleine. « Je n'ai pas entendu la porte s'ouvrir ni se fermer. »

Le fou ne se perdit pas en vains détours. « Crois-tu que Galen te permettra de réussir ? »

J'eus un sourire suffisant. « Crois-tu qu'il puisse m'en empêcher ? »

Il s'assit à côté de moi avec un soupir. « J'en suis certain. Et lui aussi. Un seul point reste à déterminer : est-ce qu'il sera assez implacable pour le faire ? J'ai bien l'impression que oui.

– Eh bien, qu'il essaye, répondis-je avec désinvolture.

– Ça ne dépend pas de moi. » Le fou était mortellement grave. « J'avais espéré te dissuader, toi, de t'y risquer.

– Tu voudrais que j'abandonne ? Maintenant ? » Je n'en croyais pas mes oreilles.

« Oui.

– Mais pourquoi ? demandai-je d'une voix tendue.

– Parce que… » Il s'interrompit, agacé. « Je ne sais pas. Trop d'éléments convergent. Peut-être que, si j'arrive à détacher un fil, le nœud ne se formera pas. »

La fatigue m'envahit soudain et l'exaltation née de mon triomphe s'effrita devant ses sinistres mises en garde. L'irritation me gagna et je dis d'un ton cassant : « Si tu es incapable de t'exprimer clairement, pourquoi parler ? »

Il resta silencieux comme si je l'avais frappé. Puis : « C'est là un autre élément que j'ignore », fit-il enfin. Il se leva pour s'en aller.

Je l'appelai : « Fou…

– Oui. C'est bien ce que je suis. » Et il sortit.

Je persévérai donc et je m'améliorai. La lenteur de la formation me rendait impatient ; tous les jours nous répétions les mêmes exercices et peu à peu les autres commencèrent à maîtriser ce qui me semblait si naturel. Je m'étonnais : comment pouvaient-ils être à ce point coupés du reste du monde ? Comment pouvaient-ils avoir tant de mal à s'ouvrir à l'Art de Galen ? La difficulté, pour moi, n'était pas de m'ouvrir, mais plutôt de maintenir enfermé ce que je ne voulais pas partager. Souvent, alors qu'il m'effleurait avec l'Art, je sentais une vrille indiscrète s'introduire furtivement dans mon esprit. Mais je l'esquivais.

« Vous êtes prêts », nous annonça-t-il un jour où il faisait grand froid. C'était l'après-midi, mais les étoiles les plus brillantes se montraient déjà dans le bleu sombre du ciel ; je regrettais les nuages de neige de la veille qui avaient eu le mérite de nous éviter un froid trop intense. Je fis jouer mes orteils dans les chaussures de cuir que nous autorisait Galen dans l'espoir de les réchauffer. « Jusqu'à présent, je vous ai touchés avec l'Art afin de vous y habituer ; aujourd'hui, nous allons tenter un contact total. Vous vous projetterez vers moi pendant que je me tendrai vers vous. Cependant, attention ! Pour la plupart, vous avez réussi à surmonter la folie du contact de l'Art, mais elle n'a fait pour l'instant que vous effleurer. Aujourd'hui, ce sera plus fort. Résistez, mais restez ouverts à l'Art. »

Et à nouveau il se mit à circuler lentement parmi nous. Je me sentais faible mais sans peur et je pris patience. J'attendais cette expérience depuis longtemps. J'étais prêt.

A l'oreille, je sus que certains avaient échoué et ils se virent reprocher leur paresse ou leur stupidité. Auguste récolta des éloges, Sereine une gifle pour s'être projetée avec trop d'empressement. Enfin il arriva devant moi.

Je bandai mes muscles comme pour un concours de lutte. Son esprit effleura le mien et je répondis par une pensée curieuse. *Comme ceci ?*

Oui, bâtard. Comme ceci.

Et, l'espace d'un instant, nous restâmes en équilibre, tels des enfants sur une bascule. Je le sentis qui affermissait notre contact. Puis, sans crier gare, de toutes ses forces, il précipita son esprit contre le mien. J'eus la même impression que si mes poumons s'étaient vidés sous l'effet d'un choc, mais d'un choc mental plus que physique : au lieu d'être incapable de reprendre mon souffle, je me trouvai dans l'impossibilité de maîtriser mes pensées. Il se rua dans mon esprit, mit à sac mon intimité et je restai impuissant. Il avait gagné et il le savait. Mais son triomphe le rendit imprudent et je trouvai une ouverture ; je m'agrippai à lui, m'efforçai de m'emparer de son esprit comme il s'était emparé du mien, je m'accrochai et ne le lâchai plus, et en un éclair vertigineux je sus que j'étais plus fort que lui, que je pouvais lui imposer la pensée de mon choix. « Non ! » cria-t-il d'une voix suraiguë et, dans un brouillard, je compris qu'autrefois il avait mené le même combat contre quelqu'un qu'il méprisait, quelqu'un qui l'avait emporté sur lui comme j'en avais moi-même l'intention. « Si ! » répondis-je. « Meurs ! » m'ordonna-t-il, mais je savais que je n'obéirais pas. Je savais que j'allais gagner ; je concentrai ma volonté et j'assurai mon emprise.

L'Art ne se soucie pas de savoir qui sera le gagnant. En sa présence, nul ne doit s'accrocher à la moindre pensée, fût-ce un instant. Je commis cette faute ; et en la commettant, j'oubliai de me garder de cette extase qui est à la fois le miel et le poison de l'Art. L'euphorie déferla en moi, me submergea, et Galen, y sombrant lui aussi, cessa de piller mon esprit pour tenter de regagner le sien.

Je n'avais jamais rien ressenti de pareil.

Galen avait parlé de plaisir et je m'attendais à une sensation agréable, comme la chaleur en hiver, le parfum d'une rose ou un goût sucré au palais ; mais cela n'avait rien à voir. Le plaisir est un terme à connotation trop physique pour décrire ce que j'éprouvais ; il n'y avait là aucun rapport avec la peau ni avec le corps. Cette perception se répandit en moi, m'engloutit comme une vague que j'étais incapable de repousser ; l'exaltation m'envahit et se déversa à travers moi ; j'oubliai Galen et tout le reste ; je le sentis qui m'échappait et je savais que c'était important, mais je ne parvenais plus à m'y intéresser. J'oubliai tout pour une tâche unique : explorer cette sensation.

« Bâtard ! » cria Galen et il m'assena un coup de poing sur le côté du crâne. Je tombai, incapable de me défendre car la douleur n'avait pas suffi à me tirer de la transe de l'Art ; je sentis qu'il me bourrait de coups de pied, je reconnus le froid des pierres qui me meurtrissaient et m'éraflaient, mais j'avais l'impression d'être maintenu sous une couverture d'euphorie qui engourdissait mes sens et m'interdisait de prêter attention à la correction que je subissais. Mon esprit m'assurait, malgré la douleur, que tout allait bien, qu'il n'était pas nécessaire de me battre ni de me sauver.

Quelque part, une vague se retira, me laissant échoué, hoquetant. Galen se dressait au-dessus de moi, en sueur, les vêtements chiffonnés ; son haleine fumait dans l'air glacé quand il se pencha sur moi. « Meurs ! » dit-il, mais je n'entendis pas le mot : je le ressentis. Il me lâcha la gorge et je m'écroulai.

Et dans le sillage du ravissement dévorant de l'Art survint un déchirant sentiment d'échec et de culpabilité à côté duquel la souffrance physique n'était rien. Je saignais du nez, j'avais du mal à respirer et, sous la force des coups de pied de Galen, je m'étais arraché la peau sur le dallage de la tour ; les diverses douleurs qui m'assaillaient se contredisaient tant, elles tiraillaient mon attention dans tant de directions à la fois que j'étais incapable d'évaluer la gravité de mes blessures ; je n'arrivais même pas à me redresser. Mais une certitude me dominait de toute sa hauteur, m'écrasait de toute sa masse : celle d'avoir échoué. J'étais vaincu, j'étais indigne et Galen l'avait prouvé.

Comme de très loin, je l'entendis crier aux autres de prendre garde, car c'était ainsi qu'il traiterait ceux dont le manque de discipline les livrerait pieds et poings liés aux plaisirs de l'Art. Et il les avertit de ce qui attendait l'homme qui s'essayait à l'Art et succombait à ses sortilèges : il finissait décervelé, nourrisson dans un corps d'adulte, muet, aveugle, faisant sous lui, oublieux de la pensée, oublieux même du manger et du boire, jusqu'à se laisser mourir. Un tel individu passait les bornes même du mépris.

Et j'étais de cette engeance. Je me noyai dans ma honte ; je me mis à sangloter ; je méritais le traitement que Galen m'avait infligé et je méritais pire encore. Seule une pitié mal placée l'avait empêché de me tuer ; je lui avais fait perdre son temps, j'avais utilisé son enseignement si soigneusement dispensé à des fins complaisamment égoïstes. Je me fuyais moi-même et m'enfonçais toujours davantage, mais je ne découvrais en moi que haine et dégoût envers ma personne. Mieux valait la mort ; me précipiter du haut de la tour ne serait encore pas suffisant pour détruire ma honte, mais au moins je n'en aurais plus conscience. Je restai tapi et pleurai à chaudes larmes.

Les autres commencèrent à s'en aller. Au passage, chacun me décochait une insulte, un crachat ou un coup, mais c'est à peine si je m'en rendais compte. L'écœurement que je m'inspirais à moi-même dépassait incommensurablement le leur. Enfin, seul demeura Galen, debout à côté de moi. Il me poussa du bout de sa botte, mais j'étais incapable de réagir. Soudain, il fut partout, au-dessus, en dessous, autour et à l'intérieur de moi et je ne pouvais le repousser. « Tu vois, bâtard, me dit-il calmement, un sourire mauvais aux lèvres, j'avais essayé de les prévenir que tu n'étais pas digne, que l'apprentissage te tuerait. Mais tu n'as pas voulu m'écouter ; tu as tenté de t'approprier ce qui avait été donné à un autre. Et, encore une fois, j'avais raison. Bah, je n'aurai pas perdu mon temps si cela me vaut d'être débarrassé de toi. »

J'ignore quand il partit. Au bout d'un certain temps, je pris conscience que c'était la lune, et non plus Galen, qui se trouvait au-dessus de moi. Je roulai sur le ventre ; incapable de me mettre debout, je parvins à ramper – lentement, sans même me soulever complètement, je me traînais sur les pierres. L'esprit ancré sur une seule idée, je me mis en route vers le mur bas ; j'avais l'intention de me hisser sur un banc et, de là, sur le sommet du mur. Ensuite, la chute. Et rideau.

Ce fut un long trajet dans le noir et le froid. Quelque part, j'entendais des gémissements et pour cela aussi je me méprisais. Mais, tandis que j'avançais au ras du dallage, ils s'intensifièrent, comme l'étincelle au loin devient un feu quand on s'approche. Insistants, ils devinrent plus forts dans mon esprit, s'opposant à mon sort, petite voix de résistance qui refusait que je meure, qui niait mon échec. Ils étaient chaleur et lumière, aussi, et ils grandissaient à mesure que j'en cherchais la source.

Je cessai de ramper.

Je ne bougeai plus.

C'était en moi. Plus je fouillais, plus la source devenait puissante. Elle m'aimait même si j'en étais incapable moi-même, même si je ne le voulais pas. Elle m'aimait même si je l'en détestais. Elle planta ses petits crocs dans mon âme, se raidit et m'empêcha d'avancer. Et quand je voulus passer outre, un hurlement de désespoir en jaillit qui me traversa comme un trait de feu, m'interdisant de trahir une confiance si sacrée.

C'était Martel.

Il pleurait à l'unisson de mes souffrances, physiques et mentales. Et lorsque je cessai de chercher à me rapprocher de l'enceinte, il explosa dans un paroxysme de bonheur et de victoire pour nous deux. Je ne pus rien faire d'autre pour le récompenser que ne plus bouger, ne plus essayer de me détruire ; et il m'assura que c'était assez, que c'était une plénitude, que c'était une joie. Je fermai les yeux.

La lune était haute quand Burrich me retourna doucement sur le dos. Le fou avait une torche à la main et Martel dansait en cabriolant à ses pieds. Burrich passa ses bras sous mon corps et me souleva comme si j'étais encore un enfant qu'on venait de lui confier. J'entr'aperçus son visage sombre, mais n'y reconnus aucune expression déchiffrable. Il me porta jusqu'en bas du long escalier de pierre, suivi du fou qui lui éclairait le chemin ; il sortit de la forteresse, traversa les écuries et me monta dans ses quartiers. Là, le fou nous quitta, Burrich, Martel et moi, sans qu'un mot eût été prononcé, autant que je me souvienne. Burrich me déposa sur son lit avant de le tirer près du feu, et avec la chaleur me vint une grande douleur ; je remis mon corps à Burrich, mon âme à Martel et je perdis connaissance pendant un long moment.

Quand je rouvris les yeux, c'était la nuit. Laquelle, je l'ignorais. Burrich était toujours assis près de moi, l'œil vif, même pas affaissé dans son fauteuil. Je sentis la compression d'un bandage sur mes côtes ; je levai une main pour le toucher et me découvris avec surprise deux doigts éclissés. Burrich avait suivi mon geste des yeux. « Ils étaient enflés et ce n'était pas seulement le froid ; trop pour que je me rende compte s'ils étaient fracturés ou simplement foulés. Je leur ai mis une attelle au cas où ; mais à mon avis, ce n'est qu'une foulure. S'ils avaient été cassés, la douleur t'aurait réveillé quand j'ai travaillé dessus. »

Il s'exprimait calmement, comme s'il me racontait qu'il venait de purger un nouveau chien contre les vers pour éviter la contagion ; et de même que son débit régulier et son contact assuré avaient plus d'une fois apaisé un animal affolé, ils m'apaisèrent à mon tour. Je me détendis, convaincu que s'il gardait son calme, la situation ne devait pas être bien grave. Il glissa un doigt sous le bandage qui me maintenait les côtes pour en vérifier la tension. « Qu'est-ce qui s'est passé ? » me demanda-t-il tout en se tournant pour attraper une tasse de thé, comme si sa question et ma réponse n'avaient guère d'importance.

Je passai en revue les dernières semaines en cherchant un moyen de m'expliquer. Les événements dansaient dans ma tête, me glissaient entre les doigts ; seul demeurait le souvenir de la défaite. « Galen m'a mis à l'épreuve, dis-je enfin, d'une voix lente. J'ai échoué. Et il m'a puni. » Et à ces mots, un mascaret d'abattement, de honte et de culpabilité déferla sur moi et balaya le bref réconfort que j'avais eu à retrouver un environnement familier. Près de l'âtre, Martel s'éveilla brusquement et se redressa ; sans réfléchir, je l'apaisai avant qu'il ne se mette à gémir. *Couché. Rendors-toi. Tout va bien.* A mon grand soulagement, il obéit. Et à mon soulagement plus grand encore, Burrich parut ne pas s'être rendu compte de notre échange. Il me tendit la tasse.

« Tiens, bois ça. Tu as besoin d'eau, et les herbes engourdiront la douleur et te feront dormir. Allez, bois tout.

– Ça sent mauvais », protestai-je ; il acquiesça et me tint la tasse autour de laquelle mes mains meurtries ne pouvaient se refermer. Je bus tout le contenu, puis me rallongeai.

« C'était tout ? » demanda-t-il d'un ton circonspect et je sus de quoi il parlait. « Il t'a fait passer un examen sur un sujet qu'il t'avait appris et tu n'as pas su répondre. Et du coup, il t'a mis dans cet état ?

– Je n'ai pas réussi. Je n'avais pas le… l'autodiscipline qu'il fallait. Alors il m'a puni. » Les détails m'échappaient. La honte me submergeait et je me noyais dans mon malheur.

« On n'enseigne pas l'autodiscipline en battant les gens à mort. » Burrich détachait soigneusement ses mots comme s'il s'adressait à un idiot. Avec des gestes très précis, il reposa la tasse sur la table.

« Ce n'était pas pour m'instruire… Il me croit incapable d'apprendre, je pense. C'était pour montrer aux autres ce qui les attendait s'ils échouaient.

– On n'enseigne pas grand-chose de valable par la peur », affirma Burrich, têtu. Puis, plus cordialement : « C'est un bien piètre professeur qui essaye d'enseigner par la violence et les menaces. Imagine qu'on veuille dresser un cheval comme ça, ou un chien. Le plus cabochard des chiens apprend mieux d'une main ouverte que d'un bâton.

– Pourtant, tu m'as bien frappé, toi, quand tu essayais de m'apprendre certaines choses.

– Oui. Oui, c'est vrai ; mais c'était pour te secouer, te mettre en garde, ou te réveiller ; pas pour te faire du mal, jamais pour casser un membre, crever un œil ni rendre une main inutilisable. Jamais ! Ne raconte jamais que je t'ai frappé, toi ni aucune créature dont je m'occupe, de cette façon, parce que c'est faux ! » Il était outré que je puisse seulement insinuer une telle idée.

« Non ; tu as raison. » Je cherchai un moyen de lui expliquer les causes de ma punition. « Mais là, ce n'était pas pareil, Burrich ; le sujet à enseigner était différent et, par conséquent, l'enseignement aussi. » Je me sentais obligé de défendre la justice de Galen. « Je le méritais, Burrich ; ce n'était pas sa façon de nous instruire qui était en faute : c'est moi qui n'avais pas su apprendre. J'ai essayé, j'ai fait des efforts ; mais, comme Galen nous l'a dit, je crois qu'il y a une bonne raison pour ne pas former les bâtards à l'Art ; j'ai une tare, un défaut rédhibitoire.

– Tu parles !

– Si. Réfléchis, Burrich : si tu fais saillir une jument de race inférieure par un étalon de pure race, le poulain aura autant de chances d'hériter des faiblesses de la mère que des qualités du père. »

Un long silence s'ensuivit. Puis : « Ça m'étonnerait beaucoup que ton père ait partagé la couche d'une femme “inférieure” comme tu dis. Si elle n'avait aucun raffinement, aucun esprit ni aucune intelligence, ton père s'y serait refusé. Il n'aurait pas pu.

– On raconte qu'il aurait été enchanté par une sorcière des montagnes. » C'était la première fois que je rapportais une histoire que j'avais souvent entendue.

« Chevalerie n'était pas homme à se laisser prendre à ce genre de magicaillerie. Et son fils n'est pas un imbécile pleurnichard qui se traîne par terre en gémissant qu'il mérite de se faire rouer de coups. » Il se pencha vers moi et, du bout du doigt, appuya doucement juste en dessous de ma tempe. Une explosion de douleur fit vaciller ma conscience. « Tu vois ? Il s'en est fallu d'un cheveu que son “enseignement” te fasse perdre un œil ! » Il s'échauffait et je jugeai préférable de tenir ma langue. D'un pas vif, il fit le tour de la pièce, puis il pivota soudain face à moi.

« Le chien... il est de la chienne de Patience, n'est-ce pas ?

– Oui.

– Mais tu n'as pas... Ah, Fitz, dis-moi que tu n'as pas récolté ça parce que tu t'es servi du Vif ! Sinon, je n'oserai plus jamais adresser la parole à quiconque ni soutenir le regard de personne dans la forteresse ni dans tout le royaume !

– Non, Burrich, je te le promets, ça n'avait rien à voir avec le chien. C'est seulement que je n'ai pas su apprendre ce qu'on m'enseignait ; c'est ma tare.

– Tais-toi, m'ordonna-t-il d'un ton impatient. Ta parole me suffit ; je te connais assez pour savoir que tu la tiendras toujours. Mais pour le reste, tu racontes n'importe quoi. Allez, rendors-toi. Je dois sortir, mais je serai bientôt revenu. Repose-toi ; c'est la meilleure façon de se soigner. »

Burrich avait pris un air résolu. Mes discours semblaient l'avoir enfin convaincu, avoir tranché une question. Rapidement, il enfila des bottes, changea sa chemise pour une plus ample sur laquelle il ne passa qu'un pourpoint de cuir ; Martel s'était levé et poussait des gémissements inquiets quand Burrich sortit, mais il ne parvint pas à me transmettre la raison de son angoisse. Alors, il s'approcha de mon lit, grimpa dessus et s'enfonça sous les couvertures pour se coller contre moi et me réchauffer le cœur de sa confiance. Dans l'humeur de noir désespoir qui était la mienne, il était la seule lumière qui brillât. Je fermai les yeux et les herbes de Burrich m'entraînèrent dans un sommeil sans rêve.

Je me réveillai dans l'après-midi. Une bouffée d'air froid précéda l'entrée de Burrich ; il vérifia mon état général, m'écarquilla négligemment les yeux et palpa d'une main compétente mes côtes et mes autres blessures ; enfin, il poussa un grognement de satisfaction, puis enfila une chemise propre à la place de l'autre, terreuse et déchirée. Il n'avait pas cessé de fredonner, apparemment d'une belle humeur qui contrastait fort avec mes souffrances, tant physiques que morales, et ce fut presque avec soulagement que je le vis s'en aller. A travers le plancher, je l'entendis siffloter et crier des ordres aux garçons d'écurie, et soudain ces bruits si familiers et si ordinaires déclenchèrent en moi une nostalgie dont la violence m'étonna ; je voulais tout retrouver, l'odeur chaude des chevaux, des chiens et de la paille, les travaux simples, faits avec soin et à fond, et le bon sommeil que procure la fatigue d'une journée bien remplie. Je mourais d'envie de m'y replonger, mais l'indignité dans laquelle je me roulais me disait que même à cette vie-là j'échouerais. Galen se gaussait souvent de ceux qui effectuaient ces tâches humbles dans la forteresse ; il n'avait que mépris pour les filles de salle et les cuisinières, dérision pour les garçons d'écurie, et, selon ses propres termes, les hommes d'armes qui nous protégeaient de l'arc et de l'épée n'étaient « que des ruffians et des rustres, condamnés à repousser le monde en agitant les bras comme des ailes de moulin et à mater avec une épée ce qu'ils ne peuvent dominer avec l'esprit ». Aussi me trouvais-je aujourd'hui étrangement écartelé : je rêvais de retourner à une existence que Galen décrivait comme méprisable, mais en même temps je doutais, désespéré, d'en être encore capable.

Je gardai le lit deux jours. Burrich me soigna pendant ce temps avec une humeur taquine et enjouée à laquelle je ne comprenais rien ; il se déplaçait d'un pas vif, avec des gestes assurés qui le rajeunissaient extraordinairement. Que mes blessures le mettent tellement en joie ne faisait qu'ajouter à mon abattement. Mais au bout de deux jours d'alitement, Burrich m'annonça que rester trop longtemps sans bouger nuisait à son homme et qu'il était temps de me lever si je voulais guérir convenablement ; et de me trouver aussitôt toutes sortes de petits travaux à effectuer, dont aucun ne m'obligeait à puiser dans mes forces, mais en nombre suffisant pour m'occuper, car je devais me reposer fréquemment. Je crois que c'était l'occupation qu'il recherchait pour moi davantage que l'exercice, car il avait bien vu qu'au lit, je ne faisais que rester le nez au mur, vautré dans mon mépris de moi-même. Face à mon humeur tenacement dépressive, Martel lui-même commençait à se détourner de son assiette ; pourtant, en lui seul je trouvais une vraie source de réconfort. Me suivre dans les écuries constituait pour lui la plus grande joie de son existence ; il me transmettait tout ce qu'il flairait, tout ce qu'il voyait avec une intensité qui, malgré ma morosité, réactivait en moi l'émerveillement que j'avais connu en pénétrant pour la première fois dans le monde de Burrich. Violemment possessif, le chien allait jusqu'à dénier à Suie le droit de me renifler et s'attira de la part de Renarde un claquement de mâchoires qui le fit revenir dare-dare entre mes jambes, glapissant et la queue basse.

J'obtins d'avoir le lendemain libre pour me rendre à Bourg-de-Castelcerf ; le trajet me prit plus de temps que jamais auparavant, mais Martel apprécia la lenteur de mon allure qui lui permettait d'aller fourrer son museau sur chaque touffe d'herbe et contre chaque arbre du chemin. Je pensais que voir Molly me remonterait le moral et m'aiderait à redonner un peu de sens à ma vie ; mais, quand j'arrivai à la chandellerie, elle était occupée à remplir trois grosses commandes pour des navires en partance et, en attendant, je m'installai près de l'âtre de la boutique. Son père, assis en face de moi, buvait en me lançant des regards furibonds ; son penchant l'avait affaibli, mais n'avait pas modifié son tempérament et les jours où il était assez en forme pour se tenir droit sur une chaise, il était assez en forme pour boire aussi. Au bout d'un moment, je renonçai à tout semblant de conversation et restai simplement à le regarder s'enivrer et à l'écouter débiner sa fille, tandis que Molly courait çà et là comme une affolée, s'efforçant d'être à la fois efficace et accueillante avec les clients. La tristesse et la médiocrité de cet aperçu de leur existence ne firent que renforcer mon abattement.

A midi, elle avertit son père qu'elle fermait la boutique pour aller livrer une commande. Elle me confia un portant de chandelles, se chargea elle-même les bras et nous sortîmes en refermant le loquet derrière nous, sans prêter l'oreille aux imprécations de son père.

Une fois dans la brise piquante de la rue, j'accompagnai Molly à l'arrière de la maison. Elle me fit signe de ne pas faire de bruit, ouvrit la porte de derrière et déposa tout son chargement à l'intérieur, y compris mon portant de chandelles ; après quoi, nous nous mîmes en route.

Nous nous contentâmes tout d'abord de nous promener dans la ville en échangeant quelques menus propos ; elle m'interrogea sur mon visage contusionné et je lui répondis que j'avais fait une chute. Au marché, le vent froid qui soufflait sans désemparer vidait les étals de leurs vendeurs comme de leurs clients. Molly s'intéressa vivement à Martel qui se délecta de ses attentions ; sur le chemin du retour, nous fîmes halte dans une échoppe de thé ; elle m'offrit du vin chaud et prodigua tant de caresses à Martel qu'il finit par se mettre sur le dos en ne songeant plus qu'à se rouler dans son affection. Une idée me frappa soudain : Martel percevait très clairement les sentiments de Molly, alors que l'inverse n'était pas vrai, sinon à un niveau très superficiel. Je tendis délicatement mon esprit vers celui de ma compagne, mais la trouvai fuyante et vague, comme un parfum dont la fragrance croît et s'affaiblit dans la même bouffée d'air. Certes, j'aurais pu chercher plus profondément, mais je n'en vis pas l'utilité ; une sensation de solitude s'était abattue sur moi, l'impression mélancolique et accablante que Molly n'avait jamais été et ne serait jamais plus consciente de mes sentiments que de ceux de Martel. Aussi attrapai-je au vol les mots brefs qu'elle m'adressait, comme un oiseau picore des miettes de pain, sans chercher à écarter les rideaux de silence qu'elle glissait entre nous. Elle m'annonça bientôt qu'elle ne devait plus tarder à rentrer sous peine d'aggraver son cas, car si son père n'avait plus la force de la battre, il demeurait néanmoins capable de briser sa chope de bière par terre ou de renverser des étagères pour manifester son mécontentement de se voir négligé. En me disant cela, elle avait un curieux petit sourire qui semblait signifier que, si nous trouvions le comportement de son père amusant, sa situation perdrait de son horreur. Je fus incapable de lui rendre son sourire et elle détourna les yeux.

Je l'aidai à remettre son manteau et nous repartîmes vers la ville haute, face au vent, et je vis soudain dans cette lutte contre la pente et les éléments une métaphore de ma propre vie. A la porte de la boutique, Molly, à ma grande surprise, me serra dans ses bras et me déposa un baiser à l'angle de la mâchoire ; son étreinte avait été si brève que j'aurais pu croire m'être heurté à quelqu'un dans un marché. « Le Nouveau... », dit-elle, et puis : « Merci. Pour ta compréhension. »

Sur quoi, elle se faufila dans l'échoppe en refermant la porte derrière elle et je me retrouvai tout seul et abasourdi. Elle me remerciait de ma compréhension alors que jamais je ne m'étais senti plus coupé d'elle et de tout le monde. Tout le long du chemin jusqu'à la forteresse Martel babilla sur les odeurs qu'il avait flairées sur elle, sur sa façon de le gratter devant les oreilles, juste en ce point qu'il ne pouvait atteindre lui-même, et sur les adorables biscuits qu'elle lui avait donnés à la boutique de thé.

C'était le milieu de l'après-midi quand nous revînmes aux écuries ; j'effectuai quelques corvées, puis je remontai dans la chambre de Burrich où nous nous endormîmes, le chien et moi. A mon réveil, je découvris Burrich debout près de moi, les sourcils légèrement froncés.

« Lève-toi, que je jette un coup d'œil sur toi », m'ordonna-t-il ; j'obéis avec des mouvements las et me tins immobile pendant qu'il tâtait adroitement mes blessures. Satisfait de l'état de ma main, il m'annonça que le pansement était désormais inutile, mais que je devais conserver le bandage autour de mes côtes et venir tous les matins chez lui me le faire ajuster. « Pour les autres blessures, garde-les propres et sèches et n'arrache pas les croûtes ; s'il y en a une qui s'infecte, viens me trouver. » Il remplit un petit pot d'un onguent contre les douleurs musculaires et me le donna, ce dont je déduisis qu'il s'attendait à me voir partir.

Mais je ne bougeai pas, mon petit pot de pommade à la main. Une terrible tristesse s'enflait en moi, mais les mots me manquaient pour l'exprimer. Burrich me dévisagea, fronça les sourcils et se détourna. « Arrête de faire ça ! me dit-il d'un ton irrité.

– Quoi ?

– Parfois, tu me regardes avec les yeux de mon seigneur », répondit-il calmement ; puis avec une sécheresse renouvelée : « Alors, qu'est-ce que tu comptais faire ? Te planquer dans les écuries pour le restant de tes jours ? Non. Tu dois faire front ; faire front, relever le menton, prendre tes repas au milieu des gens de la forteresse, dormir dans ta chambre à toi et vivre ta propre vie. Et aussi terminer ton fichu apprentissage de l'Art ! »

Si ses premiers ordres m'avaient paru difficiles à mettre en pratique, ce dernier était quant à lui impossible à exécuter, c'était évident !

« Je ne peux pas, dis-je, incrédule devant tant de stupidité. Galen ne me laisserait jamais réintégrer le groupe ; et même s'il m'acceptait, je n'arriverais pas à rattraper les leçons perdues. J'ai échoué, Burrich. J'ai échoué, il n'y a pas à revenir dessus ; maintenant, il faut que je trouve à m'occuper. J'aimerais bien apprendre la fauconnerie, s'il te plaît. » Je m'entendis prononcer cette phrase avec stupéfaction, car en vérité cette idée ne m'avait jamais effleuré. La réponse de Burrich me parut tout aussi étrange.

« N'y compte pas : les faucons ne t'aiment pas. Tu as le tempérament trop bouillant et tu te mêles trop des affaires des autres. Ecoute-moi plutôt : tu n'as pas échoué, imbécile que tu es. Galen a simplement essayé de te virer ; si tu n'y retournes pas, il aura gagné. Tu dois y retourner et tu dois apprendre l'Art. Mais (et il planta ses yeux dans les miens avec une expression de colère) tu n'es pas obligé de supporter ses coups comme la mule d'un charretier ; par ta naissance, tu as droit à son temps et à son savoir ; force-le à te donner ce qui t'est dû ; ne t'enfuis pas. Personne n'a jamais rien gagné dans la fuite. » Il se tut, s'apprêta à rajouter quelque chose, puis se ravisa.

« J'ai manqué trop de leçons. Je ne pourrai jamais...

– Tu n'as rien manqué du tout », affirma-t-il d'un air buté. Il se détourna de moi et ce fut d'un ton monocorde qu'il reprit : « Il n'y a pas eu de leçons depuis ton départ. Tu devrais pouvoir reprendre l'apprentissage là où tu l'as laissé.

– Je ne veux pas m'y remettre.

– Ne me fais pas perdre mon temps en discutant, fit-il sèchement. Ne me pousse pas à bout ; je t'ai dit quoi faire. Fais-le. »

Soudain, j'eus de nouveau six ans et un homme subjuguait une foule d'un seul regard. Je frissonnai, soumis ; et tout à coup il me parut plus facile d'affronter Galen que de défier Burrich, même lorsqu'il ajouta : « Et tu vas me laisser ce chien jusqu'à la fin de ton apprentissage ; rester enfermé toute la journée dans une chambre, ce n'est pas une vie pour un animal. Son poil va s'abîmer et il ne va pas se muscler comme il faut. Mais veille à descendre ici tous les soirs pour t'occuper de lui et de Suie, ou tu auras affaire à moi. Et Galen peut bien en dire ce qu'il veut, je m'en fous. »

Et il me congédia. J'informai Martel qu'il devait rester avec Burrich, ce qu'il accepta avec une placidité qui m'étonna autant qu'elle me vexa. Abattu, je pris mon pot d'onguent et remontai d'un pas lourd à la forteresse ; je récupérai de quoi manger aux cuisines, car je n'avais pas le courage d'affronter quiconque à table, et je regagnai ma chambre. Il y faisait froid et noir ; il n'y avait pas de feu dans la cheminée, pas de chandelles dans les bougeoirs, et les roseaux répandus par terre sentaient le moisi. J'allai chercher des bougies et du bois, allumai une flambée, puis, en attendant qu'elle réchauffe un peu la pierre du sol et des murs, je me débarrassai des roseaux. Ensuite, comme Brodette me l'avait conseillé, je récurai la pièce à fond avec de l'eau chaude et du vinaigre ; par hasard, j'avais pris du vinaigre à l'estragon, si bien qu'à la fin de mon nettoyage, l'odeur de cette herbe imprégnait toute la chambre. Enfin, épuisé, je me jetai sur mon lit et m'endormis en me demandant pourquoi je n'avais jamais découvert comment ouvrir la porte qui menait aux appartements d'Umbre. Mais, dans le cas contraire, il m'en aurait sans doute refusé l'entrée, car c'était un homme de parole et il ne voudrait pas avoir affaire à moi avant que Galen en ait fini avec moi. Ou avant de découvrir que j'en avais fini avec Galen.

Je me réveillai à la lumière des bougies que portait le fou. J'ignorais l'heure qu'il était et où je me trouvais jusqu'à ce qu'il déclare : « Tu as juste le temps de faire ta toilette et de manger pour être le premier sur la tour. »

Il avait apporté de l'eau chaude dans un broc et des petits pains tout droit sortis des fours des cuisines.

« Je n'irai pas. »

Pour la première fois depuis que je le connaissais, le fou eut l'air surpris. « Pourquoi ?

– C'est inutile. Je n'arriverai à rien. Je n'ai absolument aucun talent et j'en ai assez de me taper la tête contre les murs. »

Les yeux du fou s'écarquillèrent encore. « Il me semblait pourtant que tu te débrouillais bien... »

Ce fut mon tour d'être surpris. « Bien ? Pourquoi est-ce que tu crois qu'il se moque de moi et qu'il me frappe ? Pour me récompenser de mes brillantes performances ? Non. Je n'ai même pas été fichu de comprendre comment on s'y prend ; tous les autres m'ont déjà surpassé. A quoi bon m'accrocher ? Pour que Galen démontre encore plus clairement qu'il avait raison ?

– Il y a quelque chose qui cloche, là-dedans », dit le fou d'une voix lente. Il réfléchit un instant. « Autrefois, je t'ai demandé de laisser tomber ton apprentissage ; tu as refusé. Tu t'en souviens ? »

Je m'en souvenais. « Je peux être têtu, quelquefois, avouai-je.

– Et si je te demandais aujourd'hui de le continuer ? De remonter sur la tour et de persévérer ?

– Pourquoi as-tu changé d'avis ?

– Parce que ce que je cherchais à empêcher s'est quand même

produit, mais que tu y as survécu. Du coup, j'essaye à présent de... » Sa voix mourut. « C'est comme tu me l'as dit : pourquoi parler si je suis incapable de m'exprimer clairement ?

– Si j'ai dit ça, je le regrette. Ce n'est pas une phrase à sortir à un ami. Mais je ne m'en souviens pas. »

Il eut un vague sourire. « Si tu ne t'en souviens pas, moi non plus. » Il prit mes deux mains entre les siennes ; il avait la peau étrangement fraîche et un frisson me parcourut à ce contact. « Accepterais-tu de continuer si je te le demandais ? Comme un ami ? »

Ce dernier mot sonnait bizarrement dans sa bouche ; il n'y avait mis nulle moquerie et l'avait au contraire prononcé avec soin, comme si le dire tout haut risquait de lui faire perdre son sens. Ses yeux incolores étaient rivés aux miens. Je m'aperçus que j'étais incapable de refuser, et j'acquiesçai.

Néanmoins, je me levai avec réticence. Le fou m'observa, impassible, tandis que je réajustais les vêtements dans lesquels j'avais dormi, me passais de l'eau sur le visage, puis m'intéressais à mon petit déjeuner. « Je n'ai pas envie d'y aller, lui dis-je en finissant le premier petit pain et en attaquant le second. Je ne vois pas où ça va me mener.

– Je me demande pourquoi il se casse la tête avec toi, fit le fou, son cynisme habituel retrouvé.

– Galen ? Il y est bien obligé, le roi lui a...

– Non, Burrich.

– Ça l'amuse de me donner des ordres, c'est tout », fis-je d'un ton plaintif qui, même à mes oreilles, évoquait un gosse pleurnichard.

Le fou secoua la tête. « Tu n'es pas au courant, hein ?

– De quoi ?

– De la façon dont le maître des écuries a sorti de force Galen de son lit et dont il l'a traîné jusqu'aux Pierres Témoins. Je n'y étais pas, naturellement, sinon je te raconterais que Galen s'est débattu en sacrant et en tempêtant, ce qui ne faisait ni chaud ni froid au maître des écuries ; en réalité, il faisait le dos rond, tout simplement, sans répondre. Burrich tenait le maître d'Art par le col, si bien que l'autre était au bord de l'étouffement, et il le tirait à travers le château. Et les soldats, les gardes et les garçons d'écurie les suivaient en un flot qui se transformait peu à peu en véritable torrent. Si j'avais été présent, je pourrais te dire que nul n'a osé s'interposer, car tous avaient l'impression que le maître des écuries était redevenu le Burrich d'autrefois, un homme aux muscles de fer, avec un tempérament noir qui était comme une folie quand il prenait le dessus ; à l'époque, personne ne se risquait à contrarier un tel caractère, et ce jour-là on aurait dit que Burrich était redevenu cet homme. S'il boitait encore, nul ne s'en est aperçu.

« Quant au maître d'Art, au début, il jurait en frappant des pieds et des poings, mais ensuite il s'est calmé et tous ont pensé qu'il rassemblait son savoir secret contre son ravisseur. Mais si c'est le cas, le seul effet visible en a été que le maître d'écurie a resserré sa prise sur sa gorge ; et si Galen a essayé d'inciter des spectateurs à prendre sa défense, ils n'ont pas réagi. Peut-être que se faire étrangler en même temps que remorquer avait suffi à troubler sa concentration, à moins que l'Art ne soit moins puissant que la rumeur ne le prétend ; ou bien trop nombreux étaient ceux qui gardaient le souvenir de ses mauvais traitements pour être sensibles à ses artifices. A moins encore que...

– Accouche, fou ! Que s'est-il passé après ? » Baigné d'une fine pellicule de sueur, je frissonnais sans trop savoir ce que j'espérais entendre.

« Je n'étais pas là, naturellement, répéta le fou d'un ton suave, mais j'ai entendu dire que le ténébreux a traîné le maigrichon jusqu'au pied des Pierres Témoins. Et là, sans lâcher le maître d'Art, de façon à lui couper le sifflet, il a énoncé son défi : ils allaient se battre, sans armes, à mains nues, tout comme le maître d'Art s'en était pris à certain jeune homme la veille. Et les Pierres attesteraient, si Burrich l'emportait, que Galen n'avait aucune raison de frapper le garçon et qu'il n'avait pas le droit de lui refuser son enseignement. Galen aurait volontiers rejeté le défi et serait allé trouver le roi lui-même ; malheureusement, le ténébreux avait déjà pris les Pierres à témoin. Ils ont donc engagé le combat, un combat qui n'était pas sans rappeler la façon dont un taureau lutte contre une botte de paille, la jette en l'air, la piétine et l'encorne. Quand il en a eu fini, le maître d'écuries s'est penché pour murmurer quelque chose à l'oreille du maître d'Art, avant de s'en retourner au château en compagnie de la foule, en laissant l'autre allongé par terre, tout sanguinolent devant les Pierres qui l'écoutaient gémir.

– Qu'est-ce qu'il lui avait dit ? demandai-je, haletant.

– Ah, mais je n'y étais pas ; je n'ai rien vu ni entendu. » Le fou se leva en s'étirant. « Tu vas finir par être en retard », me prévint-il avant de s'en aller. Des questions plein la tête, je sortis à mon tour, gravis le long escalier qui menait au Jardin dévasté de la reine et arrivai le premier au sommet.

16

LEÇONS

Selon les anciennes chroniques, les artiseurs d'autrefois étaient organisés en clans de six membres. Sans se faire une règle de n'inclure que des individus de pur sang royal, ces clans se limitaient pourtant aux cousins et aux neveux de la ligne directe de succession, en s'ouvrant parfois tout de même à ceux qui manifestaient une aptitude ou un mérite hors du commun. L'un des plus fameux, le clan de dame Feux-Croisés, fournit un parfait exemple de leur fonctionnement ; au service de la reine Vision, Feux-Croisés et ceux de son clan avaient été formés par un maître d'Art du nom de Tactique. Les membres s'étaient mutuellement choisis, puis avaient reçu un enseignement particulier sous la férule de Tactique pour les fondre en un bloc uni. Qu'il fût éparpillé aux quatre coins des Six-Duchés pour rassembler ou transmettre des renseignements, ou qu'il fût regroupé en un seul lieu afin de semer la confusion et le doute chez l'ennemi, le clan fut l'auteur de hauts faits devenus légendaires depuis. Son ultime acte d'héroïsme, que raconte la ballade du « Sacrifice de Feux-Croisés », fut l'union de toutes les énergies composites de ses membres pour les transmettre à la reine Vision durant la bataille de Besham. Sans que la reine épuisée s'en rendît compte, ils lui donnèrent plus qu'ils ne possédaient et ce n'est qu'au milieu des réjouissances de la victoire qu'on les découvrit dans leur tour, leurs forces taries, à l'agonie. Peut-être l'amour du peuple pour le clan de Feux-Croisés provient-il en partie des diverses infirmités dont ses membres se retrouvèrent frappés : l'un était aveugle, l'autre boiteux, le troisième affligé d'un bec-de-lièvre, un quatrième défiguré par le feu, bref, chacun avait sa tare ; cependant, dans le domaine de l'Art, leur puissance dépassait toujours celle du navire le mieux armé et elle crût en importance pour la défense de la reine.

Pendant les années paisibles du règne du roi Bonté, on cessa d'enseigner l'Art dans le but de créer des clans ; le vieillissement, la mort et, tout simplement, l'absence d'utilité finirent par dissoudre ceux qui existaient encore. L'apprentissage de l'Art fut peu à peu réservé aux seuls princes et se vit un temps considéré comme une pratique archaïque. A l'époque où commencèrent les attaques des Pirates rouges, il ne restait plus que le roi Subtil et son fils Vérité pour exercer activement l'Art ; Subtil s'efforça bien de retrouver et de recruter d'anciens pratiquants, mais la plupart étaient âgés ou avaient perdu toute compétence.

Galen, alors maître d'Art du roi, se vit confier la mission de former de nouveaux clans pour défendre le royaume, et il décida de se dégager des traditions : les candidats furent désignés au lieu de se choisir mutuellement, et il appliqua des méthodes d'enseignement sévères dont le but était de faire de chaque individu l'élément obéissant d'un tout, un outil dont le roi pourrait disposer à volonté. Cet aspect de l'apprentissage était une invention propre à Galen et, une fois créé son premier clan, il le présenta au roi Subtil comme un cadeau personnel ; un membre au moins de la famille royale exprima son indignation à cette idée. Mais l'époque était critique et le roi Subtil n'eut pas d'autre choix que d'utiliser l'arme qu'on lui avait remise.

★

Tant de haine ! Oh, comme ils me haïssaient ! A mesure qu'ils émergeaient de l'escalier et me découvraient au sommet de la tour, les étudiants se détournaient avec un mépris ostensible ; leur dédain était aussi palpable que si chacun m'avait jeté un seau d'eau glacé. Lorsque le septième et dernier apparut, leur haine faisait comme une muraille autour de moi. Mais je restai à ma place habituelle, muet, impassible, et soutins chaque regard qui croisa le mien, raison pour laquelle, je pense, nul n'osa m'adresser la parole. Ils ne purent faire autrement que se disposer autour de moi, ce qu'ils firent sans échanger le moindre mot.

Et nous attendîmes.

Le soleil se leva, puis éclaira le mur d'enceinte de la tour, et Galen ne venait pas. Mais les autres élèves ne bougeaient pas et je les imitais.

Enfin, j'entendis son pas hésitant dans l'escalier. Lorsqu'il apparut, il cligna les yeux à la lumière du pâle soleil, puis il les porta sur moi et sursauta. Je demeurai immobile. Nos regards se croisèrent et il sentit la charge de haine que les autres m'avaient imposée ; il s'en réjouit visiblement, ainsi que du bandage qui me ceignait la tête. Mais je soutins son regard sans ciller. Je n'osais pas.

Et je pris conscience de l'effarement de mes voisins. On ne pouvait manquer de remarquer sur Galen les traces de la sévère correction qu'il avait reçue ; il n'avait pas passé l'épreuve des Pierres Témoins et il suffisait de le regarder pour le savoir. Son visage décharné était une étude en violet et en vert parsemée de taches jaunâtres ; il avait la lèvre inférieure ouverte par le milieu et à un coin de la bouche. Il portait une robe à manches longues qui lui couvrait les bras, mais l'ampleur du vêtement contrastait si fort avec ses chemises et ses pourpoints habituellement tendus à craquer qu'on avait l'impression de le surprendre en linge de nuit. Ses mains aussi étaient violettes et couvertes d'hématomes, alors que je ne me rappelais pas avoir remarqué la moindre contusion sur Burrich ; j'en conclus qu'il avait essayé – en vain – de s'en protéger le visage. Son petit fouet ne l'avait pas quitté, mais je doutai qu'il ait pu s'en servir efficacement.

Nous nous examinâmes donc l'un l'autre. Je ne tirais nulle satisfaction de ses ecchymoses ni de son déshonneur ; j'en ressentais même une sorte de honte. J'avais cru si fort en son invulnérabilité et en sa supériorité que cette preuve de sa simple humanité me laissait penaud ; et lui-même y perdait son sang-froid : par deux fois, il ouvrit la bouche pour me parler ; la troisième fois, il nous tourna le dos et dit : « Commencez vos exercices d'assouplissement. Je vous observerai pour vérifier que vous les faites correctement. »

Il prononça ces derniers mots à mi-voix, d'une bouche manifestement douloureuse. Obéissants, nous nous mîmes tous ensemble à nous étirer, à nous pencher en avant et de côté, cependant qu'il se déplaçait maladroitement dans le jardin de la tour en tâchant de ne pas trop prendre appui sur le mur ni de se reposer trop souvent. Fini, le claquement rythmique de la cravache sur sa cuisse qui scandait autrefois nos efforts ; aujourd'hui, il la tenait fermement comme s'il craignait de la laisser tomber. Pour ma part, je bénissais Burrich de m'avoir obligé à me lever et à m'activer ; mes côtes encore pansées ne m'autorisaient certes pas toute la souplesse de mouvement qu'exigeait Galen, mais je fis d'honnêtes tentatives dans ce sens.

Il ne nous apprit rien de nouveau ce jour-là et se contenta de revenir sur ce qu'il nous avait déjà enseigné ; les leçons s'achevèrent très tôt, avant même le coucher du soleil. « Vous vous êtes bien comportés, nous dit Galen, en panne d'inspiration. Vous avez bien mérité ces quelques heures de liberté, car je suis heureux que vous ayez continué à étudier en mon absence. » Avant de nous congédier, il nous appela l'un après l'autre devant lui pour un bref toucher d'Art. Mes condisciples quittèrent la tour avec réticence et bien des regards en arrière, curieux qu'ils étaient de voir le traitement que Galen me réservait. A mesure que le nombre d'élèves présents allait décroissant, je rassemblais mes forces pour une confrontation solitaire.

Mais là encore, ce fut une déception. Il me fit venir devant lui et j'obéis sans mot dire, aussi respectueux que les autres. Comme eux, je me tins face à lui et il fit quelques rapides passes des mains devant mon visage et au-dessus de ma tête, après quoi il déclara d'un ton froid : « Tu te protèges trop. Tu dois apprendre à baisser ta garde devant tes pensées si tu veux les envoyer ou recevoir celles des autres. Va-t'en. »

Et je m'en allai, mais avec regret, en me demandant s'il avait réellement essayé l'Art sur moi : je n'avais pas senti le moindre effleurement. Je descendis les marches, le cœur dolent et plein d'amertume, me demandant pourquoi je continuais cet apprentissage.

Je me rendis dans ma chambre, puis aux écuries où j'étrillai rapidement Suie sous le regard attentif de Martel. Je demeurais néanmoins énervé et insatisfait ; je savais que j'aurais dû me reposer et que je le regretterais si je m'en dispensais. *Promenade ?* proposa Martel, et j'acceptai de l'emmener en ville ; il décrivait des cercles autour de moi tout en reniflant le sol tandis que nous quittions la forteresse. Après une matinée calme, l'après-midi était venteux : une tempête se préparait au large, mais les rafales étaient curieusement tièdes pour la saison ; le grand air m'éclaircit la tête et le rythme régulier de la marche détendit mes muscles que les exercices de Galen avaient laissés noués et douloureux. Le mitraillage sensoriel de Martel m'ancrait fermement au monde immédiat, si bien qu'il me fut impossible de ruminer longtemps mes idées noires.

Je me convainquis que c'était Martel qui nous avait menés tout droit à la boutique de Molly ; jeune chien qu'il était, il revenait là où on lui avait fait bon accueil. Le père de Molly gardait le lit ce jour-là et le calme régnait dans l'échoppe ; un seul client s'attardait à bavarder avec la jeune fille, qui me le présenta sous le nom de Jade. Officier à bord d'un navire marchand de Baie-des-Phoques, il n'avait pas tout à fait vingt ans et s'adressa à moi comme si j'en avais dix, sans cesser de sourire à Molly par-dessus mon épaule. Il connaissait toutes sortes d'histoires de Pirates rouges et d'ouragans ; une pierre écarlate lui ornait l'oreille et une barbe fraîchement poussée bouclait à son menton. Il lui fallut beaucoup trop longtemps pour choisir ses bougies et une lampe de cuivre, mais il finit quand même par s'en aller.

« Ferme la boutique un moment, demandai-je à Molly avec insistance, et descendons à la plage. Il fait un vent adorable aujourd'hui. »

Elle secoua la tête d'un air de regret. « Je suis en retard dans mon travail ; si je n'ai pas de clients dans l'après-midi, il faut que je trempe des chandelles. Et s'il y a des clients, je dois rester ici. »

Je ressentis une déception disproportionnée à la réponse. Je tendis alors mon esprit et perçus l'envie qui la taraudait en réalité de sortir. « Il ne reste plus guère de jour, dis-je d'un ton persuasif. Tu pourras toujours tremper tes chandelles ce soir, et tes clients reviendront demain s'ils trouvent porte close. »

Elle pencha la tête de côté, parut réfléchir, puis posa soudain les mèches qu'elle tenait. « C'est vrai, tu as raison ! L'air frais me fera du bien ! » Et elle décrocha son manteau avec un empressement qui ravit Martel et me laissa interdit. Nous fermâmes la boutique à clé et nous en allâmes.

Molly marchait de son pas vif habituel, Martel cabriolait autour d'elle, enchanté, et nous bavardions à bâtons rompus. Le vent lui rosissait les joues et le froid paraissait donner un éclat nouveau à ses yeux. Il me sembla qu'elle me regardait plus souvent qu'à l'accoutumée et d'un air plus pensif.

La ville était calme et le marché quasi désert ; nous gagnâmes la plage et nous nous promenâmes d'un pas lent là où nous courions en criant à tue-tête quelques années plus tôt à peine. Elle me demanda si j'avais appris à allumer une lanterne avant de m'aventurer de nuit dans un escalier ; je restai un moment sans comprendre, avant de me rappeler que j'avais expliqué mes blessures par une chute dans des marches obscures ; elle voulut ensuite savoir si le maître d'école et le maître palefrenier étaient toujours en bisbille, d'où je conclus que le combat entre Burrich et Galen devant les Pierres Témoins avait déjà acquis le statut de légende ; je l'assurai que la paix était revenue. Nous passâmes quelque temps à ramasser certaine espèce d'algue dont elle souhaitait assaisonner sa soupe de poisson du soir ; puis, car j'étais essoufflé, nous nous assîmes au pied d'un groupe de rochers, à l'abri du vent, et nous observâmes les multiples tentatives de Martel pour débarrasser la plage des mouettes.

« Alors, il paraît que le prince Vérité va se marier ? fit Molly sur le ton de la conversation.

– Quoi ? » répondis-je, sidéré.

Elle éclata de rire. « Le Nouveau, je n'ai jamais connu personne d'aussi imperméable aux rumeurs que toi ! Comment fais-tu pour vivre là-haut sans rien savoir de ce dont toute la ville parle ? Vérité a consenti à prendre épouse pour assurer la succession ; mais, à ce qu'on dit, il est trop occupé pour faire sa cour lui-même, alors c'est Royal qui va lui trouver une dame.

– Oh, non ! » Mon effarement n'était pas feint : je voyais d'ici cette grande falaise de Vérité appariée à l'une des dames en sucre filé de Royal ! A chaque festivité organisée à la forteresse, Orée du Printemps, Cœur de l'Hiver ou Fête des Moissons, elles arrivaient de Chalcède, de Labour et de Béarns, en voiture, en litière ou montées sur des palefrois richement caparaçonnés ; elles arboraient des robes qui évoquaient des ailes de papillon, mangeaient aussi délicatement que des moineaux et semblaient toujours voleter et se poser dans le voisinage de Royal ; et lui, emplumé de ses soies et de ses velours de parade, trônait au milieu d'elles et faisait le beau, tandis que leurs voix musicales carillonnaient autour de lui et que leurs éventails et leurs ouvrages de broderie tremblaient entre leurs doigts. « Les chasseuses de prince », les avais-je entendu surnommer, dames de la noblesse qui s'exhibaient comme des marchandises à l'étal dans l'espoir d'épouser quelqu'un de la famille royale. Leur conduite n'était pas inconvenante, pas tout à fait ; mais elle me paraissait excessive, et celle de Royal cruelle : il souriait à l'une, puis dansait toute la soirée avec l'autre, pour, le lendemain, après un petit déjeuner tardif, se promener avec une troisième dans les jardins. Elles l'idolâtraient, littéralement. J'essayais d'imaginer l'une d'elles, lors d'un bal, au bras de Vérité tandis que, droit et raide, il regarderait les autres danser ; ou bien installée sans bruit au métier à tisser cependant que Vérité s'absorberait dans ses cartes qu'il aimait tant. Pas question de flâneries à deux dans les jardins : ses promenades, Vérité les faisait sur les quais et dans les champs, s'arrêtant souvent pour parler avec les marins et les fermiers derrière leur charrue ; chaussons délicats et jupes brodées ne l'y suivraient sûrement pas.

Molly me glissa un sou dans la main.

« Pourquoi me donnes-tu ça ?

– Pour connaître les pensées qui t'obsèdent au point de t'empêcher de te lever, alors que ça fait deux fois que je te signale que tu es assis sur ma jupe ! Je parie que tu n'as rien écouté de ce que je disais. »

Je soupirai. « Royal et Vérité sont tellement différents que je ne vois pas l'un choisir une femme pour l'autre. »

Molly prit l'air perplexe, et je continuai :

« Royal portera son choix sur une dame de belle tournure, avec de la fortune et de bonne naissance ; elle saura danser, chanter et jouer du carillon ; elle aura une splendide garde-robe, elle se mettra des joyaux dans les cheveux au petit déjeuner et elle sentira toujours les fleurs qui poussent dans les déserts des Pluies.

– Et Vérité ne serait pas content d'avoir une épouse comme ça ? » Molly avait une expression aussi déconcertée que si je lui avais assuré que la mer était en réalité du potage.

« Vérité mérite une compagne, pas un ornement qu'on porte à la manche, répondis-je avec dédain. A sa place, je voudrais une femme qui sache se servir de ses dix doigts, et pas seulement pour choisir ses bijoux ou se faire elle-même des nattes : je la désirerais capable de coudre une chemise, de soigner son propre jardin et d'avoir une occupation qui lui soit propre, comme la sculpture ou l'herboristerie.

– Le Nouveau, ce ne sont pas des passe-temps de dames raffinées, me gourmanda Molly. On leur demande d'être belles et décoratives ; et puis elles sont riches : ce n'est pas à elles de faire ce genre de travaux.

– Bien sûr que si ! Regarde dame Patience et sa servante, Brodette : elles sont constamment en train de bricoler à droite ou à gauche. Leurs appartements sont envahis pas les plantes de la dame que c'en est une véritable jungle, les manches de ses robes sont parfois un peu collantes parce qu'elle fabrique du papier et elle a quelquefois des bouts de feuilles dans les cheveux à cause de ses travaux d'herboristerie, mais n'empêche qu'elle est belle ! Et être jolie, ce n'est pas ce qu'il y a de plus important chez une femme ; tiens, j'ai vu Brodette fabriquer pour un des enfants du château un filet de pêche avec un morceau de fil de jute : elle a les doigts aussi agiles et vifs que n'importe quelle fabricante de filets des quais ! Eh bien, voilà quelque chose de joli qui n'a rien à voir avec son apparence. Et Hod, qui enseigne les armes ? Elle adore l'orfèvrerie et la ciselure ! Elle a fait une dague pour l'anniversaire de son père avec un manche en forme de cerf bondissant, mais si habilement tourné qu'on le tient parfaitement dans la main, sans un redent ni une arête qui gêne. Voilà un objet dont la beauté perdurera longtemps après que ses cheveux auront grisonné et que ses joues se seront ridées ! Un jour, ses petits-enfants regarderont son œuvre et ils se diront qu'elle était douée.

– Tu crois vraiment ?

– J'en suis sûr. » Je me tortillai, soudain conscient que Molly était toute proche de moi ; je me tortillai mais ne m'écartai pas. En bas, sur la plage, Martel lançait une nouvelle attaque contre un vol de mouettes ; la langue lui pendait entre les pattes, mais il continuait à galoper.

« Mais si les dames nobles font ce que tu dis, le travail va leur abîmer les mains et le vent leur dessécher les cheveux et leur hâler le visage ; Vérité ne mérite quand même pas une épouse qui ressemble à un vieux loup de mer !

– Oh que si ! Bien plus, en tout cas, qu'il n'a besoin d'une épouse qui ressemble à une grosse carpe rouge dans un bocal ! »

Molly pouffa, et je poursuivis :

« Il lui faut une femme qui l'accompagne le matin à cheval quand il emmène Chasseur galoper, qui puisse comprendre, rien qu'en regardant un bout de carte qu'il vient de dessiner, la belle ouvrage que c'est. Voilà ce qu'il lui faut.

– Je ne suis jamais montée à cheval, fit brusquement Molly. Et je ne connais que quelques lettres. »

Je me tournai vers elle en me demandant pourquoi elle avait soudain l'air si abattue. « Et alors ? Tu es assez intelligente pour apprendre ce que tu veux. Regarde ce que tu as découvert toute seule sur les chandelles et les herbes ; ne me dis pas que c'est ton père qui te l'a enseigné. Parfois, quand j'arrive à la boutique, tes cheveux sentent les herbes fraîches et je sais alors que tu as fait des expériences pour trouver de nouveaux parfums pour les bougies. Si tu voulais savoir mieux lire ou écrire, tu apprendrais sans difficulté. Quant à monter à cheval, tu as un don inné ; tu as de la force et le sens de l'équilibre : il n'y a qu'à voir ta façon d'escalader les rochers de la falaise. Et tu plais aux animaux ; Martel te préfère à moi, maintenant…

– Peuh ! » Elle me donna un coup d'épaule amical. « A t'entendre, on croirait qu'un seigneur va descendre de la forteresse pour m'enlever sur son destrier ! »

J'imaginais dans ce rôle Auguste avec ses manières guindées, ou Royal avec sa bouche en cœur ! « Eda nous en préserve ! Ce serait du gaspillage. Ils n'auraient ni l'intelligence de te comprendre ni le cœur de t'apprécier ! »

Molly baissa les yeux sur ses mains usées par le travail. « Qui, alors ? » demanda-t-elle à mi-voix.

Les garçons sont des niais. La conversation avait pris son essor entre nous et les mots m'étaient venus aussi naturellement que le fait de respirer ; je n'avais pas cherché à la flatter ni à la courtiser subtilement. Le soleil commençait à s'enfoncer dans la mer ; nous étions assis côte à côte et la plage s'étendait comme le monde à nos pieds. Si, à cet instant, j'avais répondu « Moi », je crois que son cœur aurait roulé entre mes mains maladroites comme un fruit mûr tombant de l'arbre. Elle m'aurait peut-être embrassé et se serait promise à moi de son plein gré. Mais je venais de me rendre compte de mes sentiments envers elle et ils m'écrasaient de leur immensité ; la vérité toute simple fuyait mes lèvres et je demeurai muet. Et puis Martel arriva sur ces entrefaites, au triple galop, plein de sable et trempé, si bien que Molly dut se lever d'un bond pour sauver ses jupes, et l'instant propice disparut à jamais, emporté comme les embruns par le vent.

Nous nous étirâmes ; Molly s'exclama qu'il était très tard et je repris conscience des douleurs qui tiraillaient mes muscles convalescents : rester assis à me refroidir sur une plage glaciale, voilà une bêtise que je n'aurais jamais infligée à un cheval ! Je raccompagnai Molly chez elle et, après une seconde d'hésitation gênée à sa porte, elle se baissa pour serrer une dernière fois Martel dans ses bras. Et je me retrouvai à nouveau seul, avec un jeune chien curieux de savoir pourquoi je marchais si lentement, alors qu'il était à demi mort de faim et qu'il avait envie de courir et de se bagarrer tout en remontant au château.

Je gravis la pente d'un pas lourd, glacé au-dehors comme au-dedans. Je ramenai Martel aux écuries, souhaitai bonne nuit à Suie, puis regagnai la forteresse. Galen et ses disciples avaient déjà terminé leur frugal repas et réintégré leurs quartiers respectifs ; la plupart des résidents avaient fini de manger et je me surpris à revenir dans des lieux que je fréquentais autrefois. Il y avait toujours de quoi se nourrir aux cuisines et de la compagnie dans la salle de garde attenante ; comme des hommes d'armes y passaient à toute heure du jour et de la nuit, Mijote gardait toujours une marmite au chaud, accrochée à un crochet au-dessus du feu, et y rajoutait de l'eau, de la viande et des légumes à mesure que le niveau baissait ; on y trouvait aussi du vin, de la bière et du fromage, et l'humble société de ceux qui gardaient le château. Du jour où j'avais été confié à Burrich, ils m'avaient accepté comme l'un d'eux. Je me préparai donc un casse-croûte, pas aussi austère que celui que m'aurait fourni Galen, mais pas non plus aussi copieux que ma fringale l'aurait voulu. En cela, je suivais les préceptes de Burrich : je me nourrissais comme j'aurais nourri un animal blessé.

Et j'écoutai les bavardages autour de moi ; je m'intéressai à la vie du château comme cela ne m'était plus arrivé depuis des mois et je restai stupéfait de tout ce qui m'avait échappé à cause de mon immersion totale dans l'enseignement de Galen. Les futures épousailles de Vérité formaient l'essentiel des conversations ; j'eus droit aux plaisanteries paillardes des soldats, inévitables sur un tel sujet, mais j'entendis aussi plaindre le prince d'être obligé de se marier avec une femme choisie par Royal. Que l'union reposât sur des alliances politiques, cela allait de soi ; on ne gaspillait pas un prince en le laissant inconsidérément faire des choix personnels. En cela résidait une grande part du scandale qui avait entouré la cour obstinée de Chevalerie à Patience : elle venait de l'intérieur du royaume, fille d'un de nos nobles parfaitement disposé envers la famille royale. Aucun avantage politique n'était sorti de ce mariage.

Mais on ne dilapiderait pas ainsi Vérité, surtout alors que les Pirates rouges nous menaçaient tout le long de nos côtes ; aussi, les spéculations allaient bon train : qui serait la promise ? Une femme des îles Proches, au nord de chez nous, en mer Blanche ? Ces îles n'étaient guère plus que des esquilles rocheuses de l'ossature de la terre qui pointaient hors de la mer, mais un chapelet de tours installé parmi elles nous avertirait longtemps à l'avance des incursions de Pirates rouges dans nos eaux. Au sud-ouest de nos frontières, par-delà le désert des Pluies où nul ne régnait, se trouvaient les côtes des Epices ; une princesse issue de là-bas n'offrirait guère d'avantages défensifs, mais certains soulignaient les précieux accords commerciaux qu'elle apporterait avec elle. A plusieurs jours de mer en direction du sud-est s'étendaient les vastes et innombrables îles sur lesquelles poussaient des arbres qui faisaient rêver les charpentiers de marine ; y aurait-il là un roi dont la fille serait prête à échanger les tièdes zéphyrs et les fruits moelleux de chez elle contre une citadelle dans une contrée bordée de glaces ? Que demanderaient ces gens en échange d'une femme du sud accoutumée à un climat facile et des arbres aux fûts élevés de ses îles natales ? Des fourrures, disait l'un, du grain, rétorquait l'autre. Et puis, derrière nous, il y avait les royaumes montagnards, avec leur emprise jalouse des cols qui donnaient accès aux toundras, par-delà les monts ; une princesse venue de là-bas apporterait en dot des guerriers de son peuple et des liens commerciaux avec les ivoiriers et les gardiens de rennes qui vivaient outre leur territoire ; par ailleurs, sur leur frontière du sud se situait la passe qui menait aux sources de l'immense fleuve de la Pluie, lequel traversait avec force méandres le désert des Pluies. Tous les soldats de chez nous connaissaient les vieilles légendes sur les trésors des temples abandonnés qui parsemaient les berges du fleuve, sur les grands dieux sculptés qui gardaient encore ses sources sacrées, et sur les paillettes d'or qui scintillaient dans les rivières de la région. Alors, peut-être une princesse des Montagnes ?

Ces simples soldats discutaient chaque possibilité avec un bon sens et une finesse dont Galen ne les aurait jamais crus capables. Je me levai pour m'en aller, gêné de la façon dont je les avais dédaignés ; en un rien de temps, Galen m'avait entraîné à les considérer comme des ferrailleurs ignorants, des tas de muscles sans cervelle. Pourtant, j'avais passé ma vie parmi eux et j'aurais dû savoir à quoi m'en tenir. Non, en vérité, je le savais ; mais à cause de mon ambition, de ma volonté de prouver indiscutablement mon droit d'accès à la magie royale, j'étais prêt à faire miennes toutes les absurdités que Galen voudrait nous assener. Un déclic se produisit en moi, comme si une pièce maîtresse d'un puzzle avait soudain trouvé sa place : on m'avait acheté en m'offrant le savoir comme un autre aurait pu être soudoyé à coups de pots-de-vin !

En gravissant les marches qui menaient à ma chambre, je ne me faisais pas une belle image de moi-même. Je me couchai résolu à ne plus permettre à Galen de me tromper ni de m'inciter à m'illusionner moi-même. Je pris aussi la ferme décision d'apprendre l'Art, si douloureux et difficile fût-il.

Et le lendemain matin, avant l'aube, je me replongeai donc corps et âme dans le train-train des leçons ; attentif au moindre mot de Galen, je m'encourageais à pratiquer chaque exercice, physique et mental, aux limites de mes capacités. Mais à mesure que la semaine s'écoulait, puis le mois, j'avais de plus en plus l'impression d'être un chien qui convoite un morceau de viande et le voit juste hors de portée de ses mâchoires ; chez mes condisciples, il se passait visiblement quelque chose : une trame de pensée partagée s'établissait entre eux, une communication qui les faisait se tourner les uns vers les autres avant même qu'un mot fût prononcé, qui leur permettait d'exécuter les exercices physiques comme s'ils formaient une seule entité. De mauvaise grâce, chacun à tour de rôle s'associait avec moi, mais je ne percevais rien d'eux, et ils se plaignaient à Galen que la force que j'exerçais vis-à-vis d'eux était soit comme un murmure imperceptible, soit comme un coup de bélier.

Dans un état proche du désespoir, je les regardais travailler par paire, prendre alternativement le contrôle des muscles l'un de l'autre, ou, les yeux fermés, se laisser guider au milieu d'un labyrinthe par le partenaire assis dans un coin. Parfois, je savais que je possédais l'Art, je le sentais grandir en moi, se développer comme une plante qui germe ; mais j'étais apparemment incapable de le diriger et de le maîtriser. Un instant, il était en moi et il tonnait comme les vagues contre les falaises, puis il s'évanouissait soudain, ne laissant qu'une grève sèche et déserte. Au plus fort de sa présence, je pouvais obliger Auguste à se lever, à s'incliner, à marcher ; mais une seconde plus tard, je me retrouvais devant mon partenaire qui me regardait d'un œil noir en attendant un contact, si faible fût-il.

De plus, personne ne parvenait à entrer dans mon esprit. « Baisse ta garde, abats tes murailles ! » m'ordonnait Galen, furieux, en essayant en vain de me transmettre les suggestions ou les instructions les plus simples. Je percevais un vague effleurement d'Art, mais je ne pouvais pas davantage lui laisser la voie libre que je n'aurais laissé sans réagir quelqu'un m'enfoncer une épée entre les côtes. Malgré tous mes efforts, j'évitais son contact, physique aussi bien que mental ; quant à celui de mes condisciples, je ne le sentais absolument pas.

Quotidiennement, ils progressaient tandis que j'en étais encore à essayer de maîtriser les plus simples rudiments. Vint un jour où Auguste put regarder une page de livre et où, à l'autre bout du sommet de la tour, son partenaire réussit à la lire à haute voix, cependant qu'un autre groupe formé de deux paires faisait une partie d'échecs dans laquelle ceux qui commandaient les mouvements étaient incapables de voir l'échiquier. Et Galen fut fort satisfait de tout le monde, sauf de moi. Chaque soir, il nous donnait congé sur un ultime contact mental, contact que je percevais rarement ; et chaque soir, j'étais le dernier libéré, après que Galen m'eut rappelé d'un ton glacial que c'était uniquement sur ordre du roi qu'il perdait son temps avec un bâtard.

Le printemps approchait et Martel était désormais adulte. Pendant que j'étais à mes leçons, Suie mit au monde une jolie pouliche due à l'étalon de Vérité. Je ne vis Molly qu'une fois et nous nous promenâmes dans le marché presque sans échanger une parole ; une nouvelle échoppe s'y était installée, dont le revêche propriétaire vendait des oiseaux et toutes sortes d'autres animaux, tous capturés dans la nature et encagés par ses soins. Il possédait des corbeaux, des moineaux, une hirondelle, et même un jeune renard si affaibli par les vers qu'il tenait à peine debout. La mort le libérerait plus vite que n'importe quel acheteur, et même si j'avais eu assez d'argent pour l'acquérir, il avait atteint un stade où les vermifuges l'empoisonneraient aussi sûrement que ses propres parasites. J'en étais malade et je tendis mon esprit vers les oiseaux en leur transmettant l'idée de taper du bec sur certains morceaux de métal brillant pour ouvrir les portes des cages ; mais Molly crut que je regardais les pauvres bêtes elles-mêmes et je la sentis se refroidir et s'éloigner de moi davantage encore. Tandis que nous la raccompagnions chez elle, Martel geignit pour attirer son attention et se vit récompensé par ses caresses avant que nous nous séparions. J'enviai à mon chien l'efficacité de ses gémissements ; les miens passaient inaperçus, apparemment.

Avec le printemps dans l'air, chacun au port rassemblait ses forces, car bientôt le temps serait aux raids des pirates. Je dînais désormais en compagnie des soldats en prêtant une oreille attentive aux rumeurs : les forgisés devenus brigands écumaient nos routes et les tavernes bruissaient des récits de leurs perversités et de leurs déprédations ; en tant que prédateurs, ils faisaient preuve d'encore moins de décence et de pitié que les animaux sauvages. Il était facile d'oublier qu'ils eussent pu être humains et de les haïr avec une férocité jusque-là inconnue.

La crainte de la forgisation augmentait en proportion ; il se vendait sur les marchés des boulettes de poison enrobées de sucre à donner aux enfants au cas où leur famille tomberait aux mains des Pirates ; on disait que des villages entiers de la côte avaient vu leurs habitants charger tous leurs biens dans des carrioles et se déplacer vers l'intérieur en abandonnant leurs métiers traditionnels de pêche et de négoce pour s'établir comme fermiers et chasseurs loin de la menace de la mer ; ce qui était sûr, c'est que le nombre des mendiants en ville augmentait. Un forgisé pénétra un jour dans Bourg-de-Castelcerf et se promena dans les rues, aussi intouchable qu'un fou, en se servant à volonté aux étals du marché. Avant la fin du deuxième jour, il disparut et de sinistres rumeurs annoncèrent la réapparition prochaine de son cadavre, échoué sur les grèves environnantes. D'autres potins prétendaient qu'on avait trouvé une épouse pour Vérité chez les Montagnards ; certains y voyaient le moyen de nous assurer l'accès aux cols, d'autres celui d'éliminer des ennemis potentiels dans notre dos alors que les Pirates rouges nous menaçaient déjà tout le long de nos côtes. D'autres ragots enfin, non, des mots échangés sous le manteau, trop brefs et décousus pour qu'on puisse seulement parler de ragots, insinuaient que le prince Vérité n'était pas au mieux ; fatigué, malade, assuraient certains, tandis que d'autres persiflaient un futur marié anxieux et circonspect. Quelques-uns disaient, moqueurs, qu'il s'adonnait à la boisson et qu'on ne le voyait que de jour, aux pires moments de ses migraines.

A mon propre étonnement, ces dernières rumeurs m'inspiraient une profonde inquiétude. Nul dans la famille royale ne m'avait jamais prêté grande attention, d'un point de vue personnel en tout cas. Subtil veillait à mon éducation et à mon confort et s'était assuré ma loyauté depuis longtemps, à tel point que je me considérais comme sa propriété sans même envisager d'autre possibilité ; Royal me méprisait et j'avais appris depuis belle lurette à éviter ses regards chafouins, ses coups de coude subreptices et ses bourrades furtives qui suffisaient autrefois, lorsque j'étais plus petit, à me faire trébucher. Mais Vérité, lui, m'avait toujours manifesté de la bonté, d'une façon distraite certes, et j'étais sensible à l'amour qu'il portait à ses chiens, à son cheval et à ses faucons. Je voulais le voir droit et fier à son mariage, et j'aspirais à me tenir derrière le trône qu'il occuperait comme Umbre se tenait derrière celui de Subtil. J'espérais qu'il allait bien, sans pouvoir rien y faire dans le cas contraire ; je ne pouvais même pas le voir car, pour autant que nous ayons eu des horaires compatibles, les cercles que nous fréquentions étaient trop rarement les mêmes.

Le printemps n'était pas encore complètement établi lorsque Galen fit sa déclaration. Le reste du château se préparait pour la Fête du printemps : les étals de la place du marché seraient nettoyés au sable et repeints de couleurs vives, on prélèverait des branches aux arbres pour les forcer délicatement afin que leurs fleurs et leurs jeunes pousses égayent la table de banquet à la Vigile du printemps. Mais ce n'était pas le vert tendre des nouvelles feuilles, ni les gâteaux aux œufs garnis de graine de caris, ni les spectacles de marionnettes, ni les danses de chasse à quoi pensait Galen en s'adressant à nous ; pas du tout : la nouvelle saison approchant, il comptait nous mettre à l'épreuve afin de juger de notre valeur et, le cas échéant, nous éliminer.

« Eliminer », répéta-t-il et, s'il avait condamné à mort ceux qui échoueraient, nous n'aurions pas été plus attentifs. L'esprit brumeux, j'essayai de me représenter les conséquences du fiasco qui m'attendait ; car j'étais convaincu qu'il ne m'examinerait pas de façon équitable et, dans le cas contraire, que je ne réussirais de toute manière pas mon examen.

« Ceux d'entre vous qui passeront l'épreuve avec succès formeront un clan, un clan comme on n'en a jamais connu, je pense. Au plus fort de la Fête du printemps, je vous présenterai moi-même à votre roi et il verra le prodige que j'aurai forgé. Vous m'avez accompagné jusqu'ici et vous savez que je ne veux pas me trouver humilié devant lui ; aussi vais-je vous mettre à l'épreuve, vous pousser jusque dans vos derniers retranchements, afin de m'assurer que l'arme placée dans la main de mon roi possède un tranchant digne de son propos. Demain, je vous disséminerai comme graines au vent aux quatre coins du royaume ; j'ai pris mes dispositions pour que de rapides coursiers vous transportent chacun à votre destination, où l'on vous abandonnera, livrés à vous-mêmes. Aucun d'entre vous ne saura où se trouvent les autres. » Il se tut, afin, je pense, de nous permettre de percevoir la tension dont l'air était empreint. Mes condisciples, je le savais, vibraient à l'unisson d'une émotion partagée, presque comme s'ils recevaient leurs instructions d'un esprit unique. De la bouche de Galen, ils entendaient sûrement bien davantage que de simples mots. J'avais l'impression d'être un étranger en train d'écouter un discours prononcé dans une langue inconnue.

« Dans les deux jours, vous recevrez un appel, un appel de ma part. Je vous dirai avec qui vous mettre en contact et où ; chacun d'entre vous recevra les renseignements nécessaires pour revenir ici. Si vous avez bien travaillé, avec application, mon clan sera revenu à la Vigile du printemps, prêt à être présenté au roi. » Il se tut à nouveau. « N'allez cependant pas vous imaginer que votre seule tâche est de retrouver le chemin de Castelcerf avant la Vigile ; je veux un clan, pas une bande de pigeons voyageurs. Les moyens que vous emploierez et les gens avec lesquels vous voyagerez m'indiqueront si vous avez maîtrisé votre Art. Tenez-vous prêts à partir demain matin. »

Et il nous libéra l'un après l'autre, avec un toucher d'Art et un compliment pour chacun, sauf pour moi. Je me tenais devant lui, aussi ouvert que possible, aussi vulnérable que je l'osais, mais le frôlement de l'Art sur mon esprit me fut moins perceptible qu'un souffle d'air. Il me toisa de toute sa hauteur et je n'eus pas besoin de l'Art pour sentir son dégoût et son mépris. Avec un grognement dédaigneux, il détourna le regard et je m'apprêtai à quitter les lieux.

« Il aurait mieux valu, me dit-il soudain de sa voix caverneuse, que tu passes par-dessus ce mur l'autre nuit, bâtard. Beaucoup mieux. Burrich a cru que je t'avais maltraité, alors que je t'offrais une porte de sortie, un moyen aussi honorable que possible dans ton cas de te désister. Va-t'en et meurs, jeune godelureau, ou au moins va-t'en. Ton existence seule jette l'opprobre sur le nom de ton père. Par Eda, j'en suis encore à me demander comment tu as pu voir le jour ! Qu'un homme comme ton père ait pu déchoir au point de coucher avec une créature et te donner naissance dépasse mon imagination ! »

Comme toujours lorsqu'il parlait de Chevalerie, il y avait une note de fanatisme dans sa voix et son regard devenait presque inexpressif à force d'aveugle idolâtrie. D'un air quasi distrait, il s'éloigna de moi. Parvenu à l'entrée de l'escalier, il se retourna très lentement. « Je dois te demander (et dans son ton perçait une haine fielleuse) : es-tu son giton pour qu'il te laisse ainsi puiser dans son énergie ? Est-ce pour cela qu'il se montre si jaloux de toi ?

– Giton ? » répétai-je ; ce mot m'était inconnu.

Il sourit ; son visage cadavérique n'en ressembla que davantage à une tête de mort. « Croyais-tu donc que je n'avais pas découvert son existence ? T'imaginais-tu pouvoir prendre tes forces en lui pour cette épreuve ? Tu ne pourras pas. Sois-en sûr, bâtard, tu ne pourras pas. »

Il disparut dans l'escalier et me laissa seul au sommet de la tour. Je n'avais rien compris à ses dernières paroles, mais la puissance de sa haine m'avait mis le cœur au bord des lèvres et je me sentais faible comme s'il m'avait instillé du poison dans les veines. Je me rappelai la dernière fois où l'on m'avait ainsi abandonné seul sur la tour et le muret qui surplombait le vide m'attira irrésistiblement. De ce côté, la forteresse ne donnait pas sur la mer, mais il ne manquait pas de rochers déchiquetés au pied de la muraille. Une chute à cet endroit serait fatale. Si je parvenais à prendre une décision et à m'y tenir ne fût-ce qu'une seconde, je pourrais mettre un point final à mon histoire, et rien de ce que Burrich, Umbre ou qui que ce soit en penserait ne me dérangerait plus.

Alors j'entendis l'écho lointain d'un gémissement.

« Je viens, Martel », marmonnai-je, et je me détournai du vide.

17
L'ÉPREUVE

La cérémonie de l'Homme se déroule normalement durant la lunaison du quatorzième anniversaire d'un garçon. Tous n'ont pas droit à cet honneur ; il faut un Homme pour parrainer et baptiser le candidat, et Il doit trouver douze autres Hommes qui acceptent de reconnaître que le garçon est digne et prêt. Comme je vivais parmi les hommes d'armes, j'avais entendu parler de cette cérémonie et j'en savais assez sur sa gravité et sa sélectivité pour être sûr de n'y jamais participer ; d'abord, on ignorait ma date de naissance, et ensuite je ne connaissais pas d'Hommes, ni douze ni même un seul qui pût me juger digne.

Mais une certaine nuit, des mois après que j'eus subi l'épreuve de Galen, je me réveillai entouré de silhouettes en robes et en capuches. Sous les obscurs capuchons, je distinguai les masques des Piliers.

Nul n'est autorisé à décrire les détails de la cérémonie, mais je pense pouvoir en dire ceci : à mesure que chaque vie m'était déposée entre les mains, poisson, oiseau, animal terrestre, je choisis de la libérer, non en la tuant mais en la rendant à son existence sauvage. Il n'y eut donc pas de mort à ma cérémonie et par conséquent pas de festin ; mais même dans l'état d'esprit particulier qui était le mien en ces circonstances, je trouvais qu'il y avait eu assez de décès et d'effusion de sang autour de moi pour toute une existence, et je refusai de tuer de mes mains ou de mes dents. Mon parrain décida néanmoins de me donner un nom, signe qu'Il ne devait pas être trop mécontent ; c'est un nom tiré de la vieille langue qui n'a pas d'alphabet et qui ne s'écrit pas. Je n'ai rencontré personne avec qui j'aurais pu choisir de partager la connaissance de mon nom d'Homme ;

mais je puis divulguer ici, je pense, son ancienne signification : il veut dire le Catalyseur. Le Modifieur.

★

Je me rendis tout droit aux écuries voir Martel, puis Suie. D'abord mentale, mon angoisse à l'idée de ce qui m'attendait le lendemain devint physique et, pris de nausées, je m'appuyai le front contre le garrot de ma jument. C'est dans cette position que Burrich me découvrit ; j'entendis le martèlement régulier de ses bottes dans l'allée centrale, puis leur brusque arrêt devant le box de Suie, et je sentis qu'il me regardait.

« Qu'est-ce qu'il y a encore ? » fit-il d'un ton sec, et je perçus dans sa voix à quel point il en avait par-dessus la tête de moi et de mes problèmes. Si j'avais été moins accablé, mon orgueil m'aurait poussé à me redresser et à répondre que tout allait bien.

Mais je murmurai, la bouche dans la crinière de Suie : « Demain, Galen a l'intention de nous mettre à l'épreuve.

– Je sais. Il a exigé, et sur quel ton ! que je lui fournisse des chevaux pour son plan imbécile ; j'aurais refusé s'il ne m'avait pas montré un sceau du roi qui lui en donnait l'autorité. Et ne me pose pas de questions ; je n'en sais pas plus, ajouta-t-il d'un ton revêche comme je levais soudain les yeux vers lui.

– Je n'en avais pas l'intention », rétorquai-je, vexé. Je prouverais ma valeur à Galen sans tricher ou pas du tout.

« Tu n'as aucune chance de réussir cette épreuve, n'est-ce pas ? » Il avait parlé d'un ton dégagé, mais je vis bien qu'il se raidissait dans l'attente d'une déception.

« Aucune », répondis-je sans ambages, et nous restâmes un moment sans rien dire, à goûter les accents définitifs de ce mot.

« Bon. » Il se racla la gorge et remonta sa ceinture d'un coup sec. « Alors, autant que tu te débarrasses de cette épreuve et que tu reviennes ici. » Et, dans un effort pour minimiser les conséquences de mon futur échec, il ajouta : « Après tout, tu te débrouilles plutôt bien dans les autres domaines ; on ne peut pas réussir dans tout ce qu'on entreprend.

– Sans doute pas. Tu veux bien t'occuper de Martel pendant mon absence ?

– D'accord. » Il fit mine de s'éloigner, puis se retourna presque à contrecœur. « Tu vas beaucoup manquer à ce chien ? »

J'entendis la question qu'il ne posait pas, mais j'essayai de l'esquiver. « Je n'en sais rien. J'ai dû le laisser seul si souvent pendant mes leçons que je ne lui manquerai pas beaucoup, j'en ai peur.

– Ça m'étonnerait », fit Burrich carrément. Il se détourna. « Ça m'étonnerait même beaucoup », ajouta-t-il en enfilant l'allée entre les boxes. Et je sus qu'il savait et qu'il était révolté, non seulement que Martel et moi soyons unis par un lien, mais aussi que j'aie refusé de le reconnaître.

« Comme si c'était possible, avec lui ! » murmurai-je à Suie. Je dis au revoir à mes animaux, en m'efforçant de transmettre à Martel que plusieurs repas et plusieurs nuits s'écouleraient avant que je revienne ; il se mit à ramper à mes pieds en se tortillant et en protestant que je devais l'emmener, que j'aurais besoin de lui. Il était désormais trop grand pour que je le prenne dans mes bras ; alors, je m'assis par terre, il s'installa sur mes genoux et je le serrai contre moi. Qu'il était chaud et massif, tout près de moi, bien réel ! L'espace d'un instant, je sentis qu'il avait parfaitement raison, que j'aurais besoin de lui pour survivre à mon échec. Mais je me forçai à me rappeler qu'il serait ici et qu'il m'attendrait à mon retour, et je lui promis de lui consacrer alors plusieurs jours entiers. Je l'emmènerais pour une longue chasse comme nous n'avions jamais eu le temps d'en faire jusque-là. *Tout de suite !* fit-il ; *bientôt*, promis-je. Puis je remontai au château me préparer des vêtements de rechange et quelques vivres.

La scène qui eut lieu le lendemain matin était grandiose et théâtrale à souhait, mais elle n'avait guère de sens, à mon avis. A part moi, tous les candidats avaient l'air aux anges ; des huit qui devaient se mettre en route, j'étais le seul, semblait-il, à rester indifférent au spectacle des chevaux qui piaffaient et des huit litières fermées. Galen nous fit mettre en rang et nous banda les yeux sous les regards d'une bonne soixantaine de personnes, la plupart parents des étudiants, amis ou simples commères. Galen se fendit d'un dernier discours qui s'adressait apparemment à nous, mais qui reprenait ce que nous savions déjà : on allait nous emmener à divers endroits et nous y laisser à nous-mêmes ; après quoi nous devions coopérer en nous servant de l'Art pour retrouver le chemin de la forteresse ; si nous réussissions, nous formerions un clan magnifique au service du roi, essentiel à la dispersion des Pirates rouges. Cette dernière assertion fit impression sur le public, car j'entendis des murmures tandis qu'on me conduisait à ma litière et qu'on m'y installait.

Le jour et demi qui suivit fut pénible : la litière tanguait sans arrêt et, sans air pour me rafraîchir ni paysage pour me distraire, j'eus rapidement le cœur au bord des lèvres. L'homme qui guidait les chevaux avait juré le silence et tenait parole. Nous fîmes une brève halte le soir, on me donna un maigre repas composé de pain, de fromage et d'eau, puis on me rembarqua et les cahots et le roulis reprirent de plus belle.

Le lendemain vers midi, la litière s'arrêta. Encore une fois, on m'aida sans un mot à en descendre et je me retrouvai debout, tout ankylosé, les tempes martelées par la migraine et les yeux bandés, battu par un vent violent. Lorsque j'entendis le pas des chevaux s'éloigner, je supposai que j'étais arrivé à destination et décidai d'enlever mon bandeau. Galen l'avait solidement noué et il me fallut un moment pour m'en débarrasser.

Je me trouvais sur le flanc herbu d'une colline ; mon escorte était déjà loin et se dirigeait à vive allure vers une route en contrebas. Les herbes me montaient jusqu'aux genoux, la pointe jaunie par l'hiver, mais déjà vertes à la base ; j'aperçus d'autres buttes qui commençaient à virer au vert, leurs versants hérissés de rocs, des bosquets nichés à leur pied. Je haussai les épaules et tournai sur moi-même afin de m'orienter. La région était vallonnée, mais je perçus l'odeur de la mer et de la marée basse quelque part en direction de l'est ; ce paysage m'était curieusement familier, non pas le lieu précis où je me tenais, mais l'aspect général de la région. Opérant un demi-tour, je repérai à l'ouest la Sentinelle ; impossible de me tromper sur son sommet bifide : moins d'une année auparavant, j'avais recopié pour Geairepu une carte dont il avait choisi comme motif de bordure le dessin caractéristique de ce pic. Alors, voyons : la mer était par là, la Sentinelle de ce côté-ci... Avec une soudaine sensation de creux dans l'estomac, je sus où j'étais : pas très loin de Forge !

Aussitôt, je jetai un coup d'œil inquiet sur la colline autour de moi, sur les boqueteaux et sur la route : pas âme qui vive. Je tendis mon esprit, au bord de la panique, mais je ne perçus la présence que de quelques oiseaux, de petit gibier et d'un cerf, qui leva la tête et flaira l'air, intrigué par mon contact. L'espace d'un instant, je fus rassuré ; puis je me souvins que les forgisés que j'avais rencontrés autrefois étaient indétectables par le Vif.

Je descendis vers des rochers et m'abritai derrière eux, moins pour me protéger du vent – la journée annonçait l'arrivée prochaine du printemps – que pour m'adosser à du solide et ne plus avoir l'impression d'offrir une cible aussi parfaite qu'au sommet de la colline. Là, je m'efforçai de réfléchir posément à ce que j'allais faire ; Galen nous avait recommandé de rester sur place, de méditer et de garder les sens ouverts, en attendant son toucher.

Rien ne démoralise tant que la certitude de l'échec. Je n'étais pas du tout convaincu qu'il essaierait de me contacter et encore moins que j'en percevrais une claire impression ; par ailleurs, la région où j'avais été déposé ne paraissait pas sûre. Sans guère plus approfondir la question, je me levai, examinai à nouveau les alentours pour m'assurer que personne ne me guettait, puis me mis en route, guidé par l'odeur de la mer. Si je ne m'étais pas trompé, je devrais apercevoir l'île de l'Andouiller depuis la plage et peut-être même, si le jour était assez clair, celle du Canevas. L'une ou l'autre suffirait à m'indiquer à quelle distance je me trouvais de Forge.

Tout en marchant, je me persuadai que je voulais seulement estimer le temps qu'il me faudrait pour rejoindre Castelcerf à pied ; les forgisés ne constituaient plus une menace désormais et il faudrait être bien sot pour croire le contraire : l'hiver avait dû les décimer, ou les affamer et les réduire à un tel état de faiblesse qu'ils ne représentaient plus aucun danger. Je n'accordais nulle foi aux rumeurs qui couraient sur des forgisés organisés en bandes de coupe-jarret et de brigands. Je n'avais pas peur : je désirais savoir où j'étais, voilà tout. Si Galen avait vraiment l'intention de me contacter, le lieu importait peu ; il nous avait répété mainte et mainte fois que c'était sur la personne qu'il se repérait, pas sur sa situation géographique. Il me toucherait aussi bien sur la plage que sur la colline.

En fin d'après-midi, je contemplais la mer du haut d'une falaise rocheuse ; l'île de l'Andouiller était bien là, et plus loin, une brume sombre qui devait être Canevas. J'étais au nord de Forge ; la route côtière pour rentrer chez moi passait au milieu des ruines de la bourgade. C'était une idée qui ne laissait pas de m'inquiéter.

Bon, et maintenant ?

Le soir, de retour sur ma colline, je m'étais installé au fond d'une anfractuosité entre deux rochers ; autant attendre là qu'ailleurs. Malgré mes doutes, j'avais décidé de rester là où l'on m'avait déposé jusqu'à ce que le temps imparti pour un contact fût écoulé. Je mangeai du pain et du poisson séché, puis bus une gorgée d'eau parcimonieuse ; j'avais un manteau dans mes affaires de rechange ; je m'en enveloppai en rejetant fermement toute idée de feu : si petit fût-il, il serait aussi visible qu'un phare depuis la route de terre qui passait en contrebas.

Rien n'est plus cruellement pénible, je crois, qu'une inquiétude que rien ne vient soulager. Je m'efforçai de méditer, de m'ouvrir à l'Art de Galen, tout en tremblant de froid et en refusant de m'avouer ma peur. L'enfant en moi imaginait sans cesse de noires silhouettes dépenaillées en train de ramper sans bruit vers moi, des forgisés qui allaient me tomber dessus et m'assassiner pour s'emparer de mon manteau et de mes vivres. En retournant à la colline, je m'étais procuré un bâton et je le tenais à deux mains, mais il ne m'inspirait guère confiance. Parfois je m'endormais malgré ma terreur, mais dans mes rêves je voyais toujours Galen se réjouir de mon échec tandis qu'un cercle de forgisés se refermait sur moi, et je me réveillais alors en sursaut et jetais des coups d'œil frénétiques autour de moi pour m'assurer que mes cauchemars étaient purement imaginaires.

Je regardai le soleil se lever à travers les arbres, puis passai la matinée à somnoler par à-coups ; avec l'après-midi me vint une sorte de paix et je m'amusai à projeter mon esprit dans celui des animaux de la colline. Les souris et les oiseaux ne m'apparaissaient que comme de brillantes étincelles de faim, les lapins à peine davantage, mais un renard brûlait d'envie de se trouver une compagne et, plus loin, un cerf s'arrachait le velours des bois en les tapant contre un arbre avec la régularité d'un forgeron frappant sur son enclume. La soirée n'en finit pas et, la nuit tombant, je m'étonnai de constater combien il m'était difficile d'accepter de n'avoir rien senti, pas le moindre effleurement d'Art. Galen ne m'avait pas appelé, ou alors je ne l'avais pas entendu. Je mangeai mon pain et mon poisson dans le noir en me disant que c'était sans importance ; pendant quelque temps, j'essayai de me revigorer en me mettant en colère, mais mon désespoir formait une masse trop pâteuse et sombre pour se dissoudre à la flamme de la fureur. J'étais certain que Galen m'avait trompé, mais je ne serais jamais en mesure de le prouver, pas même à moi-même, et la question demeurerait éternellement en suspens : son mépris pour moi était-il justifié ? Plongé dans l'obscurité complète, je m'adossai au rocher, mon bâton en travers des genoux, et résolus de dormir.

Je fis des rêves confus et angoissants. Royal me dominait de toute sa taille et j'étais redevenu un enfant endormi sur la paille ; il riait, un poignard à la main ; Vérité haussait les épaules et me souriait d'un air d'excuse. Umbre se détournait de moi, déçu ; Molly adressait un sourire à Jade par-dessus mon épaule, oublieuse de ma présence ; Burrich me saisissait par le devant de ma chemise et me secouait comme un prunier en m'intimant de me conduire comme un homme, pas comme une bête ; mais je restais couché sur un lit de paille recouvert d'une vieille chemise, et je mâchonnais un os. La viande était très bonne et je ne pensais à rien d'autre.

Je savourais un confort douillet lorsque quelqu'un ouvrit une des portes des écuries et la laissa entrebâillée ; un méchant petit courant d'air traversa le bâtiment pour venir me chatouiller et je levai les yeux en grognant. Je flairai Burrich et une odeur de bière. Il passa lentement devant moi dans le noir en murmurant : « Tout va bien, Martel », et je laissai mon museau retomber tandis qu'il gravissait les marches.

Il y eut un cri soudain et des hommes dégringolèrent l'escalier en se battant. Je me dressai d'un bond, mi-grondant, mi-aboyant, et ils faillirent tomber sur moi ; un coup de pied essaya de m'atteindre et je saisis la jambe du propriétaire entre mes dents et refermai les mâchoires ; j'avais attrapé davantage de botte et de chausse que de chair, mais l'homme émit un sifflement de colère et de douleur et il se jeta sur moi.

Un poignard s'enfonça dans mon flanc.

Je resserrai ma prise en grondant. D'autres chiens s'étaient réveillés et aboyaient, les chevaux tapaient des sabots dans leurs boxes. *Maître ! Maître !* criai-je ; je sentis qu'il était avec moi, mais il ne vint pas. L'inconnu me rouait de coups de pied, mais je refusai de le lâcher. Burrich était étendu dans la paille et je flairai l'odeur de son sang. Il ne bougeait plus. Je grondai. J'entendais la vieille Renarde qui se jetait contre la porte, à l'étage au-dessus, dans l'espoir vain de rejoindre son maître. Le poignard plongea et plongea encore dans ma chair. J'appelai une dernière fois mon maître au secours, puis il me fut impossible de tenir prise plus longtemps ; d'une ruade, l'homme se débarrassa de moi et me projeta contre la cloison d'un box. Le sang qui me coulait dans la bouche et les narines m'étouffait. Une course précipitée. Douleur et obscurité. Je me traînai jusqu'à Burrich, lui soulevai la main du bout du museau. Il ne réagissait pas. Des voix, des lumières qui s'approchaient, s'approchaient, s'approchaient…

Je me réveillai sur le versant d'une colline sombre, les doigts serrés si fort autour de mon bâton que j'en avais les mains engourdies. Pas un instant je ne crus avoir rêvé : je sentais toujours la lame entre mes côtes et le sang dans ma bouche ; refrain d'une chanson d'épouvante, les souvenirs revenaient sans cesse, le courant d'air glacé, le poignard, la botte, le goût du sang de mon adversaire et le goût du mien sur ma langue. Je m'efforçai de comprendre ce qu'avait vu Martel ; quelqu'un attendait Burrich en haut de l'escalier, armé d'un poignard ; et Burrich était tombé, Martel avait flairé le sang...

Je me levai et rassemblai mes affaires. La chaude petite présence de Martel était faible et ténue dans mon esprit. Faible, mais bien là. Je tendis prudemment ma conscience, mais m'arrêtai en percevant ce qu'il lui en coûtait de me répondre. *Calme. Reste tranquille. J'arrive.* J'avais les jambes qui tremblaient de froid, mais le dos poisseux de sueur. Sans tergiverser sur la conduite à tenir, je descendis le coteau jusqu'à la route de terre ; c'était une petite voie de commerce, une piste pour les colporteurs, et je savais qu'en la suivant je finirais par tomber sur la route de la côte. Alors je prendrais la direction de Castelcerf et, si Eda me souriait, j'arriverais à temps pour secourir Martel. Et Burrich.

Je marchais à grands pas en me retenant de courir. Un pas régulier me mènerait plus loin et plus vite qu'une course éperdue dans le noir ; la nuit était claire, le chemin droit. Il me vint à l'esprit que j'étais en train de gâcher ma dernière chance de prouver mon aptitude à l'Art ; tout ce que j'y avais investi, mon temps, mes efforts, mes souffrances, tout cela était perdu. Mais il n'était pas question de rester tranquillement assis en attendant encore toute une journée que Galen essaye de me contacter ; pour m'ouvrir à un hypothétique toucher d'Art, j'aurais été obligé de couper le fil fragile qui me reliait à Martel. Ça, jamais ! Tout bien pesé, l'Art était bien moins important que Martel. Et Burrich.

Pourquoi s'en est-on pris à Burrich ? m'étonnai-je. Qui pouvait le détester au point de lui tendre un piège ? Et à sa porte, qui plus est ! Avec la même minutie que si je faisais un rapport à Umbre, j'entrepris de rassembler les faits : l'agresseur était quelqu'un qui le connaissait assez pour savoir où il habitait ; cela éliminait toute personne que Burrich aurait pu insulter par accident dans une taverne de Bourg-de-Castelcerf. Il avait apporté un poignard, il ne voulait donc pas seulement lui flanquer une correction. Le poignard était tranchant et l'homme savait s'en servir. Le souvenir des coups me fit grimacer.

Tels étaient donc les faits. Je me mis à bâtir de prudentes hypothèses à partir de là : quelqu'un qui connaissait les habitudes de Burrich avait de sérieux griefs contre lui, suffisamment pour vouloir le tuer. Je ralentis soudain le pas : pourquoi Martel n'avait-il pas senti la présence de l'homme en haut de l'escalier ? Pourquoi Renarde n'avait-elle pas aboyé derrière la porte ? Si l'homme avait pu passer sans se faire remarquer sur le propre territoire des chiens, c'est qu'il était formé à œuvrer en toute discrétion.

Galen !

Non. J'avais envie que ce soit Galen, c'est tout ; je repoussai fermement cette conclusion. Physiquement, Galen ne pouvait pas se mesurer à Burrich et il le savait, même avec un poignard, dans le noir, et même en prenant Burrich par surprise et à moitié ivre. Non. Galen en avait peut-être eu l'idée, mais il ne serait jamais passé aux actes. Pas en personne, en tout cas.

Aurait-il pu en charger un homme de main ? Je réfléchis : je n'en savais rien. J'essayai de pousser la réflexion un peu plus loin : Burrich avait un tempérament impatient ; Galen était son ennemi le plus récent, mais pas le seul... Je passai en revue les faits à plusieurs reprises en m'efforçant de parvenir à une conclusion indiscutable, mais les éléments étaient insuffisants.

Je longeai un ruisseau où je me désaltérai sans excès, après quoi je repris ma route. Les bois de part et d'autre s'épaississaient et les arbres dissimulaient presque entièrement la lune, mais je refusais de rebrousser chemin ; enfin, la piste que je suivais se fondit dans la route côtière comme une rivière qui se jette dans un fleuve. Je pris vers le sud sur la large voie à laquelle la lune mettait des reflets d'argent.

Je marchai toute la nuit sans cesser de réfléchir. Lorsque les premières lueurs de l'aube rendirent quelque couleur au paysage, j'étais exténué, mais rien n'aurait pu me contraindre à m'arrêter. Mon inquiétude était un fardeau dont je ne pouvais me délester ; je m'accrochais au mince fil tiède qui m'indiquait que Martel vivait toujours et je me rongeais les sangs pour Burrich ; je n'avais aucun moyen de connaître la gravité de ses blessures. Martel avait senti l'odeur de son sang : le poignard avait dû le toucher au moins une fois. Et la chute dans l'escalier ? Je m'efforçai de mettre mes angoisses de côté. Je n'avais jamais imaginé que Burrich pût être blessé de cette façon, ni ce que j'en ressentirais ; l'émotion qui m'étreignait échappait à toute description ; c'était comme une sensation de creux, de vide. Et de lassitude.

Je mangeai un peu en marchant et remplis mon outre dans un ruisseau. En milieu de matinée, le ciel se couvrit et il se mit à pleuvoir, mais les nuages se déchirèrent subitement en début d'après-midi. J'avançais toujours. J'avais pensé trouver du passage sur la route côtière, mais je ne vis pas un chat. En fin de journée, la piste se rapprocha des falaises et j'aperçus, en contrebas, de l'autre côté d'une baie, ce qui restait de Forge. Il y régnait un calme effrayant : nulle fumée ne montait des cheminées, nul bateau ne mouillait dans le port. Mon chemin m'obligeait à traverser le village ; cette idée ne me souriait guère, mais le fil tiède de la vie de Martel m'obligeait à continuer.

Le frottement d'un pied sur la pierre me fit lever la tête et seuls les réflexes acquis pendant les exercices de Hod me sauvèrent la vie. Je pivotai sur moi-même en faisant tournoyer mon bâton autour de moi en un cercle défensif ; il s'arrêta en brisant la mâchoire de l'homme qui se trouvait derrière moi. Ses compères reculèrent ; ils étaient trois, tous forgisés, aussi vides que des pierres. Celui que j'avais frappé se roulait par terre en hurlant, mais personne ne lui prêtait attention, à part moi. Je lui assenai rapidement un nouveau coup dans le dos et il redoubla de cris, convulsé de douleur ; malgré le peu de choix que j'avais, mon geste m'étonna : il était certes prudent de veiller à ce qu'un adversaire mis hors de combat le demeure, mais jamais je n'aurais frappé un chien comme j'avais frappé cet homme. Cependant, se battre contre des forgisés me donnait l'impression de lutter contre des fantômes : je ne sentais aucune présence, je ne percevais pas la douleur que j'avais infligée au blessé, aucun écho de colère ni de peur ne m'effleurait l'esprit. C'était comme quand on claque une porte : de la violence, mais pas de victime. Je le cognai une dernière fois afin d'être sûr qu'il n'essayerait pas de m'attraper au vol, puis je sautai par-dessus pour gagner l'espace dégagé de la route.

Je fis danser mon bâton autour de moi pour maintenir les autres à distance ; ils étaient dépenaillés et apparemment affamés, mais j'avais le sentiment qu'ils me rattraperaient sans mal si je cherchais à m'enfuir ; j'étais fatigué et ils étaient comme des loups au ventre vide : ils me poursuivraient jusqu'à ce que je m'effondre d'épuisement. L'un d'eux s'approcha un peu trop et je lui décochai un coup en oblique sur le poignet ; il laissa tomber son couteau à écailler rouillé et serra sa main contre son cœur en poussant un cri aigu. Cette fois encore, les deux autres ne se préoccupèrent nullement du blessé. Je reculai en faisant tournoyer mon arme.

« Qu'est-ce que vous voulez ? leur demandai-je.

– Qu'est-ce que tu possèdes ? » rétorqua l'un d'eux. Il avait la voix rauque et hésitante, comme s'il ne s'en était plus servi depuis longtemps, et le ton monocorde. Il se déplaça lentement autour de moi en un grand cercle qui m'obligeait à tourner sur moi-même. Des morts qui parlent, me dis-je, et je ne pus empêcher cette pensée de se répercuter longuement dans ma tête.

« Rien, répondis-je enfin, le souffle court, avec un coup d'estoc à l'intention d'un des hommes qui cherchait à se rapprocher. Je n'ai rien qui vous intéresse. Ni argent ni vivres, rien ; j'ai perdu toutes mes affaires plus haut sur la route.

– Rien », répéta l'autre, et je me rendis compte soudain que cet être avait été une femme, autrefois. Aujourd'hui, ce n'était plus qu'une marionnette vide et malveillante, dans les yeux de laquelle une lueur de cupidité s'alluma quand elle s'écria : « Manteau ! Je veux ton manteau ! »

Elle parut se réjouir d'avoir formulé cette pensée et je profitai de cet instant de distraction pour la frapper au tibia. Elle regarda sa jambe d'un air perplexe, puis se remit à s'approcher en claudiquant.

« Manteau ! » dit l'autre à son tour. Un instant, ils se dévisagèrent avec des yeux furieux, soudain vaguement conscients de leur rivalité. « Moi. A moi ! ajouta l'homme.

– Non. Je te tue, énonça-t-elle calmement. Je te tue aussi », me rappela-t-elle, et elle revint dans ma direction. Je lui balançai un coup de bâton, mais elle sauta en arrière tout en essayant de s'en saisir ; je fis demi-tour, juste à temps pour frapper l'homme dont j'avais déjà mis le poignet à mal, puis le dépassai d'un bond et m'enfuis sur la route. Je courais maladroitement, mon arme dans une main, de l'autre essayant de dégrafer l'attache de mon manteau ; j'y arrivai enfin et je laissai mon vêtement tomber derrière moi sans cesser de courir. La faiblesse de mes jambes m'avertit que c'était là ma dernière manœuvre ; quelques instants plus tard, mes poursuivants durent trouver mon manteau, car je les entendis se le disputer avec des cris et des hurlements de colère. Je fis le vœu que cela suffise à les occuper tous les quatre et continuai de courir. La route faisait un coude, guère prononcé, mais assez pour me dissimuler à leurs regards ; néanmoins, je persistai à courir, puis à trotter aussi longtemps que je le pus avant d'oser jeter un coup d'œil en arrière. La route était déserte ; je me forçai à avancer encore, puis je quittai la piste dès que j'aperçus un endroit où me cacher.

C'était un roncier excessivement rébarbatif au cœur duquel je me frayai un chemin, non sans mal. Exténué, tremblant, je m'accroupis au milieu du buisson épineux et tendis l'oreille pour capter d'éventuels bruits de poursuite, tout en buvant de petites gorgées d'eau à ma gourde et en m'efforçant de me calmer. Ce retard était très malvenu, car il me fallait impérativement retourner à Castelcerf ; mais je n'osais pas me montrer.

Encore aujourd'hui, il me paraît incroyable que j'aie pu m'endormir dans ces conditions ; c'est pourtant ce qui m'arriva.

Je me réveillai peu à peu. Hébété, j'eus d'abord l'impression d'avoir été victime d'une grave blessure ou d'une longue maladie et d'être seulement en train de m'en remettre ; j'avais les yeux chassieux, la langue pâteuse et un goût âcre dans la bouche. Avec effort, j'écarquillai les paupières et regardai mon environnement d'un œil égaré : la lumière baissait et des nuages cachaient la lune.

J'étais dans un tel état de fatigue que je m'étais assoupi appuyé à une multitude d'épines aiguës. Je m'extirpai du roncier avec beaucoup de difficultés, en y laissant des morceaux de vêtements, des cheveux et des bouts de peau. J'émergeai de ma cachette avec la prudence d'un animal pourchassé : je projetai mon esprit le plus loin possible, mais je reniflai également l'air et scrutai soigneusement les alentours. Le Vif ne me permettrait de repérer aucun forgisé, mais j'espérais que, s'il y en avait dans le coin, les animaux sauvages réagiraient à leur présence. Cependant, tout était tranquille.

Je m'aventurai sur la route avec circonspection, mais elle était déserte. Après avoir jeté un coup d'œil au ciel, je pris la direction de Forge en marchant au bord de la piste, là où les ombres étaient le plus épaisses. J'essayais de me déplacer à la fois vite et en silence, sans y parvenir aussi bien que je l'aurais souhaité. Il n'y avait plus rien dans mon esprit que de la vigilance et la nécessité de rentrer à Castelcerf ; le fil vital de Martel n'était plus qu'une fibrille à peine perceptible. La seule émotion encore vivace en moi, je crois, était la peur qui m'obligeait à jeter des coups d'œil par-dessus mon épaule et à examiner attentivement les fourrés de part et d'autre de la route.

Il faisait nuit quand j'arrivai sur la colline qui dominait Forge ; je restai un moment à observer le village, en quête de signes de vie, puis, non sans réticence, je me remis en marche. Le vent s'était levé et la lune jouait à cache-cache avec les nuages ; elle me dispensait par intermittence une lumière traîtresse, à la fois révélatrice et trompeuse, qui faisait bouger les ombres dans les recoins des maisons abandonnées et créait de soudains reflets, comme des scintillements de couteau, dans les flaques des rues. Mais nul ne déambulait plus dans Forge ; le port était vide de bateaux, aucune fumée ne s'élevait des cheminées. Les habitants indemnes avait quitté le village peu de temps après l'attaque, et les forgisés aussi, à l'évidence, une fois taries les sources de nourriture et de confort. Rien n'avait été rebâti après le raid, et une longue saison de tempêtes et de marées hivernales avait presque achevé ce qu'avaient commencé les Pirates rouges. Seul le port conservait un aspect quasi normal, si l'on exceptait les cales désertes. Les digues s'incurvaient toujours autour de la baie, telles des mains en coupe protégeant les quais ; mais il ne restait plus rien à protéger.

Je traversai les vestiges désolés de Forge ; des picotements me parcouraient la peau lorsque, à pas de loup, je passais devant des portes bâillantes accrochées de guingois à des chambranles défoncés et à demi calcinés ; c'est avec soulagement que je m'éloignai des maisons vides aux relents moisis pour m'avancer sur les quais qui surplombaient la mer. La route y menait tout droit avant de faire le tour de la baie. Un épaulement de pierres dégrossies essayait de défendre la chaussée contre l'avidité des vagues, mais un hiver de marées et de tempêtes sans intervention de l'homme l'avait sérieusement abîmée ; des moellons s'en détachaient et les bois flottants dont la mer s'était servie comme béliers jonchaient la plage en contrebas. Autrefois, des charrois descendaient la route pour apporter leurs chargements de lingots de fer aux navires qui mouillaient au port. En longeant la digue, je constatai que, sans entretien, l'ouvrage qui paraissait si solide du haut de la colline ne résisterait en réalité qu'un ou deux hivers encore avant d'être balayé par la mer.

Dans le ciel, les nuages galopaient devant les étoiles ; les éclats intermittents de la lune m'offraient de brefs aperçus du port et le bruissement des vagues m'évoquait le souffle d'un géant rassasié. Cette nuit avait quelque chose d'onirique et, lorsque je regardai la mer, le spectre d'un Navire rouge coupa le reflet de la lune en pénétrant dans le port de Forge. Il avait la coque longue, élancée, les mâts exempts de toile, et il s'avançait sans bruit entre les digues. Le rouge de sa coque et de sa proue luisait comme du sang frais, comme s'il taillait sa route dans des ruisseaux sanglants et non dans de l'eau salée. Nul cri d'alarme ne s'éleva de la ville morte derrière moi.

Je restai sans bouger comme un ahuri, bien dessiné sur la digue, tremblant devant cette apparition, jusqu'au moment où le craquement et l'éclaboussement argenté des rames rendirent sa réalité au Navire rouge.

Je me jetai alors à plat ventre sur la chaussée, puis m'écartai en rampant de sa surface lisse pour m'abriter parmi les rochers et les morceaux de bois qui s'entassaient contre la digue. Terrifié, c'est à peine si j'osais respirer ; le sang me martelait la tête et l'air fuyait mes poumons ; je dus courber la tête entre mes bras et fermer les yeux pour reprendre mon sang-froid. A ce moment, les petits bruits que même le plus discret des vaisseaux ne peut s'empêcher de produire me parvinrent, faibles mais distincts : un raclement de gorge, un aviron qui cogne au blocage, un objet lourd qui tombe sur le quai. J'attendis le cri ou l'ordre qui trahirait ma découverte, mais rien ne vint. Je relevai prudemment la tête et observai le port à travers les racines blanchies d'un arbre rejeté par les vagues : tout était immobile à part le navire qui s'approchait au rythme de ses bancs de nage ; les rames montaient et descendaient à l'unisson dans un silence presque complet.

Bientôt, j'entendis les hommes se parler dans une langue proche de la nôtre, mais avec un accent si rude que je les comprenais à peine. L'un d'eux sauta par-dessus bord avec une ligne et gagna la plage en pataugeant ; il amarra le navire à deux longueurs de bateau tout juste de ma cachette. Deux autres marins bondirent à leur tour, poignard à la main, et escaladèrent la digue, après quoi chacun partit de son côté en courant sur la route pour se poster en sentinelle ; l'un d'eux s'installa juste au-dessus de moi et je me fis tout petit en me contraignant à l'immobilité. Je me raccrochai à Martel comme un enfant s'agrippe à son jouet préféré pour se protéger des cauchemars : il fallait que je le rejoigne, par conséquent je ne devais pas me faire prendre. Me savoir tenu de réaliser la première partie de la proposition rendait miraculeusement la seconde moins invraisemblable.

Des hommes descendirent rapidement du navire ; leurs manières d'agir indiquaient qu'ils étaient en terrain connu, et je compris pourquoi ils s'étaient amarrés à cet endroit précis en les voyant décharger des barriques vides ; elles roulèrent avec des échos caverneux sur la chaussée, et je me rappelai être passé devant un puits en descendant au port. La portion de mon esprit qui ressortissait à l'enseignement d'Umbre nota qu'ils connaissaient bien Forge pour avoir mouillé presque exactement en face du puits : ce n'était pas la première fois que ce navire s'y arrêtait pour faire de l'eau. « Empoisonne le puits », me suggéra l'esprit d'Umbre ; mais je n'avais ni les ingrédients nécessaires ni le courage de faire autre chose que rester caché.

D'autres Pirates avaient quitté le bord pour se dérouiller les jambes. Je surpris une dispute entre une femme et un homme ; il voulait l'autorisation d'allumer un feu avec des morceaux de bois de la plage afin de faire cuire de la viande, et elle refusait en disant qu'ils n'étaient pas assez loin et qu'un feu serait trop visible. Ils avaient donc récemment effectué un raid non loin de Forge pour se procurer de la viande fraîche. Elle donna sa permission pour quelque chose que je ne compris pas jusqu'à ce que je voie débarquer deux tonnelets pleins ; un homme descendit à terre avec un jambon entier sur l'épaule qui fit un bruit charnu lorsqu'il le laissa tomber sur une des barriques dressées ; il sortit un couteau et entreprit d'en couper des tranches tandis qu'un autre homme mettait un tonnelet en perce. Manifestement, ils n'avaient pas l'intention de lever le camp tout de suite ; et s'ils se ravisaient et allumaient un feu, ou bien s'ils restaient jusqu'à l'aube, la pénombre de l'entrelacs de bois où j'étais tapi serait insuffisante pour me dissimuler.

Sur ces réflexions, je sortis de ma cachette et me mis à ramper au milieu des nids de chiques, des tas d'algues entortillées, sur le sable et le gravier, sous les bouts de bois et entre les pierres. Je suis prêt à jurer m'être empêtré dans toutes les racines que je rencontrai et heurté à tous les blocs de rocher déplacés par la mer. La marée avait tourné, les vagues s'écrasaient bruyamment sur les moellons, le vent chassait les embruns et je ne tardai pas à me retrouver trempé. Je m'efforçais de synchroniser mes mouvements avec les bruits des vagues qui déferlaient afin d'y noyer les miens. Les rochers étaient hérissés de bernacles et le sable emplissait les entailles qu'elles me faisaient aux mains et aux genoux ; mon bâton se transforma en un fardeau d'un poids extraordinaire, mais je refusai d'abandonner mon unique arme. Longtemps après que les Pirates furent hors de portée de vue et d'oreille, je continuai à me traîner au sol et à me pelotonner derrière pierres et racines. Enfin, je me risquai à remonter sur la route et je la traversai à plat ventre ; une fois dans l'ombre d'un entrepôt à la charpente à demi affaissée, je me redressai, me collai au mur et scrutai les environs.

Tout était silencieux. Je m'enhardis à faire un pas ou deux sur la route : le navire et les sentinelles restaient invisibles ; peut-être ne pouvait-on pas me voir non plus, dans ce cas ? Je pris une profonde inspiration pour me calmer, puis me projetai vers Martel, un peu comme on se tâte les poches pour s'assurer qu'on n'a pas perdu son argent. Je le trouvai, mais son esprit était vague et muet, immobile comme un lac. « J'arrive », murmurai-je, craignant de le réveiller. Et je me remis en route.

Sous le vent incessant, mes vêtements imprégnés d'eau saline collaient à la peau et l'irritaient ; j'avais faim, froid et envie de dormir, mes chaussures mouillées étaient dans un état lamentable ; mais je n'imaginai pas une seconde de faire halte. Je trottais comme un loup, les yeux toujours en alerte, les oreilles attentives au moindre bruit de poursuite. Soudain, devant moi, dans l'obscurité de la route apparurent deux hommes. Deux devant et (je me retournai brusquement) un troisième derrière. Le fracas des vagues avait couvert leurs pas et je les distinguais mal dans la lumière capricieuse de la lune, tandis qu'ils réduisaient la distance qui nous séparait. Je m'adossai au mur d'un entrepôt, soupesai mon bâton et attendis.

Je les regardai s'approcher, muets et furtifs, et je m'étonnai : pourquoi ne lançaient-ils pas l'alarme, pourquoi l'équipage entier ne venait-il pas assister à ma capture ? Mais ces hommes s'observaient mutuellement autant qu'ils me surveillaient, moi ; ils ne chassaient pas en bande, mais chacun avec l'espoir que les autres trouveraient la mort en me tuant et lui laisseraient la prise. C'étaient des forgisés, pas des Pirates.

Une terreur glacée m'envahit. Le moindre écho d'une échauffourée attirerait immanquablement les hommes du bateau ; par conséquent, si les forgisés ne me réglaient pas mon compte, les Pirates s'en chargeraient. Mais quand tous les chemins mènent à la mort, aucun n'est préférable à l'autre : je prendrais les événements tels qu'ils se présenteraient. Mes assaillants étaient trois et l'un d'eux avait un couteau ; mais moi, j'avais un bâton et j'étais entraîné à son maniement. Ils étaient maigres, dépenaillés et ils avaient au moins aussi faim et froid que moi ; l'un des trois était, me sembla-t-il, la femme de la veille. Je supposai qu'ils étaient au courant de la présence des Pirates et qu'ils les redoutaient autant que moi, mais je me refusai à me perdre en conjectures sur le désespoir qui les poussait à m'attaquer malgré tout ; une question me vint d'ailleurs aussitôt à l'esprit : les forgisés étaient-ils capables de désespoir ou d'une quelconque émotion ? Ils étaient peut-être trop hébétés pour avoir conscience du danger.

Soudain, tout le savoir secret d'Umbre, toutes les stratégies à la brutale élégance de Hod pour faire face à deux adversaires ou plus, tout cela se perdit au vent ; car, alors que les deux premiers assaillants arrivaient à ma portée, je sentis décliner le petit point de chaleur qui était Martel. « Martel ! » chuchotai-je, supplique éperdue pour qu'il ne me quitte pas ; je crus voir un bout de queue frémir dans un ultime effort pour me faire fête. Puis le fil se rompit et l'étincelle disparut. J'étais seul.

Un noir mascaret de force jaillit en moi comme un accès de folie. Je fis un pas en avant, enfonçai violemment l'extrémité de mon bâton dans le visage d'un des hommes, ramenai vivement l'arme à moi et la balançai dans la mâchoire de la femme ; la violence du coup lui déchira la moitié inférieure de la figure ; je continuai à la frapper tandis qu'elle s'effondrait et j'avais l'impression de taper sur un requin pris dans une nasse avec une matraque à poissons. Le troisième du groupe se précipita sur moi, se croyant, j'imagine, trop près de moi pour que je puisse employer mon bâton ; peu m'importait : je lâchai mon arme et me colletai avec lui. Il était décharné et il dégageait une odeur pestilentielle. D'une poussée brutale, je le fis tomber sur le dos et l'air qui jaillit de ses poumons puait la charogne ; j'entrepris de le mettre en pièces à l'aide de mes mains et de mes dents seules, devenu soudain aussi bestial que lui. Lui et ses acolytes m'avaient retenu alors que Martel se mourait ! Je n'avais plus qu'une envie : le faire souffrir le plus possible. Il ne se laissa pas faire : je lui raclai la face sur le pavage de la route, lui enfonçai un pouce dans l'œil, il me planta les dents dans le poignet et m'ensanglanta la joue à coups d'ongles ; quand enfin il cessa de se débattre entre mes mains qui l'étranglaient, je le traînai sur la digue et jetai son cadavre aux rochers.

Ensuite, je restai sur place, pantelant, les poings toujours serrés. Je lançai un regard plein de fureur en direction du campement des Pirates pour les mettre au défi de s'approcher, mais rien ne vint troubler la nuit, sinon le bruit continu des vagues et du vent, et le léger gargouillis de la femme en train d'agoniser. Ou bien les Pirates n'avaient rien entendu, ou bien ils tenaient trop à ne pas se faire remarquer pour s'intéresser à quelques échos nocturnes. Debout dans le vent, j'attendis que quelqu'un vienne, poussé par la curiosité, et me tue, mais rien ne bougeait. Une impression de vide m'envahit et ma démence s'effaça. Tant de morts au cours de cette seule nuit, et sans guère de sens, sauf pour moi !

Je déposai les deux autres cadavres au sommet de la digue qui s'effritait, en laissant le soin aux vagues et aux mouettes de les faire disparaître, puis je m'éloignai. Je n'avais rien perçu en les tuant, ni peur, ni colère, ni douleur, ni même désespoir. Ce n'étaient que des choses inanimées. Et tandis que je reprenais ma longue marche pour regagner Castelcerf, je m'aperçus que je ne ressentais rien non plus au fond de moi-même. Peut-être, pensai-je, que la forgisation est contagieuse et que je l'ai attrapée. Mais j'eus beau faire, cela m'était égal.

Il ne me reste guère de souvenirs de mon trajet. Je marchai et marchai, glacé, exténué, affamé ; je ne rencontrai pas d'autres forgisés, et les voyageurs que j'aperçus sur la route ne tenaient pas plus que moi à parler à un inconnu. Je n'avais qu'une idée : rentrer à Castelcerf. Retrouver Burrich. Je parvins à destination deux jours après le début de la fête du Printemps ; quand les gardes voulurent m'arrêter à l'entrée du château, je les regardai dans les yeux.

« C'est le Fitz ! s'exclama l'un d'eux avec un hoquet de surprise. On te disait mort !

– La ferme ! » aboya l'autre. C'était Gage, que je connaissais depuis longtemps, et il ajouta rapidement : « Burrich a été blessé. Il est à l'infirmerie, mon garçon. »

Je hochai la tête et franchis les portes.

De toutes mes années à Castelcerf, je n'avais jamais mis les pieds à l'infirmerie : c'était Burrich et lui seul qui avait toujours soigné mes maladies et mes bobos d'enfant ; mais je savais où elle se trouvait. Je traversai la forteresse, aveugle aux groupes de fêtards, grands ou petits, et soudain j'eus l'impression d'avoir à nouveau six ans et d'arriver pour la première fois à Castelcerf. J'avais parcouru la longue route depuis Œil-de-Lune accroché à la ceinture de Burrich, alors qu'il avait une jambe ouverte et pansée à la diable ; mais pas une fois il ne m'avait transféré sur le cheval d'un autre, ni confié à ses compagnons de route. Je me frayai un chemin parmi la foule des bambocheurs avec leurs carillons, leurs fleurs et leurs friandises, et je pénétrai dans la citadelle intérieure ; derrière les casernements se dressait un bâtiment en pierre blanchie à la chaux. Il n'y avait pas âme qui vive à l'entrée et je traversai sans encombre le vestibule pour accéder à la salle principale.

Des herbes fraîches avaient été répandues par terre et les grandes fenêtres laissaient entrer un flot d'air et de lumière printaniers, néanmoins j'eus une sensation de confinement et d'insalubrité. Burrich n'était pas à sa place, ici. Tous les lits étaient vides à part un ; aucun soldat ne restait alité pendant la fête du Printemps, sauf cas de force majeure. Burrich était couché sur un étroit lit de camp éclaboussé de soleil ; jamais encore je ne l'avais vu dans une telle immobilité ; il avait repoussé ses couvertures de côté et des bandages lui emmaillotaient le torse. Je m'approchai sans bruit et m'assis par terre à côté de lui. Il ne bougeait pas, mais je percevais sa présence et ses pansements s'élevaient et s'abaissaient lentement au rythme de sa respiration. Je lui pris la main.

« Fitz », dit-il sans ouvrir les yeux. Et ses doigts se crispèrent sur les miens.

« Oui.

– Tu es revenu. Tu es vivant.

– Oui. Je suis rentré le plus vite possible. Oh, Burrich, j'avais peur que tu sois mort !

– Moi, je te croyais mort. Tous les autres sont de retour depuis plusieurs jours. » Il reprit son souffle avec difficulté. « Naturellement, ce corniaud leur avait laissé des chevaux à tous.

– Non, fis-je sans lui lâcher la main. C'est moi, le corniaud, tu sais bien.

– Excuse-moi. » Il ouvrit les yeux. Le gauche était injecté de sang. Il essaya de sourire et je vis alors que toute la partie gauche de son visage était tuméfiée. « Eh bien, dit-il, nous faisons une belle paire, tous les deux. Tu devrais te passer de la pommade sur la joue, ça s'infecte. On dirait qu'un animal t'a griffé.

– Des forgisés. » Je ne pus pas en dire davantage. J'ajoutai seulement, à mi-voix : « Il m'a fait déposer au-dessus de Forge, Burrich. »

Un spasme de fureur déforma ses traits. « Il a refusé de me dire où tu étais ! Lui comme tout le monde, d'ailleurs ! J'ai même envoyé quelqu'un chez Vérité, pour lui demander d'obliger Galen à nous avouer ce qu'il avait fait de toi, mais je n'ai pas eu de réponse. Je devrais le tuer !

– Laisse tomber, répondis-je, et j'étais sincère. Je suis de retour et bien vivant. J'ai raté l'épreuve, mais je ne suis pas mort. Et, comme tu me l'as dit toi-même, il y a d'autres choses dans la vie. »

Burrich se déplaça légèrement mais, visiblement, sa nouvelle position ne le soulagea guère. « Ah bon. Il va être déçu. » Il laissa échapper un soupir haché. « Je me suis fait attaquer ; le gars avait un poignard. Je ne sais pas qui c'est.

– C'est grave ?

– Assez, pour quelqu'un de mon âge ; naturellement, un jeune brocard comme toi s'ébrouerait un bon coup et on n'en parlerait plus. Heureusement, il n'a fait mouche qu'une fois avec sa lame ; mais je suis tombé et je me suis cogné la tête. Je suis resté dans les pommes deux jours entiers. Et puis, Fitz... ton chien... C'est idiot, il n'avait aucune raison de le faire, mais il a tué ton chien.

– Je sais.

– Il est mort rapidement », dit Burrich, en guise de consolation.

Son mensonge me hérissa. « Il est mort héroïquement, corrigeai-je. Sinon, le poignard t'aurait atteint plus d'une fois. »

Burrich se figea. « Tu étais là », fit-il enfin. Ce n'était pas une question et le sens de sa phrase était sans équivoque.

« Oui, m'entendis-je répondre simplement.

– Tu étais avec le chien, cette nuit-là, au lieu d'essayer de pratiquer l'Art ? » L'indignation lui faisait hausser le ton.

« Burrich, ce n'est pas la... »

Il retira sa main de la mienne et il se détourna de moi.

« Va-t'en.

– Burrich, Martel n'avait rien à y voir ! Je n'ai pas de don pour l'Art, c'est tout ! Alors, laisse-moi ce que je possède, laisse-moi être ce que je suis. Je ne m'en sers pas pour faire du mal ; même sans ça, je suis bon pour les animaux ; tu m'as élevé comme ça. Si je m'en sers, je peux...

– Ne t'approche plus de mes écuries. Et ne t'approche plus de moi. » Il se retourna vers moi et, à ma stupéfaction, je vis une larme rouler sur sa joue hâlée. « Tu as échoué ? Non, Fitz : c'est moi qui ai échoué. J'ai été trop tendre ; au premier signe du Vif, j'aurais dû te rosser sans pitié pour te l'extirper. “Elève-le bien”, m'avait dit Chevalerie ; c'est le dernier ordre qu'il m'avait donné. Et je l'ai trahi. Et je t'ai trahi, toi aussi. Si tu ne t'étais pas frotté au Vif, Fitz, tu aurais pu apprendre l'Art ; Galen aurait pu te l'enseigner. Pas étonnant qu'il t'ait envoyé à Forge ! » Il se tut un instant. « Bâtard ou pas, tu aurais pu être le digne fils de Chevalerie ; mais tu as tout gâché, et pour quoi ? Pour un chien ! Je sais ce que peut représenter un chien dans la vie d'un homme, mais on ne fout pas son existence en l'air pour un...

– Ce n'était pas qu'un chien ! l'interrompis-je presque violemment. C'était Martel, c'était mon ami ! Et il n'était pas seul en cause ! Si j'ai renoncé à attendre, si je suis revenu, c'est pour toi ! Je croyais que tu pouvais avoir besoin de moi. Martel est mort il y a des jours et je le savais. Mais je suis revenu pour toi, au cas où je pourrais t'aider ! »

Il demeura si longtemps sans rien dire que je crus qu'il refusait de me répondre. « Ce n'était pas nécessaire, fit-il enfin à mi-voix. Je m'occupe moi-même de mes affaires. » Et, d'un ton hargneux : « Tu le sais ! Je l'ai toujours fait !

– Oui. Et tu t'es toujours occupé de moi.

– Pour le bien que ça nous a fait... dit-il d'une voix lente. Regarde ce que tu es devenu par ma faute ; aujourd'hui, tu n'es plus que... Ah, ça ne sert à rien ! Va-t'en. Va-t'en. »

A nouveau, il me tourna le dos et je sentis quelque chose qui s'enfuyait de lui.

Je me levai. « Je vais te préparer une infusion de feuilles d'Hélène pour ton œil. Je te l'apporterai cet après-midi.

– Ne m'apporte rien. Ne t'occupe pas de moi. Va ton chemin et fais-toi la vie que tu veux. J'en ai soupé de toi. » Il parlait au mur et dans sa voix ne perçait nulle compassion ni pour lui ni pour moi.

Je me retournai une dernière fois en quittant l'infirmerie. Burrich n'avait pas bougé, mais même de dos il paraissait plus vieux et plus fragile.

Et c'est ainsi que se passa mon retour à Castelcerf. Je n'étais plus l'adolescent naïf qui en était parti ; on fit peu de cas du fait que j'aie survécu contrairement à l'opinion générale, et je ne donnai d'ailleurs à personne l'occasion de s'en réjouir : du chevet de Burrich, je montai tout droit à ma chambre, fis ma toilette et changeai de vêtements ; puis je dormis, mais mal. Durant toute la fête du Printemps, je pris mes repas la nuit, seul dans les cuisines ; je rédigeai une note au roi Subtil pour l'informer de la possibilité que les Pirates fissent souvent relâche à Forge pour refaire leurs provisions d'eau douce. Il n'y donna pas suite et j'en fus soulagé : je n'avais envie de voir personne.

En grande pompe, Galen présenta son clan définitif au roi. A part moi, un seul candidat n'était pas revenu à temps ; j'ai honte aujourd'hui d'être incapable de me rappeler son nom et d'avoir oublié ce qu'il advint de lui, si je le sus jamais. A l'instar de Galen, j'ai dû l'écarter de mon esprit comme une chose sans valeur.

De tout cet été-là, Galen ne m'adressa qu'une fois la parole, et encore, de façon indirecte. Nous nous croisâmes dans la cour peu après la fête du Printemps ; il était en train de bavarder avec Royal lorsqu'il me jeta un coup d'œil et fit d'un ton sarcastique : « Il a davantage de vies qu'un chat ! »

Je m'arrêtai et les dévisageai jusqu'à ce qu'ils soient obligés de me regarder ; je plantai mes yeux dans ceux de Galen, puis je souris et hochai la tête. Jamais je ne lui parlai de sa tentative pour m'envoyer à la mort ; quant à lui, de ce jour, il fit comme s'il ne me voyait pas : son regard glissait sur moi quand il me rencontrait, ou bien il s'éclipsait lorsque j'apparaissais dans une pièce où il se trouvait.

En perdant Martel, j'avais l'impression d'avoir tout perdu ; à moins que, désespéré, je n'eusse moi-même cherché à détruire le peu qui me restait ; toujours est-il que j'errai des semaines durant dans la forteresse en m'ingéniant à insulter tous ceux qui avaient la naïveté de m'accoster. Le fou finit par m'éviter, Umbre ne m'appela pas une seule fois ; je vis Patience à trois reprises ; les deux premières, je répondis à son invitation mais restai à la limite de la politesse ; la troisième, assommé par son babillage sur la taille des rosiers, je me levai et pris la porte, tout simplement. Elle ne me fit plus jamais mander.

Vint un moment, pourtant, où je sentis le besoin d'avoir de la compagnie. La disparition de Martel avait laissé un gouffre béant dans mon existence et je n'avais pas prévu que mon exil loin des écuries pût me causer une telle douleur ; mes rencontres de hasard avec Burrich étaient affreusement tendues, car nous apprenions péniblement chacun à faire semblant de ne pas voir l'autre.

Je mourais d'envie d'aller trouver Molly, de lui raconter tout ce qui m'était advenu, toute ma vie depuis mon arrivée à Castelcerf. Je me représentais assis sur la plage avec elle, occupé à vider mon sac, et quand j'aurais fini, loin de me juger ou de me donner des conseils, elle me prendrait simplement la main et resterait sans bouger, là, près de moi. Enfin, quelqu'un saurait tout et je ne serais plus obligé de lui cacher quoi que ce soit ; et elle ne se détournerait pas de moi... Je n'osais pas imaginer plus loin que cela. Je me languissais de ce moment, tout en le redoutant, rongé par la peur d'un adolescent face à une bien-aimée de deux ans plus âgée que lui. Si je lui rapportais toutes mes infortunes, ne verrait-elle pas en moi qu'un enfant malheureux et ne m'offrirait-elle que sa pitié ? M'en voudrait-elle de tout ce que je lui avais dissimulé ? Dix fois cette pensée détourna mes pas de Bourg-de-Castelcerf.

Mais deux mois plus tard, lorsque je m'aventurai enfin dans la ville, mes pieds perfides m'entraînèrent jusqu'à la chandellerie. J'avais comme par hasard un panier au bras contenant une bouteille de vin de cerises et quatre ou cinq petites roses jaunes et fort épineuses, obtenues au prix de maints lambeaux de peau dans le Jardin des femmes, où leur parfum éclipsait même celui des parterres de thym. Je m'étais convaincu de n'avoir aucun plan : rien me m'obligeait à raconter à Molly quoi que ce soit sur moi, rien ne m'obligeait même à la voir ; bref, je déciderais selon les circonstances. Mais je devais m'apercevoir que toutes les décisions avaient déjà été prises et que je n'y avais aucune part.

J'arrivai au moment où Molly quittait la boutique au bras de Jade ; ils étaient penchés l'un vers l'autre et elle s'appuyait sur lui tandis qu'ils se parlaient à mi-voix. Dans la rue, il se tourna vers elle et elle leva les yeux vers lui ; et lorsqu'il avança une main hésitante pour lui toucher la joue, Molly devint soudain une femme, une femme que je ne connaissais pas. Notre différence d'âge était un gouffre immense que je serais à jamais incapable de combler. Je reculai derrière le coin de la rue avant qu'elle puisse m'apercevoir et me détournai, le visage baissé. Ils passèrent devant moi sans me remarquer plus qu'un arbre ou une pierre. Elle avait posé sa tête sur l'épaule de son compagnon et ils marchaient à pas lents. Il fallut une éternité avant qu'ils ne disparaissent à ma vue.

Ce soir-là, je m'enivrai comme jamais et je me réveillai le lendemain dans un fourré, le long de la route du château.

18

ASSASSINATS

Umbre Tombétoile, conseiller privé du roi Subtil, effectua une étude approfondie de la forgisation durant la période précédant les guerres contre les Pirates rouges. Le texte suivant est tiré de ses tablettes : « Netta, fille de Gill, pêcheur, et de Ryda, fermière, fut capturée vivante dans son village de Bonne-Eau le dix-septième jour après la fête du Printemps ; les Pirates rouges la forgisèrent et la renvoyèrent chez elle trois jours plus tard ; son père avait été tué lors du raid et sa mère, qui avait cinq autres enfants plus jeunes, ne put guère s'occuper d'elle. A l'époque de sa forgisation, elle avait quatorze étés. Je la pris en charge six mois plus tard.

« Quand on me l'amena, elle était sale, dépenaillée et gravement affaiblie par le manque de nourriture et une existence quasi sauvage. Selon mes instructions, on la nettoya, on l'habilla et on lui fournit un logement voisin du mien. Je procédai avec elle comme avec un animal indompté : chaque jour je lui apportais moi-même ses repas et je demeurais auprès d'elle pendant qu'elle mangeait ; je veillais à ce qu'il fît toujours bon dans sa chambre, que sa literie fût propre et qu'elle disposât des commodités qu'apprécie la gent féminine : de l'eau pour la toilette, des brosses et des peignes, bref tout ce qui est nécessaire à une femme. De plus, je lui fis apporter diverses fournitures de broderie, car j'avais appris qu'avant d'être forgisée elle aimait beaucoup ce genre d'ouvrages d'agrément et qu'elle en avait exécuté plusieurs de façon fort habile. Mon intention, derrière tout cela, était de vérifier si, dans un cadre apaisant, un individu forgisé ne pouvait retrouver un semblant de son ancienne personnalité.

« Même une bête sauvage aurait perdu de sa rétivité dans ces circons-

tances ; mais Netta, elle, réagissait à tout avec indifférence. Elle avait perdu non seulement ses manières féminines, mais également le bon sens le plus primaire : elle mangeait à satiété, avec ses doigts, puis laissait choir la nourriture en excès sans se soucier de marcher dessus ; elle ne se lavait pas et ne prenait en aucune façon soin d'elle-même ; les animaux, pour la plupart, ne souillent qu'un coin réservé de leur tanières, mais Netta agissait comme une souris qui lâche ses déjections n'importe où, jusques et y compris dans la literie.

« Elle était capable de parler intelligemment si elle en avait envie ou si elle désirait suffisamment quelque objet. Quand elle s'exprimait d'elle-même, c'était en général pour m'accuser de la dépouiller ou pour émettre des menaces contre moi si je tardais à lui donner l'objet de sa convoitise. Elle ne manifestait habituellement que haine et suspicion envers moi ; elle ne réagissait nullement à mes efforts de conversation et ce n'est qu'en échange de nourriture que je réussissais à lui arracher des réponses. Elle se souvenait parfaitement de sa famille, mais ne s'inquiétait pas de son sort et me répondait sur ce sujet comme elle m'aurait parlé du temps qu'il faisait la veille. De l'époque de sa forgisation, elle disait seulement que les prisonniers étaient enfermés dans le ventre du navire et qu'il y avait peu à manger et tout juste assez d'eau. Autant qu'elle s'en souvînt, on ne lui avait pas donné d'aliments insolites et on ne lui avait rien fait de particulier. Elle ne put donc me fournir aucun indice sur le mécanisme de la forgisation proprement dite ; ce fut pour moi une profonde déception, car j'avais espéré qu'en découvrant le principe, je pourrais découvrir l'antidote.

« Je tentai de réintroduire en elle un comportement humain en la raisonnant, mais ce fut un échec. Elle comprenait mes paroles, apparemment, mais elle n'en tenait pas compte ; même lorsque je lui remettais deux morceaux de pain en la prévenant qu'elle devait en garder un pour le lendemain car elle n'en aurait pas d'autre, elle laissait tomber le second par terre, le piétinait par négligence, et le jour suivant elle mangeait ce qu'il en restait sans se soucier de sa saleté. Elle ne témoignait pas le moindre intérêt pour la broderie ni pour aucun autre passe-temps, ni même pour les jouets d'enfant aux couleurs vives. Quand elle n'était pas en train de manger ou de dormir, elle restait simplement assise ou allongée, l'esprit aussi inerte que le corps. Placée devant des friandises ou des pâtisseries, elle dévorait jusqu'à s'en faire vomir, puis recommençait à se goinfrer.

« Je la traitai avec toutes sortes d'élixirs et d'infusions ; je la fis jeûner, je lui fis prendre des bains de vapeur, je la purgeai ; je la douchai à l'eau brûlante et à l'eau glacée, sans autre effet que de la mettre en colère ; je la droguai pour la faire dormir un jour et une nuit d'affilée, sans résultat ; je

lui fis boire de l'écorce elfique, ce qui l'empêcha de fermer l'œil pendant deux nuits de rang et ne fit que la rendre irritable ; je la comblai pendant un temps de cadeaux et de gentillesses, mais, de même que quand je lui imposai les restrictions les plus draconiennes, elle ne réagit pas et conserva la même attitude envers moi. Lorsqu'elle avait faim, j'obtenais des sourires et des marques de politesse quand je les demandais, mais dès lors qu'elle avait de quoi manger, ordres et prières demeuraient lettre morte.

« Elle était violemment jalouse de son territoire et de ses biens. Plus d'une fois, elle fit mine de m'attaquer, tout simplement parce que je m'étais trop approché de sa nourriture, et, en une occasion, parce qu'elle avait eu soudain envie d'un anneau que je portais au doigt. Elle tuait régulièrement les souris attirées par la malpropreté des lieux en les saisissant avec une vivacité stupéfiante et en les projetant de toutes ses forces contre les murs. Un chat qui s'était aventuré un jour dans ses appartements connut un sort semblable.

« Elle semblait n'avoir qu'une très vague notion du temps écoulé depuis sa forgisation. Elle était capable, si on le lui ordonnait alors qu'elle avait faim, de parler avec précision de son existence antérieure, mais la période d'après sa capture n'était plus pour elle qu'un long "hier".

« En étudiant Netta, je ne parvins pas à déterminer si, pour la forgiser, on lui avait ajouté ou ôté quelque chose ; j'ignorais s'il s'agissait d'un principe qu'elle avait consommé, inhalé, entendu ou vu ; je ne savais même pas si c'était l'œuvre d'un homme ou celle d'un démon marin comme certains habitants des Confins s'en prétendent maîtres. De cette longue et fastidieuse expérience, je n'appris rien.

« Un soir, je mélangeai une triple dose de potion soporifique à l'eau de Netta ; puis je la fis toiletter, peigner, et renvoyer à son village pour y être enterrée décemment. Au moins une famille pouvait mettre un point final à une histoire de forgisation ; bien d'autres se demanderont encore pendant des mois et des années ce qu'il a pu advenir d'êtres qui leur étaient chers ; mieux vaut dans bien des cas qu'elles n'en sachent rien. »

Plus d'un millier d'âmes avaient, à l'époque, subi la forgisation.

*

Burrich n'avait pas parlé en l'air : il ne voulait plus rien avoir à faire avec moi ; je n'étais plus le bienvenu aux écuries ni aux chenils, ce dont Cob se réjouissait avec une satisfaction mauvaise ; il accompagnait souvent Royal dans ses déplacements, mais lorsqu'il se trouvait aux écuries, il était toujours là pour m'en barrer l'entrée : « Permettez-moi de vous amener votre monture, maître, me disait-il d'un ton obséquieux. Le maître d'écuries préfère que ce soient les palefreniers qui s'occupent des animaux dans les stalles. » Et je devais rester à la porte comme un hobereau incompétent, pendant qu'on sellait et qu'on sortait Suie à ma place. C'était Cob en personne qui nettoyait son box, qui lui apportait son fourrage et qui la pansait, et j'avais l'impression qu'un acide me rongeait le cœur quand je voyais avec quelle joie elle l'accueillait. Je me répétais que ce n'était qu'un cheval, qu'on ne pouvait pas lui en vouloir ; mais je me sentais encore une fois abandonné.

Du coup, je me retrouvai avec trop de temps libre ; j'avais toujours passé toutes mes matinées à travailler avec Burrich et voici qu'elles étaient à moi. Hod entraînait des novices aux techniques de défense et elle accepta que je m'exerce avec eux, mais c'étaient des leçons que j'avais apprises depuis longtemps ; Geairepu était absent pour l'été, comme tous les ans ; Patience ? Je ne voyais aucun moyen satisfaisant de m'excuser auprès d'elle ; quant à Molly, je n'y pensai même pas. Jusqu'à mes soirées dans les tavernes de Castelcerf qui se passaient dans la solitude : Kerry était entré en apprentissage auprès d'un marionnettiste et Dirk s'était fait matelot. J'étais seul et désœuvré.

Ce fut un triste été, et pas uniquement pour moi. J'avais beau être seul, aigri, aboyer au nez des imprudents qui m'adressaient la parole et m'enivrer à mort plusieurs fois par semaine, je restais néanmoins conscient des tourments que subissaient les Six-Duchés. Les Pirates rouges, avec une audace jusque-là inconnue, mettaient nos côtes à sac et, cet été-là, en plus de leurs menaces, ils commencèrent à formuler des exigences : ils demandaient du grain, du bétail, le droit de prendre ce qui leur plaisait dans nos ports, d'accoster sur notre littoral et de rançonner le pays et ses habitants pendant l'été, de réduire nos compatriotes en esclavage... Chaque revendication était plus intolérable que la précédente, et plus insupportables encore les forgisations qui suivaient chaque nouveau refus du roi.

Les gens fuyaient les ports et les villes côtières ; on ne pouvait guère le leur reprocher, mais cet exode laissait nos côtes d'autant plus vulnérables. De nouveaux soldats furent engagés, puis d'autres encore, si bien qu'il fallut augmenter les impôts pour les payer et le peuple se mit à murmurer, écartelé entre le poids des taxes et la peur des Pirates rouges. Plus étrange, des Outrîliens se présentèrent à nos côtes à bord de leurs bateaux familiaux, ayant délaissé leurs navires de combat pour demander asile à notre peuple, et ils rapportèrent des récits effarants sur le chaos et la tyrannie qui régnaient dans les Iles d'Outre-mer, où la domination des Pirates rouges était désormais absolue. Leur arrivée fut perçue avec des sentiments mêlés, et s'ils grossirent les rangs de l'armée pour une solde de misère, rares furent ceux qui leur accordèrent toute leur confiance ; mais au moins, si certains avaient envisagé de céder aux exigences des pillards, les descriptions pitoyables que les immigrants firent des Iles d'Outre-mer sous la botte des Pirates les en détournèrent promptement.

Environ un mois après mon retour, Umbre m'ouvrit sa porte. Maussade de n'avoir pas été appelé plus tôt, je montai les marches plus lentement que jamais. Mais quand je parvins en haut, il leva un visage las du mortier où il broyait des graines. « Je suis content de te voir, dit-il d'une voix où ne perçait nul plaisir.

– C'est sans doute pour ça que vous vous êtes empressé de m'accueillir quand je suis rentré », remarquai-je d'un ton mordant.

Il interrompit son ouvrage. « Je m'excuse. J'ai pensé que tu avais peut-être besoin de rester seul un moment, pour te remettre. » Ses yeux revinrent sur les graines. « Pour moi non plus, l'hiver et le printemps n'ont pas été cléments. Veux-tu bien que nous laissions le temps passé derrière nous et que nous nous mettions au travail ? »

Il avait fait cette proposition sur un ton calme et raisonnable, et je la savais sage.

« Ai-je le choix ? » demandai-je, sarcastique.

Umbre acheva de moudre ses graines ; il fit tomber la poudre dans un crible fin qu'il posa sur une tasse. « Non, dit-il enfin, comme s'il avait soigneusement réfléchi à ma question. Et moi non plus. Dans bien des domaines, nous n'avons jamais le choix. » Il me regarda, m'examina de pied en cap, puis touilla sa mouture. « Tu vas cesser de boire autre chose que de l'eau ou du thé pour le restant de l'été ; ta sueur pue le vin. Et pour quelqu'un d'aussi jeune, tu as les muscles flasques. Un hiver à pratiquer les méditations de Galen n'a fait aucun bien à ton organisme ; occupe-toi de lui donner de l'exercice. Oblige-toi, dès aujourd'hui, à grimper quatre fois par jour au sommet de la tour de Vérité ; tu lui apporteras à manger et les infusions que je t'apprendrai à préparer ; et tu ne te présenteras jamais la mine renfrognée, mais toujours avenant et enjoué. Peut-être qu'au bout de quelques jours à t'occuper de Vérité tu comprendras que j'avais de bonnes raisons pour te négliger un peu. Voilà ce que tu feras chaque jour que tu passeras à Castelcerf ; à certains autres moments, tu exécuteras des missions que je te confierai. »

Umbre n'avait pas eu besoin d'un long discours pour éveiller en moi un sentiment de honte. La perception que j'avais de mon existence tomba en quelques instants de son piédestal tragique dans une commisération typiquement adolescente. « C'est vrai, je n'ai pas fait grand-chose, ces derniers temps, reconnus-je.

– Tu as fait l'imbécile, renchérit Umbre. Tu disposais de tout un mois pour prendre en charge ta propre vie. Tu t'es conduit comme... comme un enfant gâté. Je comprends le dégoût que tu inspires à Burrich. »

Depuis longtemps, je ne m'étonnais plus de ce qu'Umbre parvenait à savoir ; mais cette fois j'étais certain qu'il ignorait la vraie raison de ma brouille avec Burrich et je n'avais aucune envie de la lui apprendre.

« As-tu découvert qui a voulu le tuer ?

– A vrai dire, je... je n'ai pas cherché. »

Umbre eut une expression méprisante, qui se mua bientôt en perplexité. « Mon garçon, tu n'es plus toi-même. Il y a six mois, tu aurais mis les écuries sens dessus dessous pour résoudre ce mystère ; et, avec un mois de vacances devant toi, tu aurais trouvé à t'occuper tous les jours ! Qu'est-ce qui te perturbe ainsi ? »

Je baissai les yeux, touché par la vérité de ses paroles. J'avais envie de lui révéler tout ce qui m'était arrivé ; mais en même temps je ne me résolvais pas à en parler à quiconque. « Je vais vous dire tout ce que je sais sur l'attaque dont Burrich a été victime. » Et je m'exécutai.

« Et le témoin de la scène, demanda Umbre quand j'eus fini, connaissait-il l'homme qui s'en est pris à Burrich ? »

Je biaisai. « Il ne l'a pas bien vu. » Inutile d'aller lui raconter que je savais exactement quelle était son odeur, mais que je n'avais de lui qu'une vague image visuelle.

Umbre se tut un moment. « Eh bien, laisse traîner tes oreilles autant que tu le peux. J'aimerais savoir qui a trouvé le courage de vouloir tuer le maître des écuries du roi dans son propre fief.

– Vous ne pensez donc pas que c'est à cause d'une querelle personnelle de Burrich ? demandai-je.

– Si, peut-être. Mais gardons-nous de sauter aux conclusions ; pour moi, cela sent sa manœuvre. Quelqu'un est en train d'édifier quelque chose, mais il a raté la pose de la première pierre ; c'est à notre avantage, du moins je l'espère.

– Vous pouvez me dire ce qui vous le fait croire ?

– Je le pourrais, mais je n'en ferai rien. Je veux que tu gardes l'esprit libre, que tu parviennes à tes propres hypothèses, indépendantes des miennes. Et maintenant, viens, je vais te montrer les infusions. »

Je le suivis, vexé qu'il ne m'ait pas posé de questions sur mon apprentissage auprès de Galen ni sur mon épreuve ; j'avais l'impression que, pour lui, mon échec était de toute façon inéluctable. Mais la susceptibilité fit place en moi à l'horreur quand il m'indiqua les ingrédients qu'il avait choisis pour Vérité : c'étaient des stimulants terriblement puissants.

Je ne voyais plus guère Vérité ces derniers temps, alors que Royal n'était que trop visible à mon goût : il avait passé le mois précédent à voyager ; il venait toujours d'arriver de quelque part, il était toujours sur le point d'aller ailleurs, et chacun de ses cortèges était plus somptueux et plus riche que le précédent. A mes yeux, il prenait prétexte de faire sa cour au nom de son frère pour se parer de plumes plus éclatantes que celles de n'importe quel paon ; l'opinion générale n'y trouvait rien à redire : il fallait impressionner les gens avec qui il négociait ; à mon avis, c'était gaspiller de l'argent qui aurait dû servir à la défense du royaume. Je soufflais pendant les absences de Royal, car son aversion pour moi avait franchi un nouveau palier et il avait inventé toutes sortes de petites façons de me l'exprimer.

Les rares fois où j'avais aperçu Vérité ou le roi, ils m'avaient tous deux paru tourmentés et exténués ; Vérité surtout semblait presque hébété. Inexpressif et distrait, il n'avait remarqué ma présence qu'en une seule occasion, et alors il avait souri d'un air las en disant que j'avais grandi. Notre conversation n'était pas allée plus loin. Mais j'avais observé qu'il mangeait comme un malade, sans appétit, et qu'il ne se nourrissait que de gruau et de soupe en évitant la viande et le pain, comme s'il n'avait plus la force de les mâcher.

« Il se sert trop de l'Art, dit Umbre. C'est tout ce que Subtil a pu me révéler. Mais pourquoi cela l'épuise à ce point, pourquoi cela lui consume la chair sur les os, il ne peut pas me l'expliquer. Aussi, je lui prescris des toniques et des élixirs et j'essaye d'obtenir qu'il se repose, mais en vain. Il n'ose pas, me dit-il. Il prétend devoir mettre toute son énergie à tromper les navigateurs de Navires rouges, à envoyer leurs vaisseaux sur les rochers, à démoraliser leurs capitaines. Et puis il se relève de son lit, il s'assoit dans son fauteuil près de la fenêtre et il y reste toute la journée.

– Et le clan de Galen ? Il ne lui sert donc à rien ? » J'avais posé la question presque avec jalousie, en espérant à demi que mes anciens condisciples étaient inutiles.

Umbre soupira. « Je crois que Vérité utilise ses membres comme j'emploierais des pigeons voyageurs : il les a disséminés dans les différentes tours de guet pour qu'ils transmettent ses avertissements aux soldats et lui relayent les alertes aux Pirates. Mais il se réserve la défense des côtes ; lui seul possède l'expérience nécessaire, me répète-t-il ; d'autres trahiraient leur présence à ceux qu'ils essaieraient d'influencer. Je ne comprends pas bien, mais ce que je sais, c'est qu'il ne peut pas continuer ainsi. J'appelle de tous mes vœux la fin de l'été, le retour des tempêtes d'hiver qui chasseront les Pirates rouges. Il faudrait quelqu'un pour le relever dans cette tâche, car j'ai peur qu'il ne s'y consume. »

Je pris cela pour un reproche de mon échec et je gardai un silence maussade tout en allant et venant dans la pièce ; après tous ces mois d'absence, elle m'apparaissait à la fois familière et insolite. Comme d'habitude, l'attirail d'herboristerie d'Umbre était éparpillé, en pagaille, dans tous les coins ; la présence de Rôdeur se manifestait partout par de petits bouts d'os à l'odeur nauséabonde ; et toujours une profusion de tablettes et de rouleaux de parchemins qui s'amoncelaient au pied de divers fauteuils et dont la plupart traitaient apparemment des Anciens. Je passai de l'un à l'autre, intrigué par les illustrations en couleurs ; sur une tablette, plus vieille et plus travaillée que les autres, était représenté un Ancien sous la forme d'une espèce d'oiseau doré pourvu d'une tête humaine, elle-même surmontée d'une coiffure qui évoquait des piquants de porc-épic. J'essayai de déchiffrer le texte qui accompagnait le dessin ; c'était du piche, un antique idiome de Chalcède, le duché le plus méridional du royaume. La peinture de nombreux symboles avait pâli ou s'était écaillée et je n'avais jamais lu le piche couramment. Umbre vint à mes côtés.

« Tu sais, dit-il avec douceur, cela ne m'a pas été facile, mais j'ai dû tenir parole. Galen exigeait un contrôle absolu de ses étudiants ; il avait expressément stipulé que nul ne devait avoir de rapport avec toi ni intervenir en aucune façon dans ton apprentissage de l'Art et de sa discipline. Et, comme je t'en avais averti, dans le Jardin de la reine, je suis aveugle et sans influence.

– Je le savais, marmonnai-je.

– Néanmoins, je n'ai pas condamné le geste de Burrich. Seule la parole que j'avais donnée au roi m'a empêché de t'appeler chez moi. » Il se tut, puis, lentement : « Ça n'a pas été agréable, je le sais, et je regrette de n'avoir pu t'aider ; mais ne prends pas trop au tragique d'avoir...

– Echoué », terminai-je à sa place, tandis qu'il cherchait un terme plus édulcoré. Je soupirai, et j'acceptai soudain la souffrance qui me rongeait. « N'en parlons plus, Umbre. Je ne peux rien y changer.

– Je sais. » Puis, avec circonspection : « Mais peut-être pouvons-nous tirer profit de ce que tu as appris de l'Art. Si tu m'aides à le comprendre, je serai peut-être plus à même de soutenir Vérité. C'est un savoir qui a été gardé secret pendant tant et tant d'années... On en parle à peine dans les anciens manuscrits, sinon pour dire que l'Art du roi a donné la victoire à ses soldats lors de telle ou telle bataille, ou que l'Art du roi a désorienté tel ou tel ennemi ; mais rien sur ses principes ni... »

L'étau du désespoir m'enserrait à nouveau. « C'est inutile. Ce n'est pas le rôle d'un bâtard de savoir ces choses. Je crois l'avoir prouvé. »

Il y eut un long silence, puis Umbre poussa un profond soupir. « Possible... Bien : je me suis également penché sur la forgisation, ces derniers mois, mais tout ce que j'ai appris, c'est ce que ce n'est pas et ce qui n'est pas efficace pour lutter contre ce fléau. Le seul traitement que j'aie trouvé est le plus ancien que l'on connaisse et celui qui guérit de tout. »

Je roulai, puis ficelai le manuscrit que je tenais avec le sentiment de savoir ce qui allait suivre. Je ne me trompais pas.

« Le roi m'a confié une mission pour toi. »

En l'espace de trois mois cet été-là, je tuai dix-sept fois pour le roi. Si cela ne m'était pas déjà arrivé, volontairement ou pour me défendre, j'y aurais peut-être eu plus de mal.

Ma mission était simple, en apparence : je partais avec un cheval et des paniers de pain empoisonné et j'empruntais les routes où des voyageurs disaient avoir été attaqués ; lorsque les forgisés s'en prenaient à moi, je me sauvais en semant des pains derrière moi. Si j'avais été un homme d'armes ordinaire, j'aurais peut-être eu moins peur ; mais toute mon existence j'avais compté sur mon Vif pour m'avertir de la présence d'intrus et cette mission revenait, pour moi, à travailler sans me servir de mes yeux. De plus, je m'aperçus rapidement que tous les forgisés n'avaient pas été autrefois cordonniers ou tisserands : la deuxième bande que j'empoisonnai comptait plusieurs soldats et j'eus de la chance que la plupart fussent occupés à se disputer les morceaux de pain lorsqu'on m'arracha de ma selle.

Je reçus un bon coup de poignard dont je garde encore aujourd'hui la cicatrice à l'épaule gauche. Ces hommes étaient vigoureux, efficaces, et ils semblaient se battre de façon organisée, peut-être à cause de la formation militaire qu'ils avaient reçue à l'époque où ils étaient encore complètement humains. J'étais près d'y laisser la vie lorsque je me mis à crier qu'ils étaient stupides de lutter avec moi pendant que les autres dévoraient tout le pain ; du coup, ils me lâchèrent, je remontai à cheval tant bien que mal et m'enfuis.

Les poisons employés n'étaient pas plus cruels que nécessaire, mais pour qu'ils soient efficaces même à toute petite dose, nous n'utilisions que les plus violents ; les forgisés ne mouraient donc pas paisiblement, mais Umbre s'efforçait de leur procurer une mort rapide. A les voir se jeter avidement sur l'instrument de leur destin, je n'avais pas besoin d'assister à leurs convulsions écumantes ni même de constater la présence de leurs cadavres sur le bord de la route. Lorsque la nouvelle du décès de plusieurs forgisés parvint à Castelcerf, Umbre avait déjà fait courir la rumeur qu'ils étaient sans doute morts d'avoir voulu manger du poisson gâté trouvé dans une rivière à frai. Les familles récupérèrent les corps pour leur donner une sépulture décente ; elles étaient sûrement soulagées et les forgisés, eux, avaient connu une fin plus rapide que la mort par manque de nourriture pendant l'hiver. Ainsi, je m'habituai peu à peu à tuer, et j'avais près d'une vingtaine de victimes à mon tableau de chasse lorsque je dus regarder un homme en face avant de l'abattre.

Cette mission-là ne fut pas non plus aussi difficile qu'elle aurait pu l'être. Il s'agissait du seigneur d'un petit territoire non loin de Turlac qui, dans un accès de colère et selon l'histoire qui parvint à Castelcerf, aurait frappé la fille d'une servante, ce qui l'aurait rendue idiote. Il n'en avait pas fallu plus pour faire froncer les sourcils au roi Subtil ; mais le hobereau avait proposé de payer la dette du sang et, en acceptant, la servante avait renoncé à toute intervention de la justice du roi. Cependant, quelques mois plus tard, un cousin de la fille s'était présenté à la cour et avait demandé une audience privée au roi.

On m'envoya vérifier ses dires et je constatai que le hobereau maintenait la jeune fille attachée comme un chien au pied de son fauteuil et, de plus, qu'elle avait le ventre qui s'arrondissait ; je trouvai facilement l'occasion, profitant de ce qu'il m'offrait du vin tout en me demandant les dernières nouvelles de la cour, de lever sa coupe de cristal face à la lumière pour m'extasier sur la qualité du contenant comme du contenu. Je pris congé quelques jours plus tard, ma mission achevée, avec les échantillons de papier que j'avais promis à Geairepu et les souhaits de bon retour du hobereau ; ce même jour, il fut pris d'indisposition et, un mois plus tard, il mourait dans le sang et la folie, l'écume à la bouche. Le cousin recueillit la fille et son enfant. Aujourd'hui encore, je n'ai aucun regret, ni de mon geste ni de mon choix d'une lente agonie.

Quand je ne travaillais pas à éliminer les forgisés, je m'occupais de mon seigneur le prince Vérité. Je me rappelle la première fois où je gravis l'interminable escalier qui menait chez lui, un plateau entre les mains ; je m'attendais à trouver un garde ou une sentinelle à l'entrée, mais il n'y avait personne. Je toquai à la porte et, ne recevant pas de réponse, j'entrai sans bruit. Vérité était assis dans un fauteuil près de la fenêtre par laquelle soufflait une brise d'été venue de l'océan ; la pièce aurait pu être agréable, ainsi aérée par cette chaude journée pleine de lumière, pourtant elle m'évoqua aussitôt une prison : le fauteuil près de la fenêtre, une petite table à côté, les coins poussiéreux et remplis de petits bouts de roseaux grisâtres ; et puis Vérité lui-même, le menton sur la poitrine comme s'il dormait, alors que mes sens percevaient l'intense vibration de ses efforts ; il avait les cheveux ébouriffés, les joues bleues d'une barbe d'un jour, et il flottait dans ses vêtements.

Je refermai la porte du bout du pied et déposai le plateau sur la table, après quoi je me redressai et attendis sans mot dire. Et, quelques minutes plus tard, Vérité revint de là où il était parti. Il leva les yeux vers moi avec l'ombre de son sourire d'autrefois, puis il regarda le plateau. « Qu'est-ce que c'est ?

– Le petit déjeuner, messire. Tout le monde a mangé il y a des heures, sauf vous.

– Je l'ai déjà pris, mon garçon, tôt ce matin ; une espèce de soupe de poisson infecte. On devrait pendre les cuisinières ; on n'impose pas ça aux gens dès le matin. » Il parlait d'un ton hésitant, comme un vieillard tremblant qui cherche à se rappeler son jeune temps.

« C'était hier, messire. » J'ôtai les couvercles des plats : pain chaud fourré de miel et de raisins secs, viande froide, une assiettée de fraises accompagnée d'un pot de crème, le tout en petites portions, presque comme pour un enfant. Je versai le thé fumant dans une chope ; il était abondamment aromatisé au gingembre et à la menthe poivrée pour couvrir le goût de l'écorce elfique broyée.

Vérité regarda le breuvage, puis leva les yeux vers moi. « Umbre n'abandonne jamais, hein ? » Il avait dit cela d'un air détaché, comme si l'on prononçait le nom d'Umbre tous les jours dans le château.

« Il faut manger si vous voulez continuer à travailler, fis-je d'un ton neutre.

– Sûrement », répondit-il d'un air las, et il se tourna vers le plateau ; on aurait dit que le repas artistement préparé n'était pour lui qu'une tâche assommante de plus à expédier. Il mangea sans goût et but le thé vaillamment, d'une seule gorgée, comme un médicament, sans que le gingembre ni la menthe ne le trompent un instant. Son repas à demi achevé, il fit une pause, soupira et resta un moment à regarder par la fenêtre ; puis il parut encore une fois revenir d'ailleurs et se contraignit à terminer tous les plats. Enfin, il poussa le plateau de côté et se radossa, l'air épuisé. Je le contemplai avec stupéfaction : j'avais préparé moi-même l'infusion et, avec la quantité d'écorce elfique que j'y avais mise, Suie aurait volé par-dessus les cloisons de son box !

« Mon prince ? » fis-je ; il ne réagit pas et je posai ma main sur son épaule. « Vérité ? Vous allez bien ?

– Vérité, répéta-t-il, comme hébété. Oui. Et je préfère ça à "messire" ou "mon prince" ou "monseigneur". C'est une manœuvre de mon père, de t'envoyer ici. Oui... Je peux peut-être encore le surprendre. Mais, oui, appelle-moi Vérité. Et dis bien que j'ai mangé. Toujours obéissant, j'ai mangé. Va-t'en, maintenant, mon garçon. J'ai du travail. »

Il sembla faire un effort pour se réveiller et à nouveau son regard devint lointain. J'empilai les plats sur le plateau en faisant le moins de bruit possible et me dirigeai vers la porte. Mais alors que je soulevais le loquet, il m'appela.

« Mon garçon ?

– Messire ?

– Ah-ah ! fit-il sur le ton de la mise en garde.

– Vérité ?

– Léon est dans mes appartements ; emmène-le faire un tour pour moi, veux-tu ? Il se languit. Inutile que nous dépérissions tous les deux.

– Oui, messire. Euh, Vérité. »

Et c'est ainsi que le mâtin, qui de fait n'était plus de première jeunesse, me fut confié. Tous les jours j'allais le chercher dans la chambre de Vérité et nous arpentions les collines noires, les falaises et les plages à la recherche de loups qui n'y couraient plus depuis vingt ans. Comme Umbre l'avait remarqué, j'étais dans une forme physique déplorable et au début j'eus le plus grand mal à rester à la hauteur du chien, pourtant âgé ; mais, les jours passant, nous nous remîmes l'un et l'autre en état et Léon me rapporta même un ou deux lapins. A présent que j'étais banni du domaine de Burrich, je ne me faisais plus scrupule d'utiliser le Vif quand je le désirais ; mais, comme je l'avais découvert depuis longtemps, nul lien ne se créait entre le molosse et moi, bien que je pusse communiquer avec lui. S'il s'était agi d'un chiot, il en eût sans doute été autrement ; mais il était vieux et son cœur appartenait pour toujours à Vérité. Le Vif ne donnait pas le pouvoir sur les bêtes, seulement un aperçu de leur vie intime.

Trois fois par jour, je gravissais le raide escalier en colimaçon pour encourager Vérité à se nourrir et à échanger quelques mots avec moi ; parfois, j'avais l'impression de m'adresser à un enfant ou un vieillard dodelinant ; en d'autres occasions, il me demandait des nouvelles de Léon et me posait des questions précises sur ce qui se passait à Bourg-de-Castelcerf. A certaines périodes enfin, je m'absentais des journées entières pour exécuter mes autres missions ; d'habitude, à mon retour, il ne paraissait s'être rendu compte de rien, mais une fois, après l'excursion qui m'avait valu une blessure au couteau, il m'observa pendant que je rassemblais avec des gestes maladroits ses assiettes vides sur le plateau. « Ils riraient bien, s'ils savaient que nous assassinons les nôtres. »

Je me pétrifiai en me demandant que répondre, car, à ma connaissance, seuls Subtil et Umbre étaient au courant de mes activités. Mais le regard de Vérité était à nouveau perdu au loin et je sortis sans bruit.

Je me mis, presque inconsciemment, à introduire des changements autour de lui : un jour qu'il était en train de manger, je balayai la pièce et, dans la soirée, je fis un voyage spécial pour lui apporter un sac de roseaux et d'herbes. Je craignais un peu de le déranger, mais Umbre m'avait appris à me déplacer discrètement. Je travaillai sans lui parler et il ne manifesta par aucun signe qu'il remarquât mes allées et venues ; mais la pièce fut enfin rafraîchie et les fleurs de vervère se mêlaient aux herbes répandues pour donner un parfum revigorant ; une autre fois, je le trouvai endormi dans son fauteuil au dossier raide et je lui apportai des coussins ; il les dédaigna, jusqu'au jour pourtant où il les disposa à son goût. La pièce demeurait nue, mais je sentais que cela lui était nécessaire afin de préserver la constance de ses efforts ; aussi ne lui fournissais-je que le strict minimum, ni tapisseries ni tentures murales, ni vases de fleurs ni carillons éoliens, mais des pots de thym en fleur pour apaiser les migraines qui le taraudaient et, un jour de tempête, une couverture pour le garder de la pluie et du froid qui l'assaillaient par la fenêtre ouverte.

Une fois, je le trouvai endormi dans son fauteuil, les membres aussi flasques que ceux d'un cadavre. Je bordai la couverture autour de lui comme je l'aurais fait pour un invalide et posai le plateau devant lui, sans découvrir les plats afin de les maintenir au chaud. Puis je m'assis par terre à côté de lui, adossé à un coussin qu'il avait négligé, et j'écoutai le silence de la pièce. Tout semblait presque paisible ce jour-là, malgré la pluie battante qui tombait au ras de la fenêtre ouverte et les rafales de vent qui y pénétraient par instants. Je dus m'assoupir, car c'est la main de Vérité dans mes cheveux qui me réveilla.

« T'a-t-on commandé de veiller sur moi même quand je dors, mon garçon ? Que redoute-t-on donc pour moi ?

– Rien que je sache, Vérité. On m'a seulement dit de vous apporter vos repas et de veiller à ce que vous les preniez. Pas davantage.

– Et la couverture, les coussins, les pots de fleurs ?

– C'est de mon propre chef, mon prince. Ce n'est pas bon de vivre dans un tel dénuement. » Et en cette seconde, je pris conscience que nous communiquions, mais pas par la voix ; je me redressai brusquement et le regardai.

Vérité aussi parut soudain reprendre connaissance. Il changea de position dans son fauteuil inconfortable. « Bénie soit cette tempête qui me permet de me reposer. Je l'ai dissimulée à trois de leurs bateaux en persuadant les vigies qu'il ne s'agissait que d'un petit coup de tabac ; maintenant, ils appuient sur les avirons et ils scrutent la mer à travers la pluie pour essayer de maintenir leur cap. Et moi, j'en profite pour dormir enfin pour de bon. » Il se tut. Puis : « Je te demande pardon, mon garçon ; ces derniers temps, l'Art me paraît parfois plus naturel que la parole. Je ne voulais pas m'imposer à toi.

– C'est sans importance, mon prince ; j'ai été surpris, c'est tout. Je suis incapable d'artiser par moi-même, sinon de façon déficiente et très erratique. J'ignore comment j'ai fait pour m'ouvrir à vous.

– "Vérité", mon garçon, pas "mon prince". Ce n'est le prince de personne qui est assis dans ce fauteuil, avec une chemise imprégnée de sueur et une barbe de deux jours. Mais qu'est-ce que c'est que ces bêtises que tu me débites ? On t'a bien fait apprendre l'Art, non ? Je me rappelle encore comment la langue de Patience a mis en pièces l'obstination de mon père. » Il s'autorisa un sourire las.

« Galen a essayé de me l'enseigner, mais je n'avais pas de don. Il paraît qu'avec les bâtards, c'est souvent...

– Attends, grommela-t-il, et l'instant d'après, il était dans mon esprit. Ça va plus vite, comme ça », s'excusa-t-il, puis il marmonna : « Mais qu'est-ce qui t'obscurcit donc à ce point ? Ah ! » Et il ressortit aussitôt, aussi efficace et adroit que Burrich arrachant une tique de l'oreille d'un chien. Il resta longtemps sans rien dire et je l'imitai, des questions plein la tête.

« Je suis doué pour l'Art, comme ton père. Pas Galen.

– Mais comment a-t-il pu devenir maître d'Art, alors ? » demandai-je à mi-voix. Vérité cherchait-il seulement à minimiser mon échec ?

Il hésita, comme s'il cherchait le meilleur abord pour un sujet délicat. « Galen était un... familier de la reine Désir, un favori. Elle a lourdement insisté pour que Sollicité le prenne comme apprenti ; je songe souvent que notre vieille maîtresse d'Art devait être aux abois lorsqu'elle a accepté : elle se savait près de la mort, elle a dû agir avec précipitation et elle l'a regretté à la fin de ses jours. Et je pense qu'il n'avait pas la moitié de la formation nécessaire lorsqu'il est passé "maître". Mais ce qui est fait est fait et nous n'avons que lui. »

Vérité s'éclaircit la gorge d'un air embarrassé. « Je vais te parler le plus franchement possible, mon garçon, car je vois que tu sais tenir ta langue lorsque c'est nécessaire. Galen a obtenu cette place alors qu'il ne la méritait pas et il n'y voit qu'une sinécure ; il n'a jamais vraiment appréhendé, je crois, le rôle du maître d'Art. Bien sûr, il sait qu'il y a du pouvoir à la clé et il s'en sert sans le moindre scrupule ; mais Sollicité, elle, ne se contentait pas de prendre des airs importants, bien à l'abri de sa position : elle était conseillère du roi Bonté, et il existe un lien entre le roi et tous ceux qui pratiquent l'Art pour lui ; elle s'était donné pour mission de rechercher et d'instruire tous ceux qui manifesteraient un réel talent et le discernement nécessaire pour bien l'employer. Le clan auquel tu as participé est le premier que Galen ait créé depuis notre adolescence, à Chevalerie et moi ; et ses membres, il les a mal formés, je trouve. Il les a dressés, voilà, comme on dresse des perroquets et des singes à imiter l'homme, sans comprendre ce qu'ils font. Mais je n'ai qu'eux sous la main. » Vérité se tourna vers la fenêtre et poursuivit un ton plus bas : « Galen n'a aucune finesse ; il est aussi grossier que sa mère, et tout aussi présomptueux. » Il se tut soudain et rougit comme s'il avait parlé sans réfléchir. Il reprit à mi-voix : « L'Art, c'est comme la parole, mon garçon ; je n'ai pas besoin de crier pour te faire savoir ce que je désire : je peux m'adresser à toi poliment, ou faire une allusion, ou me faire comprendre d'un signe de tête et d'un sourire. Je puis artiser un homme et le persuader que c'est de sa propre volonté qu'il veut me rendre service. Mais tous ces raffinements échappent à Galen, dans l'emploi comme dans l'enseignement de l'Art : il ne connaît que la force pour s'imposer. La privation et la douleur sont certes un moyen d'abaisser les défenses d'un individu, mais Galen ne croit en aucun autre. Sollicité, elle, utilisait la ruse : elle me faisait observer un cerf-volant ou une poussière dans le soleil, elle me faisait me concentrer dessus comme si rien d'autre n'existait au monde, et d'un seul coup elle était là, dans mon esprit, le sourire aux lèvres, et elle me complimentait. C'est elle qui m'a enseigné qu'être ouvert, c'est tout simplement ne pas être fermé. Et pour pénétrer dans l'esprit de quelqu'un, il suffit en grande partie de vouloir sortir du sien. Tu comprends, mon garçon ?

– Plus ou moins, biaisai-je.

– Plus ou moins. » Il soupira. « Je pourrais t'enseigner l'Art si j'en avais le temps. Mais je ne l'ai pas. Une dernière chose, quand même : progressais-tu bien avant qu'il ne te mette à l'épreuve ?

– Non. Je n'avais aucun talent... Attendez ! Ce n'est pas vrai ! Mais qu'est-ce que je raconte ? Qu'est-ce que j'ai dans la tête ? » Bien qu'assis, je vacillai soudain et ma tête heurta le bras du fauteuil. Vérité posa la main sur mon épaule.

« J'ai dû aller trop vite ; calme-toi, mon garçon. Quelqu'un t'a embrumé le cerveau, t'a embrouillé comme je le fais avec les navigateurs et les hommes de barre des Pirates, pour les convaincre qu'ils ont déjà relevé leur position et qu'ils suivent le bon cap, alors qu'ils se dirigent sur un courant de travers, les persuader qu'ils ont passé un amer alors qu'en réalité ils ne l'ont pas encore vu. De la même façon, quelqu'un t'a fait croire que tu ne pouvais pas artiser.

– Galen. » Ma certitude était absolue. Je savais même presque à quel moment il avait opéré : c'était le jour où il avait précipité son esprit contre le mien ; de cet instant, plus rien n'avait été pareil. Depuis, je vivais dans le brouillard...

« C'est probablement lui. Mais si tu l'as artisé si peu que ce soit, tu as dû voir ce que Chev lui a fait. Galen éprouvait une haine passionnelle pour ton père, avant que Chev n'en fasse son chien de manchon ; ça ne nous plaisait pas du tout et nous aurions volontiers réparé son geste si nous avions su comment nous y prendre, et ce avant que Sollicité s'en aperçoive. Mais Chev était très fort à l'Art, et puis nous n'étions que de grands gosses à l'époque et Chev était dans une colère noire quand il a agi, à cause de quelque chose que Galen m'avait fait. Mais même quand il n'était pas en colère, se faire artiser par lui, c'était comme se faire piétiner par un étalon ; ou plutôt, comme se faire enfoncer la tête sous l'eau dans un fleuve impétueux. Il te rentrait dedans comme une masse, il larguait son renseignement et il repartait aussi vite qu'il était venu ! » Il s'interrompit le temps de soulever le couvercle de sa soupe. « Je supposais que tu étais au courant de tout ça, quoique, maintenant que j'y pense, je ne voie fichtre pas comment tu aurais pu le savoir. Qui aurait pu te le dire ? »

Je revins au vol sur une phrase qu'il avait prononcée : « Vous pourriez m'apprendre l'Art ?

– Si j'avais du temps, oui. Beaucoup de temps. Tu nous ressembles beaucoup, à Chev et à moi, à l'époque de notre apprentissage : instable et doué, mais incapable de comprendre comment maîtriser ce don. Et Galen t'a... marqué, balafré, disons. Il y a en toi des murailles que je n'arrive pas à franchir, et pourtant je suis doué, moi aussi. Il faudrait que tu apprennes à les abattre ; c'est difficile, mais je pourrais t'y aider, oui. Si nous disposions d'une année sans rien d'autre à faire. » Il repoussa son assiette de soupe. « Mais nous n'avons pas le temps. »

Mes espoirs s'écroulèrent à nouveau. Cette seconde vague de déception m'engloutit et me broya contre les rochers de la frustration. Mes souvenirs se réordonnèrent et, dans une brusque montée de colère, je compris tout ce qu'on m'avait fait subir. Sans Martel, je me serais jeté du haut de la tour ; Galen avait essayé de me tuer, c'était aussi évident que s'il avait eu un poignard à la main, et nul n'aurait su qu'il m'avait battu à mort, sauf les membres loyaux de son clan ; et bien qu'il ne fût pas arrivé à ses fins, il m'avait privé de la possibilité d'apprendre l'Art. Il m'avait rendu infirme et j'allais... Je me levai d'un bond, fou de rage.

« Holà ! fit Vérité. Doucement, sois prudent. On t'a fait du tort, mais ce n'est pas le moment de semer la discorde dans le château. Pour le bien du royaume, mets tes griefs de côté en attendant le jour où tu pourras les résoudre discrètement. » D'une inclinaison de la tête, je reconnus la sagesse de ses paroles. Il découvrit un plat qui contenait une petite volaille rôtie. Il laissa retomber le couvercle. « D'ailleurs, pourquoi veux-tu apprendre l'Art ? Ça n'a aucun intérêt. Ce n'est pas un métier pour un homme.

– Pour vous aider », dis-je sans réfléchir ; mais c'était vrai. Autrefois, c'eût été pour me montrer le digne fils de Chevalerie, pour impressionner Burrich ou Umbre, pour accroître ma position dans le château. Mais maintenant que j'avais vu, jour après jour, ce que faisait Vérité, sans louanges ni reconnaissance de la part de ses sujets, je désirais lui apporter mon soutien et rien de plus.

« Pour m'aider », répéta-t-il. La tempête faiblissait et, avec une résignation lasse, il leva les yeux vers la fenêtre. « Remporte ces plats, mon garçon. Je n'ai pas le temps d'y toucher.

– Mais vous avez besoin de force ! » protestai-je. Je me sentis coupable : le temps qu'il m'avait accordé, il aurait dû l'employer à manger et à dormir.

« Je sais ; mais je n'ai pas le temps. Manger demande de l'énergie – c'est bizarre, quand on y pense – et je n'en ai pas à gaspiller pour ça. » Ses yeux se faisaient lointains, perdus dans les rideaux de pluie de moins en moins violents.

« Je vous donnerais ma force, Vérité, si je le pouvais. »

Il se tourna vers moi avec un regard étrange. « C'est vrai ? Tu en es bien sûr ? »

La raison de sa véhémence m'échappait, mais ma réponse ne faisait pas de doute. « Naturellement que c'est vrai ! » Puis, plus calmement : « Je suis l'homme lige du roi.

– Et tu es de mon sang », renchérit-il. Il soupira ; l'espace d'un instant, il parut se sentir mal. Ses yeux se portèrent à nouveau sur son repas, puis sur la fenêtre. « Il y a tout juste le temps, murmura-t-il. Et ça pourrait suffire. Maudit soyez-vous, Père ! Faut-il toujours que vous l'emportiez ? Enfin... Approche-toi, mon garçon. »

Il y avait dans sa voix une tension qui m'effrayait, mais j'obéis. Alors, il leva la main et la posa sur mon épaule, comme s'il avait besoin d'un appui pour se redresser.

Je me retrouvai allongé par terre, un oreiller sous ma tête et la couverture que j'avais apportée quelques jours auparavant jetée sur moi. Vérité était debout, appuyé au rebord de la fenêtre, et il regardait dehors. La concentration le faisait trembler et je percevais presque l'Art qu'il pratiquait comme les coups de bélier des vagues contre une falaise. « Droit sur les rochers », fit-il avec une profonde satisfaction, et il se détourna brusquement de la fenêtre. Il m'adressa un grand sourire, un sourire carnassier qui s'effaça tandis qu'il m'observait.

« Un vrai veau à l'abattoir, dit-il d'un ton lugubre. J'aurais dû me douter que tu ne savais pas de quoi tu parlais.

– Qu'est-ce qui m'est arrivé ? » demandai-je non sans mal. J'avais les dents qui claquaient et des tremblements dans tout le corps comme si j'avais la grippe. J'avais l'impression que mon squelette allait se disloquer.

« Tu m'as offert ton énergie. Je l'ai prise. » Il remplit une tasse d'infusion, puis s'agenouilla pour la porter à mes lèvres. « Doucement. J'étais pressé. Je t'ai dit tout à l'heure que Chevalerie artisait comme un taureau ? Que dire de moi, alors ? »

Il avait retrouvé sa cordialité bourrue et sa bonne nature d'autrefois ; c'était Vérité tel que je ne l'avais plus vu depuis des mois. J'avalai une gorgée d'infusion ; l'écorce elfique me piqua la bouche et la gorge, et mes tremblements se calmèrent. Vérité en prit une lampée à son tour d'un air absent.

« Dans l'ancien temps, fit-il sur le ton de la conversation, le roi puisait sa force dans son clan : une demi-douzaine d'hommes, voire davantage, tous accordés les uns aux autres, capables d'unir toutes leurs énergies et de les mettre à la disposition du souverain. Telle était leur véritable raison d'être : fournir leur puissance à leur roi ou à un de leurs membres désigné. Je crois que ça, Galen a du mal à le concevoir ; son clan est une création artificielle, et ses membres sont comme des chevaux, des bouvillons et des mulets qu'on aurait harnachés ensemble. Ce n'est pas un vrai clan. Il leur manque l'unité d'esprit.

– Vous m'avez pris de l'énergie ?

– Oui. Crois-moi, mon garçon, en temps ordinaire je m'en serais bien gardé, mais j'en avais un besoin urgent et j'ai cru que tu savais ce que tu faisais. Tu t'es présenté comme l'homme lige du roi, selon l'ancienne dénomination ; et nous sommes si proches par le sang que je savais pouvoir puiser en toi. » Il reposa brutalement la chope sur le plateau. Le dégoût rendit sa voix plus grave. « Subtil ! Toujours en train de déplacer des pions, de faire tourner des rouages, de mettre des balanciers en mouvement ! Ce n'est pas un hasard si c'est toi qui m'apportes mes repas, mon garçon. Il te mettait ainsi à ma disposition. » Il tourna un moment dans la pièce, puis il s'arrêta devant moi. « Ça ne se reproduira plus.

– Ce n'était pas si terrible, répondis-je d'une voix faible.

– Ah non ? Eh bien, qu'est-ce que tu attends pour te lever, alors ? Ou seulement pour t'asseoir ? Non : tu n'es qu'un jeune garçon tout seul, pas un clan. Si je ne m'étais pas aperçu de ton ignorance et si je ne m'étais pas retiré à temps, j'aurais pu te tuer. Ton cœur et tes poumons auraient cessé de fonctionner, tout simplement. Je refuse de puiser encore en toi, au nom de qui que ce soit. Tiens. » Il se baissa, me souleva sans effort et me déposa dans son fauteuil. « Repose-toi un peu. Et mange ; moi, je n'en ai pas besoin pour le moment. Quand tu te sentiras mieux, va trouver Subtil et dis-lui de ma part que ta présence me distrait et que dorénavant je souhaite que ce soit un garçon de cuisine qui m'apporte mes repas. »

Je voulus protester : « Vérité...

– Non : “mon prince”. Car, sur ce sujet, je suis ton prince et j'entends que tu m'obéisses. Mange, maintenant. »

J'inclinai la tête, accablé, mais je mangeai néanmoins et l'écorce elfique me ragaillardit plus vite que je ne l'avais prévu. Bientôt, je pus me lever et j'empilai les plats sur le plateau avant de me diriger vers la porte. Je soulevai le loquet.

« FitzChevalerie Loinvoyant. »

Ces mots me pétrifièrent. Je me retournai lentement.

« C'est ton nom, mon garçon. Je l'ai inscrit moi-même dans le journal militaire le jour où on t'a amené devant moi. Ça aussi, je croyais que tu le savais. Cesse de te considérer comme un bâtard, FitzChevalerie Loinvoyant. Et n'oublie pas d'aller voir Subtil aujourd'hui même.

– Au revoir », dis-je à mi-voix, mais il regardait déjà par la fenêtre.

Voilà où nous en étions au cœur de l'été : Umbre absorbé dans ses tablettes, Vérité assis à sa fenêtre, Royal occupé à courtiser une princesse au nom de son frère, et moi à tuer discrètement pour mon roi. Les ducs de l'intérieur et ceux des côtes s'opposaient autour des tables de conseil, feulaient et se crachaient à la figure comme des chats autour d'un poisson. Et au-dessus de la mêlée, Subtil, telle une araignée, tenait les fils de sa toile bien tendus, attentif à la moindre vibration de l'un ou de l'autre. Les Pirates nous harcelaient comme des poissons-rats une pièce de viande au bout d'un hameçon, nous arrachant des lambeaux de notre peuple pour les forgiser. Et les forgisés à leur tour devenaient un tourment pour notre terre, mendiants, prédateurs ou charges pour les familles. Les gens redoutaient de pêcher, de commercer ou de labourer dans les plaines alluviales du bord de mer ; pourtant, il fallait augmenter les impôts pour nourrir les soldats et les guetteurs, bien qu'ils parussent incapables de défendre le pays malgré leur nombre sans cesse croissant. A contrecœur, Subtil m'avait libéré de mon service auprès de Vérité. Il y avait plus d'un mois que le roi ne m'avait pas fait venir chez lui lorsqu'il me fit soudain convoquer un matin.

« Le moment est mal choisi pour me marier », disait Vérité. Je regardai le teint plombé de l'homme décharné qui partageait la table du petit déjeuner du roi, en me demandant s'il s'agissait bien du prince vigoureux et enjoué de mon enfance. Que son état avait donc empiré en l'espace d'un mois ! Il tripotait un morceau de pain, le reposait, puis le reprenait. Ses joues avaient perdu leurs couleurs, il avait les cheveux ternes, les muscles amollis et le blanc des yeux jaune ; si ç'avait été un chien, Burrich lui aurait administré un vermifuge.

Sans y avoir été invité, je dis : « J'ai chassé avec Léon il y a deux jours ; il m'a rapporté un lapin. »

Vérité se tourna vers moi et l'ombre de son sourire d'autrefois joua sur ses lèvres. « Tu as emmené mon chien de loup chasser le lapin ?

– Il s'est bien amusé ; mais vous lui manquez. Il m'a rapporté le lapin et je l'ai complimenté, mais il n'avait pas l'air satisfait. » Je ne pouvais pas lui raconter que tout, dans le regard que m'avait adressé Léon et dans son attitude, criait : *Pas pour toi !*

Vérité prit son verre. Un infime tremblement agitait sa main. « Je suis content qu'il sorte avec toi, mon garçon. Ça vaut mieux que... »

Subtil l'interrompit : « Le mariage redonnera du courage au peuple. Je me fais vieux, Vérité, et l'époque est troublée. Les gens ne voient plus la fin de leurs tracas et je n'ose pas leur promettre de solutions que nous ne possédons pas. Les Outrîliens ont raison, Vérité : nous ne sommes plus les guerriers qui se sont installés sur cette terre ; nous sommes devenus un peuple rangé, et un peuple rangé est sensible à certains dangers que ne connaissent pas les nomades ni les vagabonds, et qui peuvent l'anéantir. Quand des gens installés recherchent la sécurité, ils recherchent la continuité. »

J'adressai au roi un regard perçant : c'était une citation d'Umbre, j'en aurais parié mon sang. Fallait-il en déduire qu'Umbre participait à la conclusion de ce mariage ? Avec un intérêt nouveau, je me demandai encore une fois pourquoi j'avais été convoqué.

« Il s'agit de rassurer notre peuple, Vérité. Tu n'as pas le charme de Royal ni la prestance qui permettait à Chevalerie de convaincre tout le monde qu'il était capable de régler tous les problèmes ; ce n'est pas un défaut : de toute notre lignée, tu es un des plus doués pour l'Art et, en bien des époques, tes talents de soldat auraient eu davantage de poids que toute la diplomatie de Chevalerie. »

Cela sentait nettement son discours appris par cœur. Subtil s'interrompit pour se préparer une tartine de fromage et de confiture dans laquelle il mordit d'un air pensif. Vérité ne disait rien, les yeux fixés sur son père ; il paraissait à la fois attentif et troublé, épuisé, en réalité, comme un homme qui essaye de toutes ses forces de rester éveillé alors qu'il n'a qu'une envie : poser la tête sur l'oreiller et fermer les yeux. Mes brèves expériences de l'Art et de la concentration divisée qu'il fallait exercer pour résister à sa séduction tout en le pliant à sa volonté, tout cela m'emplissait de stupéfaction quand je pensais que Vérité le maniait quotidiennement.

Le regard de Subtil se porta un instant sur moi, puis revint sur son fils. « Pour employer des termes simples, tu dois te marier ; et, plus encore, tu dois avoir un enfant. Cela redonnera du cœur au peuple ; les gens diront : "Bah, les choses ne vont pas si mal, puisque notre prince n'a pas peur de se marier et d'avoir un enfant. Il ne ferait pas ça si le royaume était au bord de l'effondrement."

– Mais ni vous ni moi ne serions dupes, n'est-ce pas, Père ? » Le ton de Vérité avait quelque chose de grinçant et j'y perçus une rancœur nouvelle.

« Vérité..., fit le roi, mais son fils lui coupa la parole.

– Mon roi, dit-il avec solennité, nous savons vous et moi que le désastre nous guette. Il ne peut pas, il ne doit pas y avoir le moindre relâchement de notre vigilance à l'heure où nous sommes ; je n'ai pas le temps de jouer les jolis cœurs et encore moins de m'occuper des subtiles négociations visant à trouver une fiancée royale. Tant que le climat sera doux, les Pirates continueront d'attaquer ; et, quand il se dégradera et que les tempêtes chasseront leurs vaisseaux vers leurs ports d'attache, il faudra tourner nos pensées et nos énergies sur la fortification de nos côtes et la formation d'équipages pour garnir nos navires d'attaque. C'est de cela que je veux discuter avec vous : construisons notre propre flotte, non pas de gros navires marchands pour tenter les pirates, mais des bateaux de guerre élancés tels que nous en possédions autrefois et que nos charpentiers de marine savent encore les fabriquer ; ensuite, déplaçons le combat chez les Outrîliens eux-mêmes – oui, même au milieu des tempêtes d'hiver. Nous avions des marins et des guerriers de ce tempérament, il n'y a pas si longtemps. Si nous nous mettons aux navires et à l'entraînement des hommes dès maintenant, nous pourrons au moins garder les pirates à distance de nos côtes au printemps prochain et peut-être, l'hiver suivant, pourrons-nous...

– Cela exigera de l'argent ; et une population terrifiée ne donne pas facilement. Pour obtenir les fonds nécessaires, il faut que nos marchands aient assez confiance pour continuer à travailler, que nos fermiers ne redoutent pas de faire paître leurs troupeaux sur les herbages et les prés côtiers. On en revient toujours au fait que tu dois prendre femme, Vérité. »

Ce dernier, si animé lorsqu'il parlait de navires de guerre, se renfonça dans son fauteuil ; il parut se tasser, comme si une pièce de sa charpente intérieure avait cédé. Je m'attendais presque à le voir s'effondrer sur lui-même. « Comme il vous plaira, mon roi », dit-il ; mais en même temps il secouait la tête, niant son propre acquiescement. « Je ferai comme vous le jugerez avisé ; tel est le devoir d'un prince envers son roi et son royaume. Mais pour l'homme que je suis, Père, c'est une affaire bien triste et bien insipide que de prendre une épouse choisie par mon frère cadet ; je gage que lorsqu'elle se tiendra devant moi, elle ne me considérera pas comme un bien grand cadeau, après avoir vu Royal. » Vérité baissa les yeux sur ses mains dont la pâleur faisait ressortir les cicatrices du labeur et de la guerre. J'entendis son nom dans les paroles qu'il prononça ensuite : « J'ai toujours été votre second fils, d'abord derrière Chevalerie, le beau, le fort, le sage, et à présent derrière Royal, le fin, le charmant, le maniéré. Je sais que vous voyez en lui un meilleur successeur que moi, et je ne suis pas toujours loin de le penser moi-même. Je suis né second, j'ai été élevé pour être second. Je croyais que ma place serait derrière le trône, pas dessus ; et cela ne me dérangeait pas que Chevalerie doive un jour vous succéder, car mon frère m'estimait grandement ; sa confiance en moi était comme un honneur, elle me donnait l'impression de participer à ses succès ; être le bras droit d'un tel roi valait mieux qu'être le roi de maints pays de moindre importance. J'avais foi en lui comme il avait foi en moi. Mais il est mort, et je ne vous apprendrai rien en vous disant qu'il n'existe aucun lien de même nature entre Royal et moi. Peut-être trop d'années nous séparent-elles ; peut-être Chevalerie et moi étions-nous si proches qu'il ne restait pas place entre nous pour un troisième. Mais je ne crois pas que Royal ait cherché une femme qui sache m'aimer, ni qui...

– Il t'a choisi une reine ! » dit Subtil d'un ton tranchant. Je compris alors que cette discussion entre eux n'était pas la première sur ce sujet et je sentis le roi agacé que j'en sois témoin. « Royal n'a choisi une femme ni pour toi, ni pour lui, ni pour aucune raison imbécile de ce genre ! Il a choisi une femme qui doit devenir la reine de notre pays, des Six-Duchés, une femme susceptible de nous apporter l'argent, les hommes et les accords commerciaux dont nous avons besoin en ce moment si nous voulons survivre aux Pirates rouges. Ce n'est pas avec des mains douces et un parfum suave que tu bâtiras tes navires, Vérité ; tu dois te déprendre de ta jalousie envers ton frère : tu ne vaincras pas l'ennemi si tu n'as pas confiance en ceux qui te soutiennent.

– Précisément », répondit Vérité à mi-voix. Il repoussa sa chaise.

« Où vas-tu ? demanda Subtil d'un ton irrité.

– Faire mon devoir. Que me reste-t-il d'autre ? »

L'espace d'un instant, Subtil parut désarçonné. « Mais tu n'as presque rien mangé... » Sa voix mourut.

« L'Art tue tous les autres appétits. Vous le savez comme moi.

– Oui. » Subtil se tut. Puis : « Et je sais aussi, tout comme toi, que quand cela arrive, c'est qu'on est au bord du gouffre. L'appétit de l'Art est de ceux qui dévorent l'homme, pas de ceux qui le nourrissent. »

Tous deux semblaient avoir oublié ma présence. Je me fis tout petit et grignotai discrètement mon gâteau comme une souris dans son coin.

« Mais quelle importance qu'un homme se fasse dévorer, s'il sauve ainsi un royaume ? » Vérité ne cherchait pas à dissimuler son amertume et, pour moi, il était clair qu'il ne faisait pas allusion seulement à l'Art. Il écarta son assiette. « Après tout, poursuivit-il d'un ton lourd de sarcasme, il vous reste un autre fils pour porter votre couronne, un fils qui n'est pas défiguré par les cicatrices de l'Art ; un fils libre de se marier comme il lui plaît.

– Ce n'est pas la faute de Royal s'il ne possède pas l'Art ! C'était un enfant chétif, trop pour que Galen le forme. Et puis, qui aurait pu prévoir que deux princes artiseurs seraient insuffisants ? »

Subtil se leva brusquement et traversa toute la longueur de la salle jusqu'à une fenêtre ; il s'accouda au rebord et regarda la mer en contrebas. « Je fais ce que je peux, ajouta-t-il d'un ton plus calme. Crois-tu que je suis indifférent, que je ne vois pas comme tu te consumes ? »

Vérité poussa un long soupir. « Non. Je sais. C'est l'épuisement de l'Art qui parle, pas moi. L'un de nous au moins doit garder la tête claire et s'efforcer d'appréhender la situation dans son ensemble. Moi, je dois me concentrer sur ma tâche, envoyer mon esprit au loin, puis trier mes perceptions, départager le navigateur des rameurs, flairer les peurs secrètes que l'Art peut magnifier, trouver les cœurs faibles parmi l'équipage et m'attaquer à eux en premier. Quand je dors, c'est d'eux que je rêve, et quand je mange, c'est encore eux qui m'obstruent la gorge. Je n'ai jamais aimé cela, vous le savez, Père ; cela ne m'a jamais paru digne d'un guerrier, de fureter, d'espionner ainsi dans l'esprit des hommes ; qu'on me donne une épée et j'irai joyeusement leur explorer la tripe, ça oui ! Je préfère désarmer un homme avec du bon acier que d'obliger les molosses de son esprit à lui déchirer les talons.

– Je sais, je sais », dit Subtil d'un ton apaisant, mais je crois qu'il ne comprenait pas vraiment. Moi, par contre, j'étais sensible au dégoût que sa tâche inspirait à Vérité ; je ne pus m'empêcher de lui dire que je le partageais, et je perçus qu'il s'en sentait bizarrement souillé ; mais mon visage et mes yeux n'exprimaient aucun jugement lorsqu'il me regarda. A un niveau plus profond de moi-même rôdait un insidieux sentiment de culpabilité : celui d'avoir échoué à apprendre l'Art et de n'être d'aucun secours à mon oncle en cette période troublée. Je me demandai s'il songeait à puiser à nouveau dans mon énergie ; cette pensée m'effrayait, pourtant je m'armai de courage et attendis qu'il m'en fasse la requête ; mais il se contenta de m'adresser un sourire bienveillant, bien qu'absent, comme si, pas un instant, il n'avait envisagé la chose. Et en passant derrière mon siège, il me tapota gentiment les cheveux de la même façon qu'il aurait caressé la tête de Léon.

« Sors mon chien pour moi, même s'il ne s'agit que de chasser le lapin. Ça me crève le cœur de l'abandonner dans ma chambre le matin, mais son air misérable de supplication muette me distrayait de ma tâche. »

J'acquiesçai, surpris de ce que je sentais émaner de lui : l'ombre de la même douleur que j'avais connue en étant séparé de mes chiens.

« Vérité. »

Il se retourna au son de la voix de Subtil.

« J'allais oublier de te dire ce pour quoi je t'ai fait venir. Il s'agit naturellement de la princesse montagnarde. Ketkin, je crois...

– Kettricken. Je me rappelle au moins ça. C'était une petite fille maigrichonne, la dernière fois que je l'ai vue. C'est donc elle que vous avez choisie ?

– Oui, pour toutes les raisons dont nous avons parlé. Et une date a été arrêtée : dix jours avant notre Fête de la moisson. Il faudra que tu partes au début de la Saison de récolte pour être chez elle à temps ; là, il y aura une cérémonie, devant tout son peuple, qui vous unira et scellera nos différents accords, et un mariage formel plus tard, à votre retour ici. Royal s'occupe de faire savoir que tu dois... »

L'agacement assombrissait le visage de Vérité. « C'est impossible ; vous le savez bien ! Si je quitte mon poste à la Saison de récolte, je n'aurai plus de royaume où ramener une promise ! Les Outrîliens sont toujours le plus rapaces et le plus téméraires pendant les derniers mois avant les tempêtes d'hiver qui les chassent sur leurs malheureuses côtes ! Croyez-vous qu'il en ira différemment cette année ? En ramenant Kettricken, j'aurais toutes les chances de trouver les Pirates en train de festoyer ici, à Castelcerf, avec votre tête au bout d'une pique pour m'accueillir ! »

Le roi Subtil était manifestement en colère, mais il se contint pour demander calmement : « Penses-tu vraiment qu'ils nous mettraient à ce point aux abois si tu cessais tes efforts une vingtaine de jours ?

– J'en suis certain, répondit Vérité avec lassitude. Autant que du fait que je devrais être à mon poste au lieu de discuter avec vous. Père, dites-leur qu'il faut remettre la cérémonie à plus tard. J'irai chercher Kettricken dès qu'il y aura une bonne épaisseur de neige sur le sol et un bon coup de tabac qui repoussera les Pirates dans leurs ports.

– Ce n'est pas possible, dit Subtil avec regret. Ils ont certaines croyances à eux, là-haut dans les montagnes : un mariage conclu en hiver empêche le grain de lever ; tu dois prendre ta femme à l'automne, lorsque la terre donne, ou en fin de printemps, lorsqu'ils labourent leurs petits champs.

– C'est hors de question. Quand le printemps parvient dans leurs montagnes, il fait déjà un temps splendide chez nous et les Pirates sont depuis longtemps à nos portes. Ils peuvent comprendre ça, tout de même ! » Vérité secoua la tête, comme un cheval nerveux au bout d'une bride trop courte. Visiblement, il voulait s'en aller ; aussi haïssable que fût son travail avec l'Art, il y était irrésistiblement attiré. Il avait envie de s'y remettre, une envie qui n'avait rien à voir avec la protection du royaume. Subtil s'en rendait-il compte ? Et Vérité lui-même ?

« Leur faire comprendre, c'est une chose, répondit le roi ; exiger qu'ils marchent sur leurs traditions, c'en est une autre. Vérité, cette cérémonie doit avoir lieu, et au jour dit. » Subtil se massa les tempes comme s'il avait mal à la tête. « Nous avons besoin de cette union. Nous avons besoin des soldats que cette jeune fille nous amènera, nous avons besoin de ses présents de mariage, nous avons besoin du soutien de son père. Ça ne peut pas attendre. Ne pourrais-tu voyager en litière fermée, pour ne pas avoir de monture à surveiller, et continuer à œuvrer avec l'Art ? Cela te ferait peut-être même du bien de mettre le nez dehors, de respirer un peu d'air frais, et...

– NON ! » vociféra Vérité, et Subtil se retourna brusquement, si bien qu'on l'eût dit acculé à la fenêtre. Vérité assena un violent coup de poing à la table avec un emportement que je n'aurais jamais suspecté en lui. « Non, non et non ! Je ne peux accomplir mon travail et repousser les Pirates de nos côtes, cahoté en tous sens dans une litière ! Et non, je ne me présenterai pas devant cette épouse que vous m'avez choisie, devant cette femme que je me rappelle à peine, dans une litière, comme un invalide ou un crétin bavant ! Je ne veux pas qu'elle me voie ainsi, ni que mes hommes ricanent dans mon dos en disant : "Ah, voilà où en est le vaillant Vérité ! Réduit à voyager comme un vieillard tremblant, offert dans une litière comme une putain outrîlienne !" Qu'avez-vous fait de votre intelligence pour inventer des plans aussi stupides ? Vous avez été chez les Montagnards, vous connaissez leurs coutumes ! Croyez-vous qu'une de leurs femmes accepterait un homme qui viendrait la trouver avec des airs souffreteux ? Même dans leur famille royale, on abandonne un enfant s'il lui manque quoi que ce soit à la naissance. Vous flanqueriez en l'air votre propre plan et vous laisseriez par la même occasion les Six-Duchés exposés aux coups des Pirates rouges.

– Alors, peut-être...

– Alors peut-être rien du tout ! Il y a un navire rouge en ce moment même qui arrive en vue de l'île de l'Œuf et son capitaine commence à ne plus tenir compte du mauvais présage qu'il a vu en rêve la nuit dernière, et son navigateur corrige son cap en se demandant comment il a pu rater les repères de la terre. Déjà, tout le travail que j'ai fait cette nuit pendant que vous dormiez et que Royal buvait et dansait avec ses courtisanes, tout ce travail est en train de se gâcher alors que nous sommes ici à bavasser ! Père, arrangez cette affaire, débrouillez-vous comme vous l'entendez et comme vous le pouvez, du moment que je n'ai rien d'autre à faire qu'artiser tant que le beau temps persécute nos côtes. » Tout en parlant,

Vérité s'était approché de la sortie, et le claquement de la porte noya presque ses derniers mots.

Subtil demeura sans rien dire pendant quelques instants. Puis il se frotta les yeux, mais j'ignore si c'était par lassitude, pour essuyer des larmes ou à cause d'une poussière. Ensuite, il promena ses regards sur la chambre et fronça les sourcils lorsqu'ils tombèrent sur moi, comme perplexe devant un objet qui ne serait pas à sa place. Puis il se rappela la raison de ma présence, apparemment, car il dit d'un ton sec : « Eh bien, ça s'est bien passé, finalement. Mais il faut trouver un moyen... Quand Vérité ira chercher son épouse, tu l'accompagneras.

– Si tel est votre souhait, mon roi, répondis-je d'un ton uni.

– C'est mon souhait. » Il s'éclaircit la gorge, puis se retourna vers la fenêtre. « La princesse n'a qu'un frère, plus âgé qu'elle. Il n'est pas en bonne santé ; autrefois, il était bien portant et vigoureux, mais il a pris une flèche en pleine poitrine dans les Champs de glace. Il a été transpercé de part en part, d'après ce que Royal a entendu dire. Devant et derrière, la blessure s'est cicatrisée, mais l'hiver, il tousse et crache le sang, et l'été, il est incapable de tenir sur un cheval et d'entraîner ses hommes plus d'une demi-matinée. Connaissant les Montagnards, il est très surprenant qu'il soit leur roi-servant. »

Je réfléchis un instant. « Chez eux, la coutume est la même que la nôtre : homme ou femme, c'est le premier-né qui hérite.

– Oui. C'est ainsi », dit Subtil à mi-voix, et je sus ce qu'il pensait : sept duchés seraient plus forts que six.

« Et le père de la princesse Kettricken, demandai-je, comment se porte-t-il ?

– Aussi bien qu'on peut le souhaiter, pour un homme de son âge. Je suis sûr qu'il aura un règne long et sage, au moins pour la décennie à venir, et qu'il préparera un royaume uni et confiant pour son héritier.

– Nos ennuis avec les Pirates rouges seront alors probablement réglés depuis longtemps, et Vérité aura tout le temps de s'intéresser à d'autres sujets.

– Sans doute. » Les yeux du roi croisèrent enfin les miens. « Quand Vérité ira chercher son épouse, tu l'accompagneras, répéta-t-il. Tu saisis quels seront tes devoirs ? Je compte sur ta discrétion. »

J'inclinai la tête. « Comme il vous plaira, mon roi. »

19

VOYAGE

Décrire le royaume des Montagnes comme un royaume, c'est partir sur une piste fondamentalement fausse pour la compréhension du pays et de ses habitants. Il est également erroné de donner le nom de Chyurda à la région, même si les Chyurda composent la majorité de la population. Plutôt que d'un territoire unifié, le Royaume est composé de maints hameaux accrochés à flanc de montagne, d'étroites vallées tapissées de terre arable, de villages commerçants poussés çà et là le long des routes cahoteuses qui mènent aux cols, et de clans d'éleveurs et de chasseurs nomades qui arpentent les terres inhabitables du pays. Il est impossible d'agréger en un tout tant de modes de vie différents, car leurs intérêts sont souvent divergents ; mais, curieusement, il existe une force plus puissante que la farouche indépendance et les mœurs autarciques de chaque groupe : c'est la loyauté que ces gens ressentent pour le « roi » des Montagnards.

Les traditions nous apprennent que la lignée a pris naissance avec une juge-prophétesse, femme non seulement sage, mais également philosophe qui avait élaboré une théorie du gouvernement dont la pierre angulaire était que le chef est le serviteur suprême du peuple et que, de ce point de vue, il doit être absolument altruiste. On ignore l'époque précise où les juges sont devenus rois ; ce fut une mutation qui se fit graduellement, à mesure que se répandait le bruit de la sagesse et de l'équité de la sainte femme ou du saint homme qui résidait à Jhaampe. Le flux ne cessait de grossir de ceux qui venaient chercher conseil auprès du juge, prêts à se soumettre à sa décision, aussi les lois de la ville finirent-elles tout naturellement par être respectées dans toute la région des montagnes et de plus en plus de gens adoptèrent le code de Jhaampe. Et c'est ainsi que les juges devinrent rois ; mais, aussi stupéfiant que cela paraisse, ils continuèrent à se soumettre au décret qu'ils s'étaient imposé à eux-mêmes : servitude et sacrifice de soi pour le bien du peuple. La tradition jhaampienne regorge d'histoires de rois et de reines qui se sacrifièrent pour leur peuple de toutes les façons imaginables, depuis celui qui protégea de son corps de petits bergers contre des bêtes féroces jusqu'à tel autre qui s'offrit en otage en temps de guerre.

On dit souvent des Montagnards qu'ils sont rudes, presque sauvages ; mais en vérité le pays où ils vivent est implacable et leurs lois reflètent ce caractère. Il est vrai qu'on y abandonne les enfants mal formés ou, plus couramment, qu'on les noie ou qu'on les endort sans espoir de réveil. Les vieux choisissent souvent le Retrait, exil volontaire dans des lieux où le froid et la faim mettent un terme à toutes les infirmités. L'homme qui enfreint sa parole court le risque d'avoir la langue entaillée en plus de l'obligation de rembourser le double de la valeur du marché d'origine. De telles coutumes peuvent sembler barbares et prêter à sourire pour qui est habitué à l'existence paisible des Six-Duchés, mais elles sont particulièrement bien adaptées au monde du royaume des Montagnes.

⋆

Vérité eut finalement gain de cause. Ce fut, je n'en doute pas, une victoire amère pour lui, car sa résistance obstinée avait trouvé un appui dans la soudaine recrudescence des raids. En l'espace d'un mois, deux villages furent brûlés et trente-deux habitants capturés pour être forgisés. Dix-neuf d'entre eux, semble-t-il, étaient munis des fioles de poison désormais courantes et avaient préféré se donner la mort. Une troisième bourgade, plus peuplée, avait été défendue avec succès, non par les troupes royales, mais par une milice mercenaire que les gens de la ville avaient engagée eux-mêmes. Par une ironie du destin, nombre des combattants étaient des Outrîliens immigrés qui mettaient ainsi à profit l'un de leurs rares talents. Et les murmures contre la passivité apparente du roi grandirent.

Essayer d'expliquer le travail de Vérité et du clan n'était guère utile ; ce qu'il fallait au peuple, ce qu'il voulait, c'étaient des bateaux de guerre pour défendre les côtes. Mais bâtir des vaisseaux, cela prend du temps, et les navires marchands reconvertis qui naviguaient déjà étaient des sabots pansus qui pataugeaient lourdement comparés aux fins bâtiments rouges qui nous harcelaient. Les promesses de nouveaux navires pour le printemps n'étaient qu'un piètre réconfort pour les paysans et les éleveurs qui s'efforçaient de protéger leurs moissons et leurs troupeaux de l'année. Et les Duchés de l'intérieur se plaignaient de plus en plus ouvertement d'avoir à payer des impôts toujours plus lourds pour défendre des côtes qui ne leur appartenaient pas ; pour leur part, les gouvernants des Duchés côtiers se demandaient ironiquement comment se débrouilleraient les gens de l'intérieur sans leurs ports et leurs navires de commerce pour écouler leurs marchandises. Au cours d'une réunion du Grand conseil parmi bien d'autres, il y eut une vive altercation durant laquelle le duc Bélier de Labour émit l'idée que céder les îles Proches et le cap Lointain représenterait une perte minime si cela permettait de diminuer les attaques, à quoi le duc Brondy de Béarn réagit en menaçant d'interdire toute circulation commerciale le long du fleuve de l'Ours, pour voir si Labour considérerait cela comme une perte minime. Le roi Subtil parvint à ajourner le conseil avant qu'ils en viennent aux mains, mais seulement après que le duc de Bauge eut clairement pris parti pour Labour. La ligne de fracture ne faisait que s'élargir à chaque mois qui passait et à chaque répartition des impôts ; il fallait à l'évidence ressouder le royaume, et Subtil était convaincu qu'un mariage princier y parviendrait.

Royal exécuta donc ses pas de danse diplomatiques et il fut convenu qu'il accepterait l'engagement de la princesse Kettricken à la place de son frère, avec son peuple pour témoin, et qu'il transmettrait à son tour la parole de Vérité ; une seconde cérémonie suivrait, naturellement, à Castelcerf, avec des représentants du peuple de Kettricken comme témoins. Pour la circonstance, Royal demeura dans la capitale du Royaume des montagnes ; sa présence dans cette ville créa un flot régulier d'émissaires, de présents et de fournitures entre Castelcerf et Jhaampe, et il se passait rarement une semaine sans qu'un cortège n'arrive ou ne s'en aille. Castelcerf bruissait d'activité.

Pour moi, c'était un mariage maladroitement bricolé ; les deux intéressés seraient unis depuis presque un mois lorsqu'ils se rencontreraient pour la première fois. Mais les artifices politiques prenant le pas sur les sentiments, les cérémonies séparées furent planifiées.

Je m'étais depuis longtemps remis de la ponction d'énergie que m'avait fait subir Vérité ; j'avais plus de mal, en revanche, à définir clairement ce que Galen m'avait infligé en m'obscurcissant l'esprit. Je l'aurais sans doute défié, en dépit des recommandations de Vérité, s'il n'avait pas quitté Castelcerf ; il était parti en compagnie d'un convoi à destination de Jhaampe, qu'il avait l'intention d'abandonner à Bauge où il avait de la famille à visiter. Le temps qu'il s'en revienne, je serais moi-même en route pour les montagnes ; c'est ainsi que Galen resta hors de ma portée.

Encore une fois, je me retrouvais avec trop de temps libre : je continuais à m'occuper de Léon, mais cela ne me prenait pas plus d'une heure ou deux par jour ; je n'avais rien appris de nouveau sur l'agression dont Burrich avait été victime, et Burrich ne faisait pas mine d'atténuer son ostracisme envers moi. J'avais fait une petite sortie à Bourg-de-Castelcerf, mais lorsque mes pas me menèrent par hasard vers la chandellerie, je la trouvai close, volets mis et silencieuse. Quelques questions à l'échoppe voisine me révélèrent que la boutique était fermée depuis une bonne dizaine de jours et qu'à moins de vouloir faire l'emplette d'un harnais de cuir, je pouvais prendre la porte et cesser d'enquiquiner le monde. Je repensai au jeune homme que j'avais vu en compagnie de Molly et leur souhaitai mes meilleurs vœux de malheur.

Sans autre raison que mon esseulement, je décidai de me mettre en quête du fou ; jamais encore je n'avais cherché à provoquer une rencontre et il s'avéra plus insaisissable que je ne l'avais imaginé.

Après quelques heures passées à errer au hasard dans la forteresse dans l'espoir de tomber sur lui, je pris mon courage à deux mains et entrepris de monter à sa chambre. Il y avait des années que je savais où elle était située, mais je n'y avais jamais mis les pieds, et pas seulement parce qu'elle était dans un coin reculé du château : le fou n'invitait pas à l'intimité, sauf à celle qu'il choisissait d'offrir lui-même, et uniquement lorsqu'il le voulait bien. Sa chambre se trouvait au sommet d'une tour. Geairepu m'avait dit que c'était autrefois une salle d'observation qui offrait une vue exceptionnelle sur les alentours de Castelcerf ; mais des ajouts ultérieurs au château avaient bloqué les perspectives et de nouvelles tours, plus élevées, avaient supplanté la pièce dans sa fonction. Depuis longtemps, elle n'avait plus d'utilité, sinon pour loger un fou.

J'y montai un jour, vers le début de la saison des moissons. L'air était déjà chaud et poisseux ; la tour était close, à l'exception des meurtrières qui n'illuminaient guère que les grains de poussière soulevés par mes pas. J'avais eu l'impression, tout d'abord, que l'obscurité du bâtiment était plus fraîche que l'atmosphère étouffante du dehors, mais, à mesure que je grimpais, l'air semblait devenir de plus en plus chaud et confiné, au point qu'à l'arrivée sur le dernier palier j'avais la sensation qu'il n'y avait plus rien à respirer.

D'un poing léthargique, je frappai à la porte épaisse. « C'est moi, Fitz ! » criai-je, mais l'air chaud et immobile étouffa ma voix comme une couverture humide éteint une flamme.

Fut-ce un prétexte ? Aujourd'hui, puis-je prétendre que, croyant ne pas avoir été entendu, j'entrai pour voir si le fou était chez lui ? Ou bien que j'avais si chaud et soif que je poussai la porte dans l'espoir de trouver chez lui un peu d'air et d'eau ? La raison importe peu, je pense. Le fait est que je saisis le loquet, le soulevai et pénétrai dans la chambre.

« Fou ? » appelai-je ; pourtant je sentais qu'il n'était pas là, non pas à la façon dont je percevais habituellement la présence ou l'absence des gens, mais à cause du silence absolu qui m'accueillit. Cependant, je passai la porte et là, devant mes yeux ébahis, c'est une âme à nu qui s'offrit à moi.

C'était une débauche de lumière, de fleurs et de couleurs ; il y avait un métier à tisser dans un coin avec des paniers débordant d'écheveaux de fil fin et soyeux aux teintes vives, éclatantes ; le dessus de lit et les tentures devant les fenêtres ouvertes ne ressemblaient à rien que je connusse, tissés en motifs géométriques qui évoquaient, je ne sais comment, des champs de fleurs sous des ciels bleus. Dans une grande coupe en terre remplie d'eau flottaient des corolles et un mince saumoneau argenté nageait entre les tiges et parmi les cailloux aux teintes vives du fond. J'essayai d'imaginer le fou, pâle et cynique, au milieu de cette profusion de couleurs et d'ornements. Je m'avançai d'un pas et je vis quelque chose qui me fit bondir le cœur.

Un bébé ! Ce fut du moins ce que je crus d'abord et, sans réfléchir, je fis encore deux pas pour m'agenouiller auprès du panier qui l'abritait. Ce n'était pas un enfant vivant, en réalité, mais une poupée, façonnée avec un art si extraordinaire que je m'attendais presque à voir la respiration gonfler sa petite poitrine. J'approchai la main du visage pâle et délicat, mais n'osai pas le toucher ; la courbe du front, les paupières fermées, la légère ombre rose des joues minuscules, même la petite main posée sur les couvertures miniatures, tout cela était d'une perfection que je n'aurais pas cru possible. Avec quelle argile raffinée cette poupée avait été créée, je l'ignorais, ni quelle main avait encré les cils qui se recourbaient sur la joue du nourrisson. Le couvre-lit était entièrement brodé de pensées, et l'oreiller était en satin. Je ne sais combien de temps je restai là, à genoux, le souffle retenu comme s'il s'agissait d'un véritable bébé endormi ; mais je finis par me relever, sortis de la chambre du fou et tirai sans bruit la porte derrière moi. Je descendis lentement les marches interminables, l'esprit hésitant entre la crainte de rencontrer le fou dans l'escalier et la conscience qu'il y avait un habitant du château qui était au moins aussi seul que moi.

Umbre m'appela cette nuit-là, mais lorsque je me présentai à lui, il semblait ne m'avoir invité que dans le simple but de me voir. Nous nous installâmes devant l'âtre obscur et je lui trouvai l'air plus âgé que jamais : si Vérité était dévoré, Umbre, lui, était consumé ; ses mains maigres paraissaient presque desséchées et le blanc de ses yeux était strié de rouge. Il avait besoin de dormir, mais il avait préféré m'appeler ; pourtant, il restait muet et se contentait de grignoter vaguement la nourriture qu'il avait placée devant nous. N'y tenant plus, je décidai de l'aider.

« Vous avez peur que je n'y arrive pas ? demandai-je à mi-voix.

– A quoi ? répondit-il d'un air absent.

– A tuer le prince montagnard, Rurisk. »

Umbre se tourna vers moi. Le silence se prolongea un bon moment.

« Vous n'étiez pas au courant que le roi Subtil m'avait confié cette mission ? » fis-je enfin d'une voix hésitante.

Lentement, son regard revint à la cheminée vide et il l'examina avec autant d'attention que s'il s'y trouvait des flammes qu'il pût déchiffrer. « Je ne suis que le fabricant d'outils, dit-il calmement. Un autre se sert de ce que je crée.

– Vous pensez que ce n'est pas une bonne... mission ? Que ce n'est pas bien ? » Je pris une inspiration. « A ce qu'on m'a dit, il n'en a plus pour très longtemps à vivre, de toute façon. Ce serait presque une bénédiction, peut-être, que la mort le prenne tranquillement dans son sommeil, au lieu de... »

Umbre m'interrompit d'une voix douce : « Mon garçon, ne cherche jamais à te croire autre chose que ce que tu es, tout comme moi : un assassin. Nous ne sommes pas les agents miséricordieux d'un roi plein de sagesse, mais des assassins politiques qui donnent la mort pour permettre à notre monarchie de se maintenir. Voilà ce que nous sommes. »

A mon tour, je plongeai les yeux dans les flammes inexistantes. « Vous ne me facilitez pas la tâche ; et elle n'était déjà pas facile. Pourquoi ? Pourquoi avez-vous fait de moi ce que je suis, si vous essayez maintenant de saper ma détermination... ? » Ma question mourut sur mes lèvres, à demi formée.

« Je pense... peu importe. C'est peut-être une espèce de jalousie de ma part, mon garçon ; je me demande sans doute pourquoi Subtil t'emploie de préférence à moi ; est-ce que je crains d'être trop vieux pour son service ? Possible ; et, maintenant que je te connais, peut-être que je regrette d'avoir fait de toi... » Et ce fut au tour d'Umbre de se taire, en laissant ses pensées s'aventurer là où ses paroles ne pouvaient les suivre.

Nous demeurâmes assis côte à côte, perdus dans nos réflexions sur la besogne qui m'attendait. Il ne s'agissait pas d'appliquer la justice du roi ; il ne s'agissait pas d'une condamnation à mort à cause d'un crime : il s'agissait simplement de se débarrasser d'un homme afin d'acquérir un surcroît de pouvoir. Je restai sans bouger jusqu'au moment où j'en vins à me demander si j'allais obéir ; alors j'ouvris les yeux et vis un couteau à fruit en argent planté dans le manteau de la cheminée d'Umbre ; du coup, je crus savoir la réponse.

« Vérité a exprimé des plaintes en ton nom, dit soudain Umbre.

– Des plaintes ? demandai-je d'une voix faible.

– Devant Subtil. D'abord, il a affirmé que Galen t'avait maltraité et trompé ; cette plainte-ci, il l'a déposée en toute formalité, en disant que Galen avait privé le royaume de ton Art, en des circonstances où ton concours aurait été des plus utiles. Il a ensuite suggéré à Subtil, officieusement, de régler la question avec Galen avant que tu ne t'en occupes toi-même. »

Devant l'expression d'Umbre, je compris qu'on l'avait mis au courant de toute ma discussion avec Vérité ; je n'étais pas très sûr que cela me plaise. « Il n'est pas question que je me venge de Galen, maintenant que Vérité m'a demandé de ne rien faire », répondis-je.

Umbre approuva du regard. « C'est ce que j'ai affirmé à Subtil ; mais il m'a néanmoins ordonné de te dire qu'il se chargeait de l'affaire. En cette occasion, le roi applique lui-même sa justice. Tu n'as qu'à attendre et être satisfait.

– Que va-t-il faire ?

– Je l'ignore. Je pense qu'il n'en sait encore rien lui-même ; Galen a besoin d'une réprimande, mais il ne faut pas oublier que, s'il s'avère nécessaire de former d'autres clans, Galen ne doit pas se sentir trop brimé. » Umbre toussota, puis reprit un ton plus bas : « Vérité a déposé une autre plainte ; sans prendre de gants, il nous a accusés, Subtil et moi, d'être prêts à te sacrifier pour le royaume. »

Nous y étions ! Voilà donc pourquoi Umbre m'avait appelé cette nuit. Je gardai le silence.

Umbre poursuivit plus lentement : « Subtil s'est récrié qu'il n'y avait jamais songé ; pour ma part, je n'avais jamais eu l'idée que ce fût possible. » Il soupira encore une fois, comme s'il lui en coûtait de prononcer ces mots. « Subtil est roi, mon garçon. Son premier souci doit toujours être le royaume. »

Il se tut. Le silence se prolongea longtemps. Puis je dis : « Vous prétendez qu'il serait prêt à me sacrifier. Sans remords. »

Ses yeux ne quittèrent pas l'âtre. « Toi, moi, même Vérité, s'il le jugeait nécessaire pour la survie du royaume. » Enfin, il me regarda. « Ne l'oublie jamais. »

La veille du jour où la caravane devait quitter Castelcerf, Brodette vint frapper à ma porte. Il était tard et lorsqu'elle m'annonça que Patience désirait me voir, je demandai bêtement : « Tout de suite ?

– Ma foi, vous partez demain », observa Brodette, et je la suivis docilement comme si sa réponse était logique.

Je trouvai Patience installée dans un fauteuil rembourré, une robe aux broderies extravagantes passée sur sa chemise de nuit. Ses cheveux défaits tombaient sur ses épaules et, comme je m'asseyais là où elle me l'avait indiqué, Brodette se remit à les brosser.

« J'attendais que tu viennes me faire tes excuses », dit Patience.

J'ouvris aussitôt la bouche pour m'exécuter, mais elle me fit signe de me taire d'un air irrité.

« En parlant avec Brodette, je me suis rendu compte que je t'avais déjà pardonné. Les garçons, me suis-je dit, ont en eux une certaine rudesse qu'ils doivent exprimer ; j'estime qu'il n'y avait nulle méchanceté dans ta conduite, par conséquent tu n'as pas à t'en excuser.

– Mais je la regrette ! protestai-je. C'est que je ne voyais pas comment...

– Il est trop tard pour t'excuser, je t'ai déjà pardonné, fit-elle d'un ton enjoué. D'ailleurs, nous n'en avons plus le temps. Tu devrais déjà dormir à l'heure qu'il est, j'en suis sûre. Mais comme tu vas faire tes premiers pas dans la vraie vie de la cour, je voulais te donner quelque chose avant ton départ. »

J'ouvris la bouche, puis la refermai. Si elle voulait considérer ce voyage comme mes premiers pas dans la vie de la cour, je n'allais pas discuter.

« Assieds-toi ici », m'ordonna-t-elle en m'indiquant le sol à ses pieds.

Je m'approchai et obéis. Je remarquai alors sur ses genoux une petite boîte en bois foncé, décorée d'un cerf en bas-relief sur le couvercle. Lorsqu'elle l'ouvrit, je sentis l'odeur du bois aromatique, et elle fit apparaître une boucle d'oreille, à peine plus grosse qu'un clou, qu'elle plaça près de mon visage. « Trop petit, marmonna-t-elle. A quoi bon porter des bijoux si personne ne les voit ? » Elle en essaya plusieurs autres et les rejeta avec des commentaires de la même veine. Enfin, elle en prit une à motif de minuscule résille d'argent dans laquelle une pierre bleue était emprisonnée. Elle fit une grimace, puis hocha la tête de mauvais gré. « Cet homme a du goût. Quels que soient ses défauts par ailleurs, il a du goût. » Elle présenta la boucle devant mon oreille, puis, sans le moindre avertissement, elle enfonça le clou, qui traversa le lobe de part en part.

Je poussai un glapissement aigu et me plaquai la main sur l'oreille, mais Patience l'écarta d'une tape. « Ne fais pas l'enfant ! Ça ne picote qu'une minute. » Il y avait une espèce de fermoir à l'arrière et elle me tordit impitoyablement l'oreille pour le mettre en place. « Voilà. Ça lui va bien, tu ne trouves pas, Brodette ?

– Très bien », acquiesça l'intéressée sans lever le nez de son éternel ouvrage.

Patience me congédia d'un geste. Comme je me levais, elle dit : « Rappelle-toi, Fitz : que tu saches artiser ou non, que tu portes ce nom ou pas, tu es le fils de Chevalerie. Veille à te conduire honorablement. Et maintenant, va dormir un peu.

– Avec l'oreille dans cet état ? » répondis-je, en lui montrant le bout de mes doigts taché de sang.

Elle rougit. « Je n'avais pas réfléchi... Je suis navrée... »

Je l'interrompis : « Trop tard pour les excuses. Je vous ai déjà pardonnée. Et merci. » Brodette riait encore sous cape quand je sortis.

Je me réveillai tôt le lendemain pour prendre ma place dans la caravane nuptiale ; elle emportait des présents somptueux, témoignages des liens nouveaux entre les familles. D'abord, ceux pour la princesse Kettricken elle-même : une jument de grande race, des bijoux, des tissus fins, des servantes et des parfums rares ; ensuite, pour sa famille et son peuple : des chevaux, des faucons et de l'orfèvrerie pour son père et son frère, naturellement, mais les cadeaux les plus importants étaient offerts pour le royaume, car selon les traditions de Jhaampe, la princesse appartenait davantage à son peuple qu'à sa famille ; il y avait donc des animaux reproducteurs, bovins, ovins, chevaux et volailles, de puissants arcs en bois d'if tels que les montagnards n'en possédaient pas, des outils en bon acier de Forge pour travailler le métal, et d'autres présents jugés propres à améliorer la vie des gens des montagnes. Et puis, il y avait des ouvrages savants, sous la forme de plusieurs herbiers parmi les mieux illustrés de Geairepu, de tablettes médicales et d'un manuscrit sur la fauconnerie, reproduction fidèle et soignée de celui qu'avait rédigé Fauconnier lui-même. Ces derniers articles constituaient mon prétexte pour accompagner la caravane.

Ils me furent confiés en même temps qu'une généreuse provision des herbes et des racines mentionnées dans l'ouvrage, et de graines à planter pour les espèces qui ne se conservaient pas. Ce n'était pas un présent insignifiant et je prenais la responsabilité de le livrer en parfait état avec autant de sérieux que mon autre mission. Tout fut minutieusement emballé, puis placé dans un coffre de cèdre ouvragé. Je vérifiais une dernière fois les différents paquets avant de descendre le coffre dans la cour lorsque la voix du fou s'éleva derrière moi.

« Je t'ai apporté ça. »

Je me retournai et le vis encadré dans ma porte. Il n'avait fait aucun bruit. Il me tendait une bourse de cuir. « Qu'est-ce que c'est ? » demandai-je, en m'efforçant d'effacer de ma voix les fleurs et la poupée.

« De la purge marine. »

Je haussai les sourcils. « Un cathartique ? Comme cadeau de mariage ? On peut considérer ça comme approprié, j'imagine, mais les herbes que j'emporte conviennent au climat des montagnes, tandis que ça...

– Ce n'est pas un cadeau de mariage. C'est pour toi. »

Je pris la bourse avec des sentiments mêlés : le dépuratif qu'elle contenait était extrêmement puissant. « Merci de penser à moi ; mais d'ordinaire, quand je voyage, je ne suis pas sujet aux indispositions, et...

– D'ordinaire, quand tu voyages, tu ne risques pas de te faire empoisonner.

– Chercherais-tu à me dire quelque chose ? » J'essayais d'adopter un ton léger et badin : je trouvais qu'il manquait à la conversation les grimaces et les moqueries habituelles du fou.

« Seulement que tu ferais bien de toucher le moins possible, voire pas du tout, aux aliments que tu n'auras pas préparés toi-même.

– A tous les banquets et à tous les festins qu'il y aura ?

– Non. Uniquement à ceux auxquels tu voudras survivre. » Et il s'apprêta à s'en aller.

« Je m'excuse, bredouillai-je en hâte. Je ne voulais pas être indiscret. Je te cherchais, il faisait une chaleur à mourir et comme ta porte n'était pas verrouillée, je suis entré. Je ne venais pas t'espionner. »

Il était de dos et il ne se retourna pas pour me demander : « Et tu as trouvé le spectacle amusant ?

– Je... » Les mots me fuyaient pour lui assurer que ce que j'avais vu resterait entre nous. Il fit deux pas et commença de refermer la porte derrière lui. Je bafouillai rapidement : « Ça m'a fait regretter de n'avoir pas un coin qui me ressemble autant que ta chambre te ressemble, un jardin secret comme le tien. »

La porte resta entrebâillée d'un empan. « Suis mes conseils et tu survivras peut-être à ton voyage. Lorsque tu cherches à percer les motivations d'un homme, n'oublie pas que tu ne dois pas mesurer son grain avec ton boisseau. Il ne se sert peut-être pas du même que toi. »

La porte se ferma ; le fou était parti. Mais ses derniers mots étaient assez sibyllins et troublants pour me laisser penser que, peut-être, il m'avait pardonné mon intrusion.

Je fourrai la purge marine sous mon pourpoint, à contrecœur, mais trop inquiet désormais pour ne pas la prendre. Je jetai un dernier coup d'œil à ma chambre, mais c'était toujours la même pièce nue et fonctionnelle. Maîtresse Pressée s'était occupée de mes bagages sans vouloir me laisser le soin de plier mes vêtements neufs ; j'avais remarqué que le cerf barré de mon écusson avait été remplacé par un cerf avec les andouillers baissés, prêt à charger. « Ordre de Vérité, m'avait-elle seulement répondu quand je l'avais questionnée. Personnellement, je préfère cet emblème à l'ancien. Pas toi ?

– Si, sans doute », avais-je dit, et on n'en avait plus parlé. Un nom et un emblème. Je hochai la tête, hissai le coffre aux herbes et aux manuscrits sur mon épaule et descendit rejoindre la caravane.

Dans l'escalier, je croisai Vérité. J'eus d'abord du mal à le reconnaître, car il montait les marches comme un vieillard, l'air revêche ; je m'écartai pour lui laisser le passage et je le reconnus alors, quand il me jeta un regard. Cela fait une impression bizarre de voir quelqu'un de familier alors qu'on s'attend à des traits inconnus. Je notai ses vêtements désormais trop larges pour lui, et la broussaille de ses cheveux, autrefois noire, aujourd'hui saupoudrée de gris. Il m'adressa un sourire distrait, et puis, comme si une idée lui était subitement venue, il m'arrêta.

« Tu pars au royaume des Montagnes ? Pour la cérémonie de mariage ?

– Oui.

– Tu veux bien me rendre un service, mon garçon ?

– Naturellement, dis-je, déconcerté par sa voix rauque.

– Parle de moi en bien à la princesse ; sans mentir, attention, ce n'est pas ce que je te demande. Mais présente-moi sous un jour favorable. J'ai toujours pensé que tu me considérais comme quelqu'un de bien.

– C'est vrai, fis-je alors qu'il m'avait déjà tourné le dos. C'est vrai, messire. » Mais il ne me regarda pas et ne me répondit pas ; je restai avec un sentiment proche de celui que le départ du fou m'avait laissé.

La cour grouillait de gens et d'animaux. On n'emmenait pas de chariots, cette fois-ci ; de notoriété publique, les routes des montagnes étaient exécrables et des animaux de bât ralentiraient moins l'expédition : il ne serait pas convenable que la suite royale fût en retard pour le mariage, alors que déjà le marié n'y participait pas.

Les troupeaux étaient partis en avance depuis plusieurs jours ; le voyage devait durer deux semaines, mais on en avait prévu trois par précaution. Je m'occupai de faire attacher le coffre de cèdre sur une bête, puis allai rejoindre Suie pour attendre le départ. Bien que la cour fût pavée, une poussière épaisse flottait dans l'air brûlant, et, malgré les soigneux préparatifs auxquels elle avait donné lieu, la caravane paraissait en proie à la plus grande confusion. J'aperçus Sevrens, le valet préféré de Royal ; ce dernier l'avait renvoyé à Castelcerf un mois auparavant, porteur d'instructions précises à propos de certains habits qu'il voulait qu'on lui fabrique ; Sevrens marchait sur les talons de Pognes ; il était très agité et avait l'air de se plaindre de quelque chose, ce qui semblait singulièrement énerver le garçon d'écurie. Lorsque maîtresse Pressée m'avait fait ses ultimes recommandations sur les soins à donner à mes nouveaux vêtements, elle m'avait appris que Sevrens emportait une telle quantité de tenues, de coiffes et d'affûtiaux tout neufs pour Royal qu'on lui avait alloué trois animaux de bât pour les convoyer. Je supposais que l'entretien des trois bêtes avait été confié à Pognes, car Sevrens, bien qu'excellent valet, se montrait craintif avec les grands animaux. Chahu, l'homme à tout faire de Royal, suivait les deux hommes, massif, l'air de mauvaise humeur et impatient. Sur une de ses larges épaules, il portait une malle – encore une ! –, objet peut-être des plaintes de Sevrens. Je les perdis rapidement de vue parmi la foule.

J'eus la surprise de découvrir Burrich en train de régler les guides des chevaux de reproduction et de la jument destinée à la princesse.

Le responsable de ces animaux est bien capable de s'en occuper tout seul, quand même ! me dis-je. Et puis, en le voyant se mettre en selle, je compris soudain qu'il faisait lui aussi partie de la caravane. J'examinai les alentours pour repérer qui l'accompagnait, mais je n'aperçus aucun garçon d'écurie que je connaisse, à part Pognes ; quant à Cob, il se trouvait à Jhaampe avec Royal. Burrich avait donc décidé de faire le travail seul. Ça ne m'étonnait pas.

Auguste était là aussi, monté sur une belle jument grise, et il attendait avec une impassibilité presque inhumaine. Déjà sa participation au clan l'avait changé : autrefois, c'était un garçon rondouillard, peu bavard mais sympathique ; il avait les mêmes cheveux noirs et broussailleux que Vérité, et j'avais entendu dire qu'enfant, il ressemblait à son cousin. Je songeai qu'à mesure que ses devoirs d'artiseur grandiraient, ses points communs avec Vérité ne feraient que s'accentuer. Il serait présent au mariage et servirait en quelque sorte de fenêtre à Vérité cependant que Royal prononcerait les vœux au nom de son frère. Royal donnait sa voix à Vérité, Auguste ses yeux, me dis-je ; et moi, qu'étais-je ? Son poignard ?

Je m'installai sur Suie, autant pour m'écarter des gens qui échangeaient des au revoir et des recommandations de dernière minute que pour quantité d'autres raisons. J'aurais voulu que nous soyons déjà loin sur la route, mais une éternité parut s'écouler avant que la procession ne se forme tant bien que mal et qu'on ne termine de resserrer sangles et courroies. Et puis, presque brutalement, les étendards furent levés, une trompe sonna et la file de chevaux, d'animaux de bât et d'hommes se mit en branle. Je regardai en l'air et vis que Vérité était monté au sommet de sa tour pour assister à notre départ. Je lui fis un signe de la main, sans espoir qu'il me reconnaisse parmi tant de monde, puis nous franchîmes les portes et nous engageâmes sur la route montueuse qui s'en allait de Castelcerf vers l'ouest.

Notre trajet nous emmènerait le long des rives du fleuve Cerf, que nous traverserions au large gué près de la frontière entre les duchés de Cerf et de Labour. De là, nous passerions les vastes plaines de Labour, dans une chaleur écrasante comme je n'en avais jamais connu, jusqu'au lac Bleu ; ensuite, nous suivrions une rivière nommée Froide, tout simplement, qui prenait sa source dans le royaume des Montagnes. Au gué de la Froide, la route commerciale commençait, s'enfonçait dans l'ombre des montagnes et montait de plus en plus haut jusqu'au col des Tempêtes d'où elle redescendait vers les forêts luxuriantes du désert des Pluies. Nous n'irions pas si loin ; nous nous arrêterions à Jhaampe, qui était ce qui se rapprochait le plus d'une ville dans le royaume des Montagnes.

A certains points de vue, ce fut un voyage sans rien d'extraordinaire, si l'on excepte les incidents qui émaillent inévitablement ce genre de trajets. Au bout de trois jours à peu près, la caravane s'installa dans une routine remarquablement monotone, où seuls les paysages que nous traversions apportaient une note de changement. Dans chaque village, dans chaque hameau, on nous retardait par des cérémonies de bienvenue, de bons vœux et de félicitations pour les festivités de mariage du prince héritier.

Mais une fois dans les grandes plaines de Labour, les agglomérations se firent rares et espacées ; les riches fermes et les cités marchandes de Labour se situaient bien loin au nord de notre route, sur les berges de la Vin ; nous, nous traversions des plaines dont les habitants étaient surtout des éleveurs nomades qui n'édifiaient de villages qu'en hiver, lorsqu'ils s'installaient le long des voies commerciales pour ce qu'ils appelaient la « saison verte ». Nous croisâmes des troupeaux de moutons, de chèvres, de chevaux et, moins souvent, de porcs, de cette race dangereuse et de grande taille qu'ils nommaient haragars, mais nos contacts avec les indigènes se limitaient généralement à la vision de leurs tentes coniques au loin, ou d'un berger assis très droit sur sa selle, sa houlette haut levée en signe de salut.

Pognes et moi tissâmes de nouveaux liens d'amitié. Nous partagions nos repas du soir autour d'un petit feu de camp, et il me régalait d'anecdotes sur les soucis sans fin de Sevrens, lequel s'inquiétait de la poussière qui risquait de se mettre dans les robes de soie, des mites qui pouvaient s'installer dans les cols de fourrure, des mauvais plis qui menaçaient d'abîmer les velours durant ce long voyage. Moins enjouées étaient les plaintes de Pognes au sujet de Chahu, dont je n'avais pas moi-même un souvenir agréable : Pognes le décrivait comme un pénible compagnon de route, car il paraissait constamment soupçonner le garçon d'écurie de vouloir chaparder dans les paquetages de Royal. Un soir, Chahu vint même nous trouver auprès de notre feu et nous délivra laborieusement un avertissement des plus vagues et des plus indirects à l'intention de qui comploterait de dépouiller son maître. Mais à part ce genre de petits désagréments, nos soirées étaient paisibles.

Le temps restait au beau et, si nous transpirions dans la journée, les nuits étaient douces ; je dormais sur ma couverture sans rien d'autre que mes vêtements pour me protéger. Chaque soir, je vérifiais le contenu de mon coffre et m'employais à empêcher les racines de se dessécher complètement et les cahots d'endommager les manuscrits et les tablettes. Une nuit, je fus réveillé par un grand hennissement de Suie et il me sembla que le coffre n'était plus exactement dans la position où je l'avais laissé ; mais un rapide coup d'œil à l'intérieur me convainquit que rien ne manquait et, quand j'en parlai à Pognes, il se contenta de me demander si je n'étais pas en train d'attraper la maladie de Chahu.

Les hameaux et les bergers que nous rencontrions souvent nous fournissaient généreusement en aliments frais, si bien que, de ce point de vue, le voyage se passait sans encombre ; en revanche, l'eau était moins abondante que nous n'aurions pu le souhaiter, mais chaque jour nous trouvions quand même une source ou un puits à la limpidité douteuse où nous abreuver, et, tout bien considéré, nous n'étions pas malheureux.

Je voyais rarement Burrich : il se levait avant tout le monde et précédait le gros de la caravane afin que ses bêtes disposent des meilleurs pâturages et de l'eau la plus propre ; je le connaissais : il voulait présenter des chevaux en parfaite condition à notre arrivée à Jhaampe. Auguste aussi était quasiment invisible ; techniquement responsable de l'expédition, il en laissait dans la pratique le commandement au capitaine de sa garde d'honneur ; était-ce par sagesse ou par flemme ? je n'arrivais pas à le savoir ; quoi qu'il en fût, il se tenait en général à l'écart, bien qu'il permît à Sevrens de le servir et de partager sa tente et ses repas.

Pour moi, j'avais presque l'impression de retomber en enfance : mes responsabilités étaient très limitées et j'avais trouvé en Pognes un compagnon plein d'entrain qui n'avait guère besoin d'encouragements pour puiser dans son immense réserve d'histoires et de commérages. Je passais souvent des jours entiers sans me rappeler qu'à la fin du voyage, j'allais assassiner un prince.

Ce genre de pensées ne me venaient en général que lorsque je me réveillais en pleine nuit ; dans le ciel de Labour, les étoiles semblaient bien plus nombreuses qu'à Castelcerf et, les yeux perdus dans leur fourmillement, je passais en revue tous les moyens de tuer Rurisk. Je possédais un autre coffre, tout petit, que j'avais soigneusement rangé dans le sac qui contenait mes vêtements et mes objets personnels, avec beaucoup d'anxiété, car la mission qui m'incombait devait être exécutée à la perfection, sans soulever l'ombre d'un soupçon. De plus, le minutage était crucial : le prince ne devait surtout pas mourir alors que j'étais encore à Jhaampe, ni avant que les cérémonies fussent achevées à Castelcerf et le mariage consommé, car cela pourrait être perçu comme de mauvais augure pour le couple. Ç'allait être un meurtre délicat à organiser.

Parfois, je me demandais pourquoi c'était à moi qu'on l'avait confié, et non à Umbre. Etait-ce une espèce d'épreuve qui me vaudrait d'être exécuté si j'échouais ? Ou bien Umbre était-il simplement trop vieux pour relever le défi, ou trop précieux pour qu'on l'y risque ? A moins qu'il dût en priorité s'occuper de la santé de Vérité ? Et lorsque, par un effort de volonté, je me détournais de ces questions, je me retrouvais à m'interroger sur la pertinence d'employer une poudre qui irriterait les poumons fragiles de Rurisk, afin d'accentuer sa toux jusqu'à l'en faire mourir ; je pourrais en saupoudrer ses oreillers et sa literie. Je pouvais également lui proposer un remède contre la douleur qui l'intoxiquerait lentement et le mènerait à un sommeil dont il ne se réveillerait pas. Je disposais aussi d'un tonique qui fluidifiait le sang ; si le prince souffrait déjà d'une hémorragie pulmonaire chronique, cela pourrait suffire à l'expédier. Enfin, j'avais un poison rapide, mortel et insipide comme de l'eau ; il suffisait d'imaginer un moyen sûr pour que Rurisk ne l'ingurgite qu'à un moment suffisamment éloigné dans le temps pour écarter de moi tous les soupçons. Toutes ces réflexions n'étaient guère propices au sommeil ; cependant, le grand air et l'exercice les contraient d'habitude efficacement et je me réveillais souvent le matin en me réjouissant d'avance de la journée qui m'attendait.

Quand nous arrivâmes enfin en vue du lac Bleu, ce fut comme un miracle dans le lointain ; il y avait des années que je n'avais pas passé tant de temps si loin de la mer, et je fus surpris du plaisir avec lequel j'aperçus l'étendue d'eau. Mon esprit fut envahi par les perceptions des animaux du convoi qui sentaient l'odeur de l'eau pure. Le paysage devint verdoyant et moins âpre à mesure que nous nous rapprochions du grand lac et, le soir, nous eûmes du mal à empêcher les chevaux de s'empiffrer d'herbe grasse.

Des armadas de bateaux marchands circulaient sur le lac Bleu et les teintes de leurs voiles indiquaient non seulement ce qu'ils vendaient mais aussi à quelle famille ils appartenaient ; les bâtiments qui bordaient l'eau se dressaient sur des pilotis. On nous y accueillit chaleureusement et on nous régala de poisson d'eau douce, au goût exotique pour mon palais accoutumé aux produits de la mer, ce qui me donna l'impression d'être un explorateur en terre inconnue ;

d'ailleurs, notre opinion de nous-mêmes, à Pognes et moi, faillit ne plus connaître de bornes lorsque des jeunes filles aux yeux verts, issues d'une famille de marchands de grains, vinrent en pouffant de rire se joindre à nous, un soir, autour de notre feu de camp. Elles avaient apporté de petits tambours vivement colorés et accordés sur des notes différentes, et elles en jouèrent en chantant jusqu'au moment où leurs mères vinrent les chercher, la réprimande aux lèvres. Ç'avait été une expérience enivrante et je ne pensai pas une seule fois au prince Rurisk cette nuit-là.

Nous traversâmes le lac en direction du nord-ouest sur des bacs à fond plat qui ne m'inspiraient nulle confiance. Sur la rive d'en face, nous nous retrouvâmes soudain en territoire boisé et la chaleur accablante des plaines de Labour se transforma en souvenir nostalgique. Notre route nous fit traverser d'immenses forêts de cèdres piquetées çà et là de bosquets de bouleaux blancs à papier, et mêlées, dans les zones brûlées, d'aunes et de saules. Les sabots des chevaux faisaient un bruit mat sur l'humus noir de la piste forestière et les douces odeurs de l'automne nous enveloppaient. Nous vîmes des oiseaux étranges et, une fois, j'aperçus un grand cerf d'une couleur et d'une espèce que je ne connaissais pas et que je n'ai jamais rencontrées depuis. Les chevaux ne trouvaient guère à brouter, la nuit, et nous nous félicitâmes d'avoir acheté du grain aux habitants du lac. Le soir, nous allumions des feux et Pognes et moi partagions la même tente.

Nous gagnions désormais régulièrement de l'altitude ; notre route contournait les pentes les plus abruptes, mais nous montions indiscutablement dans les montagnes. Un après-midi, nous rencontrâmes une délégation venue de Jhaampe pour nous accueillir et nous guider ; du coup, nous voyageâmes plus rapidement et nos soirées étaient illuminées par les musiciens, les poètes et les jongleurs, sans oublier les mets délicats, que nos hôtes avaient apportés dans leurs bagages. Ils ne ménageaient pas leurs efforts pour nous mettre à l'aise et nous honorer, mais je trouvais leurs différences avec nous extrêmement étranges et presque inquiétantes, et je devais souvent me rappeler ce que Burrich et Umbre m'avaient enseigné sur les bonnes manières, tandis que le pauvre Pognes se coupait presque totalement de ces nouveaux compagnons.

Physiquement, ils étaient chyurdas, pour la plupart, et tels que je m'y attendais : grands, le teint pâle, les cheveux et les yeux clairs, certains même roux comme des renards. C'étaient des gens bien bâtis, les femmes comme les hommes ; tous portaient apparemment un arc ou une fronde et ils étaient visiblement plus à l'aise à pied qu'à cheval ; ils étaient vêtus de laine et de cuir, et même les plus humbles d'entre eux arboraient des fourrures somptueuses comme s'il s'agissait du drap le plus grossier. Ils marchaient à côté de nous, qui étions à cheval, et paraissaient n'avoir aucun mal à soutenir notre allure toute la journée. Ils chantaient, au rythme de leurs pas et dans une langue ancienne, de vieux chants presque plaintifs, mais entrecoupés de cris de victoire ou de joie. Je devais apprendre par la suite qu'ils nous narraient ainsi leur histoire, afin que nous sachions mieux à quel peuple notre prince nous alliait. Je compris peu à peu que nos compagnons étaient pour la plupart des ménestrels et des poètes, des « accueillants », si l'on traduisait littéralement leur terme, envoyés selon la tradition recevoir les hôtes et les rendre heureux d'être venus avant même leur arrivée.

Au cours des deux jours suivants, notre piste s'élargit, car d'autres routes et chemins venaient s'y fondre à mesure que nous approchions de Jhaampe, et elle se transforma enfin en une vaste voie commerciale, parfois revêtue de pierre blanche concassée. Et plus Jhaampe approchait, plus notre procession devenait considérable, car nous étions rejoints par des masses d'hommes et de femmes envoyés par leurs villages et leurs tribus, des plus lointains confins du royaume des Montagnes, pour voir leur princesse se promettre au puissant prince des basses terres. Bientôt, enfin, suivis par une légion de chiens, de chevaux et d'espèces de chèvres utilisées comme bêtes de somme, d'une cohorte de charrettes pleines de présents et d'une foule de gens d'allure et de condition variées qui avançaient en familles ou en groupes, nous arrivâmes à Jhaampe.

20

JHAAMPE

« ... Et qu'il vienne donc, ce peuple auquel j'appartiens, et quand il arrivera dans la cité, que tous puissent toujours dire : "Ceci est notre cité et notre foyer pour tout le temps que nous voudrons rester." Qu'il y ait toujours de l'espace, que (mots illisibles) des troupeaux. Alors, il n'y aura pas d'étrangers à Jhaampe, mais seulement des voisins et des amis qui iront et viendront à leur gré. » Et, en cela comme en toutes choses, la volonté de l'Oblat fut respectée.

*

Ce texte, je le lus des années plus tard sur le fragment d'une tablette sacrée des Chyurdas, et je compris enfin Jhaampe. Mais lors de ce premier contact, alors que nous montions vers la ville, j'eus un sentiment à la fois de déception et de stupéfaction devant ce que je vis.

Les temples, les palais et les édifices publics m'évoquèrent d'immenses tulipes fermées, tant par leurs formes que par leurs couleurs ; ils doivent leur conformation particulière aux abris de peau traditionnels des nomades qui fondèrent la cité, et leurs couleurs au seul goût des Montagnards qui aiment les teintes vives. Tous les bâtiments avaient été repeints de frais pour notre venue et les épousailles de la princesse, ce qui leur donnait un aspect presque criard ; les dégradés de violet semblaient dominer, rehaussés de diverses teintes de jaune, mais toutes les couleurs étaient représentées. Un carré de crocus qui pousseraient dans une terre noire parsemée de neige, voilà quelle serait peut-être la meilleure évocation de ce spectacle, car, par contraste, les rochers et les conifères sombres des montagnes avivaient encore les teintes éclatantes des maisons. En outre, la ville se dresse sur un terrain au moins aussi escarpé que celui de Bourg-de-Castelcerf, si bien que, lorsqu'on la contemple d'en bas, ses couleurs et ses lignes apparaissent étagées, comme des fleurs artistement disposées dans un panier.

Mais de plus près, nous vîmes entre les grands édifices des tentes, des huttes temporaires et toutes sortes de petits abris ; car à Jhaampe, seuls les bâtiments publics et les demeures royales sont permanents : tout le reste varie au gré des marées de pèlerins venus visiter leur capitale, requérir un jugement de la part de l'Oblat, comme ils appellent le roi ou la reine, admirer les édifices où sont conservés leurs trésors et leurs ouvrages savants, ou plus simplement commercer et renouer avec d'autres nomades. Les tribus vont et viennent, on monte des tentes, on y habite un mois ou deux, et puis, un beau matin, il n'y a plus que de la terre nue là où elles se dressaient, jusqu'à ce qu'un autre groupe s'approprie provisoirement l'endroit. Pourtant, on n'a nul sentiment de confusion, car les rues sont bien définies et pourvues de marches de pierre dans les pentes les plus raides ; il y a des puits, des établissements de bains et de sudation répartis régulièrement dans toute la ville et les lois les plus strictes sont observées concernant les ordures et les déchets. C'est également une cité verdoyante, car entourée de pâtures pour ceux qui voyagent avec leurs troupeaux et leurs chevaux, pâtures pourvues de puits et d'arbres aux ramures ombreuses pour délimiter les zones où planter les tentes ; et dans la cité elle-même se trouvent des étendues de jardins mieux soignés que tous ceux de Castelcerf et décorés de fleurs et d'arbres sculptés. Les visiteurs de passage laissent là leurs créations, sculptures sur pierre, bois gravé ou chimères en terre cuite peintes de couleurs vives. D'un certain point de vue, cela me rappelait la chambre du fou, car dans les deux cas, couleurs et formes n'avaient d'autre but que le plaisir des yeux.

Nos guides nous menèrent à une pâture à l'extérieur de la cité en nous faisant comprendre qu'elle nous était réservée ; au bout d'un moment, il devint évident qu'ils pensaient nous voir laisser chevaux et mules sur place et poursuivre notre route à pied. A cette occasion, Auguste, chef nominal de notre caravane, ne fit guère preuve de diplomatie et je fis la grimace en l'entendant expliquer d'un ton irrité que nous avions apporté beaucoup trop d'affaires pour les transporter à pied dans la ville, et qu'après notre voyage beaucoup d'entre nous étaient trop fatigués pour envisager de gaieté de cœur une ascension jusqu'au sommet de la cité. Je me mordis la lèvre et observai sans rien dire la confusion respectueuse de nos hôtes. Royal devait être au courant de ces coutumes ; pourquoi ne nous en avait-il pas averti, afin de nous éviter de passer dès notre arrivée pour des rustres et des faiseurs d'embarras ?

Mais le comité d'accueil s'adapta rapidement à nos étranges manières, et nous pria de nous reposer et de faire montre de patience. Nous demeurâmes quelques minutes à tourner en rond, en essayant vainement de paraître à l'aise. Chahu et Sevrens vinrent nous rejoindre, Pognes et moi, et nous partageâmes un fond d'outre de vin qui restait à mon camarade, tandis que Chahu nous rendait la pareille, un peu à contrecœur, avec quelques lanières de viande fumée ; nous bavardâmes, mais je dois avouer que j'étais un peu distrait : j'aurais voulu avoir le courage d'aller trouver Auguste pour lui conseiller de se montrer plus souple avec ces gens et leurs coutumes ; nous étions leurs hôtes et il était déjà bien assez ennuyeux que le marié ne soit pas présent en personne pour emmener son épouse. De loin, je l'aperçus en train de consulter plusieurs doyens de la noblesse qui nous accompagnaient, mais, d'après leurs gestes et leurs hochements de tête, ils approuvaient sa conduite.

Quelques instants plus tard, une colonne de jeunes Chyurdas robustes, garçons et filles, apparut sur la route au-dessus de nous : on avait fait venir des porteurs pour nous aider à convoyer nos affaires dans la cité et, surgies je ne sais d'où, des tentes furent dressées pour les serviteurs qui resteraient sur place afin de s'occuper des chevaux et des mules. A mon grand regret, Pognes devait être de ceux-là et je lui confiai Suie, après quoi je hissai le coffre de cèdre sur une épaule et suspendis à l'autre mon sac avec mes objets personnels. En rejoignant la procession, je sentis des odeurs de viande grillée et de tubercules cuits à l'eau, et je vis nos hôtes en train de dresser un pavillon à flancs ouverts sous lequel ils assemblèrent des tables. Je songeai que Pognes ne ferait pas mauvaise chère et je regrettai presque de ne pouvoir rester simplement à soigner les animaux et à explorer la cité aux mille couleurs.

Nous étions à peine engagés dans la rue sinueuse qui montait à travers la ville qu'une troupe de grandes Chyurdas vint à notre rencontre avec des litières ; on nous pressa d'accepter d'y prendre place, avec maintes excuses sur le fait que notre voyage nous ait épuisés.

Auguste, Sevrens, les nobles âgés et la plupart des dames ne furent que trop heureux de profiter de l'offre, mais, pour moi, c'était une humiliation d'être ainsi trimbalé à travers la cité ; cependant, il eût été encore plus grossier de dédaigner leur insistance polie ; je remis donc mon coffre à un garçon visiblement plus jeune que moi et m'installai dans une litière portée par des femmes assez vieilles pour être mes grand-mères. Je rougis en voyant les regards curieux des gens dans les rues et en remarquant qu'ils cessaient soudain de bavarder sur notre passage. Nous ne croisâmes que peu d'autres litières, et toutes étaient occupées par des vieillards infirmes. Je serrai les dents en m'efforçant de ne pas songer à la réaction qu'aurait eue Vérité devant un tel étalage d'ignorance ; au contraire, j'essayai de présenter un visage avenant aux gens qui nous regardaient et de refléter sur mes traits le ravissement où me plongeaient leurs jardins et leurs gracieux édifices.

Je dus y parvenir, car bientôt ma litière se mit à se déplacer plus lentement afin de me laisser le temps d'admirer le décor et les femmes à me désigner tout ce que je risquais de manquer. Elles s'adressèrent à moi en chyurda et parurent enchantées de découvrir que je comprenais grossièrement leur langue ; Umbre m'en avait enseigné les rudiments qu'il connaissait, mais il ne m'avait pas préparé à la musicalité de leur accent et il m'apparut vite évident que la hauteur du ton était aussi importante que la prononciation. Heureusement, j'avais un don pour les langues et je me lançai vaillamment dans une conversation avec mes porteuses, résolu, lorsque je parlerais avec les nobles du palais, à ne point trop passer pour un lourdaud d'étranger. Une des femmes entreprit de commenter ma visite de la ville ; elle s'appelait Jonqui, et quand je lui dis que mon nom était FitzChevalerie, elle le répéta plusieurs fois à mi-voix comme pour le fixer dans sa mémoire.

Non sans de grandes difficultés, je persuadai mes porteuses de s'arrêter une fois au moins et de me laisser descendre pour examiner certain jardin. Ce n'étaient pas les fleurs aux vives couleurs qui m'attiraient, mais une espèce de saule qui poussait en spirales et en boucles à la différence des saules droits auxquels j'étais accoutumé ; je passai le doigt sur l'écorce souple d'une branche avec la certitude de pouvoir en faire une bouture réussie, mais je n'osai pas en couper le moindre morceau, de peur qu'on y voie une inélégance de ma part. Une vieille femme s'accroupit près de moi avec un grand sourire, puis fit courir sa main dans le minuscule feuillage d'une plante basse dont un parterre s'étendait à mes pieds ; le parfum qui s'éleva des feuilles ainsi agitées était extraordinaire, et elle éclata de rire en voyant ma mine extatique. J'aurais aimer m'attarder, mais mes porteuses insistèrent avec force gestes pour que nous nous hâtions de rattraper les autres avant qu'ils n'arrivent au palais ; j'en conclus qu'il devait y avoir une cérémonie d'accueil que je ne devais pas manquer.

Notre procession gravit les tours et les détours d'une rue en terrasse et nos litières furent enfin déposées devant un palais, véritable conglomérat d'édifices en forme de boutons de fleur. Les principaux bâtiments étaient violets avec la pointe blanche, ce qui m'évoqua les lupins du bord des routes et les fleurs de pois de plage qui poussaient à Castelcerf. Debout près de ma litière, je contemplai le palais, mais quand je me retournai vers mes porteuses pour leur faire part de mon admiration, elles avaient disparu ; elles revinrent quelques instants plus tard, en robes safran, azur, pêche et rose, comme leurs consœurs servantes, et circulèrent parmi nous en nous présentant des bols d'eau parfumée et des tissus doux pour effacer de notre visage et de notre cou toute trace de poussière et de fatigue ; puis des adolescents et de jeunes hommes en tuniques bleues à ceinture nous apportèrent du vin de baie et de petits gâteaux au miel. Lorsque le dernier invité se fut lavé et eut reçu le vin et le miel de bienvenue, nos hôtes nous prièrent de les accompagner dans le palais.

L'intérieur du bâtiment me parut aussi étrange que le reste de Jhaampe. Un énorme pilier central soutenait la charpente principale, et un examen plus attentif me révéla qu'il s'agissait du tronc d'un arbre immense, dont les racines se manifestaient d'ailleurs, à son pied, par un exhaussement du pavage ; de même, les membrures des murs gracieusement incurvés étaient des arbres, et j'appris plusieurs jours après qu'on avait mis presque un siècle à faire « pousser » le palais : on avait choisi un arbre central, dégagé la zone, puis planté le cercle de baliveaux de soutènement ; on avait imposé leur forme à ces derniers à l'aide de cordes et par la taille afin qu'ils se courbent tous vers leur centre commun ; à un moment donné, toutes leurs basses branches avaient été coupées et leurs couronnes entrelacées pour former un dôme, après quoi on avait créé les murs, avec une épaisseur d'étoffe finement tissée, puis vernie jusqu'à la rendre rigide, et recouverte de plusieurs couches de tissu résistant à base d'écorce. On avait ensuite enduit les murs d'une argile particulière à la région qu'on avait elle-même recouverte d'une peinture résineuse de teinte vive. Je ne pus savoir si tous les bâtiments de la cité avaient été fabriqués de cette laborieuse façon, mais le fait de faire « pousser » le palais avait permis à ses créateurs de lui donner une grâce vivante que la pierre ne pouvait atteindre.

L'immensité de l'espace intérieur n'était pas sans rappeler la Grand-Salle de Castelcerf, avec d'ailleurs un nombre similaire de cheminées ; des tables y étaient dressées, et on remarquait des zones clairement réservées à la cuisine, au tissage, au filage, à la conservation des aliments et à toutes les autres nécessités d'une vaste maisonnée. Les chambres privées n'étaient apparemment que des alcôves munies de rideaux ou des sortes de petites tentes appuyées au mur extérieur. Il y avait également quelques pièces en hauteur, accessibles grâce à un système d'escaliers de bois à claire-voie, et qui m'évoquèrent des tentes dressées sur des plates-formes à pilotis, pilotis qui n'étaient autres, là encore, que des troncs d'arbre. Devant ce spectacle, je compris avec découragement que je ne disposerais de guère d'intimité pour le travail « discret » dont j'étais chargé.

On me mena rapidement à ma tente, où m'attendaient déjà mon coffre de cèdre et mon sac de vêtements, ainsi que de l'eau tiède et parfumée et une coupelle de fruits ; je me débarrassai vivement de mes vêtements poussiéreux et enfilai une robe brodée avec des manches à crevés, puis des jambières du même vert, costume que maîtresse Pressée avait décrété approprié pour l'occasion. Je m'interrogeai une fois de plus sur le cerf menaçant que j'y trouvai cousu, puis écartai fermement ces questions de mon esprit : peut-être Vérité considérait-il ce nouvel emblème comme moins humiliant que celui qui proclamait si clairement mon illégitimité ? En tout cas, cela me serait utile. Soudain, j'entendis un son de carillons et de tambourins en provenance de la grande salle centrale et je m'y précipitai pour voir ce qui se passait.

Sur une estrade installée devant le vaste tronc et décorée de guirlandes de fleurs et de branches de sapin, Auguste et Royal faisaient face à un vieil homme flanqué de deux serviteurs, un homme et une femme, tout de blanc vêtus. Une foule s'était rassemblée en un large cercle autour de l'estrade et je m'y joignis rapidement ; une de mes porteuses de litière, à présent habillée d'une robe rose et coiffée d'une tresse en lierre, apparut bientôt à mes côtés. Elle me sourit de tout son haut.

« Que se passe-t-il ? me risquai-je à lui demander.

– Notre Oblat… euh, vous dire, roi Eyod va accueillir vous. Et il va montrer vous toute sa fille pour être votre Oblat… euh… reine. Et son fils, qui régnera ici pour elle. » Elle se débrouillait tant bien que mal, avec bien des interruptions et de nombreux signes d'encouragement de ma part.

Avec difficulté, elle m'expliqua que la femme debout derrière le roi Eyod était sa nièce à elle et je parvins à bricoler un compliment maladroit sur sa vigueur et sa bonne santé apparentes ; sur le moment, je n'avais rien trouvé de plus aimable à dire sur l'impressionnante femme qui se tenait d'un air protecteur près de son roi. Elle possédait une énorme masse de ces cheveux blonds que je commençais à m'habituer à observer à Jhaampe, dont une partie s'enroulait en nattes sur sa tête, tandis que le reste pendait librement dans son dos ; son visage était grave, ses bras nus musculeux. L'homme qui se tenait de l'autre côté du roi Eyod était plus âgé, mais il ressemblait à la femme comme un jumeau, mis à part le fait qu'il avait les cheveux coupés sévèrement courts, au ras du cou : il avait les mêmes yeux jade, le même nez droit et la même expression solennelle. Quand je demandai, non sans mal, à la vieille femme s'il était aussi de sa famille, elle sourit comme elle aurait souri à un attardé : bien sûr, c'était son neveu. Puis elle me fit taire, comme si je n'étais qu'un enfant, car le roi Eyod avait pris la parole.

Il parlait lentement, en articulant avec soin, mais je me félicitai néanmoins de mes conversations avec mes porteuses, car je pus ainsi comprendre le gros de son discours mieux que mes compatriotes. Il nous souhaita formellement la bienvenue à tous, y compris à Royal, car, dit-il, s'il avait accueilli précédemment en lui l'émissaire du roi Subtil, il recevait aujourd'hui le symbole de la présence du prince Vérité. Auguste eut droit lui aussi à des paroles de bienvenue, et tous deux se virent offrir plusieurs présents, des dagues incrustées de pierrerie, une précieuse huile parfumée et de somptueuses étoles de fourrure : lorsque ces dernières leur furent placées sur les épaules, je songeai, consterné, qu'ils ressemblaient plus à des décorations ambulantes qu'à des princes, car la tenue simple du roi Eyod et de ses suivants contrastait fort avec l'accoutrement d'Auguste et de Royal, parés de bagues, de cercles d'or dans les cheveux et de tissus opulents taillés sans considération d'économie ni de commodité. Pour ma part, je n'y voyais qu'affectation et vanité, mais j'espérais que nos hôtes mettraient simplement leur apparence extravagante sur le compte de nos coutumes étrangères.

Enfin, et à ma vive contrariété, le roi fit s'avancer son suivant et nous le présenta comme le prince Rurisk ; la femme était donc, naturellement, la princesse Kettricken, la fiancée de Vérité.

Et je compris soudain que les femmes qui avaient porté nos litières et nous avaient accueillis avec du vin et des gâteaux n'étaient pas des servantes, mais des membres de la famille royale, grand-mères, tantes et cousines de la promise de Vérité, qui toutes observaient la tradition de Jhaampe : elles servaient leur peuple. Je défaillis en songeant avec quelle familiarité, avec quelle désinvolture je m'étais adressé à elles, et je maudis encore une fois Royal de ne pas nous avoir mis au courant de ces coutumes plutôt que de nous envoyer ses listes interminables de vêtements et de bijoux à lui rapporter ! La femme âgée qui se trouvait à côté de moi était donc la propre sœur du roi ! Elle dut percevoir ma confusion, car elle me tapota gentiment l'épaule et sourit au fard que je piquai tandis que je bredouillais des excuses.

« Vous n'avez rien fait dont vous deviez avoir honte », me dit-elle, avant de me prier de ne pas l'appeler « ma dame », mais Jonqui.

Je regardai Auguste offrir à la princesse les bijoux que Vérité avait choisis pour elle : il y avait une résille en chaîne d'argent finement tissée incrustée de petits rubis pour retenir ses cheveux, un collier d'argent incrusté de rubis plus gros, un arceau d'argent travaillé en forme de vigne auquel étaient accrochées des clés qui tintinnabulaient et dont Auguste lui expliqua qu'il s'agissait des clés de sa demeure lorsqu'elle rejoindrait son mari à Castelcerf, et enfin huit bagues toutes simples, toujours en argent, pour orner ses mains. Elle se tint parfaitement immobile pendant que Royal lui-même l'apprêtait ; à part moi, je songeai que des rubis à monture d'argent auraient mieux convenu à une femme au teint plus sombre, mais le sourire ébloui de Kettricken exprimait un ravissement de petite fille et, autour de moi, les gens échangeaient des murmures approbateurs à voir leur princesse ainsi parée. Peut-être, dans ces conditions, apprécierait-elle nos couleurs et nos accoutrements étrangers.

Suivit un discours du roi Eyod, heureusement bref ; il se contenta de répéter qu'il nous souhaitait la bienvenue et nous invita à nous reposer, à nous détendre et à profiter de la cité. Si nous avions quelques désirs que ce soit, nous n'aurions qu'à nous adresser à qui nous rencontrerions et l'on s'efforcerait de les exaucer. Le lendemain à midi commencerait la cérémonie de l'Union, prévue pour durer trois jours, et il tenait à ce que nous soyons frais et dispos pour en jouir au mieux. Puis il descendit de l'estrade, suivi de ses enfants, pour se mêler en toute simplicité à la foule, comme si nous étions les uns et les autres des soldats affectés au même service.

Jonqui avait manifestement décidé de ne pas me quitter et, comme je ne voyais aucun moyen d'échapper à sa compagnie sans paraître malgracieux, je résolus d'en apprendre le plus et le plus vite possible sur leurs coutumes ; mais son premier geste fut de me présenter au prince et à la princesse. Ils étaient avec Auguste qui leur expliquait apparemment comment, par son biais, Vérité assisterait à la cérémonie ; il parlait fort comme si cela devait permettre à ses auditeurs de mieux le comprendre. Jonqui l'écouta un moment, puis estima, sembla-t-il, qu'il avait fini son exposé. Elle s'exprima comme si nous étions tous des enfants réunis autour de friandises pendant que nos parents conversaient entre eux. « Rurisk, Kettricken, ce jeune homme est fort intéressé par nos jardins ; peut-être plus tard pourrons-nous faire en sorte qu'il bavarde avec ceux qui s'en occupent. » Elle parut s'adresser spécialement à Kettricken lorsqu'elle ajouta : « Il s'appelle FitzChevalerie. » Auguste fronça aussitôt les sourcils et corrigea : « Fitz ; le Bâtard. »

Kettricken eut l'air choqué en entendant ce sobriquet, et le visage de Rurisk s'assombrit. Il se détourna légèrement d'Auguste pour me regarder ; si infime fût-il, son geste n'avait besoin d'aucune explication dans aucune langue. « Oui, dit-il en chyurda en me regardant droit dans les yeux. Votre père m'a parlé de vous, la dernière fois que je l'ai vu. L'annonce de sa mort m'a rempli de tristesse. Il a fait beaucoup pour préparer la voie qui nous permet de forger ce lien entre nos peuples.

– Vous avez connu mon père ? » demandai-je stupidement.

Il me sourit, les yeux baissés vers moi. « Naturellement. Lui et moi étions en pourparlers au sujet du col de Roc-bleu, à Œil-de-Lune, au nord-est d'ici, lorsqu'il a appris votre existence. Quand le temps de parler en tant qu'ambassadeurs de cols et de négoce fut passé, nous nous sommes assis ensemble pour partager la viande et nous avons discuté, en tant qu'hommes, de ce qu'il devait faire. J'avoue que je ne comprends toujours pas pourquoi il pensait devoir refuser de devenir roi. Les coutumes d'un peuple ne sont pas celles de l'autre. Néanmoins, grâce à ce mariage, nous sommes encore plus près de ne plus former qu'un seul peuple. Croyez-vous qu'il en serait heureux ? »

J'avais l'attention sans partage de Rurisk, et son emploi du chyurda excluait Auguste de la conversation. Kettricken semblait fascinée. Derrière l'épaule du prince, je vis le visage d'Auguste se figer ; puis, avec un rictus de pure haine à mon adresse, il se détourna et rejoignit le groupe qui entourait Royal, lequel discutait avec le roi Eyod.

Pour une raison qui m'échappait, Rurisk et Kettricken ne s'intéressaient qu'à moi.

« Je connaissais mal mon père, mais je crois qu'il serait heureux de voir… » Je m'interrompis, car la princesse Kettricken venait de me faire un sourire radieux.

« Mais bien sûr ! dit-elle. Comment ai-je pu être aussi sotte ? Vous êtes celui qu'on appelle Fitz ! N'accompagnez-vous pas habituellement dame Thym en voyage, l'empoisonneuse du roi Subtil ? Et n'êtes-vous d'ailleurs pas son apprenti ? Royal a parlé de vous !

– Très aimable de sa part », fis-je niaisement ; j'ignore ce qu'on me dit ensuite, et ce que je répondis : je ne pouvais que remercier le ciel de ne pas m'être évanoui sur-le-champ. Et tout au fond de moi, pour la première fois de ma vie, je compris que ce n'était pas seulement de l'aversion que m'inspirait Royal. D'un froncement de sourcil fraternel, Rurisk gourmanda Kettricken, puis il se tourna vers un serviteur qui lui demandait des instructions pour une affaire urgente. Autour de moi, les gens conversaient aimablement au milieu des couleurs et des parfums estivaux, mais j'avais l'impression d'avoir un bloc de glace à la place des viscères.

Je revins à moi en sentant Kettricken me tirer par la manche. « Ils sont par là, me dit-elle. Mais peut-être êtes-vous trop fatigué pour en profiter ? Si vous souhaitez vous retirer, personne ne s'en offensera. J'ai cru comprendre que beaucoup d'entre vous étaient trop las pour traverser la cité à pied.

– Mais beaucoup ne l'étaient pas et auraient volontiers saisi l'occasion de se promener à loisir dans Jhaampe. J'ai entendu parler de la Fontaine bleue et j'attends avec impatience de pouvoir l'admirer. » J'avais à peine hésité avant de répondre et j'espérais que mes propos avaient un rapport avec ce dont elle parlait. Au moins, cela n'avait rien à voir avec le poison.

« Je veillerai à ce qu'on vous y conduise, ce soir peut-être. Mais pour l'instant, venez par ici. » Et sans autre formalité, elle m'entraîna à l'écart de la foule. Auguste nous regarda nous éloigner et je vis Royal glisser un mot à l'oreille de Chahu. Le roi Eyod s'était retiré sur une plate-forme élevée et posait sur ses invités un regard empreint de bienveillance. Je me demandai pourquoi Chahu n'était pas resté avec les chevaux et les autres serviteurs, mais Kettricken écarta un paravent peint qui révéla une ouverture par laquelle nous quittâmes la salle principale du palais.

Nous nous retrouvâmes à l'extérieur, dans une allée empierrée sous les frondaisons voûtées de grands arbres, des saules, dont les branches avaient été entrelacées, entre-tissées pour former un écran de verdure contre le soleil de midi. « Et cela protège le chemin de la pluie, aussi ; du moins, en grande partie, me dit Kettricken qui avait remarqué mon intérêt. L'allée conduit aux jardins d'ombrage, mes préférés. Mais peut-être désirez-vous d'abord visiter le jardin sec ?

– Je serai ravi d'admirer tous vos jardins, sans restriction, ma dame », répondis-je, et cela, au moins, était sincère. Ici, loin de la foule, je serais plus à même de mettre de l'ordre dans mes pensées et de réfléchir à ma position devenue intenable ; je songeai, un peu tardivement, que le prince Rurisk n'avait présenté aucun des symptômes de faiblesse et de maladie rapportés par Royal. Il fallait prendre du recul par rapport à la situation et la réévaluer : il y avait anguille sous roche, et une grosse, à laquelle je n'avais pas été préparé.

Avec effort, je détournai mes pensées de mes embarras personnels et me concentrai sur ce que me disait la princesse ; elle articulait avec soin et je suivais sans mal sa conversation maintenant que je n'étais plus gêné par le bruit de fond de la grande salle. Elle semblait très ferrée sur l'horticulture et elle me fit comprendre que ce n'était pas un passe-temps pour elle, mais un véritable savoir, qu'en tant que princesse elle se devait d'avoir.

Tandis que nous nous promenions en échangeant divers propos, je devais sans cesse me rappeler qu'elle était princesse et promise à Vérité, car jamais je n'avais rencontré de femme comme elle : elle possédait une dignité discrète très différente de la conscience de leur rang qu'avaient habituellement les personnages mieux nés que moi, et elle n'hésitait pas à sourire, à manifester son enthousiasme, ni à s'accroupir pour fouiller la terre au pied d'une plante pour me montrer un certain type de racine qu'elle venait de me décrire. Elle frottait la racine pour en ôter la terre, puis, à l'aide du couteau qu'elle portait à sa ceinture, elle en prélevait un morceau du cœur pour me le faire goûter ; elle m'indiqua certaines plantes à l'arôme piquant qui servaient à relever les viandes et me fit mordre dans une feuille de chacune des trois variétés, car si elles étaient d'aspect très semblable, elles avaient des saveurs bien distinctes. En un sens, elle me rappelait Patience, moins l'excentricité ; d'un autre côté, elle ressemblait à Molly, mais sans la dureté dont celle-ci avait dû se caparaçonner pour survivre. Comme Molly, elle s'adressait à moi sans détour, avec franchise, comme si nous étions des égaux, et je me pris à penser que Vérité allait peut-être bien trouver cette femme plus à son goût qu'il ne l'espérait.

Dans le même temps, une autre partie de moi-même s'inquiétait de ce qu'il allait penser de son épouse : sans être un coureur de jupon, il avait des préférences évidentes pour qui avait vécu longtemps auprès de lui : celles auxquelles il adressait ses sourires étaient en général petites, rondes et brunes, souvent avec des cheveux bouclés, un rire de gamine et de petites mains douces ; qu'allait-il dire de cette grande femme au teint pâle, qui s'habillait aussi simplement qu'une servante et déclarait prendre grand plaisir à soigner ses jardins ? La conversation déviant, je m'aperçus qu'elle était capable de discourir sur la fauconnerie et l'élevage de chevaux avec autant de compétence que n'importe quel ouvrier des écuries ; et lorsque je m'enquis de ses loisirs personnels, elle me parla de sa petite forge et des outils avec lesquels elle travaillait le métal, et elle écarta ses cheveux pour me montrer les boucles d'oreilles qu'elle s'était fabriquées : les pétales délicatement martelés d'une fleur en argent enserraient une minuscule pierre précieuse qui ressemblait à une goutte de rosée. J'avais dit un jour à Molly que Vérité méritait une femme active et dégourdie, mais je me demandais à présent s'il allait trouver celle-ci attirante ; il la respecterait, j'en étais sûr ; cependant, le respect suffisait-il entre un roi et sa reine ?

Plutôt que d'aller au-devant du malheur, je résolus de tenir la promesse que j'avais faite à Vérité, et je demandai à Kettricken si Royal lui avait parlé de son futur époux. Elle prit alors un air réservé, et je la sentis puiser dans ses forces lorsqu'elle me répondit : elle savait qu'il était le roi-servant d'un royaume en butte à de nombreux problèmes ; Royal l'avait avertie que Vérité était beaucoup plus âgé qu'elle, et que c'était un homme simple et sans apprêt qui risquait de ne guère s'intéresser à elle. Royal lui avait promis de rester toujours auprès d'elle pour l'aider à s'acclimater et de faire son possible pour qu'elle ne se sente pas seule à la cour. Comme je le voyais, elle était prévenue…

« Quel âge avez-vous ? fis-je sans réfléchir.

– Dix-huit ans, répondit-elle avant de sourire en remarquant mon expression étonnée. Parce que je suis grande, les gens de votre peuple ont l'air de me croire beaucoup plus vieille, me confia-t-elle.

– Ma foi, vous êtes plus jeune que Vérité, mais pas beaucoup plus que bien d'autres épouses. Il aura trente-trois ans au printemps.

– Je l'imaginais nettement plus vieux, fit-elle, surprise. Royal m'a expliqué qu'ils sont frères seulement de père.

– Chevalerie et Vérité étaient tous deux fils de la première reine de Subtil, c'est exact, mais il n'y a pas une si grande différence que ça entre Vérité et Royal. Et Vérité, lorsque les problèmes de l'Etat ne l'écrasent pas, n'est pas aussi triste et sévère que vous vous le représentez peut-être. C'est un homme qui sait rire. »

Elle me jeta un coup d'œil en biais, comme pour se rendre compte si j'essayais de peindre Vérité sous un meilleur jour qu'il ne le méritait.

« C'est vrai, princesse ! Je l'ai vu rire comme un gosse devant les spectacles de marionnettes à la fête du Printemps ; et quand tout le monde va actionner, pour se porter chance, la presse à fruits lorsqu'on prépare le vin d'automne, il n'est pas le dernier à donner un coup de main. Mais, depuis toujours, son plus grand plaisir, c'est la chasse. Il a un chien de loup, Léon, pour qui il a plus d'affection que certains hommes n'en ont pour leur fils.

– Mais… fit Kettricken d'une voix hésitante, c'est comme ça qu'il était autrefois, n'est-ce pas ? Car Royal le décrit comme un homme vieilli prématurément, courbé sous le fardeau du soin qu'il prend de son peuple.

– Courbé comme un arbre aux branches chargées de neige et qui se redresse à la venue du printemps. Ses derniers mots avant que je parte, princesse, ont été pour me prier de vous parler de lui en bien. »

Elle baissa vivement les yeux, comme pour me dissimuler le bond soudain qu'avait fait son cœur. « Je vois un autre homme quand c'est vous qui le dépeignez. » Elle se tut, puis serra les lèvres pour s'interdire de poser une question que j'entendis néanmoins.

« Je l'ai toujours considéré comme un homme bon, aussi bon qu'on peut l'être lorsqu'on exerce les responsabilités qui sont les siennes. Il prend ses devoirs très au sérieux et ne s'épargne pas pour donner à son peuple ce dont il a besoin ; c'est ce qui l'a empêché de venir auprès de vous, car il est engagé dans un combat contre les Pirates rouges qu'il ne pourrait mener d'ici ; il renonce aux intérêts de l'homme pour accomplir les devoirs du prince, mais pas par froideur d'esprit ni par manque d'envie de vivre. »

Elle me lança un regard oblique en s'efforçant de ne pas sourire, comme si mes discours étaient de suaves flatteries qu'une princesse ne doit pas croire.

« Il est plus grand que moi, mais de peu ; il a les cheveux très sombres, tout comme sa barbe quand il la laisse pousser ; il a les yeux plus noirs encore, mais brillants lorsqu'il se laisse emporter par l'enthousiasme ; il est vrai que ses cheveux sont saupoudrés d'un gris que vous n'y auriez pas vu il y a encore un an ; il est aussi exact que son travail le tient écarté du soleil et du vent, si bien que ses épaules ne tendent plus les coutures de ses chemises. Mais mon oncle n'a rien perdu de sa virilité et je suis certain que, quand la menace des Pirates rouges aura été repoussée loin de nos côtes, il remontera à cheval pour chasser à grands cris avec son molosse.

– Vous me rendez courage », murmura-t-elle ; puis elle se redressa, comme si elle venait d'avouer une faiblesse. Le regard grave, elle me demanda : « Pourquoi Royal ne parle-t-il pas de son frère de la même façon ? Je croyais me donner à un vieillard aux mains tremblantes, trop écrasé par ses devoirs pour considérer une épouse comme autre chose qu'une charge supplémentaire.

– Peut-être qu'il... » Je me tus, incapable de trouver une formulation polie pour dire que Royal mentait souvent pour servir ses buts. Mais que je sois pendu si j'avais la moindre idée de ce que pouvait lui rapporter de donner à Kettricken une image repoussante de Vérité !

« Alors, peut-être y a-t-il... d'autres sujets sur lesquels... il a été aussi peu flatteur », dit Kettricken, prise d'un doute soudain ; quelque chose parut l'effrayer et elle prit sa respiration : « Il y a eu un soir où nous avions dîné dans ma chambre et où Royal avait peut-être un peu trop bu. Il m'a raconté des histoires sur vous, disant que vous étiez autrefois un enfant buté, gâté, trop ambitieux pour votre naissance, mais que depuis le jour où le roi avait fait de vous son empoisonneur, vous paraissiez satisfait de votre sort. Il a dit que cet emploi semblait vous convenir, car petit déjà, vous aimiez écouter aux portes, fureter dans tous les coins et vous livrer à toutes sortes d'activités sournoises. Je ne vous dis pas cela pour semer la discorde, comprenez-moi bien, mais seulement pour vous exposer ce que je croyais de vous ; le lendemain, d'ailleurs, Royal m'a prié de voir dans ses propos les chimères du vin plutôt que des faits ; mais il a dit une chose, ce soir-là, qui m'a trop glacée de peur pour que je l'écarte aisément : il a prétendu que si le roi vous envoyait chez nous, vous ou dame Thym, ce serait dans le but d'empoisonner mon frère, afin que je demeure seule héritière du Royaume des montagnes.

– Vous parlez trop vite, lui reprochai-je gentiment, en espérant que mon sourire ne laissait rien paraître de mon épouvante. Je n'ai pas tout compris. » Entre-temps, je m'efforçai héroïquement de trouver quelque chose à répondre ; même pour un menteur accompli comme moi, une confrontation aussi directe était inconfortable.

« Pardonnez-moi, mais vous parlez si bien notre langue, presque comme l'un de nous, qu'on dirait presque que vous vous la rappelez petit à petit et non que vous l'apprenez. Je vais aller plus lentement : il y a quelques semaines... non, il y a plus d'un mois, Royal s'est présenté chez moi et m'a demandé s'il pouvait dîner avec moi en tête-à-tête afin que nous fassions mieux connaissance ; et...

– Kettricken ! » C'était Rurisk qui remontait l'allée dans notre direction. « Royal aimerait que tu viennes pour te présenter les seigneurs et les dames qui ont fait un si long voyage pour ton mariage. »

Jonqui pressait le pas derrière lui et, comme une seconde vague de vertige me frappait, je lui trouvai un air trop rusé. Quelles mesures, me demandai-je, prendrait Umbre si un empoisonneur avait été envoyé à la cour de Subtil pour éliminer Vérité ? La réponse n'était que trop évidente.

« Peut-être, proposa soudain Jonqui, FitzChevalerie aimerait-il voir les Fontaines bleues, à présent ? Litress s'est dite disposée à l'y conduire.

– Plus tard dans l'après-midi, éventuellement, parvins-je à répondre. Je me sens subitement fatigué. Je crois que je vais regagner ma chambre. »

Personne n'eut l'air étonné. « Voulez-vous que je vous fasse envoyer du vin ? demanda gracieusement Jonqui. Ou de la soupe, peut-être ? Les autres vont bientôt être conviés à un repas, mais, si vous êtes las, on peut très bien vous apporter à manger. »

Mes années d'entraînement vinrent à mon secours et je parvins à conserver les épaules droites, malgré le feu qui venait soudain d'éclater dans mes entrailles et me dévorait le ventre. « Ce serait très aimable de votre part », dis-je tant bien que mal. La courbette que je me forçai à faire fut un supplice raffiné. « Je ne tarderai pas à vous rejoindre. »

Puis je pris congé et je réussis à ne pas courir ni à me rouler en boule pour gémir de douleur comme j'en avais envie. Je retraversai le jardin jusqu'à la porte de la grande salle en manifestant ostensiblement mon plaisir devant les parterres ; et mes trois compagnons, pendant ce temps, parlaient entre eux à mi-voix de ce que nous savions tous.

Il ne me restait plus qu'une planche de salut et bien peu d'espoir qu'elle soit efficace. De retour dans ma chambre, je sortis la purge marine que le fou m'avait donnée. Depuis combien de temps avais-je avalé les gâteaux au miel ? Car c'était ce moyen-là que j'aurais choisi, personnellement. Avec fatalisme, je décidai de courir le risque de me servir de l'eau contenue dans le broc ; une petite voix au fond de moi me criait que c'était stupide, mais comme le vertige me martelait en vagues incessantes, je me sentis incapable de penser davantage et j'effritai la purge marine dans l'eau entre mes doigts tremblants. L'herbe séchée absorba le liquide et forma une espèce de pâte d'un vert écœurant que je me forçai à ingurgiter, afin de me nettoyer l'estomac et les intestins. Il n'y avait plus qu'une question : l'herbe agirait-elle à temps ou bien le poison chyurda s'était-il déjà trop répandu dans mon organisme ?

C'est dans un état pitoyable que je passai la soirée. Nul ne vint m'apporter ni vin ni soupe ; dans mes moments de lucidité, je supposai qu'on n'enverrait personne tant qu'on ne serait pas sûr que le poison avait agi ; sans doute pas avant le matin. Alors, on dépêcherait un serviteur pour me réveiller et il découvrirait mon cadavre. J'avais donc jusqu'au matin.

Il était minuit passé quand je réussis à me lever. Je quittai ma chambre aussi discrètement que mes jambes flageolantes me le permettaient et je sortis dans le jardin ; là, je trouvai une citerne pleine d'eau et j'y bus à m'en faire éclater. Ensuite, je poursuivis mon chemin, à pas lents et précautionneux, car je souffrais comme si j'avais été roué de coups et ma tête résonnait douloureusement chaque fois que je posais un pied par terre ; mais je finis par découvrir un verger aux arbres gracieusement palissés contre un mur et, comme je l'avais espéré, chargés de fruits. J'en mangeai tant que je pus et m'en fis une provision dont je bourrai mon pourpoint ; je les dissimulerais dans ma chambre afin d'avoir sous la main des aliments à consommer sans risque. Le lendemain, je prétexterais de descendre voir comment se portait Suie pour récupérer du pain dur et de la viande séchée dans mes fontes. J'espérais que cela suffirait à me sustenter pendant mon séjour.

Et, tout en revenant vers ma chambre, je me demandai quelle serait la prochaine manœuvre lorsqu'on s'apercevrait que le poison avait été inefficace.

21
LES PRINCES

Au sujet du carryme, une plante chyurdienne, voici leur dicton : « Une feuille pour dormir, deux pour apaiser la douleur, trois pour une tombe miséricordieuse. »

★

Vers l'aube, je finis par m'assoupir, pour être aussitôt réveillé par le prince Rurisk qui écarta violemment le paravent qui servait de porte à ma chambre et bondit dans la pièce en brandissant une carafe débordante. L'ampleur du vêtement qui flottait autour de lui indiquait qu'il devait s'agir d'une robe de nuit ; je roulai vivement à bas de mon lit et réussis à me mettre debout en laissant la table de nuit entre nous : j'étais coincé, malade et sans arme, à part mon couteau de ceinture.

« Vous êtes encore vivant ! s'exclama-t-il, stupéfait ; puis il s'approcha de moi en me tendant le récipient. Vite, buvez ça !

– Je préférerais m'en abstenir », répondis-je en reculant.

Me voyant méfiant, il s'arrêta. « Vous avez avalé du poison, me dit-il en détachant ses mots. C'est un véritable miracle de Chranzuli que vous soyez encore en vie. Cette carafe contient une purge qui vous nettoiera l'organisme ; prenez-la et vous aurez peut-être une chance de survivre.

– Il ne reste plus rien dans mon corps à nettoyer », répondis-je ; saisi de tremblements, je dus me rattraper à la table. « Je savais que j'avais été empoisonné quand je vous ai quittés hier soir.

– Et vous ne m'avez rien dit ? » Il était sidéré. Il se retourna vers la porte, où venait d'apparaître le visage craintif de Kettricken. Elle avait les nattes ébouriffées et les yeux rouges d'avoir pleuré. « Le danger est passé, et ce n'est pas grâce à toi, lui annonça son frère d'un ton sévère. Va lui préparer un bouillon avec de la viande d'hier soir. Et apporte aussi des pâtisseries ; pour nous deux. Et du thé. Va, va donc, petite idiote ! »

Kettricken déguerpit comme une enfant, et Rurisk fit un geste vers le lit. « Allons, faites-moi assez confiance pour vous asseoir avant de renverser la table à force de trembler. Je vais vous parler franchement ; nous n'avons plus le temps de jouer au chat et à la souris, Fitz-Chevalerie. Nous devons discuter de beaucoup de choses, vous et moi. »

Je m'assis, moins par confiance que par crainte de m'écrouler si je restais debout. En toute simplicité, Rurisk prit place à l'autre bout du lit. « Ma sœur est impétueuse, dit-il gravement ; Vérité, le pauvre, la découvrira plus enfant que femme, j'en ai peur, et c'est en grande partie ma faute, car je l'ai trop gâtée. Mais si cela explique son affection pour moi, cela ne l'excuse pas d'avoir voulu empoisonner un hôte. Surtout à la veille d'épouser son oncle.

– Vous savez, j'aurais partagé cet avis même en d'autres circonstances, dis-je, et Rurisk éclata de rire.

– Vous tenez beaucoup de votre père ! Il n'aurait pas dit autre chose, j'en suis sûr ! Mais que je m'explique : Kettricken est venue me trouver il y a plusieurs jours pour m'annoncer que vous veniez m'éliminer ; je lui ai répondu que cela ne devait pas l'inquiéter et que je m'en occuperais. Mais, je le répète, elle est impulsive ; or, hier, elle a repéré une occasion et l'a saisie, sans se soucier de l'impact que le meurtre d'un invité pourrait avoir sur un mariage soigneusement négocié ; elle n'avait qu'une idée en tête : se débarrasser de vous avant que ses vœux ne la lient aux Six-Duchés et ne rendent son acte inconcevable. J'aurais dû me douter de quelque chose lorsque je l'ai vue vous entraîner si vite dans les jardins.

– C'étaient les feuilles qu'elle m'a fait mâcher ? »

Il hocha la tête et je me sentis très bête. « Mais ensuite, vous lui avez tenu de si nobles discours qu'elle a fini par douter que vous soyez tel qu'on vous décrivait ; elle vous a donc posé la question, mais comme vous l'avez esquivée en feignant de ne pas comprendre, ses soupçons l'ont reprise. Quoi qu'il en soit, elle n'aurait pas dû attendre toute la nuit pour me raconter son geste et ses doutes sur son bien-fondé. Pour cela, je vous présente mes excuses.

– Trop tard pour les excuses. Je vous ai déjà pardonné », m'entendis-je répondre.

Rurisk me jeta un coup d'œil curieux. « C'était une des phrases favorites de votre père. » Il se tourna vers la porte à l'instant où Kettricken la franchissait. Il referma le paravent derrière elle et lui prit le plateau des mains. « Assieds-toi, commanda-t-il d'un ton sévère. Et observe une autre façon de traiter un assassin. » Là-dessus, il s'empara d'une lourde chope sur le plateau et y but longuement avant de me la passer. Il jeta un nouveau coup d'œil à Kettricken : « Et s'il y avait du poison là-dedans, tu viens aussi d'assassiner ton frère. » Il rompit une pâtisserie à la pomme en trois morceaux. « Choisissez », me dit-il ; il prit pour lui la part que je lui désignai et donna la suivante à sa sœur. « Ceci pour que vous constatiez que ces aliments sont inoffensifs.

– De toute façon, je ne vois guère pourquoi vous me donneriez du poison ce matin après m'avoir averti que j'avais été empoisonné hier soir », remarquai-je. Néanmoins, j'étais sur mes gardes et je cherchai la plus infime trace de goût étrange dans ma bouche : rien. C'était une excellente pâtisserie feuilletée que je mangeais, fourrée de pommes bien mûres et d'épices. Même si je n'avais pas eu l'estomac aussi vide, elle aurait été délicieuse.

« Exactement, dit Rurisk, la bouche pleine. Et, si vous étiez un assassin (il lança un regard d'avertissement à Kettricken pour la faire taire), vous vous trouveriez dans la même position. Certains meurtres ne sont profitables que si nul ne sait que ce sont des meurtres ; ce serait le cas du mien. Si vous deviez me tuer sur-le-champ, ou même si je mourais dans le courant des six prochains mois, Kettricken et Jonqui crieraient sur tous les toits que j'ai été assassiné. Ce serait un bien mauvais départ pour une alliance entre deux peuples. Etes-vous d'accord ? »

J'acquiesçai. Le brouet chaud contenu dans la chope avait en grande partie calmé mes tremblements et la pâtisserie avait un goût digne d'un dieu.

« Bien. Nous nous accordons à reconnaître, donc, que, si vous étiez un assassin, ma mort n'aurait aucun intérêt ; plus encore, ce serait une très grande perte pour vous, car mon père n'envisage pas cette alliance d'un œil aussi favorable que moi. Certes, il la sait avisée, mais pour moi elle est plus qu'avisée : elle est nécessaire.

« Répétez ceci au roi Subtil : notre population croît, mais l'étendue de nos terres arables est limitée, et la chasse ne peut nourrir qu'un nombre réduit de gens. Un temps vient toujours où un pays doit s'ouvrir au commerce, surtout un pays aussi montagneux et rocailleux que le mien. On vous a peut-être expliqué la coutume jhaampienne qui veut que le souverain soit le serviteur de son peuple ? Eh bien, moi, je le sers de cette façon. Je donne ma petite sœur bien-aimée en mariage dans l'espoir d'obtenir en retour du grain, des voies commerciales et des biens venus des basses terres pour mon peuple, ainsi que des droits de pâture pendant les saisons froides, lorsque nos pacages sont sous la neige. En échange de cela aussi, je suis prêt à vous fournir du bois, de ces grands fûts rectilignes dont Vérité aura besoin pour ses navires de guerre ; dans nos montagnes poussent des chênes blancs comme vous n'en avez jamais vu. Cela, mon père s'y opposerait, car il partage le sentiment ancestral de certains sur l'abattage d'arbres vivants ; et, à l'instar de Royal, il considère vos côtes comme un désavantage et l'océan comme une barrière. Moi, j'y vois ce qu'y voyait votre père : une vaste route qui mène dans toutes les directions, et vos côtes sont notre accès à cette route. Et il n'y a pour moi aucun mal à se servir d'arbres déracinés par les crues et les tempêtes annuelles. »

Je retins mon souffle : c'était là une concession énorme. Je ne pus qu'acquiescer à ses propos.

« Eh bien, acceptez-vous de rapporter mes paroles au roi Subtil et de lui dire que je suis un meilleur allié vif que mort ? »

Je ne voyais aucune raison de refuser.

« Tu ne lui demandes pas s'il avait l'intention de t'empoisonner ? fit Kettricken d'une voix tendue.

– S'il me répond oui, tu ne lui feras jamais confiance ; s'il répond non, tu ne le croiras sans doute pas et tu le considéreras comme un menteur en plus d'un assassin. Par ailleurs, ne suffit-il pas d'une empoisonneuse reconnue dans cette pièce ? »

Kettricken baissa le nez et vira au cramoisi.

« Allons, viens, lui dit Rurisk en lui tendant une main conciliante. Notre hôte doit se reposer autant qu'il le peut avant les festivités de la journée ; quant à nous, retournons dans nos chambres avant que tout le palais se demande pourquoi nous nous promenons en vêtements de nuit. »

Et ils me laissèrent allongé sur mon lit, la tête fourmillant de questions. Qui étaient donc ces gens ? Pouvais-je me fier à leur franchise, ou bien n'était-ce qu'une énorme comédie qu'ils jouaient dans Eda savait quel but ? J'aurais voulu qu'Umbre fût là ; de plus en plus, j'avais l'impression que les apparences étaient trompeuses. Je n'osais pas somnoler, car je savais que si je m'endormais pour de bon, rien ne pourrait me réveiller avant le soir. Des serviteurs se présentèrent bientôt avec des carafes d'eau chaude et d'autres d'eau froide, et un plat rempli de fruits et de fromage ; conscient que ces « serviteurs » étaient peut-être mieux nés que moi, je les traitai tous avec la plus grande courtoisie, et je me demandai par la suite si en cela ne résidait pas le secret de l'harmonie qui régnait dans le palais : que tous, domestiques comme membres de la famille royale, fussent traités avec la même déférence.

Ce fut une journée de grandes festivités ; les entrées du palais avaient été ouvertes toutes grandes et les gens étaient venus de toutes les vallées, de toutes les combes du Royaume des montagnes pour assister à la déclaration de vœux. Poètes et ménestrels donnèrent leurs spectacles, on échangea encore une fois des cadeaux – à cette occasion, j'offris solennellement les herbiers et les plantules qu'on m'avait confiés –, les animaux de reproduction envoyés des Six-Duchés furent exhibés, puis donnés à ceux qui en avaient le plus besoin, ou le plus de chances d'en tirer le meilleur parti ; ainsi, un bélier ou un taureau, accompagné d'une ou deux femelles, pouvait être remis à un village comme présent commun à tous les habitants. Tous les cadeaux, volailles, bestiaux, grain ou métal, furent apportés au palais afin que tous puissent les admirer.

Burrich était là ; c'était la première fois que je le voyais depuis des jours. Il avait dû se lever avant l'aube, pour que les bêtes dont il avait la charge soient aussi resplendissantes ; chaque sabot était huilé de frais, chaque crinière, chaque queue était tressée et entrelacée de rubans aux couleurs vives et de grelots. La jument destinée à Kettricken arborait une selle et un harnais du cuir le plus fin, et tant de clochettes d'argent pendaient à sa crinière et à sa queue que le moindre de ses mouvements déclenchait une symphonie carillonnante. Nos chevaux étaient des bêtes différentes de la race courtaude et hirsute des montagnes et ils attiraient la foule ; Kettricken passa un bon moment à contempler sa jument, admirative, et je vis la réserve de Burrich fondre devant sa courtoisie et sa déférence. Lorsque je m'approchai, j'eus la surprise d'entendre le maître d'écuries s'exprimer dans un chyurda hésitant mais clair.

Cependant, une surprise plus grande encore m'attendait cet après-midi-là. Des plats avaient été disposés sur de longues tables et tous, résidents du palais et visiteurs, se servaient à volonté ; une grande partie de ce que nous mangions provenait des cuisines du palais, mais bien plus encore des gens des montagnes : ils s'avançaient sans hésiter et déposaient des roues de fromage, des miches de pain noir, des viandes séchées ou fumées, des condiments ou des bols de fruits. Cet étalage aurait été tentant si mon estomac n'avait pas été si susceptible ; mais ce qui m'impressionna, c'était la façon dont cette nourriture était donnée : la royauté et ses sujets prenaient et offraient sans réserve ni murmure. Je notai aussi qu'il n'y avait ni sentinelles ni gardes aux portes. Et tous se mêlaient et bavardaient en mangeant.

A midi précises, le silence tomba sur la foule et la princesse Kettricken, seule, monta sur l'estrade centrale. En termes simples, elle annonça qu'elle appartenait désormais aux Six-Duchés et qu'elle espérait les servir au mieux. Elle remercia son pays de tout ce qu'il avait fait pour elle, de la nourriture qu'il avait produite pour la nourrir, de l'eau de ses neiges et de ses rivières, de l'air des brises des montagnes. Elle rappela qu'elle ne changeait pas d'allégeance par manque d'affection pour son pays, mais plutôt dans l'espoir d'un bénéfice pour les deux peuples. L'assistance garda le silence pendant son discours, puis pendant qu'elle descendait de l'estrade, après quoi les festivités reprirent.

Rurisk s'approcha de moi pour prendre de mes nouvelles ; je fis mon possible pour l'assurer que j'étais complètement remis, bien qu'en vérité je n'eusse qu'une envie : me coucher et dormir. Les vêtements que maîtresse Pressée m'avait imposés étaient à la dernière mode de la cour et comportaient des manches et des pendeloques éminemment malpratiques qui trempaient dans tout ce que j'essayais de manger, et un cintrage inconfortable à la taille. Je me languissais de pouvoir m'éclipser loin de la presse et de pouvoir enfin desserrer quelques laçages et me débarrasser de mon col ; mais je savais que, si je m'en allais dès maintenant, Umbre froncerait les sourcils lorsque je lui ferais mon rapport et qu'il exigerait de savoir, par je ne sais quel miracle de ma part, tout ce qui s'était produit pendant mon absence. Rurisk dut percevoir mon envie de calme, car il me proposa tout à coup une promenade jusqu'à ses chenils. « Que je vous montre ce que l'apport de sang des Six-Duchés il y a quelques années a fait pour mes chiens. »

Nous quittâmes donc le palais et suivîmes une courte allée jusqu'à un bâtiment de bois long et bas. L'air pur m'éclaircit les idées et me remonta le moral ; une fois à l'intérieur du chenil, Rurisk m'indiqua un enclos où une chienne surveillait une nichée de chiots roux, petites créatures pleines de vie, au poil luisant, qui se mordillaient et se culbutaient dans la paille. Ils s'approchèrent de nous promptement, sans la moindre trace de crainte. « Ceux-ci descendent d'une lignée de Castelcerf et ils sont capables de suivre une piste même s'il pleut des cordes », me dit fièrement le prince. Il me montra d'autres races, dont un tout petit chien aux pattes sèches et nerveuses qui, prétendit-il, savait grimper aux arbres à la poursuite du gibier.

Quittant les chenils, nous ressortîmes au soleil, aux rayons duquel un chien plus âgé se chauffait, paresseusement étendu sur un tas de paille. « Dors, mon vieux, lui dit Rurisk d'un ton enjoué. Tu as engendré assez de chiots pour te passer de chasser, bien que tu adores ça. » Au son de sa voix, le vieux molosse se redressa et vint s'appuyer affectueusement contre les jambes de Rurisk. Il leva les yeux vers moi. C'était Fouinot.

Je le regardai, ébahi, et ses yeux cuivrés me rendirent mon regard. Je tendis prudemment mon esprit vers lui et ne perçus, l'espace d'un instant, que de la perplexité ; puis soudain un raz de marée de chaleur et d'affection partagée remonta de sa mémoire. Il ne faisait aucun doute que c'était désormais le chien de Rurisk ; l'intensité du lien qui nous unissait avait disparu ; mais il m'offrit une grande tendresse et des souvenirs chaleureux de l'époque où nous étions chiots ensemble. Je mis un genou en terre, caressai la robe rousse devenue rude et hérissée avec les années et plongeai mes yeux dans les siens, qu'une taie blanche commençait à brouiller. Une seconde durant, grâce à ce contact physique, notre lien redevint ce qu'il avait été ; je sus qu'il adorait somnoler au soleil, mais qu'il ne fallait pas le pousser beaucoup pour qu'il reparte chasser, surtout si Rurisk l'accompagnait. Je lui tapotai affectueusement le dos, puis m'écartai de lui. Quand je relevai les yeux, Rurisk me dévisageait d'un air curieux. « Je l'ai connu quand ce n'était qu'un bébé chien, lui expliquai-je.

– Burrich me l'a envoyé, aux bons soins d'un scribe itinérant, il y a bien des années, répondit le prince. Il m'a donné beaucoup de plaisir, tant par sa compagnie qu'à la chasse.

– Vous vous en êtes bien occupé, je vois », dis-je, et nous repartîmes vers le palais ; mais à peine Rurisk m'eut-il quitté que j'allai tout droit trouver Burrich. Lorsque j'arrivai près de lui, il venait de recevoir l'autorisation de sortir les chevaux au grand air, car même la bête la plus placide devient nerveuse dans des quartiers confinés, au milieu d'inconnus. Je saisis son dilemme : tandis qu'il emmènerait certains chevaux à l'extérieur, il serait obligé de laisser les autres seuls. Il me regarda venir d'un air circonspect.

« Avec ta permission, je vais t'aider à les déplacer », proposai-je.

Burrich conserva une expression d'impassibilité polie ; mais avant qu'il pût ouvrir la bouche, une voix s'éleva derrière moi : « Je suis là pour ça, maître ; vous risquez de vous salir les manches ou de vous fatiguer à travailler avec des bêtes. » Je me retournai lentement, surpris du fiel qui perçait dans le ton de Cob. Je jetai un coup d'œil à Burrich, mais il ne pipa mot ; alors, je le regardai franchement.

« Dans ce cas, je vais t'accompagner, si tu veux bien, car nous devons parler de quelque chose d'important. » Je m'étais volontairement montré formel ; Burrich me dévisagea encore un moment, puis il dit : « Occupe-toi de la jument de la princesse et de cette pouliche baie ; moi, je prends les gris. Cob, veille sur les autres en attendant. Je n'en ai pas pour longtemps. »

Ainsi, je pris la jument par le harnais et la pouliche par la bride et suivis Burrich qui, prudemment, faisait traverser la foule aux chevaux et les menait à l'extérieur. « Il y a un pré par là », dit-il, laconique, et nous marchâmes un moment en silence. La presse se faisait moins dense à mesure que nous nous éloignions du palais ; les sabots des chevaux frappaient la terre avec un bruit agréablement mat. Nous arrivâmes enfin au pré qui s'étendait devant une petite grange pourvue d'une sellerie ; à certains moments, j'eus presque une impression de normalité à retravailler aux côtés de Burrich. Je dessellai la jument, puis essuyai la sueur de nervosité sur ses flancs, cependant que Burrich versait du grain dans une mangeoire. Il s'approcha de moi tandis que je finissais de bouchonner la jument. « C'est une beauté, fis-je, admiratif. Elle vient de chez le Seigneur Forestier ?

– Oui. » La sécheresse de sa voix coupa court à la conversation. « Tu voulais me parler. »

J'inspirai profondément, puis dis simplement : « Je viens de voir Fouinot. Il va bien. Il a vieilli, mais il a eu une existence heureuse. J'avais toujours cru que tu l'avais tué, Burrich, cette nuit-là, que tu lui avais fracassé le crâne, que tu l'avais égorgé, étranglé... J'ai imaginé des dizaines de moyens, des milliers de fois. Toutes ces années ! »

Il me regardait d'un air incrédule. « Tu croyais que j'aurais tué un chien à cause de ta conduite ?

– Il n'était plus là, c'est tout ce que je savais. Je ne voyais pas d'autre possibilité ; je croyais que c'était ma punition. »

Il resta un long moment sans rien dire. Quand il me regarda de nouveau, il avait le visage tourmenté. « Comme tu as dû me détester...

– Et te craindre.

– Pendant tout ce temps ? Et tu n'a jamais appris à mieux me connaître, tu n'as jamais songé : "Jamais il ne ferait une chose pareille ?" »

Je secouai lentement la tête.

« Oh, Fitz ! » s'exclama-t-il avec tristesse. Un des chevaux vint le pousser du museau et il le caressa distraitement. « Moi, je croyais que tu avais une nature morose et entêtée ; et toi, tu t'imaginais que je t'avais fait un tort injuste. Pas étonnant qu'on se soit si mal entendus !

– Ça peut se réparer, fis-je à mi-voix. Tu me manques, tu sais ; tu me manques affreusement, malgré nos différends. »

Je le vis devenir songeur et, l'espace d'un ou deux battements de cœur, je crus qu'il allait sourire, m'assener une claque sur l'épaule et m'ordonner d'aller chercher les autres chevaux. Mais soudain son visage se figea, puis s'assombrit. « N'empêche que ça ne t'a pas arrêté ; tu pensais que j'étais capable de tuer un animal sur lequel tu t'étais servi du Vif, mais ça ne t'a pas empêché de continuer à t'en servir.

– Je n'ai pas le même point de vue que toi sur le Vif..., dis-je, mais il secoua la tête.

– Mieux vaut que nous restions chacun de notre côté. C'est mieux pour tous les deux ; il ne peut pas y avoir de malentendu là où il n'y a pas d'entente. Je ne pourrai jamais approuver ce que tu fais, ni fermer les yeux dessus. Jamais. Reviens me voir quand tu pourras dire que tu ne le feras plus ; je te croirai, car tu as toujours tenu ta parole avec moi. Mais jusque-là, chacun de son côté ; ça vaut mieux. »

Et il me laissa au bord du pré pour aller chercher ses chevaux. Je restai un long moment sans bouger, épuisé, l'estomac retourné, et ce n'était pas seulement à cause du poison de Kettricken. Mais je finis par regagner le palais, et je circulai parmi la foule, je bavardai avec les gens, je mangeai et je supportai même sans rien dire les sourires moqueurs et triomphants que Cob m'adressait.

La journée me parut plus longue que toutes celles que j'avais pu connaître ; pourtant, sans mon estomac qui me brûlait en gargouillant, je l'aurais trouvée passionnante : l'après-midi et le début de soirée furent consacrés à des tournois amicaux de tir à l'arc, de lutte et course à pied ; jeunes et vieux, hommes et femmes, tous participèrent à ces joutes, d'autant qu'apparemment, une tradition montagnarde voulait que celui ou celle qui les remportait en une occasion de si bon augure jouît de chance toute l'année. Ensuite, on se restaura encore, il y eut des spectacles de chant et de danse, et un divertissement qui rappelait les marionnettes mais entièrement joué avec des ombres projetées sur un écran de soie. Lorsque la foule commença de s'éclaircir, j'étais plus que mûr pour aller me coucher et c'est avec soulagement que je tirai le paravent de ma chambre et me retrouvai seul ; j'étais en train de m'extraire de ma chemise malcommode tout en songeant que la journée avait été bien étrange quand on frappa à mon huis.

Avant même que je puisse répondre, Sevrens écarta mon paravent et entra. « Royal désire vous voir, dit-il.

– Maintenant ? demandai-je en clignant des yeux comme une chouette.

– Pourquoi m'aurait-il envoyé à cette heure, sinon ? » répliqua Sevrens.

Avec lassitude, je renfilai ma chemise et suivis le valet. Les appartement de Royal se trouvaient à un étage supérieur du palais ; ce n'était d'ailleurs pas vraiment un étage, mais plutôt une sorte de terrasse en bois élevée sur un côté de la grande salle, avec des paravents en guise de murs et une manière de balcon du haut duquel on pouvait contempler la salle. Les pièces, sur cette terrasse, étaient superbement décorées ; certaines œuvres étaient manifestement chyurdiennes – oiseaux aux couleurs vives peints sur des panneaux de soie et statuettes d'ambre –, mais nombre de tapisseries, de statues et de tentures devaient être, à mon avis, des acquisitions de Royal pour son plaisir et son confort personnels. J'attendis debout dans l'antichambre qu'il eût fini de prendre son bain ; lorsqu'il parut enfin en chemise de nuit, j'avais le plus grand mal à garder les yeux ouverts.

« Eh bien ? » fit-il d'un ton hautain.

Je le regardai, le visage inexpressif. « Vous m'avez fait demander, lui rappelai-je.

– Oui, en effet ; et j'aimerais savoir pourquoi j'ai dû le faire. Il me semblait que tu avais reçu une sorte de formation dans ces choses-là. Combien de temps comptais-tu encore attendre avant de me faire ton rapport ? »

Je restai coi : jamais il ne m'était venu à l'idée de faire un rapport à Royal. A Subtil et à Umbre, oui, naturellement, ainsi qu'à Vérité ; mais à Royal ?

« Dois-je te remettre ton devoir en mémoire ? Ton rapport ! »

En hâte, je rassemblai mes esprits. « Désirez-vous entendre mes observations sur les Chyurdas en tant que peuple ? Ou voulez-vous des renseignements sur les plantes médicinales qu'ils cultivent ? Ou bien...

– Je veux savoir où en est ta... mission. As-tu déjà agi ? As-tu un plan ? Quand pouvons-nous espérer des résultats, et de quel ordre ? Je n'ai nulle envie de voir le prince tomber raide mort à mes pieds sans que j'y sois préparé. »

Je n'en croyais pas mes oreilles. Jamais Subtil n'avait parlé aussi crûment ni aussi ouvertement de mon travail ; même lorsque notre intimité était assurée, il tournait autour du pot, il procédait par allusions et me laissait tirer mes propres conclusions. J'avais vu Sevrens se retirer dans l'autre chambre, mais j'ignorais où il se trouvait à présent et à quel point les cloisons nous isolaient. Et Royal qui bavardait comme s'il s'agissait de ferrer un cheval !

« Es-tu insolent ou stupide ? fit-il d'un ton cinglant.

– Ni l'un ni l'autre, répondis-je aussi poliment que possible. Je suis prudent... mon prince, ajoutai-je dans l'espoir de placer la conversation sur un niveau plus formel.

– Ta prudence est ridicule. J'ai confiance en mon valet et il n'y a personne d'autre ici. Alors, ton rapport... assassin bâtard », fit-il comme si cette dénomination était le comble de l'humour et de l'ironie.

Je pris mon souffle et fis un effort pour me rappeler que j'étais l'homme lige du roi et qu'en l'occurrence, Royal était ce qui se rapprochait le plus d'un roi. Je pesai soigneusement mes mots : « Hier, la princesse Kettricken m'a rapporté vous avoir entendu dire que j'étais un empoisonneur et que ma cible était son frère Rurisk.

– Mensonge, répliqua Royal. Je n'ai rien dit de tel. Soit tu t'es maladroitement trahi, soit elle te sondait à l'aveuglette dans l'espoir d'obtenir des renseignements. Tu n'as pas tout gâché en lui avouant ton rôle, au moins ? »

J'aurais su mentir mille fois mieux que lui ; je laissai passer sa question et poursuivis. Je lui fis un rapport complet de mon empoisonnement et de la visite matinale de Rurisk et Kettricken, dont je lui répétai la conversation mot pour mot ; quand j'en eus terminé, Royal resta de longues minutes à s'examiner les ongles. Enfin : « As-tu déjà déterminé la méthode et l'heure ? »

Je me contraignis à ne pas montrer ma surprise. « Étant donné les circonstances, il me semblait qu'il valait mieux renoncer à la mission.

– Aucun cran ! observa Royal avec dégoût. J'avais pourtant

demandé à Père d'envoyer cette vieille putain de dame Thym ! Avec elle, Rurisk serait déjà dans la tombe !

– Messire ? » fis-je. S'il parlait d'Umbre sous le nom de dame Thym, c'est qu'il ne savait rien, j'en étais presque sûr. Il avait des soupçons, naturellement, mais il n'était pas de mon ressort de les confirmer.

« Messire ? » répéta Royal en m'imitant et soudain je me rendis compte qu'il était ivre ; physiquement, il tenait bien l'alcool et je n'avais senti aucune odeur suspecte ; mais l'ébriété faisait remonter son esprit mesquin à la surface. Il poussa un long soupir, comme si le dégoût que je lui inspirais lui ôtait les mots de la bouche, puis il s'affala sur sa couche au milieu des couvertures et des coussins. « Rien n'a changé, me dit-il : on t'a confié une mission, remplis-la. Si tu es malin, tout le monde n'y verra qu'un accident, d'autant plus que tu t'es montré franc et naïf avec Kettricken et Rurisk : ils ne s'y attendront pas. Mais je veux que le travail soit fait, et avant demain soir.

– Avant le mariage ? demandai-je, abasourdi. Ne croyez-vous pas que la mort du frère de la mariée risque de la pousser à annuler la cérémonie ?

– Dans ce cas, ce ne serait que temporaire ; je la tiens au creux de ma main, petit, elle est facile à éblouir. Mais c'est moi qui m'occupe de cet aspect-là de l'affaire ; toi, tu te débarrasses de son frère, et tout de suite. Comment vas-tu t'y prendre ?

– Je n'en ai aucune idée. » Cela valait mieux que de lui répondre que je n'avais pas l'intention de lui obéir. Je rentrerais à Castelcerf faire mon rapport à Subtil et Umbre ; s'ils considéraient que j'avais mal choisi, qu'ils fassent de moi ce qu'ils voulaient. Mais je me rappelais Royal lui-même, il y avait bien longtemps, citant une phrase de son père : *Ne fais jamais ce que tu ne peux défaire avant d'avoir réfléchi à ce que tu ne pourras plus faire une fois que tu l'auras fait.*

« Quand le sauras-tu ? demanda-t-il d'un ton sarcastique.

– Je ne sais pas, biaisai-je. Dans ce genre d'opérations, il faut agir avec prudence et avec soin. Je dois étudier l'homme, connaître ses habitudes, explorer ses appartements, apprendre les horaires de ses serviteurs. Je dois trouver un moyen de... »

Royal m'interrompit :

« Le mariage a lieu dans deux jours. » Son regard se brouilla. « Tout ce que tu dis devoir découvrir, je le sais déjà ; mieux vaut donc que je prépare un plan moi-même. Reviens demain soir et je te donnerai tes ordres. Et fais bien attention, bâtard : je ne veux pas que tu agisses sans m'en informer. Une surprise me serait désagréable. Et pour toi, elle serait fatale. » Il me regarda, mais je conservai un visage prudemment impassible.

« Tu peux te retirer, me dit-il d'un ton hautain. Fais-moi ton rapport ici, demain soir à la même heure. Et ne m'oblige pas à envoyer Sevrens te chercher ; il a mieux à faire. En outre, ne va pas t'imaginer que mon père n'entendra pas parler de ton incurie. J'y veillerai ; il regrettera de n'avoir pas envoyé cette garce de Thym faire son petit travail. » Il s'allongea en bâillant, et je sentis une odeur de vin mêlée d'une trace de fumée. Je me demandai s'il n'était pas en train de prendre les habitudes de sa mère.

Je regagnai ma chambre, résolu à peser soigneusement toutes les possibilités et à formuler un plan ; mais j'étais si fatigué et affaibli par le poison qu'à peine étendu sur mon lit, je m'endormis.

22

DILEMMES

Dans mon rêve, le fou se tenait près de mon lit et me regardait ; il secoua la tête : « Pourquoi ne puis-je parler clairement ? Parce que tu mélanges tout. Je vois une croisée de chemins dans le brouillard, et qui se trouve toujours au milieu ? Toi. Crois-tu que je m'efforce de te garder en vie pour tes beaux yeux ? Non. C'est à cause de toutes les possibilités que tu crées. Tant que tu es vivant, nos options sont plus nombreuses, et plus il y a de choix possibles, plus nous avons de chances de nous diriger vers des eaux plus calmes. Ce n'est donc pas pour ton bien, mais pour celui des Six-Duchés, que je protège ton existence. Et tu as le même devoir : vivre afin de continuer à ouvrir des possibilités. »

*

Je me réveillai dans la même impasse que celle où je m'étais endormi : je n'avais aucune idée de ce que j'allais faire. Je restai allongé à écouter les bruits du palais qui émergeait de la nuit. J'avais besoin de parler à Umbre, mais c'était impossible ; aussi, je fermai les yeux et m'efforçai de réfléchir à la façon qu'il m'avait enseignée. « Que sais-tu ? » m'aurait-il demandé, puis : « Que soupçonnes-tu ? » Eh bien, allons-y.

Royal avait menti au roi Subtil à propos de la santé de Rurisk et de son attitude envers les Six-Duchés ; à moins encore que Subtil ne m'ait menti sur ce que Royal lui avait dit ; ou que Rurisk ait menti au sujet de sa position favorable envers les Six-Duchés… Je ruminai un moment et décidai de suivre ma première hypothèse : Subtil ne m'avait pas menti, j'en étais certain, et Rurisk aurait très bien pu me laisser mourir au lieu de se précipiter chez moi. Et d'une.

Donc, Royal voulait la mort de Rurisk. A moins que... ? Si tel était son but, pourquoi m'avoir trahi auprès de Kettricken ? Oui, mais peut-être avait-elle menti à ce sujet ? Je réfléchis : c'était peu probable. Elle s'était peut-être demandé si Subtil n'avait pas envoyé un assassin, mais pourquoi aurait-elle aussitôt porté ses accusations sur moi ? Non ; elle avait reconnu mon nom. Et elle avait entendu parler de dame Thym. Et de deux.

Royal, la veille, avait affirmé à deux reprises avoir demandé à son père d'envoyer dame Thym, mais il avait aussi révélé son nom à Kettricken ; alors, de qui souhaitait-il la mort ? Du prince Rurisk ? Ou bien de dame Thym ? Ou encore la mienne, après la découverte d'une tentative d'assassinat ? Et quel en serait l'avantage, pour lui et pour ce mariage qu'il avait agencé ? Et pourquoi exiger que je tue Rurisk alors que l'intérêt politique voulait qu'il vive ?

Il fallait que je parle à Umbre, mais c'était impossible. J'en étais donc réduit à trancher moi-même la question. A moins que...

Des serviteurs m'apportèrent de l'eau et des fruits ; je me levai, enfilai à nouveau mes habits malcommodes, je déjeunai et je sortis. La journée s'annonçait fort semblable à celle de la veille et cette ambiance de vacances commençait à déteindre sur moi. Je décidai de faire bon usage de mon temps et d'en apprendre plus long sur le palais, ses habitudes et sa disposition ; je situai les appartements d'Eyod, de Kettricken et de Rurisk, et j'examinai soigneusement aussi l'escalier et la charpente de soutènement de ceux de Royal. Je découvris que Cob dormait dans les écuries, tout comme Burrich ; de ce dernier, cela ne m'étonna pas : il tiendrait à s'occuper lui-même des chevaux de Castelcerf jusqu'à son départ de Jhaampe ; mais pourquoi Cob habitait-il avec lui ? Pour l'impressionner, ou pour le surveiller ? Sevrens et Chahu passaient leurs nuits dans l'antichambre de Royal, bien que le palais recélât quantité d'autres pièces habitables. Quand je voulus étudier la répartition et les horaires des gardes et des sentinelles, je ne trouvai d'hommes d'armes nulle part. Et pendant tout ce temps, je guettai Auguste du coin de l'œil et ce n'est qu'en fin de matinée que je pus le prendre à part. « Il faut que je te parle en privé », lui dis-je.

Il eut l'air agacé et jeta des regards autour de lui pour voir si l'on nous regardait. « Pas ici, Fitz. Peut-être à Castelcerf, après notre retour. J'ai des devoirs officiels et... »

J'avais prévu cette réponse ; j'ouvris la main pour lui montrer l'épingle que le roi m'avait donnée bien des années plus tôt. « Tu vois cet objet ? Je l'ai eu du roi Subtil il y a longtemps, avec sa promesse que, si j'avais besoin de lui parler, il me suffisait de le brandir pour être aussitôt introduit chez lui.

– C'est très touchant, fit Auguste avec ironie. Et tu as une raison pour me raconter cette histoire ? Tu veux m'écraser de ton importance, peut-être ?

– J'ai besoin de parler au roi. Tout de suite.

– Il n'est pas ici. » Auguste se détourna pour s'en aller.

Je lui pris le bras et le forçai à faire demi-tour. « Tu peux le contacter par l'Art. »

D'un geste furieux, il se dégagea de ma poigne et jeta de nouveau des coups d'œil autour de nous. « C'est absolument impossible. Et je refuserais même si je le pouvais ; crois-tu que tous ceux qui savent artiser ont le droit d'interrompre le roi ?

– Je t'ai montré l'épingle ; je te promets qu'il n'y verra pas d'intrusion.

– Je ne peux pas.

– Vérité, alors !

– Je ne m'adresse à Vérité que lorsqu'il me contacte, lui. Bâtard, tu ne comprends pas : tu as suivi l'apprentissage, tu as échoué et tu n'as pas la moindre idée de ce qu'est l'Art. Il ne s'agit pas de faire coucou à un ami de l'autre côté d'une vallée ; c'est un talent sérieux, à n'utiliser que dans des circonstances sérieuses. » Et il se détourna de nouveau.

« Reviens, Auguste, ou tu le regretteras longtemps. » Je pris le ton le plus menaçant que je pus pour prononcer cette phrase, bien que ce fût pure rodomontade : je ne disposais d'aucun moyen réel de lui faire regretter son refus, sinon en le prévenant que j'allais le cafarder auprès du roi. « Subtil n'appréciera pas que tu aies méprisé son gage. »

Auguste se retourna lentement vers moi, l'œil noir. « Très bien. J'accepte, mais tu dois me promettre d'en prendre toute la responsabilité.

– C'est promis. Viens dans ma chambre pour artiser, veux-tu ?

– On ne peut pas faire ça ailleurs ?

– Chez toi ? proposai-je.

– Non, c'est encore pire. Ne le prends pas en mauvaise part, bâtard, mais je n'ai pas envie qu'on te croie de mes fréquentations.

– Ne le prends pas en mauvaise part, nobliau, mais la réciproque est vraie. »

Finalement, nous nous installâmes sur un banc de pierre dans un coin tranquille du jardin de simples de Kettricken ; Auguste ferma les yeux. « Quel message dois-je artiser au roi Subtil ? »

Je réfléchis. J'allais devoir recourir aux devinettes si je voulais empêcher Auguste de connaître mon véritable problème. « Dis-lui que la santé du prince est excellente et que nous pouvons tous espérer le voir atteindre un âge avancé. Royal souhaite toujours lui remettre son cadeau, mais je ne crois pas que ce soit approprié. »

Auguste rouvrit les yeux. « L'Art n'est pas une plaisanterie...

– Je sais. Contacte-le. »

Il referma les yeux et respira profondément à plusieurs reprises. Au bout de quelques instants, il me regarda. « Il dit d'écouter Royal.

– C'est tout ?

– Il était occupé. Et très mécontent. Fiche-moi la paix, maintenant ; j'ai bien peur que tu ne m'aies fait me ridiculiser devant mon roi. »

J'aurais pu trouver une dizaine de réponses spirituelles, mais je le laissai s'en aller sans rien dire. Avait-il seulement artisé au roi Subtil ? Je m'assis sur le banc de pierre en songeant que je n'avais rien gagné à cet essai, et que j'y avais même perdu beaucoup de temps. La tentation me prit et j'y cédai : je fermai les yeux, respirai profondément, me concentrai et m'ouvris. *Subtil, mon roi.*

Rien. Pas de réponse. Je n'avais même pas dû artiser. Je me levai et je regagnai le palais.

Ce jour-là, encore une fois, Kettricken monta seule sur l'estrade et, en termes toujours aussi simples, elle annonça qu'elle se liait au peuple des Six-Duchés. De cet instant, elle était leur Oblat, en toute chose, pour quelque raison qu'ils lui ordonnent de se sacrifier. Puis elle remercia son propre peuple, sang de son sang, qui l'avait élevée en la traitant si bien, et lui rappela qu'elle ne changeait pas d'allégeance par manque d'affection pour lui, mais seulement dans l'espoir que cela profiterait aux deux peuples. Enfin elle redescendit les marches dans un silence total. Le lendemain, elle devait se donner à Vérité, de femme à homme ; d'après ce que j'avais compris, Royal et Auguste se tiendraient à ses côtés en tant que représentants de Vérité, et Auguste artiserait afin que le prince puisse voir sa fiancée prononcer ses vœux.

La journée n'en finissait pas ; Jonqui m'emmena voir les Fontaines bleues et je fis de mon mieux pour me montrer agréable et paraître intéressé. Nous retournâmes au palais où nous eûmes de nouveau droit à des spectacles de ménestrels, à un banquet et à des présentations des différents arts pratiqués par les montagnards ; il y eut des tours de jonglerie et d'acrobatie, puis des chiens savants et enfin des bretteurs qui firent étalage de leur adresse dans des duels pour rire. De la fumée bleue flottait partout ; beaucoup s'y adonnaient sans se cacher et agitaient leurs petits encensoirs devant eux tout en marchant et en bavardant. Je compris que, pour eux, cette drogue était l'équivalent du gâteau à la graine de caris pour nous, un plaisir de vacances, mais j'évitai tout de même les volutes de fumée qui s'échappaient des brûloirs : je devais garder la tête claire ; Umbre m'avait donné une potion qui dégageait l'esprit des vapeurs du vin, mais contre la fumée, à laquelle je n'étais pas habitué, je n'en possédais pas, et n'en connaissais d'ailleurs pas. Je trouvai un coin moins embrumé que les autres et me tins là, apparemment sous le charme de la voix d'un ménestrel, mais en réalité l'œil fixé, par dessus son épaule, sur Royal.

Il était installé à une table avec deux brûloirs de part et d'autre de lui ; Auguste, l'air très réservé, était assis un peu plus loin et ils se parlaient de temps en temps, Auguste avec sérieux, Royal avec indifférence. Je n'étais pas assez près pour les entendre, mais je lus sur les lèvres d'Auguste mon nom et le mot « Art » ; je vis Kettricken aborder Royal et notai qu'elle faisait attention de ne pas se trouver sous le flot direct de fumée. Le prince parla longtemps avec elle, la bouche souriante et molle, et tapota une fois la main ornée de bagues d'argent de Kettricken. Apparemment, il était de ceux que la fumée rend prolixes et vantards ; quant à la princesse, tel un oiseau sur une branche, elle se rapprochait parfois de lui avec un sourire, puis se reculait en prenant une attitude plus formelle. Rurisk apparut derrière sa sœur, parla brièvement à Royal, puis saisit le bras de la jeune fille et l'entraîna plus loin ; Sevrens survint alors et refit le plein des brûloirs, sur quoi Royal le remercia d'un sourire niais et dit quelque chose en indiquant la salle de la main. Sevrens éclata de rire et s'en alla. Peu après, Cob et Chahu se présentèrent pour parler à Royal ; Auguste se leva et s'en fut d'un air indigné, mais Royal, la mine mécontente, envoya Cob le chercher. Auguste revint, visiblement à contrecœur ; Royal le réprimanda et Auguste eut une expression furieuse, mais il baissa finalement les yeux et se soumit. J'aurais donné tout l'or du monde pour entendre ce qui se disait entre eux. Il se tramait manifestement quelque chose ; cela n'avait peut-être rien à voir avec moi ni avec ma mission, mais j'en doutais fort.

Je passai en revue ma maigre récolte de faits, avec la certitude que l'importance de l'un d'eux m'échappait ; mais je me demandai aussi si je ne me trompais pas moi-même : peut-être ma réaction face à la situation était-elle exagérée ; ne ferais-je pas mieux d'obéir tout simplement à Royal en le laissant endosser la responsabilité de ses ordres ? Ou encore de gagner du temps en me tranchant tout de suite la gorge ?

Naturellement, je pouvais toujours aller trouver Rurisk, lui annoncer que malgré tous mes efforts Royal persistait à vouloir le faire assassiner et lui demander asile. Après tout, qui n'accueillerait avec plaisir un assassin entraîné qui avait déjà trahi un maître ?

Je pouvais aussi raconter à Royal que j'allais tuer Rurisk, et en réalité n'en rien faire. Je réfléchis soigneusement à cette possibilité.

Je pouvais encore aller voir Burrich, lui révéler que j'étais un assassin et solliciter ses conseils sur la situation.

Je pouvais enfin prendre la jument de la princesse et m'enfuir dans les montagnes.

« Alors, vous vous amusez bien ? » me demanda Jonqui en me prenant le bras.

Je m'aperçus que j'avais les yeux fixés sur un homme qui jonglait avec des poignards et des torches. « Je ne suis pas près d'oublier cette expérience », répondis-je, puis je lui proposai une promenade dans la fraîcheur des jardins. Je sentais que la fumée m'abrutissait.

Tard ce soir-là, je me présentai devant la porte de Royal. Ce fut Chahu qui m'ouvrit cette fois avec un sourire accueillant. « Bonne soirée », me fit-il, et je pénétrai dans l'antichambre comme dans l'antre d'un ogre. Mais l'air était bleu de fumée, ce qui expliquait sans doute l'enjouement de Chahu ; à nouveau, Royal me fit attendre, et j'eus beau me coller le menton contre la poitrine et respirer à petits coups, je savais que la fumée commençait à m'affecter. Garde la tête claire, me dis-je, et je m'efforçai de repousser le vertige qui m'envahissait. Je m'agitai sur mon siège et me résignai finalement à me couvrir franchement la bouche et le nez de la main, ce qui n'eut guère d'effet.

Je levai les yeux lorsque le paravent qui fermait la chambre s'écarta, mais ce n'était que Sevrens. Après un coup d'œil à Chahu, il vint s'asseoir à côté de moi. Comme il ne disait rien, je demandai au bout d'un moment : « Est-ce que Royal va me recevoir bientôt ? »

Sevrens fit non de la tête. « Il est… il a de la compagnie. Mais il m'a chargé de vous dire tout ce qu'il vous faut savoir. » Et il ouvrit la main sur le banc entre nous pour me montrer une petite papillote blanche. « Voici ce qu'il a obtenu pour vous ; il ne doute pas que cela vous conviendra. Un peu de cette poudre mêlée à du vin cause la mort, mais à longue échéance. Il n'y a aucun symptôme pendant plusieurs semaines, puis une léthargie s'installe qui s'accroît peu à peu. La victime ne souffre pas », ajouta-t-il comme si c'était là mon souci premier.

Je fis appel à ma mémoire. « C'est de la gomme de kex ? » J'avais entendu parler de ce genre de poison, mais je n'en avais jamais vu. Si Royal avait une source d'approvisionnement, Umbre voudrait la connaître.

« J'ignore son nom et c'est sans importance. Voici ce qui compte : le prince Royal dit que vous devez l'utiliser cette nuit. Vous n'aurez qu'à vous créer une occasion favorable.

– Mais que croit-il donc ? Que je vais me rendre chez Rurisk, frapper à la porte et entrer en lui offrant une coupe de vin empoisonné ? Ça ne serait pas un peu gros ?

– Exécuté de cette façon, certainement. Mais votre formation vous a sûrement donné plus de finesse que ça ?

– Ma formation me dit qu'on ne discute pas de ce genre de choses avec un valet. Je dois entendre l'ordre de la bouche de Royal ou je ne bouge pas. »

Sevrens soupira. « Mon maître l'avait prévu ; voici son message : Par l'épingle que vous portez et par l'écusson sur votre poitrine, tels sont ses ordres. Refusez et c'est au roi que vous refusez ; vous commettrez alors une trahison et il vous fera condamner à la pendaison.

– Mais je…

– Prenez ce papier et allez-vous-en. Plus vous attendrez, plus il se fera tard et plus votre visite paraîtra suspecte. »

Sevrens se leva brusquement et sortit ; assis tel un crapaud dans un coin, Chahu me regardait en souriant. Je serais obligé de les tuer tous les deux avant notre retour à Castelcerf, si je voulais préserver mon utilité en tant qu'assassin ; je me demandai s'ils le savaient. Je rendis son sourire à Chahu, en me sentant un goût de fumée au fond de la gorge, puis je pris le poison et m'en allai.

En bas de l'escalier de Royal, je reculai contre le mur, parmi les ombres, puis escaladai aussi vite que possible un des étais qui soutenaient les appartements de Royal ; souple comme un chat, je m'installai sur un des supports du plancher et j'attendis. J'attendis longtemps, au point de me demander, entre la fumée qui tourbillonnait dans ma tête, ma fatigue propre et les effets qui se prolongeaient des herbes de Kettricken, si je ne rêvais pas et si mon piège maladroit allait donner un résultat quelconque. Finalement, après réflexion, je songeai que Royal m'avait dit avoir spécifiquement requis les services de dame Thym ; or Subtil m'avait envoyé, moi ; je me rappelai la perplexité d'Umbre à ce sujet et, enfin, les accusations de Vérité qu'il m'avait rapportées. Mon roi m'avait-il livré à Royal ? Et, dans ce cas, quelle loyauté leur devais-je, à l'un et à l'autre ? A un moment, je vis Chahu sortir, puis, après un laps de temps qui me parut très long, revenir en compagnie de Cob.

J'entendais mal à travers le plancher, mais assez quand même pour reconnaître la voix de Royal : il était en train de révéler à Cob mes plans pour la nuit. Quand j'en fus certain, je me faufilai hors de ma cachette, descendis et regagnai ma chambre, où je m'assurai de la présence dans mes affaires de certains articles spécialisés, tout en me répétant fermement que j'étais l'homme lige du roi ; c'est ce que j'avais dit à Vérité. Je quittai ma chambre et m'aventurai sans bruit dans le palais ; dans la Grande Salle, les gens du commun dormaient sur des paillasses à même le sol, en cercles concentriques autour de l'estrade, de façon à se réserver les meilleures places pour la prononciation de vœux de leur princesse, le lendemain. Pas un ne bougea tandis que je déambulais parmi eux. Tant de confiance, et si mal placée !

Les appartements de la famille royale étaient situés tout au fond du palais, à l'opposé de l'entrée, et ils n'étaient pas gardés. Je passai la porte qui donnait sur la chambre à coucher du roi, puis celle de Rurisk, et m'arrêtai devant celle de Kettricken, décorée d'oiseaux-mouches et de chèvrefeuille. Elle aurait plu au fou. J'y toquai légèrement et attendis. Le temps s'écoula lentement. Je frappai à nouveau.

J'entendis des pieds nus marcher sur le plancher, puis le paravent peint s'écarta. Kettricken avait les cheveux tressés de frais, mais déjà quelques mèches s'étaient libérées autour de son visage ; sa longue robe de nuit blanche accentuait son teint de blonde, si bien qu'elle paraissait aussi pâle que le fou. « Vous voulez quelque chose ? me demanda-t-elle d'une voix endormie.

– Rien que la réponse à une question. » La fumée s'entortillait encore autour de mes pensées ; j'aurais voulu sourire, me montrer spirituel et brillant devant elle, devant cette beauté pâle. Je repoussai cette impulsion : la princesse attendait patiemment. « Si je tuais votre frère ce soir, dis-je pesant mes mots, que feriez-vous ? »

Elle n'eut pas le moindre geste de recul. « Je vous tuerais, naturellement. En tout cas, j'exigerais votre exécution par la justice. Etant désormais liée à votre famille, je ne pourrais pas prendre votre sang moi-même.

– Mais accepteriez-vous encore le mariage ? Epouseriez-vous quand même Vérité ?

– Désirez-vous entrer ?

– Je n'ai pas le temps. Epouseriez-vous Vérité ?

– Je suis promise aux Six-Duchés en tant que future reine. Je suis engagée envers leur peuple. Demain, je me promets au roi-servant, pas à un homme du nom de Vérité. Mais même en serait-il autrement, qu'est-ce qui est le plus contraignant ? Posez-vous la question. Je suis déjà engagée, et pas seulement par ma parole, mais par celle de mon père. Et de mon frère. Je ne voudrais pas épouser un homme qui a ordonné la mort de mon frère ; mais ce n'est pas à l'homme que je suis promise : c'est aux Six-Duchés. C'est à eux qu'on me donne en espérant que mon peuple en tirera profit et c'est là que je dois aller. »

Je hochai la tête. « Merci, ma dame. Pardonnez-moi d'avoir troublé votre sommeil.

– Où allez-vous, maintenant ?

– Voir votre frère. »

Elle demeura immobile pendant que je retournais à la porte de Rurisk. Je frappai. Le prince devait mal dormir, car il m'ouvrit beaucoup plus vite que sa sœur.

« Puis-je entrer ?

– Certainement », répondit-il avec grâce, comme je m'y attendais, et les prémisses d'un éclat de rire firent trembler ma résolution sur ses bases. Umbre ne serait pas fier de toi, me gourmandai-je, et je réprimai mon sourire.

J'entrai et il referma le paravent derrière moi. « Voulez-vous nous servir du vin ? demandai-je.

– Si vous le désirez », répondit-il, intrigué mais poli. Je m'assis dans un fauteuil pendant qu'il débouchait une carafe et nous servait. Il y avait un brûloir sur sa table, encore tiède ; je ne l'avais pas vu inhaler de fumée plus tôt dans la soirée : il avait dû juger moins risqué d'attendre d'être seul dans sa chambre. Mais on ne peut jamais savoir quand un assassin va se présenter, la mort en poche. Je contins un sourire niais. Rurisk avait rempli deux verres ; je me penchai et lui montrai ma papillote de papier, puis, délicatement, je versai la poudre dans son vin, pris le verre et fis tourner le liquide pour bien dissoudre le produit. Enfin, je le lui tendis.

« Je suis venu vous empoisonner, voyez-vous ; vous mourez ; alors Kettricken me tue, et puis elle épouse Vérité. » Je levai mon verre et y trempai les lèvres. Du vin de pomme, importé de Labour, probablement ; sans doute un cadeau de mariage. « Qu'est-ce que Royal y gagne ? »

Rurisk regarda son verre d'un air dégoûté avant de le mettre de côté ; il me prit le mien des mains et en but une gorgée. Puis, d'une voix parfaitement assurée : « Il est débarrassé de vous ; j'ai cru comprendre qu'il n'appréciait guère votre compagnie. Il s'est montré extrêmement gracieux avec moi et m'a offert de nombreux présents en plus de ceux qu'il avait apportés pour le royaume ; mais si je mourais, Kettricken se retrouverait seule héritière du trône des montagnes. Ce serait avantageux pour les Six-Duchés, non ?

– Nous avons déjà du mal à protéger les territoires que nous possédons. Et, à mon avis, aux yeux de Royal, ce serait à l'avantage de Vérité, pas du royaume. » J'entendis du bruit derrière la porte. « Ce doit être Cob qui vient me surprendre en train de vous empoisonner. » Je me levai et allai pousser le paravent, mais ce fut Kettricken qui entra en coup de vent. Je refermai rapidement derrière elle.

« Il est venu t'empoisonner ! dit-elle à Rurisk.

– Je sais, répondit-il gravement. Il a mis le produit dans mon vin. C'est pourquoi je bois le sien. » Il remplit à nouveau le verre et le tendit à sa sœur. « C'est de la pomme, fit-il d'un ton enjôleur lorsqu'elle refusa.

– Je ne vois rien de drôle là-dedans ! » s'exclama-t-elle d'un ton sec. Rurisk et moi échangeâmes un regard, puis un grand sourire idiot. La fumée nous faisait de l'effet.

D'un ton doux, le prince dit : « Je vais t'expliquer : FitzChevalerie s'est rendu compte ce soir qu'il est un homme mort. Trop de gens ont appris que c'est un assassin ; s'il me tue, tu le tues ; s'il ne me tue pas, comment peut-il encore se présenter devant son roi ? Et même si son roi lui pardonne, la moitié de la cour saura que c'est un assassin, et du coup il ne servira plus à rien. Et un bâtard inutile est un poids mort pour la royauté. » Rurisk termina son discours en vidant le verre.

« Kettricken m'a dit que, même si je vous tuais cette nuit, elle se promettrait quand même à Vérité demain. »

Il ne parut pas surpris. « Que gagnerait-elle à refuser ? L'inimitié des Six-Duchés, rien d'autre ; elle serait parjure à votre peuple, ce qui serait une grande humiliation pour le nôtre, et deviendrait une paria, ce qui ne profiterait à personne. Ça ne me ressusciterait pas.

– Et votre peuple ne se soulèverait pas à l'idée de la donner au responsable de votre mort ?

– Nous lui cacherions la vérité ; du moins, Eyod et ma sœur s'en chargeraient. Un royaume tout entier doit-il se jeter dans la guerre à cause de la mort d'un seul homme ? N'oubliez pas qu'ici, je suis un Oblat. »

Pour la première fois, j'eus une vague perception de ce que ce mot recouvrait, et je voulus le prévenir.

« Je risque de devenir rapidement gênant pour vous. On m'a dit qu'il s'agissait d'un poison lent, or je l'ai examiné et c'est faux : c'est un simple extrait de morteracine, un produit assez rapide, en réalité, s'il est pris en quantité suffisante. D'abord, la victime est prise de tremblements (Rurisk tendit les mains au-dessus de la table et elles tremblaient ; Kettricken nous regarda d'un air furibond), et la mort survient peu après. Je suppose qu'il est prévu de me prendre la main dans le sac et de m'éliminer en même temps que vous. »

Rurisk s'agrippa la gorge, puis laissa rouler sa tête sur sa poitrine. « Je meurs empoisonné ! déclama-t-il.

– J'en ai assez ! s'écria Kettricken, à l'instant où Cob jaillissait dans la pièce.

– Trahison ! » hurla-t-il. Il pâlit soudain en voyant Kettricken. « Princesse, dites-moi que vous n'avez pas bu de ce vin ! Ce bâtard perfide l'a empoisonné ! »

Sa déclaration dramatique fut un peu gâchée par l'absence de réaction des protagonistes : Kettricken et moi échangeâmes un regard ; Rurisk dégringola de sa chaise et roula au sol. « Ah, ça suffit ! fit sa sœur d'une voix sifflante.

– J'ai mis le poison dans le vin, dis-je aimablement à Cob, comme on me l'avait ordonné. »

Et alors le dos de Rurisk s'arqua sous l'effet de la première convulsion.

En une fraction de seconde aveuglante, je compris comment on m'avait dupé : du poison dans le vin, le vin de pomme de Labour, cadeau sans doute remis le soir même ! Royal ne m'avait pas fait confiance pour l'y mettre, mais cela n'avait pas dû présenter de difficulté dans ce palais où la défiance était inconnue. Rurisk se cambra de nouveau et je savais que je ne pouvais rien pour lui ; déjà, je sentais ma propre bouche devenir insensible, et je me demandai presque distraitement quelle dose de produit j'avais avalée ; je n'avais pris qu'une petite gorgée de vin. Allais-je mourir ici ou sur l'échafaud ?

Un instant plus tard, Kettricken comprit que son frère agonisait pour de bon. « Ordure sans âme ! me lança-t-elle avant de tomber à genoux près de Rurisk. Le bercer de plaisanteries et de fumée, sourire avec lui alors qu'il se meurt ! » Elle leva des yeux étincelants vers Cob. « J'exige sa mort ! Allez chercher Royal, vite ! »

Je me précipitai vers la porte, mais Cob me prit de vitesse. Naturellement : il s'était bien gardé d'inhaler de la fumée ce soir ! Plus vif et plus musclé que moi, il avait aussi la tête plus claire ; ses bras se refermèrent sur moi et il me fit tomber sous son poids. Il avait le visage tout près du mien lorsqu'il m'enfonça son poing dans l'estomac, et je reconnus son haleine, son odeur de sueur : Martel avait senti les mêmes avant de mourir. Mais cette fois-ci la dague était dans ma manche, aiguisée comme un rasoir et traitée avec le poison le plus expéditif que connût Umbre. Après que je la lui eus plantée dans le corps, il parvint à m'assener encore deux coups solides avant de retomber en arrière, agonisant. Adieu, Cob. Comme il s'effondrait, je revis soudain un garçon d'écurie, le visage plein de taches de rousseur, qui disait : « Allez, venez, voilà, c'est bien, vous êtes braves ! » Tout aurait pu se passer si différemment ! J'avais connu ce garçon ; en le tuant, je tuais une partie de ma vie.

Burrich allait m'en vouloir à mort.

Toutes ces pensées m'avaient traversé l'esprit en un clin d'œil ; la main tendue de Cob n'avait pas encore touché le plancher que je me ruais à nouveau vers la porte.

Mais Kettricken eut plus de réflexes. Je pense que c'était un broc d'eau en bronze, mais je ne vis qu'un éclair blanc de lumière.

Quand je revins à moi, j'avais mal partout. La douleur la plus immédiate se situait dans mes poignets, car les cordes qui me les maintenaient noués ensemble dans le dos étaient abominablement serrées. On me transportait. Enfin, plus ou moins : ni Sevrens ni Chahu ne semblaient se soucier que certaines parties de moi-même traînent par terre. Royal était présent, une torche à la main, ainsi qu'un Chyurda que je ne connaissais pas et qui ouvrait le chemin, lui aussi avec une torche. J'ignorais où nous étions, sinon que nous nous trouvions à l'extérieur.

« N'y a-t-il pas d'autre endroit où nous puissions le mettre ? Un lieu particulièrement sûr ? » demandait Royal ; je perçus une réponse marmonnée, et Royal dit : « Non, vous avez raison. Inutile de déclencher un émoi général dès maintenant ; demain, ce sera bien assez tôt. De toute façon, cela m'étonnerait qu'il vive jusque-là. »

Une porte fut ouverte et on me balança la tête la première sur de la terre battue à peine couverte de paille ; j'avalais de la poussière et de la balle de grain, mais je ne pus tousser. Royal fit un geste avec sa torche. « Va chez la princesse, ordonna-t-il à Sevrens. Dis-lui que j'arrive bientôt ; vois si tu peux faire quelque chose pour améliorer le confort du prince. Toi, Chahu, va chercher Auguste dans sa chambre ; nous aurons besoin de son Art pour faire savoir au roi Subtil qu'il a réchauffé un scorpion dans son sein. Il me faudra son approbation pour la mise à mort du bâtard, s'il vit assez longtemps pour être condamné. Allez, maintenant. Allez. »

Et ils partirent, accompagnés de Chyurdas pour leur éclairer le chemin. Royal resta, le regard posé sur moi. Il attendit que les bruits de pas fussent inaudibles, et alors il me donna un violent coup de pied dans les côtes. « Voici une scène que nous avons déjà vécue, non ? Toi vautré dans la paille, et moi en train de te regarder en me demandant quelle mauvaise fortune t'a placé sur mon chemin. C'est curieux comme bien des choses s'achèvent comme elles ont commencé.

« Jusqu'à la boucle de la justice qui est enfin bouclée. Vois comme tu es tombé victime du poison et de la traîtrise : exactement comme ma mère. Ah, tu sursautes ? Croyais-tu que je n'étais pas au courant ? Non, je savais tout. Je sais beaucoup de choses que tu me crois ignorer ; tout, depuis l'odeur pestilentielle de dame Thym jusqu'à ton Art que tu as perdu lorsque Burrich a refusé de te laisser continuer à puiser dans son énergie. Ah ça, il t'a vite laissé tomber quand il s'est rendu compte que cela risquait de lui coûter la vie ! »

Une crise de tremblements me convulsa. Royal éclata de rire, la tête rejetée en arrière ; puis il se détourna en poussant un soupir. « Dommage que je ne puisse pas rester pour assister au spectacle ; mais j'ai une princesse à consoler. La pauvre, promise à un homme qu'elle hait déjà ! »

Et Royal s'en alla, à moins que je ne me fusse évanoui ; je ne sais pas très bien. J'eus l'impression que le ciel s'ouvrait et que je m'y déversais. « Etre ouvert, m'avait dit Vérité, c'est simplement ne pas être fermé. » Puis je rêvai, je crois, du fou, et aussi de Vérité, endormi les bras autour de la tête, comme pour empêcher ses pensées de s'échapper ; et encore de la voix de Galen qui se répercutait dans une salle noire et glacée. « Demain, c'est mieux. Lorsqu'il artise, en ce moment, c'est à peine s'il a conscience de la pièce où il se trouve. Notre lien n'est pas assez substantiel pour que j'opère à distance. Il faudra un contact. »

Il y eut un couinement dans l'obscurité, une désagréable musaraigne mentale que je ne reconnus pas. « Agis tout de suite ! insista-t-elle.

– Ne sois pas sot, la gourmanda Galen. Veux-tu risquer de tout perdre par trop de hâte ? Demain, ce sera bien assez tôt ; laisse-moi m'occuper de cet aspect des choses. Toi, tu as du nettoyage à faire là-bas ; Chahu et Sevrens en savent trop, et le maître d'écurie nous embête depuis trop longtemps.

– Tu m'abandonnes au milieu d'un bain de sang ! couina la musaraigne avec colère.

– Eh bien, patauge jusqu'à un trône !

– Et Cob est mort ! Qui va prendre soin de mes chevaux pendant le voyage de retour ?

– D'accord, laisse le maître d'écurie de côté », répondit Galen avec mépris. Puis, après réflexion : « Je me chargerai de lui personnellement lorsque vous serez revenus ; cela ne me dérange pas. Mais les autres, mieux vaut t'en débarrasser rapidement ; peut-être le bâtard avait-il empoisonné d'autres carafes de vin dans vos appartements ? Quelle tristesse que tes serviteurs s'en soient servis.

– D'accord. Mais il faudra me trouver un autre valet.

– Nous demanderons à ton épouse d'y veiller ; d'ailleurs, tu devrais être auprès d'elle : elle vient de perdre son frère. Tu dois te montrer horrifié de ce qui s'est passé ; essaye d'accuser le bâtard plutôt que Vérité, mais n'y mets pas trop de conviction. Et demain, lorsque tu manifesteras autant d'affliction qu'elle, eh bien nous verrons à quoi peut mener une compassion mutuelle.

– Elle est grande comme une vache et pâle comme un poisson !

– Mais avec les territoires des Montagnes, tu auras un royaume défendable à l'intérieur des terres. Tu sais bien que les Duchés côtiers ne te soutiendront pas et que Labour et Sillon ne peuvent pas se dresser seuls, coincés entre les Montagnes et les Duchés des côtes. Par ailleurs, elle n'est pas obligée de survivre à la naissance de son premier enfant.

– FitzChevalerie Loinvoyant », dit Vérité dans son sommeil. Le roi Subtil et Umbre jouaient aux dés ensemble. Patience s'agita en dormant. « Chevalerie ? fit-elle à mi-voix. Est-ce toi ?

– Non, dis-je. Ce n'est personne. Personne. »

Elle hocha la tête et continua de dormir.

Lorsque je retrouvai l'usage de mes yeux, il faisait sombre et j'étais seul. J'avais les mâchoires qui tremblaient et le menton et le devant de la chemise trempés de ma propre salive. Je me sentais moins engourdi et je me demandai si cela signifiait que le poison n'allait pas me tuer. C'était sans doute sans importance : je n'aurais guère l'occasion de parler pour ma défense. Mes mains étaient complètement insensibles ; au moins, elles ne me faisaient plus mal. J'avais horriblement soif. Rurisk était-il déjà mort ? Il avait bu beaucoup plus de vin que moi et, d'après Umbre, le poison utilisé était rapide.

Comme en réponse à ma question, un cri qui exprimait le chagrin le plus absolu monta vers la lune. Il me parut durer une éternité et m'arracher le cœur en s'élevant. Le maître de Fouinot était mort.

Je me projetai vers lui et l'enveloppai du Vif. Je sais, je sais, et nous frissonnâmes ensemble tandis que celui qu'il aimait s'en allait, inaccessible. La grande solitude se referma sur nous.

Petit maître ? C'était faible mais sincère. Une patte, un museau, et une porte s'entrebâilla. Il s'approcha et son nez me dit à quel point je sentais mauvais ; fumée, sang et sueur d'angoisse. Arrivé près de moi, il s'allongea et posa sa tête sur mon dos ; avec le contact physique, le lien resurgit, plus fort à présent que Rurisk était mort.

Il m'a quitté. Ça fait mal.

Je sais. Un long moment passa. *Tu me détaches ?* Le vieux chien leva la tête. Les hommes ne pleurent pas les morts avec l'intensité des chiens ; nous devrions nous en réjouir. Mais du fond de sa détresse, il se dressa malgré tout et entreprit de cisailler mes cordes avec ses dents usées. Je sentis les brins lâcher les uns après les autres, mais je n'avais pas la force de tirer dessus pour les rompre. Fouinot tourna la tête pour s'y attaquer avec les molaires.

Enfin les liens se défirent et je ramenai mes bras devant moi ; j'avais toujours mal partout, mais différemment. Je ne sentais pas mes mains, mais je pus enfin me rouler sur le dos pour ne plus avoir le visage dans la paille. Fouinot et moi soupirâmes à l'unisson ; il posa sa tête sur ma poitrine et je passai un bras ankylosé autour de son cou. Je fus soudain pris de tremblements ; mes muscles se mirent à se raidir et à se détendre si violemment que ma vision se remplit de points lumineux. Mais la crise finit par s'apaiser et je respirais toujours.

J'ouvris à nouveau les yeux. Une lumière m'éblouit, mais je n'étais pas sûr qu'elle fût réelle. A côté de moi, la queue de Fouinot battait la paille. Burrich s'agenouilla lentement près de nous. Il caressa doucement l'échine de Fouinot. Mes yeux s'habituèrent à la clarté de la lanterne et je lus de la douleur dans les traits de Burrich. « Tu es en train de mourir ? » me demanda-t-il. Sa voix était si neutre que j'eus l'impression d'entendre une pierre parler.

« Je ne sais pas. » Du moins, c'est ce que j'essayai de répondre, mais ma bouche ne m'obéissait pas bien. Burrich se releva et s'en alla en emportant la lanterne. Je restai allongé dans le noir.

Puis la lumière revint avec Burrich qui portait un seau d'eau. Il me souleva la tête et me versa du liquide dans la bouche. « N'avale pas », m'avisa-t-il, mais j'étais incapable de commander les muscles concernés, de toute façon. Il me rinça encore deux fois la bouche, puis faillit m'étouffer en essayant de me faire boire. Je repoussai le seau d'une main de bois. « Non », réussis-je à dire.

Au bout d'un moment, mon esprit parut s'éclaircir. Je me passai la langue sur les dents et je perçus leur contact. « J'ai tué Cob, fis-je.

– Je sais. On a rapporté son corps dans les écuries. Personne n'a rien voulu m'expliquer.

– Comment as-tu su où me trouver ? »

Il soupira. « J'avais un pressentiment.

– Tu as entendu Fouinot.

– Son hurlement. Oui.

– Ce n'est pas ce que je voulais dire. »

Il resta quelques secondes sans répondre. « Sentir une chose, ce n'est pas la même chose que s'en servir. »

Je ne vis rien à rétorquer. Finalement, je dis : « C'est Cob qui t'a poignardé dans les escaliers.

– Ah ? » Il réfléchit. « Je m'étais demandé pourquoi les chiens avaient si peu aboyé : c'est qu'ils le connaissaient. Il n'y a que Martel qui avait réagi. »

Avec une violence soudaine, mes mains retrouvèrent leur sensibilité. Je les serrai contre ma poitrine et me roulai sur elles. Fouinot se mit à gémir.

« Arrête ! siffla Burrich.

– Je ne peux pas ! haletai-je. Ça fait si mal que je n'arrive pas à me contrôler ! »

Burrich ne dit rien.

« Tu vas m'aider ? demandai-je finalement.

– Je n'en sais rien », fit-il à mi-voix ; puis, d'un ton presque suppliant : « Fitz, qu'est-ce que tu es ? Qu'est-ce que tu es devenu ?

– Je suis ce que tu es, répondis-je avec sincérité : l'homme lige du roi. Burrich, ils vont tuer Vérité. S'ils y arrivent, Royal deviendra roi.

– Qu'est-ce que tu racontes ?

– Si je reste ici à te l'expliquer, c'est ce qui va se passer. Aide-moi à sortir d'ici. »

J'eus l'impression qu'il lui fallait une éternité pour se décider ; mais, pour finir, il me soutint pendant que je me levais, puis, cramponné à sa manche, je quittai les écuries d'un pas chancelant et m'enfonçai dans la nuit.

23
LE MARIAGE

Tout l'art de la diplomatie, c'est de connaître plus de secrets sur votre rival qu'il n'en connaît sur vous. Toujours traiter en position de pouvoir. Telles étaient les maximes de Subtil. Et Vérité s'y conformait.

★

« Il nous faut Auguste. C'est le seul espoir pour Vérité. »

Nous étions installés sur le flanc d'une colline qui dominait le palais dans la grisaille obscure d'avant l'aube. Nous n'étions pas allés loin : le terrain était escarpé et je n'étais pas en état de marcher longtemps, d'autant que je commençais à me demander si le coup de pied de Royal n'avait pas brisé les côtes que Galen m'avait déjà endommagées, car chaque inspiration me faisait l'effet d'un coup de poignard. Le poison de Royal continuait à me convulser et mes jambes me faisaient souvent défaut sans prévenir ; seul, j'étais incapable de tenir debout, car mes jambes ne me soutenaient plus ; j'étais même incapable de m'accrocher au tronc d'un arbre tant mes bras manquaient de force. Autour de nous, dans l'aurore qui pointait, les oiseaux des forêts chantaient, les écureuils faisaient leurs provisions pour l'hiver et les insectes stridulaient ; il était rude, au milieu de tant de vie, de chercher à estimer jusqu'à quel point mes lésions physiques seraient permanentes. Les jours et la force de ma jeunesse étaient-ils déjà finis, et ne me restait-il plus que tremblements et faiblesse ? Je m'efforçais de chasser cette question de mon esprit et de me concentrer sur les problèmes autrement graves qui menaçaient les Six-Duchés. Je m'apaisai intérieurement comme Umbre m'avait enseigné à le faire ; les arbres qui nous entouraient étaient immenses et leur présence irradiait la paix ; je compris qu'Eyod ne voulût pas les couper pour en faire du bois de charpente. Leurs aiguilles formaient un tapis moelleux sur le sol et leur parfum était rasséréant. Je regrettai de ne pouvoir simplement m'étendre et m'endormir, comme Fouinot contre moi ; nos douleurs se mêlaient toujours, mais au moins Fouinot pouvait s'échapper dans le sommeil.

« Qu'est-ce qui te fait croire qu'Auguste nous aiderait ? demanda Burrich. Si même j'arrivais à le convaincre de venir ici ? »

Je recentrai mes pensées sur notre problème. « Je n'ai pas l'impression qu'il trempe dans le complot ; à mon avis, il est toujours fidèle au roi. » J'avais présenté mes renseignements à Burrich comme des conclusions personnelles soigneusement pesées ; il n'était pas homme à se laisser convaincre par des voix fantômes dans ma tête. Je ne pouvais donc lui révéler que Galen n'avait pas parlé de tuer Auguste, et qu'en conséquence ce dernier était sans doute hors du coup. D'ailleurs, je ne comprenais pas très bien moi-même ce qui s'était passé ; Royal ne savait pas artiser et, dans le cas contraire, comment aurais-je pu surprendre une conversation par l'Art entre deux personnes ? Non, il devait s'agir d'autre chose, d'une autre magie. Dont l'auteur serait Galen ? Etait-il capable d'une magie aussi puissante ? Je l'ignorais. Il y avait tant de choses que j'ignorais ! Mais, avec un effort, j'écartai ces spéculations : pour l'instant, ma première hypothèse rendait compte des faits connus mieux que toute autre.

« S'il est loyal au roi et s'il ne soupçonne pas Royal, c'est qu'il est aussi fidèle à Royal, me fit remarquer Burrich du ton dont on s'adresse à un demeuré.

– Alors il faut trouver un moyen de le forcer à nous obéir. Vérité doit être prévenu.

– Ben tiens ! Je vais trouver Auguste, je le menace de mon poignard et je le ramène ici sans que personne n'intervienne. Tu parles ! »

Je me creusai la cervelle. « Graisse la patte de quelqu'un pour qu'il le conduise jusqu'à nous ; ensuite, tu lui sautes dessus.

– Même si je connaissais quelqu'un à qui graisser la patte, avec quoi est-ce que je le soudoierais ?

– J'ai ceci. » Je touchai ma boucle d'oreille.

Burrich l'examina et sursauta presque. « Où as-tu eu ça ?

– C'est Patience qui me l'a donnée, juste avant le départ.

– Elle n'avait pas le droit ! » Puis, plus calmement : « Je croyais qu'on l'avait enterrée avec lui. »

J'attendis qu'il poursuive.

Burrich détourna les yeux. « C'était à ton père. Je lui en avais fait cadeau. » Sa voix était basse.

« Pourquoi ?

– Parce que j'en avais envie, évidemment. » Le sujet était clos.

Je commençai à détacher la boucle.

« Non, fit-il d'un ton bourru. Laisse-la où elle est. De toute manière, on ne se sert pas d'un objet comme ça pour acheter les gens, et ces Chyurdas sont incorruptibles. »

Il avait raison. J'essayai d'imaginer divers autres plans. Le soleil se levait ; nous arrivions au matin, où Galen se proposait d'agir, à moins qu'il n'eût déjà agi. J'aurais voulu savoir ce qui se passait dans le palais, à nos pieds. Avait-on remarqué ma disparition ? Kettricken se préparait-elle à se donner à un homme qu'elle haïrait toujours ? Sevrens et Chahu étaient-ils déjà morts ? Sinon, pouvais-je les retourner contre Royal en les prévenant ?

« Quelqu'un vient ! » Burrich s'aplatit au sol. Je m'allongeai, résigné à mon sort, quel qu'il dût être : je n'avais plus les moyens physiques de me défendre. « Tu la connais ? » fit Burrich à voix basse.

Je tournai la tête. C'était Jonqui, précédée d'un petit chien qui ne grimperait plus jamais aux arbres pour Rurisk. « C'est la sœur du roi. » Je ne m'étais pas donné la peine de baisser le ton : elle avait une chemise de nuit à moi entre les mains et, un instant plus tard, le petit chien bondissait joyeusement autour de nous, essayant d'inviter Fouinot à jouer avec lui ; mais le vieux chien se contenta de l'observer d'un air triste. Jonqui arriva peu après.

« Vous devez revenir, me dit-elle sans préambule. Et vous hâter.

– Difficile de revenir, répondis-je, sans me hâter vers ma mort. » Je regardai derrière elle au cas où d'autres l'auraient accompagnée. Burrich s'était relevé et placé au-dessus de moi dans une posture défensive.

« Pas la mort, fit-elle calmement. Kettricken vous a pardonné. J'ai essayé toute la nuit de la convaincre, mais je n'y suis parvenue que ce matin. Elle a invoqué son droit de parenté pour pardonner un tort fait par un parent à un parent. Selon notre loi, si le parent pardonne au parent, nul ne peut plus intervenir. Votre Royal a cherché à l'en dissuader, mais il a seulement réussi à la mettre en colère. “Tant que je suis dans ce palais, je puis invoquer la loi du peuple des Montagnes", lui a-t-elle dit. Le roi Eyod l'a soutenue, non parce qu'il ne pleure pas Rurisk, mais parce que la force et la sagesse de la loi de Jhaampe doivent être respectées par tous. Donc, vous devez revenir. »

Je réfléchis. « Et vous, m'avez-vous pardonné ?

– Non, gronda-t-elle. Je ne pardonne pas au meurtrier de mon neveu. Mais je n'ai pas à vous pardonner un acte que vous n'avez pas commis. Je ne crois pas que vous auriez bu du vin que vous auriez empoisonné, fût-ce une petite gorgée. Ceux qui connaissent le mieux les dangers des poisons sont ceux qui s'y exposent le moins : vous auriez seulement fait semblant d'en boire et vous vous seriez bien gardé d'en parler. Non : ce crime a été commis par quelqu'un qui se croit très intelligent et qui croit les autres très stupides. »

Je sentis Burrich baisser sa garde plus que je ne le vis. Mais, pour ma part, je ne pouvais me détendre. « Pourquoi, maintenant que Kettricken m'a pardonné, ne puis-je simplement m'en aller ? Pourquoi dois-je revenir ?

– Nous n'avons pas le temps de tergiverser ! siffla Jonqui, et c'était la première fois que je voyais un Chyurda se mettre presque en colère. Dois-je passer des mois et des années à vous apprendre ce que je sais sur l'équilibre ? Comment il réagit à une poussée, à une traction, à un souffle, à un soupir ? Croyez-vous que personne ne sent que le pouvoir dérive et bascule en ce moment même ? Une princesse doit supporter de faire l'objet d'un troc, comme une vache ; mais ma nièce n'est pas un pion dont on s'empare dans un jeu de dés ! Celui qui a tué mon neveu voulait aussi votre mort, manifestement. Dois-je le laisser remporter ce jet de dés ? Je ne crois pas. J'ignore qui je désire voir gagner et, tant que je ne le saurai pas, je ne laisserai pas un seul joueur se faire éliminer.

– Ça, c'est de la logique comme je la comprends ! » fit Burrich d'un ton approbateur et, se baissant, il me mit brusquement sur pied. Le monde se mit à danser de façon effrayante. Jonqui vint placer son épaule sous mon autre bras, puis ils se mirent tous deux en route ; mes jambes ballaient entre eux comme celles d'une marionnette. Fouinot se leva péniblement et nous emboîta le pas, et c'est ainsi que nous regagnâmes le palais de Jhaampe.

Burrich et Jonqui me firent traverser la foule assemblée sur les terrains et dans le bâtiment et se dirigèrent vers ma chambre. Je suscitai peu de curiosité : je n'étais qu'un étranger qui avait pris trop de vin et de fumée la veille, et les gens étaient plus occupés à chercher des places avec une bonne vue sur l'estrade. L'ambiance ne semblait pas au deuil ; j'en conclus que la nouvelle de la mort de Rurisk n'avait pas encore été rendue publique. Lorsque nous entrâmes enfin dans ma chambre, le visage placide de Jonqui s'assombrit.

« Ce n'est pas moi qui ai fait ça ! J'ai seulement pris une chemise de nuit pour la faire sentir à Ruta ! »

« Ça », c'était la pagaille qui régnait dans la pièce. Elle avait été retournée de fond en comble et sans chercher à le cacher. Jonqui se mit aussitôt à ranger et, au bout d'un moment, Burrich lui prêta main-forte ; de mon côté, assis sur une chaise, j'essayai de trouver un sens à la situation. Discrètement, Fouinot se roula en boule dans un coin ; sans réfléchir, je le réconfortai mentalement. Immédiatement, Burrich me jeta un coup d'œil, puis il regarda le chien accablé de chagrin, et il détourna les yeux. Quand Jonqui s'en alla chercher de l'eau pour la toilette et de quoi me sustenter, je demandai à Burrich : « As-tu trouvé un petit coffre en bois ? Avec des glands gravés dessus ? »

Il me fit signe que non. Ainsi, on avait mis la main sur ma cachette à poisons ; j'aurais aimé préparer une nouvelle dague ou une poudre à projeter : Burrich ne pouvait pas être toujours auprès de moi pour me protéger et je n'étais pas en état de repousser un assaillant ni de m'enfuir. Mais mes produits avaient disparu ; il ne me restait plus qu'à espérer ne pas en avoir besoin. Je suspectai Chahu d'être l'auteur de la fouille ; avait-ce été son dernier acte ? Jonqui revint avec de l'eau et de quoi manger, puis elle prit congé de nous. Burrich et moi partageâmes l'eau pour nous laver succinctement, puis, avec un peu d'aide, je réussis à enfiler des vêtements propres, quoique simples. Burrich mangea une pomme ; mon estomac se soulevait à la seule idée d'absorber de la nourriture, mais je bus l'eau glacée que Jonqui avait tirée d'un puits. Il me fallut faire un effort pour obliger les muscles de ma gorge à la faire descendre et j'eus ensuite l'impression qu'elle clapotait désagréablement dans mes tréfonds. Mais cela devait être bon pour moi.

Les minutes s'écoulaient inéluctablement et je me demandais quand Galen allait agir.

Le paravent s'écarta ; je levai les yeux, pensant voir Jonqui, mais ce fut Auguste qui entra, porté sur une vague de mépris. Il se mit aussitôt à parler, pressé de remplir sa mission et de s'en aller : « Je ne suis pas ici de ma propre volonté ; je suis venu à la demande du roi-servant Vérité, pour exprimer sa parole. Voici exactement son message : il est infiniment attristé de...

– Tu l'as artisé ? Aujourd'hui ? Allait-il bien ? »

Ma question fit bouillir Auguste. « On ne peut pas dire, non. Il est infiniment attristé de la mort de Rurisk et de ta trahison. Il t'invite à puiser des forces dans ceux qui te sont loyaux, car tu en auras besoin quand tu seras face à lui.

– C'est tout ? demandai-je.

– Du roi-servant Vérité, oui. Le prince Royal ordonne que tu viennes le voir, et promptement, car la cérémonie commence dans quelques heures à peine et il doit s'habiller en conséquence. Et comme ton insidieux poison, sans doute destiné à Royal, a tué les infortunés Sevrens et Chahu, il doit s'arranger d'un valet inexpérimenté ; il lui faudra plus longtemps pour se vêtir, aussi ne le fais pas attendre. Il est aux bains de vapeur où il s'efforce de se revigorer. Tu l'y trouveras.

– Quelle tragédie ! Un valet inexpérimenté ! » fit Burrich d'un ton acide.

Auguste s'enfla comme un crapaud. « Ce n'est pas drôle ! Cette canaille ne vous a-t-elle pas privé de Cob ? Comment pouvez-vous accepter de l'aider ?

– Si votre ignorance ne vous protégeait pas, Auguste, je vous en débarrasserais volontiers. » Burrich se leva d'un air menaçant.

« Vous aussi, vous aurez à répondre de certaines accusations ! le prévint Auguste en battant en retraite. Je dois vous dire, Burrich, que le roi-servant Vérité sait que vous avez tenté d'aider le bâtard à s'échapper et que vous l'avez soutenu comme si c'était lui, et non Vérité, votre roi. Vous serez jugé.

– C'est Vérité qui a dit ça ? fit Burrich d'un ton empreint de curiosité.

– Oui. Il a ajouté que vous étiez autrefois le meilleur des hommes liges de Chevalerie, mais qu'apparemment vous avez oublié comment aider ceux qui servent sincèrement le roi. Rappelez-le-vous, vous commande-t-il, et il vous assure de son grand courroux si vous ne revenez pas vous présenter devant lui pour recevoir ce que méritent vos actes.

– Je ne me le rappelle que trop bien. J'amènerai Fitz à Royal.

– Tout de suite ?

– Dès qu'il aura mangé. »

Auguste lui lança un regard furibond et sortit. On ne peut pas claquer un paravent, mais il essaya quand même.

« Je ne pourrai rien avaler, Burrich, fis-je.

– Je sais, mais nous avons besoin de temps. J'ai noté le choix des mots de Vérité et j'y ai entendu un tout autre message qu'Auguste. Et toi ? »

Je hochai la tête avec un sentiment de défaite. « Moi aussi, j'ai compris. Mais c'est au-delà de mes capacités.

– Tu en es sûr ? Vérité ne le croit pas et il s'y connaît. D'ailleurs, c'est pour ça que Cob a essayé de me tuer, à ce que tu m'as dit : parce qu'on te soupçonnait de puiser dans mes forces ; par conséquent, Galen t'en croit capable, lui aussi. » Il s'approcha de moi et, avec des mouvements raides, mit un genou en terre, sa mauvaise jambe étendue gauchement derrière lui. Il prit ma main molle et la plaça sur son épaule. « J'étais l'homme lige de Chevalerie, déclara-t-il calmement ; Vérité le sait. Je ne possède pas l'Art, tu comprends, mais Chevalerie m'a expliqué que, pour un échange d'énergie, c'était moins important que l'amitié qui nous liait. J'ai de la force et, les rares fois où il en a eu besoin, je la lui ai donnée de bon cœur. J'y suis donc déjà passé, dans des circonstances bien pires, et j'y ai résisté. Essaye, mon garçon ; si ça doit rater, ça ratera, mais au moins on aura essayé.

– Mais je ne sais pas comment faire ! Je ne sais pas artiser et encore moins puiser dans les forces de quelqu'un pour y arriver ! Et même si je le savais, si ça marchait, je risquerais de te tuer !

– Si ça marche, notre roi survivra peut-être. C'est à ça que m'engage le serment que j'ai prêté. Et le tien ? » Tout paraissait si simple, avec lui !

J'essayai donc : j'ouvris mon esprit, je le tendis vers Vérité ; je m'efforçai, à l'aveuglette, de tirer de la force de Burrich. Mais tout ce que j'entendis, ce fut le gazouillis des oiseaux dans les jardins du palais, et l'épaule de Burrich resta simplement l'endroit où reposait ma main. J'ouvris les yeux. Je ne dis rien ; c'était inutile : il savait que j'avais échoué. Il poussa un profond soupir.

« Bon, eh bien, il va falloir que je t'amène devant Royal, dit-il.

– Si nous n'y allions pas, nous passerions le restant de nos jours à nous demander ce qu'il voulait. »

Burrich ne sourit pas. « Tu es d'une drôle d'humeur, je trouve. On croirait entendre le fou.

– Il te parle, quelquefois ? fis-je avec curiosité.

– Quelquefois, oui. » Il me prit par le bras pour m'aider à me lever.

« C'est bizarre, dis-je, mais j'ai l'impression que plus je m'approche de la mort, plus la situation me paraît comique.

– A tes yeux, peut-être, répondit-il d'un ton sec. J'aimerais savoir ce qu'il veut.

– Négocier. Ça ne peut pas être autre chose ; et s'il veut négocier, on peut trouver à y gagner.

– Tu parles comme si Royal suivait les règles du bon sens comme nous autres : à ma connaissance, ça ne lui est jamais arrivé. Et j'ai toujours eu horreur des intrigues de cour, ajouta-t-il d'un ton plaintif. Je préfère nettoyer les boxes ! » Et il me redressa sur mes jambes.

Si je m'étais un jour demandé quel était l'effet de la morteracine sur ses victimes, je le savais désormais. Je ne pensais pas en mourir, mais j'ignorais quelle existence elle allait me laisser. J'avais les genoux tremblants et la poigne incertaine ; je sentais des muscles se crisper spasmodiquement dans tout mon corps ; mon souffle et les battements de mon cœur n'avaient plus aucune régularité. J'aurais voulu me retrouver seul afin de me mettre à l'écoute de mon organisme et faire un état des lieux ; mais Burrich guidait patiemment mes pas et Fouinot marchait derrière nous, le dos voûté.

Je n'avais jamais été aux bains, contrairement à Burrich ; c'était un bouton de tulipe à l'écart du palais, qui renfermait une source chaude et bouillonnante, captée de façon à la rendre utilisable. Un Chyurda se tenait devant l'édifice ; je reconnus le porteur de torche de la nuit précédente. S'il trouva mon aspect curieux, il n'en montra rien et s'écarta pour nous laisser passer. Burrich me traîna jusqu'à l'entrée en haut des marches.

Des nuages de vapeur tourbillonnaient à l'intérieur et imprégnaient l'air d'une odeur minérale ; Burrich avança prudemment sur le carrelage lisse et, laissant un ou deux bancs de pierre derrière nous, il m'amena vers l'origine de la vapeur. L'eau chaude jaillissait au milieu d'un bâti de briques et, de là, des rigoles la conduisaient vers des bassins plus petits, où sa température variait selon la longueur du conduit et la profondeur du bain. La vapeur et le bruit du jet d'eau emplissaient l'air ; c'était désagréable : j'avais déjà du mal à respirer. Mes yeux s'accoutumèrent à la pénombre et je distinguai Royal qui trempait dans un des grands bassins. Il tourna le regard vers nous à notre approche.

« Ah ! dit-il comme s'il se réjouissait de nous voir. Auguste m'avait prévenu que Burrich t'amènerait. Je suppose que tu sais que la princesse t'a pardonné le meurtre de son frère ? Du coup, et dans ce pays du moins, elle te soustrait à la justice ; à mon avis, c'est du temps perdu, mais il faut honorer les coutumes locales. Elle dit qu'elle te considère désormais comme faisant partie de son groupe familial et que je dois te traiter comme un parent ; ce qu'elle ne comprend pas, c'est que tu n'es pas né d'une union légitime et que, par conséquent, tu n'as aucun droit familial. Enfin, bref ! Veux-tu renvoyer Burrich et venir me rejoindre dans les sources ? Ça te ferait peut-être du bien ; tu n'as pas l'air à l'aise, ainsi tenu en l'air comme une chemise accrochée à une corde à linge. » Il parlait d'un ton parfaitement naturel et affable, comme s'il ne se rendait pas compte de ma haine pour lui.

« Qu'avez-vous à me dire, Royal ? » J'avais parlé d'une voix monocorde.

« Ne veux-tu pas te débarrasser de Burrich d'abord ? demanda-t-il à nouveau.

– Je ne suis pas idiot.

– Ça pourrait se discuter, mais, très bien, j'imagine que je dois m'en charger, dans ce cas. »

La vapeur et le bruit des eaux avaient bien dissimulé le Chyurda. Il était plus grand que Burrich et son gourdin s'abattait déjà lorsque Burrich réagit ; s'il n'avait pas été obligé de me soutenir, il aurait pu éviter le coup, mais, au moment où il tournait la tête, le gourdin frappa son crâne avec un son terrible, comme celui d'une hache qui mord dans le bois. Burrich s'écroula et moi avec lui ; je me retrouvai à demi plongé dans un petit bassin rempli d'une eau quasi bouillante. Je parvins à rouler sur le rebord, mais pas à me redresser : mes jambes refusaient de m'obéir. Non loin de moi, Burrich gisait immobile. Je tendis la main vers lui, mais ne pus l'atteindre.

Royal se dressa hors de l'eau et, d'un geste, attira l'attention du Chyurda. « Il est mort ? »

L'homme poussa Burrich du bout du pied et hocha la tête.

« Tant mieux. » Une expression de satisfaction passa sur les traits de Royal. « Mets-le derrière cette grosse cuve, là, dans le coin. Ensuite, tu peux t'en aller. » Puis, à moi : « Il y a peu de chances que quelqu'un vienne ici avant la cérémonie ; tout le monde est trop occupé à se trouver de bonnes places. Et puis, caché dans ce coin... ma foi, ça m'étonnerait qu'on découvre son corps avant le tien. »

Je fus incapable de répondre. Le Chyurda prit Burrich par les chevilles et le tira derrière lui ; le pinceau noir des cheveux de Burrich laissa une traînée de sang sur le carrelage. Un mélange étourdissant de haine et de désespoir s'amalgama au poison qui m'intoxiquait et une résolution glacée m'envahit : je n'escomptais plus survivre et cela n'avait aucune importance. L'essentiel, c'était de prévenir Vérité.

Et de venger Burrich. Je n'avais ni plan, ni arme, ni aucun moyen ; dans ce cas, gagne du temps, me conseilla l'enseignement d'Umbre ; plus tu en obtiens, meilleures sont les chances qu'il se présente quelque chose. Fais durer la discussion ; quelqu'un viendra peut-être voir pourquoi le prince n'est pas encore habillé ; ou bien quelqu'un voudra profiter des bains avant la cérémonie. Occupe Royal.

« La princesse... », fis-je.

Il m'interrompit. « Elle ne pose pas de problème. Elle n'a pas pardonné à Burrich, seulement à toi, et ce que j'ai fait était mon droit le plus strict : c'était un traître, il devait payer. Et l'homme qui l'a exécuté avait la plus grande affection pour son prince, Rurisk. Il est parfaitement d'accord avec tout cela. »

Le Chyurda quitta les bains sans un regard en arrière. Mes doigts sans force griffaient le carrelage, mais je ne trouvais aucun point d'appui. Pendant ce temps, Royal se séchait ; une fois l'homme parti, il s'approcha de moi. « Tu n'appelles pas à l'aide ? » me demanda-t-il d'un ton enjoué.

Je pris une inspiration, refoulai ma peur, et rassemblai tout le mépris que j'avais pour Royal. « Qui répondrait ? Qui m'entendrait au milieu du bruit de l'eau ?

– Ainsi, tu économises tes forces. C'est avisé. Inutile mais avisé.

– Croyez-vous que Kettricken ne saura pas ce qui s'est passé ?

– Tout ce qu'elle saura, c'est que tu t'es rendu aux bains, ce qui était imprudent dans ton état, et que tu t'es noyé dans l'eau trop chaude. Quel dommage !

– Royal, c'est de la folie ! Combien de cadavres pensez-vous pouvoir laisser derrière vous ? Comme allez-vous expliquer la mort de Burrich ?

– Pour répondre à la première question : un bon nombre de cadavres, tant qu'il s'agit de personnes sans influence. » Il se baissa, agrippa ma chemise, puis se mit à me tirer sur le carrelage tandis que je me débattais faiblement tel un poisson hors de l'eau. « Et à la seconde, eh bien, la même chose. A ton avis, qui va se mettre en émoi pour la mort d'un maître d'écurie ? Tu es tellement plein de ton importance de plébéien que tu l'étends à tes serviteurs. » Il me laissa tomber sans douceur sur le corps encore chaud de Burrich, étendu à plat ventre. Du sang se figeait sur le sol près de son visage et des gouttes lui en coulaient encore du nez. Une bulle rouge se forma lentement au coin de sa bouche, puis éclata sous l'effet d'une infime exhalaison. Il était vivant ! Je me déplaçai pour dissimuler ses lèvres à Royal ; si j'arrivais à m'en tirer, Burrich aurait peut-être une chance de survivre.

Royal n'avait rien remarqué. Il me retira mes bottes et les rangea de côté. « Tu vois, bâtard, dit-il en reprenant son souffle, être impitoyable exige de créer ses propres règles ; c'est ma mère qui me l'a enseigné. Les gens craignent celui qui agit apparemment sans considération des conséquences ; comporte-toi comme si on n'avait pas le droit de te toucher et personne n'osera te toucher. Prends la situation où nous sommes : ta mort va en irriter certains, c'est vrai ; mais suffisamment pour les inciter à prendre des mesures qui mettraient en danger la sécurité des Six-Duchés ? Je ne pense pas. Par ailleurs, ta mort sera éclipsée par bien d'autres événements. Je serais bien bête de ne pas profiter de l'occasion. » Il parlait d'un ton affreusement calme et hautain ; j'essayai de le repousser, mais il possédait une force étonnante eu égard à la vie de débauche qu'il menait. J'avais l'impression d'être un chaton entre ses mains tandis qu'il me déshabillait brutalement ; il plia proprement mes vêtements et les posa dans un coin. « Un alibi minime suffira ; mieux vaut que je ne me donne pas trop de mal pour paraître innocent, sans quoi on risque de s'imaginer que je m'inquiète et de devenir un peu trop curieux. Donc, je ne suis au courant de rien, tout simplement ; mon serviteur t'a vu entrer dans les bains en compagnie de Burrich après mon départ, et moi, je m'en vais de ce pas me plaindre à Auguste que tu ne t'es pas présenté devant moi pour que je puisse te pardonner, comme je l'avais promis à la princesse Kettricken. Je compte réprimander Auguste avec la plus grande sévérité de ne pas t'avoir amené lui-même. » Il promena son regard sur la salle. « Voyons... Un joli bassin bien chaud et bien profond... Ah, là ! » Je refermai mes mains sur sa gorge lorsqu'il me hissa sur le rebord, mais il se dégagea sans difficulté.

« Adieu, bâtard, fit-il calmement. Excuse ma hâte, mais tu m'as beaucoup retenu ; je dois m'habiller, sinon je vais être en retard pour le mariage. »

Et il me poussa dans l'eau.

Le bassin était plus profond que je n'étais grand, conçu pour que, debout, un Chyurda de bonne taille ait de l'eau jusqu'au cou. Le contact subit de l'eau bouillante fut atroce ; je relâchai brusquement tout l'air que j'avais dans les poumons et je coulai. Je donnai un coup de talon sans force au fond et réussis à sortir mon visage de l'eau. « Burrich ! » Mais je gaspillais mon souffle à appeler quelqu'un qui ne pouvait pas m'aider. L'eau se referma de nouveau sur moi ; mes bras et mes jambes refusaient de se mouvoir à l'unisson ; je heurtai une paroi et retombai vers le fond avant d'avoir pu prendre une goulée d'air. L'eau brûlante amollissait mes muscles déjà flaccides ; je crois que j'aurais été en train de me noyer même si je n'avais eu de l'eau qu'aux genoux.

Je perdis le compte du nombre de fois où j'émergeai tant bien que mal pour reprendre mon souffle ; mes doigts tremblants ne trouvaient aucune prise sur la pierre polie des parois et mes côtes m'élançaient quand j'essayais d'inspirer profondément ; mes forces m'abandonnaient, la fatigue m'envahissait ; l'eau était trop chaude, trop profonde… Noyé comme un chien nouveau-né, me dis-je en sentant les ténèbres se refermer sur moi. *Petit maître ?* fit quelqu'un, mais tout était noir.

Tant d'eau, si chaude, si profonde… Je ne trouvais plus le fond, ni les côtés. Je me débattais faiblement contre l'eau, mais je ne rencontrais aucune résistance. Plus de haut, plus de bas ; inutile de continuer à lutter pour rester vivant dans mon corps ; plus rien à défendre : autant abaisser mes protections et voir s'il n'y a pas un dernier service à rendre à mon roi. Les murailles de mon existence s'abattirent et je m'élançai comme une flèche soudain libérée. Galen avait raison : dans l'Art, il n'y avait pas de distance, aucune. Castelcerf se dressait autour de moi. *Subtil !* m'écriai-je éperdument. Mais l'attention de mon roi était concentrée ailleurs ; son esprit était fermé, et j'eus beau tempêter et me déchaîner, il me resta barricadé. Aucun secours de ce côté-là.

Mes forces déclinaient. Quelque part, j'étais en train de me noyer ; mon corps dépérissait, le fil qui m'y rattachait se faisait de plus en plus ténu. Une dernière possibilité. *Vérité ! Vérité !* criai-je. Je le trouvai, tentai de m'accrocher à lui, mais mon esprit n'avait pas prise sur lui ; il était ailleurs, ouvert à quelqu'un d'autre, fermé à moi. Accablé de désespoir, je gémis : *Vérité !* Et soudain, ce fut comme si des mains puissantes s'emparaient des miennes alors que j'escaladais une falaise glissante, et me retenaient à l'instant où j'allais tomber.

Chevalerie ! Non, c'est impossible ! C'est le petit ! Fitz !

Votre imagination vous joue des tours, mon prince. Il n'y a personne. Soyez attentif à ce que nous faisons. Galen me repoussa, calme et insidieux comme un poison. Je ne pouvais lui résister ; il était trop fort.

Fitz ? Vérité hésitait à présent que je m'affaiblissais.

Je ne sais où je trouvai de la force ; quelque chose céda et l'énergie afflua en moi. Je m'accrochai à Vérité comme un faucon à son poignet. J'étais avec lui, je voyais par ses yeux : la salle du trône redécorée de frais, le Livre des chroniques ouvert sur la grande table devant le prince, prêt à recevoir les minutes du mariage de Vérité. Autour de lui, parés de leurs plus beaux atours et de leurs bijoux les plus coûteux, se tenaient les quelques privilégiés invités à voir Vérité assister à la prononciation de vœux de sa fiancée par les yeux d'Auguste. Et Galen, censé, en tant qu'homme lige du roi, offrir sa force au prince, se trouvait légèrement en retrait de Vérité et attendait de le saigner à blanc. Et Subtil, coiffé de sa couronne et vêtu d'une longue robe, assis sur son trône, Subtil ne se doutait de rien : son Art était émoussé, consumé à force de ne pas servir, mais le roi était trop fier pour le reconnaître.

Comme par un phénomène d'écho, je vis, par les yeux d'Auguste, Kettricken, pâle comme cire de bougie, dressée sur l'estrade devant son peuple réuni. Elle expliquait, en termes simples et d'un ton empreint d'affection, que la veille au soir Rurisk avait fini par succomber à la blessure qu'il avait reçue aux Champs de glace. Elle espérait honorer sa mémoire en se donnant, comme il avait lui-même contribué à l'arranger, au roi-servant des Six-Duchés. Elle se tourna face à Royal.

A Castelcerf, la serre de Galen se posa sur l'épaule de Vérité.

Je fis irruption dans le lien qui les unissait et repoussai le maître d'Art. *Méfiez-vous de Galen, Vérité ! Attention au traître qui veut vous vider de votre énergie ! Ne le laissez pas vous toucher !*

La main de Galen se resserra sur l'épaule du prince et soudain ce fut un maelström qui aspirait, suçait, essayait de tout arracher à Vérité. Et il ne restait plus grand-chose à prendre ; l'Art de Vérité était habituellement puissant, mais uniquement parce qu'il le jetait tout entier dans les batailles ; un autre homme en aurait retenu une partie par simple souci de se préserver, mais, depuis des mois, tous les jours, Vérité s'en servait sans s'épargner pour écarter les Pirates rouges de nos côtes.

Il en subsistait donc bien peu pour la cérémonie, et Galen était en train de l'absorber, Galen dont la puissance s'en trouvait accrue ! Je m'agrippai à Vérité en m'efforçant désespérément de réduire l'hémorragie d'énergie. *Vérité !* lui criai-je. *Mon prince !* Je sentis un bref sursaut en lui, mais tout se brouillait devant ses yeux. Un murmure effrayé s'éleva dans la salle lorsqu'il s'effondra en se rattrapant à la table. Le félon Galen, sans le lâcher, s'agenouilla et se pencha sur lui, puis chuchota sur un ton plein de sollicitude : « Mon prince ? Allez-vous bien ? »

Je projetai toutes mes forces en Vérité, toutes mes réserves que j'ignorais posséder ; je m'ouvris et les lâchai, comme Vérité faisait lorsqu'il artisait. Je ne me doutais pas que j'en avais tant à donner. « Prenez tout ; de toute façon, je vais mourir. Et vous avez toujours été bon pour moi quand j'étais enfant. » J'entendis mes paroles comme si je les avais prononcées tout haut, et je sentis un lien mortel se briser tandis que l'énergie, passant à travers moi, se déversait en Vérité. Il devint soudain très fort, d'une force animale, et la colère l'envahit.

Il leva la main pour s'emparer de celle de Galen et ouvrit les yeux. « Je vais bien », dit-il à voix haute au maître d'Art. Il promena ses regards sur la salle tout en se relevant. « Mais c'est pour toi que je m'inquiète, Galen. On dirait que tu trembles. Es-tu sûr d'être assez fort ? Il ne faut pas tenter un exploit trop grand pour toi. Imagine ce qui risquerait d'arriver. » Et, comme un jardinier arrache une mauvaise herbe de la terre, Vérité sourit et arracha tout ce qui se trouvait dans le traître. Galen s'écroula en portant ses mains à sa poitrine, enveloppe vide à forme humaine. Les spectateurs se précipitèrent pour lui porter secours tandis que Vérité, rassasié, levait les yeux vers une fenêtre et projetait son esprit.

Auguste ! Ecoute-moi attentivement. Avertis Royal que son demi-frère est mort. L'Art de Vérité tonnait comme l'océan et je sentis Auguste se faire tout petit devant sa puissance. *Galen était trop ambitieux ; il a tenté ce qui était au-delà de son pouvoir. Dommage que le bâtard de la reine n'ait pu se satisfaire de la position qu'elle lui avait fournie ; dommage aussi que mon frère cadet n'ait pas su détourner son demi-frère de ses ambitions mal placées. Galen a outrepassé ses propres limites, et mon jeune frère devrait tirer leçon du résultat de sa témérité. Encore une chose, Auguste : veille à rapporter ceci à Royal en privé ; peu de gens savaient que Galen était le fils de la reine et le demi-frère de Royal ; je suis sûr qu'il n'a pas envie de voir le nom de sa mère entaché de scandale, ni le sien. Ces secrets de famille doivent rester bien gardés.*

Puis, avec une puissance qui jeta Auguste à genoux, Vérité se servit de lui pour s'introduire dans l'esprit de Kettricken et se présenter à elle. Je perçus l'effort qu'il faisait pour se montrer aimable. *Je vous attends, ma reine-servante. Et, par mon nom, je vous jure que je n'avais aucune part dans la mort de votre frère. J'en ignorais tout et je partage votre deuil. Je ne veux pas que vous veniez à moi en me croyant son sang sur les mains.* Un joyau qui se déploie : telle était la lumière du cœur de Vérité lorsqu'il l'ouvrit devant elle afin qu'elle se rende compte qu'elle ne se donnait pas à un assassin. Sans égards pour lui-même, il s'exposa entièrement, dans toute sa vulnérabilité, devant elle, donnant sa confiance pour bâtir la confiance. Kettricken chancela, mais ne recula pas. Auguste s'évanouit et le contact s'effaça.

Vérité me secouait. *Va-t'en, repars, Fitz ! C'est trop, tu vas mourir ! Va-t'en, lâche prise !* Comme un ours, il me propulsa d'un revers et je me retrouvai brutalement dans mon corps silencieux et aveugle.

24

ENSUITE...

Dans la grande Bibliothèque de Jhaampe se trouve une tapisserie qui, dit-on, représente une carte de la route à suivre à travers les montagnes pour accéder au Désert des Pluies. Comme pour nombre de cartes et de livres de Jhaampe, ces informations avaient été jugées si vitales qu'elles furent codées sous forme d'énigmes et de rébus. Parmi bien d'autres images apparaissent sur la tapisserie celle d'un homme aux cheveux noirs et au teint sombre, massif et musclé, qui porte un bouclier rouge, et, dans le coin opposé, celle d'une créature à la peau dorée ; là, le tissage a été victime des mites et s'est effiloché, mais on peut encore se rendre compte qu'à l'échelle de l'œuvre, l'être est beaucoup plus grand qu'un homme et que, par ailleurs, il est peut-être pourvu d'ailes. Selon la légende de Castelcerf, le roi Sagesse chercha et découvrit les Anciens en suivant un chemin secret à travers les montagnes. Ces deux images représentent-elles un Ancien et le roi Sagesse ? La tapisserie indique-t-elle la route qui permet d'accéder, au-delà des monts, au pays des Anciens, au Désert des Pluies ?

*

Beaucoup plus tard, j'appris qu'on m'avait trouvé sans connaissance, couché contre le corps de Burrich sur le carrelage des bains ; je tremblais comme si j'avais la fièvre et on ne put me réveiller. C'est Jonqui qui nous avait découverts, bien que je n'aie jamais su comment elle avait pensé à chercher dans les bains. Je la soupçonne d'avoir été à Eyod ce qu'Umbre était à Subtil : peut-être pas un assassin, mais quelqu'un qui avait les moyens de savoir ou d'apprendre presque tout ce qui se passait dans le palais. Quoi qu'il en fût, elle prit la situation en main : Burrich et moi fûmes isolés dans un appartement séparé du palais et je crois bien que, pendant quelques jours, personne de Castelcerf ne sut où nous étions ni si nous étions encore vivants. Elle nous soigna elle-même avec l'aide d'un vieux serviteur.

Je repris conscience deux jours après le mariage, et je passai les quatre suivants, les pires de toute ma vie, au lit, les membres convulsés de spasmes incontrôlables. Je somnolais souvent, abruti d'une fatigue désagréable, et je faisais des rêves où je voyais Vérité comme s'il était devant moi, ou bien je le sentais m'artiser ; ces rêves d'Art me restaient hermétiques : je percevais seulement son inquiétude pour moi, plus quelques vagues bribes, telle la couleur des rideaux de la pièce où il se tenait ou le contact d'une bague qu'il tournait distraitement à son doigt tout en essayant de m'atteindre. Parfois, un spasme plus violent que les autres me jetait hors du sommeil et les convulsions me tourmentaient jusqu'à ce que je m'assoupisse à nouveau, épuisé.

Les périodes de conscience n'étaient pas plus plaisantes, car Burrich était étendu sur une paillasse non loin de moi et ne se manifestait guère que par sa respiration rauque et laborieuse ; son visage était enflé et décoloré au point d'en être méconnaissable. Dès le début, Jonqui m'avait laissé peu d'espoir : ou bien il ne survivrait pas, ou bien, dans le cas contraire, il était peu probable qu'il fût le même.

Mais Burrich avait déjà trompé la mort auparavant : ses enflures diminuèrent progressivement, ses ecchymoses violacées disparurent et, une fois qu'il eut repris connaissance, il se remit rapidement. Il n'avait plus aucun souvenir de ce qui s'était passé après qu'il m'avait emmené des écuries, et je ne lui en révélai que le strict nécessaire ; c'était déjà plus qu'il n'aurait dû en savoir pour sa propre sécurité, mais je le lui devais bien. Il fut capable de se lever longtemps avant moi, bien qu'au début il fût pris d'accès de vertige et de migraines ; mais bientôt il put aller visiter les écuries de Jhaampe et explorer la ville à loisir ; il revenait le soir et nous bavardions longuement, paisiblement. Nous évitions les sujets sur lesquels nous nous savions en désaccord et il y avait des parties de ma vie, telles celles qui concernaient Umbre, que j'étais obligé de lui cacher. La plupart du temps, nous discutions des chiens qu'il avait connus, de ses jours d'autrefois avec Chevalerie. Un soir, je lui parlai de Molly ; il resta silencieux un moment, puis me dit qu'à ce qu'il savait, le propriétaire de la chandellerie Baume-d'Abeille était mort criblé de dettes et que sa fille, qui avait espéré hériter, s'en était allée vivre chez des parents dans un autre village ; il ne se rappelait pas lequel, mais connaissait quelqu'un qui le saurait. Il ne se moqua pas de moi et me conseilla gravement d'être sûr de mes sentiments avant de la revoir.

Auguste n'artisa plus jamais. On l'emporta inconscient de l'estrade, mais dès qu'il sortit de son évanouissement, il exigea de voir Royal sans délai ; je pense qu'il lui délivra le message de Vérité, car, si Royal ne vint pas à notre chevet, à Burrich ni à moi, Kettricken le fit, elle, et elle nous apprit que Royal s'inquiétait fort de notre santé et souhaitait que nous nous remettions complètement de nos accidents, car il m'avait pardonné comme il l'avait promis à la princesse. Elle m'expliqua que Burrich avait glissé et s'était cogné la tête en essayant de me tirer du bassin où j'étais tombé, pris de convulsions ; j'ignore qui avait concocté cette fable, Jonqui peut-être, mais je crois qu'Umbre lui-même n'en aurait pas inventé de meilleure. Par ailleurs, le message de Vérité marqua pour Auguste la fin de son rôle de chef de clan et de toute pratique de l'Art, autant que je le sache. Je ne sais pas si c'était par peur ou bien si son talent avait été pulvérisé par la puissance du prince ; en tout cas, il quitta la cour et s'en fut à Flétribois, où régnaient autrefois Chevalerie et Patience. Je crois que c'est devenu un homme sage.

Après son mariage, Kettricken et tout Jhaampe portèrent pendant un mois le deuil de Rurisk. De mon lit de convalescence, c'était perceptible surtout par des sons de carillon, des psalmodies et le parfum des encens qu'on brûlait par toute la ville. Tous les biens de Rurisk furent distribués. Eyod vint me voir en personne pour me remettre un anneau d'argent tout simple que portait son fils et la pointe de la flèche qui lui avait transpercé la poitrine ; il ne parla guère, sinon pour m'expliquer ce qu'étaient ces objets et m'enjoindre de chérir ces souvenirs d'un homme exceptionnel ; lorsqu'il s'en fut, je me demandais encore pourquoi c'était à moi qu'on avait décidé de les donner.

Le mois passé, Kettricken mit fin à son deuil et elle vint nous souhaiter, à Burrich et à moi, une prompte guérison et nous faire ses adieux jusqu'à ce que nous nous revoyions à Castelcerf. Son bref contact d'Art avec Vérité avait dissipé toutes ses réserves à son sujet ; elle parlait désormais de son époux avec fierté et se rendait de bon cœur à Castelcerf, sachant qu'on la donnait à un homme honorable.

Ce n'était pas à moi de chevaucher à ses côtés à la tête de la procession qui l'amenait à son nouveau foyer, ni d'entrer dans Castelcerf précédé de trompes sonnantes, de jongleurs et d'enfants agitant des clochettes : c'était le rôle de Royal et il s'y prêta gracieusement : il semblait prendre très au sérieux l'avertissement de Vérité. Je ne crois pas que son frère lui pardonna entièrement, mais il classa les complots de Royal comme s'il s'agissait des mauvais tours d'un enfant mal élevé, ce qui, je pense, effraya bien plus son cadet qu'une réprimande publique. L'empoisonnement fut mis sur le compte de Chahu et de Sevrens par ceux qui étaient au courant de l'affaire : après tout, c'était Sevrens qui s'était procuré le produit et Chahu qui avait livré le vin de pomme à Rurisk. Kettricken feignit d'être convaincue que les deux hommes avaient agi, portés par une ambition déplacée, au nom d'un maître qui ne savait rien ; et, officiellement, la mort de Rurisk n'eut jamais rien à voir avec un empoisonnement. Quant à moi, mon métier d'assassin demeura secret ; quelles que fussent les prétentions de Royal, il se conduisit extérieurement comme un jeune prince qui escortait gracieusement l'épouse de son frère vers son nouveau foyer.

Ma convalescence fut longue ; Jonqui me soignait avec des herbes qui, disait-elle, répareraient ce qui avait été endommagé. J'aurais dû essayer d'apprendre le nom de ces plantes et les techniques qu'elle employait, mais, comme mes doigts, mon esprit laissait tout lui échapper ; d'ailleurs, je n'ai guère de souvenirs de cette période. Je me remettais de mon empoisonnement avec une lenteur exaspérante ; Jonqui s'efforça de me distraire en m'obtenant du temps de visite à la grande Bibliothèque, mais mes yeux se fatiguaient rapidement et j'avais souvent des crises de tremblements oculaires. Je passais donc la plupart de mes journées dans mon lit à réfléchir. Je me demandai un temps si j'allais revenir à Castelcerf : pouvais-je encore être l'assassin de Subtil ? Et puis, si je retournais à la forteresse, je serais obligé d'occuper une place inférieure à celle de Royal à table et, lorsque je regarderais mon roi, je le verrais à sa droite ; je devrais le traiter comme s'il n'avait jamais essayé de me tuer, ni de m'utiliser pour empoisonner un homme que j'admirais. Je m'en ouvris un soir à Burrich ; il m'écouta calmement, puis il dit : « A mon avis, ce ne sera pas plus facile pour Kettricken que pour toi. J'aurai du mal, moi aussi, d'ailleurs, à regarder un homme qui a voulu m'assassiner et à lui donner du “mon prince”. C'est à toi de décider. Je n'aimerais pas qu'il ait l'impression que nous nous cachons de lui par crainte, mais si tu préfères aller ailleurs, nous irons ailleurs. » C'est à cet instant, je crois, que je compris ce que signifiait la boucle d'oreille que je portais.

L'hiver n'était plus une menace, mais une réalité, quand nous quittâmes les montagnes. Burrich, Pognes et moi arrivâmes bien après tout le monde à Castelcerf, car nous prîmes notre temps pour voyager ; je me fatiguais facilement et mon énergie passait par des hauts et des bas imprévisibles : je m'écroulais aux moments les plus inattendus et je tombais de ma selle comme un sac de grain ; alors, les autres s'arrêtaient pour me remettre à cheval et je me forçais à tenir bon. Bien des nuits, je me réveillais tremblant comme une feuille, incapable fût-ce d'émettre un cri, et ces crises étaient lentes à s'apaiser ; mais pires, je crois, étaient les nuits où je n'arrivais pas à me réveiller, perdu dans un cauchemar où je me noyais interminablement. De l'un d'eux, j'émergeai face à Vérité.

Tu fais un vacarme à réveiller les morts, me dit-il d'un ton enjoué. *Il faut qu'on te déniche un maître qui t'apprenne au moins à te contrôler. Kettricken commence à trouver bizarre que je rêve si souvent de noyade. Je dois remercier le ciel, j'ai l'impression, que tu aies dormi à poings fermés pendant ma nuit de noces.*

« *Vérité ?* » fis-je, abruti de sommeil.

Rendors-toi, répondit-il. *Galen est mort et j'ai serré la bride à Royal. Tu n'as rien à craindre. Rendors-toi et cesse de rêver si fort.*

Vérité, attendez ! Mais mes tâtonnements pour l'atteindre rompirent le contact ténu de l'Art et il ne me resta plus qu'à suivre son conseil.

Notre voyage se poursuivit et le temps se détraqua de plus en plus ; nous mourions tous d'envie d'être arrivés, bien longtemps avant d'être parvenus à destination. Burrich avait jusque-là apparemment négligé les compétences de Pognes ; le jeune homme faisait montre d'un savoir-faire discret qui inspirait confiance aux chevaux et aux chiens, et il finit par remplacer Cob et moi-même aux écuries de Castelcerf ; mais l'amitié qui fleurit entre Burrich et lui me rendit sensible à ma propre solitude plus que je n'ose l'avouer.

A la cour de Castelcerf, la mort de Galen était passée pour une tragédie ; ceux qui le connaissaient le moins étaient ceux qui parlaient de lui avec le plus de bienveillance : manifestement, il avait dû se surmener pour que son cœur le lâche si jeune ; on envisagea même de baptiser un navire de guerre de son nom, comme s'il s'agissait d'un héros mort pour le royaume, mais Vérité ne donna jamais droit à cette idée et elle ne se réalisa pas. Sa dépouille fut renvoyée à Labour pour y être inhumée avec tous les honneurs. Si Subtil soupçonna jamais ce qui s'était joué entre Vérité et Galen, il le dissimula bien et ni lui ni Umbre ne m'en parlèrent jamais. La disparition de notre maître d'Art, sans même un apprenti pour le remplacer, était une affaire grave, surtout avec les Pirates rouges sur notre ligne d'horizon ; cela, on en discutait ouvertement, mais Vérité refusa toujours catégoriquement d'envisager comme successeur Sereine ni aucun autre élève formé par Galen.

Je n'ai jamais su si Subtil m'avait ou non livré en pâture à Royal ; je ne lui posai jamais la question, je ne fis même jamais part de mes soupçons à Umbre : je suppose que je n'avais pas envie de le savoir. J'évitais autant que possible que ma loyauté en soit affectée, mais, au fond de mon cœur, quand je disais « mon roi », je pensais à Vérité.

Le bois que nous avait promis Rurisk parvint à Castelcerf ; les troncs avaient été convoyés par voie de terre jusqu'à la Vin, sur laquelle ils avaient navigué jusqu'à Turlac et, de là, jusqu'à Castelcerf par la Cerf. Ils arrivèrent en milieu d'hiver ; ils étaient tels que Rurisk les avait décrits et le premier bateau de guerre achevé fut baptisé de son nom ; je crois qu'il aurait compris le geste, mais qu'il ne l'aurait pas tout à fait approuvé.

Le plan de Subtil avait fonctionné : depuis bien des années, Castelcerf n'avait plus de reine, et l'arrivée de Kettricken suscita l'intérêt du peuple pour la cour ; le décès tragique de son frère la veille du mariage et sa vaillante façon de l'affronter avaient capté l'imagination des gens. Son admiration évidente pour son nouvel époux faisait de Vérité un héros romantique même aux yeux de ses propres sujets. Ils formaient un couple remarquable, par le contraste de la jeune et pâle beauté de Kettricken et de la force sereine de Vérité. Subtil les exhiba lors de bals qui attiraient tous les nobliaux de tous les duchés, et, en ces occasions, Kettricken parla avec éloquence de la nécessité de s'unir pour vaincre les Pirates rouges ; alors, Subtil débloqua des fonds et, malgré les tempêtes d'hiver, la fortification des Six-Duchés commença : de nouvelles tours furent bâties et les volontaires affluèrent pour les garnir ; les charpentiers de marine se battaient pour avoir l'honneur de travailler sur les navires de guerre et Bourg-de-Castelcerf était envahi de volontaires prêts à s'embarquer. Pendant une brève période, cet hiver-là, les gens crurent aux légendes qu'ils inventaient et l'on eut l'impression de pouvoir triompher des Pirates par la seule force de la volonté. Je me défiais de cette humeur et, en regardant Subtil l'encourager, je me demandais comment il pourrait encore l'entretenir lorsque les forgisations reprendraient.

LA CITADELLE DES OMBRES

Je dois encore parler d'un autre protagoniste de ce récit, qui se trouva mêlé aux conflits et aux intrigues par pure loyauté envers moi. Jusqu'à mon dernier jour, je porterai les cicatrices des blessures qu'il m'a infligées. Il avait planté profondément et à plusieurs reprises ses crocs usés dans ma main avant de parvenir à me sortir du bassin ; comment il y a réussi, je ne le saurai jamais. Mais sa tête reposait sur ma poitrine quand on nous découvrit ; les liens qui le rattachaient à ce monde s'étaient rompus. Fouinot était mort. Je crois qu'il avait donné sa vie librement, en se rappelant notre affection mutuelle lorsque nous étions chiots. Les hommes ne pleurent pas leurs morts avec l'intensité des chiens. Mais nous pleurons de longues années.

ÉPILOGUE

« Vous êtes épuisé », me dit le garçon. Il se tient près de mon coude et j'ignore depuis combien de temps il est là. Il tend lentement la main pour prendre la plume entre mes doigts sans force. Fatigué, je regarde la ligne tremblée qu'elle a laissée en travers de ma page. J'ai déjà vu cette forme, il me semble, mais ce n'était pas de l'encre. Une traînée de sang coagulé sur le pont d'un Navire rouge, et ma main celle qui l'a versé ? Ou bien était-ce une volute de fumée qui s'élevait, noire sur le fond bleu du ciel, alors j'arrivais trop tard pour avertir un village d'une attaque imminente des Pirates ? Ou encore un poison jaune qui se diluait en tournoyant dans un verre d'eau pure et que je donnais à boire à quelqu'un sans cesser de sourire ? Une mèche de femme abandonnée sur mon oreiller ? Ou les sillons laissés par les talons d'un homme dans le sable lorsque nous tirions les cadavres des vestiges fumants de la tour de Baie-aux-Phoques ? La trace d'une larme sur la joue d'une mère qui étreignait son enfant forgisé malgré ses cris furieux ? Comme les Navires rouges, les souvenirs surgissent sans prévenir, sans pitié. « Vous devriez vous reposer », dit encore le garçon et je m'aperçois que je regarde fixement la ligne d'encre sur la page. C'est stupide. Encore une feuille de papier gâchée, un effort pour rien.

« Range-les », dis-je et je le regarde en silence rassembler les feuilles et les empiler sans ordre. Herbiers, histoires, cartes et rêvasseries, tout cela se confond pêle-mêle entre ses mains comme dans mon esprit. Je ne me rappelle plus à quelle tâche je m'étais attelé. La douleur est revenue et il serait si facile de l'apaiser. Mais cette voie mène à la folie, comme bien d'autres avant moi en ont fait la preuve. Alors, j'envoie simplement le garçon me chercher deux feuilles de carryme, de la racine de gingembre

et de la menthe poivrée pour me préparer une infusion. Je me demande si, un jour, je le prierai de m'apporter trois feuilles de cette plante chyurdienne.

Quelque part, un ami répond doucement : « Non. »

II

L'Assassin du Roi

A Ryan

PROLOGUE

RÊVES ET RÉVEILS

Pourquoi nous est-il interdit de rédiger une étude détaillée des différentes magies ? Peut-être parce que nous craignons qu'un tel savoir ne tombe entre des mains incompétentes ; et, de fait, il existe depuis toujours un système d'apprentissage destiné à garantir la transmission d'une connaissance approfondie de la magie aux seuls individus formés et jugés dignes de la recevoir. Cependant, aussi louable que paraisse cette démarche visant à nous préserver des pratiques inhabiles de la tradition secrète, elle omet un élément essentiel : le fait que la disposition à la magie ne procède pas de sa connaissance. Le talent pour tel ou tel type de magie est inné, il ne s'acquiert pas. Par exemple, le don pour la magie connue sous le nom d'Art a une relation étroite avec la lignée royale des Loinvoyant, bien qu'on puisse le trouver à l'état « sauvage » chez des gens dont les ancêtres sont issus à la fois des tribus de l'Intérieur et des populations outrîliennes. Une personne exercée à l'Art peut entrer en contact avec l'esprit d'une autre, sans considération de distance, et savoir ce qu'elle pense ; puissamment douée, elle peut influencer cette personne ou converser avec elle. L'Art est, on le voit, un instrument des plus utiles pour la conduite d'une bataille ou la collecte de renseignements.

La tradition parle d'une magie plus archaïque, et fort méprisée aujourd'hui, nommée le Vif. Comme ceux qui possèdent ce talent renâclent à l'avouer, on prête en général cette pratique aux habitants de la vallée voisine ou aux gens qui vivent derrière un lointain coteau. Pour ma part, je la soupçonne d'avoir été autrefois la magie naturelle des chasseurs, par opposition aux paysans, la magie de ceux qui se sentaient une affinité avec les animaux des bois. Le Vif, dit-on, donnait la capacité de parler le langage des bêtes, mais on ajoute que ceux qui pratiquaient le Vif trop longtemps ou trop intensément finissaient par se transformer en la bête à laquelle ils s'étaient liés ; toutefois, ce n'est peut-être là que légende.

Il existe également les magies des Haies, appellation dont je n'ai jamais réussi à déterminer l'origine ; certaines d'entre elles sont authentiques, mais d'autres restent suspectes, et elles regroupent la chiromancie, le déchiffrage de l'eau, l'interprétation des reflets des cristaux et toute une batterie d'autres pratiques qui cherchent à prédire l'avenir. Enfin, dans une catégorie sans intitulé se trouvent les magies à effets physiques, tels qu'invisibilité, lévitation, animation ou vitalisation d'objets ; ce sont les magies des anciennes légendes, depuis la Chaise volante du fils de la veuve jusqu'à la Nappe magique du vent du nord. A ma connaissance, nul ne revendique la pratique de ces arts : ils ne sont apparemment que matière de légendes, attribués à des temps ou des lieux reculés, à des êtres fabuleux ou de réputation quasi mythique, dragons, géants, Anciens, Autres, becqueteux, etc.

⋆

Je m'interromps pour nettoyer ma plume ; sur ce mauvais papier, le tracé de mes lettres vague de la patte-de-mouche à la bavure informe, mais je me refuse pour l'instant à coucher mes mots sur du parchemin de qualité : je ne suis pas certain de devoir les écrire. Les écrire pour quoi ? Telle est la question que je me pose. Ce savoir ne se transmettra-t-il pas de toute façon de bouche à oreille à ceux qui en sont dignes ? Peut-être ; mais ce n'est pas sûr. Cette connaissance que nous tenons aujourd'hui pour évidente, il se peut que nos descendants n'y voient un jour que prodige et mystère.

Les bibliothèques renferment peu d'écrits sur la magie et je m'efforce laborieusement de suivre un fil précis au milieu d'un tissu de renseignements qui forme un véritable habit d'Arlequin ; je trouve des références diffuses, des allusions imprécises, mais guère plus. Je les ai compilées au cours de ces dernières années et engrangées dans ma mémoire, avec l'idée de les coucher un jour par écrit, et j'ai maintenant décidé de noter ce que m'ont appris et mes recherches et mes expériences propres, dans l'espoir, peut-être, de fournir des réponses à quelque malheureux de l'avenir qui, à mon instar, se trouvera malmené par la présence de magies conflictuelles en lui.

Mais lorsque je m'apprête à m'y atteler, j'hésite : qui suis-je pour me dresser contre la sagesse de mes prédécesseurs ? Dois-je exposer en toutes lettres les méthodes par lesquelles celui ou celle qui possède le Vif peut accroître la portée de son don ou se lier à un animal ? Dois-je décrire par le menu la formation qu'il faut subir avant d'être reconnu artiseur ? Les sorcelleries et les magies des Haies qu'évoquent les traditions ne m'ont jamais concerné : ai-je le droit d'exhumer leurs secrets pour les épingler sur le papier comme autant de papillons ou de feuilles récoltés à fin d'étude ?

J'essaie d'imaginer à quoi pourrait être employé un tel savoir s'il était injustement acquis, et cela m'amène à réfléchir sur ce que j'ai gagné à le détenir. Le pouvoir, la fortune, l'amour d'une femme ? Je souris : ni l'Art ni le Vif ne m'ont valu l'un ou l'autre ; et, s'ils m'y ont donné accès, je n'ai pas eu le bon sens ni l'ambition de profiter de l'occasion.

Le pouvoir ? Je ne crois pas l'avoir désiré pour lui-même ; pourtant, j'y ai aspiré parfois, lorsqu'on m'a piétiné ou que j'ai vu des proches souffrir sous la botte de ceux qui abusaient de leur autorité. La fortune ? Je n'y ai jamais vraiment songé ; de l'instant où j'ai prêté serment de fidélité au roi Subtil, il a toujours veillé à ce que moi, son bâtard de petit-fils, je ne manque jamais de rien. Je mangeais à ma faim, j'avais droit à une éducation dont je me serais bien passé parfois, à des vêtements, certains tout simples, d'autres d'une élégance exaspérante, et, assez souvent, à quelque pièce d'argent que je dépensais à ma guise. Grandir dans la forteresse de Castelcerf, c'était jouir d'une fortune suffisante, et supérieure à celle de la plupart des enfants de Bourg-de-Castelcerf. L'amour ? Bah ! Suie, ma jument, m'aimait bien, à sa façon placide ; j'eus un moment la fidélité inébranlable d'un chien de chasse nommé Fouinot, et ce fut sa perte ; un chiot terrier me donna la plus ardente des affections, et cela le mena lui aussi à la mort. Mon cœur se serre à l'idée du prix qu'ils ont payé de leur plein gré pour m'avoir aimé.

Toujours, j'ai connu la solitude de l'enfant élevé au milieu des intrigues et des secrets étouffants, de l'adolescent qui ne peut s'épancher complètement auprès de personne : ainsi Geairepu, le scribe de la cour qui me complimentait de ma graphie précise et de l'excellent encrage de mes illustrations, impossible de lui dire qu'étant déjà l'apprenti de l'assassin royal je ne pouvais m'engager dans le métier des lettres ; de même, je ne pouvais raconter à Umbre, mon professeur en diplomatie du poignard, les brutalités et les humiliations que m'avait fait subir Galen, le maître d'Art, quand j'avais essayé d'apprendre ses techniques ; et je n'osais m'ouvrir à personne de ma disposition de plus en plus prononcée pour le Vif, la magie animale des temps anciens, tenue pour une perversion et une tare chez qui l'employait.

Même à Molly, je n'en parlais pas.

Molly était pour moi un havre de paix, trésor inestimable à mes yeux. Elle n'avait strictement aucun rapport avec mon existence quotidienne, et cela ne tenait pas uniquement au fait qu'elle fût femme, bien qu'en soi cela fût déjà un grand mystère pour moi : j'avais grandi presque exclusivement au milieu d'hommes, privé non seulement de mes père et mère naturels, mais aussi de parents au sens plus large qui acceptent franchement de me reconnaître. Enfant, j'avais été confié à Burrich, maître d'écurie bourru qui avait autrefois été le bras droit de mon père, et les palefreniers et les gardes avaient été mes compagnons de tous les jours. Comme aujourd'hui, il y avait des femmes parmi les gardes, mais elles étaient alors moins nombreuses et, tout comme leurs camarades masculins, elles avaient des devoirs et, leur service achevé, une vie de famille personnelle. Je n'avais aucun droit sur leur temps. Je n'avais ni mère, ni sœur, ni tante, personne pour me donner cette tendresse particulière qu'on ne prête qu'aux femmes.

Personne que Molly.

Agée d'à peine un an ou deux de plus que moi, elle grandissait comme une pousse verte perce à l'air libre entre deux pavés ; ni l'ivrognerie chronique et la brutalité fréquente de son père, ni les corvées quotidiennes d'une enfant qui s'efforce de maintenir un semblant de vie de famille et de faire tourner une boutique, rien n'avait réussi à la broyer. La première fois que je l'avais vue, elle était aussi sauvage et farouche qu'un renardeau ; les gosses de la rue l'appelaient Molly Brise-Pif. Elle portait souvent les marques des coups que lui donnait son père, mais elle persévérait à s'occuper de lui malgré sa cruauté. Cela, je ne l'ai jamais compris. Il lui bafouillait des reproches alors même qu'elle le ramenait chez lui et le mettait au lit après une de ses bordées ; et, à son réveil, loin de manifester le moindre remords de son intempérance et de ses méchantes paroles, il n'avait que des critiques à la bouche : pourquoi la chandellerie n'avait-elle pas été balayée, des roseaux frais répandus sur le sol ? Pourquoi Molly n'avait-elle pas visité les ruches alors qu'il ne restait presque plus de miel à vendre ? Pourquoi avait-elle laissé le feu s'éteindre sous la marmite de suif ? Je fus le témoin muet de ce genre de scène plus souvent que je n'aime à me le rappeler.

Mais, en dépit de tout, Molly grandissait. Et, soudain, un certain été, elle s'épanouit et devint une jeune femme qui me laissa bouche bée devant son assurance et ses charmes ; de son côté, elle semblait tout à fait inconsciente du pouvoir qu'avait son regard à transformer ma langue en vieux cuir dans ma bouche. Les magies que je possédais, l'Art comme le Vif, étaient inefficaces contre le contact accidentel de sa main avec la mienne et ne me protégeaient nullement de l'embarras où me plongeait son sourire ensorceleur.

Comment décrire le mouvement de ses cheveux dans le vent, la façon dont ses yeux passaient de l'ambre profond au brun somptueux selon son humeur et la couleur de sa robe ? Que j'aperçoive sa jupe écarlate et son châle rouge dans la foule du marché et plus personne n'existait qu'elle. C'est là une magie dont je puis témoigner et, bien que je puisse en noter les effets dans mon catalogue, nul autre que Molly ne savait la manier avec autant de talent.

Comment lui fis-je ma cour ? Avec la galanterie maladroite d'un adolescent, en la dévorant des yeux comme un ahuri planté devant un jongleur qui fait tourner des assiettes. Elle comprit que je l'aimais avant même que j'en eusse conscience moi-même, et elle me permit de la courtiser, alors que j'étais plus jeune qu'elle, que je ne venais pas de la ville et que, pour ce qu'elle en savait, je n'avais guère de perspectives d'avenir : elle me croyait coursier du scribe et palefrenier à mes heures perdues, bref, serviteur à la forteresse. Jamais elle ne soupçonna que j'étais le Bâtard, ce fils illégitime qui avait éjecté le prince Chevalerie de sa place dans la ligne de succession. C'était déjà en soi un lourd secret ; à fortiori ne sut-elle jamais rien de mes pratiques magiques ni de mon autre métier.

C'est peut-être ce qui me permit de l'aimer.

C'est en tout cas ce qui me la fit perdre.

Je me laissais trop accaparer par les détours, les échecs et les douleurs de mon autre existence : je devais apprendre des magies, résoudre des mystères, tuer des hommes, survivre aux intrigues, et, pris dans ce tourbillon, il ne me vint jamais à l'esprit de me tourner vers Molly pour trouver cette mesure d'espoir et de compréhension qui m'échappait partout ailleurs. Elle était à l'écart de ces choses, elle n'en était pas souillée, et je la préservais soigneusement de leur contact. Je n'essayai jamais de l'attirer dans mon univers ; au contraire, c'est moi qui allais la retrouver dans le sien, dans le port de pêche et d'embarquement où elle tenait une boutique de chandelles et de miel, faisait ses commissions au marché et, parfois, se promenait sur les plages en ma compagnie. Pour moi, il suffisait qu'elle existe et que je puisse l'aimer ; je n'osais même pas espérer qu'elle partageât mon sentiment.

Il y eut une époque où mon apprentissage de l'Art me plongea dans une si grande détresse que je crus ne pas y survivre : incapable de me pardonner mon incompétence, je n'imaginai pas que d'autres puissent relativiser mon échec et je m'enfermai dans une solitude revêche. De longues semaines passèrent sans que j'aille voir Molly ni même que je lui fasse savoir que je pensais à elle. Enfin, quand je n'eus plus personne vers qui me tourner, j'allai lui rendre visite. Trop tard : quand, en fin d'après-midi, les bras chargés de cadeaux, j'arrivai à la chandellerie Baume-d'Abeille, à Bourg-de-Castelcerf, je la vis qui sortait de la boutique. Accompagnée. Elle était avec Jade, un beau marin à la poitrine large qui arborait crânement une boucle d'oreille en or et l'assurance virile de ses quelques années de plus que moi. Invisible, vaincu, je reculai dans un coin et je les regardai s'éloigner serrés l'un contre l'autre. Je la laissai partir sans intervenir et, au cours des mois qui suivirent, je m'efforçai de me convaincre que mon cœur en avait fait autant. Que se serait-il passé, je me le demande, si je m'étais lancé sur leurs traces cet après-midi-là et si je l'avais suppliée de m'accorder un dernier mot ? Il est étrange de songer que tant d'événements aient pu dépendre de l'orgueil mal placé d'un adolescent et de son acceptation soumise de la défaite. J'écartai Molly de mes pensées et ne parlai d'elle à personne. Je repris le cours de ma vie.

Le roi Subtil me fit accompagner en tant qu'assassin une grande caravane dont les membres allaient assister à la promesse de mariage entre la princesse montagnarde Kettricken et le prince Vérité ; j'avais pour mission de tuer son frère aîné, le prince Rurisk, avec discrétion, naturellement, afin qu'elle demeure seule héritière du trône des Montagnes. Mais, à mon arrivée, je me trouvai pris dans une trame de mensonges et de faux-semblants tissée par mon plus jeune oncle, le prince Royal, qui espérait évincer Vérité de la ligne de succession et faire de la princesse son épouse ; quant à moi, j'étais le pion qu'il comptait sacrifier pour atteindre son but. Mais, tout pion que j'étais, je renversai les pièces de l'échiquier autour de lui, ce qui m'attira sa fureur et sa vengeance, mais me permit de conserver sa couronne et sa princesse à Vérité. Ce n'était pas, je crois, de l'héroïsme de ma part ni la volonté mesquine de contrecarrer un homme qui m'avait toujours rudoyé, toujours rabaissé : c'était le geste d'un adolescent qui devient adulte et qui agit comme il a juré de le faire des années plus tôt, bien avant de comprendre le prix d'un tel serment. Et ce prix, ce fut mon jeune corps plein de santé, dont la jouissance m'avait toujours semblé normale.

Convalescent dans le royaume des Montagnes, je gardai le lit longtemps après avoir déjoué le complot de Royal ; mais un matin enfin, à mon réveil, je crus avoir surmonté ma maladie. Burrich m'estima suffisamment remis pour entreprendre le long voyage de retour vers les Six-Duchés. La princesse Kettricken et sa suite étaient parties pour Castelcerf depuis des semaines, alors que le temps était encore clément ; mais désormais, les neiges de l'hiver recouvraient les sommets du royaume des Montagnes et, si nous ne quittions pas Jhaampe rapidement, nous serions forcés d'y attendre le printemps. Ce matin-là, je m'étais levé tôt et je finissais d'empaqueter mes affaires lorsque les premiers tremblements me prirent, ténus encore. Je les repoussai résolument, en les mettant sur le compte de mon estomac vide et de l'anticipation du voyage. J'enfilai les vêtements que Jonqui nous avait fournis pour la traversée des montagnes et des plaines qui leur succédaient : pour moi, une longue chemise rouge capitonnée de laine et des pantalons verts, rembourrés aussi, avec des broderies rouges à la taille et aux ourlets du bas. Les bottes étaient souples, presque informes tant que je ne les eus pas enfilées et lacées ; ont eût dit des sacs de cuir mou matelassés de laine fine et bordés de fourrure. Elles s'attachaient autour de la jambe à l'aide de longues bandes de cuir, tâche que mes doigts tremblants ne me facilitèrent pas. Jonqui les avait décrites comme parfaites pour la neige sèche des montagnes, mais nous avait recommandé de ne pas les exposer à l'humidité.

Il y avait un miroir dans ma chambre. Tout d'abord, mon reflet me fit sourire : même le fou du roi Subtil ne portait pas d'habits aussi gais. Mais, au-dessus de cette débauche de couleurs, mes yeux sombres paraissaient trop grands dans mon visage hâve et pâle, et mes cheveux clairsemés par la fièvre, noirs et hirsutes, se hérissaient comme le poil d'un chien en colère. La maladie m'avait ravagé. Mais je me consolai en me rappelant que je rentrais enfin chez moi et je me détournai du miroir. Tandis que j'emballais les quelques petits présents que j'avais prévu de rapporter à mes amis, les tremblements de mes mains ne cessèrent de s'accentuer.

Une dernière fois, Burrich, Pognes et moi nous attablâmes autour du petit déjeuner en compagnie de Jonqui, et je la remerciai encore du mal qu'elle s'était donné pour me guérir. Je pris une cuiller pour manger mon gruau et ma main se crispa nerveusement. Je lâchai l'ustensile, le regardai tomber par terre et le suivis dans sa chute.

Je ne revois ensuite que les angles de la chambre envahis d'ombre. Je restai longtemps allongé, immobile, muet. L'esprit d'abord vide, je compris bientôt que j'avais fait une crise. Elle était passée ; j'avais à nouveau le contrôle de mon corps. Mais je n'en voulais plus : à quinze ans, à l'âge où l'on parvient à la fleur de sa force, je ne pouvais plus compter sur mes mains pour accomplir les tâches les plus simples. Mon corps était abîmé et je le rejetais violemment ; je me sentais une féroce envie de vengeance contre cette chair et ces os qui m'emprisonnaient et j'aurais voulu trouver un moyen d'exprimer ma déception rageuse. Pourquoi n'étais-je pas guéri ? Pourquoi ne pouvais-je guérir ?

« Il faut du temps, c'est tout. Comptez une demi-année à partir du moment de votre empoisonnement, puis jugez de votre état. » C'était Jonqui la guérisseuse ; elle était assise près de la cheminée, mais dans l'ombre, et je n'avais pas remarqué sa présence. Elle se leva lentement, comme si l'hiver rendait ses articulations douloureuses, et s'approcha de mon lit.

« Je ne veux pas vivre comme un vieillard. »

Elle fit la moue. « Un jour ou l'autre, vous y serez obligé. Je souhaite en tout cas que vous surviviez assez longtemps pour cela. Je suis vieille, mon frère le roi Eyod aussi, et cela ne nous paraît pas un si grand fardeau.

– Ça ne me dérangerait pas d'avoir un corps de vieillard si je l'avais acquis au cours des ans ; mais je ne peux pas continuer ainsi. »

Elle secoua la tête, l'air perplexe. « Bien sûr que si. Guérir peut être long et fastidieux parfois, mais dire que vous ne pouvez pas continuer ainsi… Je ne comprends pas. Cela provient peut-être d'une différence entre nos langues ? »

Je m'apprêtais à répondre, mais à cet instant Burrich entra. « Tu es réveillé ? Ça va mieux ?

– Je suis réveillé et ça ne va pas mieux », grommelai-je. Moi-même, je me trouvai le ton d'un enfant boudeur. Burrich et Jonqui échangèrent un regard, puis la guérisseuse s'approcha de mon lit, me tapota l'épaule et sortit sans un mot. Ils faisaient tous deux montre d'une patience exaspérante et ma fureur impuissante s'enfla comme la marée. « Pourquoi ne peux-tu pas me guérir ? » lançai-je à Burrich.

Il parut déconcerté par l'accusation que contenait ma question. « Ce n'est pas si simple, dit-il.

– Pourquoi ça ? » Je me redressai contre l'oreiller. « Je t'ai vu guérir toutes sortes de maux chez les animaux, nausées, fractures, vers, gales et j'en passe ! Tu es maître d'écurie et je t'ai vu les traiter tous. Pourquoi ne me guéris-tu pas ?

– Tu n'es pas un chien, Fitz, répondit Burrich avec calme. Avec une bête, quand elle est gravement malade, c'est plus facile. J'ai parfois pris des mesures désespérées en me disant que si l'animal ne s'en tirait pas, au moins il ne souffrirait plus. Je ne peux pas agir ainsi avec toi ; tu n'es pas un animal.

– Ce n'est pas une réponse ! La moitié du temps, c'est toi que les gardes viennent consulter plutôt que le guérisseur. Tu as extrait une pointe de flèche à Den et, pour ça, tu lui as ouvert le bras sur toute la longueur ! Quand le guérisseur a dit que le pied de Grisboucan était trop infecté et qu'elle devait se le faire couper, elle est venue te trouver et tu le lui as sauvé ! Et le guérisseur n'arrêtait pas de répéter que le mal allait gagner, qu'elle allait mourir et que ce serait de ta faute ! »

Les lèvres pincées, Burrich contenait visiblement sa colère. Si j'avais été bien portant, je me serais méfié de son courroux, mais sa retenue à mon égard pendant ma convalescence m'avait rendu téméraire. Quand il répondit, ce fut d'une voix égale et maîtrisée. « C'étaient des interventions risquées, c'est vrai, mais ceux qui me les demandaient en connaissaient les risques. Et (il haussa le ton pour couper court à l'objection que j'allais émettre) elles n'avaient rien de compliqué ; les causes du mal étaient évidentes. Extraire la flèche du bras et nettoyer la blessure, appliquer un cataplasme pour aspirer l'infection hors du pied, c'était clair et net. Mais le mal dont tu souffres n'est pas si simple. Ni Jonqui ni moi ne savons exactement ce qui ne va pas chez toi. Est-ce que ce sont les séquelles des feuilles toxiques que Kettricken t'a fait manger alors qu'elle te croyait venu pour tuer son frère ? Les effets du vin empoisonné que Royal t'a fait boire ? Ou bien ceux de la rossée que tu as prise ensuite ? Ou encore de ta quasi-noyade ? Ou enfin, est-ce que tous ces éléments se sont combinés pour te mettre dans cet état ? Nous n'en savons rien et nous ignorons par conséquent comment te traiter. Nous sommes impuissants. »

Sa voix s'étrangla sur ces derniers mots et je perçus soudain le sentiment de frustration qui sous-tendait sa compassion envers moi.

Il fit quelques pas dans la pièce, puis s'arrêta devant la cheminée, le regard perdu dans les flammes. « Nous en avons longuement discuté. Jonqui m'a appris bien des choses du savoir des Montagnes dont je n'avais jamais entendu parler, et moi je lui ai signalé les remèdes que je connais, mais nous avons tous deux convenu que le mieux à faire, c'était de te laisser du temps pour guérir. Apparemment, tu n'es pas en danger de mort ; alors, peut-être qu'avec le temps ton corps arrivera à éliminer les derniers restes de poison ou à réparer les dégâts qu'il a pu subir.

– Et peut-être aussi, fis-je d'un ton posé, que je vais rester dans cet état jusqu'à la fin de ma vie. Peut-être que le poison ou le passage à tabac m'ont détraqué quelque chose de façon définitive. Salaud de Royal ! Me bourrer de coups de pied alors que j'étais déjà saucissonné ! »

Burrich se figea comme s'il s'était soudain changé en bloc de glace. Puis il se laissa tomber dans le fauteuil, dans l'ombre de la cheminée. Sa voix avait des accents de défaite. « Oui. Tout cela est possible ; mais tu ne vois donc pas qu'on n'a pas le choix ? Je pourrais te traiter pour t'extirper le poison du corps, mais si tu as des lésions dont il n'est pas responsable, je ne ferais que t'affaiblir davantage et tu mettrais d'autant plus de temps à guérir. » Les yeux dans les flammes, il porta la main à sa tempe, où courait une ligne blanchâtre. Je n'avais pas été seul victime de la perfidie de Royal : Burrich lui-même était tout récemment rétabli d'un coup sur la tête dont tout autre que lui-même serait mort. Je savais qu'il avait souffert plusieurs jours durant de vertiges et de troubles de la vision ; autant qu'il m'en souvînt, il ne s'était jamais plaint. J'eus la décence de ressentir un peu de honte.

« Bon, alors, qu'est-ce que je fais ? »

Burrich sursauta comme si je l'avais tiré du sommeil. « Ce que tu as fait jusqu'à maintenant : manger, dormir, ne pas t'énerver. Et voir ce qui se passe. C'est si terrible ? »

Je négligeai sa question. « Et si ça ne s'améliore pas ? Si je reste comme ça, à trembler et à piquer des crises à n'importe quel moment ? »

Sa réponse fut lente à venir. « Accepte ton sort. Beaucoup de gens doivent s'arranger de bien pire. Toi, tu es en bon état la plupart du temps ; tu n'es pas aveugle, tu n'es pas paralysé, tu as encore toute ta tête. Cesse de te définir par ce que tu ne peux pas faire. Vois plutôt ce que tu n'as pas perdu.

– Ce que je n'ai pas perdu ? Ce que je n'ai pas perdu ? » Ma colère s'éleva telle une volée d'oiseaux, comme elle animée par la panique. « Je suis infirme, Burrich ! Je ne peux pas retourner à Castelcerf dans cet état ! Je suis impuissant et pire qu'impuissant ! Un mouton qui tend la gorge au couteau du boucher ! Si je pouvais réduire Royal en purée, ça pourrait valoir la peine de revenir à Castelcerf ; mais non : je devrais m'asseoir à sa table et faire des politesses et des ronds de jambe à un homme qui a voulu détrôner Vérité et m'assassiner par-dessus le marché ! Je ne supporterais pas qu'il me voie trembler de faiblesse ou m'écrouler subitement, pris de convulsions ; je ne veux pas le voir sourire de ce qu'il m'a fait, je ne veux pas le voir savourer sa victoire. Et il essaiera de me tuer à nouveau, tu le sais comme moi ! Il a peut-être compris qu'il n'est pas de taille contre Vérité, il respectera peut-être le règne et l'épouse de son frère aîné, mais ça m'étonnerait que sa réserve s'étende jusqu'à moi. Il verra en moi un autre moyen de frapper Vérité et, quand il agira, qu'est-ce que je ferai, moi ? Assis au coin du feu comme un vieillard paralytique, je ne ferai rien. Rien ! Tout ce que j'aurai appris, le maniement des armes auprès de Hod, la calligraphie avec Geairepu, même ce que tu m'as enseigné sur la façon de soigner les bêtes, tout ça me sera inutile ! Je ne pourrai rien en faire ! Je suis redevenu un simple bâtard, Burrich ! Et quelqu'un m'a dit un jour qu'un bâtard royal ne restait en vie que dans la mesure où il était utile ! » Je hurlai presque ces derniers mots. Mais, malgré ma rage et mon désespoir, je me gardai d'évoquer Umbre et ma formation d'assassin ; pourtant, dans ce domaine aussi, je ne valais plus rien. Discrétion, dextérité, connaissance précise des façons de tuer d'une simple pression des doigts, dosage délicat des poisons, tout cela, mon corps tremblant m'en interdisait désormais l'usage.

Burrich m'écouta sans rien dire, puis, quand je fus à court d'haleine et de colère et que je restai haletant, mes mains traîtresses serrées l'une contre l'autre, il prit la parole d'une voix calme.

« Alors, nous ne retournons pas à Castelcerf, c'est ça ? »

Sa question me prit au dépourvu. « Nous ?

– Par serment, ma vie est liée à l'homme qui porte ce clou d'oreille. C'est la conséquence d'une longue histoire que je te raconterai peut-être un jour. Patience n'avait pas le droit de te le donner ; je croyais qu'il avait accompagné le prince Chevalerie dans la tombe, mais Patience n'a dû y voir qu'un simple bijou qui appartenait à son mari et qu'elle pouvait garder ou offrir à volonté. Enfin, peu importe : c'est toi qui le portes aujourd'hui et, là où tu vas, je vais. »

Je portai la main à la babiole, une petite pierre bleue enserrée par une résille d'argent, et voulus l'enlever.

« Ne fais pas ça », dit Burrich ; il avait parlé d'une voix étouffée, plus grave que le grondement d'un chien, mais j'y perçus à la fois une menace et un ordre. Je laissai retomber ma main, incapable de l'interroger sur ce sujet ; pourtant, j'étais déconcerté de voir l'homme qui s'était occupé de moi depuis mon enfance me confier ainsi son avenir. Il attendait mes instructions, assis sans bouger près du feu. Je scrutai son visage, du moins ce que m'en laissait apercevoir la lueur dansante des flammes : autrefois, c'était à mes yeux un géant revêche, ténébreux et menaçant, mais aussi un féroce protecteur ; aujourd'hui, pour la première fois peut-être, je l'observais comme un homme. Les yeux et les cheveux sombres dominaient chez les descendants d'Outrîliens, et en cela nous nous ressemblions ; mais il avait les yeux bruns et non noirs, et, sous l'effet du vent, ses joues prenaient au-dessus de sa barbe bouclée une teinte rouge qui trahissait un ancêtre plus clair de peau. Il boitait en marchant, surtout par temps froid, et c'était pour avoir un jour détourné un sanglier qui s'apprêtait à tuer Vérité. Il était moins grand qu'il ne m'avait paru autrefois et, si je continuais à grandir, je le dépasserais sans doute avant la fin de l'année ; il n'était pas non plus musclé outre mesure, mais il avait un aspect trapu qui révélait un corps et un esprit toujours sur le qui-vive. Ce n'était pas sa taille qui lui avait valu la crainte et le respect de tous à Castelcerf, mais plutôt son caractère noir et sa ténacité ; une fois, alors que j'étais tout enfant, je lui avais demandé s'il avait déjà perdu un combat ; il venait de soumettre un jeune étalon rétif et s'occupait de le calmer dans son box. Burrich avait souri en découvrant des dents aussi blanches que celles d'un loup ; la sueur perlait à son front et ruisselait dans sa barbe. Par-dessus la cloison de la stalle, il m'avait répondu, le souffle encore court : « Si j'ai perdu un combat ? Le combat n'est fini que lorsque tu l'as gagné, Fitz. Le reste, tu peux l'oublier. Et peu importe l'avis du gars d'en face. Ou du cheval. »

Je me demandai si je représentais pour lui un combat à gagner. Il m'avait souvent dit que je constituais la dernière mission que lui avait confiée Chevalerie. Mon père avait renoncé au trône, mortifié par mon existence ; pourtant il m'avait remis à la garde de cet homme avec ordre de bien m'élever. Peut-être Burrich considérait-il qu'il n'avait pas encore rempli sa mission ?

« Que dois-je faire, à ton avis ? » fis-je humblement. La question et l'humilité exigeaient de moi un gros effort.

« Guérir, répondit-il après un temps de silence. Prendre le temps de te remettre. Et la volonté n'y peut rien. » Il regarda ses propres jambes étendues devant le feu. Un drôle de sourire lui tordit les lèvres.

« Tu crois que nous devrions rentrer ? » insistai-je.

Il se radossa, se croisa les pieds et plongea son regard dans les flammes. Il resta longtemps ainsi sans rien dire, puis, finalement, presque à contrecœur : « Si nous ne rentrons pas, Royal croira nous avoir vaincus ; et il essaiera d'assassiner Vérité. Ou du moins il tentera quelque chose, n'importe quoi qui à ses yeux peut lui assurer une emprise sur la couronne de son frère. J'ai juré fidélité à mon roi, Fitz, tout comme toi. Pour l'instant, c'est le roi Subtil ; mais Vérité est roi-servant. Il ne serait pas juste qu'il ait servi pour rien, je trouve.

– Il a d'autres soldats, plus capables que moi.

– Et ça te libère de ta promesse ?

– Tu discutes comme un prêtre.

– Je ne discute pas : je te pose simplement une question. Et une autre, encore : à quoi est-ce que tu renonces en ne retournant pas à Castelcerf ? »

Ce fut à mon tour de rester silencieux. Je ne pensai pas à mon roi ni au serment qui me liait à lui ; non, je pensai au prince Vérité et à sa gentillesse bourrue, à ses manières franches ; je me rappelai le vieil Umbre et son léger sourire lorsque je parvenais à maîtriser une technique secrète, dame Patience et sa servante Brodette, Geairepu, Hod, même Mijote et maîtresse Pressée la couturière. Peu de gens, finalement, s'étaient intéressés à mon sort, mais ils n'en avaient que plus d'importance. Ils me manqueraient si je ne revenais jamais à Castelcerf. Mais ce qui jaillit en moi comme une braise soudain attisée, ce fut l'image de Molly ; et, j'ignore comment et pourquoi, je me surpris à parler d'elle à Burrich ; il se contenta de hocher la tête tandis que je lui déballais toute l'histoire.

Lorsque j'eus fini, il me dit seulement avoir appris que la chandellerie Baume-d'Abeille avait fermé quand le propriétaire, un vieil ivrogne, était mort criblé de dettes. Sa fille avait dû aller vivre chez de la famille dans une autre ville. Il ignorait laquelle, mais il ne doutait pas que je puisse le découvrir si j'y étais vraiment résolu. « Mais examine d'abord tes sentiments, Fitz, ajouta-t-il. Si tu n'as rien à lui offrir, laisse-la tranquille. Tu es infirme ? Seulement si tu le veux bien. Mais si tu as décidé d'être infirme, tu n'as peut-être pas le droit de courir après cette fille. Tu ne voudras pas de sa pitié, je pense ; ça remplace mal l'amour. » Sur ce, il se leva et sortit ; je restai à contempler les flammes, perdu dans mes pensées.

Etais-je un infirme ? Etais-je vaincu ? Mon corps tremblait comme une corde de harpe mal tendue, c'était vrai ; mais c'était ma volonté, non celle de Royal, qui l'avait emporté : mon prince Vérité conservait sa place dans la succession au trône des Six-Duchés et la princesse montagnarde était désormais son épouse. Craignais-je le sourire suffisant de Royal devant mes mains grelottantes ? Ne pouvais-je le lui rendre, à lui qui ne serait jamais roi ? Un sentiment de féroce satisfaction monta en moi. Burrich avait raison : je n'étais pas vaincu, et je pouvais faire en sorte que Royal ne l'ignore pas.

Et si j'avais battu Royal, ne pouvais-je également conquérir Molly ? Qu'est-ce qui m'en empêchait ? Jade ? Mais, d'après ce que Burrich avait entendu dire, elle ne s'était pas mariée, elle avait simplement quitté Bourg-de-Castelcerf, sans le sou, pour aller vivre chez des parents. Si Jade l'avait laissée faire, il avait de quoi rougir ! Je la chercherais, je la trouverais et je gagnerais son cœur. Molly avec ses cheveux défaits volant dans le vent, Molly avec ses jupes et sa cape écarlates, hardie comme l'oiseau qu'on nomme larron-rouge, et l'œil aussi vif... L'imaginer ainsi me fit courir un frisson le long de l'échine ; je souris, et soudain je sentis mes lèvres se crisper en un rictus, le frisson se muer en tremblement. Une convulsion me prit et je me cognai durement la tête contre le bois du lit ; un cri m'échappa, ou plutôt un gargouillement inarticulé.

En un instant, Jonqui fut auprès de moi ; elle appela Burrich et ils s'efforcèrent de maintenir mes membres qui s'agitaient de façon incontrôlée ; Burrich me terrassa de tout son poids pour contenir mes convulsions, et puis je perdis connaissance.

Je sortis des ténèbres dans la lumière, comme si j'émergeais d'une profonde plongée dans des eaux tièdes. L'épais duvet du lit de plume me faisait un berceau, les couvertures étaient douces et chaudes. Pendant quelque temps, tout ne fut que paix ; je demeurai allongé, serein, presque bien.

« Fitz ? » Burrich était penché sur moi.

Le monde réapparut et je me rappelai que j'étais une créature estropiée, pitoyable, un pantin aux fils à demi emmêlés, un cheval dont un tendon a été tranché. Je ne serais plus jamais tel que j'étais auparavant ; je n'avais plus de place dans le monde où j'avais vécu jusque-là. Burrich avait dit que la pitié remplaçait mal l'amour ; eh bien, je ne voulais la pitié de personne.

« Burrich. »

Il se pencha plus près. « Ce n'était pas trop terrible. » Il mentait. « Repose-toi, maintenant. Demain... »

Je l'interrompis : « Demain, tu pars pour Castelcerf. »

Il fronça les sourcils. « Allons-y doucement. Prends quelques jours pour te remettre, et ensuite on...

– Non. » Je me redressai en ahanant et mis toute la vigueur qui me restait dans mes paroles : « J'ai pris ma décision : demain, tu reprendras la route de Castelcerf ; il y a des gens et des bêtes qui t'attendent là-bas. C'est chez toi et c'est ton monde. Mais ce n'est plus le mien. »

Il resta silencieux un long moment. « Et toi, qu'est-ce que tu vas faire ? »

Je secouai la tête. « Ça ne te regarde plus. Ni personne, sauf moi.

– La fille ? »

Je secouai à nouveau la tête, plus violemment. « Elle s'est déjà occupée d'un infirme, elle y a passé sa jeunesse, tout ça pour s'apercevoir qu'il ne lui avait laissé que des dettes. Et tu voudrais que j'aille la retrouver dans l'état où je suis ? Que je lui demande de m'aimer pour lui imposer ma charge, comme son père ? Non ! Célibataire ou mariée à un autre, elle est bien mieux lotie sans moi. »

Le silence qui tomba entre nous dura longtemps. Dans un coin de la pièce, Jonqui s'affairait à préparer une décoction qui, comme les autres, ne me ferait ni chaud ni froid. Burrich me dominait de toute sa taille, sombre et menaçant comme une nuée d'orage ; je savais qu'il avait envie de me secouer comme un prunier, de me battre comme plâtre pour m'extirper mon entêtement. Mais il se retint : Burrich ne frappait pas les infirmes.

« Bon, dit-il enfin, ne reste que ton roi. A moins que tu n'aies oublié ton allégeance ?

– Je ne l'ai pas oubliée, répondis-je calmement, et si je me croyais encore un homme, je retournerais auprès de lui. Mais je ne suis plus un homme, Burrich : je suis un fardeau. Sur l'échiquier, je ne suis plus qu'un pion qu'il faut protéger, un otage en puissance, incapable de me défendre ou de défendre quiconque. Non : le dernier geste que je puis faire en tant qu'homme lige du roi, c'est de disparaître avant qu'on ne m'élimine pour frapper mon roi à travers moi. »

Burrich se détourna. Il formait une silhouette noire dans la pénombre et son visage était indéchiffrable à la lueur du feu. « On en reparlera demain, fit-il.

– Seulement pour nous dire adieu. Je suis décidé, Burrich. » Je portai la main à ma boucle d'oreille.

« Si tu restes, je dois rester aussi. » Sa voix grave avait pris un accent farouche.

« Ce n'est pas ainsi que ça marche, dis-je. Autrefois, mon père t'a interdit de le suivre pour que tu puisses élever son bâtard à sa place. Aujourd'hui, je t'ordonne de t'en aller servir un roi qui a encore besoin de toi.

– FitzChevalerie, je ne...

– S'il te plaît. » J'ignore ce qu'il perçut dans ma voix, mais il se tut soudain. « Je suis fatigué ; je suis épuisé. Je ne suis plus à la hauteur de ce qu'on attend de moi, voilà tout ce que je sais. J'en suis incapable. » Ma voix se mit à chevroter comme celle d'un vieillard. « Peu importe mon devoir, peu importe mon serment, je suis trop diminué pour tenir ma parole. Ce n'est peut-être pas bien, mais c'est comme ça. Les plans de l'un, les objectifs de l'autre... Jamais les miens... J'ai essayé, mais... » La chambre tangua et j'eus l'impression que ce n'était pas moi que j'entendais parler ; les propos tenus me choquèrent, mais je ne pouvais nier qu'ils étaient justes. « J'ai besoin d'être seul, à présent. Pour me reposer », dis-je simplement.

Ils me regardèrent sans un mot, puis ils quittèrent lentement la pièce comme s'ils espéraient que je les rappellerais. En vain.

Mais, une fois seul, je soufflai. La décision que j'avais prise me donnait pourtant le vertige : je ne retournais pas à Castelcerf ! Je n'avais aucune idée de ce que j'allais faire ; j'avais débarrassé l'échiquier des restes de mon existence brisée, je pouvais à présent redisposer à mon gré les morceaux de moi-même qui me restaient afin de préparer une stratégie pour ma nouvelle vie. Peu à peu, je m'aperçus que je n'avais pas de doute sur ma décision. Certes, en moi les regrets le disputaient au soulagement, mais j'étais sûr de moi ; d'une certaine façon, il était beaucoup plus supportable d'affronter une existence où nul ne se souviendrait de ce que j'avais été, une existence qui ne serait plus soumise à la volonté d'un autre, pas même à celle de mon roi. Tout était consommé. Je me rallongeai sur mon lit et, pour la première fois depuis des mois, je pus me détendre complètement. Adieu, pensai-je avec lassitude. J'aurais aimé dire ce mot à tous ceux que j'avais connus, me tenir une dernière fois devant mon roi et le voir accepter mon choix d'un hochement de tête. J'aurais peut-être réussi à lui faire comprendre pourquoi je ne voulais plus revenir. Mais cela n'arriverait jamais. Tout était fini. « Je suis navré, mon roi », marmonnai-je. Je contemplai les flammes qui dansaient dans l'âtre et le sommeil m'emporta enfin.

1

VASEBAIE

Etre roi-servant ou reine-servante, c'est savoir parfaitement faire la part de la responsabilité et de l'autorité. Cette position aurait, dit-on, été créée pour satisfaire la soif de pouvoir d'un héritier au trône tout en lui apprenant à exercer l'autorité. L'aîné de la famille royale accède à ce statut à son seizième anniversaire et, de ce jour, le roi-servant (ou la reine-servante) endosse une pleine part de responsabilité dans le gouvernement des Six-Duchés. En règle générale, il se voit confier les devoirs dont le monarque régnant s'occupe le moins et qui peuvent grandement varier d'un souverain à l'autre.

Sous le roi Subtil, Chevalerie fut le premier roi-servant ; son père lui délégua tout ce qui touchait aux frontières : à lui les guerres, les négociations, la diplomatie, l'inconfort des longs voyages et la vie pénible des campagnes militaires. Quand Chevalerie se désista et que Vérité devint roi-servant, il hérita de toutes les incertitudes de la guerre contre les Outrîliens et des tensions que cette situation créait entre les duchés de l'Intérieur et ceux des Côtes ; et, pour corser sa tâche déjà difficile, le roi pouvait à tout moment annuler ses décisions pour les remplacer par les siennes propres : il dut ainsi souvent résoudre des situations qui n'étaient pas de son fait avec des armes qu'il n'avait pas choisies.

Encore moins confortable, peut-être, était la position de la reine-servante Kettricken. Ses manières de Montagnarde la désignaient comme étrangère à la cour des Six-Duchés ; en des temps moins troublés, peut-être eût-elle été accueillie avec davantage de tolérance, mais l'agitation générale du royaume mettait la cour de Castelcerf en effervescence. Les Navires rouges venus des îles d'Outre-Mer dévastaient nos côtes comme jamais depuis des générations et détruisaient plus qu'ils ne pillaient ; le premier hiver de Kettricken en tant que reine-servante vit aussi la première attaque hivernale que nous eussions connue. La menace constante des raids et le tourment lancinant de la présence des forgisés ébranlaient les Six-Duchés jusqu'aux fondations, la confiance du peuple dans la monarchie était au plus bas et Kettricken occupait la position peu enviable d'être la reine étrangère d'un roi-servant que nul n'admirait.

La cour était divisée par le trouble qui régnait dans le royaume : les duchés de l'Intérieur exprimaient leur rancœur de devoir payer des impôts afin de protéger des côtes qui ne se situaient pas sur leurs territoires ; ceux des côtes réclamaient à cor et à cri des navires de combat, des soldats et des moyens efficaces pour lutter contre des Pirates qui frappaient toujours aux points les plus faibles ; le prince Royal, de l'Intérieur par sa mère, s'efforçait d'acquérir un pouvoir et une influence personnels en courtisant les ducs de l'Intérieur à l'aide de présents et de flatteries ; le prince Vérité, convaincu que son Art ne suffisait plus à maintenir les Pirates à distance, s'occupait de faire construire des navires de guerre destinés à garder les duchés côtiers et ne consacrait guère de temps à sa reine. Et, au-dessus de tout cela, le roi Subtil, telle une grande araignée, essayait de répartir le pouvoir entre lui-même et ses fils afin de préserver l'équilibre interne des Six-Duchés.

⋆

Je m'éveillai en sentant qu'on me touchait le front. Je détournai la tête avec un grognement agacé. Je me débattis pour m'extirper de mes couvertures dans lesquelles je m'étais emmêlé, puis me redressai pour voir qui avait osé me déranger. L'air inquiet, le fou du roi Subtil était assis sur une chaise près de mon lit. Je le dévisageai, ahuri, et il s'écarta de moi. Un sentiment de malaise m'envahit.

Le fou aurait dû se trouver à Castelcerf, avec le roi, à de nombreux milles et à bien des jours de voyage de moi. Jamais je ne l'avais vu s'éloigner du roi plus de quelques heures, sinon pour dormir. Sa présence ne présageait rien de bon. C'était mon ami, autant que sa nature singulière lui permît de se lier ; mais il ne venait jamais à moi sans raison, et ses raisons étaient rarement futiles ou agréables. Il avait un air fatigué comme je ne lui en avais jamais connu. Il portait une livrée verte et rouge, nouvelle pour moi, et tenait à la main un sceptre de bouffon surmonté d'une tête de rat. Sa tenue gaiement colorée contrastait durement avec sa peau dépourvue de pigmentation : on aurait dit une bougie translucide décorée de houx ; ses vêtements paraissaient plus substantiels que lui. Les fins cheveux décolorés qui sortaient de sa coiffe flottaient comme ceux d'un noyé dans l'océan et les flammes dansantes de la cheminée se reflétaient dans ses prunelles. J'avais l'impression d'avoir du sable dans les yeux ; je les frottai, puis m'écartai les cheveux du visage : ils étaient trempés ; j'avais transpiré pendant mon sommeil.

« Bonjour, dis-je, et j'articulais difficilement. Je ne pensais pas te trouver ici. » J'avais la bouche sèche, amère et la langue épaisse. J'avais été malade, je m'en souvenais, mais les détails m'échappaient.

« Et où, sinon ? » Il me lança un regard affligé. « Plus vous dormez, moins vous semblez reposé. Rallongez-vous, mon seigneur. Je vais vous installer plus confortablement. » Il se mit à tirer sur mes oreillers d'un air empressé, mais je le repoussai d'un geste de la main. Quelque chose n'allait pas : jamais il ne m'avait parlé avec tant de courtoisie ; certes, nous étions amis, mais quand il s'adressait à moi, c'était avec des phrases lapidaires et aussi acides qu'un fruit vert. Si cette amabilité était une manifestation de pitié, je n'en voulais pas.

Je baissai les yeux sur ma chemise de nuit brodée, puis sur la somptueuse courtepointe. Je leur trouvais un aspect bizarre, mais j'étais trop faible et trop fatigué pour me creuser la cervelle. « Que fais-tu ici ? » demandai-je.

Il soupira. « Je m'occupe de vous, je garde votre chevet pendant que vous dormez. Vous trouvez cela ridicule, je le sais, mais je suis le fou, par conséquent je dois me montrer ridicule. Cependant, vous me posez la même question à chacun de vos réveils ; lors, permettez-moi de vous offrir un conseil avisé : je vous en supplie, mon seigneur, laissez-moi envoyer chercher un autre guérisseur. »

Je me radossai aux oreillers. Ils étaient trempés de sueur et sentaient l'aigre. J'aurais pu demander au fou de me les changer et il se serait exécuté, mais c'était inutile : je n'aurais fait qu'y transpirer de plus belle. J'agrippai mes couvertures de mes doigts noueux. « Que fais-tu ici ? » fis-je d'un ton bourru.

Il me prit la main et la tapota. « Mon seigneur, votre soudaine faiblesse ne m'inspire pas confiance. Vous ne paraissez guère tirer de profit des soins de ce guérisseur. Je crains que son savoir ne soit bien moindre que l'opinion qu'il s'en fait.

– Burrich ? m'exclamai-je, incrédule.

– Burrich ? J'aimerais qu'il soit parmi nous, mon seigneur ! Ce n'est peut-être que le maître des écuries, mais je vous certifie qu'il est davantage guérisseur que ce Murfès qui vous drogue et vous fait partir en eau !

– Murfès ? Burrich n'est pas là ? »

Le fou prit un air grave. « Non, mon roi. Il est resté au royaume des Montagnes, vous le savez bien.

– Ton roi ! répétai-je et j'essayai de rire. Quelle dérision !

– Jamais, mon seigneur, répondit-il avec douceur. Jamais. »

Sa tendresse me laissa perplexe. Ce n'était pas là le fou que je connaissais, qui n'avait à la bouche que discours contournés, énigmes, jeux de mots, piques sournoises et insultes ingénieuses. J'eus soudain l'impression d'être étiré, de devenir aussi fin qu'une corde et aussi effiloché ; je m'efforçai néanmoins de comprendre la situation. « Je suis donc à Castelcerf ? »

Il hocha lentement la tête. « Naturellement. » Sa bouche avait un pli inquiet.

Je demeurai silencieux pour sonder intérieurement la profondeur de la trahison dont j'avais été victime : j'avais, j'ignorais comment, et contre ma volonté, été ramené à Castelcerf ! Et Burrich n'avait même pas jugé utile de m'accompagner !

« Permettez-moi de vous donner à manger, dit le fou d'un ton suppliant. Vous vous sentez toujours mieux après. » Il se leva. « J'ai apporté ceci il y a des heures, mais je l'ai tenu au chaud près de la cheminée. »

Je le suivis d'un regard las. Près du grand âtre, il s'accroupit pour éloigner du feu une soupière couverte, en souleva le couvercle et un somptueux parfum de ragoût de bœuf me frappa bientôt les narines. Avec une louche, il se mit à en remplir un bol. Je n'avais plus mangé de bœuf depuis des mois : dans les Montagnes, ce n'était que venaison, mouton et chèvre. Je fis le tour de la chambre d'un œil éteint : ces lourdes tapisseries, ces sièges massifs en bois, cette cheminée en grosse pierre, ces tentures de lit richement ouvragées... Je connaissais cette pièce : c'était la chambre du roi à Castelcerf. Mais que faisais-je donc là, dans le propre lit du roi ? Je voulus interroger le fou, mais un autre prit la parole par mes lèvres. « Je sais trop de choses, fou. Je ne puis plus m'empêcher de les savoir. Parfois, j'ai l'impression qu'un autre que moi domine ma volonté et pousse mon esprit dans des directions que je refuse. Mes murailles sont rompues ; tout se déverse en moi comme un mascaret. » J'inspirai profondément, mais ne pus éviter le raz de marée ; ce fut d'abord un picotement froid, puis j'eus la sensation d'être immergé dans un rapide courant d'eau glacée. « Une marée qui monte, hoquetai-je. Elle porte des navires... Des navires à la quille rouge... »

Le fou écarquilla les yeux, effrayé. « En cette saison, votre majesté ? Allons donc ! Pas en hiver ! »

Mon souffle était comprimé au fond de ma poitrine. Je fis un effort pour parler. « L'hiver est arrivé avec trop de douceur ; il nous a épargné ses tempêtes et nous prive de sa protection. Regarde ! Regarde là-bas, sur la mer ! Tu les vois ? Ils viennent ! Ils sortent du brouillard ! »

Je tendis le doigt et le fou se précipita auprès de moi ; il s'accroupit pour regarder dans la direction que j'indiquais, mais je savais qu'il ne pouvait rien apercevoir. Néanmoins, loyal, il posa une main hésitante sur ma frêle épaule et suivit mon index des yeux comme si, par un acte de volonté, il pouvait faire disparaître les murs et les milles de distance qui le séparaient de ma vision. Regrettant de n'être pas aussi aveugle que lui, je serrai les longs doigts pâles qui reposaient sur mon épaule. Un instant, je contemplai ma main flétrie, la bague au cachet royal qui entourait un doigt osseux derrière une phalange enflée ; puis, malgré moi, mon regard remonta et ma vision s'éloigna.

Mon index tendu désignait le port tranquille. Je m'efforçai de me redresser dans mon lit pour y voir plus loin. La ville plongée dans la pénombre s'étendait devant moi comme une marqueterie de maisons et de rues. Des bancs de brouillard stagnaient dans les creux et occultaient la baie. Le temps va changer, me dis-je. Un mouvement dans l'air glaça la vieille transpiration qui me couvrait la peau et me fit frissonner. Malgré la noirceur de la nuit et le brouillard épais, je voyais tout avec une netteté parfaite. C'est l'acuité de l'Art, pensai-je, puis je m'étonnai : j'étais incapable d'artiser, du moins de façon prévisible et utile !

Mais à cet instant deux navires émergèrent de la brume et entrèrent dans le port endormi ; j'oubliai aussitôt ce que je pouvais ou ne pouvais pas faire. Elégants et fins, ils paraissaient noirs à la lumière de la lune, mais je savais que leur quille était rouge : des Pirates rouges des îles d'Outre-Mer. Tels des couteaux, les bateaux tranchaient dans les vaguelettes, taillaient dans le brouillard, s'enfonçaient dans les eaux protégées du port comme de fines lames dans le ventre d'une truie. Leurs avirons se mouvaient sans bruit, avec un ensemble parfait, dans les tolets garnis de chiffons pour étouffer les sons. Ils se rangèrent le long des quais avec l'assurance d'honnêtes marchands venus commercer. D'un bond léger, un matelot descendit du premier pour fixer une amarre à un pilier ; à l'aide d'une rame, un homme maintint le bâtiment à distance du quai en attendant que l'amarre de poupe fût attachée à son tour. Tout se passait dans le plus grand calme, sans le moindre mystère. Le second navire exécuta les mêmes opérations que le premier. Les Pirates rouges tant redoutés étaient arrivés, hardis comme des mouettes, et s'étaient amarrés au propre quai de leurs victimes.

Aucune sentinelle ne lança l'alerte, nul guetteur ne sonna de la trompe ni ne jeta de torche sur un tas de rameaux résineux pour allumer un feu d'alarme. Je cherchai ces hommes et les trouvai sur-le-champ. Le menton sur la poitrine, ils dormaient à leur poste. De gris, leurs lainages épais étaient devenus rouges en buvant le sang de leur gorge tranchée. Leurs meurtriers étaient venus sans bruit, par la terre, parfaitement renseignés sur les postes de garde, pour réduire chacun d'eux au silence. Personne n'avertirait la ville endormie.

D'ailleurs, les sentinelles n'étaient pas nombreuses : la bourgade ne présentait guère d'intérêt, à peine de quoi lui valoir un point sur une carte, et elle comptait sur l'humilité de ses biens pour la préserver des attaques. On y faisait de la bonne laine, certes, qui donnait un fil fin ; on pêchait et on fumait le saumon qui remontait le fleuve, les pommes étaient petites mais savoureuses et l'on en tirait une bonne eau-de-vie, et il y avait une belle plage à palourdes à l'ouest de la ville. Telles étaient les richesses de Vasebaie et, si elles n'étaient pas grandes, elles suffisaient à rendre l'existence précieuse à ceux qui y vivaient. Mais elles ne valaient assurément pas qu'on s'y précipite la torche et l'épée à la main : quel pillard jugerait digne de lui un tonnelet d'alcool de pomme ou un portant de saumons fumés ?

Mais c'étaient les Pirates rouges et ils ne cherchaient ni biens ni trésors, ni bétail de concours, ni même des femmes à épouser ni des garçons à enchaîner aux bancs de nage de leurs galères ; non, ils allaient mutiler puis massacrer les moutons à l'épaisse toison, piétiner le saumon fumé, incendier les entrepôts de laine et de vin ; certes, ils allaient prendre des otages, mais seulement pour les forgiser, et la magie de la forgisation les laisserait moins qu'humains, dépouillés de la moindre émotion et de toute pensée, sauf les plus primitives. Et les Pirates, loin de conserver ces otages, les abandonneraient sur place afin qu'ils imposent leur angoisse débilitante à ceux qui les avaient aimés et sur tous leurs proches ; privés de sensibilité humaine, les forgisés écumeraient leur terre natale sans plus de remords que des fouines affamées. Lâcher sur nous ces forgisés qui avaient été nos frères était l'arme la plus cruelle des Outrîliens, cela, je le savais déjà pour avoir été témoin des conséquences d'autres attaques.

Je regardais la marée de mort monter pour engloutir la petite ville. Les pirates outrîliens sautèrent à bas de leurs vaisseaux et se déversèrent dans le village, ruisselèrent sans bruit dans les rues par groupes de deux ou trois, meurtriers comme le poison qui se mêle au vin. Quelques-uns prirent le temps de fouiller les autres navires amarrés au quai ; c'étaient pour la plupart de petits doris ouverts, mais il y avait aussi trois bateaux plus grands, deux de pêche et un marchand. Leurs équipages connurent une fin rapide ; leur résistance affolée rappelait les battements d'ailes et les criailleries pitoyables des volailles lorsque le furet s'introduit dans le poulailler. Ils m'appelèrent à l'aide d'une voix étouffée par leur sang ; le brouillard épais absorbait gloutonnement leurs hurlements et la mort d'un matelot ne semblait guère plus que le cri d'un oiseau de mer. Ensuite, les bâtiments furent incendiés, négligemment, sans égard pour leur valeur en tant que butin. Ces Pirates ne pillaient presque pas ; certes, ils pouvaient s'emparer d'une poignée de pièces d'argent si elles leur tombaient sous la main ou d'un collier pris sur une femme qu'ils venaient de violer puis de tuer, mais guère plus.

J'assistais à la scène, impuissant. Une quinte de toux me saisit, puis je retrouvai mon souffle : « Si seulement je pouvais les comprendre, dis-je au fou. Si seulement je savais ce qu'ils veulent. Ces Pirates rouges ne suivent aucune logique ; comment combattre des gens qui nous attaquent sans nous donner leurs raisons ? Mais si j'arrivais à les comprendre… »

Les lèvres pâles, le fou fit la moue et il réfléchit. « Ils partagent la folie de celui qui les commande et on ne peut les comprendre que si l'on prend part à cette folie. En ce qui me concerne, je n'en ai nulle envie. Les comprendre ne les arrêtera pas.

– Non. » J'aurais voulu ne plus voir le village : j'avais trop souvent assisté à ce cauchemar ; mais seul un homme sans cœur pouvait se détourner de cette scène comme s'il s'agissait d'un spectacle de marionnettes mal monté. Le moins que je puisse faire pour mes sujets était de les regarder mourir ; c'était aussi le plus que je puisse faire. J'étais un vieillard malade, invalide et très loin d'eux ; on ne pouvait pas en attendre davantage de moi. Alors, je regardais.

Je vis la petite ville s'éveiller d'un doux sommeil sous la rude poigne d'une main inconnue sur la gorge ou le sein, sous un poignard levé au-dessus d'un berceau ou au cri soudain d'un enfant arraché à son lit. Des lumières hésitantes naquirent dans tout le village, certaines provenant de bougies allumées parce qu'un voisin venait de donner l'alarme, d'autres de torches ou de maisons en flammes. Il y avait plus d'une année que les Pirates rouges terrorisaient les Six-Duchés mais, pour cette bourgade, ils prenaient cette nuit toute leur réalité ; ces gens s'étaient crus préparés, ils avaient entendu les histoires horribles qui se colportaient et avaient résolu de ne jamais faire partie des victimes, et pourtant les maisons brûlaient, les hurlements montaient dans le ciel nocturne comme portés par les tourbillons de fumée.

« Parle, fou, ordonnai-je d'une voix rauque. Rappelle-toi l'avenir pour moi. Que dit-on à propos de Vasebaie ? D'une attaque sur Vasebaie en hiver ? »

Il prit une inspiration hachée. « Ce n'est pas facile ; ce n'est pas clair, dit-il, hésitant. Tout fluctue, tout est encore en changement. Trop de choses sont en cours de tranformation, votre majesté. A cet endroit, l'avenir se déverse dans toutes les directions.

– Décris-moi celles que tu vois, ordonnai-je.

– On a écrit une chanson sur cette ville », fit-il d'une voix caverneuse. Il m'agrippait toujours l'épaule ; à travers la chemise de nuit, le contact de ses longs doigts puissants était glacé. Un tremblement nous traversa tous deux et je sentis l'effort qu'il faisait pour rester debout près de moi. « Quand on la chante dans une taverne, avec les chopes de bière qui battent la mesure du refrain sur les tables, l'histoire ne paraît pas si terrible. On peut imaginer la courageuse résistance des habitants qui ont préféré la mort à la reddition ; pas un seul d'entre eux n'a été pris vivant pour se faire forgiser. Pas un seul. » Le fou s'interrompit. Une note hystérique s'était mêlée à la gravité de son ton. « Naturellement, lorsqu'on boit et qu'on chante, on ne voit pas le sang, on ne sent pas l'odeur de la chair brûlée, on n'entend pas les cris. Mais cela se comprend : avez-vous déjà essayé de trouver une rime à "enfant écartelé" ? Un jour, quelqu'un a proposé "au crâne martelé", mais le vers ne passait toujours pas très bien. » Il n'y a aucune gaieté dans son ironie. Ses plaisanteries amères ne peuvent le protéger, pas plus que moi. Il retombe dans le silence, mon prisonnier condamné à partager son douloureux savoir avec moi.

Je regarde sans rien dire. Nul poème ne saurait raconter la mère qui enfonce une boulette de poison dans la bouche de son enfant pour le garder des Pirates ; personne ne pourrait chanter les cris des enfants saisis de crampes sous l'effet du poison violent ni les femmes violées pendant leur agonie ; aucune poésie, aucune mélodie ne supporterait de parler des archers dont les flèches les mieux ajustées tuent ceux de leur famille avant qu'on ne puisse les enlever. Je jetai un coup d'œil à l'intérieur d'une maison en feu ; à travers les flammes, je vis un garçon d'une dizaine d'années offrir sa gorge au couteau que tenait sa mère ; il avait dans les bras le cadavre de sa petite sœur, étranglée déjà car les Pirates rouges étaient là et un frère aimant ne pouvait l'abandonner ni aux pillards ni aux flammes voraces. Je vis les yeux de la mère lorsqu'elle prit les corps de ses enfants et s'enfonça dans le brasier avec eux. Ce sont là des scènes qu'il vaut mieux oublier, mais elles ne m'auront pas été épargnées. Mon devoir m'obligeait à y assister et à m'en souvenir.

Tous ne périrent pas : certains s'enfuirent dans les champs et les bois environnants ; je vis un jeune homme emmener quatre enfants et se cacher avec eux sous les quais, dans l'eau glacée, cramponné à un pilier encroûté de barnacles, en attendant le départ des Pirates. D'autres furent abattus alors qu'ils se sauvaient à toutes jambes. Je vis une femme en chemise de nuit se faufiler hors d'une maison ; des flammes couraient déjà le long de la façade ; elle portait un enfant dans ses bras et un autre la suivait, accroché à son vêtement. Malgré l'obscurité, la lumière des chaumières en feu mettait des reflets satinés à ses cheveux. Elle jetait des regards effrayés autour d'elle, mais le long couteau qu'elle tenait dans sa main libre était levé, prêt à servir ; j'aperçus une petite bouche au pli farouche et deux yeux étrécis mais ardents. Puis, l'espace d'un instant, son fier profil se dessina sur le fond des flammes. Un hoquet m'échappa. « Molly ! » m'exclamai-je. Je tendis une main griffue. La femme ouvrit une trappe et poussa les enfants dans une cave d'ensilage à l'arrière de la maison embrasée, puis elle referma le battant derrière elle. Etaient-ils tous en sécurité ?

Non. Deux silhouettes tournèrent le coin du bâtiment ; l'une d'elles portait une hache. Les deux Pirates marchaient à pas lents et assurés, en riant à pleine voix ; la suie qui maculait leur visage faisait ressortir leurs dents et le blanc de leurs yeux. L'un d'eux était une femme ; elle était très belle et riait en avançant à grandes enjambées. Elle paraissait sans peur. Un fil d'argent retenait ses cheveux tirés en arrière et nattés ; les flammes y allumaient des éclats rougeoyants. Les Pirates s'approchèrent de la trappe et l'homme à la hache balança son arme en un grand arc. La lame mordit profondément dans le bois et j'entendis le cri de terreur d'un enfant. « Molly ! » hurlai-je. Je sortis tant bien que mal de mon lit, puis, incapable de me tenir debout, je rampai dans sa direction.

La trappe céda et les Pirates éclatèrent de rire. L'homme à la hache mourut en riant : Molly avait bondi à travers le battant fracassé pour lui plonger son long couteau dans la gorge. Mais la belle femme au fil d'argent dans les cheveux avait une épée et, alors que Molly s'efforçait d'extirper son arme du moribond, cette épée tombait, tombait...

A cet instant, quelque chose lâcha dans la maison en feu avec un craquement sec. Le bâtiment vacilla, puis s'effondra dans un déluge d'étincelles et une explosion de flammes rugissantes. Un rideau flamboyant s'éleva entre moi et la cave ; j'étais incapable d'y voir dans cet enfer. La maison s'était-elle écroulée sur l'entrée de la cave et les Pirates qui l'attaquaient ? Je ne distinguais plus rien. Je me jetai en avant pour attraper Molly.

Mais à cette même seconde tout disparut ; plus de chaumière embrasée, plus de ville mise à sac, plus de port occupé par des intrus, plus de Pirates rouges ; il n'y eut plus que moi, blotti par terre près de la cheminée. J'avais avancé la main dans le feu et refermé les doigts sur un charbon ardent. Avec un cri, le fou me saisit le poignet pour retirer ma main des braises. Je me libérai d'une secousse, puis contemplai ma paume couverte d'ampoules, l'esprit vide.

« Mon roi... » fit le fou d'un ton désolé. Il s'agenouilla près de moi, approcha délicatement la soupière. Il humecta une serviette dans le vin qu'il avait servi en prévision de mon repas et l'enroula autour de mes doigts. Je le laissai faire : la brûlure n'était rien à côté de la grande blessure qui béait en moi. Ses yeux inquiets étaient plongés dans les miens, mais c'est à peine si je le voyais. Il paraissait sans substance, avec le reflet des flammes mourantes dans ses iris décolorés : une ombre parmi toutes celles qui venaient me tourmenter.

Mes doigts brûlés m'élancèrent soudain ; je les serrai dans mon autre main. Qu'avais-je fait, à quoi avais-je pensé ? L'Art m'avait saisi comme une crise de convulsions et puis il s'en était allé en me laissant aussi sec qu'un verre vide. La fatigue se déversait en moi pour combler l'espace libéré et la douleur la chevauchait. Je m'efforçai de conserver en mémoire ce que j'avais vu. « Qui était cette femme ? Est-elle importante ?

– Ah ! » Le fou paraissait plus épuisé encore que moi, mais il rassembla ses forces. « Une femme de Vasebaie ? » Il se tut, l'air de se creuser laborieusement l'esprit. « Non… Je n'ai rien. Tout est confus, mon roi ; c'est très difficile d'être sûr.

– Molly n'a pas d'enfant, lui dis-je. Ce ne pouvait être elle.

– Molly ?

– Elle s'appelle Molly ? » J'avais mal à la tête. La colère me prit tout à coup. « Pourquoi me tortures-tu ainsi ?

– Mon seigneur, je ne connais pas de Molly. Allons, revenez vous coucher ; je vais vous apporter à manger. »

Il m'aida à me relever et je supportai son contact. Ma voix me revint. Je me sentais flotter et mes yeux accommodaient par à-coups ; je percevais la pression de sa main sur mon bras et la seconde d'après j'avais l'impression de rêver de la chambre et des deux hommes qui s'y parlaient. « Je dois savoir s'il s'agissait de Molly, dis-je péniblement ; je dois savoir si elle est en train de mourir. Fou, il faut que je sache ! »

Le fou poussa un profond soupir. « Je n'ai aucun pouvoir là-dessus, mon roi, vous le savez bien. A l'instar de vos visions, les miennes s'imposent à moi, non le contraire. Je ne puis choisir un fil de la tapisserie : je dois regarder ce vers quoi mes yeux sont tournés. L'avenir, mon roi, est comparable à un courant dans un canal ; j'ignore où va telle ou telle goutte d'eau, mais je sais où le flot est le plus fort.

– Une femme à Vasebaie », insistai-je. Une partie de moi-même avait pitié de mon malheureux fou, mais une autre demeurait inflexible. « Je ne l'aurais pas vue si clairement si elle ne jouait pas un rôle essentiel. Essaye. Qui est-ce ?

– Elle est importante ?

– Oui, j'en suis sûr. Oh oui ! »

Le fou s'assit par terre en tailleur. Il porta ses longs doigts minces à sa tête et les appuya sur les tempes comme s'il voulait ouvrir une porte. « Je ne sais pas. Je ne comprends pas… Tout est confus, tout se croise. Les pistes ont été piétinées, les odeurs altérées… » Il leva les yeux vers moi. Je ne me souvenais pas de m'être remis debout, mais il était à mes pieds, le regard levé vers moi. Ses yeux sans couleur paraissaient exorbités dans son visage crayeux. La tension qu'il s'imposait le faisait vaciller et il avait un sourire niais. Il regarda son sceptre à tête de rat, le plaça contre son nez. « Tu as entendu parler d'une Molly, toi, Raton ? Non ? C'est bien ce que je pensais. Il faudrait peut-être se renseigner auprès de gens plus à même de nous répondre. Les asticots, peut-être. » Il se mit à rire avec des gloussements d'idiot. Créature inutile, devin ridicule aux prophéties incompréhensibles ! Mais, bah, c'était sa nature et il n'y pouvait rien. Je m'écartai lentement de lui et retournai m'asseoir sur le bord de mon lit.

Je m'aperçus que je tremblais comme sous l'effet d'un accès de fièvre. Une crise qui se prépare, me dis-je ; je dois me calmer. Avais-je envie de me convulser et de hoqueter sous les yeux du fou ? A vrai dire, cela m'était égal. Rien n'avait d'importance, sauf de découvrir s'il s'agissait bien de ma Molly et si elle avait péri. Il fallait que je le sache, que je sache si elle était morte et, dans ce cas, comment. Jamais il ne m'avait paru plus crucial de savoir quelque chose.

Le fou se tenait accroupi sur le tapis comme un crapaud blafard. Il s'humecta les lèvres et me sourit. La douleur parfois peut arracher ce genre de sourire à un homme. « C'est une chanson de réjouissance que l'on chante sur Vasebaie, dit-il. Un chant de triomphe. Car les villageois ont gagné ; oh, ils n'ont pas conservé la vie, mais ils ont obtenu de mourir proprement. Enfin, de mourir, en tout cas. La mort plutôt que la forgisation. C'est un moindre mal, un moindre mal qui aura valu qu'on en tire une chanson à laquelle se raccrocher en ces jours sombres. C'est ainsi que ça se passe dans les Six-Duchés, aujourd'hui : nous tuons les nôtres pour prendre les Pirates de court, et puis nous en faisons des chansons. Etonnantes, les consolations qu'on peut trouver quand il n'y a plus d'espoir. »

Ma vision s'estompa et je compris soudain que je rêvais. « Je ne suis pas ici, dis-je d'une voix faible. C'est un songe. Je rêve que je suis le roi Subtil. »

Le fou tendit la main devant les flammes et contempla les os qui se dessinaient clairement à travers la chair translucide. « Si vous le dites, mon suzerain, il doit en être ainsi. Dans ce cas, je rêve moi aussi que vous êtes le roi Subtil. Alors, si je vous pince, vais-je me réveiller ? »

Je regardai mes propres mains. Elles étaient ridées et couturées de cicatrices. Je les refermai ; j'observai les veines et les tendons qui saillaient sous la peau parcheminée, je perçus la résistance de mes articulations enflées, comme si des grains de sable s'y étaient glissés.

Je suis un vieillard, me dis-je. Voilà donc ce que c'est d'être vieux. Non pas malade, avec la possibilité de guérir un jour, mais vieux. Lorsque chaque jour ne peut être que plus difficile, que chaque mois ne fait que peser un peu plus sur le corps. Tout dérapait. Un instant, j'avais cru avoir quinze ans. Je sentis une odeur de chair carbonisée et de cheveux grillés. Non, un somptueux parfum de ragoût de bœuf. Non, l'encens vulnéraire de Jonqui. Les effluves mélangés me donnaient la nausée. Je ne savais plus qui j'étais, ni ce qui était important. J'essayai d'empoigner la logique instable de l'univers où je me trouvais, de la surmonter. Mais c'était perdu d'avance. « Je ne sais plus, murmurai-je. Je n'y comprends plus rien.

– Ah ! fit le fou, c'est ce que je vous disais : on ne comprend une chose qu'en devenant cette chose.

– Est-ce cela, être le roi Subtil, alors ? » demandai-je d'un ton angoissé. J'étais ébranlé jusqu'au plus profond de moi-même. Je ne l'avais jamais vu sous ce jour, tourmenté par les douleurs de la vieillesse et néanmoins toujours confronté aux douleurs de ses sujets. « Est-ce cela qu'il doit endurer tous les jours de sa vie ?

– Je le crains, mon suzerain, répondit le fou d'un ton apaisant. Allons, laissez-moi vous aider à regagner votre lit. Vous irez sûrement mieux demain.

– Non. Tu sais comme moi que je n'irai pas mieux demain. » Ce n'était pas moi mais le roi Subtil qui avait prononcé ces terribles paroles ; je les entendis et je sus que telle était l'épuisante vérité que le roi Subtil devait supporter quotidiennement. J'étais exténué, j'avais mal partout. J'ignorais que la chair pouvait se faire si lourde, que le simple fait de plier un doigt pouvait exiger un si grand effort. J'avais envie de me reposer, de me rendormir. Mais était-ce moi ou le roi Subtil ? La sagesse aurait voulu que je laisse le fou me remettre au lit, que je permette à mon roi de reprendre des forces, mais le fou tenait ce petit renseignement essentiel juste hors de portée de mes mâchoires claquantes. Il ne cessait d'escamoter l'unique parcelle de savoir qu'il me fallait pour me retrouver tout entier.

« Est-elle morte dans le village ? » demandai-je.

Il me lança un regard triste, puis, se baissant brusquement, il ramassa son sceptre à tête de rat. Une petite larme de nacre brillait sur la joue de Raton. Le fou se concentra sur elle et ses yeux se firent à nouveau lointains, perdus dans une toundra de détresse. Dans un murmure, il dit : « Une femme à Vasebaie… une goutte d'eau dans le flot de toutes les femmes de Vasebaie. Que peut-il lui être arrivé ?

Est-elle morte ? Oui. Non. Gravement brûlée, mais vivante. Le bras amputé à l'épaule. Acculée, puis violée tandis qu'on tuait ses enfants, mais laissée en vie. Plus ou moins. » Les yeux du fou devinrent encore plus vides. On eût dit qu'il lisait un inventaire à voix haute, tant sa voix était monocorde. « Brûlée vive avec les enfants lorsque la maison s'est effondrée sur eux. A pris du poison dès que son mari l'a réveillée. Morte asphyxiée par la fumée. Et a succombé à l'infection causée par une blessure d'épée quelques jours plus tard. A péri d'un coup d'épée. Etouffée par son propre sang pendant qu'on la violait. S'est tranché la gorge après avoir tué les enfants tandis que des Pirates défonçaient la trappe à coups de hache. A survécu et a donné le jour au rejeton d'un Pirate l'été suivant. A été retrouvée errant dans la campagne plusieurs jours plus tard, gravement brûlée mais ne se souvenant de rien. A été défigurée par le feu et eu les mains tranchées, mais n'a survécu qu'un bref...

– Arrête ! criai-je. Cesse ! Je t'en supplie, cesse ! »

Il se tut et prit une inspiration. Ses yeux revinrent sur moi, leur vivacité retrouvée. « Que je cesse ? » Il soupira, se prit le visage entre les mains et dit d'une voix étouffée : « Que je cesse ? C'est aussi ce que hurlaient les femmes de Vasebaie. Mais c'est déjà passé, mon suzerain. Nous ne pouvons défaire ce qui est en cours. Une fois que cela s'est produit, il est trop tard. » Il releva le visage. Il paraissait exténué.

« Je t'en prie... Ne peux-tu rien me dire de cette femme que j'ai vue, d'elle seule ? » Son nom m'échappait soudain ; elle était très importante pour moi, voilà tout ce que je me rappelais.

Il secoua la tête et les clochettes d'argent de sa coiffe sonnèrent faiblement. « Le seul moyen serait de se rendre sur place. » Il me regarda. « Si vous me l'ordonnez, j'irai.

– Fais chercher Vérité. J'ai des instructions à lui donner.

– Nos soldats n'arriveront pas à temps pour empêcher l'attaque, observa-t-il ; ils ne pourront qu'aider à éteindre les incendies et prêter la main aux habitants pour récupérer ce qu'ils pourront des ruines.

– Dans ce cas, qu'ils le fassent, dis-je d'une voix éteinte.

– Laissez-moi d'abord vous remettre dans votre lit, mon roi, avant que vous ne preniez froid. Puis je vous apporterai à manger.

– Non, fou, répondis-je tristement. Puis-je manger bien au chaud alors que des corps d'enfants se raidissent dans la boue glacée ? Non, apporte-moi plutôt ma robe et mes chaussures, après quoi tu iras chercher Vérité. »

Le bouffon fit front bravement. « Croyez-vous que l'inconfort que vous vous infligerez donnera ne serait-ce qu'un souffle de plus à un enfant, mon suzerain ? Ce qui s'est passé à Vasebaie est terminé. Pourquoi souffrir ?

– Pourquoi souffrir ? » Je réussis à sourire. « Chaque habitant de Vasebaie a dû poser la même question au brouillard, cette nuit. Je souffre, mon fou, parce qu'ils ont souffert. Parce que je suis roi. Mais davantage encore, parce que je suis un homme et que j'ai vu ce qui leur est arrivé. Réfléchis, fou : imagine que chaque habitant des Six-Duchés se dise : “Ma foi, ce qui pouvait leur arriver de pire s'est déjà produit. Pourquoi renoncer à mon repas et à mon lit douillet pour m'en occuper ?” Fou, par le sang qui est en moi, ce sont mes sujets. Ma souffrance est-elle plus grande ce soir que la leur ? Que sont les élancements et les tremblements d'un seul homme à côté de ce qu'a subi Vasebaie ? Pourquoi m'abriterais-je alors que mon peuple se fait massacrer comme du bétail ?

– Il me suffit de dire deux mots au prince Vérité, fit le fou. “Pirates” et “Vasebaie”, et il en saura autant qu'il est nécessaire. Laissez-moi vous aider à vous recoucher, mon seigneur, puis je me précipiterai auprès de lui avec ces deux mots.

– Non. » Une nouvelle nuée de douleur naquit à l'arrière de mon crâne et s'efforça de chasser tout sens de mes pensées, mais je tins bon. Je me forçai à m'approcher du fauteuil près de la cheminée et me débrouillai pour m'y asseoir. « J'ai passé ma jeunesse à définir les frontières des Six-Duchés à ceux qui les contestaient. Ma vie serait-elle trop précieuse pour la risquer aujourd'hui, alors qu'il n'en reste que des lambeaux perclus de souffrance ? Non, fou. Va me chercher mon fils à l'instant. Il artisera pour moi, car je n'en ai plus la force ce soir. Ensemble, nous réfléchirons à ce que nous verrons et prendrons des décisions sur ce qu'il convient de faire. A présent, va ! VA ! »

Le fou se sauva et le bruit de ses pas décrut sur le sol de pierre.

J'étais seul avec moi-même. Avec nous-mêmes. Je portai les mains à mes tempes, et je sentis un sourire douloureux creuser des rides sur mon visage lorsque je me trouvai. *Eh bien, mon garçon, te voici donc.* Mon roi porta lentement son attention sur moi ; il était las, mais il tendit son Art vers moi pour toucher mon esprit avec autant de douceur que s'il soufflait sur une toile d'araignée ; maladroitement, j'essayai de consolider le lien d'Art et tout se détraqua. Notre contact se délita comme un tissu mûr, et le roi disparut.

J'étais accroupi, seul, sur le sol de ma chambre, dans le royaume des Montagnes et beaucoup trop près du feu. J'avais quinze ans et ma chemise de nuit était propre et confortable. Il ne restait presque que des braises dans le foyer. Mes doigts couverts d'ampoules m'élançaient violemment et les prémisses d'une migraine d'Art commençaient à me battre les tempes.

Je me levai lentement, avec prudence. Comme un vieillard ? Non : comme un jeune homme encore convalescent. La différence était désormais claire.

Mon lit propre et moelleux m'attirait comme une promesse de lendemain doux et limpide.

Je les refusai tous deux. Je m'installai dans le fauteuil près de la cheminée et me mis à réfléchir, les yeux dans les flammèches.

Quand Burrich vint me faire ses adieux au point du jour, j'étais prêt à l'accompagner.

2

LE RETOUR

La forteresse de Castelcerf domine le meilleur port en eau profonde des Six-Duchés. Au nord, le fleuve Cerf se jette dans la mer et son flot convoie la majorité des marchandises exportées par les duchés de l'Intérieur, Bauge et Labour. De noires et abruptes falaises servent de socle à la citadelle qui surplombe l'embouchure du fleuve, le port et les eaux du large. Bourg-de-Castelcerf, accroché de façon précaire à ces falaises, se situe à l'écart de la plaine inondable du grand cours d'eau et une bonne partie de la ville est bâtie sur des quais et des jetées. La forteresse d'origine était un édifice en bois construit par les premiers habitants de la région pour se défendre des attaques outrîliennes ; dans des temps reculés, un pirate du nom de Preneur s'en empara et s'y installa définitivement ; il remplaça les structures de bois par des murailles et des tours de pierre noire, extraite des falaises elles-mêmes, et enfonça les fondations de Castelcerf dans le roc. A chaque génération de Loinvoyant, les murs se fortifièrent et les tours s'élancèrent plus haut, toujours plus solides. Depuis Preneur, le fondateur de la lignée des Loinvoyant, Castelcerf n'est jamais tombée entre des mains ennemies.

*

La neige me baisait le visage, le vent repoussait les cheveux de mon front. Je m'éveillais d'un rêve obscur pour sombrer dans un autre, plus ténébreux encore, dans une forêt en hiver. J'avais froid, sauf là où la chaleur qui montait de ma monture fatiguée me réchauffait. Sous moi, Suie avançait vaille que vaille, à pas lents, entre les congères édifiées par le vent. Il me semblait être en route depuis longtemps. Pognes, le palefrenier, me précédait ; il se retourna dans sa selle et me cria quelque chose.

Suie s'arrêta, sans brutalité, mais je ne m'y attendais pas et je faillis glisser à bas de ma selle. Je me rattrapai à la crinière de ma jument et me rétablis. Les flocons qui tombaient régulièrement voilaient la forêt tout autour de nous ; les branches des sapins ployaient sous le poids de la neige et les bouleaux dressaient de noires silhouettes sur le fond des nuages vaguement éclairés par la lune. Il n'y avait pas la moindre trace de piste dans ces bois épais. Pognes avait tiré les rênes de son hongre noir et Suie s'était arrêtée à sa suite ; derrière moi, Burrich se tenait sur sa jument rouanne avec l'aisance d'un cavalier éprouvé.

J'avais froid et je tremblais de faiblesse. Je parcourus les alentours d'un œil éteint en me demandant la raison de notre halte. Le vent qui soufflait par rafales faisait claquer mon manteau humide contre le flanc de Suie. Pognes tendit soudain l'index. « Là ! » Il se tourna vers Burrich et moi. « Vous avez vu, vous aussi ? »

Je me penchai en avant pour essayer de voir au travers de la dentelle voltigeante des flocons. « Il me semble, oui », dis-je d'une voix étouffée par le vent et la neige. L'espace d'un instant, j'avais entrevu de petits points de lumière, jaunes et immobiles à la différence des feux follets bleu pâle qui envahissaient encore de temps en temps mon champ de vision.

« Vous croyez que c'est Castelcerf ? cria Pognes pour dominer le vent qui forcissait.

– Oui, affirma Burrich, et sa voix grave portait sans difficulté. Je sais où nous sommes, maintenant. C'est ici que le prince Vérité a tué une grande biche, il y a six ou sept ans ; je m'en souviens parce qu'elle a fait un bond quand la flèche l'a touchée et elle a dégringolé au fond de la ravine, là-bas. Il nous a fallu tout le reste de la journée pour récupérer la viande. »

L'endroit qu'il indiquait n'apparaissait que comme une rangée de buissons à demi cachée par l'averse de flocons ; pourtant, je me repérai brusquement : la configuration du versant, les arbres qui y poussaient, la ravine là-bas… Castelcerf se trouvait donc dans cette direction ; encore une petite distance à couvrir et nous verrions clairement la forteresse accrochée à ses falaises au-dessus de Bourg-de-Castelcerf et de la baie. Pour la première fois depuis des jours, je sus avec une certitude absolue où nous nous trouvions. Jusque-là, le temps couvert nous empêchait de vérifier notre route à l'aide des étoiles et les chutes de neige inhabituellement abondantes modifiaient tellement les paysages que même Burrich ne paraissait plus très sûr de lui. Mais je savais à présent que nous arriverions bientôt à destination... si nous étions en été. Cependant, je rassemblai ce qui me restait de courage.

« Ce n'est plus très loin », dis-je à Burrich.

Pognes avait déjà remis sa monture en marche. Le hongre noir et trapu reprit bravement sa route au travers de la neige amoncelée. Je donnai doucement du talon à Suie et la grande jument repartit à contrecœur ; comme elle s'engageait dans la pente de la colline, je glissai de côté et tentai en vain de me raccrocher à ma selle. Burrich vint se placer près de moi, me saisit par le col et me redressa. « Ce n'est plus très loin, dit-il, en écho à mes paroles. Tu vas y arriver. »

Je hochai vaguement la tête. Ce n'était que la deuxième fois depuis une heure qu'il était obligé de me remettre dans mes étriers : une de mes meilleures soirées. Je me rassis le dos droit, les épaules résolument carrées. On était presque à la maison.

Le voyage avait été long et ardu, le temps abominable, et ces épreuves incessantes n'avaient pas amélioré mon état. Pour la plus grande partie, je n'en gardais qu'un souvenir de mauvais rêve ; des journées à me faire cahoter dans ma selle, à peine conscient du chemin suivi, et des nuits passées entre Pognes et Burrich, sous notre petite tente, à trembler d'un épuisement tel qu'il m'empêchait de dormir. J'avais pensé que nous avancerions plus facilement à mesure que nous approcherions de Castelcerf ; mais c'était sans compter avec la prudence de Burrich.

A Turlac, nous avions fait halte dans une auberge pour la nuit ; je supposais que nous embarquerions à bord d'une péniche fluviale le lendemain car, si les berges de la Cerf étaient bordées de glace, son courant puissant maintenait tout l'hiver en son milieu un chenal dégagé. Je montai tout droit dans notre chambre, car j'étais exténué ; Burrich et Pognes savouraient d'avance les plats chauds et la compagnie de l'établissement, sans parler de sa bière, et je ne m'attendais pas à les voir venir se coucher très tôt. Mais deux heures à peine s'étaient écoulées lorsqu'ils apparurent et se préparèrent à se mettre au lit.

Burrich, muet comme la tombe, avait un air sinistre, et, après qu'il se fut allongé, Pognes m'expliqua à mi-voix qu'on ne disait guère de bien du roi dans la ville. « S'ils avaient su qu'on était de

Castelcerf, je ne crois pas qu'ils auraient parlé aussi franchement. Mais vêtus comme on était de costumes des Montagnes, ils ont dû nous prendre pour des marchands. Dix fois, j'ai cru que Burrich allait provoquer l'un ou l'autre en duel ; je ne sais vraiment pas comment il a fait pour se retenir ! Tout le monde se plaint des impôts levés pour défendre les côtes ; ils ricanent, en disant qu'on a beau leur faire cracher taxe sur taxe, ça n'a pas empêché les Pirates de se pointer en automne là où on ne les attendait pas et d'incendier encore deux villes. »

Pognes se tut, puis ajouta, hésitant : « Mais c'est bizarre, ils disent le plus grand bien du prince Royal. Il est passé par ici en escortant Kettricken à Castelcerf ; un des hommes à notre table l'a traitée de grande poiscaille blanchâtre, bien digne du roi des Côtes. Un autre a renchéri en déclarant qu'au moins le prince Royal se portait bien malgré tout ce qu'il avait subi et qu'il avait l'attitude d'un vrai prince. Là-dessus, ils ont bu à sa santé en lui souhaitant longue vie. »

Un grand froid m'envahit. A voix basse, je demandai : « Ces deux villages forgisés… tu as entendu leurs noms ?

– Orquegoule, en Béarns, et Vasebaie, en Cerf même. »

L'obscurité se fit plus épaisse et j'y passai la nuit, les yeux grands ouverts.

Le lendemain matin, nous quittâmes Turlac, mais à dos de cheval et par la terre. Burrich ne voulut même pas suivre la route. Je protestai en vain ; il écouta mes plaintes, puis me prit à part et me demanda brutalement : « Tu as envie de mourir ? »

Je le regardai d'un œil éteint, et il eut l'air écœuré.

« Fitz, rien n'a changé : tu es toujours un bâtard de Loinvoyant et le prince Royal te considère toujours comme un obstacle. Il a déjà essayé de se débarrasser de toi, non pas une fois, mais trois ! Tu crois qu'il va t'accueillir à bras ouverts à Castelcerf ? Non ! Mieux vaudrait même pour lui que nous ne revenions jamais. Alors inutile de lui offrir de trop bonnes cibles : on passera par la terre. Si lui ou ses sbires veulent nous trouver, ils devront nous pourchasser à travers bois ; et Royal n'a jamais été bon chasseur.

– N'aurions-nous pas la protection de Vérité ? demandai-je d'une voix dolente.

– Tu es l'homme lige du roi, et Vérité n'est que roi-servant, répliqua Burrich. C'est toi qui protèges ton roi, Fitz, pas le contraire. D'accord, il t'aime bien et il ferait tout son possible pour te défendre, mais il a des sujets de préoccupation plus graves : les Pirates rouges, une nouvelle épouse et un frère cadet qui estime que la couronne lui irait mieux qu'à quiconque. Non : n'espère pas que le roi-servant s'occupe de toi. Débrouille-toi seul. »

Pour ma part, je ne voyais que les journées de voyage supplémentaires qui m'éloignaient de Molly. Mais ce n'est pas cet argument que j'avançai, car je n'avais pas parlé de mon rêve à Burrich. « Il faudrait que Royal soit fou pour essayer de nous tuer à nouveau : tout le monde saurait que c'est lui, l'assassin.

– Pas fou, Fitz, seulement impitoyable. C'est ça, Royal. Ne t'imagine jamais qu'il obéit aux mêmes règles que nous ou même qu'il pense comme nous. S'il voit l'occasion de nous éliminer, il la saisira. Du moment qu'on ne peut pas prouver sa culpabilité, il se foutra qu'on le soupçonne. Vérité est notre roi-servant, pas notre roi tout court, pas encore. Tant que le roi Subtil sera en vie et qu'il régnera, Royal saura le mettre dans sa poche et commettre pas mal de coups tordus en toute impunité. Même un meurtre. »

Là-dessus, Burrich, tirant les rênes de côté, avait fait quitter la route à son cheval pour le lancer à travers les congères sur la pente enneigée d'une colline, tout droit vers Castelcerf. Pognes m'avait regardé avec un visage défait, mais nous l'avions suivi. Et chaque nuit, entassés tous les trois dans une seule tente pour nous tenir chaud au lieu de profiter des lits d'une auberge douillette, j'avais songé à Royal ; à chacun de mes pas durant l'escalade laborieuse du versant de chaque butte, où nous devions bien souvent mener nos montures par la bride, puis dans la descente ultérieure, j'avais pensé au jeune prince. J'avais compté les heures qui s'accumulaient entre Molly et moi. Les seuls moments où je me sentais une vigueur retrouvée, c'était pendant mes rêveries où je me voyais réduire Royal en miettes. Je ne pouvais me jurer de me venger : la vengeance appartient à la couronne ; mais je pouvais lui interdire toute satisfaction en ce qui me concernait. Je reviendrais à Castelcerf, je me dresserais tout droit devant lui et, lorsque son œil noir tomberait sur moi, je ne broncherais pas. Il ne me verrait jamais trembler, ni me rattraper à un mur, ni me passer la main sur les yeux parce que ma vision se serait brusquement brouillée. Il ne saurait jamais à quel point il avait frôlé la victoire.

Et nous étions à présent en vue de Castelcerf ; nous n'arrivions pas par la route qui serpentait le long de la côte, mais par les collines boisées qui s'étendent derrière la Forteresse. La neige diminua puis cessa. Les vents de la nuit chassèrent les nuages et une magnifique lune alluma des reflets sur la Forteresse, noire comme le jais sur le fond de l'océan. Des lumières jetaient des éclats jaunes dans ses tourelles et près de la poterne. « On est chez nous », dit Burrich à mi-voix. Nous descendîmes une dernière pente et contournâmes la citadelle pour accéder à la porte principale de Castelcerf.

Un jeune soldat était de garde. Il abaissa sa pique et nous demanda nos noms.

Burrich rejeta son capuchon en arrière, mais le garçon ne bougea pas. « Je suis Burrich, le maître d'écurie ! s'exclama l'intéressé, incrédule. Je m'occupais des écuries bien avant ta naissance ! Ce serait plutôt à moi de te demander ce que tu fais ici, devant ma porte ! »

Le jeune homme, tout déconcerté, n'eut pas le temps de répondre : on entendit du remue-ménage, des bruits de pas et des soldats sortirent en trombe du corps de garde. « Mais oui, c'est bien Burrich ! » fit le sergent. Le maître d'écurie se retrouva aussitôt entouré d'une troupe d'hommes qui le saluaient à grands cris et parlaient tous en même temps, cependant que Pognes et moi restions sur nos montures fourbues, à l'écart de la cohue. Le sergent, un certain Lame, finit par ordonner le silence, surtout pour pouvoir faire ses propres commentaires dans le calme. « On ne t'attendait pas avant le printemps, camarade, dit le vieux soldat d'un ton brusque. Et même alors, on nous avait prévenus que tu risquais de ne plus être comme quand t'étais parti. Mais tu m'as l'air en bonne forme ; un peu gelé, avec des affûtiaux pas de chez nous et une ou deux cicatrices en plus, mais toujours le même à part ça. On disait que t'avais pris un mauvais coup et que le Bâtard était mort ou quasi. La maladie ou le poison, selon les rumeurs. »

Burrich éclata de rire et ouvrit largement les bras afin que tous puissent admirer sa tenue montagnarde. L'espace d'un instant, je le vis tel que ces hommes avaient dû le voir, avec son pantalon rembourré, son sarrau et ses chaussures jaunes et violets, et je ne m'étonnai plus qu'on nous ait interpellés à la porte. En revanche, je m'interrogeai sur les rumeurs.

« Qui prétend que le Bâtard est mourant ? demandai-je avec curiosité.

– Qui veut le savoir ? » répliqua Lame du tac au tac. Il parcourut mon costume des yeux, planta son regard dans le mien et ne me reconnut pas ; mais comme je me redressais sur ma selle, il tressaillit. Encore aujourd'hui, je suis sûr qu'il m'a identifié grâce à Suie. Il ne cacha pas son saisissement.

« Fitz ? Mais t'es plus que l'ombre de toi-même ! On dirait que t'as attrapé la Peste sanguine ! » C'était la première fois que j'avais une vague indication de l'aspect que j'offrais à mes proches.

Je répétai ma question sans hausser le ton.

« Qui dit que j'ai été empoisonné ou malade ? »

Lame sourcilla et jeta un coup d'œil par-dessus son épaule. « Oh, personne ; enfin, personne en particulier. Tu sais ce que c'est : en voyant que tu revenais pas avec les autres, ben, y en a qui ont commencé à imaginer ci et ça, et ensuite, c'était comme si c'était sûr et certain. Des rumeurs, des bavardages de salle de garde, des potins de soldats, quoi ! On se demandait pourquoi tu rentrais pas, c'est tout, et personne croyait ce qu'on racontait. On lançait trop d'histoires nous-mêmes pour gober les bruits qui couraient. On se demandait juste pourquoi vous reveniez pas, Burrich, Pognes et toi. »

Il finit par s'apercevoir qu'il se répétait et se tut devant le regard appuyé que je lui adressai. Je laissai le silence se prolonger assez pour bien lui faire comprendre que je n'entendais pas répondre à sa question, puis je haussai les épaules. « N'y pensons plus, Lame. Mais tu peux dire à tout le monde que le Bâtard n'est pas encore dans la tombe. Maladie ou poison, vous auriez dû savoir que Burrich me remettrait sur pied. Je suis bien vivant ; j'ai une tête de déterré, mais c'est tout.

– Fitz, mon garçon, c'est pas ce que je voulais dire. C'est seulement que…

– J'ai dit : N'y pensons plus, Lame. Tiens-t'en là.

– Très bien », répondit-il avec raideur.

Je hochai la tête, puis jetai un coup d'œil à Burrich : il me regardait d'un air bizarre. Lorsque je me retournai pour échanger un regard perplexe avec Pognes, je lus la même surprise sur son visage, et je n'en compris pas la raison.

« Eh bien, bonne nuit, sergent. Ne réprimande pas ton soldat à la pique. Il a bien fait d'arrêter des inconnus à la porte de Castelcerf.

– Très bien. Bonne nuit. » Lame me fit un salut maladroit ; les grands battants de bois s'ouvrirent largement et nous pénétrâmes dans la forteresse. Suie releva le museau et un peu de sa fatigue la quitta ; derrière moi, la monture de Pognes hennit doucement et celle de Burrich renifla. Jamais le chemin entre l'enceinte et les écuries ne m'avait paru si long. Comme Pognes mettait pied à terre, Burrich m'attrapa par la manche et me retint de l'imiter. Notre compagnon salua le palefrenier à moitié endormi qui se présenta pour éclairer notre route.

« On est restés un moment dans le royaume des Montagnes, Fitz, me dit Burrich à voix basse. Là-bas, tout le monde se fiche de savoir de quel côté des draps tu es né. Mais on est chez nous, maintenant ; et, ici, le fils de Chevalerie n'est pas prince, mais bâtard.

– Je sais ! » Sa brutale franchise m'avait piqué au vif. « Je le sais depuis toujours et je le vis depuis toujours.

– C'est vrai. » Une étrange expression passa sur ses traits, un sourire mi-incrédule, mi-fier. « Alors pourquoi est-ce que tu parles au sergent de ce ton de commandement et que tu lui donnes des conseils aussi sèchement que si tu étais Chevalerie lui-même ? J'ai cru rêver en t'entendant t'adresser à ces hommes et en les voyant s'aplatir devant toi ! Tu n'as même pas fait attention à leur réaction, tu ne t'es même pas rendu compte que tu m'avais piqué l'autorité. »

Je me sentis rougir. Tout le monde, dans les Montagnes, m'avait traité comme si j'étais prince de plein droit et non simple bâtard de prince. M'étais-je donc si vite habitué à cette position ?

Burrich émit un petit rire devant la tête que je faisais, mais il reprit aussitôt son sérieux. « Fitz, tu dois retrouver ta prudence. Garde les yeux baissés, ne redresse pas la tête comme un jeune étalon, sinon Royal le prendra comme un défi et nous ne sommes pas prêts à l'affronter. Pas encore, et peut-être jamais. »

J'acquiesçai sombrement et regardai la neige piétinée de la cour des écuries. Quand je me présenterais devant Umbre, le vieil assassin ne serait pas content de son apprenti et je devrais en répondre. Sans aucun doute, il serait au courant de l'incident de la porte avant même de me convoquer.

Burrich interrompit brusquement mes réflexions.

« Assez lambiné ; descends de cheval, petit. » Le ton qu'il avait employé me fit sursauter et je compris soudain que lui aussi devait se réaccommoder à nos positions respectives à Castelcerf. Depuis combien d'années étais-je son pupille et son palefrenier ? Mieux valait réendosser nos rôles le plus précisément possible ; cela éviterait les commérages de cuisine. Je mis pied à terre et, Suie à la bride, pénétrai dans les écuries à la suite de Burrich.

L'air y était chaud et lourd, et les murs épais maintenaient au-dehors les ténèbres et le froid de la nuit d'hiver. Je me sentais chez moi dans l'éclat jaune des lanternes, au milieu des respirations lentes et profondes des chevaux dans leurs boxes. Mais les écuries s'éveillèrent sur le passage de Burrich. Pas un cheval, pas un chien ne manqua de sentir son odeur et de se lever pour l'accueillir. Le maître d'écurie était de retour, salué chaleureusement par les créatures qui le connaissaient le mieux. Deux lads nous emboîtèrent bientôt le pas et se mirent ensemble à nous bombarder de nouvelles concernant tel et tel animal, faucon, mâtin ou cheval. Ici, Burrich avait l'autorité suprême, hochait la tête d'un air avisé, posait une question concise à l'un ou l'autre et ne laissait passer aucun détail. Il ne se départit de sa réserve que lorsque Renarde, sa vieille mâtine, vint l'accueillir de sa démarche raide ; alors, il se laissa tomber sur un genou pour la prendre dans ses bras et lui tapoter les flancs, tandis qu'elle frétillait comme un chiot et s'efforçait de lui lécher le visage. « Ça, c'est un vrai chien ! » dit-il en manière de salut. Puis il se redressa et reprit sa tournée. La chienne le suivit, dansant de la croupe au rythme de ses battements de queue.

La chaleur vidait mes membres de toute force et je me laissai peu à peu distancer. Un garçon m'apporta rapidement une lampe, puis repartit précipitamment faire sa cour à Burrich. Arrivé devant le box de Suie, je débarrai la porte et la jument entra avec un reniflement de plaisir. Je posai ma lanterne sur l'étagère et regardai autour de moi. J'étais chez moi. C'était ici, chez moi, davantage que ma chambre là-haut dans le château, davantage que partout ailleurs dans le monde : un box dans l'écurie de Burrich, sous sa protection, créature parmi toutes celles dont il avait la charge. Ah, si seulement je pouvais remonter le temps, m'enfouir dans la paille épaisse et tirer une couverture par-dessus ma tête…

Suie renifla de nouveau, cette fois avec reproche : elle m'avait porté des jours durant, par bien des chemins, et elle méritait bien tous les conforts que je pouvais lui fournir. Mais chaque boucle de sangle résistait à mes doigts gourds et fatigués ; quand je retirai la selle de son dos, je faillis la laisser tomber. Je mis un temps infini à dégrafer sa bride, dont le métal brillant dansait devant mes yeux ; pour finir, je fermai les paupières et laissai mes doigts opérer seuls. Lorsque je les rouvris, Pognes était à mes côtés ; je lui adressai un hochement de tête et la bride glissa de mes doigts sans vie. Il la regarda, mais ne dit rien. Il versa dans l'abreuvoir de Suie le seau d'eau qu'il avait apporté, fit tomber de l'avoine dans sa mangeoire et alla lui chercher une brassée de fourrage doux encore bien vert. Je venais de sortir les étrilles quand sa main passa sous mon nez et les ôta de mes doigts sans force. « Je m'en occupe, dit-il à mi-voix.

– Soigne d'abord ton cheval, dis-je.

– C'est déjà fait, Fitz. Tu ne feras rien de bon sur elle ; laisse-moi la panser. Tu tiens à peine debout. Va te reposer. » Et il ajouta, presque tendrement : « Une autre fois, quand on sera sortis, tu te chargeras de Cœur-Vaillant à ma place.

– Burrich va m'écorcher vif si je laisse quelqu'un d'autre soigner mon cheval !

– Non. Il ne laisserait pas quelqu'un qui ne tient pas sur ses jambes s'occuper d'un animal », fit la voix de Burrich. Il était devant la porte du box. « Laisse Suie aux soins de Pognes, mon garçon ; il connaît son travail. Pognes, je te confie les écuries un moment. Quand tu auras fini avec Suie, va jeter un coup d'œil à la jument tachetée à l'angle sud ; je ne sais pas à qui elle est ni d'où elle vient, mais elle m'a l'air malade. Si ça se confirme, fais-la mettre à l'écart des autres chevaux et fais récurer le box au vinaigre. Je reviens dès que j'aurai accompagné FitzChevalerie à sa chambre. Je prendrai de quoi manger en passant et on cassera la graine chez moi. Ah, et fais préparer un feu dans ma cheminée. Il doit faire froid comme dans une caverne, là-dedans. »

Pognes acquiesça, déjà en train d'étriller ma jument. Suie avait le museau dans l'avoine. Burrich me prit par le bras. « Viens avec moi », me dit-il comme s'il s'adressait à un cheval. Bien malgré moi, je dus m'appuyer sur lui pour traverser la longue rangée de boxes ; à la porte, il décrocha une lanterne. Après la chaleur des écuries, la nuit me parut encore plus froide et obscure. Comme nous remontions le chemin verglacé qui menait aux cuisines, la neige reprit et mes pensées se mirent à tournoyer et à voltiger comme les flocons. Je ne savais plus où étaient mes pieds. « Tout a changé pour toujours », dis-je en m'adressant à la nuit. Mes paroles s'envolèrent en tourbillonnant au milieu des cristaux de neige.

« Qu'est-ce qui a changé ? » demanda Burrich. Son ton circonspect trahit son inquiétude : il craignait que la fièvre ne m'ait repris.

« Tout. Ta façon de me traiter quand tu ne fais pas attention. La façon dont Pognes me traite ; il y a deux ans, nous étions amis, deux garçons qui travaillaient aux écuries, tout simplement. Mais ce soir, il m'a traité comme un invalide… quelqu'un de tellement faible qu'on ne peut même plus l'en insulter. Comme s'il était normal qu'il fasse les choses à ma place. Et les soldats ne m'ont pas reconnu à la porte. Même toi, Burrich : il y a six mois ou un an, si j'étais tombé malade, tu m'aurais traîné dans ta chambre et soigné comme tu aurais soigné un chien ; et si je m'étais avisé de me plaindre, tu m'aurais envoyé sur les roses. Et aujourd'hui, tu m'accompagnes aux cuisines et… »

Burrich m'interrompit sans douceur.

« Arrête de gémir. Arrête de pleurnicher sur ton sort. Si Pognes avait la tête que tu as en ce moment, tu aurais agi de la même façon avec lui. » Presque involontairement, il ajouta : « Les choses changent parce que le temps passe. Pognes n'a pas cessé d'être ton ami ; mais tu n'es plus celui qui a quitté Castelcerf à l'époque des moissons. Ce Fitz-là était le garçon de courses de Vérité, il avait été mon garçon d'écurie, mais il n'était guère plus. Bâtard royal, oui, mais c'était sans grande importance pour personne sauf pour moi. Mais là-bas, à Jhaampe, dans le royaume des Montagnes, tu as montré que tu étais bien davantage. Peu importe que tu sois pâle comme un mort ou que tu puisses à peine marcher après une journée en selle : tu as l'allure que doit avoir le fils de Chevalerie. C'est ce qui transparaît dans ton attitude et c'est à ça que les gardes ont réagi. Et Pognes aussi. » Il reprit son souffle et poussa de l'épaule la lourde porte des cuisines. « Et moi aussi, Eda nous aide ! » ajouta-t-il dans sa barbe.

Mais alors, comme pour démentir ses propres paroles, il me conduisit *manu militari* dans la salle des gardes, à l'autre bout des cuisines, et me déposa sans cérémonie sur un banc devant la grande table en chêne couturée d'éraflures. L'odeur de la salle me fut un délice ; la porte en était toujours ouverte aux soldats, aussi crottés, trempés de neige ou ivres fussent-ils, pour un moment de détente et de réconfort ; Mijote gardait en permanence une marmite de ragoût à bouillonner au-dessus du feu, du pain et du fromage attendaient sur la table, ainsi qu'une motte de beurre d'été tiré du garde-manger d'en bas. Burrich remplit deux bols de ragoût épaissi d'orge et deux chopes de bière glacée pour accompagner le pain, le beurre et le fromage.

Je restai un moment les yeux fixés sur la nourriture fumante, incapable de soulever ma cuiller. Mais le fumet finit par m'inciter à une première bouchée, et il n'en fallut pas plus pour me déclencher. A mi-bol, je m'interrompis pour me débarrasser de mon sarrau rembourré et rompre un nouveau morceau de pain. Quand je levai les yeux de mon second bol de ragoût, je vis Burrich qui m'observait d'un air amusé. « Ça va mieux ? » demanda-t-il.

Je pris le temps de réfléchir. « Oui. » J'avais chaud, j'avais le ventre plein, et si j'étais certes fatigué, c'était d'une bonne fatigue, aisément soignée par une simple nuit de sommeil. Je contemplai ma main ; je sentais encore les tremblements qui l'agitaient, mais ils n'étaient plus perceptibles à l'œil. « Ça va beaucoup mieux. » Je me levai et mes jambes étaient fermes.

« Alors, tu es prêt à te présenter devant le roi. »

Je le dévisageai, ahuri. « Maintenant ? Cette nuit ? Mais le roi est couché depuis longtemps ! Le garde ne me laissera jamais passer sa porte !

– C'est bien possible, et tu devrais t'en réjouir. Mais tu dois au moins t'annoncer chez lui dès ce soir. Au roi de décider quand il te recevra ; s'il te renvoie, tu pourras aller te coucher. Mais je parie que Vérité, le roi-servant, voudra un rapport, lui. Et tout de suite, sans doute.

– Tu retournes aux écuries, toi ?

– Bien sûr. » Il eut un sourire carnassier. « Moi, je ne suis que le maître d'écurie, Fitz ; je n'ai de rapport à faire à personne. Et j'ai promis à Pognes de lui rapporter à manger. »

Sans rien dire, je le regardai remplir une assiette. Il coupa une longue tranche de pain, en recouvrit deux bols pleins de ragoût, puis ajouta sur le côté un coin de fromage et un gros bloc de beurre jaune.

« Qu'est-ce que tu penses de Pognes ? lui demandai-je.

– C'est un bon gars, répondit Burrich sans se compromettre.

– Il est plus que ça. C'est lui que tu as choisi pour rester avec nous au royaume des Montagnes et nous raccompagner ici, alors que tu avais renvoyé tous les autres avec la caravane.

– J'avais besoin de quelqu'un de solide ; à l'époque, tu étais... très mal. Et je ne valais guère mieux, je dois dire. » Il porta la main à la mèche blanche qui tranchait sur sa chevelure noire, témoin du coup qui avait failli le tuer.

« Qu'est-ce qui t'a amené à le choisir ?

– Je ne l'ai pas choisi, en réalité ; c'est lui qui est venu me trouver. Il avait découvert, je ne sais trop comment, où on logeait, toi et moi, et il avait convaincu Jonqui de le laisser entrer. J'étais couvert de pansements et j'avais encore la vue floue. Je lui ai demandé ce qu'il voulait et il m'a répondu que je devais désigner un responsable à l'écurie, parce qu'avec Cob mort et moi au fond de mon lit, le travail était de plus en plus mal fait.

– Et ça t'a impressionné.

– Il avait été droit au fait, sans poser de questions inutiles sur ce que je devenais, ni sur toi ni sur ce qui nous était arrivé. Il avait mis le doigt sur ce qu'il pouvait faire et il était venu me le dire. Ça, c'est une qualité qui me plaît : savoir ce qu'on peut faire, et le faire. Du coup, je lui ai confié les écuries, et il s'en est bien tiré. Je l'ai gardé près de nous quand les autres sont partis parce qu'un garçon aussi efficace pouvait m'être utile, et aussi pour voir par moi-même ce qu'il valait : était-ce un simple ambitieux, ou comprenait-il réellement ce qu'un homme doit à une bête quand il prétend en être le maître ? Voulait-il dominer ses inférieurs ou cherchait-il le bien-être de ses animaux ?

– Et que penses-tu de lui, aujourd'hui ?

– J'en pense que je ne suis plus tout jeune et qu'il y aura peut-être encore un bon maître d'écurie à Castelcerf quand je ne pourrai plus mater un étalon cabochard. Mais je ne compte pas passer la main tout de suite ; il lui reste beaucoup à apprendre et nous sommes encore assez jeunes tous les deux, lui pour se former, moi pour l'instruire. On peut trouver de la satisfaction là-dedans. »

Je hochai la tête. Autrefois, me dis-je, c'était à moi qu'il réservait cette position. Nous savions désormais l'un comme l'autre que cela ne serait pas.

Il s'approcha de la porte. « Burrich », fis-je à mi-voix. Il s'arrêta. « Personne ne pourra te remplacer. Merci. Merci pour tout ce que tu as fait ces derniers mois. Je te dois la vie ; tu ne m'as pas seulement sauvé de la mort, tu m'as donné ma vie, mon identité, depuis mes six ans. Chevalerie était mon père, je sais, mais je ne l'ai jamais connu. C'est toi qui as été mon père, tous les jours, pendant toutes ces années. Je n'ai pas toujours estimé… »

Burrich émit un grognement dédaigneux et ouvrit la porte. « Garde ce genre de discours pour quand l'un de nous deux agonisera. Va te présenter au roi, puis va te coucher.

– Oui, messire », m'entendis-je répondre, et je sentis qu'il souriait. Il poussa la porte de l'épaule et descendit aux écuries apporter son dîner à Pognes. Là, il était chez lui.

Et cette salle, cette forteresse, c'était chez moi. Il était temps que j'agisse en conséquence. Je pris un moment pour remettre de l'ordre dans mes vêtements humides et me recoiffer avec les doigts. Je débarrassai la table, puis jetai mon sarrau mouillé sur mon bras.

En sortant dans le couloir, puis en traversant la Grand-Salle, ce que je vis me laissa perplexe : les tapisseries avaient-elles plus d'éclat qu'autrefois ? Les jonchées de roseaux avaient-elles toujours eu un parfum si doux, les chambranles sculptés lui d'un lustre aussi chaud ? Un moment, je mis ces impressions sur le compte de mon retour dans un environnement familier. Mais lorsque je m'arrêtai au bas du grand escalier pour me munir d'une bougie afin de m'éclairer en regagnant ma chambre, je remarquai l'absence de coulures de cire sur la table et, plus encore, le tissu brodé qui en ornait le plateau.

Kettricken !

Il y avait désormais une reine à Castelcerf. Je sentis un sourire imbécile m'étirer les lèvres. Ainsi, la puissante citadelle était passée à la toilette en mon absence. Vérité et ses gens s'étaient-ils activés avant l'arrivée de la reine, ou bien était-ce Kettricken elle-même qui avait ordonné ce grand débarbouillage ? J'étais curieux de le savoir.

En gravissant le grand escalier, je notai d'autres détails : disparues, les vieilles traces de suie au-dessus des flambeaux ; évanouie, la poussière, même dans les angles des marches ; sur les paliers à présent vivement illuminés, les candélabres étaient garnis de bougies et les râteliers arboraient le plein d'épées prêtes à la défense. C'était donc cela, la présence d'une reine... Mais, même avant la mort de celle du roi Subtil, je ne me rappelais pas que Castelcerf eût jamais eu un aspect si soigné, une odeur si propre ni des couloirs si bien éclairés.

L'homme qui gardait la porte du roi était un vétéran au visage fermé que je connaissais depuis mes six ans. Sans mot dire, il m'examina longuement, puis me reconnut. Il se permit un mince sourire en me demandant : « Une nouvelle urgente à annoncer, Fitz ?

– Seulement que je suis revenu », dis-je, et il hocha la tête d'un air avisé. Il était habitué à mes allées et venues dans cette partie du château, souvent à des heures indues, mais il n'était pas du genre à faire des suppositions ou à tirer des conclusions hâtives, ni à écouter ceux qui s'y adonnaient. Il pénétra sans bruit dans la chambre du roi pour avertir de ma présence. Peu après, il revint en déclarant que le roi me convoquerait à sa convenance, mais aussi qu'il était heureux de me savoir indemne. Je m'éloignai de la porte ; j'avais décelé dans le message de mon souverain des sous-entendus que je n'aurais même pas cherchés s'il était venu de quelqu'un d'autre. Subtil ne parlait jamais pour ne rien dire.

Plus loin dans le même couloir se trouvaient les appartements de Vérité. Là encore, on me reconnut, mais quand je priai le soldat de prévenir le prince que j'étais de retour et souhaitais lui faire mon rapport, il me fut seulement répondu que Vérité n'était pas dans sa chambre.

« Dans sa tour, alors ? » fis-je en me demandant ce qu'il pouvait bien guetter à cette époque de l'année : les tempêtes d'hiver gardaient nos côtes des Pirates, du moins pendant quelques mois.

Un petit sourire apparut lentement sur les traits du garde. Devant mon expression perplexe, il s'agrandit franchement. « Le prince Vérité n'est pas dans ses appartements pour le moment », répéta-t-il. Puis il ajouta : « Je lui transmettrai ton message dès son réveil demain matin. »

Je restai encore un moment planté là, comme un ahuri. Puis je fis demi-tour et m'en allai, un peu ébahi. C'était donc cela aussi, avoir une reine à Castelcef !

Deux étages plus haut, j'enfilai le couloir qui menait à ma propre chambre. Glaciale et pleine de poussière, elle sentait le renfermé et il n'y avait pas de feu dans la cheminée. Aucune main féminine n'était passée par là. Elle me parut aussi nue et terne qu'une cellule. Mais elle était toujours plus accueillante qu'une tente dans la neige, et le lit de plume était aussi profond et moelleux que dans mon souvenir. Je m'en approchai en me débarrassant de mes vêtements imprégnés de la crasse du voyage, m'affalai dedans et m'endormis.

3

RETROUVAILLES

La plus ancienne référence connue concernant les Anciens se trouve dans un manuscrit en mauvais état de la bibliothèque de Castelcerf. Les vagues différences de couleur du vélin suggèrent qu'il provient d'un animal bigarré, dont aucun de nos chasseurs ne reconnaît le dessin de la robe. L'encre est un mélange de fluide d'encornet et d'extrait de racine de campagne ; elle a fort bien résisté au temps, beaucoup mieux que les encres teintées employées pour les illustrations et les enluminures du texte, qui ont non seulement pâli et bavé, mais également, en de nombreux endroits, attisé l'appétit de certaine mite ; à force de mâcher le parchemin souple, l'insecte l'a rendu rigide et certaines parties en sont désormais trop cassantes pour être déroulées.

Par malheur, les dommages se sont surtout portés sur les parties centrales du rouleau, où sont contés des épisodes de la quête du roi Sagesse, introuvables dans aucune autre archive. Ces restes lacunaires révèlent que, poussé par une grande urgence, il se mit à la recherche du pays des Anciens ; les difficultés qu'il affrontait nous sont connues : des Pirates harcelaient impitoyablement ses côtes. Des fragments indiquent qu'il serait parti en direction du royaume des Montagnes, mais nous ignorons ce qui pouvait l'inciter à penser qu'il atteindrait par là le pays des mythiques Anciens. Malheureusement, le texte décrivant les dernières étapes de son voyage et sa rencontre avec les Anciens dut être somptueusement enluminé, car, à cet endroit, le parchemin se réduit à une dentelle constellée de bribes de mots et de miettes de dessins qui aiguisent la curiosité sans l'apaiser. Nous ne savons rien de cette première rencontre et nous n'avons pas la moindre indication sur la façon dont le roi s'y prit pour s'allier les Anciens. De nombreuses chansons riches en métaphores racontent comment, telles des « tempêtes », des « lames de fond », des « vengeances dorées » ou des « incarnations du courroux dans une chair de granit », ils s'abattirent sur les Pirates et les chassèrent loin de nos côtes. Selon les légendes, ils jurèrent à Sagesse que si les Six-Duchés avaient encore besoin de leur aide, ils se porteraient à nouveau à notre secours. On peut s'interroger sur l'authenticité des faits ; beaucoup l'ont fait et la diversité des mythes autour de cette alliance en est la preuve. Mais la description de l'événement lui-même, faite par le scribe du roi Sagesse, a été détruite à jamais par la moisissure et les vers.

★

Ma chambre ne possédait qu'une seule fenêtre, étroite et haute, qui donnait sur la mer. En hiver, un volet de bois la protégeait des vents de tempête et une tapisserie pendue par-devant donnait une illusion de chaleur douillette. Je m'éveillai donc dans l'obscurité et restai un moment immobile, à la recherche de moi-même. Peu à peu, les bruits étouffés de la forteresse me parvinrent. Des bruits matinaux ; très matinaux, même. Je suis chez moi, me dis-je soudain. C'est Castelcerf. Et tout de suite après : « Molly ! » fis-je tout haut, dans le noir. Je me sentais encore dolent et fatigué, mais pas épuisé. Je sortis lourdement de mon lit et affrontai le froid de la chambre.

La démarche incertaine, je m'approchai de l'âtre si longtemps inutilisé et y allumai un petit feu. Il ne faudrait pas que je tarde à refaire provision de bois. Les flammes éclairaient la pièce d'une lumière jaune et vacillante. Je sortis des vêtements du coffre au pied de mon lit et m'aperçus qu'ils ne m'allaient plus. Ma longue maladie avait fait fondre mes muscles, mais je m'étais néanmoins débrouillé pour grandir des bras et des jambes, et rien n'était à ma taille. Je voulus reprendre ma chemise de la veille, mais une nuit dans des draps propres m'avait affûté le nez : le fumet du tissu imprégné de la crasse du voyage m'était insupportable et je replongeai dans le coffre. Je dénichai enfin une chemise marron à l'étoffe moelleuse, autrefois trop longue des bras et qui aujourd'hui m'allait parfaitement. Je l'enfilai, ainsi que mon pantalon, vert et matelassé, et mes chaussures de Montagnard. Je ne doutais pas que dame Patience ou maîtresse Pressée, dussé-je rencontrer l'une ou l'autre, ne m'assaillît aussitôt pour remédier à la situation ; mais, j'en fis la prière, pas avant que j'aie pris un petit déjeuner et fait un tour à Bourg-de-Castelcerf. J'avais à l'esprit plusieurs endroits où je pourrais glaner des nouvelles de Molly.

Le château commençait à s'agiter mais n'était pas encore tout à fait réveillé. Je me restaurai dans les cuisines comme quand j'étais petit et, pour ne pas changer, j'eus l'impression que nulle part ailleurs le pain n'était plus frais ni le gruau plus savoureux. Mijote poussa de hauts cris en me voyant, s'émerveilla de ma taille et, sans transition, se lamenta de ma maigreur et de mon air fatigué. J'eus le pressentiment qu'avant la fin de la journée ce genre d'observations mettrait ma patience à rude épreuve. Les allées et venues augmentant dans les cuisines, je me sauvai, non sans emporter une épaisse tartine de pain abondamment beurrée et recouverte d'une couche de confiture de baie de rose. Puis je repris le chemin de ma chambre pour me munir d'un manteau d'hiver.

A chaque salle que je traversai, la présence de Kettricken m'apparut plus évidente. Une manière de tapisserie constituée d'herbes de diverses teintes entretissées, qui représentait un paysage de montagne, décorait désormais un des murs de la Petite Salle. Pas question de trouver des fleurs à cette époque de l'année ; je tombai pourtant en des endroits inattendus sur des récipients ventrus en terre cuite et remplis de cailloux d'où pointaient des branches nues mais gracieuses, des chardons séchés ou des roseaux. Ce n'étaient que des détails, mais bien révélateurs.

Parvenu dans une des parties les plus anciennes de Castelcerf, je gravis les marches poussiéreuses de la tour de guet de Vérité. Par les hautes fenêtres du sommet, on avait une vue imprenable sur nos côtes et Vérité y montait sa garde estivale, à l'affût des assaillants. C'est de là qu'il employait la magie de l'Art pour maintenir les Pirates à distance, ou tout au moins nous prévenir de leur arrivée. C'était parfois une bien mince ligne de défense et il aurait dû normalement disposer d'un clan d'assistants entraînés à l'Art pour le soutenir ; mais, malgré mon sang de bâtard, je n'avais jamais réussi à maîtriser la versatilité de mes talents d'artiseur, et Galen, notre maître d'Art, était mort avant d'avoir pu former plus qu'une poignée de disciples. Il n'y avait personne pour le remplacer et il manquait à ses anciens élèves une véritable communion d'esprit avec Vérité. Le prince artisait donc seul contre nos ennemis et cette tâche l'avait vieilli avant l'heure. Je craignais qu'il ne s'y épuise et ne succombe à la faiblesse intoxiquante qui guette l'utilisateur excessif de l'Art.

En arrivant en haut de l'escalier en colimaçon, j'étais à bout de souffle et mes jambes me faisaient mal. Je poussai la porte et elle tourna sans heurt sur ses gonds huilés. Obéissant à une longue habitude, j'entrai sans faire de bruit ; je ne m'attendais pas vraiment à trouver le prince, ni personne d'autre : les tempêtes hivernales nous dispensaient de surveiller l'océan, car elles gardaient nos côtes des Pirates. La lumière grise de l'aube qui entrait à flots par les fenêtres aux volets grands ouverts me fit cligner les yeux. La silhouette sombre de Vérité se découpait sur le fond de ciel tourmenté. Il ne se retourna pas. « Ferme la porte, dit-il sans élever la voix. Avec le courant d'air de l'escalier, on se croirait dans un conduit de cheminée. »

Je m'exécutai, puis restai sans bouger, frissonnant de froid. Le vent m'apporta l'odeur de la mer et je la respirai comme si j'inhalais la vie même. « Je ne pensais pas vous trouver ici », dis-je.

Il ne détourna pas le regard des vagues. « Ah ? Pourquoi monter, alors ? » Il y avait de l'amusement dans sa voix.

La question me prit au dépourvu. « Je ne sais pas exactement. Je retournais dans ma chambre et... » Je me tus, incapable de me rappeler pourquoi j'étais venu dans la tour.

« Je t'ai artisé », dit-il avec simplicité.

Je réfléchis un instant. Puis : « Je n'ai rien senti.

– J'y comptais bien. Je te l'ai dit il y a bien longtemps : l'Art peut être un doux murmure à l'oreille ; ce n'est pas obligatoirement un cri de commandement. »

Il se tourna lentement vers moi et, lorsque mes yeux se furent accommodés à la lumière, mon cœur bondit de joie en voyant combien il avait changé. Quand j'avais quitté Castelcerf à la moisson, c'était un fantôme flétri, usé par le fardeau de ses devoirs et une vigilance de tous les instants. Certes, ses cheveux sombres étaient encore parsemés de gris, mais sa solide charpente s'était à nouveau étoffée et ses yeux noirs étincelaient de vitalité. Il avait tout d'un roi.

« Le mariage paraît vous réussir, mon prince », fis-je niaisement.

Il eut l'air déconcerté. « Par certains côtés, oui », reconnut-il en rougissant comme un adolescent. Il se retourna vivement vers la fenêtre. « Viens voir mes vaisseaux », m'ordonna-t-il.

Ce fut mon tour d'être démonté. Je m'approchai de l'ouverture, regardai le port, puis la mer. « Où cela ? » demandai-je, perplexe. Il me prit par les épaules et me fit pivoter dans la direction du chantier naval. Là, un long hangar en pin jaune se dressait désormais ; des hommes y entraient et en sortaient tandis que de la fumée s'échappait de ses cheminées de forge. Noirs sur la neige, je vis plusieurs immenses troncs d'arbres, les présents de mariage de Kettricken.

« Quelquefois, par certains matins d'hiver, je scrute la mer et je vois presque les Pirates rouges. Ils viendront, je le sais. Mais, d'autres fois, je vois aussi les navires dont nous disposerons pour les affronter ; ce printemps, ils tomberont sur des proies moins démunies, mon garçon. Et d'ici l'hiver prochain, je compte bien leur apprendre ce que c'est que se faire harceler. » Il parlait avec une féroce satisfaction qui m'eût effrayé si je ne l'avais partagée. Nos regards se croisèrent et mon sourire refléta le sien.

Soudain son regard changea. « Tu m'as l'air dans un triste état, me dit-il. Comme tes vêtements. Allons dans un coin où il fera meilleur et essayons de te dégoter du vin chaud et de quoi manger.

– J'ai déjà déjeuné, répondis-je. Et je suis en bien meilleur état qu'il y a quelques mois, merci.

– Ne monte pas sur tes grands chevaux, me morigéna-t-il. Et ne me raconte pas d'histoires : la montée des escaliers t'a épuisé et tu trembles comme une feuille. Ne me mens pas.

– Vous vous servez de l'Art sur moi, dis-je d'un ton accusateur, et il hocha la tête.

– J'ai senti quelques jours à l'avance que tu approchais de Castelcerf, et j'ai essayé plusieurs fois de t'artiser, mais je n'ai pas réussi à attirer ton attention. Je me suis inquiété lorsque tu as quitté la route, mais j'ai compris la tactique de Burrich. Je me réjouis qu'il se soit si bien occupé de toi, non seulement lors de ton retour ici, mais aussi pendant les événements de Jhaampe ; et je me demande bien comment le récompenser. Il faudrait quelque chose de subtil : étant donné les personnes impliquées, une reconnaissance publique est hors de question. As-tu des suggestions ?

– Il n'acceptera rien d'autre qu'un simple merci de votre part. Ne lui donnez pas l'impression de croire qu'il lui faut une autre rétribution : ça le blesserait profondément. Pour ma part, je pense qu'aucun cadeau ne peut égaler ce qu'il a fait pour moi. Si vous voulez lui faire plaisir, dites-lui de faire son choix parmi les deux-ans les plus prometteurs, car son cheval se fait vieux. Ça, il le comprendrait. » Je réfléchis soigneusement. « Oui. Ça, à la rigueur, vous pourriez le faire.

– Merci de la permission », fit Vérité d'un ton sec. L'amusement qui perçait dans sa voix avait pris un côté acide.

Ma hardiesse me stupéfia soudain. « Je me suis oublié, mon prince », dis-je humblement.

Un sourire détendit ses lèvres et sa main s'abattit lourdement, mais avec affection, sur mon épaule. « Je t'avais demandé ton avis, non ? L'espace d'un instant, j'aurais juré avoir en face de moi, au lieu de mon jeune neveu, mon vieux Chevalerie en train de m'apprendre à tenir mes hommes ! Ton voyage à Jhaampe t'a bien changé, mon garçon. Allons, viens ; j'étais sérieux en parlant de trouver un coin plus chaud et un verre de quelque chose. Kettricken voudra te voir plus tard dans la journée. Et Patience aussi, j'imagine. »

Mon cœur se serra en écoutant la liste de plus en plus longue des tâches qui m'attendaient. Bourg-de-Castelcerf m'attirait comme une pierre d'aimant. Mais c'était mon roi-servant qui s'adressait à moi. Je m'inclinai devant sa volonté.

Nous quittâmes la salle de guet et descendîmes l'escalier de la tour en devisant de choses et d'autres. Il me recommanda d'aviser maîtresse Pressée qu'il me fallait une nouvelle garde-robe ; je lui demandai des nouvelles de Léon, son chien de loup. Il arrêta un jeune garçon dans le couloir et lui ordonna d'apporter du vin et des friands dans son cabinet, puis je le suivis, non dans ses appartements, mais dans une pièce d'un étage inférieur qui m'était à la fois familière et inconnue. La dernière fois que j'y étais entré, Geairepu, le scribe, s'en servait pour trier et faire sécher des herbes, des coquillages et des racines nécessaires à la préparation de ses encres, mais toute trace de son occupation avait disparu. Un feu brasillait dans le petit âtre ; Vérité le réveilla du bout du tisonnier, puis y ajouta du bois tandis que je jetais un coup d'œil sur les aîtres. Je vis une grande table en chêne sculpté et deux autres plus petites, un assortiment de sièges, un portant à rouleaux de parchemin et une étagère, qui avait connu des jours meilleurs, couverte d'objets divers et variés. L'ébauche d'une carte des Etats chalcèdes était étendue sur la table, les coins maintenus par une dague et trois pierres. Des bouts de parchemin jonchaient le plateau de la table, couverts d'esquisses barrées par des notes de la main de Vérité. La sympathique pagaille qui régnait sur les deux petites tables et plusieurs fauteuils ne m'était pas inconnue et je finis par identifier dans les sédiments les objets qui autrefois parsemaient la chambre à coucher de Vérité. Ayant terminé de rallumer le feu, il se redressa et sourit tristement devant mon air étonné. « Ma reine-servante n'a guère de patience avec le désordre. "Comment, me demande-t-elle, pouvez-vous espérer tracer des lignes précises au milieu d'un tel bric-à-brac ?" Il faut dire que sa chambre a toute la rigueur d'un camp militaire ; alors je me réfugie ici, car je me suis vite rendu compte que j'étais incapable de travailler dans une chambre propre et rangée. Par ailleurs, je dispose ainsi d'un endroit pour mes conversations discrètes, où personne ne songe à me chercher. »

A peine s'était-il tu que la porte s'ouvrit et que Charim entra, un plateau à la main. De la tête, je saluai le serviteur de Vérité, qui non seulement ne sembla pas surpris de me voir, mais avait en outre ajouté à la commande de Vérité un certain type de pain aux épices que j'avais toujours particulièrement apprécié. Son apparition fut de courte durée ; mine de rien, il rangea deux ou trois objets tout en ôtant quelques livres et parchemins d'un fauteuil pour me faire de la place, puis il s'éclipsa. Vérité avait tant l'habitude de sa présence qu'il parut à peine le remarquer, sauf lorsqu'ils échangèrent un bref sourire à la sortie de Charim.

« Bien, dit-il dès que la porte se fut refermée. Fais-moi un rapport complet, depuis ton départ de Castelcerf. »

Je ne me contentai pas de raconter mon voyage et les événements qui l'avaient émaillé : Umbre m'avait formé au métier d'espion autant qu'à celui d'assassin et, depuis l'enfance, Burrich avait toujours exigé que je sois capable de lui fournir un compte rendu détaillé de tout ce qui se passait dans les écuries en son absence. Aussi, tandis que nous nous restaurions, relatai-je à Vérité tout ce que j'avais vu et fait depuis que j'avais quitté Castelcerf, après quoi je lui résumai les conclusions que j'avais tirées de mes expériences, puis mes soupçons fondés sur ce que j'avais appris. A ce point de mon exposé, Charim revint avec un nouveau repas et, pendant que nous faisions honneur à la nourriture, Vérité limita la conversation à ses navires de guerre. Il ne pouvait dissimuler l'enthousiasme qu'ils lui inspiraient. « Congremât est venu diriger la construction ; je suis allé en personne le chercher à Hautedunes. Il avait commencé par se prétendre trop vieux. “Le froid me raidirait les os ; je ne peux plus construire de bateaux en hiver” : tel était le message qu'il m'avait fait parvenir. Alors, j'ai mis les apprentis au travail et je suis allé le trouver moi-même : devant moi, il n'a pas pu dire non. Quand il est arrivé, je l'ai emmené aux chantiers et je lui ai montré le hangar chauffé, assez grand pour abriter un navire de guerre, que j'avais fait bâtir pour qu'il puisse travailler sans avoir froid. Mais ce n'est pas ça qui a emporté le morceau : c'est le chêne blanc qu'avait apporté Kettricken. Quand il a vu les troncs, la plane s'est mise à le démanger ; il faut dire que ce bois a un fil parfaitement droit et régulier partout. Le vaigrage est déjà bien avancé. Cela va faire de splendides vaisseaux, gracieux comme des cygnes, sinueux comme des serpents sur l'eau ! » Il irradiait la passion et je voyais déjà les rames monter et descendre, les voiles carrées se gonfler sous le vent.

Puis nous poussâmes de côté assiettes, couverts et reliefs du repas, et il entreprit de m'interroger sur les événements de Jhaampe, après quoi il me fit reconsidérer chaque incident sous tous les angles possibles. Quand il en eut terminé, j'avais revécu toute l'aventure et ma colère d'avoir été trahi s'était embrasée d'un feu nouveau.

Vérité s'en était rendu compte. Il se pencha en arrière dans son fauteuil pour saisir une bûche et la jeta dans le feu, déclenchant un geyser d'étincelles dans la cheminée. « Tu as des questions, fit-il. Cette fois, tu peux les poser. » Il se croisa les mains sur le ventre et se tut.

Je m'efforçai de maîtriser mes émotions. « Le prince Royal, votre frère, dis-je d'un ton circonspect, est coupable de la plus haute trahison. Il a fomenté l'assassinat du frère aîné de votre épouse, le prince Rurisk, et ourdi un complot qui devait entraîner votre mort ; il visait à la fois à usurper votre couronne et votre fiancée. Et, à titre d'amuse-gueule, il a essayé à deux reprises de me tuer. Ainsi que Burrich. » Je m'interrompis le temps de reprendre mon souffle et une voix moins tendue, et d'apaiser les battements de mon cœur.

« Nous savons toi et moi que ces déclarations sont exactes. Mais nous aurions du mal à les prouver, observa Vérité d'un ton posé.

– Et c'est là-dessus qu'il compte ! » m'exclamai-je. Je détournai le visage en attendant de recouvrer mon sang-froid. L'intensité de ma fureur m'effrayait, car je m'étais interdit de lui laisser libre cours jusqu'à cet instant ; des mois auparavant, alors que j'employais toute mon intelligence à survivre, je l'avais mise de côté pour conserver l'esprit clair ; ensuite avaient suivi des mois de convalescence où je m'étais étiolé à combattre les résultats de la tentative d'empoisonnement de Royal. Même à Burrich, je n'avais pas pu me livrer entièrement, car Vérité m'avait très clairement fait comprendre qu'il souhaitait voir le moins de personnes possibles au courant de la situation. A présent, j'étais face à mon prince et la force de ma colère me faisait trembler. Soudain, une série de spasmes violents me convulsa le visage ; j'en fus si effrayé que je parvins enfin à me contraindre au calme.

« C'est là-dessus que compte Royal », répétai-je d'un ton plus mesuré. Vérité n'avait pas bronché ni changé d'expression malgré mon éclat. Assis devant la table, l'air grave, les mains tranquillement croisées, il m'observait de son regard sombre. Je baissai les yeux et suivis du doigt les volutes sculptées dans le bois de la table. « Il n'a aucune admiration pour votre façon de respecter les lois du royaume ; pour lui, c'est une faiblesse ou un moyen d'échapper à la justice. Il essaiera peut-être de vous tuer à nouveau ; en tout cas, il tentera de se débarrasser de moi, c'est pratiquement sûr.

– Nous devons donc faire preuve de prudence, toi et moi », observa Vérité d'un ton égal.

Je levai les yeux et le regardai. « C'est tout ce que vous avez à me dire ? fis-je d'une voix tendue, en étouffant mon indignation.

– FitzChevalerie, je suis ton prince. Je suis ton roi-servant. Tu es mon homme lige autant que celui de mon père et, par voie de conséquence, de mon frère. » Vérité se leva soudain et se mit à arpenter la pièce. « La justice ! Nous l'appelons toujours de nos vœux et nous en sommes toujours privés. Non, nous devons nous contenter de la loi et c'est d'autant plus vrai que le rang est élevé. En toute justice, tu devrais occuper la première position dans la ligne de succession au trône, Fitz, puisque Chevalerie était mon frère aîné. Mais la loi dit que tu es né hors des liens du mariage et que tu ne peux donc pas prétendre à la couronne. Certains pourraient soutenir que j'ai volé le trône au fils de mon frère. Dois-je alors m'offusquer que mon frère cadet cherche à me l'enlever ? »

Jamais je n'avais entendu Vérité parler ainsi, d'une voix si unie mais si pleine d'émotion. Je gardai le silence.

« Tu penses que je devrais le punir. Je le pourrais. Je n'aurais pas besoin de prouver ses méfaits pour lui rendre l'existence pénible ; je pourrais inventer une mission, l'envoyer à Baie Froide et le maintenir là-bas, dans des conditions inconfortables et loin de la cour, ce qui reviendrait presque à l'exiler ; ou encore le garder ici, à Castelcerf, mais le surcharger à tel point de corvées détestables qu'il n'aurait plus de temps pour ses plaisirs personnels. Il comprendrait qu'il est sous le coup d'une punition, ainsi que tous les nobles à l'esprit un tant soit peu éveillé ; tous ses sympathisants voleraient à sa défense ; les duchés de l'Intérieur prétexteraient une urgence quelconque au pays natal de sa mère pour rapatrier son fils chez eux ; et, une fois là-bas, il renforcerait sa base de soutien. Il serait bien capable de déclencher l'agitation civile qu'il attend depuis longtemps et de fonder un royaume de l'Intérieur loyal à lui seul. Mais, même s'il n'y parvenait pas, il pourrait attiser un malaise suffisant pour réduire à néant l'unité dont j'ai besoin pour défendre le royaume. »

Il se tut et promena son regard sur la pièce. J'en fis autant : les murs étaient tapissés de cartes dessinées de sa main. Là, Béarns, plus loin, Haurfond, ici, Rippon ; en face, Cerf, Bauge et Labour. Toutes tracées d'une plume assurée, chaque cours d'eau à l'encre bleue, chaque ville désignée par son nom. C'étaient ses Six-Duchés. Il les connaissait comme jamais Royal ne les connaîtrait ; il avait circulé à cheval sur ces routes, aidé à placer les bornes des frontières ; à la suite de Chevalerie, il avait traité avec les peuples limitrophes ; il avait brandi l'épée pour défendre nos terres et su quand la ranger pour négocier la paix. Qui étais-je pour lui dire comment gouverner son pays ?

« Qu'allez-vous faire ? demandai-je calmement.

– Le garder. C'est mon frère. Et le fils de mon père. » Il se resservit du vin. « Son dernier fils, son préféré. Je suis allé trouver le roi pour lui suggérer que Royal se satisferait peut-être mieux de son sort si on lui confiait une part plus grande de la conduite du royaume. Le roi Subtil y a consenti. Je pense être fort occupé par la défense de notre terre contre les attaques des Pirates rouges ; à Royal reviendra donc la tâche de prélever les impôts dont nous aurons besoin et aussi de régler tous les troubles internes qui pourraient surgir. Avec un groupe de nobles pour l'assister, naturellement. Je lui laisse avec plaisir le soin d'aplanir leurs querelles et leurs dissensions.

– Et Royal est satisfait ? »

Vérité eut un mince sourire. « Il ne peut pas dire le contraire, s'il souhaite conserver l'image d'un jeune homme habile à gouverner et qui n'attend que l'occasion d'en faire la preuve. » Il prit son verre de vin et se perdit dans la contemplation des flammes. Pendant un moment, le seul bruit dans la pièce fut le crépitement du bois qui se consumait. Puis Vérité reprit : « Quand tu viendras me voir demain… »

Je l'interrompis. « Demain, il me faut ma journée. »

Il reposa son verre et se tourna vers moi. « Tiens donc », dit-il d'un ton étrange.

Je croisai son regard et ma gorge se serra. Je me levai. « Mon prince, fis-je avec solennité, je vous demande humblement la permission d'être relevé de mes devoirs pour demain, afin de… d'accomplir une mission personnelle. »

Il ne répondit rien pendant un moment, puis : « Ah, rassieds-toi, Fitz ! C'était mesquin de ma part. A force de penser à Royal, j'attrape son état d'esprit. Bien sûr que tu peux prendre ta journée, mon garçon ! Et si quelqu'un te pose des questions, tu diras que tu obéis à mes ordres. Puis-je te demander ce qu'est cette mission urgente ? »

Je regardai les flammes qui bondissaient dans l'âtre. « Je connaissais quelqu'un à Vasebaie. Je voudrais savoir si...

– Oh, Fitz ! » La compassion que je sentis dans la voix de Vérité me heurta de plein fouet.

La fatigue déferla soudain sur moi et je me rassis avec soulagement. Mes mains se remirent à trembler ; je les posai sur la table et les serrai l'une contre l'autre pour les calmer. Je sentais toujours les spasmes qui les agitaient, mais au moins ma faiblesse n'était plus visible.

Vérité s'éclaircit la gorge. « Retourne dans ta chambre et reposetoi, me dit-il avec sympathie. Veux-tu que quelqu'un t'accompagne à Vasebaie, demain ? »

Je fis non de la tête, pris d'une brusque et accablante certitude de ce que j'allais y découvrir ; j'en eus la nausée et une nouvelle convulsion me traversa. Je m'efforçai de respirer lentement afin de me calmer et d'éloigner la crise qui menaçait. L'idée de m'humilier ainsi devant Vérité m'était insupportable.

« Tu es très malade, fit le prince, et j'ai honte de l'avoir oublié. » Il s'était levé sans bruit. Il posa son verre de vin devant moi. « C'est à cause de moi que tu es dans cet état ; je suis épouvanté de ce qui t'a été infligé et que j'ai laissé faire. »

Non sans mal, je soutins son regard : il savait tout ce que j'essayais de dissimuler et il était rongé de culpabilité.

« Les crises sont rarement aussi dures », dis-je pour le rassurer.

Il sourit, mais son expression ne changea pas. « Tu mens très bien, Fitz ; ne crois pas que ta formation te fasse défaut. Mais tu ne peux mentir à quelqu'un qui, comme moi, a passé tant de temps en ta compagnie, pas seulement ces derniers jours, mais souvent aussi pendant ta maladie. Si un autre te dit : "Je sais ce que tu ressens", tu peux n'y voir qu'une formule de politesse ; mais, de ma part, prends-le comme la vérité. Et je sais qu'il en est pour toi comme pour Burrich : je ne te proposerai donc pas de choisir un poulain d'ici quelques mois ; en revanche, je t'offre mon bras, si tu le souhaites, pour t'aider à regagner ta chambre.

– Je peux y arriver seul », répondis-je d'un ton guindé. Je n'ignorais pas l'honneur qu'il me faisait, mais il percevait ma faiblesse avec trop d'acuité. J'avais envie d'être seul, de me cacher.

Il hocha la tête, compréhensif. « Quel dommage que tu ne maîtrises pas l'Art ; je pourrais te donner ma force, comme je te l'ai trop souvent prise.

– Je ne pourrais pas l'accepter », marmonnai-je, incapable de dissimuler mon dégoût à l'idée de puiser dans l'énergie d'un autre pour remplacer la mienne. Je regrettai aussitôt la honte fugace que je vis dans les yeux de mon prince.

« Moi aussi, autrefois, je pouvais parler avec autant d'orgueil, dit-il à mi-voix. Va te reposer, mon garçon. » Il se détourna lentement de moi et se remit à ses encres et à ses vélins. Je sortis sans bruit.

Nous étions restés enfermés toute la journée. Il faisait nuit noire. Il régnait dans le château l'ambiance feutrée d'une soirée d'hiver. Les tables desservies, les habitants devaient être rassemblés autour des cheminées ; des ménestrels chantaient peut-être, ou bien un marionnettiste dévidait le fil d'une histoire au rythme des mouvements de ses personnages dégingandés ; certains regardaient le spectacle tout en taillant des flèches, d'autres en maniant l'aiguille, les enfants jouaient à la toupie, comparaient leurs résultats de jeu ou somnolaient contre les genoux ou les épaules de leurs parents. Tous étaient en sécurité. Dehors, les tempêtes d'hiver soufflaient, protectrices.

Avec la démarche prudente d'un ivrogne, j'évitai les salles communes où l'on se réunissait pour la soirée. Les bras croisés, le dos voûté comme si j'essayais de me réchauffer, je parvins à calmer mes tremblements. Je gravis un premier escalier d'un pas lent en faisant mine d'être perdu dans mes pensées. Sur le palier, je m'autorisai une halte, comptai jusqu'à dix, puis m'apprêtai à monter les marches suivantes.

Mais alors que je posais le pied sur la première, Brodette apparut au-dessus de moi dans l'escalier. Boulotte et d'une vingtaine d'années plus âgée que moi, elle descendait pourtant les degrés du pas bondissant d'une gamine. Arrivée en bas, elle me saisit le bras en s'écriant : « Le voilà ! » comme si j'étais une paire de ciseaux qu'elle avait égarée. Elle affermit sa prise et me fit pivoter vers le couloir. « J'ai bien dû grimper et descendre cet escalier dix fois dans la journée ! Mais comme vous avez grandi ! Dame Patience est dans tous ses états et c'est votre faute. Elle attend depuis ce matin que vous frappiez à sa porte : elle était aux anges de vous savoir enfin revenu ! » Elle se tut et leva vers moi ses yeux d'oiseau brillants. « C'était ce matin », fit-elle du ton de la confidence. Puis : « Mais c'est que vous êtes vraiment malade ! Quels cernes vous avez sous les yeux ! »

Sans me laisser le temps de répondre, elle poursuivit. « En début d'après-midi, comme vous n'arriviez pas, elle a commencé à se sentir insultée et à s'énerver. Au dîner, votre grossièreté l'avait mise dans une colère telle qu'elle n'a presque rien mangé. Depuis, elle a décidé de croire les rumeurs sur votre maladie ; elle est convaincue que vous êtes soit prostré dans un coin du château, soit aux écuries, où Burrich vous a obligé à rester pour les nettoyer malgré votre santé. Mais, maintenant que vous êtes là, entrez par ici. Je le tiens, ma dame. » Et elle me poussa dans les appartements de Patience.

Tout le temps de son monologue, j'avais senti un fond curieux dans ses paroles, comme si elle évitait un sujet particulier. J'entrai d'un pas hésitant en me demandant si Patience elle-même avait été malade ou s'il lui était arrivé quelque malheur. En tout cas, cela n'avait pas affecté ses habitudes : son antre était à peu près tel que je l'avais toujours connu. Les plantes avaient grandi, s'étaient accrochées un peu plus loin, avaient perdu des feuilles. Une strate d'éléments hétéroclites, résultat de ses nouvelles passions, recouvrait les sédiments des anciennes ; deux colombes étaient venues s'ajouter à la ménagerie et une dizaine de fers à cheval étaient éparpillés dans la pièce ; une grosse bougie à la baie de laurier brûlait sur la table en exhalant un agréable parfum, mais en dégoulinant aussi sur un plateau de fleurs et d'herbes séchées. Une botte de curieux bâtonnets sculptés était également menacée ; on aurait dit les baguettes à prédire l'avenir dont se servent les Chyurdas. A mon entrée, sa solide petite chienne terrier vint me saluer ; je me baissai pour la caresser, puis l'inquiétude me prit : allais-je arriver à me redresser ? Pour camoufler mon hésitation, je ramassai précautionneusement une tablette qui traînait par terre ; visiblement ancienne et sans doute rare, elle traitait de l'usage des baguettes prédictrices. Patience se détourna de son métier à tisser pour me saluer.

« Allons, relève-toi ! Tu es ridicule ! s'exclama-t-elle en voyant ma position. Se mettre un genou en terre ! Quelle bêtise ! A moins que tu n'espères me faire oublier ainsi ta grossièreté de n'être pas venu me rendre visite tout de suite ? Qu'est-ce donc que tu m'apportes là ? Oh, quelle gentille attention ! Comment savais-tu que j'étais justement en train de les étudier ? Tu sais, j'ai fouillé les bibliothèques du château de fond en comble et je n'ai pas trouvé grand-chose sur ces baguettes ! »

Elle me prit la tablette des mains et me remercia d'un sourire de mon prétendu cadeau. Dans son dos, Brodette me fit un clin d'œil, auquel je répondis par un haussement d'épaules imperceptible, puis je ramenai mon regard sur dame Patience qui déposait la plaque de bois sur une pile branlante d'autres semblables. Elle se retourna vers moi et me considéra un moment avec affection ; puis elle fit un effort pour prendre l'air sévère, ses sourcils se froncèrent au-dessus de ses yeux noisette, tandis que sa petite bouche se pinçait fermement. Malheureusement, l'effet général était un peu gâté par le fait qu'elle ne m'arrivait plus aujourd'hui qu'à l'épaule, sans parler des deux feuilles de lierre accrochées dans ses cheveux. « Excusez-moi », dis-je, et je les retirai audacieusement de ses boucles indisciplinées. Elle me les prit avec grand sérieux, comme si elles avaient beaucoup d'importance, et les posa sur les tablettes.

« Où étais-tu passé tous ce temps, alors qu'on avait besoin de toi ici ? demanda-t-elle d'un ton âpre. La fiancée de ton oncle est arrivée il y a des mois ; tu as manqué le mariage solennel, tu as manqué les banquets, les festivités et la réunion des nobles. Je me dépense sans compter pour qu'on te traite en fils de prince, et toi, tu te défiles devant toutes tes obligations sociales ! Et quand tu rentres enfin, au lieu de venir me voir, tu erres par tout le château, où tout le monde risque de te voir, vêtu de haillons comme un rétameur ! Et qu'est-ce qui t'a pris de te couper les cheveux ainsi ? » L'épouse de mon père, à l'origine horrifiée d'apprendre que son mari avait engendré un bâtard avant leur union, était passée envers moi de la détestation à la gâterie agressive, et c'était parfois plus difficile à supporter que si elle m'avait purement et simplement rejeté. Elle poursuivit sur le même ton : « N'as-tu pas songé que des devoirs t'attendaient peut-être ici, des devoirs plus importants que de courir par monts et par vaux avec Burrich pour admirer des chevaux ?

– Je vous demande pardon, ma dame. » L'expérience m'avait enseigné à ne jamais discuter avec Patience. Son excentricité ravissait le prince Chevalerie ; moi, elle m'étourdissait dans le meilleur des cas, et, ce soir, elle m'accablait. « J'ai été malade quelque temps ; je n'étais pas en état de voyager et, le temps que je me remette, le temps ne s'y prêtait plus. Je regrette d'avoir manqué le mariage.

– Et c'est tout ? C'est l'unique raison de ton retard ? » Elle parlait d'un ton sec, comme si elle soupçonnait quelque odieuse tromperie.

« En effet, répondis-je gravement. Néanmoins, j'ai pensé à vous ; j'ai quelque chose pour vous dans mes paquetages. Je ne les ai pas encore remontés des écuries, mais je le ferai demain.

– Qu'est-ce que c'est ? » demanda-t-elle vivement, curieuse comme une enfant.

J'inspirai profondément. J'éprouvais une atroce nostalgie de mon lit. « C'est une sorte d'herbier. Tout simple, car ce sont des objets délicats et les plus décorés n'auraient pas résisté au voyage. Les Chyurdas ne se servent pas comme nous de tablettes ni de parchemins pour enseigner les plantes : il s'agit d'un coffret de bois ; lorsque vous l'ouvrirez, vous y trouverez des miniatures en cire des herbes, teintées à leurs couleurs exactes et imprégnées de leur parfum respectif, de façon à les rendre plus faciles à identifier. Les descriptions sont en chyurda, naturellement, mais j'ai pensé que ce cadeau vous plairait tout de même.

– Cela m'a l'air très intéressant, dit-elle, les yeux brillants. J'ai hâte de le voir. »

Brodette se glissa dans la conversation. « Voulez-vous que je lui avance un siège, ma dame ? Il me semble encore fatigué.

– Oh, bien sûr, Brodette. Assieds-toi, mon garçon. Dis-moi, de quelle maladie as-tu souffert ?

– J'ai mangé une plante de là-bas et j'y ai réagi violemment. » Voilà ; je n'avais pas menti. Brodette m'apporta un petit tabouret et je m'y assis avec soulagement. Une vague de lassitude me traversa.

« Je vois. » Et le chapitre de ma maladie fut clos. Elle prit une inspiration, jeta un coup d'œil autour d'elle, puis me demanda à brûle-pourpoint : « Dis-moi : as-tu déjà songé au mariage ? »

Cette façon de passer du coq à l'âne était si typique de Patience que je ne pus m'empêcher de sourire ; j'essayai pourtant de réfléchir à la question. Un instant, j'eus la vision de Molly, les joues rougies par le vent qui jouait avec ses cheveux sombres. Molly... Demain, me promis-je. Vasebaie.

« Fitz ! Cesse ! J'ai horreur que tu me regardes ainsi, comme si je n'étais pas là ! M'entends-tu ? Te sens-tu bien ? »

Non sans mal, je revins à moi. « Pas vraiment, répondis-je franchement. La journée a été fatigante...

– Brodette, va lui chercher une coupe de vin de sureau. Il a l'air complètement épuisé. Ce n'est peut-être pas le moment idéal pour converser », ajouta dame Patience d'un ton hésitant. Pour la première fois de la soirée, elle m'observa réellement, et je vis une inquiétude non feinte apparaître dans ses yeux. Au bout d'un moment, elle conclut doucement : « Je ne connais peut-être pas non plus tous les tenants et aboutissants de tes aventures... »

Je baissai les yeux vers mes chaussures matelassées de Montagnard. L'envie de lui révéler la vérité voleta un instant dans mon esprit, puis elle retomba et se noya dans le danger que je lui ferais courir en lui avouant tout. « Un long voyage, de la nourriture de mauvaise qualité, des auberges crasseuses aux lits durs et aux tables collantes… Voilà qui les résume. Je ne pense pas que les détails vous intéressent. »

Il se produisit alors un curieux événement : nos regards se croisèrent et je sus qu'elle n'était pas dupe de mon mensonge. Elle hocha lentement la tête pour signifier qu'elle en acceptait la nécessité, puis elle détourna les yeux. Combien de fois mon père lui avait-il raconté de semblables mensonges ? me demandai-je. Et que lui en avait-il coûté d'y acquiescer ?

Brodette me plaça fermement une coupe de vin dans la main. Je la portai à mes lèvres et la douceur piquante de la première gorgée me ragaillardit ; je tins le récipient à deux mains et m'efforçai de sourire à Patience. « Dites-moi… fis-je d'une voix chevrotante comme celle d'un vieillard ; je m'éclaircis la gorge pour l'affermir. Comment allez-vous vous-même ? J'imagine qu'avec l'arrivée d'une reine à Castelcerf, vous êtes très occupée ? Parlez-moi de ce que j'ai manqué.

– Oh ! » dit-elle en tressaillant comme si elle s'était piquée. Elle détourna de nouveau les yeux. « Tu me connais, je suis une solitaire, et ma santé n'est pas toujours solide ; veiller tard, danser et bavarder, tout cela m'oblige ensuite à garder le lit pendant deux jours. Non, je me suis présentée à la reine et j'ai partagé sa table en une ou deux occasions ; mais elle est jeune, affairée et toute prise par sa nouvelle vie ; moi, je suis vieille, excentrique et j'ai mes propres passions…

– Kettricken a comme vous l'amour des plantes, dis-je. Elle serait sans doute très intéressée… » Un brusque tremblement m'ébranla jusqu'aux os et mes dents se mirent à claquer. « J'ai… j'ai un peu froid, c'est tout. » Je m'excusai et levai encore une fois ma coupe ; je m'en déversai la moitié dans la bouche au lieu de la petite gorgée que j'avais prévue, puis un spasme me secoua les mains et je m'éclaboussai le menton et la chemise. Je me levai d'un bond, consterné, et mes doigts perfides lâchèrent la coupe ; elle tomba sur le tapis et roula un peu plus loin en laissant une traînée de liquide sombre comme du sang. Je me rassis brutalement et serrai mes bras contre moi pour apaiser mes tremblements. « Je suis très fatigué », dis-je faiblement.

Brodette s'approcha, munie d'un tissu, et voulut me le passer sur le visage, mais je le lui pris des mains, m'essuyai le menton, puis épongeai le plus gros du vin qui imbibait ma chemise. Mais quand je m'accroupis pour nettoyer le tapis, c'est tout juste si je ne m'effondrai pas en avant.

« Non, Fitz, ne t'occupe pas des taches ; nous pouvons le faire nous-mêmes. Tu es épuisé et plus qu'à demi malade. Va te coucher ; reviens me voir lorsque tu seras reposé. J'ai un sujet grave dont je veux discuter avec toi, mais cela peut attendre encore une nuit. Allons, va-t'en, mon garçon. Va dormir. »

Je me relevai, soulagé de ce répit, et m'inclinai poliment mais avec prudence. Brodette me raccompagna à la porte, d'où elle me suivit d'un œil inquiet jusqu'à ce que je fusse au palier. Je m'efforçai pour ma part de marcher comme si le sol et les murs ne dansaient pas. Je m'arrêtai au bas des escaliers pour lui adresser un signe de la main, puis commençai à monter. Trois marches plus haut, hors de vue, je fis halte pour m'appuyer au mur et reprendre mon souffle. Je fis un écran de mes mains pour m'abriter de la vive lumière des chandelles. Des vagues de vertige me balayaient. Lorsque je rouvris les yeux, des brumes aux couleurs d'arc-en-ciel flottaient aux limites de ma vision ; je refermai les paupières et les pressai de mes paumes.

J'entendis des pas légers qui descendaient l'escalier ; ils s'arrêtèrent deux marches au-dessus de moi. « Vous allez bien, messire ? demanda une voix hésitante.

– J'ai un peu trop bu », mentis-je. De fait, le vin dont je m'étais éclaboussé me donnait l'odeur d'un ivrogne. « Ça ira mieux dans un petit moment.

– Laissez-moi vous aider à monter. Ça pourrait être grave si vous trébuchiez dans les escaliers. » Le ton était sec et réprobateur. J'ouvris les yeux et regardai entre mes doigts : une jupe bleue, de ce tissu sans apprêt que portaient toutes les servantes. Celle-ci avait sûrement déjà eu affaire à des buveurs éméchés.

Je refusai d'un signe de la tête, mais elle passa outre, comme je l'aurais fait à sa place. Je sentis une main ferme m'empoigner le coude, tandis qu'un bras m'encerclait la taille. « Allez, on va vous amener en haut », me dit-elle d'un ton encourageant. Je m'appuyai sur elle malgré moi et, le pas chancelant, je parvins au palier suivant.

« Merci », marmonnai-je. Je pensais qu'elle allait me laisser là, mais sa poigne ne se relâcha pas.

« Vous êtes sûr que c'est le bon étage ? Les quartiers des serviteurs sont au-dessus, vous savez. »

Je hochai la tête tant bien que mal. « La troisième porte. Si ça ne vous dérange pas. »

Elle ne dit rien pendant un long moment ; puis : « C'est la chambre du Bâtard. » Il y avait un défi glacé dans sa voix.

Je ne bronchai pas. Je ne relevai même pas la tête. « Oui. Vous pouvez vous en aller, maintenant. » J'avais pris un ton aussi froid que le sien pour la congédier.

Mais, loin de s'en aller, elle s'approcha au contraire. Elle m'empoigna les cheveux et me redressa la tête sans douceur. « Le Nouveau ! s'exclama-t-elle avec fureur. Je devrais te laisser t'affaler là où tu es ! »

Je me reculai convulsivement. Incapable d'accommoder correctement, je la reconnus néanmoins, à la forme de son visage, à ses cheveux qui tombaient sur ses épaules, à son parfum qui évoquait un après-midi d'été. Un violent soulagement déferla en moi. C'était Molly, ma Molly la chandelière ! « Tu es vivante ! » m'écriai-je. Mon cœur bondissait dans ma poitrine comme un poisson au bout d'une ligne. Je la serrai contre moi et l'embrassai.

Enfin, j'essayai, du moins, mais elle me tint à distance et dit d'un ton sec : « Jamais je n'embrasserai un ivrogne. C'est une promesse que je me suis faite et que je tiendrai toujours. Et je ne laisserai jamais un ivrogne m'embrasser.

– Je ne suis pas ivre, je suis... malade », protestai-je. La soudaine émotion que j'éprouvais me faisait plus que jamais tourner la tête et je chancelai. « Mais c'est sans importance. Tu es ici et tu es vivante ! »

Elle me raffermit sur mes pieds, réflexe qu'elle avait appris en s'occupant de son père. « Oh, je vois : tu n'es pas ivre. » Le dégoût le disputait à l'ironie dans son ton. « Et tu n'es pas non plus l'apprenti du scribe, ni palefrenier. Tu commences toujours par mentir aux gens que tu rencontres ? En tout cas, on dirait que tu termines toujours par là !

– Je n'ai pas menti », fis-je plaintivement, déconcerté par sa colère. J'aurais voulu voir clairement son expression. « Seulement, je ne t'ai pas dit toute... C'est trop compliqué. Molly, si tu savais comme je suis heureux de te voir en bonne forme ! Et ici, à Castelcerf ! Et moi qui croyais devoir te chercher... » Elle me tenait toujours droit. « Je ne suis pas ivre, je te le jure. C'est vrai, j'ai menti à l'instant, parce que j'avais honte d'avouer ma faiblesse.

– Et c'est pour ça que tu mens. » Sa voix mordait comme un fouet. « Tu devrais plutôt avoir honte de mentir, le Nouveau. A moins que le fils d'un prince en ait le droit ? »

Elle me lâcha et je m'écroulai contre un mur. Je m'efforçai de ressaisir mes pensées tourbillonnantes tout en restant debout. « Je ne suis pas fils de prince, fis-je enfin. Je suis un bâtard. Ce n'est pas la même chose. Et, ça aussi, j'avais trop honte pour l'avouer ; mais je n'ai jamais prétendu devant toi ne pas être le Bâtard ; quand j'étais avec toi, j'étais le Nouveau, c'est tout. C'était agréable d'avoir quelques amis qui voyaient en moi le Nouveau et non le Bâtard. »

Molly ne répondit pas, m'agrippa rudement par le devant de ma chemise et me traîna dans le couloir jusqu'à ma chambre. J'étais sidéré de la force que pouvait avoir une femme en colère. Elle donna un coup d'épaule à ma porte comme s'il s'agissait d'un ennemi personnel et me remorqua vers mon lit ; dès que j'en fus assez près, elle me lâcha et je m'effondrai contre le châssis. Je me redressai, puis parvins à m'asseoir. En serrant mes mains l'une contre l'autre entre mes genoux, j'arrivai à maîtriser mes tremblements. Dressée au-dessus de moi, Molly me foudroyait du regard. Je la voyais mal. Sa silhouette était floue, son visage indistinct, mais rien qu'à sa pose, je la savais hors d'elle.

Au bout d'un moment, je dis d'un ton mal assuré : « J'ai rêvé de toi, pendant que j'étais parti. »

Elle garda un silence obstiné, et je repris un peu courage. « J'ai rêvé que tu étais à Vasebaie pendant l'attaque. » L'effort que je faisais pour m'empêcher de chevroter rendait ma voix âpre. « J'ai vu des incendies et des Pirates qui lançaient des assauts. Il y avait deux enfants que tu devais protéger ; j'avais l'impression que c'étaient les tiens. » Son silence se dressait comme une muraille contre mes paroles. Elle devait me prendre pour le dernier des simples d'esprit, à raconter mes rêves en bafouillant. Mais pourquoi, pourquoi, de toutes les personnes qui auraient pu me voir ainsi déchu, fallait-il que je sois tombé sur Molly ? Le silence s'éternisait. « Mais tu étais ici, à Castelcerf, en sécurité. » J'essayai de raffermir ma voix tremblante. « J'en suis heureux. Mais que fais-tu ici ?

– Ce que je fais ici ? » Elle parlait d'un ton aussi tendu que moi, glacé par la colère, dans lequel je perçus toutefois, me sembla-t-il, de la peur. « J'étais venue chercher un ami. » Elle se tut et respira profondément. Lorsqu'elle reprit la parole, sa voix était calme, presque tendre, mais ce n'était qu'une apparence, je le savais. « Mon père est mort en ne me laissant que des dettes et les créanciers m'ont pris la boutique ; je me suis alors rendue chez des parents, pour les aider à faire les moissons et gagner un peu d'argent. C'était à Vasebaie. Je ne vois vraiment pas comment tu as pu le savoir. J'avais désormais un petit pécule, mon cousin était d'accord pour me prêter le reste – la moisson avait été bonne – et je devais rentrer à Castelcerf le lendemain. Mais les Pirates ont attaqué Vasebaie. J'y étais, avec mes nièces… » Sa voix mourut. Nous revîmes ensemble la scène. Les bateaux, les incendies, la femme qui riait, une épée à la main… Je levai les yeux vers Molly et parvins presque à la distinguer nettement. J'étais incapable de parler. Mais son regard était lointain, perdu au-delà de moi. Elle reprit posément : « Mes cousins n'avaient plus rien, mais ils s'estimaient heureux car leurs enfants avaient survécu. Il n'était plus question de leur demander de me prêter de l'argent ; d'ailleurs, ils n'auraient même pas eu de quoi me payer le travail que j'avais déjà fait, si l'idée m'avait prise de réclamer mon dû. Je suis revenue à Castelcerf ; l'hiver approchait et je n'avais nulle part où loger ; alors, je me suis dit : "J'ai toujours été amie avec le Nouveau ; s'il y a une personne à qui je puisse demander de l'argent pour me dépanner, c'est bien lui." Je suis donc montée au château et j'ai dit que je cherchais le coursier du scribe, mais personne n'avait l'air de savoir de qui je parlais et on m'a envoyée voir Geairepu ; lui, il m'a écoutée te décrire, puis il a froncé les sourcils et m'a envoyée voir Patience. » Molly fit une pause pleine de sous-entendus. J'essayai d'imaginer leur rencontre, mais c'était trop effrayant. « Elle m'a engagée comme chambrière, reprit Molly à mi-voix. Elle m'a dit que c'était le moins qu'elle pouvait faire après l'humiliation que tu m'avais fait subir.

– L'humiliation ? » Je me redressai brusquement. Le monde se mit à tanguer autour de moi et mon champ de vision explosa en une pluie d'étincelles. « Comment ? Comment t'ai-je humiliée ? »

Molly ne haussa pas le ton. « Elle a dit que tu avais manifestement gagné mon affection, après quoi tu m'avais abandonnée. Croyant que tu pourrais un jour m'épouser, je t'avais laissé me faire la cour.

– Mais je ne… » La voix me fit défaut. Puis : « Nous étions amis. J'ignorais que tu avais des sentiments différents…

– Tu l'ignorais ? » Elle leva le menton ; je connaissais cette attitude. Six ans plus tôt, elle aurait été suivie d'un coup de poing dans le ventre et je tressaillis involontairement. Mais Molly poursuivit d'une voix encore plus basse : « J'aurais dû m'attendre à ce genre d'excuse. C'est si facile. »

Ce fut mon tour d'être piqué au vif. « C'est toi qui m'as abandonné, sans même un mot d'adieu ; et avec l'autre marin, là, Jade ! Tu croyais que je n'étais pas au courant ? J'étais là, Molly. Je t'ai vue prendre son bras et t'en aller avec lui. Pourquoi n'être pas venue me voir avant de partir avec lui, tu peux me le dire ? »

Elle se raidit. « J'avais des plans d'avenir, autrefois ; et tout d'un coup, sans y être préparée, je me suis retrouvée endettée jusqu'au cou. Tu t'imagines peut-être que j'étais au fait des dettes qu'avait contractées mon père, mais que je me bouchais les yeux ? Non ! Les créanciers ont attendu qu'il soit mort et enterré pour frapper à la porte. J'ai tout perdu. Aurais-je dû venir te trouver comme une mendiante dans l'espoir que tu me donnes asile ? Je croyais que tu avais de l'affection pour moi. Je croyais que tu voulais... El te foudroie, pourquoi faut-il que je te l'avoue ! » Ses mots me cinglaient comme une pluie de pierres. Je savais qu'elle avait les yeux étincelants et les joues en feu. « Je croyais que tu voulais m'épouser, que tu voulais vivre avec moi ; et moi, je voulais y contribuer, ne pas me présenter à toi sans le sou et sans avenir. Je nous voyais propriétaires d'une petite boutique, moi m'occupant de mes bougies, de mes herbes et de mon miel, et toi, avec ton savoir-faire de scribe... C'est pour ça que je suis allée chez mon cousin pour lui emprunter de l'argent ; il n'en avait pas à me prêter, mais il s'est arrangé pour que je vienne à Vasebaie afin de parler avec son frère aîné, Silex. Je t'ai déjà raconté comme ça s'est terminé. Je suis revenue ici sur un bateau de pêche, en travaillant pour payer ma place, le Nouveau, à vider les poissons et à les mettre dans la saumure. Je suis revenue à Castelcerf comme un chien battu ; j'ai ravalé ma fierté, je suis montée au château et là j'ai mesuré l'étendue de ma bêtise, j'ai compris que tu m'avais joué la comédie, que tu m'avais menti. Tu es un salaud, le Nouveau. Un salaud. »

Un moment, j'entendis un son sans parvenir à l'identifier. Puis cela me revint. Elle pleurait à petits sanglots. Je savais que, si j'essayais de me lever pour m'approcher d'elle, j'allais m'affaler à plat ventre ; ou bien, si j'arrivais à l'atteindre, elle m'étendrait d'un coup de poing. Alors, aussi bête qu'un ivrogne, je demandai : « Et Jade ? Tu n'avais pas l'air de trouver difficile d'aller avec lui. Pourquoi n'es-tu pas venue me trouver d'abord ?

– Je te l'ai dit ! C'est mon cousin, crétin ! » Sa colère flamboyait à travers ses larmes. « Quand on a des ennuis, on s'adresse à la famille ! Je lui ai demandé de m'aider et il m'a emmenée dans la ferme de ses parents pour donner un coup de main pendant les moissons ! » Un instant de silence. Puis, incrédule : « Qu'est-ce que tu t'imaginais ? Que j'étais le genre de femme qui pouvait avoir un autre homme de côté ? » Glaciale : « Que je te laisserais me faire la cour tout en fréquentant quelqu'un d'autre ?

– Non, je n'ai jamais prétendu ça.

– Naturellement. » A sa voix, on eût dit que tout devenait soudain clair. « Tu es comme mon père. Il était toujours persuadé que je mentais parce qu'il mentait sans arrêt. Comme toi. “Mais non, je ne suis pas ivre”, alors que tu pues le vin et que tu tiens à peine debout ! Et cette histoire ridicule ! “Je t'ai vue en rêve à Vasebaie.” Tout le monde savait en ville que j'étais allée à Vasebaie. Tu as dû en entendre parler ce soir même dans une taverne !

– Non, Molly. Il faut que tu me croies. » J'agrippai les couvertures du lit pour m'affermir sur mes pieds. Elle m'avait tourné le dos.

« Non ! Je n'ai plus à croire qui que ce soit. » Elle se tut, comme pour réfléchir. « Tu sais, une fois, il y a longtemps, quand j'étais toute petite… C'était avant même de te connaître. » Elle prenait peu à peu une voix étrangement calme. Monocorde, mais calme. « C'était à la Fête du Printemps. Je me rappelle que j'ai demandé quelques sous à mon papa pour les baraques foraines ; il m'a giflée en disant qu'il n'allait pas gaspiller son argent pour de telles bêtises. Et puis il m'a enfermée dans la boutique et il est parti boire. Mais, à cette époque déjà, je savais comment sortir, et je suis quand même allée aux baraques, rien que pour les voir. Dans l'une, il y avait un vieil homme qui lisait l'avenir dans les cristaux. Tu sais comment ça marche : on tient le cristal devant la lumière d'une bougie et on te dit ton avenir selon la façon dont les couleurs tombent sur ton visage. » Elle s'interrompit.

« Je sais. » Je connaissais le genre de sorcier des Haies dont elle parlait ; j'avais vu la danse des lumières colorées sur les traits d'une femme aux yeux fermés. Mais, pour le moment, c'étaient ceux de Molly que j'aurais voulu distinguer. Il me semblait que, si j'arrivais à croiser son regard, je saurais lui montrer la vérité dissimulée au fond de moi. J'aurais voulu avoir le courage de me lever, de m'approcher d'elle et d'essayer de la serrer contre moi ; mais elle me croyait ivre et je savais que je ne manquerais pas de trébucher. Je n'avais aucune envie de m'humilier encore devant elle.

« Beaucoup de jeunes filles et de femmes se faisaient lire l'avenir, mais moi je n'avais pas d'argent et je ne pouvais que regarder. Au bout d'un moment, le vieux m'a remarquée ; il a dû me croire timide, et il m'a demandé si je ne voulais pas connaître mon destin ; alors, je me suis mise à pleurer, parce que j'aurais bien voulu, mais que je n'avais pas un sou. Alors Brinna, la poissonnière, a éclaté de rire et elle a dit que ce n'était pas la peine que je paye pour ça, parce que tout le monde savait d'avance quel serait mon avenir : j'étais la fille d'un ivrogne, j'épouserais un ivrogne et j'aurais beaucoup de petits ivrognes ! » Elle murmurait, à présent. « Tout le monde s'est mis à rire. Même le vieux.

– Molly… » fis-je. Je crois qu'elle ne m'entendit même pas.

« Je n'ai toujours pas d'argent, dit-elle d'une voix lente. Mais, au moins, je sais que je ne serai jamais la femme d'un ivrogne. Je crois même que je n'ai pas envie d'être l'amie d'un ivrogne.

– Tu dois m'écouter ! Tu es injuste ! » Ma langue me trahit et je bredouillai. « Je… »

La porte claqua.

« … ne savais pas que tu m'aimais de cette façon », terminai-je bêtement dans la chambre froide et vide.

Les tremblements me reprirent, plus violents qu'avant. Mais il n'était pas question que je perde Molly aussi facilement cette fois-ci. Je me levai et parvins à faire deux pas avant que le sol ne se mette à tanguer et que je ne tombe à genoux. Je restai un instant sans bouger, la tête pendante, comme un chien. Si je me lançais à la poursuite de Molly en rampant, cela ne l'impressionnerait guère favorablement ; elle me chasserait même à coups de pied, sans doute. Et cela dans l'éventualité où je la retrouverais. Je retournai tant bien que mal près de mon lit et y grimpai ; sans me déshabiller, je tirai un coin de couverture sur moi. Ma vision s'assombrit sur les bords, mais je ne m'endormis pas aussitôt : allongé, immobile, je songeai à ma bêtise de l'été passé. J'avais courtisé une femme en croyant fréquenter une enfant. Ces trois ans d'écart entre nous, j'y attachais une grande importance, mais dans le mauvais sens. Je pensais qu'elle me considérait comme un gosse et je désespérais de conquérir son cœur ; du coup, je m'étais conduit en gamin au lieu de l'inciter à me voir comme un homme, et le gamin l'avait blessée, trompée, oui, trompée, et, selon toute probabilité, perdue pour toujours. L'obscurité se referma et les ténèbres s'installèrent partout, ne laissant subsister qu'une étincelle tournoyante.

Elle avait aimé l'enfant et espéré une existence avec lui. Je m'accrochai à l'étincelle et sombrai dans le sommeil.

4
DILEMMES

En ce qui concerne le Vif et l'Art, je soupçonne que tout homme en possède au moins quelque don. J'ai vu des femmes abandonner soudainement leurs occupations pour se rendre dans une chambre voisine où un nourrisson s'éveillait à peine. Ne peut-on y voir une certaine forme d'Art ? J'ai aussi été témoin de la collaboration muette qui s'instaure lorsqu'un équipage travaille depuis longtemps sur le même navire ; il fonctionne alors comme un clan, sans échanger le moindre mot, si bien que le bâtiment devient presque un être vivant dont les marins sont la force vitale. D'autres se sentent une affinité pour certains animaux et l'expriment dans leurs armoiries ou dans les noms qu'ils donnent à leurs enfants. Le Vif rend sensible à cette affinité et ouvre la conscience à l'esprit de tous les animaux, mais la tradition affirme que la plupart des pratiquants du Vif contractent un lien avec un animal particulier ; on raconte qu'ils prennent au bout d'un certain temps les habitudes de la bête à laquelle ils sont attachés, puis, pour finir, son apparence. Cependant, on peut ranger ces allégations, à mon avis, dans la catégorie des simples contes d'épouvante destinés à décourager les enfants de se frotter à la magie des Bêtes.

⋆

Quand je me réveillai, c'était l'après-midi. Il faisait froid dans la chambre ; nul feu ne brûlait dans l'âtre. Mes vêtements imprégnés de sueur me collaient à la peau. Je descendis aux cuisines d'un pas chancelant et mangeai un peu, puis je me rendis au bain où je me mis à trembler, ce qui me força à regagner ma chambre. Je réintégrai mon lit, frissonnant de froid. Plus tard, quelqu'un entra et me parla. J'ignore ce qu'on me dit, mais je me rappelle qu'on me secoua. C'était désagréable, mais je ne réagis pas.

Je m'éveillai à nouveau, en début de soirée cette fois. Il y avait une flambée dans la cheminée et un tas de bois bien rangé dans la niche. Une petite table avait été approchée de mon lit, recouverte d'un tissu brodé aux bords effrangés sur lequel reposait une assiette garnie de pain, de viande et de fromage. Un bol ventru au quart plein d'herbes à infusion attendait l'eau d'une énorme bouilloire qui fumait au-dessus du feu. A côté de la cheminée trônait un baquet avec du savon. Une chemise de nuit propre était étendue au pied de mon lit ; ce n'était pas une des miennes. Elle m'irait peut-être.

Ma gratitude envers mon bienfaiteur inconnu l'emporta sur ma perplexité. Je sortis de mon lit et profitai de tout, après quoi je me sentis bien mieux. A mes vertiges chroniques s'était substituée une bizarre impression de légèreté, qui succomba rapidement au pain et au fromage. Je détectai une pointe d'écorce elfique dans le thé, ce qui me fit aussitôt penser à Umbre : était-ce lui qui avait cherché à me réveiller ? Non : Umbre ne me convoquait que la nuit.

J'étais en train d'enfiler la nouvelle chemise de nuit lorsque la porte s'ouvrit sans bruit, et le fou se faufila dans ma chambre. Il portait sa livrée d'hiver noire et blanche, qui accentuait la pâleur de son teint. Son habit était fait d'un tissu soyeux coupé si ample que le fou avait l'air d'un bâton emmailloté. Il avait grandi, et maigri aussi, si cela était possible. Comme toujours, ses yeux sans couleur au milieu de son visage exsangue me firent un choc. Il me sourit puis me tira une langue rose pâle.

« C'était donc toi, fis-je en désignant la pièce. Merci.

– Non », répondit-il. Il secoua la tête et, en dessous de sa coiffe, ses cheveux décolorés lui firent un halo autour de la tête. « Mais j'y ai donné la main. Merci de t'être baigné ; ça rend moins pénible la corvée de te surveiller. Je suis heureux que tu sois réveillé. Tu ronfles abominablement. »

Je ne relevai pas le commentaire. « Tu as grandi, fis-je.

– Oui. Toi aussi. Et tu es malade. Et tu as dormi longtemps. Et maintenant, tu es réveillé, tu as pris un bain et tu as mangé. Tu as toujours une tête épouvantable. Mais tu ne pues plus. L'après-midi tire à sa fin. Il y a d'autres évidences que tu aimerais passer en revue ?

– J'ai rêvé de toi, pendant mon absence. »

Il m'adressa un regard dubitatif. « Ah ? Je suis touché. La réciproque n'est pas vraie, je regrette.

– Tu m'as manqué », dis-je, et je savourai l'expression de surprise qui passa en un éclair sur ses traits.

« Très comique. Cela explique-t-il tes bouffonneries de ces derniers jours ?

– Je suppose. Assieds-toi et dis-moi ce qui s'est passé ici pendant que je n'étais pas là.

– Impossible : le roi Subtil m'attend. Ou plutôt il ne m'attend pas, et c'est précisément pourquoi je dois aller le voir. Quand tu iras mieux, tu devrais en faire autant. Surtout s'il ne t'attend pas. » Il ouvrit soudain la porte et sortit. Puis, tout aussi brusquement, il se pencha en arrière et tendit vers moi une manche ridiculement longue dont il agita les clochettes. « Adieu, Fitz. Je t'en prie, à l'avenir, essaye de te débrouiller un peu mieux pour éviter qu'on ne t'assassine. » Et la porte se referma sans bruit derrière lui.

Je me retrouvai seul et me versai une tasse de thé que je sirotai. La porte se rouvrit ; je levai les yeux, pensant voir le fou. Mais ce fut Brodette qui jeta un coup d'œil discret, et annonça : « Ah, il est réveillé », puis, d'un ton sévère : « Pourquoi ne pas avoir averti que vous étiez épuisé ? J'ai cru mourir de peur à vous voir dormir ainsi toute la journée ! » Et sans y être invitée, elle entra, des draps et des couvertures propres dans les bras et dame Patience sur les talons.

« Oh, il est réveillé ! » s'exclama celle-ci, comme si elle n'avait pas cru Brodette. Elles ne tenaient aucun compte de mon humiliation à les recevoir chez moi en chemise de nuit ; dame Patience prit place sur mon lit tandis que Brodette s'affairait à ranger la pièce. Etant donné la maigreur de mes possessions, il n'y avait guère à y faire, mais la servante empila néanmoins mes plats vides, tisonna mon feu, fit la moue devant l'eau sale de mon bain et mes vêtements éparpillés. Je restai à distance respectueuse, près de l'âtre, pendant qu'elle changeait ma literie, ramassait mes habits, les déposait sur son bras plié, la narine dédaigneuse, et jetait un dernier coup d'œil sur la chambre avant de sortir majestueusement avec son butin.

« Je m'apprêtais à mettre de l'ordre », marmonnai-je, gêné, mais dame Patience ne parut pas m'entendre. D'un geste impérieux, elle montra le lit et je m'y glissai bien à contrecœur. Je crois ne jamais m'être senti aussi à mon désavantage, impression qui ne fit que s'aggraver lorsqu'elle se pencha pour me border.

« A propos de Molly, déclara-t-elle abruptement, ta conduite de la nuit dernière était répréhensible. Tu as usé de ta faiblesse pour l'attirer dans ta chambre, après quoi tu l'as bouleversée par tes accusations. Fitz, je ne le permettrai pas. Si tu n'étais pas si malade, je serais furieuse contre toi ; en l'état actuel des choses, je suis profondément déçue. Je n'ai pas de mots pour décrire ce que je ressens devant la façon dont tu as trompé cette pauvre enfant, dont tu lui as donné de faux espoirs. Je me contenterai donc de t'avertir que cela ne se reproduira plus. Désormais, et en tout, tu vas te comporter honorablement avec elle. »

Un simple quiproquo entre Molly et moi s'était soudain transformé en affaire d'Etat. « Il y a un malentendu, dis-je en m'efforçant de prendre un ton calme et ferme. Nous devons le régler, Molly et moi, en en discutant ensemble et en privé. Je vous assure, pour votre tranquillité d'esprit, que la situation n'est nullement telle que vous le croyez.

– N'oublie pas qui tu es. Le fils d'un prince ne… »

Je l'interrompis.

« Fitz. Je suis FitzChevalerie, le bâtard de Chevalerie. » Patience parut foudroyée sur place, et je pris à nouveau conscience des changements qui s'étaient opérés en moi depuis mon départ de Castelcerf. Je n'étais plus l'enfant qu'elle devait surveiller et corriger ; il fallait qu'elle me voie tel que j'étais. Cependant, je tâchai d'adoucir le ton sur lequel je m'adressais à elle. « Je ne suis pas le fils légitime du prince Chevalerie, ma dame, mais seulement le bâtard de votre époux. »

Elle s'assit au pied de mon lit et me regarda. Ses yeux noisette plongèrent franchement dans les miens et, par-delà son étourderie et sa distraction, je vis une âme capable de souffrances et de regrets plus vastes que je ne l'aurais imaginé. « Crois-tu que je pourrais jamais l'oublier ? » fit-elle à mi-voix.

La réponse que je cherchais mourut avant même d'être née ; ce fut le retour de Brodette qui me sauva. Elle avait recruté deux serviteurs et quelques petits garçons qui escamotèrent le baquet d'eau sale et les plats vides, tandis qu'elle disposait un plateau de pâtisseries accompagné de deux tasses et mesurait de l'herbe à infusion pour une nouvelle théière. Patience et moi gardâmes le silence en attendant que les domestiques s'en aillent. Brodette prépara le thé, remplit les tasses puis s'installa, son éternel ouvrage de broderie sur les genoux.

« C'est précisément à cause de ce que tu es qu'il s'agit de bien davantage qu'un malentendu, reprit Patience comme si je ne l'avais pas interrompue. Si tu n'étais que l'apprenti de Geairepu ou un employé des écuries, tu serais libre de courtiser et d'épouser qui te chanterait. Mais ce n'est pas le cas, FitzChevalerie Loinvoyant. Tu es de sang royal. Même un bâtard (elle achoppa légèrement sur le mot) de cette lignée doit observer certaines coutumes. Et pratiquer une certaine discrétion. Réfléchis à ta position dans la maison royale ; tu dois avoir la permission du roi pour te marier, tu le sais sûrement. La courtoisie due au roi Subtil t'oblige à l'informer de ton intention de faire ta cour afin qu'il puisse étudier le bien-fondé de ta demande et te dire s'il y consent ou non. Il en envisagerait tous les aspects : le moment est-il opportun pour te marier ? Le trône y a-t-il avantage ? Le parti proposé est-il acceptable, ou risque-t-il de causer du scandale ? Ta cour va-t-elle t'empêcher d'accomplir tes devoirs ? La demoiselle est-elle d'un rang convenable ? Le roi désire-t-il que tu aies des enfants ? »

A chaque question, je me sentais un peu plus bouleversé. Je reposai ma tête sur l'oreiller et contemplai les tentures du lit. Je n'avais jamais sérieusement décidé de courtiser Molly : d'une amitié d'enfance, nous étions insensiblement passés à une camaraderie plus profonde. Je savais la direction que mon cœur souhaitait lui donner, mais ma tête ne s'était jamais arrêtée à y réfléchir. Patience n'eut aucun mal à déchiffrer mon expression.

« N'oublie pas non plus, FitzChevalerie, que tu t'es déjà donné par serment à un autre : ta vie appartient à ton roi. Qu'aurais-tu à proposer à Molly si tu l'épousais ? Les bribes de temps qu'il n'exigerait pas de toi ? L'homme lige d'un roi n'a guère de temps pour quelqu'un d'autre dans son existence. » Des larmes perlèrent soudain à ses yeux. « Certaines acceptent ce qu'un tel homme peut leur donner en toute honnêteté, et elles s'en satisfont. Pour d'autres, c'est insuffisant, irrémédiablement insuffisant. Tu dois... » Elle hésita et j'eus l'impression qu'elle s'arrachait les mots du cœur. « Tu dois prendre tout cela en compte. Un cheval ne peut porter deux selles, quel qu'en soit son désir... » Sa voix mourut sur ces dernières paroles. Elle ferma les yeux comme si elle avait mal, puis elle reprit son souffle et enchaîna vivement, comme si l'interruption n'avait pas eu lieu. « Et voici un autre sujet de réflexion, FitzChevalerie : Molly est, ou était, une jeune fille qui avait des perspectives d'avenir ; elle possède un métier, et elle le connaît bien ; je pense qu'elle parviendra à s'établir après une période où elle sera servante. Mais toi ? Qu'as-tu à lui apporter ? Tu écris joliment, mais tu ne peux prétendre posséder à fond la science d'un scribe ; tu es un bon garçon d'écurie, certes, mais ce n'est pas ainsi que tu gagnes ton pain. Tu es le bâtard d'un prince ; tu habites au château, on t'y nourrit, on t'y vêt, mais tu ne touches pas de pension. Ta chambre pourrait être très confortable, pour une personne seule ; mais comptais-tu vraiment y faire vivre Molly ? A moins que tu n'aies espéré du roi la permission de quitter Castelcerf ? Et, même dans ce cas, que ferais-tu ? Vivrais-tu chez ta femme et mangerais-tu le pain qu'elle gagnerait à la sueur de son front, tout cela sans lever le petit doigt ? Peut-être préférerais-tu apprendre son métier et te faire son sous-ordre ? »

Elle se tut enfin. Elle n'attendait pas que je réponde à ses questions et je ne m'y essayai pas. Elle inspira, puis reprit : « Tu t'es conduit étourdiment. Tu n'avais pas de mauvaises intentions, je le sais, et nous devons veiller à ce qu'il n'en résulte rien de nuisible, pour personne. Mais surtout pour Molly. Tu as vécu toute ta vie au milieu des ragots et des intrigues de la cour du roi ; pas elle. Veux-tu qu'on la dise ta concubine ou, pire, la putain du château ? Depuis de longues années, la cour de Castelcerf est exclusivement masculine. La reine Désir était… la reine, mais elle ne tenait pas sa cour comme la reine Constance. Aujourd'hui, nous avons une nouvelle reine, et déjà les choses changent, comme tu t'en apercevras. Si tu tiens vraiment à faire de Molly ton épouse, il faut l'introduire dans cette cour pas à pas, sans quoi elle se retrouvera paria au milieu de gens tout sucre et tout miel avec elle. Je te parle franchement, FitzChevalerie. Je ne cherche pas à être cruelle, mais je préfère me montrer brutale avec toi maintenant plutôt que de voir l'existence de Molly gâchée par insouciance. »

Elle s'exprimait d'un ton parfaitement calme et ses yeux ne me quittaient pas.

Comme elle se taisait, je demandai, désespéré : « Que dois-je faire ? »

Elle baissa un moment son regard sur ses mains. Puis ses yeux revinrent sur moi. « Pour l'instant, rien. Et quand je dis rien, c'est rien. J'ai pris Molly à mon service et je lui enseigne, du mieux que je puis, les arcanes de la cour. C'est une élève douée et un agréable professeur en matière de simples et de fabrication de parfums. J'ai demandé à Geairepu de lui apprendre les lettres, art qu'elle est fort désireuse de maîtriser. Mais actuellement, la situation doit en rester là. Il faut la faire accepter par ces dames de la cour comme une de mes suivantes et non comme la maîtresse du Bâtard. Après un certain temps, tu pourras commencer à lui rendre visite ; mais, pour le présent, il serait inconvenant que tu la voies seule, ou même que tu cherches à la rencontrer.

– Pourtant, il faut que je lui parle seul à seul. Rien qu'une fois, brièvement, après quoi je vous promets d'obéir à vos règles. Elle croit que je l'ai abusée exprès, Patience ; elle s'imagine que j'étais soûl la nuit dernière. Je dois lui expliquer… »

Mais Patience s'était mise à secouer négativement la tête avant même la fin de ma première phrase et elle continua jusqu'à ce que je me taise. « De vagues rumeurs ont déjà couru parce qu'elle était venue te chercher au château ; c'est du moins ce qui disaient les bruits. Je les ai étouffés dans l'œuf en assurant à chacun que Molly s'était présentée pour me voir, moi, parce qu'elle se trouvait dans une passe difficile et que sa mère avait été femme de chambre chez dame Bruyère du temps de la reine Constance. Ce qui est exact et, par conséquent, Molly avait le droit d'en appeler à moi, car dame Bruyère elle-même m'avait fait bon accueil lorsque j'étais arrivée à Castelcerf.

– Vous avez connu la mère de Molly ? demandai-je, curieux.

– Pas vraiment. Elle était partie avant ma venue pour épouser un fabricant de chandelles. Mais j'ai bien connu dame Bruyère et elle m'a toujours manifesté de la bonté. » Le chapitre était visiblement clos.

« Mais ne pourrais-je la rencontrer dans vos appartements pour lui parler en privé, puis…

– Je ne veux pas de scandale ! dit-elle d'un ton ferme. Et je n'en fournirai pas l'occasion. Fitz, tu as des ennemis à la cour et je ne permettrai pas qu'ils s'en prennent à Molly pour te frapper. Voilà ; ai-je enfin été assez claire ? »

Certes, elle l'avait été, et sur des sujets dont je la croyais ignorante. Que savait-elle de mes inimitiés ? N'y voyait-elle que des problèmes de jalousie sociale ? Il est vrai qu'à la cour c'était suffisant. Je pensais à Royal, à ses traits d'esprit sournois, à la façon dont il s'adressait à ses courtisans durant un banquet, lesquels souriaient aussitôt en minaudant et ajoutaient à mi-voix leurs propres commentaires aux critiques du prince, et je songeai que je devrais un jour le tuer.

« A tes mâchoires crispées, je vois que tu as compris. » Patience se leva en posant sa tasse sur la table. « Brodette, je crois qu'il faudrait laisser FitzChevalerie se reposer, à présent.

– Je vous en prie, demandez-lui au moins de ne pas m'en vouloir, dis-je d'un ton suppliant. Dites-lui que je n'étais pas ivre hier soir ; dites-lui que je n'ai jamais eu l'intention de l'abuser ni de lui faire du mal.

– Il n'est pas question que je transmette ce genre de message ! Ni toi, Brodette ! N'allez pas croire que je n'ai pas vu le clin d'œil que vous avez échangé ! J'exige que vous vous conduisiez comme il faut, tous les deux. N'oublie pas, FitzChevalerie : tu ne connais pas Molly – maîtresse Chandelière – et elle ne te connaît pas. Il ne doit pas en être autrement. Allons, viens, Brodette. FitzChevalerie, je tiens à ce que tu te reposes cette nuit. »

Et elles sortirent. J'eus beau essayer d'attirer l'œil de Brodette pour gagner son appui, elle refusa de me regarder. La porte se referma derrière elles ; je me radossai à mes oreillers et m'efforçai d'éviter de me taper la tête contre les restrictions que Patience m'imposait. Si frustrantes fussent-elles, elle avait raison. Seul me restait l'espoir que Molly considérerait mon attitude comme étourdie plutôt que fourbe ou calculatrice.

Je me levai pour attiser le feu, puis je m'assis au bord de l'âtre et contemplai ma chambre. Après les mois que j'avais passés au royaume des Montagnes, elle me paraissait bien lugubre. Elle avait pour seule décoration, si le terme est approprié, une tapisserie poussiéreuse qui représentait le roi Sagesse en train d'entrer en contact avec les Anciens ; comme le coffre de cèdre au pied de mon lit, elle se trouvait déjà sur place à mon installation. J'examinai la tapisserie d'un œil critique : elle était vieille et mitée, ce qui expliquait qu'elle eût été reléguée dans cette pièce. Quand j'étais enfant, elle m'avait donné des cauchemars. Tissée selon un style archaïque, la représentation du roi Sagesse apparaissait bizarrement allongée, tandis que les Anciens ne ressemblaient à aucune créature connue de moi ; on distinguait des esquisses d'ailes sur leurs larges épaules, à moins que ce ne fût la suggestion d'un halo de lumière autour d'eux. Je m'adossai au pilier de la cheminée pour avoir une vue d'ensemble et je m'assoupis.

Un courant d'air sur mon épaule me réveilla. La porte secrète, à côté de l'âtre, qui donnait sur le domaine d'Umbre, cette porte était grande ouverte et m'invitait à la franchir. Je me redressai raidement, m'étirai et m'engageai dans les marches de pierre, tout comme je l'avais fait la première fois, il y avait bien longtemps, vêtu comme aujourd'hui de ma chemise de nuit. J'avais suivi un vieillard effrayant au visage grêlé et aux yeux vifs et brillants comme ceux d'un corbeau ; il m'avait proposé de m'enseigner à tuer ; il avait également proposé, tacitement, d'être mon ami. J'avais accepté l'un et l'autre.

Les degrés étaient froids. Les murs étaient encore décorés de toiles d'araignée poussiéreuses et de suie au-dessus des flambeaux : la grande toilette du château ne s'était donc pas étendue jusqu'à cet escalier. Ni aux appartements d'Umbre : il y régnait toujours la même pagaille et ils avaient l'air aussi miteux et accueillants qu'autrefois. A une extrémité de la salle se trouvaient sa cheminée de travail, un dallage de pierre nue et une immense table recouverte du fouillis habituel : mortiers et pilons, assiettes poisseuses remplies de déchets de viande pour Rôdeur la belette, récipients d'herbes séchées, tablettes et rouleaux de manuscrits, cuillers et pinces, et une bouilloire noircie d'où s'échappaient des volutes de fumée nauséabonde.

Mais d'Umbre, point. Si : à l'autre bout de la pièce, où un fauteuil garni de gros coussins faisait face à une cheminée aux flammes dansantes. Des tapis se chevauchaient sur le pavage et sur une table aux sculptures élégantes étaient posés un saladier en verre rempli de pommes d'automne et une carafe de vin d'été. Umbre était blotti dans le fauteuil, un parchemin partiellement déroulé et tendu à la lumière pour mieux le lire. Le tenait-il plus loin de ses yeux qu'autrefois, et ses bras maigres étaient-ils plus secs encore ? Avait-il vieilli durant mes mois d'absence ou bien n'avais-je pas remarqué ces détails auparavant ? Sa robe de laine grise avait l'air aussi fatiguée que d'habitude et ses longs cheveux qui recouvraient ses épaules paraissaient de la même couleur. Comme de coutume, je gardai le silence en attendant qu'il daigne lever les yeux et prendre acte de ma présence. Certaines choses ne changeaient pas.

Enfin, il abaissa le rouleau et tourna les yeux vers moi. Il les avait verts et leur teinte claire me surprenait toujours dans ses traits typiquement Loinvoyant. Malgré les cicatrices qui lui grêlaient le visage et les bras comme à la suite d'une vérole, son ascendance de bâtard était presque aussi évidente que la mienne. J'aurais pu, j'imagine, le considérer comme un grand-oncle, mais notre relation de maître et d'apprenti était plus intime que tous les liens du sang. Il m'examina des pieds à la tête et je me redressai nerveusement. D'une voix grave, il me dit : « Viens à la lumière, mon garçon. »

Je fis une dizaine de pas puis m'arrêtai, plein d'appréhension. Il me dévisagea avec la même attention qu'il avait mise à étudier le parchemin. « Si nous étions des traîtres ambitieux, toi et moi, nous ferions en sorte qu'on remarque ta ressemblance avec Chevalerie. Je pourrais t'apprendre à te tenir comme lui ; déjà, tu as sa démarche. Je pourrais t'enseigner à te rider pour te donner l'air plus âgé ; tu as presque sa taille ; tu pourrais reprendre son vocabulaire, ses expressions et sa façon de rire. Peu à peu, nous pourrions amasser de l'influence, discrètement, sans que ceux que nous dépouillerions s'en s'aperçoivent. Et, un jour, nous pourrions nous dévoiler et prendre le pouvoir. »

Il se tut.

Je secouai lentement la tête. Puis nous échangeâmes un sourire et j'allai m'asseoir sur les pierres de l'âtre, à ses pieds. La chaleur du feu dans mon dos était bienfaisante.

« Déformation professionnelle, j'imagine. » Il soupira et but une gorgée de vin. « Je dois envisager ces éventualités, car je sais que d'autres y penseront. Un jour, tôt ou tard, elles viendront à un quelconque nobliau et, croyant tenir une idée originale, il viendra te la susurrer à l'oreille. Attends, et tu verras si je me trompe.

– J'espère vivement que vous vous trompez : j'ai eu mon compte d'intrigues, Umbre, et j'ai eu moins de chance au jeu que je ne m'y attendais.

– Tu ne t'en es pas si mal tiré, étant donné les cartes que tu avais. Tu as survécu. » Il regarda le feu par-dessus mon épaule. Une question restait en suspens entre nous, presque palpable : pourquoi Subtil avait-il révélé au prince Royal que j'étais son assassin ? Pourquoi m'avoir obligé à faire mes rapports et à prendre mes ordres auprès d'un homme qui souhaitait ma mort ? M'avait-il jeté en pâture à Royal pour le détourner de ses autres sujets d'insatisfaction ? Et si j'avais joué le rôle d'un pion promis au sacrifice, m'agitait-on encore comme appât sous le nez du prince cadet pour distraire son attention ? Umbre lui-même n'aurait su répondre à toutes ces questions, je pense, et lui en poser ne fût-ce qu'une seule aurait constitué la pire trahison envers notre serment d'allégeance au roi. Depuis longtemps, nous avions tous deux remis notre existence entre les mains de Subtil pour assurer la protection de la famille royale. Nous n'avions pas à critiquer la façon dont il nous utilisait, car c'était la porte ouverte à la trahison.

Umbre prit seulement la carafe de vin d'été et m'en remplit un verre. Un court moment, nous bavardâmes de sujets sans intérêt pour quiconque sauf pour nous, et par là d'autant plus précieux. Je lui demandai des nouvelle de Rôdeur, la belette, et il exprima, non sans embarras, ses condoléances pour la mort de Fouinot. Il posa une ou deux questions dont il ressortait qu'il était au courant de tout ce que j'avais rapporté à Vérité, ainsi que de la plupart des rumeurs des écuries. Il me fit part des petits ragots du château et de tous les incidents que j'avais manqués durant mon absence. Mais quand je m'enquis de ce qu'il pensait de Kettricken, notre reine-servante, son expression devint grave.

« C'est un rude chemin qui l'attend. Elle s'installe dans une cour sans reine, où elle-même est reine tout en ne l'étant pas, et cela en une époque troublée, dans un royaume qui affronte à la fois les Pirates et une agitation interne. Mais le plus difficile pour elle, c'est qu'elle se trouve dans une cour qui ne comprend pas son concept de la royauté. On la harcèle de banquets et de fêtes donnés en son honneur ; elle est habituée à frayer avec son peuple, à soigner ses propres jardins, à travailler au métier à tisser et à la forge ; ici, ses seules fréquentations sont la noblesse, les privilégiés, les riches. Elle ne comprend pas cette consommation de vins et de cuisines exotiques, cet étalage de vêtements coûteux et de bijoux qui sont le but de ces manifestations. Du coup, elle ne présente pas bien, si j'ose dire. C'est une belle femme, à sa manière ; mais elle est trop grande, trop solidement charpentée, trop rayonnante, trop blonde au milieu des femmes de Castelcerf. On dirait un cheval de combat parmi des montures de chasse. Elle est pleine de bonne volonté, mais je ne suis pas sûr qu'elle soit à la hauteur de la tâche, mon garçon. En vérité, je la plains : elle est seule, tu sais ; les quelques personnes qui l'accompagnaient sont reparties depuis longtemps dans les Montagnes. Aussi est-elle très isolée, malgré tous ceux qui recherchent ses faveurs.

– Et Vérité ? demandai-je, troublé. Ne fait-il rien pour alléger cette solitude, pour lui enseigner nos façons ?

– Vérité n'a guère de temps à lui consacrer, répondit Umbre sans ambages. Il a essayé d'en prévenir Subtil avant l'arrangement du mariage, mais nous ne l'avons pas écouté : Subtil et moi ne voyions que les avantages politiques que Kettricken offrait. J'avais oublié qu'il y aurait une femme ici, à la cour, qui y passerait ses journées. Vérité est débordé de travail. S'il s'agissait d'un homme et d'une femme ordinaires, avec du temps, je pense qu'une affection véritable pourrait naître entre eux. Mais dans les circonstances présentes, tous leurs efforts doivent porter sur l'apparence, et bientôt on exigera d'eux un héritier. Ils n'ont pas le temps d'apprendre à se connaître, encore moins d'apprendre à s'aimer. » Umbre dut lire sur mon visage le chagrin que je ressentais, car il ajouta : « Il en a toujours été ainsi pour la royauté, mon garçon. Chevalerie et Patience étaient l'exception, et leur bonheur s'est bâti au détriment de l'intérêt politique. Un roi-servant qui se mariait par amour, cela ne s'était jamais vu, et je suis certain qu'on t'a répété sur tous les tons que c'était une folie.

– Et je me suis toujours demandé si ça touchait mon père.

– Cela lui avait coûté, fit Umbre à mi-voix. Mais je ne crois pas qu'il regrettait sa décision. Cependant, il était roi-servant. Tu n'as pas la même latitude. »

Et voilà, nous y étions. Je me doutais bien qu'il saurait tout, et qu'il serait inutile d'espérer le voir rester muet sur le sujet. Je sentis le rouge me monter aux joues. « Molly. »

Il hocha lentement la tête. « Tant que cela se passait en ville et que tu étais encore plus ou moins enfant, on pouvait faire mine de rien. Mais à présent on te considère comme un homme. Quand elle s'est présentée au château en demandant à te voir, les langues se sont déliées et les gens ont commencé à se poser des questions. Avec une habileté remarquable, Patience a su faire taire les rumeurs et prendre la situation en main. N'eût-ce été que de moi, cette fille ne serait pas restée ici. Mais Patience s'est bien débrouillée.

– Cette fille… » répétai-je, piqué au vif. Je ne me serais pas senti plus offensé s'il avait dit « cette putain ». « Umbre, vous la jugez mal, ainsi que moi. Tout a commencé par une simple amitié, il y a très longtemps, et si quelqu'un est responsable de… de la tournure des événements, c'est moi, pas Molly. J'avais toujours cru que les amis que j'avais au bourg, que le temps que j'y passais sous l'identité du "Nouveau", n'appartenaient qu'à moi. » Soudain, l'inanité de mes explications m'apparut et je me tus.

« T'imaginais-tu pouvoir mener deux existences ? » La voix d'Umbre était calme mais sans douceur. « Nous appartenons au roi, mon garçon. Nous sommes ses hommes liges. Nos vies sont à lui, chaque instant de chaque journée, que nous soyons éveillés ou endormis. Tu n'as pas de temps à consacrer à tes soucis personnels. Seulement aux siens. »

Je me déplaçai légèrement pour regarder le feu et réfléchis à ce que je savais d'Umbre. Je le retrouvais ici, à la nuit noire, dans ces appartements isolés. Je ne l'avais jamais vu se promener ailleurs dans

Castelcerf ; nul ne prononçait son nom devant moi. De temps à autre, sous le déguisement de dame Thym, il se risquait à l'extérieur ; une fois, nous avions chevauché ensemble toute une nuit pour nous rendre sur les lieux baignés d'horreur de la première forgisation. Mais même cette sortie répondait à l'ordre du roi. De quoi était faite la vie d'Umbre ? De quelques chambres, de vin et de mets de qualité, et d'une belette pour compagnon. C'était le frère aîné de Subtil et, n'eût été sa bâtardise, il eût été aujourd'hui sur le trône. Son existence préfigurait-elle ce que serait la mienne ?

« Non. »

Je n'avais rien dit, mais, en levant les yeux, je vis qu'il avait deviné mes pensées. « Cette existence, je l'ai choisie, mon garçon, après m'être fait malencontreusement exploser un récipient au visage. J'étais beau, autrefois ; beau et vain. Presque autant que Royal. Quand je me suis défiguré, j'ai eu envie de mourir ; pendant des mois, je suis resté cloîtré dans mes appartements. Et quand enfin je suis sorti, c'est déguisé, non pas en dame Thym, non, pas à cette époque, mais le visage et les mains voilés. J'ai quitté Castelcerf, pendant longtemps. Et, quand j'y suis revenu, le bellâtre qu'on avait connu était mort. Je me suis aperçu que j'étais plus utile à la famille mort que vivant. Mon histoire ne s'arrête pas là, mon garçon, mais sache que j'ai choisi ma façon de vivre ; Subtil ne m'y a pas contraint : je m'y suis plié tout seul. Ton avenir sera peut-être différent ; mais ne va pas t'imaginer que c'est à toi d'en décider. »

La curiosité m'aiguillonnait. « Est-ce pour cela que Chevalerie et Vérité connaissaient votre existence, mais pas Royal ? »

Umbre eut un sourire étrange. « Crois-le ou non, pour ces deux garçons, j'étais une espèce de brave demi-oncle. Je m'occupais d'eux, dans une certaine mesure. Mais, une fois défiguré, même eux je les ai fuis. Quant à Royal, il ne m'a jamais connu : sa mère avait une sainte horreur de la vérole et de tout ce qui y ressemblait, et, à mon avis, elle croyait aux légendes sur le Grêlé, l'annonciateur des désastres et du malheur. D'ailleurs, elle éprouvait une crainte presque superstitieuse à l'égard des infirmes – on retrouve cette peur dans la réaction de Royal face au fou – et elle n'aurait jamais pris à son service une servante affligée d'un pied bot ou un valet auquel il aurait manqué un ou deux doigts. Quand je revins au château, je ne fus donc jamais présenté à la reine ni à l'enfant qu'elle portait. En revanche, lorsque Chevalerie accéda au statut de roi-servant de Subtil, je comptai parmi les secrets qu'on lui révéla, et je fus frappé de voir qu'il se souvenait de moi et qu'il m'avait regretté. Le soir même, il a emmené Vérité me voir et j'ai dû le réprimander : il était difficile de leur faire comprendre qu'ils ne pouvaient me rendre visite quand cela leur chantait. Ah, quels gamins ! » Il secoua la tête et sourit à ses souvenirs. Je ne puis expliquer le pincement de jalousie que je ressentis alors. Je ramenai la conversation sur moi.

« Que dois-je faire, à votre avis ? »

Umbre fit la moue, but une gorgée de vin et réfléchit. « Pour le moment, Patience t'a donné de bons conseils. Evite Molly, fais comme si elle n'existait pas, mais sans ostentation ; traite-la comme s'il s'agissait d'une nouvelle fille de cuisine : avec courtoisie si tu la croises, mais sans familiarité. Ne cherche pas à la voir ; consacre-toi plutôt à la reine-servante. Vérité te sera reconnaissant si tu la distrais et Kettricken sera heureuse de trouver un visage ami ; et si tu comptes obtenir la permission d'épouser Molly, la reine-servante pourrait faire une alliée de poids. Et pendant que tu occupes Kettricken, surveille-la : n'oublie pas qu'il en est dont l'intérêt n'est pas que Vérité conçoive un héritier ; ce sont les mêmes qui ne verraient pas d'un bon œil que tu aies des enfants. Aussi, prudence et vigilance ; ne baisse pas ta garde.

– Est-ce tout ? demandai-je, abattu.

– Non : repose-toi. C'est bien de la morteracine que Royal t'a donnée ? » J'acquiesçai et il hocha la tête, les yeux étrécis. Soudain, il me regarda en face. « Tu es jeune. Tu arriveras peut-être à t'en remettre, en grande partie. J'ai connu un homme qui y a survécu ; mais il a souffert de tremblements le reste de sa vie. J'en vois de faibles indices chez toi ; cela ne sera pas trop visible, sauf pour ceux qui te connaissent bien. Mais économise-toi : la fatigue entraîne tremblements et vision floue ; si tu tires trop sur la corde, tu cours à la crise, or personne ne doit être au courant de ton invalidité. Le plus sage, c'est de mener ta vie de telle façon qu'elle n'apparaisse jamais.

– C'est pour cela qu'il y avait de l'écorce elfique dans le thé ? » demandai-je sans nécessité.

Il leva les sourcils. « Le thé ?

– C'est peut-être le fou qui me l'avait préparé. Quand je me suis réveillé, il y avait du thé et de quoi manger sur ma table...

– Et si c'était Royal qui te l'avait préparé ? »

Il me fallut un moment pour mesurer les implications de sa question. « J'aurais pu me faire empoisonner.

– Mais ça n'a pas été le cas. Pas cette fois. Non, ce n'était ni moi ni le fou : c'était Brodette. C'est quelqu'un de plus profond que tu ne l'imagines. Le fou est tombé sur toi et, j'ignore ce qui l'a pris, mais il est allé prévenir Patience et, tandis qu'elle s'agitait sans résultat, Brodette a tranquillement pris la situation en main. Je crois qu'en secret elle te considère comme une tête de linotte à égalité avec sa maîtresse ; entrebâille ta porte si peu que ce soit et elle se faufilera chez toi, s'y installera et se mettra à organiser ta vie. Si bonnes que soient ses intentions, tu dois l'en empêcher, Fitz. Un assassin a besoin de secret. Fais placer un verrou à ta porte.

– Fitz ? répétai-je, étonné.

– C'est ton nom : FitzChevalerie. Comme apparemment tu n'en prends plus ombrage, c'est ainsi que je t'appellerai désormais. Je commençais à me lasser de "mon garçon". »

J'inclinai la tête et nous parlâmes d'autre chose. Une heure avant l'aube, je quittai ses appartements sans fenêtre et regagnai ma chambre. Je me recouchai, mais le sommeil ne vint pas : j'avais toujours étouffé la colère secrète que m'inspirait ma position à la cour, mais à présent elle bouillonnait en moi et m'empêchait de m'endormir ; aussi, repoussant mes couvertures, j'enfilai mes vêtements désormais trop petits, passai la porte du château et descendis à Bourg-de-Castelcerf.

L'humidité froide de la brise vive qui soufflait de la mer me fit l'effet d'une gifle mouillée ; je resserrai mon manteau autour de moi et relevai ma capuche. Je marchais d'un bon pas en évitant les plaques de verglas qui parsemaient la route pentue et en m'efforçant de me vider l'esprit, mais je m'aperçus bientôt que les battements accélérés de mon cœur attisaient ma fureur plus qu'ils ne me réchauffaient le corps. Mes pensées piaffaient comme un cheval bridé.

Quand, enfant, j'étais arrivé à Bourg-de-Castelcerf, c'était une petite ville active et sale ; au cours de la dernière décennie, elle avait grandi et acquis un vernis de raffinement, mais ses racines n'étaient que trop évidentes. Elle s'accrochait aux falaises que dominait le château de Castelcerf et, là où les à-pics laissaient la place aux plages rocheuses, entrepôts et hangars se dressaient sur des quais et des pilotis. L'excellent mouillage en eau profonde qui s'abritait sous la forteresse attirait les navires marchands et autres commerçants. Plus au nord, là où la Cerf se jetait dans la mer, les plages étaient plus abordables et le large fleuve permettait de convoyer des péniches loin dans les terres, jusqu'aux duchés de l'Intérieur ; cependant, les terrains proches de l'embouchure étaient sujets aux inondations et le mouillage imprévisible à cause des variations du fleuve ; aussi les habitants de Bourg-de-Castelcerf s'agglutinaient-ils le long des falaises qui surplombaient le port, tels les oiseaux de l'Escarpe-aux-Œufs. En conséquence, les rues étaient étroites, mal pavées et descendaient en lacet jusqu'aux quais ; les maisons, boutiques et tavernes se pressaient humblement contre l'à-pic en s'efforçant d'offrir le moins de résistance possible aux vents presque constants dans ces parages. Plus haut, les logis et les établissements plus ambitieux étaient construits en bois, leurs fondations taillées dans le roc des falaises elles-mêmes ; mais je connaissais mal cette couche sociale : enfant, je courais et je jouais au milieu des modestes échoppes et tavernes à matelots situées presque au ras de l'eau.

Lorsque je parvins à ce dernier niveau de la ville, j'en étais à songer avec ironie qu'il eût mieux valu pour Molly et moi ne jamais devenir amis. J'avais compromis sa réputation et, si je persistais à la poursuivre de mes assiduités, elle finirait assurément par tomber victime de la méchanceté de Royal. Quant à moi, la détresse que j'avais ressentie en la croyant partie avec un autre n'était qu'une égratignure comparée à cette blessure béante : Molly persuadée que je l'avais trompée !

Emergeant de mes sombres ruminations, je m'aperçus que mes pas m'avaient perfidement amené devant la porte de sa chandellerie. C'était aujourd'hui une boutique qui vendait du thé et des simples. Comme s'il n'y avait pas déjà pléthore d'herboristeries à Bourg-de-Castelcerf ! Je me demandai ce qu'étaient devenues les ruches de Molly et, avec un choc, je pris conscience que, pour elle, l'impression de totale désorganisation de l'existence devait être dix fois – non, cent fois pire. Avec quelle facilité j'avais accepté la mort de son père, et avec lui celle de ses moyens de subsistance et de ses projets ! Avec quelle désinvolture j'avais admis les bouleversements de sa vie qui l'avaient conduite à se faire servante au château ! Servante ! Je serrai les dents et passai mon chemin.

J'errai sans but par la ville. Malgré la morosité qui m'accablait, je remarquai à quel point elle avait changé au cours des six derniers mois : même en cette froide journée d'hiver, l'activité y régnait ; la construction des navires attirait du monde et le commerce était florissant. Je fis une halte dans une taverne où autrefois Molly, Dirk, Kerry et moi partagions de temps en temps un petit verre d'eau-de-vie, en général de mûre, la moins chère. Je m'installai à l'écart et bus ma bière en silence, mais autour de moi les langues s'agitaient et j'en appris beaucoup. Ce n'était pas seulement le chantier naval qui avait donné un coup de fouet à la prospérité de Bourg-de-Castelcerf : Vérité avait lancé un appel de recrutement pour ses navires, auquel les hommes et les femmes de tous les duchés côtiers avaient répondu en masse, certains par esprit de vengeance, pour rendre la monnaie de leur pièce aux Pirates qui avaient tué ou forgisé leurs proches, d'autres par esprit d'aventure, appâtés par d'éventuels butins ou simplement parce qu'ils n'avaient plus d'avenir dans les villages ravagés. Certains étaient issus de familles de pêcheurs ou de marchands, habitués à la mer et à ses métiers ; d'autres, originaires de hameaux pillés, étaient autrefois bergers ou fermiers. C'était sans importance : tous avaient convergé sur Bourg-de-Castelcerf dans l'espoir de verser le sang des Pirates rouges.

Beaucoup étaient logés dans d'anciens entrepôts reconvertis ; Hod, la maîtresse d'armes de Castelcerf, les entraînait et triait ceux qu'elle jugeait convenables pour les vaisseaux de Vérité ; les autres se voyaient proposer un engagement en tant que soldats. Et puis il y avait toute une population qui enflait la ville, emplissait les auberges, les tavernes et autres gargotes. J'entendis également des plaintes sur le fait que certains hommes venus s'embarquer sur les navires de Vérité étaient des Outrîliens, chassés de chez eux par les mêmes Pirates qui menaçaient aujourd'hui nos côtes. Eux aussi se disaient désireux de se venger, mais on se méfiait d'eux et certains commerçants refusaient de les servir. Cela donnait à la taverne bondée une atmosphère pesante et malsaine. A une table, des clients parlaient entre eux, avec des rires contenus, d'un Outrîlien qui la veille s'était fait passer à tabac sur les quais ; nul n'avait alerté la patrouille de la ville. Puis la conversation prit une tournure encore plus odieuse : les Outrîliens étaient tous des espions et les flanquer au bûcher serait une sage mesure de précaution. C'était plus que je ne pouvais en supporter et je sortis. N'y avait-il donc nulle part où je puisse échapper aux intrigues et aux soupçons, ne fût-ce qu'une heure ?

Je marchai seul par les rues glacées. Une tempête se levait et le vent implacable, annonciateur de neige, rôdait entre les murs tortueux du bourg. Le même froid furieux se tordait et bouillonnait en moi, passait de la colère à la haine, puis à la frustration, revenait à la colère, et faisait monter en moi une tension intolérable. Ils n'avaient pas le droit de me faire ça ! Je n'étais pas né pour être leur instrument ! Je devais pouvoir vivre librement mon existence, être celui que j'étais destiné à devenir. Croyaient-ils pouvoir me plier à leur volonté, m'utiliser quand bon leur semblait, sans jamais en payer le prix ? Non ! L'heure viendrait ! Mon heure viendrait !

Un homme venait vers moi à vive allure, le capuchon rabattu sur son visage pour se protéger du vent. Il leva les yeux et nos regards se croisèrent ; il blêmit et fit promptement demi-tour. Eh bien, il n'avait pas tort : je sentais la rage m'échauffer insupportablement les sangs. Le vent me cinglait les cheveux et cherchait à me refroidir, mais je n'en marchais que plus vite et la haine qui me possédait se portait au blanc. Elle m'attirait et je la suivis comme une piste de sang frais.

Je tournai un coin de rue et me retrouvai sur le marché. Inquiets de la tempête qui approchait, les marchands les plus pauvres rembal-laient leurs affaires disposées sur des couvertures et des nattes ; ceux qui avaient des étals verrouillaient leurs volets. Je passai devant eux sans les voir. Les gens s'écartaient craintivement de mon chemin. Je les frôlais sans prêter attention à leurs coups d'œil effarés.

J'arrivai devant l'échoppe en plein vent du négociant d'animaux et me trouvai face à moi-même. Il était décharné, avec des yeux sombres et éteints ; il m'adressa un regard de pure méchanceté et les vagues de haine qui irradiaient de lui me submergèrent. Nos cœurs battaient au même rythme ; je sentis un tic agiter ma lèvre supérieure, comme si j'allais la retrousser pour montrer mes pitoyables dents d'humain. Je recomposai mon expression et refoulai impitoyablement mes émotions ; mais, dans la cage, le louveteau à la robe grise et crasseuse me regarda et ouvrit sa gueule aux lèvres noires pour découvrir ses crocs. *Je te hais. Je vous hais tous. Viens, viens plus près. Je te tuerai. Je te déchirerai la gorge après t'avoir tranché les jarrets. Je te dévorerai les entrailles. Je te hais.*

« Vous désirez quelque chose ?

– Du sang, dis-je à mi-voix. Je veux ton sang.

– Quoi ? »

Je relevai brusquement les yeux vers l'homme. Il était sale et graisseux ; et il empestait. Par El, qu'il puait ! Je détectai sur lui une odeur de transpiration, d'aliments rances et celle de ses propres déjections. Il était vêtu de peaux grossièrement préparées qui ajoutaient à sa puanteur ; il avait de petits yeux de furet, des mains crasseuses et cruelles et un gourdin de chêne cerclé de bronze pendait à sa ceinture. J'eus le plus grand mal à m'empêcher de saisir ce bout de bois haï pour lui en défoncer le crâne. Il portait d'épaisses bottes aux pieds. Il s'approcha de moi et j'agrippai les pans de mon manteau pour me retenir de le tuer.

« Le loup », fis-je. Ma voix avait un son rauque, étranglé. « Je veux le loup.

– Z'êtes sûr, jeune homme ? Il est mauvais, ce loup. » Il poussa la cage du bout du pied et je me jetai dessus ; mes crocs claquèrent sur les barreaux de bois et je me fis encore mal au museau, mais ça m'était égal : si j'arrivais à crocher dans sa chair, je la lui arracherais ou je ne lâcherais jamais prise.

Non. Va-t'en, sors de ma tête. Et je la secouai pour m'éclaircir l'esprit. Le marchand m'observa d'un air curieux. « Je sais ce que je veux. » Je parlais d'une voix sans timbre, occupé à repousser les émotions du loup.

« Ah ouais ? » L'homme me dévisagea pour essayer d'évaluer ma fortune. Il me ferait payer autant qu'il penserait pouvoir me faire cracher. Mes vêtements trop courts ne lui plaisaient pas, ni ma jeunesse. Mais je supposais que ce n'était pas d'hier qu'il avait ce loup ; il avait espéré le vendre tout bébé et, à présent que l'animal réclamait davantage à manger, l'homme ne serait que trop heureux de s'en débarrasser à vil prix. « Vous le voulez pour quoi ? me demanda-t-il, l'air de ne pas y toucher.

– Les combats, répondis-je d'un ton tout aussi désinvolte. Il est maigre comme un clou, mais il lui reste peut-être un peu d'énergie. »

Le loup se précipita soudain contre les barreaux, mâchoires béantes, crocs dénudés. *Je les tuerai. Je les tuerai tous, je leur déchirerai la gorge, je les éventrerai...*

Tais-toi, si tu veux ta liberté. Je le repoussai mentalement et le loup bondit en arrière comme si une abeille l'avait piqué. Il recula dans le coin opposé de sa cage et s'y tapit, les lèvres retroussées, mais la queue entre les pattes, envahi par l'indécision.

« Des combats de chiens, hein ? Oh, il vous fera du beau spectacle. » A nouveau, le marchand tapota la cage du bout du pied, mais cette fois le loup ne réagit pas. « Il vous rapportera pas mal d'argent, celui-là. Il est plus vicieux qu'un furet. » Il cogna plus violemment dans la cage. Le loup s'aplatit un peu plus.

« Vous m'en direz tant », fis-je dédaigneusement. Je me détournai du loup comme s'il ne m'intéressait plus et observai les oiseaux encagés derrière lui. Les pigeons et les colombes paraissaient bien traités, mais deux geais et un corbeau s'entassaient dans une cage répugnante, pleine de fiente et de bouts de viande pourrie. Le corbeau évoquait un mendiant vêtu de haillons noirs. *Donnez du bec sur l'objet brillant*, suggérai-je mentalement aux oiseaux. *Vous arriverez peut-être à sortir.* Le corbeau ne réagit pas, la tête enfoncée dans les plumes ; mais un des geais voleta jusqu'à un juchoir plus élevé, d'où il entreprit de taper et de tirer sur la clavette en métal qui maintenait la porte fermée. Je ramenai mon regard sur le loup.

« De toute façon, je ne comptais pas le faire combattre : juste le jeter aux chiens pour les échauffer. Un peu de sang, ça les met en forme.

– Oh, mais il vous ferait un bon combattant ! Tenez, regardez : il m'a fait ça il n'y a pas un mois. J'essayais de lui donner à manger quand il m'a sauté dessus. »

Il remonta sa manche et me montra un poignet crasseux zébré d'entailles livides, seulement à demi cicatrisées.

Je me penchai, l'air modérément intéressé. « C'est infecté, on dirait. Vous allez garder votre main, vous croyez ?

– C'est pas infecté. Ça met du temps à guérir, c'est tout. Ecoutez, jeune homme, y a une tempête qui se prépare. Il faut que je remballe ma carriole et que je m'en aille avant que ça tombe. Alors, vous me faites une offre pour ce loup ? Il fera un bon bagarreur.

– On pourrait s'en servir pour appâter les ours, mais guère plus. Je vous en donne, allez, six pièces de cuivre. » J'en possédais royalement sept.

« De cuivre ? Petit, on parle de pièces d'argent, sur ce coup-ci. Regardez, c'est une belle bête ; en le nourrissant un peu, il va forcir et devenir encore plus féroce. Je pourrais tirer six pièces de cuivre rien qu'en vendant sa peau !

– Dans ce cas, faites-le rapidement, avant qu'il ne soit trop galeux. Et avant qu'il ne vous arrache l'autre main. » Je me penchai vers la cage tout en *poussant* mentalement, et le loup se recroquevilla. « Il a l'air malade. Mon maître serait furieux si je le ramenais et que les chiens attrapent une saleté en le tuant. » Je jetai un coup d'œil vers le ciel. « La tempête approche. Mieux vaut que je m'en aille.

– Une pièce d'argent, petit. Et c'est donné. »

A cet instant, le geai parvint à décrocher la clavette. La porte de la cage s'ouvrit tout grand et l'oiseau s'en approcha en sautillant. Mine de rien, je me plaçai entre l'homme et la cage ; derrière moi, le geai alla se poser sur la cage des pigeons. *La porte est ouverte*, fis-je à l'attention du corbeau. Au bruit, je sus qu'il secouait son lamentable plumage. Je portai la main à la bourse qui pendait à ma ceinture et la soupesai pensivement. « Une pièce d'argent ? Je n'ai pas ça. Mais c'est sans importance, de toute manière : je viens de me rendre compte que je n'ai rien pour le transporter. Dans ces conditions, il vaut mieux que je ne le prenne pas. »

J'entendis les geais s'envoler. Avec un juron, l'homme se précipita, mais je m'arrangeai pour me mettre sur son chemin et nous nous affalâmes tous les deux. Le corbeau avait atteint la porte de la cage. Je me dépêtrai du marchand, me relevai d'un bond et me cognai exprès contre la cage ; l'oiseau effrayé s'élança, se mit à battre laborieusement des ailes et gagna finalement le toit d'une auberge proche. Comme le marchand se redressait lourdement, le corbeau déploya ses ailes dépenaillées et poussa un croassement moqueur.

« Une pleine cagée de marchandises envolée ! me lança l'homme d'un ton accusateur, mais je ramassai mon manteau et lui montrai un accroc dans le tissu.

– Mon maître va être fou de rage en voyant ça ! » rétorquai-je avec un regard aussi noir que le sien.

Il jeta un coup d'œil au corbeau : l'oiseau avait gonflé ses plumes pour se protéger de la tempête et s'était placé à l'abri d'une cheminée. L'homme ne le rattraperait pas. Derrière moi, le loup gémit soudain.

« Neuf pièces de cuivre ! » fit brusquement le marchand, au désespoir. Il n'avait rien dû vendre de la journée.

« Je vous répète que je n'ai rien pour le transporter ! » répliquai-je. Je remontai ma capuche en regardant les nuages. « La tempête est là », ajoutai-je alors que commençaient à tomber de gros flocons chargés d'humidité, annonciateurs d'un temps très déplaisant, trop chaud pour empêcher la neige de tomber, trop froid pour la faire fondre. Demain matin, les rues allaient scintiller de verglas. Je fis mine de m'en aller.

« Donnez-les-moi, vos six pièces, foutre ! » beugla le marchand au comble de l'exaspération.

Je les tirai de ma bourse d'un air hésitant. « Et vous me l'apportez là où j'habite ? demandai-je alors qu'il m'arrachait les pièces de la main.

– Débrouillez-vous, mon bougre ! Vous m'avez refait et vous le savez très bien ! »

Là-dessus, il fourra sa cage de pigeons et de colombes dans sa carriole, puis celle, vide, du corbeau. Sans prêter la moindre attention à mes protestations, il grimpa sur le siège et fit claquer les rênes du poney. La vieille bête se mit en marche et la carriole s'éloigna en grinçant dans la neige et le crépuscule qui allaient s'épaississant. La place du marché était déserte ; seuls la traversaient ceux qui se dépêchaient de rentrer chez eux, cols remontés, manteaux fermés pour se protéger du vent humide et des rafales de neige.

« Et maintenant, qu'est-ce que je vais faire de toi ? » demandai-je au loup.

Fais-moi sortir. Libère-moi.

Impossible. C'est trop risqué. Si je le lâchais au milieu de la ville, il ne parviendrait pas vivant dans les bois : trop de chiens s'ameuteraient pour le mettre en pièces, trop d'hommes l'abattraient pour sa peau. Ou simplement parce que c'était un loup. Je me baissai pour soulever la cage, afin de me rendre compte de son poids. Il se précipita, les crocs dénudés.

Recule ! La colère me prit aussitôt. C'était contagieux.

Je te tuerai. Tu es comme l'autre, un homme. Tu veux me garder dans cette cage, c'est ça ? Je te tuerai, je t'éventrerai et je m'amuserai avec tes tripes.

J'ai dit : recule ! Je le *repoussai* durement et il se blottit à nouveau contre les barreaux du fond, mi-grondant, mi-geignant, incapable de comprendre ce que je lui faisais. Je saisis la cage et la soulevai : elle était lourde, et les mouvements affolés du loup n'arrangeaient rien, mais je pourrais la porter, pas très loin, certes, ni très longtemps. Toutefois, en procédant par étapes, je parviendrais à sortir le loup de la ville. Adulte, il pèserait sans doute autant que moi ; mais il était décharné et jeune encore, davantage qu'il n'y paraissait à première vue.

Je me calai la cage contre la poitrine. S'il m'attaquait maintenant, il pourrait m'infliger de sérieuses blessures ; mais il se contenta de reculer en gémissant dans le coin le plus éloigné de moi, ce qui ne me facilita pas son transport.

Comment t'a-t-il attrapé ?

Je te hais.

Comment t'a-t-il attrapé ?

Il se rappelait une tanière et deux frères ; une mère qui lui rapportait du poisson ; du sang, de la fumée, puis ses frères et sa mère transformés en peaux puantes pour le bottier. Il avait été extirpé du terrier en dernier, jeté dans une cage qui sentait le furet et nourri de charogne. Et de haine. C'était grâce à la haine qu'il avait survécu.

Tu as dû naître tard dans la saison, si ta mère te nourrissait de poissons de remonte.

Il garda un silence boudeur.

La route montait et la neige commençait à tenir par terre. Mes bottes usées glissaient sur le pavé glacé et le poids mal équilibré de la cage m'arrachait les épaules. Je redoutais de me mettre à trembler et je devais m'arrêter fréquemment pour me reposer ; en ces occasions, je m'interdisais fermement de réfléchir à ce que j'étais en train de faire. Je me répétais que je ne me lierais jamais avec ce loup ni avec aucune autre créature ; c'était une promesse que je m'étais faite. J'allais seulement aider ce jeune loup à grandir, après quoi je le libérerais. Il n'était pas nécessaire de mettre Burrich au courant de son existence, ainsi je ne serais pas obligé d'affronter son dégoût. Je soulevai à nouveau la cage. Qui aurait cru qu'un petit louveteau tout galeux comme ça soit aussi lourd ?

Pas galeux. Il était indigné. *Les puces. Cette cage est pleine de puces.*

Ainsi, les démangeaisons de ma poitrine n'étaient pas le fruit de mon imagination. Merveilleux ! Je n'avais plus qu'à reprendre un bain ce soir si je ne voulais pas partager mon lit avec des puces pendant tout l'hiver.

J'avais atteint la lisière de Bourg-de-Castelcerf ; au-delà, il n'y avait plus que quelques maisons clairsemées, et la route montait davantage, bien davantage. Une fois de plus, je posai la cage dans la neige. Le petit loup était ramassé sur lui-même, chétif et pitoyable, sans plus de colère ni de haine pour le soutenir. Il avait faim. Je pris une décision.

Je vais te faire sortir et je te porterai dans mes bras.

Rien ; pas de réaction. Il ne me quitta pas des yeux pendant que je déverrouillais la cage et ouvrais grand la porte. J'aurais cru qu'il se précipiterait pour disparaître dans la nuit et la neige, mais il resta blotti sans bouger. Je l'attrapai par la peau du cou pour le tirer à l'extérieur et, en un éclair, il fut sur moi, me heurta la poitrine, la gueule ouverte sur ma gorge. Je ne lui lâchai pas la nuque et lui enfonçai l'avant-bras entre les mâchoires, trop loin pour son confort. Il pédalait des pattes arrière sur mon ventre, mais mon pourpoint était assez épais pour me protéger des plus gros dommages. En un instant, nous nous retrouvâmes en train de rouler dans la neige, à gronder et à claquer des mâchoires comme des bêtes enragées. Mais j'avais pour moi le poids et la force, ainsi que l'expérience de plusieurs années passées à jouer sans douceur avec des chiens. Je le plaquai sur le dos et le maintins dans cette position tandis qu'il agitait violemment la tête et me traitait de noms intraduisibles dans le langage des hommes. Lorsqu'il se fut épuisé, je me penchai vers lui, lui saisis la gorge et plantai mon regard dans le sien. C'était là un message physique qu'il comprenait. J'enfonçai le clou : *Je suis le Loup. Tu es le Louveteau. Tu vas m'obéir !*

Je ne le lâchai pas des yeux. Il détourna rapidement les siens, mais je ne bougeai pas jusqu'à ce que son regard revienne sur moi et que j'y constate le changement attendu. Je le libérai alors, me relevai et m'écartai. Il resta dans la même position. *Debout. Viens ici.* Il se remit sur ses pattes et s'approcha de moi en rasant le sol, la queue entre les pattes. A mes pieds, il se laissa tomber sur le flanc, puis me montra son ventre. Il gémit doucement.

Au bout d'un moment, je me radoucis. *Ce n'est pas grave. Il fallait simplement que tout soit clair entre nous. Je ne te veux pas de mal. Suis-moi.* Je voulus lui gratter le poitrail, mais à mon contact il poussa un glapissement et je perçus l'éclair rouge de sa douleur.

Où as-tu mal ?

Je vis l'image du gourdin cerclé de bronze du marchand. *Partout.*

Je le palpai le plus délicatement possible. De vieilles croûtes formaient des bosses sur ses côtes. Je me redressai et donnai un coup de pied haineux à la cage. Le petit loup vint se coller contre ma jambe. *Faim. Froid. Très fatigué.* Ses émotions se déversaient à nouveau dans les miennes. Lorsque je le touchai, j'eus du mal à démêler mes pensées des siennes. Cette indignation devant les traitements qu'il avait subis, venait-elle de moi ou de lui ? C'était sans importance. Je le pris avec précaution dans mes bras et me relevai ; sans la cage, tenu tout contre moi, il ne pesait presque plus rien : il n'avait que la fourrure sur ses os en pleine croissance. Je regrettais la violence dont j'avais usé sur lui, mais c'était le seul langage qu'il comprenait. Je me forçai à parler à voix haute : « Je vais m'occuper de toi. »

Chaud, fit-il avec reconnaissance et je rabattis mon manteau sur lui. Ses perceptions nourrissaient les miennes ; je sentis ma propre odeur, mille fois plus fort qu'il ne me plaisait : chevaux, chiens, fumée, bière et une trace du parfum de Patience. Je m'efforçai de séparer ma conscience de ses perceptions, le serrai contre moi et me mis en route sur le chemin escarpé qui menait à Castelcerf. Je connaissais une chaumière, occupée autrefois par un vieux porcher, derrière les entrepôts de grain. Plus personne n'y vivait : trop délabrée, trop à l'écart. Mais elle conviendrait à mon plan : j'y installerais le loup avec quelques os à ronger, du grain bouilli et un lit de paille. D'ici une semaine ou deux, peut-être un mois, il serait assez remis et vigoureux pour s'occuper de lui-même ; alors, je l'emmènerais à l'ouest de Castelcerf et je le relâcherais.

Viande ?

Je soupirai. Viande, promis-je. Aucune autre bête n'avait perçu mes pensées si complètement, ni imprimé les siennes en moi avec tant de clarté. Il était aussi bien que nous ne devions pas nous fréquenter longtemps. Mieux valait qu'il disparaisse rapidement de ma vie.

Chaud, rétorqua-t-il. Il posa le museau sur mon épaule et s'endormit en me soufflant de l'air tiède et humide dans l'oreille.

5
MANŒUVRE

C'est vrai, il existe un ancien code de conduite et, c'est également vrai, ses coutumes étaient plus rigoureuses que celles d'aujourd'hui. Mais je tendrais à penser que, loin de les tenir désormais pour désuètes, nous les avons simplement dissimulées sous une couche de vernis. De nos jours encore un guerrier est lié par sa parole et, parmi ceux qui combattent au coude à coude, il n'est pas individu plus vil que celui qui ment à ses camarades ou les expose au déshonneur. Les lois de l'hospitalité interdisent toujours à celui qui a partagé le sel à la table de quelqu'un de verser le sang chez son hôte.

*

Le château de Castelcerf s'enfonçait dans l'hiver. Les tempêtes arrivaient de l'océan, nous martelaient avec une rage glacée, puis s'en allaient ; la neige tombait en général à leur suite en grands amoncellements qui gelaient sur les remparts, comme le glaçage sur les gâteaux aux noix. Les heures ténébreuses s'allongeaient et, par nuit claire, les étoiles brillaient d'un éclat froid dans le ciel. Après mon long voyage pour revenir du royaume des Montagnes, la férocité de l'hiver ne m'inquiétait plus autant qu'autrefois. Tandis que je faisais ma tournée quotidienne des écuries et de la vieille ferme aux cochons, le vent hivernal pouvait bien me brûler les joues et me coller les cils, je savais qu'un bon feu m'attendait chez moi, tout près de là. Et puis les tempêtes et le froid noir qui grondaient comme des loups à la porte étaient les molosses qui empêchaient les Pirates rouges d'approcher de nos côtes.

Pour moi, le temps se traînait : je rendais visite chaque jour à Kettricken, comme Umbre me l'avait suggéré, mais nous ne tenions en place ni l'un ni l'autre et je suis sûr que je l'irritais autant qu'elle m'exaspérait ; je n'osais pas rester trop longtemps en compagnie du petit loup, de peur que nous nous liions ; et je n'avais pas d'autres devoirs fixes. Les journées comptaient trop d'heures et Molly les emplissait toutes. Le pire, c'était la nuit, car alors mon esprit m'échappait complètement et mes rêves ne renfermaient que ma Molly, ma chandelière à la jupe rouge vif, aujourd'hui si triste et grave en bleu de servante. Si je ne pouvais la côtoyer de jour, je la courtisais en rêve avec une ardeur et une énergie que je n'avais jamais réussi à rassembler à l'état de veille. Lorsque nous nous promenions sur les plages après une tempête, sa main était dans la mienne ; je l'embrassais avec compétence, avec assurance, et je soutenais son regard sans avoir le moindre secret à lui dissimuler. Nul ne s'interposait entre nous.

Dans mes rêves.

Tout d'abord, la formation qu'Umbre m'avait donnée m'incita à l'espionner. Je savais quelle chambre elle occupait à l'étage des serviteurs, je savais quelle était sa fenêtre. J'appris sans le faire exprès les horaires de ses journées ; je me postais aux endroits où j'avais des chances d'entendre son pas dans les escaliers et de l'apercevoir alors qu'elle partait au marché ; j'en avais honte, mais je ne pouvais m'en empêcher. Je découvris qui, parmi les servantes, étaient ses amies ; s'il m'était interdit de lui parler, du moins pouvais-je les saluer, elles, et bavarder parfois avec elles dans l'espoir d'entendre prononcer le nom de Molly. Je me consumais du désir de la voir ; le sommeil me fuyait et manger me laissait de marbre. Plus rien n'avait d'intérêt.

J'étais installé un soir dans la salle de garde mitoyenne des cuisines ; je m'étais trouvé une place dans un coin où je pouvais m'adosser au mur et allonger mes jambes sur le banc d'en face afin de décourager toute velléité de me tenir compagnie. Une chope de bière, tiède depuis des heures, était posée devant moi : je n'avais même plus l'énergie de m'enivrer à mort. Les yeux dans le vague, je m'efforçais de ne penser à rien lorsque le banc disparut soudain de sous mes pieds. Presque précipité à bas de celui où j'étais assis, je me rattrapai tant bien que mal et vis Burrich prendre place en face de moi. « Qu'est-ce qui te tourmente ? » me demanda-t-il sans ambages. Il se pencha vers moi et baissa le ton. « Tu as encore eu une crise ? »

Je ramenai mon regard vers la table et répondis à mi-voix : « Quelques accès de tremblements, mais pas de vraie crise. Apparemment, elles ne surviennent que si je me fatigue trop. »

Il hocha la tête d'un air grave, puis attendit que je poursuive. Je relevai le visage : ses yeux sombres étaient fixés sur moi et j'y lus une inquiétude qui me toucha. Je secouai la tête et dis d'une voix rauque : « C'est Molly.

– Tu n'as pas réussi à découvrir où elle est partie ?

– Si. Elle est ici, à Castelcerf ; elle travaille chez Patience comme chambrière. Mais Patience m'interdit de la voir. Elle prétend que… »

A mes premiers mots, Burrich avait écarquillé les yeux ; il se mit à jeter des regards furtifs autour de nous, puis il désigna la porte de la tête. Je me levai, le suivis dans les écuries et montai derrière lui jusqu'à sa chambre. Je m'assis à sa table, devant l'âtre, et il sortit son excellente eau-de-vie de Labour ainsi que deux timbales ; puis il apporta son nécessaire de sellerie, son éternel tas de harnais à réparer, et me tendit un licol auquel manquait une sangle. Pour sa part, il entreprit de graver des ornements sur le petit quartier d'une selle. Il approcha son tabouret de la table et me regarda. « Cette Molly… c'est donc elle que j'ai vue dans la cour des lavandières, avec Brodette ? Elle porte haut la tête ? Il y a des reflets roux dans sa robe ?

– Dans ses cheveux, oui, fis-je à contrecœur.

– Elle a une belle croupe bien large. Elle mettra bas sans problèmes », dit-il d'un ton approbateur.

Je le foudroyai de l'œil. « Merci », répondis-je, glacial.

Son sourire me désarçonna. « C'est ça, mets-toi en colère ; j'aime mieux ça que te voir pleurnicher sur ton sort. Allons, raconte-moi tout. »

C'est ce que je fis. Je ne lui racontai pas tout, mais sans doute bien davantage que je n'eusse osé dans la salle de garde, car nous étions seuls, l'eau-de-vie me réchauffait agréablement et j'étais entouré par les odeurs et les objets familiers de la chambre et du travail de Burrich. Ici, comme nulle part ailleurs, j'avais toujours été en sécurité et je ne voyais aucun risque à lui révéler ma peine. Il ne dit rien, ne m'interrompit pas ; même après que j'eus fini, il garda le silence et continua d'imprégner de teinture les incisions en forme de cerf qu'il avait pratiquées dans le cuir.

« Alors, que dois-je faire ? » m'entendis-je enfin demander.

Il posa ses outils, termina son eau-de-vie et s'en resservit une timbale. Il parcourut sa chambre du regard. « Tu t'adresses à moi, je suppose, parce que tu as remarqué le brillant succès que j'ai eu à me trouver une femme aimante et à lui faire de nombreux enfants ? »

Je restai confondu de l'amertume qui perçait dans sa voix, mais, avant que je puisse y répondre, il éclata d'un rire étranglé. « N'y pense plus. A la fin des fins, c'est moi qui ai choisi ma vie, et j'ai pris ma décision il y a de longues années. A ton avis, FitzChevalerie, que dois-tu faire ? »

Je le dévisageai d'un air morose, sans rien dire.

« Pourquoi est-ce que tout est allé de travers, au fond ? » reprit-il. Comme je restais muet, il me demanda : « Ne viens-tu pas de me dire que tu l'as courtisée comme un gamin, alors qu'elle prenait tes avances pour celles d'un homme ? C'était un homme qu'elle désirait. Alors, ne boude pas comme un gosse qui n'a pas ce qu'il veut. Comporte-toi en homme ! » Il but la moitié de son eau-de-vie, puis remplit nos deux timbales.

« Comment ? fis-je d'une voix tendue.

– De la même façon que tu l'as fait en d'autres occasions : accepte la discipline, conforme-toi à la tâche ; comme ça, tu ne la verras plus, ce qui ne veut pas dire, si je connais un tant soit peu les femmes, qu'elle ne te verra pas. Ne l'oublie pas. Et regarde-toi : tes cheveux, on dirait le poil d'hiver d'un poney ; quant à ta chemise, je parie que tu la portes depuis une semaine, et tu es maigre comme un poulain de janvier. Ça m'étonnerait que tu regagnes son respect dans cet état-là. Nourris-toi, soigne ta mise chaque matin et, au nom d'Eda, prends de l'exercice au lieu de traînailler dans la salle de garde. Fixe-toi des travaux à accomplir et mets-t'y. »

Sans mot dire, j'acquiesçai lentement. Il avait raison, bien sûr ; pourtant, je ne pus m'empêcher de protester : « Mais rien de tout ça ne me servira si Patience refuse toujours de me laisser voir Molly !

– Au bout du compte, Patience n'a pas d'importance, crois-moi. Ça se passe entre Molly et toi.

– Et le roi Subtil », fis-je avec un sourire forcé.

Il me regarda d'un air interrogateur.

« D'après Patience, un homme ne peut à la fois avoir juré allégeance à un roi et donner complètement son cœur à une femme. “On ne peut pas mettre deux selles sur un cheval”, m'a-t-elle dit. Et Patience a épousé un roi-servant et elle a su se satisfaire du peu de temps qu'il avait à lui consacrer. » Je tendis à Burrich le licol réparé.

Il ne le prit pas. Sa timbale d'eau-de-vie était à mi-chemin de ses lèvres, mais il la reposa si brutalement que l'alcool éclaboussa la table. « Elle t'a dit ça ? » me demanda-t-il d'une voix rauque. Son regard me transperçait.

Je hochai la tête. « Il ne serait pas honorable, a-t-elle affirmé, d'obliger Molly à se contenter du rare temps libre que m'accorderait le roi. »

Burrich se laissa aller en arrière. Ses traits reflétaient le conflit d'émotions qui faisait rage en lui. Il détourna les yeux vers la cheminée, puis les ramena sur moi. L'espace d'un instant, je crus qu'il allait me dire quelque chose ; mais il se redressa sur son siège, avala son eau-de-vie cul sec et se leva soudain. « Il fait trop calme, ici. Si nous descendions à Bourg-de-Castelcerf ? »

*

Le lendemain je me levai et, sans prêter attention à la migraine qui me martelait le crâne, j'entrepris de cesser de me conduire comme un gamin transi d'amour. C'étaient mon insouciance et mon impétuosité puériles qui m'avaient fait perdre Molly ; je résolus donc d'avoir l'attitude retenue d'un adulte. Si je ne pouvais espérer la reconquérir qu'avec le temps, je suivrais le conseil de Burrich et emploierais au mieux ce temps.

Aussi chaque matin je me levais tôt, avant même les cuisinières ; dans le secret de ma chambre, je pratiquais des exercices d'assouplissement, puis de combat avec un bâton ; une fois trempé de sueur et au bord de l'étourdissement, je descendais aux thermes prendre un bain de vapeur. Et, lentement, très lentement, la vigueur commença de me revenir. Je repris du poids, ma charpente s'étoffa peu à peu de muscles et je me mis à mieux remplir les nouveaux habits que m'avait infligés maîtresse Pressée. Je continuais à être parfois victime d'accès de tremblements, mais je faisais moins de crises et je m'arrangeais toujours pour regagner ma chambre avant de m'humilier en m'effondrant devant tout le monde. Patience trouvait que je reprenais des couleurs, tandis que Brodette se faisait un plaisir de me gaver à la moindre occasion. Je commençais à me sentir à nouveau moi-même.

Je mangeais chaque matin avec les gardes, pour qui la quantité consommée importait plus que les manières. Le petit déjeuner était suivi d'une virée aux écuries, pour emmener Suie faire un petit galop de santé dans la neige ; quand je rentrais avec elle, j'éprouvais un bonheur douillet à m'occuper personnellement de ma jument. Avant nos mésaventures au royaume des Montagnes, Burrich et moi étions en total désaccord sur mon emploi du Vif et j'étais pratiquement interdit de séjour aux écuries ; je ressentais donc aujourd'hui plus que de la satisfaction à étriller Suie et à m'occuper moi-même de lui donner son grain. Je retrouvais l'activité des écuries, les chaudes odeurs des animaux et les potins du château comme seuls les palefreniers savaient les raconter. Les jours où j'avais de la chance, Pognes et Burrich prenaient le temps de s'arrêter pour bavarder avec moi ; les autres jours, ceux où le travail ne manquait pas, j'avais le plaisir doux-amer de les voir se consulter à propos d'un étalon qui toussait ou soigner un sanglier souffrant qu'un fermier avait amené à la forteresse. En ces occasions, ils n'avaient guère la tête à s'amuser et, sans le vouloir, ils m'excluaient de leur intimité. C'était normal. Je m'étais engagé dans une nouvelle vie et je ne pouvais espérer que la porte de l'ancienne me restât éternellement entrouverte.

Cette pensée n'empêchait pas un sentiment de culpabilité quotidien au moment où je me rendais discrètement à la chaumière abandonnée, derrière les greniers. Je n'y allais qu'avec la plus grande prudence : la paix qui existait entre Burrich et moi était trop récente pour que je la croie inébranlable et je me rappelais trop bien la douleur que j'avais ressentie en perdant son amitié. Si Burrich soupçonnait un jour que j'avais recommencé à pratiquer le Vif, il me rejetterait aussi vite et aussi complètement que la première fois. Chaque jour, je me demandais ce qui me poussait exactement à jouer son affection et son respect pour un petit loup.

Ma seule réponse, c'était que je n'avais pas le choix. Je n'aurais pas pu me détourner de Loupiot davantage que d'un enfant mourant de faim dans une cage. Pour Burrich, le Vif qui me laissait parfois ouvert à l'esprit des animaux était une perversion, une faiblesse révoltante à laquelle un homme digne de ce nom ne se laissait pas aller ; il m'avait quasiment avoué en posséder le talent latent, mais en affirmant avec vigueur ne jamais s'en être servi ; et de fait, s'il l'avait employé, je ne l'y avais jamais surpris. La réciproque n'était pas vraie : avec une perception extraordinaire, il savait toujours lorsqu'un animal m'attirait. Quand, enfant, je me permettais d'utiliser le Vif avec une bête, j'avais généralement droit à un coup sur la tête ou à une gifle énergique pour me remettre au travail. A l'époque où je vivais avec lui dans les écuries, il faisait tout son possible pour m'empêcher de me lier à un animal ; il y avait toujours réussi, sauf en deux occasions ; et la peine intense que m'avait causée la perte de mes compagnons de Vif m'avait convaincu de la justesse de ses vues. Seul un fou pouvait se prêter à un jeu qui menait inévitablement à tant de chagrin. J'étais donc un fou, et non un homme, de n'avoir pas su résister au prétexte d'un bébé loup battu et affamé.

Je chapardais os, restes de viande et croûtes de pain et faisais en sorte que nul, pas même Mijote ni le fou, ne soit au courant de mes activités. Je me donnais beaucoup de mal pour modifier chaque jour l'heure de ma visite et pour prendre un chemin différent afin d'éviter de tracer une piste jusqu'à la chaumière. Le plus difficile avait été de chiper de la paille fraîche et une vieille couverture de cheval dans les écuries ; mais j'y étais arrivé.

Quelle que fût l'heure où je me présentais, Loupiot m'attendait ; et ce n'était pas seulement la vigilance d'un animal qui espère avoir à manger : il sentait quand j'entamais mon trajet quotidien vers la chaumière et il guettait ma venue. Il savait aussi lorsque j'avais des gâteaux au gingembre dans la poche et s'en prit rapidement d'un goût immodéré. Sa méfiance envers moi n'avait pourtant pas disparu : je percevais sa circonspection et je voyais comme il se reculait quand je m'approchais de lui. Mais chaque jour où je ne le battais pas, chaque miette de nourriture que je lui apportais était une pierre de plus dans le pont de confiance qui se bâtissait entre nous. Cependant, je ne voulais pas de ce lien et je m'efforçais le plus possible de garder mes distances, de faire taire le Vif entre nous ; je craignais qu'il perde la nature sauvage qui lui serait nécessaire pour survivre seul. Je lui serinais cet avertissement : « Tu dois rester caché ; les hommes sont un danger pour toi et les chiens aussi. Tu dois rester dans cette maison et ne faire aucun bruit si quelqu'un survient. »

Au début, il n'eut pas de mal à s'y conformer. Tristement émacié, il se jetait sur la nourriture et la dévorait, puis s'endormait sur sa litière avant même que je m'en aille, ou bien me surveillait d'un œil jaloux tout en rongeant un os. Mais peu à peu, bien nourri, avec de la place pour bouger et sans plus de crainte envers moi, il retrouva le caractère naturellement joueur d'un jeune animal. Il se mit à se jeter sur moi en feignant de m'attaquer dès que j'ouvrais la porte et à exprimer le bonheur que lui procuraient les gros os de bœuf en les maltraitant avec force grondements. Lorsque je lui reprochais le raffut qu'il faisait ou les traces qui trahissaient ses ébats nocturnes dans le champ de neige à l'arrière de la chaumière, il se tapissait dans un coin pour fuir mon mécontentement.

Mais en ces occasions, j'observais aussi la férocité qui se dissimulait au fond de ses yeux : il ne me reconnaissait aucune autorité, aucune domination sur lui, seulement une sorte de rang plus élevé, comme au sein d'une meute ; il attendait l'heure où il prendrait ses propres décisions. Aussi pénible que ce fût parfois, c'était nécessaire ; je l'avais sorti de sa cage avec la ferme intention de le rendre à la liberté : d'ici un an, il ne serait plus qu'un loup parmi les autres qui hurlaient dans le lointain, la nuit, et je le lui répétais sur tous les tons. Au début, il voulait savoir quand je le tirerais de la Forteresse puante et des murailles qui l'enfermaient. Je lui promettais que ce serait bientôt, dès qu'il aurait repris des forces, dès que le plus noir de l'hiver serait passé et qu'il pourrait se défendre seul. Mais les semaines s'écoulaient, les tempêtes lui rappelaient la chaleur douillette de sa litière et la bonne viande avec laquelle il s'étoffait les os, et il m'interrogeait de moins en moins souvent. Moi-même, parfois, j'oubliais de lui rappeler ce qui l'attendait.

La solitude me rongeait de l'intérieur et de l'extérieur. La nuit, je me demandais quelles seraient les conséquences si j'allais discrètement frapper à la porte de Molly, et le jour je me retenais de me laisser lier au petit loup qui dépendait entièrement de moi. A part moi, il n'y avait qu'une autre créature dans le château qui fût aussi seule que moi.

*

« Vous devez avoir d'autres devoirs. Pourquoi venir chaque jour me tenir compagnie ? » s'enquit Kettricken à la manière directe des Montagnards. C'était le milieu de la matinée, au lendemain d'une nuit de tempête. Il tombait de gros flocons et, afin de les admirer et malgré le froid, Kettricken avait fait ouvrir les volets. Sa chambre de couture donnait sur la mer et il me semblait déceler chez la reine-servante de la fascination pour ces eaux immenses et toujours en mouvement. Ses yeux avaient ce jour-là une couleur proche de celle de l'océan.

« J'espérais vous aider à passer le temps plus agréablement, ma reine-servante.

– Passer le temps... » Elle soupira. Elle mit son menton dans le creux de sa main et s'appuya sur le coude pour contempler d'un air pensif la neige qui tombait. La brise marine jouait dans ses cheveux blonds. « Votre langue est étrange. Vous parlez de passer le temps comme nous, dans les Montagnes, parlons de passer le vent ; comme s'il fallait s'en débarrasser. »

Sa petite servante, Romarin, assise à ses pieds, se mit à glousser dans ses mains. Derrière nous, ses deux dames de compagnie étouffèrent un petit rire, puis se remirent à leur ouvrage d'un air affairé. Kettricken elle-même avait sur les genoux un tambour à broder sur lequel apparaissait l'esquisse d'un paysage de montagnes agrémenté d'une cascade, mais son travail ne me semblait guère progresser. Ses autres dames de compagnie étaient absentes ce matin, mais avaient envoyé des pages les excuser, pour raison de migraine, principalement. Elle ne paraissait pas se rendre compte de l'impolitesse dont elle était l'objet ; j'ignorais comment le lui expliquer et, certains jours, je me demandais si c'était nécessaire. Et aujourd'hui, c'était justement l'un de ces jours.

Je me tortillai sur mon siège, décroisai puis recroisai les jambes. « Je voulais seulement dire qu'en hiver Castelcerf peut être fort ennuyeux. Le mauvais temps nous empêche de sortir et il n'y a guère à faire d'intéressant.

– Ce n'est pas le cas dans les hangars des chantiers navals », répondit-elle. Ses yeux prirent une expression curieusement avide. « Là-bas, on s'active, on équarrit les grands troncs et on courbe les planches jusqu'à la dernière lueur du jour ; même quand la lumière est faible ou que la tempête mugit, les charpentiers taillent, dressent et rabotent dans les abris ; aux forges, on fabrique des chaînes et des ancres ; on tisse d'épaisses toiles pour les voiles, on les coupe et on les coud. Et Vérité déambule au milieu de tout cela, surveille les travaux, tandis que je reste ici à faire des ouvrages d'agrément, à me piquer les doigts et à m'user les yeux pour broder des fleurs et des guirlandes, si bien que, quand j'en ai achevé un, on peut le ranger avec une dizaine d'autres ouvrages du même style.

– Oh, non, ma dame, on ne le range pas, fit impulsivement une des suivantes. Vos travaux d'aiguille sont fort appréciés lorsque vous les donnez. A Haurfond, l'un d'eux, encadré, décore les appartements privés du seigneur Shemshy, et le duc Kelvar de Rippon… »

D'un soupir, Kettricken coupa court au compliment. « Que ne puis-je œuvrer plutôt à une voile, avec une grande alèse de fer ou un épissoir en bois, pour orner un des navires de mon époux ! Voilà une tâche qui serait digne de mon temps et du respect de Vérité. Mais non, on me donne des jouets pour m'amuser, comme si j'étais une enfant gâtée incapable de comprendre la valeur du temps bien employé ! » Elle se tourna vers sa fenêtre et je remarquai alors que la fumée qui montait des chantiers navals était aussi visble que la mer elle-même. Peut-être m'étais-je trompé sur ce qu'elle regardait.

« Dois-je faire monter du thé et des gâteaux, ma dame ? » demanda l'une des suivantes, pleine d'espoir. Toutes deux avaient remonté leur châle sur leurs épaules ; Kettricken, elle, ne paraissait pas sentir le vent glacé qui soufflait par la fenêtre ouverte, mais il ne devait pas être agréable, par ce froid, de jouer de l'aiguille sans bouger.

« Si vous en avez envie, répondit Kettricken d'un air absent. Je n'ai ni faim ni soif. Je crains de m'empâter comme une oie enfermée, à coudre toute la journée en m'empiffrant. Comme j'aimerais faire quelque chose d'intéressant ! Dites-moi en toute sincérité, Fitz : si vous ne vous sentiez pas obligé de me tenir compagnie, resteriez-vous sans rien faire dans votre chambre ? Ou devant un métier à tisser, à faire des ouvrages d'agrément ?

– Non. Mais je ne suis pas reine-servante.

– Servante ! Une servante qui ne sert à rien ! » Une amertume nouvelle perçait dans sa voix. « Et reine ? Chez moi, vous le savez, on ne parle pas de reine. Si j'étais là-bas et que je gouverne à la place de mon père, je porterais le titre d'Oblat ; mieux, je serais l'Oblat incarné, prête à tous les sacrifices pour le bien de mon pays et de mon peuple.

– Si vous y étiez maintenant, au cœur de l'hiver, que feriez-vous ? » demandai-je dans l'espoir d'amener la conversation sur un terrain moins douloureux. Ce fut une erreur.

Elle regarda un moment par la fenêtre ; puis, à mi-voix : « Dans les Montagnes, on n'avait jamais le temps de rester sans rien faire. J'étais la plus jeune, naturellement, et la plupart des devoirs d'Oblat retombaient sur les épaules de mon père et de mon grand frère. Mais, comme dit Jonqui, il y a toujours de quoi s'occuper et plus qu'il n'en faut. Ici, à Castelcerf, tout est pris en charge par les serviteurs, loin des regards, et l'on ne voit que les résultats, la chambre rangée, le repas sur la table. C'est peut-être parce que tant de gens y habitent. »

Elle se tut un instant et son regard se fit lointain. « A Jhaampe, en hiver, le silence s'installe sur le palais et la ville elle-même ; la neige tombe en abondance et un grand froid se referme sur le pays. Les pistes peu fréquentées disparaissent pour la saison, les patins remplacent les roues ; ceux qui sont venus visiter la cité sont rentrés chez eux depuis longtemps. Au palais de Jhaampe, il n'y a que les membres de ma famille et ceux qui ont choisi d'y résider pour les aider ; pas pour les servir, non, pas exactement. Vous avez été à Jhaampe, vous savez donc que nul là-bas, sauf la famille royale, n'a pour seul rôle de servir. Si j'étais à Jhaampe, je me lèverais tôt, j'irais tirer de l'eau pour le gruau commun et je prendrais mon tour pour touiller dans la marmite ; Keera, Sennick, Jofron et moi animerions les cuisines de nos bavardages, entourés des enfants qui courraient partout comme des fous, iraient chercher du bois pour le feu et mettraient le couvert en jacassant de mille choses. » Sa voix mourut et j'écoutai le silence de sa solitude.

Elle finit par reprendre : « S'il y avait un travail à exécuter, dur ou facile, nous nous y mettions tous ; j'ai aidé à courber, puis à lier les branches pour fabriquer une grange. Au cœur même de l'hiver, j'ai participé au sauvetage d'une famille qu'un incendie avait ruinée, en déblayant la neige et en dressant de nouvelles arches faîtières pour sa maison. Croyez-vous qu'un Oblat ne puisse traquer un vieil ours acariâtre qui tue les chèvres de nos bergers, ni aider à tirer sur une corde pour consolider un pont ébranlé par la crue ? » Le regard qu'elle m'adressa était empreint d'une souffrance sincère.

« Ici, à Castelcerf, nous ne risquons pas la vie de nos reines, répondis-je simplement. D'autres bras peuvent tendre une corde et nous avons des dizaines de chasseurs qui se battraient pour l'honneur d'abattre un décimeur de troupeaux. Nous n'avons qu'une reine. Il y a des choses que seule une reine peut faire. »

Derrière nous, les dames de compagnie nous avaient pratiquement oubliés. L'une d'elles avait appelé un page et il était revenu avec des gâteaux et du thé fumant dans une bouilloire ; elles bavardaient entre elles en se réchauffant les mains sur leurs tasses. Je les examinai brièvement pour me rappeler lesquelles des suivantes avaient choisi de s'occuper de leur reine. Je commençais à m'apercevoir que Kettricken n'était peut-être pas une reine des plus commode à suivre. Sa petite servante, Romarin, était assise à même le sol près de la table à thé, les yeux dans le vague, un gâteau au creux des mains. Je regrettai soudain de n'avoir plus huit ans et de ne pouvoir la rejoindre par terre.

« Je sais à quoi vous faites allusion, fit Kettricken d'un ton brusque. Je suis ici pour donner un héritier à Vérité. C'est un devoir auquel je ne cherche pas à me dérober, car je n'y vois pas un devoir, mais un plaisir. Je voudrais seulement être sûre que mon seigneur partage mes sentiments ; mais il est toujours au bourg, occupé à ses chantiers. Je sais où il est aujourd'hui : en bas, dans les hangars, à regarder ses navires se créer peu à peu à partir de planches et de troncs. Ne puis-je être à ses côtés sans pour autant courir de risques ? Voyons, si je suis la seule à pouvoir lui donner un héritier, lui seul peut l'engendrer ; dans ce cas, pourquoi dois-je rester confinée ici tandis qu'il se jette à corps perdu dans la protection de notre peuple ? C'est là une mission que je devrais partager, en tant qu'Oblat des Six-Duchés. »

Mon séjour au royaume des Montagnes m'avait habitué à la franchise de ses habitants ; pourtant je fus choqué par la brutalité des propos de la reine, et j'y réagis avec une audace excessive. Sans l'avoir prémédité, je tendis le bras sous son nez pour fermer les volets de la fenêtre par où soufflait un vent froid, et je profitai de cette proximité pour lui chuchoter d'une voix tendue : « Si vous croyez que c'est là l'unique responsabilité de nos reines, vous vous trompez lourdement, ma dame ! Pour parler avec la même franchise que vous, vous négligez vos devoirs envers vos suivantes, qui ne se trouvent dans cette pièce aujourd'hui que pour vous servir et causer avec vous. Réfléchissez : ne seraient-elles pas plus à l'aise dans leurs appartements pour faire les mêmes travaux d'aiguille, ou en compagnie de maîtresse Pressée ? Vous soupirez après ce que vous considérez comme un rôle plus important, mais vous en avez un à jouer que le roi lui-même ne peut tenir, et c'est pour celui-là que vous êtes ici : ressusciter la cour de Castelcerf, en faire un parage avenant, séduisant, encourager les seigneurs et les dames à rivaliser pour attirer l'attention du roi-servant, les inciter à le soutenir dans ses entreprises. Il y a longtemps que ce château n'a pas connu de reine accueillante. Au lieu de rester les yeux fixés sur des navires que d'autres mains sont plus capables que les vôtres de bâtir, acceptez la tâche qui vous est réservée et accomplissez-la. »

Je finis de tirer les rideaux qui cachaient les volets et contribuaient à empêcher le froid des tempêtes d'entrer ; je repris alors ma place et croisai le regard de ma reine. A ma grande consternation, je la vis contrite comme une fille de laiterie ; des larmes perlaient à ses yeux clairs et elle avait les joues aussi rouges que si je l'avais giflée. Je lançai un coup d'œil aux dames de compagnie toujours occupées à bavarder en prenant le thé. Profitant de ce que nul ne la regardait, Romarin enfonçait délicatement le doigt dans les tourtes pour voir ce qu'elles renfermaient. Apparemment, personne n'avait rien remarqué, mais je n'ignorais pas le talent des dames de la cour pour la dissimulation et je craignais que les spéculations n'aillent bientôt bon train quant à ce que le Bâtard avait pu dire à la reine-servante pour la faire pleurer.

Je maudis ma maladresse et tâchai de garder à l'esprit que, malgré sa stature, Kettricken n'était guère plus âgée que moi et qu'elle se trouvait seule en terre étrangère. Au lieu de m'adresser à elle, j'aurais dû soumettre le problème à Umbre, qui aurait su discrètement inciter quelqu'un à lui fournir les explications nécessaires. Mais je compris au même instant qu'il avait déjà choisi quelqu'un pour ce rôle. Je croisai à nouveau les yeux de Kettricken et lui fis un sourire crispé ; elle suivit promptement mon regard posé sur ses suivantes et recomposa aussitôt son expression. Je ressentis une bouffée de fierté pour elle.

« Que me suggérez-vous ? demanda-t-elle à mi-voix.

– Je vous prie de me pardonner, fis-je avec humilité : j'ai honte de l'audace avec laquelle j'ai parlé à ma reine. Mais je suggère qu'elle honore ces deux suivantes fidèles d'une marque particulière de faveur royale, pour les récompenser de leur loyauté. »

Elle hocha la tête. « Et quelle faveur ?

– Une réunion intime dans les propres appartements de la reine, par exemple, pour assister au spectacle d'un ménestrel éminent ou d'un marionnettiste connu. Peu importe le divertissement ; ce qui compte, c'est qu'en soient exclues celles qui n'ont pas voulu vous servir aussi fidèlement que ces deux dames.

– On dirait une manigance à la Royal.

– En effet. Il est très doué pour créer larbins et parasites ; mais lui agirait par mépris, pour punir ceux qui n'auraient pas voulu le servir.

– Et moi ?

– Vous, ma reine-servante, vous récompensez celles qui ont fait preuve de fidélité, sans volonté de sanctionner les autres, mais seulement de jouir de la compagnie de personnes qui vous rendent votre affection.

– Très bien. Et le ménestrel ?

– Je vous conseille Velours. Quand il chante, on a l'impression qu'il susurre des galanteries à chaque dame présente.

– Voulez-vous voir s'il serait libre ce soir ?

– Ma dame… » Je ne pus m'empêcher de sourire. « Vous êtes la reine-servante ; vous l'honorez en requérant ses services. Il ne sera en aucun cas trop occupé pour vous obliger. »

Kettricken soupira encore une fois, mais moins profondément.

D'un hochement de tête, elle me congédia, puis s'approcha en souriant de ses dames de compagnie pour s'excuser de son humeur distraite, puis leur demander si elles pourraient venir chez elle dans la soirée. Je les vis échanger des regards, puis sourire, et je sus que nous avions bien fait. Je pris mentalement note de leurs noms : dame Espérance et dame Pudeur. Je m'inclinai avant de sortir, mais mon départ passa pour ainsi dire inaperçu.

C'est ainsi que je devins conseiller de Kettricken ; je n'appréciais guère ce rôle de compagnon, d'instructeur, de souffleur qui lui indiquait les pas de danse imposés par sa condition. En vérité, c'était une tâche déplaisante que la mienne : j'avais l'impression à la fois de la rabaisser par mes réprimandes et de la corrompre en lui enseignant à emprunter les voies tortueuses du pouvoir dans la toile d'araignée de la cour. Elle avait raison : c'étaient des procédés dignes de Royal. Si elle les employait dans des buts plus nobles et d'une manière moins violente que lui, mes intentions n'en restaient pas moins très égoïstes : je voulais qu'elle accumule du pouvoir afin d'associer fermement, dans l'esprit de chacun, le trône à Vérité.

Tous les jours, en début de soirée, je devais me rendre chez dame Patience. Elle et Brodette prenaient ces visites très au sérieux ; aux yeux de Patience, j'étais entièrement à sa disposition, comme si j'étais encore son page, et elle ne se gênait pas pour me demander de copier un antique manuscrit sur son précieux papier de roseau, ni pour exiger de constater mes progrès dans la pratique de la cornemuse de mer. Elle me reprochait toujours de ne pas faire suffisamment d'efforts dans ce domaine et passait en général près d'une heure à m'embrouiller les idées en essayant de m'apprendre à jouer convenablement. Je me montrais aussi docile et poli que possible, mais je me sentais pris au piège de la conspiration des deux femmes destinée à m'empêcher de voir Molly ; je reconnaissais la sagesse de la ligne de conduite imposée par Patience, mais la raison n'apaise pas la solitude. Malgré leurs efforts pour me tenir loin de Molly, je la voyais partout. Oh, pas en personne, non, mais dans le parfum suave d'une grosse bougie à la baie de laurier, dans le manteau jeté sur un fauteuil ; même le miel des gâteaux de miel avait le goût de Molly. Me prendra-t-on pour un sot si je dis que je m'installais tout près de la bougie pour respirer son parfum ou que je m'asseyais dans le fauteuil afin de m'adosser à son manteau humide de neige ? J'avais parfois le même sentiment que Kettricken, celui d'être submergé par mes devoirs et de ne plus rien avoir dans l'existence qui me fût personnel.

Chaque semaine, je faisais mon rapport à Umbre sur les progrès de la reine-servante en matière d'intrigues de cour. Ce fut lui qui m'avertit que, tout soudain, les dames les plus éprises de Royal s'étaient mises à rechercher aussi les faveurs de Kettricken ; je dus donc la mettre en garde et lui indiquer qui traiter courtoisement, mais sans plus, et à qui faire sans réserve bon visage. Parfois, je me disais que je devrais être en train de tuer au nom de mon roi plutôt que me laisser entraîner dans ces sournoiseries. Puis, un jour, le roi Subtil me fit convoquer.

Le message me parvint un matin, très tôt, et je m'habillai en hâte pour me rendre auprès de mon roi. C'était la première fois qu'il m'appelait depuis mon retour à Castelcerf ; j'étais inquiet de son silence : était-il mécontent de moi ou de ce qui s'était passé à Jhaampe ? Non, il me l'aurait dit en face. Néanmoins... L'incertitude me rongeait. J'essayai en même temps de faire vite, afin de me présenter le plus rapidement possible devant lui, et de soigner particulièrement ma tenue, et je ne réussis qu'à échouer dans l'un et dans l'autre : mes cheveux, qu'on avait coupés à cause de la fièvre dans les Montagnes, avaient repoussé aussi hirsutes et indisciplinés que ceux de Vérité ; pis, ma barbe commençait à poindre et, par deux fois déjà, Burrich m'avait mis en demeure de choisir entre la porter carrément ou me raser plus fréquemment. Comme elle poussait par plaques, à l'instar de la robe d'hiver d'un poney, je m'entaillai diligemment la figure à plusieurs reprises ce matin-là avant de comprendre que quelques poils épars seraient moins visibles qu'une débauche de sang. Je me peignai les cheveux en arrière en regrettant de ne pouvoir les natter en queue, comme les guerriers, puis je fixai sur ma chemise l'épingle que Subtil m'avait remise il y avait tant d'années pour signifier que je lui appartenais. Enfin, je me précipitai vers les appartements de mon roi.

Alors que j'enfilais à grands pas le couloir qui conduisait à la porte du roi, Royal sortit brusquement de sa propre chambre. Je m'arrêtai pour éviter de le heurter et le regardai avec la sensation d'être pétrifié. Je l'avais vu plusieurs fois depuis mon retour, mais toujours de loin, à l'autre bout d'une pièce, ou bien du coin de l'œil, alors que j'étais occupé par ailleurs. A présent, nous étions face à face, presque à nous toucher, et nous nous dévisagions mutuellement. Je me rendis compte avec un choc qu'on aurait presque pu nous prendre pour des frères ; il avait les cheveux plus bouclés que moi, les traits plus fins, le port plus aristocratique ; ses habits étaient des plumes de paon à côté de mes couleurs de geai et il me manquait l'argent autour du cou et des poignets ; néanmoins, nous portions visiblement l'un comme l'autre la marque des Loinvoyant. Nous avions tous deux la mâchoire de Subtil, le pli de ses paupières, la courbe de sa lèvre inférieure. Ni le prince ni moi ne rivaliserions un jour avec la charpente massivement musclée de Vérité, mais je m'en approcherais davantage que Royal. Nous avions moins de dix ans d'écart et seule sa peau me séparait de son sang. Je croisai son regard et regrettai de ne pouvoir répandre ses entrailles sur le dallage.

Il sourit et ses dents blanches apparurent brièvement. « Le Bâtard », fit-il aimablement. Son sourire se durcit. « Ou plutôt maître Fits [1]. Un nom fort séant que tu t'es choisi là. » Sa prononciation ne laissait aucun doute sur l'insulte.

« Prince Royal », répondis-je, d'un ton aussi insultant que le sien. Je demeurai sans bouger devant lui avec une patience que je ne me connaissais pas. C'est lui qui devait me frapper le premier.

L'espace d'un instant, nous tînmes nos positions, les yeux dans les yeux. Puis il baissa le regard pour se débarrasser d'une poussière imaginaire sur sa manche et reprit son chemin. Je ne m'écartai pas et il ne me bouscula pas comme il l'eût fait autrefois. J'inspirai profondément et me remis en route.

Je ne connaissais pas le garde à la porte, mais il me fit signe d'entrer dans les appartements du roi ; avec un soupir, je m'imposai une nouvelle corvée : apprendre les noms et les visages du château. A présent que la cour grouillait de gens venus voir la nouvelle reine, je croisais sans cesse des individus qui me saluaient sans que je puisse mettre un nom sur eux. Quelques jours auparavant, j'avais entendu un marchand de charcuterie dire à son apprenti, près des cuisines : « Ce doit être le Bâtard, d'après sa tête. » J'en avais eu un sentiment de vulnérabilité. Tout changeait trop vite pour moi.

Je restai confondu en entrant chez le roi Subtil. Je m'attendais à trouver les fenêtres entrouvertes pour laisser pénétrer l'air vivifiant de l'hiver, Subtil habillé, alerte, debout devant une table, prêt à l'action comme un capitaine auquel ses lieutenants présentent leurs rapports. Il avait toujours été ainsi, vieillard vif, strict avec lui-même, matinal, aussi matois que son nom le disait. Mais il n'était pas dans son salon.

1. Jeu de mots intraduisible sur *fits*, accès, crises (de tremblements, en l'occurrence) (NdT).

Je m'avançai jusqu'à l'entrée de sa chambre et jetai un coup d'œil par la porte ouverte.

Elle était encore plongée dans une demi-pénombre. Un serviteur manipulait bruyamment des tasses et des assiettes sur une petite table placée près du grand lit à baldaquin. L'homme ne m'accorda qu'un bref coup d'œil : il me prenait manifestement pour un domestique. L'air immobile sentait le renfermé, comme si la chambre n'avait plus servi ou été aérée depuis longtemps. J'attendis un moment que le serviteur annonce ma présence au roi, mais, comme il n'en faisait rien, je m'approchai du lit d'un pas circonspect.

Comme le roi ne disait rien, je pris mon courage à deux mains. « Mon roi ? Je suis venu, selon vos ordres. »

Subtil était assis dans son lit, au milieu des ombres des rideaux, le dos abondamment soutenu par des coussins. Il ouvrit les yeux. « Qui… Ah, Fitz ! Assieds-toi. Murfès, apporte-lui un siège. Une coupe et une assiette, aussi. » Comme le serviteur s'éloignait, le roi me confia : « Je regrette Cheffeur ; je l'avais eu tant d'années que je n'avais plus besoin de lui expliquer ce que je voulais.

– Je me souviens de lui, mon seigneur. Où est-il, s'il n'est plus ici ?

– La toux l'a emporté. Il l'a attrapée à l'automne et il ne s'en est jamais débarrassé. Il s'est étiolé peu à peu, au point de ne plus pouvoir respirer sans siffler. »

Je revoyais le serviteur en question ; il n'était plus tout jeune, mais pas très vieux non plus. Qu'il soit mort si tôt m'étonnait. Je restai debout sans mot dire en attendant que Murfès revienne avec un siège, une coupe et une assiette, puis je m'installai sous son regard désapprobateur, dont je n'avais cure : il apprendrait bien vite que le roi Subtil établissait lui-même ses propres règles de protocole. « Et vous, mon roi ? Vous portez-vous bien ? Je ne me rappelle pas vous avoir jamais vu au lit dans la matinée. »

Subtil émit un grognement d'impatience. « C'est extrêmement agaçant. Ce n'est pas une vraie maladie, rien que des vertiges, la tête qui me tourne dès que je fais des mouvements trop brusques. Chaque matin, j'ai l'impression que c'est passé, mais quand j'essaye de me lever, les fondations de Castelcerf se mettent à danser. Aussi je reste au lit, je mange et je bois un peu, puis je me lève prudemment. Vers midi, je suis de nouveau moi-même. A mon avis, c'est en relation avec le froid de l'hiver, mais le guérisseur prétend que cela provient peut-être d'un ancien coup d'épée que j'ai reçu quand j'avais à peu près ton âge. Regarde, on voit encore la cicatrice ; mais je croyais cette blessure guérie depuis longtemps. » Le roi se pencha en avant en soulevant d'une main tremblante une mèche de cheveux grisonnants à la hauteur de sa tempe gauche. Je distinguai la fronce d'une vieille balafre et je hochai la tête.

« Mais assez de cela. Je ne t'ai pas appelé pour te consulter à propos de ma santé. J'imagine que tu connais le motif de ta présence ici ?

– Vous désirez un rapport complet sur les événements de Jhaampe ? » Je jetai un coup d'œil alentour et repérai Murfès non loin de nous. Cheffeur, lui, aurait quitté la pièce pour nous permettre de discuter librement. Jusqu'à quel point pouvais-je parler franchement en présence de ce nouveau domestique ?

Mais Subtil écarta le sujet d'un geste désinvolte. « C'est déjà fait, mon garçon, dit-il en articulant péniblement. Vérité et moi nous en sommes entretenus. La page est tournée ; je ne pense pas que tu puisses m'apprendre grand-chose que je ne sache déjà ou que je n'aie deviné. Vérité et moi avons longuement débattu ; je... regrette certains incidents. Mais... c'est le passé, et c'est du présent qu'il faut nous occuper. N'est-ce pas ? »

Les mots se pressaient dans ma gorge, presque à m'étouffer. Royal, avais-je envie de lui dire, votre fils a tenté de me tuer, moi, votre petit-fils le bâtard ! Vous êtes-vous longuement entretenu avec lui aussi ? Et était-ce avant de m'avoir jeté entre ses griffes ou après ? Mais, avec autant de netteté que si Umbre ou Vérité me l'avait soufflé à l'oreille, je sus soudain que je n'avais nul droit à douter de mon roi, ni même à lui demander s'il m'avait donné en sacrifice à son dernier fils. Je serrai les dents et ravalai mes questions.

Subtil croisa mon regard, puis ses yeux se détournèrent brièvement vers le serviteur. « Murfès, va aux cuisines un moment. Ou là où tu voudras qui ne soit pas ici. » L'homme eut l'air mécontent, mais sortit avec un grognement, en laissant la porte entrebâillée. Sur un signe de Subtil, je me levai et allai la fermer ; puis je repris place sur le siège.

« FitzChevalerie, dit le roi, cela ne doit pas continuer.

– Mon seigneur ? » Je soutins son regard un instant, puis baissai les yeux.

Il parlait péniblement. « Parfois, les jeunes gens ambitieux font des bêtises ; quand on leur démontre leur erreur, ils s'excusent. » Je relevai brusquement les yeux en me demandant s'il attendait que je fasse amende honorable, mais il poursuivit : « Ces excuses, on me les a présentées et je les ai acceptées. La vie continue son cours normal. Fais-moi confiance, dit-il, et ce n'était pas une prière. Moins on en dit, plus rapide est la guérison. »

Je m'adossai dans ma chaise. J'inspirai, puis relâchai lentement mon souffle ; quelques instants plus tard, j'avais repris mon sang-froid. Je regardai Subtil, le visage ouvert. « Puis-je vous demander pourquoi vous m'avez convoqué, mon roi ?

– Pour une méchante affaire, dit-il avec dégoût. Le duc Brondy de Béarns pense que c'est à moi de la régler, et il craint ce qui risque de s'ensuivre si je ne fais rien. Il ne considère pas comme… de bonne politique d'agir lui-même. J'ai donc accepté sa requête, mais à contrecœur. N'avons-nous pas assez des Pirates à notre porte sans luttes intestines ? Enfin ! On a le droit de me demander d'intervenir et j'ai le devoir d'obliger le demandeur. Une fois encore, tu vas être l'instrument de la justice du roi, Fitz. »

Il me fit un exposé concis de la situation en Béarns. Une jeune femme de la Baie aux Phoques s'était présentée à Castellonde pour proposer ses services de guerrière à Brondy. Il les avait acceptés de grand cœur car elle était à la fois bien musclée et experte au maniement du bâton, de l'arc et de l'épée. Belle autant que forte, petite, brune et souple comme une loutre de mer, elle constituait une recrue bienvenue dans la garde et devint bientôt, de surcroît, la coqueluche de la cour : elle possédait, non du charme, mais un courage et une force de caractère qui incitaient à la suivre. Brondy lui-même s'était pris d'affection pour elle ; elle mettait de la vie à sa cour et inspirait un entrain nouveau à sa garde.

Mais récemment, elle avait commencé à se croire des dons de prophétie et de divination. Elle prétendait qu'El, le dieu de la mer, l'avait choisie pour une glorieuse destinée ; de son vrai nom Madja et d'une ascendance tout à fait commune, elle s'était rebaptisée au cours d'une cérémonie qui mêlait le feu, le vent et l'eau, et se faisait désormais appeler Virilia. Elle ne se nourrissait que de gibier qu'elle avait elle-même tué et ne gardait dans sa chambre que des objets qu'elle avait faits de ses propres mains ou gagnés l'arme au poing. Le nombre de ses disciples ne cessait de croître, et on y trouvait aussi bien de jeunes nobles que quantité des soldats qu'elle commandait. A tous, elle prêchait la nécessité de revenir au culte et à l'adoration d'El ; elle se faisait l'apôtre des anciennes traditions, d'un mode de vie rigoureux et simple qui glorifiait le mérite personnel.

Elle considérait les Pirates et les forgisations comme des sanctions envoyées par El pour nous punir de nos mœurs relâchées et accusait la lignée des Loinvoyant d'encourager ce laxisme. Tout d'abord, elle n'avait fait ce genre de déclarations qu'avec circonspection, et si dernièrement elle se montrait plus franche, elle ne poussait jamais l'audace jusqu'à tenir des propos ouvertement séditieux. Néanmoins, des taurillons avaient été sacrifiés sur les falaises et elle avait oint de leur sang nombre de jeunes gens avant de les envoyer en quête spirituelle, comme cela se faisait en des époques très archaïques. Des rumeurs étaient parvenues jusqu'à Brondy, selon lesquelles elle cherchait un homme digne d'elle, prêt à une alliance pour renverser le trône des Loinvoyant. Ils prendraient ensemble le pouvoir pour inaugurer l'ère du Guerrier et mettre un terme à celle du Fermier. D'après Béarns, un nombre considérable de jeunes gens étaient prêts à se disputer cet honneur. Brondy souhaitait qu'on interrompe les activités de cette femme avant d'être obligé de l'accuser de trahison et de devoir forcer ses hommes à choisir entre Virilia et lui-même. Subtil était d'avis que sa popularité chuterait sans doute brutalement si elle trouvait son maître au maniement des armes, ou bien si elle était victime d'un grave accident, ou encore si elle perdait sa force et sa beauté à la suite d'une maladie minante. Je ne pus qu'en convenir, non sans observer que, dans bien des cas, des individus avaient été déifiés après leur mort, à quoi Subtil répondit que c'était exact, à condition qu'ils aient péri honorablement.

Là-dessus, il changea complètement de sujet. A Castellonde, dans la Baie aux Phoques, se trouvait un vieux manuscrit dont Vérité désirait une copie et qui dressait la liste de tous les ressortissants de Béarns qui avaient servi le roi par l'Art, en tant que membres d'un clan ; l'on disait aussi que Castellonde abritait une relique du temps où les Anciens avaient défendu la cité. Subtil voulait me voir partir le lendemain matin pour la Baie aux Phoques, où je devais copier le manuscrit, examiner la relique, après quoi je reviendrais lui faire mon rapport. Je devais également transmettre à Brondy les meilleurs vœux du roi et son assurance qu'il serait bientôt mis un terme à ses désagréments.

J'avais compris.

Alors que je m'apprêtais à sortir, Subtil leva la main. J'attendis qu'il parle.

« As-tu le sentiment que je tiens la part de mon marché avec toi ? » demanda-t-il. C'était la vieille question, celle qu'il me posait toujours à la fin de nos rencontres lorsque j'étais enfant. Cela me fit sourire.

« Oui, sire, répondis-je comme d'habitude.

– Alors, veille à tenir la tienne aussi. » Il se tut, puis, ce qu'il n'avait jamais fait jusque-là, il reprit : « N'oublie pas, Fitz-Chevalerie : le mal que l'on fait à l'un des miens, c'est à moi qu'on l'inflige.

– Sire ?

– Tu ne ferais pas de mal à l'un des miens, n'est-ce pas ? »

Je me roidis. Je savais ce qu'il me demandait et je l'acceptai. « Sire, je ne ferai de mal à aucun des vôtres. J'ai prêté allégeance à la maison des Loinvoyant. »

Il hocha lentement la tête. Il avait arraché des excuses à Royal, et à moi la promesse que je ne tuerais pas son fils. Il croyait sans doute avoir rétabli la paix entre nous. Dans le couloir, je repoussai mes cheveux en arrière. Je venais de donner ma parole... Je réfléchis soigneusement et m'astreignis à envisager ce qu'il allait m'en coûter de la tenir ; aussitôt, la rancœur m'envahit, jusqu'à ce que j'imagine ce qu'il m'en coûterait d'enfreindre ma promesse. Alors, j'allai chercher au fond de moi les restrictions que j'avais pu formuler et les extirpai sans pitié ; enfin, je pris la résolution de respecter mon engagement sans faillir. La paix ne régnait assurément pas entre Royal et moi, mais je pouvais au moins faire la paix avec moi-même. Ragaillardi par ma décision, j'enfilai le couloir à grands pas.

Je n'avais pas refait mes réserves de poisons depuis mon retour des Montagnes et, au-dehors, les plantes hibernaient encore. Il me faudrait donc dérober ce dont j'avais besoin. Je trouverais certains produits chez les teinturiers, et le magasin du guérisseur m'en fournirait d'autres. C'est l'esprit plein de ces préoccupations que je m'engageai dans l'escalier.

Sereine le gravissait dans l'autre sens. Quand je la vis, je me figeai, le cœur défaillant, davantage même qu'en présence de Galen. C'était un vieux réflexe : de tous les membres du clan du maître d'Art, elle était désormais le plus puissant. Auguste avait quitté la scène pour se retirer loin dans l'Intérieur et jouer les gentilshommes dans une région à vergers ; son Art avait été totalement annihilé lors de la confrontation qui avait vu la mort de Galen. Sereine était maintenant la clé de voûte du clan ; en été, elle demeurait à Castelcerf et les autres membres du clan, répartis dans des tours et des forteresses tout le long de notre côte, envoyaient par son canal leur rapport au roi. Pendant l'hiver, le clan se réunissait à Castelcerf pour renouer les liens et consolider l'esprit de groupe. En l'absence d'un maître d'Art, Sereine avait hérité d'une bonne part de la position de Galen au château ; elle avait également repris à son compte, et avec enthousiasme, la haine que me vouait Galen. En sa présence, je ne me rappelais qu'avec trop de netteté les violences passées et je ressentais une angoisse inaccessible à la logique. Je l'évitais depuis mon retour, mais à présent j'étais cloué sous son regard.

La largeur de l'escalier était plus que suffisante pour permettre à deux personnes de s'y croiser… sauf si l'une d'elles se plantait délibérément au milieu d'une marche. Bien que je fusse au-dessus d'elle, je sentis qu'elle avait l'avantage. Elle avait changé depuis l'époque où nous étions les élèves de Galen ; son apparence physique tout entière reflétait sa nouvelle position : elle portait une robe bleu nuit somptueusement brodée, une tresse entremêlée de fil brillant et d'ornements en ivoire tirait sa chevelure noire en arrière, des bijoux d'argent paraient sa gorge et ses mains. Mais elle avait perdu toute féminité ; elle avait dû adopter les valeurs ascétiques de Galen, car son visage n'était plus qu'un masque d'os, ses mains des griffes décharnées. Comme notre ancien maître, elle se consumait au feu de sa propre vertu. C'était la première fois qu'elle m'abordait de front depuis la mort de Galen, et je m'arrêtai au-dessus d'elle sans avoir la moindre idée de ce qu'elle me voulait.

« Bâtard », dit-elle d'une voix monocorde. C'était une description, pas un salut. Je me demandai si ce qualificatif perdrait un jour son cinglant à mon oreille.

« Sereine, répondis-je d'un ton aussi plat que possible.

– Tu n'es pas mort dans les Montagnes.

– Non, en effet. »

Elle me barrait toujours le passage. Très bas, elle dit : « Je sais ce que tu as fait. Je sais ce que tu es. »

Mes tréfonds tremblaient comme ceux d'un lapin. J'essayai de me convaincre qu'il devait lui falloir jusqu'à la moindre parcelle de son Art pour m'imposer cette angoisse, que cette émotion ne m'appartenait pas, que c'était seulement son Art qui me l'instillait. Je me forçai à parler.

« Moi aussi, je sais ce que je suis : l'homme lige du roi.

– Tu n'es pas un homme », déclara-t-elle avec une calme assurance. Elle me sourit. « Un jour, tout le monde le saura. »

La peur ressemble étonnamment à la peur, quelle qu'en soit la source. Je ne répondis pas et demeurai immobile. Enfin, elle s'écarta pour me laisser passer. J'y vis une petite victoire, bien qu'en y réfléchissant elle n'avait guère d'autre possibilité. J'allai préparer mes affaires pour mon voyage en Béarns, brusquement soulagé de quitter la Forteresse l'espace de quelques jours.

Je ne conserve pas bon souvenir de cette mission. Je fis la connaissance de Virilia, invitée à Castellonde alors que j'y effectuais mes travaux de scribe ; elle était telle que l'avait décrite Subtil, belle et solidement bâtie, avec des mouvements souples de félin en chasse. Sa vitalité, sa superbe santé lui donnaient un éclat incomparable, et elle attirait tous les regards à son entrée dans une pièce. Elle jetait sa chasteté comme un défi à tous les hommes qui l'entouraient ; moi-même, je me sentis tomber sous le charme et ma mission ne m'en parut que plus cruelle.

Le premier soir à table, elle était installée en face de moi. Le duc Brondy m'avait fait excellent accueil, au point de faire préparer par son cuisinier certain plat de viande épicée dont j'étais friand. Ses bibliothèques étaient à ma disposition, ainsi que les services de son scribe subalterne. Sa dernière fille, Célérité, partageait même sa timide société avec moi et je l'entretenais du manuscrit qui m'amenait chez son père, agréablement étonné de l'intelligence dont elle faisait preuve et de la discrétion avec laquelle elle la manifestait. A mi-repas, Virilia dit d'une voix claire à son voisin de table qu'autrefois on noyait les bâtards à la naissance. Les anciennes coutumes d'El l'exigeaient, ajouta-t-elle. J'aurais pu faire semblant de n'avoir rien entendu, mais elle se pencha vers moi pour me demander en souriant : « Vous ne connaissiez pas cette tradition, bâtard ? »

Je me tournai vers le duc Brondy qui présidait la table, mais il était plongé dans une discussion animée avec sa fille aînée et ne m'accorda pas le moindre regard. « Elle est aussi ancienne, je pense, que celle qui impose à un invité de se montrer courtois envers un autre à la table de leur hôte », répondis-je en m'efforçant de garder une voix ferme et de ne pas ciller. Un appât, voilà ce que j'étais ! Brondy m'avait installé en face d'elle pour l'appâter. Jamais encore on ne s'était servi de moi de façon aussi criante. J'essayai de me cuirasser contre cette idée, de faire table rase de mes sentiments personnels. Au moins, j'étais préparé.

« Certains verraient un signe de la dégénérescence de la lignée des Loinvoyant dans le fait que votre père s'est glissé impur dans le lit nuptial. Naturellement, je ne suis pas de celles qui dénigrent la famille de mon roi ; mais dites-moi : comment celle de votre mère a-t-elle réagi à son état de putain ? »

Je lui fis un sourire affable : je me sentais soudain moins de scrupules quant à ma mission. « Je n'ai guère de souvenirs de la famille de ma mère, répondis-je sur le ton de la conversation. Mais j'imagine qu'elle partageait mon avis : mieux vaut être putain ou fils de putain que traître à son roi. »

Je pris mon verre de vin et me tournai vers Célérité. Ses yeux bleu sombre s'agrandirent et un hoquet de frayeur lui échappa lorsque le poignard de Virilia s'enfonça dans la table à quelques pouces de mon coude. Je m'y étais attendu et, tranquillement, je croisai son regard. Virilia s'était dressée, les yeux flamboyants, les narines palpitantes. Le rouge qui lui teintait les joues enflammait sa beauté.

« Dites-moi, fis-je d'un ton posé, vous professez l'observance des coutumes d'autrefois, n'est-ce pas ? Ne vous conformez-vous donc pas à celle qui interdit de verser le sang dans une maison dont vous êtes l'invitée ?

– N'êtes-vous pas indemne ? demanda-t-elle en guise de réponse.

– Autant que vous. Je ne veux pas jeter la honte sur la table de mon duc en prêtant à dire qu'il a laissé des invités s'entre-tuer au-dessus de son pain. Mais peut-être votre loyauté envers votre duc vous est-elle aussi indifférente que celle envers votre roi ?

– Je n'ai pas prêté serment de fidélité à votre chiffe de roi Loinvoyant », répondit-elle d'une voix sifflante.

Les convives s'agitèrent, certains par embarras, d'autres pour mieux y voir. Ainsi, d'aucuns étaient venus assister à ma mise au défi à la table de Brondy. Toute la scène avait été aussi soigneusement planifiée qu'une campagne militaire. Mais Virilia se doutait-elle de l'attention que j'y avais apportée, moi aussi ? Avait-elle idée du petit paquet que je portais dans ma manche ? J'élevai la voix pour bien me faire entendre et, hardiment : « J'ai ouï parler de vous. Ceux que vous cherchez à vous rallier seraient plus avisés de se rendre à Castelcerf. Le roi-servant Vérité appelle tous ceux qui savent se servir d'une arme à venir garnir ses nouveaux bateaux de guerre et à lever cette arme contre les Outrîliens, nos ennemis à tous. Voilà, selon moi, qui serait une meilleure mesure du talent d'un guerrier. N'est-ce pas là un but plus honorable que de se tourner contre les chefs à qui l'on a juré fidélité, ou que de répandre le sang d'un taureau à la pleine lune, au sommet d'une falaise, alors que cette viande pourrait nourrir ceux des nôtres que les Pirates rouges ont dépouillés ? »

Je parlais avec passion d'une voix de plus en plus forte, cependant que Virilia me dévisageait, effarée de tout ce que je savais. Transporté par ma propre harangue, car j'y croyais, je me penchai au-dessus de la table et, nez à nez avec Virilia, je lui demandai : « Dites-moi, vaillante que vous êtes : avez-vous jamais levé les armes contre quelqu'un qui n'était pas votre compatriote ? Contre l'équipage d'un Pirate rouge ? Non ? Je le pensais bien. Il est tellement plus facile d'insulter l'hospitalité d'un hôte ou de blesser le fils d'un voisin que de tuer celui qui vient assassiner vos frères ! »

Les mots n'étaient pas le fort de Virilia. Folle de rage, elle me cracha au visage.

Je me redressai calmement et m'essuyai. « Peut-être voulez-vous me provoquer en combat, en un lieu et un temps plus appropriés ? Pourquoi pas dans une semaine, sur les falaises où vous avez si courageusement tué l'époux de la vache ? Peut-être, en tant que scribe, ferai-je un adversaire plus valeureux que votre guerrier bovin ? »

Le duc Brondy daigna soudain remarquer l'agitation de sa table. « FitzChevalerie ! Virilia ! » nous lança-t-il du ton de la réprimande. Mais la femme et moi ne nous quittâmes pas des yeux, et mes poings restèrent plantés de part et d'autre de son assiette tandis que je l'affrontais, penché au-dessus de la table.

Son voisin m'eût volontiers défié à son tour, je crois, si le duc Brondy n'avait pas assené sur la table un coup violent d'un bol de sel, au risque de fracasser l'objet, avant de nous rappeler avec vigueur que nous étions à sa table, dans son château, et qu'il n'y voulait pas d'effusion de sang. Lui, au moins, était capable d'honorer à la fois le roi Subtil et les coutumes d'autrefois et il nous engagea à l'imiter. Je lui présentai d'humbles et éloquentes excuses, et Virilia marmonna un vague « pardon ». Le repas se poursuivit sans incident, des ménestrels chantèrent, et je passai les jours suivants à recopier le manuscrit destiné à Vérité ; je vis également la relique des Anciens, qui ne m'évoqua rien tant qu'une fiole de verre constituée de très fines écailles de poisson. Je paraissais faire à Célérité plus d'impression qu'il n'était à mon goût et, d'un autre côté, je devais affronter l'animosité glacée des partisans de Virilia. La semaine fut longue.

Le duel n'eut jamais lieu car, avant la fin de la semaine, Virilia fut victime d'une éruption de furoncles et d'aphtes sur la langue et dans la bouche, punition traditionnelle, selon la légende, de qui ment à ses compagnons d'armes et trahit ses serments. Elle pouvait à peine boire, encore moins se nourrir, et sa maladie la défigurait tant que tous ses proches finirent par fuir sa compagnie, crainte de la contagion. Sa douleur était telle qu'elle ne put affronter le froid pour aller se battre, et nul ne se proposa pour la remplacer ; j'attendis donc au sommet des falaises un adversaire qui ne se présenta jamais. Célérité patienta auprès de moi, ainsi qu'une vingtaine de nobliaux envoyés par le duc Brondy pour me servir de témoins. Nous bavardâmes tranquillement entre nous tout en buvant de l'eau-de-vie à l'excès pour nous tenir chaud ; à la tombée du soir, un messager vint du château nous annoncer que Virilia avait quitté Castellonde, mais pas dans le but de m'affronter : elle était partie à cheval en direction de l'Intérieur, seule. Célérité joignit les mains dans un geste de bonheur, puis, à ma grande surprise, se jeta dans mes bras. Nous rentrâmes à Castellonde, frigorifiés mais joyeux, prendre un dernier repas avant mon départ pour Castelcerf. Brondy me fit asseoir à sa gauche, et Célérité à côté de moi.

« Vous savez, remarqua-t-il à mon intention, vers la fin du repas, chaque année vous ressemblez de façon plus frappante à votre père. »

Toute l'eau-de-vie de Béarns n'aurait pu vaincre le frisson glacé qui me parcourut à ces mots.

6

LES FORGISÉS

Chevalerie et Vérité étaient les deux enfants de la reine Constance et du roi Subtil. Ils n'avaient que deux ans de différence et, dans leur enfance, ils étaient aussi proches que peuvent l'être deux frères. Chevalerie était l'aîné et prit le titre de roi-servant à son seizième anniversaire ; son père l'envoya presque aussitôt régler une querelle de frontière avec les Etats chalcèdes. De ce jour, il ne séjourna guère à Castelcerf plus de quelques mois d'affilée. Même après son mariage, il était rare qu'il restât inoccupé plus d'une journée, moins à cause d'une recrudescence des troubles frontaliers à l'époque que de la volonté apparente de Subtil de clairement délimiter ses frontières avec tous ses voisins. Nombre de ces désaccords trouvèrent leur solution par l'épée, mais, le temps passant, Chevalerie se montra de plus en plus habile à manier la diplomatie.

On dit parfois que c'est sa belle-mère, la reine Désir, qui aurait combiné de lui confier cette tâche, dans l'espoir de l'envoyer à la mort. On prétend d'autre part que c'était le moyen, pour Subtil, de soustraire son fils aîné à la vue et à l'autorité de sa nouvelle reine. Le prince Vérité, condamné de par sa jeunesse à rester à la cour, présentait chaque mois à son père une demande formelle pour accompagner son frère. Tous les efforts de Subtil pour l'intéresser à des responsabilités qui lui fussent propres furent vains : le prince Vérité exécutait les tâches qu'on lui confiait, mais ne faisait rien pour cacher qu'il préférerait suivre son frère aîné. Enfin, pour son vingtième anniversaire, après six années de requêtes mensuelles, Subtil lui accorda, bien à contrecœur, d'accompagner son frère.

Dès lors et jusqu'au jour où, quatre ans plus tard, Chevalerie abdiqua et transmit son titre de roi-servant à Vérité, les deux princes œuvrèrent main dans la main à fixer les frontières, les traités et les accords commerciaux avec les pays limitrophes des Six-Duchés. Le prince Chevalerie avait un talent pour négocier avec les gens, individus ou peuples, Vérité pour le détail des transactions, la cartographie précise des limites convenues et le soutien à fournir à l'autorité de son frère, en tant que soldat et en tant que prince.

Le prince Royal, le dernier fils de Subtil et son seul enfant avec la reine Désir, passa toute sa jeunesse à la cour, où sa mère ne ménagea pas sa peine pour lui préparer la voie de candidat au trône.

⋆

C'est avec soulagement que je repris la route de Castelcerf. Ce n'était pas la première fois que j'accomplissais pareille besogne pour mon roi, mais je n'avais jamais pris goût à mon métier d'assassin. Je me réjouissais de ce que Virilia m'eût insulté et utilisé comme un pion, car cela m'avait rendu la tâche supportable ; pourtant, ç'avait été une très belle femme et une combattante talentueuse. Ce gâchis m'empêchait de tirer fierté de ma mission, sinon en ce que j'avais obéi aux ordres de mon roi. Telles étaient mes réflexions alors que Suie s'apprêtait à franchir la dernière colline avant Castelcerf.

Je levai les yeux vers le sommet et j'eus du mal à en croire mes yeux : Kettricken et Royal à cheval, côte à côte ! Ensemble ! On eût dit une illustration tirée d'un des meilleurs vélins de Geairepu : Royal portait un habit rouge et or, avec des bottes noires aux reflets brillants et des gants, noirs également ; son manteau de monte qui lui découvrait une épaule ondoyait au vent du matin dans une débauche de couleurs vives. La bise lui rougissait les joues et se jouait du méticuleux ordonnancement de ses cheveux bouclés ; ses yeux sombres brillaient. Il avait presque l'allure d'un homme, sur son grand cheval noir au noble port. Voici ce qu'il pourrait être, me dis-je, au lieu d'un prince languide, toujours un verre de vin à la main et une dame à ses côtés. Encore un beau gâchis.

Ah, mais la dame à ses côtés sortait cette fois de l'ordinaire. Comparée à l'entourage qui les suivait, elle apparaissait comme une fleur exotique et rare. Installée à califourchon sur sa monture, elle portait un pantalon ample dont le violet crocus ne sortait de la cuve d'aucune teinturerie de Castelcerf ; orné de broderies complexes aux couleurs somptueuses, il s'enfonçait dans de hautes bottes qui arrivaient presque aux genoux de la cavalière ; Burrich aurait approuvé la commodité de la chose. Au lieu d'un manteau, elle arborait une courte veste à l'épaisse fourrure blanche, pourvue d'un col montant pour lui protéger la nuque du vent. Du renard blanc, supposai-je, des toundras aux confins les plus lointains des Montagnes. Elle avait les mains gantées de noir ; la bise avait joué avec ses longs cheveux blonds, les avait défaits et ils tombaient emmêlés sur ses épaules. Sur sa tête, elle avait posé une coiffe tricotée de toutes les couleurs vives qu'on pût imaginer. Elle se tenait en avant sur son cheval, les étriers haut placés, à la mode des Montagnes, ce qui tendait à faire caracoler Pas-de-Loup plutôt que marcher. De petites clochettes d'argent accrochées au harnais de la jument marron sonnaient aussi clairement que des glaçons dans l'air froid du matin. A côté des autres femmes engoncées dans leurs robes et leurs énormes manteaux, Kettricken paraissait agile comme un félin.

Elle évoquait un guerrier venu d'un pays inconnu au climat septentrional ou un aventurier sorti de quelque légende d'autrefois. Son aspect la distinguait de ses suivantes, non comme une dame de haute naissance et portant bijoux révèle son statut parmi d'autres moins royales, mais presque comme un faucon apparaîtrait au milieu d'une cagée d'oiseaux chanteurs. Je me demandai si elle était bien avisée de se montrer ainsi à ses sujets. Le prince Royal chevauchait à ses côtés et bavardait avec elle, le sourire aux lèvres. Leur conversation animée était ponctuée d'éclats de rire. Comme je m'approchais de la suite, je laissai Suie ralentir. Kettricken tira les rênes en souriant et faillit s'arrêter pour me saluer, mais le prince Royal m'adressa un hochement de tête glacial et lança son cheval au trot. La jument de Kettricken, qui n'aimait pas rester en arrière, tira sur son mors et se maintint à sa hauteur. J'eus droit à des saluts tout aussi secs de ceux qui suivaient la reine et le prince. Je m'arrêtai pour regarder la troupe passer, puis, le cœur troublé, continuai mon chemin vers Castelcerf. L'expression de Kettricken était enjouée, ses joues rosies par l'air glacé, et ses sourires à Royal aussi joyeux que ceux, bien rares, qu'elle me faisait encore. Mais je ne pouvais croire qu'elle fût crédule au point de lui faire confiance.

Je ruminais ces pensées tout en dessellant Suie, puis en la pansant. Je m'étais penché pour examiner ses sabots quand je sentis le regard de Burrich posé sur moi. « Ça dure depuis combien de temps ? » lui demandai-je.

Il comprit de quoi je parlais.

« Il s'y est mis quelques jours après ton départ. Il l'a amenée ici et il m'a fait un joli discours, comme quoi il trouvait dommage que la reine passe toutes ses journées enfermée dans le château, elle qui était habituée à la vie au grand air dans les Montagnes. Il s'était laissé persuader, m'a-t-il dit, de lui apprendre à monter à notre mode des basses terres. Et puis il m'a fait seller Pas-de-Loup avec la selle que Vérité a fabriquée pour sa reine et ils sont partis ensemble. Que voulais-tu que je fasse ? me lança-t-il avec brusquerie alors que je lui adressais un regard interrogateur. Tu l'as dit toi-même : nous sommes les hommes liges du roi ; on a prêté serment ; et Royal est prince de la maison Loinvoyant. Même si je me montrais parjure au point de refuser de le servir, il restait ma reine-servante qui voulait son cheval sellé. »

D'un léger mouvement de la main, je signalai à Burrich que ses paroles confinaient à la trahison. Il pénétra dans le box pour gratter pensivement Suie derrière l'oreille pendant que j'en finissais avec elle.

« Tu ne pouvais pas faire autrement, reconnus-je. Mais j'aimerais savoir ce qu'il a derrière la tête. Et pourquoi elle le supporte.

– Ce qu'il a derrière la tête ? Peut-être de rentrer dans les bonnes grâces de Kettricken, tout simplement. Ce n'est un secret pour personne qu'elle se languit dans la forteresse. Oh, elle est toujours avenante avec tout le monde, mais elle est aussi trop honnête pour feindre d'être heureuse alors que c'est faux.

– Peut-être », fis-je à contrecœur. Je levai la tête aussi vivement qu'un chien au sifflement de son maître. « Il faut que j'y aille. Le roi-servant Vérité… » Je n'achevai pas ma phrase. Inutile de lui dire que j'avais été appelé par l'Art. Je pris en bandoulière mes fontes qui contenaient les manuscrits laborieusement recopiés et me mis en route vers le château.

Sans prendre le temps de me changer ni même de me réchauffer près des cheminées des cuisines, je me rendis à la chambre aux cartes de Vérité. La porte était entrouverte ; je frappai un coup, puis entrai. Vérité étudiait une carte fixée à sa table et c'est à peine s'il m'accorda un coup d'œil. Du vin chaud m'attendait déjà, ainsi qu'une généreuse assiettée de viande froide et du pain, sur une table près de l'âtre. Au bout d'un moment, il se redressa.

« Tu bloques trop bien, me dit-il en guise de salut. Ça fait trois jours que je m'échine à te faire presser le pas et quand est-ce que tu t'aperçois enfin que je t'artise ? quand tu te trouves dans mes propres écuries ! Je t'assure, Fitz, il faut que nous prenions le temps de t'enseigner à maîtriser un tant soit peu ton Art. »

Mais je savais pertinemment que ce temps, nous ne l'aurions jamais : trop de sujets requéraient son attention par ailleurs. Comme toujours, il alla droit au but : « Les forgisés », dit-il. Un frisson d'inquiétude me parcourut le dos.

« Les Pirates rouges ont encore frappé ? Si tard dans l'hiver ? demandai-je, incrédule.

– Non. Au moins ceci nous est-il épargné. Mais, même s'ils nous laissent tranquilles et restent dans leurs foyers, leur poison continue d'agir parmi nous. » Il s'interrompit un instant. « Allons, réchauffe-toi et mange un peu ; rien ne t'empêche de mâcher et d'écouter en même temps. »

Et, tandis que je me servais du vin chaud et un morceau de viande, Vérité se lança dans son exposé. « C'est toujours le même problème : on nous signale des forgisés qui volent et pillent, non seulement des voyageurs, mais aussi des fermes et des maisons isolées. J'ai fait faire des enquêtes et il apparaît que ces rapports sont dignes de foi. Pourtant, ces attaques se produisent loin des sites victimes des Pirates, et dans tous les cas il s'agit, non pas d'un ou deux forgisés, mais de groupes entiers qui opèrent de concert. »

Je réfléchis un moment, avalai ma bouchée et dis : « Je ne crois pas les forgisés capables d'œuvrer en bandes ni même de coopérer entre eux. Devant eux, on n'a aucune impression de… de communauté, de partage. Ils savent parler, raisonner, mais d'un point de vue purement égoïste. On dirait des belettes douées de parole. Ils ne s'intéressent qu'à leur survie individuelle et ils se considèrent mutuellement comme des rivaux pour tout ce qui touche à la nourriture ou à leur bien-être en général. » J'emplis ma chope à nouveau, réconforté par la chaleur du vin qui se répandait en moi ; tout au moins repoussait-elle le froid physique, car elle ne pouvait rien contre la pensée glaçante de l'isolement sinistre dans lequel vivaient les forgisés.

Ce que je savais d'eux, c'était grâce au Vif que je l'avais découvert. Ils étaient à ce point fermés à tout sentiment de relation avec le monde que c'est à peine si je percevais leur existence ; pourtant, le Vif m'ouvrait à ce réseau qui relie entre elles toutes les créatures, mais les forgisés étaient coupés de cette trame, isolés comme des pierres, aussi avides et impitoyables qu'une tempête ou un fleuve en crue. Pour moi, tomber sur l'un d'eux à l'improviste était aussi déconcertant que si je me faisais attaquer par un rocher.

Mais Vérité se contenta de hocher la tête d'un air songeur. « Pourtant même les loups, tout animaux qu'ils soient, attaquent en meute, comme les poissons-crocs sur une baleine. Si ces bêtes peuvent s'unir pour abattre une proie, pourquoi pas les forgisés ? »

Je reposai le bout de pain que j'avais pris. « Les loups et les poissons-crocs agissent selon leur instinct et ils partagent la viande avec leurs petits ; ils ne tuent pas chacun pour soi, mais pour nourrir le groupe. J'ai vu des forgisés en bandes, certes, mais ils n'opèrent pas en commun ; la fois où plusieurs forgisés m'ont attaqué, je ne m'en suis tiré que parce que j'ai réussi à les monter les uns contre les autres : je leur ai abandonné le manteau qu'ils convoitaient et ils se sont battus pour s'en emparer ; et lorsqu'ils se sont remis à ma poursuite, ils se gênaient mutuellement plus qu'ils ne s'entraidaient. » Je m'efforçais de conserver une voix calme malgré les souvenirs que cette conversation ravivait en moi. Martel était mort, cette nuit-là, et j'avais tué mon premier homme. « Mais ils ne combattent pas ensemble. L'idée de coopérer pour le bénéfice de tous est au-delà de leur entendement. »

Je levai les yeux et je trouvai, plein de sympathie, le regard sombre de Vérité posé sur moi. « J'avais oublié que tu avais l'expérience des forgisés. Pardonne-moi. Je ne néglige pas ton avis, crois-moi ; mais tant de questions me harcèlent, ces derniers temps... » Sa voix mourut et il parut écouter quelque chose au loin. Au bout d'un moment, son attention revint sur moi. « Bien. Tu prétends qu'ils sont incapables de coopérer ; et pourtant c'est ce qui se passe, apparemment. Tiens, regarde. » D'un geste de la main, il désigna la carte étendue sur sa table. « J'ai pointé les endroits d'où émanent les plaintes et j'ai noté pour chacun le nombre signalé de forgisés. Qu'en penses-tu ? »

Je m'approchai. Se tenir aux côtés de Vérité, c'était comme se tenir près d'une cheminée : il irradiait la puissance de l'Art. Je me demandai s'il devait toujours se maîtriser, si, comme j'en avais l'impression, son Art menaçait constamment de jaillir hors de lui et de répandre sa conscience sur tout le royaume.

« La carte, Fitz ! » me dit-il. Que percevait-il de mes pensées ? Je me contraignis à me concentrer sur l'affaire qui nous occupait. La carte montrait le duché de Cerf avec un luxe de détails : les hauts-fonds et les platins étaient indiqués le long de la côte, de même que les points de repère de la terre ferme et jusqu'aux plus petites routes. Cette représentation amoureusement faite était l'œuvre d'un homme qui avait parcouru la région à pied, à cheval et en bateau. Vérité s'était servi de petits bouts de cire comme pointeurs. Je les étudiai en essayant de déterminer quel était leur but.

« Sept incidents. » Il tendit la main pour toucher les pointeurs. « Certains à moins d'une journée de cheval de Castelcerf. Mais les Pirates n'ont jamais attaqué si près de chez nous, alors d'où viennent ces forgisés ? Ils ont pu être chassés de leurs propres villages, c'est vrai, mais pourquoi converger sur Castelcerf ?

– Il s'agit peut-être de gens dans une telle misère qu'ils se font passer pour des forgisés lorsqu'ils s'en prennent à leurs voisins ?

– Peut-être. Mais il est troublant de constater que les incidents se rapprochent du château. Il y a trois groupes, d'après le témoignage des victimes ; et chaque fois qu'on signale un vol, une effraction dans une grange ou le massacre d'une vache dans un champ, le groupe responsable semble plus près de Castelcerf. Je ne vois pas ce qui pourrait pousser des forgisés à converger ici. Et, poursuivit-il avant que je puisse l'interrompre, la description d'un des groupes correspond à celle faite lors d'une autre attaque, qui remonte à plus d'un mois. S'il s'agit des mêmes forgisés, ils ont fait un bon bout de chemin dans l'intervalle.

– Ça ne rappelle pas le comportement des forgisés, dis-je, puis, circonspect : Soupçonnez-vous un complot ? »

Vérité eut un grognement sarcastique. « Naturellement ! Depuis quand est-ce que je ne soupçonne plus de complots ? Mais, en l'occurrence, je crois pouvoir chercher l'origine ailleurs qu'à Castelcerf. » Il se tut soudain, comme s'il venait de prendre conscience de la brutalité de ses paroles. « Occupe-t'en pour moi, veux-tu, Fitz ? Arpente un peu le pays et ouvre grand tes oreilles. Rapporte-moi ce qui se dit dans les tavernes, observe les signes sur les routes, collecte les rumeurs d'autres attaques et vérifie les détails. Avec discrétion. Peux-tu faire cela pour moi ?

– Bien sûr. Mais pourquoi discrètement ? Il me semble que, si nous alertions la population, nous serions plus vite au courant de ce qui se passe.

– C'est vrai, mais nous aurions également beaucoup plus de plaintes. Jusqu'ici, elles sont seulement individuelles ; je suis le seul, je pense, à en avoir tiré un tableau d'ensemble. Je n'ai pas envie de voir Bourg-de-Castelcerf prendre les armes sous prétexte que le roi n'est même pas capable de protéger sa propre capitale. Non : discrètement, Fitz. Discrètement.

– Une enquête prudente. » Je n'y avais pas mis l'intonation d'une question.

Vérité eut un petit haussement de ses larges épaules, qui évoquait plus l'homme qui rééquilibre un fardeau sur son dos que celui qui s'en décharge. « Mets-y un terme partout où c'est possible. » Il parlait à voix basse, les yeux dans le feu. « Discrètement, Fitz. Très discrètement. »

Je hochai lentement la tête. On m'avait déjà confié de telles missions et tuer des forgisés ne me gênait pas autant qu'assassiner un homme ; parfois, j'essayais de me convaincre que j'apportais le repos à une âme en peine, que je mettais un point final à la détresse d'une famille, tout en espérant ne pas devenir trop habile à me mentir à moi-même. Umbre m'avait averti de ne jamais oublier qui j'étais réellement : non pas un ange de miséricorde, mais un tueur qui œuvrait pour le bien du roi. Ou du roi-servant. Mon devoir était de protéger le trône. Mon devoir… J'hésitai un instant, puis me lançai :

« Mon prince, en revenant au château, j'ai vu notre reine-servante Kettricken. Elle se promenait à cheval en compagnie du prince Royal.

– Ils forment un beau couple, n'est-ce pas ? Monte-t-elle bien ? » Vérité ne parvenait pas à effacer toute trace d'amertume dans sa voix.

« Oui. Mais à la mode montagnarde.

– Elle est venue me dire qu'elle souhaitait apprendre à mieux monter nos grands chevaux des basses terres. J'ai approuvé cette idée, mais j'ignorais qu'elle prendrait Royal comme maître d'équitation. » Vérité se pencha sur la carte afin d'étudier des détails qui n'y étaient pas.

« Peut-être espérait-elle que vous seriez son professeur. » J'avais parlé sans réfléchir, en m'adressant à l'homme, non au prince.

« Peut-être. » Il soupira brusquement. « Non, c'est certain, je le sais. Kettricken se sent seule, parfois. Souvent. » Il secoua la tête. « On aurait dû la marier à un fils cadet, à un homme qui dispose de son temps ; ou à un roi dont le royaume ne soit pas au bord de la guerre et du désastre. Je ne lui rends pas honneur, Fitz, je le sais. Mais elle est si… si enfantine, parfois. Et quand elle n'est pas enfantine, elle fait preuve d'un patriotisme fanatique. Elle brûle de se sacrifier pour les Six-Duchés. Je dois toujours la retenir, lui expliquer que ce n'est pas ce dont les Six-Duchés ont besoin. On dirait un taon : elle ne me laisse pas en paix un instant, Fitz. Quand elle ne veut pas s'ébattre comme une enfant, elle m'interroge sur les détails d'un problème que j'essaie justement d'oublier un moment. »

Je songeai soudain à Chevalerie qui avait épousé si égoïstement la frivole Patience, et je saisis en partie ses motifs : cette femme était pour lui un moyen d'évasion. Qui Vérité aurait-il choisi, s'il en avait eu la possibilité ? Sans doute une femme plus âgée, au caractère placide, assurée de sa propre valeur.

« J'en ai plus qu'assez », dit-il à mi-voix. Il se servit du vin chaud et s'approcha du feu pour le boire à petites gorgées. « Sais-tu ce que je voudrais ? »

Ce n'était pas vraiment une question et je ne pris pas la peine d'y répondre.

« Je voudrais que ton père soit encore vivant et que ce soit lui le roi-servant. Et que moi je sois toujours son bras droit. Il m'indiquerait de quelles tâches m'occuper et je lui obéirais. Je serais en paix avec moi-même, si dures que soient mes missions, parce que j'aurais la certitude qu'il agirait pour le mieux. Sais-tu comme il est facile de suivre les ordres d'un homme en qui on a confiance, Fitz ? »

Ses yeux croisèrent enfin les miens.

« Mon prince, je le crois », répondis-je.

L'espace d'un instant, Vérité resta figé. Puis : « Ah ! » fit-il. Il soutint mon regard et je n'eus pas besoin de l'Art pour sentir la gratitude qu'il irradiait. Il s'écarta de la cheminée et se redressa. J'avais à nouveau mon roi-servant devant moi. Il me congédia d'un petit geste et je sortis. En montant vers ma chambre, je me demandai pour la première fois de ma vie si je ne devais pas m'estimer heureux d'être né bâtard.

7
RENCONTRES

La coutume a toujours voulu que, lorsqu'un roi ou une reine de Castelcerf se marie, le conjoint royal fournisse sa propre suite. Tel fut le cas des deux reines de Subtil. Mais quand la reine Kettricken des Montagnes s'en vint à Castelcerf, elle se présenta en tant qu'Oblat, selon la tradition de son pays, seule, sans personne pour la servir, pas même une chambrière à laquelle elle pût se confier ; nul n'était présent dans son nouveau foyer pour lui apporter le réconfort d'un visage familier. Elle commença son règne entourée d'étrangers, non seulement au niveau de son propre rang, mais également à celui des domestiques et des soldats. Le temps passant, elle se fit des amis et trouva des servantes qui lui convenaient, bien qu'au début elle eût du mal à se faire à l'idée qu'une personne pût avoir pour seule occupation de la servir.

*

J'avais manqué à Loupiot. Avant de partir en Béarns, je lui avais laissé une carcasse de daim, gelée à cœur et dissimulée derrière la chaumière. Ç'aurait dû amplement suffire à le nourrir pendant mon absence, mais, en vrai loup, il s'était gavé, avait dormi, puis s'était à nouveau empiffré, et ainsi de suite jusqu'à la complète disparition de la viande. *Depuis deux jours,* me dit-il en bondissant joyeusement autour de moi. Le sol de la chaumière était jonché d'os soigneusement rongés. Il m'accueillit avec un enthousiasme exubérant, doublement informé par le Vif et par son flair de la viande fraîche que j'apportais. Il se jeta dessus avec un appétit féroce et ne m'accorda aucune attention pendant que je mettais dans un sac les os mâchonnés. Ce genre de reliefs ne manquerait pas d'attirer les rats et les chiens ratiers du château ne tarderaient pas à suivre ; je ne tenais pas à courir ce risque. Discrètement, j'observais le loup tout en faisant le ménage : les muscles roulaient sous la peau de ses épaules tandis qu'il pesait des pattes avant sur le bloc de viande pour en arracher des morceaux. Je notai aussi que tous les os du daim, sauf les plus gros, étaient brisés et débarrassés de leur moelle. Ce n'étaient plus les amusements d'un bébé loup, mais l'œuvre d'un jeune animal vigoureux. Les os qu'il avait fracassés étaient plus épais que ceux de mon bras.

Mais pourquoi m'en prendrais-je à toi ? Tu apportes la viande. Et les gâteaux au gingembre.

Ses pensées étaient lourdes de sens. C'était le principe de la meute : l'adulte, moi, fournissait la viande pour nourrir Loupiot, le petit. J'étais le chasseur qui lui rapportait une part de sa chasse. Je tendis l'esprit vers lui et découvris que, en ce qui le concernait, les barrières entre nous étaient en train de s'effacer. Nous étions de la même meute. C'était un concept auquel je n'avais jamais été confronté et qui définissait bien davantage que le fait d'être compagnons ou associés, et je craignis qu'il eût le même sens pour lui que le lien du Vif pour moi. Je ne pouvais le permettre.

« Je suis un homme. Tu es un loup. » Je prononçai ces mots à voix haute, tout en sachant qu'il tirerait leur signification de mes pensées ; mais je voulais lui faire percevoir nos différences par tous ses sens.

Au-dehors. Au-dedans, nous sommes de la même meute. Il se tut et se lécha le museau d'un air satisfait. Ses pattes avant étaient mouchetées de sang.

« Non. Je te nourris et je te protège, mais ça ne durera pas. Quand tu seras capable de chasser par toi-même, je t'emmènerai dans un endroit loin d'ici et je t'y laisserai. »

Je n'ai jamais chassé.

« Je t'apprendrai. »

Ça aussi, c'est la meute. Tu m'apprendras et je chasserai avec toi. Nous partagerons beaucoup de chasses et beaucoup de belle viande.

Je t'apprendrai à chasser et ensuite je te libérerai.

Je suis déjà libre. Tu ne me retiens ici que parce que je le veux bien. Il se passa la langue sur les dents pour se moquer de ma prétention.

Tu es présomptueux, Loupiot. Et ignorant.

Alors, apprends-moi. Il tourna la tête de côté pour cisailler avec les dents du fond un bout de viande mêlé de tendon accroché à l'os qu'il rongeait. *C'est ton devoir dans la meute.*

Nous ne sommes pas de la même meute. Je n'ai pas de meute. C'est à mon roi que j'ai juré allégeance.

Si c'est ton chef de meute, c'est le mien aussi. Nous sommes de la même meute. A mesure que son ventre se remplissait, il faisait preuve d'une assurance grandissante.

Je changeai de tactique. Sèchement, je lui dis : *Je suis d'une meute à laquelle tu ne peux pas appartenir. Dans ma meute, nous sommes tous humains. Tu n'es pas un homme. Tu es un loup. Nous ne sommes pas de la même meute.*

Un grand froid monta en lui. Il ne chercha pas à répondre, mais je perçus ses émotions et j'en fus glacé. Solitude et trahison. Abandon.

Je tournai les talons et m'en allai, mais j'étais impuissant à lui cacher combien il était douloureux pour moi de le laisser ainsi tout seul et à lui dissimuler la profonde honte que je ressentais à refuser ses avances. J'espérais qu'il captait aussi ma conviction d'agir pour le mieux. La situation, songeai-je, était très semblable à celle où Burrich ne cherchait que mon bien en m'arrachant Fouinot parce que j'avais développé un lien avec lui. L'image me brûla comme un trait de feu et je fis plus que presser le pas : je m'enfuis.

Le soir tombait quand je revins à la Forteresse et m'engageai dans les escaliers ; je récupérai dans ma chambre quelques paquets que j'y avais laissés, puis redescendis. Je ralentis involontairement sur le second palier. Je savais que, très bientôt, Molly passerait par là pour remporter le plateau et les couverts du repas de Patience, qui dînait très rarement dans la salle commune avec les seigneurs et dames du château et préférait partager la société détendue de Brodette dans l'intimité de ses appartements. Sa réserve prenait d'ailleurs des allures de réclusion, ces derniers temps. Mais ce n'était pas mon inquiétude sur ce point qui me poussait à m'attarder dans l'escalier. J'entendis le pas de Molly dans le couloir ; j'aurais dû m'éclipser, je le savais, mais il y avait des jours que je ne l'avais pas vue ni même aperçue. Les timides coquetteries de Célérité n'avaient fait que me rendre plus sensible à l'absence de Molly. On ne pouvait tout de même pas me reprocher d'exagérer si je lui souhaitais simplement bonne nuit, comme je l'eusse pu faire à n'importe quelle servante. Ce n'était pas très adroit, j'en avais conscience, et, si Patience en avait vent, elle ne manquerait pas de me réprimander. Et pourtant…

Je feignis de me plonger dans l'examen d'une tapisserie du palier, tapisserie qui se trouvait déjà là avant même mon arrivée à Castelcerf. J'entendis Molly approcher ; son pas se ralentit. Mon cœur tonnait dans ma poitrine et j'avais les mains moites quand je me retournai pour la voir. « Bonsoir », articulai-je non sans difficulté, à mi-chemin d'un couinement et d'un murmure.

« Bonsoir », répondit-elle avec une grande dignité. Son menton se releva et s'affermit imperceptiblement. Ses cheveux rebelles étaient noués en deux nattes épaisses enroulées en couronne sur sa tête. Sa robe d'un bleu uni était ornée d'une dentelle délicate au col et aux poignets. Je savais quels doigts avaient créé ce motif festonné : Brodette la traitait bien et lui faisait cadeau du travail de ses mains. J'en fus soulagé.

Sans marquer le moindre temps d'arrêt, Molly passa devant moi ; cependant, ses yeux s'égarèrent un bref instant sur moi et je ne pus m'empêcher de sourire ; aussitôt, sa gorge et son visage furent envahis d'une telle rougeur que je crus en sentir la chaleur. Sa bouche se durcit. Comme elle détournait la tête et s'engageait dans les marches, une bouffée de son parfum me parvint, baume de citron et gingembre sous-tendus d'une fragrance douce, l'odeur de Molly elle-même.

Femelle. Jolie. Approbation sans réserve.

Je fis un bond en l'air comme si je venais de me faire piquer, puis tournai sur moi-même en m'attendant bêtement à trouver Loupiot derrière moi. Il n'était pas là, naturellement. Je tendis mon esprit, mais il n'était pas avec moi ; je cherchai plus loin et le découvris en train de somnoler dans la paille de la chaumière. *Ne fais pas ça*, le prévins-je. *N'entre pas dans ma tête, sauf si je te le demande.*

Consternation. *Qu'attends-tu de moi ?*

N'entre pas dans ma tête, sauf si je le souhaite.

Mais comment savoir alors si tu le souhaites ou non ?

Je chercherai ton esprit quand ce sera nécessaire.

Long silence. *Et je chercherai le tien quand ce sera nécessaire*, fit-il. *Oui, c'est ça, l'esprit de la meute : appeler quand on a besoin d'aide et être toujours prêt à recevoir un appel. Nous sommes de la même meute.*

Non ! Ce n'est pas ce que je veux dire ! Je t'explique que tu ne dois pas entrer dans ma tête quand je n'ai pas envie de ta présence. Je ne veux pas partager sans cesse mes pensées avec toi.

Ça n'a aucun sens. Dois-je ne respirer que lorsque tu n'aspires pas d'air ? Ton esprit, le mien, tout ça, c'est l'esprit de la meute. Où dois-je penser, sinon là ? Si tu ne veux pas m'entendre, n'écoute pas.

Confondu, j'essayai de débrouiller cette idée, puis m'aperçus que j'étais planté sur le palier, les yeux dans le vague. Un petit serviteur venait de me souhaiter bonne nuit et je ne lui avais pas répondu. « Bonsoir ! » lançai-je, mais il m'avait déjà dépassé ; il me jeta par-dessus l'épaule un regard intrigué pour voir s'il devait revenir sur ses pas, mais je lui fis signe de continuer. Je secouai la tête pour clarifier mes idées puis me dirigeai vers les appartements de Patience. Je parlerais à Loupiot plus tard et je lui ferais comprendre ; d'ailleurs, il serait bientôt libre, hors de portée de la main comme de l'esprit. Je chassai l'incident de mes pensées.

Je frappai à la porte de Patience et l'on me fit entrer. Je vis que Brodette, prise d'une de ses crises périodiques de rangement, avait remis un semblant d'ordre dans la pièce ; il y avait même un siège libre. Les deux femmes paraissaient contentes de ma visite ; je leur racontai mon voyage en Béarns, en évitant de mentionner l'épisode de Virilia. Je savais que Patience finirait par en entendre parler et qu'elle m'interrogerait sur la question ; je comptais l'assurer que la rumeur avait grandement exagéré notre confrontation, en espérant qu'elle s'en tiendrait là. Entre-temps, j'avais rapporté des cadeaux : pour Brodette, de petits poissons d'ivoire percés, destinés à être enfilés comme des perles ou cousus sur un vêtement ; pour Patience, des boucles d'oreilles d'ambre et d'argent, et enfin un bocal en terre rempli de baies de gaulthérie et scellé à la cire.

« Des baies de gaulthérie ? Mais je n'aime pas la gaulthérie, fit Patience, interloquée, quand je lui offris le récipient.

– Ah ? » Je feignis moi aussi d'être étonné. « Il me semblait vous avoir entendu me dire que c'était un parfum et un goût que vous n'aviez pas retrouvés depuis votre enfance. N'aviez-vous pas un oncle qui vous apportait de ces baies ?

– Non. Je ne me rappelle pas cette conversation.

– Peut-être était-ce Brodette, alors ? dis-je avec l'accent de la sincérité.

– Non, mon maître. Ça me pique le nez quand j'y goûte ; mais il est vrai que l'odeur en est agréable.

– Eh bien, autant pour moi. » Je posai le bocal sur la table. « Comment, Flocon ? Encore grosse ? » Ceci à la chienne terrier blanche de Patience qui s'était finalement décidée à venir me renifler. Je perçus la perplexité de son petit esprit canin lorsqu'elle capta le fumet de Loupiot.

« Non, elle s'empâte un peu, c'est tout, répondit Brodette en se baissant pour la gratter derrière les oreilles. Ma dame laisse traîner des friandises et des gâteaux sur des assiettes et Flocon en profite tout le temps.

– Vous ne devriez pas la laisser faire. C'est très mauvais pour ses dents et son poil », dis-je à Patience du ton de la réprimande ; elle le savait, me dit-elle, mais Flocon était trop âgée pour être encore dressée. La conversation se poursuivit et une heure était passée lorsque je m'étirai, puis annonçai que je devais partir pour essayer de me présenter à nouveau chez le roi.

« La première fois, on m'a refusé l'entrée, expliquai-je ; mais ce n'était pas un garde : son serviteur, Murfès, a entrouvert la porte pour m'interdire de la franchir. Quand j'ai demandé pourquoi il n'y avait pas de garde à la porte du roi, il m'a répondu qu'on les avait relevés de ce service et qu'il s'en chargeait lui-même pour assurer la plus grand calme au roi.

– Le roi ne va pas bien, savez-vous, fit Brodette. Il paraît qu'on ne le voit jamais sortir de ses appartements avant midi ; à ce moment, on le croirait en pleine santé, il est énergique, il a bon appétit, mais dès le début de la soirée il s'étiole, il commence à traîner les pieds et à marmonner dans sa barbe. Il dîne dans sa chambre et, d'après le cuisinier, son plateau revient intact. C'est bien inquiétant.

– En effet », fis-je, sur quoi je pris congé, surtout peut-être pour éviter d'en entendre davantage. Ainsi, on débattait de la santé du roi dans le château... Ce n'était pas bon ; il fallait que j'en parle avec Umbre, et d'abord que je me rende compte par moi-même. Lors de ma première tentative pour voir le roi, je m'étais heurté au trop zélé Murfès, qui s'était montré fort brusque, comme si ma visite n'avait d'autre but que de me distraire. A son comportement, on aurait cru le roi le plus fragile des invalides et lui-même le cerbère chargé d'empêcher qu'on le dérange. J'en conclus qu'on ne lui avait pas bien exposé les devoirs de sa position ; c'était un individu des plus désagréables. Tout en frappant à l'huis, je me demandais combien de temps il faudrait à Molly pour découvrir les baies de gaulthérie. Elle comprendrait qu'elles lui étaient destinées : depuis notre enfance, c'était une friandise qu'elle adorait.

Murfès entrouvrit la porte et coula un regard par l'entrebâillement. Il fronça les sourcils en me voyant. Il élargit l'ouverture, mais me bloqua la vue, comme si je risquais de faire du mal au roi en le regardant. Sans prendre la peine de me saluer, il me demanda d'une voix bourrue : « Vous n'êtes pas déjà venu plus tôt dans la journée ?

– En effet. Vous m'avez dit que le roi Subtil dormait ; je reviens donc pour lui présenter mon rapport. » Je m'efforçais de conserver un ton civil.

« Ah ! Il est important, ce rapport ?

– Je pense le roi capable d'en juger par lui-même et de me congédier s'il considère que je lui fais perdre son temps. Je vous suggère d'aller le prévenir de ma venue. » Je souris à retardement dans l'espoir d'adoucir le tranchant de mes paroles.

« Le roi a peu de forces ; j'essaye de veiller à ce qu'il ne les dépense que quand c'est indispensable. » Il n'avait pas bougé d'un pouce. Je me surpris à le jauger de l'œil, en me demandant si je ne pourrais pas simplement l'écarter de mon chemin d'un coup d'épaule. Mais cela créerait du remue-ménage et, si le roi était mal portant, ce n'était pas ce que je souhaitais. Quelqu'un me tapa sur l'épaule, mais je ne vis personne derrière moi. Quand je me retournai à nouveau, je découvris le fou entre Murfès et moi.

« Es-tu son médecin pour assener de tels jugements ? » Le fou reprit la conversation là où je l'avais laissée. « Car, assurément, tu en ferais un excellent. Rien que ton aspect me revigore et tes paroles dissipent tes vents comme les miens. Comme notre cher roi doit être bien soigné, lui qui se languit tout le jour en ta présence ! »

Le fou portait un plateau recouvert d'une serviette. Je sentis l'arôme d'un bouillon de bœuf et de pain à l'œuf tout frais sorti du four. Il avait égayé son habit noir et blanc de clochettes émaillées et une guirlande de houx entourait sa coiffe. Son sceptre était coincé sous son aisselle, décoré d'un rat, encore une fois ; fixé au bout de sa tige, il donnait l'impression de caracoler. J'avais observé le fou qui tenait de longues conversations avec lui devant le Grand Atre ou sur les marches du trône royal.

« Va-t'en, fou ! Tu es déjà venu deux fois aujourd'hui. Le roi est couché et il n'a nul besoin de toi. » L'homme avait parlé d'un ton autoritaire, mais, dans le même temps, il avait involontairement reculé. Il était de ces gens incapables de soutenir le regard pâle du fou et de supporter le contact de sa main blanche.

« Jamais deux sans trois, Mur-Fesse, mon ami, et mes présents remplaceront ta présence. Trotte-t'en d'ici et va donc jacasser auprès de Royal ; si les murs ont des oreilles, toi aussi, sûrement, puisque tu en as déjà les fesses, et tes oreilles débordent des affaires privées du roi. Et, tout en éclairant notre cher prince, tu pourrais aussi le soigner : la noirceur de son regard me donne à penser que sa tripe lui est tant montée à la tête qu'il n'y voit plus rien.

– Comment oses-tu parler ainsi du prince ? » bredouilla Murfès. Le fou avait franchi la porte et je le suivais de près. « Il sera mis au courant !

– Parler ainsi ? Parle, ranci ! Je ne doute pas qu'il soit tenu au courant de tout ce que tu fais. Mais ne me souffle pas ton haleine à la figure, cher Fesse-au-Mur ; garde-la pour ton prince, qui fait ses délices de ce genre d'exhalaisons. Il s'adonne en ce moment à la fumée, je crois ; va donc lui lâcher quelques bouffées : dans sa somnolence, il hochera la tête et trouvera tes paroles fort sages et tes airs bien doux. »

Tout en jacassant, le fou n'avait cessé d'avancer, son plateau chargé comme un bouclier devant lui ; Murfès battait en retraite sans grande résistance et le fou le repoussa ainsi jusque dans la chambre à coucher du roi. Là, il posa le plateau sur la table de chevet tandis que Murfès reculait jusqu'à l'autre porte de la pièce. Les yeux du fou se mirent à briller.

« Ah, mais il n'est pas au lit du tout, notre roi, à moins que tu ne l'aies dissimulé sous les couvertures, Fesse-au-Mur, mon mignon. Allons, montrez-vous, mon roi, mon Subtil. Vous êtes le roi Subtil, pas le roi Souris qui se cache, rase les murs et trottine sous les meubles. » Et il se mit tâter avec tant d'application le lit manifestement vide, à promener son sceptre à figurine de rat partout dans les tentures du baldaquin, que je ne pus plus contenir mon envie de rire.

Murfès était adossé à l'autre porte comme pour nous interdire de la franchir, mais soudain elle s'ouvrit de l'intérieur et c'est tout juste s'il ne s'effondra pas dans les bras du roi. Il tomba lourdement assis par terre. « Observe-le bien ! fit le fou à mon intention. Vois comme il essaye de prendre ma place aux pieds du roi, comme il joue les bouffons avec ses chutes maladroites ! Cet homme mérite le titre de fou, mais pas la situation ! »

Subtil restait planté là sans bouger, vêtu d'une chemise de nuit, l'air contrarié. Il posa un regard perplexe sur Murfès toujours assis par terre, puis sur le fou et moi-même, et renonça visiblement à comprendre. A Murfès qui se relevait gauchement, il dit : « Cette vapeur ne me fait aucun bien, Murfès. Tout ce que j'en obtiens, c'est d'avoir encore plus mal à la tête et un goût infect dans la bouche. Débarrasse-moi de cette nouvelle herbe et dis à Royal qu'elle est peut-être efficace pour chasser les mouches, mais pas la maladie.

Débarrasse-m'en tout de suite, avant qu'elle ne pollue aussi l'air de ma chambre. Ah, fou, te voici ! Et toi, Fitz, tu as enfin décidé de me faire ton rapport. Entrez, asseyez-vous. Murfès, m'as-tu entendu ? Enlève-moi cette horreur ! Non, ne passe pas par ici avec ça, prends l'autre porte ! » Et il chassa l'homme d'un geste, comme s'il s'agissait d'un moucheron agaçant.

L'air décidé, Subtil alla fermer la porte de sa salle de bain, comme pour empêcher la puanteur de se répandre dans sa chambre, puis il s'installa dans un fauteuil à dos droit près du feu. En un clin d'œil, le fou tira une table auprès de lui, y étendit en guise de nappe le tissu qui couvrait le plateau et disposa les plats aussi joliment qu'aurait pu le faire une servante. Il fit apparaître des couverts en argent et une serviette avec une prestesse qui fit sourire Subtil lui-même, après quoi il se recroquevilla sur lui-même près de la cheminée, les genoux presque au niveau des oreilles, le menton posé sur ses mains aux longs doigts, sa peau blême et ses cheveux décolorés teintés de rouge par les flammes. Le moindre de ses mouvements était gracieux comme ceux d'un danseur, et sa dernière pose était aussi artistique que comique. Le roi tendit la main pour aplatir ses cheveux ébouriffés, comme s'il caressait un chaton.

« Je t'avais dit que je n'avais pas faim, fou.

– En effet. Mais vous ne m'avez pas dit de ne pas apporter à manger.

– Et sinon, que ferais-tu ?

– Je vous raconterais qu'il s'agit là, non de nourriture, mais d'un récipient fumant comme celui que vous inflige Fesse-au-Mur, destiné à vous emplir les narines d'un parfum au moins plus agréable que le sien. Et que ceci n'est pas du pain, mais un emplâtre pour votre langue, que vous devriez appliquer sans tarder.

– Ah ! » Le roi Subtil attira la table plus près de lui et prit une cuillerée de soupe. Des grains d'orge s'y mêlaient à des rondelles de carotte et à des bouts de viande. Subtil goûta, puis se mit à manger.

« Ne suis-je pas au moins aussi bon médecin que Fesse-au-Mur ? susurra le fou, fort satisfait de lui-même.

– Tu sais bien que Murfès n'est pas médecin, mais simplement mon serviteur.

– Je le sais, et vous aussi, mais Fesse-au-Mur l'ignore, et en conséquence vous ne vous portez pas bien.

– Assez de tes jacasseries. Avance-toi, Fitz, ne reste pas planté là à sourire comme un simple d'esprit. Qu'as-tu à m'apprendre ? »

Je jetai un coup d'œil au fou, puis jugeai ne pas devoir insulter le roi ou le fou en demandant si je pouvais parler librement devant lui. Je fis donc mon rapport, sans fioriture et sans mentionner mes activités plus clandestines autrement que par leurs résultats. Subtil m'écouta gravement et, à la fin, son seul commentaire fut un reproche mesuré de mes mauvaises manières à la table du duc. Il me demanda ensuite si le duc Brondy de Béarns paraissait en bonne santé et content de la paix qui régnait en son duché ; je répondis que c'était le cas à mon départ, et Subtil hocha la tête. Puis il voulut voir les manuscrits que j'avais copiés ; je les déroulai devant lui et il me complimenta pour l'élégance de mon travail. Il m'ordonna de les porter à la salle des cartes de Vérité et de veiller à ce que le prince les sût là. Avais-je vu la relique des Anciens ? Je la lui décrivis en détail. Pendant ce temps, le fou, perché sur les pierres du foyer, nous observait en silence, telle une chouette. Sous son œil vigilant, le roi termina sa soupe et son pain tandis que je lisais tout haut le manuscrit. Après la dernière bouchée, Subtil poussa un soupir et se radossa. « Eh bien, voyons ton œuvre », me dit-il ; interloqué, je lui tendis à nouveau les rouleaux. Encore une fois, il les étudia soigneusement, puis les réenroula. « Tu as le coup de pinceau gracieux, mon garçon, fit-il en me les rendant. C'est bien calligraphié, c'est excellent. Porte-les à la chambre aux cartes de Vérité et veille à ce qu'il le sache.

– Bien sûr, mon roi », bafouillai-je, décontenancé. Je ne comprenais pas pourquoi il se répétait ainsi ; attendait-il une autre réaction de ma part ? Mais, à cet instant, le fou se leva et je surpris quelque chose sur son visage, pas vraiment un haussement de sourcils ni tout à fait une moue, mais cela suffit à me faire taire. Le bouffon rassembla la vaisselle sans cesser de tenir des discours drolatiques au roi, puis Subtil nous congédia tous les deux. Lorsque nous sortîmes, son regard était plongé dans les flammes.

Dans le couloir, nous échangeâmes un regard plus franc. Je m'apprêtais à parler quand le fou se mit à siffloter et il continua jusqu'à ce que nous soyons au milieu de l'escalier. Là, il cessa de siffler, me prit par la manche et m'attira à mi-chemin entre deux portes. Je sentis qu'il avait choisi l'endroit avec soin : nul ne pouvait nous voir ni surprendre notre conversation sans se faire aussitôt repérer. Cependant, ce ne fut pas le fou qui prit la parole, mais le rat qui couronnait le sceptre. Il me le plaça devant le nez et, d'une voix couinante : « Ah, toi et moi, nous devons nous rappeler ce qu'il oublie, Fitz, et le lui tenir en sécurité. Il lui en coûte beaucoup de se montrer fort comme ce soir ; ne t'y trompe pas. Ce qu'il t'a dit par deux fois, tu dois le chérir et y obéir, car cela signifie que son esprit s'y accrochait deux fois plus fort pour être sûr de te le dire. »

Je hochai la tête et résolus de remettre les rouleaux dès cette nuit à Vérité. « Ce Murfès ne me plaît guère, fis-je.

– Ce ne sont pas les fesses des murs qui devraient t'inquiéter, mais leurs oreilles », répondit-il d'un ton solennel. Brusquement, il plaça le plateau en équilibre sur une main, le leva au-dessus de sa tête et s'en fut en gambadant dans l'escalier ; je restai seul.

Je portai le soir même les rouleaux à Vérité et m'occupai au cours des jours suivants de la mission qu'il m'avait confiée. Je me servis de petits paquets de graisse de saucisse et de poisson fumé comme appâts empoisonnés, faciles à semer derrière moi en m'enfuyant, dans l'espoir qu'ils suffiraient pour tous mes poursuivants. Chaque matin, j'étudiais la carte de Vérité, sellais Suie et me rendais, chargé d'appâts, là où j'avais le plus de chances de me faire assaillir par des forgisés. Rendu prudent par mes précédentes expériences, je portais une épée courte lors de ces expéditions, chose qui ne manqua pas, de prime abord, d'amuser Pognes et Burrich. Je prétendis repérer le gibier au cas où Vérité voudrait lancer une chasse d'hiver ; Pognes accepta facilement l'explication, mais Burrich pinça les lèvres, signe qu'il n'était pas dupe de mon mensonge, tout en me sachant tenu au secret. Il ne chercha pas à en savoir davantage, mais cela ne lui plaisait visiblement pas.

Deux fois en dix jours je fus attaqué par des forgisés et, les deux fois, je pus m'enfuir sans mal en laissant mes provisions empoisonnées tomber de mes fontes. Mes assaillants se jetèrent avidement dessus et s'en empiffrèrent en prenant à peine le temps de défaire les emballages. Je retournai sur les lieux le lendemain afin de pouvoir dire à Vérité combien j'en avais tué et lui décrire leur aspect. Le second groupe ne correspondait à aucune description que nous eussions reçue, ce dont nous conclûmes que les forgisés étaient peut-être plus nombreux qu'on ne le disait.

J'exécutais les ordres, mais sans fierté. Morts, ces gens étaient encore plus pitoyables que vivants : en haillons, décharnées, ces créatures portaient les marques du froid et des coups qu'ils échangeaient, et la brutalité des poisons rapides et violents que j'employais laissait des cadavres tordus comme des caricatures d'humains. Leur barbe et leurs sourcils scintillaient de gel et leur sang faisait comme des rubis dans la neige. Je tuai sept forgisés de cette manière, après quoi j'entassai les corps rigides sur des branches de pin, les aspergeai d'huile et les brûlai. J'ignore ce que je trouvais le plus ignoble : les empoisonnements ou le fait de les dissimuler. Au début, Loupiot avait demandé à m'accompagner lorsqu'il avait compris que je parcourais la campagne après l'avoir nourri, mais un jour, alors que je regardais les cadavres émaciés des hommes que je venais de tuer, j'entendis : *Ce n'est pas de la chasse, ça. La meute ne fait pas ça.* Et sa présence disparut avant que j'aie le temps de le réprimander de s'être à nouveau introduit dans mon esprit.

Le soir, je rentrais à la Forteresse, où je retrouvais des aliments frais, un bon feu, des vêtements secs et un lit douillet ; mais les spectres des forgisés se dressaient entre ces petits réconforts et moi. Quel sans-cœur j'aurais été d'apprécier ce luxe après avoir semé la mort pendant la journée ! Ma seule consolation, douteuse au demeurant, c'était que, la nuit, je rêvais de Molly ; je marchais à ses côtés, je bavardais avec elle, débarrassé des fantômes des forgisés et de leurs cadavres brillants de gel.

Un jour, je me mis en route plus tard que prévu, car Vérité se trouvait dans la chambre aux cartes et m'avait entretenu longuement. Une tempête se préparait, mais elle ne paraissait pas trop violente, et je ne comptais pas m'éloigner trop. Cependant, je tombai sur des traces fraîches, qui trahissaient un groupe plus considérable que je ne m'y attendais ; aussi poursuivis-je mon chemin, tous les sens en alerte, sauf celui du Vif qui ne m'était d'aucune utilité pour repérer les forgisés. Les nuages s'épaississant réduisaient la lumière plus rapidement que je ne l'aurais cru et les traces suivaient des sentes de gibier où Suie ne pouvait avancer que lentement. Lorsque je levai enfin les yeux de la piste, résigné à ne pas trouver ma cible ce jour-là, je m'aperçus que j'étais beaucoup plus loin de Castelcerf que je ne l'avais imaginé, et très à l'écart de toute route fréquentée.

Le vent se leva, un vent froid et mordant qui annonçait la neige ; je serrai mon manteau autour de moi et fis faire demi-tour à Suie en m'en remettant à elle pour choisir le chemin et l'allure. L'obscurité tomba peu après, accompagnée de neige. Si je n'avais pas récemment quadrillé la région, je me serais sûrement égaré ; nous avancions laborieusement, toujours dans les crocs du vent, semblait-il. Gelé jusqu'aux os, je commençai à frissonner, en redoutant d'y voir les prémices d'une crise de tremblements telle que je n'en avais pas eu depuis longtemps.

Je fus soulagé quand le vent déchira enfin les nuages et que la lune éclaira le paysage de sa lumière cendrée. Notre allure s'en trouva accélérée malgré la neige fraîche dans laquelle Suie pataugeait. D'un bois de bouleaux clairsemé, nous débouchâmes sur le versant d'une colline incendiée par la foudre quelques années plus tôt ; là, le vent était plus fort, sans rien pour l'arrêter, et je m'emmitouflai davantage dans mon manteau, le col relevé. Je savais qu'au sommet de l'éminence, j'apercevrais les lumières de Castelcerf et que, passé une autre colline, au fond d'une combe, il y aurait une route pour me ramener chez moi. C'est donc le moral ragaillardi que nous escaladâmes le flanc pelé de la butte.

Avec la soudaineté d'un coup de tonnerre s'éleva le bruit d'un cheval au galop, ou du moins qui s'efforçait de galoper, mais gêné dans ses mouvements. Suie ralentit, puis redressa la tête et poussa un hennissement. Au même instant, j'aperçus un cheval qui sortait du bois en contrebas de moi, un cavalier sur le dos, et deux autres individus accrochés, l'un à la sangle de poitrail, l'autre à la jambe du cavalier. La lumière étincela sur la lame d'une épée qui s'abattait et, avec un cri, l'homme agrippé à la jambe s'effondra et se mit à se rouler dans la neige. Mais l'autre s'était saisi de la têtière du cheval et, comme il s'efforçait d'arrêter la monture, deux nouveaux poursuivants émergèrent des arbres pour se précipiter vers le lieu de l'échauffourée.

Dans le même instant, je reconnus Kettricken et je talonnai Suie. Ce que je voyais n'avait aucun sens, mais cela ne m'avait pas empêché de réagir ; loin de me demander ce que ma reine-servante faisait là, en pleine nuit, seule et aux prises avec des brigands, j'admirai sa façon de conserver son assiette tout en faisant volter sa monture et en donnant des coups de pied et d'épée aux hommes qui cherchaient à la faire tomber. Je dégainai sur Suie au galop, mais je ne me rappelle pas avoir poussé le moindre cri. C'est un étrange souvenir que je garde du combat : une bataille d'ombres, comme dans les spectacles des Montagnes, muette en dehors des grognements et des gémissements des forgisés à mesure qu'ils s'effondraient.

Kettricken avait cinglé l'un d'eux au visage avec sa lame ; aveuglé de sang, il n'en continuait pas moins à essayer de la faire tomber de sa selle ; l'autre, sans s'occuper du sort de ses camarades, tirait sur les fontes qui ne contenaient sans doute guère qu'un peu de nourriture et d'eau-de-vie pour une journée de voyage.

Suie me conduisit près de celui qui s'agrippait à la têtière de Pas-de-Loup. Je vis qu'il s'agissait d'une femme ; sans plus d'émotion que si je coupais du bois, je lui enfonçai mon épée dans le corps et la retirai. Singulier combat ! Je percevais l'esprit de Kettricken, la peur de sa monture et l'enthousiasme du cheval entraîné à la bataille qu'était Suie, mais des attaquants, rien. Absolument rien. Ni colère bouillonnante, ni blessure criant sa douleur. Pour mon Vif, ils n'existaient pas, pas davantage que la neige ou le vent, qui, comme eux, n'étaient que de simples obstacles.

Comme dans un rêve, je vis Kettricken saisir son assaillant par les cheveux et lui tirer la tête en arrière afin de lui trancher la gorge. Le sang jaillit, noir sous la lune, éclaboussa le manteau de la reine-servante et le garrot de sa monture avant que l'homme ne s'effondre dans d'ultimes convulsions dans la neige. Je voulus porter un coup de taille au dernier homme, mais le manquai. Pas Kettricken : son poignard court lui transperça le pourpoint, les côtes et le poumon, puis ressortit aussitôt. Elle se débarrassa du cadavre d'un coup de pied. « A moi ! » s'exclama-t-elle simplement dans la nuit et, talonnant son alezan, elle partit à l'assaut de la colline. Suie la suivit, les naseaux à hauteur de l'étrier de Kettricken, et nous parvînmes au sommet ensemble ; les lumières de Castelcerf nous apparurent brièvement avant que nous ne redescendions de l'autre côté.

Il y avait de la broussaille au bas de la pente et un ruisseau dissimulé sous la neige, aussi passai-je en tête et détournai-je Pas-de-Loup avant qu'elle puisse y achopper, voire trébucher. Kettricken n'éleva aucune objection en me voyant faire et me laissa la guider dans la forêt, de l'autre côté du ruisseau. Je forçais l'allure autant que je l'osais en m'attendant à chaque instant à voir des silhouettes nous assaillir en hurlant. Mais nous atteignîmes sans encombre la route alors que les nuages se refermaient et nous privaient de la lumière de la lune. Je laissai les chevaux ralentir pour reprendre leur souffle. Nous cheminâmes ainsi quelque temps sans rien dire, attentifs au moindre bruit de poursuite.

Au bout d'un moment, nous nous sentîmes tirés d'affaire et j'entendis Kettricken relâcher sa respiration en un long soupir tremblé. « Merci, Fitz », dit-elle simplement, mais d'une voix encore mal assurée. Je ne fis aucun commentaire ; je m'attendais plus ou moins à la voir bientôt éclater en sanglots. Je ne le lui aurais pas reproché. Mais non : au contraire, elle se reprit peu à peu, remit de l'ordre dans ses vêtements, essuya sa lame sur son pantalon, puis la rengaina. Elle se pencha en avant pour caresser le garrot de Pas-de-Loup et lui murmurer des compliments ; je sentis nettement diminuer la tension du cheval et j'admirai Kettricken d'avoir su si vite gagner la confiance du grand animal.

« Que faisiez-vous par ici ? Vous me cherchiez ? » me demanda-t-elle enfin.

Je secouai la tête. La neige recommençait à tomber. « J'étais sorti chasser et je me suis aventuré plus loin que prévu. C'est le hasard seul qui m'a fait croiser votre chemin. » Je me tus, puis m'enhardis : « Vous êtes-vous perdue ? Va-t-on vous chercher ? »

Elle toussota ironiquement, puis prit une inspiration. « Pas exactement, répondit-elle d'une voix encore tremblante. J'étais sortie faire un tour à cheval avec Royal. Quelques personnes nous accompagnaient, mais lorsque la tempête a commencé à menacer, nous avons tous fait demi-tour vers Castelcerf. Les autres chevauchaient en avant tandis que Royal et moi avancions plus lentement. Il me racontait une légende populaire de son duché d'origine, aussi avions-nous laissé les autres nous devancer afin de ne pas être gênés par leur bavardage. » Elle prit une nouvelle inspiration et je la sentis repousser les dernières bribes de sa récente terreur. Sa voix était plus calme quand elle poursuivit.

« Nos compagnons étaient loin devant nous lorsqu'un renard a brusquement jailli des buissons qui bordaient le chemin. "Suivez-moi, si vous voulez voir de la véritable équitation !" m'a crié Royal, puis il a fait quitter la piste à son cheval et l'a lancé à la poursuite de l'animal, et Pas-de-Loup a bondi derrière eux sans que j'aie mon mot à dire. Royal chevauchait comme un enragé, collé à son cheval qu'il excitait à coups de cravache. » Dans sa voix perçaient à la fois la consternation et la stupéfaction, mais aussi une ombre d'admiration.

Pas-de-Loup n'avait pas réagi aux rênes ; tout d'abord, Kettricken s'était effrayée de leur allure, car elle ne connaissait pas le terrain et redoutait que sa monture ne trébuche ; aussi avait-elle tenté de l'arrêter. Mais, lorsqu'elle s'était aperçue qu'elle ne distinguait plus la route ni leurs compagnons et que Royal avait pris une grande avance sur elle, elle avait lâché la bride à son cheval dans l'espoir de rattraper le prince. Le résultat était prévisible : alors que la tempête se rapprochait, elle s'était complètement égarée. Elle avait fait demi-tour pour suivre ses propres traces jusqu'à la route, mais la neige et le vent les avaient rapidement effacées ; finalement, elle s'en était remise à Pas-de-Loup pour retrouver le chemin de Castelcerf. Et sans doute y fût-elle parvenue si ces brutes ne l'avaient pas attaquée. Sa voix mourut.

« Des forgisés, dis-je à mi-voix.

– Des forgisés », répéta-t-elle d'un ton surpris. Puis, plus fermement : « Ils n'ont plus de cœur. C'est ce qu'on m'a expliqué. » Je sentis plus que je ne vis le regard qu'elle me lança. « Suis-je donc un si mauvais Oblat que des gens veuillent me tuer ? »

Au loin, j'entendis une trompe sonner. Une patrouille de recherche.

« Ils s'en seraient pris à quiconque aurait croisé leur chemin, lui dis-je. Ils ne savaient pas que c'était leur reine-servante qu'ils attaquaient. Je pense sincèrement qu'ils ignoraient totalement votre identité. » Et je refermai la bouche avant d'avoir le temps d'ajouter que ce n'était pas le cas de Royal. S'il n'avait pas voulu lui nuire, il n'avait rien fait non plus pour éviter qu'il lui arrive malheur. Je ne croyais pas une seule seconde qu'il ait souhaité lui donner une leçon d'équitation en pourchassant un renard dans la neige, par monts et par vaux, au crépuscule : son but était de la perdre. Et il s'y était pris habilement.

« Je crois que mon seigneur va beaucoup m'en vouloir », dit-elle de l'air affligé d'un petit enfant. Comme en réponse à sa prédiction, nous passâmes l'épaulement de la colline et nous vîmes des cavaliers venir vers nous, des torches à la main ; la trompe se fit entendre à nouveau, plus clairement, et quelques instants plus tard les hommes nous entouraient. C'était l'avant-garde du groupe de recherche et, aussitôt, une jeune fille repartit au galop prévenir le roi-servant qu'on avait retrouvé sa reine. Dans l'éclat des torches, les soldats poussèrent des exclamations et des jurons en voyant le sang qui luisait encore au garrot de Pas-de-Loup, mais Kettricken, sans se départir de son sang-froid, leur assura que ce n'était pas le sien, et elle raconta calmement l'attaque des forgisés et ce qu'elle avait fait pour se défendre. Je perçus chez les hommes une admiration grandissante pour leur reine. J'appris aussi que l'assaillant le plus téméraire s'était jeté sur elle du haut d'un arbre ; c'était lui qu'elle avait tué en premier.

« Elle s'en est fait quatre, et elle n'a pas une égratignure ! exulta un vétéran grisonnant, avant de se reprendre : Pardon, ma dame reine ; sauf votre respect !

– L'affaire aurait pu tourner différemment si Fitz n'était pas intervenu pour libérer la tête de mon cheval », dit Kettricken, et leur respect s'accrut de ce que, loin de se glorifier de son triomphe, elle veille à ce que j'en reçoive ma part.

Ils la félicitèrent chaudement et parlèrent, la voix vibrante de colère, de passer le lendemain au peigne fin les bois qui entouraient Castelcerf. « En tant que soldats, nous sommes humiliés que notre reine ne puisse se déplacer en sécurité ! » déclara une femme. Elle posa la main sur la garde de son épée et jura de la tremper dans du sang de forgisé d'ici le lendemain. Plusieurs suivirent son exemple et le ton commença de monter, alimenté par les rodomontades des uns et des autres et le soulagement de savoir la reine saine et sauve. Le retour vers la Forteresse s'était mué en procession triomphale lorsque Vérité fit son apparition. Il arriva au grand galop sur un cheval écumant d'avoir couru trop vite et sur une trop grande distance ; je compris alors que les recherches duraient déjà depuis longtemps ; combien de routes Vérité avait-il empruntées depuis qu'on avait signalé la disparition de sa dame ?

« Quelle folie vous a prise d'aller vous égarer si loin ? » Tels furent ses premiers mots, et sur un ton qui n'avait rien de tendre. Toute fierté quitta le port de Kettricken et j'entendis l'homme à côté de moi murmurer. De cet instant, tout se détraqua. Vérité ne réprimanda pas son épouse devant ses hommes, mais je vis la grimace qu'il fit lorsqu'elle lui expliqua ce qui lui était arrivé et ses faits d'armes : l'entendre parler en public d'une bande de forgisés qui avaient eu l'audace de s'en prendre à la reine, et cela juste à la lisière de l'ombre de Castelcerf, le mettait hors de lui. Ce qu'il s'acharnait à garder secret serait sur toutes les lèvres dès le lendemain matin, d'autant que c'était la reine en personne qu'on avait eu le front d'attaquer. Vérité me lança un regard assassin, comme si j'y étais pour quelque chose, et réquisitionna d'un ton abrupt les chevaux frais de deux de ses gardes pour rentrer à Castelcerf avec sa reine, ou plutôt pour la soustraire à leurs attentions. Il partit au grand galop avec elle comme si plus vite ils arriveraient à la Forteresse moins l'atteinte à la sécurité aurait de réalité. Il ne parut pas se rendre compte qu'il venait de refuser à ses soldats l'honneur de ramener la reine chez elle saine et sauve.

Pour ma part, je rentrai plus lentement en compagnie des gardes en m'efforçant de ne pas prêter l'oreille à leurs commentaires maussades. Sans critiquer vraiment le roi-servant, ils s'appliquaient à complimenter la reine de son courage en s'attristant qu'elle n'eût pas été accueillie par une étreinte et quelques mots gentils. Si certains nourrissaient des réflexions sur le comportement de Royal, ils les gardèrent pour eux.

Plus tard le même soir, dans les écuries, après m'être occupé de Suie, j'aidai Burrich et Pognes à soigner Pas-de-Loup et Droiture, le cheval de Vérité. Burrich grommelait sur la façon dont les deux bêtes avaient été traitées ; de fait, Pas-de-Loup avait reçu une légère entaille durant l'attaque et elle avait la bouche abîmée à force de se débattre, mais ni l'un ni l'autre n'en garderait de lésions. Burrich envoya Pognes préparer une purée de grain tiède pour les deux animaux et, alors seulement, il me révéla que Royal s'était présenté aux écuries, avait donné sa monture à placer en box et repris le chemin du château sans mentionner Kettricken une seule fois. Burrich lui-même n'avait eu la puce à l'oreille que lorsqu'un lad était venu lui demander où était Pas-de-Loup ; il s'était alors mis à sa recherche et, non sans aplomb, s'était renseigné auprès de Royal lui-même, lequel avait répondu qu'il supposait Kettricken encore sur la route en train de revenir avec sa suite. C'était donc Burrich qui avait donné l'alerte, en devant se contenter des explications fumeuses de Royal sur l'endroit où il avait quitté la piste, la direction qu'avaient prise le renard et, vraisemblablement, Kettricken elle-même. « Il a bien couvert ses traces », me chuchota Burrich comme Pognes s'en revenait avec le grain. Je savais qu'il ne parlait pas du renard.

C'est avec des jambes de plomb et un cœur non moins lourd que je regagnai la Forteresse ce soir-là. Je préférais ne pas imaginer les sentiments de Kettricken ni le sujet de conversation de la salle de garde. Je me déshabillai, m'affalai sur mon lit et sombrai aussitôt dans le sommeil. Molly m'attendait dans mes rêves, et avec elle la seule paix à laquelle j'eusse droit.

Des coups frappés à ma porte me réveillèrent peu après. Je me levai pour ouvrir et tombai nez à nez avec un page à moitié endormi venu me conduire à la chambre aux cartes de Vérité. Je lui répondis que je connaissais le chemin et le renvoyai à son lit, puis j'enfilai rapidement mes vêtements et dévalai les escaliers en me demandant quelle nouvelle catastrophe était survenue.

Vérité m'attendait dans la pièce que seul, ou presque, éclairait le feu dans l'âtre. Il avait les cheveux ébouriffés et il avait passé une robe par-dessus sa chemise de nuit. Il sortait visiblement lui-même du lit et je me préparai à entendre le pire. « Ferme la porte ! » me dit-il d'un ton sévère. J'obéis, puis allai me placer devant lui. Je ne savais pas si c'était de la colère ou de l'amusement qui brillait dans ses yeux lorsqu'il me posa cette question à brûle-pourpoint : « Qui est cette dame Jupes-Rouges et pourquoi est-ce que je rêve d'elle toutes les nuits ? »

J'en restai coi. Eperdu, je me demandai ce qu'il avait vu de mes rêves. La confusion me faisait tourner la tête ; je ne me serais pas senti plus gêné si je m'étais présenté tout nu devant la cour.

Vérité détourna le visage et son toussotement aurait bien pu être un gloussement déguisé. « Allons, mon garçon, je comprends très bien ton embarras. Je n'ai pas cherché à percer ton secret ; c'est plutôt toi qui me l'as imposé, en particulier ces dernières nuits. Et moi, j'ai besoin de dormir, pas de me réveiller en sursaut enfiévré par ton... admiration pour cette jeune fille. » Il s'interrompit soudain. J'avais les joues plus brûlantes qu'une fournaise.

« Bref », fit-il, mal à l'aise. Puis, abruptement : « Assieds-toi. Je vais t'apprendre à surveiller tes pensées aussi bien que tu surveilles ta langue. » Il secoua la tête. « C'est quand même bizarre, Fitz, que tu saches parfois bloquer mon Art si parfaitement, alors que tu irradies tes plus secrets désirs comme un loup qui hurle en pleine nuit. C'est le résultat, je suppose, de ce que t'a fait Galen. Dommage que ce soit irréparable ; mais, en attendant, je vais t'enseigner ce que je puis quand je le puis. »

Je n'avais pas bougé. Soudain, nous n'osions nous regarder en face ni l'un ni l'autre. « Viens par ici, fit-il d'un ton bourru. Assieds-toi près de moi et regarde dans les flammes. »

Et en l'espace d'une heure il me fournit un exercice à pratiquer qui devait me permettre de garder mes rêves par-devers moi, ou, plus vraisemblablement, m'empêcher carrément de rêver. Le cœur serré, je compris que j'allais perdre ma Molly imaginaire autant que j'avais perdu celle de la réalité. Vérité perçut mon abattement.

« Voyons, Fitz, ça passera. Maîtrise-toi et accroche-toi. On peut y arriver. Un jour viendra peut-être où tu regretteras que ta vie ne soit pas aussi libre des femmes qu'elle l'est aujourd'hui. Comme moi.

– Elle n'a pas fait exprès de s'égarer, messire. »

Vérité me lança un regard lugubre. « Les intentions ne changent rien au résultat. Elle est reine-servante, mon garçon ; elle doit réfléchir, non pas une, mais trois fois avant d'agir.

– Elle m'a dit que Pas-de-Loup avait suivi le cheval de Royal et ne répondait pas aux rênes. Faites-nous-en le reproche, à Burrich et à moi : c'est nous qui étions chargés de dresser ce cheval. »

Il poussa un brusque soupir. « Sans doute. Considère-toi comme réprimandé et avise Burrich de trouver à ma dame une monture moins fougueuse jusqu'à ce qu'elle soit meilleure cavalière. »

Il soupira encore une fois, profondément. « J'imagine qu'elle va prendre ça comme une punition de ma part ; elle va me regarder avec ses grands yeux bleus et ne se défendra même pas. Enfin ! On n'y peut rien. Mais fallait-il vraiment qu'elle tue, et qu'elle en parle ensuite aussi étourdiment ? Que va penser d'elle mon peuple ?

– Elle n'avait guère d'autre solution, messire. Aurait-il mieux valu qu'elle meure ? Quant à ce qu'on va penser d'elle... Ma foi, les soldats qui nous ont retrouvés l'ont jugée courageuse et capable. Ce ne sont pas de mauvaises qualités pour une reine, messire. Les femmes de votre garde, en particulier, ne tarissaient pas d'éloges sur elle pendant que nous rentrions. Elles la considèrent comme leur reine, maintenant, bien davantage que si c'était une poupée fragile, la larme et la pâmoison faciles. Elles lui obéiront désormais aveuglément. A l'époque où nous vivons, une reine avec un poignard à la main réveillera peut-être mieux notre vaillance qu'une femme qui se pare de bijoux et se cache derrière des murailles.

– Peut-être », fit Vérité à mi-voix. Je sentis qu'il n'était pas convaincu. « Mais, maintenant, nul ne pourra plus ignorer que des forgisés sont proches et convergent vers Castelcerf.

– On saura aussi qu'avec de la détermination, on peut s'en défendre. Et, d'après les propos de vos gardes pendant le retour, je pense que le nombre de forgisés dans la région aura fortement décru d'ici une semaine.

– Je sais. Certains vont tuer des membres de leur propre famille. Forgisés ou pas, c'est le sang des Six-Duchés que nous faisons couler. J'espérais éviter de faire abattre mes propres sujets par ma garde. »

Le silence s'installa entre nous tandis que nous songions tous deux qu'il ne s'était pas fait scrupule de m'imposer la même tâche. Un assassin : tel était le mot pour décrire ce que j'étais. Je m'aperçus soudain que je n'avais pas d'honneur à défendre.

« C'est faux, Fitz. » Il répondait à mes pensées. « Tu défends mon honneur. Et je te rends hommage de faire ce qui doit être fait ; le sale travail, le travail par en dessous. N'aie pas honte d'œuvrer à protéger les Six-Duchés. Et ne crois pas que je n'estime pas ton travail parce qu'il doit rester secret. Ce soir, tu as sauvé ma reine. Ça non plus, je ne l'oublie pas.

– Elle n'en avait guère besoin, messire. Même seule, je crois qu'elle aurait survécu.

– Ma foi, la question ne se pose pas, en l'occurrence. » Il se tut, puis reprit d'un air embarrassé : « Tu sais que je dois te récompenser. »

J'ouvris la bouche pour protester, mais il leva la main. « Tu ne demandes rien, je le sais ; je sais aussi que je te dois tant que rien ne saurait exprimer ma gratitude. Mais, cela, la plupart des gens l'ignorent. Veux-tu que l'on dise à Bourg-de-Castelcerf que tu as sauvé la vie de la reine et que le roi-servant ne t'en a manifesté aucune reconnaissance ? Mais du diable si je vois quel présent te faire... Il faut quelque chose de visible que tu arboreras quelque temps. Voilà au moins ce que je connais de l'art de gouverner. Une épée ? Une meilleure arme que ce morceau de ferraille qui t'a servi ce soir ?

– C'est une vieille épée que Hod m'a donnée pour m'exercer, fis-je. Elle est efficace.

– En effet. Mais je vais lui demander de t'en choisir une meilleure et d'en faire un peu décorer la garde et le fourreau. Cela te conviendrait-il ?

– Je crois, répondis-je maladroitement.

– Bon, eh bien, si nous retournions nous coucher ? Et je ne serai plus dérangé dans mon sommeil, n'est-ce pas ? » C'était indubitablement de l'amusement qui perçait dans sa voix. Mes joues s'embrasèrent à nouveau.

« Messire, il faut que je vous pose une question... » Je dus m'arracher les mots de la bouche. « Savez-vous de qui je rêvais ? »

Il secoua lentement la tête. « Ne crains pas d'avoir compromis son honneur. Tout ce que je sais, c'est qu'elle porte des jupes bleues, mais que tu les vois rouges. Et que tu l'aimes avec l'ardeur propre à la jeunesse. Ne te fatigue pas à essayer de t'en empêcher ; cesse seulement d'artiser sur elle la nuit. Je ne suis pas seul ouvert à l'Art, quoique je pense être seul à même de reconnaître aussi clairement ta signature. Néanmoins, sois prudent. Ceux du clan de Galen possèdent l'Art, même s'ils s'en servent sans habileté ni puissance, et un homme se désarme si ses ennemis apprennent ce qui lui tient le plus à cœur dans ses rêves. Ne baisse pas ta garde. »

Il eut un petit rire inattendu. « Et prie pour que ta dame Jupes-Rouges n'ait pas le don de l'Art, car sinon elle n'a pas dû manquer de t'entendre, depuis toutes ces nuits ! »

Sur quoi, m'ayant mis cette inquiétante idée en tête, il me renvoya à ma chambre et à mon lit. Je ne dormis pas plus cette nuit-là.

8

LA REINE S'ÉVEILLE

Oh, d'aucuns s'en vont chasser le sanglier
Ou tendent l'arc pour le daim.
Ma mie accompagnait la reine Renarde
Pour apaiser nos chagrins.

Elle ne rêvait pas de gloire
Ni ne craignait la douleur.
Elle allait guérir le cœur de son peuple
Et ma mie l'accompagnait.

La chasse de la reine Renarde.

*

Tôt le lendemain matin, le château était en ébullition. Il y avait une atmosphère fiévreuse, voire presque festive dans la cour tandis que la garde personnelle et tous les guerriers qui n'avaient rien de prévu ce jour-là se rassemblaient pour la chasse. Les mâtins énervés donnaient de la voix et les chiens de curée aux mâchoires massives et au poitrail de taureau haletaient, tout excités, en tirant sur leur laisse ; on prenait déjà des paris sur qui aurait le plus de succès à la battue. Les chevaux piétinaient la terre, on vérifiait les arcs, les pages couraient en tous sens et, dans les cuisines, la moitié du personnel s'affairait à préparer pour les chasseurs des paquets de ravitaillement à emporter. Des soldats, jeunes, vieux, hommes, femmes, fanfaronnaient, éclataient de rire en se vantant de combats passés, comparaient leurs armes et s'excitaient mutuellement pour la chasse à venir. J'avais vu ce spectacle cent fois, avant les chasses d'hiver à l'élan ou à l'ours. Mais aujourd'hui l'air était tendu et il y flottait les relents âcres de la soif du sang. J'entendais des bribes de conversation, des mots qui me mettaient l'estomac au bord des lèvres : « ... pas de pitié pour ces ordures... », « ... tous des traîtres et des lâches, d'oser s'en prendre à la reine... », « ... vont le payer cher. Ils ne méritent pas de mourir vite... ». Je battis promptement en retraite dans les cuisines et me frayai un chemin au milieu d'une activité de ruche. Là aussi, on exprimait les mêmes sentiments, la même volonté de vengeance.

Je trouvai Vérité dans sa chambre aux cartes. Manifestement, il était toiletté et vêtu de frais, mais les incidents de la nuit écoulée se voyaient sur lui aussi clairement qu'une robe sale. Il était habillé pour passer la journée enfermé au milieu de ses papiers. Je frappai doucement à la porte entrebâillée ; il était assis dans un fauteuil devant le feu, me tournant le dos. Il hocha la tête sans me regarder. Malgré son immobilité, l'air était lourd dans la pièce, comme avant un orage. Un plateau de petit déjeuner était posé sur une table à côté de son siège ; il n'y avait pas touché. Sans un mot, je vins me placer près de lui, presque certain d'avoir été appelé par l'Art. Comme le silence se prolongeait, je me demandai s'il savait lui-même la raison de ma convocation. Au bout d'un moment, je me risquai à parler.

« Mon prince, vous n'accompagnez pas votre garde aujourd'hui ? »

On eût dit que je venais d'ouvrir une vanne. Il se tourna vers moi ; les rides de son visage s'étaient creusées pendant la nuit. Il paraissait hâve, malade. « Non. Je n'ose pas. Comment pourrais-je me prêter à une telle action : chasser notre propre peuple, nos propres concitoyens ! Mais l'autre terme de l'alternative ne vaut guère mieux : rester tapi entre les murs du château à broyer du noir pendant que d'autres s'en vont venger l'insulte faite à ma reine-servante ! Je n'ose pas interdire à mes hommes de défendre leur honneur. Aussi dois-je faire semblant de n'être au courant de rien, de ne pas voir ce qui se passe dans la cour, comme si j'étais un simple d'esprit, un paresseux ou un lâche ! On écrira sans aucun doute une ballade sur ce jour, et quel en sera le titre ? “Quand Vérité massacra les Décervelés” ? Ou bien “La reine Kettricken et le Sacrifice des Forgisés” ? » A chaque mot, sa voix montait un peu plus et, avant qu'il eût prononcé la moitié de sa diatribe, j'avais résolument fermé la porte de la pièce. Je parcourus la chambre du regard, cependant qu'il tempêtait, en me demandant qui, à part moi-même, entendait ses propos.

« Avez-vous dormi un peu, mon prince ? » m'enquis-je lorsqu'il fut à court de paroles.

Un sourire d'ironie lugubre lui détendit les lèvres. « Tu es au courant de ce qui a mis un terme à ma première tentative pour me reposer. La seconde a été moins… engageante. Ma dame est venue me trouver. »

Je sentis le rouge me monter aux oreilles. Je n'avais nulle envie d'entendre ce qu'il allait me dire ; je ne désirais pas savoir ce qui s'était passé entre eux. Dispute ou réconciliation, cela ne me regardait pas. Mais Vérité était impitoyable.

« Elle ne venait pas pleurer sur mon épaule, comme on aurait pu le croire, ni se faire consoler, ni se faire rassurer contre des peurs nocturnes, ni même chercher à se tranquilliser quant à ma considération. Non, elle s'est présentée raide comme un sergent qui vient de se faire réprimander, au pied de mon lit, et elle m'a demandé pardon pour ses manquements. Blanche comme la craie et dure comme le chêne… » Il se tut soudain en s'apercevant qu'il se dévoilait trop. « Elle avait prévu la réaction du peuple, cette battue organisée, et elle est venue me voir au milieu de la nuit pour me demander ce que nous devions faire. Je n'ai pas su répondre alors, pas plus qu'à présent…

– Au moins, elle avait prévu ce mouvement, fis-je en espérant calmer un peu sa colère contre Kettricken.

– Et pas moi, répliqua-t-il d'un ton sinistre. Chevalerie aussi y aurait pensé. Ah oui, Chevalerie l'aurait su dès l'instant où on aurait signalé sa disparition et il aurait aussitôt dressé toute sorte de plans pour parer à l'imprévu. Mais pas moi. Moi, je n'ai songé qu'à la ramener en vitesse au château en espérant que l'affaire ne s'ébruiterait pas trop. Comme si c'était possible ! Et aujourd'hui je me dis que, si un jour la couronne vient à se poser sur ma tête, elle se trouvera bien indignement portée. »

J'avais devant moi le prince Vérité tel que je ne l'avais jamais vu ; c'était un homme dont la confiance était en pièces. Je compris alors combien Kettricken lui était mal assortie ; ce n'était pas sa faute : elle était forte et elle avait été éduquée pour régner. Vérité, lui, disait souvent qu'il avait été élevé comme second. L'épouse qu'il lui aurait fallu aurait su l'affermir comme une ancre un navire, l'aurait aidé à assumer sa position royale ; elle serait venue pleurer dans son lit, se faire cajoler et rassurer, lui aurait rendu foi en sa virilité, en sa capacité à être roi. La discipline et la retenue de Kettricken le faisaient douter de sa propre force. Mon prince était humain, je m'en apercevais soudain. Et c'était inquiétant.

« Vous devriez au moins aller leur parler, fis-je d'un ton incertain.

– Pour leur dire quoi ? “Bonne chasse” ? Non. Mais vas-y, toi, mon garçon. Va, ouvre l'œil et rapporte-moi ce qui se passe. Vas-y tout de suite. Et ferme la porte derrière toi. Je ne veux voir personne avant ton retour. »

J'obéis. En sortant de la Grand-Salle, au moment d'enfiler le couloir qui menait à la cour, je rencontrai Royal. Il était rare de le voir debout à une heure aussi matinale et, à sa tête, il ne s'était pas levé de son plein gré. Bien habillé, bien coiffé, il lui manquait néanmoins toutes ses petites touches d'apprêt habituelles : ses boucles d'oreilles, son écharpe de soie soigneusement pliée et piquée d'une broche ; il ne portait que sa chevalière. Il s'était peigné, mais ses cheveux n'étaient ni parfumés ni bouclés. Et il avait les yeux injectés de sang. Il était dans une colère noire. Comme je voulais passer à côté de lui, il me saisit par le bras et m'obligea à le regarder ; telle était, du moins, son intention. Loin de résister, je relâchai mes muscles et je découvris avec ravissement qu'il était incapable de me faire bouger. Il se tourna vers moi, les yeux flamboyants, et dut, pour croiser les miens, les lever un tant soit peu. J'avais grandi et forci. Je le savais, mais je n'avais pas songé à ce réjouissant effet secondaire. Je bloquai le sourire que je sentais apparaître sur mes lèvres, mais il dut se voir dans mon expression. Royal me donna une violente poussée, qui me fit vaciller. Un peu.

« Où est Vérité ? gronda-t-il.

– Mon prince ? fis-je comme si je n'avais pas compris la question.

– Où est mon frère ? Son abomination d'épouse… » Il s'interrompit, étouffant de fureur. « Où est mon frère, à cette heure, habituellement ? » articula-t-il enfin non sans mal.

Je ne mentis pas. « Certains jours, il monte très tôt à sa tour ; mais il est peut-être en train de prendre son petit déjeuner, à moins qu'il ne soit aux bains…

– Bâtard inefficace ! » fit Royal, avant de tourner les talons et de partir d'un pas pressé vers la tour. J'espérais que la montée des marches lui plairait. Dès qu'il eut disparu, je me mis à courir afin de ne pas perdre une seconde du précieux temps que j'avais gagné.

A l'instant où je pénétrai dans la cour, je compris le motif de la colère de Royal. Kettricken se tenait debout sur le siège d'un chariot et toutes les têtes étaient tournées vers elle. Elle portait les mêmes vêtements que la veille ; à la lumière du jour, je vis qu'une éclaboussure de sang tachait la manche de sa veste de fourrure blanche et qu'une autre, plus grande encore, maculait son pantalon pourpre. Bottée, un chapeau sur la tête, elle était prête à monter à cheval. Une épée pendait à sa hanche. J'étais atterré : comment osait-elle ? Je jetai un coup d'œil autour de moi en me demandant ce qu'elle avait bien pu dire jusque-là. Les yeux écarquillés, tout le monde la regardait. J'étais arrivé durant un moment de silence absolu. Chacun, homme et femme, paraissait retenir son souffle dans l'attente des paroles à venir. Et quand Kettricken les prononça, ce fut d'un ton posé, calmement ; mais la foule ne faisait pas un bruit et la voix de la reine-servante portait dans l'air glacé.

« Je le répète, il ne s'agit pas d'une chasse, dit-elle gravement. Remisez vos réjouissances et vos fanfaronnades ; enlevez tous vos bijoux, toute marque de rang. D'un cœur digne, réfléchissez à ce que nous allons faire. »

Son accent des Montagnes donnait encore du relief à son discours, mais la partie intellectuelle de mon esprit observait le choix soigneux des mots, l'équilibre de chaque phrase.

« Nous ne partons pas à la chasse, répéta-t-elle. Nous allons récupérer nos morts et nos blessés. Nous allons donner le repos à ceux que les Pirates rouges nous ont volés. Les Pirates rouges ont gardé le cœur des forgisés et nous ont renvoyé leurs corps pour qu'ils nous persécutent. Néanmoins, ceux que nous allons tuer aujourd'hui sont des Six-Duchés. Ce sont nos compatriotes.

« Mes soldats, je vous demande de ne décocher de flèche, de ne frapper à l'épée que pour tuer proprement. Je vous sais assez habiles pour cela. Nous avons tous suffisamment souffert. Que chaque mort aujourd'hui soit aussi rapide et miséricordieuse que possible, pour notre bien à tous. Serrons les dents et arrachons de notre flanc ce foyer d'infection avec la même résolution et les mêmes regrets que si nous amputions un membre gangrené de notre corps. Car telle est notre mission : non pas vengeance, mon peuple, mais chirurgie, et guérison. A présent, faites ce que j'ai dit. »

Quelques minutes durant, sans bouger, elle nous regarda tous. Comme dans un rêve, les gens commencèrent à réagir : les chasseurs ôtèrent plumes et rubans, insignes et joyaux de leurs vêtements et les remirent à des pages. L'humeur joyeuse et faraude s'était évaporée. La reine avait anéanti cette protection, forcé chacun à voir en face l'acte qu'il allait perpétrer, et nul ne s'en réjouissait. La foule était dans l'attente de ses prochaines paroles. Kettricken conserva un silence et une immobilité absolus, si bien que tous les yeux finirent pas revenir sur elle. Quand elle vit qu'elle avait l'attention générale, elle reprit :

« Très bien. A présent, écoutez-moi : je désire des litières tirées par des chevaux, ou des chariots, ce que vous autres, des écuries, estimerez le plus adapté. Tapissez-les de paille épaisse. La dépouille d'aucun des nôtres ne restera pour nourrir les renards ni servir de pâture aux corbeaux. Toutes seront ramenées ici, leur nom noté si l'on peut le connaître, et préparées pour le bûcher funéraire qui honore ceux qui sont tombés au combat. Les familles, si l'on peut les retrouver et si elles sont proches, seront invitées pour le deuil. A celles qui habitent trop loin, on fera parvenir un message ainsi que l'hommage dû à ceux qui ont perdu un des leurs à la bataille. » Les larmes coulaient sur ses joues et elle ne faisait pas un geste pour les essuyer. Elles scintillaient comme des diamants au soleil du début d'hiver. Sa voix se fit rauque lorsqu'elle se tourna vers un autre groupe. « Mes gens de cuisine et de service ! Dressez toutes les tables de la Grand-Salle et préparez un banquet funèbre. Portez de l'eau, des herbes et des vêtements propres dans la Petite Salle afin que l'on puisse apprêter les corps de nos compatriotes pour la crémation. Tous les autres, délaissez vos tâches ordinaires, allez chercher du bois et montez un bûcher. Nous reviendrons brûler nos morts et les pleurer. » Elle promena son regard sur la foule en s'arrêtant sur chacun. Ses traits se durcirent. Elle dégaina son épée et la pointa vers le ciel. « Quand le deuil sera fini, nous nous organiserons pour venger les nôtres ! Ceux qui nous ont pris nos parents connaîtront notre colère ! » Lentement, elle baissa son épée et la remit soigneusement au fourreau. A nouveau, elle posa sur nous un regard empreint d'autorité. « Et maintenant, à cheval, mon peuple ! »

J'en avais la chair de poule. Autour de moi, hommes et femmes se mettaient en selle et un équipage de chasse se formait. Avec un minutage impeccable, Burrich apparut à côté du chariot, Pas-de-Loup au bout d'une bride, sellée, prête à être montée. Je me demandai où il avait déniché un harnais rouge et noir, couleurs du deuil et de la vengeance ; peut-être Kettricken l'avait-elle requis, à moins qu'il n'ait devancé son désir. Du chariot, elle s'installa sur son cheval, qui ne broncha pas malgré la monte inhabituelle de sa cavalière.

La reine leva une main prolongée d'une épée. Les chasseurs se massèrent derrière elle.

« Arrête-la ! » siffla Royal derrière moi ; je me retournai brutalement et me trouvai nez à nez avec lui et Vérité, que personne ne semblait remarquer.

« Non ! répondis-je avec témérité. Vous ne sentez donc rien ? Ne gâchez pas cette occasion ! Elle leur donne quelque chose, je ne sais pas quoi, mais qui leur manque à tous depuis longtemps !

– La fierté, dit Vérité de sa voix grondante. C'est ce qui nous manquait, et à moi surtout. C'est une reine qui se tient devant nous », poursuivit-il avec une vague stupeur. Etait-ce une pointe de jalousie que j'avais aussi perçue ? Il fit lentement demi-tour et rentra sans mot dire dans la Forteresse. Derrière nous, le tumulte des voix grandit et les gens se précipitèrent pour répondre aux ordres de Kettricken. Je suivis Vérité, abasourdi par ce que je venais de voir. Royal me dépassa en me bousculant et, d'un bond, se planta devant Vérité. Il tremblait d'indignation. Mon prince s'arrêta.

« Pourquoi l'as-tu laissée faire ? Tu n'as donc aucune autorité sur cette femme ? Grâce à elle, nous sommes la risée de tous ! Mais que se croit-elle, pour donner des ordres et emmener une garde armée du château ? Qui se croit-elle pour prendre des décisions sans en référer à personne ? » De fureur, la voix de Royal se cassa.

« Mon épouse, répondit Vérité d'un ton mesuré. Et ta reine-servante. Celle que tu as choisie. Père m'avait assuré que tu choisirais une femme digne d'être reine. Je crois que tu as fait un meilleur choix que tu ne le pensais.

– Ton épouse ? Ta perte, crétin ! Elle sape ton autorité, elle te tranche la gorge pendant que tu dors ! Elle vole l'amour du peuple, elle se crée son propre nom ! Tu ne t'en rends pas compte, imbécile ? Ça te convient peut-être de voir cette mégère de Montagnarde accaparer la Couronne, mais pas à moi ! »

Je me détournai en hâte pour relacer ma botte afin de ne pas voir le prince Vérité frapper le prince Royal ; ce que j'entendis néanmoins évoquait fort une gifle retentissante et un cri de fureur étouffé. Quand je relevai les yeux, Vérité paraissait toujours aussi calme, tandis que Royal était plié en deux, une main sur la bouche et le nez. « Le roi-servant Vérité ne tolère pas qu'on insulte la reine-servante Kettricken. Ni lui-même. Je dis que ma dame a réveillé la fierté en nos soldats. Et peut-être attisé la mienne aussi. » Vérité parut vaguement surpris de ses propres propos.

« Le roi en entendra parler ! » Royal retira la main de son visage et prit une mine effrayée en la voyant couverte de sang. Il la montra, tremblante, à Vérité. « Mon père verra ce sang que tu as versé ! » dit-il d'une voix chevrotante avant de s'étouffer sur le sang qui lui ruisselait dans la bouche. Il se pencha en avant en tenant sa main souillée loin de lui comme pour éviter de maculer ses habits.

« Comment ? Tu as l'intention de saigner jusqu'à cet après-midi en attendant que notre père se lève ? Si tu réussis cet exploit, passe aussi chez moi, je voudrais voir ça ! » Puis à moi : « Fitz ! Tu n'as rien de mieux à faire que de rester le bec ouvert ? File veiller à ce que les ordres de ma dame soient bien exécutés ! »

Et il s'en alla à grandes enjambées dans le couloir. Pour ma part, je m'empressai de me mettre hors de portée de Royal. Il resta seul à taper du pied et à jurer comme un enfant qui pique une grosse colère. Ni Vérité ni moi ne revînmes sur nos pas, mais j'espérai qu'aucun serviteur n'avait assisté à la scène.

Ce fut une longue et curieuse journée. Vérité rendit visite au roi Subtil, puis s'enferma dans sa chambre aux cartes. J'ignore ce que fit Royal. Tout le petit peuple du château s'activa à répondre aux désirs de la reine, rapidement mais presque sans bruit, en échangeant à mi-voix des commérages tout en apprêtant les deux salles, l'une pour le banquet, l'autre pour les dépouilles. Je notai une nouveauté : les femmes de la noblesse qui s'étaient montrées le plus fidèles à la reine faisaient désormais l'objet de toutes les attentions de leurs consœurs, comme si elles étaient des ombres de Kettricken ; et ces dames de haute naissance n'hésitaient pas à se rendre à la Petite Salle pour surveiller la préparation de l'eau parfumée d'herbes et l'étendage des serviettes et des linges. Je participai moi-même au ramassage du bois pour le bûcher funéraire.

En fin d'après-midi, les chasseurs revinrent. Ils avançaient en silence, encadrant solennellement les chariots. Kettricken chevauchait à leur tête. Elle paraissait fatiguée et saisie d'un froid qui ne devait rien à l'hiver. J'aurais aimé aller auprès d'elle, mais préférai laisser l'honneur à Burrich de prendre sa jument par la bride et de l'aider à mettre pied à terre. Ses bottes et le garrot de Pas-de-Loup étaient éclaboussés de sang frais. Ce qu'elle avait ordonné à ses soldats, elle l'avait fait elle-même. D'un murmure, Kettricken envoya les gardes faire toilette et se peigner les cheveux et la barbe avant de revenir vêtus de frais dans la salle. Comme Burrich emmenait Pas-de-Loup,

Kettricken se retrouva momentanément seule. Elle était lasse. Lasse à en mourir.

Je m'approchai sans bruit. « Si vous avez besoin de moi, ma dame reine », dis-je à mi-voix.

Elle ne se retourna pas. « Je dois m'en occuper moi-même. Mais ne vous éloignez pas, en cas de nécessité. » Elle avait parlé si bas que nul autre que moi n'avait pu l'entendre, j'en suis certain. Elle se mit en marche et le peuple du château s'écarta devant elle ; elle acquiesçait gravement aux têtes qui s'inclinaient sur son passage. Elle traversa les cuisines en silence, approuva de la tête les plats disposés sur les tables, puis pénétra dans la Grand-Salle et manifesta là aussi son approbation devant les préparatifs. Dans la Petite Salle, elle s'arrêta un instant, puis ôta sa coiffe de laine aux teintes vives et sa veste, pour laisser apparaître une simple chemise de toile violette. Elle remit sa coiffe et sa veste à un page ahuri de tant d'honneur. Elle alla se placer au bout d'une des tables et se mit à retrousser ses manches. Tout mouvement cessa dans la salle et toutes les têtes se tournèrent vers elle. Elle croisa nos regards stupéfaits. « Apportez nos morts », dit-elle simplement.

Les corps pitoyables apparurent en une douloureuse procession. Je ne les comptai pas. Il y en avait plus que je ne m'y attendais, plus que les rapports de Vérité ne l'avaient prêté à croire. Sur les talons de Kettricken, je portais la cuvette d'eau tiède et parfumée tandis qu'elle passait d'un cadavre à l'autre, baignait doucement les visages ravagés et fermait pour toujours les yeux tourmentés. D'autres personnes nous suivaient en un cortège sinueux et chaque corps était délicatement dévêtu, lavé des pieds à la tête, peigné et emmailloté de tissu propre. Au bout d'un moment, je m'aperçus que Vérité nous avait rejoints, un jeune scribe à ses côtés, et qu'il passait d'une dépouille à l'autre, pour noter les noms de ceux, rares, que l'on identifiait, et rédiger une remarque rapide sur les autres.

Je fournis personnellement l'un des noms : celui de Kerry. Les dernières nouvelles que nous avions eues de lui, Molly et moi, le disaient apprenti d'un marionnettiste. Il avait fini sa vie sans guère plus de liberté qu'un pantin. Sa bouche rieuse était figée pour l'éternité. Enfants, nous avions fait ensemble des commissions pour gagner un ou deux sous ; il était à mes côtés la première fois que je m'étais enivré à m'en faire vomir, et il avait tant ri que son propre estomac l'avait trahi à son tour. C'est lui qui avait coincé un poisson pourrissant sous les tréteaux de la table d'un tavernier, lequel nous avait accusés de chapardage. Seul, désormais, je me rappellerais les jours que nous avions partagés. J'eus soudain l'impression d'avoir perdu un peu de ma substance. Un fragment de mon passé avait disparu, forgisé.

Quand nous eûmes fini et que nous nous retrouvâmes tous debout à regarder les tables couvertes de cadavres, Vérité s'avança pour lire dans le silence de la salle la liste qu'il avait dressée. Rares étaient les noms, mais il ne négligea pas les inconnus. « Un jeune homme, la barbe récente, les cheveux noirs, les marques du métier de pêcheur sur les mains... », dit-il de l'un, et d'une autre : « Une femme, les cheveux bouclés, avenante, tatouée de l'emblème de la guilde des marionnettistes. » Nous écoutâmes la litanie de tous ceux que nous avions perdus et, si l'un d'entre nous ne pleura pas, c'est qu'il avait un cœur de pierre. Comme un seul homme, nous prîmes nos morts et les transportâmes au bûcher pour les déposer délicatement au sommet de leur dernière couche. Vérité en personne apporta la torche pour l'enflammer, mais il la donna à la reine qui se tenait auprès de l'empilement de bois. Comme elle mettait le feu aux rameaux enduits de poix, elle lança aux cieux obscurs : « Nul ne vous oubliera jamais ! » La foule répéta son cri. Lame, le vieux sergent, attendait près du bûcher, des ciseaux à la main pour prélever sur chaque soldat une longueur de doigt de cheveux, symbole du deuil pour un camarade tombé au combat. Vérité se joignit à la file, et Kettricken se plaça derrière lui pour offrir une boucle de ses cheveux clairs.

Suivit une soirée comme je n'en avais jamais connu. Presque tout Bourg-de-Castelcerf monta au château cette nuit-là et chacun put entrer librement. A l'exemple de la reine, tous observèrent le jeûne jusqu'à ce que le bûcher ne fût plus qu'os et cendre mélangés. Alors, la Grand-Salle et la Petite s'emplirent de monde et l'on disposa des planches en guise de tables dans la cour pour ceux qui n'avaient pas trouvé de place à l'intérieur. On sortit des tonnelets des caves, et du pain, de la viande rôtie et d'autres mets, en quantités que je n'aurais jamais cru Castelcerf capable de renfermer. Plus tard, je devais apprendre qu'une grande partie de ces victuailles venaient de la ville, spontanément offertes par les habitants.

Le roi descendit de ses appartements pour la première fois depuis des semaines et prit place sur son trône à la tête de la table haute pour présider le banquet. Le fou se présenta lui aussi ; il se tint en retrait du roi, un peu décalé, pour recevoir dans son assiette ce que le roi lui donnait. Mais ce soir-là, il ne chercha pas à égayer Subtil ; il garda pour lui ses jacasseries bouffonnes, et les grelots de ses manches et de sa coiffe, emmaillotés de tissu, n'émettaient nul tintement. Nos regards ne se croisèrent qu'une fois durant le banquet et je ne lus dans ses yeux aucun message discernable. Vérité se trouvait à la droite du roi, Kettricken à sa gauche. Royal était là aussi, naturellement, vêtu d'un costume noir si somptueux que seule sa couleur évoquait le deuil ; la mine renfrognée, il buvait en faisant la moue, ce qui, je suppose, pouvait passer auprès de certains pour une manifestation de chagrin. Pour ma part, je sentais la fureur bouillonner en lui et je savais que quelqu'un, quelque part, paierait pour ce qu'il considérait comme une injure personnelle. Même Patience était présente, elle dont les apparitions étaient aussi rares que celles du roi, et je fus sensible à l'unité d'intention que nous affichions tous.

Le roi mangea peu. Il attendit que les convives de la Table Haute fussent rassasiés avant de se lever pour prendre la parole. Ses propos furent repris et répétés par les ménestrels aux tables basses, dans la Petite Salle et jusque dans la cour du château. Il évoqua brièvement nos compatriotes victimes des Pirates rouges, mais ne parla pas des forgisations ni de l'événement de la journée, la chasse aux forgisés et leur massacre. Non, il s'exprima comme s'ils venaient de périr au cours d'une bataille contre les Pirates rouges et dit seulement que nous ne devions pas les oublier. Puis, plaidant la fatigue et la peine, il quitta la table pour regagner ses appartements.

Ce fut au tour de Vérité de se lever. Il ne fit guère que répéter le discours de Kettricken, déclarant que l'instant était à pleurer nos morts, mais qu'une fois le deuil achevé, nous devrions nous apprêter à la vengeance. Il manquait à ses propos le feu et la passion qu'y avait mis Kettricken, mais tous les convives y réagirent néanmoins : les gens hochaient vigoureusement la tête en échangeant des réflexions à voix basse, tandis que Royal remâchait sa rancœur en silence. Kettricken et Vérité prirent congé du banquet tard dans la nuit, elle appuyée à son bras, afin que tous vissent bien qu'ils s'en allaient ensemble. Royal resta à boire en marmonnant dans sa barbe. Je m'éclipsai peu après le départ de Kettricken et Vérité et montai dans ma chambre.

Sans chercher le sommeil, je me jetai sur mon lit et m'absorbai dans la contemplation du feu. Quand la porte secrète s'ouvrit, je grimpai aussitôt l'escalier qui menait aux appartements d'Umbre. Je le trouvai en proie à une surexcitation communicative ; ses joues pâles et grêlées avaient une nuance rosée, il était échevelé et ses yeux verts étincelaient comme des joyaux. Il arpentait la pièce à grands pas et, lorsque j'arrivai, il alla jusqu'à me serrer dans ses bras en un geste maladroit. Puis il se recula et éclata de rire devant mon expression ahurie.

« C'est une reine-née ! Elle est faite pour régner et elle en a miraculeusement pris conscience ! Ça ne pouvait pas mieux tomber ! Elle va peut-être nous sauver tous ! »

Sa joie avait quelque chose de déplacé et je ne pus m'empêcher de protester :

« Des gens sont morts aujourd'hui !

– Exact ! Mais pas en vain ! Ces morts n'étaient pas inutiles, FitzChevalerie ! Par El et par Eda, Kettricken a l'instinct et la grâce ! Je ne l'avais pas senti. Ah, si ton père était toujours en vie, mon garçon, et s'ils étaient mariés, nous aurions des souverains capables de tenir le monde dans le creux de leurs mains ! » Il prit une nouvelle gorgée de vin et se remit à faire les cent pas. Jamais je ne l'avais vu aussi enthousiaste ; c'est tout juste s'il n'esquissait pas des entrechats. Sur une table proche était posé un panier couvert dont le contenu avait été sorti et disposé sur une nappe : vin, fromage, saucisse, condiments et pain. Ainsi, même dans la solitude de sa tour, Umbre avait participé au banquet funèbre. La tête de Rôdeur la belette apparut soudain à l'autre bout de la table et l'animal me jeta un regard glouton par-delà la nourriture. La voix d'Umbre interrompit mes réflexions.

« Elle a le même talent qu'avait Chevalerie, l'instinct qui permet de saisir l'occasion et de la tourner à son avantage. A partir d'une situation catastrophique et apparemment inévitable, elle a fait une tragédie sublime alors qu'un autre, moins doué, n'en aurait tiré qu'un simple massacre. Mon garçon, nous avons enfin une reine à Castelcerf ! »

Je me sentis vaguement écœuré devant sa joie. Et, l'espace d'un instant, trompé. D'un ton hésitant, je demandai : « Vous croyez vraiment que la reine a fait tout ça pour la galerie ? Que ce n'était qu'un geste calculé, à des fins politiques ? »

Il s'immobilisa soudain et réfléchit brièvement. « Non. Non, FitzChevalerie, je crois qu'elle a obéi à ce que lui commandait son cœur. Mais ça n'en est pas moins tactiquement génial. Ah, tu me juges insensible, indifférent par ignorance. Mais, la vérité, c'est que j'en sais trop, au contraire ; je sais bien mieux que toi l'importance de cette journée pour nous tous. Des hommes sont morts aujourd'hui, je ne l'oublie pas. Je n'oublie pas non plus que six de nos soldats ont été blessés, sans gravité pour la plupart. Je puis te dire combien de forgisés ont péri et, dans un jour ou deux, je pense connaître le nom de chacun ou presque, nom que je possède déjà sur l'inventaire que j'ai dressé des pertes infligées par les Pirates rouges. C'est moi, mon garçon, qui veillerai à ce que l'or du sang soit versé aux familles survivantes ; je leur dirai que le roi considère leurs morts comme les égaux de ses soldats qui meurent en combattant les Pirates, et qu'il demande instamment leur aide pour les venger. Ce ne seront pas là des missives plaisantes à écrire, Fitz ; mais je les écrirai néanmoins, de la main de Vérité, et elles porteront la signature de Subtil. Croyais-tu vraiment que je ne faisais que tuer pour mon roi ?

– Je vous demande pardon. Mais vous paraissiez si joyeux quand je suis entré…

– Et je le suis ! Comme tu devrais l'être toi-même ! Nous n'avions plus de gouvernail, les vagues nous ballottaient, nous martelaient et les vents nous poussaient à leur gré. Et voici qu'arrive une femme qui prend la barre et indique le cap ! Et ce cap me convient tout à fait ! Comme il conviendra à tous ceux de notre royaume qui sont fatigués de nous voir à genoux depuis des années. Nous redressons la tête, mon garçon, nous nous relevons pour nous battre ! »

Je compris alors que son effervescence était en réalité la crête d'une lame de fureur et de chagrin. Je me rappelai son expression à notre entrée dans Forge, ce jour noir où nous avions vu ce que les Pirates avaient laissé de nos compatriotes. Il m'avait dit en cette occasion que j'apprendrais à me soucier d'autrui, que c'était dans mon sang, et je perçus soudain la véracité de son sentiment. Je saisis un verre et nous bûmes à la santé de notre reine. Puis Umbre, reprenant son calme, m'exposa la raison pour laquelle il m'avait fait venir : le roi, Subtil lui-même, avait réitéré l'ordre que je veille sur Kettricken.

« Oui, fis-je, je voulais justement vous parler du fait que Subtil répète parfois un ordre qu'il a déjà donné ou un commentaire qu'il a déjà fait.

– Je le sais, Fitz. On fait tout ce que l'on peut à ce propos. Mais nous traiterons de la santé du roi une autre fois. Pour le moment, je puis personnellement t'assurer que la répétition de son ordre n'était pas le radotage d'un esprit débile. Non : le roi a émis cette requête aujourd'hui alors qu'il s'apprêtait à descendre au banquet ; il la répète afin d'être sûr que tu redoubleras d'efforts. Il se rend compte, comme moi, qu'en réveillant la conscience des gens et en les incitant à la suivre, la reine s'est fort exposée – naturellement, il ne le dirait pas aussi ouvertement. Tiens-toi sur tes gardes pour la sécurité de la reine.

– Royal, grondai-je.

– Le prince Royal ? demanda Umbre.

– C'est lui qui est à redouter, surtout maintenant que la Reine est en position de pouvoir.

– Je n'ai rien dit de tel. Et tu devrais t'en abstenir », fit Umbre à mi-voix ; son ton était calme mais son expression sévère.

« Et pourquoi ? lançai-je avec défi. Pourquoi ne pourrions-nous pas, une fois au moins, nous parler franchement ?

– L'un à l'autre, peut-être, si nous étions absolument seuls et si le sujet ne concernait que nous deux. Mais tel n'est pas le cas. Nous sommes les hommes liges du roi, et les hommes liges du roi ne nourrissent nulle pensée de trahison, et encore moins… »

Il y eut un bruit de régurgitation et Rôdeur vomit sur la table, près du panier aux victuailles. Il s'ébroua en faisant voler des gouttes de salive.

« Misérable petit glouton ! Tu t'es étranglé, c'est ça ? » fit Umbre sans guère prêter attention à l'incident.

J'allai chercher un chiffon pour nettoyer les dégâts, mais quand je revins, Rôdeur était couché sur le flanc, haletant, et Umbre enfonçait une brochette dans les vomissures. L'odeur me mit le cœur au bord des lèvres. Umbre refusa mon chiffon, s'empara de Rôdeur et me tendit la petite bête agitée de frissons. « Calme-le et fais-lui boire de l'eau », m'ordonna-t-il sèchement. Et, à la belette : « Allons, mon vieux, va avec Fitz, il va s'occuper de toi. »

Je portai la petite créature auprès du feu, où elle acheva de vomir sur ma chemise. De près, l'odeur était épouvantable. En posant Rôdeur pour enlever mon vêtement souillé, je sentis une odeur sous-jacente, plus âcre encore que le vomi. A l'instant où j'ouvris la bouche, Umbre confirma mes soupçons. « Des feuilles de varta, réduites en poudre. Les épices des saucisses en dissimulaient le goût. Espérons que le vin n'a pas été empoisonné lui aussi, sans quoi nous sommes morts. »

Tous les poils de mon corps se dressèrent. Umbre me vit pétrifié d'horreur et s'approcha pour récupérer Rôdeur ; il lui mit une soucoupe pleine d'eau sous le museau et parut satisfait de le voir y goûter. « Il va s'en tirer, je pense. Ce petit goinfre a dû se remplir la gueule et il a mieux senti le goût du poison qu'un humain ; il a tout recraché. Ce qu'on voit sur la table a l'air d'avoir été mâché, mais pas digéré. C'est le goût qui a dû le faire vomir, pas le poison.

– Je l'espère », fis-je d'une voix faible. Chacun de mes nerfs guettait la moindre réaction corporelle. Avais-je été empoisonné ? Avais-je sommeil, la nausée, la tête qui tournait ? Avais-je la bouche engourdie, sèche ou excessivement humide ? Je me mis soudain à transpirer et à trembler. Non, pas une crise !

« Cesse, fit Umbre sans élever le ton. Assieds-toi et bois un peu d'eau. C'est toi qui te crées ces réactions, Fitz. La bouteille était parfaitement fermée avec un vieux bouchon. Si ce vin a été empoisonné, ça remonte à des années. Je connais peu d'hommes assez patients pour empoisonner une bouteille de vin, puis la mettre à vieillir. Je pense que nous ne risquons rien. »

Je pris une inspiration tremblante. « Mais quelqu'un voulait que ça se passe autrement. Qui vous a apporté ces plats ? »

Umbre prit l'air dédaigneux. « Je les ai préparés moi-même, comme toujours. Mais sur la table, là, il y avait un panier destiné à dame Thym ; de temps en temps, des gens cherchent à gagner ses faveurs, car la rumeur veut qu'elle ait l'oreille du roi. Je ne pensais pas mon personnage susceptible de se faire empoisonner.

– Royal ! répétai-je. Je vous l'ai dit, il croit que dame Thym est l'empoisonneuse du roi. Vous avez été incroyablement négligent : vous savez bien qu'il impute la mort de sa mère à dame Thym ! Faut-il pousser la courtoisie jusqu'à tous nous laisser tuer ? Il n'aura de cesse qu'il ne soit assis sur le trône !

– Et moi, je te le dis à nouveau : je ne veux pas entendre de ces propos séditieux ! » Umbre avait presque crié. Il s'installa dans son fauteuil et nicha Rôdeur sur ses genoux. La petite bête se redressa, se nettoya les moustaches, puis se roula en boule pour dormir. J'observai la main pâle d'Umbre qui caressait son petit compagnon, ses tendons saillants, sa peau parcheminée ; lui avait les yeux baissés sur la belette, le visage fermé. Au bout d'un moment, il reprit d'un ton calme : « Le roi avait raison : nous devons tous redoubler de prudence. » Il leva vers moi un regard tourmenté. « Veille sur tes femmes, mon garçon. Ni la naïveté ni l'ignorance ne protègent contre des tentatives comme celle de cette nuit. Patience, Molly et même Brodette… Trouve aussi un moyen, un moyen subtil, de mettre Burrich en garde. » Il soupira et demanda, sans s'adresser à personne : « Nos ennemis ne sont-ils pas assez nombreux déjà hors de nos murs ?

– Plus qu'assez », l'assurai-je. Mais je m'abstins de lui parler de Royal.

Il s'ébroua. « C'est une bien mauvaise façon d'entamer un voyage.

– Un voyage ? Vous ? » Je n'en croyais pas mes oreilles. Umbre ne quittait jamais le château. Enfin, pratiquement jamais. « Où ça ?

– Là où ma présence est nécessaire. Mais, à présent, j'ai l'impression qu'elle l'est presque autant ici. » Il hocha la tête. « Prends bien soin de toi pendant mon absence, mon garçon. Je ne serai pas là pour veiller sur toi. » Et il ne voulut pas en dire davantage.

Quand je sortis, il contemplait toujours les flammes, les mains posées de part et d'autre de Rôdeur. Dans l'escalier, je sentis mes jambes flageoler : l'attentat contre Umbre était un choc comme je n'en avais jamais éprouvé. Même le secret de son existence n'avait pas suffi à le protéger ; et il y avait d'autres cibles, plus faciles à atteindre et tout aussi chères à mon cœur.

Je maudis ma forfanterie qui, plus tôt dans la journée, m'avait incité à faire étalage de ma robustesse devant Royal. Quel crétin j'avais été de le pousser à m'agresser ! J'aurais dû me douter qu'il chercherait une victime moins évidente. Une fois chez moi, je me changeai rapidement, puis ressortis, pris l'escalier et montai tout droit à la chambre de Molly. Je frappai doucement à la porte.

Pas de réponse. Je n'osai pas frapper à nouveau : l'aube serait là d'ici une heure ou deux, les occupants du château dormaient pour la plupart, mais je ne tenais pas à ce que des yeux malintentionnés me voient devant chez Molly. Cependant, j'avais besoin d'être sûr.

Le verrou était mis, mais il n'avait rien de compliqué. Je m'en débarrassai en quelques secondes et décidai de lui en faire poser un plus efficace d'ici le lendemain. Silencieux comme une ombre, j'entrai dans la chambre et refermai la porte derrière moi.

Un feu mourant brasillait dans la cheminée, répandant une vague brume de lumière dans la pièce. Je restai un moment sans bouger pour permettre à mes yeux de s'y habituer, puis m'avançai prudemment, en prenant garde de ne pas m'approcher de la lueur de la cheminée. J'entendis la respiration régulière de Molly dans son lit. Cela aurait dû me suffire ; mais un démon me souffla qu'elle avait peut-être la fièvre et qu'elle était en train de sombrer dans le profond sommeil de l'empoisonnement. En me promettant de ne toucher que son oreiller pour juger si elle brûlait de fièvre ou non, pas davantage, je me dirigeai vers le lit à pas de loup.

Là, je demeurai immobile. Dans la faible lueur des braises, je distinguais tout juste sa forme sous les couvertures ; il émanait d'elle une chaude et douce odeur de bruyère. Une odeur saine. Ce n'était pas la victime d'un empoisonnement qui dormait là. Je n'avais plus qu'à m'en aller. « Dors bien », murmurai-je.

Sans bruit, elle se jeta sur moi. L'éclat des braises joua sur le poignard qu'elle tenait. « Molly ! » criai-je tout en détournant sa main avec mon avant-bras. Elle se figea, l'autre main ramenée en arrière, le poing serré, et l'espace d'un instant plus rien ne bougea dans la pièce. Puis : « Le Nouveau ! » fit-elle dans un sifflement furieux, et elle me flanqua un coup de poing dans le ventre. Tandis que, plié en deux, je cherchais à reprendre mon souffle, elle descendit de son lit. « Espèce d'idiot ! Tu m'as fait une peur bleue ! Mais qu'est-ce qui t'a pris d'ouvrir mon verrou et d'entrer chez moi comme un voleur ? Je devrais appeler la garde pour qu'on te jette dehors !

– Non ! » fis-je cependant qu'elle rajoutait du bois sur les braises et allumait une bougie. « Je t'en prie ! Je vais sortir. Je ne voulais pas te faire de mal ni t'ennuyer. Je tenais seulement à m'assurer que tout allait bien.

– Eh bien, non, tout ne va pas bien ! » rétorqua-t-elle à voix basse. Elle s'était tressé les cheveux en deux nattes pour la nuit et me rappelait vivement la petite fille dont j'avais fait la connaissance si longtemps auparavant. Mais ce n'était plus une enfant. Elle surprit mon regard et enfila une robe de chambre qu'elle noua à la taille. « Je tremble comme une feuille ! Je n'arriverai plus à fermer l'œil de la nuit ! Tu as bu, n'est-ce pas ? Es-tu soûl ? Que veux-tu ? »

Et elle marcha sur moi, la bougie brandie comme si c'était une arme. « Non », dis-je. Je me redressai et tirai sur ma chemise pour la remettre d'aplomb. « Je te le promets, je ne suis pas ivre. Et je n'avais pas de mauvaises intentions. Mais… il s'est passé quelque chose cette nuit qui m'a fait m'inquiéter de toi. J'ai cru bon de venir m'assurer que tu allais bien, mais je savais que Patience ne serait pas d'accord et je n'avais aucune envie de réveiller tout le château ; alors, j'ai préféré entrer sans bruit et… »

Elle m'interrompit d'un ton glacial.

« Le Nouveau, tu jacasses comme une pie. »

C'était exact. « Excuse-moi », dis-je et je m'assis au coin du lit.

« Pas la peine de t'installer, fit-elle, menaçante : tu ne restes pas. Tu t'en vas, seul ou entre deux gardes. A toi de choisir.

– Je m'en vais, répondis-je et je me relevai en hâte. Je voulais seulement savoir si tu allais bien.

– Je vais bien, dit-elle, agacée. Pourquoi n'irais-je pas bien ? Je vais aussi bien que la nuit dernière et que les trente précédentes, au cours desquelles tu n'es jamais venu vérifier mon état de santé. Alors, pourquoi cette nuit justement ? »

Je pris une inspiration. « Parce que, certaines nuits, les menaces se font plus précises que d'autres. Il se produit des incidents qui me font redouter des malheurs plus grands. Certaines nuits, il n'est pas recommandé d'être la bien-aimée d'un bâtard. »

Sa bouche devint aussi inexpressive que sa voix lorsqu'elle demanda : « Qu'est-ce que ça veut dire ? »

Je repris mon souffle, résolu à me montrer aussi honnête que possible. « Je ne peux pas te révéler ce qui s'est passé, mais j'ai cru que tu courais un danger. Il faut que tu me fasses confiance quand je...

– Je ne parle pas de ça. Qu'est-ce que ça veut dire, “bien-aimée d'un bâtard” ? Qu'est-ce qui te permet de m'appeler comme ça ? » Ses yeux brillaient de colère.

Je jure que je sentis mon cœur cesser brutalement de battre dans ma poitrine. Le froid de la mort s'insinua en moi. « C'est vrai, je n'en ai pas le droit, dis-je en bégayant. Mais je suis incapable de m'empêcher de penser à toi. Et, que j'aie ou non le droit de t'appeler ma bien-aimée, cela ne ferait pas hésiter ceux qui voudraient me faire du mal en s'en prenant à toi. Comment te faire comprendre que je t'aime tant que je voudrais ne pas t'aimer, ou au moins ne pas montrer tant que je t'aime, parce que mon amour te met en danger, et faire que cela soit vrai ? » Avec raideur, je me détournai pour sortir.

« Et comment pourrais-je prétendre avoir compris un traître mot de ce que tu viens de dire, et faire que ce soit vrai ? » dit Molly.

Quelque chose dans sa voix me fit faire demi-tour. L'espace d'un instant, nous restâmes à nous regarder ; soudain, elle éclata de rire. Je restai sans bouger, vexé, morose, tandis qu'elle s'approchait de moi sans cesser de rire. Puis elle passa les bras autour de ma taille. « Le Nouveau, tu as pris un chemin rudement détourné pour me dire enfin que tu m'aimais ! Entrer chez moi par effraction et ensuite rester planté là comme un ahuri à te tortiller la langue autour du mot “Je t'aime” ! Tu n'aurais pas pu le dire, tout simplement, il y a bien longtemps ? »

Raide comme un piquet, hébété, entre ses bras, je baissai les yeux sur elle. Ah oui, me dis-je vaguement, tu es beaucoup plus grand qu'elle, maintenant.

« Alors ? fit-elle pour me relancer et je mis quelques secondes à comprendre.

– Je t'aime, Molly. » C'était si facile, finalement ! Et quel soulagement ! Lentement, prudemment, je passai mes bras autour de ses épaules.

Elle me sourit. « Et moi aussi je t'aime. »

Lors, enfin, je l'embrassai. Et à cet instant, quelque part non loin de Castelcerf, un loup poussa un long hurlement joyeux, et tous les chiens et tous les molosses se mirent à aboyer en un chœur qui se répercutait contre le cristal du ciel nocturne.

9

GARDES ET LIENS

Souvent, je comprends et j'approuve l'idée fixe de Geairepu. Si on l'écoutait, le papier serait aussi courant que le pain et chaque enfant apprendrait ses lettres avant d'avoir treize ans. Mais même en serait-il ainsi que je ne crois pas aux conséquences idylliques qui en découleraient selon lui. Il se désole de tout le savoir qui descend dans la tombe chaque fois qu'un homme meurt, même le plus commun. Il évoque un temps à venir où la façon dont un maréchal-ferrant place un fer, ou le tour de main d'un charpentier de marine pour tirer la plane, tout cela sera couché sur le papier afin que celui qui sait lire puisse apprendre à en faire autant. Je n'en crois rien. On peut apprendre certaines choses d'une page de livre, mais il est des savoir-faire qui s'acquièrent d'abord par la main et le cœur, et ensuite seulement par la tête. J'en suis convaincu depuis que j'ai vu Congremât mettre en place le bloc de bois en forme de poisson – d'où il tire son nom – dans le premier navire de Vérité ; son œil avait vu cette pièce avant qu'elle n'existe et il avait ordonné à ses mains de créer ce que son cœur connaissait d'avance. Voilà qui est impossible à apprendre d'une feuille de papier. Peut-être même ne peut-on l'apprendre du tout, mais le porte-t-on en soi, à l'instar de l'Art ou du Vif, par le sang de ses ancêtres.

⋆

Je regagnai ma chambre et restai à contempler les braises mourantes dans ma cheminée en attendant que le château s'éveille. J'aurais dû être épuisé, mais, bien au contraire, l'énergie qui m'emplissait me faisait presque trembler. J'avais l'impression qu'en me tenant parfaitement immobile j'arrivais encore à percevoir la chaleur des bras de Molly autour de moi. Je savais précisément où sa joue avait touché la mienne ; une imperceptible trace de son parfum subsistait sur ma chemise, vestige de notre brève étreinte, et j'étais dans les affres de l'indécision : devais-je porter cette chemise aujourd'hui afin de conserver son parfum sur moi, ou la ranger précieusement dans mon coffre à vêtements pour la préserver ? Je ne voyais rien de ridicule à me ronger ainsi les sangs et si aujourd'hui je souris, c'est de ma sagesse, non de ma bêtise.

Avec l'aube vinrent les vents de tempête et les chutes de neige, mais, pour moi, le château n'en paraissait que plus douillet. Nous aurions peut-être ainsi l'occasion de nous remettre de la journée de la veille. Je n'avais nulle envie de repenser aux pitoyables cadavres couverts de haillons, ni aux visages figés et glacés que l'on nettoyait, ni aux flammes rugissantes et à la chaleur qui avaient consumé le corps de Kerry. Nous avions tous besoin d'un jour à ne rien faire. Peut-être la soirée nous trouverait-elle tous réunis autour des âtres du château pour écouter des histoires, de la musique et bavarder entre nous. Je l'espérais. Je sortis pour me rendre chez Patience et Brodette.

Mais je me tourmentais, car je connaissais le moment précis où Molly descendrait l'escalier pour aller chercher un plateau avec le petit déjeuner de Patience, et celui où elle remonterait. Je pouvais fort bien me trouver par hasard dans les marches ou dans le couloir lors de ses passages. Ce ne serait rien, une simple coïncidence ; mais je ne doutais pas qu'on me surveille, et on ne manquerait pas de noter de telles « coïncidences » si elles se répétaient par trop souvent. Non, je devais écouter les avertissements que m'avaient donnés le roi et Umbre. Je montrerais à Molly que, comme un homme, je savais faire preuve de maîtrise et de patience : s'il me fallait attendre avant de pouvoir la courtiser, j'attendrais.

Je rentrai donc dans ma chambre et rongeai mon frein jusqu'à ce que j'estime qu'elle avait dû quitter les appartements de Patience. Alors je descendis frapper à la porte. Pendant que Brodette venait m'ouvrir, je songeai que redoubler de surveillance n'allait pas être une mince affaire ; néanmoins, j'avais quelques idées, que j'avais commencé à appliquer la veille en arrachant à Molly la promesse de ne pas monter de nourriture qu'elle n'eût préparée elle-même ou prélevée dans les marmites communes. Elle avait eu un soupir agacé, car cette recommandation venait à la suite d'un au revoir des plus ardents. « On croirait entendre Brodette », m'avait-elle dit avant de me refermer doucement la porte au nez. Elle l'avait rouverte au bout d'un instant et m'avait trouvé planté devant elle. « Va te coucher », m'avait-elle ordonné. En rougissant, elle avait ajouté : « Et rêve de moi. J'espère que j'ai empoisonné tes rêves autant que tu as empoisonné les miens ces derniers temps. » A ces mots, je me sauvai, les oreilles en feu.

A présent que je pénétrais chez Patience, je m'efforçais de chasser ces souvenirs : j'étais ici pour travailler, même si Patience et Brodette devaient n'y voir qu'une visite de courtoisie. Il me fallait garder mes devoirs à l'esprit. Je jetai un coup d'œil au loquet et le trouvai à mon goût : impossible à faire glisser à l'aide d'un poignard. Quant à la fenêtre, même si l'on parvenait à l'atteindre en escaladant le mur extérieur, il faudrait encore franchir non seulement des volets de bois solidement barrés, mais ensuite une tenture, puis des rangées et des rangées de pots de plantes alignés tels des soldats devant la fenêtre close. C'était là un itinéraire qu'aucun spadassin professionnel ne choisirait de son plein gré. Brodette se rassit et reprit son ravaudage tandis que Patience me saluait. Elle paraissait désœuvrée, assise comme une petite fille devant la cheminée. Elle tisonna les braises. « Sais-tu, me demanda-t-elle à brûle-pourpoint, qu'il existe une longue tradition de reines de caractère à Castelcerf ? Et pas seulement d'ascendance Loinvoyant : maint prince de la lignée a épousé une femme dont le nom a fini par éclipser le sien dans la légende.

– Voyez-vous en Kettricken une future reine de cette sorte ? » fis-je poliment. J'ignorais où menait cette conversation.

« Je n'en sais rien », répondit-elle à mi-voix. Elle agita distraitement le tisonnier. « Moi, je n'en aurai pas été une, c'est tout ce que je sais. » Elle poussa un profond soupir, puis leva les yeux avec l'air de s'excuser presque. « C'est une de ces matinées, Fitz, où je ne fais que ruminer ce que l'avenir aurait pu être. Je n'aurais jamais dû le laisser abdiquer. Il serait sûrement encore en vie, à l'heure qu'il est. »

Je ne vis pas quoi répondre à cette déclaration. Elle soupira encore et se mit à griffonner sur la dalle de l'âtre du bout de son tisonnier encroûté de cendre. « Je ne suis que regrets, aujourd'hui, Fitz. Hier, pendant que tout le monde restait frappé de stupeur devant l'attitude de Kettricken, j'ai senti s'éveiller en moi un profond dégoût de moi-même. A sa place, j'aurais couru me cacher dans ma chambre, comme aujourd'hui. Mais pas ta grand-mère. Ça, c'était une reine !

Elle ressemblait à Kettricken, par certains côtés. Constance était une souveraine qui inspirait l'action, surtout chez les femmes. Lors de son règne, plus de la moitié de la garde était féminine. Le savais-tu ? Demande à Hod de t'en parler, un jour. A ce que je sais, Hod l'accompagnait quand Constance est venue à Castelcerf épouser Subtil. » Patience se tut. L'espace de quelques instants, je crus qu'elle avait fini. Puis elle ajouta à mi-voix : « Elle m'aimait bien, la reine Constance. » Elle eut un sourire presque gêné.

« Elle savait que j'étais mal à l'aise dans les grandes réunions ; alors, elle me faisait mander, moi seule, pour lui tenir compagnie dans son jardin. Nous ne conversions guère ; nous travaillions simplement la terre côte à côte, au soleil. Certains de mes meilleurs souvenirs de Castelcerf datent de cette époque. » Elle leva soudain les yeux vers moi. « Je n'étais qu'une enfant. Ton père n'était guère plus âgé, et nous n'avions pas encore vraiment fait connaissance. Mes parents m'amenaient avec eux à Castelcerf, tout en sachant que je n'appréciais guère les tralalas de la vie de cour. Quelle femme étrange que la reine Constance, pour remarquer une petite fille discrète et sans apprêt, et lui accorder de son temps ! Mais elle était comme ça. Castelcerf était différent, alors, beaucoup plus gai. L'époque était plus sûre et tout était plus stable. Mais Constance est morte et sa petite fille aussi, tout bébé encore, d'une fièvre de naissance. Subtil s'est remarié quelques années plus tard, et... » Elle s'interrompit et soupira pour la troisième fois. Puis ses lèvres s'affermirent et elle tapota la dalle de l'âtre à côté d'elle.

« Viens t'asseoir. Nous avons à parler. »

J'obéis et m'installai sur les pierres de la cheminée. Je n'avais jamais vu Patience afficher un air aussi sérieux ni aussi concentré. Tout cela cachait quelque chose. Cela tranchait tellement sur ses habituelles jacasseries sans conséquence que j'en eus presque peur. Elle me fit rapprocher d'elle, au point de me retrouver assis presque sur ses genoux. Alors, elle se pencha vers moi et murmura : « Il est des choses qu'il vaut mieux taire ; mais une heure vient où il faut les révéler. FitzChevalerie, mon ami, n'y vois pas de la mesquinerie de ma part, mais je dois t'avertir que ton oncle Royal n'est pas aussi bien disposé envers toi que tu pourrais l'imaginer. »

Ce fut plus fort que moi : j'éclatai de rire.

Patience bondit d'indignation. « Ecoute-moi ! me souffla-t-elle d'un ton pressant. Oh, je sais, il est gai, charmant et spirituel ! C'est un flatteur consommé ; j'ai bien vu la façon dont toutes les jeunes donzelles de la cour lui agitent leur éventail sous le nez, et dont tous les godelureaux imitent sa vêture et ses manières ! Mais, sous ce beau plumage, il y a une grande ambition, et aussi, je le crains, de la suspicion et de l'envie. Je ne t'en ai jamais parlé, mais il était totalement opposé à ce que j'entreprenne ton éducation, autant qu'à ce que tu apprennes l'Art. Parfois, je pense qu'il vaut mieux que tu y aies échoué, sans quoi sa jalousie n'aurait plus connu de bornes. » Elle se tut un instant, puis, voyant que j'avais repris mon sérieux, elle poursuivit : « Nous vivons des temps troublés, Fitz, et pas seulement à cause des Pirates rouges qui harcèlent nos côtes ; ce sont des temps où un b... quelqu'un de ta naissance doit se montrer prudent. Certains peuvent te faire risette, ce n'en sont pas moins des ennemis. Quand ton père vivait encore, nous comptions sur son influence pour te protéger ; mais lorsqu'il s'est fait... lorsqu'il est mort, j'ai compris que plus tu approcherais de l'âge adulte, plus tu courrais de risques. C'est pourquoi, quand la bienséance me l'a permis, je me suis forcée à revenir à la cour afin de voir si ma présence t'était nécessaire ; j'ai constaté qu'elle l'était et je t'ai estimé digne de mon aide. Aussi ai-je fait le serment de tout faire pour t'éduquer et te protéger. » Elle s'autorisa un bref sourire d'autosatisfaction.

« Je pense m'être bien débrouillée jusqu'ici. Mais... (et elle se pencha davantage) le moment arrive où, même moi, je ne pourrai plus te protéger. Tu dois commencer à t'occuper de toi-même ; tu dois te rappeler les leçons de Hod et les revoir souvent avec elle. Méfie-toi de tout ce que tu manges et bois, et défie-toi des lieux isolés. T'asséner ces craintes me fait horreur, FitzChevalerie ; mais tu es presque un homme, désormais, et il faut commencer à penser à ces choses. »

C'était risible ; on aurait presque dit une farce. Du moins est-ce ainsi que j'aurais pu voir la situation de cette femme, qui menait une existence recluse et confortable, en train de m'expliquer avec le plus grand sérieux les réalités d'un monde où je survivais depuis l'âge de six ans. Pourtant, je sentis des larmes me picoter le coin des yeux. Je m'étais toujours demandé ce qui avait poussé Patience à revenir à Castelcerf pour y mener une vie d'ermite au milieu d'une société qu'elle ne goûtait manifestement pas. Je le savais à présent. Elle était venue à cause de moi, pour moi. Pour veiller sur moi.

Burrich m'avait protégé ; Umbre aussi, et même Vérité, à sa façon ; et, naturellement, Subtil m'avait fait jurer allégeance très tôt. Mais tous, chacun à sa manière, avaient à gagner à ma survie. Même Burrich aurait considéré comme un camouflet que je me fasse tuer alors que j'étais sous sa garde. Seule cette femme, qui aurait eu toutes les raisons de me détester, était venue assurer ma protection pour moi-même. Souvent, elle se montrait tête en l'air, indiscrète, voire parfois excessivement agaçante ; mais, lorsque nos regards se croisèrent, je sus qu'elle avait abattu la dernière muraille que j'avais maintenue entre nous. Je doutais fort que sa présence eût découragé si peu que ce soit les mauvaises volontés de me nuire ; son intérêt pour moi avait dû constituer pour Royal un rappel constant de mon ascendance. Cependant, ce n'était pas le geste, mais l'intention qui m'émouvait. Elle avait renoncé à son existence paisible, à ses vergers, à ses jardins et à ses bois, pour s'installer ici, dans cet humide château de pierre juché sur des falaises au-dessus de la mer, dans une cour remplie de gens qui ne l'intéressaient pas, pour veiller sur le bâtard de son époux.

« Merci », dis-je à mi-voix. Et c'était du fond du cœur.

« Bah... » Elle détourna vivement le regard. « C'était avec plaisir, tu sais.

– Je sais. Mais, à la vérité, je suis venu ce matin avec l'idée qu'il fallait peut-être vous prévenir, vous et Brodette, d'être prudentes. L'époque est à l'instabilité et on pourrait voir en vous un... un obstacle. »

Du coup, Patience éclata de rire. « Moi ? Moi ! Patience, l'excentrique, la vieille toquée toujours mal fagotée ? Patience, incapable de conserver une idée plus de dix minutes dans sa tête ? Patience, rendue à demi folle par la mort de son époux ? Mon garçon, je sais ce qu'on dit de moi. Personne ne me considère comme une menace pour quiconque. Allons, je suis le deuxième bouffon de la cour, une créature qui ne prête qu'à rire. Je ne risque rien, crois-moi. Mais, même dans le cas contraire, j'ai les habitudes d'une vie entière pour me protéger. Et j'ai Brodette.

– Brodette ? » Je ne pus empêcher l'incrédulité de percer dans ma voix ni un sourire gentiment moqueur d'apparaître sur mon visage. Je me tournai pour échanger un clin d'œil avec l'intéressée. Mais elle me foudroya du regard comme si mon sourire lui était un affront, et, avant que je puisse me lever, elle bondit de sa chaise à bascule. Une longue aiguille, débarrassée de son éternel fil à broder, vint s'appuyer sur ma veine jugulaire, tandis que l'autre piquait un espace précis entre mes côtes. C'est tout juste si je ne trempai pas mes chausses. Sans oser prononcer un mot, je levai les yeux vers la femme que je ne reconnaissais plus du tout.

« Cesse de taquiner le petit, lui dit Patience d'un ton affable. Oui, Fitz : Brodette. L'élève la plus douée qu'Hod ait jamais eue, bien qu'elle fût déjà adulte quand elle a commencé son apprentissage. » Entre-temps, Brodette avait éloigné ses armes de moi. Elle se rassit et remonta adroitement ses mailles et je suis prêt à jurer qu'elle n'en oublia pas une seule. Quand elle eut fini, elle me regarda et me fit un clin d'œil ; puis elle se remit à son ouvrage. Alors seulement, je pensai à me remettre à respirer.

C'est un assassin fort penaud qui sortit de l'appartement des deux femmes quelque temps plus tard. Dans le couloir, il me revint une réflexion d'Umbre : il m'avait averti que je sous-estimais Brodette. Avec une grimace, je me demandai si c'était là sa conception de l'humour ou sa façon de m'enseigner à respecter les gens d'apparence anodine.

Des images de Molly cherchèrent à s'imposer à mon esprit, mais je les repoussai résolument ; cependant, je ne pus résister à l'envie de baisser le nez sur ma chemise pour capter la vague trace de son parfum sur mon épaule. Puis j'effaçai le sourire idiot de mon visage et me mis à la recherche de Kettricken. J'avais des devoirs.

J'ai faim.

La pensée s'était introduite en moi sans prévenir. La honte me submergea : je n'avais rien apporté à Loupiot hier ! Dans le tourbillon des événements, je l'avais presque oublié.

Un jour sans manger, ce n'est rien. D'ailleurs, j'ai trouvé un nid de souris sous un angle de la chaumière. Me crois-tu complètement incapable de m'occuper de moi-même ? Mais quelque chose de plus substantiel, ce serait agréable.

Bientôt, répondis-je. *J'ai une mission à remplir d'abord.*

Dans le salon de Kettricken, je ne trouvai que deux pages, en apparence en train de faire du rangement, mais que j'entendis pouffer de rire alors que j'entrais. Ni l'un ni l'autre ne savait où était la reine-servante. J'essayai ensuite la salle de tissage de maîtresse Pressée, lieu chaleureux et convivial où se retrouvaient nombre des femmes de la Forteresse ; là encore, point de Kettricken, mais selon dame Pudeur, que j'y rencontrai, sa maîtresse avait dit devoir parler au prince Vérité ce matin ; elle était peut-être chez lui ?

Cependant, Vérité n'était ni dans ses appartements, ni dans sa chambre aux cartes, où je tombai néanmoins sur Charim, occupé à trier les feuilles de vélin par qualités. Vérité, m'apprit-il, s'était levé très tôt et s'était rendu aussitôt à son chantier naval. Oui, Kettricken était passée ce matin, mais après le départ de son époux, et quand Charim lui avait annoncé l'absence de Vérité, elle aussi était partie. Pour où ? Il l'ignorait.

J'étais désormais affamé et je pris prétexte que les commérages y allaient toujours bon train pour descendre aux cuisines. Là, peut-être quelqu'un saurait-il où s'était rendue notre reine-servante. Je me répétais que je n'étais pas inquiet. Pas encore.

C'étaient les jours froids et venteux que les cuisines étaient les plus accueillantes : les vapeurs qui s'élevaient des ragoûts en train de mijoter se mêlaient aux riches arômes du pain au four et de la viande sur les broches. Des garçons d'écurie transis de froid rôdaient parmi les tables, bavardaient avec les marmitons, chapardaient des petits pains cuits de frais et des entames de fromage, goûtaient les civets et s'évaporaient comme brume au soleil si Burrich apparaissait à la porte. Je me coupai une tranche de gâteau à la farine d'avoine cuisiné du matin, à quoi j'ajoutai du miel et quelques chutes de lard que Mijote faisait revenir pour préparer des fritons. Et, tout en mangeant, je prêtai l'oreille aux conversations.

Curieusement, rares étaient celles où l'on faisait directement allusion aux événements de la veille ; il faudrait du temps aux habitants du château pour digérer tout ce qui s'était passé. Mais je percevais autre chose également, une impression de quasi-soulagement ; je connaissais ce phénomène pour l'avoir constaté chez un homme qu'on avait amputé d'un pied gangrené, ainsi que chez une famille dont on avait enfin retrouvé le corps de l'enfant noyé. Il y avait de l'apaisement à regarder le malheur en face et à dire : « Je te connais. Tu m'as fait du mal, tu m'as presque tué, mais je suis toujours vivant. Et je vais continuer à vivre. » Telle était l'impression que je captais chez les occupants de la Forteresse. Tous avaient enfin accepté de prendre conscience des graves blessures que nous infligeaient les Pirates rouges, et désormais le sentiment général était qu'on pouvait guérir et rendre les coups.

Je préférais ne pas m'enquérir franchement de la reine ; mais, par chance, un des garçons d'écurie parlait de Pas-de-Loup. Une partie du sang que j'avais vu sur son garrot provenait de la jument elle-même et les lads racontaient qu'elle avait essayé de mordre Burrich quand il avait voulu lui soigner l'épaule, et qu'ils avaient dû s'y mettre à deux pour lui tenir la tête. Je m'immisçai dans la conversation. « Il faudrait peut-être une monture moins fougueuse pour la reine ? dis-je.

– Ah, non : notre reine aime bien le caractère et la fierté de Pas-de-Loup. Elle me l'a dit elle-même quand elle est descendue aux écuries ce matin. Elle est venue en personne voir son cheval et demander quand elle pourrait le monter. Elle s'est adressée à moi, à moi personnellement. Alors je lui ai répondu qu'un cheval n'avait pas envie de se faire monter par un temps pareil, surtout avec une épaule amochée. La reine Kettricken a hoché la tête et on est restés à bavarder ; elle m'a même demandé comment j'avais perdu ma dent.

– Et tu lui as raconté que c'est un cheval qui a redressé brusquement la tête pendant que tu l'exerçais ! Parce que tu ne voulais pas que Burrich sache qu'on s'était bagarrés dans le fenil et que tu t'étais cassé la figure dans le box du poulain gris !

– Ferme-la ! C'est toi qui m'avais poussé, alors c'était autant ta faute que la mienne ! »

Et tous deux s'éloignèrent en s'envoyant des bourrades jusqu'à ce qu'un coup de gueule de Mijote les fasse s'enfuir de la cuisine. Mais j'avais les renseignements que je cherchais. Je pris la direction des écuries.

Le temps était encore plus froid et maussade que je ne m'y attendais. Même à l'intérieur des écuries, le vent s'insinuait par la moindre lézarde et entrait en hurlant chaque fois qu'on ouvrait une porte. L'haleine des chevaux embuait l'air et les lads se serraient amicalement l'un contre l'autre pour se tenir chaud. Je dénichai Pognes et lui demandai où se trouvait Burrich.

« Il coupe du bois, répondit-il à mi-voix. Pour faire un bûcher funéraire. Et il n'a pas cessé de boire depuis ce matin. »

Je faillis en oublier le but de ma visite : jamais je n'avais connu pareille attitude chez Burrich. Il buvait, certes, mais le soir, une fois terminé le travail de la journée. Pognes perçut mon désarroi.

« C'est Renarde, sa vieille mâtine ; elle est morte cette nuit. N'empêche que je n'ai jamais entendu parler d'un bûcher pour un chien. Il est derrière l'enclos d'exercice. »

Je m'apprêtai à m'y diriger.

« Fitz ! fit Pognes.

– Ça va aller, Pognes. Je sais ce qu'elle représentait pour lui. La première nuit où on m'a confié à sa garde, il m'a installé dans un box à côté d'elle en lui ordonnant de veiller sur moi. Elle avait un chiot, Fouinot… »

Pognes secoua la tête. « Il a dit qu'il ne voulait voir personne, qu'il ne répondrait à aucune question. Que personne ne devait lui parler. C'est la première fois qu'il me donne un ordre pareil.

– D'accord. » Je soupirai.

Pognes prit une mine désapprobatrice. « Vieille comme elle était, il devait bien s'y attendre. Elle n'était même plus capable de chasser avec lui. Il aurait dû la remplacer depuis longtemps. »

Je le dévisageai. Malgré toute son affection pour les animaux, toute sa douceur et ses bons instincts, il ne comprenait pas. Autrefois, j'avais été bouleversé en découvrant que le sens du Vif était propre à moi ; aujourd'hui, devant son absence totale chez Pognes, je voyais le garçon d'écurie aveugle. Je me contentai de secouer la tête et revins au but originel de ma visite. « Pognes, as-tu vu la reine aujourd'hui ?

– Oui, mais ça fait déjà un moment. » Il me regarda d'un air inquiet. « Elle est venue me demander si le prince Vérité avait sorti Droiture des écuries pour descendre au bourg. Je lui ai dit que non, que le prince était venu le voir, mais l'avait laissé dans son box ; les rues doivent être complètement verglacées et Vérité n'y risquerait pas sa monture préférée. Il se rend assez souvent à Bourg-de-Castelcerf, ces derniers temps, et il passe presque tous les jours faire un tour aux écuries. Il m'a dit que c'était un prétexte pour prendre l'air. »

L'angoisse m'étreignit. Avec une certitude quasi visionnaire, je sus que Kettricken avait suivi Vérité au bourg. A pied ? Sans personne pour l'accompagner ? Par ce temps de chien ? Pendant que Pognes se reprochait de n'avoir su prévoir les intentions de la reine, je sortis Modeste, un mulet bien nommé mais au pied sûr, de son box. Je n'osai pas perdre de temps à retourner chez moi chercher des vêtements plus chauds ; aussi, j'empruntai le manteau de Pognes, l'enfilai par-dessus le mien et tirai l'animal renâclant hors des bâtiments, dans le vent et la neige.

Tu viens, maintenant ?

Pas tout de suite, mais bientôt. J'ai un problème à régler.

Je peux t'accompagner ?

Non. C'est risqué. Tais-toi et reste en dehors de mes pensées.

Je m'arrêtai à la porte du château et interrogeai sèchement les gardes. Oui, une femme à pied était passée ce matin ; plusieurs, même, car le métier de certaines les obligeait à ce trajet, qu'il pleuve ou qu'il vente. La reine ? Les hommes échangèrent des regards et ne répondirent pas. Peut-être, suggérai-je, avaient-ils remarqué une femme vêtue d'un épais manteau ? Avec un capuchon bordé de fourrure blanche ? Un jeune garde acquiesça. Des broderies sur le manteau, blanches et violettes aux ourlets ? A nouveau, ils échangèrent des regards, l'air mal à l'aise. En effet, une femme qui ressemblait à cette description était passée. Ils ne savaient pas qui c'était, mais maintenant que je leur parlais de ces couleurs, ils auraient dû reconnaître...

Sans hausser le ton et d'une voix glaciale, je les traitai de lourdauds et de crétins. Des inconnus franchissaient nos portes sans se faire arrêter ? Ils avaient vu de la fourrure blanche et des broderies violettes et ils n'avaient pas imaginé que ce pouvait être la reine ? Et personne n'avait jugé utile de l'accompagner ? Personne pour la protéger ? Après ce qui s'était passé la veille ? Belle Forteresse que Castelcerf où la reine n'avait même pas un soldat pour l'escorter lorsqu'elle descendait à pied à Bourg-de-Castelcerf au milieu d'une tempête de neige ! Je talonnai Modeste et laissai les gardes se rejeter la faute les uns sur les autres.

Ce fut un trajet épouvantable. Le vent, d'humeur capricieuse, changeait de direction dès que j'avais trouvé un moyen de le bloquer avec mon manteau. Non seulement la neige tombait du ciel, mais en outre les rafales soulevaient les cristaux gelés du sol et les enfournaient sous mon manteau à la moindre occasion. Mécontent, Modeste n'en avançait pas moins dans la neige toujours plus épaisse. Sous la masse blanche, la route inégale était recouverte d'une couche de glace traîtresse. Le mulet, résigné à mon entêtement, avançait lourdement, la tête basse. Je battais des paupières pour les débarrasser des flocons qui s'y accrochaient et m'efforçais de faire accélérer ma monture. Je ne cessais de voir la reine tombée par terre, prostrée, et la neige qui l'ensevelissait peu à peu. Ridicule ! me répétais-je fermement. Ridicule !

Ce n'est qu'aux abords de la ville que je la rattrapai. Je l'aurais reconnue de dos même sans le blanc et le violet de sa tenue : avec une superbe indifférence, elle avançait à grands pas dans les tourbillons de neige, sa peau de Montagnarde aussi insensible au froid que la mienne aux embruns et à l'humidité. « Reine Kettricken ! Ma dame ! Je vous en prie, attendez-moi ! »

Elle se retourna et, à ma vue, sourit et s'arrêta. Arrivé à sa hauteur, je glissai à bas du dos de Modeste. Je me rendis soudain compte de l'inquiétude qui m'avait taraudé tout le long du chemin au soulagement qui m'envahit à la voir indemne. « Que faites-vous ici, toute seule, par cette tempête ? » fis-je d'un ton sec. Avec retard, j'ajoutai : « Ma dame. »

Elle regarda autour d'elle comme si elle prenait seulement conscience de la neige qui tombait et du vent qui soufflait en rafales, puis elle eut un sourire triste. Elle n'était pas le moins du monde frigorifiée ni mal à l'aise ; au contraire, la marche lui avait rosi les joues et la fourrure blanche qui encadrait son visage faisait ressortir la blondeur de ses cheveux et l'azur de ses yeux. Au milieu de ce paysage blanc, elle n'était plus pâle, mais rousse et rose, et ses yeux bleus étincelaient. Elle me paraissait plus pleine de vie que je ne l'avais vue depuis des jours. Hier, à cheval, elle était la Mort, et le Deuil en baignant les dépouilles de ceux qu'elle avait tués. Mais aujourd'hui, ici, dans la neige, c'était une jeune fille joyeuse qui s'était échappée du château et de sa fonction pour faire une promenade dans le vent froid. « Je vais retrouver mon époux.

– Seule ? Sait-il que vous arrivez, et ainsi, à pied ? »

Elle eut l'air surprise. Puis son menton se raffermit et elle redressa la tête, exactement comme mon mulet. « N'est-ce pas mon époux ? Dois-je prendre rendez-vous pour le voir ? Et pourquoi n'irais-je pas seule et à pied ? Me croyez-vous donc incompétente au point de me perdre sur la route de Bourg-de-Castelcerf ? »

Elle se remit à marcher et je fus bien forcé de rester à sa hauteur. Je tirais derrière moi le mulet qui manquait d'enthousiasme. « Reine Kettricken… fis-je, mais elle m'interrompit.

– J'en ai assez. » Elle s'arrêta brusquement et se tourna vers moi. « Hier, pour la première fois depuis bien longtemps, j'ai eu l'impression d'être vivante et d'avoir une volonté propre. J'ai l'intention de préserver ce sentiment. Si je souhaite aller voir mon époux travailler, j'irai. Je sais fort bien qu'aucune de mes dames de compagnie n'aurait envie de sortir par ce temps, à pied ou autrement. Je suis donc seule. Mon cheval a été blessé hier et, quoi qu'il en soit, l'état de la route n'est pas recommandé pour un animal. Je suis donc sans monture. Tout cela est d'une logique sans faille. Pourquoi m'avoir suivie et pourquoi m'interroger ainsi ? »

Elle avait choisi de parler brutalement, je décidai donc d'en faire autant ; néanmoins, je pris le temps d'une inspiration pour enrober ma réponse d'une certaine courtoisie. « Ma dame reine, je vous ai suivie pour m'assurer que vous alliez bien. Ici, où seul le mulet nous écoute, je puis vous parler franchement : avez-vous si vite oublié qui a tenté de renverser Vérité du trône, chez vous, dans le royaume des Montagnes ? Hésiterait-il à comploter ici aussi ? Je ne le crois pas. Pensez-vous qu'il s'agissait d'un accident lorsque vous vous êtes perdue dans les bois, il y a deux nuits ? Pas moi. Et vous imaginez-vous que vos actes d'hier lui aient plu ? Bien au contraire ! Ce que vous faites pour le bien du peuple, il y voit un stratagème de votre part pour accaparer le pouvoir ; alors, il boude, marmonne et juge que vous constituez une menace grandissante. Vous devez bien vous en douter ! Pourquoi, dans ce cas, vous exposer ainsi comme une cible, ici où une flèche ou un poignard peuvent vous atteindre sans difficulté et sans témoin ?

– Je ne suis pas une cible si facile à toucher que cela, répliqua-t-elle d'un air de défi. Il faudrait un archer hors de pair pour faire voler droit une flèche dans de telles rafales de vent ; quant au poignard, j'en ai un, moi aussi. Pour me frapper, il faudrait s'approcher à une distance où je pourrais rendre les coups. » Elle se détourna et repartit à grands pas.

Je la suivis sans me laisser décourager. « Et à quoi cela vous mènerait-il ? A tuer un homme ! Le château serait aussitôt sens dessus dessous et Vérité châtierait ses gardes pour vous avoir laissée vous exposer au danger. Et supposons que le tueur soit plus doué au poignard que vous ? Quelles seraient les conséquences pour les Six-Duchés si, en ce moment, j'étais en train d'extirper votre cadavre d'une congère ? » Je repris mon souffle et ajoutai : « Ma reine. »

Elle ralentit le pas, mais garda le menton dressé en me demandant à mi-voix : « Quelles seront les conséquences pour moi si je me morfonds jour après jour au château, jusqu'à devenir molle et aveugle comme une larve ? FitzChevalerie, je ne suis pas un pion qui attend sur sa case qu'un joueur le déplace. Je suis… Il y a un loup qui nous guette !

– Où ça ? »

Elle tendit le doigt, mais l'animal avait disparu comme un tourbillon de neige en ne laissant qu'un fantôme de rire dans ma tête. Un instant plus tard, un retour de vent apporta son odeur à Modeste. Le mulet se mit à tirer sur sa longe en reniflant. « J'ignorais qu'il y avait des loups si près d'ici ! s'étonna Kettricken.

– Ce ne devait être qu'un chien du bourg, ma dame. Sans doute une bête galeuse et sans abri qui sera allée gratter dans le dépotoir de la ville. Il n'y a rien à en craindre. »

Crois-tu ? J'ai assez faim pour dévorer ce mulet.

Va-t'en et attends. J'arrive bientôt.

Le dépotoir de la ville est loin d'ici. En plus, il y a toujours plein de mouettes et ça pue leurs fientes. Et d'autres choses. Le mulet serait tout frais ; ce serait agréable.

Va-t'en, te dis-je ! Je t'apporterai de la viande plus tard.

« FitzChevalerie ? » fit Kettricken d'un ton circonspect.

J'ouvris aussitôt les yeux. « Je vous demande pardon, ma dame. Mon esprit s'est égaré.

– Alors, cette colère sur votre visage ne m'est pas adressée ?

– Non. Quelqu'un d'autre a... contrarié ma volonté, aujourd'hui. Pour vous, je n'ai que de l'inquiétude, pas de la colère. Ne voulez-vous pas enfourcher Modeste, que je vous ramène au château ?

– Je désire voir Vérité.

– Ma reine, il ne lui plaira pas de vous voir arriver ainsi. »

Elle soupira et parut rapetisser dans son manteau. Sans me regarder, elle demanda d'un ton radouci : « N'avez-vous jamais eu envie de passer votre temps en compagnie de quelqu'un, Fitz, que l'on veuille ou non de vous ? Ne pouvez-vous pas comprendre combien je me sens seule... ? »

Si.

« Etre sa reine-servante, être l'Oblat de Castelcerf, cela, je sais le faire. Mais il est une autre partie de moi-même... Je suis femme et il est homme, et je suis l'épouse de mon époux. A cela aussi, je suis engagée, et ce m'est davantage un plaisir qu'un devoir. Mais il vient rarement me voir et, même alors, il parle peu et s'en repart vite. » Elle reporta son regard sur moi. Des larmes brillèrent soudain sur ses cils. Elle les essuya brusquement et une pointe de colère perça dans sa voix. « Vous m'avez parlé un jour de mon devoir, de ce que seule une reine peut faire pour Castelcerf. Eh bien, je ne serai jamais enceinte en restant seule dans mon lit toutes les nuits !

– Ma reine, ma dame, je vous en prie... » fis-je d'un ton implorant. Je sentais mes joues devenir brûlantes.

Mais elle poursuivit inexorablement : « La nuit dernière, je n'ai pas attendu. Je suis allée à sa porte. Mais le garde a prétendu qu'il n'était pas là, qu'il était monté à sa tour. » Elle détourna les yeux. « Même cette tâche lui paraît préférable à celle qu'il doit accomplir dans mon lit. » Sa rancœur ne parvenait pas à cacher sa souffrance.

La tête me tournait d'entendre ce que je n'avais pas envie de savoir : Kettricken, seule, glacée dans son lit ; Vérité incapable de résister à l'appel de l'Art la nuit. J'ignorais ce qui était le plus affreux. D'une voix tremblante, je dis : « Il ne faut pas me raconter tout cela, ma reine. Ce n'est pas bien...

– Alors, laissez-moi le lui dire à lui ! C'est lui qui doit l'entendre, je le sais ! Et il va l'entendre ! Si son cœur ne le mène pas auprès de moi, que son devoir l'y pousse ! »

Elle a raison. Elle doit porter si on veut que la meute grandisse.

Ne te mêle pas de ça ! Rentre à la maison !

A la maison ! Un aboi de rire moqueur dans ma tête. *La maison, c'est la meute, pas une chaumière froide et vide. Ecoute la femelle. Elle parle bien. Nous devrions tous aller rejoindre celui qui guide. Tes craintes pour cette femelle sont ridicules. Elle chasse bien, d'un croc aigu, et elle tue proprement. Je l'ai observée, hier. Elle est digne de celui qui guide.*

Nous ne sommes pas de la même meute. Silence.

Je ne fais aucun bruit. Du coin de l'œil, je surpris un mouvement vif. Je me tournai rapidement, mais il n'y avait plus rien. Je me retournai vers Kettricken ; immobile, elle ne disait rien, mais je sentis que l'étincelle de colère qui l'animait jusque-là avait été mouchée par le chagrin. Sa détermination en était affaiblie.

Je ne haussai pas la voix malgré le vent. « Je vous prie, ma dame, laissez-moi vous ramener à Castelcerf. »

Sans répondre, elle releva sa capuche sur sa tête et la resserra au point de se dissimuler presque entièrement le visage. Puis elle s'approcha du mulet, l'enfourcha et souffrit que je reconduise l'animal à Castelcerf. Le trajet me parut plus long et plus froid dans le silence lugubre qui s'était établi entre nous. Je n'étais pas fier d'avoir obligé Kettricken à changer d'avis et, afin de penser à autre chose, je tendis prudemment mon esprit alentour. Je ne tardai pas à repérer Loupiot ; il nous suivait comme nos ombres en se déplaçant telle une fumée sous le couvert des arbres et en se servant des congères et de la neige qui tombait pour se cacher. Je ne pourrais jurer l'avoir vu, fût-ce une seule fois ; je surprenais seulement un mouvement du coin de l'œil ou le vent m'apportait une vague trace de son odeur. Son instinct était très efficace.

Tu penses que je suis prêt à chasser ?

Pas tant que tu ne seras pas prêt à obéir. J'avais pris un ton sévère.

Alors, que ferai-je quand je chasserai seul, sans-meute que tu es ? Il était vexé et fâché.

Nous approchions de l'enceinte extérieure de Castelcerf. Je me demandai comment nous avions réussi à sortir sans passer par une porte.

Tu veux que je te montre ? C'était une offre de paix.

Plus tard, peut-être. Quand j'apporterai de la viande. Je perçus son assentiment. Il nous avait quittés pour courir en avant ; il serait à la chaumière quand j'y arriverais. A la porte, les gardes m'arrêtèrent d'un air contrit. Je déclinai mon nom d'un ton formel et le sergent eut le bon sens de ne pas insister pour connaître l'identité de la dame qui m'accompagnait. Dans la cour, je fis faire halte à Modeste afin de laisser descendre la reine-servante, à qui je tendis la main. Comme elle mettait pied à terre, je me sentis observé ; je me retournai et vis Molly. Elle portait deux seaux d'eau qu'elle venait de tirer du puits. Elle me regardait, immobile, mais tendue comme un daim sur le point de s'enfuir. Ses yeux ne cillaient pas, son visage était sans expression. Lorsqu'elle se détourna, il y avait de la raideur dans sa démarche. Sans nous accorder un autre coup d'œil, elle traversa la cour et se dirigea vers l'entrée des cuisines. Je sentis un froid de mauvais augure m'envahir. A cet instant, Kettricken me lâcha la main et resserra son manteau autour d'elle. Sans me regarder, elle non plus, elle me murmura simplement : « Merci, FitzChevalerie. » Puis elle partit lentement vers la porte.

Je ramenai Modeste aux écuries et le bouchonnai. Pognes s'approcha et souleva les sourcils d'un air interrogateur ; je hochai la tête et il retourna à ses occupations. Parfois, je crois que c'est ce que j'appréciais le plus chez lui : cette capacité à ne pas fourrer son nez dans ce qui ne le regardait pas.

Je m'armai de courage pour ce qui allait suivre. Je me rendis à l'arrière des enclos d'exercice, où une mince volute de fumée s'élevait dans l'air empuanti d'une odeur de chair et de poils brûlés. Je me dirigeai vers elle. Burrich était debout près du bûcher et le regardait se consumer. Le vent et la neige s'efforçaient de l'éteindre, mais Burrich était résolu à ce qu'il flambe jusqu'au bout. Il me jeta un coup d'œil comme j'arrivais, mais il ne dit rien et son regard retourna sur les flammes. Ses yeux étaient deux trous noirs remplis d'une douleur sourde. Elle se muerait en fureur si j'osais lui adresser la parole. Mais ce n'était pas pour lui que j'étais là ; je tirai mon poignard de ma ceinture et me coupai une mèche de cheveux d'un doigt de long, puis je la jetai dans le feu et la regardai se consumer. Renarde... Une excellente chienne. Un souvenir me revint et je l'exprimai à voix haute. « Elle était là la première fois que Royal m'a vu. Elle était couchée à côté de moi et elle lui a montré les dents. »

Au bout d'un moment, Burrich hocha la tête. Lui aussi se trouvait là, ce jour-là. Je fis demi-tour et m'en allai lentement.

Mon arrêt suivant fut aux cuisines, pour chiper un certain nombre d'os à viande qui restaient de la vigie de la veille. Ce n'était pas de la viande fraîche, mais il faudrait bien que Loupiot s'en contente. Il avait raison : je devrais bientôt le libérer afin qu'il chasse pour son compte. Le chagrin de Burrich avait ravivé ma résolution. Renarde avait vécu longtemps pour un mâtin, mais encore trop peu pour le cœur de Burrich. Se lier à un animal, c'était se promettre cette souffrance dans l'avenir ; j'avais déjà eu le cœur brisé assez souvent.

J'étais encore en train de chercher le meilleur moyen de m'y prendre quand j'arrivai à la chaumière. Je relevai soudain la tête, prévenu par une subite prémonition, et il me heurta de toute sa masse. Il avait couru sur la neige, rapide comme une flèche, pour se précipiter de tout son poids contre l'arrière de mes genoux et me jeter à terre. Sous la force du choc, je m'étalai, la figure dans la neige. Je relevai le visage et ramenai mes bras sous moi tandis qu'il prenait un virage serré, puis se ruait à nouveau à l'assaut. Je lançai un bras en l'air, mais il passa sur moi à toute allure en me piétinant et en cherchant à me planter ses crocs aigus dans la chair. *Je t'ai eu, je t'ai eu, je t'ai eu !* Exubérance débridée.

Je m'étais redressé à demi lorsqu'il me heurta de nouveau, en pleine poitrine cette fois. Je levai l'avant-bras pour me protéger la gorge et le visage et il le happa entre ses mâchoires. Il émit un grondement sourd en faisant semblant de le déchiqueter. Je perdis l'équilibre et retombai dans la neige ; mais, cette fois, je m'accrochai à lui, le plaquai contre moi, et nous nous mîmes à rouler au sol. Il me pinça en une dizaine d'endroits, certains douloureux, et toujours je l'entendais : *Drôle, drôle, drôle, je t'ai eu, je t'ai eu et je t'ai encore eu ! Tiens, tu es mort, et tiens, je t'ai cassé la patte avant, et tiens, tu te vides de ton sang ! Je t'ai eu, je t'ai eu, je t'ai eu !*

Ça suffit ! Ça suffit ! Et enfin : « Ça suffit ! » A mon rugissement, il me lâcha et s'écarta d'un bond. Il s'enfuit dans la neige à grands sautillements grotesques, fit demi-tour et fonça de nouveau vers moi. Je levai brusquement les bras pour me protéger le visage, mais il s'empara seulement de mon sac d'os et se sauva en me mettant au défi de le rattraper. Impossible de le laisser gagner si facilement : je me lançai à sa suite, lui bloquai la route et saisis un bout du sac et la course dégénéra en épreuve de force, à qui tirerait le plus fort ; il tricha en lâchant brutalement prise, pour me mordre aussitôt l'avant-bras, assez durement pour m'engourdir la main et s'emparer encore une fois du sac. Je me remis à sa poursuite.

Je t'ai eu ! Je lui tirai la queue. *Je t'ai eu !* Je le déséquilibrai d'un coup de genou dans l'épaule. *Et j'ai les os !* L'espace d'un instant, le sac à la main, je m'enfuis. Il se jeta carrément contre mon dos, les quatre pattes en avant, m'enfonça la tête dans la neige, saisit le trésor et repartit au grand galop.

J'ignore combien de temps dura notre jeu. Nous nous étions finalement laissé tomber dans la neige pour nous reposer et nous haletions à l'unisson dans une simplicité toute sensuelle. La toile du sac était déchirée par endroits et des os en pointaient ; Loupiot en saisit un et le secoua pour le libérer des plis du tissu, puis il s'y attaqua, en cisaillant d'abord la viande, ensuite en maintenant l'os au sol avec ses pattes avant pendant que ses mâchoires broyaient le cartilage charnu de l'extrémité. Je me penchai vers le sac, attrapai un os, un beau plein de viande, un gros os à moelle, et le tirai vers moi.

… Et je redevins soudain un homme. J'eus l'impression de m'éveiller d'un rêve, d'une bulle de savon qui éclate ; les oreilles de Loupiot s'agitèrent et il se tourna vers moi comme si je lui avais parlé. Mais je n'avais rien dit. J'avais seulement séparé mon esprit du sien. Brusquement, j'eus froid ; de la neige m'était entrée dans les bottes, dans les chausses et dans le col. Des éraflures zébraient mes bras et mes mains là où les crocs de Loupiot m'avaient raclé la peau. Mon manteau était déchiré en deux endroits. Et j'avais la tête lourde comme si j'émergeais d'un sommeil induit par la drogue.

Qu'est-ce qu'il y a ? Inquiétude. *Pourquoi es-tu parti ?*

Je ne peux pas. Je ne peux pas être comme toi. C'est mal.

Perplexité. *Mal ? Si tu peux le faire, comment ça peut-il être mal ?*

Je suis un homme, pas un loup.

Quelquefois. Acquiescement. *Mais tu n'es pas obligé d'être tout le temps un homme.*

Si. Je ne veux pas être lié à toi de cette façon. Nous ne devons pas être aussi proches. Il faut que je te libère, pour que tu mènes la vie que tu dois vivre. Et moi, celle que je dois vivre.

Grognement railleur, crocs découverts. *Exact, frère. Nous sommes ce que nous sommes. Comment peux-tu prétendre savoir quelle vie je dois vivre, et en plus menacer de me forcer à la vivre ? Tu n'arrives déjà pas à accepter ce que tu es. Tu le refuses alors même que tu le vis. Toutes tes jacasseries sont ridicules. Autant interdire à ton nez de sentir ou à tes oreilles d'entendre. Nous sommes ce que nous faisons…, frère.*

Je ne baissai pas ma garde, je ne lui donnai pas la permission, mais il se rua dans mon esprit comme le vent se rue par une fenêtre ouverte et emplit une pièce. *La nuit et la neige. La viande entre nos mâchoires. Ecoute, flaire, le monde est vivant cette nuit et nous aussi ! Nous pouvons chasser jusqu'à l'aube, nous sommes vivants, la nuit et la forêt sont à nous ! Nos yeux sont perçants, nos mâchoires fortes, et nous pouvons épuiser un cerf à la course et banqueter avant le matin. Viens ! Retrouve ce que tu es par ta naissance !*

Au bout d'un instant, je revins à moi. J'étais debout et je tremblais de la tête aux pieds. Je regardai mes mains et soudain ma chair me parut une prison étrangère, aussi anormale que les vêtements que je portais. Je pouvais partir. Partir maintenant, cette nuit, et m'en aller loin pour retourner auprès de notre vraie famille, et personne ne serait capable de nous suivre, encore moins de nous retrouver. Il m'offrait un monde noir et blanc éclairé par la lune, un monde de repas et de repos, parfaitement simple, parfaitement plein. Nous nous regardions dans les yeux, et les siens étaient d'un vert chatoyant et m'invitaient à le suivre. *Viens. Viens avec moi. Qu'ont à faire ceux de notre race des hommes et de leurs mesquines manigances ? Il n'y a pas une bouchée de viande à tirer de leurs chamailleries, pas de joie claire dans leurs projets, et jamais de plaisir simple à prendre sans réfléchir. Pourquoi choisir leur monde ? Viens, viens-t'en !*

Je clignai les yeux. Des flocons s'accrochaient à mes cils et j'étais debout dans le noir, transi et agité de frissons. Non loin de moi, un loup se redressa et s'ébroua. La queue à l'horizontale, les oreilles pointées, il s'approcha de moi, frotta sa tête contre ma jambe et, du museau, poussa ma main glacée. Je mis un genou dans la neige et le pris dans mes bras ; je sentis la chaleur de son pelage sous mes paumes, la solidité de ses muscles et de ses os. Il avait une bonne odeur, propre et sauvage. « Nous sommes ce que nous sommes, frère. Mange bien », lui dis-je. Je lui donnai une dernière caresse sur les oreilles, puis me relevai. Tandis qu'il s'emparait du sac d'os pour le traîner dans l'antre qu'il s'était creusé sous la chaumière, je me détournai. Les lumières de Castelcerf étaient presque aveuglantes, mais je me dirigeai vers elles néanmoins. Je n'aurais su dire pourquoi. Mais j'allai à leur rencontre.

10

LA MISSION DU FOU

En temps de paix, on restreignait l'enseignement de l'Art aux membres de la famille royale, afin d'assurer l'exclusivité de cette magie et de réduire les risques de la voir employée contre le roi. Ainsi, quand Galen entra en apprentissage auprès de maîtresse Sollicité, ses devoirs consistaient à la seconder pour achever la formation de Chevalerie et Vérité. Personne d'autre n'apprenait l'Art, à l'époque : Royal, enfant délicat, avait été jugé par sa mère trop chétif pour supporter les rigueurs de cet enseignement. C'est pourquoi, à la suite de la mort prématurée de Sollicité, Galen prit le titre de maître d'Art mais n'eut guère à faire. Certains considéraient d'ailleurs que son temps d'apprentissage était insuffisant pour constituer l'initiation complète d'un maître d'Art ; d'autres ont déclaré depuis qu'il n'avait jamais possédé la puissance nécessaire pour faire un véritable maître. Quoi qu'il en soit, pendant des années, il n'eut jamais l'occasion de faire ses preuves et de démontrer la fausseté de ces critiques : il n'y avait ni jeune prince ni jeune princesse à former au cours des années où Galen fut maître d'Art.

C'est seulement à la suite des raids des Pirates rouges que l'on décida d'agrandir le cercle des artiseurs. Il n'existait plus de clan digne de ce nom depuis bien longtemps. La tradition nous révèle que, lors de heurts précédents avec les Outrîliens, il n'était pas rare de voir trois, et quelquefois quatre clans travailler en même temps. Ils étaient généralement formés de six ou huit membres mutuellement cooptés pour leur aptitude à se lier les uns aux autres, et dont l'un au moins possédait une forte affinité avec le monarque régnant. Ce membre clé répétait directement au souverain tout ce que ses compagnons lui transmettaient, s'ils faisaient partie d'un clan de messagerie ou de collecte de renseignements. D'autres clans avaient pour fonction d'accumuler de l'énergie et de mettre leurs ressources d'artiseurs à la disposition du roi selon ses besoins. Le membre clé de ces clans portait souvent le titre d'Homme ou de Femme du roi ou de la reine. En de très rares cas, ce personnage existait en dehors de tout clan ou formation, seulement en tant qu'individu doué d'une si forte affinité avec le souverain que celui-ci pouvait puiser dans son énergie, en général par simple contact physique. De lui, le roi ou la reine pouvait tirer l'endurance nécessaire pour longuement artiser. Par tradition, un clan prenait le nom de son membre clé, ce dont nous avons des exemples célèbres, tel le clan de Feux-Croisés.

Pour créer son premier et unique clan, Galen choisit de ne se plier à aucune coutume. Son groupe prit le nom du maître d'Art qui l'avait façonné et le conserva même après sa mort. Plutôt que d'assembler un vivier d'artiseurs et d'en laisser émerger un clan, Galen lui-même tria ceux qui en deviendraient membres ; en conséquence, il leur manquait l'unité interne des groupes des légendes et leur affinité la plus profonde allait au maître d'Art plus qu'au roi. Ainsi, le membre clé, Auguste à l'origine, adressait des rapports complets autant à Galen qu'au roi Subtil et au roi-servant Vérité. Lorsque Galen mourut et que l'Art d'Auguste fut anéanti, Sereine prit la fonction de membre clé du clan de Galen. Les autres survivants du groupe étaient Justin, Guillot, Carrod et Ronce.

⋆

La nuit, je courais comme un loup.

La première fois, je crus que je faisais un rêve particulièrement réaliste : la vaste étendue de neige blanche que l'ombre des arbres maculait d'encre noire, les odeurs fugitives transportées par le vent, la joie ridicule de bondir et de fouir derrière les musaraignes qui s'aventuraient hors de leurs terriers d'hiver... Je me réveillai l'esprit clair et de bonne humeur.

Mais la nuit suivante, je fis un rêve tout aussi réaliste. Je compris alors que, lorsque j'isolais mon Art pour ne pas émettre inconsciemment et, par là, que je m'empêchais de rêver de Molly, je m'ouvrais tout grand aux pensées nocturnes du loup. Là se trouvait tout un royaume dans lequel Vérité ni aucun artiseur ne pouvait me suivre. C'était un monde où n'existaient ni intrigues de cour, ni complots, ni soucis, ni projets. Mon loup vivait dans le présent. Son esprit était vide des accumulations de détails des souvenirs. D'un jour à l'autre, il ne conservait que l'indispensable à sa survie. Il ne se rappelait pas combien de musaraignes il avait tuées deux jours plus tôt, mais il gardait en mémoire des éléments plus généraux, tels que les sentes que préféraient les lapins ou les endroits où le ruisseau coulait assez vite pour ne jamais geler.

Cependant, cela, c'était la situation après que je lui eus appris à chasser ; au début, ce fut moins brillant. Je continuais à me lever tôt pour lui apporter à manger, en me répétant qu'il ne s'agissait que d'un petit pan de ma vie que je me réservais. Tout se passait comme l'avait dit le loup : je ne faisais rien, j'étais, simplement. D'ailleurs, je m'étais promis de ne pas laisser notre rencontre se transformer en lien plein et entier. Bientôt, très bientôt, il serait capable de chasser tout seul et je le libérerais pour qu'il s'en aille. Parfois, je me disais que je ne le laissais entrer dans mes rêves que pour mieux lui enseigner la chasse, afin de le rendre plus vite à la liberté. J'évitais de songer à ce que Burrich pourrait en penser.

Un jour, de retour d'une de mes expéditions matinales, je tombai sur deux gardes, un homme et une femme, qui s'exerçaient au bâton dans la cour des cuisines. Tout haletants, ils échangeaient des coups, esquivaient et s'envoyaient des insultes bon enfant dans l'air froid et limpide. Je ne reconnus pas l'homme et, l'espace d'un instant, je crus qu'ils s'agissait d'étrangers au château ; puis la femme m'aperçut. « Ho, FitzChevalerie ! Il faut que je te parle ! » cria-t-elle sans cesser de brandir son bâton.

Je la regardai en essayant de la remettre. Son adversaire para maladroitement un coup et elle le frappa durement. Pendant qu'il sautillait sur place, elle recula gracieusement en éclatant de rire, un hennissement suraigu reconnaissable entre mille. « Sifflet ? » fis-je, incrédule.

La femme m'adressa son sourire brèche-dent bien connu, donna un coup sonore au bâton de son adversaire et recula en dansant. « Oui ? » répondit-elle, le souffle court. Son partenaire d'entraînement, la voyant occupée, baissa courtoisement son arme. Aussitôt, Sifflet revint à la charge, mais, avec une telle adresse qu'on eût dit de la nonchalance, l'homme releva son bâton et bloqua l'attaque. Encore une fois, Sifflet éclata de rire, une main en l'air en signe de trêve.

« Oui, répéta-t-elle en se tournant vers moi. Je suis venue… enfin, on m'a choisie pour venir te demander un service. »

De la main, j'indiquai les vêtements qu'elle portait. « Je ne comprends pas. Tu as quitté la garde de Vérité ? »

Elle haussa les épaules, mais je vis bien que ma question l'enchantait. « Pas pour aller très loin. Garde de la reine. L'insigne de la Renarde. Tu vois ? » Elle tira sur le devant de sa courte veste blanche pour tendre le tissu. Une bonne laine faite maison, bien solide, sur laquelle je vis brodée une renarde blanche, les crocs découverts, sur fond pourpre, pourpre comme ses épaisses chausses de laine. Le bas en était enfoncé dans des bottes qui lui montaient aux genoux. La tenue de son adversaire était en tous points pareille. La garde de la reine… A la lumière de l'aventure de Kettricken, l'uniforme prenait son sens.

« Vérité a jugé qu'il lui fallait une garde personnelle ? » demandai-je, ravi.

Le sourire de Sifflet s'effaça un peu. « Pas exactement, fit-elle, sur quoi elle se raidit comme pour me faire un rapport. On a décidé qu'il fallait une garde de la reine, moi et quelques autres qui l'ont accompagnée l'autre jour. On s'est mis à parler entre nous de… de tout, après. Comment elle s'était comportée avec les forgisés, et ensuite ici ; et aussi qu'elle était arrivée à Castelcerf sans connaître personne. Alors, on s'est dit qu'il faudrait obtenir la permission de former une garde pour elle, mais personne savait vraiment comment s'y prendre. On savait que c'était nécessaire, mais personne avait l'air de s'en occuper… Et puis, la semaine dernière, je t'ai entendu te mettre en rogne parce qu'elle était partie à pied et toute seule, sans escorte ! Qu'est-ce que tu leur en as dit ! J'étais dans la pièce à côté et j'ai rien manqué ! »

Je retins la protestation qui me venait aux lèvres et hochai sèchement la tête. Sifflet poursuivit : « Alors on s'est mis d'accord. Ceux qui avaient envie de porter le blanc et le violet l'ont dit, tout simplement ; ça faisait juste la moitié de la garde. De toute manière, il était temps qu'on fasse rentrer un peu de sang neuf : la garde de Vérité commençait à prendre de la bouteille. Et à se ramollir, à force de rester au château. Donc, on s'est reformés en faisant monter en grade certains à qui ç'aurait dû arriver depuis longtemps s'il y avait eu des places à prendre, et en recrutant pour boucher quelques trous. Ça a marché comme sur des roulettes. Les nouveaux venus vont nous permettre de nous affûter un peu pendant qu'on les formera. La reine aura sa garde à elle quand elle en voudra une. Ou quand elle en aura besoin.

– Je vois. » Je commençais à me sentir mal à l'aise. « Et quel est le service que vous attendez de moi ?

– Que tu expliques notre idée à Vérité. Que tu dises à la reine qu'elle a une garde. » Elle parlait avec la plus grande simplicité.

« Ça confine au parjure, répondis-je tout aussi simplement. Des soldats de la propre garde de Vérité qui rejettent ses couleurs pour prendre celles de sa reine…

– On peut voir ça comme ça. On peut le présenter comme ça. » Elle me regarda dans les yeux ; son sourire avait disparu. « Mais tu sais que c'est pas ça. Il fallait le faire. Ton… Chevalerie s'en serait rendu compte, il aurait même créé une garde avant que la reine arrive des Montagnes. Mais le roi-servant Vérité… Non, on n'est pas parjures envers lui. On l'a servi comme il faut parce qu'on l'aime. Et on continue. On l'a toujours protégé, et on s'est simplement reformés autrement pour le protéger encore mieux. Il a une bonne reine, voilà ce qu'on pense, et on veut pas qu'il la perde. C'est tout. C'est pas pour ça qu'on aime moins notre roi-servant, tu le sais bien. »

En effet, mais tout de même… Je détournai les yeux, secouai la tête et m'efforçai de réfléchir. Pourquoi moi ? se demandait une partie de moi-même avec colère. Et puis je compris qu'à l'instant où j'avais perdu mon sang-froid et réprimandé les gardes pour n'avoir pas protégé leur reine, je m'étais porté volontaire. Burrich m'avait déjà prévenu que j'avais tendance à oublier ma place. « J'en parlerai au roi-servant Vérité. Et à la reine, s'il est d'accord. »

Le sourire de Sifflet revint aussitôt. « Je savais que tu ferais ça pour nous. Merci, Fitz ! »

Et tout soudain, elle repartit en virevoltant, le bâton brandi vers son adversaire qui ne put que reculer. Avec un soupir, je repris mon chemin. Je pensais qu'à cette heure-ci Molly allait venir chercher de l'eau, et j'avais espéré l'apercevoir. Mais elle n'était pas apparue et j'étais déçu. Je savais que je n'aurais pas dû jouer ce genre de petit jeu, mais la tentation était parfois trop forte. Je quittai la cour.

Ces derniers jours, c'était une forme particulière de torture que je m'infligeais : je m'interdisais de revoir Molly, mais j'étais incapable de résister à l'envie de la filer ; c'est ainsi que j'arrivais dans les cuisines un instant après qu'elle en était sortie et m'imaginais pouvoir encore sentir son parfum dans l'air ; ou encore que je m'installais pour la soirée dans la Grand-Salle, en essayant de me placer là d'où je pourrais l'observer à la dérobée. Quel que soit le divertissement proposé, chanson, poésie ou marionnettes, mes yeux finissaient toujours par se porter là où se tenait Molly. Elle avait toujours l'air digne et réservé dans son corsage et sa jupe bleu foncé et elle ne m'adressait jamais le moindre coup d'œil. Elle parlait avec les autres femmes de la Forteresse ou, les rares soirs où Patience descendait, elle s'asseyait à côté d'elle et la servait avec une attention qui niait jusqu'à mon existence. Quelquefois, j'avais l'impression que notre brève étreinte n'avait été qu'un rêve. Mais la nuit, revenu dans ma chambre, je prenais la chemise que j'avais cachée au fond de mon coffre à vêtements et, en l'approchant de mon visage, je croyais encore sentir une faible trace de son parfum. Alors mon tourment m'était plus supportable.

Le temps avait passé depuis la crémation des forgisés sur leur bûcher funéraire. Outre la formation de la garde de la reine, d'autres changements se préparaient, tant à l'intérieur qu'à l'extérieur du château. Deux maîtres constructeurs de navires avaient spontanément offert leurs services aux chantiers navals, au grand ravissement de Vérité. Mais la reine Kettricken en avait été émue encore bien davantage, car c'est à elle qu'ils s'étaient présentés, en disant qu'ils souhaitaient se rendre utiles. Leurs apprentis les accompagnaient et avaient grossi les rangs de ceux qui œuvraient aux chantiers. Dorénavant, les lampes y brûlaient dès avant l'aube et bien après le coucher du soleil, et les travaux avançaient à grands pas. Du coup, Vérité s'absentait d'autant plus de Castelcerf et Kettricken, lorsque j'allais la voir, était plus abattue que jamais. C'est en vain que je lui proposais livres et sorties ; elle passait le plus clair de son temps assise à son métier à tisser auquel elle touchait à peine, chaque jour un peu plus pâle et apathique. Sa tristesse affectait les dames qui l'accompagnaient, si bien qu'une visite chez elle avait toute la gaieté d'une veillée funèbre.

Je ne m'attendais pas à trouver Vérité dans son étude et je ne fus pas déçu : il était aux hangars à bateaux, comme d'habitude. Je priai Charim de demander qu'on m'appelle lorsque le roi-servant aurait du temps à me consacrer. Puis, résolu à m'occuper et à suivre le conseil d'Umbre, je retournai dans ma chambre, où je me fournis de dés et de baguettes à encoches avant de me rendre aux appartements de la reine.

J'avais décidé de lui enseigner certains des jeux de hasard dont étaient friands les dames et les seigneurs, dans l'espoir qu'elle élargirait le champ de ses divertissements. J'espérais également, à un moindre degré, que ces jeux l'inciteraient à fréquenter davantage de gens et à dépendre moins de ma compagnie. Son humeur lugubre commençait à me peser, au point que je souhaitais souvent de tout mon cœur me trouver loin d'elle.

« Apprends-lui d'abord à tricher. Mais fais-lui croire que c'est la façon normale de jouer ; dis-lui que les règles autorisent les feintes. Quelques tours d'escamotage faciles à enseigner et elle pourrait vider les poches de Royal une ou deux fois avant qu'il ose la soupçonner ; et à ce moment-là, que pourrait-il faire ? Accuser la dame de Castelcerf de tricher aux dés ? »

C'était le fou, naturellement, qui marchait à côté de moi, son sceptre à tête de rat tressautant légèrement sur son épaule. Je n'eus pas un tressaillement, mais il sut qu'une fois de plus il m'avait eu par surprise. Ses yeux pétillaient d'amusement.

« Notre reine-servante risque de ne pas apprécier que je la trompe. Pourquoi ne pas m'accompagner, plutôt, pour la dérider un peu ? Moi, je remise mes dés et, toi, tu jongles pour elle.

– Jongler pour elle ? Allons, Fitz, je ne fais que ça toute la journée et, toi, tu n'y vois que bouffonnerie. Tu observes mon travail et tu dis que c'est un jeu, tandis que je te regarde travailler d'arrache-pied à jouer à des jeux que tu n'as pas inventés toi-même. Suis le conseil d'un fou : apprends à la dame, non les dés, mais les devinettes, et vous y gagnerez tous deux en sagesse.

– Les devinettes ? C'est un jeu de Terrilville, non ?

– On devrait y jouer aussi à Castelcerf, ces temps-ci. Tiens, réponds à celle-ci, si tu le peux : Comment appeler quelque chose qu'on ne sait pas comment appeler ?

– Je n'ai jamais été doué pour ce jeu, fou.

– Comme tous ceux de ta lignée, d'après ce que j'ai entendu dire. Alors, réponds à celle-ci : Qu'est-ce qui a des ailes dans le manuscrit de Subtil, une langue de feu dans le livre de Vérité, des yeux d'argent dans les vélins de Rell et des écailles d'or dans ta chambre ?

– C'est une devinette ? »

Il me regarda d'un air navré. « Non ; une devinette, c'est ce que je viens de te poser. C'est un Ancien. Et la première devinette voulait dire : comment en appeler un ? »

Je ralentis le pas. Je le dévisageai, mais il était toujours difficile de croiser son regard.

« C'est une devinette ? Ou une vraie question ?

– Oui. » Le fou avait la mine grave.

Je m'arrêtai brusquement, complètement perdu, et lui adressai un regard noir. En réponse, il leva son sceptre nez à nez avec lui-même. Le rat et lui semblaient se faire des grimaces. « Tu vois, Raton, il n'en sait pas davantage que son oncle ni son grand-père. Aucun d'eux ne sait comment appeler un Ancien.

– Par l'Art », dis-je impulsivement.

Le fou me scruta d'un air étrange. « Tu sais ça ?

– J'imagine que c'est le moyen.

– Pourquoi ?

– Je l'ignore. D'ailleurs, maintenant que j'y pense, ça me paraît peu probable : le roi Sagesse a fait un long voyage pour trouver les Anciens ; à quoi bon, s'il pouvait simplement les artiser ?

– En effet. Mais, parfois, il y a de la justesse dans l'impétuosité ; alors, débrouille-moi cette devinette, mon gars : Un roi est vivant. Un prince de même. Et tous deux maîtrisent l'Art. Mais où sont ceux qui ont été formés en même temps que le roi, et ceux d'avant ? Comment en est-on arrivé à cette indigence d'artiseurs en un temps où l'on a impérieusement besoin d'eux ?

– On forme peu d'artiseurs en temps de paix. Galen n'avait pas jugé utile de prendre de disciples avant sa dernière année de vie. Et le clan qu'il a créé… » Je me tus soudain ; bien que le couloir fût désert, j'avais perdu toute envie de parler de ce sujet. J'avais toujours gardé pour moi tout ce que Vérité avait pu me révéler sur l'Art.

Le fou se mit subitement à cabrioler autour de moi. « Si la botte ne va pas, impossible de la porter, quel que soit le cordonnier qui l'a faite », déclara-t-il.

J'acquiesçai à contrecœur. « Exactement.

– Et le cordonnier est mort. Comme c'est triste. Plus triste que viande chaude sur la table et vin rouge dans ton verre. Mais le cordonnier, lui aussi, avait été formé par un autre.

– Sollicité. Mais elle est morte, elle aussi.

– Ah ! Mais pas Subtil. Ni Vérité. Il me semble que s'il en reste deux créés par elle qui respirent encore, il devrait y en avoir d'autres. Où sont-ils ? »

Je haussai les épaules. « Disparus, vieux, morts, que sais-je ? » Je refoulai mon impatience et me contraignis à réfléchir à la question. « La sœur du roi Subtil, Allègre, la mère d'Auguste… elle a peut-être été formée, mais elle est morte depuis longtemps. Le père de Subtil, le roi Bonté, a été le dernier à disposer d'un clan, je crois. Mais bien peu de gens de cette génération sont encore en vie. » Je m'interrompis : Vérité m'avait dit un jour que Sollicité avait enseigné l'Art à autant d'élèves doués qu'elle avait pu en trouver. Il en restait sûrement de vivants ; ils ne devaient guère avoir plus d'une dizaine d'années de plus que Vérité...

« Un trop grand nombre sont morts, si tu me poses la question. Je le sais, crois-moi », dit le fou en réponse à mes réflexions. Je le regardai d'un œil inexpressif. Il me tira la langue, s'éloigna un peu en dansant, puis observa son sceptre et gratta affectueusement son rat sous le menton. « Tu vois, Raton, je te l'avais bien dit. Aucun d'entre eux ne sait rien. Aucun n'est assez intelligent pour demander.

– Fou, tu ne peux donc jamais t'exprimer clairement ? » m'écriai-je, exaspéré.

Il se figea comme si je l'avais frappé. En pleine pirouette, il reposa les talons au sol et se raidit comme une statue. « Quel intérêt ? fit-il d'un ton mesuré. M'écouterais-tu si je ne te parlais pas par énigmes ? Cela t'obligerait-il à réfléchir, à te suspendre à mes moindres mots et à les ruminer plus tard dans ta chambre ? Très bien, je vais essayer. Connais-tu la comptine “Six sages s'en furent à Jhaampe” ? »

J'acquiesçai, encore plus perdu qu'avant.

« Récite-la-moi.

« “Six sages s'en furent à Jhaampe, gravirent un mont et n'en descendirent pas, se pétrifièrent et puis s'enfuirent...” » Le reste de la vieille comptine m'échappa soudain. « Je ne me souviens plus. De toute manière, les paroles ne veulent rien dire ; ce n'est qu'une scie qu'on n'arrive pas à se sortir de la tête.

– Ce qui explique, naturellement, qu'elle fasse partie des poèmes du savoir traditionnel, conclut le fou.

– Je n'en sais rien ! » Je me sentais soudain excessivement irrité. « Fou, tu recommences ! Tu t'exprimes toujours par énigmes ! Tu prétends parler clairement, mais ta vérité m'échappe !

– Les énigmes et les devinettes, mon Fitzounet, sont là pour faire réfléchir, pour faire découvrir de nouvelles vérités dans de vieilles lunes. Mais, puisqu'il en est ainsi... Ta cervelle m'échappe ; comment l'atteindre ? Peut-être devrais-je venir chanter sous ta fenêtre à la nuit tombée :

Prince bâtard, Fitz mon tout doux,
Tu perds ton temps et prends des coups,
Et tu t'efforces de freiner
Quand tu devrais accélérer.

Il avait mis un genou en terre et pinçait des cordes imaginaires sur son sceptre. Il chantait à pleine poitrine, et plutôt bien, finalement.

L'air de sa chanson était celui d'une ballade d'amour populaire. Il me regarda, émit un soupir théâtral, se passa la langue sur les lèvres et reprit avec une expression désespérée :

Pourquoi un Loinvoyant jamais ne voit au loin,
Et s'arrête à ce qu'il a juste sous la main ?
La côte est assiégée et ton peuple est hagard ;
J'avertis et je presse, on me répond : « Plus tard ! »
Petit prince bâtard, ô Fitz, ô mon tout beau,
Attendras-tu longtemps qu'on te coupe en morceaux ?

Une servante s'arrêta, surprise, pour écouter. Un page passa la tête par la porte d'une salle voisine, un sourire jusqu'aux oreilles. Je sentis le rouge commencer à monter à mes joues, car le fou levait vers moi un visage énamouré. Je voulus m'éloigner de lui d'un air dégagé, mais il me suivit à genoux en s'accrochant à ma manche, et je dus m'immobiliser plutôt que de me lancer dans une bataille grotesque pour me libérer. Je me sentais ridicule. Le fou me fit un sourire minaudier, et j'entendis le page glousser de rire, tandis que, plus loin dans le couloir, deux voix amusées murmuraient. Je refusai de lever les yeux pour voir qui se réjouissait ainsi de mon embarras. Le fou m'envoya un baiser, puis reprit sa chanson dans un murmure confidentiel :

Le destin pourra-t-il si aisément t'abattre ?
Non, si te sers de l'Art afin de le combattre.
Mande tes alliés, cherche les maîtres d'Art,
Emploie tous les moyens que tu mis au rancart.
Il est un avenir encore informe et vide
Fondé par tes passions violentes et avides ;
Utilise ta tête afin de l'emporter
Et tu pourras ainsi sauver les Six-Duchés.
C'est ce dont te supplie un fou agenouillé :
Empêche les ténèbres de nous fouailler,
Evite aux peuples de tomber en putrescence,
O toi en qui la Vie a placé sa confiance.

Il se tut un instant, puis conclut joyeusement et à pleine voix :

Mais si tu fais celui qui n'a pas entendu
Et négliges ma voix comme pets de ton cul,
Voici la révérence, à mon sens, qui t'est due ;
Régale-toi les yeux de ce que peu ont vu !

Il me lâcha soudain la manche et s'éloigna de moi en faisant un saut périlleux qui s'acheva, j'ignore comment, par la présentation de ses fesses nues. Elles étaient d'une pâleur choquante et je ne pus cacher ma stupéfaction ni mon dépit. Le fou se remit debout d'un bond, convenablement vêtu cette fois, et Raton, au bout de son sceptre, s'inclina modestement devant le public qui s'était arrêté pour assister à mon humiliation. Il y eut un éclat de rire général et quelques applaudissements. Sa ballade improvisée m'avait laissé sans voix ; je détournai le regard et voulus contourner le fou, mais il me bloqua de nouveau le passage, prit une expression austère et s'adressa aux rieurs :

« Fi donc ! Honte à vous, que je vois si gais ! Rire et montrer du doigt un garçon au cœur brisé ! Ignorez-vous donc que le Fitz a perdu un être cher ? Ah, il rougit pour dissimuler son chagrin, mais elle est descendue dans la tombe en laissant sa passion inassouvie. Pucelle à la virginité opiniâtre et à la flatulence virulente, dame Thym n'est plus. De sa pestilence, à n'en point douter, l'on pourrait dire qu'elle la tenait de manger des viandes gâtées. Mais, gâtée, la viande exhale des effluves méphitiques afin d'empêcher qu'on la consomme ; on peut en dire autant de dame Thym ; aussi, peut-être, ne se sentait-elle pas, ou y voyait-elle le parfum de ses doigts. Ne pleure point, pauvre Fitz, il t'en sera trouvé une autre. Par le crâne de sire Raton, je jure de m'y employer dès aujourd'hui ! Et lors, hâte-toi de vaquer à tes devoirs, car j'ai délaissé les miens bien trop longtemps. Adieu, pauvre Fitz ! Brave, triste cœur ! Faire si bonne figure contre ta désolation ! Pauvre jeune homme inconsolable ! Ah, Fitz, pauvre, pauvre Fitz… »

Et il s'éloigna dans le couloir en hochant la tête d'un air accablé et en discutant avec Raton pour décider quelle douairière il devrait courtiser en mon nom. Je le regardai partir, abasourdi. Je n'arrivais pas à croire qu'il ait pu me donner ainsi en spectacle et j'éprouvais un sentiment de trahison. Il avait la langue acérée et le tempérament volage, je le savais, mais je n'aurais jamais pensé être un jour la victime publique d'une de ses plaisanteries. J'espérais qu'il allait se retourner pour faire un dernier commentaire qui m'expliquerait ce qui venait de se passer, mais il n'en fit rien. Lorsqu'il tourna le coin du couloir, je compris que mon supplice avait pris fin et je repris mon chemin, à la fois bouillant de colère et plongé dans des abîmes de perplexité. Ses vers de mirliton s'étaient gravés dans ma mémoire et je me doutais que j'allais passer les prochains jours à ruminer les paroles de sa chanson d'amour pour essayer d'en extraire le sens. Mais dame Thym ? Il n'aurait jamais parlé de sa disparition si elle n'était pas « vraie ». Cependant, pourquoi Umbre aurait-il fait mourir ainsi son personnage public ? De quelle pauvre femme allait-on, sous l'identité de dame Thym, emporter la dépouille chez des parents éloignés pour l'enterrer ? Etait-ce la façon qu'Umbre avait trouvée de commencer son voyage, de sortir de Castelcerf sans se faire voir ? Mais, encore une fois, quel besoin de la faire mourir ? Pour faire croire à Royal que sa tentative d'empoisonnement avait réussi ? Dans quel but ?

Ainsi plongé dans mes réflexions, j'arrivai devant les portes des appartements de Kettricken. Je m'étais arrêté un instant dans le couloir afin de récupérer mon sang-froid et de reprendre une expression plus composée, quand soudain la porte en face de celle de la reine s'ouvrit à la volée et Royal, sortant à grands pas, me heurta. Je titubai de côté et, avant que j'aie le temps de me ressaisir, il me dit avec superbe : « Ce n'est rien, Fitz ; je ne te demanderai pas d'excuses, dans l'affliction où tu es. » Et il rectifia sa tenue tandis que de jeunes courtisans émergeaient à leur tour de ses appartements, agités de petits rires nerveux. Le prince leur sourit, puis se pencha vers moi pour me demander à mi-voix et d'un ton venimeux : « Qui vas-tu bien pouvoir flagorner, maintenant que cette vieille putain de Thym est morte ? Enfin ! Tu trouveras sûrement une autre vieille peau pour te câliner. A moins que tu ne sois ici pour en embobeliner une plus jeune ? » Et il eut le front de me sourire avant de tourner les talons et de s'en aller majestueusement dans une envolée de manches, suivi de ses trois adulateurs.

L'insulte faite à la reine fit monter en moi une rage noire ; elle m'envahit avec une soudaineté inouïe et je la sentis gonfler ma poitrine et ma gorge. Une force effrayante me parcourut et ma lèvre supérieure se retroussa pour découvrir mes dents. De très loin, je perçus : *Quoi ? Qu'est-ce que c'est ? Tue ! Tue ! Tue !* Je fis un pas, le suivant aurait été un bond et je sais que mes dents se seraient enfoncées là où la gorge s'attache à l'épaule.

Mais : « FitzChevalerie, dit une voix empreinte de surprise.

– Molly. » Je me retournai vers elle et mes émotions basculèrent brutalement de la rage au ravissement. Mais, tout aussi vite, elle s'écarta en disant : « Pardon, monseigneur », et elle passa. Ses yeux étaient baissés, ses manières celles d'une servante.

« Molly ? » Je la suivis et elle s'arrêta. Quand elle se tourna vers moi, son visage comme sa voix n'exprimaient rien.

« Messire ? Avez-vous une commission à me confier ?

– Une commission ? » Naturellement. Je jetai un coup d'œil alentour, mais le couloir était désert. Je m'approchai d'elle, baissai le ton pour n'être entendu que d'elle. « Non. Tu me manques affreusement, c'est tout. Molly, je...

– Ce n'est pas bienséant, messire. Je vous prie de m'excuser. » Elle fit demi-tour, fière et calme, et s'éloigna.

« Mais qu'ai-je donc fait ? » demandai-je, à la fois en colère et atterré. Je n'attendais pas vraiment de réponse, mais elle s'arrêta encore une fois. Son dos était raide, sa tête droite sous sa coiffe de dentelle. Sans se retourner, elle dit à mi-voix : « Rien. Vous n'avez rien fait, monseigneur. Absolument rien.

– Molly ? » protestai-je, mais elle passa l'angle du couloir et disparut. Je restai le regard fixe et, au bout d'un moment, je m'aperçus que j'émettais un son à mi-chemin entre un gémissement et un grondement.

Si on allait plutôt chasser !

Peut-être, répondis-je, et j'en étais le premier surpris, *peut-être serait-ce le mieux. Aller chasser, tuer, manger, dormir. Et rien de plus.*

Pourquoi pas maintenant ?

Je ne sais pas.

Je me calmai et frappai à la porte de Kettricken. Ce fut la petite Romarin qui m'ouvrit et m'invita à entrer avec un sourire. Une fois dans les lieux, je compris pourquoi Molly était venue : Kettricken était occupée à humer une grosse bougie verte. Plusieurs autres trônaient sur la table. « De la baie de laurier », dis-je.

Kettricken leva les yeux, le sourire aux lèvres. « FitzChevalerie ! Bienvenue ! Entrez, asseyez-vous. Puis-je vous offrir à manger ? Du vin ? »

Sans bouger, je la dévisageai. C'était une véritable métamorphose. Je percevais sa force et je sus qu'elle se tenait au centre d'elle-même. Elle portait une tunique et des jambières gris clair ; ses cheveux étaient coiffés comme à l'ordinaire, sa parure un simple collier en perles de pierre vertes et bleues. Mais ce n'était plus la femme que j'avais ramenée à Castelcerf quelques jours auparavant ; celle-là était angoissée, furieuse, blessée, égarée ; cette Kettricken-ci irradiait la sérénité.

« Ma reine... fis-je, hésitant.

– Kettricken », me reprit-elle calmement. Elle se déplaçait dans la pièce pour disposer des bougies sur des étagères. Il y avait presque du défi dans son laconisme.

J'avançai dans son salon. Elle et Romarin en étaient les seules occupantes. Un jour, Vérité s'était plaint à moi que les appartements de son épouse avaient la précision d'un camp militaire ; ce n'était pas une exagération. Le sobre mobilier était d'une propreté immaculée ; les lourdes tentures et les épais tapis qui habillaient la plupart des aîtres de Castelcerf manquaient ici. De simples paillasses couvraient le sol et sur le cadre des paravents étaient tendus de grands parchemins délicatement décorés d'arbres et de branches fleuries. Nulle part le moindre désordre. Je ne saurais mieux décrire la tranquillité qui régnait dans ce lieu qu'en disant que tout y était achevé et rangé, ou pas encore commencé.

Je m'étais présenté en proie à des émotions conflictuelles, mais à présent, immobile et muet, ma respiration se calmait et mon cœur s'apaisait. Grâce à des paravents de parchemin, un angle de la pièce avait été transformé en alcôve, décorée d'un tapis de laine verte et meublée de bancs bas et rembourrés comme j'en avais vu dans les Montagnes. Kettricken plaça la bougie verte à la baie de laurier derrière l'un des paravents et l'alluma avec un brandon pris dans l'âtre. La flamme dansante insuffla la vie et la chaleur d'un lever de soleil à la scène peinte. Kettricken en fit le tour pour s'asseoir sur l'un des bancs de l'alcôve. Elle désigna le siège en face du sien. « Voulez-vous me rejoindre ? »

J'obéis. Le paravent doucement éclairé, l'illusion d'une petite pièce intime et le parfum suave de la baie de laurier, tout cela baignait dans la douceur. Le siège bas était étonnamment confortable. Il me fallut un moment pour me rappeler le motif de ma visite. « Ma reine, j'ai songé que vous aimeriez peut-être apprendre certains des jeux de hasard que l'on pratique à Castelcerf ; ainsi, vous pourriez participer lorsque les autres s'amusent.

– Une autre fois, éventuellement, répondit-elle gentiment. Si vous et moi avons envie de nous distraire, et s'il vous plaît de m'enseigner ces jeux. Mais pour ces raisons seulement. Je me suis rendu compte que les vieux proverbes sont exacts : on ne peut s'éloigner de sa vraie nature sans que le lien se rompe ou nous ramène en arrière. J'ai de la chance : j'ai été ramenée en arrière. J'avance à nouveau en fidélité avec moi-même, FitzChevalerie. C'est ce que vous percevez aujourd'hui.

– Je ne comprends pas. »

Elle sourit. « Ce n'est pas nécessaire. »

Elle se tut. La petite Romarin était allée s'asseoir auprès de l'âtre et elle avait pris son ardoise et sa craie pour s'occuper. Même cette distraction d'enfant était aujourd'hui nimbée de sérénité. Je revins à Kettricken et attendis qu'elle reprenne la parole ; mais elle resta simplement à me regarder d'un air méditatif.

Je finis par demander : « Que faisons-nous ?

– Rien », répondit Kettricken.

Je gardai donc le silence comme elle. Au bout d'un long moment, elle dit : « Notre ambition, les tâches que nous nous donnons, le cadre que nous nous efforçons d'imposer au monde, tout cela n'est que l'ombre d'un arbre projetée sur la neige. Elle change avec le soleil, disparaît la nuit, danse avec le vent et, quand la neige fond, elle gît déformée sur la terre inégale. Mais l'arbre continue d'exister. Comprenez-vous cela ? » Elle se pencha légèrement en avant pour me dévisager. Il y avait de la douceur dans ses yeux.

« Je crois », fis-je, embarrassé.

Elle me regarda d'un air presque apitoyé. « Vous comprendriez si vous cessiez de vouloir comprendre, si vous renonciez à vous inquiéter de savoir pourquoi c'est important pour moi, et essayiez simplement de voir ce que cette idée peut vous apporter dans votre vie. Mais je ne vous y oblige pas. Ici, je ne commande à personne. »

Elle redressa le buste d'un mouvement fluide qui faisait paraître sa roide posture naturelle et reposante. Et, à nouveau, assise en face de moi, elle ne fit rien. Mais je la sentis se déployer : je sentis sa vie m'effleurer, s'écouler autour de moi. C'était un contact des plus ténus, et si je n'avais pas eu l'expérience à la fois de l'Art et du Vif, je crois que je ne l'aurais pas perçu. Prudemment, aussi doucement que si je tâtais du pied un pont en toile d'araignée, je superposai mes sens aux siens.

Elle tendit son esprit. Pas comme je le faisais, vers un animal précis ou pour savoir quelles créatures sur trouvaient alentour ; dans son cas, l'expression que j'utilisais pour moi était impropre. Kettricken ne cherchait rien à l'aide de son Vif. C'était ce qu'elle avait dit, simplement être, mais être une partie du tout. Elle s'apaisait, contemplait toutes les façons qu'avait la toile de la toucher et elle était heureuse. C'était un état délicat et ténu et je m'en émerveillai. L'espace d'un instant, je me détendis moi aussi ; je respirai profondément et m'ouvris, le Vif béant. Je rejetai toute prudence, toute inquiétude que Burrich me perçoive. Je n'avais jamais rien fait de tel auparavant. Le contact de Kettricken était aussi léger qu'une gouttelette de rosée qui glisse sur un fil de toile d'araignée. J'avais l'impression d'une crue jusque-là retenue et qui, soudain libérée, se précipite pour remplir d'anciens canaux, déborde et envoie des doigts d'eau reconnaître les basses terres.

Allons chasser ! Le loup, tout joyeux.

Dans les écuries, Burrich cessa de curer un sabot pour se redresser, les sourcils froncés ; Suie se mit à taper du pied dans son box ; Molly haussa les épaules et rejeta les cheveux en arrière. En face de moi, Kettricken tressaillit et me regarda comme si j'avais dit quelque chose. L'instant suivant, j'étais pris, saisi de mille côtés, étiré, agrandi, éclairé impitoyablement. Je percevais tout, non seulement les humains et leurs allées et venues, mais le moindre pigeon en train de voleter parmi les gouttières, la moindre souris qui se faufilait subrepticement derrière les tonneaux de vin, chaque poussière de vie, qui n'était pas et n'avait jamais été poussière, mais toujours un point de croisement sur la toile d'araignée de la vie. *Rien n'est seul, rien n'est oublié, rien n'est dépourvu de sens, rien n'est insignifiant et rien n'a d'importance.* Quelque part, quelqu'un chanta, puis se tut. Un chœur s'enfla après ce solo, d'autres voix, lointaines et vagues, qui disaient : *Quoi ? Pardon ? On m'a appelé ? Vous êtes là ? Est-ce que je rêve ?* Elles me tiraillaient comme les mendiants saisissent les inconnus par la manche et je sentis soudain que, si je ne me retirais pas, j'allais me défaire entièrement comme un tricot. Je clignai les yeux, me barricadai en moi-même, puis j'inspirai.

Pas une seconde ne s'était écoulée. Un inspir, un battement de paupières. Kettricken me regardait d'un air interrogateur ; je fis semblant de ne pas m'en apercevoir. Je me grattai le nez, changeai de position sur le banc.

Je repris fermement mon sang-froid, puis je laissai passer quelques minutes avant de soupirer, puis de hausser les épaules en manière d'excuse. « Je ne comprends pas le but du jeu, je crois », fis-je.

J'avais réussi à l'agacer. « Ce n'est pas un jeu. Il n'est pas nécessaire de comprendre ni de “faire” quoi que ce soit. Il suffit de tout arrêter et d'être. »

Je feignis d'essayer à nouveau. Je restai sans bouger un moment, puis me mis à tripoter distraitement ma manchette jusqu'à ce que Kettricken me regarde. Alors, je baissai les yeux comme si j'étais confus. « La bougie sent très bon », dis-je.

Elle poussa un soupir et renonça. « La jeune fille qui les fabrique a une perception très fine des parfums ; elle parvient presque à recréer mes jardins et à m'entourer de leurs fragrances. Royal m'a apporté une fois un de ses cierges au chèvrefeuille, et je me fournis auprès d'elle depuis. Elle est servante au château et elle n'a ni le temps ni les moyens de produire beaucoup ; je m'estime donc privilégiée quand elle m'offre de ses bougies.

– Royal », répétai-je. Royal parlait à Molly ; Royal la connaissait suffisamment pour savoir qu'elle créait des bougies. Un mauvais pressentiment me tordit les tripes. « Ma reine, j'ai l'impression que je vous distrais de vos occupations. Ce n'est pas ce que je souhaite. Puis-je prendre congé, pour revenir quand vous aurez envie de compagnie ?

– Cet exercice n'exclut pas la compagnie, FitzChevalerie. » Elle me regarda d'un air triste. « Ne voulez-vous pas essayer encore une fois de lâcher prise ? L'espace d'un instant, j'ai cru… Non ? Dans ce cas, je ne vous retiens pas. » Il y avait du regret et de la solitude dans sa voix. Puis elle se redressa. Elle prit une inspiration, puis expira lentement ; à nouveau, je sentis sa conscience vibrer dans la toile d'araignée. Elle a le Vif, me dis-je. Modérément, mais elle l'a.

Je sortis sans faire de bruit. Je me demandai avec un soupçon d'amusement ce que penserait Burrich s'il était au courant. Ce qui m'amusait beaucoup moins, c'était de me rappeler qu'elle avait réagi quand j'avais tendu mon esprit. Je songeai à mes chasses nocturnes avec le loup : la reine allait-elle bientôt se plaindre de rêves étranges ?

Une certitude glacée m'envahit : j'allais être découvert. J'avais été trop négligent, trop longtemps. Burrich percevait quand je me servais du Vif ; et s'il n'était pas le seul ? On pourrait m'accuser de pratiquer la magie des Bêtes. Je bandai ma volonté et m'endurcis le cœur : demain, j'agirais.

11

LOUPS SOLITAIRES

Le fou constituera toujours un des grands mystères de Castelcerf. On peut presque affirmer que, de ce qu'on sait de lui, rien n'est assuré. Son origine, son âge, son sexe et sa race sont tous sujets à conjecture. Le plus étonnant est qu'un personnage public comme lui ait réussi à préserver une telle aura de secret : les questions concernant le fou seront toujours plus nombreuses que les réponses. A-t-il jamais réellement possédé des pouvoirs surnaturels de prescience et de magie, ou bien, tout simplement, son esprit vif et sa langue acérée prêtaient-ils à croire qu'il savait tout à l'avance ? S'il n'avait pas connaissance de l'avenir, il en donnait l'impression et, en jouant impassiblement les devins, il a ébranlé nombre d'entre nous qui l'ont ainsi aidé à façonner l'avenir selon ses vues.

⋆

Blanc sur blanc. Une oreille bougea et cet infime mouvement trahit l'ensemble.

Tu vois ? demandai-je.

Je sens.

Je vois. Je tournai les yeux vers la proie. Pas davantage ; ce fut suffisant.

Je vois ! Il bondit, le lapin s'enfuit et Loupiot fonça derrière lui. Le lapin filait avec légèreté sur la neige fraîche, tandis que Loupiot devait sans cesse sauter et patauger. Le lapin courait en faisant des crochets, contournait un arbre, puis un buisson, et finit par s'enfoncer dans des ronces. S'y terrait-il ? Loupiot renifla le fourré, mais la densité des épines l'obligea à reculer sa truffe sensible.

Il est parti, lui dis-je.

Tu es sûr ? Pourquoi ne m'as-tu pas aidé ?

Je ne peux pas pourchasser le gibier dans la neige fraîche. Je dois me mettre à l'affût et n'attaquer que lorsqu'un bond suffit.

Ah ! Compréhension. Réflexion. *Nous sommes deux. Nous devrions chasser en couple. Je débusque le gibier et je le rabats vers toi. Toi, tu te tiens prêt à sauter pour lui casser la nuque.*

Je secouai lentement la tête. *Tu dois apprendre à chasser seul, Loupiot. Je ne serai pas toujours à tes côtés, ni en personne ni en esprit.*

Un loup n'est pas fait pour chasser seul.

Peut-être ; mais c'est le cas de beaucoup. Et ce sera le tien. Mais je n'avais pas l'intention de commencer par un lapin. Viens.

Il me suivit, satisfait de me laisser commander. Nous avions quitté le château avant que l'aube hivernale ne grisaille l'horizon. A présent, le ciel était bleu, dégagé, clair et froid. La piste que nous empruntions n'était guère qu'un sillon dans la neige épaisse ; j'enfonçais jusqu'à mi-mollet à chaque pas. Autour de nous, la forêt était figée dans le calme de l'hiver, rompu seulement de temps en temps par l'envol précipité d'un oiseau ou le croassement lointain d'un corbeau. Les arbres clairsemés étaient jeunes pour la plupart, mais parfois apparaissait parmi eux un géant, survivant de l'incendie qui avait ravagé la colline. C'était un bon pâturage pour les chèvres en été, et c'étaient leurs petits sabots pointus qui avaient tracé la piste que nous suivions. Elle menait à une simple borie que jouxtaient un enclos et un abri en pierre à demi éboulés, le tout désaffecté en hiver.

Loupiot était enchanté quand j'étais venu le chercher ce matin-là ; il m'avait montré son chemin dérobé pour sortir sans se faire voir des gardes, par une porte à bestiaux condamnée. Un mouvement de terrain avait descellé les pierres et le mortier qui la fermaient et ouvert une brèche juste assez large pour lui permettre de se faufiler. La neige tassée m'avait indiqué qu'il l'empruntait fréquemment. Une fois hors des murailles, nous nous étions discrètement éloignés du château, telles des ombres dans l'obscure clarté des étoiles et de la lune sur la neige. Lorsque nous avions été à distance sûre de la Forteresse, Loupiot avait transformé notre expédition en exercice de chasse à l'approche. Il partait en avant, se tapissait dans un coin et bondissait sur moi pour me toucher de la patte ou me pincer le mollet avec ses crocs, puis s'enfuyait, décrivait un grand cercle et m'attaquait par-derrière. Je l'avais laissé jouer en me réjouissant de mes efforts qui me réchauffaient autant que de la joie simple et sans mélange de nos ébats. Mais toujours nous nous déplacions – j'y veillais – si bien que lorsque le soleil nous découvrit, nous nous trouvions à des milles de Castelcerf, dans une région peu fréquentée en hiver. C'est pur hasard si j'avais repéré le lapin blanc sur le fond de neige ; j'avais un gibier beaucoup plus modeste à l'esprit, pour sa première chasse en solitaire.

Pourquoi sommes-nous ici ? demanda Loupiot dès que la borie apparut.

Pour chasser, répondis-je simplement. Je m'arrêtai à quelque distance de l'humble édifice. Le petit loup se coucha à mes côtés, le ventre dans la neige, et attendit la suite. *Eh bien, vas-y*, lui dis-je. *Va chercher des traces de gibier.*

Oh, ça, c'est intéressant, comme chasse ! Renifler un antre d'homme pour trouver des rogatons ! Dédaigneux.

Pas des rogatons. Vas-y voir.

Il partit tout droit, puis obliqua vers la borie. Je l'observais. Nos chasses nocturnes en rêve lui en avaient appris beaucoup, mais je souhaitais maintenant qu'il se débrouille sans aucune aide de ma part. Je l'en savais capable. Je me doutais bien qu'en exiger la preuve n'était qu'une façon d'atermoyer encore, et je m'en faisais reproche.

Il restait sous le couvert des broussailles enneigées autant qu'il le pouvait ; il approcha prudemment de la borie, les oreilles dressées, le museau remuant. *Vieilles odeurs. Humains. Chèvres. Froides, mortes.* Il se figea un instant, puis fit un pas circonspect en avant. Ses mouvements étaient maintenant calculés et précis. Les oreilles pointées, la queue raide, il était totalement concentré. UNE SOURIS ! Un bond et il la tint. Il secoua la tête, il y eut un petit claquement et il envoya le petit animal voltiger en l'air. Il le rattrapa au vol. *Souris !* annonça-t-il avec une joie sauvage. Encore une fois, il projeta sa victime en l'air et la poursuivit en dansant sur ses pattes arrière. Il la rattrapa délicatement entre les incisives et la relança. J'irradiais la fierté et l'approbation. Quand il eut fini de jouer avec la souris, elle était réduite à un lambeau de fourrure rougeâtre. Il l'engloutit avec un claquement de mâchoires et revint auprès de moi à petits bonds.

Des souris ! Elles grouillent ici. Il y a leur odeur et leurs traces partout autour de la borie.

Je pensais bien qu'il y en aurait en abondance. Les bergers se plaignent de ce que le coin en est infesté et qu'elles gâtent leurs provisions en été. J'ai supposé qu'il y en aurait aussi en hiver.

Et elles sont drôlement grosses pour cette époque de l'année, acquiesça Loupiot, sur quoi il repartit d'un bond. Il chassa avec un enthousiasme frénétique, mais seulement tant que son appétit ne fut pas rassasié. Ensuite ce fut à mon tour de m'approcher de la borie. La neige s'était entassée contre la porte en bois délabrée, mais je l'ouvris en la poussant de l'épaule. L'intérieur était lugubre : de la neige avait traversé le toit en chaume et tracé des lignes blanches sur la terre glacée du sol. Il y avait une cheminée rudimentaire avec un crochet à bouilloire, et le mobilier se réduisait à un tabouret et un banc de bois. Il restait un fagot à côté de l'âtre et je m'en servis pour allumer du feu sur les pierres noircies ; je veillai à le maintenir bas, juste de quoi me réchauffer et dégeler le pain et la viande que j'avais emportés. Loupiot vint goûter mon repas, davantage pour le plaisir de partager que parce qu'il avait faim ; puis il explora sans hâte l'intérieur de la borie. *Plein de souris !*

Je sais. J'hésitai, puis me forçai à ajouter : *Tu ne mourras pas de faim, ici.*

Il releva brusquement le museau du coin qu'il reniflait. Il fit quelques pas vers moi, puis s'arrêta, les pattes raides. Ses yeux croisèrent les miens et ne les lâchèrent plus. Dans leur noirceur, il y avait les forêts sauvages. *Tu m'abandonnes ici.*

Oui. Il y a de quoi manger en abondance. Je reviendrai dans quelque temps pour m'assurer que tu vas bien. Tu seras bien ici, je pense. Tu apprendras à chasser tout seul ; d'abord des souris, et puis du gibier plus gros…

Tu me trahis. Tu trahis la meute.

Non. Nous ne sommes pas de la même meute. Je te libère, Loupiot. Nous devenons trop proches. Ce n'est bon ni pour toi ni pour moi. Je t'avais averti, il y a longtemps, que je ne me lierais pas. Nous n'avons rien à faire dans l'existence l'un de l'autre. Mieux vaut pour toi que tu t'en ailles, seul, pour être ce que tu dois être.

Ce que je dois être, c'est le membre d'une meute. Son regard ne me quittait pas. *Vas-tu me raconter qu'il y a des loups par ici, des loups qui accepteront un intrus sur leur territoire et me feront entrer dans leur meute ?*

Je dus détourner les yeux. *Non. Il n'y a pas de loups par ici. Il faudrait voyager bien des jours avant de trouver une région assez sauvage pour que des loups y vivent libres.*

Alors, que vais-je faire ici ?

Te nourrir. Etre libre. Vivre ta vie, indépendamment de la mienne.

Etre seul. Il découvrit ses crocs, puis se détourna brusquement. Il me contourna en faisant un grand cercle qui l'amena devant la porte. *Les hommes !* Mépris. *C'est vrai, tu n'as pas l'esprit de la meute, mais l'esprit des hommes.* Il s'arrêta dans l'encadrement pour me regarder. *Ce sont les hommes qui croient pouvoir gouverner la vie des autres sans avoir de liens avec eux. Tu t'imagines que tu peux décider seul si tu dois ou non te lier ? Mon cœur est à moi. Je le donne où je veux. Et je ne veux pas le donner à qui me repousse. Je n'obéis pas non plus à qui rejette la meute et le lien. Selon toi, je vais rester ici à renifler cet antre d'homme, à chasser les souris venues grappiller leurs rebuts, pour devenir comme elles, un animal qui vit des déchets des hommes ? Non. Si nous ne sommes pas de la même meute, nous n'avons rien en commun. Je ne te dois rien et surtout pas obéissance. Je ne resterai pas ici. Je vivrai comme je l'entends.*

Il y avait de la ruse dans ses pensées. Il voulait me cacher quelque chose, mais je devinai ce que c'était. *Fais ce que tu veux, Loupiot, sauf ceci : ne me suis pas à Castelcerf. Je te l'interdis.*

Tu me l'interdis ? Tu me l'interdis ? Autant interdire au vent de souffler sur ton antre de pierre ou à l'herbe de pousser autour. Tu en as le droit. Vas-y, interdis.

Avec un grognement dédaigneux, il détourna la tête. Je bandai ma volonté et m'adressai à lui une dernière fois. « Loupiot ! » dis-je de ma voix d'homme. Il me regarda, surpris. Ses petites oreilles s'abaissèrent et il s'apprêta à me montrer les crocs. Mais avant qu'il en ait eu le temps, je le *repoussai*. C'était un acte mental que j'avais toujours su pratiquer, aussi instinctivement que l'on sait retirer son doigt de la flamme ; c'était une force que j'utilisais rarement, car une fois Burrich l'avait retournée contre moi et depuis je m'en méfiais. Je n'exerçai pas une simple poussée, comme je l'avais fait lorsqu'il était dans sa cage : cette fois, j'y mis de la force et la répulsion mentale devint presque un choc physique. Loupiot fit un bond en arrière, puis resta sans bouger, les pattes écartées dans la neige, prêt à s'enfuir. Il avait l'air bouleversé.

« VA-T'EN ! » lui criai-je, avec des mots d'homme, une voix d'homme, et en même temps je le *repoussai* avec toute la puissance du Vif. Il se sauva, sans aucune grâce, en sautillant de travers dans la neige. Je me retins de le suivre en esprit pour m'assurer qu'il ne s'arrêtait pas : c'était fini. En le *repoussant*, j'avais rompu l'attache ; non seulement je m'étais retiré de lui, mais j'avais rejeté tous les liens qui pouvaient le raccrocher à moi. J'avais tout tranché. Et mieux valait qu'il en soit ainsi. Pourtant, les yeux fixés sur les buissons dans lesquels il avait disparu, je sentais un vide glacé, une irritation picotante qui signalait une absence, un manque. J'ai entendu des hommes parler ainsi d'un membre amputé : l'envie de toucher une partie de soi-même qui a disparu.

Je quittai la borie et pris le chemin du retour. Plus je marchais, plus j'avais mal. Pas physiquement, mais je n'ai pas de meilleure comparaison : j'avais l'impression qu'on m'avait arraché la peau et la chair. C'était pire que lorsque Burrich m'avait enlevé Fouinot, car c'est moi-même qui me l'étais infligé, cette fois-ci. L'après-midi déclinant me semblait encore plus froid que l'aube. J'essayais de me convaincre que je n'avais pas honte de moi : j'avais fait ce qui était nécessaire. Comme avec Virilia. Je chassai cette dernière pensée. Non : tout irait bien pour Loupiot, mieux que s'il était resté avec moi. Quelle vie aurait-ce été pour cette créature sauvage de toujours se cacher, toujours courir le risque d'être découverte, par les chiens du château, par des chasseurs ou par le premier promeneur venu ? Le loup souffrirait peut-être de la solitude, mais au moins il vivrait. Notre lien était coupé. J'avais l'insistante envie de tendre mon esprit alentour pour voir si j'arrivais encore à le sentir, s'il pouvait encore me contacter, mais j'y résistai de toutes mes forces et barrai mon esprit contre le sien aussi fermement que je le pus. C'était fini. Il ne me suivrait pas, après la poussée mentale que je lui avais donnée. Non. Je continuai de patauger dans la neige sans me retourner.

Si je n'avais pas été à ce point plongé dans mes pensées, si acharné à demeurer seul en moi-même, j'aurais peut-être perçu un avertissement. Mais j'en doute : le Vif n'était d'aucune utilité contre les forgisés. J'ignore s'ils me pourchassaient ou si j'étais simplement passé devant leur cachette, toujours est-il qu'un choc par-derrière m'envoya à plat ventre dans la neige. Tout d'abord, je crus qu'il s'agissait de Loupiot, revenu pour contester ma décision. Je boulai, puis me redressai alors qu'on me saisissait l'épaule. Des forgisés, trois hommes : un jeune, deux grands, l'un costaud. Mon esprit enregistra ces faits rapidement et les classa aussi nettement que s'il s'agissait d'un des exercices d'Umbre. Un des grands avait un poignard, les autres des bâtons. Visages rougis et gercés par le froid, barbes crasseuses, cheveux hirsutes. Des ecchymoses et des entailles à la face. Se battaient-ils entre eux, ou bien avaient-ils attaqué quelqu'un d'autre avant moi ?

Je me dégageai, puis reculai d'un bond en tâchant de mettre autant d'espace entre eux et moi que possible. J'avais un poignard à ma ceinture. La lame n'en était pas longue, mais c'est tout ce dont je disposais. Je n'avais pas pensé avoir besoin d'arme, ce jour-là : il n'y avait plus, croyais-je, de forgisés dans le voisinage de Castelcerf. Ils s'étaient mis à tourner autour de moi en me maintenant au centre de leur cercle. Ils me laissèrent dégainer sans réagir et sans paraître s'en inquiéter.

« Que voulez-vous ? Mon manteau ? » Je dégrafai la boucle et laissai tomber le vêtement. L'un des forgisés le suivit du regard, mais aucun ne se précipita dessus comme je l'espérais. Je me déplaçais, tournais en m'efforçant de les garder tous les trois à l'œil sans que l'un d'eux passe tout à fait derrière moi. Ce n'était pas facile. « Mes mitaines ? » Je les enlevai et les jetai vers le plus jeune. Il les laissa tomber à ses pieds sans bouger. Ils grognaient en même temps qu'ils se mouvaient d'un pas titubant et ne me quittaient pas des yeux. Aucun ne voulait attaquer le premier : j'avais un poignard et ma lame ne le raterait pas. Je fis un pas ou deux en direction d'une ouverture dans le cercle ; ils manœuvrèrent aussitôt pour me barrer le passage.

Je finis par rugir : « Mais que voulez-vous donc ? » Je pivotai sur moi-même en tentant de voir chacun d'eux et, l'espace d'un instant, mon regard croisa celui d'un de mes assaillants. Il s'y tapissait encore moins d'émotion que dans celui de Loupiot tout à l'heure : même pas de sauvagerie propre, rien que la détresse du malaise physique et l'envie. Je soutins son regard et il cilla.

« Viande. » Et il grogna comme si je lui avais arraché le mot de la gorge.

« Je n'ai pas de viande, rien à manger du tout. Vous n'obtiendrez rien de moi que des coups !

– Toi », dit un autre avec une parodie sifflante de rire. Un rire sans joie, sans chaleur. « Viande ! »

J'étais resté trop longtemps sans bouger, à regarder l'homme, car un autre m'attaqua soudain par-derrière. Il me coinça les bras contre les flancs et brusquement, épouvantablement, ses dents s'enfoncèrent dans ma chair à la jonction du cou et de l'épaule. Viande. Moi.

Une horreur au-delà de toute réflexion s'empara de moi et je me débattis, exactement comme la première fois où j'avais eu affaire aux forgisés, avec une brutalité et une sauvagerie qui valaient les leurs. J'avais pour seuls alliés les éléments, car ces hommes étaient ravagés par le froid et les privations. Ils avaient les mains gourdes et maladroites et, si nous étions tous animés de la même volonté frénétique de survivre, du moins la mienne était-elle récente et forte, tandis que la leur s'était érodée sous la violence de leur existence actuelle. J'abandonnai un morceau de chair dans la bouche de mon premier assaillant, mais je me libérai. Cela, je m'en souviens. La suite est loin d'être aussi claire, et je ne puis y mettre de l'ordre. Je brisai la lame de mon poignard entre les côtes du plus jeune. Je me rappelle un pouce qui s'enfonçait dans mon œil et le claquement qu'il fit quand je le déboîtai. Alors que j'étais empêtré avec l'un, un autre me frappa sur les épaules à coups de bâton jusqu'à ce que je parvienne à faire pivoter son acolyte pour qu'il prenne les coups à ma place. Je n'ai pas souvenir d'avoir ressenti de douleur sous cette bastonnade, et la morsure à mon cou n'était qu'un point chaud d'où coulait le sang. Je ne me sentais pas blessé, ni amoindri dans mon désir de tous les tuer. Je ne pouvais pas gagner ; ils étaient trop nombreux. Le jeune était couché dans la neige et crachait du sang, mais un autre m'étranglait tandis que le troisième s'efforçait de s'emparer de mon poignard à la fois enfoncé dans ma chair et coincé dans ma manche. Je frappais éperdument des pieds et des poings dans l'espoir futile d'infliger des dégâts, quels qu'ils soient, à mes adversaires, cependant que les bords du monde s'obscurcissaient et que le ciel commençait à tournoyer.

Frère !

Il arriva, les crocs dénudés, et tel un bélier se jeta de tout son poids dans la mêlée. Tout le monde s'écroula dans la neige et, sous l'impact, la prise sur ma gorge se desserra suffisamment pour me permettre d'aspirer un filet d'air. L'esprit éclairci, j'eus de nouveau le cœur à repousser douleur et blessure et à combattre. Je suis prêt à jurer m'être vu moi-même, le visage violacé, avec le sang rouge vif qui ruisselait de mon cou et dont l'odeur me rendait fou. Je découvris les dents. Puis Loupiot jeta celui qui me tenait à terre ; il l'attaqua avec une rapidité inaccessible à un humain, le griffa, le mordit, puis s'écarta juste avant que les mains de l'homme ne saisissent sa fourrure. Et il revint brusquement à l'assaut.

Je sais que je sentis les mâchoires de Loupiot se refermer sur la gorge. Je perçus la mort qui gargouillait entre mes propres mâchoires et le prompt jaillissement du sang qui m'éclaboussa le museau et me dégoulina sur les joues. Je secouai la tête, mes dents déchirèrent la chair et libérèrent la vie qui s'écoula sur les vêtements puants.

Puis il y eut un temps de néant.

Je me retrouvai assis dans la neige, adossé à un arbre. Loupiot était couché non loin de moi. Ses pattes avant étaient mouchetées de sang et il se les nettoyait à coups de langue soigneux et lents.

Je levai le bras à hauteur de ma bouche et m'essuyai avec ma manche. Le sang que j'en retirai n'était pas le mien. Je m'agenouillai brusquement pour cracher des poils de barbe, après quoi je vomis, mais même la bile acide ne parvint pas à couvrir le goût de la chair et du sang de ma victime. Je jetai un coup d'œil à son cadavre et détournai le regard. Il avait la gorge déchiquetée. Un affreux instant, je me rappelai l'avoir mâchée en sentant la raideur de ses tendons contre mes dents. Je fermai étroitement les paupières et restai totalement immobile.

Une truffe froide contre ma joue. Je battis des paupières. Il était assis à côté de moi et me dévisageait. *Loupiot.*

Œil-de-Nuit, me reprit-il. *Ma mère m'avait appelé Œil-de-Nuit. J'ai été le dernier de la portée à ouvrir les yeux.* Il renifla, puis éternua soudain. Il tourna la tête vers les hommes étendus autour de nous. Involontairement, je suivis son regard. J'avais poignardé le jeune, mais il était mort lentement. Quant aux deux autres…

J'ai tué plus vite, observa calmement Œil-de-Nuit. *Mais moi, je n'ai pas des dents de vache. Tu t'es bien débrouillé, pour quelqu'un de ta race.* Il se releva et s'ébroua. Des gouttes de sang, froides et chaudes, m'éclaboussèrent. Avec un hoquet d'horreur, je m'essuyai le visage, puis compris brusquement ce que cela signifiait.

Tu saignes.

Toi aussi. Quand il a retiré le poignard de ta plaie, il me l'a planté.

Laisse-moi regarder.

Pourquoi ?

La question resta suspendue entre nous dans l'air glacé. La nuit allait bientôt tomber. Au-dessus de nous, les branches étaient devenues noires sur le fond du ciel vespéral. Je n'avais pas besoin de lumière pour voir le loup. Je n'avais même pas besoin de le voir. A-t-on besoin de voir son oreille pour savoir qu'elle fait partie de soi ? Nier qu'Œil-de-Nuit faisait partie de moi était aussi vain que nier que ma chair m'appartenait.

Nous sommes frères. Nous sommes de la même meute, dis-je à contrecœur.

Vraiment ?

Je sentis un tâtonnement, un tiraillement pour attirer mon attention. Je me rappelai que j'avais déjà éprouvé cette sensation et que je l'avais refusée. Cette fois, je laissai faire. Je lui accordai tout mon esprit, toute ma vigilance. Œil-de-Nuit était là, fourrure, croc, muscle et griffe, et je ne l'esquivai pas. Je sus le coup de poignard qu'il avait reçu à l'épaule et je perçus que la lame était passée entre deux gros muscles. Il tenait sa patte repliée contre son poitrail. J'hésitai, puis le sentis blessé de mon hésitation. Aussi, sans attendre davantage, je tendis mon esprit vers lui comme il l'avait fait vers moi. *La confiance n'est confiance qu'absolue.* Nous étions si proches que j'ignore lequel d'entre nous émit cette pensée. L'espace d'un instant, j'eus doublement conscience du monde alors que les perceptions d'Œil-de-Nuit se superposaient aux miennes ; les odeurs et les sons qu'il captait m'avertirent que des renards s'approchaient déjà discrètement des cadavres, et ses yeux n'avaient aucun mal à percer la pénombre grandissante. Puis cette dualité disparut, ses sens devinrent les miens, les miens les siens. Nous étions liés.

Le froid s'appesantissait sur la terre et dans mes membres. Nous retrouvâmes mon manteau, encroûté de neige, et je le secouai avant de l'endosser. Je ne l'agrafai pas, mais au contraire le laissai largement bâiller à l'endroit de ma morsure, et je réussis à enfiler mes mitaines malgré mon bras blessé. « En route, dis-je à mi-voix. Une fois à la maison, je m'occuperai de nettoyer et de panser nos plaies. Mais d'abord, il faut y arriver et nous réchauffer. »

Je sentis son assentiment. Il se mit à marcher à côté de moi et non plus derrière. Il leva une fois le museau pour renifler l'air frais. Un vent froid s'était levé ; la neige commençait à tomber. C'était tout. Son flair m'apportait la certitude que je n'avais plus à craindre de nouveaux forgisés. L'air était propre, à part la puanteur de ceux que nous laissions derrière nous, et même cette odeur-là se dissipait, se transformait en effluves de charogne qui se mêlait à ceux des renards.

Tu te trompais, observa-t-il. *Seuls, nous ne chassons bien ni l'un ni l'autre.* Amusement railleur. *Mais tu trouves peut-être que tu te débrouillais bien avant que j'arrive ?*

« Un loup n'est pas fait pour chasser seul », répondis-je en essayant de conserver un air digne.

Il me regarda et laissa pendre sa langue. *N'aie pas peur, petit frère. Je suis là.*

Nous marchions sur la neige craquante, entre les arbres noirs comme la nuit. *Nous sommes bientôt arrivés chez nous,* me dit-il. Je sentis sa force se mêler à la mienne et, clopin-clopant, nous poursuivîmes notre chemin.

★

Il était presque midi quand je me présentai à la porte de la salle des cartes de Vérité. Mon avant-bras, étroitement bandé, était caché dans une manche volumineuse. La blessure elle-même n'avait rien de grave, mais elle était douloureuse. Quant à la morsure à la base de mon cou, elle était plus difficile à dissimuler ; il manquait carrément de la chair à cet endroit et le sang avait coulé en abondance. Quand j'avais regardé la plaie la veille à l'aide d'un miroir, j'avais failli vomir. En la nettoyant, je l'avais refait saigner : il me manquait un bout de moi-même. Et si Œil-de-Nuit n'était pas intervenu, d'autres bouchées auraient suivi la première. Je ne puis dire à quel point cette pensée me révulsait. J'avais réussi à panser la blessure tant bien que mal, puis j'avais remonté le col de ma chemise pour camoufler les bandages. Le tissu frottait douloureusement contre la plaie, mais au moins on ne la voyait pas. Empli d'appréhension, je frappai à la porte et elle s'ouvrit alors que je m'éclaircissais la gorge.

Charim m'apprit que Vérité n'était pas là. Il y avait du souci dans son regard ; je m'efforçai de ne pas le partager. « Il ne peut pas laisser les charpentiers travailler seuls sur les bateaux, hein ? »

Charim secoua la tête. « Non. Il est dans sa tour. » Sur ces paroles laconiques, il referma lentement la porte.

C'était vrai, Kettricken m'en avait déjà parlé, mais j'avais essayé d'oublier cette partie de notre conversation. L'inquiétude s'infiltra en moi tandis que je me dirigeais vers l'escalier de la tour. Vérité n'avait aucun motif d'aller là-haut ; c'était de là qu'il artisait en été, lorsque le temps était beau et que les Pirates rouges harcelaient nos côtes. Il n'avait pas de raison de s'y trouver en hiver, surtout avec le vent et la neige qu'il faisait aujourd'hui. Aucune, sinon l'effrayante séduction de l'Art lui-même.

J'avais éprouvé cette attirance, me rappelai-je en serrant les dents pour entamer la longue montée des marches. J'avais connu un moment le plaisir délectable de l'Art. Comme le souvenir sensible d'une douleur d'autrefois, les paroles de Galen, le maître d'Art, me revinrent : « Si vous êtes faibles, nous avait-il dit d'un ton menaçant, si vous manquez de vigilance et de discipline, si vous vous écoutez, si vous êtes enclins à la sensualité, vous ne maîtriserez pas l'Art. C'est l'Art qui vous dominera. Pratiquez le refus de toutes les jouissances pour vous-mêmes ; chassez toutes les faiblesses qui vous tentent.

Alors, quand vous serez pareils à de l'acier, peut-être serez-vous prêts à affronter la fascination de l'Art et à vous en détourner. Si vous y cédez, vous deviendrez des nourrissons dans des corps d'adultes, décervelés et bavants. » Et il avait entrepris de nous former, à coups de privations et de punitions qui confinaient à la folie. Pourtant, quand j'avais rencontré la joie de l'Art, je n'y avais pas vu le plaisir sordide que décrivait Galen ; j'avais senti mon sang se mettre à parcourir impétueusement mes veines et mon cœur tonner comme parfois lorsque j'écoutais de la musique ou que j'apercevais le plumage vif d'un faisan dans un bois en automne, ou même que j'arrivais à faire accomplir un saut parfait à un cheval, bref, quand je vivais cet instant où tout trouve son équilibre et fonctionne aussi harmonieusement qu'un vol d'oiseaux qui virent tous ensemble dans le ciel. L'Art donnait cela, et pas seulement l'espace d'un instant. Cette sensation durait autant qu'un homme pouvait l'entretenir, et elle devenait plus forte et plus pure à mesure que l'on affinait son talent pour l'Art. C'est du moins ce que je croyais. Mes talents personnels pour l'Art avaient été irréversiblement saccagés durant un combat de volontés avec Galen. Les murailles mentales que j'avais alors érigées pour me protéger étaient telles qu'un artiseur aussi puissant que Vérité ne parvenait pas toujours à me contacter. Ma propre capacité à artiser était devenue erratique, aussi inconstante qu'un cheval craintif.

Je m'arrêtai en haut des marches, devant la porte. J'inspirai profondément puis relâchai lentement ma respiration en m'efforçant de chasser mes idées noires. Tout cela était fini, cette époque était révolue. Inutile de crier à l'injustice. Selon ma vieille habitude, j'entrai sans frapper afin de ne pas gêner la concentration de Vérité.

Il n'aurait pas dû le faire, mais il était en train d'artiser. Les volets étaient ouverts et il était accoudé sur l'appui-fenêtre. Le vent et la neige entraient en tourbillonnant dans la pièce et mouchetaient de blanc ses cheveux noirs, sa chemise et son pourpoint bleu sombre. Il respirait à longs coups réguliers, selon un rythme à mi-chemin entre le sommeil profond et le souffle du coureur après l'effort. Il ne paraissait pas s'être rendu compte de ma présence. « Prince Vérité ? » fis-je à mi-voix.

Il se retourna vers moi et son regard fut comme chaleur, comme lumière, comme vent sur mon visage. Il m'artisa avec une telle puissance que je me sentis projeté hors de moi-même ; son esprit possédait le mien si complètement qu'il n'y restait plus de place pour y être moi-même. Un instant, je me noyai en Vérité, puis il disparut, se retira si vite que je trébuchai et suffoquai comme un poisson abandonné par une vague. Un pas et il fut auprès de moi, me prit par le coude et m'affermit sur mes pieds.

« Pardon, dit-il. Je ne t'attendais pas ; tu m'as surpris.

– C'est moi qui aurais dû frapper, mon prince, répondis-je, et, d'un bref hochement de tête, je lui indiquai que je pouvais tenir seul sur mes jambes. Qu'y a-t-il donc au-dehors pour que vous guettiez si ardemment ? »

Il détourna les yeux. « Pas grand-chose. Une bande de garçons sur la falaise qui observent un troupeau de baleines en train de s'amuser. Deux de nos bateaux sortis à la pêche au flétan, malgré le temps, bien que ce ne soit pas une partie de plaisir.

– Vous n'êtes donc pas à l'affût d'Outrîliens...

– Il n'y en a jamais par ici, à cette époque de l'année. Mais je veille quand même. » Il baissa les yeux sur mon bras, celui qu'il venait de lâcher, et changea de sujet. « Que t'est-il arrivé ?

– C'est ce qui m'amène chez vous. J'ai été attaqué par des forgisés, sur le versant de la crête, là où on fait bonne chasse de poules d'épinette. Près de l'enclos des chevriers. »

Il hocha sèchement la tête en fronçant ses sourcils noirs. « Je connais le coin. Combien étaient-ils ? Décris-les-moi. »

Je lui fis un rapide portrait de mes assaillants et il hocha de nouveau la tête sans paraître surpris. « Un rapport m'est parvenu sur eux il y a quatre jours. Ils n'auraient pas dû se trouver si tôt aussi près de Castelcerf ; à moins de se déplacer sans arrêt tous les jours dans notre direction. Sont-ils morts ?

– Oui. Vous étiez au courant de leur présence ? » J'étais épouvanté. « Je croyais que nous les avions tous éliminés.

– Nous avons éliminé ceux qui se trouvaient alors dans la région. Il y en a d'autres qui viennent vers nous. Je les suis grâce aux rapports, mais je ne pensais pas qu'ils seraient si vite à nos portes. »

Je fis un effort et parvins à maîtriser ma voix. « Mon prince, pourquoi nous contenter de les suivre ? Pourquoi ne pas... régler le problème ? »

Avec un petit bruit de gorge, Vérité se tourna vers la fenêtre. « Parfois, il faut attendre que l'ennemi ait achevé un mouvement, afin de découvrir toute sa stratégie. Tu comprends ?

– Les forgisés auraient une stratégie ? Ça m'étonnerait, mon prince. Ils étaient...

– Fais-moi ton rapport complet », m'ordonna Vérité sans me regarder. J'hésitai un instant, puis me lançai dans le récit complet de mon aventure. Arrivée à la scène de la bataille, ma narration se fit quelque peu incohérente et j'abrégeai : « Mais j'ai réussi à me dégager, et tous les trois sont morts. »

Il ne détourna pas le regard de la mer. « Tu devrais éviter les bagarres, FitzChevalerie. Tu n'en sors jamais indemne.

– Je sais, mon prince, reconnus-je humblement. Hod a fait ce qu'elle a pu avec moi…

– Mais tu n'as pas été vraiment formé à te battre. Tu as d'autres talents, et c'est d'eux que tu devrais te servir pour te défendre. Oh, tu es bon bretteur ; mais tu n'as ni la carrure ni le poids pour faire un bon bagarreur. Pas encore, en tout cas. Et pourtant, c'est toujours ça que tu utilises en cas de coup dur.

– Je n'ai pas eu le choix des armes, répliquai-je avec un peu d'agacement, avant d'ajouter : Mon prince.

– Non. Tu ne l'as pas. » Il semblait s'adresser à moi de très loin. Une légère tension dans l'air m'avertit qu'il artisait en même temps. « Pourtant, je regrette, mais je dois te renvoyer en mission. Peut-être as-tu raison et sommes-nous restés trop longtemps simples spectateurs. Les forgisés convergent sur Castelcerf. Je ne m'explique pas pourquoi, mais peut-être est-il moins important de le comprendre que de les empêcher d'atteindre leur but. Tu vas une fois de plus t'atteler à régler ce problème, Fitz. Et cette fois, peut-être, je parviendrai à empêcher ma dame de s'en mêler. Il paraît qu'aujourd'hui, lorsqu'elle souhaite monter, elle a une garde personnelle pour l'escorter ?

– C'est exact, messire », répondis-je en me maudissant de ne pas lui avoir parlé plus tôt de cette histoire de garde de la reine.

Il se retourna et me regarda sans ciller. « Selon la rumeur qui m'est parvenue, c'est toi qui aurais autorisé la création de cette garde. Loin de moi l'idée de te dépouiller de ta gloire, mais quand j'ai appris cela, j'ai laissé entendre que tu avais agi sur ma demande. Ce qui, j'imagine, était le cas. Très indirectement.

– Mon prince… fis-je, et j'eus le bon sens de me taire.

– Bien ; si elle doit absolument monter, au moins est-elle accompagnée, dorénavant. Mais je préférerais, et de loin, qu'elle n'ait plus jamais affaire aux forgisés. Si seulement je pouvais trouver quelque chose pour l'occuper ! ajouta-t-il d'un ton las.

– Le jardin de la reine », dis-je en me rappelant la description qu'en avait faite Patience.

Vérité me jeta un coup d'œil interrogateur.

« Les anciens jardins au sommet de la tour, expliquai-je. Il y a des années qu'ils sont à l'abandon. J'ai vu ce qu'il en restait, avant que Galen ne nous ordonne de finir de les raser afin de faire de la place pour ses leçons d'Art. Ce devait être un endroit charmant, autrefois, avec des bacs de verdure, des statues, des plantes grimpantes... »

Vérité sourit pour lui-même. « ... Et des bassins, avec des lis d'eau, des poissons et même de toutes petites grenouilles. Les oiseaux y venaient souvent en été pour boire et s'asperger d'eau. Chevalerie et moi y montions tout le temps pour jouer. Elle avait fait suspendre à des fils de petits charmes en verre et en métal brillant ; et quand le vent les faisait bouger, ils tintaient les uns contre les autres ou reflétaient le soleil comme des diamants. » Son évocation de ces jardins d'une époque révolue m'émouvait. « Ma mère avait une petite chatte de chasse qui faisait la sieste sur la pierre chaude lorsque le soleil donnait. Crachefeule ; c'est comme ça qu'elle s'appelait. La robe tachetée et une touffe de poils au bout des oreilles. Nous la faisions jouer avec des ficelles et des plumes et elle nous guettait entre les pots de fleurs pour nous attaquer à notre passage. Pendant ce temps-là, nous étions censés réviser nos tablettes sur les simples. Je n'ai jamais réussi à les apprendre correctement. Il y avait trop de distractions là-haut. Sauf le thym : je connaissais toutes les espèces de thym que ma mère faisait pousser. Elle en cultivait beaucoup. Et aussi de l'herbe aux chats. » Il souriait.

« Kettricken serait aux anges là-haut, lui dis-je. Elle jardinait beaucoup, dans les Montagnes.

– Ah bon ? » Il paraissait surpris. « Je l'aurais crue occupée à des passe-temps plus... physiques. »

J'éprouvai un agacement fugitif. Non, plus que cela. Comment se pouvait-il que j'en sache davantage sur son épouse que lui-même ? « Elle avait des jardins, dis-je d'un ton calme, avec de nombreux simples, et elle connaissait l'usage de tous ceux qui y poussaient. Je vous l'ai moi-même signalé.

– Oui, sûrement. » Il soupira. « Tu as raison, Fitz. Va la voir de ma part et parle-lui du jardin de la reine. C'est l'hiver et elle ne pourra sans doute rien en faire pour le moment. Mais le printemps venu, ce serait merveille de le voir remis en état...

– Peut-être que vous-même, mon prince... hasardai-je, mais il secoua la tête.

– Je n'ai pas le temps. Mais je m'en remets à toi. Et maintenant, descendons à la chambre aux cartes. Il y a des choses dont je veux discuter avec toi. »

Je me dirigeai aussitôt vers la porte, et Vérité me suivit plus lentement. Je lui tins la porte et, sur le seuil, il s'arrêta et regarda la fenêtre ouverte par-dessus son épaule. « Ça m'appelle, avoua-t-il calmement, simplement, comme il m'aurait dit qu'il aimait les pruneaux. Ça m'appelle dès que je ne fais rien. C'est pourquoi je dois m'occuper, Fitz. Et à l'excès.

– Je vois, répondis-je, sans être très sûr que c'était vrai.

– Non, tu ne vois pas. » Vérité parlait d'un ton de parfaite certitude. « C'est comme une grande solitude, mon garçon. Je puis toucher les autres avec mon esprit, certains très facilement ; mais personne ne me contacte en retour. Quand Chevalerie était vivant… Il me manque encore, mon garçon. Parfois, c'est en pensant à lui que je me sens le plus seul ; c'est comme si j'étais l'unique créature de mon espèce dans le monde. Comme si j'étais le dernier des loups, obligé de chasser seul. »

Un frisson glacé me parcourut l'échine. « Et le roi Subtil ? » demandai-je, non sans audace.

Il secoua la tête. « Il n'artise plus que rarement, aujourd'hui. Il n'en a plus guère la force et ça l'épuise physiquement et mentalement. » Nous descendîmes quelques marches. « A présent, toi et moi sommes les seuls à être au courant de cela », ajouta-t-il à mi-voix. J'acquiesçai.

Nous suivîmes lentement les degrés. « Le guérisseur t'a-t-il examiné le bras ? »

Je fis non de la tête.

« Ni Burrich », ajouta-t-il.

C'était une affirmation, qu'il savait vraie.

Je secouai encore la tête. Les marques des crocs d'Œil-de-Nuit étaient trop visibles sur ma peau, bien qu'il me les ait faites en jouant. Je ne pouvais montrer à Burrich les blessures que m'avaient faites les forgisés sans trahir du même coup l'existence de mon loup.

Vérité soupira. « Bon… Nettoie bien la plaie ; je suppose que tu sais garder une blessure propre aussi bien que n'importe qui. La prochaine fois que tu sors, pense à ce qui t'est arrivé et ne t'en va pas les mains vides. Jamais. Il n'y aura pas toujours quelqu'un pour t'aider. »

Je m'arrêtai au milieu des marches et Vérité continua de descendre. J'inspirai profondément. « Vérité, fis-je entre haut et bas, que savez-vous exactement ? A propos de… de ce qui m'est arrivé ?

– Moins que tu n'en sais, répondit-il d'un ton enjoué, mais plus que tu ne le crois.

– On croirait entendre le fou, dis-je d'un ton rancunier.

– Oui, quelquefois. En voilà un autre qui a une grande connaissance de la solitude et des extrémités auxquelles elle peut pousser un homme. » Il reprit son souffle et je crus qu'il allait m'avouer qu'il connaissait ma vraie nature, sans pour autant m'en condamner. Mais non : « Il me semble que tu t'es accroché avec lui, il y a quelques jours. »

Je le suivis en silence et me demandai comment il pouvait en savoir si long sur tant de sujets. Grâce à l'Art, bien sûr. Il me précéda dans son cabinet. Comme toujours, Charim nous y attendait ; des plats étaient disposés sur la table, accompagnés de vin chaud. Vérité s'y attaqua de bon cœur ; pour ma part, je m'assis en face de lui et le regardai manger. Je n'avais guère faim, mais mon appétit s'aiguisa au spectacle de son bonheur devant ce repas simple et robuste. En ceci, c'était toujours un soldat, songeai-je : il prenait ce petit plaisir, cette bonne nourriture bien présentée, quand il avait faim, et la savourait sans arrière-pensée. Je tirai grande satisfaction de lui voir tant d'appétit et de vitalité, et me demandai ce qu'il en serait l'été suivant, lorsqu'il devrait artiser chaque jour des heures durant pour guetter les Pirates au large de nos côtes et leur tendre des pièges mentaux afin de les égarer tout en donnant l'alerte à nos compatriotes. Je me rappelai Vérité l'année passée à l'époque des moissons : décharné, le visage creusé de rides, sans même l'énergie nécessaire pour avaler quoi que ce soit, sauf les stimulants qu'Umbre mettait dans son thé. Toute sa vie se concentrait dans les heures qu'il passait à artiser. L'été venu, sa faim de l'Art supplanterait tous ses autres appétits. Comment Kettricken y réagirait-elle ?

Quand nous eûmes mangé, nous étudiâmes les cartes. Il n'était plus possible de se tromper sur la trame qui en émergeait : nonobstant les obstacles, forêts, rivières ou plaines gelées, les forgisés convergeaient sur Castelcerf. Je n'y comprenais rien. Ceux que j'avais rencontrés semblaient pratiquement dépourvus de raison, et j'avais du mal à croire qu'ils puissent concevoir de traverser le pays, avec toutes les difficultés que cela impliquait, simplement pour venir à Castelcerf. « Et vos documents indiquent le même comportement chez tous les forgisés. Tous ceux que vous avez identifiés paraissent se diriger vers Castelcerf.

– Et pourtant tu rechignes à y voir un plan coordonné ? me demanda Vérité.

– J'ai surtout du mal à voir comment ils pourraient avoir un plan tout court. Comment se sont-ils contactés entre eux ? Et, apparemment, il ne s'agit pas d'un effort concerté : ils ne s'assemblent pas en bandes pour voyager. On dirait que chacun de son côté se dirige vers nous et que, si certains se trouvent ensemble, c'est par pur accident.

– Comme des papillons attirés par la flamme d'une bougie, observa Vérité.

– Ou des mouches par une charogne, renchéris-je sombrement.

– Fascination pour les uns, faim pour les autres, dit Vérité d'un air rêveur. J'aimerais savoir lequel de ces motifs attire les forgisés vers moi. Peut-être un troisième sans aucun rapport.

– Pourquoi avez-vous besoin de connaître leur motif ? Vous croyez-vous leur cible ?

– Je n'en sais rien. Mais si je le découvre, peut-être comprendrai-je alors mon adversaire. Ce n'est pas par hasard que tous les forgisés font route vers Castelcerf ; c'est une attaque dirigée contre moi, je pense, Fitz. Ce n'est peut-être pas de leur propre volonté, mais ils m'attaquent bel et bien. Il faut que je sache pourquoi.

– Pour les comprendre, il faut devenir comme eux.

– Ah ? » Il sourit sans guère de joie. « Qui parle comme le fou, à présent ? »

Sa question me mit mal à l'aise et je la laissai passer. « Mon prince, quand le fou s'est moqué de moi l'autre jour… » J'hésitai, car le souvenir de cet épisode était encore cuisant. J'avais toujours pris le fou pour un ami. Cependant, je m'efforçai de refouler mon humiliation. « Il m'a donné des idées. Sous couvert de me taquiner, naturellement. Il a dit, si j'ai bien décrypté ses devinettes, que je devais chercher d'autres artiseurs, des hommes et des femmes de la génération de votre père formés par Sollicité avant l'accession de Galen au titre de maître d'Art. Et il semblait aussi me conseiller d'en apprendre plus long sur les Anciens. Comment les appelle-t-on ? Que peuvent-ils faire ? Que sont-ils ? »

Vérité s'adossa dans son fauteuil et joignit les mains sur sa poitrine. « Chacune de ces recherches suffirait à occuper une dizaine d'hommes. Et cependant, aucune ne satisferait un seul d'entre eux, car les réponses sont rares. A la première, oui, il devrait encore se trouver des artiseurs parmi nous, des gens plus âgés même que mon père, formés pour les guerres d'autrefois contre les Outrîliens. Ceux qui avaient suivi cet enseignement ne le criaient sûrement pas sur les toits : la formation se faisait de façon discrète et il se pouvait fort bien que les membres d'un clan ne connaissent guère d'artiseurs en dehors de leur cercle. Néanmoins, il devait y avoir des archives sur ce sujet ; je suis certain qu'il en a existé à une certaine période. Mais ce qu'elles sont devenues, nul ne peut le dire. J'imagine que Sollicité a dû les transmettre à Galen. Mais on n'a rien trouvé dans sa chambre ni dans ses affaires après… après sa mort. »

Il se tut. Nous savions l'un et l'autre comment Galen était mort, nous y avions même assisté tous les deux, en un sens, cependant nous n'en avions jamais beaucoup parlé. Galen avait péri en traître, alors qu'il essayait, en se servant de l'Art, de vider Vérité de son énergie et de le tuer ; mais le prince avait emprunté ma force pour aspirer celle de Galen et le saigner à blanc. C'était un souvenir que nous n'aimions guère à évoquer ; pourtant, sans laisser percer la moindre émotion dans ma voix, je me risquai à demander :

« Pensez-vous que Royal saurait où se trouvent ces archives ?

– S'il le sait, il n'en a rien dit. » Le ton de Vérité, aussi monocorde que le mien, indiqua clairement que le sujet était clos. « Mais j'ai toutefois réussi à retrouver quelques artiseurs. Leurs noms, du moins, car, dans tous les cas, ils étaient morts ou impossibles à localiser.

– Hum. » Je me souvins qu'Umbre m'en avait déjà touché un mot. « Comment avez-vous découvert leurs noms ?

– Mon père s'en rappelait certains, ceux des membres du dernier clan qui servait le roi Bonté ; j'en avais gardé d'autres en mémoire, vaguement, du temps de ma petite enfance. Et j'en ai obtenu quelques-uns en bavardant avec de très vieux habitants du château ; je leur avais demandé d'évoquer les rumeurs d'autrefois sur ceux dont on disait qu'ils apprenaient l'Art. Naturellement, j'ai employé une formulation moins directe : je ne tenais pas, et je ne tiens toujours pas, à ébruiter mes recherches.

– Puis-je vous demander pourquoi ? »

Il fronça les sourcils et indiqua ses cartes d'un mouvement de la tête. « Je ne suis pas aussi doué que ton père l'était, mon garçon. Chevalerie parvenait aux bonnes conclusions grâce à des raccourcis intuitifs qui paraissaient tenir de la magie, moi, je mets au jour des trames, des schémas. Crois-tu vraisemblable que, chaque fois que je trouve un artiseur, il soit mort ou disparu ? J'ai l'impression que chaque fois que j'en découvre un et que son nom est connu comme celui d'un artiseur, sa santé s'en ressent. »

Nous restâmes un moment silencieux : Vérité me laissait tirer mes propres conclusions, et j'eus le bon sens de ne pas les exprimer à haute voix. « Et les Anciens ? demandai-je enfin.

– C'est une énigme d'un autre genre. A l'époque où remontent les documents que nous avons sur eux, les Anciens étaient monnaie courante ; c'est ce que je suppose. Tu aurais le même problème si tu te mettais en quête d'un manuscrit expliquant précisément ce qu'est un cheval : tu en trouverais d'innombrables mentions, dont quelques-unes sur l'art de ferrer ou sur le pedigree de tel ou tel étalon. Mais qui parmi nous verrait l'intérêt de consacrer son temps et son énergie à décrire un cheval sous toutes ses coutures ?

– Je vois.

– Par conséquent, là encore, il faut passer tous les détails au crible ; et je n'ai pas le temps de m'attaquer à cette tâche. » Un instant, il me dévisagea ; puis il ouvrit un coffret en pierre posé sur son bureau et en tira une clé. « Il y a une petite armoire dans ma chambre, dit-il d'une voix lente. J'y ai réuni tous les manuscrits que j'ai pu trouver où l'on parlait, même fugitivement, des Anciens. Il y en a d'autres sur l'Art ; tu as la permission de les consulter. Demande du bon papier à Geairepu et note tout ce que tu découvriras. Cherche des schémas, des relations dans tes notes et apporte-les-moi, disons tous les mois. »

Je pris la petite clé de bronze. Elle était étrangement pesante, comme alourdie par la mission que m'avait suggérée le fou et que Vérité venait de confirmer. Cherche des relations, m'avait ordonné Vérité ; j'en voyais soudain une, comme une toile d'araignée qui partait de moi, allait s'attacher au fou puis à Vérité, avant de revenir à moi. Comme les schémas découverts par le prince, celui-ci ne paraissait pas accidentel. Je me demandai qui en était le pivot. Je jetai un coup d'œil à Vérité, mais ses pensées l'avaient emmené au loin. Je me levai sans bruit pour sortir.

Comme je touchais la poignée de la porte, il me dit : « Viens me voir demain, très tôt. Dans ma tour.

– Messire ?

– Nous arriverons peut-être à découvrir un autre artiseur, qui vit incognito parmi nous. »

12

MISSIONS

L'aspect de notre guerre contre les Pirates rouges qui nous fit peut-être le plus de mal était le sentiment écrasant de notre impuissance. On eût dit qu'une effrayante paralysie s'était emparée du pays et de ses dirigeants. Les tactiques des Pirates étaient si incompréhensibles que, la première année, nous restâmes sans réagir, comme frappés de stupeur. La seconde année, nous tentâmes de nous défendre ; mais notre expérience militaire était rouillée, ayant trop longtemps servi seulement contre des pillards occasionnels qui n'avaient embrassé la carrière que par hasard ou poussés par la misère. Face à des Pirates organisés qui avaient étudié nos côtes, la position de nos tours de guet, nos marées et nos courants, nous n'étions que des enfants. Seul l'Art du prince Vérité nous assurait quelque protection. Combien de navires il a détournés, combien de navigateurs il a égarés, à combien de pilotes il a embrouillé l'esprit, nous n'en saurons jamais rien. Et comme le peuple était incapable de comprendre ce que son prince faisait pour lui, on avait l'impression que les Loinvoyant restaient les bras croisés ; on ne voyait que les attaques réussies des Pirates, jamais leurs bateaux drossés sur les récifs ou fourvoyés au sud durant une tempête. Et l'on perdit courage. Les duchés de l'Intérieur renâclaient à payer des taxes destinées à protéger des côtes situées en dehors de leur territoire, et les duchés Côtiers ployaient sous des impôts qui ne changeaient apparemment rien à leur sort. Aussi l'enthousiasme populaire que soulevaient les navires de guerre de Vérité était-il fort changeant car il allait et venait au gré de l'estime que le peuple portait au prince, ce qu'on ne peut lui reprocher. Cet hiver-là me parut le plus long de mon existence.

*

Du cabinet de Vérité, je me rendis aux appartements de Kettricken. Je frappai à la porte et la même petite fille que d'habitude m'ouvrit ; avec son visage rieur et ses cheveux sombres et bouclés, Romarin m'évoquait une fée des étangs. Il régnait une atmosphère en demi-teinte dans la pièce où j'entrai ; plusieurs dames de compagnie de Kettricken s'y trouvaient, assises sur des tabourets autour d'un cadre tendu d'un tissu de lin blanc. Elles en brodaient les bords de fleurs et de feuillages de couleurs vives. J'avais assisté à des séances similaires chez maîtresse Pressée ; en général, c'était une activité gaie où l'on papotait amicalement tandis que les aiguilles couraient en tirant leur queue multicolore au-dessus et en dessous de la toile épaisse. Mais ici, c'était le silence presque absolu. Les femmes travaillaient la tête penchée, diligemment, avec habileté, mais sans bavardage enjoué. Des chandelles parfumées roses et vertes brûlaient à chaque angle de la pièce et leurs fragrances subtiles se mêlaient autour du tissu.

Kettricken présidait la tâche et ses mains n'étaient pas les moins actives. Elle semblait être la source du mutisme général : son visage était composé, voire serein, pourtant elle était si renfermée sur elle-même que j'avais l'impression de voir des murailles dressées autour d'elle. Elle avait une expression aimable, de la douceur dans les yeux, mais je la sentais ailleurs. Elle m'évoquait un lac d'eau fraîche et immobile. Elle était vêtue avec simplicité d'une longue robe verte, plus proche de la mode des Montagnes que de celle de Castelcerf, et n'arborait pas le moindre bijou. A mon entrée, elle leva les yeux et me sourit d'un air interrogateur. J'eus le sentiment d'être un intrus, d'interrompre le cours d'un maître à ses élèves. Du coup, au lieu de la saluer simplement, je m'efforçai de justifier ma présence et dis d'un ton formel, conscient de toutes les femmes qui me regardaient :

« Reine Kettricken, le roi-servant Vérité m'a prié de vous apporter un message. »

Il y eut comme un vacillement dans les yeux de la reine, puis cela disparut. « Oui », fit-elle d'une voix neutre. Aucune aiguille n'hésita dans sa danse sautillante mais j'étais certain que toutes les oreilles étaient tendues dans l'attente de ma communication.

« Au sommet d'une tour se trouvait autrefois un jardin, connu sous le nom de jardin de la reine. Il était garni, a dit le roi Vérité, de bacs de verdure et de bassins, décoré de fleurs, de poissons et de carillons éoliens. Sa mère l'avait créé. Ma reine, il souhaite qu'il vous revienne. »

Le silence se fit profond. Kettricken avait écarquillé les yeux. Elle demanda d'un ton circonspect : « Etes-vous certain de ce message ?

– Naturellement, ma dame. » Sa réaction me déconcertait. « Il a dit qu'il aurait grand plaisir à le voir restauré. Il en a parlé avec beaucoup d'affection, surtout au souvenir des parterres de thym. »

La joie s'épanouit sur le visage de Kettricken comme les pétales d'une fleur au soleil. Elle porta la main à sa bouche, prit une inspiration tremblante entre ses doigts ; ses joues pâles rosirent, ses yeux se mirent à briller. « Il faut que je voie ce jardin ! s'exclama-t-elle. Il faut que je le voie tout de suite ! » Elle se dressa brusquement. « Romarin ? Mon manteau et mes gants, je te prie. » Elle regarda ses suivantes d'un air rayonnant. « Ne voulez-vous pas vous couvrir aussi et m'accompagner ?

– Ma reine, la tempête fait rage… » fit l'une d'un ton hésitant.

Mais une autre, dame Simple, plus âgée, les traits empreints de douceur maternelle, se mit lentement debout. « Je vais aller avec vous sur la tour. Pluche ! » Un petit garçon qui somnolait dans un coin se dressa d'un bond. « Cours me chercher mon manteau et mes gants. Et ma capuche. » Et à Kettricken : « Je me rappelle bien ce jardin à l'époque de la reine Constance. J'y ai passé nombre d'heures plaisantes en sa compagnie et je serai heureuse de le voir remis en état. »

Le temps d'un battement de cœur, et toutes les autres dames l'imitèrent. Lorsque je revins avec mon propre manteau, elles étaient prêtes à se mettre en route. Je ressentis une impression bizarre à mener cette procession de dames par le château, puis dans le long escalier qui montait au jardin de la reine. En comptant les pages et les curieux, il y avait maintenant près d'une vingtaine de personnes à nous accompagner, Kettricken et moi. La reine-servante me suivait de près dans les marches, les autres s'étiraient en une longue queue derrière nous. Comme je pesais sur la lourde porte pour repousser la neige amoncelée au-dehors, Kettricken me demanda à mi-voix : « Il m'a pardonné, n'est-ce pas ? »

Je cessai mes efforts pour reprendre mon souffle ; donner de l'épaule contre la porte n'arrangeait pas ma blessure au cou et une douleur sourde battait dans mon bras. « Ma reine ? fis-je en guise de réponse.

– Mon seigneur Vérité m'a pardonné, et c'est sa façon de me le montrer. Oh, je vais nous faire un jardin pour nous deux. Plus jamais je ne lui ferai honte. » Et, un sourire radieux aux lèvres, elle ouvrit grand la porte d'un coup d'épaule désinvolte. Tandis que je clignais les yeux dans le froid et la lumière du jour hivernal, elle s'avança sur le sommet de la tour en enfonçant dans la neige craquante jusqu'à mi-mollet, sans en paraître gênée le moins du monde. Je regardai autour de moi et me demandai si je n'avais pas perdu l'esprit : il n'y avait rien à voir que la neige durcie sous un ciel plombé ; le vent l'avait poussée sur les statues et les bacs entassés pêle-mêle contre un mur. Je m'armai de courage pour affronter la déception de Kettricken. Mais bien au contraire, plantée au milieu de la tour, environnée de flocons que le vent faisait tourbillonner, elle ouvrit les bras et tourna sur place en éclatant d'un rire de petite fille. « C'est magnifique ! » s'exclama-t-elle.

Je la rejoignis prudemment, suivi de quelques dames. Un instant plus tard, Kettricken se trouvait au milieu du méli-mélo de statues, de vases et de pots de fleurs. Elle enleva la neige de la joue d'un chérubin aussi tendrement que s'il s'agissait de son enfant ; puis elle dégagea un banc de pierre, prit le chérubin et l'y posa. Ce n'était pas une petite statue mais Kettricken mit vigoureusement à profit sa taille et sa force de Montagnarde pour extraire plusieurs autres pièces de l'accumulation de neige. Chaque œuvre d'art lui arrachait de cris d'admiration et elle insistait pour que ses suivantes viennent s'extasier avec elle.

Je me tenais un peu à l'écart ; le vent glacé qui soufflait sur moi réveillait à la fois la douleur de mes blessures et des souvenirs amers. Je m'étais trouvé sur cette tour autrefois, presque nu face au froid, alors que Galen tentait de m'apprendre l'Art par la force. Je m'étais trouvé là, en ce lieu précis, tandis qu'il me fouettait comme un chien. Et là encore je m'étais battu contre lui, et au cours de ce combat j'avais mutilé, brûlé l'Art que je possédais. Cette tour conservait pour moi une aura sinistre et je n'étais pas sûr de pouvoir y goûter le charme d'un jardin, fût-il le plus verdoyant et le plus paisible de tous. Un muret me tirait l'œil ; je savais qu'en m'en approchant pour regarder par-dessus je verrais un à-pic rocheux. Je ne bougeai pas. La mort rapide qu'une chute m'aurait procurée autrefois ne m'attirerait plus jamais. Je repoussai la suggestion que Galen m'avait imposée par l'Art et me retournai pour observer la reine.

Sur le fond blanc de la neige et de la pierre, ses couleurs s'avivaient. Il existe une fleur nommée perce-neige qui fleurit parfois au moment où les congères de l'hiver commencent à disparaître ; la reine m'évoquait cette fleur : ses cheveux pâles prenaient soudain des teintes or sur le manteau vert qu'elle portait, ses lèvres étaient plus rouges, ses joues plus roses, comme le lilas qui refleurirait un jour ici. Ses yeux étaient deux saphirs étincelants cependant qu'elle mettait au jour un trésor après l'autre avec des cris de bonheur ; le contraste était extrême avec ses dames de compagnie aux tresses sombres, aux yeux noirs ou bruns, emmitouflées dans leurs manteaux pour se protéger du vent. Voici comment Vérité devrait la voir, songeai-je : irradiant l'enthousiasme et la vie ; alors il ne pourrait s'empêcher de l'aimer. La vitalité de la reine flamboyait à l'égal de celle du prince lorsqu'il chassait ou montait à cheval. Autrefois, du moins.

« C'est tout à fait charmant, naturellement, dit une certaine dame Espérance avec hésitation. Mais il fait très froid et on ne peut pas faire grand-chose tant que la neige n'a pas fondu et que le vent ne s'est pas calmé.

– Oh, détrompez-vous ! » s'exclama la reine Kettricken. Elle éclata de rire en se relevant au milieu de ses trésors, puis regagna le centre de la tour. « Un jardin prend naissance dans le cœur. Il faudra que je nettoie la glace et la neige demain matin, et ensuite que je dispose ces bancs, ces statues et ces bacs. Mais comment ? Comme les rayons d'une roue ? Comme un labyrinthe ? Formellement, par taille et par thème ? Il y a des milliers de façons d'arranger cette tour et il faut que je fasse des essais. A moins, peut-être, que mon seigneur n'évoque pour moi ce jardin tel qu'il était ; alors je recréerai le jardin de son enfance.

– Demain, reine Kettricken, intervint dame Simple ; car le ciel se couvre et le froid s'accentue. »

Visiblement, la montée des marches, puis la station dans le vent glacé lui avaient coûté. Mais elle poursuivit avec un sourire empreint de bonté : « Si vous le désirez, je pourrais ce soir vous dire ce que je me rappelle de ce jardin.

– Vous voulez bien ? » s'exclama Kettricken en lui prenant les mains. Le sourire qu'elle dédia à dame Simple ressemblait à une bénédiction.

« J'en serai très heureuse. »

Et sur ces mots notre procession quitta le sommet de la tour. Je fus le dernier à partir. Je refermai la porte derrière moi et attendis un moment que mes yeux s'habituent à l'obscurité de l'escalier ; plus bas, des chandelles montaient et descendaient au rythme du pas de leurs porteurs. Je rendis grâces au page qui avait eu l'idée d'aller les chercher. Je m'engageai lentement dans les marches ; de ma morsure au cou jusqu'au coup d'épée, mon bras me lançait durement. Je repensai à la joie de Kettricken et m'en réjouis, tout en songeant avec un sentiment de culpabilité qu'elle était bâtie sur de fausses bases. Vérité avait été soulagé lorsque je lui avais suggéré de confier le jardin à Kettricken, mais pour lui l'acte n'avait pas la signification qu'il avait pour son épouse. Elle se jetterait à corps perdu dans ce projet comme si elle édifiait un sanctuaire consacré à leur amour ; Vérité, lui, aurait sans doute oublié toute l'affaire dès le lendemain. Je me faisais l'impression d'être à la fois un traître et un imbécile.

J'avais envie d'être seul pour le dîner, aussi évitai-je la salle commune et me rendis-je dans la salle des gardes, attenante aux cuisines. Là, je tombai sur Burrich et Pognes qui prenaient leur repas ; ils m'invitèrent à leur table et je ne pus refuser. Mais, une fois que j'eus pris place, j'eus le sentiment que j'aurais aussi bien pu ne pas être là. Je ne veux pas dire qu'ils m'excluaient de leur conversation mais ils parlaient d'une existence que je ne partageais plus. L'immense variété de détails de ce qui se passait dans les écuries m'échappait complètement. Ils discutaient de divers problèmes avec l'animation et l'assurance d'hommes qui ont en commun un savoir intime. Plus le temps passait, plus je me contentais de hocher la tête sans rien dire. Ils allaient bien ensemble : Burrich ne faisait preuve d'aucune condescendance envers Pognes, et Pognes ne dissimulait pas son respect pour un homme qu'il considérait manifestement comme son supérieur. En peu de temps, il avait beaucoup appris du maître d'écurie. Parti l'automne dernier de Castelcerf simple palefrenier, il parlait aujourd'hui avec compétence des faucons et des chiens et posait des questions de fond sur les choix de Burrich concernant les croisements des chevaux. Je n'avais pas fini de manger lorsqu'ils se levèrent de table. Pognes se faisait du souci pour un chien qui avait pris un coup de sabot plus tôt dans la journée. Ils me souhaitèrent une bonne soirée, puis sortirent sans cesser de discuter.

Je restai à ma place. Il y avait du monde autour de moi, gardes et soldats qui se restauraient, buvaient et bavardaient ; l'agréable brouhaha des voix, le bruit d'une cuiller qui heurte le flanc de la marmite, le son d'un couteau qui tape dans la table après avoir coupé un coin de fromage dans une meule, tout cela faisait comme une musique. La pièce avait une odeur de nourriture et de foule, de feu de bois, de bière renversée et de ragoût en train de mijoter. J'aurais dû ressentir de la satisfaction, pas de la nervosité. Ni de la mélancolie. Ni de la solitude.

Frère ?

Je viens. Retrouve-moi à la vieille porcherie.

Œil-de-Nuit était parti chasser loin. J'arrivai le premier et l'attendis dans l'obscurité. J'avais apporté un pot d'onguent ainsi qu'un sac plein d'os. La neige tourbillonnait autour de moi en une danse infinie d'étincelles hivernales. Je scrutai les ténèbres. Je perçus sa présence, le sentis tout proche, mais il réussit tout de même à me sauter dessus par surprise. Miséricordieux, il ne fit que me pincer la peau et secouer mon poignet valide entre ses mâchoires. Ensuite, nous entrâmes dans l'abri, j'allumai un bout de chandelle puis j'examinai sa blessure. J'étais fatigué, la veille au soir, et j'avais mal, mais je m'aperçus avec plaisir que j'avais fait du bon travail. J'avais taillé le pelage épais et le duvet le plus ras possible autour de la plaie, que j'avais nettoyée avec de la neige propre. La croûte qui s'était formée était épaisse et sombre ; elle avait encore saigné pendant la journée, mais guère. Je l'enduisis d'une épaisse couche d'onguent ; Œil-de-Nuit broncha légèrement mais supporta mes soins. Quand j'eus fini, il tourna la tête et renifla la pommade.

Graisse d'oie, dit-il, et il se mit à la lécher. Je le laissai faire : rien dans le produit ne pouvait lui faire de mal et il l'enfoncerait mieux dans la blessure avec la langue que moi avec mes doigts.

Faim ? demandai-je.

Pas vraiment. Il y a des souris tant que j'en veux le long du vieux mur. Puis, en reniflant le sac que j'avais apporté : *Mais je ne refuserais pas un peu de bœuf ou de venaison.*

Je vidai le sac devant lui et il se jeta à plat ventre à côté du tas d'os. Il les renifla puis choisit une articulation à laquelle adhérait encore de la viande. *On va bientôt chasser ?* Il me transmit l'image de forgisés.

Dans un jour ou deux. Je veux être capable de manier une épée, la prochaine fois.

Je ne te le reproche pas. Des dents de vache, ça ne fait pas une bonne arme. Mais n'attends pas trop.

Pourquoi ?

Parce que j'en ai vu quelques-uns aujourd'hui. Des sans-esprit. Ils avaient trouvé un cerf mort de froid au bord d'une rivière et ils le mangeaient. De la viande pourrie qui puait, et ils la mangeaient ! Mais ça ne les arrêtera pas longtemps. Demain, ils se rapprocheront.

Alors, nous chasserons demain. Montre-moi où tu les as vus. Je fermai les yeux et je reconnus la portion de rivière dont il m'envoyait l'image. *J'ignorais que tu allais aussi loin ! Tu as fait tout ce chemin aujourd'hui avec ton épaule blessée ?*

Ce n'était pas si loin. Je perçus de la fierté dans sa réponse. *Et puis je savais que nous irions à leur recherche, et je voyage beaucoup plus vite seul. Il est plus efficace que je les repère d'abord, puis que je t'amène sur place pour la chasse.*

Ça n'a rien d'une chasse, Œil-de-Nuit.

Non. Mais c'est pour la meute.

Je restai assis près de lui un moment dans un silence amical, et je l'observai qui rongeait les os que je lui avais apportés. Il avait bien grandi cet hiver ; soumis à un bon régime et libéré de sa cage, il avait pris du poids et du muscle. La neige avait beau tomber sur son pelage, les épais jarres noirs qui se mêlaient à sa robe grise arrêtaient les flocons et empêchaient la moindre humidité de s'infiltrer jusqu'à sa peau. Et il avait une odeur saine, non pas celle, rance, d'un chien trop nourri qui ne sort pas et ne prend jamais d'exercice, mais un parfum sauvage et propre. *Tu m'as sauvé la vie, hier.*

Tu m'as sauvé de la mort derrière des barreaux.

Je crois que je suis seul depuis trop longtemps. J'avais oublié ce que c'était d'avoir un ami.

Il cessa de mâchonner son os pour me regarder avec un vague amusement. *Un ami ? C'est un mot trop petit, frère. Et qui va dans le mauvais sens. Alors ne me regarde pas comme ça. Je suis à toi ce que tu es à moi : un frère de lien et de meute. Mais tu n'auras pas toujours besoin que de moi.* Il se remit à ronger son os et je ruminai pour ma part ce qu'il venait de me dire.

Dors bien, frère, lui dis-je alors que je m'en allais.

Il eut un grondement dédaigneux. *Dormir ? Sûrement pas ! La lune va peut-être réussir à traverser les nuages et à me donner un peu de lumière pour chasser. Mais sinon, en effet, je dormirai.*

Je hochai la tête et l'abandonnai à ses os. En me dirigeant vers le château, je m'aperçus que je me sentais moins seul et moins morose qu'auparavant. Mais j'éprouvais aussi un pincement de culpabilité à voir Œil-de-Nuit adapter si facilement sa vie et sa volonté aux miennes. J'avais l'impression qu'il se souillait en traquant les forgisés.

Pour la meute. C'est pour le bien de la meute. Les sans-esprit essayent de pénétrer sur notre territoire. Nous ne pouvons pas les laisser faire. Ce concept lui paraissait tout à fait naturel et il était surpris de mes réticences. Je hochai encore une fois la tête dans le noir et, poussant la porte des cuisines, je rentrai dans la lumière jaune et la chaleur.

Je montai à ma chambre en réfléchissant à tout ce que j'avais fait ces derniers jours. J'avais décidé de rendre la liberté au petit loup ; au lieu de cela, nous étions devenus frères. Je ne le regrettais pas. J'étais allé avertir Vérité de la présence de nouveaux forgisés non loin de Castelcerf, pour m'entendre répondre qu'il était déjà au courant et récolter la mission d'étudier les Anciens et d'essayer de retrouver d'autres artiseurs. Je lui avais demandé de donner le jardin de la reine à Kettricken afin de la distraire de ses sujets d'amertume et, en réalité, je l'avais trompée en l'enchaînant plus encore à son amour pour Vérité. Je m'arrêtai sur un palier pour reprendre mon souffle. Nous étions peut-être tous en train de danser au son de la flûte du fou ; après tout, n'était-ce pas lui qui m'avait soufflé certaines de ces idées ?

Je sentis la clé de bronze qui tirait ma poche. Bah, maintenant ou plus tard... Vérité n'était pas dans sa chambre mais Charim s'y trouvait. Il ne fit aucune difficulté pour me laisser entrer et me servir de la clé. Je pris une brassée des manuscrits que renfermait l'armoire ; il y en avait plus que je ne m'y attendais. Je les rapportai dans ma chambre et les déposai sur mon coffre à vêtements, puis préparai du feu et jetai un coup d'œil à mon pansement au cou. Ce n'était plus qu'un affreux bouchon de tissu saturé de sang ; il fallait le changer, je le savais, mais je tremblais de l'enlever. Dans un moment. J'ajoutai du bois sur le feu et triai les manuscrits, couverts d'une écriture en pattes-de-mouche et d'illustrations passées. Puis je levai les yeux et regardai ma chambre.

Un lit, un coffre, une petite table de chevet, un broc et une cuvette pour la toilette. Une tapisserie franchement laide du roi Sagesse en train de parler avec un Ancien jaunâtre, un chandelier à plusieurs branches sur le manteau de la cheminée. Presque rien n'avait changé depuis la première nuit de mon installation, bien des années plus tôt. C'était une chambre vide et triste, sans imagination. Et soudain, je me sentis moi aussi vide, triste et sans imagination. Je chassais, je tuais, je rapportais. J'obéissais. Davantage chien qu'humain. Et même pas un chien préféré, que l'on caresse et que l'on complimente ; un chien de meute, utilitaire, c'est tout. Quand avais-je vu Subtil pour la dernière fois ? Et Umbre ? Même le fou se moquait de moi. Je n'étais plus, pour tout le monde, qu'un outil ; restait-il quelqu'un qui s'intéressât à moi, à moi personnellement ? Brusquement, je ne me supportai plus ; je posai le manuscrit que j'étudiais et sortis.

Quand je frappai à la porte de Patience, il y eut un moment d'attente ; puis : « Qui est là ? fit la voix de Brodette.

– C'est seulement FitzChevalerie.

– FitzChevalerie ! » répéta-t-elle d'un ton surpris ; il est vrai qu'il était un peu tard pour une visite : en général, je venais pendant la journée. J'eus alors le soulagement d'entendre le bruit d'une barre que l'on fait glisser, puis d'un loquet que l'on soulève : Patience avait donc prêté attention à mes conseils. La porte s'ouvrit lentement et Brodette s'écarta pour me laisser passer, un sourire incertain aux lèvres.

J'entrai, saluai chaleureusement Brodette, puis cherchai Patience des yeux. Elle devait être dans la pièce d'à côté. Mais dans un angle, toute à ses travaux d'aiguille, était assise Molly. Elle ne me regarda pas et ne manifesta en aucune manière qu'elle fût consciente de ma présence. Ses cheveux étaient ramassés en un petit chignon surmonté d'une coiffe en dentelle. Sur toute autre, sa robe bleue aurait pu paraître simple et chaste ; sur Molly, elle était terne. Elle ne leva pas les yeux de son ouvrage. Je jetai un coup d'œil à Brodette et vis qu'elle m'observait sans se cacher. Je revins à Molly et quelque chose céda en moi. En quatre pas, je traversai la pièce, puis je m'agenouillai près de son fauteuil et, comme elle s'écartait de moi, je pris sa main et la portai à mes lèvres.

« FitzChevalerie ! » Le ton de Patience était indigné. En tournant la tête, je la vis dans l'ouverture de la porte. Ses lèvres pincées exprimaient la colère. Je regardai Molly à nouveau.

Elle avait détourné le visage. Sans lui lâcher la main, je dis calmement : « Je n'en puis plus. Tant pis si c'est une bêtise, tant pis si c'est dangereux, et peu importe le qu'en-dira-t-on : je ne peux pas rester éternellement séparé de toi. »

Elle retira sa main et je dus la laisser pour ne pas lui faire mal. Mais je saisis sa robe et m'accrochai à un pli comme un enfant têtu. « Parle-moi, au moins ! implorai-je, mais ce fut Patience qui répondit.

– FitzChevalerie, ce n'est pas séant. Cesse immédiatement !

– Il n'était pas non plus séant, ni judicieux, ni raisonnable de la part de mon père de vous courtiser. Pourtant, il n'a pas hésité. Je pense qu'il partageait tout à fait mon état d'esprit actuel. » Je n'avais pas détourné les yeux de Molly.

Ma repartie réduisit un instant Patience à un silence stupéfait.

Mais alors Molly posa son ouvrage et se leva ; elle s'écarta de moi et, quand il devint évident que je devais soit lâcher sa robe, soit déchirer le tissu, je la laissai aller. Elle s'éloigna d'un pas. « Si ma dame Patience veut bien m'excuser pour la soirée ?

– Certainement, répondit Patience, d'un ton où ne perçait pourtant nulle certitude.

– Si tu t'en vas, je n'ai plus rien au monde. » C'était trop théâtral, je le savais ; j'étais toujours à genoux près de son fauteuil.

« Si je reste, vous n'y gagnerez rien. » Molly parlait avec calme tout en ôtant son tablier, puis en le suspendant à un crochet. « Je suis une servante. Vous êtes un jeune noble, de la famille royale. Il ne peut rien y avoir entre nous. J'ai fini par le comprendre au cours des dernières semaines.

– Non. » Je me remis debout et m'approchai d'elle, mais m'abstins de la toucher. « Tu es Molly et je suis le Nouveau.

– Autrefois, peut-être », concéda-t-elle. Puis elle soupira. « Mais plus maintenant. Ne me rendez pas la tâche plus difficile qu'elle n'est, messire. Laissez-moi en paix. Je n'ai d'autre foyer qu'ici. Je dois travailler, au moins jusqu'à ce que j'aie assez d'argent... » Elle secoua soudain la tête. « Bonsoir, ma dame. Brodette... Messire. » Elle se détourna de moi. Brodette ne disait rien. Je notai qu'elle n'ouvrait pas la porte à Molly, mais celle-ci ne marqua pas la moindre pause et referma la porte derrière elle sans une hésitation. Un terrible silence s'abattit sur la pièce.

« Eh bien, fit enfin Patience, je me réjouis de voir qu'au moins l'un de vous deux fait preuve de bon sens. Mais qu'est-ce qui t'a pris, FitzChevalerie, de débarquer chez moi et d'assaillir ainsi ma femme de chambre ?

– Il m'a pris que je l'aime », répondis-je sans ambages. Je me laissai tomber dans un fauteuil et me fourrai la tête entre les mains. « Il m'a pris que j'en ai plus qu'assez d'être seul.

– Et c'est à cause de ça que tu es venu ? » Patience paraissait presque vexée.

« Non. C'est vous que j'étais venu voir ; j'ignorais qu'elle serait chez vous. Mais quand je l'ai aperçue, ç'a été plus fort que moi. C'est vrai, Patience : je n'en peux plus.

– Eh bien, il va falloir serrer les dents, parce que ce n'est pas fini. » Les mots étaient durs, mais elle les prononça dans un soupir.

« Est-ce que Molly en parle... parle de moi ? A Brodette et vous ? Il faut que je sache. Je vous en supplie. » J'essayais d'abattre la muraille de leur silence, des regards qu'elles échangeaient. « Souhaite-t-elle vraiment que je la laisse tranquille ? Me méprise-t-elle à ce point ? N'ai-je pas obéi à toutes vos exigences ? J'ai attendu, Patience, je l'ai évitée, j'ai pris soin de ne pas prêter le flanc aux commérages. Mais quand cela finira-t-il ? A moins que tel ne soit votre plan : nous empêcher de nous voir jusqu'à ce que nous nous oubliions l'un l'autre ? Ça ne marchera pas : je ne suis pas un enfant et Molly n'est pas une babiole que vous me dissimulez pour me distraire avec d'autres jouets. C'est Molly ; elle est ma vie et je ne la laisserai pas partir.

– Je regrette, mais il le faut, dit Patience d'un ton amer.

– Pourquoi ? En a-t-elle choisi un autre ? »

D'un geste, Patience écarta ma question comme on chasse une mouche. « Non. Elle n'est pas volage. Elle est intelligente, zélée, elle a l'esprit vif et beaucoup de courage. Je vois bien que tu l'aimes ; mais elle a aussi de la fierté et elle a fini par comprendre ce que tu refuses de voir : que vous êtes l'un et l'autre issus de rangs si éloignés qu'ils ne peuvent se rencontrer. Même si Subtil consentait à votre mariage, ce dont je doute fort, comment vivriez-vous ? Tu ne peux quitter le château pour t'installer à Bourg-de-Castelcerf et tenir une chandellerie ; tu le sais parfaitement. Et quel serait son statut, à elle, si vous restiez ici ? Malgré toutes ses qualités, les gens qui ne la connaîtraient pas bien ne verraient que votre différence de rang. On la considérerait comme l'objet d'un vil appétit que tu aurais satisfait. “Ah, le Bâtard reluquait la bonniche de sa belle-mère ; il a dû la serrer d'un peu près dans un coin une fois de trop, et maintenant il doit payer les pots cassés.” Tu connais le genre de réflexions dont je parle. »

Je les connaissais. « Je me fiche du qu'en-dira-t-on.

– Toi, tu le supporterais peut-être ; mais Molly ? Et vos enfants ? »

Je ne répondis pas. Patience baissa les yeux sur ses mains posées sur son giron. « Tu es jeune, FitzChevalerie. » Elle s'exprimait d'une voix très douce, apaisante. « Je sais que tu ne me croiras pas pour l'instant, mais tu en rencontreras peut-être une autre ; une qui soit plus proche de ton rang. Et Molly aussi, de son côté. Elle mérite peut-être cette occasion de connaître le bonheur. Tu devrais te retirer, te donner une année, et si, à ce moment-là, ton cœur n'a pas varié, eh bien…

– Mon cœur ne changera pas.

– Ni le sien, je le crains, dit Patience sans ménagements. Elle t'aimait, Fitz. Sans savoir qui tu étais réellement, elle t'a donné son cœur. C'est ce qu'elle m'a dit. Je ne veux pas trahir ses confidences mais si tu fais ce qu'elle te demande et que tu la laisses tranquille, elle ne pourra jamais te le dire elle-même. Aussi vais-je parler, en espérant que tu ne m'en voudras pas du mal que je dois te faire. Elle sait que votre amour n'a pas d'avenir ; elle ne souhaite pas être considérée comme une servante mariée à un noble ; elle ne souhaite pas que ses enfants soient les fils et les filles d'une servante du château. C'est pourquoi elle économise le peu que je puis la payer ; elle achète sa cire et ses parfums, et continue à pratiquer son métier du mieux possible. Elle projette de gagner suffisamment d'argent pour monter sa propre boutique de chandelles. Ce n'est pas pour tout de suite. Mais tel est son but. » Patience se tut un instant. « Elle ne voit pas de place pour toi dans cette vie. »

Je réfléchis longuement. Ni Brodette ni Patience ne disaient rien. Brodette se déplaçait sans bruit, occupée à préparer du thé dont elle me plaça une tasse dans la main. Je levai les yeux vers elle et tentai de lui sourire, puis je posai soigneusement la tasse à côté de moi. « Saviez-vous depuis le début qu'on en arriverait là ? demandai-je.

– Je le craignais, répondit Patience avec simplicité. Je savais aussi que je n'y pouvais rien. Et toi non plus. »

Je restai sans bouger, sans même penser. Sous la vieille porcherie, dans un trou qu'il avait dégagé, Œil-de-Nuit dormait, le museau posé sur un os. Je le touchai doucement sans le réveiller. Sa respiration calme était une ancre à laquelle je me raccrochai.

« Fitz ? Que vas-tu faire ? »

Des larmes me piquaient les yeux. Je battis des paupières et cela passa. « Ce qu'on me dit de faire, répondis-je, amer. Comme toujours. »

Patience garda le silence pendant que je me levais lentement. La blessure à mon cou battait sourdement. Je n'avais soudain plus qu'une envie : dormir. Je priai Patience de m'excuser et elle hocha la tête. A la porte, je m'arrêtai. « J'ai oublié de vous dire le but de ma visite, à part vous voir : Kettricken va restaurer le jardin de la reine. Celui qui se trouve au sommet de la tour. Elle aimerait savoir comment il était arrangé à l'origine, du temps de la reine Constance. J'ai songé que vous pourriez peut-être lui faire part de vos souvenirs. »

Patience hésita. « Je me le rappelle, en effet. Et très bien. » Elle se tut un instant, puis, d'un air rayonnant : « Je vais t'en faire un plan que je t'expliquerai ; ainsi, tu pourras le détailler à la reine. »

Je croisai son regard. « Vous devriez le faire vous-même, je crois. A mon avis, ça lui ferait très plaisir.

– Fitz, je n'ai jamais été à l'aise avec les gens. » Sa voix s'altéra. « Elle me trouverait bizarre, j'en suis sûre. Ennuyeuse. Je ne pourrai pas… » Elle se mit à bégayer et s'interrompit.

« La reine Kettricken est très seule, dis-je calmement. Elle est entourée de dames de compagnie mais je ne pense pas qu'elle ait de véritable amie. Vous avez été reine-servante ; ne vous souvenez-vous pas de ce que c'était ?

– C'est sûrement différent pour elle de ce que c'était pour moi.

– Sans doute. » Je me tournai vers la porte. « Pour commencer, vous aviez un époux aimant et attentionné. » Derrière moi, Patience émit un petit bruit étranglé. « Et le prince Royal n'était certainement pas aussi… adroit qu'il l'est maintenant. Et vous aviez le soutien de Brodette. Oui, dame Patience, je suis sûr que c'est très différent pour elle. C'est beaucoup plus dur.

– FitzChevalerie ! »

Je m'arrêtai devant la porte. « Oui, ma dame ?

– Regarde-moi quand je te parle ! »

Je me retournai lentement et elle tapa du pied. « Tu n'as pas le droit de faire ça ! Tu essayes de me faire honte ! Crois-tu que je ne fais pas mon devoir ? Que je ne connais pas mon devoir ?

– Ma dame ?

– J'irai la voir demain. Et elle me trouvera bizarre, étourdie et maladroite. Elle va s'ennuyer à mourir en ma compagnie et rêver de l'instant où je m'en irai. Alors, tu viendras t'excuser de m'avoir forcé la main !

– Vous avez sûrement raison, ma dame.

– Remise tes manières de courtisan et va-t'en ! Insupportable godelureau ! » Elle tapa encore une fois du pied, puis s'enfuit vers sa chambre. Brodette me tint la porte ouverte ; elle avait la bouche inexpressive et l'air réservé.

« Eh bien ? fis-je en passant devant elle, car je savais qu'elle avait encore quelque chose à me dire.

– Je songeais que vous ressemblez beaucoup à votre père, observa-t-elle d'un ton revêche. Mais en moins tenace. Il ne baissait pas les bras aussi facilement que vous. » Et elle me ferma la porte au nez.

Je contemplai un moment l'huis clos, puis me dirigeai vers ma chambre. Il fallait que je change le pansement de ma blessure au cou. Je montai une volée de marches et le bras me lançait à chaque pas ; et je m'arrêtai sur mon palier. Je restai quelques instants à regarder les bougies brûler dans leurs supports, puis je grimpai la volée suivante.

Je frappai à la porte plusieurs minutes durant. A mon arrivée, la lueur jaune d'une chandelle filtrait sous le battant, mais quand j'avais commencé à frapper, elle s'était brusquement éteinte. Je pris mon poignard et tentai sans discrétion de débloquer le verrou. Elle l'avait changé ; apparemment, il y avait aussi une barre, trop lourde pour que je la soulève de la pointe de ma lame. J'abandonnai et m'en allai.

Descendre est toujours plus facile que monter ; cela peut même devenir trop facile lorsqu'on a un bras blessé. Je contemplai la dentelle blanche des vagues qui se brisaient sur les rochers, loin en dessous de moi. Œil-de-Nuit ne s'était pas trompé : la lune avait réussi à pointer le nez. La corde glissa un peu entre mes doigts gantés et mon bras blessé dut supporter mon poids ; je grognai. Il n'y en a plus pour longtemps, me répétai-je, et je me laissai encore descendre de deux pas.

La saillie de la fenêtre de Molly était moins large que je ne l'espérais et je gardai la corde enroulée autour de mon bras en y prenant pied. La lame de mon poignard s'inséra sans difficulté dans l'interstice des volets mal joints. Le loqueteau du haut avait déjà cédé et je travaillais sur celui du bas quand j'entendis la voix de Molly s'élever de l'intérieur.

« Si tu entres, je hurle. Et les gardes viendront.

– Dans ce cas, tu ferais bien de leur préparer du thé », répondis-je, les dents serrées, avant de me remettre à manipuler le loqueteau.

L'instant suivant, Molly avait ouvert grand les volets. Sa silhouette se découpait dans la fenêtre, éclairée de dos par la lumière dansante des flammes dans la cheminée. Elle était en chemise de nuit, mais ne s'était pas encore tressé les cheveux. Ils lui tombaient sur les épaules, luisants d'avoir été brossés. Elle avait jeté un châle sur ses épaules.

« Va-t'en ! me dit-elle brutalement. Va-t'en d'ici !

– Impossible, répondis-je entre deux halètements. Je n'ai pas la force de remonter et la corde n'arrive pas au pied du mur.

– Je ne veux pas que tu entres ! fit-elle, entêtée.

– Très bien. » Je m'assis sur l'appui-fenêtre, une jambe dans la chambre, l'autre dans le vide. Le vent soufflait en rafales qui agitaient la chemise de nuit de Molly et attisaient les flammes. Je me taisais. Au bout d'un moment, elle se mit à frissonner de froid.

« Que veux-tu ? siffla-t-elle, furieuse.

– Toi. Je souhaitais t'avertir que, demain, je compte demander au roi la permission de t'épouser. » Les mots avaient jailli sans que je l'eusse prémédité. Avec un soudain vertige, je pris conscience que je pouvais faire tout ce que je voulais. Absolument tout.

Molly me dévisagea, stupéfaite, puis, la voix basse : « Je ne désire pas t'épouser.

– Ça, je n'avais pas l'intention de le lui dire. » Et, sans le vouloir, je lui fis un sourire radieux.

« Tu es insupportable !

– C'est vrai. Et je suis gelé. Je t'en prie, laisse-moi entrer au moins pour me mettre à l'abri du froid. »

Elle ne m'en donna pas vraiment l'autorisation, mais elle s'écarta de la fenêtre. Je sautai de mon rebord sans prêter attention au contrecoup sur mon bras, puis fermai et verrouillai les volets ; ensuite, je m'approchai de la cheminée et rajoutai des bûches sur le feu pour chasser le froid de la pièce. Enfin, je me redressai et me réchauffai les mains aux flammes. Molly ne pipait mot. Elle se tenait droite comme une épée, les bras croisés. Je lui jetai un coup d'œil par-dessus mon épaule et souris.

Elle conserva son expression fermée. « Tu dois t'en aller. »

Je sentis mon sourire s'effacer. « Molly, tout ce que je te demande, c'est de me parler. La dernière fois, j'ai eu l'impression que nous nous comprenions, et maintenant tu ne m'adresses plus la parole, tu te détournes de moi… Je ne sais pas ce qui a changé ; je ne comprends pas ce qui se passe entre nous.

– Rien. » Elle parut tout à coup très fragile. « Rien ne se passe entre nous. Rien ne peut se passer entre nous. FitzChevalerie (que ce nom sonnait étrangement dans sa bouche !), j'ai eu le temps de réfléchir. Si tu étais venu comme aujourd'hui il y a une semaine ou un mois, impétueux, rayonnant, je sais que je te serais tombée dans les bras. » Un triste fantôme de sourire erra sur ses lèvres, comme au souvenir d'un enfant, mort depuis, qui gambadait dans la lumière d'un jour d'été, il y avait bien longtemps. « Mais tu n'es pas venu. Tu es resté correct, terre à terre, convenable. Et cela va te paraître bête, mais ça m'a fait mal. Je me répétais que si tu m'aimais aussi fort que tu le prétendais, rien, ni les murs, ni les bonnes manières, ni les on-dit, ni le protocole, rien ne pourrait t'empêcher de me voir. L'autre nuit, lorsque tu es entré chez moi, lorsque nous… Mais ça n'a rien changé. Tu n'es pas revenu. »

Effaré, j'essayai de me défendre :

« C'était pour ton bien, pour ta réputation...

– Chut ! Je t'ai dit que c'était bête. Mais les sentiments n'ont rien à voir avec la raison ; ils sont, c'est tout. Ton amour pour moi n'était pas raisonnable, ni le mien pour toi. J'ai fini par m'en rendre compte, et aussi de ce que la raison doit passer avant les sentiments. » Elle soupira. « J'étais dans une colère noire la première fois que ton oncle m'a parlé ; j'étais indignée. Du coup, je me suis raidie et j'ai décidé de rester malgré tout ce qu'il pouvait y avoir entre toi et moi. Mais je ne suis pas en pierre ; et même alors, la pierre finit par s'user sous le ruissellement glacé du bon sens.

– Mon oncle ? Le prince Royal ? » La perfidie me laissait pantois.

Elle hocha lentement la tête. « Il voulait que je ne parle à personne de sa visite. Si tu étais au courant, il n'en sortirait rien de bon, selon lui, et il devait agir dans l'intérêt de sa famille. Il a dit que je devais le comprendre, et, en effet, je l'ai compris mais ça m'a rendue furieuse. Ce n'est qu'avec le temps qu'il a réussi à me démontrer que c'était aussi dans mon intérêt. » Elle s'interrompit et s'essuya la joue d'une main. Elle pleurait sans bruit et les larmes coulaient sur son visage.

Je m'approchai d'elle et, d'un geste hésitant, je la pris dans mes bras. A ma grande surprise, elle se laissa faire. Je la serrai délicatement contre moi, comme un papillon qu'il faut prendre garde de ne pas écraser. Elle pencha la tête en avant, son front se posa sur mon épaule et elle dit, le visage dans ma chemise : « Encore quelques mois et j'aurai assez économisé pour me remettre à mon compte ; pas pour ouvrir une boutique mais pour louer une chambre quelque part et trouver du travail pour subvenir à mes besoins. Et commencer à mettre de l'argent de côté pour un commerce. C'est le but que je me suis fixé. Dame Patience est gentille et Brodette est devenue une véritable amie, mais je n'aime pas être servante. Et je ne continuerai pas plus qu'il n'est indispensable. » Elle se tut et resta sans bouger dans mes bras. Elle tremblait un peu, comme si elle était exténuée. On avait l'impression qu'elle avait épuisé sa réserve de paroles.

« Que t'a dit mon oncle ? demandai-je sans avoir l'air d'y toucher.

– Oh ! » Elle renifla et déplaça son visage contre ma poitrine. Je crois qu'elle essuyait ses larmes sur ma chemise. « Rien d'autre que ce à quoi j'aurais dû m'attendre. Quand il m'a abordée la première fois, il était froid et hautain. Il me prenait pour... pour une putain, je suppose. Avec un air sévère, il m'a avertie que le roi ne tolérerait pas d'autres scandales ; puis il a exigé de savoir si j'étais enceinte. Naturellement, ça m'a mise en colère. Je lui ai répondu que c'était impossible, que nous n'avions jamais... » Molly s'interrompit et je sentis à quel point elle avait été humiliée qu'on pût seulement lui poser la question. « Alors il m'a dit que, dans ce cas, c'était parfait. Il m'a demandé ce que je pensais devoir obtenir en réparation de tes tromperies. »

Ce dernier terme était comme un petit poignard qui m'aurait fouaillé le ventre. Je sentais la rage monter en moi, mais je me forçai au silence afin que Molly pût terminer de vider l'abcès.

« Je lui ai dit que je ne voulais rien, que je m'étais fait des illusions autant que tu m'en avais donné. Du coup, il m'a proposé de l'argent pour que je m'en aille et que je ne parle plus jamais de toi ni de ce qui s'était passé entre nous. »

Son élocution devenait hésitante ; à chaque phrase, sa voix était plus aiguë et plus tendue. Elle reprit un semblant de calme, que, je le savais, elle ne possédait nullement. « Il m'a offert de quoi ouvrir une chandellerie. Je me suis mise en colère et je lui ai dit que je n'arrêterais pas d'aimer quelqu'un pour de l'argent, que si l'argent pouvait me faire aimer ou ne pas aimer, alors c'est que j'étais vraiment une putain. » Un sanglot la convulsa, puis elle se tint immobile. Je caressais doucement ses épaules crispées, ses cheveux plus doux et plus luisants qu'une crinière de cheval. Elle se taisait.

« Royal sème la zizanie, m'entendis-je dire. Il cherche à me faire du mal en te forçant à partir, à m'humilier en te blessant. » Je secouai la tête, sidéré par ma propre stupidité. « J'aurais dû le prévoir. Et moi qui croyais seulement qu'il risquait de répandre des rumeurs contre toi ! Ou de s'arranger pour qu'il t'arrive un accident ! Mais Burrich a raison : cet homme n'a aucune morale, il n'obéit à aucune règle.

– Il s'est d'abord montré froid mais jamais grossier. Il venait en tant que messager du roi, disait-il, et en personne pour éviter le scandale, afin que nul n'en sache plus que nécessaire. Il cherchait à éviter les ragots, pas à les susciter. Plus tard, après que nous avons parlé deux ou trois fois ensemble, il m'a dit qu'il regrettait de me voir dans ce mauvais cas et qu'il convaincrait le roi que ce n'était pas de mon fait. Il m'a même acheté des chandelles et a fait savoir autour de lui ce que j'avais à vendre. Je crois qu'il essaye d'arranger les choses, FitzChevalerie. En tout cas, de son point de vue. »

L'entendre défendre ainsi Royal m'était bien plus douloureux que toutes les avanies et tous les reproches dont elle pouvait m'agonir.

Mes doigts se prirent dans ses cheveux et je m'en démêlai délicatement. Royal ! Pendant des semaines, j'étais resté seul, à l'écart de Molly, sans lui adresser le moindre mot de peur de causer un scandale, et, en réalité, je l'avais laissée sans défense devant Royal ; oh, il ne l'avait pas courtisée, non, mais il l'avait embobinée par son charme consommé et ses belles paroles, puis il avait taillé à coups de hache dans l'image qu'elle avait de moi alors que je n'étais pas là pour le contredire ; il s'était posé en allié tandis que, incapable de me défendre, j'étais réduit au rôle du jeune blanc-bec étourdi, du méchant indélicat. Je me mordis la langue pour m'empêcher de le débiner davantage : j'aurais eu l'air d'un gamin en colère qui se venge parce qu'on contrarie sa volonté.

« As-tu parlé des visites de Royal à Patience ou à Brodette ? Qu'ont-elles dit de lui ? »

Elle secoua la tête et le parfum de ses cheveux me monta aux narines. « Il m'a fortement conseillé de ne rien dire à personne. “Les femmes bavardent”, a-t-il ajouté, et je sais que c'est vrai. Je n'aurais pas dû t'en parler. D'après lui, Patience et Brodette auraient davantage de respect pour moi si je donnais l'impression d'avoir pris ma décision seule ; et aussi... il a dit que tu ne me laisserais pas partir... si tu pensais que la décision venait de lui ; qu'il fallait te persuader que je me détournais de toi de mon propre chef.

– Il me connaît bien, admis-je.

– Je n'aurais pas dû t'en parler », murmura-t-elle. Elle s'écarta un peu de moi et leva le regard vers moi. « Je ne sais pas ce qui m'a prise. »

Ses yeux et ses cheveux avaient des teintes de forêt. « Peut-être ne voulais-tu pas que je te laisse partir ? fis-je.

– Il le faut, dit-elle. Tu sais comme moi que nous n'avons aucun avenir ensemble. »

Il y eut un instant de paix absolue. Le feu crépitait doucement. Molly et moi étions immobiles. Mais, j'ignore comment, je me retrouvai ailleurs, dans un lieu où j'avais douloureusement conscience du moindre parfum, du moindre contact de Molly ; ses yeux, la fragrance sylvestre de sa peau et de ses cheveux ne faisaient qu'un avec la tiédeur et la souplesse de son corps sous sa chemise de nuit en laine moelleuse. Je percevais sa présence comme une couleur nouvelle soudain révélée à mes yeux. Toutes les angoisses, toutes les pensées même étaient suspendues dans ce brusque état de conscience. Je sais que je m'étais mis à trembler, car elle posa ses mains sur mes épaules et les serra pour me calmer. Ses paumes diffusaient une chaleur qui s'écoula en moi. Je baissai les yeux vers son visage et m'émerveillai de ce que j'y vis.

Elle m'embrassa.

A cet acte simple, cette offrande de ses lèvres, j'eus l'impression que des vannes s'ouvraient tout grand en moi. Ce qui suivit fut la continuation naturelle de son baiser, sans considération de raison ou de morale de ma part ni de la sienne, sans hésitation. La permission que nous nous donnâmes l'un à l'autre était absolue. Nous nous aventurâmes ensemble dans ce territoire vierge et je n'imagine pas union plus intime que celle que nous apporta notre étonnement commun. Nous nous fondîmes tout entiers dans cette nuit, libres d'attentes et de souvenirs. Je n'avais pas davantage de droit sur elle qu'elle sur moi, mais je donnai et je pris, et je jure que je ne le regretterai jamais. Je garde dans ma mémoire la tendre maladresse de cette nuit comme le bien le plus précieux de mon âme. Sous mes doigts tremblants, le ruban qui fermait le col de sa chemise de nuit forma un nœud inextricable. Molly paraissait calme et sûre d'elle-même lorsqu'elle me toucha, mais un petit cri de saisissement trahit sa surprise quand je réagis à son contact. C'était sans importance. Notre ignorance céda peu à peu la place à un savoir plus ancien qu'elle et moi. Je m'efforçai de me montrer à la fois doux et fort, mais je restai stupéfait devant la douceur et la force de Molly.

J'ai entendu parler de danse, j'ai entendu parler de combat. Certains hommes l'évoquent avec un rire de connivence, d'autres en ricanant. J'ai entendu les solides marchandes en glousser comme gloussent les poules devant des miettes de pain ; j'ai été accosté par des maquereaux qui vantaient leurs articles avec le même aplomb qu'un mareyeur du poisson frais. Pour ma part, je crois que certaines choses sont au-delà des mots. Il faut faire l'expérience de la couleur bleue pour la connaître, de même que le parfum du jasmin ou le son de la flûte. La courbe d'une épaule tiède et nue, le moelleux purement féminin d'un sein, le petit hoquet surpris que l'on émet lorsque toutes les barrières tombent soudain, le parfum de sa gorge, le goût de sa peau ne sont que des fragments et, si doux soient-ils, ils n'englobent pas le tout. Mille détails semblables ne l'illustreraient encore pas.

Les bûches de l'âtre n'étaient plus que braises rouge sombre. Les chandelles avaient fondu depuis longtemps. J'avais le sentiment d'être dans un lieu où nous étions entrés étrangers et où nous nous étions découverts chez nous. J'aurais, je crois, donné le reste du monde pour demeurer dans ce nid alangui de couvertures et d'édredons en désordre, à respirer sa chaude immobilité.

Frère, c'est parfait.

Je sautai en l'air comme un poisson ferré, en tirant du même coup Molly de sa rêverie. « Qu'y a-t-il ?

– Une crampe au mollet », dis-je ; elle me crut et elle éclata de rire. Ce n'était rien, mais soudain j'eus honte de ce mensonge, de tous les mensonges que j'avais dits et de toutes les vérités dont j'avais fait des mensonges en ne les disant pas. J'ouvris la bouche pour tout lui avouer : que j'étais l'assassin royal, l'instrument de meurtre du roi ; que la connaissance d'elle qu'elle m'avait donnée cette nuit avait été partagée par mon frère le loup ; qu'elle s'était offerte de plein gré à un homme qui en tuait d'autres et dont la vie était inextricablement mêlée à celle d'un loup.

C'était impossible. Si je lui avouais cela, je lui ferais mal et je l'humilierais ; pour toujours, elle se sentirait salie par le contact que nous avions partagé. Je me dis que je pouvais supporter qu'elle me méprise, mais pas qu'elle se méprise elle-même. Je me persuadai que je fermais la bouche parce que c'était l'attitude la plus noble, que garder ces secrets pour moi valait mieux que laisser la vérité l'anéantir. Me mentais-je à moi-même ?

Et n'en sommes-nous pas tous là ?

Etendu sur le lit, dans la tiède étreinte de ses bras, son corps chaud contre mon flanc, je me promis de changer. Je cesserais d'être tout ce que j'étais et je n'aurais alors plus rien à lui avouer. Demain, je dirais à Umbre et à Subtil que je ne voulais plus tuer pour eux. Demain, je ferais comprendre à Œil-de-Nuit pourquoi je devais rompre mon lien avec lui. Demain.

Mais aujourd'hui, ce jour qui commençait déjà à poindre, je devais partir, le loup à mes côtés, pour chasser et assassiner les forgisés, parce que je voulais me présenter à Subtil auréolé d'un triomphe récent, afin de le mettre d'humeur à m'accorder la faveur que je lui demanderais. Ce soir même, une fois terminée ma basse besogne, je le prierais de nous autoriser, Molly et moi, à nous marier. Je me jurai que son assentiment marquerait pour moi le début d'une existence nouvelle, celle d'un homme qui n'aurait plus rien à cacher à la femme qu'il aimait. Je lui baisai le front, puis repoussai délicatement ses bras.

« Je dois te quitter, murmurai-je alors qu'elle se réveillait. Mais j'espère que ce ne sera pas pour trop longtemps. Aujourd'hui, je vais aller voir Subtil pour obtenir la permission de t'épouser. »

Elle ouvrit les yeux et eut l'air presque étonné en me voyant sortir nu de son lit. J'ajoutai du bois sur le feu, puis, en évitant son regard, je ramassai mes habits et les enfilai. Elle n'avait pas tant de pudeur, car, en finissant de boucler ma ceinture, je m'aperçus qu'elle m'observait en souriant. Je rougis.

« J'ai l'impression que nous sommes déjà mariés, chuchota-t-elle. Je n'imagine pas comment des vœux solennels pourraient nous unir davantage.

– Moi non plus. » Je m'assis au bord du lit et lui pris les mains. « Mais ce sera une grande satisfaction pour moi de rendre notre union publique. Et cela, ma dame, nécessite un mariage et la déclaration formelle de tout ce que mon cœur vous a déjà juré. Mais, pour le moment, je dois m'en aller.

– Pas tout de suite ; reste encore un peu. Il doit bien y avoir encore un peu de temps avant que le château ne s'éveille. »

Je me penchai pour l'embrasser. « Je dois m'en aller dès maintenant pour récupérer certaine corde accrochée aux remparts et qui pend devant la fenêtre de ma dame. Sa découverte pourrait susciter des commentaires.

– Laisse-moi au moins le temps de changer tes pansements au bras et au cou. Mais comment as-tu fait pour t'arranger ainsi ? Je voulais te le demander hier soir, mais… »

Je souris. « Je sais. Il y avait des sujets plus intéressants à traiter. Non, mon amour. Mais je te promets de m'en occuper ce matin, dans ma chambre. » L'appeler « mon amour » me donnait davantage l'impression d'être un homme qu'aucun autre mot. Je l'embrassai à nouveau, en me jurant de partir aussitôt, mais sa main sur mon cou me retint. Je soupirai. « Il faut vraiment que je m'en aille.

– Je sais. Mais tu ne m'as pas dit comment tu t'étais fait mal. »

Je sentis bien qu'elle ne me pensait pas gravement blessé et que ce n'était qu'un prétexte pour me garder auprès d'elle. Néanmoins, c'est avec honte que je mentis, en m'efforçant de rendre mon mensonge le plus bénin possible. « J'ai été mordu par une chienne, dans les écuries. Je ne devais pas la connaître aussi bien que je le croyais, parce que, quand je me suis baissé pour prendre un de ses chiots, elle s'est jetée sur moi.

– Mon pauvre ! Enfin… Es-tu sûr d'avoir bien nettoyé les plaies ? Les morsures d'animaux, ça s'infecte facilement.

– Je les nettoierai encore une fois quand je referai les pansements. » Je ramenai l'édredon sur elle, non sans regret à l'idée de quitter cette tiédeur. « Essaye de dormir un peu avant que le jour se lève.

– FitzChevalerie ! »

Je m'arrêtai devant la porte et me retournai. « Oui ?

– Reviens chez moi ce soir. Quelle que soit la réponse du roi. »

J'ouvris la bouche pour protester.

« Jure-le-moi ! Sinon, je ne survivrai pas à cette journée. Jure-moi que tu reviendras. Car, quoi que dise le roi, sache-le : je suis ton épouse, maintenant. Et pour toujours ! Toujours ! »

Devant ce présent, je sentis mon cœur cesser de battre et je ne pus que hocher la tête sans rien dire. Mais mon expression dut parler pour moi car le sourire qu'elle me fit était rayonnant et doré comme un soleil d'été. Je soulevai la barre et glissai le loquet de la porte ; j'ouvris doucement le battant et jetai un coup d'œil dans le couloir ténébreux. « Veille à bien refermer derrière moi », soufflai-je, puis je m'éclipsai dans le peu de nuit qui restait.

13

CHASSE

On peut enseigner l'Art, comme toute autre discipline, de bien des manières. Galen, maître d'Art sous le roi Subtil, employait l'ascèse et les privations pour abattre les murailles intérieures des étudiants. Une fois l'élève réduit à l'état de créature tremblante qui ne cherche plus qu'à survivre, Galen pouvait à son aise envahir son esprit et lui imposer l'acceptation de ses méthodes d'apprentissage. Les jeunes gens qui survécurent à cette formation et constituèrent son clan étaient certes capables d'artiser de façon fiable, mais aucun ne possédait de talent particulièrement puissant ; Galen, dit-on, s'enorgueillissait d'avoir réussi à enseigner l'Art à des étudiants sans grand don naturel. C'est peut-être exact, à moins que, d'élèves doués d'un grand potentiel, il les ait réduits à l'état d'instruments passables.

Le contraste est impressionnant entre les techniques de Galen et celles de Sollicité, la maîtresse d'Art qui le précéda. C'est elle qui fournit l'instruction initiale des jeunes princes Vérité et Chevalerie ; ce que rapporte Vérité de sa formation tend à indiquer que Sollicité obtenait beaucoup de ses étudiants en les prenant par la douceur et en les amenant sans brusquerie à baisser leurs barrières. Entre ses mains, Chevalerie et Vérité devinrent des pratiquants de l'Art puissants et compétents ; malheureusement, elle mourut avant d'avoir achevé leur enseignement d'artiseurs adultes et avant que Galen ait progressé jusqu'au statut d'instructeur d'Art. On ne peut que conjecturer tout le savoir qu'elle a emporté dans la tombe et l'étendue des connaissances sur la magie royale qui furent peut-être alors perdues à jamais.

CHASSE

★

Je ne restai guère dans ma chambre ce matin-là. Le feu était éteint, mais le froid dont j'étais saisi n'était pas celui d'une chambre non chauffée. Cette pièce n'était plus que la coquille vide d'une existence dont j'allais bientôt me dépouiller ; elle me paraissait plus nue que jamais. Débarrassé de ma chemise, je fis ma toilette à l'eau froide en frissonnant et changeai enfin les pansements de mon bras et de mon cou. Je ne méritais pas des plaies aussi propres ; mais, quoi qu'il en fût, elles étaient en bonne voie de guérison.

Je m'habillai chaudement, d'une chemise montagnarde rembourrée, d'un épais pourpoint de cuir et de surchausses, en cuir épais également, que je serrai sur mes jambes à l'aide de longues lanières. Je pris mon épée d'exercice et m'armai en plus d'une courte dague ; dans mon nécessaire de travail, je prélevai un petit pot de coiffe-de-la-mort en poudre. Malgré tout cela, je me sentais sans défense, et ridicule aussi, en quittant ma chambre.

J'allai tout droit à la tour de Vérité. Il m'attendait pour travailler avec moi sur l'Art mais il me fallait le persuader que je devais chasser des forgisés aujourd'hui. Je grimpai les escaliers quatre à quatre en souhaitant que la journée fût déjà passée. Toute ma vie se concentrait sur le moment où je frapperais à la porte du roi et lui demanderais la permission d'épouser Molly. Rien que de penser à elle, je fus envahi d'un mélange si bizarre d'émotions inconnues que je ralentis le pas pour essayer de faire le tri parmi elles ; puis j'y renonçai. « Molly », dis-je tout bas, pour moi-même ; comme un mot magique, son nom raffermit ma résolution et me poussa de l'avant. Je m'arrêtai devant la porte et frappai sans discrétion.

Je sentis plus que je n'entendis la permission d'entrer que me donna Vérité. Je poussai la porte et la refermai derrière moi.

Matériellement, tout était tranquille dans la pièce. Une brise fraîche y pénétrait par la fenêtre ouverte devant laquelle Vérité trônait dans son vieux fauteuil. Ses mains étaient posées sur l'appui-fenêtre et ses yeux fixés sur l'horizon. Il avait les joues roses et les doigts du vent lui ébouriffaient les cheveux. A part le faible courant d'air venu de l'extérieur, la pièce était calme et silencieuse ; pourtant, j'eus l'impression de m'être aventuré dans une tornade. La conscience de Vérité m'engloutit, m'aspira dans son esprit et m'emporta, en même temps que ses pensées et son Art, loin sur la mer. Il me fit faire une tournée vertigineuse de tous les navires à portée de son esprit. Nous effleurâmes les calculs d'un capitaine marchand, « ... si le prix est suffisant, on prendra une cargaison d'huile pour le voyage de retour... », puis sautâmes jusqu'à une répareuse de filets qui travaillait rapidement de l'épissoir en marmonnant tandis que le capitaine l'injuriait parce qu'elle n'allait pas assez vite. Nous tombâmes sur un pilote qui s'inquiétait pour sa femme enceinte, chez eux, à terre, puis sur trois familles sorties ramasser des palourdes dans la lumière grise de l'aube, avant que la marée ne recouvre les bancs. Nous leur rendîmes visite, à eux et à une dizaine d'autres, avant que Vérité nous ramène en nous-mêmes. Je me sentais étourdi comme un petit garçon que son père vient de hisser en l'air pour lui faire voir le fouillis d'une foire et qui se retrouve soudain sur ses pieds, à hauteur des genoux du monde.

Je m'approchai de la fenêtre, aux côtés de Vérité. Son regard était toujours au loin, braqué sur l'horizon, mais je compris soudain ses cartes et pourquoi il les dressait. Cette trame de vie qu'il avait effleurée pour moi me donnait l'impression qu'il avait ouvert la main pour me montrer une poignée de pierres précieuses : des gens. Son peuple. Ce n'était pas sur une côte rocheuse ou de riches pâturages qu'il veillait : c'était sur ces gens, sur ces aperçus brillants d'autres existences qu'il ne vivait pas mais qu'il chérissait néanmoins. Tel était le royaume de Vérité. Les frontières géographiques indiquées sur le parchemin l'englobaient. L'espace d'un instant, je partageai son incrédulité à l'idée qu'on puisse vouloir du mal à ces gens, et aussi sa farouche détermination à ce qu'aucune vie ne s'éteigne plus à cause des Pirates rouges.

Le monde se stabilisa autour de moi et tout redevint tranquille dans la tour. Sans me regarder, Vérité dit : « Ainsi, tu comptes chasser aujourd'hui. »

Je hochai la tête sans m'inquiéter qu'il ne voie pas mon mouvement. C'était sans importance. « Oui. Les forgisés sont encore plus près que nous ne le croyions.

– Penses-tu devoir te battre ?

– Vous m'avez dit de me préparer : j'essaierai d'abord le poison, mais ils ne s'empresseront peut-être pas de l'avaler ou bien ils voudront quand même m'attaquer. C'est pourquoi j'ai pris mon épée.

– Je m'en doutais. Mais prends plutôt celle-ci. » Il saisit une épée engainée dans son fourreau posée à côté de son fauteuil et me la donna. Pendant quelques secondes je ne pus qu'admirer l'objet : le cuir était orné de gravures fantastiques, la poignée avait la simplicité d'un travail exécuté par un maître. Sur un signe de Vérité, je tirai la lame. Le métal luisant, martelé, plié et replié, avait acquis une extraordinaire solidité, visible aux ondoiements liquides de la lumière sur toute sa longueur. Je la brandis et la sentis se nicher au creux de ma main, sans poids, prête à servir. C'était une arme bien trop belle pour mes talents de bretteur. « Normalement, je devrais te l'offrir en grande pompe, bien entendu. Mais je préfère te la confier aujourd'hui, sans quoi tu risques de ne pas revenir pour l'accepter. A la fête de l'Hiver, je te la redemanderai peut-être pour te la donner selon les règles. »

Je la remis au fourreau, puis la ressortis vivement ; je n'avais jamais possédé aucun objet d'une telle finesse d'exécution. « J'ai l'impression qu'il faudrait que je prête serment de toujours la mettre à votre service ou quelque chose comme ça », fis-je gauchement.

Vérité eut un léger sourire. « Royal exigerait ce genre de serment, sans nul doute. Pour ma part, je ne crois pas nécessaire qu'un homme me jure son épée s'il m'a déjà juré sa vie. »

La culpabilité m'assaillit et je pris mon courage à deux mains. « Vérité, mon prince, je m'en vais aujourd'hui vous servir en tant qu'assassin. »

Vérité parut démonté. « Au moins, c'est direct, fit-il, circonspect.

– Il est temps de parler franchement, je crois. C'est donc ainsi que je vais vous servir aujourd'hui ; mais je suis las de ce rôle. Je vous ai juré ma vie, comme vous l'avez dit, et si vous me l'ordonnez, je continuerai d'assumer ce rôle. Mais je voudrais vous demander de me trouver un autre moyen de vous servir. »

Vérité resta un long moment sans parler. Il posa son menton sur son poing et soupira. « Si ce n'était qu'à moi que tu avais fait serment d'allégeance, je pourrais te répondre vite et simplement. Mais je ne suis que roi-servant. Il faut présenter ta requête à ton roi. De même que la permission de te marier. »

Le silence devint un gouffre large et profond qui nous séparait et que j'étais incapable de combler. Enfin, Vérité reprit : « Je t'ai appris à protéger tes rêves, FitzChevalerie. Si tu négliges d'enclore ton esprit, tu ne peux reprocher aux autres de savoir ce que tu divulgues. »

Je ravalai ma colère. « Qu'avez-vous perçu ? demandai-je d'un ton glacial.

– Aussi peu que possible, je te l'assure. J'ai l'habitude de garder mes propres pensées mais moins de bloquer celles des autres. Surtout celles d'un artiseur aussi puissant et aussi imprévisible que toi. Ce n'est pas volontairement que j'ai assisté à ton… rendez-vous. »

Il se tut et je préférai ne rien dire. Ce qui me bouleversait n'était pas tant l'étalage de mon intimité, mais Molly… Comment expliquer cela à Molly ? Je l'ignorais. Et l'idée d'un nouveau mensonge entre nous m'était insupportable. Comme toujours, Vérité était resté fidèle à son nom : c'est moi qui avais été négligent. Il me dit, d'une voix très basse : « Je t'envie, mon garçon, je te l'avoue. Si cela ne tenait qu'à moi, tu te marierais dès aujourd'hui. Si Subtil te refuse sa permission, retiens ceci, et fais-en part à dame Jupes-Rouges : quand je serai roi, tu seras libre de te marier quand et où bon te semblera. Je ne t'infligerai pas ce qui m'a été imposé. »

C'est à cet instant, je crois, que je compris tout ce dont Vérité avait été dépouillé. C'est une chose de compatir au sort d'un homme qui n'a pas choisi son épouse ; c'en est une autre de sortir du lit de sa bien-aimée et de prendre brutalement conscience qu'un homme auquel on est attaché ne connaîtra jamais le sentiment de complétude que j'avais éprouvé avec Molly. Avec quelle amertume il avait dû entrevoir ce qu'elle et moi partagions et qui lui serait toujours interdit !

« Merci, Vérité », lui dis-je.

Il croisa brièvement mon regard et me fit un pâle sourire.

« Sans doute, oui. » Il hésita. « Ce n'est pas une promesse, alors ne la prends pas comme telle. Je puis peut-être faire aussi quelque chose pour ton autre requête. Tu n'aurais pas le temps de remplir tes fonctions de… de diplomate, si tu avais d'autres devoirs à accomplir. Des devoirs plus importants.

– Tels que ? demandai-je prudemment.

– Mes navires grandissent jour après jour, ils prennent forme sous les mains de leurs maîtres. Et là encore, ce que je désire le plus m'est refusé : je ne pourrai pas naviguer à leur bord. C'est d'ailleurs une question de bon sens : ici, je puis les surveiller tous et leur donner à tous mes instructions ; ici, ma vie n'est pas exposée à la violence des Pirates rouges ; d'ici, je puis coordonner les attaques de plusieurs navires en même temps et envoyer de l'aide là où elle est nécessaire. » Il s'éclaircit la gorge. « Mais je ne sentirai jamais le vent, je ne l'entendrai pas claquer dans les voiles, et je ne pourrai jamais me battre contre les Pirates comme j'en meurs d'envie, l'épée à la main, en tuant vite et proprement, pour prendre leur sang en échange du sang qu'ils nous ont pris. » Une rage glacée imprégnait ses traits.

« Bref ! Pour que ces bateaux fonctionnent au mieux, chacun doit avoir à son bord une personne capable au moins de recevoir mes informations. Dans l'idéal, elle devrait aussi pouvoir me transmettre des renseignements détaillés sur ce qui se passe à bord. Tu as vu aujourd'hui combien je suis limité : je puis lire les pensées de certains, c'est vrai, mais pas leur imposer ce qu'ils doivent penser. Parfois, j'arrive à trouver quelqu'un de plus sensible à mon Art et à l'influencer. Mais ce n'est pas comme obtenir une réponse rapide à une question directe. » Il marqua un temps de silence. Puis :

« As-tu déjà songé à naviguer, FitzChevalerie ? »

Dire que je fus pris au dépourvu serait un euphémisme. « Je... vous venez de rappeler que ma capacité à artiser est imprévisible, messire ; et hier, que, dans un combat, je suis davantage bagarreur que bretteur, malgré l'enseignement de Hod...

– Et aujourd'hui je te rappelle que nous sommes déjà à la moitié de l'hiver. Il ne reste guère de mois avant le printemps. Je te l'ai dit, c'est une possibilité, rien de plus ; je ne pourrai te fournir que très peu d'aide sur ce que tu devras savoir faire à ce moment-là. Peux-tu, d'ici le printemps, apprendre à maîtriser ton Art et ton épée ?

– Pour reprendre vos propres termes, mon prince, je ne puis le promettre, mais ce sera mon intention.

– Parfait. » Vérité me dévisagea un long moment. « Veux-tu commencer dès aujourd'hui ?

– Aujourd'hui ? Je dois chasser. Je préfère ne pas négliger mon devoir, même pour la tâche que vous m'assignez.

– Les deux ne sont pas incompatibles. Emmène-moi avec toi. »

Un instant, je le regardai d'un œil inexpressif, puis hochai la tête. Je croyais qu'il allait se lever, mettre des vêtements chauds et chercher une épée ; mais non, il tendit la main vers moi et me saisit le poignet.

Sa présence se déversa en moi et mon instinct me hurla de ne pas le laisser faire. Ce n'était pas comme les autres fois où il se promenait dans mes pensées comme on trie des papiers sur un bureau ; cette fois, c'était une véritable invasion de mon esprit, comme je n'en avais plus connu depuis l'assaut de Galen. Je voulus me dégager, mais sa main était comme un étau sur mon poignet. Tout s'immobilisa. *Tu dois me faire confiance. As-tu confiance en moi ?* Pétrifié, je frissonnais et suais comme un cheval qui a trouvé un serpent dans son box.

Je ne sais pas.

Réfléchis, m'ordonna-t-il, et il se retira légèrement.

Je le sentais toujours présent, en attente, mais je savais qu'il se tenait à l'écart de mes pensées. Mon esprit travaillait frénétiquement ; il me fallait jongler avec trop d'éléments. Je devais me plier au désir de Vérité si je voulais me libérer de mon existence d'assassin ; c'était l'occasion de reléguer tous mes secrets au passé au lieu d'en exclure éternellement Molly et la confiance qu'elle avait en moi. Mais comment faire pour cacher à Vérité l'existence d'Œil-de-Nuit et tout ce que nous partagions ? Je tendis mon esprit vers le loup. *Notre lien est secret. Il doit le rester. Aussi, aujourd'hui, je dois chasser seul. Tu comprends ?*

Non. C'est stupide et dangereux. Je serai là mais fie-toi à moi pour être invisible.

« Qu'as-tu fait, là, à l'instant ? » C'était Vérité, qui avait parlé tout haut. Sa main était posée sur mon poignet. Je le regardai dans les yeux et je n'y perçus aucune hostilité. Il avait posé la question comme j'aurais pu le faire à un petit enfant surpris à graver quelque chose sur une boiserie. Je restai figé en moi-même. Je mourais d'envie de me décharger de mon fardeau afin qu'il y ait une personne dans le monde qui sache tout de moi, qui sache tout ce que j'étais.

Il y en a déjà une, protesta Œil-de-Nuit.

C'était vrai. Et je ne devais pas le mettre en danger. « Vous aussi, vous devez me faire confiance », m'entendis-je répondre à mon roi-servant. Et, comme il me contemplait d'un air méditatif, j'ajoutai : « Me faites-vous confiance, mon prince ?

– Oui. »

Par ce seul mot, il me donnait sa confiance et, avec elle, sa foi que, quoi que j'aie pu faire, cela ne lui nuirait pas. Cela paraît tout simple, mais, de la part d'un roi-servant, permettre à son propre assassin de lui dissimuler des secrets était un acte inouï. Des années plus tôt, son père avait acheté ma loyauté grâce à la promesse du gîte, du couvert et de l'éducation et à l'aide d'une épingle d'argent enfoncée dans les plis de ma chemise. L'acte de foi de Vérité prenait soudain une importance bien supérieure à tout cela. L'affection qu'il m'avait toujours inspirée ne connut tout à coup plus de bornes. Comment pouvais-je ne pas lui faire confiance ?

Il sourit d'un air embarrassé. « Tu sais artiser, quand tu veux. » Et sans un mot de plus, il pénétra de nouveau dans mon esprit. Tant que sa main restait sur mon bras, l'union de nos pensées se faisait sans effort. Je sentis sa curiosité mêlée d'un soupçon de tristesse à voir son propre visage par mes yeux. *Le miroir est plus charitable. J'ai vieilli.*

Il aurait été vain de nier la vérité de ses paroles alors qu'il était niché au cœur de mon esprit. Aussi acquiesçai-je : *C'était un sacrifice nécessaire.*

Sa main quitta mon poignet. L'espace d'un vertigineux instant, je me vis en train de le regarder par ses propres yeux, puis cela passa. Il se retourna doucement et se remit à contempler l'horizon, puis il me barra cette vision. Sans contact physique, l'étreinte de nos esprits changeait de qualité. Je sortis lentement et descendis les escaliers comme si je portais un verre de vin plein à ras bord. *Exactement. Et dans les deux cas c'est plus facile si tu ne gardes pas les yeux fixés dessus et si tu n'y penses pas tout le temps. Porte, c'est tout.*

Je me rendis aux cuisines où je pris un solide petit déjeuner en tâchant de me conduire normalement. Vérité avait raison : il était plus aisé de maintenir le contact si je ne me concentrais pas dessus. Le personnel des cuisines vaquait à ses occupations et je me servis moi-même une assiettée de biscuits que je fourrai dans mon sac. « Tu vas chasser ? » me demanda Mijote en se détournant de son travail. Je hochai la tête.

« Eh bien, fais attention. Quel gibier est-ce que tu cherches ? »

J'improvisai. « Un sanglier ; j'y vais pour en repérer un, pas pour tuer. Je me suis dit que ce serait un bon divertissement pour la fête de l'Hiver.

– Pour qui ? Pour le prince Vérité ? Tu ne le feras pas sortir du château, mon petit. Il ne bouge pas assez de ses appartements, en ce moment, oui, et notre pauvre vieux roi Subtil n'a pas avalé un vrai repas depuis des semaines. Je me demande bien pourquoi je me fatigue à lui préparer ses plats préférés : les plateaux reviennent aussi remplis que je les envoie. Par contre, le prince Royal, lui, il ira peut-être chasser, du moment que ça ne lui défrise pas ses bouclettes ! » Une vague de rire parcourut la cuisine. L'impertinence de Mijote m'avait mis le rouge aux joues. *Du calme. Ils ne savent pas que je t'accompagne, mon garçon. Et je ne retiendrai pas contre eux ce qu'ils te diront. Ne me trahis pas.* Je perçus l'amusement de Vérité, et aussi son inquiétude. J'affichai donc un grand sourire, remerciai Mijote pour le pâté en croûte qu'elle avait fourré de force dans mon sac et quittai les cuisines.

Suie piaffait dans son box, plus qu'impatiente d'aller se promener.

Burrich passa cependant que je la sellais ; ses yeux noirs observèrent mes cuirs, le fourreau ouvragé et la garde gravée de mon épée. Il s'éclaircit la gorge mais ne fit pas le moindre remarque. Je n'avais jamais réussi à déterminer ce que Burrich savait de mon travail ; à une époque, dans les Montagnes, je lui avais révélé ma formation d'assassin, mais c'était avant qu'il prenne un coup sur le crâne en tentant de me protéger. Quand il s'en était remis, il prétendait avoir perdu tout souvenir du jour qui avait précédé le choc ; pourtant j'avais des doutes : peut-être était-ce une façon prudente de garder un secret celé ; ainsi, même ceux qui le partageaient étaient dans l'incapacité d'en parler. « Fais attention, fit-il enfin d'un ton bourru. Je ne veux pas qu'il arrive de mal à cette jument.

– On fera attention », promis-je, puis je sortis Suie de son box.

Malgré tout ce que j'avais fait ce matin-là, il était encore tôt et la lumière hivernale était juste suffisante pour un petit galop sans risque. Je laissai Suie aller à sa guise et exprimer sa bonne humeur afin qu'elle s'échauffe, sans toutefois qu'elle transpire. Le ciel était couvert mais le soleil se glissait par des déchirures dans les nuages pour toucher les arbres et les congères du bout de ses doigts lumineux. Je retins Suie pour la mettre au pas. Nous allions suivre un chemin détourné pour gagner le lit de la rivière ; je ne tenais pas à quitter les voies fréquentées plus tôt que nécessaire.

Vérité restait toujours présent. Nous ne communiquions pas, mais il n'ignorait rien de mon dialogue intérieur. Il savourait l'air frais du matin, la façon vive de répondre de Suie et la jeunesse de mon propre corps. Mais plus je m'éloignais du château, plus j'avais conscience de maintenir le contact avec lui ; d'un lien qu'il m'avait d'abord imposé, notre union s'était peu à peu transformée en un effort mutuel qui évoquait davantage deux mains qui se serrent pour ne pas se lâcher. Je ne savais pas si je parviendrais à tenir longtemps. *N'y pense pas. Fais-le, c'est tout. Même respirer devient difficile lorsqu'on se concentre sur chaque respiration.* Je battis des paupières, soudain conscient qu'il était à présent dans son cabinet et qu'il vaquait à ses tâches habituelles du matin. Comme un bourdonnement d'abeilles au loin, je perçus la présence de Charim qui lui demandait un renseignement.

Je ne détectais aucun signe d'Œil-de-Nuit. Je m'efforçais de ne pas penser à lui, de ne pas le chercher, ce qui était aussi épuisant mentalement que de maintenir la conscience de Vérité en moi. Je m'étais si vite habitué à tendre mon esprit vers mon loup et à le trouver qui attendait mon contact que je me sentais maintenant tout seul, et déstabilisé comme si mon poignard préféré manquait à ma ceinture. La seule image qui parvenait à l'effacer de mon esprit était celle de Molly, et, sur celle-là non plus, je ne tenais pas à m'attarder : Vérité ne m'avait pas sermonné sur ma conduite de la veille, mais je savais qu'il la considérait comme moins qu'honorable, et j'avais le désagréable sentiment que, si je me laissais aller à y réfléchir moi-même, je serais d'accord avec lui. Lâchement, je bridai mes pensées sur ce sujet-là aussi.

Je me rendis compte que le plus gros de mes efforts allait à m'empêcher de penser. Je secouai la tête et m'ouvris au monde qui m'entourait. La route que je suivais n'était guère fréquentée : elle serpentait au milieu des collines auxquelles s'adossait Castelcerf et elle servait bien davantage aux moutons et aux chèvres qu'aux hommes. Plusieurs dizaines d'années auparavant, un incendie déclenché par la foudre avait ravagé cette zone, et il y était repoussé surtout des bouleaux et des peupliers, à présent nus et chargés de neige. Cette région montueuse était mal adaptée à l'agriculture et l'on y faisait principalement paître les bestiaux l'été, mais de temps en temps je captais une odeur de feu de bois et je passais un chemin qui menait à la chaumière d'un bûcheron ou à la cahute d'un chasseur. Les parages fourmillaient de petites maisons isolées, occupées par des gens de la plus humble extraction.

La route devint plus étroite et la nature des arbres changea comme je pénétrais dans une partie plus ancienne de la forêt. Là, les conifères sombres croissaient encore dru et se pressaient au bord de la piste ; leurs troncs étaient immenses et, sous leurs branches étalées, la neige s'amoncelait en tas inégaux. La plus grande partie de ce qui était tombé cette année reposait encore sur les ramures aux aiguilles épaisses. Le sous-bois n'était guère broussailleux et je n'eus aucun mal à faire quitter la piste à Suie. Nous avançâmes sous la voûte des arbres chargés de neige, dans un jour grisâtre. La clarté du ciel semblait étouffée par la pénombre des grands arbres.

Tu cherches un endroit particulier. Tu as des renseignements précis sur la localisation des forgisés ?

On les a vus sur la berge d'une certaine rivière en train de dévorer une carcasse de daim. C'était hier ; j'ai pensé que nous pourrions les suivre à partir de là.

Qui les a vus ?

J'hésitai. *Un ami. Il fuit la compagnie des hommes, mais j'ai gagné sa confiance et, parfois, quand il voit des choses bizarres, il m'en fait part.*

Hum. Je sentis les réserves de Vérité devant ma réticence. *Bien, je ne t'en demanderai pas plus. Certains secrets sont indispensables, j'imagine. Ça me rappelle une petite fille simplette que j'ai connue ; elle s'asseyait toujours aux pieds de ma mère, qui lui fournissait le couvert et de quoi s'habiller, et qui lui donnait des babioles et des friandises. Personne ne faisait guère attention à elle. Mais, un jour, je suis arrivé sans qu'elles me voient, et j'ai entendu la petite parler à ma mère d'un homme, dans une taverne, qui vendait de jolis colliers et de beaux bracelets. Plus tard dans la semaine, et dans la même taverne, la garde royale a arrêté Sévis, le voleur de grand chemin. Ce sont souvent ceux qu'on entend le moins qui en savent le plus.*

En effet.

Nous poursuivîmes notre route dans un silence amical. De temps en temps, je devais me rappeler que Vérité n'était pas avec moi en chair et en os. *Mais je commence à le regretter. Il y a trop longtemps, mon garçon, que je ne suis pas allé dans ces collines simplement pour le plaisir d'être à cheval. Mon existence s'est alourdie à l'excès d'obligations. Je ne me souviens même pas de la dernière fois où j'ai fait quelque chose simplement parce que j'en avais envie.*

Je hochai la tête à ses réflexions lorsqu'un cri fracassa la tranquillité de la forêt. C'était le hurlement inarticulé d'une jeune créature, et sa brutale interruption me fit tendre mon esprit vers sa source avant que je puisse me retenir. Mon Vif trouva Œil-de-Nuit en proie à une terreur panique, à la peur de la mort et à une soudaine horreur. Je fermai mon esprit, mais poussai Suie dans la direction du cri et la talonnai. Penché sur son encolure, je l'encourageais tandis qu'elle s'enfonçait dans le dédale de congères, de branches mortes et d'espaces dégagés qui formaient le sous-bois. Je grimpai ainsi une colline, sans jamais atteindre la vitesse qu'exigeait l'urgence de la situation. Arrivé enfin au sommet, je découvris une scène que je ne pourrai jamais oublier.

Ils étaient trois, crasseux, en haillons et la barbe hirsute. Ils se battaient en grondant des bouts de phrases incompréhensibles. Mon Vif ne captait chez eux aucune impression de vie mais je reconnus les forgisés qu'Œil-de-Nuit m'avait montrés la nuit précédente. Elle, elle était petite ; elle devait avoir trois ans, et la tunique en laine qu'elle portait était jaune vif, ouvrage amoureusement exécuté par sa mère, peut-être. Chacun essayait de s'emparer de l'enfant, comme s'il s'agissait d'un lapin pris au collet, et tirait sur ses petits membres en saccades furieuses, sans souci du peu de vie qui résidait encore en elle. Je poussai un rugissement de rage et dégainai mon épée à l'instant où l'un des forgisés libérait l'enfant de son corps en lui brisant la nuque. A mon cri, l'un des hommes leva la tête et se tourna vers moi, la barbe écarlate de sang. Il n'avait pas attendu la mort de sa victime pour commencer à se nourrir.

J'éperonnai Suie et fondis sur eux telle la Vengeance incarnée. Œil-de-Nuit jaillit des bois à ma gauche, bondit sur l'un des hommes et, la gueule grande ouverte, lui planta les crocs dans la nuque. Un autre me fit face comme j'arrivais et leva futilement la main pour se protéger de mon épée. Le coup fut tel que ma belle lame toute neuve lui trancha le cou à demi avant de s'enfoncer dans sa colonne vertébrale. Je tirai son poignard et sautai à bas de Suie pour me colleter avec l'homme qui tentait de plonger son couteau dans le flanc d'Œil-de-Nuit. Le troisième forgisé saisit le corps de la petite fille et s'enfuit dans les bois.

L'homme se battait comme un ours enragé à coups de couteau et de dents, alors que je venais de l'éventrer ; ses entrailles se déversaient par-dessus sa ceinture et il continuait à nous attaquer, le loup et moi, d'un pas titubant. Je n'avais pas le temps de m'arrêter à l'horreur que je ressentais. Sachant qu'il allait mourir, je l'abandonnai et nous nous lançâmes à la poursuite du fuyard. Œil-de-Nuit était une tache de fourrure grise qui filait en ondulant sur le versant de la colline et je maudis la lenteur de mes jambes tandis que je courais derrière lui. La neige piétinée, les taches de sang et les relents de l'homme formaient une piste nette. Je n'avais plus toute ma tête : pendant que je grimpais la colline, il me vint à l'esprit que j'arriverais peut-être à temps pour effacer la mort de la petite fille et la ramener à la vie ; pour faire qu'elle ne soit pas morte. C'est cette idée illogique qui me permettait de tenir mon train d'enfer.

Il avait doublé ses voies. Caché derrière une énorme souche, il jaillit soudain, projeta le petit cadavre sur Œil-de-Nuit et sauta sur moi. Il était grand et musclé comme un forgeron. A la différence des autres victimes des Pirates que j'avais rencontrées, cet homme-ci, grâce à sa taille et à sa force, avait réussi à se nourrir et à se vêtir convenablement, et il était possédé par la fureur sans limites d'un animal traqué. Il me saisit à bras-le-corps, me souleva de terre, puis se laissa tomber sur moi en m'écrasant la gorge au creux de son bras noueux. Etendu sur moi, son poitrail de taureau contre mon dos, il m'avait coincé un bras sous ma propre poitrine. Je ramenai l'autre en arrière et enfonçai par deux fois mon poignard dans une cuisse épaisse. Il poussa un hurlement de rage, accentua la pression sur ma gorge et m'écrasa le visage dans la terre gelée. Des taches noires envahirent ma vision et Œil-de-Nuit vint ajouter son poids à celui de l'homme sur mon dos ; je crus que ma colonne vertébrale allait se rompre. Le loup entaillait les épaules de l'homme à coups de crocs, mais le forgisé se contenta de rentrer le menton et de faire le dos rond : il savait qu'il était en train de m'étrangler. Une fois que je serais mort, il aurait tout le temps de s'occuper du loup.

A force de me débattre, ma plaie au cou se rouvrit et je sentis mon sang ruisseler. Ce surcroît de douleur m'aiguillonna, je secouai violemment la tête et, grâce au sang qui lubrifiait le bras du géant, je parvins à la faire pivoter. J'aspirai éperdument un filet d'air avant que l'homme ne modifie sa prise. Il se mit à me tirer la tête en arrière ; s'il ne pouvait m'étrangler, il se contenterait de me briser le cou. Il en avait la force.

Œil-de-Nuit changea de tactique : il ne pouvait ouvrir assez largement la gueule pour saisir la tête de l'homme, mais ses crocs agrippèrent la peau du crâne et en décollèrent un grand lambeau ; il saisit alors le bout de peau et tira. Le sang se mit à pleuvoir sur moi tandis que le forgisé poussait un rugissement et me plantait un genou dans le bas du dos. D'un bras, il se mit à battre l'air pour repousser Œil-de-Nuit ; j'en profitai pour me retourner sur le dos, lui remonter violemment un genou dans l'aine et lui planter mon poignard dans le flanc. La souffrance devait être abominable, pourtant il ne me lâcha pas. Au contraire, il me heurta la tête du front dans un éclair de ténèbres, puis me saisit entre ses bras et commença de m'écraser contre sa poitrine.

Du combat, c'est tout ce dont je garde un souvenir cohérent ; j'ignore ce qui me prit ensuite ; peut-être s'agit-il de la rage de mort dont parlent certaines légendes. Toujours est-il que j'attaquai l'homme à coups de dents, d'ongles et de poignard et que je lui arrachai de la chair partout où j'en trouvais. Néanmoins, je sais que cela n'aurait pas suffi si Œil-de-Nuit ne l'avait pas assailli avec la même fureur irrésistible. Plus tard, je m'extirpai en rampant de sous le cadavre de l'homme. J'avais un désagréable goût de cuivre dans la bouche et je crachai des poils crasseux et du sang. Je m'essuyai les mains sur mes chausses puis les frottai dans la neige, mais rien ne pourrait jamais en faire partir la souillure.

Tu vas bien ? Haletant, Œil-de-Nuit était couché dans la neige à un ou deux pas de moi. Sa gueule était aussi ensanglantée que ma bouche. Il avala une grande goulée de neige, puis se remit à haleter. Je me levai et fis un ou deux pas titubants dans sa direction ; j'aperçus alors le corps de la petite fille et je tombai à genoux auprès d'elle. A cet instant, je crois, je pris conscience qu'il était trop tard, et qu'il était déjà trop tard quand j'avais aperçu les trois hommes.

Elle était toute petite, avec des cheveux châtains et lisses et des yeux sombres. Son corps était encore tiède et souple et c'était horrible. Je la pris contre moi et repoussai les cheveux de son visage, un petit visage, une petite bouche avec des dents de bébé, des joues rebondies. La mort n'avait pas encore obscurci son regard et les yeux braqués sur les miens semblaient contempler une énigme au-delà de toute compréhension. Ses petites mains douces et potelées étaient zébrées du sang qui avait coulé des morsures à ses bras. Je m'assis dans la neige, l'enfant mort sur les genoux. Elle était si petite et naguère si pleine de vie ! Si immobile à présent ! Je courbai la tête sur ses cheveux et pleurai doucement ; puis de grands sanglots me convulsèrent soudain. Œil-de-Nuit me renifla la joue et gémit. Il me gratta rudement l'épaule de la patte et je m'aperçus brusquement que je m'étais fermé à lui. Je l'apaisai d'une caresse, mais ne pus me résoudre à lui ouvrir mon esprit, à lui ni à personne. Il gémit à nouveau et enfin j'entendis le bruit des sabots. D'un air d'excuse, il me lécha la joue et s'évanouit dans les bois.

Je me redressai en chancelant, l'enfant dans les bras. Les cavaliers apparurent au sommet de la colline, Vérité en tête, Burrich derrière lui, puis Lame et une demi-douzaine d'hommes. Avec épouvante, je vis qu'une femme mal habillée chevauchait en croupe de Lame. Elle poussa un cri en me voyant, sauta à bas du cheval et courut vers moi les bras tendus. La terrible lumière d'espoir et de joie qui illuminait son visage était insupportable. Un instant, ses yeux croisèrent les miens et je vis la lumière mourir en elle. Elle m'arracha la petite fille, saisit son visage déjà froid d'une main et se mit à hurler. Sa douleur s'abattit sur moi comme une vague, rompit mes digues et me submergea. Et son cri continuait…

Des heures plus tard, dans le cabinet de Vérité, je l'entendais encore. Tout mon être résonnait à ce hurlement en longs frémissements involontaires qui me parcouraient tout entier. Torse nu, j'étais assis sur un tabouret devant la cheminée ; le guérisseur ajoutait du bois au feu tandis qu'un Burrich muet comme une tombe ôtait les aiguilles de pin et la terre incrustées dans ma plaie à la nuque. « Ça et ça, tu ne te l'es pas fait cette fois-ci », observa-t-il à un moment en désignant mes autres blessures au bras. Je ne répondis pas : les mots m'avaient abandonné. Dans une cuvette d'eau chaude, des fleurs d'iris séchées se défroissaient au milieu de fragments de myrte des marais. Il y plongea un bout de tissu et en tamponna les ecchymoses de mon cou. « Le forgeron avait de grandes mains, fit-il.

– Vous le connaissiez ? demanda le guérisseur en se retournant.

– Pas vraiment ; je l'avais aperçu une fois ou deux, à la fête du Printemps, quand les marchands itinérants viennent proposer leurs produits au bourg. Il vendait des boucles et des mors de fantaisie en argent pour les harnais. »

Le silence retomba et Burrich poursuivit son travail. Le sang qui teintait l'eau de la cuvette n'était pas le mien, pour la plus grande partie : à part de nombreuses ecchymoses et contusions, je m'en tirais surtout avec des éraflures, des entailles et une énorme bosse au front. J'en éprouvais d'ailleurs comme de la honte : la petite fille était morte, j'aurais dû au moins être blessé. J'ignore pourquoi, mais j'y aurais vu une certaine justice. Je regardai Burrich panser soigneusement mon avant-bras, puis le guérisseur m'apporta une chope de thé. Burrich s'en empara, la renifla d'un air pensif, puis me la passa. « J'y aurais mis moins de valériane », remarqua-t-il simplement. Le guérisseur recula et alla s'asseoir près de l'âtre.

Charim entra avec un plateau chargé de plats. Il débarrassa une petite table et se mit à disposer les mets. Peu après, Vérité arriva à grandes enjambées ; il ôta son manteau et le jeta sur le dossier d'un fauteuil. « J'ai mis la main sur le mari au marché, dit-il. Il est avec sa femme, maintenant. Elle avait laissé la petite à jouer sur le seuil de leur maison pendant qu'elle allait chercher de l'eau à la rivière. A son retour, la petite avait disparu. » Il me lança un coup d'œil, mais je ne pus soutenir son regard. « Nous l'avons trouvée dans les bois, en train d'appeler sa fille. Je savais... » Il se tourna soudain vers le guérisseur. « Merci, Dem. Si vous en avez terminé avec FitzChevalerie, vous pouvez nous laisser.

– Mais je n'ai même pas examiné ses...

– Il va bien. » Burrich avait enroulé un bandage autour de ma poitrine en le faisant passer sous mon bras valide pour essayer de maintenir le pansement en place sur mon cou : la morsure se situait juste sur le muscle placé entre l'épaule et la gorge. Je m'efforçai de trouver quelque chose d'amusant dans le regard irrité que le guérisseur lança au maître d'écurie avant de s'en aller. Burrich ne le vit même pas.

Vérité tira un fauteuil jusque devant moi. Je voulus porter la chope à mes lèvres, mais Burrich me la prit des mains d'un geste désinvolte. « Quand tu auras fini de parler. Avec ce qu'il y a de valériane là-dedans, tu tomberais raide endormi. » Il s'éloigna avec la chope, en versa la moitié dans le feu et dilua le reste avec de l'eau chaude. Cela fait, il se croisa les bras et s'appuya au manteau de la cheminée, les yeux sur nous.

Je revins à Vérité et attendis qu'il prenne la parole.

Il soupira. « J'ai vu l'enfant en même temps que toi, et les forgisés qui se battaient pour sa possession. Et tout à coup tu as disparu ; notre union s'est dissoute et j'ai été incapable de te recontacter, même en y mettant toute ma puissance. Je savais que tu avais des ennuis et je suis parti te rejoindre le plus vite possible. Je regrette de n'avoir pas été plus rapide. »

Je mourais d'envie de tout lui avouer, mais ce serait peut-être trop en révéler : être détenteur des secrets d'un prince ne me donnait pas le droit de les divulguer. Je jetai un coup d'œil à Burrich : il était occupé à étudier le mur. « Merci, mon prince, dis-je d'un ton formaliste. Vous n'auriez pu faire plus vite, et, même dans le cas contraire, ç'aurait encore été peine perdue : elle est morte presque à l'instant où je l'ai aperçue. »

Vérité baissa les yeux sur ses mains. « Je le savais. Mieux que toi. C'est pour toi que je m'inquiétais. » Il me regarda en essayant de sourire. « Le trait le plus distinctif de ton style au combat, c'est ta façon effarante d'y survivre. »

Du coin de l'œil, je vis Burrich réagir, ouvrir la bouche pour parler, puis la refermer. Une peur glacée s'éveilla en moi : il avait vu les cadavres des forgisés, il avait observé les traces, et il savait que je ne m'étais pas battu seul contre eux. Rien n'aurait pu davantage assombrir cette journée déjà lugubre. J'eus la sensation que mon cœur se transformait en glaçon. Et le fait qu'il n'ait encore rien dit, qu'il réservât ses accusations pour le moment où nous serions seuls n'arrangeait rien.

« FitzChevalerie ? » fit Vérité.

Je sursautai. « Je vous demande pardon, mon prince. »

Il éclata d'un rire qui évoquait plutôt un aboiement. « Assez de “mon prince”. Dans les circonstances présentes, je t'en dispense volontiers, et Burrich aussi. Lui et moi nous connaissons bien : il ne donnait pas du “mon prince” à mon frère en de tels moments. N'oublie pas qu'il était l'homme lige de mon frère. Chevalerie puisait dans son énergie et souvent sans y aller de main morte. Burrich, j'en suis persuadé, sait que je me suis servi de toi de la même façon, et aussi que j'ai voyagé par tes yeux aujourd'hui, du moins jusqu'en haut de la colline. »

Je me tournai vers Burrich qui hocha lentement la tête. Ni lui ni moi ne savions exactement les raisons de sa présence à cette réunion.

« Je t'ai perdu lorsque tu as été pris de ta rage de combat. Si je veux pouvoir t'employer à mon gré, ça ne doit pas se reproduire. » Vérité se tapota un moment les cuisses du bout des doigts, l'air songeur. « Je ne vois qu'une manière pour toi d'apprendre : c'est de t'exercer. Burrich, Chevalerie m'a raconté un jour qu'acculé, tu te défendais mieux à la hache qu'à l'épée. »

Burrich parut surpris : manifestement, il ne s'attendait pas que Vérité sache cela sur lui. Il hocha de nouveau la tête, lentement. « Il se moquait de moi à ce sujet. Il disait que c'était un outil digne d'un bagarreur de taverne, pas une arme de gentilhomme. »

Vérité se permit un petit sourire. « C'est tout à fait approprié au style de Fitz, alors. Tu lui apprendras la hache. Je ne crois pas que ça fasse partie de l'entraînement de Hod, d'une manière générale, bien qu'elle puisse sans doute l'enseigner si on le lui demande. Mais j'aimerais autant que tu t'en occupes, parce que je veux que Fitz s'y exerce tout en gardant le contact avec moi. Si nous arrivons à fondre les deux formations en une, il arrivera peut-être à dominer les deux disciplines en même temps. Et, si c'est toi son professeur, il ne sera pas trop distrait par la nécessité de dissimuler ma présence. Peux-tu t'en charger ? »

Burrich ne parvint pas tout à fait à cacher son effarement. « Oui, mon prince.

– Alors, mets-t'y dès demain. Le plus tôt possible ; je sais que tu as d'autres devoirs et que tu ne disposes déjà pas d'assez d'heures pour toi-même. N'hésite pas à déléguer certaines tâches à Pognes ; il me paraît très compétent.

– C'est vrai », acquiesça Burrich d'un air circonspect. Encore un petit renseignement sur lui que possédait Vérité.

« Parfait, dans ce cas. » Vérité se radossa dans son fauteuil. Il nous regarda tour à tour comme s'il donnait ses instructions à une salle pleine d'officiers. « Quelqu'un voit-il une difficulté ? »

Je reconnus dans cette question une façon polie de mettre un terme à la réunion.

« Messire ? » fit Burrich. Sa voix grave était très assourdie et hésitante. « Si je peux... J'ai... Je ne veux pas discuter le jugement de mon prince, mais... »

Je retins mon souffle : nous y étions. Le Vif.

« Dis ce que tu as sur le cœur, Burrich. Je croyais m'être clairement exprimé : ici, les "mon prince" ne sont pas de mise. Qu'est-ce qui t'inquiète ? »

Très droit, Burrich soutint le regard du roi-servant. « Est-ce... convenable ? Bâtard ou non, c'est le fils de Chevalerie. Ce que j'ai vu dans les collines, aujourd'hui... » Une fois lancé, Burrich ne pouvait plus s'arrêter, et il faisait des efforts pour ne pas laisser la colère percer dans sa voix. « Vous l'avez envoyé... Il est allé tout seul dans un véritable abattoir. Pratiquement, tout autre garçon de son âge serait mort, à l'heure qu'il est. Je... je ne cherche pas à me mêler de ce qui ne me regarde pas. Je sais qu'il existe maintes façons de servir mon roi, et que certaines sont moins gracieuses que d'autres. Mais d'abord dans les Montagnes... et puis ce que j'ai vu aujourd'hui... Ne pouviez-vous pas trouver quelqu'un d'autre que l'enfant de votre frère pour ces besognes ? »

Je tournai mon regard vers Vérité et, pour la première fois de ma vie, je vis une franche colère sur son visage ; ni sourire méprisant, ni froncement de sourcils, seulement deux étincelles brûlantes au fond de ses yeux noirs. Ses lèvres n'étaient plus qu'une fine ligne plate. Mais quand il parla, ce fut d'un ton égal. « Regarde mieux, Burrich. Ce n'est pas un enfant que tu as devant toi. Et réfléchis mieux. Je ne l'ai pas envoyé seul. Je l'ai accompagné dans ce que nous pensions devoir être une chasse d'approche et non un affrontement direct. Ça n'a pas tourné comme prévu, mais il s'en est sorti, comme il s'est déjà sorti de situations similaires, et comme il s'en sortira encore probablement. » Vérité se mit brusquement debout et mes sens perçurent un alourdissement de l'atmosphère, un bouillonnement d'émotions. Même Burrich parut y être sensible, car il me jeta un coup d'œil, puis se contraignit à l'immobilité tel un soldat au garde-à-vous, cependant que Vérité arpentait la pièce.

« Non. Si j'avais eu mon mot à dire, ce n'est pas ce que j'aurais choisi pour lui. Ce n'est pas ce que je choisirais pour moi-même. Ah, s'il était né à une époque moins troublée ! S'il était né dans un lit conjugal et si mon frère était toujours sur le trône ! Mais ce n'est pas la situation qui m'est échue, ni à lui. Ni à toi ! Par conséquent, il sert, tout comme moi. Sacrebleu, Kettricken a raison depuis le début ! Le roi est l'Oblat du peuple ! Et son neveu aussi. Ç'a été un vrai carnage dans les collines ; je sais de quoi tu parles. J'ai vu Lame s'éloigner pour vomir après avoir vu un des cadavres, je l'ai vu garder ensuite ses distances avec Fitz. J'ignore comment ce garçon... ce jeune homme s'en est tiré vivant. En faisant ce qui était nécessaire, je suppose. Alors, moi, que puis-je faire, Burrich ? Que puis-je faire ? J'ai besoin de lui. J'ai besoin de lui pour cette immonde guerre secrète, car il est le seul qui soit équipé et formé pour la mener, tout comme je monte dans ma tour et, sur les ordres de mon père, je me consume l'esprit à tuer de façon sournoise et répugnante. Quoi que Fitz doive faire, quels que soient les talents auxquels il doive recourir... (mon cœur s'arrêta de battre, l'air se transforma en glace dans mes poumons) il doit s'en servir. Parce que nous en sommes là, à présent : à survivre. Parce que...

– C'est mon peuple. » Je m'aperçus que c'était moi qui avais parlé lorsqu'ils se tournèrent d'un bloc pour me dévisager. Le silence s'abattit soudain dans la pièce. Je pris mon inspiration. « Il y a très longtemps, un vieil homme m'a dit qu'un jour je comprendrais quelque chose. Il a dit que les gens des Six-Duchés étaient mon peuple, que c'était dans mon sang de les protéger, de ressentir leurs blessures comme les miennes. » Je clignai les yeux pour effacer Umbre et le village de Forge. « Il avait raison, repris-je non sans mal au bout d'un moment. C'est mon enfant qu'on a tué aujourd'hui, Burrich. Et mon forgeron, et deux autres hommes. Pas les forgisés : les Pirates rouges. Et il me faut leur sang en échange, je dois les chasser de mes côtes. C'est aussi simple que manger ou respirer. Je dois le faire. »

Leurs regards se croisèrent par-dessus ma tête. « Bon sang ne saurait mentir », fit Vérité à mi-voix. Mais dans sa voix, il y avait une ardeur et une fierté qui apaisèrent les tremblements dont j'étais secoué depuis le matin. Un grand calme m'envahit. J'avais fait ce qu'il fallait, aujourd'hui. Je le sus comme un fait indéniable. Mon devoir était odieux et avilissant, mais c'était le mien, et je l'avais accompli. Pour mon peuple. Je me tournai vers Burrich : il me regardait avec l'air méditatif qu'il arborait en général lorsque le plus chétif d'une portée manifestait des capacités inhabituellement prometteuses.

« Je lui apprendrai les quelques techniques que je connais à la hache, dit-il à Vérité. Et deux ou trois autres choses. Voulez-vous que nous commencions demain, avant l'aube ?

– Très bien, répondit Vérité avant que j'aie le temps de protester. Et maintenant, à table. »

Je m'aperçus que je mourais de faim. Je me levai pour aller m'attabler, mais Burrich se dressa soudain près de moi. « Lave-toi les mains et la figure, Fitz », me dit-il avec douceur.

L'eau parfumée de la cuvette était noire du sang du forgeron quand j'eus fini.

14

LA FÊTE DE L'HIVER

La fête de l'Hiver est la célébration de la période la plus sombre de l'année autant que du retour de la lumière. Les trois premiers jours, on rend hommage à l'obscurité. Les récits et les spectacles de marionnettes présentés parlent de repos et d'heureux dénouements ; on mange du poisson en saumure, de la viande fumée, des tubercules ramassés dans l'année et des fruits de l'été précédent. Puis, à mi-fête, se tient une chasse ; on répand du sang frais pour marquer le tournant de l'année et l'on apporte de la viande fraîche à table, que l'on consomme avec du grain récolté six mois plus tôt. Les trois jours suivants ont les yeux fixés sur l'été à venir ; on garnit les métiers à tisser de fils de couleurs gaies, les tisserands accaparent une extrémité de la Grand-Salle et chacun s'efforce de créer le tissu le plus léger et les motifs les plus lumineux. A ce moment-là, les contes parlent de naissance et de l'origine des choses.

⋆

Cet après-midi-là, je voulus voir le roi. Malgré tout ce qui s'était passé, je n'avais pas oublié la promesse que je m'étais faite ; mais Murfès m'interdit le passage en affirmant que le roi Subtil ne se sentait pas bien et ne recevait personne. J'eus envie de tambouriner à coups de poing à la porte et de hurler pour que le fou oblige Murfès à me laisser entrer, mais je me retins : je n'étais plus aussi certain qu'autrefois de l'amitié du fou. Nous n'avions eu aucun contact depuis la chanson moqueuse qu'il m'avait infligée. Cependant, penser à lui me remit ses paroles en mémoire et, revenu dans ma chambre, je feuilletai à nouveau les manuscrits de Vérité.

Au bout d'un moment, je sentis l'assoupissement me gagner : même diluée, la dose de valériane dans mon thé restait forte et la léthargie m'envahissait. Je repoussai les rouleaux, qui ne m'avaient rien appris de neuf, et réfléchis à d'autres possibilités. Peut-être l'annonce publique, lors de la fête de l'Hiver, que l'on recherchait des artiseurs, quel que soit leur âge ? Cela mettrait-il en danger ceux qui répondraient ? Je repensai aux cibles évidentes d'un tel appel : ceux qui avaient été formés en même temps que moi. Aucun n'éprouvait d'affection pour moi, ce qui ne les empêchait sans doute pas d'être fidèles à Vérité, loyauté peut-être gâtée par l'attitude de Galen, mais cela ne pouvait-il être corrigé ? D'entrée, j'écartai Auguste : sa dernière expérience d'artiseur à Jhaampe avait anéanti toutes ses capacités, et il s'était discrètement retiré dans une bourgade au bord de la Vin, vieilli avant l'âge, disait-on. Mais il n'était pas seul : nous étions huit à avoir survécu à la formation, et sept à être revenus de l'examen final. Moi, j'avais échoué et l'Art d'Auguste avait été pulvérisé. Cela laissait cinq artiseurs.

Un bien maigre clan. Tous me haïssaient-ils autant que Sereine ? Elle me rendait responsable de la mort de Galen et n'en faisait pas mystère ; les autres étaient-ils aussi bien informés de ce qui s'était passé ? J'essayai de me souvenir d'eux. Justin, très imbu de lui-même et trop fier de son talent d'artiseur ; Carrod, un garçon autrefois aimable et un peu mou ; les rares fois où je l'avais revu depuis qu'il était devenu membre du clan, je lui avais trouvé un regard quasiment vide, comme si rien ne subsistait de ce qu'il avait été. La musculature puissante de Ronce s'était transformée en graisse depuis qu'il avait quitté son métier de charpentier pour artiser ; quant à Guillot, il n'avait jamais été remarquable, et l'Art n'y avait rien changé. Néanmoins, tous avaient la capacité démontrée d'artiser ; Vérité ne pouvait-il reprendre leur formation ? Peut-être, mais quand ? Où trouverait-il le temps de mener à bien pareille entreprise ?

Quelqu'un vient.

Je m'éveillai. J'étais à plat ventre dans mon lit au milieu des manuscrits éparpillés. Je m'étais assoupi sans m'en rendre compte et il était rare que je dorme aussi profondément. Si Œil-de-Nuit n'avait pas monté la garde sur moi par le biais de mes propres sens, j'aurais été complètement pris au dépourvu. Je vis la porte de ma chambre s'ouvrir doucement ; le feu était bas et il n'y avait guère d'autre lumière dans la pièce. N'ayant pas prévu de dormir, je n'avais pas verrouillé la porte. Je restai immobile en me demandant qui entrait chez moi aussi discrètement dans l'espoir de me surprendre. A moins qu'on pensât trouver ma chambre vide, qu'on en eût après les manuscrits, par exemple ? Je glissai la main jusqu'à mon poignard et bandai mes muscles, prêt à bondir. Une silhouette passa la porte et la referma sans bruit. Je tirai mon poignard hors de son fourreau.

C'est ta femelle. Quelque part, Œil-de-Nuit bâilla, puis s'étira en agitant paresseusement la queue. Involontairement, je repris mon souffle. *Molly.* J'en eus confirmation en sentant son doux parfum, et soudain j'éprouvai un regain stupéfiant de vitalité. Je demeurai sans bouger, les yeux clos, et la laissai approcher de mon lit. J'entendis une exclamation étouffée de désapprobation suivie du bruissement des manuscrits qu'elle rassemblait, puis déposait sur la table. D'un geste hésitant, elle me toucha la joue. « Le Nouveau ? »

Je ne pus résister à la tentation de feindre le sommeil. Elle s'assit à côté de moi et le lit s'enfonça doucement sous le poids de son corps tiède. Elle se pencha et posa ses lèvres sur les miennes. Je l'enlaçai aussitôt et la serrai contre moi, émerveillé : la veille encore, on me touchait rarement, une claque amicale sur les épaules, la bousculade de la foule ou, trop souvent ces derniers temps, la constriction de deux mains sur mon cou. A cela s'arrêtaient mes contacts intimes. Et soudain, la nuit précédente, et aujourd'hui ceci ! Elle termina de m'embrasser, puis s'étendit à mes côtés en se nichant doucement contre moi. J'inspirai longuement son parfum sans bouger, tout au plaisir de savourer le contact et la chaleur de son corps. La sensation m'évoquait une bulle de savon dans la brise ; je n'osais même pas respirer de peur de la faire éclater.

Bien, fit Œil-de-Nuit. *Moins de solitude. Ça ressemble davantage à la meute.*

Je me raidis et m'écartai légèrement de Molly.

« Le Nouveau ? Qu'est-ce qu'il y a ? »

A moi. C'est à moi, ce n'est pas à partager avec toi. Tu comprends ?

Egoïste. Ce n'est pas comme la viande, ça ne se partage pas plus ou moins.

« Un instant, Molly. J'ai une crampe dans un muscle. »

Lequel ? Sourire paillard.

Non, ce n'est pas comme la viande. La viande, je la partagerai toujours avec toi, l'abri aussi, et je viendrai toujours me battre à tes côtés si tu as besoin de moi. Toujours je te laisserai participer à la chasse et toujours je t'aiderai à chasser. Mais ça, avec ma... femelle, ça doit rester à moi. A moi seul.

Œil-de-Nuit grogna, puis se gratta une puce. *Tu es tout le temps en train de désigner des limites qui n'existent pas. La viande, la chasse, la défense du territoire, et les femelles... tout ça, ça fait partie de la meute. Quand elle aura des petits, est-ce que je ne chasserai pas pour les nourrir ? Est-ce que je ne les protégerai pas ?*

Œil-de-Nuit... je ne peux pas t'expliquer maintenant. J'aurais dû t'en parler plus tôt. Pour le moment, veux-tu bien te retirer ? Je te promets d'en discuter avec toi. Plus tard.

J'attendis : rien. Plus aucune impression de lui. Un de moins dans la partie.

« Le Nouveau, ça va ?

– Ça va. J'ai seulement... besoin d'un petit moment. » Je crois n'avoir jamais rien fait d'aussi dur : Molly était à côté de moi, soudain hésitante, sur le point de s'écarter de moi, mais il me fallait retrouver mes frontières, placer mon esprit au centre de moi-même et des limites à mes pensées. J'inspirai et expirai régulièrement. Un harnais qu'on ajuste : telle était l'image que l'exercice m'évoquait et sur laquelle je m'appuyais toujours. Pas trop lâche pour ne pas glisser, pas trop serré pour ne pas contraindre. Je me confinais à mon propre corps afin de ne pas réveiller Vérité en sursaut.

« J'ai entendu des rumeurs... fit Molly avant de s'interrompre. Excuse-moi ; je n'aurais pas dû venir. J'ai cru que tu aurais peut-être envie de... Mais peut-être as-tu besoin de rester seul.

– Non, Molly, je t'en prie, Molly, reviens, reviens ! » Et je me jetai en travers du lit pour attraper de justesse l'ourlet de sa jupe à l'instant où elle se levait.

Elle se retourna vers moi, toujours en proie à l'incertitude.

« Tu es tout ce dont j'ai besoin. Toujours. »

Une ombre de sourire erra sur ses lèvres et elle se rassit au bord du lit. « Tu avais l'air si distant...

– C'est vrai. J'ai parfois besoin de m'éclaircir l'esprit. » Je me tus, ne sachant ce que je pouvais lui révéler encore sans mentir. J'étais résolu à en finir avec les faux-semblants. Je lui pris la main.

« Ah ! » dit-elle au bout d'un moment. Comme je ne lui fournissais pas l'explication qu'elle espérait, il y eut un silence embarrassé ; enfin, elle demanda d'un ton circonspect : « Tu vas bien ?

– Très bien. Je n'ai pas pu voir le roi aujourd'hui. J'ai essayé, mais il ne se sentait pas bien et...

– Tu as des bleus sur le visage. Et des éraflures. J'ai entendu des rumeurs... »

J'inspirai sans bruit. « Des rumeurs ? » Vérité avait enjoint aux soldats de se taire. Burrich n'avait sûrement rien dit, ni Lame ; mais les hommes ne peuvent s'empêcher de discuter de ce qu'ils ont vu ensemble et il ne faut pas être bien malin pour surprendre leurs conversations.

« Ne joue pas au chat et à la souris avec moi. Si tu ne veux rien me révéler, dis-le !

– Le roi-servant nous a demandé de ne pas en parler. Ce n'est pas la même chose. »

Molly réfléchit un instant. « Sans doute. Et moi je devrais moins prêter l'oreille aux commérages, je sais. Mais les rumeurs étaient si bizarres... et puis on a rapporté des cadavres au château pour les brûler. Et il y avait une drôle de femme, dans les cuisines, qui pleurait toutes les larmes de son corps en disant que des forgisés lui avaient tué sa petite fille ; alors, quelqu'un a prétendu que tu t'étais battu contre eux pour essayer de leur reprendre la petite, et quelqu'un d'autre a soutenu que, non, tu étais arrivé à l'instant où un ours les attaquait, ou quelque chose comme ça. Ce n'était pas très clair. D'après un troisième, tu les avais tous tués, et puis une personne qui avait aidé à brûler les corps a dit qu'au moins deux d'entre eux avaient été déchiquetés par un animal. » Elle se tut et me regarda. Je n'avais pas envie de repenser à tout cela. Je ne voulais pas mentir à Molly ni lui avouer la vérité. Je ne pouvais l'avouer complètement à personne. Aussi la regardai-je au fond des yeux en regrettant que tout ne soit pas plus simple pour nous deux.

« FitzChevalerie ? »

Jamais je ne me ferais à l'entendre prononcer ce nom. Je soupirai. « Le roi nous a demandé de ne pas en parler. Mais... en effet, un enfant s'est fait tuer par des forgisés. Et j'étais là, mais je suis arrivé trop tard. Je n'ai jamais rien vu d'aussi affreux ni d'aussi triste.

– Pardon. Je ne voulais pas être indiscrète. Mais c'est si dur d'être dans l'incertitude.

– Je sais. » Je lui caressai les cheveux et elle posa la tête au creux de ma main. « Un jour, je t'ai dit que je t'avais vue en rêve à Vasebaie. Pendant tout le trajet, depuis le royaume des Montagnes jusqu'à Castelcerf, je me suis demandé si tu étais toujours vivante. Parfois, j'imaginais que la maison en flammes s'était effondrée sur la cave ; d'autres fois, que la femme à l'épée t'avait tuée... »

Le regard de Molly ne cillait pas. « Quand la maison s'est écroulée, une énorme vague d'étincelles et de fumée a été projetée vers nous. Moi, je lui tournais le dos, mais la femme a été aveuglée. Je... je l'ai tuée avec la hache. » Elle se mit soudain à trembler et murmura : « Je n'ai jamais raconté ça à personne. A personne. Comment étais-tu au courant ?

– J'en ai rêvé. » Je la tirai doucement par la main et elle s'étendit sur le lit, près de moi. Je l'enlaçai et je sentis ses tremblements s'apaiser. « Je fais des rêves qui montrent la réalité, parfois. Pas souvent », lui dis-je à mi-voix.

Elle se recula légèrement et me dévisagea. « Tu ne me mentirais pas là-dessus, le Nouveau ? »

Sa question me fit mal mais je l'avais mérité. « Non, ce n'est pas un mensonge. Je te le jure. Et je te promets de ne jamais mentir... »

Ses doigts se posèrent sur mes lèvres. « J'espère passer le reste de ma vie avec toi, dit-elle. Ne fais pas de promesses que tu ne pourras pas toujours tenir. » Son autre main s'approcha du laçage de ma chemise. Ce fut mon tour de me mettre à trembler.

Je baisai ses doigts, puis sa bouche. Un moment, Molly se leva pour aller verrouiller et barrer ma porte. Je me rappelle avoir fait une fervente prière pour que cette nuit ne soit pas celle où Umbre rentrerait de voyage. Elle fut exaucée, et c'est moi qui voyageai loin cette nuit-là, dans un pays qui me devenait peu à peu familier mais me paraissait toujours aussi miraculeux.

Elle me quitta au cœur de la nuit, après m'avoir réveillé en exigeant que je ferme bien ma porte après son départ. Je voulus me rhabiller pour l'escorter jusqu'à sa chambre, mais elle refusa d'un air indigné : elle était parfaitement capable de monter seule un escalier, et moins on nous verrait ensemble, mieux cela vaudrait. A contrecœur, je me rendis à sa logique. La valériane n'aurait su induire sommeil plus profond que celui dans lequel je sombrai ensuite.

Je me réveillai dans un vacarme de tonnerre et de cris. Sans savoir comment, je me retrouvai debout, complètement ahuri. Au bout de quelques secondes, le tonnerre se transforma en coups frappés à ma porte et les cris en mon nom répété par Burrich. « Un instant ! » m'écriai-je. J'avais mal partout ; j'enfilai les premiers vêtements qui me tombèrent sous la main et me dirigeai d'un pas chancelant vers la porte. J'eus quelque difficulté à la déverrouiller. « Qu'est-ce qu'il y a ? » demandai-je, ronchon.

Burrich me regarda sans répondre. Il était vêtu pour la journée, rasé de frais, les cheveux et la barbe peignés, et il avait deux haches dans les mains.

« Ah !

– A la tour de Vérité. Dépêche-toi, nous sommes déjà en retard. Mais fais d'abord ta toilette. C'est quoi, cette odeur ?

– Des bougies parfumées, improvisai-je. On m'a dit qu'elles procuraient des rêves reposants. »

Il grogna. « Ce n'est pas le genre de rêves qu'un parfum pareil me procurerait. Ça pue le musc dans toute ta chambre, mon garçon. Bon, retrouve-moi à la tour. »

Et il s'éloigna d'un pas vif dans le couloir. Je rentrai chez moi, à demi assommé : quand Burrich disait « tôt », c'était tôt, j'aurais dû m'en souvenir. Je fis une toilette complète à l'eau froide, non pour le plaisir mais parce que je n'avais pas le temps d'en faire chauffer. Je dénichai des vêtements propres et je les enfilais quand les coups à ma porte reprirent. « J'arrive tout de suite ! » criai-je. Les coups ne cessèrent pas : Burrich était en colère. Eh bien, moi aussi ! Il devait se douter que j'étais endolori, ce matin, tout de même ! J'ouvris brutalement la porte pour lui faire part de mon sentiment et le fou se faufila dans ma chambre telle une volute de fumée. Il portait une nouvelle livrée noire et blanche ; les manches de sa chemise étaient brodées de motifs végétaux qui lui remontaient le long des bras comme du lierre. Au-dessus de son col noir, son visage était pâle comme la lune. La fête de l'Hiver, songeai-je, l'esprit encore embrumé ; nous étions le premier jour de la fête. Je n'avais connu que cinq autres hivers aussi longs que celui de cette année ; mais ce soir nous commencerions à célébrer la fin de la première moitié.

« Que veux-tu ? » demandai-je sèchement, peu enclin à écouter ses niaiseries.

Il inspira longuement d'un air appréciateur. « Un peu de ce que tu as eu cette nuit, ce serait agréable », fit-il avant de reculer d'un pas dansant devant mon expression : j'étais dans une fureur noire. D'un bond léger, il atterrit au centre de mon lit défait, puis il descendit de l'autre côté. Je plongeai sur les couverture pour l'attraper. « Mais pas avec toi ! s'exclama-t-il coquettement en agitant ses mains d'un geste féminin pour m'éloigner avant de battre en retraite.

– Je n'ai pas le temps de t'écouter, lui dis-je avec dégoût. Vérité m'attend et je ne dois pas me mettre en retard. » Je me relevai et rajustai ma tenue. « Sors de chez moi.

– Oh, quel ton ! Je me rappelle une époque où le Fitz savait mieux prendre la plaisanterie. » Il fit une pirouette au milieu de la pièce et se figea soudain. « Tu es vraiment en colère contre moi ? » me demanda-t-il avec une franchise brutale.

J'en restai bouche bée, puis je réfléchis à sa question. « Plus maintenant », répondis-je sur mes gardes : n'essayait-il pas de m'attirer à découvert ? « Mais tu m'as fait passer pour un bouffon, l'autre jour, devant tout le monde. »

Il secoua la tête. « N'usurpe pas les titres des autres : le seul bouffon, ici, c'est moi. Et c'est tout ce que je suis, toujours. Surtout le jour dont tu parles, avec cette chanson, devant tous ces gens.

– Tu m'as fait douter de notre amitié, fis-je sans ambages.

– Ah, tant mieux ! Car ne doute pas que d'autres doivent toujours douter de notre amitié si nous voulons rester de redoutables amis.

– Je vois. Donc, tu cherchais à semer des rumeurs d'inimitié entre nous. Je comprends ; néanmoins, je dois quand même m'en aller.

– Adieu, dans ce cas. Amuse-toi bien à jouer à la hache avec Burrich. Fais attention à ce que son enseignement ne t'assomme pas trop. » Il plaça deux bûches sur le feu qui baissait et s'installa ostensiblement devant la cheminée.

« Fou..., dis-je, embarrassé, tu es mon ami, je sais ; mais je n'aime pas te laisser dans ma chambre pendant mon absence.

– Je n'aime pas non plus qu'on entre dans la mienne en mon absence », répliqua-t-il d'un air malicieux.

Je rougis. « C'était il y a longtemps. Et je me suis excusé de ma curiosité. Je te jure que je n'ai jamais recommencé.

– Moi non plus, je ne recommencerai pas, après aujourd'hui. Et à ton retour je te présenterai mes excuses. Ça te convient ? »

J'allais être en retard et Burrich n'allait pas l'apprécier. Tant pis. Je m'assis au bord du lit défait que Molly et moi avions partagé. Tout à coup, je le ressentis comme un lieu privé, intime, et je m'efforçai de prendre l'air dégagé en tirant les courtepointes sur le matelas de plumes. « Pourquoi tiens-tu à rester chez moi ? Tu es en danger ?

– Je vis dans le danger, Fitzounet. Toi aussi. Tout le monde. J'aimerais passer une partie de la journée chez toi pour essayer de trouver le moyen d'éviter ce danger. Ou du moins de le réduire. » D'un haussement d'épaules, il désigna le tas de parchemins.

« Vérité me les a confiés, dis-je, mal à l'aise.

– Parce qu'il a confiance en ton jugement, à l'évidence. Aussi peut-être jugeras-tu sans risque de me les confier ? »

C'est une chose de prêter ses propres affaires à un ami ; c'en est une autre de lui remettre celles dont on a reçu la garde. Je ne doutais nullement de ma confiance dans le fou ; néanmoins… « Il serait peut-être plus avisé d'en parler d'abord à Vérité, dis-je.

– Moins j'aurai de rapports avec Vérité, mieux cela vaudra pour nous deux, répliqua brutalement le fou.

– Tu n'aimes pas Vérité ? » J'étais abasourdi.

« Je suis le fou du roi. Vérité est roi-servant : qu'il serve ; quand il sera roi, je lui appartiendrai. S'il ne nous a pas tous menés à la mort avant.

– Je ne veux pas entendre parler contre le prince Vérité, fis-je à mi-voix.

– Non ? Alors tu dois te promener avec les oreilles soigneusement bouchées, ces temps-ci. »

J'allai à la porte et posai la main sur le verrou. « Nous devons partir, fou. Je suis déjà en retard. » Je maîtrisais ma voix : sa raillerie sur Vérité m'avait touché autant que si elle me visait.

« Ne fais pas le bouffon, Fitz ; c'est mon rôle à moi. Réfléchis : un homme ne peut servir qu'un maître. Quoi que tu puisses dire, Vérité est ton roi. Je ne te le reproche pas ; me reproches-tu que Subtil soit le mien ?

– Non. Et je ne me moque pas non plus de lui devant toi.

– Tu ne vas jamais le voir non plus, et pourtant je t'en ai instamment prié plus d'une fois.

– J'y suis allé hier encore et on m'a éconduit : on m'a dit qu'il n'était pas bien.

– Si ça t'arrivait devant la porte de Vérité, te laisserais-tu faire si facilement ? »

Je restai déconcerté. « Non, sans doute pas.

– Pourquoi l'abandonnes-tu si aisément ? » Le fou parlait doucement, comme un homme peiné. « Pourquoi Vérité ne s'occupe-t-il pas de son père, au lieu de détourner tous les hommes de Subtil et de les attirer auprès de lui ?

– Personne ne m'a détourné ; c'est Subtil qui n'a pas jugé utile de me recevoir. Quant à Vérité, ma foi, je ne peux pas parler à sa place. Mais tout le monde sait que, de ses fils, c'est Royal que Subtil préfère.

– Tout le monde le sait ? Alors tout le monde sait-il aussi quel est le but ultime de Royal ?

– Certains, oui », répondis-je laconiquement. La conversation prenait une tournure dangereuse.

« Songes-y : l'un comme l'autre, nous servons le roi que nous aimons le plus. Cependant, il en est un autre pour qui nous n'avons nulle affection. Je ne pense pas que nos loyautés respectives soient en conflit, Fitz, du moment que nous sommes d'accord sur celui que nous aimons le moins. Allons, tu peux bien me l'avouer : tu as à peine eu le temps de jeter un coup d'œil à ces parchemins, et ce temps que tu n'as pas su trouver est perdu pour tout le monde. Ce travail ne peut pas attendre ton bon vouloir. »

J'hésitais encore. Le fou s'approcha soudain de moi ; son regard était toujours difficile à soutenir et encore plus à déchiffrer. Mais, au pli de ses lèvres, je vis qu'il était aux abois. « Faisons un échange. Je te propose un marché dont tu ne trouveras l'égal nulle part : un secret que je détiens contre la permission de me laisser chercher dans les manuscrits un secret qui ne s'y cache peut-être même pas.

– Quel secret ? demandai-je malgré moi.

– Le mien. » Il détourna les yeux et contempla le mur. « Le mystère du fou. D'où il est venu et pourquoi. » Il me jeta un regard oblique et se tut.

Une curiosité vieille de plus d'une dizaine d'années se réveilla en moi. « Gratuitement ?

– Non. Il s'agit d'un échange, je te l'ai dit. »

Je réfléchis ; puis : « A plus tard. Verrouille la porte en sortant. » Et je m'éclipsai.

Je croisai des serviteurs dans les couloirs : j'étais épouvantablement en retard. Je me forçai d'abord à trotter, malgré mes courbatures, puis à courir. Je montai l'escalier de la tour quatre à quatre, frappai une fois à la porte et entrai.

Burrich se retourna vers moi et m'accueillit par une mine renfrognée. Le mobilier spartiate de la pièce avait été poussé contre un mur, sauf le fauteuil de Vérité, resté devant la fenêtre. Le roi-servant y était assis. Sa tête pivota vers moi plus lentement ; son regard distant, comme drogué, le manque de fermeté de sa bouche étaient douloureux à voir pour qui savait ce que ces signes indiquaient : la faim de l'Art le consumait. Une crainte me taraudait : ce qu'il souhaitait m'enseigner n'allait-il pas accentuer cette faim ? Cependant, comment pouvions-nous refuser, l'un ou l'autre ? J'avais appris une leçon, la veille ; elle n'avait pas été agréable, mais elle était gravée en moi à jamais. Je savais désormais que je ferais tout pour chasser les Pirates rouges de mes côtes. Je n'étais pas le roi, je ne serais jamais le roi, mais les habitants des Six-Duchés étaient mon peuple, tout comme ils étaient celui d'Umbre. Je comprenais maintenant pourquoi Vérité se dépensait sans compter.

« Je vous demande pardon de mon retard : j'ai été retenu. Mais je suis prêt à commencer.

– Comment te sens-tu ? » C'était Burrich qui avait posé la question, avec une curiosité non feinte. Il me regardait d'un air toujours sévère, mais aussi avec une certaine perplexité.

« Ankylosé, un peu. La montée des escaliers m'a réchauffé. Et courbatu, à cause d'hier. Mais, sinon, tout va bien. »

Une expression amusée passa brièvement sur son visage. « Pas de tremblements, FitzChevalerie ? Pas d'obscurcissement de la vision, pas d'étourdissements ? »

Je réfléchis un instant. « Non.

– Crénom ! » Burrich émit un grognement de dérision. « Visiblement, pour te guérir, il fallait te taper dessus. Je m'en souviendrai la prochaine fois que tu auras besoin d'un guérisseur ! »

Pendant l'heure suivante, il parut s'acharner à mettre en pratique sa nouvelle théorie thérapeutique. Le fer des haches était émoussé et il l'avait emmailloté de chiffons pour la première leçon, mais cela n'empêchait pas les bleus. Pour être honnête, j'en attrapai la plupart par pure maladresse personnelle ; Burrich ne cherchait pas à faire porter ses coups, mais à m'enseigner à utiliser toute l'arme et pas seulement la lame. Garder le contact avec Vérité ne demandait aucun effort, car il était dans la même pièce que nous. Il conserva le silence en moi, ce jour-là ; il ne me donna aucun conseil, aucun avertissement, ne fit aucune observation, et se contenta de regarder par mes yeux. Burrich m'expliqua que la hache n'était pas une arme sophistiquée mais que, bien employée, elle s'avérait très satisfaisante. A la fin de la séance, il me fit remarquer qu'il avait pris des gants avec moi eu égard à mes blessures, puis Vérité nous donna congé et nous descendîmes ensemble les escaliers, moins vite que je ne les avais montés.

« Sois à l'heure, demain », me prévint-il quand nous nous quittâmes à la porte des cuisines, lui pour retrouver ses écuries, moi pour prendre mon petit déjeuner. Je mangeai comme cela ne m'était pas arrivé depuis des jours, avec un appétit d'ogre, et je m'interrogeai sur l'origine de cette soudaine vitalité. Contrairement à Burrich, je n'y voyais pas le résultat des coups que j'avais reçus. Molly, me dis-je, avait rétabli d'une caresse ce qu'une année de repos et d'infusions n'aurait pas guéri. La journée sembla brusquement s'étirer à l'infini devant moi, pleine de minutes interminables qui se transformeraient en heures insupportables avant que la tombée de la nuit et l'obscurité propice nous permettent de nous rejoindre enfin.

Résolument, je chassai Molly de mes pensées et décidai d'occuper ma journée. Une dizaine de tâches se présentèrent aussitôt à moi : rendre visite à Patience que j'avais négligée ; aider comme promis Kettricken à restaurer son jardin ; donner une explication indispensable à frère Œil-de-Nuit ; aller voir le roi Subtil. J'essayai de les classer par ordre d'importance, mais Molly revenait toujours en tête de liste.

Je la repoussai fermement tout en bas. Subtil d'abord. Je rapportai mon assiette et mes couverts aux cuisines. Il y régnait une activité assourdissante qui me laissa un moment perplexe ; puis je me rappelai que nous étions le premier jour de la fête de l'Hiver. Mijote, la vieille cuisinière, leva les yeux de la pâte à pain qu'elle pétrissait et me fit signe d'approcher. J'allai me placer à côté d'elle, comme je l'avais si souvent fait enfant, et j'admirai la dextérité avec laquelle elle formait les rouleaux de pâte avant de les mettre à lever. Elle avait de la farine jusqu'aux fossettes de ses coudes et aussi sur une joue. Le remue-ménage et le vacarme des cuisines créaient autour de nous une étrange bulle d'intimité. Comme Mijote parlait doucement, je dus tendre l'oreille.

« Je voulais seulement te dire, marmonna-t-elle en repliant sur elle-même une nouvelle plaque de pâte, que je sais quand un potin ne tient pas debout. Et que je ne me gêne pas pour le crier haut et fort lorsqu'on essaye d'en raconter un dans mes cuisines. Que les pies borgnes jacassent tant qu'elles veulent dans la cour des lavandières ou qu'elles blaguassent tout leur soûl en filant ; mais je n'accepte pas qu'on dise du mal de toi dans mes cuisines. » Elle me jeta un bref regard de ses vifs yeux noirs. Mon cœur était glacé d'angoisse. Des potins ? Sur Molly et moi ?

« Souventes fois, tu as mangé ici et tu m'as tenu compagnie pour remuer dans la marmite pendant qu'on bavardait ensemble quand tu étais petit ; je te connais peut-être mieux que beaucoup. Et ceux qui disent que tu te bats comme une bête parce que tu es plus qu'à moitié animal racontent des menteries et des méchancetés. Les cadavres des forgisés étaient salement déchiquetés, mais j'ai vu des hommes pris de rage faire bien pis. Quand la fille de Sal Limande s'est fait violer, elle a découpé cette charogne avec son couteau à poisson, tchac, tchac, tchac, en plein milieu du marché, comme si elle préparait des amorces pour ses lignes. Ce que tu as fait n'était pas plus horrible. »

Un instant, je fus pris d'une terreur vertigineuse. Plus qu'à moitié animal… Il n'y avait pas si longtemps, pas très loin d'ici, on brûlait ceux qui possédaient le Vif. « Merci », dis-je en m'efforçant de maîtriser ma voix. Par respect pour la vérité, j'ajoutai : « Ce n'est pas moi qui ai tout fait. Ils se battaient entre eux pour… pour leur proie quand je suis arrivé.

– La petite à Ginna. Tu peux parler franchement avec moi, Fitz. J'ai des enfants, moi aussi, qui sont grands maintenant, mais si on me les attaquait, ma foi, je serais heureuse qu'il y ait quelqu'un comme toi pour les défendre, et peu importe comment. Ou pour les venger, si tu ne pouvais pas faire mieux.

– Je n'ai pas pu faire mieux, Mijote, malheureusement. » Le frisson d'horreur qui me parcourut n'était pas feint : je revoyais le sang ruisseler sur un petit poing potelé. Je clignai les yeux mais l'image persista. « Il faut que je m'en aille : je dois me présenter au roi aujourd'hui.

– Ah ? Ça, c'est une bonne nouvelle. Alors emporte ça, tu veux ? » De sa démarche pesante, elle se dirigea vers un buffet dont elle tira un plateau ; le linge qui le couvrait dissimulait de petits friands fourrés de fromage fondu et de groseille. Elle y ajouta une théière fumante et une tasse propre, puis arrangea joliment les friands. « Et veille à ce qu'il les mange, Fitz. Ce sont ses préférés et, s'il en goûte un, je sais qu'il finira le plateau. Ça lui ferait du bien. »

A moi aussi.

Je sursautai comme si on m'avait piqué avec une aiguille. J'essayai de dissimuler ma réaction sous une quinte de toux en feignant d'avoir avalé de travers, mais cela n'empêcha pas Mijote de me regarder d'un drôle d'air. Je toussai à nouveau, puis hochai la tête. « Il va les adorer, j'en suis sûr », dis-je d'une voix étranglée avant de m'en aller en direction de la porte, le plateau entre les mains. Plusieurs paires d'yeux me suivirent ; je fis semblant d'ignorer pourquoi en me plaquant un sourire avenant sur les lèvres.

Je ne m'étais pas rendu compte que vous étiez encore avec moi, dis-je à Vérité. Une parcelle de mon esprit passait en revue toutes mes pensées depuis que j'avais quitté sa tour et rendais grâces à Eda de ne pas m'être mis d'abord à la recherche d'Œil-de-Nuit ; dans le même temps, je m'efforçais de chasser ces pensées peut-être perceptibles au prince.

Je sais. Je ne voulais pas t'espionner, seulement te montrer que, quand tu ne te concentres pas si fort, tu y arrives très bien.

Je m'efforçai de toucher consciemment de son Art. *C'est parce que vous vous accrochez*, dis-je en montant l'escalier.

Tu es irrité contre moi. Je te demande pardon. Dorénavant, je m'assurerai que tu me sais présent quand je suis avec toi. Veux-tu que je te laisse pour la journée ?

Ma propre grogne m'avait laissé embarrassé. *Non, pas encore. Restez avec moi encore un peu pendant que je vais voir le roi. Voyons jusqu'où nous pouvons tenir.*

Je perçus son acquiescement. M'arrêtant devant la porte de Subtil, je pris le plateau d'une main pour, de l'autre, me lisser les cheveux et rajuster mon pourpoint. Mes cheveux me posaient un problème ces derniers temps : Jonqui me les avait coupés court durant un de mes accès de fièvre dans les Montagnes et maintenant qu'ils repoussaient, je ne savais pas si je devais les attacher en queue comme Burrich et les gardes ou les conserver sur les épaules comme si j'étais encore page. En tout cas, j'étais beaucoup trop vieux pour porter la demi-natte des enfants.

Tire-les en arrière, mon garçon. A mon avis, tu as mérité le droit de les porter à la guerrière, comme n'importe quel garde. Tout ce que je te demande, c'est de ne pas commencer à jouer les maniérés et à te faire des bouclettes huilées comme Royal.

J'effaçai toute trace de sourire de mon visage avant de frapper à la porte.

Rien ne se passa. Je frappai à nouveau, plus fort.

Annonce-toi et ouvre, suggéra Vérité.

« C'est FitzChevalerie, sire. Je vous apporte quelque chose de la part de Mijote. » Je voulus pousser le battant : il était fermé de l'intérieur.

C'est curieux. Ça n'a jamais été l'habitude de mon père de verrouiller sa porte ; d'y placer un garde, oui, mais pas d'y mettre le loquet et de ne pas répondre quand on frappe. Tu peux forcer le loquet ?

Sans doute. Mais laissez-moi d'abord essayer de frapper encore une fois. Et c'est tout juste si je ne martelai pas la porte à coups de poing.

« Un instant ! Un instant », fit une voix étouffée de l'autre côté. Mais il fallut bien davantage à son propriétaire pour défaire plusieurs verrous et entrebâiller la porte. Murfès coula un regard méfiant vers moi, tel un rat à l'affût sous un mur fissuré. « Que voulez-vous ? me demanda-t-il d'un ton rogue.

– Une audience avec le roi.

– Il dort. Du moins, il dormait avant votre vacarme. Allez-vous-en.

– Une seconde. » De la botte, je bloquai la porte qui se refermait. De ma main libre, je retournai le col de mon pourpoint pour exhiber l'épingle surmontée de sa pierre rouge qui me quittait rarement. L'huis me coinçait le pied ; je le repoussai de l'épaule autant que je le pus sans renverser le plateau. « Cet objet m'a été donné par le roi Subtil il y a plusieurs années, avec la promesse que, chaque fois que je le montrerais, je pourrais entrer chez lui.

– Même s'il dort ? fit-il d'un ton insidieux.

– Il n'y a pas mis de restrictions. Osez-vous en mettre ? » Je le foudroyai du regard par l'entrebâillement. Il réfléchit un instant, puis s'écarta.

« Dans ce cas, je vous en prie, entrez donc. Entrez voir votre roi endormi, qui tente de trouver un repos indispensable dans son triste état. Mais si vous le dérangez, je vous avertis, en tant que son guérisseur, que je lui demanderai de vous reprendre cette épingle et que je veillerai à ce que vous ne l'ennuyiez plus.

– Demandez-le-lui tant qu'il vous plaira. Et si mon roi le désire, je ne discuterai pas. »

Il s'écarta de mon chemin avec une courbette exagérée. Je mourais d'envie d'effacer son sourire sarcastique à coups de poing, mais je feignis de ne rien voir.

« Merveilleux ! reprit-il comme je passais devant lui. Des friands pour lui détraquer la digestion et le fatiguer davantage. Vous êtes plein de prévenance, dites-moi ! »

Je maîtrisai ma colère. Subtil n'était pas dans son salon. Dans sa chambre, alors ?

« Vous comptez vraiment le harceler jusque dans son lit ? Après tout, pourquoi pas ? Vous n'avez fait preuve d'aucune manière, il n'y a aucune raison d'espérer un soudain accès de délicatesse de votre part ! » Le ton de Murfès dégoulinait de condescendance.

Je continuai de maîtriser ma colère.

N'accepte pas qu'il te parle sur ce ton. Fais-lui face et oblige-le à baisser les yeux ! Ce n'était pas un conseil, mais un ordre de mon prince. Je posai le plateau sur une petite table, pris une inspiration et me tournai vers Murfès. « Serait-ce que je ne vous plais pas ? » demandai-je sans ambages.

Il fit un pas en arrière, mais s'efforça de conserver son sourire moqueur. « Si vous ne me plaisez pas ? Pourquoi devrais-je me soucier, moi, un guérisseur, qu'on vienne déranger un malade alors qu'il parvient enfin à se reposer ?

– Cette pièce pue la Fumée. Pourquoi ? »

La Fumée ?

Une plante dont on se sert dans les Montagnes ; rarement en médecine, sauf pour des douleurs que rien d'autre ne calme ; en général, on la fait brûler et on en inhale la fumée pour le plaisir, comme nous mangeons de la graine de caris à la fête du Printemps. Votre frère a un penchant pour cette plante.

Sa mère avait le même, s'il s'agissait bien du même produit : elle appelait ça de l'allègrefeuille.

C'est de la même famille, mais celle des Montagnes est une plante plus grande avec des feuilles plus épaisses. Et qui donne une fumée plus dense.

Mon échange avec Vérité n'avait pas duré le temps d'un battement de cil – on peut artiser des informations à la vitesse de la pensée et Murfès en était encore à pincer les lèvres avant de répondre à ma question. « Vous prétendez-vous guérisseur ?

– Non, mais je possède une connaissance empirique des simples qui me donne à penser que la Fumée n'est pas recommandée dans la chambre d'un malade. »

Murfès prit un moment pour formuler sa réponse. « Ma foi, les plaisirs d'un roi ne regardent pas son guérisseur.

– Peut-être me regardent-ils, alors », repartis-je, et je me détournai de lui. Je repris le plateau et poussai la porte qui donnait sur la pénombre de la chambre royale.

L'odeur de Fumée y était suffocante. Le feu qui brûlait trop fort dans la cheminée rendait la pièce étouffante ; l'air était immobile et vicié comme si on n'avait pas ouvert les fenêtres depuis des semaines, et j'avais une impression de poids dans les poumons. La respiration ronflante, le roi disparaissait sous un amoncellement d'édredons. Je cherchai du regard où déposer mon plateau de friands : sa table de chevet était encombrée d'un brûloir à Fumée, froid et couvert d'une épaisse couche de cendre, à côté duquel trônaient une coupe de vin rouge tiède et un bol rempli d'un gruau grisâtre d'aspect malsain. Je plaçai les trois objets par terre et nettoyai la table avec ma manche avant d'y déposer le plateau. Quand je m'approchai du lit, je perçus une odeur rance, fétide, qui ne fit que se renforcer lorsque je me penchai sur le roi.

Ça ne peut pas être Subtil.

Vérité partageait mon désarroi. *Il ne me convoque guère, ces derniers temps, et je suis trop occupé pour lui rendre visite s'il ne me l'ordonne pas.*

La dernière fois que je l'ai vu, c'était un soir, dans son salon. Il se plaignait de migraines, mais ceci…

La pensée mourut inachevée entre nous. Je levai les yeux et vis Murfès qui nous observait par la porte entrebâillée. Il avait une expression dont je ne sais si elle était de satisfaction ou de suffisance, mais qui déclencha ma fureur. En deux enjambées, je fus à la porte et je la claquai ; j'eus le plaisir de l'entendre glapir en retirant ses doigts que je venais de coincer. Je rabattis une vieille barre de bois qui n'avait pas dû servir depuis ma naissance.

Je m'approchai des hautes fenêtres, tirai violemment les tapisseries qui les dissimulaient et ouvris tout grand les volets. La claire lumière du soleil et un courant d'air pur et froid se déversèrent dans la pièce.

Fitz, tu es imprudent.

Sans répondre, je fis le tour de la chambre et vidai les uns après les autres les brûloirs pleins d'herbe et de cendre par la fenêtre, puis les nettoyai de la main pour débarrasser entièrement la pièce de leur pestilence ; je récupérai aussi une demi-douzaine de coupes, collantes de vin tourné, et quantité de bols et d'assiettes, certaines encore pleines de nourriture, d'autres à demi vidées de leur contenu. J'entassai le tout près de la porte à laquelle Murfès tambourinait en s'époumonant. « Chut ! lui dis-je d'un ton mielleux. Vous allez réveiller le roi. »

Faites venir un page avec des brocs d'eau chaude, et dites à maîtresse Pressée qu'il faut des draps propres pour le lit du roi, demandai-je à Vérité.

De tels ordres ne peuvent venir de moi. Silence. *Ne perds pas ton temps en vaine colère. Réfléchis et tu comprendras pourquoi il doit en être ainsi.*

Je comprenais, mais je savais aussi que je ne pouvais pas davantage laisser Subtil dans cette chambre enfumée et nauséabonde que je ne pouvais l'abandonner au fond d'un cachot. Je trouvai un broc à moitié plein d'une eau croupie mais à peu près pure et je le mis à chauffer près du feu. Je débarrassai la table de nuit des cendres qui la mouchetaient et y disposai les friands et le thé, puis je fouillai effrontément dans le coffre du roi d'où je tirai une chemise de nuit propre et des herbes de toilette : vestiges, sans doute, du temps de Cheffeur. Je n'aurais jamais cru regretter tant un valet.

Murfès cessa de taper à la porte et j'en fus soulagé. Je m'emparai du broc dont j'avais parfumé l'eau avec les herbes, me munis d'un linge de toilette et posai le tout au chevet du roi. « Roi Subtil », dis-je doucement. Il s'agita légèrement. Il avait le bord des paupières rouge et les cils collés. Quand il ouvrit ses yeux injectés de sang, la lumière les lui fit cligner.

« Mon garçon ? » Il promena un regard vague sur la pièce. « Où est Murfès ?

– Il s'est absenté un moment. Je vous ai apporté de l'eau tiède et des friands tout frais des cuisines. Et du thé bien chaud.

– Je… je ne sais pas. La fenêtre est ouverte. Pourquoi la fenêtre est-elle ouverte ? Murfès m'a bien mis en garde contre les refroidissements.

– Je l'ai ouverte pour aérer la chambre. Mais je peux la refermer si vous le désirez.

– Je sens l'odeur de la mer. Il fait beau, n'est-ce pas ? Ecoute les mouettes qui crient pour annoncer la tempête… Non. Non, ferme la fenêtre, mon garçon. Je n'ose pas m'exposer, malade comme je suis. »

Lentement, j'allai clore les volets de bois. « Y a-t-il longtemps que Votre Majesté est malade ? On n'en parle guère dans le château.

– Bien longtemps, oui. Ah ! j'ai l'impression que c'est depuis toujours. Je ne suis pas vraiment malade, mais je ne suis jamais bien. Je me sens patraque, puis je vais mieux mais, dès que j'essaye de m'activer, cela me reprend et pire qu'avant. Je suis fatigué d'être mal portant, mon garçon ; je suis fatigué d'être fatigué.

– Tenez, sire, ceci va vous ravigoter. » J'humectai le linge et le lui passai délicatement sur le visage. Cela le réveilla suffisamment pour qu'il me fasse signe de m'écarter, se lave seul les mains, puis le visage, plus vigoureusement que je ne l'avais fait. Je fus épouvanté de la teinte jaune que prit l'eau après qu'il y eut rincé le linge.

« Je vous ai trouvé une chemise de nuit propre. Voulez-vous que je vous aide à l'enfiler ? Ou préférez-vous que j'envoie un page chercher un baquet et de l'eau chaude ? J'apporterais des draps frais pour votre lit pendant que vous vous baigneriez.

– Je… ah ! je n'en ai pas la force, mon garçon. Où est ce coquin de Murfès ? Il sait que, seul, je n'arrive à rien. Quelle mouche l'a donc piqué de me laisser ainsi ?

– Un bon bain chaud pourrait vous aider à vous reposer », fis-je d'un ton enjôleur. De près, le vieillard sentait mauvais. Subtil avait toujours été d'une propreté méticuleuse ; plus que tout, je crois que c'est sa saleté qui me pénétrait de douleur.

« Mais, en se baignant, on risque le rhume. C'est ce que me répète Murfès : une peau humide, un courant d'air froid et hop ! plus de roi. Du moins, c'est ce qu'il dit. » Subtil était-il vraiment devenu ce vieil homme timoré ? J'avais du mal à en croire mes oreilles.

« Alors peut-être une tasse de thé bien chaud. Et un friand. Mijote m'a confié que c'étaient vos préférés. » Je versai le thé fumant dans une tasse et je vis le roi humer l'air avec intérêt. Il but deux tasses de thé, puis se redressa contre ses oreillers pour examiner les friands soigneusement arrangés sur le plateau. Il me pria de l'accompagner et j'en mangeai un en même temps que lui en léchant l'onctueuse garniture qui me coulait sur les doigts : je comprenais pourquoi c'étaient ses préférés. Il avait entamé son deuxième lorsque trois coups ébranlèrent la porte.

« Ote la barre, Bâtard, ou les hommes qui m'accompagnent défoncent la porte ! Et, s'il est arrivé malheur à mon père, tu mourras sur-le-champ ! » Royal semblait fort en colère contre moi.

« Qu'y a-t-il, mon garçon ? La porte est barrée ? Mais que se passe-t-il donc ? Royal, que se passe-t-il ? » J'eus le cœur fendu d'entendre le roi parler de cette voix plaintive et cassée.

Je traversai la pièce et enlevai la barre. La porte s'ouvrit brutalement avant que je touche la poignée et deux des gardes les plus musclés de Royal me saisirent. Ils portaient sa livrée en satin comme des bulldogs un nœud rose au cou. Je ne résistai pas, ce qui ne les empêcha pas de me plaquer violemment contre le mur, et toutes mes douleurs de la veille se réveillèrent soudain. Ils me maintinrent tandis que Murfès se précipitait dans la chambre en se désolant du froid qui y régnait, et qu'est-ce que c'était que ça ? Des friands ! Mais c'était un véritable poison pour un patient dans l'état du roi ! Pendant ce temps, Royal restait campé au milieu de la pièce, les poings sur les hanches, l'image même de l'homme maître de la situation, et il me regardait, les yeux étrécis.

Tu as été téméraire, mon garçon. Je crains fort que nous n'ayons poussé le bouchon un peu loin.

« Eh bien, Bâtard ? Qu'as-tu à dire pour ta défense ? Quelles étaient tes intentions ? » demanda Royal quand la litanie de Murfès prit fin. Le prétendu guérisseur ajouta une bûche dans le feu, alors que l'atmosphère était déjà surchauffée, et il retira le friand à demi consommé de la main de Subtil.

« Je suis venu me présenter au roi et, comme j'ai constaté qu'on s'occupait mal de lui, j'ai cherché à y remédier. » Je transpirais, davantage à cause de la douleur que de l'inquiétude, et le sourire que cela inspirait à Royal me mettait hors de moi.

« On s'occupe mal de lui ? Que veux-tu dire ? »

Je m'armai de courage. « Rien que la vérité. Sa chambre était en désordre et sentait le renfermé ; des assiettes sales traînaient partout ; sa literie n'avait pas été changée...

– As-tu l'audace de soutenir de telles affirmations ? siffla Royal.

– Oui. Je dis la vérité à mon roi comme je l'ai toujours fait. Qu'il regarde autour de lui et qu'il voie si ce n'est pas vrai. »

Notre confrontation avait réveillé en Subtil une ombre de son ancienne personnalité. Il se redressa dans son lit et jeta un coup d'œil à la pièce. « Le fou aussi m'a présenté les mêmes plaintes, avec sa causticité habituelle... »

Murfès eut le front de l'interrompre. « Monseigneur, l'état de votre santé est vacillant. Parfois, un repos absolu est plus important qu'un changement de literie qui vous oblige à vous lever. Et une assiette ou deux empilées dans un coin valent mieux que le bruit et l'agitation d'un page qui fait le ménage. »

Le roi parut brusquement indécis et mon cœur se serra. C'était cela que le fou voulait que je voie, pour cela qu'il me pressait de rendre visite au roi. Pourquoi ne s'était-il pas exprimé plus clairement ? Il est vrai qu'il ne s'exprimait jamais clairement. La honte m'envahit : c'était mon roi que j'avais devant moi, le roi à qui j'avais juré allégeance ! J'aimais Vérité et ma loyauté pour lui était inébranlable ; mais j'avais abandonné mon roi au moment où je lui étais indispensable, et ce alors qu'Umbre était en voyage pour une durée indéterminée. Seul restait le fou pour le protéger. Mais depuis quand le roi Subtil avait-il besoin qu'on le défende ? Il avait toujours su se garder lui-même ! Je me reprochai de n'avoir pas davantage insisté, quand j'avais parlé à Umbre à mon retour des Montagnes, sur les modifications que j'avais observées chez le roi. J'aurais dû mieux surveiller mon souverain.

« Comment est-il entré ? demanda soudain Royal en me lançant un regard féroce.

– Mon prince, il a prétendu posséder un gage que lui aurait remis le roi lui-même. Le roi lui aurait promis de toujours le recevoir sur la simple présentation de cette épingle...

– Foutaises ! Et vous avez cru ces âneries...

– Prince Royal, c'est vrai et vous le savez bien. Vous étiez là le jour où le roi Subtil me l'a donnée. » Je m'exprimais clairement, sans hausser le ton. En moi, Vérité se taisait ; il observait et il en apprenait beaucoup. A mes dépens, songeai-je amèrement avant d'essayer d'effacer cette pensée.

D'un geste lent, sans brusquerie, je me dégageai de la poigne d'un des bulldogs, retournai le col de mon pourpoint et en tirai l'épingle. Je la tendis pour bien la montrer.

« Je n'ai aucun souvenir de cette scène, fit Royal d'un ton cassant, mais Subtil se redressa.

– Approche, mon garçon », m'ordonna-t-il. D'un mouvement d'épaules, j'obligeai les gardes à me lâcher, après quoi je rajustai mes vêtements, puis j'apportai l'épingle au roi. Il tendit la main et me prit l'objet. Mon cœur défaillit.

Royal eut un air agacé : « Père, dit-il, tout ceci est... »

Subtil le coupa : « Royal, tu étais là. Tu t'en souviens, du moins tu le devrais. » Les yeux du roi étaient brillants et vifs comme autrefois, mais tout aussi visibles étaient les rides de souffrance qui les cernaient et qui tiraient les coins de sa bouche : il luttait pour conserver sa lucidité. Il leva l'épingle et posa sur Royal l'ombre de son regard calculateur de naguère. « J'ai donné cette épingle au petit. Et ma parole en même temps, en échange de la sienne.

– Dans ce cas, je suggère que vous les repreniez tous les deux, l'épingle et votre parole. Vous ne vous remettrez jamais si ces intrusions continuent. » A nouveau ce ton autoritaire. J'attendis la suite sans mot dire.

Le roi se passa une main tremblante sur les yeux et le visage. « Je les ai donnés, fit-il et, si les mots étaient fermes, l'énergie fuyait la voix. Une fois qu'il a donné sa parole, un homme ne peut la reprendre. Ai-je raison, FitzChevalerie ? Penses-tu comme moi qu'une fois sa parole donnée, un homme ne peut la reprendre ? » Je reconnus la vieille question qu'il me posait invariablement lors de nos entrevues.

« Comme toujours, mon roi, je pense comme vous. Une fois qu'un homme a donné sa parole, il ne peut la reprendre. Il doit se plier à ce qu'il a promis.

– Alors c'est bien. C'est réglé. Tout est réglé. » Il me tendit l'épingle. Je la pris avec un soulagement si grand que j'en eus presque le vertige. Il se rallongea sur ses oreillers et le vertige me saisit à nouveau : je connaissais ces oreillers, ce lit... Je m'y étais trouvé étendu et j'avais assisté, en compagnie du fou, au sac de Vasebaie. Je m'étais brûlé les doigts dans la cheminée...

Le roi poussa un profond soupir. On y sentait de l'épuisement : il allait s'endormir d'une seconde à l'autre.

« Interdisez-lui de venir vous déranger sauf convocation de votre part », dit Royal d'un ton de commandement.

LA FÊTE DE L'HIVER

Le roi Subtil rouvrit les yeux avec peine. « Fitz... Viens ici, mon garçon. »

Tel un chien, j'obéis et m'agenouillai à son chevet. Il leva une main émaciée et ma tapota maladroitement la tête. « Toi et moi, mon garçon... nous avons passé un accord, n'est-ce pas ? » C'était une vraie question. Je hochai la tête. « Tu es un bon petit. C'est bien. J'ai tenu ma parole. Maintenant, veille à tenir la tienne. Mais... (il jeta un coup d'œil à Royal et cela me fit mal) il vaudrait mieux que tu viennes me voir l'après-midi. Je suis plus solide l'après-midi. »

Il s'éloignait à nouveau.

« Voulez-vous que je revienne cet après-midi, sire ? » demandai-je promptement.

Il agita la main en un vague geste de refus. « Demain... ou après-demain. » Ses yeux se fermèrent et il poussa un si long soupir qu'on l'eût cru le dernier.

« Comme il vous plaira, monseigneur », dis-je, et je m'inclinai profondément, avec solennité. En me redressant, je repiquai soigneusement l'épingle à mon col, en prenant mon temps pour que tous vissent ce que je faisais. Puis : « Si vous voulez bien m'excuser, mon prince ? fis-je d'un ton formaliste.

– Fiche le camp ! » gronda Royal.

Moins cérémonieusement, je m'inclinai devant lui et sortis, suivi par les regards de ses gardes. J'étais déjà dans le couloir quand je m'aperçus que je n'avais pas parlé de mon mariage avec Molly ; et il paraissait peu probable, désormais, que j'en aie l'occasion avant quelque temps : l'après-midi, il y aurait toujours Royal, Murfès ou un espion de cette clique au chevet de Subtil. Je ne souhaitais aborder le sujet qu'en présence du roi seul.

Fitz ?

J'aimerais rester seul un moment, mon prince. Si vous n'y voyez pas d'inconvénient... ?

Il disparut de mon esprit comme une bulle de savon qui éclate. Lentement, je descendis les escaliers.

15

SECRETS

Cette année-là, qui fut décisive, le prince Vérité choisit de présenter sa flotte de guerre le jour médian de la fête de l'Hiver. La coutume aurait voulu qu'il attende un temps plus clément et lance ses bateaux le premier jour de la fête du Printemps, considéré comme une date de meilleur auspice pour le baptême d'un navire. Mais Vérité avait harcelé ses constructeurs et leurs ouvriers pour que les quatre vaisseaux fussent prêts à la mi-hiver : en choisissant ce jour précis, il s'assurait un large public tant pour le lancement que pour le discours qui l'accompagnait. Par tradition, une grande chasse est organisée à cette date et la venaison qu'on en rapporte est regardée comme annonciatrice du gibier qui sera pris dans l'année ; lorsqu'il eut fait sortir les vaisseaux des hangars sur leurs rouleaux, le prince déclara devant la foule assemblée que c'étaient là ses chasseurs et que la seule proie qui assouvirait leur appétit était les Pirates rouges. Hélas ! ses paroles suscitèrent une réaction plus que modérée, qui n'était visiblement pas du tout celle qu'il espérait. Je pense, pour ma part, que les gens auraient préféré chasser les Pirates de leurs pensées, se cacher derrière l'hiver et se persuader que le printemps n'arriverait jamais. Mais Vérité ne leur en laissa pas le loisir : les navires furent lancés et l'entraînement des équipages commença.

*

Je passai le début de l'après-midi à chasser en compagnie d'Œil-de-Nuit, qui ronchonnait sous prétexte que c'était un moment ridicule pour courir le gibier alors que j'avais perdu mon temps, au petit matin, à m'ébattre avec ma compagne. Je lui répondis que c'était comme ça et pas autrement, et que cela continuerait encore plusieurs jours, voire davantage. Il n'était pas content et moi non plus : j'étais plus que troublé de me rendre compte qu'il percevait clairement tous mes faits et gestes même si je n'avais pas conscience d'être en contact avec lui. Vérité avait-il perçu sa présence ?

Le loup se moqua de moi. *J'ai déjà du mal à me faire entendre de toi, parfois ! Veux-tu que je hurle à travers toi pour l'appeler ?*

Notre chasse fut une piètre réussite : deux lapins, guère gras l'un et l'autre. Je lui promis de lui rapporter des restes des cuisines le lendemain. J'eus encore moins de succès à lui faire comprendre mon exigence d'intimité à certains moments : il ne concevait pas pourquoi je séparais mes amours des autres activités de la meute, telles que chasser ou hurler ensemble. Pour lui, l'accouplement, c'était des petits à venir, et la responsabilité des petits incombait à la meute. Les mots sont impuissants à rendre les difficultés de notre discussion : nous échangions des images, des pensées, ce qui ne permet guère de discrétion. Sa franchise m'horrifiait ; il m'assurait qu'il partageait le plaisir que me procuraient la présence de ma compagne et mes accouplements avec elle. Je le suppliai de n'en rien faire. Incompréhension. Je l'abandonnai finalement à ses lapins et il parut vexé que je refuse ma part de viande. Faute de mieux, j'avais obtenu de ne plus sentir qu'il partageait ma perception de Molly ; on était loin du compte, mais c'est tout ce que j'étais parvenu à lui faire comprendre : qu'à certains moments je veuille couper le lien qui nous unissait était pour lui un concept inimaginable. C'était absurde ; ce n'était pas l'esprit de la meute. Je le quittai en me demandant s'il m'arriverait un jour de jouir d'un moment à moi, et à moi seul.

Je regagnai le château et me dirigeai vers la solitude de ma chambre. Je languissais de retrouver cette pièce où, ne fût-ce qu'un instant, je pourrais m'enfermer et rester seul, physiquement, en tout cas. Comme pour souligner mon envie de quiétude, les couloirs et les escaliers grouillaient de gens affairés, les serviteurs balayaient les roseaux défraîchis et en répandaient de nouveaux, remplaçaient les bougies des candélabres et festonnaient les murs de guirlandes de sapin. La fête de l'Hiver… Je ne me sentais guère d'humeur à y participer.

J'atteignis enfin ma chambre, m'y faufilai et refermai résolument la porte derrière moi.

« Déjà de retour ? » Le fou était accroupi près de la cheminée au milieu d'un demi-cercle de parchemins. Apparemment, il était en train de les classer.

Je le considérai sans pouvoir cacher ma consternation. Et soudain la colère me prit. « Pourquoi ne m'as-tu pas averti de l'état du roi ? »

Un instant, il examina un manuscrit, puis le posa sur le tas à sa droite. « Mais je t'ai averti. Une question en échange de la tienne : pourquoi n'étais-tu pas au courant de son état ? »

Je restai interloqué. « Je reconnais avoir négligé d'aller le voir. Mais...

– Rien de ce que j'aurais pu dire n'aurait eu l'impact de ce que tu as vu de tes yeux. Et encore, tu n'imagines pas ce que ce serait si je n'étais pas venu chaque jour vider les pots de chambre, balayer, épousseter, emporter les plats, lui peigner les cheveux et la barbe... »

A nouveau, je conservai un silence choqué. Je traversai la pièce pour m'asseoir lourdement sur mon coffre à vêtements. « Ce n'est plus le roi dont j'ai le souvenir, dis-je brutalement. Cela m'effraie de le voir tombé si bas et si vite.

– Cela t'effraie ? Moi, cela m'épouvante. Toi, au moins, tu auras un autre roi quand celui-ci aura été soufflé. » Il jeta encore un manuscrit sur la pile.

« Comme tout le monde, observai-je.

– Certains plus que d'autres », répondit-il sèchement.

D'un geste involontaire, je poussai sur l'épingle pour mieux l'enfoncer dans mon pourpoint. J'avais failli la perdre aujourd'hui et, du coup, j'avais songé à ce qu'elle symbolisait jusque-là : la protection du roi pour un petit-fils bâtard dont un souverain plus implacable se serait discrètement débarrassé. Mais, maintenant qu'il avait besoin d'être protégé à son tour, que symboliserait-elle à mes yeux ?

« Alors, que faisons-nous ?

– Toi et moi ? Rien ou presque. Je ne suis qu'un fou et toi un bâtard. »

J'acquiesçai à contrecœur. « Dommage qu'Umbre ne soit pas là. J'aimerais savoir quand il revient. » Je regardai le fou en me demandant ce qu'il savait.

« L'ombre ? L'ombre revient avec le soleil, à ce qu'il paraît. » Réponse évasive, comme toujours. « Trop tard pour le roi, je suppose, ajouta-t-il plus bas.

– Nous sommes donc impuissants ?

– Toi et moi ? Jamais. Nous avons trop de pouvoir pour agir ici, c'est tout. Par ici, ce sont les désarmés qui sont le plus puissants. Tu as peut-être raison : nous devrions peut-être les consulter. Et maintenant… » Il se redressa et s'ébroua avec des mouvements de pantin désarticulé qui firent tinter tous les grelots qu'il portait. Je ne pus m'empêcher de sourire. « Mon roi s'achemine vers la meilleure partie de la journée, pour lui. Je serai à ses côtés pour l'aider dans la mesure de mes modestes moyens. »

Il sortit d'un pas précautionneux de son enceinte de manuscrits et de tablettes. « Adieu, Fitz.

– Adieu. »

Il s'arrêta devant la porte, l'air intrigué. « Tu ne vois pas d'objections à ce que je m'en aille ?

– Il me semble que je voyais déjà des objections à ce que tu restes.

– Ne fais pas assaut de bons mots avec un bouffon. Mais as-tu oublié ? Je t'avais proposé un marché : un secret contre un secret. »

Je n'avais pas oublié, mais je ne savais plus si j'avais vraiment envie de connaître son secret. « D'où est venu le fou et pourquoi ? fis-je à mi-voix.

– Ah ! » Il resta un instant muet, puis demanda gravement : « Tu es certain de vouloir les réponses à ces questions ?

– D'où est venu le fou et pourquoi ? » répétai-je lentement.

L'espace d'une seconde il ne dit rien et je le vis alors comme je ne l'avais pas vu depuis des années, non comme le fou à la langue acérée et aux phrases tranchantes comme des bernacles, mais comme une personne, petite et mince, toute fragile avec sa peau décolorée, son ossature d'oiseau, jusqu'à ses cheveux qui paraissaient moins matériels que ceux des autres mortels. Sa livrée noire et blanche bordée de grelots d'argent et son sceptre ridicule à tête de rat, voilà la seule armure et l'unique épée qu'il possédait dans cette cour où régnaient l'intrigue et la perfidie. Et son mystère. L'invisible manteau de son mystère. Je regrettai fugitivement le marché qu'il m'avait proposé et ma curiosité dévorante.

Il soupira, promena son regard dans la pièce, puis alla se planter devant la tapisserie du roi Sagesse en train d'accueillir les Anciens. Il la considéra, puis sourit d'un air lugubre, comme s'il y percevait un humour qui m'échappait. Il prit soudain la pose d'un poète prêt à déclamer, puis se figea et planta encore une fois ses yeux dans les miens. « Tu es certain de vouloir savoir, Fitzounet ? »

Je répétai comme une antienne : « D'où est venu le fou et pourquoi ?

– D'où ? Ah, d'où ? » Il se tint un instant nez à nez avec Raton, l'air de formuler une réponse à sa propre interrogation. Puis il me regarda. « Descends vers le sud, Fitz, jusqu'en des régions par-delà le bord de toutes les cartes qu'ait jamais étudiées Vérité, et par-delà le bord des cartes que l'on dessine dans ces pays aussi. Descends vers le sud, puis lance-toi vers l'est sur une mer dont tu ne connais pas le nom. Tu finiras par arriver devant une longue péninsule sinueuse et, à la pointe, tu trouveras le village où est né un fou. Tu y découvriras peut-être encore une mère qui se rappelle qu'elle a eu un bébé blanc comme une larve et qu'elle chantait en me serrant contre son sein chaud. » Il vit mon expression à la fois incrédule et captivée et il eut un petit rire. « Tu n'arrives même pas à te représenter le tableau, n'est-ce pas ? Attends, je vais encore te compliquer la tâche. Elle avait de longs cheveux noirs et bouclés et les yeux verts. Tu t'imagines ? C'est de couleurs aussi somptueuses qu'est faite ma translucidité ! Et les pères de l'enfant sans couleur ? Deux cousins, car telle était la coutume de ce pays, l'un corpulent, noiraud, plein de rire, les lèvres vermeilles et l'œil brun, un fermier qui sentait la bonne terre et le grand air, l'autre aussi étroit que le premier était large, d'or là où le premier était de bronze, poète et chanteur aux yeux bleus. Et comme ils m'aimaient et se réjouissaient de ma venue ! Tous les trois, et le village avec eux. Que j'étais aimé… » Sa voix s'adoucit et il se tut un instant. J'avais la certitude d'entendre ce que nul n'avait entendu avant moi. Je me rappelai le jour où je m'étais glissé dans sa chambre et l'exquise petite poupée au berceau que j'y avais trouvée. Chérie comme le fou avait été chéri. J'attendis qu'il poursuive.

« Quand j'ai été… assez grand, je leur ai dit au revoir. Je suis parti chercher ma place dans l'histoire et décider où la contrarier. L'endroit que j'ai choisi, c'est ce château ; le moment, c'est l'heure de ma naissance qui l'a déterminé. Je suis arrivé et je me suis donné à Subtil. J'ai réuni dans ma main tous les brins que les Fileuses y ont placés et j'ai entrepris de les tordre et de les teindre comme je le pouvais, dans l'espoir d'affecter ce qui se tisse après moi. »

Je secouai la tête. « Je n'ai rien compris à ce que tu viens de dire.

– Ah ! » Il agita son bonnet et ses grelots tintèrent. « Je t'ai offert de te révéler mon secret, je n'ai pas promis de te le rendre intelligible.

– Un message n'est pas délivré tant qu'il n'est pas compris », objectai-je. C'était une citation d'Umbre.

Le fou demeurait récalcitrant. « Tu as parfaitement compris ce que j'ai dit, biaisa-t-il ; mais tu ne l'acceptes pas. Jamais je ne t'ai parlé aussi clairement. C'est peut-être ce qui t'égare. »

Il ne plaisantait pas. Je secouai la tête à nouveau. « Ça ne veut rien dire ! Tu es allé quelque part pour trouver ta place dans l'histoire ? Comment est-ce possible ? L'histoire, c'est ce qui a été fait dans le passé ! »

Le bonnet s'agita encore une fois, plus lentement. « L'histoire, c'est ce que nous faisons pendant notre existence. Nous la créons au fur et à mesure. » Il eut un sourire énigmatique. « L'avenir est une autre sorte d'histoire. »

J'acquiesçai. « Personne ne peut connaître l'avenir. »

Son sourire s'accrut. « Ah oui ? fit-il dans un souffle. Quelque part, peut-être, Fitz, est-il écrit tout ce qui constitue l'avenir. Pas écrit par une seule personne, attention, mais si tous les signes, les visions, les prémonitions et les augures de toute une race étaient couchés sur le papier, reliés les uns aux autres avec leurs correspondances, ce peuple ne pourrait-il pas élaborer un métier à tisser sur lequel s'étendrait la tapisserie de l'avenir ?

– Ridicule ! Comment saurait-on si tout ce qu'elle contient est vrai ?

– Si un tel métier venait à être créé et une telle tapisserie de prédictions à être tissée, non sur quelques années, mais sur des millénaires, on pourrait observer au bout de quelque temps qu'elle offre des prévisions étonnamment exactes. Dis-toi bien que ceux qui tiennent ces archives sont d'une autre espèce, à l'exceptionnelle longévité ; une espèce pâle et belle qui mêle parfois son sang à celui des hommes. Et alors… » Il tournoya sur place, soudain folâtre et insupportablement content de lui-même. « Et alors, certains naissent, si clairement marqués que l'histoire ne peut que les appeler, qu'ils doivent partir en quête de leur place dans cette histoire future. Et il se peut même qu'on les encourage à examiner cette place, ce point de jonction de cent fils, et qu'ils disent : Ces fils, là, je vais les tordre et, ce faisant, je vais modifier la tapisserie, gauchir la trame, changer la couleur de l'avenir. Je vais transformer la destinée du monde. »

Il se moquait de moi, j'en étais maintenant certain. « Une fois tous les mille ans, peut-être, dis-je, il est possible qu'apparaisse un homme capable de provoquer de tels bouleversements dans le monde ; un roi puissant, ou encore un philosophe qui modèle la pensée de milliers de gens. Mais toi et moi, fou ? Nous sommes des pions, des pas grand-chose. »

Il secoua la tête d'un air apitoyé. « Plus que tout, c'est ça que je n'ai jamais compris chez vous : vous jouez aux dés et vous comprenez que le sort du jeu puisse dépendre d'un seul jet ; vous vous distrayez aux cartes et dites que la fortune amassée en une soirée peut partir en fumée sur un pli. Mais un homme, ça, vous le reniflez d'un air dégoûté et vous laissez tomber : quoi, ce néant d'humain ? Ce pêcheur, ce charpentier, ce voleur, cette cuisinière, allons, mais qu'est-ce que ces gens-là pourraient bien accomplir dans le vaste monde ? Et, telles des chandelles dans un courant d'air, vous vivez de petites existences crachotantes, vacillantes.

– La gloire n'est pas pour tout le monde, observai-je.

– En es-tu sûr, Fitz ? En es-tu sûr ? A quoi bon une petite vie qui ne change rien à la grande vie du monde ? Je ne conçois rien de plus triste. Pourquoi une mère ne se dirait-elle pas : Si j'élève bien cet enfant, si je l'aime, si je l'entoure d'affection, il mènera une existence où il dispensera le bonheur autour de lui, et ainsi j'aurai changé le monde ? Pourquoi le fermier qui plante une graine ne déclarerait-il pas à son voisin : Cette graine que je plante nourrira quelqu'un, et c'est ainsi que je change le monde aujourd'hui ?

– C'est de la philosophie, fou. Je n'ai jamais eu le temps d'étudier ces choses-là.

– Non, Fitz : c'est la vie. Et nul ne peut se permettre de ne pas y penser. La moindre créature doit en avoir conscience, songer au moindre battement de son cœur. Sinon, à quoi sert de se lever chaque matin ?

– Fou, ce que tu racontes me dépasse », dis-je, mal à l'aise. Je ne l'avais jamais vu si passionné, jamais entendu s'exprimer si clairement. J'avais l'impression d'avoir fouillé dans des cendres grises et d'être soudain tombé sur la braise ardente qui rougeoyait en leur cœur ; elle brillait trop fort.

« Non, Fitz ; je me suis peu à peu convaincu que c'est par toi que tout passe. » Il me tapota la poitrine de son sceptre à tête de rat. « La clé de voûte, la porte, le carrefour, le catalyseur, tu as été tout cela et tu continues à l'être. Chaque fois que je tombe sur une croisée de chemins et que la piste est incertaine, je hume le sol, je billebaude, j'aboie, je renifle et je trouve une odeur : la tienne. Tu crées des possibilités. Tant que tu existes, on peut manœuvrer l'avenir. C'est pour toi que je suis venu, Fitz ; tu es le fil que je tords. Un des fils, en tout cas. »

Un pressentiment me glaça soudain ; j'ignorais ce qu'il avait encore à me dire, mais je ne voulais pas l'entendre. Quelque part, très loin, un vague hurlement s'éleva. Un loup qui donnait de la voix en plein jour. Un frisson d'angoisse me fit dresser tous les poils. « Tu m'as bien eu, fis-je avec un petit rire inquiet. J'aurais dû me douter que tu n'avais aucun secret à me révéler.

– Toi. Ou pas toi. Cheville, ancre, nœud sur la ligne… J'ai vu la fin du monde, Fitz, je l'ai vue tissée aussi clairement que ma propre naissance. Oh, pas durant ton existence, ni durant la mienne. Mais pouvons-nous éprouver du bonheur à nous dire que nous vivons au crépuscule plutôt qu'en pleine nuit ? Pouvons-nous nous réjouir de seulement souffrir tandis que nos rejetons connaîtront les tourments des damnés ? Cela peut-il être une raison de ne rien faire ?

– Fou, je n'ai pas envie d'écouter.

– Tu as eu l'occasion de repousser mon offre. Mais par trois fois tu l'as acceptée, et maintenant tu vas m'écouter. » Il brandit son sceptre comme s'il lançait des troupes à l'assaut et il reprit, du ton d'un seigneur qui s'adresse au Grand Conseil des Six-Duchés : « La chute du royaume des Six-Duchés fut la pierre qui déclencha l'avalanche. Dès lors, les sans-âme se répandirent comme une tache de sang sur la plus belle chemise du monde. Les ténèbres dévorent et ne sont rassasiées que lorsqu'elles n'ont plus qu'elles-mêmes dont se nourrir. Et tout cela parce que la lignée des Loinvoyant a failli. Voilà l'avenir tel qu'il est tissé. Mais attends ! Loinvoyant ? » Il pencha la tête de côté et me dévisagea comme un corbeau. « Pourquoi t'appelle-t-on ainsi, Fitz ? Qu'est-ce que tes ancêtres ont jamais prévu pour se parer de ce nom ? Veux-tu que je te le dise ? Le nom de ta maison, c'est l'avenir qui remonte le temps jusqu'à toi et qui te baptise du nom que ta lignée méritera un jour : les Loinvoyant. C'est l'indice qui m'a mis la puce à l'oreille : l'avenir qui revenait jusqu'à toi, à ta maison, là où ta lignée croisait mon existence, et qui te donnait ce nom. Je suis venu et qu'ai-je découvert ? Un Loinvoyant qui n'avait pas de nom ! Aucun nom dans aucune histoire, passée ou à venir. Mais je t'ai vu en prendre un, FitzChevalerie Loinvoyant. Et je veillerai à ce que tu en sois digne. » Il s'approcha de moi, me saisit par les épaules. « Toi et moi, Fitz, nous sommes ici pour changer l'avenir du monde. Pour maintenir en place le petit caillou dont la disparition pourrait provoquer la chute du rocher.

– Non. » Un froid terrible m'envahissait. Je me mis à trembler, mes dents à claquer, les lucioles à étinceler à la lisière de mon champ de vision. Une crise ! J'allais avoir une crise, et devant le fou ! « Va-t'en ! m'écriai-je, incapable de supporter cette idée. Sors d'ici ! Vite ! Vite ! »

C'était la première fois que je voyais le fou stupéfait. Sa mâchoire s'affaissa et sa bouche béante révéla ses petites dents blanches et sa langue pâle. Il me tint encore un instant par les épaules, puis il laissa retomber ses mains. Sans m'inquiéter de ce qu'il pouvait penser de sa brutale expulsion, j'ouvris la porte en lui faisant signe de sortir et il s'éclipsa. Je refermai, mis le verrou, puis me dirigeai vers mon lit, submergé par des vagues d'obscurité. Je m'effondrai le nez dans les couvertures. « Molly ! m'exclamai-je. Molly ! Sauve-moi ! » Mais je savais qu'elle ne m'entendait pas et je sombrai seul dans les ténèbres.

*

Eclat de cent chandelles, festons de sapin, guirlandes de houx, branches nues et noires décorées de sucres d'orge scintillants pour le plaisir de l'œil et du palais ; claquement des épées de bois des marionnettes et cris ravis des enfants quand la tête du prince Bigarré sauta de ses épaules et s'envola par-dessus le public. Bouche grande ouverte de Velours sur une chanson paillarde tandis que ses doigts dansaient de leur propre volonté sur les cordes de sa harpe. Une bouffée d'air glacé quand les grandes portes s'ouvrirent et qu'un nouveau groupe hilare vint se joindre à la foule de la Grand-Salle. Lentement, je commençais à comprendre qu'il ne s'agissait plus d'un rêve, que c'était bel et bien la fête de l'Hiver, où je me promenais parmi les fêtards, la mine affable, souriant à chacun sans voir personne. Je battis paresseusement des paupières ; je ne pouvais rien faire vite ; j'étais dans une bulle d'ouate, je dérivais comme un bateau sans barreur par un jour calme. Je baignais dans une merveilleuse somnolence. Quelqu'un me toucha le bras. Je me tournai : Burrich, les sourcils froncés, qui me posait une question, de sa voix toujours aussi grave, presque une vague de couleur qui venait clapoter contre moi. « Tout va bien, lui dis-je calmement. Ne t'inquiète pas, tout va bien. » Je m'éloignai insensiblement de lui, emporté par les remous de la foule.

Le roi Subtil était sur son trône mais je savais désormais qu'il était en papier. Le fou était assis à ses pieds, sur les marches, et il tenait son sceptre à tête de rat comme un petit enfant sa crécelle. Sa langue était une épée et, à mesure que les ennemis du roi s'approchaient, le fou les frappait, les écharpait et les détournait de l'homme de papier sur le trône.

Et, sur une autre estrade, Kettricken et Vérité, aussi jolis l'un et l'autre que la poupée du fou. Je regardai et vis qu'ils étaient tous deux faits de désirs, tels des récipients pleins de néant. Je me sentis triste car jamais je ne serais capable de les remplir, tant leur terrible vide était immense. Royal vint leur parler et c'était un grand oiseau noir, pas une corneille, non, il n'avait pas la gaieté d'une corneille, et pas un corbeau non plus, il ne possédait pas l'astuce enjouée d'un corbeau, non : un misérable gobeur d'yeux qui tournoyait dans le ciel en rêvant d'eux comme de deux charognes dont se faire un festin. Il puait la pourriture et je me mis la main sur le nez et la bouche avant de m'écarter.

Je pris place sur les pierres d'une cheminée à côté d'une jeune fille qui gloussait de rire, tout heureuse dans ses jupes bleues. Elle jacassait comme un écureuil et je lui souris ; bientôt, elle s'appuya contre moi et se mit à chanter une petite chanson amusante qui parlait de trois laitières. D'autres, assis ou debout, se trouvaient autour de l'âtre et ils se joignirent à la chanson. A la fin, nous éclatâmes tous de rire, mais je ne compris pas bien pourquoi. Et sa main était chaude, posée si naturellement sur ma cuisse.

Frère, es-tu fou ? As-tu avalé des arêtes, as-tu la fièvre ?

« Hein ? »

Ton esprit est plein de nuages. Tes pensées sont pâles et malades. Tu te déplaces comme une proie.

« Je me sens bien.

– Vraiment, messire ? Alors moi aussi. » Elle me sourit. Un petit visage rond, des yeux sombres, des cheveux bouclés qui s'échappaient de sa coiffe. Elle plairait à Vérité. Elle me tapota la jambe amicalement. Un peu plus haut qu'elle n'avait posé la main.

« FitzChevalerie ! »

Je levai lentement les yeux. Patience se dressait devant moi, Brodette près d'elle. Sa présence me fit plaisir : elle sortait si rarement de chez elle pour se mêler aux autres ! Surtout en hiver. L'hiver était une mauvaise période pour elle. « Je serai heureux quand l'été sera revenu et que nous pourrons nous promener ensemble dans les jardins », lui dis-je.

Elle me considéra un moment en silence. « J'ai un objet lourd à monter dans mes appartements. Voudrais-tu me le porter ?

– Certainement. » Je me levai avec prudence. « Je dois m'en aller, fis-je à la petite servante. Ma mère a besoin de moi. J'ai bien aimé votre chanson.

– Au revoir, messire ! » gazouilla-t-elle et Brodette lui lança un regard assassin. Patience avait les joues rose vif. Je la suivis parmi la presse et nous arrivâmes au pied des escaliers.

« Je ne sais plus comment on monte là-dessus, avouai-je. Et où est l'objet que vous voulez transporter ?

– C'était un prétexte pour te faire sortir avant que tu ne te déshonores complètement ! siffla-t-elle. Que t'arrive-t-il ? Comment peux-tu te conduire de cette façon ? Es-tu ivre ? »

Je réfléchis. « Œil-de-Nuit dit que je me suis empoisonné avec des arêtes. Mais je me sens bien. »

Patience et Brodette m'observèrent d'un air très circonspect, puis elles me prirent chacune par un bras et m'entraînèrent dans l'escalier. Patience fit du thé pendant que je bavardais avec Brodette. Je lui dis que j'étais amoureux fou de Molly et que j'allais l'épouser dès que le roi m'en donnerait la permission. Elle me tapota la main, mit sa paume sur mon front et me demanda ce que j'avais mangé aujourd'hui et où. Je ne m'en souvenais pas. Patience me fit boire du thé. Peu après, je vomis. Brodette me fit prendre de l'eau froide, Patience encore du thé. Je vomis à nouveau. Je déclarai que je ne voulais plus de thé. Patience et Brodette discutèrent. Brodette disait qu'à son avis je serais sur pied une fois que j'aurais dormi. Elle me conduisit à ma chambre.

Je m'éveillai avec une notion des plus vagues quant à ce qui avait été du rêve et ce qui avait été réel, si tout n'était pas le fruit de mon imagination. Mon souvenir des événements de la soirée était aussi lointain que s'ils remontaient à des années. Mais l'ouverture de l'escalier qui déversa soudain sa chaleureuse lumière jaune et un courant d'air glacé dans ma chambre mit fin à mes interrogations ; je me relevai tant bien que mal, restai un instant titubant sous l'effet d'un brusque étourdissement, puis m'engageai lentement dans les marches, une main toujours au contact de la pierre froide du mur pour m'assurer que je ne rêvais pas. A mi-chemin, Umbre vint à ma rencontre. « Tiens, prends mon bras », fit-il, et j'obéis.

Il passa son bras libre autour de ma taille et nous gravîmes ensemble les degrés. « Vous m'avez manqué », lui dis-je. Puis, dans le même souffle : « Le roi Subtil est en danger.

– Je sais. Le roi Subtil est toujours en danger. »

Nous étions au sommet des marches. Un feu brûlait dans la cheminée et, à côté, un plateau garni attendait. Il m'y conduisit.

« Je me demande si je n'ai pas été empoisonné. » Un frisson me traversa et je tremblai de la tête aux pieds. Quand ce fut passé, je me sentis l'esprit plus vif. « J'ai l'impression de me réveiller par étapes. Je crois être parfaitement conscient et tout à coup ma tête s'éclaircit encore davantage. »

Umbre hocha la tête d'un air grave. « Je pense qu'il s'agit de la cendre. Tu n'as pas réfléchi en nettoyant la chambre de Subtil : souvent, la combustion d'une plante concentre ses principes actifs dans le résidu. Tu as mangé des friands avec des mains pleines de ce produit. Je ne pouvais pas faire grand-chose ; j'espérais que tu cuverais pendant ton sommeil. Mais qu'est-ce qui t'a pris de descendre ?

– Je n'en ai pas la moindre idée. » Puis : « Comment faites-vous pour en savoir toujours autant ? » demandai-je d'un ton plaintif comme il m'obligeait à m'asseoir dans son vieux fauteuil. Lui-même s'installa à ma place habituelle, sur les pierres de l'âtre. Malgré mon esprit brumeux, je remarquai la fluidité avec laquelle il se mouvait, comme s'il s'était défait des raideurs et des douleurs qui habitent le corps d'un vieillard, et un hâle nouveau atténuait les marques qui grêlaient son visage et ses bras. J'avais déjà observé sa ressemblance avec Subtil ; à présent, je retrouvais également Vérité dans ses traits.

« J'ai mes petites sources personnelles de renseignement. » Il me fit un sourire carnassier. « Que te rappelles-tu de la fête d'hier soir ? »

Je réfléchis en faisant la grimace. « Suffisamment pour savoir que demain sera une journée délicate. » La petite servante me revint brusquement en mémoire. Appuyée contre mon épaule, la main sur ma cuisse… Molly ! Il fallait que j'aille voir Molly pour lui fournir une explication quelconque ! Si elle frappait à ma porte ce soir et que je ne sois pas là pour lui ouvrir… Je me redressai dans le fauteuil mais, à cet instant, un frisson me parcourut et j'eus presque l'impression qu'on m'arrachait une couche de peau.

« Tiens, mange un peu. Vomir tripes et boyaux n'était pas la meilleure des choses dans ton cas, mais je suis persuadé que Patience pensait bien faire. Et, en d'autres circonstances, ç'aurait pu te sauver la vie. Non, empoté, lave-toi d'abord les mains ! N'as-tu donc rien écouté de ce que je t'ai dit ? »

Je notai alors la présence d'un bol d'eau vinaigrée près des plats. Je me lavai soigneusement les mains pour en ôter toute trace du produit, puis le visage, et je m'étonnai de me sentir soudain tout ragaillardi. « Ça a été comme un rêve qui n'en finissait pas, toute la journée… Est-ce ce qu'éprouve Subtil tous les jours ?

– Je n'en sais rien. Peut-être toutes les plantes qui brûlent chez lui ne sont-elles pas ce que je crois. C'est justement un des points dont je voulais parler avec toi. Dans quel état est Subtil ? Cela lui a-t-il pris brusquement ? Et depuis combien de temps Murfès se prétend-il guérisseur ?

– Je l'ignore. » Je courbai la tête, honteux. Je me fis violence et lui avouai à quel point j'avais été négligent en son absence. Et stupide. Quand j'eus fini, il ne me contredit pas.

« Eh bien, ce qui est fait est fait ; maintenant, reste à sauver ce qui peut l'être. Il se passe trop de choses ici pour qu'on puisse toutes les trier en une seule fois. » Il me regarda d'un air pensif. « Une bonne partie de ce que tu m'as dit ne me surprend pas : les forgisés qui continuent à converger sur Castelcerf, la maladie du roi qui persiste... Mais sa santé décline beaucoup plus vite que je ne puis me l'expliquer et je ne comprends pas la malpropreté de ses appartements. A moins que... » Il laissa la phrase inachevée. « On croit peut-être que dame Thym était son seul rempart et qu'à présent tout le monde se désintéresse du sort du roi ; on voit peut-être en lui un vieillard isolé, un obstacle à éliminer. Ton incurie aura au moins eu pour résultat de faire sortir nos adversaires au grand jour, et il est possible que nous puissions désormais les abattre. » Il soupira. « Je pensais me servir de Murfès, en faire discrètement mes yeux et mes oreilles pour surprendre les conseils qu'on pourrait lui donner ; par lui-même, il ne connaît guère les simples : ce n'est qu'un amateur. Mais cet outil que j'ai laissé traîner, quelqu'un d'autre l'utilise peut-être à présent. Il faudra voir. Néanmoins, il existe des moyens de mettre un terme à tout ceci. »

Je me mordis la langue pour ne pas prononcer le nom de Royal. « Lesquels ? » demandai-je.

Umbre sourit. « Comment s'y est-on pris pour te rendre inopérant en tant qu'assassin, au royaume des Montagnes ? »

Je fis la grimace au souvenir de cet épisode. « Royal a révélé le but de ma mission à Kettricken.

– Exactement ! Eh bien, nous allons projeter un rai de lumière sur ce qui se passe chez le roi. Mange pendant que je t'explique mon plan. »

Et je l'écoutai donc décrire les tâches qui m'attendaient le lendemain, ce qui ne m'empêcha pas de remarquer les plats qu'il avait choisis pour moi : l'ail y prédominait et je connaissais sa foi en ses vertus dépuratives. Je me demandai ce que j'avais bien pu avaler et jusqu'à quel point mon souvenir de la conversation avec le fou en était affecté. Je me sentis soudain honteux de la brusquerie avec laquelle je l'avais mis à la porte : encore un auquel je devrais des explications le lendemain ! Umbre s'aperçut de ma préoccupation. « Nul n'est parfait, observa-t-il obliquement, et parfois il faut s'en remettre à la compréhension des autres. »

Je hochai la tête, puis bâillai tout à coup à m'en décrocher la mâchoire. « Pardon », marmonnai-je. J'avais les paupières si lourdes que j'avais du mal à tenir la tête droite. « Vous disiez ?

– Non, non : va te coucher. Repose-toi : c'est le meilleur des médicaments.

– Mais je ne vous ai même pas demandé où vous étiez parti, ni ce que vous avez fait. On vous donnerait dix ans de moins. »

Umbre fit la moue. « C'est un compliment ? Peu importe. Il serait vain de me poser ces questions, de toute façon, aussi garde-les pour un autre moment, où tu pourras ronger ton frein parce que je refuserai encore d'y répondre. Quant à ma vitalité... Ma foi, plus on en demande à son organisme, plus il est capable d'en faire. Ça n'a pas été un voyage d'agrément mais je pense que les difficultés en valaient la peine. » Il leva la main pour me faire taire. « Je n'en dirai pas davantage. Au lit, maintenant, Fitz. Au lit. »

Je bâillai à nouveau en me levant, puis je m'étirai à m'en faire craquer les articulations. « Tu as encore grandi, fit Umbre avec un mélange de tristesse et d'admiration. A ce train-là, tu vas dépasser ton père.

– Vous m'avez manqué, marmottai-je en me dirigeant vers l'escalier.

– Toi aussi. Mais demain nous aurons toute la nuit pour nous rattraper. Pour l'instant, va dormir. »

Je descendis avec la sincère intention de suivre sa suggestion. Comme toujours, la porte en bas de l'escalier se referma quelques instants après que je l'eus franchie, grâce à un mécanisme que je n'avais jamais réussi à découvrir. Je jetai trois bûches sur le feu mourant, puis gagnai mon lit et m'assis pour enlever ma chemise. J'étais épuisé, mais pas au point de ne pas déceler une vague trace du parfum de Molly sur le tissu. Je restai un moment sans bouger, la chemise entre les mains, puis je la renfilai et me levai. J'ouvris la porte et me glissai dans le couloir.

Pour une soirée habituelle, il aurait été tard ; mais c'était la première nuit de la fête de l'Hiver et beaucoup d'habitants du château ne songeraient à leur lit qu'à l'heure où l'aube pointerait, tandis que d'autres n'y retourneraient pas du tout. Je souris en m'apercevant que je comptais faire partie de ce dernier groupe.

Il y avait foule dans les couloirs et les escaliers ; la plupart des gens étaient trop éméchés ou trop occupés pour faire attention à moi ; quant aux questions que pourraient me poser les autres le lendemain, je résolus de les esquiver en prenant prétexte de la fête de l'Hiver. Néanmoins, je m'assurai que le couloir était désert avant de frapper à la porte de Molly. Je n'obtins pas de réponse. Mais comme je levais la main pour toquer à nouveau, l'huis s'ouvrit sans bruit sur une pièce obscure.

J'éprouvai une terreur mortelle. En un éclair, je fus convaincu qu'il lui était arrivé malheur, que quelqu'un s'était introduit chez elle, lui avait fait du mal et l'avait laissée dans le noir. J'entrai d'un bond en criant son nom. La porte se referma derrière et Molly fit : « Chut ! »

Je pivotai vers elle, mais il fallut un moment à mes yeux pour s'habituer à l'absence de lumière. La seule clarté provenait du feu dans la cheminée, et je lui tournais le dos. Quand je pus enfin percer la pénombre, j'eus l'impression d'être incapable de respirer.

« Tu m'attendais ? » demandai-je finalement.

D'une voix revêche, elle répondit : « Depuis quelques heures à peine.

– Je te croyais en train de t'amuser dans la Grand-Salle. » Lentement, il me revint en mémoire que je ne l'y avais pas vue.

« Je savais que je ne manquerais à personne. Sauf à quelqu'un. Et j'ai pensé que ce quelqu'un pourrait bien venir me retrouver chez moi. »

Sans bouger, je la regardai : elle portait une couronne de houx sur la masse de ses cheveux. Rien d'autre. Et elle se tenait droite contre la porte, dans l'intention que je la voie bien. Comment expliquer la ligne ainsi franchie ? Jusque-là, c'était ensemble que nous nous étions aventurés dans ce nouveau monde, que nous l'avions parcouru, exploré. Mais, cela, c'était différent : c'était l'invitation sans fard d'une femme. Est-il rien de plus irrésistible que de se savoir désiré par une femme ? Vaincu et heureux de l'être, je me sentis étrangement racheté de toutes les bêtises que j'avais faites dans ma vie.

La fête de l'Hiver.

Le cœur secret de la nuit.

Oui.

Elle me réveilla avant l'aube et me mit à la porte. Le baiser d'adieu dont elle me gratifia avant de me chasser me laissa pétrifié dans le couloir, à essayer de me persuader que l'aube n'était pas si proche. Cependant, au bout de quelques instants, je me rappelai que la discrétion était de mise et j'effaçai mon sourire idiot de mon visage ; je défroissai ma chemise et me dirigeai vers les escaliers.

Une fois dans ma chambre, je fus saisi d'un épuisement qui me fit tourner la tête. Depuis combien de temps n'avais-je pas dormi une nuit entière ? Je m'assis sur mon lit, ôtai ma chemise à gestes lents et la laissai tomber par terre ; puis je m'écroulai sur le dos parmi les couvertures et fermai les yeux.

Des coups frappés doucement à ma porte me firent redresser brusquement. Je traversai rapidement la chambre, le sourire aux lèvres. Je souriais encore en ouvrant la porte.

« Tu es debout ? Tant mieux ! Et presque habillé. A voir ta tête hier soir, j'avais peur d'être obligé de te tirer du lit par la peau du cou ! »

C'était Burrich, toiletté et peigné de frais. Seules les rides de son front trahissaient sa participation à la bamboche de la veille. Pour avoir partagé ses quartiers pendant plusieurs années, je savais que la gueule de bois la plus violente ne pouvait l'empêcher d'affronter ses devoirs. Je soupirai : inutile de demander grâce, car il ne m'en accorderait aucune. J'allai donc à mon coffre à vêtements prendre une chemise propre que j'enfilai en l'accompagnant à la tour de Vérité.

Il existe en l'homme un seuil étrange, physique aussi bien que mental. Rares sont les occasions où j'ai dû le franchir, mais chaque fois un phénomène extraordinaire s'est produit. Ce matin-là ne fit pas exception. Au bout d'une heure, j'étais torse nu et en nage ; les fenêtres de la tour étaient ouvertes mais je n'avais pas froid. La hache au fer capitonné que Burrich m'avait donnée était à peine moins lourde à soulever que le monde lui-même et la pression de la présence de Vérité dans ma tête me donnait la sensation que mon cerveau allait jaillir par mes yeux. Je n'arrivais même plus à brandir mon arme pour me protéger. Burrich m'attaqua de nouveau et je n'opposai qu'une défense symbolique, qu'il écarta sans mal avant de me frapper rapidement, une fois, deux fois, sans violence mais sans douceur non plus. « Et voilà, tu es mort », dit-il en se reculant. Il posa la lame de sa hache sur le sol et s'appuya sur le manche en reprenant son souffle ; pour ma part, je laissai tomber mon arme. C'était inutile.

En moi, Vérité se tenait parfaitement immobile. Je lui jetai un coup d'œil, assis devant sa fenêtre, le regard posé à l'horizon. La lumière du matin accusait ses rides et le gris de ses cheveux ; ses épaules voûtées reflétaient mon propre état d'esprit. Je fermai les yeux un instant, trop exténué pour faire le moindre mouvement, et soudain nous nous engrenâmes l'un dans l'autre ; je vis alors jusqu'aux horizons de notre avenir : notre pays était assiégé par un ennemi féroce qui ne cherchait qu'à tuer et à mutiler ; c'était son unique but. Il n'avait ni champs à semer, ni enfants à défendre, ni bétail à soigner pour le distraire de ses assauts. Mais nous nous efforcions de vivre notre existence quotidienne tout en nous protégeant de ses destructions, alors que l'ordinaire des Pirates rouges, c'était justement leurs ravages ; et cette unicité d'intention était la seule arme dont ils avaient besoin pour nous anéantir. Nous n'étions pas des guerriers, nous n'en étions plus depuis des générations et nous ne pensions plus comme tels. Même les soldats parmi nous étaient des militaires entraînés à se battre contre un ennemi rationnel ; comment résister aux assauts d'une horde de déments ? De quelles armes disposions-nous ? Je regardai alentour : moi. Moi-même en tant que Vérité.

Un seul homme. Un seul homme qui s'usait à essayer de maintenir l'équilibre entre la défense de son peuple et l'envol dans l'extase intoxicante de l'Art. Un seul homme, qui s'évertuait à nous réveiller, à déclencher en nous le feu qui nous permettrait de nous défendre. Un seul homme, le regard fixé au loin tandis que nous jacassions, complotions et nous chamaillions dans le château, à ses pieds. C'était vain ; nous étions condamnés.

Une vague de désespoir déferla sur moi, menaçant de m'engloutir ; elle tourbillonnait autour de moi quand soudain, en plein milieu, je trouvai un point d'ancrage, un point où la futilité de nos efforts devenait comique. Horriblement comique. Quatre petits navires de guerre, inachevés, avec des équipages novices ; des tours de guet et des feux d'alarme pour appeler au massacre des défenseurs incapables ; Burrich avec sa hache, et moi torse nu dans le froid ; Vérité en train de regarder par la fenêtre tandis que, plus bas, Royal droguait son propre père, dans l'espoir sans doute de le dépouiller de son esprit et d'hériter de toute la pagaille. Tout cela était d'une vanité absolue. Et il était inconcevable de baisser les bras. Une formidable envie de rire monta en moi et je ne pus la contenir. Appuyé sur ma hache, je ris comme si le spectacle du monde était du plus haut burlesque, cependant que Burrich et Vérité me dévisageaient, les yeux écarquillés. Un infime sourire entendu tirait les coins de la bouche du prince ; un éclat dans ses yeux partageait ma folie.

« Fitz ? Tu vas bien ? me demanda Burrich.

– Très bien. Je vais parfaitement bien ! » répondis-je quand les vagues de rire qui me secouaient se furent apaisées.

Je me redressai, puis secouai la tête et j'eus presque l'impression de sentir mon cerveau se remettre en place. « Vérité », dis-je, et j'englobai sa conscience dans la mienne. C'était facile ; ça l'était depuis le début mais je croyais jusque-là y perdre quelque chose. Nous ne nous fondîmes pas en une seule entité, mais nous nous emboîtâmes l'un dans l'autre comme des bols empilés dans un buffet. Il s'adaptait parfaitement à moi tel un sac à dos bien équilibré. Je pris ma respiration et levai ma hache. « Recommençons », dis-je à Burrich.

Comme il avançait sur moi, je ne lui permis plus d'être Burrich : c'était un homme armé d'une hache venu assassiner Vérité, et, avant que je puisse interrompre mon geste, je l'étendis au sol. Il se releva en secouant la tête et je décelai un soupçon de colère dans ses traits. Nous nous affrontâmes à nouveau et à nouveau je lui assenai un coup bien placé. « Troisième reprise », fit-il et un sourire carnassier illumina son visage buriné. Nous nous mesurâmes encore une fois, animés par l'allégresse de la lutte, et je le surclassai sans discussion.

Deux autres fois nous nous battîmes avant que Burrich ne recule soudain en esquivant mon coup. Il appuya sa hache au sol et reprit son souffle, le dos voûté, les bras croisés sur le manche de l'arme. Puis il rectifia sa position et regarda Vérité. « Ça y est, dit-il d'une voix rauque. Il a attrapé le truc. Il n'est pas complètement débourré et il s'affûtera avec de l'exercice, mais vous avez fait le bon choix pour lui. La hache est son arme. »

Vérité hocha lentement la tête. « Et mon arme, c'est lui. »

III

La Nef
du crépuscule

A Ryan

1
LES NAVIRES DE VÉRITÉ

Le troisième été de la guerre des Pirates rouges, les bateaux de combat des Six-Duchés reçurent leur baptême du sang. Ils n'étaient que quatre mais ils représentaient une modification considérable de la tactique défensive du royaume. Nos engagements, ce printemps-là, avec les Pirates rouges nous apprirent rapidement que nous avions beaucoup oublié de l'art d'être guerrier. Nos ennemis avaient raison : nous étions devenus une race de fermiers ; mais des fermiers résolus à lutter pied à pied. Nous découvrîmes bientôt que les Pirates étaient des combattants inventifs et barbares, au point qu'aucun d'entre eux ne se rendit jamais ni ne se laissa prendre vivant. Peut-être aurions-nous dû y voir le premier indice sur la nature de la forgisation et de l'adversaire que nous affrontions mais, à l'époque, cet indice trop subtil nous échappa et nous étions trop occupés à survivre pour nous poser des questions.

⋆

La fin de l'hiver passa aussi vite que le début avait traîné. Les divers aspects de mon existence devinrent comme des perles dont j'eusse été le fil qui les reliait ; si je m'étais jamais arrêté à songer au mal que je me donnais pour les maintenir séparés, je crois que la tâche m'aurait paru insurmontable. Mais j'étais jeune alors, bien plus que je ne le soupçonnais, et je trouvais, j'ignore comment, l'énergie de la mener à bien.

Ma journée commençait avant l'aube par une séance auprès de Vérité, à laquelle se mêlaient au moins deux fois par semaine Burrich et ses haches ; mais le plus souvent nous étions seuls, le Prince et moi. Il travaillait sur mon sens de l'Art mais pas à la façon de Galen ; il avait des missions précises à me confier et il me formait dans cette optique. J'appris à voir par ses yeux et à lui donner l'usage des miens ; je m'entraînai à prendre conscience des moyens subtils par lesquels il dirigeait mon attention et à entretenir en moi un monologue constant qui lui décrivait tout ce qui se passait autour de nous. Pour cela, je quittais la tour en emmenant sa présence, tel un faucon sur mon poignet, et vaquais à mes autres occupations quotidiennes ; au début, je n'arrivais à maintenir le lien d'Art que quelques heures mais, le temps passant, je réussis à lui faire partager mon esprit des jours durant. Néanmoins, le lien finissait toujours par s'affaiblir : ce n'était pas un véritable échange d'Art entre lui et moi mais un contact imposé par le toucher, qu'il fallait renouveler. Cependant, si faibles que fussent mes capacités, j'en éprouvais un sentiment de victoire.

Je passais une bonne part de mon temps au jardin de la reine, à déplacer et déplacer encore bancs, statues et bacs jusqu'à la complète satisfaction de Kettricken ; durant ces heures, je veillais toujours à ce que Vérité soit avec moi : j'espérais lui faire du bien en lui présentant sa reine telle que d'autres la voyaient, surtout lorsqu'elle se laissait porter par l'enthousiasme que suscitait en elle son jardin sous la neige. Les joues roses sous sa chevelure blonde, baisée par la brise et pleine d'éclat : ainsi la lui montrais-je ; il l'entendait parler librement du plaisir qu'elle souhaitait voir ce jardin procurer à son époux. Etait-ce trahir les confidences que me faisait Kettricken ? Je repoussais fermement toute idée de gêne et emmenais le prince lorsque j'allais présenter mes respects à Patience et Brodette.

Je m'efforçais aussi de mêler davantage Vérité au peuple ; depuis qu'il assumait son lourd fardeau d'artiseur, il côtoyait rarement ces gens du commun qu'il aimait tant. Je le menais aux cuisines, à la salle de garde, aux écuries et dans les tavernes de Bourg-de-Castelcerf. Pour sa part, il me guidait aux hangars à bateaux où j'assistais aux ultimes travaux effectués sur ses navires ; plus tard, je me rendis fréquemment sur les quais auxquels les bâtiments étaient amarrés, pour bavarder avec les équipages tandis qu'ils se familiarisaient avec leurs vaisseaux. Je lui fis entendre les hommes qui ronchonnaient, regardant comme trahison le fait que des réfugiés outrîliens soient enrôlés à bord de nos navires de défense. Pourtant, ces exilés avaient visiblement l'expérience du maniement des rapides bateaux pirates et leur savoir-faire ne pouvait que rendre les nôtres plus efficaces ; mais il était visible aussi que beaucoup de matelots des Six-Duchés avaient une dent contre cette poignée d'immigrants et s'en méfiaient. J'ignorais si la décision de Vérité de les employer était judicieuse ou non mais, gardant mes doutes pour moi, je me contentais de lui faire écouter les murmures des autres marins.

Il était aussi avec moi lorsque je rendais visite à Subtil. J'appris à me présenter chez le roi en fin de matinée ou en début d'après-midi ; Murfès me laissait rarement entrer sans faire d'histoires et il y avait toujours quelqu'un dans la chambre, des servantes inconnues de moi, un ouvrier prétendument en train de réparer une porte ou autre chose. J'attendais impatiemment l'occasion de parler en privé à mon souverain de mes ambitions conjugales. Le fou était toujours là aussi et s'en tenait à sa promesse de ne pas me manifester d'amitié devant des yeux étrangers. Ses moqueries étaient cinglantes et j'avais beau savoir ce qu'elles dissimulaient, il réussissait néanmoins parfois à me désemparer ou à m'irriter. Mon seul sujet de satisfaction était les améliorations que je constatais dans la chambre, car quelqu'un avait rapporté à maîtresse Pressée dans quel capharnaüm vivait le roi.

Durant les préparatifs de la fête de l'Hiver, une telle troupe de servantes et de serviteurs envahit l'appartement royal qu'elle apporta les festivités jusqu'au roi. Maîtresse Pressée, les poings sur les hanches, se tenait au centre de la pièce et surveillait les opérations, tout en morigénant Murfès d'avoir laissé la situation se dégrader à ce point. Manifestement, il lui avait assuré qu'il veillait personnellement au ménage et à la lessive du roi afin d'éviter tout dérangement au souverain. Je passai un après-midi très gai, car le tumulte réveilla Subtil qui parut bientôt retrouver sa personnalité d'autrefois. Il fit taire maîtresse Pressée qui réprimandait ses gens pour leur manque d'énergie, et se mit à échanger des plaisanteries avec eux tandis qu'ils grattaient les sols, répandaient des roseaux frais et frottaient les meubles avec une huile nettoyante au doux parfum. Maîtresse Pressée amoncela une véritable montagne de courtepointes sur le roi puis ordonna qu'on ouvre les fenêtres pour aérer la chambre. Elle aussi renifla les cendres et les brûloirs, et je suggérai, mine de rien, que Murfès serait peut-être le plus indiqué pour les vider, puisqu'il était au fait des herbes qu'on y brûlait. Lorsqu'il revint avec les récipients propres, il faisait montre d'un caractère beaucoup plus docile et malléable ; je me demandai s'il était lui-même au courant des effets que ses fumées avaient sur Subtil ; mais sinon, qui ? Le fou et moi échangeâmes discrètement plus d'un regard entendu.

Après avoir été récurée, la chambre fut égayée de chandelles et de guirlandes, de rameaux de sapin et de branches nues argentées et décorées de noix peintes. Ce spectacle ramena des couleurs aux joues du roi et je perçus la satisfaction silencieuse de Vérité. Ce soir-là, quand le roi quitta ses appartements pour se joindre à nous dans la Grand-Salle et qu'en plus il demanda ses musiciens et ses airs favoris, je pris cela comme une victoire personnelle.

Certains moments étaient à moi seul, naturellement, et je ne parle pas seulement de mes nuits avec Molly. Dès que je le pouvais, je m'échappais du Château pour courir et chasser en compagnie de mon loup. Liés comme nous l'étions, nous n'étions jamais complètement coupés l'un de l'autre mais un simple contact d'esprit ne donnait pas le profond contentement d'une chasse partagée. Il est difficile d'exprimer la sensation de complétude de deux êtres qui agissent comme une créature unique, avec un but unique ; en ces occasions, notre lien trouvait son véritable accomplissement. Mais, même quand les jours passaient sans que je voie physiquement mon loup, il ne me quittait pas ; sa présence était comme un parfum que l'on perçoit avec force la première fois mais qui se fond ensuite dans l'air que l'on respire. Je le savais là par de petits détails ; mon odorat me semblait plus aiguisé, ce que j'attribuais à sa capacité à déchiffrer ce que la brise m'apportait ; je devenais plus conscient des gens qui m'entouraient, comme si sa conscience à lui surveillait mes arrières et m'ouvrait à d'infimes indices sensoriels qu'autrement j'aurais négligés. Les aliments étaient plus savoureux, les parfums plus tangibles. J'essayais de ne pas étendre cette logique à ma faim de la compagnie de Molly ; je le savais avec moi mais, fidèle à sa promesse, il évitait de manifester sa présence en ces moments-là.

Un mois après la fête de l'Hiver, j'eus un nouveau travail à accomplir. Vérité avait dit vouloir me voir à bord d'un navire ; on me convoqua un jour sur le pont du *Rurisk* et on m'assigna une place aux avirons. Le capitaine du bâtiment s'étonna ouvertement qu'on lui fournisse une brindille alors qu'il avait demandé une bûche mais je n'étais pas en position de débattre de la question. La plupart des hommes qui m'entouraient étaient de solides gaillards et des matelots aguerris ; ma seule chance de montrer ce que je valais était de m'atteler à la tâche avec toute l'énergie dont je disposais. J'avais au moins la satisfaction de ne me savoir pas seul sans expérience : les hommes du bord avaient tous servi peu ou prou sur d'autres navires mais, à part les Outrîliens, nul n'avait la pratique des bateaux de combat.

Pour trouver des hommes capables de construire ce type de bâtiments, Vérité avait dû faire chercher nos plus vieux charpentiers de marine. Le *Rurisk* était le plus grand des quatre vaisseaux lancés à la fête de l'Hiver ; il avait des lignes élancées et sinueuses, et son faible tirant d'eau lui permettait à la fois de raser la surface d'une mer calme, tel un insecte celle d'un étang, et d'affronter le gros temps avec autant d'aisance qu'une mouette. Deux des quatre bateaux avaient les planches chevillées bord à bord dans les membrures, mais le *Rurisk* et son jumeau de moindre taille, le *Constance*, étaient bordés à clin : les planches se chevauchaient. Le *Rurisk* avait été construit par Congremât et son vaigrage était bien agencé, tout en possédant assez de jeu pour résister à tous les coups que pouvait lui porter la mer. Il n'avait fallu que très peu de calfatage à l'étoupe goudronnée, tant ce navire avait été amoureusement fabriqué ; son mât de pin soutenait une voile de lin tissé renforcé de corde et frappée du cerf de Vérité.

Le nouveau bateau sentait encore la sciure et la corde goudronnée ; ses ponts étaient à peine éraflés et les avirons étaient propres sur toute leur longueur. Bientôt, le *Rurisk* prendrait un caractère bien à lui : un coup de burin pour rendre une rame plus facile à tenir, une épissure à un bout, toutes les petites entailles et rainures qui marquent un navire vivant. Mais pour l'heure, le *Rurisk* était aussi inexpérimenté que nous. Quand nous le sortîmes pour la première fois, la scène m'évoqua un cavalier novice sur un cheval tout juste débourré : il tanguait, reculait, faisait la révérence au milieu des vagues ; puis, à mesure que nous trouvions tous le rythme, il s'enhardit et se mit à fendre les eaux comme une lame bien graissée.

Vérité voulait que je m'imprègne de ces nouvelles techniques. On me donna une couchette dans l'entrepôt parmi mes compagnons d'équipage. J'appris à ne pas me faire remarquer et à obéir promptement aux ordres ; le capitaine était originaire des Six-Duchés mais le second était outrîlien, et c'est lui qui nous enseigna vraiment le maniement du *Rurisk* et ce dont il était capable. Il y avait deux autres immigrants outrîliens à bord et, quand nous n'étions pas occupés à étudier le bateau, à l'entretenir ou à dormir, ils se réunissaient et parlaient entre eux. Je m'étonnais qu'ils ne se rendent pas compte du mécontentement que leur attitude suscitait chez ceux des Six-Duchés. Ma couchette était proche des leurs et, souvent, alors que je cherchais le sommeil, je sentais Vérité qui me pressait de tendre l'oreille pour surprendre les mots chuchotés dans une langue que je ne comprenais pas ; j'obtempérais, sachant qu'il tirait davantage que moi de ce charabia. Au bout de quelque temps, je finis par m'apercevoir que leur langage n'était pas très éloigné de celui des Six-Duchés et que je parvenais à saisir une partie de leurs conversations ; je n'y surpris aucun propos séditieux, seulement des souvenirs doux-amers de parents forgisés par leurs propres compatriotes. Ils n'étaient pas si différents des hommes et des femmes des Six-Duchés qui composaient l'équipage : presque tous à bord avaient perdu un proche par la forgisation. Avec un sentiment de culpabilité, je me demandai combien de ces âmes meurtries j'avais envoyé dans les limbes de la mort.

Malgré la fureur des tempêtes hivernales, nous sortions presque quotidiennement avec les bateaux. Nous organisions des batailles simulées les uns contre les autres pour nous entraîner aux techniques d'abordage et d'éperonnage, et aussi pour nous exercer à estimer la distance à sauter afin d'atterrir sur le vaisseau d'en face plutôt que dans l'eau. Notre capitaine s'appliquait à nous faire toucher du doigt les avantages dont nous disposions : les pirates que nous aurions à affronter seraient loin de chez eux et déjà épuisés par des semaines passées en mer ; ils auraient vécu tout ce temps à bord de leurs navires, à l'étroit, malmenés par l'hiver, tandis que chaque matin nous trouverait bien reposés et bien nourris. L'austérité de leur existence exigerait de chaque rameur qu'il soit également pirate, tandis que nous transporterions des guerriers qui pourraient se servir de leurs arcs ou aborder un autre navire tout en laissant les bancs de nage au complet. Souvent, je voyais le second secouer la tête en l'entendant ainsi parler et, en privé, il confiait à ses compagnons que c'étaient justement les rigueurs d'une expédition pirate qui faisaient un équipage féroce et âpre au combat. Comment des fermiers amollis, trop bien nourris, pouvaient-ils espérer l'emporter contre des Pirates rouges affûtés par l'océan ?

Un jour sur dix, j'avais quartier libre et je remontais au Château. Ces journées-là n'avaient rien de reposant : je me présentais chez Subtil à qui je narrais par le menu mes expériences à bord du *Rurisk*, en me réjouissant de la lueur d'intérêt qui brillait dans ses yeux en ces occasions. Il semblait aller mieux mais ce n'était encore pas le robuste souverain de mon enfance. Patience et Brodette, elles aussi, exigeaient une visite et j'allais également présenter mes respects à Kettricken. Une heure ou deux pour Œil-de-Nuit, un tête-à-tête clandestin avec Molly, puis un prétexte pour regagner promptement ma chambre pour le restant de la nuit afin d'être là si Umbre voulait m'interroger. Le matin suivant, à l'aube, un bref passage chez Vérité, où il renouvelait d'un contact notre lien d'Art. Souvent, c'est avec soulagement que je retournais aux quartiers d'équipage prendre une bonne nuit de sommeil.

Enfin, vers la fin de l'hiver, l'occasion se présenta de m'entretenir en privé avec Subtil. Je m'étais rendu chez lui lors d'une de mes journées libres pour lui faire part des progrès des équipages ; Subtil jouissait d'une meilleure santé que d'habitude et se tenait assis bien droit dans son fauteuil, au coin de la cheminée. Murfès n'était pas là ; en revanche, une jeune femme ne quittait pas la pièce, certainement occupée à espionner pour le compte de Royal sous couvert de faire le ménage. Le fou, comme toujours, jouait les mouches du coche et prenait un malin plaisir à la mettre mal à l'aise. Je vivais auprès de lui depuis mon enfance et j'acceptais sa peau blanche et ses yeux pâles comme allant de soi mais la jeune femme n'avait manifestement pas le même point de vue ; elle commença par observer le fou lorsqu'elle pensait qu'il regardait ailleurs mais, dès qu'il remarqua son manège, il se mit à lui rendre ses regards avec des œillades de plus en plus concupiscentes, jusqu'au moment où, ayant réussi à la mener à la plus extrême confusion, il profita de ce qu'elle passait près de nous, un seau à la main, pour faufiler sous ses jupes Raton au bout de son sceptre ; elle bondit en arrière avec un hurlement en s'aspergeant d'eau sale, ainsi que le sol qu'elle venait de nettoyer. Subtil morigéna le fou, qui se prosterna devant lui théâtralement et sans le moindre remords, et renvoya la jeune femme afin qu'elle aille se changer. Je sautai alors sur l'occasion.

La servante avait à peine quitté la chambre que je pris la parole. « Monseigneur, j'ai une requête que je souhaite vous présenter depuis quelque temps déjà. »

Le ton de ma voix dut éveiller l'intérêt du fou et du roi, car j'eus aussitôt leur attention sans partage. J'adressai un regard noir au fou afin de lui faire comprendre que je souhaitais le voir se retirer mais, tout au contraire, il se rapprocha et alla même jusqu'à poser la tête contre le genou de Subtil en minaudant d'exaspérante façon. Je refusai de me laisser affecter et regardai le roi d'un air implorant.

« Tu peux parler, FitzChevalerie », dit-il, solennel.

Je pris ma respiration. « Monseigneur, je veux vous demander la permission de me marier. »

Le fou écarquilla les yeux de surprise. Mais mon roi sourit avec indulgence, comme devant un enfant qui mendie une friandise. « Ah ! Nous y sommes enfin. Mais tu désires sans doute la courtiser d'abord ? »

Mon cœur tonnait dans ma poitrine : mon roi avait un air beaucoup trop entendu – mais content, très content. J'osai espérer. « Que mon roi ne m'en veuille pas mais je crains d'avoir déjà commencé. Cependant, il ne s'agissait pas de présomption de ma part. Ce... c'est arrivé comme ça. »

Il éclata d'un rire bon enfant. « Oui, cela se passe ainsi parfois. Mais comme tu ne m'en disais rien, je me demandais quelles étaient tes intentions et si la dame ne s'était pas bercée d'illusions. »

J'eus soudain la bouche sèche et la respiration difficile. Que savait-il ? Il sourit devant mon effroi.

« Je n'ai aucune objection. Je dirais même plus, ton choix me plaît... »

Le sourire qui me fendit alors le visage trouva un écho inattendu sur les traits du fou. Je pris une inspiration tremblante et attendis que Subtil poursuive. « Mais son père a des réserves. Il m'a dit préférer remettre à plus tard, au moins tant que ses filles aînées n'étaient pas promises.

– Comment ? » bredouillai-je. J'étais complètement perdu. Subtil sourit avec bonté.

« Ta dame, semble-t-il, mérite bien son nom. Célérité a demandé à son père l'autorisation de te courtiser le jour même où tu as repris le chemin de Castelcerf. Je crois que tu l'as conquise lorsque tu t'es adressé à Virilia sans mâcher tes mots ; mais Brondy a refusé, pour la raison que je t'ai exposée. A ce que j'ai su, la dame a tempêté tant et plus mais Brondy est un homme qui ne varie pas. Il nous a cependant envoyé un message, de peur que nous ne nous offensions ; il tient à ce que nous sachions qu'il ne s'oppose pas au mariage, seulement au fait qu'il précède celui de ses autres filles, et j'en suis convenu. Elle n'a, je crois, que quatorze ans ? »

J'étais incapable de prononcer une parole.

« Ne prends pas cet air catastrophé, mon garçon. Vous êtes jeunes l'un et l'autre, et vous avez tout le temps du monde. Le duc préfère ne pas autoriser une cour dans les règles pour l'instant mais, j'en suis sûr, il ne compte pas vous empêcher de vous voir. » Le roi Subtil me considérait d'un air si tolérant, avec tant de bonté dans le regard, que c'en était effrayant. Les yeux du fou ne cessaient de faire l'aller-retour entre nous deux. Je n'arrivais pas à déchiffrer son expression.

Je tremblais comme cela ne m'était pas arrivé depuis des mois. Je devais couper court à cette histoire avant qu'elle n'empire. Je retrouvai l'usage de ma langue et formai les mots d'une gorge desséchée. « Mon roi, cette dame n'est pas celle à laquelle je pensais. »

Le silence s'abattit sur la chambre. Je croisai le regard de mon roi et je le vis changer. Si je n'avais pas été aux abois, j'aurais sans doute détourné les yeux pour ne pas affronter son déplaisir ; mais, au contraire, je le dévisageai d'un air suppliant dans l'espoir qu'il comprendrait. Comme il ne disait rien, j'essayai de le convaincre.

« Mon roi, celle dont je parle est actuellement aux ordres d'une dame, mais elle n'est pas servante de son état. Elle est...

– Tais-toi. »

Je n'aurais pas eu davantage l'impression d'un coup de fouet s'il m'avait frappé. J'obéis.

Subtil me toisa longuement et, lorsqu'il parla, ce fut avec toute la force de sa majesté. Je crus même sentir la puissance de l'Art dans sa voix. « Ne doute pas un instant de ce que je te dis, FitzChevalerie : Brondy est mon ami autant qu'il est mon duc. Je ne permettrai pas que tu lui manques d'égards, non plus qu'à sa fille. Pour le moment, tu ne courtiseras personne. Personne. Je te conseille de bien réfléchir à tout ce qui peut t'échoir du fait que Brondy te considère comme un bon parti pour Célérité. Il ne fait aucun cas de ta naissance, à la différence de la plupart. Célérité recevra en propre de la terre et un titre, comme toi de moi si tu as la sagesse d'attendre ton heure et de te conduire convenablement avec cette dame. Tu t'apercevras bientôt que c'est le choix le plus judicieux. Je t'avertirai quand tu pourras commencer à la courtiser. »

Je rassemblai ce qui me restait de courage. « Mon roi, je vous en prie, je...

– Assez, Chevalerie ! Tu as entendu ce que j'avais à dire. Il n'y a rien à ajouter ! »

Peu après, il me congédia et je sortis, tremblant de tous mes membres ; j'ignore, de la colère ou de la détresse, ce qui me faisait trembler. Je songeai qu'il m'avait appelé par le nom de mon père ; peut-être, me dis-je avec dépit, parce qu'au fond de lui il savait que je suivrais les traces de mon père : je me marierais par amour. Même s'il me fallait attendre la mort du roi Subtil pour que Vérité tienne sa promesse ! Pleurer m'aurait fait du bien mais les larmes ne venaient pas ; alors je m'allongeai sur mon lit, le regard fixé sur les tentures. L'idée de rapporter à Molly ce qui venait de se passer m'était insupportable mais ne rien lui dire, c'était encore la tromper ; je résolus donc de trouver un moyen de la mettre au courant mais pas tout de suite. L'heure viendrait – je m'en fis la promesse – où je pourrais tout lui expliquer et où elle comprendrait. J'attendrais cette heure ; jusque-là, je n'y penserais plus. Et désormais je n'irais plus voir le roi qu'en réponse à sa convocation.

Le printemps approchant, Vérité disposa ses navires et ses hommes avec autant de minutie que des pions sur un échiquier. Il y avait des soldats en permanence dans les tours de guet de la côte, et leurs feux d'alarme n'attendaient que la torche ; ces feux avaient pour but d'avertir les habitants de la région qu'on avait repéré un Pirate rouge. Vérité prit les membres survivants du clan d'Art que Galen avait créé pour les répartir entre les différentes tours et les quatre navires ; Sereine, ma némésis, était le pivot du clan et demeura au Château. Par-devers moi, je me demandai pourquoi Vérité la maintenait auprès de lui en tant que centre du clan plutôt que de recevoir les appels d'Art de chaque membre individuellement. A la suite de la mort de Galen et du retrait forcé d'Auguste, Sereine avait assumé la fonction de chef et semblait se considérer comme l'héritière du maître d'Art. Par certains côtés, elle était presque devenue son double : non seulement elle errait dans Castelcerf nimbée d'un silence austère et arborait toujours une mine revêche et désapprobatrice, mais elle paraissait avoir acquis son caractère susceptible et emporté. Les serviteurs parlaient d'elle à présent avec la même appréhension et la même aversion qu'ils réservaient autrefois à Galen ; j'appris qu'elle avait aussi investi les appartements personnels de son ancien maître. Je l'évitais soigneusement les jours où j'étais au Château et j'aurais été bien soulagé que Vérité la case ailleurs mais il ne m'appartenait pas de discuter les décisions de mon roi-servant.

Justin, grand jeune homme dégingandé, de deux ans mon aîné, fut affecté à bord du *Rurisk* en tant que membre du clan. Il me méprisait depuis l'époque où nous étudiions l'Art ensemble et où j'y avais échoué de si spectaculaire façon. Il me rabaissait dès qu'il en avait l'occasion ; de mon côté, je serrais les dents et faisais tout mon possible pour ne pas croiser son chemin mais l'espace réduit du navire ne me simplifiait pas la tâche. Ce n'était pas une situation confortable.

Après en avoir longuement débattu, seul et avec moi, Vérité plaça Carrod sur le *Constance*, Ronce à la tour de Finebaie, et il envoya Guillot loin dans le nord, en Béarns, à la tour Rouge qui permet de surveiller une vaste étendue de mer comme de campagne. Ses jetons disposés sur ses cartes, la minceur de nos défenses prit une attristante réalité. « Ça me rappelle le vieux conte du mendiant qui n'a qu'un chapeau pour couvrir sa nudité », dis-je à Vérité. Il eut un sourire sans humour.

« J'aimerais pouvoir déplacer mes navires aussi vite que lui son chapeau », répondit-il d'un ton sinistre.

Il plaça deux des bâtiments en service de patrouille et garda les deux autres en réserve, l'un – le *Rurisk* – amarré à Castelcerf, tandis que le *Daguet* mouillait à Baie du Sud. C'était une bien maigre flotte pour protéger les vastes côtes des Six-Duchés. Une seconde série de navires était en construction mais ils étaient loin d'être achevés : les meilleures pièces de bois sec avaient servi pour les quatre premiers et les charpentiers avaient conseillé au prince d'attendre plutôt que d'employer du bois vert. Il les avait écoutés mais il rongeait son frein.

Le début du printemps nous trouva en train de nous exercer. Les membres du clan, m'avait dit Vérité en privé, étaient presque aussi efficaces que des pigeons voyageurs pour transmettre des messages simples. Sa situation vis-à-vis de moi était plus frustrante. Pour des raisons qui ne regardaient que lui, il avait préféré ne pas rendre public qu'il me formait à l'Art ; je crois qu'il savourait de pouvoir par mon biais observer incognito la vie quotidienne à Bourg-de-Castelcerf. Le capitaine du *Rurisk*, à ce que j'avais appris, avait reçu consigne de m'obéir si jamais je demandais un brusque changement de cap ou si j'annonçais que nous devions nous rendre sans tarder à tel ou tel endroit. Je crains qu'il n'ait vu dans ces instructions que le résultat d'une coupable indulgence de Vérité pour son neveu bâtard mais il s'y plia.

Puis, un matin du début du printemps, nous embarquâmes à bord de notre navire pour un nouvel exercice – un de plus. L'équipage, moi compris, se débrouillait bien désormais pour manier le bâtiment. Le but de la manœuvre était de rejoindre le *Constance* en un lieu tenu secret ; c'était un exercice d'Art que nous avions jusque-là toujours pratiqué sans succès et nous étions tous résignés à une journée d'efforts vains, sauf Justin, possédé par l'inébranlable volonté de réussir. Les bras croisés, tout de bleu marine vêtu (à mon avis, il croyait que la robe bleue lui donnait l'air d'un meilleur artiseur), il se tenait sur le quai, les yeux plongés dans le brouillard épais qui couvrait l'océan. Je dus passer près de lui pour porter un tonnelet à bord.

« Pour toi, bâtard, c'est un mur opaque, mais pour moi, tout est clair comme un miroir.

– Eh bien, je te plains », répondis-je d'un ton affable, sans relever son emploi du terme « bâtard ». Je ne faisais presque plus attention au cinglant que pouvait avoir ce mot dans certaines bouches. « Personnellement, je préfère voir le brouillard que ta tête au petit matin. » C'était mesquin mais satisfaisant, et j'eus de surcroît le plaisir de le voir s'empêtrer les jambes dans sa robe lorsqu'il embarqua ; pour ma part, je portais une tenue pratique : jambières confortables, maillot de coton moelleux et pourpoint de cuir. J'avais envisagé d'enfiler une cotte de mailles mais Burrich me l'avait déconseillé : « Mieux vaut mourir proprement à la pointe d'une arme que tomber à l'eau et finir noyé. »

Vérité avait eu un petit sourire. « Evitons tout de même de lui donner trop confiance en lui », avait-il dit, mi-figue, mi-raisin, et même Burrich avait souri... au bout d'un moment.

J'avais donc laissé de côté toute idée de cotte de mailles ou d'armure. De toute façon, ce jour-là, il allait falloir ramer et ma tenue était tout à fait appropriée à cette activité : pas de coutures aux épaules qui risquaient de gêner mes mouvements, pas de manches dans lesquelles m'empêtrer. J'étais extraordinairement fier de la carrure que j'étais en train de prendre ; même Molly, étonnée, m'en avait félicité. Je pris place sur le banc de nage et roulai des épaules en souriant à ce souvenir ; je n'avais pas assez de temps à lui consacrer en ce moment mais, baste, seul le temps lui-même y pouvait quelque chose : avec l'été revenaient les Pirates rouges et les beaux et longs jours raccourcissaient les moments à passer en sa compagnie. J'attendais l'automne avec impatience.

Le navire était au complet et chacun, rameur comme guerrier, prit sa place. A un certain moment, les amarres larguées, le timonier à son poste, les avirons prirent un rythme régulier et nous ne formâmes plus qu'une seule entité. J'avais déjà observé ce phénomène ; peut-être y étais-je plus sensible que les autres, les nerfs affinés par le partage de l'Art avec Vérité, ou bien était-ce que les hommes et les femmes du bord communiaient dans un but unique et que, pour la plupart, ce but était la revanche. Quoi qu'il en fût, nous en tirions une unité que je n'avais jamais perçue dans aucun autre groupe. Peut-être, me disais-je, était-ce l'ombre de ce que ressent le membre d'un clan, et j'éprouvais alors un pincement de regret, le sentiment d'être passé à côté de quelque chose.

Tu es mon clan. Vérité, comme un murmure dans mon dos. Et quelque part, venu des collines au loin, un peu moins qu'un soupir : *Ne sommes-nous pas de la même meute ?*

C'est vrai, leur répondis-je à tous deux. Puis je m'assis et me concentrai sur la manœuvre. Les avirons montaient et descendaient à l'unisson et le *Rurisk* s'enfonça hardiment dans le brouillard. La voile pendait mollement. En quelques instants, le monde se réduisit à notre navire, au bruit de l'eau, à la respiration régulière des rameurs ; quelques guerriers bavardaient à voix basse, leur propos et leurs pensées étouffés par la brume. A la proue, Justin se tenait aux côtés du capitaine, les yeux plongés dans la blancheur ; il avait le front plissé, le regard lointain et je compris qu'il était en contact avec Carrod à bord du *Constance*. Presque sans y penser, je tendis moi aussi mon esprit pour voir si je parvenais à percevoir ce qu'il artisait.

Cesse ! m'ordonna Vérité et je reculai comme s'il m'avait tapé sur la main. *Je ne suis pas encore prêt à voir ton rôle révélé.*

Sous cet avertissement se cachaient de nombreux sous-entendus que je n'avais pas le temps de débrouiller mais qui me donnaient l'impression de m'être aventuré en terrain dangereux. Tout en me demandant ce que le prince craignait, je m'appliquai à suivre le rythme de nage et laissai mon regard se perdre dans la grisaille infinie. La matinée se passa ainsi, au milieu de la brume. A plusieurs reprises, Justin demanda au capitaine de modifier son cap, sans grandes conséquences apparentes, sinon dans la cadence des avirons. Dans un banc de brouillard, tout se ressemble fort, et l'effort physique soutenu ajouté à l'absence de points de repère m'entraînèrent dans une rêverie sans objet particulier.

Je sortis de ma transe aux cris d'une jeune vigie qui hurla d'une voix d'abord stridente, puis soudain plus grave, étouffée par le sang : « Attention ! On nous attaque ! »

Je bondis de ma place en jetant des regards éperdus autour de moi : rien. Rien que le brouillard et mon aviron qui glissait à la surface de l'eau, tandis que mes compagnons de nage m'adressaient des regards furieux parce que j'avais rompu le rythme. « Fitz ! Qu'est-ce qui t'arrive ? » brailla le capitaine. Justin se tenait à côté de lui, le front lisse, l'air vertueux.

« Je... j'ai une crampe dans le dos. Je m'excuse. » Et je me penchai à nouveau sur mon aviron.

« Kelpy, prends sa place. Fais quelques pas pour t'étirer les muscles, garçon, puis reprends ton poste, m'ordonna le second avec son accent à couper au couteau.

– A vos ordres. » Je m'écartai pour laisser passer Kelpy. La pause était bienvenue et mes épaules craquèrent lorsque je les remuai mais j'étais gêné de me reposer alors que tout le monde travaillait. Je me frottai les yeux et secouai la tête en me demandant quel cauchemar m'avait fait si forte impression. Quelle vigie ? Et où cela ?

A l'île de l'Andouiller. Ils sont arrivés cachés par le brouillard. Pas de ville, mais les tours de guet ; je pense qu'ils veulent tuer les guetteurs, puis démolir tout ou partie des tours. Excellente stratégie : l'île fait partie de nos premières lignes de défense. La tour avancée surveille la mer, celle de l'intérieur transmet les signaux à la fois à Castelcerf et à Finebaie. La pensée de Vérité, presque calme, avec cette fermeté qui saisit le soldat lorsqu'il a tiré les armes. Puis, au bout d'un moment : *Cette limace bornée ne pense qu'à contacter Carrod et me barre le passage. Fitz ! Va voir le capitaine et indique-lui l'île de l'Andouiller. Si vous pénétrez dans le chenal, le courant vous entraînera rapidement jusqu'à l'anse où elle se trouve. Les Pirates y sont déjà, mais ils devront remonter le courant pour ressortir. En y allant tout de suite, vous avez peut-être une chance de les coincer sur la plage. ALLEZ !*

Plus facile de donner des ordres que de les exécuter, me dis-je en courant vers la proue. « Capitaine ? » fis-je, puis j'attendis une éternité que le commandant veuille bien se tourner vers moi, cependant que le second me regardait d'un sale œil parce que je lui passais par-dessus la tête.

« Oui ? répondit enfin le capitaine.

– L'île de l'Andouiller. En nous mettant en route tout de suite et grâce au courant du chenal, nous arriverons très vite à l'anse de la tour.

– C'est exact. Tu sais donc lire les courants, garçon ? C'est un talent utile. Je pensais être le seul à bord à savoir où nous sommes.

– Non, capitaine. » Je pris une profonde inspiration. C'étaient les ordres de Vérité. « Il faut y aller, capitaine, tout de suite. »

Le « tout de suite » lui fit froncer les sourcils.

« Quelles sont ces bêtises ? fit Justin d'un ton furieux. Essaierais-tu de me faire passer pour un imbécile ? Tu as senti que nous nous rapprochions, n'est-ce pas ? Pourquoi veux-tu que j'échoue ? Pour te sentir moins seul ? »

J'avais envie de le tuer, mais je me redressai et dis la vérité. « C'est un ordre secret du roi-servant, capitaine ; un ordre que je devais vous transmettre maintenant. » Je m'adressais au seul capitaine. Il me congédia d'un signe de la tête ; je regagnai mon banc et repris mon aviron des mains de Kelpy. Le capitaine contemplait la brume d'un air calme.

« Jharck ! Dis à l'homme de barre de virer pour nous placer dans le courant et de s'enfoncer dans le chenal. »

Le second hocha raidement la tête et, un instant plus tard, nous eûmes changé de cap. Notre voile s'enfla légèrement et tout se passa comme Vérité l'avait prédit : le courant combiné aux mouvements de nos avirons nous entraîna rapidement dans le chenal. Le temps s'écoule étrangement dans le brouillard ; tous les sens s'y faussent. J'ignore combien de temps je ramai, mais bientôt Œil-de-Nuit m'avertit d'une trace de fumée dans l'air et, presque aussitôt, nous perçûmes les cris d'hommes en plein combat, clairs mais fantomatiques dans la brume. Je vis Jharck, le second, échanger un regard avec le capitaine. « Souquez ferme, garçons ! gronda-t-il soudain. Un Pirate rouge attaque notre tour ! »

Au bout d'un court moment, l'odeur de la fumée devint perceptible, tout comme les cris de guerre et les hurlements. Une vigueur brutale me vint et je la reconnus chez mes voisins, à leurs mâchoires serrées, à leurs muscles qui se nouaient et dansaient pour manier les avirons ; même l'odeur de leur transpiration avait changé. Si auparavant nous ne formions qu'une seule entité, nous étions désormais partie de la même bête enragée, et je sentis le bond de la colère montante qui s'embrasait et courait de l'un à l'autre. C'était une création du Vif, une houle du cœur au niveau animal qui tous nous inondait de haine.

Nous propulsâmes le *Rurisk* en avant jusque dans les hauts-fonds de la baie, puis nous sautâmes dans l'eau et le poussâmes sur la plage comme à l'exercice. Le brouillard faisait un allié perfide qui nous dissimulait aux yeux des assaillants que nous allions attaquer à notre tour, mais qui nous cachait aussi la topographie du terrain et ce qui se passait exactement. Chacun s'empara d'une arme et nous nous précipitâmes en direction des bruits de combat. Justin demeura sur le *Rurisk*, raide comme un piquet, le regard tourné par-delà la brume vers Castelcerf, comme si cela pouvait l'aider à mieux transmettre ses messages à Sereine.

Le navire pirate était échoué sur le sable, à l'instar du *Rurisk* ; non loin de lui gisaient deux petites embarcations qui servaient de bac entre l'île et le continent ; toutes deux avaient le fond défoncé. Des hommes des Six-Duchés se trouvaient sur la plage au moment où les Pirates rouges étaient arrivés, et certains y étaient restés. Carnage : dans notre course, nous contournâmes des cadavres recroquevillés dont le sable buvait le sang, tous des nôtres apparemment. Soudain, la tour intérieure de l'île de l'Andouiller dressa sa masse grise devant nous, surmontée de la lumière d'un feu d'alarme, d'un jaune spectral dans la brume. L'édifice était assiégé. Les Pirates étaient des hommes sombres et solides, secs et nerveux plutôt que massifs ; la plupart arboraient une barbe fournie et une chevelure noire et hirsute qui leur tombait sur les épaules. Vêtus d'armures en cuir tressé, ils maniaient des épées et des haches de grande taille. Certains portaient un casque en métal. Sur leurs bras nus, des motifs écarlates s'entrelaçaient, mais je n'arrivai pas à voir s'il s'agissait de peintures ou de tatouages. Assurés et pleins d'arrogance, ils riaient et bavardaient entre eux tels des ouvriers exécutant une tâche routinière. Les gardes de la tour étaient acculés ; le bâtiment avait été conçu dans le but de lancer des signaux, pas d'en faire une position défendable, et ceux qui la tenaient n'en avaient plus pour longtemps. Les Outrîliens ne jetèrent pas un regard en arrière alors que nous gravissions à toutes jambes la pente rocheuse, certains qu'ils étaient de n'avoir rien à craindre de ce côté. Une des portes de la tour pendait de guingois, retenue par un seul gond, et au-delà les hommes se serraient derrière un rempart de cadavres. Comme nous approchions, ils lancèrent une grêle ténue de flèches en direction des Pirates ; aucune ne fit mouche.

Je poussai un cri, à la fois hurlement de peur effroyable et exclamation de joie vengeresse fondus en un seul son. Les émotions de mes compagnons trouvèrent une issue en moi et m'éperonnèrent. Les attaquants se retournèrent et nous virent alors que nous étions sur eux.

Nous prîmes les Pirates en tenaille : notre équipage était plus nombreux qu'eux et, à notre vue, les défenseurs assiégés de la tour reprirent courage et se jetèrent en avant. Les corps épars autour de l'édifice attestaient de plusieurs tentatives précédentes. Le jeune guetteur gisait toujours là où je l'avais vu tomber dans mon rêve ; du sang avait coulé de sa bouche et imbibé sa chemise brodée. C'était une dague lancée par-derrière qui l'avait tué : étrange détail à relever alors que nous nous ruions pour prendre part à la mêlée.

Il n'y avait nulle stratégie, nulle formation, nul plan de bataille, seulement un groupe d'hommes et de femmes à qui s'offrait soudain l'occasion de se venger. C'était plus qu'il n'en fallait.

Il m'avait semblé ne faire qu'un avec les marins du *Rurisk*, mais à présent je m'engloutissais en eux, martelé par des émotions qui me poussaient en avant. J'ignorerai toujours lesquelles étaient les miennes et quelle en était la mesure : débordé, submergé, FitzChevalerie se perdit en elles ; je devins les émotions de l'équipage ; la hache dressée, un rugissement à la bouche, je pris la tête ; je n'avais pas cherché cette position, mais l'extrême désir de ces hommes et de ces femmes d'avoir quelqu'un à suivre me poussa en avant et j'eus soudain envie de tuer autant de Pirates que possible, aussi vite que possible, d'entendre mes muscles craquer à chaque coup porté, de me jeter dans une marée d'âmes dépossédées, de piétiner les corps de Pirates tombés.

Et c'est ce que je fis.

Je connaissais les légendes des berserks. Je ne voyais en ces guerriers pris de folie que des brutes bestiales animées par la soif du sang, insensibles aux massacres qu'elles perpétraient. Mais peut-être, à l'inverse, ces hommes étaient-ils victimes d'une sensibilité brusquement excessive, incapables de protéger leur esprit contre les émotions qui déferlaient en eux et les contrôlaient, incapables d'écouter les messages de douleur que leur envoyait leur propre corps ; je n'en sais rien.

J'ai entendu des histoires, et même une chanson, sur ce que j'ai fait ce jour-là. Je ne me rappelle pas avoir poussé de rugissements, l'écume à la bouche, pendant que je me battais ; mais je ne me rappelle pas non plus le contraire. Quelque part en moi se trouvaient Vérité et Œil-de-Nuit, mais eux aussi étaient submergés par les passions de ceux qui m'entouraient. Je sais que c'est moi qui abattis le premier Pirate à tomber devant notre charge furieuse ; je sais aussi que c'est moi qui achevai le dernier homme encore debout, dans un combat à la hache. La chanson prétend que c'était le capitaine du navire pirate ; c'est possible. Son surcot de cuir était bien coupé et maculé du sang d'autres que lui. Je n'ai aucun autre souvenir de lui, sinon que ma hache lui enfonça son casque dans le crâne et que le sang jaillit sous le métal lorsqu'il s'effondra sur les genoux.

Ainsi prit fin la bataille, et les défenseurs sortirent en courant pour nous embrasser et se donner de grandes claques dans le dos en criant victoire. Le retour à la normale fut trop brutal pour moi. Je m'appuyai sur ma hache et me demandai où était passée ma force. La fureur m'avait fui aussi soudainement que les effets de la graine de caris chez celui qui s'y adonne. Je me sentais épuisé, désorienté, comme si je ne m'étais éveillé d'un rêve que pour sombrer dans un autre. J'aurais pu me laisser tomber par terre et m'endormir au milieu des cadavres tant j'étais exténué ; ce fut Nonge, un des Outrîliens de l'équipage, qui m'apporta de l'eau, puis m'aida à m'éloigner des corps afin que je puisse m'asseoir pour boire ; enfin, il repartit au travers du carnage pour participer au détroussage des Pirates. Quand il revint un moment plus tard, il me tendit un médaillon couvert de sang. C'était un croissant de lune en or martelé au bout d'une chaîne d'argent. Comme je ne réagissais pas, il l'enroula autour de la lame sanglante de ma hache. « C'était à Harek, me dit-il lentement, en cherchant ses mots. Vous l'avez combattu bien. Il est mort bien. Il aurait voulu que vous l'ayez. C'était un homme bon, avant que les Korriks prennent son cœur. » Je ne lui demandai pas lequel des morts était Harek. Je ne voulais pas qu'ils aient de nom, ni les uns ni les autres.

Au bout de quelque temps, je retrouvai un peu de vigueur. J'aidai à dégager les cadavres qui encombraient l'entrée de la tour, puis ceux du champ de bataille. Les Pirates furent brûlés, les hommes des Six-Duchés alignés et recouverts de toile en attendant que leurs familles les récupèrent. Je garde de curieux souvenirs de ce long après-midi : la trace sinueuse des talons d'un homme qu'on traîne dans le sable, le jeune guetteur à la dague dans le dos qui n'était pas mort lorsque nous voulûmes le porter avec les autres. Ce ne fut d'ailleurs qu'un court répit : il ne tarda pas à augmenter une rangée de cadavres déjà trop longue.

Nous laissâmes nos guerriers en compagnie des survivants de la garnison de la tour, afin de compléter les veilles de guet en attendant qu'une relève arrive. Le navire capturé nous emplit d'admiration ; Vérité allait être content, me dis-je : un bateau de plus, et d'une facture excellente. Je le savais, mais sans en ressentir la moindre émotion. Nous regagnâmes le *Rurisk*, où un Justin pâle nous attendait. Dans un silence apathique, nous remîmes le navire à la mer, reprîmes nos places sur les bancs de nage et nous dirigeâmes vers Castelcerf.

Avant d'être à mi-distance, nous croisâmes d'autres bateaux, une flottille de bâtiments de pêche organisée à la hâte et chargée de soldats qui nous hélèrent. C'était le roi-servant qui les envoyait, à la demande expresse de Justin. Ils parurent presque déçus d'apprendre que les combats étaient terminés, mais notre capitaine les assura qu'ils seraient les bienvenus à la tour. C'est à ce moment-là, je pense, que je m'aperçus que je ne percevais plus la présence de Vérité, et depuis quelque temps déjà. Je tendis aussitôt mon esprit vers Œil-de-Nuit comme on tâte ses poches à la recherche de sa bourse. Il était là. Mais loin, épuisé et terrifié. *Jamais je n'ai senti autant de sang*, me dit-il. J'acquiesçai. La puanteur m'en collait encore aux vêtements.

Vérité n'était pas resté inactif. A peine avions-nous débarqué qu'un équipage prenait notre place pour remmener le *Rurisk* à la tour de l'île de l'Andouiller, accompagné de soldats de guet et d'une équipe supplémentaire de rameurs qui firent enfoncer le navire dans l'eau : notre prise de l'après-midi serait amarrée à son nouveau port d'attache avant cette nuit ; un bateau non ponté suivait afin de ramener nos tués. Le capitaine, le second et Justin partirent aussitôt sur des chevaux spécialement fournis pour faire leur rapport à Vérité ; pour ma part, je ne ressentis que du soulagement de n'avoir pas été convoqué aussi, et je suivis mes camarades d'équipage. Plus vite que je ne l'aurais cru possible, la nouvelle du combat et de la capture du vaisseau pirate fit le tour de Bourg-de-Castelcerf ; il n'y eut bientôt plus une taverne où l'on ne se battît pour nous servir de la bière et entendre nos exploits. C'était presque comme une deuxième folie de bataille, car où que nous allions, une féroce satisfaction enflammait les gens à l'écoute de ce que nous avions fait. Bien avant que la bière ne fasse effet, la tête me tourna sous le déferlement des émotions de l'auditoire. Ce qui ne m'empêcha tout de même pas de boire. Je pris peu de part au récit de nos actes, mais je compensai amplement en buvant. Je vomis à deux reprises, une fois au fond d'une venelle, une autre au milieu de la rue. Je bus encore pour effacer le goût de mes régurgitations. Quelque part au fond de mon esprit, Œil-de-Nuit était affolé. *Du poison ! Cette eau est empoisonnée !* Je n'arrivais pas à former une seule pensée pour le rassurer.

A un certain moment, avant l'aube, Burrich m'extirpa d'une taverne. Il était parfaitement à jeun, lui, et il avait le regard inquiet. Dans la rue qui passait devant l'établissement, il s'arrêta sous une torche mourante plantée dans un porte-flambeau. « Tu as encore du sang sur la figure », me dit-il en me redressant. Il prit son mouchoir, le trempa dans une barrique d'eau de pluie et m'essuya le visage comme lorsque j'étais enfant. Je vacillai à son contact. Je le regardai dans les yeux en m'efforçant d'accommoder.

« J'ai déjà tué, fis-je, effondré. Pourquoi est-ce si différent ? Pourquoi est-ce que ça me rend si malade, après ?

– Parce que c'est comme ça », répondit-il d'une voix douce. Il me passa un bras autour des épaules et je m'aperçus avec surprise que nous étions de la même taille. Le retour à Castelcerf fut très raide, très long et très silencieux. Burrich m'envoya au bain et m'ordonna d'aller ensuite me coucher.

J'aurais dû m'en tenir à mon lit, mais je n'eus pas ce bon sens. Par chance, le château bourdonnait d'activité et un ivrogne en train de grimper tant bien que mal un escalier n'avait rien de remarquable. Bêtement, je me rendis chez Molly et elle me fit entrer ; mais quand je voulus la toucher, elle recula. « Tu es ivre, me dit-elle, au bord des larmes. Je t'ai prévenu, j'ai fait serment de ne jamais embrasser un ivrogne, et de ne jamais en laisser un m'embrasser.

– Mais je ne suis pas ivre de cette façon-là ! protestai-je.

– Il n'y a qu'une façon d'être ivre », répliqua-t-elle, et elle me flanqua dehors sans que j'aie pu la toucher.

Vers midi, le lendemain, je compris combien j'avais dû la blesser en ne venant pas tout droit chez elle chercher du réconfort. Je concevais certes son ressentiment, mais je savais aussi qu'on n'inflige pas à celle qu'on aime un fardeau comme celui que je portais la veille. J'aurais voulu le lui expliquer, mais, à cet instant, un jeune garçon se précipita vers moi pour m'avertir qu'on avait besoin de moi sur le *Rurisk*, et tout de suite. Je lui donnai un sou pour sa peine et le regardai s'en aller à toutes jambes, sa pièce à la main. J'avais été ce petit garçon qui avait gagné un sou ; je songeai à Kerry, tentai de l'imaginer à la place de l'enfant, en train de courir à mes côtés, mais, pour moi et pour toujours désormais, Kerry était un forgisé mort, étendu sur une table. Et je me dis qu'au moins, la veille, personne n'avait été capturé pour être soumis à la forgisation.

Je pris la direction des quais et m'arrêtai en route aux écuries. Je remis le croissant de lune à Burrich. « Garde ça pour moi, lui demandai-je. Il y aura d'autres choses encore, ma part du butin ; je voudrais te confier... tout ce que je gagne dans ce travail. C'est pour Molly ; si jamais je ne reviens pas, veille à ce que ça lui revienne. Ça ne lui plaît pas de jouer les servantes. »

Il y avait longtemps que je n'avais pas parlé d'elle aussi franchement à Burrich. Son front se plissa, mais il prit le croissant encroûté de sang. « Qu'est-ce que me dirait ton père ? se demanda-t-il tout haut alors que je me détournais avec lassitude.

– Je n'en sais rien, répondis-je sans ambages. Je ne l'ai jamais connu. Je n'ai connu que toi.

– FitzChevalerie... »

Je me retournai. Il planta ses yeux dans les miens. « Je ne sais pas ce qu'il me dirait, mais voilà ce que, moi, je peux te dire à sa place : je suis fier de toi. Ce n'est pas le travail qui fait qu'on est fier ou pas ; c'est la façon de le faire. Sois fier de toi.

– J'essaierai », fis-je à mi-voix, et je repris le chemin de mon bateau.

L'affrontement suivant avec les Pirates rouges déboucha sur une victoire moins décisive que la première. Nous les rencontrâmes en pleine mer et l'effet de surprise ne joua pas car ils nous avaient vu arriver. Notre capitaine ne modifia pas le cap et je pense qu'ils eurent un moment de stupéfaction quand nous engageâmes le combat en les éperonnant. Nous fracassâmes nombre de leurs avirons, mais notre proue manqua la rame de gouvernail que nous visions ; le navire lui-même ne subit que peu de dégâts, car les bâtiments des Pirates rouges étaient flexibles comme des poissons. Nos grappins volèrent. Nous étions plus nombreux que nos adversaires et le capitaine comptait sur cet avantage. Nos guerriers les abordèrent et la moitié de nos rameurs perdirent la tête et les suivirent ; le combat prit des allures de chaos qui s'étendit rapidement jusqu'à nos propres ponts. Je dus rassembler toute ma volonté pour résister au tourbillon d'émotions qui nous engloutissait et je demeurai à mon banc de nage comme on me l'avait ordonné. Nonge, à son aviron, me jetait des regards curieux. Je m'agrippai à ma rame et serrai les dents jusqu'à ce que je me fusse retrouvé, et je jurai tout bas en m'apercevant que j'avais à nouveau perdu Vérité.

Nos guerriers, je pense, durent se relâcher un peu en voyant que nous avions réduit l'équipage ennemi là où il ne pouvait plus manier son navire, et ce fut une erreur. Un des Pirates mit le feu à leur propre voile tandis qu'un autre tentait de défoncer leur vaigrage à la hache ; ils espéraient, je suppose, que les flammes s'étendraient et qu'ils parviendraient ainsi à nous entraîner dans leur chute. En tout cas, à la fin, ils se battaient sans souci des dégâts infligés à leur bateau ni à leurs personnes. Nos guerriers finirent par les achever et nous pûmes éteindre l'incendie, mais la prise de guerre que nous ramenâmes en remorque à Castelcerf était fumante et avariée et, homme pour homme, nous avions perdu davantage de vies qu'eux. Néanmoins, nous nous répétâmes que c'était une victoire. Cette fois, quand les autres s'en allèrent boire, j'eus le bon sens d'aller directement chez Molly, et, tôt le lendemain matin, je trouvai une heure ou deux à passer avec Œil-de-Nuit. Nous partîmes en chasse ensemble, une bonne chasse propre, et il essaya de me persuader de m'enfuir avec lui. J'eus le tort de lui répondre, avec les meilleures intentions du monde, qu'il pouvait s'en aller s'il le désirait, et je le vexai. Il me fallut encore une heure pour lui faire comprendre ce que je voulais réellement dire, après quoi je retournai au navire en me demandant si les efforts que je faisais pour garder intacts nos liens en valaient bien la peine. Œil-de-Nuit m'assura que oui.

Ce fut la dernière victoire incontestable du *Rurisk*. On était loin de l'ultime bataille de l'été : le beau temps clair s'étendait sur une période épouvantablement longue devant nous et chaque journée de soleil était une journée où je risquais de tuer quelqu'un. Je m'efforçais de ne pas y voir aussi des journées où je risquais de me faire tuer. Nous essuyâmes de nombreuses escarmouches, prîmes de nombreuses fois des navires en chasse, et, de fait, il semblait bien que les attaques fussent plus espacées dans la région où nous patrouillions. Mais certaines réussissaient, nous arrivions devant une ville une heure à peine après que les Pirates l'avaient quittée et nous ne pouvions rien faire d'autre que rassembler les cadavres ou éteindre les incendies. Alors Vérité rugissait et sacrait dans mon esprit parce qu'il était incapable de transmettre les messages plus rapidement, parce qu'il n'y avait pas assez de bateaux ni de guetteurs pour être partout à la fois. Je préférais encore affronter la fureur d'un combat que de sentir la terrible exaspération de Vérité se déchaîner dans mon cerveau. Et nous ne voyions pas le bout de nos efforts, sinon par la grâce du répit que pourrait nous apporter le mauvais temps ; nous n'étions même pas capables de calculer le chiffre exact des navires pirates qui nous tourmentaient, car ils étaient tous peints à l'identique et se ressemblaient comme des gouttes d'eau – ou de sang sur le sable.

Alors que j'étais rameur à bord du *Rurisk*, cet été-là, nous eûmes un engagement avec un Pirate rouge qui vaut d'être raconté à cause de son caractère étrange. Par une limpide nuit d'été, nous dûmes brutalement quitter nos couchettes du quartier de l'équipage, à terre, et nous précipiter sur notre navire : Vérité avait perçu un Pirate rouge en train de rôder au large du cap Cerf et il voulait que nous le rattrapions à la faveur de l'obscurité.

Justin se tenait à la proue, en contact d'Art avec Sereine, installée, elle, dans la tour de Vérité. Vague marmonnement dans mon esprit, le roi-servant traçait notre route dans le noir en direction du pirate à la façon d'un homme qui avance à tâtons. Je sentais son malaise. Toute parole était interdite à bord et nous étouffâmes le bruit de nos avirons à l'approche de la zone désignée. Œil-de-Nuit me souffla qu'il captait l'odeur des ennemis, et soudain nous les repérâmes : long, bas et obscur, le Pirate rouge fendait l'eau devant nous. Un cri soudain monta de leur pont : eux aussi nous avaient vus. Notre capitaine nous ordonna de souquer ferme, mais, comme nous obéissions, une vague de peur déferla sur moi et me retourna l'estomac. Mon cœur se mit à battre la chamade, mes mains à trembler. La terreur qui me submergeait était celle, indicible et implacable, de l'enfant qui s'imagine des créatures rôdant dans le noir. Je m'agrippai à mon aviron mais ne trouvai plus la force de le manœuvrer.

« Korrikska », murmura non loin de moi un homme avec un fort accent outrîlien. Je crois que c'était Nonge. Je m'aperçus alors que je n'étais pas le seul réduit à l'impuissance ; nos avirons ne suivaient plus de cadence régulière ; certains hommes étaient assis sur leur coffre, la tête appuyée sur leur rame, tandis que d'autres souquaient frénétiquement, mais sans rythme, et la pelle de leurs avirons glissait et claquait sur l'eau. Nous dérapions sur la mer comme une araignée d'eau blessée, tandis que le Pirate rouge se dirigeait vers nous sans dévier d'une ligne. Je levai les yeux et regardai la mort qui venait me prendre. Le sang me martelait si fort les tympans que je n'entendais pas les cris de terreur des hommes et des femmes autour de moi ; je n'arrivais même plus à respirer. Mon regard monta vers le ciel.

Au-delà du Pirate rouge, presque lumineux sur la mer obscure, se trouvait un bateau blanc. Ce n'était pas un bâtiment d'attaque ; trois fois plus grand que le Pirate au moins, des ris dans ses deux voiles, il était à l'ancre sur les eaux calmes. Des fantômes arpentaient ses ponts, ou des forgisés. Je ne décelais pas trace de vie en eux, et pourtant ils agissaient de façon ordonnée ; ils étaient en train de s'apprêter à mettre à l'eau une petite embarcation. Un homme se tenait sur le gaillard d'arrière et, de l'instant où je l'aperçus, je ne pus plus le quitter des yeux.

Il était vêtu d'un manteau gris, mais je le vis découpé sur le ciel noir aussi nettement que s'il était éclairé par une lanterne. Je suis prêt à jurer avoir vu ses yeux, la saillie de son nez, la barbe sombre et bouclée qui encadrait sa bouche. Il se moquait de moi. « En voilà un qui vient se jeter dans nos bras ! » cria-t-il à quelqu'un, puis il leva la main, me désigna et repartit d'un nouvel éclat de rire, et je sentis mon cœur se serrer. Il me regardait avec une intensité effrayante, comme si moi seul étais sa proie. Je le regardais moi aussi et je le voyais, mais je ne le percevais pas. *Là ! Là !* hurlai-je, à moins que cet Art que je n'arrivais pas à maîtriser ait répercuté mon cri seulement à l'intérieur de mon crâne. Je n'obtins aucune réponse. Plus de Vérité, plus d'Œil-de-Nuit, plus personne, plus rien. J'étais seul. Le monde entier s'était tu et immobilisé. Plus de mouettes, plus de poissons dans l'océan, plus de vie nulle part à portée de mes sens internes. La silhouette au manteau gris était penchée sur le bastingage, son doigt accusateur pointé sur moi. L'homme riait. J'étais seul. C'était une solitude trop immense pour être supportable ; elle m'enveloppait, s'enroulait autour de moi, m'emmaillotait et commençait à m'étouffer.

Je la *repoussai.*

Par un réflexe que je ne me connaissais pas, je me servis du Vif pour l'écarter de moi avec toute la violence dont j'étais capable. Physiquement, ce fut moi qui fus projeté en arrière ; j'atterris sur le bouchain, en travers du banc de nage, entre les pieds des rameurs. Mais je vis la silhouette de l'autre bateau trébucher, se voûter, puis tomber par-dessus bord. Elle ne souleva pas une grande gerbe d'éclaboussures et il n'y en eut qu'une. Si l'homme remonta à la surface, je ne le vis pas.

Je n'eus d'ailleurs pas le temps de m'en préoccuper. Le navire pirate nous heurta par le milieu et fracassa nos avirons qui projetèrent leurs rameurs en l'air. Nos adversaires hurlèrent leur assurance avec des grands éclats de rire moqueurs et sautèrent de leur bateau sur le nôtre. Je me redressai tant bien que mal et bondis sur mon banc pour saisir ma hache ; autour de moi, mes voisins s'emparaient eux aussi de leurs armes. Nous n'étions pas prêts au combat, mais au moins nous n'étions plus paralysés par la terreur. L'acier se dressa contre nos abordeurs et la bataille s'engagea.

Il n'est pires ténèbres qu'en pleine mer la nuit. Amis et ennemis étaient indiscernables dans le noir. Un homme se jeta sur moi ; je l'attrapai par le cuir de son harnais étranger, le fis tomber et l'étranglai. Après la léthargie qui m'avait brièvement terrassé, je ressentis un féroce soulagement à percevoir le martèlement de sa terreur. Je pense que je le tuai rapidement. Lorsque je me redressai, l'autre navire s'écartait du nôtre. Il ne lui restait plus que la moitié environ de ses rameurs et certains de ses hommes se battaient encore sur nos ponts, mais il les abandonnait. Notre capitaine nous hurlait de les achever pour nous lancer à la poursuite du Pirate rouge, mais c'était inutile : le temps que nous les ayons tous tués et balancés par-dessus bord, le navire ennemi avait disparu dans l'obscurité. Justin était allongé, à demi étranglé, mal en point, vivant certes mais incapable pour le moment d'artiser à Vérité. De toute façon, une rangée de nos avirons n'était plus que bois brisé. Le capitaine nous injuria vigoureusement tandis que de nouveaux avirons étaient distribués et mis en place, mais il était trop tard ; il eut beau nous crier de faire silence, nous n'entendîmes ni ne vîmes plus rien. Je montai sur mon coffre et effectuai un tour complet sur moi-même : rien que l'océan noir ; pas le moindre signe du navire à rame. Mais plus étranges encore pour moi furent les mots que je prononçai alors : « Le bateau blanc était à l'ancre. Il a disparu aussi ! »

Tout autour de moi, on se tourna pour me dévisager. « Un bateau blanc ?

– Tu es sûr que ça va, Fitz ?

– C'est un Pirate rouge, petit, un Pirate rouge qu'on a combattu.

– Ne parle pas de bateau blanc. Voir un bateau blanc, c'est voir sa mort. C'est malchance. » Cette réflexion m'avait été chuchotée par Nonge. Je m'apprêtais à répliquer que c'était un vrai navire que j'avais aperçu, pas une vision prémonitoire de désastre, mais il secoua la tête, puis se détourna pour contempler les eaux désertes. Je refermai la bouche et me rassis lentement. Personne ne l'avait vu ; personne ne parlait non plus de la terrible peur qui nous avait saisis et avait transformé nos plans de bataille en déroute. Quand nous ralliâmes notre port cette nuit-là, l'histoire telle qu'elle fut racontée dans les tavernes voulait que nous ayons attaqué le navire pirate, engagé le combat et qu'il se soit enfui. Ne restaient comme preuves de l'affrontement que quelques avirons brisés, quelques blessures et un peu de sang outrîlien sur nos ponts.

Quand j'en parlai en privé à Vérité et Œil-de-Nuit, ni l'un ni l'autre n'avait rien vu. Vérité me dit que je lui avais fermé mon esprit dès que nous avions aperçu l'autre vaisseau, et Œil-de-Nuit déclara d'un air pincé que je m'étais complètement coupé de lui aussi. Quant à Nonge, il ne voulut rien me révéler sur le bateau blanc ; de toute manière, il n'était guère bavard sur aucun sujet. Plus tard, je découvris mention du bateau blanc dans un manuscrit qui traitait de vieilles légendes ; là, il s'agissait d'un navire maudit sur lequel l'âme des marins noyés indignes de la mer travaillait pour l'éternité sous la férule d'un capitaine impitoyable. Je dus me résoudre à ne plus aborder le sujet sous peine de passer pour un fou.

Tout le reste de l'été, les Pirates rouges échappèrent au *Rurisk*. Nous les apercevions, les prenions en chasse mais n'arrivions jamais à les rattraper. Une fois, nous eûmes la chance d'en poursuivre un qui venait de mener une attaque ; l'équipage jeta les prisonniers par-dessus bord pour alléger le navire, qui réussit à s'enfuir. Sur douze personnes qu'il avait lancées à l'eau, nous en sauvâmes neuf que nous ramenâmes à leur village ; les habitants pleurèrent les trois qui s'étaient noyées, mais tous convinrent que c'était un sort plus miséricordieux que la forgisation.

Nos autres navires connurent des fortunes semblables. Le *Constance* tomba sur des Pirates alors qu'ils donnaient l'assaut à un village. Sans parvenir à s'assurer une prompte victoire, nos hommes eurent néanmoins la prévoyance d'endommager le bateau échoué sur la plage afin d'empêcher les Pirates de s'échapper. Il fallut des jours pour les attraper tous car ils s'étaient égaillés dans les bois alentour en constatant ce qu'il était advenu à leur navire. Nous connûmes tous des expériences similaires ; nous pourchassions les Pirates, nous les mettions en déroute ; certains mêmes parvinrent à couler des bâtiments ennemis ; mais nous ne capturâmes pas d'autres bateaux cet été-là.

Les forgisations diminuèrent donc et, chaque fois que nous envoyions un navire par le fond, nous nous disions que cela en faisait un de moins ; pourtant, cela semblait ne rien changer au nombre de ceux qui restaient. Dans un certain sens, nous donnions de l'espoir aux habitants des Six-Duchés ; dans un autre, nous nourrissions leur désespoir, car malgré tous nos efforts nous étions incapables de repousser la menace des Pirates loin de nos côtes.

Pour moi, ce long été fut une période de terrible isolement et d'extraordinaire promiscuité. Vérité était souvent avec moi, mais je ne parvenais pas à maintenir notre contact dès que la moindre bataille commençait ; Vérité lui-même percevait clairement le maelström d'émotions qui menaçait de me submerger chaque fois que l'équipage s'apprêtait au combat. Il émit la théorie qu'en cherchant à me protéger des pensées et des sentiments de mes voisins, je dressais mes murailles si fermement que nul ne pouvait plus les abattre ; il envisagea aussi que cela signifiât l'existence d'un Art puissant en moi, plus puissant même que le sien, mais accompagné d'une telle sensibilité qu'en abaissant mes barrières durant un combat, je me noyais dans la conscience de ceux qui m'entouraient. C'était une théorie intéressante, mais qui n'offrait aucune solution pratique au problème. Néanmoins, à force d'avoir Vérité dans mon esprit, j'acquis une perception de lui que je n'avais de nul autre, sauf peut-être Burrich. Avec une intimité effrayante, je savais combien la faim de l'Art le rongeait.

Quand j'étais enfant, Kerry et moi avions un jour escaladé une haute falaise qui surplombait l'océan. Quand nous fûmes arrivés au sommet et qu'il eut regardé la grève en dessous de nous, il m'avoua une envie presque irrésistible de se jeter en bas. Je crois que cette impulsion était proche de ce que ressentait Vérité. Le plaisir de l'Art l'attirait et il n'aspirait qu'à se jeter tout entier dans sa toile jusqu'à la dernière parcelle de son être. Son contact étroit avec moi ne faisait qu'alimenter ce désir ; pourtant, nous étions trop utiles aux Six-Duchés pour qu'il renonce, même si l'Art le dévorait de l'intérieur. Par nécessité, je partageais avec lui bien des heures devant la fenêtre de sa tour solitaire, sur son fauteuil dur, dans la lassitude qui annihilait son appétit et même dans les profondes douleurs physiques de l'inactivité. Je le voyais se consumer.

Je ne crois pas bon de connaître quelqu'un aussi intimement. Œil-de-Nuit était jaloux et n'en faisait pas mystère. Au moins, avec lui, c'était une colère franche parce que je le négligeais, à son point de vue. Avec Molly, c'était une autre paire de manches.

Elle ne concevait aucune raison valable pour que je m'absente si souvent. Pourquoi, de tous les habitants de Castelcerf, fallait-il justement que je fasse partie des équipages ? Le motif que je lui fournis, selon lequel c'était le souhait de Vérité, ne la satisfit pas du tout. Nos brefs moments ensemble commencèrent à suivre un schéma prévisible : nous nous retrouvions au milieu d'une tempête de passion, connaissions rapidement l'apaisement l'un dans l'autre puis commencions à nous chamailler. Elle se plaignait de la solitude, elle détestait son rôle de servante, le peu d'argent qu'elle arrivait à mettre de côté augmentait avec une lenteur désespérante ; je lui manquais ; et pourquoi devais-je m'en aller si fréquemment, alors que moi seul parvenais à lui rendre la vie supportable ? Avec circonspection, je lui proposai un jour le peu d'argent que j'avais gagné à bord du navire, mais elle se raidit comme si je l'avais traitée de putain ; elle refusa d'accepter quoi que ce soit de ma part tant que nous ne serions pas unis par le mariage. Je n'avais toujours pas trouvé l'occasion de lui révéler les projets de Subtil à propos de Célérité et moi : nous étions si souvent loin l'un de l'autre que chacun perdait le fil de l'existence quotidienne de l'autre, et, quand nous nous rencontrions enfin, c'était pour remâcher l'écorce amère des mêmes vieilles disputes.

Une nuit, je la trouvai les cheveux tirés en arrière et tout noués de rubans rouges, et de gracieuses boucles d'oreilles en argent façonnées en feuilles de saule pendaient le long de son cou nu. Vêtue comme elle l'était de sa seule chemise de nuit, elle offrait un spectacle qui me coupa le souffle. Plus tard, en un moment plus calme où nous pûmes reprendre haleine et bavarder, je lui fis compliment de ses boucles d'oreilles. Ingénument, elle me raconta que, lorsque le prince Royal était venu la dernière fois lui acheter des bougies, il lui en avait fait don car, disait-il, il était si satisfait de ses créations qu'il avait l'impression de n'avoir pas payé à leur juste valeur des chandelles au parfum si raffiné. Elle souriait fièrement en me narrant la scène et ses doigts jouaient avec ma queue de cheval de guerrier tandis que ses cheveux et ses rubans s'emmêlaient sur les oreillers. J'ignore ce qu'elle vit sur mon visage, mais elle écarquilla les yeux et s'écarta de moi.

« Tu acceptes des cadeaux de Royal ? lui demandai-je d'un ton glacial. Tu refuses l'argent que j'ai honnêtement gagné, mais tu te laisses offrir des bijoux par ce... »

Je vacillai au bord de la trahison, mais je ne trouvai pas de mot pour décrire ce que je pensais de lui.

Les yeux de Molly s'étrécirent et ce fut mon tour de me reculer. « Qu'aurais-je dû lui dire : "Non, messire, je ne peux accepter votre générosité tant que vous ne m'avez pas épousée ?" Entre Royal et moi, il n'y a rien de ce qu'il y a entre nous deux. C'était un client qui me donnait un pourboire, comme en reçoivent souvent les bons artisans. Pourquoi crois-tu qu'il m'a donné ces bijoux ? En échange de mes faveurs ? »

Nous restâmes un moment à nous regarder en chiens de faïence, puis je réussis à prononcer ce qu'elle voulut bien prendre pour une excuse. Mais alors je commis l'erreur d'émettre l'hypothèse qu'il lui avait peut-être fait ce cadeau uniquement parce qu'il savait que cela me contrarierait ; du tac au tac, Molly me demanda comment Royal pourrait être au courant de ce qu'il y avait entre nous deux, et si j'estimais si peu son travail que je considérais comme indu le cadeau qu'il lui avait fait. Qu'il suffise de dire que nous réparâmes les pots cassés du mieux possible dans le bref laps de temps qui nous restait ; mais un pot réparé n'est jamais aussi solide qu'un pot intact et je regagnai le bateau en me sentant aussi seul que si je n'avais pas passé le moindre instant en sa compagnie.

Durant les périodes où je maniais l'aviron en maintenant une cadence parfaite et en m'efforçant de ne penser à rien, je me prenais souvent à regretter Patience et Brodette, Umbre, Kettricken et même Burrich. Lors des rares occasions où je parvins à rendre visite à la reine-servante cet été-là, je la trouvai invariablement dans son jardin du sommet de la tour. C'était un lieu magnifique mais, malgré ses efforts, on était loin de ce qu'avaient pu être les autres jardins de Castelcerf. Elle était trop montagnarde pour se convertir totalement à notre caractère ; elle disposait et formait les plantes avec une totale absence d'affectation ; des pierres toutes simples avaient été ajoutées et des branches nues tordues et poncées par la mer étaient posées contre elles, dressées dans leur aride beauté. J'aurais pu méditer calmement dans ce jardin, mais on n'avait pas envie d'y paresser au vent tiède de l'été, alors que c'était sans doute ainsi que Vérité se le rappelait. Elle y occupait ses journées et elle y prenait plaisir, mais cela ne créait pas de lien entre elle et Vérité comme elle l'avait espéré. Elle était aussi belle que jamais, mais toujours ses yeux bleus étaient ennuagés du gris de la préoccupation et du souci. Son front était si souvent plissé que, lorsqu'il lui arrivait de se détendre, on y distinguait les lignes pâles de la peau que le soleil ne touchait pas. Quand je lui rendais visite, elle congédiait la plupart de ses dames de compagnie, puis me soumettait sur les activités du *Rurisk* à un interrogatoire aussi serré que si elle était Vérité en personne. Mon rapport achevé, sa bouche prenait souvent un pli ferme et elle s'approchait du bord de la tour pour contempler la mer jusqu'à l'horizon. Un après-midi de la fin de l'été, alors que son regard était ainsi perdu au loin, je la priai de m'excuser car je devais rejoindre mon bateau, mais elle parut à peine m'entendre ; à mi-voix, elle dit : « Il doit exister une solution définitive. Rien ni personne ne peut vivre ainsi. Il doit y avoir un moyen d'y mettre un terme.

– Les tempêtes d'automne ne tarderont pas, ma reine. Déjà le gel a touché certaines de vos plantes grimpantes. Les tempêtes ne sont jamais loin derrière les premiers frimas, et avec elles c'est la paix qui nous vient.

– La paix ? Ha ! » Elle eut un rire sans joie. « Est-ce la paix que de passer des nuits blanches à se demander qui sera le prochain à mourir, qui ils attaqueront l'an prochain ? Non, ce n'est pas la paix : c'est un supplice. Il doit exister un moyen de se débarrasser des Pirates rouges. Et je compte le trouver. »

Ses paroles sonnaient comme une menace.

2
INTERLUDES

« De pierre étaient leurs os, de la pierre aux veines scintillantes des Montagnes ; leur chair était faite des sels étincelants de la terre ; mais leur cœur était fait du cœur d'hommes sages.

Ils vinrent de loin, ces hommes, par un long et pénible chemin. Ils n'hésitèrent pas à se dépouiller d'une vie dont ils s'étaient lassés. Ils achevèrent leurs jours et entamèrent l'éternité, ils rejetèrent la chair et endossèrent la pierre, ils laissèrent tomber leurs armes et s'élevèrent sur des ailes nouvelles : les Anciens. »

*

Le roi me convoqua enfin et j'allai chez lui. Fidèle à la promesse que je m'étais faite, je ne m'étais plus rendu de mon propre chef à ses appartements depuis l'après-midi fatidique. J'étais encore rongé de rancœur quant aux dispositions qu'il avait prises avec le duc Brondy à propos de Célérité et moi. Mais on ne refuse pas une convocation de son roi, quelque ressentiment qu'on en ait.

Il me fit mander un matin d'automne. Il y avait au moins deux mois que je n'étais pas paru devant le roi Subtil ; j'avais feint de ne pas voir les regards blessés que me jetait le fou quand je le rencontrais, et esquivé les questions de Vérité qui me demandait de temps en temps pourquoi je ne me présentais pas chez Subtil. C'était assez facile : Murfès gardait toujours sa porte tel un serpent la pierre de l'âtre, et la mauvaise santé du roi n'était un secret pour personne ; nul ne pouvait plus accéder à ses appartements avant midi. Aussi cette convocation matinale laissait-elle présager une question d'importance.

J'avais cru avoir ma matinée libre : une tempête d'automne anormalement précoce et violente nous pilonnait depuis deux jours. Le vent ne décolérait pas, tandis que la pluie qui tombait à verse nous assurait que celui qui voyageait sur un navire ouvert occupait tout son temps à écoper. J'avais passé la soirée de la veille à la taverne avec l'équipage du *Rurisk*, à saluer la tempête et à souhaiter aux Pirates qu'ils en sentent toute l'étreinte. J'étais remonté au Château pour m'écrouler dans mon lit, abruti de boisson, certain de pouvoir faire la grasse matinée ; mais un page résolu avait martelé ma porte jusqu'à ce que le sommeil m'abandonne, puis m'avait délivré la convocation du roi.

Je fis ma toilette, me rasai, lissai mes cheveux en arrière, les nouai en queue et enfilai des vêtements propres, tout en me contraignant à ne rien trahir de la rancœur qui brasillait en moi. Une fois certain d'être maître de moi-même, je quittai ma chambre et me présentai à la porte du roi. Je m'attendais à ce que Murfès me renvoie d'un air sarcastique, mais ce matin-là il m'ouvrit promptement lorsque je frappai. Le regard toujours désapprobateur, il m'introduisit néanmoins aussitôt chez le roi.

Subtil était assis dans un fauteuil garni de coussins devant sa cheminée. Malgré moi, mon cœur se serra en voyant la ruine qu'il était devenu ; sa peau était translucide et parcheminée, ses doigts décharnés. Ses traits s'étaient avachis, plissés, là où naguère la chair les tendait ; ses yeux sombres étaient enfoncés dans leurs orbites et il tenait ses mains serrées sur ses genoux en un geste que je connaissais bien. C'était ainsi que je les tenais pour dissimuler les tremblements qui me saisissaient de temps en temps. Sur une petite table à côté de lui était posé un brûloir dont s'élevait de la Fumée. Les vapeurs créaient déjà une brume bleutée au niveau des poutres du plafond. Le fou était vautré aux pieds du roi, l'air désolé.

« FitzChevalerie est ici, Votre Majesté », dit Murfès.

Le roi tressaillit comme si quelqu'un l'avait piqué, puis tourna les yeux vers moi. J'allai me placer devant lui.

« FitzChevalerie », dit le roi.

Il n'y avait aucune force derrière ses mots, aucune présence. Le ressentiment restait fort en moi mais il ne suffisait pas à noyer ma peine à le voir dans cet état. C'était toujours mon souverain.

« Mon roi, je suis venu comme vous l'avez ordonné », dis-je avec raideur. J'essayai de me raccrocher à la froideur qui imprégnait jusque-là mes pensées.

Il me regarda d'un air fatigué, puis il détourna la tête et toussa contre son épaule. « C'est ce que je vois. C'est bien. » Il me dévisagea un moment puis prit une grande inspiration qui chuchota dans ses poumons. « Un messager est arrivé hier soir, dépêché par le duc Brondy de Béarns. Il apportait les rapports des moissons et d'autres missives semblables, la plupart pour Royal. Mais Célérité, la fille de Brondy, a également envoyé ce manuscrit. Il est pour toi. »

Il me tendit l'objet, un petit rouleau fermé par un ruban jaune et scellé par un cachet de cire verte. Bien à contrecœur, je m'avançai pour le saisir.

« Le messager de Brondy repart pour Béarns cet après-midi. Tu auras certainement eu le temps de rédiger une réponse convenable. » Ce n'était pas une prière. Il fut pris d'une nouvelle quinte de toux. Les émotions conflictuelles dont j'étais la proie me brûlaient l'estomac.

« Puis-je ? » demandai-je et, comme le roi ne protestait pas, je brisai le cachet et défis le ruban. Je déroulai le parchemin et en découvris un second à l'intérieur. Je jetai un coup d'œil au premier : une lettre de Célérité à l'écriture nette et ferme ; j'étudiai brièvement le deuxième, puis levai les yeux et croisai le regard de Subtil posé sur moi. Je le soutins sans rien manifester. « Elle m'envoie, avec ses salutations, une copie d'un manuscrit qu'elle a trouvé dans les bibliothèques de Castellonde, ou, plus précisément, une copie des parties encore lisibles. D'après l'étui, elle pense qu'il concerne les Anciens. Elle a remarqué l'intérêt que je leur portais lors de ma visite chez son père ; à première vue, selon moi, le texte traite plutôt de philosophie, ou de poésie, peut-être. »

Je rendis les rouleaux à Subtil. Au bout d'un moment, il les prit. Il déroula le premier et le tint devant lui à bout de bras, puis il plissa le front, eut une expression mécontente et reposa le parchemin sur ses genoux. « Parfois, le matin, j'ai la vue brouillée », dit-il. Il réenroula les manuscrits l'un dans l'autre, avec minutie, comme s'il s'agissait d'une tâche difficile. « Tu lui enverras une lettre séante de remerciement.

– Oui, mon roi », répondis-je d'un ton toujours raide. Je saisis les rouleaux tendus. Je restai immobile devant lui, sous son regard qui ne me voyait pas ; je finis par demander : « Me donnez-vous congé, mon roi ?

– Non. » Une nouvelle quinte le secoua, plus violemment, puis il inspira longuement, avec un bruit sifflant. « Je ne te donne pas congé. Si j'avais dû le faire, ç'aurait été il y a bien longtemps. Je t'aurais abandonné dans quelque village perdu ; ou j'aurais fait en sorte que tu n'atteignes jamais l'âge d'homme. Non, FitzChevalerie, je ne t'ai pas donné congé. » L'ombre de ce qu'il était autrefois perçait de nouveau dans sa voix. « Il y a quelques années, j'ai passé un marché avec toi ; tu en as tenu les termes, et très bien. Je sais comment tu me sers, même lorsque tu n'estimes pas utile de te présenter pour m'en informer personnellement ; je sais comment tu me sers, même quand tu débordes de colère contre moi. Je ne pourrais guère demander davantage que ce que tu m'as déjà donné. » Une quinte le saisit encore une fois, brusquement, une quinte de toux sèche qui le convulsa. Lorsqu'il retrouva l'usage de la parole, ce n'est pas à moi qu'il s'adressa.

« Fou, une coupe de vin tiède, s'il te plaît. Et prie Murfès de te fournir les... épices pour le relever. » L'intéressé se dressa aussitôt, mais je ne lus nulle bonne volonté sur son visage ; au contraire, en passant derrière le fauteuil du roi, il me décocha un regard assassin. D'un petit geste de la main, Subtil m'indiqua de patienter. Il se frotta les yeux, puis crispa les doigts sur ses genoux. « Je ne cherche qu'à tenir les termes du marché de mon côté, reprit-il. Je t'ai promis de subvenir à tes besoins, mais je veux faire davantage ; je veux te marier à une dame de qualité ; je veux te... Ah ! merci. »

Le fou était de retour avec le vin. J'observai qu'il remplissait la coupe à moitié, et le roi la prit à deux mains. Je captai le parfum d'herbes inconnues mêlé à l'arôme du vin. Le bord de la coupe cliqueta deux fois contre les dents de Subtil avant qu'il l'immobilise des lèvres, puis il but une longue gorgée. Ensuite il resta un moment sans bouger, les yeux clos comme s'il tendait l'oreille. Lorsqu'il les rouvrit, il parut un instant égaré en me voyant, mais il se reprit. « Je veux que tu aies un titre et un domaine à régir. » Il leva la coupe, but à nouveau, puis la tint entre ses mains émaciées pour les réchauffer tout en m'examinant de l'œil. « J'aimerais te rappeler la chance que tu as d'être considéré comme un parti digne de sa fille par Brondy. Ta naissance ne le rebute pas. Célérité apportera un titre et de la terre, et votre union me fournit l'occasion de te faire le même cadeau. Je ne veux que ton bien. Est-ce si difficile à comprendre ? »

La question me laissait le loisir de répondre. J'inspirai, puis m'efforçai de le convaincre. « Mon roi, je sais que vous n'avez que de bonnes dispositions envers moi et je me rends parfaitement compte de l'honneur que me fait le duc Brondy. Dame Célérité est une belle jeune femme que tout homme serait heureux d'épouser. Mais ce n'est pas la dame de mon choix. »

Subtil se rembrunit. « Tu parles comme Vérité, fit-il d'un ton irrité. Ou comme ton père. Je crois qu'ils ont tété leur obstination avec le lait de leur mère. » Il termina sa coupe, puis se radossa et secoua la tête. « Fou, encore du vin, je te prie. »

« Je connais les rumeurs, reprit-il d'une voix sourde après que le fou eut emporté sa coupe. Royal me les rapporte et me les murmure à l'oreille comme une fille de cuisine. Comme si elles avaient de l'importance. L'importance de la poule qui glousse ou du chien qui aboie, oui. » Le fou remplissait docilement la coupe, la répugnance inscrite dans toute l'attitude de son corps mince. Murfès apparut comme par magie, ajouta de l'herbe à Fumée dans le brûloir, souffla soigneusement sur un minuscule brandon jusqu'à ce que le petit tas se mette à brasiller, puis il s'éclipsa comme il était venu. Subtil se pencha de façon à ce que les volutes de fumée effleurent son visage, inspira, toussota, puis inspira de nouveau la Fumée, après quoi il se radossa dans son fauteuil. Le fou, silencieux, tenait le vin demandé.

« Royal te prétend amoureux d'une chambrière que tu poursuivrais sans cesse de tes assiduités. Bah, les hommes sont tous jeunes un jour. Et les femmes aussi. » Il prit la coupe et but. Debout devant lui, je me mordais l'intérieur de la joue en m'efforçant de garder une expression impassible. Perfidement, mes mains commencèrent à trembler, alors que les exercices physiques les plus violents ne déclenchaient plus chez moi la moindre réaction. J'avais envie de me croiser les bras pour calmer leur agitation, mais je les maintins le long de mon corps en essayant de ne pas froisser le petit manuscrit que je tenais.

Le roi Subtil abaissa la coupe, la posa sur la table à côté de lui et poussa un profond soupir. Ses doigts sans force se déplièrent sur ses genoux tandis que sa tête allait s'appuyer contre les coussins du fauteuil. « FitzChevalerie », dit-il.

L'esprit engourdi, j'attendis sans bouger qu'il continue. Je vis ses paupières devenir lourdes, puis se fermer. Il les entrouvrit, et sa tête branla légèrement quand il parla. « Tu as la bouche de Constance quand tu es en colère », dit-il. Ses yeux se fermèrent à nouveau. « Je ne veux que ton bien », marmonna-t-il. Au bout de quelques instants, un ronflement s'échappa de ses lèvres amollies. Je ne bougeai toujours pas, le regard posé sur lui. Mon roi.

Quand je détournai enfin les yeux, je vis le seul spectacle capable de me plonger dans un trouble encore plus grand : le fou, inconsolable, pelotonné aux pieds de Subtil, les genoux contre la poitrine ; il me regardait d'un air furieux, les lèvres réduites à une simple ligne, et des larmes limpides perlaient à ses yeux sans couleur.

Je me sauvai.

Dans ma chambre, je me mis à faire les cent pas devant ma cheminée, tant les sentiments qui s'agitaient en moi me consumaient. Je m'imposai le calme, m'assis et pris une plume et du papier ; je rédigeai un mot bref et poli de remerciement à la fille du duc Brondy, le roulai soigneusement et le cachetai. Je me levai, rajustai ma chemise, me lissai les cheveux, puis jetai la lettre dans le feu.

Je me rassis, repris mes instruments d'écriture, et j'écrivis une lettre à Célérité, la timide jeune fille qui avait badiné avec moi à table et m'avait accompagné sur les falaises, dans le vent, pour attendre un adversaire qui n'était pas venu. Je la remerciai pour le manuscrit, et puis je lui racontai mon été : l'aviron à manœuvrer sur le *Rurisk* jour après jour, ma maladresse à l'épée qui avait fait de la hache mon arme ; je lui narrai notre première bataille sans lui faire grâce des détails et lui avouai la nausée que j'en avais ressentie par la suite ; j'évoquai les instants où j'étais resté pétrifié de terreur sur mon banc tandis qu'un Pirate rouge nous attaquait, mais je passai sous silence le navire blanc. Je conclus en lui confiant que, de temps en temps, j'étais encore saisi de tremblements, séquelles de ma longue maladie dans les Montagnes. Je relus soigneusement ma missive et enfin, convaincu de m'être dépeint comme un rameur parmi d'autres, un lourdaud, un lâche et un infirme, je la roulai et la liai avec le même ruban jaune dont elle s'était servie, mais ne la cachetai pas. La lise qui voulait ; secrètement, j'espérais que le duc Brondy prendrait connaissance de ma lettre avant sa fille et qu'il lui interdirait de mentionner à nouveau mon nom.

Quand je frappai à nouveau chez le roi Subtil, Murfès m'ouvrit avec son expression habituelle de désapprobation. Il prit la lettre comme s'il s'agissait d'un objet peu ragoûtant et me referma la porte au nez. En remontant dans ma chambre, je songeai à la combinaison de trois poisons que je pourrais employer sur lui si l'occasion m'en était donnée. C'était moins compliqué que de penser à mon roi.

Je me jetai sur mon lit ; j'aurais voulu qu'il fasse nuit et que je puisse sans risque aller chez Molly, mais les secrets que je lui cachais me revinrent soudain et le plaisir anticipé de la revoir m'échappa. Je bondis de mon lit pour ouvrir violemment les volets à la tempête, mais même le temps m'avait dupé.

Une grande tache de ciel bleu avait troué le couvercle gris et laissait passer un rai de soleil délavé. Un banc de nuages noirs qui montait en bouillonnant au-dessus de la mer annonçait la fin à brève échéance de ce répit, mais pour le moment le vent et la pluie avaient cessé. Il y avait même comme de la tiédeur dans l'air.

Œil-de-Nuit me parla aussitôt.

Tout est trop mouillé pour chasser ; le moindre brin d'herbe est trempé. D'ailleurs, il fait plein jour. Il n'y a que les hommes qui soient assez bêtes pour chasser en plein jour.

Fainéant de cabot, le rabrouai-je. Je savais qu'il était roulé en boule, le museau dans la queue, au fond de son antre. Je perçus la chaude satiété de son ventre plein.

Ce soir, peut-être, proposa-t-il, et il se rendormit.

Je ramenai mon esprit et pris mon manteau. Mes sentiments ne m'incitaient pas à passer la journée entre des murs. Je quittai le Château et me dirigeai vers Bourg-de-Castelcerf. En moi, la colère suscitée par la décision que Subtil avait prise à ma place le disputait à la consternation devant son état d'affaiblissement. Je marchai d'un pas vif en essayant d'échapper aux mains tremblantes du roi, à son sommeil drogué. Maudit Murfès ! Il m'avait volé mon roi. Et mon roi m'avait volé ma vie. Je renonçai à réfléchir davantage.

Des gouttes d'eau et des feuilles aux bords jaunis tombaient des arbres sur mon passage ; des oiseaux célébraient à gazouillis clairs et joyeux l'arrêt inattendu de la pluie. Le soleil brillait de plus en plus fort, tout étincelait d'humidité et de riches senteurs s'élevaient de la terre. Malgré mon trouble, la beauté du jour m'émut.

Les averses torrentielles avaient lavé la ville et je me retrouvai sur le marché au milieu d'une foule empressée ; partout, on se dépêchait de faire des emplettes et de revenir chez soi avant de se faire tremper par une reprise de la tempête. L'agitation et le brouhaha bon enfant étaient aux antipodes de mon humeur noire et c'est d'un œil revêche que je parcourais le marché lorsque j'aperçus une cape et un capuchon rouge vif. Mon cœur fit un bond dans ma poitrine. Au Château, Molly portait le bleu des domestiques, mais, pour aller au marché, elle revêtait toujours sa vieille cape rouge. Patience l'avait sans doute envoyée faire des courses en profitant du répit que nous accordait le ciel. Je l'observai sans me faire voir pendant qu'elle marchandait pied à pied le prix de quelques paquets de thé de Chalcède. Lorsqu'elle faisait non de la tête, la fierté de son menton me remplissait de bonheur. Une soudain inspiration me vint.

J'avais ma paye de rameur en poche ; je m'en servis pour acheter quatre pommes douces, une bouteille de vin et un peu de viande poivrée ; j'acquis aussi un sac à bandoulière pour transporter mes emplettes et une épaisse couverture de laine. Une couverture rouge. Il me fallut user de tout le savoir-faire qu'Umbre m'avait enseigné pour accomplir mes achats sans perdre Molly de vue et sans me faire voir, et j'eus encore plus de mal à la suivre discrètement lorsqu'elle se rendit chez la marchande de modes acheter du ruban de soie, puis quand elle reprit la route de Castelcerf.

Profitant de certain virage à l'ombre des arbres, je la rattrapai. Elle tressaillit alors que, m'étant approché à pas de loup par-derrière, je la soulevai brusquement et la fis tournoyer dans mes bras. Je la reposai à terre et l'embrassai fougueusement. J'ignore pourquoi je trouvai différent de l'embrasser à l'extérieur et sous le soleil éclatant mais ce que je sais, c'est que tous mes ennuis s'évanouirent soudain.

Je m'inclinai profondément devant elle. « Ma dame consentirait-elle à partager une brève collation avec moi ?

– Oh, il ne faut pas ! répondit-elle, mais son œil pétillait. On va nous voir ! »

Avec des mimiques exagérées, je scrutai les alentours, puis la pris par le bras et l'entraînai à l'écart de la route. Le sous-bois n'était guère broussailleux, aussi l'emmenai-je d'un pas alerte sous les arbres dégouttants ; nous franchîmes une grosse branche tombée et un tapis de cerfhallier trempé qui s'accrochait à nos mollets pour parvenir au bord de la falaise, au-dessus du murmure grondant de l'océan. Tels des enfants, nous empruntâmes des cheminées de pierre pour descendre jusqu'à une petite plage de sable.

Des morceaux de bois flottés étaient entassés pêle-mêle dans ce recoin de la baie. Un surplomb de la falaise avait protégé de la pluie une petite surface de sable et de schiste qu'illuminait un rayon de soleil. L'astre brillait à présent en dispensant une chaleur étonnante. Molly me prit le pique-nique et la couverture des mains et m'ordonna de rassembler du bois, après quoi elle s'employa et réussit à faire brûler les branches humides. Le sel qui les imprégnait colorait les flammes de vert et de bleu, mais le feu dégageait assez de chaleur pour nous permettre d'enlever capes et capuches. Qu'il était bon d'être assis aux côtés de Molly et de la regarder à la clarté du ciel, avec le soleil qui allumait des reflets dans ses cheveux et le vent qui lui rosissait les joues ! Qu'il était bon d'éclater de rire ensemble et de mêler nos voix aux cris des mouettes sans crainte d'éveiller quiconque ! Nous bûmes le vin à la bouteille et mangeâmes avec les doigts, puis nous descendîmes au bord de l'eau pour nous laver les mains.

Nous passâmes un petit moment à traîner au milieu des rochers et des branches mortes à la recherche de trésors rejetés par la mer. Je me sentais davantage moi-même que jamais depuis mon retour des Montagnes et je retrouvais en Molly le garçon manqué prêt à toutes les folies de mon enfance. Alors que je la pourchassais, sa tresse se défit et ses cheveux volèrent sur son visage ; elle glissa en tentant de m'échapper et tomba dans une flaque. Nous revînmes à la couverture, où elle ôta ses chaussures et ses bas pour les faire sécher devant le feu. Elle s'étendit sur la couverture et s'étira.

Je lui proposai soudain de nous déshabiller.

Molly se montra réticente. « Il y a autant de cailloux que de sable sous la couverture. Je n'ai pas envie de rentrer pleine de bleus dans le dos ! »

Je me penchai sur elle pour l'embrasser. « Est-ce que je n'en vaux pas la peine ? demandai-je d'un ton cajoleur.

– Toi ? Sûrement pas ! » Elle me repoussa brusquement et je m'étalai les quatre fers en l'air. Elle se jeta hardiment sur moi. « Mais moi, oui ! »

L'étincelle farouche que je vis dans ses yeux lorsqu'elle me regarda me coupa le souffle. Après qu'elle se fut impitoyablement approprié ma personne, je m'aperçus qu'elle avait eu raison : il y avait bel et bien des cailloux et elle en valait la peine. Jamais je n'avais rien vu d'aussi spectaculaire que le bleu du ciel au travers de ses cheveux qui tombaient en cascade au-dessus de moi.

Ensuite, elle resta étendue plus qu'à demi sur moi et nous somnolâmes dans l'air frais de la mer. Enfin elle se redressa, toute frissonnante, pour renfiler ses vêtements ; sans plaisir, je la regardai relacer son corsage. L'obscurité et la piètre lumière des bougies m'en avaient toujours trop dissimulé. Elle surprit mon regard troublé, me tira la langue, puis redevint sérieuse ; ma queue de cheval s'était défaite et elle ramena mes cheveux autour de mon visage, puis me cacha le front d'un pli de sa cape rouge. Elle secoua la tête. « Tu aurais fait une fille drôlement moche. »

Je grognai. « Déjà que je ne vaux pas grand-chose comme garçon... »

Elle parut vexée. « Tu n'es pas mal du tout. » Elle passa d'un air songeur un doigt sur la musculature de ma poitrine. « L'autre jour, à la cour des lavandières, certaines disaient que, depuis Burrich, tu étais ce que les écuries avaient connu de mieux. Ça doit tenir à tes cheveux : ils sont beaucoup moins grossiers que ceux de la plupart des hommes de Cerf. » Elle s'en entortilla une boucle autour d'un doigt.

« Burrich ! fis-je en grognant derechef. Tu ne vas pas me dire que les femmes le trouvent attirant ! »

Elle leva les sourcils. « Et pourquoi pas ? Il est très bien fait de sa personne, il est propre et bien élevé, par-dessus le marché. Il a de bonnes dents et de ces yeux ! Il est impressionnant avec sa mauvaise humeur, mais j'en connais plus d'une qui seraient prêtes à essayer de l'égayer. Les lavandières étaient toutes d'accord pour dire que, si jamais il se retrouvait entre leurs draps, elles ne seraient pas pressées de l'en chasser !

– Mais il y a peu de chances que ça arrive, observai-je.

– En effet, répondit-elle, songeuse. Tout le monde était d'accord là-dessus aussi. Une seule a prétendu l'avoir eu, et elle a reconnu qu'il était soûl perdu ce jour-là. C'était pendant une fête du Printemps, je crois. » Molly me jeta un coup d'œil, puis éclata de rire en voyant mon expression incrédule. « Voilà ce qu'elle a dit, poursuivit-elle d'un air taquin : “A vivre au milieu des étalons, il connaît tous leurs trucs. J'ai gardé la marque de ses dents sur mes épaules toute une semaine !”

– C'est impossible ! » m'exclamai-je. Les oreilles me brûlaient de honte pour Burrich. « Jamais il ne maltraiterait une femme, aussi soûl soit-il !

– Idiot ! » Molly secoua la tête et se mit à refaire sa tresse à gestes adroits. « Personne n'a dit qu'elle avait été maltraitée. » Et, avec un petit regard timide : « Ni qu'elle n'avait pas aimé ça.

– Je n'y crois toujours pas », dis-je. Burrich ? Et la femme avait aimé ça ?

« Est-ce qu'il a vraiment une petite cicatrice ici, en forme de croissant de lune ? » Elle posa sa main en haut de ma cuisse et me considéra, les cils baissés.

J'ouvris la bouche, puis la refermai. Enfin : « Les femmes parlent de ce genre de sujets entre elles ? Ce n'est pas croyable !

– Dans la cour des lavandières, on ne bavarde guère d'autre chose », me confia Molly d'un ton serein.

Je me mordis la langue, mais la curiosité l'emporta. « Que disent-elles de Pognes ? » Lorsque nous travaillions ensemble aux écuries, ses histoires de femmes me laissaient toujours pantois.

« Qu'il a des yeux et des cils très jolis, mais que, pour le reste, il aurait intérêt à se laver. Et plusieurs fois. »

Je m'esclaffai joyeusement et pris note de la lui resservir la prochaine fois qu'il fanfaronnerait devant moi. « Et Royal ?

– Royal ? Hmmm... » Elle me regarda avec un sourire rêveur, puis éclata de rire en me voyant froncer les sourcils. « Nous ne parlons point des princes, mon cher. Certaines propriétés sont gardées. »

Je la fis rouler à côté de moi et l'embrassai ; elle se colla contre moi et nous restâmes ainsi, étendus sous le dôme bleu du ciel. La paix de l'esprit qui me fuyait depuis si longtemps m'emplissait à présent ; rien, je le savais, ne pourrait plus nous séparer, ni les projets des rois ni les caprices du sort. L'heure me sembla propice pour exposer à Molly mes contrariétés avec Subtil et Célérité. Chaude contre moi, elle ne dit mot pendant que je lui racontais la stupidité du plan qu'avait imaginé le roi et ma rancœur de me retrouver de son fait dans une position aussi embarrassante. Ma propre bêtise ne m'apparut qu'en sentant une larme tiède tomber, puis rouler sur mon cou.

« Molly ? fis-je, surpris, en me redressant pour la regarder. Qu'y a-t-il ?

– Qu'y a-t-il ? » répéta-t-elle d'une voix qui montait rapidement vers les aigus. Elle prit une inspiration hoquetante. « Allongé tout tranquillement près de moi, tu m'apprends que tu es promis à une autre ! Et tu me demandes ce qu'il y a ?

– La seule à qui je sois promis, c'est toi, répondis-je avec fermeté.

– Ce n'est pas aussi simple, FitzChevalerie. » Ses grands yeux étaient graves. « Que feras-tu quand le roi te dira de lui faire la cour ?

– Si j'arrêtais de prendre des bains ? »

J'avais pensé la faire rire, mais, au contraire, elle s'écarta de moi, et me considéra avec des yeux où je lus tout le malheur du monde. « Il n'y a rien à faire. C'est sans espoir. »

Comme pour confirmer ses paroles, le ciel s'obscurcit soudain et le vent se leva. Molly se dressa soudain, saisit sa cape et la secoua pour en faire tomber le sable. « Je vais me faire tremper. Il y a des heures que je devrais être au Château. » Elle parlait d'un ton prosaïque, comme si elle n'avait nul autre souci.

« Molly, il faudrait me tuer pour m'empêcher de te rejoindre », déclarai-je avec colère.

Elle récupéra ses emplettes. « Fitz, on dirait un gosse, dit-elle calmement. Un gosse borné. » Avec le bruit d'une poignée de gravier qu'on jette par terre, les premières gouttes commencèrent à tomber en créant de petits cratères dans le sable et bientôt des rideaux de pluie s'abattirent sur la mer. Les dernières paroles de Molly m'avaient laissé coi ; rien n'aurait pu me faire plus mal que ce qu'elle venait de dire.

Je pris la couverture rouge et l'agitai à mon tour. Molly serra sa capuche autour de son visage pour se protéger du vent. « Mieux vaut qu'on ne nous voie pas ensemble », observa-t-elle. Elle s'approcha de moi, se dressa sur la pointe des pieds pour m'embrasser à l'angle de la mâchoire. J'étais incapable de savoir ce qui me rendait le plus furieux : que le roi Subtil m'ait mis dans cette situation impossible, ou que Molly s'y laisse prendre. Je ne lui rendis pas son baiser. Sans rien dire, elle s'éloigna d'un pas pressé, escalada avec légèreté la cheminée rocheuse et disparut.

Tout bonheur avait fui mon après-midi ; un moment parfait comme un coquillage lustré gisait à présent en miettes sous mes pieds. Malheureux comme les pierres, je rentrai chez moi au milieu des rafales de vent et de la pluie battante. Je n'avais pas refait ma queue de cheval et mes cheveux me fouettaient le visage en mèches mouillées. La couverture détrempée sentait comme seule peut sentir la laine et dégoulinait en saignures rouges sur mes mains. Je montai dans ma chambre, me séchai, puis me délassai l'esprit en préparant minutieusement le poison parfait pour Murfès, un poison qui lui convulserait les entrailles avant de l'achever. Une fois la poudre moulue fin, je la déposai dans une papillote en papier, puis restai à la contempler. Un moment, je songeai à l'absorber, mais, finalement, je pris du fil et une aiguille afin de fabriquer une poche cousue à l'intérieur de ma manche pour transporter le poison. M'en servirais-je un jour ? A cette question, je me sentis plus lâche que jamais.

Je ne descendis pas dîner, je ne montai pas chez Molly. J'ouvris les volets et laissai la tempête inonder le sol de ma chambre ; je laissai s'éteindre le feu dans l'âtre et n'allumai pas une seule bougie. L'heure semblait à ce genre de geste. Quand Umbre m'ouvrit le passage, je ne répondis pas à son invitation. Assis au pied de mon lit, je regardais la pluie.

Au bout d'un moment, j'entendis un pas hésitant dans l'escalier. Umbre apparut dans ma chambre plongée dans la pénombre tel un spectre. Il me jeta un regard noir, puis s'approcha de la fenêtre et referma violemment les volets. Tout en les verrouillant, il me demanda d'un ton furieux : « Tu te rends compte du courant d'air que ça fait chez moi ? » Comme je ne répondais pas, il leva le nez en l'air et renifla ; il avait tout du loup. « Tu as utilisé de la crèvefeuille ? » s'enquit-il soudain. Il vint se placer devant moi. « Fitz, tu n'as pas fait de bêtises, n'est-ce pas ?

– Des bêtises ? Moi ? » J'eus un rire étranglé.

Umbre se pencha pour me regarder sous le nez. « Monte chez moi », dit-il d'un ton presque affectueux. Il me prit le bras et je le suivis.

La chambre gaie, le feu crépitant, un saladier plein de fruits d'automne bien mûrs, tout ce décor était tellement à l'opposé de ce que je ressentais que j'avais envie de tout casser. Mais je me contentai de demander : « Y a-t-il quelque chose de pire que d'en vouloir à ceux qu'on aime ? »

Il ne répondit pas tout de suite. Puis : « Voir mourir quelqu'un qu'on aime. Et en ressentir de la colère, mais sans savoir où la diriger. C'est pire, je crois. »

Je me laissai tomber sur une chaise, les jambes tendues devant moi. « Subtil se drogue comme Royal, à la Fumée et à l'allègrefeuille. Et El sait ce qu'il y a dans son vin. Ce matin, à jeun, il a commencé à trembler ; alors il a bu du vin trituré, pris une grande bouffée de Fumée et il s'est endormi sous mon nez. Après m'avoir répété que je devais courtiser Célérité avant de l'épouser pour mon propre bien. » Les mots avaient jailli sans que je puisse me maîtriser. J'étais certain qu'Umbre était déjà au courant de tout ce que je lui racontais.

Je braquai mon regard sur lui. « J'aime Molly, lui déclarai-je sans ambages. J'ai dit à Subtil que j'en aime une autre, mais il exige que je m'unisse à Célérité. Il veut savoir pourquoi je ne comprends pas qu'il ne veut que mon bien ; mais lui, pourquoi ne comprend-il pas que je veuille épouser qui j'aime ? »

Umbre parut réfléchir. « En as-tu discuté avec Vérité ?

– A quoi bon ? Il n'a même pas été capable d'empêcher qu'on le marie à une femme qu'il ne désirait pas. » J'eus l'impression de trahir Kettricken par ces paroles, mais je les savais vraies.

« Veux-tu du vin ? me demanda Umbre d'un ton posé. Ça te calmerait peut-être.

– Non. »

Il leva les sourcils.

« Non. Merci. Après avoir vu Subtil se “calmer” avec du vin ce matin... » Je ne terminai pas ma phrase. « Est-ce qu'il a seulement été jeune ?

– Autrefois, il a été très jeune. » Umbre s'autorisa un petit sourire. « Peut-être se souvient-il que ce sont ses parents qui avaient choisi Constance. Il l'a courtisée à contrecœur et l'a épousée sans plaisir. Il a fallu qu'elle meure pour qu'il se rende compte de la profondeur de son amour pour elle. Désir, en revanche, il l'a choisie lui-même, dans une crise de passion qui l'a consumé. » Il s'interrompit. « Mais je ne veux pas dire du mal des disparus.

– Ce n'est pas la même chose.

– Comment ça ?

– Je ne suis pas le prochain roi. Qui j'épouse n'affecte que moi.

– Si cela pouvait être aussi simple ! murmura Umbre. Crois-tu qu'il te soit possible de refuser la cour de Célérité sans faire affront à Brondy ? Alors que les Six-Duchés ont besoin de tous les liens qui font leur unité ?

– Je suis persuadé de pouvoir la détourner de moi.

– Et comment ? En te conduisant comme une brute ? Et en humiliant Subtil ? »

J'avais l'impression d'être en cage. J'essayai d'imaginer des solutions, mais ne découvris en moi qu'une seule réponse. « Je n'épouserai personne d'autre que Molly. » Je me sentis mieux rien que d'avoir prononcé ces mots tout haut. Je croisai le regard d'Umbre.

Il secoua la tête. « Alors tu n'épouseras personne, fit-il.

– Peut-être. Peut-être ne serons-nous jamais mariés devant la loi ; mais nous aurons notre vie ensemble...

– Et beaucoup de petits bâtards. »

Je me dressai d'un bond, les poings serrés sans que je l'eusse voulu. « Ne dites pas ça ! » fis-je d'un ton d'avertissement. Je me détournai pour contempler les flammes.

« Moi, je ne le dirais pas, mais tous les autres, si. » Il soupira. « Fitz, Fitz, Fitz... » Il s'approcha de moi par-derrière et posa ses mains sur mes épaules. Très, très doucement, il dit : « Il vaudrait peut-être mieux que tu renonces à elle. »

Son contact et sa douceur avaient fait fondre ma colère. Je me cachai le visage dans les mains. « Je ne peux pas. J'ai besoin d'elle.

– Et Molly, de quoi a-t-elle besoin ? »

D'une petite chandellerie avec des ruches dans l'arrière-cour ; d'enfants ; d'un mari légitime. J'accusai Umbre : « C'est pour Subtil que vous faites ça ! Pour m'obliger à faire ce qu'il veut ! »

Ses mains quittèrent mes épaules. Je l'entendis s'éloigner, verser du vin dans une coupe – une seule. Il revint avec son vin et s'assit dans son fauteuil devant l'âtre.

« Excusez-moi. »

Il me regarda. « Un jour, FitzChevalerie, dit-il, ces mots-là ne suffiront plus. Parfois, il est plus facile de retirer un poignard du corps d'un homme que de lui demander d'oublier les paroles qu'on vient de prononcer. Même sous le coup de la colère.

– Je regrette.

– Moi aussi », répondit-il, laconique.

Au bout d'un moment, je demandai d'un ton humble : « Pourquoi vouliez-vous me voir ce soir ? »

Il soupira. « Des forgisés ; au sud-ouest de Castelcerf. »

Je me sentis mal. « Je croyais ne plus avoir à faire ça, murmurai-je. Quand Vérité m'a placé à bord d'un navire pour artiser, il a dit que peut-être...

– Ça ne vient pas de Vérité. On a rapporté leur présence à Subtil et il veut qu'on s'en débarrasse. Vérité est déjà... débordé. Nous ne tenons pas à le déranger avec de nouveaux ennuis en ce moment. »

Ma tête retomba entre mes mains. « N'y a-t-il personne d'autre qui puisse s'en charger ? demandai-je, implorant.

– Seuls toi et moi sommes formés à ce travail.

– Je ne parlais pas de vous, répondis-je d'un ton las. Vous n'exécutez plus ce genre de tâche, je suppose.

– Ah oui ? » Je levai les yeux et lus de la colère dans les siens. « Blanc-bec outrecuidant ! Qui, à ton avis, les a maintenus à distance de Castelcerf tout l'été pendant que tu étais à bord du *Rurisk* ? Croyais-tu que, parce que tu souhaitais couper à une mission, la nécessité de l'accomplir disparaissait comme par magie ? »

La honte me submergea comme jamais. Je détournai le regard de son expression furieuse. « Oh, Umbre, excusez-moi !

– Tu t'excuses d'y avoir coupé ? Ou de m'avoir cru incapable de m'en débrouiller ?

– Des deux. De tout. » Je rendis soudain les armes. « Par pitié, Umbre, si je dois me faire détester d'une autre personne que j'aime, je ne le supporterai pas. » Je levai les yeux et les braquai sur lui jusqu'à ce qu'il soit forcé de me regarder.

Il se gratta la barbe. « L'été s'est fait long pour toi comme pour moi. Prie El de nous envoyer des tempêtes qui chasseront les Pirates rouges pour toujours. »

Nous restâmes un moment silencieux.

« Parfois, observa Umbre, il serait plus facile de mourir pour son roi que de lui donner sa vie. »

J'acquiesçai de la tête. Le reste de la nuit fut consacré à la préparation des poisons dont j'aurais besoin afin de recommencer à tuer pour mon roi.

3

LES ANCIENS

Le troisième automne de la guerre contre les Pirates rouges fut bien amer pour le roi-servant Vérité. Il avait rêvé de ses navires de combat, il avait fondé sur eux tous ses espoirs, il avait cru pouvoir débarrasser ses côtes des Pirates avec tant de succès qu'il pourrait lancer des attaques contre les côtes outrîliennes même au plus fort des tempêtes d'hiver. Mais, malgré leurs premières victoires, ses bâtiments n'acquirent pas la maîtrise de nos rivages à laquelle il aspirait ; au début de l'hiver, il possédait une flotte de cinq bateaux, dont deux avaient subi de graves avaries ; des trois intacts, l'un était le Pirate capturé, qui avait été réarmé et participait désormais aux patrouilles et à l'escorte des marchands. A l'arrivée des vents d'automne, un seul capitaine exprima une confiance suffisante dans la compétence de son équipage et dans son navire pour se déclarer prêt à entreprendre une attaque contre les côtes outrîliennes ; les autres réclamaient au moins un autre hiver de manœuvres le long de notre littoral et un été de formation tactique avant de viser un but aussi ambitieux.

Vérité, tout en ne souhaitant pas jeter de force des hommes dans pareille aventure, ne cacha pas sa déception, et manifesta son sentiment lors de l'équipement du seul navire prêt à se risquer, car le Vengeance*, nouveau nom du vaisseau, fut généreusement avitaillé, de même que les hommes choisis par le capitaine : chacun obtint l'armure de son choix et de nouvelles armes fabriquées par les meilleurs artisans du royaume. Leur départ donna lieu à une véritable cérémonie, à laquelle assista même le roi Subtil en dépit de sa mauvaise santé. La reine en personne* *accrocha au mât les plumes de mouette censées ramener le bâtiment sain et sauf à son port d'attache, puis de grandes acclamations jaillirent lorsque le* Vengeance *se mit en route, et l'on but de nombreuses fois ce soir-là à la santé du capitaine et de son équipage.*

Un mois plus tard, à l'atterrement de Vérité, nous apprîmes qu'un navire répondant à la description du Vengeance *écumait les eaux paisibles du sud des Six-Duchés et semait le malheur parmi les marchands de Terrilville et des Etats chalcèdes ; ce furent les seules nouvelles du capitaine, de l'équipage et du bâtiment qui parvinrent jamais à Castelcerf. Certains accusèrent les Outrîliens du bord, mais il y avait autant de bons matelots des Six-Duchés que d'Outrîliens sur le bateau et, quant au capitaine, c'était un enfant de Bourg-de-Castelcerf. Ce fut un coup terrible porté à l'orgueil de Vérité et à son autorité sur son peuple. D'aucuns disent que de là date sa décision de se sacrifier personnellement dans l'espoir de trouver une solution définitive.*

⋆

Je pense que c'est le fou qui l'y avait incitée. En tout cas, il avait passé de nombreuses heures dans le jardin au sommet de la tour en compagnie de Kettricken, et son admiration pour ce qu'elle y avait accompli n'était pas feinte. On peut obtenir beaucoup grâce à un compliment sincère ; à la fin de l'été, non seulement elle riait de ses plaisanteries quand il montait les divertir, elle et ses suivantes, mais il l'avait convaincue de rendre de fréquentes visites aux appartements du Roi. En tant que reine-servante, elle était à l'abri des humeurs de Murfès ; elle entreprit de mélanger elle-même les boissons reconstituantes de Subtil et, pendant quelque temps, il parut retrouver ses forces grâce à ses soins et son attention. A mon avis, le fou avait décidé de réaliser par le biais de la reine ce qu'il n'avait pas réussi à obtenir de Vérité ni de moi.

C'est par une froide soirée d'automne qu'elle aborda le sujet devant moi. J'étais avec elle en haut de la tour et je l'aidais à nouer des paquets de paille autour des plantes les plus fragiles afin qu'elles résistent mieux au gel. Patience avait décrété l'opération nécessaire, et, derrière moi, elle accomplissait le même travail sur des pousses de courbevent en compagnie de Brodette. Peu à peu, elle en était venue à conseiller fréquemment la reine Kettricken en matière de jardinage, mais sans jamais perdre de sa timidité. La petite Romarin était à mes côtés et me donnait de la ficelle à mesure que la reine et moi en avions besoin. Deux ou trois suivantes de Kettricken étaient restées, bien emmitouflées, mais elles se trouvaient à l'autre extrémité du jardin et bavardaient entre elles à voix basse. La reine avait renvoyé les autres à leurs cheminées en les voyant frissonner et souffler dans leurs doigts ; j'avais moi-même les mains et les oreilles presque insensibles, mais Kettricken paraissait parfaitement à son aise – tout comme Vérité, niché quelque part sous mon crâne. Il m'avait instamment prié de recommencer à l'abriter dans mon esprit en apprenant que j'allais repartir seul à la chasse aux forgisés. C'est à peine désormais si je sentais sa présence ; pourtant, je crus percevoir un tressaillement lorsque Kettricken, occupée à nouer un bout de ficelle autour d'une plante emmaillotée de paille, me demanda ce que je savais des Anciens.

« Bien peu, ma reine, répondis-je avec franchise, en me promettant encore une fois d'étudier les manuscrits et les rouleaux que je négligeais depuis si longtemps.

– Et comment cela se fait-il ?

– Eh bien, on a peu écrit sur eux ; je pense qu'à une époque ils étaient si courants qu'on n'en ressentait pas le besoin. Et les quelques miettes de connaissance que nous possédons sont éparpillées çà et là au lieu d'être rassemblées en un seul lieu. Il faudrait un savant pour rechercher tous les fragments...

– Un savant comme le fou ? fit-elle d'un ton mordant. Il en sait apparemment plus sur eux que tous ceux à qui j'ai posé la question.

– Ma foi, il aime beaucoup lire et...

– Assez parlé du fou. Je souhaite vous entretenir des Anciens », dit-elle brutalement.

Je tressaillis, mais je vis que ses yeux gris étaient à nouveau fixés sur l'océan ; elle n'avait voulu ni me rabrouer ni se montrer grossière : elle était simplement tout entière à son objectif. Je pris conscience qu'en quelques mois elle était devenue plus sûre d'elle-même. Plus royale.

« Je sais deux ou trois petites choses... fis-je d'un ton hésitant.

– Comme moi. Voyons si nos connaissances correspondent. Je commence.

– Comme il vous plaira, ma reine. »

Elle s'éclaircit la gorge. « Il y a longtemps, le roi Sagesse a subi le siège implacable de pirates venus de la mer. Tout le reste ayant échoué et redoutant que le temps clément de l'été suivant ne voie la fin des Six-Duchés et de la maison des Loinvoyant, il a résolu de passer l'hiver à chercher un peuple légendaire : celui des Anciens. Sommes-nous d'accord jusque-là ?

– Dans les grandes lignes. Telles qu'on me les a narrées, les légendes les décrivaient non comme un simple peuple, mais pratiquement comme des dieux. Et les habitants des Six-Duchés considéraient Sagesse comme un genre de fanatique religieux, à la limite de la folie dans ce domaine.

– On regarde souvent comme des fous les hommes de passion et les visionnaires, m'informa-t-elle calmement. Je reprends : il a quitté son château à l'automne en se fondant sur un seul renseignement : les Anciens résidaient dans les déserts des Pluies, par-delà les plus hauts sommets du royaume des Montagnes. Par quelque miracle, il les a trouvés et se les est allié. Il est rentré à Castelcerf et, ensemble, ils ont chassé les pirates envahisseurs des côtes des Six-Duchés ; la paix et le négoce ont repris, et les Anciens ont juré à Sagesse qu'ils reviendraient si le royaume avait besoin d'eux. Nous sommes toujours d'accord ?

– Dans les grandes lignes, là encore. J'ai entendu de nombreux ménestrels affirmer qu'il s'agit d'un dénouement classique dans les histoires de héros et de quêtes ; ils promettent toujours de revenir en cas de nécessité, même du tombeau, s'il le faut, dans le cas de certains.

– En réalité, intervint soudain Patience, accroupie derrière nous, Sagesse n'est jamais rentré à Castelcerf. C'est à sa fille, la princesse Attentionnée, que les Anciens se sont présentés et ont offert leur allégeance.

– D'où tenez-vous ce savoir ? » demanda Kettricken d'une voix tendue.

Patience haussa les épaules. « Mon père avait un vieux ménestrel qui chantait toujours cette épopée ainsi. » Puis, d'un air indifférent, elle se remit à ficeler la paille autour d'une plante.

Kettricken réfléchit un moment. Le vent détacha une longue mèche de sa natte et la lui rabattit sur le visage tel un filet. Elle me regarda au travers des rets blonds. « Peu importe ce que disent les légendes sur leur retour. Si un roi les a trouvés et qu'ils lui ont apporté leur aide, ne croyez-vous pas qu'ils pourraient la renouveler si un autre roi les implorait ? Ou une reine ?

– Peut-être », répondis-je à contrecœur. Je me demandai si la reine n'avait pas la nostalgie de son pays natal et ne cherchait pas un prétexte pour y faire une visite. On commençait à jaser sur son ventre toujours plat ; de nombreuses dames composaient aujourd'hui sa suite, mais elle n'avait pas de favorites qui fussent d'authentiques amies. Elle devait souffrir de la solitude. « Je crois... » fis-je, puis je m'interrompis un instant pour formuler de façon diplomatique une réponse qui la découragerait.

Dis-leur qu'elle doit venir m'en parler. Je voudrais en savoir plus sur ce qu'elle a glané. La pensée de Vérité frémissait d'enthousiasme.

« Je crois que vous devriez exposer votre idée au roi-servant et en discuter avec lui », répétai-je docilement à la reine.

Elle demeura silencieuse un long moment ; quand enfin elle parla, ce fut d'une voix très basse, afin que moi seul l'entende. « Je ne pense pas. Il n'y verra encore qu'un caprice de ma part. Il m'écoutera un peu au début, et puis il commencera à regarder les cartes du mur ou à tripoter des objets sur sa table en attendant que je finisse, et enfin il me fera un sourire, hochera la tête et me renverra. Une fois de plus. » Sa voix devint rauque sur la dernière phrase. Elle repoussa la mèche de cheveux de son visage, puis elle se frotta les yeux. Elle se détourna pour contempler la mer, soudain aussi distante que Vérité lorsqu'il artisait.

Elle pleure ?

Je ne pus dissimuler à Vérité mon agacement devant sa surprise.

Amène-la-moi ! Tout de suite ! Vite !

« Ma reine ?

– Un instant. » Le visage toujours détourné, Kettricken fit semblant de se gratter le nez. Je savais qu'elle essuyait ses larmes.

« Kettricken ? » J'osai un ton familier que je n'employais plus depuis des mois. « Allons lui présenter votre idée dès maintenant. Je vais vous accompagner. »

Sans me regarder, elle me demanda d'un ton incertain : « Vous ne trouvez pas mon projet ridicule ? »

Je me rappelai ma promesse de ne plus mentir. « Dans la situation actuelle, je pense qu'il faut examiner toutes les possibilités d'assistance. » Tout en prononçant ces paroles, je m'aperçus que j'y croyais. Le fou et Umbre n'avaient-ils pas tous deux suggéré, ou plutôt soutenu, cette même idée ? Peut-être était-ce le prince et moi qui manquions de clairvoyance.

Elle prit une inspiration hachée. « Allons-y, dans ce cas. Mais... je vous demanderai d'abord de m'attendre devant mes appartements. Je voudrais y prendre plusieurs manuscrits que je tiens à lui montrer ; je n'en aurai que pour un petit moment. » Puis, plus fort, à Patience : « Dame Patience, puis-je vous prier de finir ces plantes à ma place ? J'ai autre chose dont je souhaite m'occuper.

– Certainement, ma reine. Avec plaisir. »

Nous quittâmes le jardin et je l'accompagnai chez elle, où j'attendis plus qu'un petit moment. Quand elle ressortit, sa petite servante Romarin trottinait derrière elle en répétant qu'elle voulait porter les rouleaux à sa place. Kettricken avait lavé ses mains maculées de terre. Elle avait également changé de robe, s'était parfumée, recoiffée, et parée des bijoux que Vérité lui avait envoyés lorsqu'elle s'était promise à lui. Devant mon regard, elle sourit d'un air circonspect. « Ma reine, je suis ébloui, fis-je avec audace.

– Vous me flattez aussi abusivement que Royal », répondit-elle en s'éloignant d'un pas pressé dans le couloir ; mais ses joues avaient rosi.

Elle s'habille comme ça rien que pour me parler ?

Elle s'habille comme ça pour... pour vous plaire. Comment quelqu'un d'aussi fin dans sa compréhension des hommes pouvait-il être à ce point ignorant des femmes ?

Peut-être n'a-t-il eu guère le temps d'apprendre à les connaître.

Je barricadai fermement mes pensées et me hâtai de rattraper ma reine. Charim sortait à l'instant où nous arrivâmes devant le bureau de Vérité. Il avait les bras chargés de linge, ce qui me parut singulier. L'explication me fut fournie quand nous entrâmes : Vérité avait revêtu une chemise moelleuse en lin bleu pâle, et l'air embaumait la lavande et le cèdre, dont les parfums m'évoquèrent un coffre à vêtements. Les cheveux et la barbe de Vérité étaient manifestement peignés de frais, car je savais que leur bel ordonnancement ne tenait guère plus de quelques minutes. Tandis que Kettricken s'avançait pour faire la révérence devant son seigneur, je vis Vérité tel que je ne l'avais plus vu depuis des mois. L'été qu'il avait employé à artiser l'avait à nouveau consumé ; la belle chemise pendait à ses épaules et ses cheveux fraîchement coiffés recelaient autant de gris que de noir. Il y avait aussi des rides autour de ses yeux et de sa bouche que je n'avais jamais remarquées.

Ai-je donc si piètre allure ?

Pas pour elle, lui rappelai-je.

Comme Vérité lui prenait la main et la faisait asseoir auprès de lui sur un banc à côté de l'âtre, elle le regarda avec une faim aussi intense que l'appétit de l'Art qui le rongeait. Ses doigts serraient ceux de son époux et je détournai les yeux lorsqu'il porta sa main à ses lèvres. Peut-être avait-il raison quant à l'existence d'une sensibilité artisane : les émotions de Kettricken me martelaient avec la même violence que la fureur de mes compagnons d'équipage durant la bataille.

Je perçus une risée d'étonnement de la part de Vérité. Puis : *Protège-toi*, m'ordonna-t-il avec brusquerie, et je me retrouvai soudain seul dans ma tête. Je restai figé un instant, pris de vertige sous le coup de sa disparition brutale. *Il ne s'était rendu compte de rien*, pensai-je sans le vouloir, et je me réjouis que cette réflexion demeure privée.

« Monseigneur, je suis venue vous demander de m'accorder un petit moment pour vous exposer... une idée que j'ai. » Tout en parlant d'un ton mesuré, Kettricken scrutait le visage du prince.

« Certainement », répondit-il. Il me regarda. « FitzChevalerie, veux-tu te joindre à nous ?

– Si vous le désirez, monseigneur. » Je pris place sur un tabouret de l'autre côté de la cheminée. Romarin vint se placer auprès de moi, les bras toujours chargés de manuscrits que je soupçonnais le fou d'avoir chapardés chez moi. Mais, tout en expliquant le motif de sa venue à Vérité, Kettricken prit les rouleaux l'un après l'autre, à chaque fois pour illustrer son raisonnement. Ils traitaient tous sans exception, non des Anciens, mais du royaume des Montagnes. « Le roi Sagesse, vous vous le rappelez peut-être, a été le premier noble des Six-Duchés à se présenter chez nous... au pays des Montagnes sans intentions belliqueuses ; c'est pourquoi notre tradition conserve bon souvenir de lui. Ces manuscrits, copies de textes d'époque, parlent de ses actions et de ses voyages à l'intérieur du royaume des Montagnes, et, par conséquent, indirectement, des Anciens. » Elle déroula le dernier. Vérité et moi nous rapprochâmes, stupéfaits : c'était une carte, pâlie par le temps, sans doute mal copiée, mais une carte. Elle représentait le royaume des Montagnes et indiquait ses cols et ses pistes ; quelques lignes confuses s'en allaient dans les régions au-delà.

« Une de ces routes doit mener aux Anciens, car je connais les pistes des Montagnes, or ces lignes ne désignent pas des voies commerciales et ne relient aucun village de ma connaissance ; elles ne correspondent pas non plus aux pistes telles que je me les rappelle. Il s'agit de voies d'autrefois ; et pourquoi les aurait-on notées si ce n'est parce qu'elles conduisent là où s'est rendu le roi Sagesse ?

– Se pourrait-il que ce soit aussi simple ? » Vérité se leva en hâte et revint avec un chandelier pour mieux éclairer la carte. Amoureusement, il lissa le vélin de la main et se pencha dessus.

« Il y a plusieurs chemins qui s'en vont dans les déserts des Pluies, si c'est bien ce que représente tout ce vert, et aucun ne semble porter d'indication de destination. Comment savoir lequel est le bon ? objectai-je.

– Peut-être mènent-ils tous aux Anciens ? fit Kettricken. Pourquoi résideraient-ils en un seul et même lieu ?

– Non ! » Vérité se redressa. « Il y a des inscriptions au bout de deux d'entre eux au moins, ou il y en avait, en tout cas ; mais cette satanée encre a passé. Cependant, il y avait bien quelque chose et je compte bien découvrir quoi. »

Même Kettricken parut sidérée de son enthousiasme. Pour ma part, j'étais affligé : je pensais qu'il écouterait son épouse par pure politesse, non qu'il adhérerait sans réserve à son plan.

Il se mit à parcourir la pièce d'un pas vif ; l'énergie de l'Art irradiait de lui comme la chaleur d'un foyer. « Le gros des tempêtes d'hiver est sur la côte, ou il ne tardera plus. Si je me mets en route rapidement, au cours des jours à venir, je puis arriver au royaume des Montagnes alors que les cols seront encore ouverts. Et ensuite je pourrai me frayer un chemin jusque... jusque là où je dois aller, et revenir au printemps. Peut-être avec l'aide qui nous manque. »

J'en restai pantois, et la réponse de Kettricken n'arrangea rien.

« Monseigneur, je n'avais pas prévu que ce serait vous qui partiriez. Vous devez rester ici ; moi, j'irai. Je connais les Montagnes, j'ai grandi parmi elles. Vous risquez de ne pas y survivre. En ceci, je dois être l'Oblat. »

C'est avec soulagement que je vis Vérité aussi abasourdi que moi. Peut-être, maintenant qu'il avait entendu cette déclaration de la bouche de Kettricken, allait-il enfin prendre conscience de son absurdité. Il secoua lentement la tête, prit les deux mains de son épouse dans les siennes et la regarda solennellement. « Ma reine-servante, soupira-t-il, je dois y aller. Dans tant d'autres domaines j'ai manqué à mon devoir envers les Six-Duchés, et envers vous. Quand vous êtes venue vous faire proclamer reine, je n'ai manifesté nulle patience pour vos propos sur le rôle de l'Oblat ; je n'y voyais que les élucubrations idéalistes d'une enfant. Mais je me trompais. Le terme n'existe pas chez nous, pourtant nous vivons la réalité qu'il recouvre et j'ai appris de mes parents à faire passer les Six-Duchés avant moi. Je m'y suis efforcé, mais je vois à présent que j'ai toujours envoyé d'autres s'exposer à ma place. J'ai artisé, c'est vrai, et vous entrevoyez aujourd'hui ce que cela m'a coûté. Mais ce sont des marins et des soldats que j'ai dépêchés à la mort pour les Six-Duchés ; mon propre neveu a exécuté les basses et sanglantes besognes à ma place. Et malgré tous ceux que j'ai envoyés se sacrifier, notre côte n'est toujours pas sûre. Nous voici maintenant à cette dernière chance, à cette épreuve. Voudriez-vous que je demande à ma reine de l'affronter au lieu d'y faire face moi-même ?

– Peut-être... » L'indécision rendait rauque la voix de Kettricken. Elle plongea son regard dans le feu. « Peut-être pourrions-nous y aller ensemble ? »

Vérité réfléchit. Très sérieusement, il envisagea cette possibilité et je vis que Kettricken s'en était aperçue ; un sourire naquit sur ses lèvres, puis s'effaça lorsque Vérité fit lentement non de la tête. « Je n'ose pas, fit-il à mi-voix. Quelqu'un doit rester, quelqu'un en qui j'aie confiance. Le roi Subtil... mon père n'est pas bien. Je crains pour lui, pour sa santé. Pendant mon absence et la maladie de mon père, il faut que quelqu'un tienne ma place. »

Elle détourna le regard. « Je préférerais vous accompagner », dit-elle d'un ton farouche.

Il lui prit le menton et l'obligea à lever le visage afin de voir ses yeux ; je regardai ailleurs. « Je sais, dit-il. Tel est le sacrifice que je dois vous demander : demeurer ici alors que vous voudriez partir. Demeurer seule, encore. Pour les Six-Duchés. »

Quelque chose se flétrit en elle. Ses épaules tombèrent et elle inclina la tête en signe de soumission. Comme Vérité la serrait contre lui, je me levai sans bruit et sortis en emmenant Romarin.

J'étais dans ma chambre, occupé à étudier, bien tardivement, les manuscrits et les tablettes qui s'y trouvaient encore, lorsqu'un page se présenta à ma porte dans l'après-midi. « Vous êtes mandé aux appartements du roi à l'heure suivant le dîner » ; tel fut le message qu'il me délivra. Je fus consterné : il y avait deux semaines que je n'avais plus été le voir, et je n'avais aucune envie de lui faire face à nouveau. S'il me convoquait pour me donner l'ordre de commencer à courtiser Célérité, j'ignorais quelle serait ma réaction, mais je craignais de perdre mon sang-froid. Résolument, je déroulai un des manuscrits sur les Anciens et m'efforçai de le lire, mais en vain : je ne voyais que Molly.

Lors des brèves nuits que nous avions passées ensemble après notre journée au bord de la mer, Molly avait refusé de parler davantage de Célérité avec moi. En un sens, c'était un soulagement ; mais elle avait également cessé de me taquiner à propos de ses futures exigences et de tous les enfants qu'elle comptait avoir quand je serais son mari pour de bon. Sans rien dire, elle avait abandonné tout espoir que nous soyons un jour mariés ; pour ma part, si j'avais le malheur d'y songer, j'étais pris d'un chagrin tel que j'en vacillais au bord de la folie. Elle ne me faisait aucun reproche, car elle savait que je n'y étais pour rien ; elle ne demandait même pas ce qu'il allait advenir de nous deux ; comme Œil-de-Nuit, elle ne semblait plus vivre que dans l'instant ; elle acceptait comme un cadeau achevé, sans suite, nos nuits d'intimité et ne cherchait pas à savoir s'il y en aurait d'autres. Je percevais chez elle, non du désespoir, mais une terrible maîtrise de soi, une farouche détermination de ne pas lâcher ce que nous avions aujourd'hui pour ce que nous ne pourrions avoir demain. Je ne méritais pas la dévotion d'un cœur aussi fidèle.

Quand je somnolais auprès d'elle dans son lit, l'esprit tranquille, bien au chaud, baigné du parfum de son corps et de ses herbes, c'est sa force qui nous protégeait. Elle ne possédait pas l'Art ni le Vif, mais sa magie était d'une sorte plus puissante encore, et c'est sa volonté seule qui la faisait opérer. Lorsqu'elle me faisait entrer chez elle et verrouillait la porte derrière moi, elle créait dans sa chambre un monde et un temps qui n'appartenaient qu'à nous. Si, par aveuglement, elle avait remis sa vie et son bonheur entre mes mains, ç'aurait déjà été intolérable ; or c'était bien pire : elle était persuadée qu'un jour ou l'autre elle devrait payer d'un prix effrayant sa dévotion pour moi, et pourtant elle refusait de renoncer à moi. Et je n'avais pas le courage de me détourner d'elle et de lui demander de se chercher une existence plus heureuse. Dans mes heures de plus grande solitude, sur les pistes des environs de Castelcerf, mes fontes remplies de pain empoisonné, je me traitais de lâche et de pire que voleur. J'avais dit un jour à Vérité que jamais je ne pourrais prendre les forces d'un homme pour restaurer les miennes, que je ne le voudrais pas ; cependant, chaque jour, c'était ce que j'infligeais à Molly. Le manuscrit des Anciens tomba de mes doigts sans vigueur ; ma chambre me paraissait soudain suffocante. Je repoussai les tablettes et les parchemins que j'essayais en vain d'étudier et, à l'heure avant le dîner, je me rendis aux appartements de Patience.

Il y avait quelque temps que je n'avais pas été la voir, mais le fatras de son salon ne changeait pas, sauf la strate supérieure qui reflétait sa passion du moment. Ce jour-là ne faisait pas exception : des herbes d'automne liées en bottes étaient suspendues partout et emplissaient l'air de leurs fragrances. Avec l'impression de déambuler dans une prairie à l'envers, je baissai la tête pour éviter la végétation.

« Vous les avez accrochés un peu bas, me plaignis-je à l'entrée de Patience.

– Pas du tout ; c'est toi qui as trop grandi. Tiens-toi droit, que je te regarde. »

J'obéis, bien que le sommet de mon crâne se retrouvât couronné d'une touffe d'herbe à chats.

« Bien. Au moins, ton été passé à ramer et à trucider des gens t'a redonné la santé ; tu as bien meilleure mine que l'adolescent maladif revenu l'hiver dernier. Je t'avais dit que ces reconstituants te feraient du bien. Tiens, puisque tu es si grand, maintenant, autant que tu m'aides à suspendre cette fournée-ci. »

Et ainsi, sans autre forme de procès, elle m'enrôla pour attacher des fils depuis les flambeaux jusqu'aux colonnes de lit et des colonnes de lit à tout ce qui pouvait servir de point d'ancrage, puis pour y accrocher des bottes d'herbes. Elle m'avait fait monter sur une chaise pour fixer des paquets de balsamine quand elle me demanda : « Comment se fait-il que tu ne te plaignes plus de ce que Molly te manque ?

– Est-ce que ça y changerait quoi que ce soit ? » fis-je après une hésitation. Je m'étais efforcé de prendre un ton résigné.

« Non. » Elle se tut un instant, comme si elle réfléchissait, puis elle me tendit un bouquet de feuilles. « Ça, m'informa-t-elle pendant que je les ficelais en place, c'est de la pointille, une plante très amère. On dit qu'elle empêche les femmes de concevoir, mais ce n'est pas vrai ; du moins, pas de façon fiable. Mais si une femme en consomme trop longtemps, elle risque d'en tomber malade. » Elle s'interrompit, l'air songeur. « Peut-être qu'une femme malade conçoit moins aisément. Mais je ne recommanderais pas l'usage de cette plante, surtout à quelqu'un à qui je tiens. »

Je retrouvai l'usage de la parole et me composai une expression dégagée. « Pourquoi en faire sécher, dans ce cas ?

– En gargarisme, après infusion, elle apaise les douleurs de gorge. C'est ce que m'a dit Molly Chandelière quand je l'ai surprise à en ramasser au jardin des femmes.

– Je vois. » J'accrochai les feuilles au fil comme un cadavre à un nœud coulant ; même l'odeur en était âcre. Et moi qui me demandais comment Vérité pouvait être aussi aveugle à ce qui se trouvait sous son nez ! Pourquoi n'y avais-je jamais songé ? Dans quelles affres elle devait vivre, à redouter ce qu'une épouse légitime espère ! Ce à quoi Patience avait aspiré en vain !

« ... des algues, FitzChevalerie ? »

Je sursautai. « Pardon ?

– Je disais : quand tu auras un après-midi de libre, voudrais-tu me ramasser des algues ? Les noires, toutes fripées ? C'est à cette saison qu'elles ont le plus de goût.

– J'essayerai », répondis-je distraitement. Combien d'années encore Molly devrait-elle trembler ? Combien de coupes amères devrait-elle avaler ?

« Qu'est-ce que tu regardes ? me demanda Patience d'un ton agacé.

– Rien. Pourquoi ?

– Parce que c'est la deuxième fois que je te prie de descendre de cette chaise pour la déplacer. Il nous reste toutes ces bottes à suspendre, sais-tu ?

– Je vous demande pardon. J'ai peu dormi la nuit dernière et j'ai l'esprit brumeux.

– En effet. Tu devrais t'arranger pour dormir davantage la nuit », ajouta-t-elle d'un ton sentencieux. « Maintenant, descends et va mettre ta chaise là-bas, que nous puissions accrocher toute cette menthe. »

Au dîner, je ne mangeai guère. Royal était seul sur l'estrade et arborait un air sinistre ; son cercle habituel d'adulateurs était regroupé autour d'une table à ses pieds. Je ne compris pas pourquoi il dînait ainsi à part ; certes, son rang le lui permettait, mais pourquoi s'isoler ? Il appela un des ménestrels les plus flagorneurs qu'il avait importés à Castelcerf ; la plupart venaient de Bauge, tous affectaient les intonations nasillardes de cette région et manifestaient une inclination pour les longues litanies épiques. Celui-ci chanta l'interminable récit d'une aventure survenue au grand-père maternel de Royal, à laquelle je prêtai le moins possible l'oreille ; apparemment, l'histoire disait qu'il avait crevé un cheval sous lui afin d'être celui qui abattrait un grand cerf poursuivi en vain par les chasseurs depuis une génération. La chanson ne tarissait pas d'éloges sur la monture au grand cœur qui était morte pour exaucer le souhait de son maître, mais elle passait sous silence la stupidité du cavalier qui avait sacrifié un animal de cette qualité pour un peu de viande dure et une paire d'andouillers.

« Tu n'as pas l'air dans ton assiette », observa Burrich en s'arrêtant près de moi. Je me levai de table et traversai la salle en sa compagnie.

« J'ai trop de sujets de préoccupations, qui vont dans trop de directions à la fois. J'ai parfois l'impression que si j'arrivais à me concentrer sur un seul problème, je pourrais le résoudre, avant de passer aux suivants.

– Tout le monde croit ça, mais c'est faux. Règle ceux que tu peux à mesure qu'ils se présentent et au bout d'un moment tu t'accoutumeras à ceux auxquels tu ne peux rien.

– Par exemple ?

– Par exemple, avoir une jambe raide, ou être bâtard. On s'habitue tous à des choses qu'on aurait jurées insupportables. Mais qu'est-ce qui te ronge, cette fois-ci ?

– Je ne peux pas t'en parler maintenant. Ici, en tout cas.

– Ah ! Encore ! » Il secoua la tête. « Je ne t'envie pas, Fitz. Par moments, on a besoin de s'épancher de ses problèmes devant un ami ; mais même ça, on te le refuse. Enfin, tiens bon ; j'ai confiance en toi, tu y arriveras même si tu ne le crois pas toi-même. »

Il me flanqua une claque sur l'épaule, puis sortit par les portes extérieures au milieu d'une grande bouffée d'air froid ; à en juger par le vent, les tempêtes d'hiver étaient en train de se lever. J'étais à mi-chemin de ma chambre quand je me rendis compte que Burrich s'était adressé à moi comme à un égal : il voyait enfin en moi un adulte. Peut-être m'en tirerais-je mieux si moi aussi je me voyais ainsi. Je carrai les épaules et rentrai chez moi.

Je me vêtis avec un soin exceptionnel, et cela me fit songer à Vérité changeant vivement de chemise pour accueillir Kettricken. Comment pouvait-il être aussi aveugle à sa propre épouse ? Et moi à Molly ? Que faisait-elle d'autre pour nous deux dont je n'avais jamais pris conscience ? L'abattement me reprit, plus fort qu'avant. Ce soir. Ce soir, après que Subtil en aurait fini avec moi ; je ne pouvais pas la laisser continuer à se sacrifier. Pour l'instant, mieux valait ne plus y penser. Je me fis une queue de cheval, ornement de guerrier que j'estimais avoir amplement mérité, et rajustai le devant de mon pourpoint bleu ; il était un peu serré aux épaules, mais c'était le cas de toutes mes affaires. Je sortis.

Dans le couloir qui longeait les appartements du roi Subtil, je rencontrai Vérité, Kettricken au bras. Jamais je ne leur avais vu une telle prestance : j'avais soudain devant moi le roi-servant et sa reine. Vérité portait une longue robe de cérémonie d'un vert chasse profond, décorée aux manches et aux ourlets d'une bande brodée de cerfs stylisés ; à son front brillait l'étroit bandeau d'argent serti d'une pierre bleue, apanage du roi-servant que je ne l'avais pas vu arborer depuis longtemps. Kettricken, elle, était en pourpre et blanc, ses couleurs préférées ; sa robe violette était très simple, avec des manches courtes et amples qui en découvraient d'autres, blanches, plus longues et plus serrées. Elle était parée des joyaux que Vérité lui avait offerts et ses longs cheveux blonds s'entremêlaient d'une résille en chaîne d'argent ponctuée d'améthystes. A leur vue, je me figeai. Ils avaient le visage grave et ils ne pouvaient se rendre que chez le roi Subtil.

Je me présentai à eux avec solennité, puis expliquai à Vérité, non sans circonspection, que le roi m'avait convoqué.

« Non, fit-il avec douceur ; c'est moi qui t'ai fait convoquer chez lui, en même temps que Kettricken et moi ; je souhaite t'avoir pour témoin. »

Le soulagement me submergea : il ne s'agissait donc pas de Célérité. « Témoin de quoi, mon prince ? » demandai-je.

Il me dévisagea comme si j'étais demeuré. « Je compte demander au roi la permission de me mettre en quête des Anciens pour ramener les secours qui nous font cruellement défaut.

– Ah ! » Je n'avais pas remarqué le page silencieux qui les accompagnait, tout de noir vêtu, les bras chargés de manuscrits et de tablettes. Son visage était un masque pâle et rigide ; j'aurais parié que Vérité ne lui avait jamais rien demandé de plus officiel jusque-là que de lui cirer ses bottes. Romarin, toilettée de frais et habillée aux couleurs de Kettricken, m'évoqua un navet blanc et pourpre qu'on vient de gratter. Je fis un sourire à l'enfant potelée, mais le regard qu'elle me retourna était empreint de sérieux.

Sans attendre, Vérité frappa à la porte. « Un instant ! » cria une voix, celle de Murfès. Il entrouvrit l'huis, jeta un coup d'œil mauvais par l'entrebâillement, et se rendit compte tout à coup que c'était Vérité qu'il empêchait d'entrer. Il eut une seconde d'hésitation avant d'ouvrir en grand.

« Messire, chevrota-t-il, je ne vous attendais pas... Enfin, on ne m'a pas informé que le roi devait...

– Votre présence n'est pas utile pour l'instant. Vous pouvez sortir. » Ordinairement, Vérité ne congédiait même pas un page avec autant de froideur.

« Mais... le roi risque d'avoir besoin de moi... » L'homme ne cessait de jeter des regards affolés de droite et de gauche. Il avait peur de quelque chose.

Les yeux de Vérité se rétrécirent. « Si c'est le cas, je vous ferai appeler. Non, plutôt, attendez ici. Dans le couloir. Et veillez à être là si je vous appelle. »

Après une brève indécision, Murfès sortit et se planta près de la porte. Nous entrâmes et Vérité lui-même referma derrière nous. « Je n'aime pas cet homme, observa-t-il d'une voix plus qu'assez forte pour se faire entendre depuis le couloir. Il est à la fois empressé et d'une obséquiosité répugnante ; c'est une combinaison déplorable. »

Le roi ne se trouvait pas dans son salon ; comme Vérité s'avançait dans la pièce, le fou surgit brusquement à la porte de la chambre. Il nous dévisagea de ses yeux globuleux, puis se mit à sourire avec une joie soudaine, enfin s'inclina jusqu'au sol devant nous. « Sire ! Réveillez-vous ! Je vous l'avais prédit : les ménestrels sont là !

– Quel fou ! » grogna Vérité, mais d'un ton bon enfant. Il passa devant lui en repoussant ses tentatives comiques pour baiser l'ourlet de sa robe. Kettricken le suivit, une main sur les lèvres pour s'empêcher de sourire ; quant à moi, je réussis à éviter le croche-pied que me fit le fou, mais, du coup, je ratai mon entrée et faillis me cogner contre Kettricken. Le bouffon me fit une grimace souriante, puis s'approcha du lit de Subtil en faisant des entrechats ; il souleva la main du vieillard et la tapota avec une douceur non feinte. « Votre Majesté ? Votre Majesté ? Vous avez des visiteurs. »

Subtil s'agita, puis inspira brusquement. « Quoi ? Qui est là ? Vérité ? Ouvre les rideaux, fou, je n'y vois goutte. Reine Kettricken ? Qu'y a-t-il ? Le Fitz ! Mais que se passe-t-il ? » Sa voix était faible et on y percevait un ton geignard, mais, malgré tout, il était en meilleure forme que je ne l'espérais. Tandis que le fou tirait les rideaux du lit et glissait des oreillers dans le dos du roi, je contemplai cet homme qui paraissait plus âgé qu'Umbre. La ressemblance entre les deux semblait s'accentuer à mesure que Subtil vieillissait ; en fondant, la chair du visage royal révélait un front et des pommettes semblables à ceux de son frère bâtard. Son regard était vif, quoique empreint de lassitude, et il avait l'air mieux que la dernière fois que je l'avais vu. Il se redressa pour nous faire face. « Eh bien, qu'y a-t-il ? » demanda-t-il en nous observant l'un après l'autre.

Vérité s'inclina profondément, avec solennité, et Kettricken fit une grave révérence. Je connaissais mon rôle : je mis un genou en terre et demeurai ainsi, la tête courbée ; je parvins néanmoins à relever les yeux à la dérobée quand Vérité prit la parole. « Roi Subtil, mon père, je viens réclamer la permission d'entreprendre une quête.

– A savoir ? » fit Subtil d'un ton irritable.

Vérité leva le regard pour soutenir celui de son père. « Je souhaite quitter Castelcerf avec une troupe d'hommes triés sur le volet pour tenter de suivre le chemin qu'a emprunté le roi Sagesse il y a bien longtemps. Je désire me rendre cet hiver dans les déserts des Pluies, au-delà du royaume des Montagnes, afin de trouver les Anciens et leur demander de tenir la promesse qu'ils ont faite à notre ancêtre. »

Une fugace expression d'incrédulité passa sur les traits de Subtil. Il s'assit contre ses oreillers et jeta ses maigres jambes hors du lit. « Fou, apporte-moi du vin ; Fitz, relève-toi et donne-lui la main ; Kettricken, ma chère, votre bras, si vous voulez bien m'aider à m'installer dans le fauteuil près de la cheminée ; Vérité, va chercher la petite table sous la fenêtre. S'il vous plaît. »

Et ainsi, Subtil fit éclater la bulle de formalisme qui imprégnait la réunion. Kettricken l'aida avec une gentillesse qui trahissait un lien d'affection sincère avec le vieil homme ; le fou se dirigea en caracolant vers le buffet du salon pour y prendre des verres et me laissa le soin de choisir une bouteille de vin de la petite réserve personnelle de Subtil. Elles étaient couvertes de poussière, comme s'il n'y avait pas goûté depuis longtemps. Soupçonneux, je me demandai d'où provenait le vin que Murfès lui donnait à boire. En tout cas, j'observai que le reste de la pièce était bien rangé, beaucoup mieux qu'avant la fête de l'Hiver ; les brûloirs à Fumée qui m'avaient tant consternés étaient rassemblés dans un coin, froids, et ce soir le roi paraissait encore avoir tous ses esprits.

Le fou aida le roi à enfiler une épaisse robe de laine, puis s'agenouilla pour lui mettre ses pantoufles ; Subtil prit place dans le fauteuil auprès du feu et posa son verre de vin sur la table à son côté. Qu'il avait donc vieilli ! Mais le roi à qui je m'étais si souvent présenté durant ma jeunesse tenait à nouveau conseil devant moi, et je regrettai soudain de n'avoir pas la parole ce soir : ce vieillard aux yeux aigus aurait peut-être écouté jusqu'au bout l'exposé des raisons pour lesquelles je voulais épouser Molly. Je ressentis une nouvelle bouffée de colère contre Murfès et les drogues dont il intoxiquait mon roi.

Mais ce n'était pas mon heure. Malgré l'absence de formalisme du roi, Vérité et Kettricken étaient tendus comme des cordes d'arc. Le fou et moi disposâmes des fauteuils afin qu'ils s'installent de part et d'autre du souverain, puis j'allai prendre place derrière Vérité pour attendre la suite.

« Explique-toi simplement », demanda Subtil à Vérité qui s'exécuta. Les manuscrits de Kettricken furent déroulés un à un, et Vérité en lut à haute voix les passages pertinents, après quoi ils étudièrent longuement l'ancienne carte. Tout d'abord, Subtil se contenta de poser des questions, réservant ses commentaires et ses critiques pour le moment où il serait sûr de posséder tous les renseignements nécessaires. A côté de lui, le fou, tour à tour, m'adressait des clins d'œil rayonnants et faisait d'épouvantables grimaces au page de Vérité dans l'espoir d'arracher au moins un sourire au jeune garçon pétrifié. A mon avis, il ne réussissait qu'à le terroriser un peu plus. Romarin, elle, avait complètement oublié où elle se trouvait et s'en était allé jouer avec les glands des rideaux de lit.

Quand Vérité eut achevé son exposé et que Kettricken y eut ajouté ses notes, le roi se laissa aller contre le dossier de son fauteuil. Il finit son verre, puis le tendit au fou qui le lui remplit ; ensuite, il but une nouvelle gorgée de vin, soupira et secoua la tête. « Non. Cette histoire tient trop sur des rumeurs et des contes pour enfants pour que tu t'y lances en ce moment, Vérité ; tu m'as suffisamment convaincu pour que je crois utile d'envoyer un émissaire, un homme de ton choix avec une escorte convenable, des présents et des lettres de ma main et de la tienne pour confirmer qu'il voyage bien sur notre ordre. Mais t'y risquer en personne, toi, le roi-servant ? Non. Nous ne pouvons nous permettre de diviser nos ressources. Royal était ici aujourd'hui et il m'a parlé du coût de la construction des nouveaux navires et de la fortification des tours de l'île de l'Andouiller. L'argent commence à manquer, et les gens risquent de s'inquiéter s'ils te voient quitter la cité.

– Je ne me sauve pas, je pars en recherche ; une recherche dont le but est leur bénéfice. Et je laisse ici ma reine-servante pour me représenter pendant mon absence. De plus, je ne comptais pas partir avec une caravane, des ménestrels, des maîtres queux et des tentes brodées, monseigneur : il s'agirait de voyager sur des routes enneigées, de s'enfoncer dans le cœur même de l'hiver. J'emmènerais une troupe militaire et je me déplacerais en soldat. Comme je l'ai toujours fait.

– Et tu crois que ça impressionnerait les Anciens – dans le cas où tu les trouverais ? S'il ont jamais existé ?

– La légende raconte que le roi Sagesse s'est mis seul en route. Je suis convaincu que les Anciens existaient alors et qu'il les a découverts. Si j'échoue, je reviendrai et je me réattellerai à la pratique de l'Art et à la construction des bateaux. Qu'aurons-nous perdu ? Mais si je réussis, je ramènerai un puissant allié.

– Et si tu meurs pendant ta quête ? » demanda Subtil d'une voix sourde.

Avant que Vérité puisse répondre, la porte du salon s'ouvrit à la volée et Royal entra toutes voiles dehors. Il avait le visage cramoisi. « Que se passe-t-il ici ? Pourquoi ne m'a-t-on pas informé de cette réunion ? » Il m'adressa un regard venimeux ; derrière lui, la tête de Murfès apparut dans l'entrebâillement.

Vérité s'autorisa un mince sourire. « Si tes espions ne t'en ont pas averti, que fais-tu ici ? C'est à eux, pas à moi, qu'il faut reprocher de ne pas t'avoir mis au courant plus tôt. » La tête de Murfès disparut soudain.

« Père, j'exige de savoir ce qui se passe ici ! » C'est tout juste si Royal ne tapa pas du pied. Derrière Subtil, le fou imitait les expressions de son visage et le page de Vérité sourit enfin ; mais soudain ses yeux s'agrandirent et il reprit son sérieux.

Sans répondre à son dernier fils, Subtil s'adressa à Vérité. « Avais-tu une raison de vouloir exclure le prince Royal de notre discussion ?

– Je ne voyais pas en quoi elle le concernait. » Il se tut un instant. « Et je souhaitais être sûr que votre décision serait seulement la vôtre. »

Royal se hérissa, ses narines se pincèrent en blanchissant, mais Subtil leva la main pour le calmer, et il parla de nouveau à Vérité seul. « Notre réunion ne le concerne pas ? Mais sur quelles épaules retomberait le manteau de l'autorité pendant ton absence ? »

Le regard de Vérité devint glacial. « Ma reine-servante me représenterait, naturellement. Et c'est vous qui portez encore le manteau de l'autorité, mon roi.

– Mais si tu ne revenais pas...

– Je ne doute pas que mon frère saurait rapidement s'adapter à la situation. » Vérité ne cherchait pas à dissimuler son aversion et je compris alors à quel point le poison des perfidies de Royal l'avait affecté. Rongé, le lien qu'ils avaient pu partager en tant que frères ; ils n'étaient désormais plus que rivaux. Subtil le sentit, lui aussi, j'en suis sûr, et je me demandai s'il en éprouvait de la surprise. Si oui, il le cacha bien.

Quant à Royal, son attention s'était éveillée en entendant parler du départ éventuel de Vérité, et il avait maintenant l'attitude tendue et gourmande du chien qui mendie à une table. Trop pressé de parler, sa voix manquait de sincérité. « Si on voulait bien m'expliquer où Vérité doit se rendre, je pourrais peut-être m'exprimer moi-même sur les responsabilités que j'aurais à assumer. »

Vérité ne répondit pas ; serein, il regarda son père.

« Ton frère (l'expression me parut un peu trop appuyée) désire que je lui accorde congé pour une recherche. Il désire se rendre très vite aux déserts des Pluies par-delà le royaume des Montagnes pour trouver les Anciens et obtenir d'eux l'aide qu'ils nous ont autrefois promise. »

Royal écarquilla les yeux. J'ignore s'il n'arrivait pas à croire à l'idée de l'existence des Anciens ou à la bonne fortune qui lui tombait soudain du ciel. Il s'humecta les lèvres.

« Bien entendu, je ne le lui ai pas permis, poursuivit Subtil sans quitter Royal des yeux.

– Mais pourquoi ? s'exclama ce dernier. Il faut envisager toutes les possibilités...

– La dépense serait prohibitive. Ne m'as-tu pas signalé, il y a peu, que la construction des navires, le recrutement des équipages et l'approvisionnement avaient pratiquement épuisé nos réserves ? »

Royal battit des paupières aussi vite qu'un serpent sort sa langue. « Mais j'ai reçu le reste du bilan des moissons depuis, père. Je ne pensais pas qu'elles seraient aussi bonnes. On pourra trouver les fonds, pourvu qu'il accepte de voyager simplement. »

Vérité souffla par le nez. « Je te remercie de ta considération, Royal. J'ignorais que ce genre de décisions était de ton domaine.

– Je ne fais que conseiller le roi, tout comme toi, rétorqua hâtivement Royal.

– Tu ne crois pas qu'envoyer un émissaire serait plus raisonnable ? demanda Subtil en regardant le jeune prince d'un œil scrutateur. Que penserait le peuple de son roi-servant s'il quittait Castelcerf dans la situation où nous sommes et dans un tel but ?

– Un émissaire ? » Royal prit l'air songeur. « Non, je ne crois pas, étant donné ce que nous demandons. Les légendes ne disent-elles pas que le roi Sagesse s'était déplacé en personne ? Que savons-nous de ces Anciens ? Pouvons-nous leur envoyer un sous-fifre au risque de les offenser ? Non, dans le cas présent, je pense qu'il y faut au moins le fils du roi. Quant à son absence... ma foi, vous êtes le roi et vous êtes parmi nous. Comme sa femme.

– Ma reine », gronda Vérité, mais Royal poursuivit sans écouter :

« Et moi aussi. Vous voyez, Castelcerf ne serait pas abandonné. La mission ? Elle pourrait bien capturer l'imagination du peuple ; d'un autre côté, si vous le souhaitez, on peut en taire le but et en faire une simple visite chez nos alliés des Montagnes. Surtout si sa femme l'accompagne.

– Ma reine demeurera ici. » Vérité insista sur le titre. « Pour représenter ma fonction – et protéger mes intérêts.

– Ne fais-tu pas confiance à notre père là-dessus ? » demanda mielleusement Royal.

Sans rien dire, Vérité regarda le vieillard assis dans son fauteuil près du feu. La question qu'il lui posait muettement était claire : Puis-je vous faire confiance ? Mais Subtil, fidèle à son nom, répondit par une autre question.

« Tu as entendu l'avis de Royal sur cette entreprise, et le mien. Le tien, tu le connais. Maintenant, que désires-tu faire ? »

Je bénis alors Vérité, car il tourna son regard vers Kettricken seule. Ils n'échangèrent pas un signe, pas un murmure, mais, quand il se retourna, leur accord était conclu. « Je désire me rendre aux déserts des Pluies, par-delà le royaume des Montagnes. Et je souhaite me mettre en route le plus vite possible. »

Le roi Subtil hocha lentement la tête et je sentis mon cœur se glacer. Mais, derrière son fauteuil, le fou traversa la chambre dans une série de sauts périlleux arrière, puis revint en cabriolant se placer derrière le roi, l'air aussi attentif que s'il n'avait jamais bougé. Royal était resté impassible, mais, quand Vérité s'agenouilla pour baiser la main de Subtil et le remercier de sa permission, le sourire qui apparut sur son visage était assez large pour engloutir un requin.

La réunion s'acheva peu après. Vérité souhaitait partir sept jours plus tard et Subtil accepta ; il souhaitait également choisir son escorte et Subtil accepta aussi, mais Royal avait l'air pensif. Il me déplut, lorsque le roi nous congédia tous, d'observer que Royal restait en arrière pour échanger des messes basses avec Murfès pendant que nous sortions, et je me pris à me demander si Umbre m'autoriserait à tuer Murfès. Il m'avait interdit de m'occuper de Royal de cette façon, et j'avais promis à mon roi de m'en abstenir. Mais Murfès ne jouissait pas de la même immunité.

Dans le couloir, Vérité me remercia brièvement ; hardiment, je lui demandai pourquoi il avait désiré ma présence.

« Pour porter témoignage, répondit-il avec gravité. Un témoin est beaucoup plus crédible qu'un on-dit ; je voulais que tu gardes en mémoire toutes les paroles qui ont été prononcées... afin qu'elles ne soient pas oubliées. »

Je sus alors que je devais m'attendre à être convoqué par Umbre cette nuit-là.

Mais je ne pus résister à l'envie de voir Molly. Voir le roi en tant que roi avait réveillé mes espoirs déclinants ; je me promis de lui faire une visite rapide, juste pour lui parler, pour lui dire que je la remerciais de tout ce qu'elle faisait. Je serais dans ma chambre avant les dernières heures de la nuit où Umbre aimait à m'appeler.

Je frappai discrètement à sa porte et elle me fit vite entrer. Elle dut sentir que j'étais sur les nerfs, car elle se blottit aussitôt dans mes bras sans la moindre question ni hésitation. Je caressai sa chevelure lustrée, puis plongeai mes yeux dans les siens. La passion qui me saisit alors était comme une source de printemps qui dévale soudain son lit à sec en boutant tous les débris de l'hiver hors de son chemin. Envolées, mes intentions de parler tranquillement ; Molly poussa un petit cri de surprise quand je la serrai violemment contre moi, puis elle se laissa aller.

J'avais l'impression qu'il y avait des mois, et non quelques jours, que nous ne nous étions plus vus. Lorsqu'elle m'embrassa avec avidité, je me sentis soudain gauche, ne sachant plus pourquoi elle devrait me désirer : elle était si jeune et si belle ! Quelle vanité de croire qu'elle voudrait d'un homme aussi meurtri et usé que moi ! Pourtant, sans me laisser m'appesantir sur mes doutes, elle me tira sur elle sans une hésitation. Au plus profond de ce partage, je reconnus enfin la réelle présence de l'amour dans ses yeux bleus ; je m'enorgueillis de l'ardeur avec laquelle elle m'attirait contre elle et m'étreignait entre ses bras pâles et vigoureux. Par la suite, il me revint l'image de cheveux dorés répandus sur un oreiller, les parfums du bois de miel et de la montplaisante sur sa peau, même le son de sa voix lorsqu'elle rejeta sa tête en arrière en exprimant doucement sa ferveur.

Plus tard, Molly m'avoua dans un murmure étonné que mon enthousiasme lui avait donné l'impression d'être avec un autre homme. Sa tête reposait sur ma poitrine ; sans répondre, je caressai ses cheveux sombres qui exhalaient toujours l'odeur de ses herbes, le thym et la lavande. Je fermai les yeux. J'avais bien protégé mes pensées, je le savais ; c'était depuis longtemps devenu un réflexe chez moi quand j'étais en compagnie de Molly.

Mais pas chez Vérité.

Je n'avais pas voulu ce qui s'était produit. Ce n'était d'ailleurs sans doute la faute de personne. En tout cas, j'espérais être le seul à avoir ainsi tout perçu ; alors, nul mal n'en sortirait tant que je n'en parlerais pas. Tant que je parviendrais à chasser de mon souvenir la fraîcheur des lèvres de Kettricken et la douceur de sa peau blanche, si blanche...

4
MESSAGES

Le roi-servant Vérité quitta Castelcerf au début du troisième hiver de la guerre contre les Pirates rouges ; il emmenait une petite troupe de compagnons triés sur le volet pour l'escorter dans sa quête, plus sa garde personnelle qui le suivrait jusqu'au royaume des Montagnes et y demeurerait en attendant son retour. Selon son raisonnement, une petite expédition nécessitait un train des équipages réduit, et, pour traverser le royaume des Montagnes en plein hiver, il fallait pouvoir transporter soi-même ses vivres ; il avait aussi décidé de ne pas se présenter aux Anciens sous un aspect martial. A part ses compagnons de route, peu de personnes furent mises dans la confidence du véritable but de sa mission ; pour le grand public, il se rendait au royaume des Montagnes afin de passer un traité avec le roi Eyod, le père de sa reine, à propos d'une éventuelle aide militaire contre les Pirates rouges.

Des membres de son escorte, plusieurs valent d'être mentionnés. Hod, maîtresse d'armes de Castelcerf, fut un des premiers choisis ; son talent tactique ne connaissait d'égal nulle part dans le royaume et sa technique guerrière était remarquable malgré son âge ; Charim, le valet de Vérité, servait son maître depuis si longtemps et avait participé à tant de ses campagnes qu'il était inconcevable qu'il ne partît pas ; Marron, aussi brun que son nom, faisait partie de la garde militaire du prince depuis plus d'une décennie ; il lui manquait un œil et une oreille presque tout entière, mais cela ne l'empêchait pas de paraître deux fois plus vif que quiconque. Kif et Kef, nés jumeaux et, comme Marron, membres de la garde de Vérité depuis des années, l'accompagnaient aussi. Burrich, le maître des écuries de Castelcerf, se joignit à la troupe de son propre chef ; des voix s'élevèrent pour protester contre son départ, mais il répondit qu'il laissait un homme compétent en charge des écuries et que le prince aurait besoin de quelqu'un de versé dans la science des animaux afin que les bêtes achèvent vivantes la traversée du royaume des Montagnes en plein hiver. Il souligna également ses aptitudes de guérisseur et son passé d'homme lige du prince Chevalerie, mais ce dernier point n'était connu que de rares personnes.

*

La veille de son départ, Vérité me fit convoquer à son bureau. « Tu n'approuves pas mon expédition, n'est-ce pas ? Pour toi, c'est vouloir décrocher la lune », me dit-il en guise de salut.

Je ne pus m'empêcher de sourire. Sans le savoir, il avait exactement reproduit la formulation à laquelle je pensais. « Je reconnais nourrir de graves doutes, répondis-je sans m'engager.

– Moi aussi. Mais que puis-je faire d'autre ? Maintenant, j'ai au moins l'occasion d'agir personnellement, plutôt que de croupir dans cette satanée tour et d'artiser en me tuant à petit feu. »

Il avait passé les derniers jours à recopier minutieusement la carte de Kettricken ; il la roula soigneusement et la rangea dans un étui en cuir. J'étais stupéfait des changements que la semaine écoulée avait opérés en lui : ses cheveux étaient toujours aussi grisonnants, son corps toujours aussi affaibli et usé par trop de longs mois sans bouger, mais il se déplaçait désormais avec énergie, et lui et Kettricken avaient honoré chaque soir la Grand-Salle de leur présence depuis que la décision avait été prise. Ç'avait été un bonheur de le voir manger avec appétit et siroter un verre de vin pendant que Velours ou un autre ménestrel nous divertissait. Un autre appétit qu'il avait recouvré, c'était la tendresse qu'il partageait à nouveau avec Kettricken ; à table, la reine-servante quittait rarement son seigneur des yeux et, tandis que les ménestrels chantaient, ses doigts reposaient toujours sur le bras de Vérité. En sa présence, elle rayonnait comme une chandelle allumée, et j'avais beau protéger mon esprit, je ne percevais que trop clairement le plaisir qu'ils prenaient à leurs nuits. J'avais tenté de me mettre à l'abri de leurs passions en m'immergeant en Molly, mais je n'en tirais pour tout résultat qu'une culpabilité accrue à voir Molly se réjouir de mon ardeur renouvelée. Comment réagirait-elle si elle savait que mes appétits n'étaient pas entièrement les miens ?

L'Art... J'avais été mis en garde contre son pouvoir et ses pièges, contre la séduction qu'il pouvait exercer au point de vider l'artiseur de tout désir sauf de celui de s'en servir, mais personne ne m'avait prévenu de la situation où je me trouvais. Par certains côtés, j'aspirais au départ de Vérité afin de retrouver l'intégrité de mon âme.

« Ce que vous faites dans votre tour n'a pas moins d'importance ; si seulement les gens pouvaient comprendre que vous vous sacrifiez pour leur bien...

– Comme toi-même je le comprends trop bien. Tu es devenu très proche de moi cet été, mon garçon. Plus que je ne l'aurais cru possible ; plus que quiconque depuis la mort de ton père. »

Plus encore que vous ne vous en doutez, mon prince. Mais ces mots-là, je ne les prononçai pas. « C'est vrai.

– J'ai une faveur à te demander. Ou plutôt deux.

– Vous savez que je ne vous les refuserai pas.

– Ne dis pas cela trop facilement. La première, c'est de veiller sur ma dame ; elle connaît mieux la façon de penser de Castelcerf, mais elle est encore beaucoup trop confiante. Protège-la jusqu'à mon retour.

– Point n'est besoin de me le demander, mon prince.

– Et la deuxième... (Il prit une inspiration, puis soupira.) Je voudrais essayer de rester ici aussi, dans ton esprit, le plus longtemps possible.

– Mon prince... » J'hésitai. Il avait raison. Cette faveur-là, je n'avais aucune envie de la lui accorder ; mais j'avais déjà accepté. Et je savais que, pour le bien du royaume, c'était une démarche sensée. Mais pour moi-même ? Déjà, j'avais senti les frontières de ma personnalité s'effriter devant la puissante présence de Vérité ; et là, il n'était plus question d'un contact de quelques heures ou quelques jours, mais de plusieurs semaines et vraisemblablement de plusieurs mois. Etait-ce ce qui attendait les membres d'un clan ? Cessaient-ils au bout d'un moment d'avoir une existence à part ? « Et ceux de votre clan ? fis-je à mi-voix.

– Eh bien ? rétorqua-t-il. Je les laisse en place pour l'instant, dans les tours de guet et sur mes navires. S'ils ont des messages à transmettre, ils les enverront à Sereine ; en mon absence, elle les portera à Subtil. Et s'ils croient devoir m'informer de quelque chose, ils peuvent m'artiser. » Il se tut un moment. « Il y a d'autres renseignements que j'aimerais obtenir à travers toi ; des renseignements dont je préfère qu'ils demeurent privés. »

Des nouvelles de sa reine, songeai-je ; la façon dont Royal emploiera ses pouvoirs en l'absence de son frère ; les rumeurs et les intrigues du Château. En un sens, de petits riens, mais de petits riens qui assuraient sa position. Pour la millième fois, je regrettai de ne pas savoir artiser de façon sûre et de mon propre chef ; si je l'avais su, Vérité n'aurait pas été obligé de me demander ce service : j'aurais été capable de le contacter à tout moment. Mais, en l'occurrence, le lien d'Art mis en place par le toucher dont nous avions usé pendant tout l'été était notre seule ressource. Grâce à lui, Vérité pouvait s'informer à loisir de ce qui se passait à Castelcerf et moi recevoir des instructions de mon prince. J'hésitai, mais je savais déjà que je m'inclinerais. Par loyauté pour lui et les Six-Duchés, me dis-je ; pas à cause d'une attirance pour l'Art que je ne ressentais d'ailleurs pas. Je croisai son regard. « J'accepte.

– Tu sais que c'est ainsi que ça commence », dit-il. Ce n'était pas une question ; nous lisions déjà l'un dans l'autre avec grande précision. Il n'attendit pas ma réponse. « Je me ferai aussi discret que possible. » Je m'approchai de lui, il leva la main et me toucha l'épaule. Vérité était de nouveau en moi, comme il ne l'était plus consciemment depuis le jour où, dans son bureau, il m'avait ordonné de me protéger.

Le jour du départ, il faisait un froid sec, mais le ciel était d'un bleu limpide. Vérité, fidèle à sa parole, avait limité l'importance de son expédition. Des cavaliers avaient été dépêchés le lendemain du conseil pour le précéder sur son chemin et ordonner qu'on lui prépare vivres et logement dans les villes qu'il traverserait, afin de lui permettre de voyager vite et sans se charger inutilement au travers de la plus grande partie des Six-Duchés.

Quand la colonne s'ébranla par ce froid matin d'hiver, seul de toute la foule je ne criai pas adieu à Vérité. Il était niché au creux de mon esprit, petit et silencieux comme une graine qui attend le printemps, presque aussi discret qu'Œil-de-Nuit. Kettricken avait choisi d'assister au départ du haut des murs givrés du jardin de la reine ; elle lui avait fait ses adieux un peu plus tôt et avait préféré s'isoler afin que, si elle pleurait, personne ne risque de mal interpréter ses larmes. Debout à ses côtés, j'endurai les échos de ce qu'elle et Vérité avaient enfin partagé toute la semaine. J'étais à la fois heureux pour elle et malheureux que ce qu'elle avait si récemment découvert lui fût si vite enlevé. Chevaux, hommes, animaux de bât et bannières disparurent enfin derrière un épaulement, et ce que je perçus alors me fit courir un frisson glacé le long de l'échine : Kettricken cherchait à toucher Vérité par le Vif ! Très faiblement, il est vrai, mais suffisamment pour que, quelque part dans mon cœur, Œil-de-Nuit se redresse, les yeux embrasés, et demande : *Qu'est-ce que c'est ?*

Rien. Rien qui nous concerne, en tout cas. J'ajoutai : *Nous chasserons bientôt ensemble, mon frère, comme cela ne nous est pas arrivé depuis longtemps.*

Pendant quelques jours après le départ de la troupe, je retrouvai presque une existence personnelle. L'absence de Burrich m'avait inspiré de vives inquiétudes ; je comprenais ce qui le poussait à suivre son roi-servant, mais, de les savoir partis, lui et Vérité, je me sentais désagréablement exposé, ce qui m'en apprenait plus long sur moi-même que je n'avais envie d'en savoir. Mais l'avantage de la situation, c'était qu'avec Burrich au loin et la présence de Vérité roulée serrée en moi, Œil-de-Nuit et moi avions enfin toute liberté d'user du Vif. Presque tous les matins, à l'aube, j'étais avec lui, à des milles du Château. Les jours où nous traquions les forgisés, je montais Suie, mais elle ne se sentait jamais complètement à l'aise au voisinage du loup. Au bout de quelque temps, les forgisés se firent plus rares et cessèrent de venir dans notre région, et nous pûmes chasser pour nous-mêmes ; j'allais alors à pied, car nous étions ainsi plus proches l'un de l'autre. Œil-de-Nuit était ravi de la forme physique que j'avais acquise au cours de l'été, et cet hiver-là, pour la première fois depuis la tentative d'empoisonnement de Royal, je me sentis en pleine possession de mon corps et de mes forces. Les matinées vigoureuses à la chasse et les noires heures de la nuit en compagnie de Molly auraient suffi au bonheur de n'importe qui ; il y a quelque chose de profondément satisfaisant dans ce genre de joies simples.

J'aurais voulu, je crois, que ma vie soit toujours aussi simple et heureuse, et je m'efforçais de ne pas penser aux dangers qui m'entouraient. Le beau temps qui durait, me disais-je, assurerait un bon départ au voyage de Vérité, et j'évitais de me demander si les Pirates rouges en profiteraient pour lancer une attaque de fin de saison. Je fuyais également Royal et la soudaine survenue de fêtes et de réceptions qui bondaient Castelcerf de ses amis et faisaient brûler les torches de la Grand-Salle tard dans la nuit. Sereine et Justin, eux aussi, faisaient des apparitions plus fréquentes dans les parties communes du Château, et je ne pouvais entrer dans une pièce où ils se trouvaient sans me sentir percé des flèches de leur aversion ; aussi finis-je par me détourner des salles où l'on se réunissait le soir et où j'étais assuré de les rencontrer, eux ou les invités de Royal venus grossir notre cour hivernale.

Vérité avait entamé son voyage depuis deux jours à peine quand j'entendis des rumeurs affirmant que le véritable but de son entreprise était de trouver les Anciens. Je ne pouvais les imputer à Royal : les compagnons que Vérité s'était choisis connaissaient leur vraie mission, mais Burrich, lui, en avait découvert seul l'objectif, et, s'il en était capable, d'autres aussi qui pouvaient ensuite répandre la nouvelle. Cependant, lorsque je surpris deux garçons d'office en train de railler « la folie du roi Sagesse et les inventions du prince Vérité », je soupçonnai Royal d'être l'auteur de l'expression. A force d'artiser, Vérité s'était coupé du monde ; les gens se demandaient ce qu'il faisait à rester tout seul si longtemps dans sa tour. Bien sûr, ils savaient qu'il pratiquait l'Art, mais c'était un sujet qui manquait de saveur pour les ragots ; en revanche, son expression préoccupée, ses horaires singuliers de repas et de repos, sa façon d'errer sans bruit dans le Château pendant que chacun dormait, tout cela fournissait autant de grain à moudre au moulin à cancans. Avait-il perdu l'esprit, s'était-il lancé à la poursuite d'une hallucination ? Les spéculations allaient bon train et Royal les alimentait d'un terreau fertile. Il inventait toutes sortes de prétextes pour tenir banquets et réunions de nobles amis ; le roi Subtil était rarement assez bien pour y apparaître et Kettricken n'appréciait pas la compagnie des laquais à l'esprit brillant dont Royal s'entourait. Pour ma part, je m'en tenais prudemment à l'écart. Je n'avais qu'Umbre à qui faire part de mon irritation quant au coût de ces festivités, alors que, selon Royal, le trésor contenait à peine de quoi payer l'expédition de Vérité. Umbre se contentait de secouer la tête.

Il était devenu réservé, ces derniers temps, même avec moi, et j'en retirais l'impression désagréable qu'il me cachait quelque chose. En soi, qu'il ait un secret n'avait rien de nouveau : le vieil assassin en était encombré ; mais je n'arrivais pas à me défaire du sentiment que celui-ci avait un rapport direct avec moi. Aussi, comme je ne pouvais interroger Umbre ouvertement, je l'observai. A divers signes, je notai qu'il se servait abondamment de sa table de travail lorsque je n'étais pas là ; plus intriguant, tout désordre associé à son activité avait disparu quand il m'appelait chez lui. C'était extraordinaire ; depuis des années, je passais derrière lui pour nettoyer les conséquences de ses « cuisines » ; qu'il s'en charge désormais lui-même m'apparaissait soit comme une méchante nasarde, soit comme une tentative pour dissimuler les travaux qui l'occupaient.

Je ne pus résister au besoin de l'observer chaque fois que j'en avais l'occasion et, si je n'appris rien sur son secret, je vis soudain bien des choses qui m'avaient jusque-là échappé. Umbre vieillissait ; la raideur des articulations que lui occasionnait le temps froid ne cédait plus aux soirées douillettes au coin du feu. Demi-frère de Subtil, bâtard comme moi, il était l'aîné du roi mais, malgré sa souplesse faiblissante, il paraissait le plus jeune des deux. Néanmoins, il tenait maintenant les manuscrits plus loin de ses yeux quand il lisait et il évitait de lever les bras au-dessus de sa tête pour attraper tel ou tel ustensile. Ces changements que je remarquai m'étaient aussi pénibles que le fait de savoir qu'il me celait un secret.

Vingt-trois jours après le départ de Vérité, au retour d'une chasse débutée à l'aurore avec Œil-de-Nuit, je trouvai le Château en commotion. On se serait cru au milieu d'une fourmilière qu'on a dérangée, mais sans l'impression d'ordre et de détermination que dégage l'activité des fourmis. Je me rendis aussitôt auprès de Sara la cuisinière, dite « Mijote », pour lui demander ce qui s'était passé : après la salle des gardes, les cuisines d'un château sont le pivot du moulin à rumeurs. A Castelcerf, les commérages des cuisines étaient en général les plus exacts.

« Un cavalier est arrivé tout à l'heure sur un cheval plus qu'à demi mort ; il a dit que Bac avait été attaqué et que les incendies avaient presque entièrement détruit la ville. Il y aurait soixante-dix forgisés ; combien de morts, ça, on en sait rien, mais il y en aura encore, avec tous ceux qui sont sans abri par ce froid. Il y avait trois navires pleins de Pirates, d'après le gosse. Il est allé tout droit raconter tout ça au prince Royal et le prince l'a envoyé ici manger un morceau ; il roupille dans la salle des gardes, maintenant. » Elle baissa la voix. « Ce gamin, il a fait tout ce chemin tout seul ; on lui a donné des chevaux frais dans les villes qu'il a passées sur la route de la côte, mais il a jamais voulu que quelqu'un d'autre se charge du message. Il m'a dit qu'à chaque étape il pensait voir de l'aide arriver, entendre quelqu'un dire qu'on était au courant et qu'on avait envoyé des bateaux à l'aide, mais il n'y avait rien.

– Il vient de Bac ? Alors, ça s'est passé il y a au moins cinq jours. Pourquoi n'a-t-on pas allumé les feux d'alarme des tours ? demandai-je, la voix tendue. Ou dépêché des oiseaux messagers à Mouette et à Baie aux Phoques ? Le roi-servant Vérité avait laissé un navire de patrouille dans la région ; la vigie aurait dû apercevoir les feux de Mouette ou de Bac. Et puis il y a un membre du clan, Guillot, à la tour Rouge. Il aurait dû les voir, lui aussi, et prévenir Sereine. Comment se fait-il que nous n'ayons pas été prévenus, que nous n'ayons entendu parler de rien ? »

Mijote baissa encore le ton et appliqua une claque pleine de sous-entendus à la pâte à pain qu'elle pétrissait. « Le gars dit que les feux étaient allumés à Bac et à Glaceville ; il dit aussi qu'on a envoyé les oiseaux à Mouette, mais qu'aucun bateau n'est venu.

– Mais alors, pourquoi n'avons-nous rien su ? » Je pris une inspiration hachée pour repousser ma vaine colère. En moi, je sentis un vague mouvement d'inquiétude de la part de Vérité. Trop vague ; le lien d'Art s'affaiblissait à l'instant où je l'aurais voulu solide. « Enfin, ça ne sert à rien de poser ces questions pour le moment. Qu'a fait Royal ? Il a fait appareiller le *Rurisk* ? J'aurais bien aimé les accompagner. »

Avec un grognement de dérision, Mijote écrasa la pâte. « Tu peux encore y aller, va, tu ne seras pas en retard. Rien n'a été fait, personne n'a été envoyé, à ce que je sais. On n'a envoyé personne et on n'enverra personne. Personne. Tu me connais, je ne suis pas mauvaise langue, Fitz, mais on raconte que le prince Royal était au courant, lui. Quand le gamin est arrivé, ah ça, le prince était tout miel et tout compatissant, à en faire fondre le cœur des dames. Un repas, un manteau neuf, une petite bourse pour sa peine ; mais il a dit au gamin que c'était trop tard, que les Pirates devaient être partis depuis belle lurette et que ça ne servirait à rien d'envoyer un navire ni des soldats.

– Trop tard pour les Pirates, peut-être ; mais pour les victimes de l'incendie ? Une troupe d'ouvriers pour aider à remettre les maisons en état, des chariots de vivres...

– Paraît qu'il n'y a pas d'argent. » Mijote parlait en détachant nettement chaque mot. Elle se mit à découper la pâte en petits rouleaux qu'elle plaquait sur la table pour les faire lever. « Paraît que le trésor a fondu à fabriquer des bateaux et à recruter des équipages ; paraît que Vérité a englouti ce qu'il restait dans son expédition pour trouver les Anciens. » Mijote prononça ce dernier mot avec un mépris cinglant ; elle s'interrompit le temps de s'essuyer les mains sur son tablier. « Il a dit qu'il regrettait sincèrement. Très sincèrement. »

Une rage froide déroula ses anneaux en moi. Je tapotai affectueusement Mijote sur l'épaule en l'assurant que tout allait s'arranger. Hébété, je quittai les cuisines et me rendis au bureau de Vérité. Devant la porte, je m'arrêtai, à l'écoute : j'avais perçu un net contact de la volonté de Vérité. Au fond d'un tiroir, je trouverais un collier d'émeraude très ancien aux pierres à monture d'or, qui avait appartenu à la mère de sa mère. Il suffirait pour engager des hommes et acheter du grain à envoyer avec eux. J'ouvris la porte et m'arrêtai à nouveau.

Vérité était quelqu'un de désordonné et il avait emballé ses affaires en hâte ; Charim l'accompagnait et n'avait pas rangé derrière lui. Ce que je voyais ne ressemblait ni à l'un ni à l'autre ; aux yeux d'un étranger, rien ou presque n'aurait pas paru étrange, mais je contemplais la pièce à la fois avec mes yeux et ceux de Vérité, et elle avait été fouillée. Celui qui s'en était chargé ne se souciait pas de discrétion ou bien il ne connaissait pas bien Vérité. Chaque tiroir était proprement poussé à fond, chaque meuble fermé, la chaise tirée contre la table. Tout était trop net. Sans guère d'espoir, j'ouvris le tiroir désigné ; je le tirai entièrement et scrutai le coin, au fond. C'est peut-être le désordre même de Vérité qui avait sauvé le bijou ; je n'aurais pas pensé à chercher un collier d'émeraudes dans un fatras qui comprenait, entre autres, un vieil éperon, une boucle de ceinture cassée et un morceau d'andouiller à demi taillé en manche de poignard. Il était bien là, enveloppé dans un bout de tissu de ménage ; il y avait également d'autres objets, petits mais de valeur, qu'il valait mieux sortir de la pièce. En les rassemblant, je m'étonnai : si on ne s'en était pas emparé, quel était le but de la fouille ? Si ce n'était pas les bijoux, quoi ?

Méthodiquement, je triai et choisis une dizaine de cartes sur vélin, puis en décrochai plusieurs autres des murs. Alors que j'en roulai une délicatement, Kettricken entra sans bruit. Le Vif m'avait averti de sa présence avant même qu'elle touche la porte, si bien que je me retournai vers elle sans surprise. Je résistai fermement aux émotions de Vérité qui firent soudain irruption en moi ; la voir parut raffermir sa présence en moi. Elle était merveilleusement belle, pâle et mince dans une robe en laine bleu pastel. Je repris mon souffle et détournai les yeux. Elle m'adressa un regard interrogateur.

« Vérité voulait que je mette ces cartes à l'abri pendant son absence ; l'humidité risque de les abîmer et son bureau est rarement chauffé quand il n'est pas là », expliquai-je en achevant de rouler le parchemin.

Elle hocha la tête. « Cette pièce est si vide et si froide sans lui... Ce n'est pas seulement qu'il n'y a pas de feu ; je ne retrouve plus son odeur, sa pagaille...

– Vous avez donc rangé ? demandai-je en m'efforçant de prendre l'air dégagé.

– Non ! » Elle éclata de rire. « Si je range, je ne fais qu'anéantir le peu d'ordre qu'il fait régner ici ! Non, je laisse cette pièce telle qu'elle est ; je veux qu'à son retour il retrouve toutes ses affaires à leur place. » Son visage devint grave. « Mais ce bureau est le cadet de mes soucis pour l'instant. J'ai envoyé un page vous chercher, mais vous étiez sorti. Avez-vous entendu les nouvelles de Bac ?

– Les on-dit, seulement, répondis-je.

– Alors, vous en savez autant que moi. On n'a pas jugé utile de me prévenir », ajouta-t-elle d'un ton glacé. Puis elle se tourna vers moi et il y avait de la douleur dans ses yeux. « J'en ai appris la plus grande partie de la bouche de dame Pudeur, qui avait surpris une conversation entre sa femme de chambre et le valet de Royal. Les gardes sont allés avertir Royal de l'arrivée du messager. N'auraient-ils pas dû m'envoyer chercher ? N'ai-je donc rien d'une reine à leurs yeux ?

– Ma reine, fis-je d'un ton apaisant, normalement, le message aurait dû être directement transmis au roi Subtil. Je pense qu'il l'a été, mais que les sbires de Royal qui surveillent la porte du roi ont envoyé cherché le prince plutôt que vous. »

Elle releva la tête. « Il faut donc y remédier ; on peut être deux à jouer à ces jeux de vilains.

– Je me demande si d'autres messages se sont semblablement égarés », dis-je en réfléchissant tout haut.

Ses yeux bleus devinrent d'un gris glacial. « Comment cela ?

– Les oiseaux messagers, les feux d'alarme, une transmission d'Art entre Guillot, à la tour Rouge, et Sereine... Par l'un ou l'autre de ces moyens, nous aurions dû être avertis de l'attaque sur Bac. L'un d'eux aurait pu ne pas fonctionner, mais les trois en même temps ? »

Kettricken blêmit lorsqu'elle comprit le sous-entendu. « Le duc de Béarns va croire qu'on a refusé de répondre à son appel ! » Elle porta la main à sa bouche et murmura entre ses doigts : « C'est une fourberie destinée à salir le nom de Vérité ! » Ses yeux s'agrandirent et elle siffla soudain : « Je ne le tolérerai pas ! »

Elle se précipita vers la porte avec fureur et j'eus à peine le temps de bondir en travers de son chemin, dos à la porte. « Ma dame, ma reine, je vous en supplie, attendez ! Prenez le temps de réfléchir !

– De réfléchir à quoi ? A la meilleure façon de révéler tout l'abîme de sa perfidie ?

– Nous ne sommes pas dans la position idéale pour le faire. Raisonnez avec moi. Vous êtes d'avis, comme moi, que Royal doit avoir eu vent du raid et qu'il n'en a rien dit ; mais nous n'en avons pas de preuve, pas la moindre. Et nous nous trompons peut-être. Il nous faut avancer à pas comptés, pour éviter des dissensions dont nous n'avons nul besoin. Le premier à qui s'adresser, c'est le roi Subtil ; il faut vérifier s'il est au courant de l'affaire, s'il a autorisé Royal à parler en son nom.

– Il ne ferait pas une chose pareille ! s'exclama-t-elle avec colère.

– Il n'est pas lui-même, souvent, lui rappelai-je. Mais c'est à lui et non à vous de réprimander Royal publiquement, si cela doit se faire officiellement. Si vous accusez le prince et que le roi le soutienne par la suite, les nobles verront les Loinvoyant comme une maison divisée ; or on n'a déjà que trop semé le doute et la discorde parmi eux. Vérité absent, ce n'est pas le moment de dresser les duchés de l'Intérieur contre ceux de la Côte. »

Elle se figea. Elle tremblait toujours de rage, mais au moins elle m'écoutait. Elle inspira longuement et je sentis qu'elle s'efforçait de se calmer.

« C'est pour cela qu'il vous a laissé ici, Fitz ; pour m'aider à débrouiller ces questions.

– Comment ? » Ce fut mon tour de rester interloqué.

« Je pensais que vous le saviez. Vous avez dû vous étonner qu'il ne vous ait pas prié de l'accompagner ; c'est parce que je lui avais demandé à qui me fier comme conseiller, et il m'a répondu de vous faire confiance. »

J'étais surpris : avait-il oublié l'existence d'Umbre ? Puis je me souvins que Kettricken ignorait tout du maître assassin ; Vérité devait considérer que je servirais d'intermédiaire. A cette pensée, je perçus au fond de moi l'acquiescement de Vérité. Umbre... Dans l'ombre comme toujours.

« Continuons de réfléchir, m'ordonna-t-elle. Que va-t-il se passer maintenant ? »

Elle avait raison : il y avait des conséquences.

« Nous allons recevoir la visite du duc de Béarns et de ses vassaux. Le duc Brondy n'est pas homme à déléguer ce genre de mission à des émissaires ; il va venir en personne exiger des réponses. Et tous les ducs de la Côte seront à l'affût de ce que nous lui dirons ; sa côte est la plus exposée de toutes, celle de Cerf mise à part.

– Alors, nous devons avoir à leur fournir des réponses qui vaillent d'être entendues », dit Kettricken. Elle ferma les yeux, porta un moment les mains à son front, puis les plaqua sur ses joues, et je me rendis soudain compte qu'elle faisait tous les efforts pour se dominer. Dignité, se répétait-elle, calme et rationalité. Elle reprit son souffle et me regarda. « Je vais voir le roi Subtil, déclara-t-elle. Je vais lui demander des réponses sur tout, sur toute la situation ; je vais m'enquérir de ce qu'il compte faire. C'est le roi, il faut assurer sa position.

– C'est une sage décision, fis-je.

– Je dois m'y rendre seule. Si vous m'accompagnez, si vous restez toujours auprès de moi, j'en paraîtrai faible, et cela risque de donner naissance à des rumeurs de division dans la royauté. Vous comprenez ?

– Oui. » J'avais pourtant fort envie d'entendre ce que Subtil pourrait lui dire.

Elle indiqua les cartes et les autres objets que j'avais mis de côté sur la table. « Avez-vous un endroit sûr où les ranger ? »

Chez Umbre. « Oui.

– Bien. » Elle fit un geste de la main et je m'aperçus que je lui barrais toujours le passage. Je m'écartai. Quand elle passa près de moi, son parfum de montplaisante me submergea un instant ; mes genoux se mirent à trembler et je maudis le sort qui envoyait ces émeraudes rebâtir des maisons alors qu'elles auraient dû parer cette gorge gracieuse. Mais je savais aussi, et j'en éprouvai une violente fierté, que si je les déposais entre ses mains en cet instant, elle exigerait qu'on les porte à Bac. Je fourrai le collier dans ma poche. Peut-être parviendrait-elle à éveiller le courroux de Subtil, qui obligerait Royal à décadenasser le trésor. Peut-être, à mon retour, ces émeraudes pourraient-elles encore orner cette tiède chair.

Si Kettricken s'était retournée, elle aurait vu le Fitz rougir des pensées de son époux.

Je descendis aux écuries. J'y avais toujours trouvé l'apaisement et, Burrich parti, je me sentais une certaine obligation d'aller y jeter un coup d'œil de temps en temps, bien que Pognes n'eût en aucune façon démontré qu'il avait besoin de mon aide. Mais cette fois, comme je m'approchais des portes, je vis un groupe d'hommes massé devant elles et j'entendis des exclamations coléreuses. Un jeune garçon d'écurie s'accrochait au licol d'un immense cheval de trait, tandis qu'un autre garçon, plus âgé, tirait sur une longe attachée au licou pour arracher l'animal à l'enfant, le tout sous le regard d'un homme aux couleurs de Labour. Ces tiraillements contraires commençaient visiblement à énerver la bête habituellement placide ; un accident allait se produire sous peu.

Je m'interposai sans hésiter, prit la longe des mains de l'adolescent surpris et calmai mentalement le cheval ; il ne me connaissait plus aussi bien qu'auparavant mais mon contact le tranquillisa. « Que se passe-t-il ici ? fis-je en m'adressant au petit lad.

– Ils sont arrivés et ils ont sorti Falaise de son box, sans demander la permission. C'est le cheval dont je dois m'occuper tous les jours. Mais ils ne m'ont même pas dit ce qu'ils voulaient en faire.

– J'ai des ordres... », intervint l'homme. Je lui coupai la parole.

« Je parle avec quelqu'un. » Et je me retournai vers le garçon. « Est-ce que Pognes t'a laissé des instructions à propos de ce cheval ?

– Celles de d'habitude, c'est tout. » Le jeune lad était au bord des larmes à mon arrivée sur les lieux mais, à présent qu'il avait un allié potentiel, sa voix reprenait de la fermeté. Il se redressa et me regarda dans les yeux.

« Dans ce cas, tout est simple. Nous ramenons le cheval dans son box en attendant de nouveaux ordres de Pognes. Aucune bête ne sort des écuries de Castelcerf sans le consentement du maître d'écurie en charge. » L'enfant n'avait pas lâché le licol de Falaise, et je lui plaçai la longe entre les mains.

« C'est bien ce que je pensais, messire », pépia-t-il. Il fit demi-tour. « Merci, messire. Viens, Falaisou. » Et il s'en alla, le grand cheval marchant pesamment derrière lui.

« J'ai ordre d'emmener cette bête. Le duc Bélier de Labour désire qu'il soit embarqué sur le fleuve sans retard. » Le personnage aux couleurs de Labour avait l'air très remonté contre moi.

« Ah oui ? Et il s'est mis d'accord avec notre maître d'écurie ? » J'étais sûr que non.

« Qu'est-ce qui se passe ici ? » C'était Pognes qui arrivait au pas de course, les joues et les oreilles toutes roses. Chez un autre, ç'aurait pu prêter à rire ; chez lui, cela signifiait qu'il était en fureur.

Le Labourien se redressa de toute sa hauteur. « Cet homme et un de vos garçons d'écurie nous ont empêché de sortir nos animaux des écuries ! déclara-t-il d'un ton hautain.

– Falaise n'appartient pas à Labour. Il a été mis bas ici, à Castelcerf, il y a six ans. J'étais là », observai-je.

L'homme m'adressa un regard condescendant. « Ce n'est pas à vous que je parlais, mais à lui. » Et, du pouce, il indiqua Pognes.

« J'ai un nom, messire, fit Pognes d'une voix glaciale. Pognes. Je suis le maître d'écurie en charge tant que Burrich est absent avec le roi-servant Vérité. Et lui aussi, il a un nom : FitzChevalerie. Il vient m'aider de temps en temps, il a tout à fait sa place dans mes écuries, mon lad aussi et mon cheval aussi. Quant à vous, si vous avez un nom, personne ne me l'a indiqué, et je ne vois aucune raison à votre présence dans mes écuries. »

Burrich avait bien éduqué Pognes. Nous échangeâmes un coup d'œil et, comme un seul homme, tournâmes le dos à l'intrus pour entrer dans le bâtiment.

« Je m'appelle Lance et je travaille aux écuries du duc Bélier. Le duc a acheté ce cheval, et pas seulement lui : deux juments truitées et un hongre, aussi. J'ai les parchemins qui le prouvent. »

Nous nous retournâmes lentement : l'homme nous tendait un rouleau. Mon cœur se serra à la vue d'une goutte de cire rouge où s'imprimait le cachet au cerf. Il avait l'air authentique. Pognes prit le document et me jeta un coup d'œil oblique ; je vins me placer à côté de lui. Il n'était pas illettré, mais lire lui prenait du temps ; Burrich y travaillait avec lui, mais il n'était pas très doué. J'examinai le manuscrit par-dessus son épaule tandis qu'il le déroulait et se mettait à l'étudier à son tour.

« C'est on ne peut plus clair », fit le Labourien. Il tendit la main. « Dois-je vous le lire ?

– Ne vous donnez pas cette peine », répondis-je cependant que Pognes réenroulait le parchemin. « Ce qui est écrit là-dessus est lumineux et le prince Royal y a apposé sa signature. Mais Falaise ne lui appartient pas. Il fait partie, ainsi que les juments et le hongre, des chevaux de Castelcerf. Seul le roi est habilité à les vendre.

– Le roi-servant Vérité est absent. Le prince Royal le remplace. »

Je réprimai la réaction de Pognes en lui posant la main sur l'épaule. « Le roi-servant Vérité est absent, en effet. Mais ni le roi Subtil, ni la reine-servante Kettricken. Il faut la signature de l'un ou de l'autre pour vendre un des chevaux des écuries de Castelcerf. »

Lance récupéra son document d'un geste brutal et scruta le paraphe par lequel il s'achevait.

« Mais enfin, la marque du prince Royal devrait suffire, si Vérité n'est pas là. Après tout, chacun sait que le vieux roi n'a pas toute sa tête les trois quarts du temps ; et Kettricken... eh bien, elle n'est pas de la famille. C'est vrai, non ? Alors, comme Vérité n'est pas là, c'est Royal qui...

– Le prince Royal, coupai-je sèchement. Ne pas lui donner son titre est un crime de haute trahison, comme prétendre qu'il serait roi, ou reine, alors que c'est faux. »

Je lui laissai le temps de digérer la menace implicite. Je ne voulais pas l'accuser de trahison, car il serait condamné à mort, et même un crétin bouffi de suffisance comme Lance ne méritait pas de mourir pour avoir bêtement répété ce que son maître disait sans doute tout haut. Je vis ses yeux s'écarquiller.

« Je n'avais pas l'intention de...

– Et il n'y a nulle offense, coupai-je. Tant que vous n'oubliez pas que personne ne peut acheter un cheval à qui ne le possède pas. Et ceux-ci sont à Castelcerf et appartiennent au roi.

– Bien sûr, bien sûr, répondit Lance, tout tremblant. Je n'ai peut-être pas les bons documents ; il y a sûrement une erreur. Je vais retourner voir mon maître.

– Sage décision, dit Pognes d'un ton calme en reprenant l'autorité.

– Eh bien, arrive, toi ! » jeta Lance à son lad en le faisant avancer d'une bourrade. Le garçon nous adressa un regard furieux en suivant son maître. C'était compréhensible : Lance était du genre à passer sa colère sur quelqu'un.

« Tu crois qu'ils vont revenir ? fit Pognes à mi-voix.

– S'ils ne reviennent pas, Royal devra rendre son argent à Bélier. »

Nous méditâmes en silence sur la vraisemblance de cette éventualité.

« Alors, qu'est-ce que je devrai faire quand ils seront de retour ?

– S'il n'y a que le sceau de Royal, rien ; si le manuscrit porte la marque du roi ou de la reine-servante, tu devras leur remettre les chevaux.

– Mais une des juments est grosse ! protesta-t-il. Burrich a de grands projets pour le poulain ! Qu'est-ce qu'il va dire s'il ne trouve plus les chevaux ici en rentrant ?

– Nous ne devons jamais oublier que ces animaux appartiennent au roi. Il ne te reprochera pas d'avoir obéi à un ordre en bonne et due forme.

– Je n'aime pas ça. » Il leva vers moi des yeux inquiets. « Ça ne se passerait pas comme ça si Burrich était ici.

– Je crois que si, Pognes ; ne te fais pas de reproche. A mon avis, on verra pire avant la fin de l'hiver. Mais fais-moi prévenir s'ils reviennent. »

Il hocha la tête d'un air grave et je m'en allai : tout le plaisir de faire un tour aux écuries s'était envolé. Je n'avais aucune envie de circuler entre les boxes en me demandant combien de chevaux s'y trouveraient encore au printemps.

A pas lents, je traversai la cour, puis pris l'escalier qui menait à ma chambre. Je m'arrêtai sur le palier. *Vérité ?* Rien. Je percevais sa présence en moi, il pouvait me transmettre sa volonté et parfois même ses pensées, mais quand je cherchais à le contacter, je n'obtenais rien. C'était exaspérant : si j'avais été capable d'artiser de façon fiable, tout serait différent. Je pris un moment pour maudire avec application Galen et ce qu'il m'avait infligé. J'avais l'Art, mais il me l'avait cautérisé et ne m'en avait laissé qu'une forme imprévisible.

Pourtant, il restait Sereine ! Et Justin, et tous les autres membres du clan ! Pourquoi Vérité ne se servait-il pas d'eux pour se tenir au courant de ce qui arrivait et faire connaître sa volonté ?

Une angoisse sournoise s'insinua en moi. Les oiseaux messagers de Béarns, les feux d'alarme, les artiseurs des tours de guet...

Toutes les lignes de communications à l'intérieur du royaume et avec le roi semblaient ne plus fonctionner normalement. Pourtant, c'étaient elles qui maintenaient les Six-Duchés en un seul bloc et en faisaient un royaume plutôt qu'une alliance entre ducs ; et aujourd'hui plus que jamais, en cette époque troublée, nous avions besoin d'elles. Pourquoi nous faisaient-elles défaut ?

Je me promis de poser la question à Umbre en espérant qu'il me convoquerait bientôt ; il m'ouvrait sa porte moins souvent qu'autrefois et je sentais bien qu'il me faisait moins participer à ses réflexions. Mais, après tout, ne l'avais-je pas exclu, moi aussi, d'une grande partie de mon existence ? Peut-être mes sentiments n'étaient-ils que le reflet des secrets que je lui dissimulais ; et peut-être cette distance s'instaurait-elle et grandissait-elle naturellement entre assassins.

J'arrivai à ma chambre à l'instant où Romarin renonçait à frapper à ma porte.

« Tu me cherchais ? » demandai-je.

Elle me fit gravement la révérence. « Ma dame, la reine-servante Kettricken, souhaite vous voir au plus tôt qu'il vous conviendra.

– C'est-à-dire maintenant, c'est ça ? répondis-je dans l'espoir de lui arracher un sourire.

- Non. » Elle me regarda, les sourcils froncés. « J'ai dit : “Au plus tôt qu'il vous conviendra, messire.” Ce n'est pas comme ça qu'on dit ?

– Tout à fait. Qui te fait si bien travailler tes manières ? »

Elle poussa un grand soupir. « Geairepu.

– Il est déjà revenu de ses tournées d'été ?

– Il est ici depuis quinze jours, messire !

– Tu vois combien j'en sais peu ! Je veillerai à lui faire part de tes excellentes manières la prochaine fois que je le verrai.

– Merci, messire. » Et elle s'en alla ; oublieuse de sa dignité avant même d'arriver à l'escalier, elle se mit à faire des glissades dans le couloir, puis j'entendis ses pas légers dégringoler les marches comme une cascade de petits cailloux. Elle promettait, cette gamine ; j'étais certain que Geairepu l'éduquait pour en faire une messagère ; c'était une de ses tâches de scribe. Je passai en coup de vent dans ma chambre pour prendre une chemise propre, puis me rendis aux appartements de Kettricken. Je frappai à la porte et Romarin m'ouvrit.

« Le plus tôt qu'il me convient, c'est maintenant, lui dis-je, et, cette fois, je fus récompensé par un sourire plein de fossettes.

– Entrez, messire. Je vais informer ma maîtresse que vous êtes ici. » Elle me fit signe de m'asseoir et s'éclipsa dans la pièce voisine d'où s'échappait un murmure de voix féminines. Par la porte ouverte, j'aperçus ces dames en train de tirer l'aiguille tout en bavardant. La reine Kettricken inclina la tête vers Romarin, puis s'excusa pour venir me rejoindre.

L'instant d'après, elle se tenait devant moi. L'espace d'une seconde, je ne pus que la regarder sans réagir ; le bleu de sa robe répondait au bleu de ses yeux ; la lumière de fin d'automne qui tombait au travers des motifs convolutés des vitres étincelait sur l'or de ses cheveux. Puis je m'aperçus que je la dévisageais et je baissai les yeux, me levai et enfin m'inclinai devant elle. Elle n'attendit pas que je me redresse. « Etes-vous allé voir le roi dernièrement ? me demanda-t-elle sans préambule.

– Pas depuis quelques jours, ma reine.

– Alors je vous conseille d'y aller dès ce soir. Je suis inquiète pour lui.

– Comme il vous plaira, ma reine. » Et je me tus. Elle ne m'avait sûrement pas fait venir pour me dire cela.

Au bout d'un moment, elle soupira. « Fitz, je suis plus seule que je ne l'ai jamais été ; ne pouvez-vous m'appeler Kettricken et me traiter comme un être humain, quelques minutes durant ? »

Le subit changement de ton me prit au dépourvu. « Naturellement », répondis-je, mais d'une façon trop formaliste. *Danger*, chuchota Œil-de-Nuit.

Du danger ? Comment ça ?

Ce n'est pas ta femelle. C'est celle de ton chef de meute.

J'eus la même impression que lorsqu'on découvre une dent cariée du bout de la langue : tous mes nerfs en furent ébranlés. Il y avait en effet du danger, dont je devais me garder. Kettricken était ma reine, mais je n'étais pas Vérité et elle n'était pas celle que j'aimais, si fou que devînt mon cœur quand je la regardais.

Mais c'était mon amie ; elle l'avait démontré au royaume des Montagnes. Je lui devais le réconfort que deux amis se doivent.

« Je suis allée voir le roi, moi », reprit-elle. Elle me fit signe de prendre un siège d'un côté de la cheminée et s'installa de l'autre dans un fauteuil ; Romarin alla se chercher son petit tabouret pour prendre place aux pieds de Kettricken. Nous étions seuls dans la pièce, mais la reine baissa la voix et se pencha vers moi. « Je lui ai demandé sans détours pourquoi on ne m'avait pas avertie à l'arrivée du cavalier. Ma question a eu l'air de le laisser perplexe, mais avant qu'il puisse répondre Royal est entré. Il était venu en toute hâte, c'était visible, comme si l'on s'était précipité pour le prévenir de ma visite et qu'il ait tout laissé en plan pour courir chez Subtil. »

Je hochai gravement la tête.

« Il a tout fait pour m'empêcher de parler au roi ; en revanche, il a insisté pour tout m'expliquer. Il a prétendu que le cavalier avait été amené directement chez le roi et que lui-même l'avait rencontré alors qu'il se rendait chez son père. Il avait envoyé le garçon se reposer tandis qu'il discutait avec le roi, et ils avaient estimé d'un commun accord que plus rien ne pouvait être fait. Alors Subtil l'avait envoyé l'annoncer au garçon et aux nobles assemblés, en leur expliquant l'état du Trésor. Si l'on en croit Royal, nous sommes au bord de la faillite et chaque sou compte. Béarns doit protéger Béarns, m'a-t-il dit ; et quand j'ai demandé si les gens de Béarns n'étaient pas des Six-Duchés, il m'a répondu que Béarns avait toujours plus ou moins fait bande à part ; il n'était pas rationnel, m'a-t-il soutenu, de croire que Cerf pouvait défendre une côte si loin au nord et pendant si longtemps. Fitz, saviez-vous que les îles Proches avaient déjà été cédées aux Pirates rouges ? »

Je me dressai d'un bond. « Je sais que c'est faux ! dis-je sans pouvoir me retenir.

– Royal prétend le contraire, poursuivit-elle, implacable. Il dit que Vérité avait jugé, dès avant son départ, qu'il n'existait plus de véritable espoir de les garder des Pirates, et que c'est pour cela qu'il avait rappelé le *Constance* au port. Il affirme que Vérité avait artisé Carrod, le membre du clan du navire, afin d'ordonner au bateau de rentrer pour réparations.

– Il avait été réarmé juste après les moissons ; puis il est parti en mer avec mission de protéger la côte entre Baie aux Phoques et Mouette et de se tenir prêt au cas où les îles Proches l'appelleraient. C'est ce qu'avait demandé son capitaine : du temps pour former l'équipage aux manœuvres par temps d'hiver. Vérité n'aurait jamais laissé cette zone sans surveillance : si les Pirates établissent une place forte sur les îles Proches, nous ne nous en débarrasserons jamais. De là, ils pourront lancer leurs attaques hiver comme été.

– Royal soutient que c'est déjà fait et que notre seul espoir est de négocier avec eux. » Son regard bleu me scrutait.

Je me rassis lentement, abasourdi. Y avait-il quelque chose de vrai dans tout cela ? Comment cela aurait-il pu m'échapper ? Au fond de moi, je sentais Vérité tout aussi perplexe ; lui non plus n'était au courant de rien. « Je ne crois pas que le roi-servant négocierait jamais avec les Pirates, sauf avec le fil de son épée.

– Il ne s'agit donc pas d'un secret qu'on m'aurait caché pour éviter de m'inquiéter ? C'est ce que sous-entendait Royal : que Vérité me dissimulait ces choses car elles passaient mon entendement. »

Sa voix tremblait ; au-delà de la colère d'avoir cru les îles Proches abandonnées aux Pirates, il y avait une douleur plus personnelle, celle d'avoir imaginé que son seigneur pût la considérer comme indigne de ses confidences. J'avais un tel désir de la prendre dans mes bras et de la réconforter que c'en devenait une souffrance.

« Ma dame, dis-je, la voix rauque, prenez ce que je vous affirme comme si c'était Vérité qui parlait : tout ce que prétend Royal est aussi faux que vous êtes droite. J'irai au fond de cette nasse de mensonges et je la déchirerai. Nous verrons alors quelle sorte de poisson en tombe.

– Puis-je me fier à vous pour mener votre enquête discrètement, Fitz ?

– Ma dame, vous êtes une des rares personnes à connaître la mesure de ma formation en matière d'entreprises secrètes. »

Elle hocha gravement la tête. « Le roi, comprenez-vous, n'a rien nié. Mais il ne paraissait pas non plus suivre tout ce que disait Royal. On aurait cru... un enfant qui écoute la conversation de ses aînés, acquiesce mais n'y comprend guère... » Elle posa un regard affectueux sur Romarin assise à ses pieds.

« J'irai voir le roi aussi. Je vous promets de vous rapporter des réponses, et très bientôt.

– Avant l'arrivée du duc de Béarns, me rappela-t-elle. Il me faut savoir la vérité à ce moment-là ; je lui dois au moins cela.

– Nous aurons davantage que la simple vérité à lui fournir, ma reine », répondis-je. Le poids des émeraudes tirait toujours ma poche ; je savais qu'elle ne refuserait pas de les donner.

5

MÉSAVENTURES

Au cours des années où nous subîmes les assauts des Pirates rouges, les Six-Duchés souffrirent durement de leurs atrocités, et, à cette époque, les habitants du royaume conçurent pour les Outrîliens une haine d'une virulence inouïe.

Du temps de leurs parents et de leurs grands-parents, les Outrîliens étaient marchands et déjà pirates, mais les attaques étaient menées par des navires isolés, et nous n'avions plus connu de guerre contre eux depuis les jours du roi Sagesse. En outre, si les raids de pirates n'étaient pas chose rare, ils demeuraient beaucoup moins fréquents que les visites à but de négoce des navires outrîliens sur nos côtes. On ne faisait pas mystère des liens du sang qui unissaient les familles nobles de chez nous aux Outrîliens, et de nombreuses familles avaient un cousin dans les îles d'Outre-Mer.

Mais après l'attaque impitoyable qui avait précédé les événements de Forge et les horreurs perpétrées à Forge même, les discours favorables aux Outrîliens se turent. Leurs bateaux avaient toujours été plus enclins à accoster chez nous que nos navires marchands à visiter leurs ports encombrés de glace et leurs chenaux aux courants dangereux mais, de cette date, le commerce cessa complètement et nulle nouvelle des Outrîliens n'arriva plus à leurs familles des Six-Duchés. Outrîliens devint synonyme de Pirates et, dans notre imagination, tous les vaisseaux des îles d'Outre-Mer avaient la coque rouge.

Pourtant, un homme, Umbre Tombétoile, conseiller personnel du roi Subtil, décida de se rendre dans ces îles en ces heures périlleuses. Voici ce qu'il dit dans son journal :

MÉSAVENTURES

« Le nom de Kebal Paincru était inconnu dans les Six-Duchés et on ne le prononçait pas, même à voix basse, dans les îles d'Outre-Mer. D'un naturel indépendant, les habitants des villages isolés et clairsemés des îles n'avaient jamais prêté serment d'allégeance à un roi ; cependant, Kebal Paincru n'y était pas considéré comme un monarque, mais plutôt comme une force maléfique, un vent polaire qui surcharge tant de glace les gréements qu'en une heure le bateau se retourne sur la mer.

« Les rares personnes que je rencontrai et qui ne craignaient pas de parler de lui disaient qu'il avait édifié son pouvoir en soumettant à son autorité les diverses bandes de pirates et les navires qui pratiquaient la maraude. Cela fait, il avait consacré ses efforts à recruter les meilleurs navigateurs, les capitaines les plus compétents et les guerriers les plus expérimentés qu'eussent à offrir les villages ; ceux qui refusaient ses propositions voyaient leur famille escrallée, ou forgisée, comme nous disons, puis on leur laissait la vie sauve afin qu'ils contemplent les vestiges brisés de leur existence. La plupart étaient forcés d'exécuter leurs parents de leurs propres mains : les coutumes outrîliennes font un strict devoir au maître de maison de maintenir l'ordre parmi les siens. Comme les rumeurs de ces pratiques se propageaient, de moins en moins nombreux furent ceux qui résistèrent aux exigences de Kebal Paincru. Certains s'enfuirent : leurs cousins payèrent quand même le prix de l'escral. D'autres choisirent le suicide mais, là encore, les familles ne furent pas épargnées. Devant ces exemples, bien peu osaient tenir tête à Paincru ou à ses vaisseaux.

« Même parler contre lui, c'était s'exposer à l'escral. Les renseignements que je parvins à glaner au cours de cette expédition étaient bien maigres, et je ne les obtins qu'avec les plus grandes difficultés ; je tins compte aussi des rumeurs, bien qu'elles fussent aussi rares que des agneaux noirs dans un troupeau blanc. Les voici rassemblées ci-après : on parle d'un navire blanc, qui viendrait diviser les âmes ; non les emporter ni les détruire : les diviser. On évoque également tout bas une femme pâle que même Kebal Paincru redoute et révère. Beaucoup mettent en relation les souffrances de leur pays et l'avancée sans précédent des "baleines de glace", ou glaciers ; présents en permanence dans les confins les plus élevés de leurs étroites vallées, ils progressaient dorénavant plus vite qu'au souvenir d'aucun homme vivant ; ils étaient en train de recouvrir rapidement le peu de terre arable dont disposaient les Outrîliens et de provoquer, d'une façon que nul ne put ou ne voulut m'expliquer, un "changement d'eau". »

*

Je me rendis chez le roi le soir même, non sans inquiétude : pas plus que moi, il n'avait dû oublier notre dernière conversation au sujet de Célérité. Néanmoins, je me répétai fermement que je faisais cette visite, non pour des motifs personnels, mais pour Kettricken et Vérité. Je frappai et Murfès me laissa entrer à contrecœur. Le roi était installé dans son fauteuil près du feu, le fou à ses pieds, méditatif, le regard plongé dans les flammes. Le roi Subtil leva les yeux à mon entrée ; je le saluai et il m'accueillit avec chaleur, puis il me fit asseoir et me demanda comment s'était déroulée ma journée. Je jetai un coup d'œil perplexe au fou, qui me répondit par un sourire amer. Je pris un tabouret en face de lui et attendis que Subtil reprenne la parole.

Il me considéra avec bienveillance. « Eh bien, mon garçon ? As-tu passé une bonne journée ? Raconte-moi.

– J'ai eu... quelques tracas, mon roi.

– Vraiment ? Tiens, prends une tasse de thé ; c'est merveille pour calmer les nerfs. Fou, verse à mon garçon une tasse de thé.

– Avec plaisir, mon roi. J'obéis d'autant plus volontiers que j'en fais autant pour vous. » Et le fou se leva d'un bond étonnamment rapide. Une grosse bouilloire d'argile chauffait à la chaleur des braises de la cheminée ; le fou me versa une chope du contenu, puis me la tendit avec cette phrase : « Bois-en autant que notre roi et tu partageras sa sérénité. »

Je pris la chope et la portai à mes lèvres ; j'en respirai les vapeurs, puis goûtai l'infusion du bout de la langue ; elle était chaude, épicée, et picotait agréablement. Sans en boire, je reposai le récipient d'un air enjoué. « C'est une plaisante tisane, mais le gaibouton ne crée-t-il pas une accoutumance ? » demandai-je au roi sans détour.

Il me sourit avec condescendance. « Pas en quantité aussi réduite. Murfès m'a assuré que c'était excellent pour mes nerfs et aussi pour mon appétit.

– Oui, c'est très efficace pour l'appétit, intervint le fou, car plus tu en bois, plus tu as envie d'en boire. Avale vite ta chope, Fitz, car tu vas sûrement avoir bientôt de la compagnie ; plus tu boiras, moins tu devras partager. » Et, avec un geste du bras qui évoquait une fleur qui déploie ses pétales, il désigna la porte à l'instant précis où elle s'ouvrait pour laisser entrer Royal.

« Ah, encore de la visite ! » Le roi Subtil gloussa d'un air réjoui. « La soirée va être joyeuse ; assieds-toi, mon garçon, assieds-toi. Le Fitz me disait qu'il avait eu des contrariétés aujourd'hui, et je lui ai proposé de mon thé pour l'apaiser.

– Ça ne peut que lui faire du bien », acquiesça Royal aimablement. Il se tourna vers moi en souriant. « Des contrariétés, Fitz ?

– Des étonnements, en tout cas. D'abord, il y a eu la petite histoire des écuries ; un des hommes du duc Bélier s'y trouvait et il prétendait que le duc avait acheté quatre chevaux, dont Falaise, l'étalon dont nous nous servons pour les juments de trait ; j'ai fini par le convaincre qu'il devait y avoir une erreur, car les parchemins n'étaient pas signés par le roi.

– Ah, les fameux parchemins ! » Le roi gloussa de nouveau. « Royal a été obligé de me les rapporter, car j'avais oublié de les signer. Mais c'est réglé et les chevaux pourront certainement prendre la route de Labour au matin. Ce sont de bons chevaux que le duc Bélier a acquis ; il a fait un excellent marché.

– Je n'aurais jamais cru nous voir vendre le meilleur cheptel de Castelcerf. » J'avais parlé à mi-voix, en m'adressant à Royal.

« Moi non plus. Mais, vu l'état des finances, il a fallu prendre des mesures draconiennes. » Il me regarda un moment avec froideur. « Les moutons et les bovins aussi devront être vendus. Nous n'avons plus de fourrage pour les nourrir pendant l'hiver ; mieux vaut en tirer de l'argent que les voir mourir de faim. »

J'étais outré. « Comment se fait-il qu'on n'ait jamais entendu parler de ce manque de moyens ? Je n'ai pas ouï dire que les récoltes aient été mauvaises. Les temps sont durs, c'est vrai, mais...

– Tu n'as rien entendu dire parce que tu n'as pas écouté. Pendant que mon frère et toi récoltiez les honneurs de la guerre, je m'occupais de la bourse qui la payait, et elle est pratiquement vide. Demain, je vais devoir dire aux hommes qui travaillent aux nouveaux bateaux qu'ils doivent continuer pour l'amour de l'art ou abandonner leurs chantiers. Il n'y a plus d'argent pour les payer ni pour acheter les matériaux nécessaires à l'achèvement des navires. » Il se tut et se radossa dans son fauteuil en me dévisageant.

Au fond de moi, Vérité rongeait son frein. Je m'adressai au roi. « Est-ce exact, monseigneur ? » demandai-je.

Le roi Subtil tressaillit, puis il se tourna vers moi et battit des paupières. « J'ai bien signé ces parchemins, n'est-ce pas ? » Il paraissait perplexe et je pense que son esprit était remonté à notre précédent sujet de conversation ; il n'avait absolument rien suivi de notre entretien. A ses pieds, le fou restait étrangement silencieux. « Je croyais les avoir signés. Eh bien, apporte-les-moi donc, qu'on en finisse et que cette agréable soirée puisse se poursuivre.

– Que faut-il faire, au sujet de la situation en Béarns ? Est-il vrai que les Pirates se sont emparés d'une partie des îles Proches ?

– La situation en Béarns... » répéta-t-il. Il réfléchit et prit une nouvelle gorgée de thé.

« Il n'y a rien à y faire », intervint Royal d'un ton attristé. Mielleusement, il ajouta : « Il est temps que Béarns s'occupe des problèmes de Béarns. Nous ne pouvons réduire les Six-Duchés à la mendicité pour protéger une bande côtière improductive. Les Pirates ont mis la main sur quelques rochers couverts de glace, et après ? Je leur souhaite bien du plaisir. Nous avons nos propres populations à protéger, nos propres villages à rebâtir. »

J'espérai en vain une réaction de Subtil, un mot pour défendre Béarns ; voyant qu'il demeurait muet, je lui demandai doucement : « On ne peut guère décrire la ville de Bac comme un rocher couvert de glace ; du moins on ne le pouvait pas avant la visite des Pirates rouges. Et depuis quand Béarns ne fait-il plus partie des Six-Duchés ? » Les yeux fixés sur Subtil, j'essayai d'attirer son regard. « Mon roi, je vous implore de faire venir Sereine, qu'elle artise Vérité afin que vous puissiez discuter ensemble de tout cela. »

Royal en eut soudain assez de jouer au chat et à la souris. « Et depuis quand le garçon de chenil s'intéresse-t-il tant à la politique ? jeta-t-il violemment. N'arrives-tu donc pas à te mettre dans le crâne que le roi peut prendre ses décisions sans attendre la permission du roi-servant ? Mettrais-tu en question les décisions de ton roi, le Fitz ? Aurais-tu à ce point oublié quelle est ta place ? Je savais que Vérité t'avait plus ou moins pris comme chien de manchon, et peut-être tes aventures à la hache t'ont-elles donné une haute idée de toi-même ; mais le prince Vérité a décidé d'aller poursuivre une chimère par monts et par vaux, et je reste seul pour maintenir tant bien que mal les Six-Duchés sur la voie.

– J'étais présent quand vous avez appuyé le projet du roi-servant de chercher les Anciens », observai-je. Le roi Subtil semblait s'être à nouveau égaré dans un rêve éveillé ; il contemplait les flammes.

« Et pourquoi tu étais là, je n'en sais rien, fit-il d'une voix doucereuse. Comme je te le disais, tu te fais une idée excessive de toi-même. Tu manges à la table haute, tu es vêtu grâce à la générosité du roi, et tu en es venu à croire que cela te donne des privilèges plutôt que des devoirs. Laisse-moi te rappeler qui tu es réellement, Fitz. » Il s'interrompit et j'eus l'impression qu'il regardait le roi comme pour juger s'il pouvait parler sans risque ; puis il reprit en baissant le ton, d'une voix douce comme celle d'un ménestrel. « Tu es le misérable bâtard d'un petit prince qui n'a même pas eu le courage de devenir roi-servant ; tu es le petit-fils d'une reine disparue dont la basse extraction s'est vue dans la roturière avec laquelle son fils aîné a couché pour te concevoir. Toi qui te donnes le nom de FitzChevalerie Loinvoyant, il te suffit de te gratter un peu pour trouver Personne, le garçon de chenil. Sois heureux que je souffre ta présence au Château au lieu de te renvoyer habiter aux écuries. »

J'ignore ce que je ressentais en cet instant : Œil-de-Nuit grondait haineusement en réponse au venin des propos de Royal ; et Vérité, à ce moment précis, était capable de commettre un fratricide. Je jetai un coup d'œil au roi : les deux mains serrées autour de sa chope de thé sucré, il rêvait en regardant le feu. Du coin de l'œil, j'aperçus le fou ; il y avait de la peur dans ses yeux pâles, une peur que je n'avais jamais vue, et son regard était fixé, non sur Royal, mais sur moi.

Et je me rendis alors compte que je m'étais dressé et que je dominais Royal. Il levait les yeux vers moi et il attendait la suite des événements ; il y avait une lueur inquiète dans son regard, mais aussi un lustre de triomphe. Je n'avais qu'à le frapper et il pourrait appeler les gardes : ce serait de la trahison et il me ferait pendre. Je sentis le tissu de ma chemise tendu à mes épaules et sur ma poitrine, tous les muscles bandés de fureur. Je m'efforçai de reprendre mon souffle, obligeai mes poings crispés à s'ouvrir. Il me fallut un long moment pour cela. *Arrêtez,* leur dis-je. *Arrêtez, vous allez me faire tuer.* J'attendis d'avoir retrouvé la maîtrise de ma voix pour parler.

« J'aurai compris bien des choses, ce soir », fis-je à mi-voix ; puis je me tournai vers le roi Subtil. « Monseigneur, je vous souhaite la bonne nuit et vous prie de me permettre de me retirer.

– Hein ? Tu as donc eu... des tracas, aujourd'hui, mon garçon ?

– En effet, monseigneur », répondis-je avec douceur. Ses yeux d'une profondeur infinie se levèrent vers moi tandis que j'attendais mon congé et je plongeai mon regard dans leur abîme. Il n'était pas là, pas comme il y était autrefois. Il eut l'air intrigué et battit des paupières à plusieurs reprises.

« Ah bon ; eh bien, peut-être devrais-tu te reposer, à présent, et moi aussi. Fou ? Fou, mon lit est-il prêt ? Réchauffe-le avec la bassinoire ; j'ai froid, la nuit, ces jours-ci. Ha ! La nuit, ces jours-ci ! Un beau paradoxe pour toi, fou ! Comment t'y prendrais-tu pour bien le faire sonner ? »

L'intéressé se dressa d'un bond et fit une profonde révérence au roi. « Je dirais que la mort refroidit les jours, ces nuits-ci, Votre Majesté ; c'est un froid à vous nouer les os, prompt à donner la mort ; et je me réchaufferais plus à l'ombre de mon roi qu'à la brûlure d'un soleil royal. »

Subtil eut un petit rire. « Tu es incompréhensible, fou, comme d'habitude. Bonne nuit à tous et allez vous coucher, les garçons. Bonne nuit, bonne nuit ! »

Je m'éclipsai pendant que Royal prenait congé de son père de façon plus cérémonieuse et, à la porte, je dus me tenir à quatre pour ne pas effacer à coups de poings le sourire affecté de Murfès. Une fois dans le couloir, je me dirigeai rapidement vers ma chambre afin de suivre le conseil du fou et me réchauffer auprès d'Umbre plutôt qu'affronter Royal.

Je passai le reste de la soirée seul entre mes quatre murs ; la nuit venant, je savais que Molly s'étonnerait de ne pas m'entendre frapper à sa porte, mais je n'avais ni le cœur ni l'énergie de me faufiler hors de chez moi, de monter discrètement les marches, de raser les murs des couloirs, tout cela en tremblant d'être surpris là où je n'avais pas lieu de me trouver. En un autre temps, j'aurais cherché refuge dans la chaleur et l'affection de Molly et j'y aurais puisé quelque paix de l'âme ; ce n'était plus le cas aujourd'hui. Je redoutais désormais la furtivité et l'inquiétude qui baignaient nos rendez-vous, et la réserve instaurée entre nous qui ne disparaissait pas, même la porte fermée, car Vérité était présent en moi et je devais prendre garde à ce que mes émotions et mes pensées en compagnie de Molly ne se déversent pas dans le lien que je partageais avec lui.

Je renonçai à lire le parchemin que je tenais : à quoi bon me renseigner sur les Anciens, de toute façon ? Vérité découvrirait ce qu'il découvrirait. Je me jetai à plat dos sur le lit et contemplai le plafond. Même immobile et muet, j'attendais en vain la sérénité ; le lien qui m'unissait à Vérité était comme un crochet dans ma chair et j'éprouvais ce que doit ressentir le poisson ferré quand il se débat contre la ligne. Celui que j'avais avec Œil-de-Nuit était d'une nature plus profonde et plus subtile, mais lui aussi ne me quittait jamais et ses yeux verts chatoyaient dans quelque recoin obscur de mon être. Ces parties de moi-même ne dormaient jamais, ne se reposaient jamais, ne connaissaient jamais le calme, et cette tension constante commençait à prélever sa dîme sur moi.

Des heures plus tard, alors que les bougies dégouttaient de leur bobèche et que le feu n'était plus que braises, un changement dans l'air m'avertit qu'Umbre m'avait ouvert sa porte silencieuse. Je me levai et m'engageai dans l'escalier où serpentait un vent coulis, mais à chaque marche ma colère grandissait ; ce n'était pas une colère qui pousse à tempêter et échanger des coups entre hommes ; elle trouvait sa source plutôt dans la lassitude et la frustation que dans la douleur physique, et elle était de l'espèce qui fait soudain cesser d'agir et déclarer : « Je n'en peux plus.

– Tu n'en peux plus de quoi ? » me demanda Umbre, en levant les yeux de la concoction qu'il broyait sur sa table de pierre tachée. La sincère inquiétude que je perçus dans sa voix me fit suspendre ma réponse et observer l'homme à qui je parlais : un vieil échalas d'assassin, la peau grêlée, les cheveux presque complètement blancs, vêtu de son habituelle robe de laine grise et parsemée d'éclaboussures et de petites brûlures résultant de son travail. Et je me demandai combien d'hommes il avait tué pour son roi, sur un simple mot ou geste de Subtil ; tués sans discuter, fidèle à son serment. Malgré tous ces morts, c'était un caractère affable. Soudain, une question me vint, plus pressante que la réponse à la sienne.

« Umbre, avez-vous déjà tué quelqu'un pour vous-même ? »

Il parut surpris. « Pour moi-même ?

– Oui.

– Pour me défendre ?

– Oui. Pas sur ordre du roi ; je parle de tuer quelqu'un pour... pour vous simplifier la vie. »

Il eut un grognement de mépris. « Non, naturellement. » Et il me regarda curieusement.

« Pourquoi ? » insistai-je.

Il eut l'air incrédule. « On ne tue pas les gens parce que ça nous arrange. C'est mal ; c'est du meurtre, mon garçon.

– Sauf si on agit pour le roi.

– Sauf si on agit pour le roi, acquiesça-t-il tranquillement.

– Umbre, où est la différence ? Que vous le fassiez pour vous-même ou pour Subtil ? »

Avec un soupir, il abandonna la mixture qu'il préparait, fit le tour de la table et s'assit au bout, sur un haut tabouret. « Je me rappelle m'être posé les mêmes questions, mais à moi-même, car mon mentor était déjà mort, lorsque j'avais ton âge. » Il fixa son regard sur moi. « Tout est affaire de foi, mon garçon. Crois-tu en ton roi ? Attention, ton roi, ce doit être plus que le brave vieux Subtil ou le gentil Vérité avec son franc-parler. Ce doit le roi, le cœur du royaume, le moyeu de la roue ; alors, et si tu es convaincu que les Six-Duchés valent d'être préservés, qu'on peut faire le bien du peuple en dispensant la justice du roi, eh bien, telle est la différence.

– Et on peut tuer pour lui.

– Exactement.

– Vous est-il arrivé de tuer contre votre propre sentiment ?

– Tu débordes de questions ce soir, me prévint-il aimablement.

– Peut-être m'avez-vous laissé trop longtemps seul à y réfléchir ; quand nous nous voyions presque toutes les nuits, nous discutions souvent, j'avais toujours de quoi faire et je ne ruminais pas autant. Mais maintenant, j'ai du temps. »

Il hocha lentement la tête. « Réfléchir n'est pas toujours... rassurant. C'est toujours bien, mais pas toujours rassurant. Oui, j'ai tué contre mon sentiment, et, là encore, c'est affaire de foi. Je devais croire que ceux qui me donnaient mes ordres en savaient plus long que moi et qu'ils connaissaient mieux que moi le vaste monde. »

Je ne dis rien pendant un long moment et Umbre se détendit un peu. « Entre, ne reste pas dans le courant d'air. Buvons un verre de vin ensemble, et ensuite il faudra que je te parle de...

– Avez-vous déjà tué en vous fondant seulement sur votre jugement ? Pour le bien du royaume ? »

L'espace de quelques secondes, Umbre me regarda, troublé, mais je ne détournai pas les yeux. C'est lui qui les baissa sur ses vieilles mains, qu'il frottait l'une contre l'autre tout en suivant du doigt les marques rouge vif qui parsemaient leur peau parcheminée. « Je ne porte pas de jugements. » Il me dévisagea soudain. « Je n'ai jamais accepté ce fardeau, je n'en ai jamais voulu. Ce n'est pas notre rôle, mon garçon. C'est le roi qui décide.

– Je ne m'appelle pas "mon garçon", fis-je à ma propre surprise. Je m'appelle FitzChevalerie.

– En insistant sur le Fitz, répliqua sèchement Umbre. Tu es le rejeton illégitime d'un homme qui a refusé de devenir roi, qui a abdiqué. Et, par cette abdication, il s'est déchargé de la nécessité de porter des jugements. Tu n'es pas roi, Fitz, ni même fils de vrai roi. Nous sommes des assassins.

– Pourquoi restons-nous sans rien faire pendant qu'on empoisonne le vrai roi ? demandai-je alors de but en blanc. Je le vois et vous le voyez aussi : par tromperie, on l'encourage à se servir de plantes qui lui volent l'esprit, puis, profitant de ce qu'il ne pense plus clairement, on l'incite à en employer d'autres qui l'abrutissent encore davantage. Nous connaissons la source immédiate de ces poisons et j'ai mes soupçons quant à leur véritable origine ; et cependant nous le regardons s'affaiblir et s'étioler sans réagir. Pourquoi ? Où est la foi, là-dedans ? »

La réponse d'Umbre me fit l'effet d'un coup de poignard. « J'ignore où est ta foi ; je pensais qu'elle était peut-être en moi, que j'en savais plus que toi sur ce sujet et que j'étais loyal à mon roi. »

Je baissai le regard à mon tour. Au bout d'un moment, je me dirigeai à pas lents vers l'armoire où Umbre rangeait ses alcools et ses verres ; je pris un plateau et remplis avec soin deux coupes du vin de la carafe à bouchon de verre, puis allai déposer l'ensemble sur la petite table près de la cheminée ; enfin, comme depuis tant d'années, je m'installai sur les pierres de l'âtre. Peu après, mon maître vint prendre place dans son fauteuil confortablement rembourré. Il saisit sa coupe et en but une gorgée.

« Cette année n'aura été facile ni pour toi ni pour moi.

– Vous m'appelez si rarement, et, quand vous m'ouvrez votre porte, vous me faites des cachotteries. » Je m'étais efforcé, sans y parvenir tout à fait, de ne pas prendre un ton accusateur.

Umbre émit un éclat de rire bref comme un aboiement. « Et ça te vexe, toi qui es d'un caractère si ouvert et si spontané, n'est-ce pas ? » Il rit à nouveau sans prêter attention au regard chagrin que je lui lançai ; quand il se fut calmé, il but un peu de vin, puis posa sur moi des yeux où dansait encore une lueur d'amusement.

« Ne prends pas cet air mauvais avec moi, *mon garçon*, me dit-il. Je ne t'ai jamais rien demandé que je n'aie exigé de moi-même au double, sinon plus ; car je considère qu'un maître a quelque droit d'attendre foi et confiance de la part de son élève.

– Vous les avez, répondis-je au bout d'un moment. Et vous avez raison : j'ai moi aussi mes secrets et je pensais que vous auriez assez confiance en moi pour les croire honorables. Mais les miens ne vous gênent pas autant que les vôtres m'oppressent. Chaque fois que je pénètre chez le roi, je vois ce que lui font les Fumées et les potions de Murfès ; je veux tuer Murfès et rendre ses esprits à mon roi, et après cela je veux... achever le travail. Je veux éliminer la source des poisons.

– Tu désires donc me tuer ? »

J'eus l'impression d'une douche d'eau glacée. « C'est vous qui fournissez les poisons que Murfès donne au roi ? » J'avais sûrement mal compris.

Il acquiesça d'un lent signe de tête. « Certains, oui. Sans doute ceux qui te répugnent le plus. »

Mon cœur s'était arrêté dans ma poitrine. « Mais pourquoi, Umbre ? »

Il me regarda quelques instants, les lèvres serrées, puis : « Les secrets du roi n'appartiennent qu'au roi, dit-il dans un murmure. Je n'ai pas à les divulguer, celui à qui je les confierais soit-il ou non, à mon avis, capable de les garder. Mais si tu voulais seulement te servir de ton intelligence comme je t'y ai formé, tu connaîtrais mes secrets car je ne te les ai pas dissimulés ; et, à partir de là, tu pourrais déduire bien des choses. »

Je me tournai pour tisonner le feu. « Umbre, j'en ai assez ; je suis trop fatigué pour jouer à ces petits jeux. Ne pouvez-vous parler franchement ?

– Bien sûr que si. Mais ce serait transiger avec la promesse que j'ai faite à mon roi ; ce que je fais est déjà bien assez grave.

– Vous recommencez à couper les cheveux en quatre ! m'exclamai-je brutalement.

– Peut-être, mais ce sont mes cheveux », répliqua-t-il d'un ton égal.

Son équanimité me mit en fureur. Je secouai violemment la tête et décidai d'écarter un moment ses devinettes de mes pensées. « Pourquoi m'avez-vous fait monter ce soir ? » demandai-je sans ambages.

Une ombre peinée apparut derrière le calme de son regard. « Peut-être simplement pour te voir ; peut-être pour t'empêcher de faire une bêtise irréparable. Je sais que ce qui se passe en ce moment te laisse désemparé, et je partage tes craintes, je t'assure. Mais, pour le présent, nous devons continuer à suivre le chemin qu'on nous a prescrit, avec foi. Tu fais confiance à Vérité pour être de retour avant le printemps et rétablir la situation, n'est-ce pas ?

– Je n'en sais rien, avouai-je à contrecœur. J'ai été effaré quand il a décidé de se lancer dans cette entreprise grotesque ; il aurait dû rester ici et poursuivre son projet d'origine. Le temps qu'il s'en retourne, la moitié de son royaume sera sur la paille ou aura été dilapidée, tel que s'y prend Royal. »

Umbre me regarda calmement. « "Son" royaume, c'est encore celui du roi Subtil. Tu ne l'as pas oublié ? Peut-être fait-il confiance à son père pour le garder intact.

– Je ne crois pas le roi Subtil capable de se garder lui-même intact, Umbre. L'avez-vous vu récemment ? »

Ses lèvres se réduisirent à une ligne mince. « Oui, fit-il sèchement. Je le vois aux moments où personne d'autre ne le voit, et je te dis que ce n'est pas l'idiot débile que tu crois. »

Je secouai lentement la tête. « Si vous l'aviez observé ce soir, Umbre, vous partageriez mon inquiétude.

– Qui te dit que je ne l'ai pas observé ? » Umbre était vexé, à présent. Je n'avais pas l'intention de l'irriter mais, quoi que je dise, tout semblait aller de travers ; je me contraignis donc au silence, bus une gorgée de vin et contemplai le feu.

« Les rumeurs sur les îles Proches sont-elles fondées ? » demandai-je quelques minutes plus tard ; j'avais retrouvé ma voix normale.

Umbre se frotta les yeux de ses phalanges osseuses. « Comme dans toute rumeur, il s'y trouve un germe de vérité. Peut-être est-il exact que les Pirates y ont établi une base ; nous l'ignorons. En tout cas, nous ne les leur avons pas données. Comme tu en as fait toi-même la remarque, une fois en possession des îles Proches, ils pourraient assaillir notre côte hiver comme été.

– Le prince Royal semble penser qu'on pourrait se débarrasser d'eux en leur proposant une contrepartie, que ce sont peut-être ces îles et un bout de la côte de Béarns qu'ils guignent. »

J'avais dû faire un effort, mais j'avais réussi à conserver un ton respectueux en parlant de Royal.

« Bien des hommes s'imaginent qu'en exprimant un vœu ils vont le faire se réaliser, répondit Umbre d'un ton neutre. Même lorsqu'ils devraient faire preuve de plus de sagacité, ajouta-t-il sombrement.

– A votre avis, que veulent les Pirates ? »

Son regard plongea dans le feu derrière mon épaule. « Ça, c'est un vrai casse-tête : que veulent les Pirates ? C'est ainsi que notre esprit conçoit le problème, Fitz ; nous croyons qu'ils nous attaquent parce qu'il veulent quelque chose de nous ; mais, dans ce cas, ils nous auraient sûrement déjà fait part de leurs exigences. Ils savent le mal qu'ils nous font, ils se doutent bien que nous examinerions leurs revendications, à tout le moins ; or, ils ne demandent rien. Ils nous attaquent et nous attaquent encore, tout simplement.

– Ce n'est pas logique, fis-je, achevant son raisonnement.

– Selon notre façon de considérer la logique, me reprit-il. Mais si notre postulat de départ est faux ? »

Je le dévisageai sans comprendre.

« S'ils ne veulent rien d'autre que ce qu'ils ont déjà : un réservoir de victimes ? Des villes à piller, des villages à incendier, des gens à torturer ? Si c'est là leur unique but ?

– C'est aberrant, dis-je d'une voix lente.

– Peut-être. Mais si c'est le cas ?

– Alors, rien ne les arrêtera. Sauf une élimination totale. »

Il hocha la tête. « Poursuis ta pensée.

– Nous ne disposons pas d'assez de navires pour les freiner si peu que ce soit. » Je réfléchis un instant. « Mieux vaudrait pour nous que les Anciens existent bel et bien, parce qu'apparemment ils constituent, eux ou quelque chose comme eux, notre seul espoir. »

Umbre acquiesça d'un signe de tête. « Exactement. Tu comprends maintenant pourquoi j'ai approuvé le projet de Vérité.

– Parce que c'est notre seule chance de survie. »

Nous restâmes un long moment silencieux, les yeux perdus dans les flammes. Quand je regagnai mon lit, je fus assailli par des cauchemars où Vérité, attaqué, se défendait tandis que je le regardais sans intervenir. Je ne pouvais pas tuer ses ennemis car mon roi ne m'en avait pas donné l'autorisation.

*

Douze jours plus tard, le duc Brondy de Béarns arriva ; il avait suivi la route côtière à la tête d'une troupe assez considérable pour être impressionnante sans toutefois paraître menaçante, et il se présentait dans le plus grand apparat que son duché pouvait se permettre. Ses filles l'accompagnaient, sauf l'aînée, demeurée en Béarns afin de faire tout ce qui pouvait l'être pour Bac. Je passai le début de l'après-midi dans les écuries, puis dans la salle des gardes à écouter les bavardages des membres mineurs de sa suite. Pognes veilla efficacement à ce que les bêtes fussent bien logées et soignées, et, comme toujours, nos cuisines et nos casernements se firent hospitaliers. Cela n'empêcha pourtant pas les réflexions grinçantes de la part des Béarnois : ils décrivirent en termes crus ce qu'ils avaient vu à Bac et se plaignirent que leurs appels à l'aide fussent restés lettre morte. Nos soldats s'aperçurent avec honte qu'ils n'avaient guère à répondre pour la défense du roi Subtil, et quand un soldat ne peut justifier les actes de son chef, il doit s'incliner devant la critique ou trouver un autre terrain de désaccord ; des rixes éclatèrent donc entre Béarnois et Castelcervois, incidents heureusement isolés à propos de différends insignifiants. Mais ce genre de péripéties ne se produisaient ordinairement pas sous la discipline de Castelcerf et elles en prenaient un aspect d'autant plus inquiétant qui, à mes yeux, soulignait le désarroi auquel nos propres troupes étaient en proie.

Je m'habillai avec soin pour le dîner, ne sachant pas qui je risquais d'y rencontrer ni ce que l'on attendrait de moi. J'avais aperçu Célérité par deux fois dans la journée, et chaque fois je m'étais éclipsé avant de me faire repérer ; je supposais, en le redoutant, l'avoir pour voisine de table. Ce n'était pas le moment de faire affront à une ressortissante béarnoise, mais je ne souhaitais pas non plus l'encourager à me poursuivre de ses assiduités. Pourtant, je m'étais inquiété pour rien, car je me trouvai placé très bas à la table, parmi les petits nobles, et les plus jeunes, par-dessus le marché. Je passai une désagréable soirée à jouer les nouveautés au milieu des nobliaux ; plusieurs jeunes filles tentèrent de me faire du charme, expérience inédite pour moi et qui ne me plut guère. Au cours de ce dîner, je pris conscience de l'énorme afflux de gens qui avait grossi la cour de Castelcerf durant cet hiver ; la plupart venaient des duchés de l'Intérieur renifler les miettes de l'assiette de Royal, mais, comme ces jeunes femmes l'indiquaient clairement, elles étaient prêtes à courtiser n'importe où l'influence politique. L'effort que je devais fournir pour suivre leurs tentatives de badinage piquant et y répondre avec au moins un semblant de courtoisie m'empêchait totalement de prêter attention à ce qui se passait à la Table Haute. Le roi Subtil était présent, assis entre la reine-servante Kettricken et le prince Royal ; le duc Brondy et ses filles, Célérité et Félicité, venaient tout de suite après, et le reste de la table appartenait aux favoris de Royal, parmi lesquels il fallait remarquer le duc Bélier de Labour, sa dame, Paisible, et leurs deux fils ; le seigneur Brillant, jeune cousin de Royal, héritier du duc de Bauge et nouveau venu à la cour, était là aussi.

De là où je me trouvais, je ne voyais pas grand-chose et j'en entendais encore moins. Je sentais Vérité bouillir d'exaspération à cette situation, mais je n'y pouvais rien. Le roi semblait plus fatigué qu'égaré, ce que je pris pour un signe positif ; Kettricken, assise à côté de lui, était presque blanche, en dehors de deux taches roses aux pommettes ; elle ne mangeait guère et paraissait plus grave et plus encline à se taire que d'habitude. En revanche, le prince Royal se montrait sociable et enjoué, du moins avec le duc Bélier, dame Paisible et leurs enfants ; il ne se conduisait pas tout à fait comme si Brondy et ses filles n'existaient pas, mais sa gaieté leur portait visiblement sur les nerfs.

Le duc Brondy était un homme de vastes proportions et bien musclé malgré son âge ; les mèches blanches qui apparaissaient dans sa queue de cheval de guerrier attestaient d'anciennes blessures reçues au combat, tout comme une de ses mains à laquelle manquaient des doigts. Ses filles le suivaient dans l'ordonnancement de la table, jeunes femmes aux yeux indigo dont les pommettes hautes trahissaient l'ascendance prochîlienne de feu leur mère. Félicité et Célérité portaient les cheveux courts et lissés, à la mode du Nord ; la façon vive qu'elles avaient de tourner la tête pour observer chaque convive m'évoquait des faucons au poignet : on était loin de la noblesse policée des duchés de l'Intérieur avec laquelle Royal avait l'habitude de frayer ; de tous les peuples du royaume, les Béarnais étaient celui qui se rapprochait le plus de ses ancêtres guerriers.

De la part de Royal, c'était un jeu dangereux que de se moquer de leurs doléances ; ils ne s'attendaient naturellement pas qu'on discute des Pirates à table, mais le ton guilleret du prince jurait avec la gravité de leur mission, et je me demandai s'il se rendait compte de l'injure qu'il leur infligeait. Kettricken, elle, en avait pleinement conscience : plus d'une fois, je la vis serrer les dents ou baisser les yeux en entendant un trait d'esprit de Royal. En outre, il buvait trop et cela commençait à paraître dans ses gestes exagérés et ses éclats de rire stridents. Je me morfondais de ne pas savoir ce qu'il trouvait de si comique à ses propres propos.

Le dîner fut interminable. Célérité ne tarda pas à me repérer et j'eus dès lors bien du mal à éviter ses regards inquisiteurs. Je la saluai courtoisement de la tête la première fois que nos yeux se croisèrent et je la vis perplexe quant à la place qui m'avait été allouée. Par la suite, je n'osai pas esquiver toutes ses œillades : Royal se montrait assez insultant sans que je donne en plus l'impression de rebuffer la fille de Béarns. Je me sentais sur le fil du rasoir et c'est avec soulagement que je vis le roi Subtil se lever et la reine Kettricken insister pour le reconduire à ses appartements. Royal eut un froncement de sourcils d'ivrogne en voyant les convives s'éclipser si tôt, mais ne fit pas le moindre geste pour retenir le duc Brondy et ses filles à sa table. Ils s'excusèrent avec raideur dès que Subtil fut parti ; moi-même, prétextant une migraine, j'abandonnai mes compagnons à leurs glousseries pour regagner la solitude de ma chambre. En ouvrant ma porte, j'avais un sentiment d'impuissance totale. J'étais bien Personne, le garçon de chenil, en effet.

« Je vois que le dîner t'a passionné », observa le fou. Je soupirai sans lui demander comment il s'était introduit chez moi : inutile de poser des questions qui n'obtiendraient pas de réponse. Assis sur les pierres de ma cheminée, il se découpait en silhouette sur les flammes du petit feu qu'il avait allumé, et un calme étrange l'entourait : je n'entendais ni tintement de clochettes, ni paroles moqueuses et sautillantes de sa part.

« C'était insupportable », fis-je. Sans m'occuper d'allumer la moindre bougie – ma migraine n'était pas une totale invention –, je m'assis sur mon lit, puis m'y étendis avec un nouveau soupir. « Je ne sais pas où va Castelcerf ni ce que je peux y changer.

– Ce que tu as déjà fait est peut-être suffisant ?

– Je n'ai rien fait de particulier ces derniers temps, répondis-je. A moins de compter le fait d'avoir appris à répondre à Royal.

– Ah ! C'est là une technique que nous apprenons tous », fit-il d'un ton morose. Il ramena ses genoux contre sa poitrine et y posa le menton. Il prit une inspiration. « N'as-tu donc aucune nouvelle à partager avec un fou ? Un fou très discret ?

– Toutes les nouvelles que je pourrais avoir à partager avec toi, tu les a déjà apprises et sans doute bien plus tôt que moi. » La pénombre de la chambre était reposante et mon mal de tête s'apaisait.

« Ah. » Il se tut un instant. « Puis-je alors poser une question ? A laquelle tu répondras ou non, à ta convenance ?

– Ne gaspille pas ta salive et pose-la tout de suite ; tu sais comme moi que tu la poseras, que je t'en donne ou non la permission.

– Tu as raison, en effet. Eh bien, la question... Ah, voici que je rougis, à ma grande surprise ! FitzChevalerie, as-tu fait un fitz à ton tour ? »

Je me redressai lentement sur le lit et regardai sa silhouette. Il ne broncha pas, ne bougea pas. « Qu'est-ce que tu m'as demandé ? fis-je à mi-voix.

– Je dois savoir, dit-il doucement, presque d'un ton d'excuse. Molly porte-t-elle ton enfant ? »

Je bondis sur lui, le saisis à la gorge et l'obligeai à se lever. Comme je ramenais le poing en arrière, ce que la lumière du feu révéla de son visage m'arrêta.

« Allons, frappe donc, murmura-t-il. De nouveaux bleus ne se verront guère sur les anciens ; je puis rester caché encore quelques jours. »

Je le lâchai brusquement. Etrange comme l'acte que je m'apprêtais à commettre me paraissait soudain monstrueux commis par un autre. A peine eut-il recouvré sa liberté qu'il se détourna comme si son visage tuméfié et violacé lui faisait honte ; peut-être ses blessures me paraissaient-elle plus horribles à cause de son teint pâle et de sa charpente délicate, mais j'éprouvais la même répulsion que si la victime avait été un enfant. Je m'agenouillai devant le feu et y rajoutai du bois.

« Tu n'as pas assez bien vu ? demanda le fou d'un ton aigre. Je te préviens, mieux éclairé, ce n'est pas plus joli.

– Assieds-toi sur mon coffre et enlève ta chemise », ordonnai-je sèchement. Il ne bougea pas, mais je ne m'en préoccupai pas ; Je remplis d'eau ma petite bouilloire à thé et la mis à chauffer, puis j'allumai les bougies d'un chandelier, le posai sur ma table et enfin sortis ma petite réserve de simples. Je n'en avais guère chez moi et je regrettai de ne pas avoir toute la panoplie de Burrich à ma disposition, mais j'étais certain que, si je descendais maintenant aux écuries, le fou serait parti à mon retour. Toutefois, les herbes que j'avais devant moi étaient surtout destinées à soigner plaies, bosses et autres horions auxquels ma profession secrète m'exposait le plus souvent, et elles suffiraient.

Une fois l'eau chaude, j'en versai un peu dans ma cuvette et y ajoutai une généreuse poignée d'herbes que j'écrasai entre mes doigts ; puis je pêchai une chemise trop petite pour moi dans mon coffre à vêtements et la déchirai en bandes. « Viens à la lumière », dis-je au fou sur un ton plus aimable. Il obtempéra au bout d'un moment, mais d'un pas hésitant, presque timide ; je l'observai brièvement, puis le pris par les épaules et le forçai à s'asseoir sur le coffre. « Que t'est-il arrivé ? » demandai-je, épouvanté par l'état de son visage : il avait les lèvres fendues et tuméfiées, et un œil tellement enflé qu'il pouvait à peine l'ouvrir.

« Je me suis baladé dans Castelcerf en demandant à des individus acariâtres s'ils n'avaient pas fait de petits bâtards récemment. » Son œil valide soutint le regard noir que je lui adressai. Une résille rouge en maculait le blanc, et je me trouvai incapable ni de me mettre en colère ni de rire.

« Tu devrais connaître assez de médecine pour mieux te soigner que ça. Ne bouge plus. » Je fis une compresse avec le tissu, l'appliquai doucement mais fermement sur son visage et il se détendit peu à peu ; ensuite, je nettoyai le sang séché, bien qu'il n'y en eût guère : il s'était manifestement lavé après les coups qu'il avait reçus, mais du sang avait continué à sourdre de certaines entailles. Je passai le doigt le long de sa mâchoire et autour de ses yeux : aucun os ne paraissait endommagé. « Qui t'a fait ça ? demandai-je.

– Je me suis cogné dans plusieurs portes, ou plusieurs fois dans la même. Ça dépend de laquelle tu parles. » Il s'exprimait facilement malgré ses lèvres mâchées.

« C'était une question sérieuse que je te posais, fis-je

– Moi aussi. »

A nouveau, je le foudroyai du regard et il baissa les yeux. Le silence tomba entre nous pendant que j'allais chercher un pot d'onguent que Burrich m'avait donné pour traiter les coupures et les éraflures. « J'aimerais avoir la réponse », repris-je tout en ouvrant le récipient ; l'odeur familière du baume me piqua le nez, et je fus soudain pris, avec une force étonnante, de la nostalgie de Burrich.

« Moi aussi. » Il tressaillit légèrement lorsque j'appliquai le baume. Cela brûlait, je le savais, mais c'était efficace.

« Pourquoi me poser cette question à moi ? » fis-je enfin.

Il réfléchit un instant. « Parce qu'il est plus facile de te la poser que de demander à Kettricken si elle porte l'enfant de Vérité. Autant que je puisse le savoir, Royal ne partage ses faveurs qu'avec lui-même ces temps-ci, ce qui le met hors du coup. Le père ne peut donc être que Vérité ou toi. »

Je le dévisageai d'un air un peu perdu et il secoua la tête tristement. « Tu ne sens rien ? » dit-il dans un quasi-murmure. Son regard se fit théâtralement lointain. « Les forces se modifient, les ombres s'agitent ; une onde traverse soudain les possibilités, les destinées se multiplient et les avenirs se réordonnent ; tous les chemins divergent et divergent encore. » Ses yeux revinrent sur moi et je lui souris, croyant qu'il plaisantait, mais sa bouche avait un pli grave. « La lignée des Loinvoyant a un héritier, déclara-t-il à mi-voix. J'en suis certain. »

Vous est-il arrivé de rater une marche dans le noir ? Vous connaissez alors cette impression qu'on a de vaciller brusquement au bord du gouffre sans en connaître la profondeur. D'un ton trop péremptoire, j'affirmai : « Je n'ai pas fait d'enfant. »

Le fou me considéra d'un œil sceptique. « Ah ! s'exclama-t-il avec une feinte sincérité. Non, bien sûr. Ce doit donc être Kettricken qui est enceinte.

– Sûrement », acquiesçai-je, mais mon cœur se serra : si c'était vrai, elle n'avait aucune raison de le cacher, tandis que Molly en aurait tous les motifs. Et je n'avais pas été la voir depuis plusieurs soirs ; peut-être avait-elle une nouvelle à m'annoncer. Le vertige me saisit soudain, mais je pris une longue inspiration pour me calmer. « Enlève ta chemise, dis-je au fou. Voyons ta poitrine.

– Je l'ai déjà regardée, merci, et je t'assure qu'elle va bien. Quand ils m'ont jeté un sac sur la tête, c'était pour mieux viser, je présume : ils ont pris grand soin de ne pas taper ailleurs. »

La brutalité de ce qu'on lui avait infligé me rendit malade d'horreur. « Qui ? demandai-je quand j'eus retrouvé ma voix.

– Allons, j'avais un sac sur la tête ! Tu vois à travers les sacs, toi ?

– Non. Mais tu dois bien avoir des soupçons. »

Il inclina la tête de côté, l'air sidéré. « Si tu ne les connais pas déjà, c'est toi qui as la tête dans un sac. Attends, je vais t'y découper un petit trou : “On sait que tu mens au roi, que tu espionnes pour le compte de Vérité le prétendant. Ne lui envoie plus de messages, ou nous le saurons.” » Il détourna le visage pour contempler le feu et ses talons se mirent à cogner rythmiquement contre le coffre.

« Vérité le prétendant ? répétai-je, outré.

– C’est eux qui le disent, pas moi », observa le fou.

Je refoulai ma colère pour réfléchir. « Pourquoi te suspecterait-on d’espionner pour Vérité ? Lui as-tu transmis des messages ?

– J’ai un roi, répondit-il entre haut et bas, même s’il ne se souvient pas toujours qu’il est mon roi. Il faut ouvrir l’œil pour son roi, comme tu le fais sûrement toi-même.

– Que vas-tu faire ?

– Ce que j’ai toujours fait. Quoi d’autre ? Je ne peux pas cesser ce qu’ils m’ordonnent de cesser, puisque je n’ai jamais commencé. »

Une certitude glacée me fit frissonner. « Et s’ils remettent ça ? »

Il éclata d’un rire morne. « Inutile que je m’en inquiète, car je ne puis l’empêcher ; mais ce n’est pas pour autant que je l’envisage avec plaisir. Ça (il indiqua ses traits tuméfiés), ça guérira ; mais pas ce qu’ils ont fait à ma chambre. Il va me falloir des semaines pour tout remettre en état. »

Il en parlait d’un ton détaché mais je sentis un vide affreux grandir en moi. Une seule fois, je m’étais rendu dans sa chambre, en haut d’une tour ; au bout d’un escalier interminable que personne n’empruntait plus, plein de poussière et de détritus accumulés par les années, j’étais arrivé dans une pièce qui donnait sur les parapets et qui renfermait un petit paradis. Je songeai aux poissons aux couleurs vives qui nageaient dans de vastes récipients de terre, aux jardins de mousse dans leurs bacs, à la poupée de porcelaine si soigneusement bordée dans son berceau. Je fermai les yeux et il ajouta, toujours tourné vers les flammes : « Ils ont fait ça très consciencieusement. Etais-je bête d’imaginer qu’il existait un lieu sûr en ce monde ! »

Je n’osais pas le regarder. A part sa langue, il n’avait aucune arme et son seul désir dans la vie était de servir son roi – et de sauver le monde. Pourtant, quelqu’un avait anéanti son univers ; pire encore, j’avais l’affreux soupçon que son passage à tabac était une vengeance pour un acte que j’avais commis, moi.

« Je pourrais t'aider à réparer ce qu'on t'a fait », proposai-je à mi-voix.

Il secoua sèchement la tête. « Je ne crois pas », répondit-il. Puis, d'une voix plus normale : « Sans vouloir te vexer.

– Tu ne me vexes pas. »

Je ramassai les herbes assainissantes, le pot d'onguent et les lambeaux qui restaient de ma chemise, et le fou sauta à bas de mon coffre. Je lui offris le matériel que je venais de réunir et il l'accepta gravement, puis il se dirigea vers la porte d'une démarche raide, malgré ses protestations de n'avoir été frappé qu'au visage. La main sur la poignée, il se retourna. « Quand tu seras sûr, tu me le diras ? » Il observa un silence plein de sous-entendus, puis, un ton plus bas : « Après tout, s'ils traitent ainsi le fou du roi, qu'iraient-ils faire à la femme qui porte l'héritier du roi-servant ?

– Ils n'auraient pas cette audace ! » fis-je farouchement.

Il eut un grognement de dédain. « Ah oui ? Moi, je ne sais plus de quoi ils auraient ou n'auraient pas l'audace, FitzChevalerie, et toi non plus. Je chercherais un moyen plus efficace de barrer ma porte, si j'étais toi, sauf si tu tiens à te retrouver toi aussi la tête dans un sac. » Il eut un sourire qui n'était même pas l'ombre de son sourire moqueur habituel et s'éclipsa. Après son départ, je rabattis la barre de la porte et m'y adossai en soupirant.

« Les autres en pensent ce qu'ils veulent, Vérité, dis-je tout haut dans la chambre silencieuse, mais, pour ma part, je crois que vous devriez faire demi-tour et rentrer tout de suite. Il n'y a pas que les Pirates rouges qui nous menacent et je ne suis pas convaincu que les Anciens seraient très efficaces contre les autres risques que nous courons. »

J'attendis un signe qu'il acquiesçait à mon message ou au moins qu'il l'avait reçu, mais rien. Un tourbillon d'exaspération monta en moi ; je n'étais jamais sûr de savoir quand Vérité était présent en moi ni s'il percevait les pensées que je souhaitais lui transmettre, et je me demandai pour la centième fois pourquoi il ne se servait pas de Sereine pour transmettre ses ordres. Il l'avait artisée tout l'été à propos des Pirates ; pourquoi ce silence, désormais ? L'avait-il contactée par l'Art et l'avait-elle caché ? Ou bien ne l'avait-elle révélé qu'à Royal ? C'était possible. Peut-être les ecchymoses qui marquaient le visage du fou reflétaient-elles la colère de Royal ayant découvert que Vérité ne perdait rien de ce qui se passait en son absence ; quant à savoir pourquoi il avait désigné le fou comme coupable, la question restait ouverte. Peut-être l'avait-il simplement choisi comme bouc émissaire pour donner libre cours à sa fureur : le fou n'avait jamais cherché à éviter de froisser Royal – ni personne d'autre.

Plus tard ce soir-là, je me rendis chez Molly. C'était risqué, car le Château était bondé de visiteurs qui allaient et venaient et de serviteurs aux petits soins pour eux ; mais mes soupçons m'y poussaient. Quand je frappai à la porte, Molly répondit à travers le bois : « Qui est là ?

– C'est moi », répondis-je, étonné. Elle n'avait jamais posé cette question jusque-là.

« Ah ! » Et elle m'ouvrit. Je me faufilai à l'intérieur et verrouillai la porte derrière moi pendant qu'elle s'approchait de la cheminée ; elle s'agenouilla et, sans me regarder, ajouta du bois au feu qui n'en avait nul besoin. Elle portait sa robe bleue de servante et ses cheveux étaient encore noués en chignon. Le moindre de ses gestes m'était un avertissement : ma visite s'annonçait mal.

« Je regrette de n'être pas venu plus souvent ces derniers temps.

– Moi aussi », répondit Molly, laconique.

Elle ne me facilitait guère mon entrée en matière. « Il s'est passé beaucoup de choses qui m'ont retenu.

– Et quoi donc ? »

Je soupirai. Je voyais d'ici où cette conversation allait nous mener. « Des choses dont je ne peux pas te parler.

– Bien entendu. » Malgré ses manières calmes et polies, je savais que sa colère bouillonnait juste sous la surface. A la première parole déplacée, ce serait l'éruption, et me taire ne vaudrait guère mieux : autant valait aborder la question de front.

« Molly, la raison qui m'amène ce soir...

– Ah, je savais bien qu'il te fallait une raison particulière pour venir chez moi. La seule chose qui m'étonne, finalement, c'est mon attitude. Que fais-je ici ? Pourquoi est-ce que je rentre tout droit dans ma chambre chaque jour après mon travail et que je me morfonds en attendant que tu passes ? Je pourrais avoir des occupations, aller aux spectacles de ménestrels et de marionnettistes, ce n'est pas ce qui manque en ce moment grâce au prince Royal ; je pourrais m'inviter à l'un des petits âtres, au milieu des autres servantes, et m'amuser avec elles, au lieu de rester ici toute seule. Ou bien je pourrais travailler ; Mijote me permet d'utiliser les cuisines quand ce n'est pas trop agité ; j'ai de la mèche, des herbes et du suif dont je pourrais me servir tant que les plantes ont encore tout leur parfum. Mais non, je rentre ici au cas où, par hasard, tu te souviendrais de moi et aurais envie de passer quelques instants avec moi. »

Tel un rocher dans la tempête, je soutenais les coups de bélier de ses paroles. Je ne pouvais rien faire d'autre : tout ce qu'elle disait était exact. Je baissai les yeux pendant qu'elle retrouvait son souffle et, quand elle reprit, toute colère avait disparu de sa voix, remplacée par bien pire : de la détresse et du découragement.

« Fitz, c'est trop dur. Chaque fois que je crois m'être résignée, je me surprends à espérer encore. Mais nous n'avons rien à attendre de l'avenir, n'est-ce pas ? Il n'y aura jamais d'instant rien qu'à nous, jamais de maison rien qu'à nous. » Elle se tut et baissa le regard en se mordillant la lèvre. Puis, d'une voix tremblante : « J'ai vu Célérité. Elle est très belle. J'ai même trouvé un prétexte pour lui parler... Je lui ai demandé s'ils avaient besoin d'autres bougies pour leurs appartements... Elle m'a répondu d'un air timide, mais courtoisement. Elle m'a même remerciée de ma sollicitude, alors que bien peu ici remarquent seulement les serviteurs. Elle... c'est quelqu'un de bien ; c'est une dame. Oh ! On ne te donnera jamais la permission de m'épouser ! Pourquoi voudrais-tu épouser une servante ?

– Pour moi, tu n'es pas une servante, répondis-je à mi-voix. Ce n'est pas comme ça que je te considère.

– Comme quoi, alors ? Je ne suis pas ton épouse, murmura-t-elle.

– Dans mon cœur, si », fis-je. C'était une piètre consolation ; je me sentis honteux de la voir l'accepter et poser son front sur mon épaule. Je la serrai doucement contre moi quelques instants, puis l'étreignis plus chaleureusement. Comme elle se nichait contre moi, je lui dis, les lèvres dans ses cheveux : « Je voudrais te demander quelque chose.

– Quoi ?

– Es-tu... enceinte ?

– Comment ? » Elle s'écarta de moi et me dévisagea.

« Portes-tu mon enfant ?

– Je... non. Non, je ne suis pas enceinte. » Silence. « Qu'est-ce qui te prend de me demander ça d'un seul coup ?

– Ça m'a traversé l'esprit comme ça. C'est tout. Tu sais...

– Je sais : si nous étions mariés et que je ne sois toujours pas enceinte, les voisins commenceraient à nous plaindre.

– Ah bon ? » Je n'y avais jamais pensé. Certains, je le savais, se demandaient si Kettricken n'était pas stérile, pour n'avoir pas encore conçu au bout d'un an de mariage, mais l'absence d'enfant de la reine-servante était une question d'ordre public ; je n'avais jamais imaginé que des voisins puissent ainsi surveiller de nouveaux mariés.

« Bien sûr. Quelqu'un m'aurait déjà indiqué une recette de tisane recommandée par sa vieille mère, ou donné de la poudre de défense de sanglier à verser discrètement dans ta bière, le soir.

– Ah oui ? » Je la serrai plus fort contre moi avec un grand sourire idiot.

« Hum. » Elle me rendit mon sourire, puis son visage redevint sérieux. « A vrai dire, chuchota-t-elle, je prends certaines herbes pour ne pas tomber enceinte. »

J'avais presque oublié la réprimande que m'avait infligée Patience. « Il paraît que ce genre de simples peuvent rendre malade si on en prend trop longtemps.

– Je sais ce que je fais, répliqua-t-elle d'un ton tranchant. Et puis je n'ai pas le choix, poursuivit-elle plus doucement.

– A part la catastrophe », acquiesçai-je.

Je sentis qu'elle hochait la tête contre mon épaule. « Fitz... si j'avais répondu oui, ce soir... si j'étais enceinte, que ferais-tu ?

– Je l'ignore. Je n'y ai pas réfléchi.

– Réfléchis-y maintenant, fit-elle d'un ton implorant.

– Je crois... dis-je lentement, que j'essayerais de te trouver un endroit où t'installer, je ne sais pas comment. » J'irais voir Umbre, Burrich, et je les supplierais de m'aider. J'en blêmis intérieurement. « Un endroit sûr, loin de Castelcerf, en amont du fleuve, sans doute. Je viendrais t'y rejoindre le plus souvent possible... Je me débrouillerais pour m'occuper de toi.

– Tu m'écarterais de ta vie, voilà ce que tu es en train de dire. Moi et notre... mon enfant.

– Non ! Je vous mettrais en sûreté, là où personne ne pourrait t'humilier ni se moquer de toi parce que tu serais fille mère. Et, quand j'en aurais l'occasion, je viendrais vous voir, toi et notre enfant.

– As-tu seulement songé que tu pourrais nous accompagner ?

Que nous pourrions quitter Castelcerf, toi et moi, et remonter le fleuve dès maintenant ?

– Je ne peux pas quitter Castelcerf. Je te l'ai déjà expliqué cent fois.

– Je sais. J'ai essayé de comprendre, mais je n'y arrive pas.

– Le travail que j'exécute pour le roi est tel que...

– Eh bien, cesse ! Que quelqu'un d'autre s'en charge. Pars avec moi, que nous nous bâtissions une vie à nous !

– Je ne peux pas. Ce n'est pas si simple ; on ne me laisserait pas m'en aller comme ça. » Sans que je m'en aperçoive, nous nous étions séparés ; Molly croisa les bras sur sa poitrine.

« Vérité n'est plus là et tout le monde ou presque est persuadé qu'il ne reviendra pas ; le roi Subtil s'affaiblit de jour en jour, et Royal s'apprête à hériter. Si la moitié de ce que tu me dis sur ses sentiments envers toi est vrai, pourquoi donc voudrais-tu rester ici une fois qu'il sera roi ? Pourquoi te laisserait-il habiter ici ? Fitz, tu ne vois donc pas que tout s'écroule ? Les îles Proches et Bac, ce n'était qu'un début ; les Pirates ne s'en tiendront pas là.

– Raison de plus pour demeurer à Castelcerf : afin de travailler et, le cas échéant, me battre pour notre peuple.

– Un homme seul ne les tiendra pas en échec, rétorqua Molly, même quelqu'un d'aussi entêté que toi. Pourquoi ne pas te servir de cet entêtement pour te battre pour nous, plutôt ? Pourquoi ne pas nous enfuir loin d'ici, remonter le fleuve jusque dans l'Intérieur, là où les Pirates ne vont pas, et nous bâtir une existence ? Pourquoi faudrait-il renoncer à tout pour une cause perdue ? »

Je n'en croyais pas mes oreilles : si c'était moi qui avais tenu ces propos, ç'aurait été de la haute trahison ; mais elle, elle prononçait ces paroles comme si elles relevaient du simple bon sens, comme si elle, moi et un enfant qui n'existait pas encore avions plus d'importance que le roi et les Six-Duchés réunis. Je lui fis part de mes réflexions.

« Ma foi, répondit-elle en me regardant dans les yeux, c'est vrai – pour moi, en tout cas. Si tu étais mon mari et que j'aie un enfant de toi, c'est comme ça que je nous verrais : plus importants que le reste du monde. »

Que rétorquer à cela ? J'essayai de discerner la vérité, tout en sachant que je ne la convaincrais pas. « Tu aurais autant d'importance à mes yeux et tu l'as déjà ; mais c'est bien pour ça que je dois rester ici : parce que quelque chose d'aussi important, on ne s'enfuit pas avec et on ne le cache pas. On le défend pied à pied.

– On le défend ? » Sa voix monta d'un cran. « Quand comprendras-tu que nous ne sommes pas assez forts pour nous défendre ? Moi, je le sais : j'ai protégé des enfants de mon propre sang contre les Pirates et je m'en suis sortie de justesse. Quand tu en auras fait autant, tu reviendras me parler de nous défendre ! »

Je ne répondis pas ; ce n'était pas seulement que ses paroles m'avaient fait mal, car elles m'avaient meurtri, et profondément, mais elles avaient aussi fait remonter de ma mémoire l'image d'une petite fille que je tenais contre ma poitrine et dont le sang ruisselait sur son bras déjà presque froid. L'idée de revivre semblable scène m'était insupportable mais il n'était pas question de me dérober. « S'enfuir ne servirait à rien, Molly. Soit nous combattons ici, soit nous nous ferons massacrer quand les combats nous rattraperont.

– Ah oui ? fit-elle d'un ton glacé. Est-ce que ce ne serait pas plutôt le fait que tu places un roi plus haut que moi qui te fait dire ça ? » Je fus incapable de soutenir son regard et elle eut un grognement méprisant. « Tu es exactement comme Burrich ; tu ne te rends même pas compte à quel point tu lui ressembles !

– Je suis comme Burrich, moi ? » J'étais un peu égaré : qu'elle me compare à Burrich me laissait déjà pantois, mais qu'elle le dise sur ce ton !...

« Oui, fit-elle, péremptoire.

– Parce que je suis loyal à mon roi ? » J'essayais tant bien que mal de surnager.

– Mais non ! Parce que tu fais passer ton roi avant ta femme... ou ton amour, ou ta propre vie.

– Je ne comprends rien à ce que tu racontes !

– Là, tu vois ! Tu ne comprends pas, c'est vrai ! Et ça ne t'empêche pas de te pavaner avec l'air de savoir plein de grandes choses, de noirs secrets, et tout ce qui se passe d'important. Eh bien, réponds à cette question : pourquoi Patience déteste-t-elle Burrich ? »

Cette fois, j'étais complètement perdu. Je ne voyais vraiment pas ce que cette histoire avait à faire avec ce qu'elle me reprochait ; mais Molly trouverait sûrement un lien. Avec circonspection, je risquai : « Elle lui en veut de mon existence ; elle croit que Burrich a poussé Chevalerie à des comportements ignobles... et, en conséquence, à me concevoir.

– Là, tu vois comme tu es bête ? Ça n'a rien à voir. Brodette m'a tout raconté un soir ; un peu trop de vin de sureau et nous nous sommes retrouvées à parler, moi de toi et elle de Burrich et Patience. Patience a d'abord aimé Burrich, benêt que tu es ! mais il ne voulait pas l'épouser ; il disait l'aimer mais ne pas pouvoir se marier avec elle, même si son père à elle consentait à une union en dessous de sa condition, parce qu'il avait juré allégeance sur sa vie et son épée à un certain seigneur, et il ne pensait pas pouvoir satisfaire l'un et l'autre. Ah ça, il prétendait regretter de ne pas être libre de l'épouser et d'avoir prêté serment avant de la connaître, mais n'empêche qu'il ne pouvait pas l'épouser. Et il lui a sorti je ne sais quelle imbécillité, comme quoi un cheval avait beau faire, il ne pouvait porter qu'une selle ! Alors, elle lui a dit : "Eh bien, va-t'en, dans ce cas, suis ce seigneur qui est plus important que moi à tes yeux." Et il est parti. Comme toi, si je te demandais de choisir. » Elle avait les pommettes rouge vif lorsqu'elle me tourna le dos avec un brusque mouvement de la tête.

Ainsi, tel était le rapport avec ce qu'elle me reprochait. Mais la tête me tournait tandis que, comme des pièces de puzzle, des bouts d'histoires, des remarques entendues par hasard s'organisaient soudain. Je me rappelai Burrich évoquant sa première rencontre avec Patience : assise sur la branche d'un pommier, elle lui avait demandé de lui ôter une écharde du pied. Ce n'était pas le genre de service qu'une femme sollicite de l'homme lige de son seigneur, mais bien une adolescente au tempérament direct d'un jeune homme qui a accroché son regard. Et sa réaction le soir où je lui avais parlé de Molly et de Patience, et où je lui avais répété les paroles de Patience à propos de chevaux et de selles...

« Chevalerie était-il au courant ? » demandai-je.

Molly se retourna vivement pour me dévisager : ce n'était manifestement pas la question qu'elle attendait ; mais elle ne put résister à l'envie de finir son histoire. « Non, pas au début. Quand Patience l'a connu, elle ignorait qu'il était le maître de Burrich, qui ne lui avait jamais dit à qui il avait juré allégeance. Tout d'abord, Patience ne voulait pas entendre parler de Chevalerie, parce qu'elle ne pensait qu'à Burrich, tu comprends ;

mais Chevalerie était têtu – d'après Brodette, il l'aimait à la folie – et il a fini par gagner son cœur. Ce n'est qu'après avoir accepté de l'épouser qu'elle a découvert que c'était le maître de Burrich, et seulement parce que Chevalerie a envoyé Burrich lui faire cadeau d'un certain cheval. »

Je revis soudain Burrich dans les écuries, devant la monture de Patience, disant : « C'est moi qui ai dressé cette jument. » Je me demandai s'il avait spécialement dressé Soyeuse, sachant qu'elle était destinée à la femme qu'il aimait, présent de l'homme qu'elle allait épouser ; je parie que oui. J'avais toujours eu l'impression que le dédain de Patience pour Burrich était en réalité une sorte de jalousie née de l'affection de Chevalerie pour son serviteur ; désormais, le triangle m'apparaissait encore plus étrange, et infiniment plus douloureux. Je fermai les yeux et secouai la tête, désemparé par l'injustice du monde. « Rien n'est jamais tout simple ni tout bon, dis-je en me parlant à moi-même. Il y a toujours une écorce amère, un pépin aigre quelque part.

– Oui. » La colère de Molly semblait s'être soudain épuisée ; elle s'assit au bord du lit et ne me repoussa pas lorsque je l'y rejoignis. Je lui pris la main. Mille pensées dansaient dans ma tête : le dégoût de Patience pour les soirées trop arrosées de Burrich, lui qui s'était rappelé son chien de manchon qu'elle transportait toujours dans un panier, le soin qu'il prenait toujours de son apparence et de son maintien. « Ce n'est pas parce que tu ne vois pas une femme qu'elle ne te voit pas. » Oh, Burrich ! Le temps qu'il passait en plus de son travail habituel à panser et étriller un cheval qu'elle ne montait plus que rarement. Mais au moins Patience avait-elle épousé l'homme qu'elle aimait et connu quelques années de bonheur, certes compliquées par les intrigues politiques, mais de bonheur quand même. Qu'aurions-nous, Molly et moi ? Ce qu'avait Burrich aujourd'hui ?

Elle se laissa aller contre moi et je la serrai un long moment dans mes bras. Ce fut tout ; mais ce soir-là, dans cette étreinte mélancolique, nous nous sentîmes plus proches l'un de l'autre que nous ne l'avions été depuis longtemps.

6

JOURS SOMBRES

C'est le roi Eyod qui occupait le trône du royaume des Montagnes à l'époque de la guerre contre les Pirates rouges. La mort de son fils aîné, Rurisk, avait laissé sa fille Kettricken unique héritière de la lignée ; selon la coutume, elle devait devenir reine des Montagnes, ou Oblat, comme on disait là-bas, lorsque son père transmettrait la couronne ; ainsi, son mariage avec Vérité nous assurait non seulement un allié pour protéger nos arrières en ces années d'instabilité, mais aussi l'adjonction à terme d'un « septième duché » au royaume des Six-Duchés. Le fait que le royaume des Montagnes n'eût de frontières communes qu'avec les deux duchés de l'Intérieur de Labour et de Bauge rendait la perspective d'un éclatement des Six-Duchés particulièrement inquiétante pour Kettricken : elle avait été élevée en tant qu'Oblat et sa responsabilité envers son peuple était pour elle d'une suprême importance ; aussi, quand elle devint la reine-servante de Vérité, les sujets des Six-Duchés devinrent son peuple, mais, au fond de son cœur, elle ne dut jamais oublier qu'à la mort de son père les Montagnards la réclameraient aussi comme Oblat. Or comment remplir cette obligation si Labour et Bauge se dressaient entre elle et son pays, non en tant que membres des Six-Duchés, mais en tant que nations hostiles ?

⋆

Une forte tempête se déclencha le lendemain, avec ses avantages et ses inconvénients : nulle incursion n'était à craindre le long de nos côtes par un tel temps, mais, dans le Château, des groupes disparates de soldats sur les nerfs vivaient en une promiscuité inconfortable. Béarns était aussi visible que Royal se faisait discret ; chaque fois que je m'aventurais dans la Grand-Salle, le duc Brondy s'y trouvait, en train de faire nerveusement les cent pas ou, glacé, le regard plongé dans les flammes d'une des cheminées. Ses filles ne le quittaient pas d'une semelle, tels des tigres des neiges chargés de le protéger ; Célérité et Félicité étaient encore très jeunes et leur visage exprimait clairement leur impatience et leur colère. Brondy avait sollicité une audience officielle avec le roi et, plus il devait attendre, plus l'importance de sa mission était niée et plus l'affront s'aggravait. En outre, la présence continuelle du duc dans notre Grand-Salle signalait clairement à toute sa suite que le roi n'avait pas encore consenti à le recevoir. Je voyais la marmite commencer à bouillir et je me demandais qui serait le plus échaudé lorsqu'elle déborderait.

A mon quatrième tour de prudente observation dans la salle, Kettricken fit son apparition. Elle était vêtue avec simplicité d'une longue robe droite de couleur violette, sur laquelle elle avait enfilé une sorte de veste blanc cassé dont les manches bouffantes lui cachaient à demi les mains ; ses longs cheveux tombaient librement sur ses épaules. Elle se présenta avec son absence coutumière de cérémonie, précédée de Romarin, sa petite servante, et seulement accompagnée de dames Pudeur et Espérance ; bien qu'elle eût un peu gagné en popularité auprès des femmes nobles du Château, elle n'oubliait pas que ces deux-là avaient été les premières à lui emboîter le pas alors que, jeune mariée, nul ne lui adressait la parole, et elle les honorait souvent en s'en faisant escorter. Je ne crois pas que le duc Brondy reconnut tout de suite sa reine-servante dans la femme à la sobre tenue qui l'aborda sans détour.

Elle sourit et lui prit la main pour le saluer ; c'était le geste simple d'une Montagnarde qui accueille ses amis, et je doute qu'elle eût conscience de l'honneur qu'elle lui faisait ni du baume que son attitude passait sur les heures d'attente qu'il venait de vivre. Je fus le seul, j'en suis certain, à remarquer la lassitude qui tirait les traits de la reine et les cernes récents qui lui creusaient les yeux. Félicité et Célérité furent aussitôt charmées de l'attention qu'elle portait à leur père. La voix claire de Kettricken porta dans toute la Grand-Salle, si bien que même les gens attroupés autour de chacune des trois cheminées et qui souhaitaient écouter ses paroles le purent – comme elle l'escomptait.

« Je me suis rendue à deux reprises chez le roi ce matin, et je regrette de devoir vous dire qu'il était... mal portant chaque fois. J'espère que cette attente ne vous aura pas été trop pénible ; je sais que vous voulez discuter directement avec le roi de votre tragédie et de tout ce qui doit être fait pour aider notre peuple, mais, pendant qu'il se repose, peut-être consentirez-vous à prendre une collation avec moi.

– Avec plaisir, dame reine », répondit Béarns, circonspect. Elle avait déjà beaucoup fait pour lisser ses plumes froissées, mais Brondy n'était pas homme à se laisser aisément charmer.

« J'en suis ravie », répondit Kettricken. Elle se pencha de côté pour murmurer quelques mots à l'oreille de Romarin ; la petite fille hocha vivement la tête et se sauva comme un lapin. Sa sortie ne passa pas inaperçue. Quelques instants plus tard, elle revint à la tête d'une procession de serviteurs ; une table fut transportée devant le Grand Atre, recouverte d'une nappe à la blancheur de neige et enfin ornée en son milieu d'un des jardins en bouteille de Kettricken. Un défilé de gens de cuisines s'ensuivit, qui apportant des assiettes, qui des coupes de vin, des friandises ou un saladier en bois rempli de pommes d'automne. L'ensemble était si merveilleusement orchestré qu'on aurait cru à de la magie. En quelques moments, la table fut dressée, les convives installés et Velours fit son entrée, chantant déjà et s'accompagnant au luth. Kettricken fit signe à ses dames de compagnie de la rejoindre, puis, m'ayant aperçu, m'appela d'un hochement de tête, enfin choisit au hasard quelques invités parmi les gens rassemblés près des cheminées, non en fonction de leur rang ou de leur fortune, mais selon l'intérêt que je lui savais leur porter : Penne et ses récits de chasse, et Coque, une jeune fille sympathique du même âge que les enfants de Brondy, en firent partie. Kettricken s'assit à la droite du duc et là encore je ne crois pas qu'elle se rendit compte de l'honneur qu'elle lui fit.

On but et on mangea légèrement, puis la reine fit signe à Velours de jouer un peu moins fort, elle se tourna vers Brondy et déclara simplement : « Nous n'avons appris que la trame de ce qui vous est arrivé. Voulez-vous bien nous raconter ce qui s'est passé à Bac ? »

Il eut un instant d'hésitation : il était venu exposer sa plainte au roi afin d'obtenir que le souverain agisse. Mais comment dire non à une reine-servante qui le recevait si gracieusement ? Il baissa les yeux un court moment, puis, d'une voix enrouée par une émotion non feinte : « Ma dame reine, nous avons été durement touchés. » Chacun à la table se tut aussitôt et tous les yeux se tournèrent vers lui ; manifestement, les convives choisis par la reine savaient aussi écouter et, lorsqu'il se lança dans son récit, on n'entendit plus un bruit, hormis quelques exclamations étouffées d'apitoiement ou certains murmures de colère à la description des actes des Pirates. Il s'interrompit une fois, puis prit sa décision et narra l'envoi des messages de demande d'aide et la vaine attente d'une réponse. La reine l'écouta de bout en bout sans émettre la moindre objection ni le moindre déni ; lorsqu'il eut achevé sa triste histoire, le duc parut soulagé et, pendant un long moment, nul ne dit rien.

« Votre récit m'en a beaucoup appris, fit enfin Kettricken à mi-voix, et ce ne sont pas de bonnes nouvelles. J'ignore ce que notre roi en dira ; il vous faudra patienter pour entendre ses propres paroles. Mais, pour ma part et en cet instant, je déclare que mon cœur déborde de chagrin pour mon peuple, et de colère aussi. Je vous promets qu'en ce qui me concerne, le mal qu'on vous a fait ne restera pas sans réparation, et que ceux de mon peuple ne demeureront pas exposés sans abri à la morsure de l'hiver. »

Le duc Brondy baissa le regard sur son assiette, joua un instant avec l'ourlet de la nappe, puis il se tourna vers la reine ; il y avait du feu dans ses yeux, mais aussi du regret, et c'est d'une voix ferme qu'il répondit : « Des mots. Ce ne sont que des mots, ma dame reine. Les gens de Bac ne peuvent se nourrir de mots ni s'abriter sous eux quand la nuit tombe. »

Kettricken soutint son regard sans ciller et l'on sentit comme un durcissement en elle. « Je ne méconnais pas la vérité de vos paroles, mais je n'ai rien que des mots à vous offrir pour le présent. Quand le roi sera suffisamment remis pour vous recevoir, nous verrons ce qui peut être fait pour Bac. »

Brondy se pencha vers elle. « J'ai des questions à poser, ma reine, et j'ai presque autant besoin de réponses que d'argent et d'hommes. Pourquoi nos appels à l'aide n'ont-ils éveillé aucun écho ? Pourquoi le navire qui aurait dû venir à notre secours a-t-il au contraire fait voile vers son port d'attache ?

– A ces questions, je n'ai point de réponse, messire, répondit Kettricken d'une voix qui tremblait légèrement, et ce m'est une grande honte de l'avouer. Je n'ai eu vent de la situation qu'à l'arrivée de votre jeune cavalier. »

Ces propos m'inquiétèrent : la reine avait-elle raison de faire cet aveu devant Brondy ? La prudence politique l'aurait peut-être déconseillé, mais je savais que Kettricken obéissait à la vérité avant la politique. Brondy la dévisagea longuement et les rides qui cernaient sa bouche se creusèrent. Avec audace, mais à mi-voix, il demanda : « N'êtes-vous pas reine-servante ? »

Kettricken posa sur lui des yeux d'un gris métallique. « En effet. Vous voulez savoir si je mens ? »

Brondy détourna le regard. « Non. Non, ma reine, cette idée ne m'a jamais traversé l'esprit. »

Un ange passa. J'ignore si Kettricken fit un signal discret ou si Velours suivit simplement son instinct, mais ses doigts se mirent à caresser les cordes plus vigoureusement, puis il entonna une chanson d'hiver pleine de notes venteuses et d'accords sifflants.

Il s'écoula plus de trois jours avant que Brondy soit enfin convoqué chez le roi ; entre-temps, Kettricken avait tenté de lui procurer des distractions, mais il est difficile de divertir un homme qui ne songe qu'à la vulnérabilité de son duché. Félicité, sa seconde fille, s'était promptement liée d'amitié avec Coque et paraissait oublier un peu son chagrin en sa compagnie ; Célérité, en revanche, ne quittait pas son père, et, quand ses yeux d'un bleu profond croisaient les miens, ils m'évoquaient deux plaies vives. Ces regards éveillaient en moi des émotions curieusement diverses : j'étais soulagé qu'elle ne cherchât pas à attirer particulièrement mon attention et, en même temps, je savais que la froideur dont elle faisait preuve avec moi n'était que le reflet des sentiments de son père envers le Château tout entier ; j'étais à la fois heureux et ulcéré du mépris qu'elle affichait envers moi car je ne pensais pas le mériter. Quand la convocation vint enfin et que Brondy se hâta d'y obéir, j'espérai que l'entrevue mettrait fin à cette situation délicate.

Je ne fus pas le seul, j'en suis convaincu, à observer que la reine Kettricken ne fut pas conviée à l'entretien. Je n'y fus pas présent non plus, n'étant pas invité ; mais il est rare qu'une reine se voie reléguée au même rang qu'un neveu bâtard. Kettricken demeura pourtant équanime et continua de montrer aux filles de Brondy et à Coque une technique des Montagnes pour insérer des perles dans un ouvrage de broderie. Je ne m'éloignai guère de leur table, mais je ne crois pas qu'elles avaient plus que moi la tête aux travaux d'aiguille.

L'attente fut brève : moins d'une heure plus tard, le duc Brondy réapparut dans la Grand-Salle avec toute la fureur glacée d'une tempête d'hiver ; à Félicité, il dit : « Prépare nos affaires. » A Célérité : « Préviens notre garde qu'elle se tienne prête à partir sur l'heure. » Il s'inclina raidement devant la reine Kettricken. « Ma reine, pardonnez mon départ. Puisque la maison des Loinvoyant refuse son aide, Béarns doit à présent s'occuper des siens.

– Ah ! Je comprends votre hâte, répondit gravement Kettricken. Mais je veux vous demander de partager encore un repas avec moi ; il n'est pas bon de se lancer l'estomac vide dans un voyage. Dites-moi, aimez-vous les jardins ? » La question s'adressait autant à Béarns qu'à ses filles. Elles regardèrent leur père ; après un moment d'hésitation, il acquiesça sèchement de la tête.

Sans s'engager, ses deux enfants reconnurent apprécier les jardins, mais leur perplexité était évidente : un jardin ? En hiver, par une tempête hurlante ? Je partageais leur incompréhension, surtout lorsque Kettricken me fit signe d'approcher.

« FitzChevalerie, exécutez mon souhait, je vous prie. Romarin, accompagne messire FitzChevalerie aux cuisines, prépare ce qu'il t'ordonnera et apporte-le au jardin de la reine. Je vais y conduire nos hôtes. »

Je regardai Kettricken, les yeux écarquillés, en essayant de la prévenir du regard : non ! Pas là ! La montée jusqu'en haut de la tour pouvait être pénible pour certains, sans parler de prendre une tasse de thé sur une terrasse battue par l'ouragan ! Je n'arrivais pas à comprendre son but, mais le sourire par lequel elle répondit à mon regard angoissé était parfaitement serein ; prenant Brondy par le bras, elle sortit avec lui de la Grand-Salle, suivie des deux filles du duc et des dames de compagnie de la reine. Je me tournai vers Romarin et modifiai ses ordres.

« Va leur chercher des manteaux épais et rattrape-les ; moi, je m'occupe de leur collation. »

L'enfant détala joyeusement tandis que je me rendais rapidement aux cuisines. J'informai brièvement Sara du désir de la reine et, en un tournemain, elle prépara une assiettée de pâtisseries tièdes et du vin chaud. « Prends déjà ça, j'enverrai un garçon en apporter d'autres dans un moment. » Je souris à part moi en emportant le plateau : la reine elle-même pouvait bien me donner du « messire FitzChevalerie », cela n'empêchait pas Sara la cuisinière de me mettre un plateau entre les mains et de m'ordonner sans façons de le transporter ici ou là. C'était curieusement rassurant.

Je montai les marches aussi vite que je le pus, puis fis une pause sur le dernier palier pour reprendre mon souffle, me préparai à affronter la pluie et le vent, et poussai la porte. Le spectacle était aussi lugubre que je l'avais craint : les suivantes de la reine, les filles de Brondy et Coque se serraient dans l'abri qu'offraient un angle de mur et une bande de tissu tendue là l'été précédent pour créer un petit coin d'ombre ; elle coupait le plus gros du vent et de la pluie glaçante. Une petite table se dressait sous ce pitoyable refuge et j'y déposai mon plateau ; Romarin, bien emmitouflée, chipa une pâtisserie avec un sourire béat, et dame Pudeur présida la distribution des friandises.

Dès que j'en eus l'occasion, je remplis deux chopes de vin chaud pour la reine et le duc Brondy et allai me joindre à eux sous prétexte de les servir. Ils étaient tout contre le parapet et ils contemplaient l'océan par-delà les créneaux ; le vent cinglant transformait l'eau en écume blanche et déroutait les mouettes de-ci de-là, parfaitement indifférent aux efforts qu'elles faisaient pour voler droit. Comme je m'approchais, je me rendis compte qu'ils parlaient tout bas, mais les rugissements du vent contrariaient toute tentative de surprendre leur conversation. Je regrettai de ne m'être pas muni moi-même d'un manteau : j'étais trempé jusqu'aux os et la tempête soufflait le peu de chaleur que générait mon corps tremblant. Je leur offris leurs chopes en essayant de sourire malgré mes dents qui claquaient.

« Vous connaissez messire FitzChevalerie ? demanda Kettricken à Brondy en prenant une des chopes.

– En effet ; j'ai eu le plaisir de l'avoir à ma table », répondit Brondy. La pluie dégouttait de ses sourcils broussailleux et le vent faisait claquer sa queue de cheval.

« Vous n'auriez donc pas d'objection à ce que je le prie de se mêler à notre conversation ? » Malgré la pluie battante, la reine s'exprimait d'un ton aussi calme que si nous nous tenions sous un chaud soleil printanier.

Je me demandai si elle se rendait compte que, pour Brondy, sa requête aurait la force d'un ordre déguisé.

« C'est avec plaisir que j'écouterai ses conseils, si vous le jugez assez sage, ma reine, répondit Brondy.

– Je l'espérais. FitzChevalerie, allez vous quérir du vin et revenez nous rejoindre, s'il vous plaît.

– Bien, ma reine. » Je m'inclinai très bas et me dépêchai d'obéir. Mon contact avec Vérité s'était fait de plus en plus ténu à mesure qu'il s'éloignait, mais en cet instant je me sentis frémir de son ardente curiosité. Je revins en hâte auprès de ma reine.

« Ce qui est fait est fait, disait-elle quand j'arrivai à leurs côtés, mais je me désole que nous n'ayons su défendre notre peuple. Cependant, si je ne puis défaire ce qu'ont fait les Pirates de la mer, peut-être puis-je au moins aider à le protéger des tempêtes à venir. Je vous prie de prendre ceci, de la main et du cœur de sa reine. »

Je notai au passage qu'elle n'avait fait nulle mention du refus d'agir du roi. Je l'observai alors : ses gestes étaient à la fois dégagés et précis ; la manche bouffante qu'elle avait relevée sur son bras dégouttait de pluie, mais, continuant de la remonter, elle découvrit une résille d'or qui lui prenait tout l'avant-bras, sertie çà et là d'opales sombres des Montagnes. J'avais déjà vu de ces pierres, mais jamais de cette taille ; pourtant, elle me tendit son bras afin que je détache le bijou, puis, sans la moindre hésitation, elle retira la résille et tira de son autre manche un petit sac en velours que je tins ouvert pendant qu'elle y faisait glisser les bracelets. Enfin, avec un sourire chaleureux, elle mit le sac dans la main du duc Brondy. « De la part de votre roi-servant Vérité et de moi-même », dit-elle à mi-voix. J'eus du mal à résister à l'envie de Vérité de se jeter aux pieds de cette femme et de la déclarer bien trop noble pour son insignifiant amour. Brondy, stupéfait, bredouilla des remerciements et jura que pas un sou de ce trésor ne serait gaspillé. De solides maisons se dresseraient à nouveau à Bac et leurs habitants béniraient la reine de les avoir réchauffés.

Je compris soudain pourquoi Kettricken avait choisi le jardin de la reine : c'était un don de la reine, sans aucun rapport avec ce qu'avaient pu dire Subtil ou Royal. Le choix du lieu et la manière d'offrir son présent à Brondy ne laissaient pas de place au doute à ce sujet ; elle ne demanda même pas au duc de rester discret sur l'affaire ; cela allait sans dire.

Je songeai aux émeraudes cachées dans un coin de mon coffre à vêtements mais, au fond de moi, Vérité ne réagit pas, et je l'imitai donc. J'espérais voir un jour Vérité lui-même les attacher autour du cou de sa reine ; en outre, je ne souhaitais pas amoindrir l'importance du cadeau de Kettricken en y ajoutant un autre de la part d'un bâtard – car c'est ainsi que j'aurais dû le présenter. Non, me dis-je : que le duc garde seulement en mémoire le don de la reine et sa façon de l'offrir.

Brondy détourna les yeux de sa reine pour me regarder. « Ma dame, vous paraissez tenir ce jeune homme en haute estime, pour le mettre ainsi dans la confidence de vos desseins.

– En effet, répondit Kettricken. Il n'a jamais trahi la confiance que j'ai en lui. »

Brondy hocha la tête comme si elle venait de confirmer une impression qu'il avait. Il se permit un petit sourire. « Ma fille cadette, Célérité, a été quelque peu troublée par une missive reçue de messire FitzChevalerie – d'autant plus que ses grandes sœurs l'avaient ouverte à sa place et y avaient trouvé matière à la taquiner. Mais lorsqu'elle m'a fait part de sa perplexité, je lui ai répondu que bien rare est l'homme qui reconnaît aussi franchement ce que l'on pourrait considérer comme des défauts ; seul un fanfaron se vanterait d'aller sans peur au combat, et je ne placerais pas ma confiance en un individu capable de tuer sans se sentir ensuite le cœur serré. Quant à votre santé (il m'assena soudain une claque sur l'épaule), il me semble que cet été passé à manier l'aviron et la hache vous a fait du bien. » Ses yeux de faucon se plantèrent dans les miens. « Mon avis sur vous n'a pas varié, FitzChevalerie, ni celui de Célérité. Je tiens à ce que vous le sachiez. »

Je répondis par les mots qu'on attendait de moi : « Merci, messire. »

Il jeta un coup d'œil par-dessus son épaule et je suivis son regard : au travers des rafales de pluie, je vis Célérité qui nous observait. Son père lui adressa un petit hochement de tête et le sourire de sa fille apparut tel le soleil qui perce les nuages. Félicité, à côté d'elle, lui murmura quelque chose et sa jeune sœur lui donna un coup de coude en rougissant. Mes entrailles se glacèrent lorsque Brondy me glissa : « Vous pouvez dire au revoir à ma fille, si vous le désirez. »

C'était la dernière de mes envies mais je ne voulais pas anéantir ce que Kettricken s'était donné tant de peine pour forger ; je m'inclinai donc, pris congé et, la mort dans l'âme, traversai le jardin battu par la pluie pour me présenter devant Célérité. Coque et Félicité s'écartèrent aussitôt pour nous observer de loin – et sans grande discrétion.

Je lui adressai un salut d'une absolue correction. « Dame Célérité, je dois vous remercier encore une fois du manuscrit que vous m'avez fait parvenir », déclarai-je gauchement. Mon cœur cognait dans ma poitrine, comme le sien, certainement, mais pour des raisons tout à fait différentes.

Elle me sourit sous la pluie battante. « J'ai eu plaisir à vous l'envoyer et plus encore à lire votre réponse. Mon père me l'a expliquée ; j'espère que vous ne vous froisserez pas de ce que je la lui ai montrée, mais je ne comprenais pas pourquoi vous teniez tant à vous rabaisser. Il m'a dit : “L'homme qui doit vanter ses mérites sait que personne ne le fera à sa place” ; il a ajouté qu'il n'y a pas meilleur moyen d'apprendre la mer qu'à l'aviron d'un navire, et que, dans son jeune temps, la hache était aussi son arme. Il a promis de nous offrir l'été prochain, à mes sœurs et moi, un doris sur lequel nous pourrons sortir les beaux jours... » Elle s'interrompit soudain. « Je bavarde trop, n'est-ce pas ?

– Pas du tout, ma dame », assurai-je. Je n'étais que trop heureux de lui laisser faire les frais de la conversation.

« Ma dame », répéta-t-elle doucement avant de rougir furieusement comme si je l'avais embrassée devant tout le monde.

Je détournai le regard pour découvrir Félicité, les yeux écarquillés posés sur nous, la bouche arrondie en un O de ravissement scandalisé. Imaginant les propos qu'elle me prêtait, je rougis à mon tour, et elle se mit à glousser, imitée par Coque.

Il s'écoula une éternité, me sembla-t-il, avant que nous ne quittions le jardin de la reine battu par la tempête. Nos hôtes regagnèrent leurs appartements pour changer de vêtements et se préparer au voyage de retour. J'en fis autant et m'habillai en hâte afin de ne rien manquer de leur départ, puis me rendis dans la cour extérieure pour voir Brondy et sa garde se mettre en selle. La reine Kettricken était là aussi, parée de ses couleurs désormais familières, blanc et violet, et accompagnée de sa propre garde d'honneur. Elle s'approcha de Brondy pour lui faire ses adieux et, avant de monter à cheval, il mit un genou en terre et lui baisa la main ; ils échangèrent quelques mots, j'ignore lesquels, mais la reine sourit, les cheveux ébouriffés par le vent. Enfin, Brondy s'en alla dans la tempête ; on sentait encore de la colère dans le maintien de ses épaules, mais son obéissance à la reine montrait que tout n'était pas perdu.

Célérité et Félicité se retournèrent toutes deux vers moi en s'éloignant et la puînée leva audacieusement la main en signe d'adieu ; je lui rendis son geste, puis les regardai s'en aller, glacé par bien davantage que la pluie. J'avais soutenu les efforts de Kettricken et de Vérité, en ce jour, mais à quel prix ? Qu'étais-je en train de faire à Célérité ? Molly avait-elle raison pour nous deux ?

Plus tard dans la soirée, j'allai présenter mes respects à mon roi. Il ne m'avait pas fait appeler, je ne m'y rendais pas non plus pour lui parler de Célérité, et je me demandais si c'était Vérité qui m'y poussait ou mon cœur qui m'interdisait de l'abandonner. Murfès me laissa entrer d'un air mécontent, en m'avertissant que le roi n'était pas encore complètement remis et que je ne devais pas le fatiguer.

Le roi Subtil était installé dans un fauteuil devant sa cheminée. L'air de la chambre était lourd de l'odeur écœurante de la Fumée ; le fou, dont le visage présentait toujours une intéressante composition de pourpres et de bleus, était accroupi aux pieds du roi et, de ce fait, se trouvait heureusement en dessous du niveau le plus âcre de la brume. Je n'eus pas cette chance et dus accepter le tabouret bas que Murfès eut la sollicitude de m'apporter.

Quelques instants après que je me fus présenté, puis assis, le roi se tourna vers moi. Il me dévisagea pendant quelques secondes avec des yeux larmoyants, la tête branlante. « Ah, Fitz ! fit-il enfin. Comment vont tes leçons ? Maître Geairepu est-il satisfait de tes progrès ? »

Je jetai un coup d'œil au fou qui refusa de croiser mon regard et continua de tisonner le feu d'un air morose.

« Oui, répondis-je à mi-voix. Il dit que ma calligraphie est bonne.

– Tant mieux. Une main claire, voilà un talent dont on peut être fier. Et notre marché ? En ai-je tenu ma part ? »

De nouveau notre vieille antienne. Encore une fois, je réfléchis aux termes qu'il m'avait proposés : il devait me nourrir, me vêtir et m'instruire, et, en retour, je lui devais une loyauté absolue. Les paroles familières me firent sourire, mais ma gorge se serra en songeant à l'état de l'homme qui les prononçait et à ce qu'elles me coûtaient.

« Oui, monseigneur.

– Très bien. Alors, veille à tenir aussi la tienne. » Il se laissa aller lourdement contre son dossier.

« Je vous le promets, Votre Majesté », dis-je, et le fou leva les yeux vers moi : il prenait acte du renouvellement de ma promesse.

Un moment, ce fut le silence dans la pièce, hormis les crépitements du feu ; puis le roi se redressa soudain, comme surpris par un bruit. Il promena son regard sur la chambre d'un air égaré. « Vérité ? Où est Vérité ?

– Il est parti en mission, mon roi, chercher l'aide des Anciens afin de chasser les Pirates rouges de nos côtes.

– Ah, oui. Bien sûr ; oui, bien sûr. Mais l'espace d'un instant j'ai cru... » Il se radossa. Et tout à coup les poils se dressèrent sur ma peau : je le sentais artiser, sans précision, à tâtons ; son esprit tiraillait le mien comme des mains de vieillard qui cherchent à s'agripper. Je le croyais incapable d'artiser, désormais, tout son talent consumé depuis des années. Vérité m'avait révélé un jour que Subtil ne s'en servait plus que rarement, mais j'avais mis ces propos sur le compte de sa loyauté envers son père. Pourtant, un fantôme d'Art touchait mes pensées comme des doigts inhabiles les cordes d'une harpe ; je sentis Œil-de-Nuit se hérisser contre cette nouvelle intrusion. *Silence*, lui transmis-je.

Une idée me coupa brusquement la respiration. M'avait-elle été soufflée par Vérité ? Je décidai d'oublier toute prudence et me répétai que je ne faisais qu'obéir à la promesse faite à cet homme bien des années plus tôt : loyauté en tout. Tout en rapprochant mon tabouret de son fauteuil, je lui demandai sa permission : « Mon roi ? » Puis je pris sa main flétrie entre les miennes.

J'eus l'impression de plonger dans un torrent. « Ah, Vérité, mon garçon, te voici ! » Durant une seconde, j'aperçus Vérité tel que le voyait encore Subtil : comme un garçonnet boulot de huit ou neuf ans, plus gentil que brillant, pas aussi grand que son frère aîné Chevalerie, mais un bon petit prince, aimable, excellent second fils, sans trop d'ambition et qui ne posait pas trop de questions ; puis, avec la sensation d'avoir glissé de la berge, je sombrai dans le rugissement noir et impétueux de l'Art. Déconcerté, je me rendis compte que je voyais soudain par les yeux de Subtil ; les bords de sa vision étaient brumeux. Un instant, je distinguai Vérité qui marchait lourdement dans la neige. *Que se passe-t-il ? Fitz ?* Puis un tourbillon m'emporta au cœur de la douleur de Subtil ; enfoncé tout au fond de lui par l'Art, au-delà des parties qu'insensibilisaient les herbes et la Fumée, je me retrouvai dans le brasier de sa souffrance ; c'était un mal qui grandissait lentement le long de son dos et dans son crâne, un mal toujours présent qui refusait qu'on le nie. Subtil devait se laisser consumer par ce tourment qui ne lui permettait plus de penser ou bien s'en cacher en s'engourdissant l'esprit et le corps avec des herbes et de la Fumée. Cependant, au fin fond de ce cerveau embrumé vivait encore un roi qui enrageait de son enfermement. L'esprit était toujours là, aux prises avec un corps qui ne lui obéissait plus et une douleur qui dévorait les dernières années de sa vie. Je le vis jeune homme, je le jure, peut-être d'un an ou deux plus vieux que moi ; il avait eu les cheveux aussi broussailleux et indisciplinés que Vérité, les yeux grands et pleins de vie, et ses seules rides étaient celles d'un sourire rayonnant. Tel il était encore, dans son âme, un homme jeune pris au piège et réduit aux abois. Il m'agrippa en me demandant d'un air éperdu : « Comment sortir de là ? » Je me sentis sombrer à sa suite.

Soudain, comme au confluent de deux fleuves, une autre force me heurta de plein fouet et me fit tournoyer dans son courant. *Mon garçon, maîtrise-toi !* J'eus l'impression que des mains puissantes me saisissaient, m'affermissaient et faisaient de moi un toron à part dans la corde agitée de soubresauts que nous formions. *Père, je suis là. Avez-vous besoin d'aide ?*

Non, non. Tout est comme d'habitude. Mais, Vérité...

Oui, je suis là.

Béarns ne nous est plus loyal. Brondy donne asile chez lui à des Pirates rouges en échange de l'immunité de ses villages. Il s'est retourné contre nous. Quand tu reviendras, il faudra...

La pensée se fit erratique et perdit sa force.

Père, d'où tenez-vous ces renseignements ? Je perçus le désespoir soudain de Vérité : si ce que disait Subtil était vrai, Castelcerf n'avait aucune chance de passer l'hiver indemne.

Royal a des espions qui les lui rapportent et il m'en fait part. La traîtrise de Brondy doit rester secrète en attendant que nous soyons assez forts pour le frapper ou que nous décidions de l'abandonner à ses amis Pirates. Ah, oui, tel est le plan de Royal : tenir les Pirates rouges à l'écart de Cerf de façon qu'ils finissent par se retourner contre Brondy et le punissent à notre place. Brondy a même envoyé un faux message de demande d'aide dans l'espoir d'attirer nos vaisseaux vers leur perte.

Est-ce possible ?

Tous les espions de Royal le confirment ; et je crains que nous ne puissions plus nous fier à ton épouse étrangère : pendant le séjour de Brondy ici, Royal a remarqué qu'elle baguenaudait avec lui et trouvait tous les prétextes pour parler en privé avec lui. Il redoute qu'elle ne complote avec nos ennemis pour renverser le trône.

C'EST UN MENSONGE ! La force de son démenti me transperça comme la pointe d'une épée, et, l'espace d'un instant, je recommençai à me noyer, perdu, hors de moi-même, dans le flot d'Art qui passait à travers moi. Vérité s'en rendit compte et me raffermit encore une fois. *Nous devons faire attention au petit ; il n'est pas assez fort pour qu'on l'utilise ainsi, père. Je vous implore de faire confiance à ma reine ; je sais qu'elle n'est pas déloyale ; et méfiez-vous de ce que vous racontent les espions de Royal : placez des espions sur les espions avant d'agir d'après leurs dires et consultez Umbre. Promettez-le-moi.*

Je ne suis pas stupide, Vérité. Je sais comment tenir mon trône.

Très bien. Très bien. Veillez à ce qu'on s'occupe du petit ; il n'est pas formé à ce genre d'exercices.

Quelqu'un ramena brusquement ma main en arrière, comme pour l'écarter d'un fourneau brûlant ; je me pliai mollement en deux, pris de vertige, et mis ma tête entre mes genoux. A côté de moi, j'entendais le roi Subtil haleter comme s'il venait de courir. Le fou me plaça de force un verre de vin dans les mains, puis s'occupa de faire boire de petites gorgées de vin au roi. Et tout à coup la voix de Murfès retentit, irritée : « Qu'avez-vous fait au roi ?

– Ce n'est pas seulement le roi qui ne va pas ! » Il y avait de la peur dans la voix du fou. « Ils bavardaient ensemble, très calmement, et soudain c'est arrivé ! Emportez ces satanés brûloirs ! Je crois bien que vous les avez tués tous les deux !

– Silence, fou ! N'accuse pas ma médication de ce qui leur advient ! » Mais je perçus de la hâte dans son pas quand il fit le tour de la pièce pour moucher les mèches des brûloirs ou les recouvrir de coupes de cuivre ; quelques instant plus tard, les fenêtres s'ouvraient grand sur l'air glacé de la nuit. Le froid me remit les idées en place, et je parvins à me redresser et à boire un peu de vin ; peu à peu, mes sens me revinrent. Malgré tout, j'étais encore assis quand Royal entra d'un air agité en exigeant de savoir ce qui s'était passé. C'est à moi qu'il posa la question, car le fou et Murfès s'affairaient à étendre le roi dans son lit.

En réponse, je secouai vaguement la tête ; mon abrutissement n'était pas pure comédie.

« Comment va le roi ? Va-t-il se remettre ? demanda-t-il à Murfès.

L'intéressé se précipita auprès de Royal. « Il semble se reprendre, prince. J'ignore ce qui lui a pris ; je n'ai pas vu signe de lutte, mais il est aussi fatigué que s'il venait de faire une course. Sa santé ne peut supporter de tels énervements, mon prince. »

Royal me regarda comme s'il me jaugeait. « Qu'as-tu fait à mon père ? gronda-t-il.

– Moi ? Rien. » C'était la vérité : ce qui s'était passé avait été causé par le roi et Vérité. « Nous parlions tranquillement quand je me suis soudain senti accablé, pris de tournis, en faiblesse, comme si je perdais conscience. » Je me tournai vers Murfès. « Cela pourrait-il venir de la Fumée ?

– Peut-être », concéda-t-il. Il croisa d'un air inquiet le regard brusquement assombri de Royal. « Chaque jour, je dois augmenter la dose pour qu'elle fasse effet, et il se plaint encore de...

– SILENCE ! » rugit Royal. Il me désigna d'un geste méprisant, comme il eût montré un rebut. « Fais-le sortir d'ici, puis reviens t'occuper du roi. »

A cet instant, Subtil gémit dans son sommeil et je sentis à nouveau l'infime frôlement de l'Art sur mes sens. J'en eus la chair de poule.

« Non, occupe-toi plutôt du roi dès maintenant, Murfès. Fou, emmène le Bâtard, et veille à ce que les serviteurs ne parlent pas de cette affaire. Si tu me désobéis, je le saurai. Dépêche-toi : mon père n'est pas bien. »

Je m'imaginais pouvoir me lever et m'en aller seul, mais je m'aperçus bien vite qu'il me fallait l'aide du fou, au moins pour me mettre debout ; puis je me mis en route d'un pas vacillant, avec la sensation d'être monté sur des échasses ; les murs avançaient et reculaient sans cesse, le sol tanguait comme le pont d'un bateau sous une lente houle.

« Je peux me débrouiller, maintenant », dis-je au fou quand nous fûmes dans le couloir. Il fit non de la tête.

« Tu es trop vulnérable pour rester seul en ce moment », me souffla-t-il avant de glisser son bras sous le mien et de se lancer dans un discours sans queue ni tête. Il mit tout son talent de comédien à m'aider avec sollicitude à monter les marches, puis à gagner ma porte ; là, sans cesser de bavarder, il attendit que je la déverrouille, puis il la franchit à ma suite.

« Je te dis que je vais bien », fis-je non sans agacement ; me coucher, voilà tout ce que je désirais.

« Ah oui ? Et mon roi ? Que lui as-tu fait ?

– Je ne lui ai rien fait ! » m'exclamai-je d'une voix rauque en m'asseyant au pied de mon lit. La migraine commençait à me marteler les tempes ; ce qu'il m'aurait fallu, c'était du thé à l'écorce elfique, mais je n'en avais pas.

« Si ! Tu lui as demandé sa permission, puis tu lui as pris la main et la seconde d'après vous haletiez la bouche ouverte comme deux poissons hors de l'eau !

– Une seconde seulement ? » J'avais eu l'impression que ç'avait duré des heures, toute la soirée.

« Trois battements de cœur, pas plus.

– Ooh... » Je portai les mains à ma tête et m'efforçai de rassembler mon crâne en un seul morceau. Pourquoi fallait-il que Burrich soit absent justement maintenant ? Il m'aurait fourni de l'écorce elfique. La douleur était telle qu'il fallait que je coure un risque. « As-tu de l'écorce elfique ? Pour les infusions ?

– Sur moi ? Non ; mais je pourrais en demander à Brodette. Elle a une réserve entière de plantes de toutes sortes.

– Tu veux bien y aller ?

– Qu'as-tu fait au roi ? » Le marché était sans équivoque.

La migraine qui montait menaçait de m'exorbiter les yeux. « Rien, répondis-je dans un hoquet de souffrance. Quant à ce qu'il m'a fait, lui, c'est à lui de le dire – s'il le veut bien. C'est assez clair pour toi ? »

Silence. « Peut-être. Tu souffres à ce point ? »

Je m'allongeai avec précaution ; même poser la tête sur l'oreiller me fit mal.

« Je reviens tout de suite », dit-il. J'entendis la porte s'ouvrir puis se refermer. Je demeurai immobile, les yeux clos ; peu à peu, le sens de l'échange auquel j'avais assisté émergea dans mon esprit, et, malgré ma souffrance, je triai ce que j'avais appris. Royal avait des espions, du moins le prétendait-il ; Brondy était un traître, du moins était-ce ce que Royal disait tenir de ses espions ; pour ma part, je soupçonnais Brondy d'être à peu près aussi déloyal que Kettricken. Ah, quel poison sournois ! Et la douleur ! Je m'étais soudain rappelé la douleur ; Umbre ne m'avait-il pas conseillé, pour trouver la réponse à ma question, d'observer simplement comme il m'avait enseigné à le faire ? Et la réponse, elle se trouvait sous mon nez, mais ma peur des traîtres, des complots et des poisons m'empêchait de la voir.

Le roi Subtil souffrait d'un mal qui le dévorait de l'intérieur ; il se droguait pour endormir la souffrance, pour préserver un petit coin de son esprit, un refuge inaccessible à la douleur. Si l'on m'avait dit cela quelques heures plus tôt, j'aurais éclaté de rire, mais, à présent, étendu sur mon lit, m'efforçant de respirer doucement parce que le moindre mouvement déclenchait une vague de souffrance, je comprenais. La douleur... Je ne la subissais que depuis quelques minutes et j'avais déjà envoyé le fou chercher de l'écorce elfique. Une autre pensée me vint soudain : je savais que ce supplice prendrait fin, que je m'en lèverais libéré demain matin ; mais si je devais l'affronter à chaque instant des jours qui me restaient à vivre, avec la certitude qu'il dévorait les heures qui m'étaient dévolues ? Pas étonnant que Subtil se drogue en permanence !

J'entendis à nouveau la porte s'ouvrir et se refermer doucement ; puis, guettant en vain les bruits du fou en train de préparer l'infusion, je fis l'effort d'ouvrir les yeux. Justin et Sereine se tenaient devant mon huis, tendus, figés comme s'ils se trouvaient dans le repaire de quelque bête féroce. Comme je tournais légèrement la tête pour mieux les voir, Sereine retroussa les lèvres en un rictus mauvais, et, en moi, Œil-de-Nuit en fit autant. Mon cœur se mit tout à coup à battre la chamade. Danger ! J'essayai de détendre mes muscles, de m'apprêter à réagir, mais la douleur qui me martelait le crâne ne me permettait que de rester immobile. « Je ne vous ai pas entendus frapper », dis-je avec difficulté. Chaque mot était comme une lame chauffée au rouge qui résonnait dans ma tête.

« Je n'ai pas frappé », répondit Sereine sèchement. Sa façon de détacher les mots me fit l'effet d'un coup d'assommoir ; je formai le vœu qu'elle ne se rendît pas compte du pouvoir qu'elle avait sur moi en cet instant, et aussi que le fou revînt vite. Je tentai de prendre l'air désinvolte, comme si je restais au lit parce que je n'attachais nulle importance à sa présence chez moi.

« Tu as besoin de quelque chose ? » J'avais parlé d'un ton apparemment brusque mais, en réalité, chaque parole me demandait trop d'efforts pour que je gaspille ma salive.

« De ta part ? Jamais ! » répondit Sereine avec dérision.

Je sentis un contact d'Art maladroit. C'était Justin qui me touchait à tâtons ; je ne pus réprimer un frisson : l'usage que mon roi avait fait de moi m'avait laissé l'esprit aussi sensible qu'une plaie à vif et l'Art inhabile de Justin m'écorchait le cerveau comme les griffes d'un chat.

Protège-toi. Le message de Vérité était à peine un murmure. Je fis un effort pour dresser ma garde, mais n'y parvins pas. Sereine souriait.

Justin se frayait un chemin dans mon esprit avec la délicatesse du boulanger qui pétrit la pâte. Mes sens s'embrouillèrent soudain : il puait dans ma tête, il était d'un horrible jaune verdâtre de décomposition et il sonnait comme un cliquetis d'éperons. *Protège-toi !* me suppliait Vérité ; sa voix était désespérée, sans force, et je savais qu'il faisait tout ce qui était en son pouvoir pour maintenir les lambeaux de ma personnalité en un seul morceau. *Il va te tuer par pure bêtise ! Il ne se rend même pas compte de ce qu'il est en train de faire !*

Aidez-moi !

Mais de Vérité, plus rien ; notre lien s'évanouissait comme parfum au vent à mesure que mes forces déclinaient.

NOUS SOMMES DE LA MEME MEUTE !

Justin fut projeté contre la porte avec une telle force que sa tête rebondit contre le bois. Il avait été plus que *repoussé* : je ne trouvai pas de mot pour décrire ce qu'Œil-de-Nuit avait fait à Justin de l'intérieur de son esprit ; c'était une magie hybride : Œil-de-Nuit se servait du Vif en passant par le pont qu'avait créé l'Art et il attaquait le corps de Justin depuis l'esprit de Justin. L'artiseur porta soudain les mains à sa gorge pour écarter des mâchoires insaisissables ; des griffes entaillèrent sa peau et marquèrent de zébrures rouges sa chair sous sa fine tunique. Le cri de Sereine me transperça comme une épée et elle se jeta sur Justin pour essayer de l'aider.

Ne tue pas ! Ne tue pas ! NE TUE PAS !

Enfin, Œil-de-Nuit m'entendit. Il lâcha Justin et le jeta de côté tel un rat, puis vint se mettre à cheval sur moi pour me protéger ; j'avais presque l'impression de le sentir haleter à mon oreille, de percevoir la chaleur de sa fourrure. Sans force pour m'étonner de ce qui s'était produit, je me roulai en boule comme un chiot et m'abritai sous lui : je savais que nul ne pourrait franchir son rempart.

« Que s'est-il passé ? Que s'est-il passé ? Mais que s'est-il passé ? » hurlait Sereine, éperdue. Elle avait agrippé Justin par le devant de sa tunique et l'avait relevé ; il y avait des marques livides sur sa gorge et sa poitrine mais, les yeux à peine entrouverts, je les vis disparaître rapidement, et bientôt il n'y eut plus trace de l'attaque d'Œil-de-Nuit, hormis la tache humide qui s'agrandissait sur le devant de ses chausses. Il ferma les yeux d'un air épuisé, mais Sereine le secoua comme une poupée de chiffon. « Justin ! Ouvre les yeux ! Justin !

– Que faites-vous à cet homme ? » La voix théâtrale du fou, pleine d'outrage et d'étonnement, retentit dans ma chambre ; derrière lui, ma porte était grande ouverte. Une servante qui passait, les bras chargés de chemises, jeta un coup d'œil, surprise, puis s'arrêta pour contempler la scène ; le petit page qui la suivait, un panier à la main, se dévissa le cou pour mieux voir. Le fou posa par terre le plateau qu'il portait et s'avança chez moi. « Qu'est-ce que cela signifie ?

– Il a attaqué Justin », fit Sereine entre deux sanglots.

L'incrédulité se peignit sur le visage du fou. « Lui ? A en juger par son aspect, il serait incapable de faire du mal à un oreiller ! En revanche, je vous ai bien vue vous en prendre à ce garçon. »

Sereine lâcha la chemise de Justin qui s'effondra comme un tas de charpie. Le fou le contempla avec commisération.

« Mon pauvre ami ! Essayait-elle de vous forcer à des actes immoraux ?

– Ne dites pas de bêtises ! » Sereine était outrée. « C'est lui ! » Et elle pointa le doigt sur moi.

Le fou me considéra d'un air solennel. « C'est une grave accusation. Répondez-moi avec sincérité, Bâtard : essayait-elle vraiment de vous violer ?

– Non. » Ma voix ne cachait rien de ce que je ressentais : ma nausée, mon épuisement, mon vertige. « J'étais en train de dormir ; ils sont entrés sans bruit dans ma chambre, et puis... » Je fronçai les sourcils et m'interrompis. « Je crois que j'ai trop respiré de Fumée ce soir.

– C'est évident. » Le ton du fou était superbement dédaigneux. « J'ai rarement assisté à un tel étalage de concupiscence ! » Le fou se tourna soudain vers le page et la servante, toujours occupés à observer la scène. « Ceci jette la honte sur Castelcerf tout entier ! Nos propres artiseurs, se conduire ainsi ! Je vous somme de n'en souffler mot à personne ! Il faut étouffer tous les ragots dans l'œuf ! » Puis il se retourna de nouveau vers Sereine et Justin ; béante d'indignation, l'artiseuse était rouge pivoine ; Justin, lui, se redressa en position assise à ses pieds et, vacillant, s'accrocha à ses jupes comme un bébé qui essaie de se mettre debout.

« Je n'ai aucun désir pour cet homme, dit-elle d'une voix glaciale en articulant soigneusement, et je ne l'ai pas attaqué non plus.

– Eh bien, quelles que soient vos intentions, vous feriez mieux de les réserver à vos appartements ! » répliqua le fou d'un ton sévère, et, sans un autre regard, il reprit son plateau et s'en alla dans le couloir. A la vue de l'écorce elfique qui s'éloignait, je ne pus contenir un gémissement de désespoir, et Sereine pivota aussitôt vers moi, un rictus aux lèvres.

« J'irai au fond de cette affaire ! » gronda-t-elle.

Je repris mon souffle. « Mais dans tes appartements, s'il te plaît. » Et j'indiquai la porte d'un doigt tremblant. Elle sortit d'un pas rageur, Justin dans son sillage et d'un pas plus incertain ; la servante et le page s'écartèrent de leur passage d'un air de dégoût. Ma porte était demeurée ouverte et il me fallut faire un immense effort pour me lever et aller la fermer. J'avais l'impression de porter ma tête en équilibre sur mes épaules. Une fois la porte close, je ne cherchai même pas à regagner mon lit : je me laissai glisser au sol, le dos contre le mur. J'avais la sensation d'avoir été écorché vif.

Mon frère, es-tu en train de mourir ?

Non. Mais j'ai mal.

Repose-toi ; je veille.

Je suis incapable d'expliquer ce qui se passa ensuite : je lâchai quelque chose, quelque chose à quoi je m'agrippais depuis toujours sans m'en rendre compte. Je m'enfonçai dans une obscurité chaude, moelleuse et protectrice, tandis qu'un loup montait la garde par mes propres yeux.

7
BURRICH

Dame Patience, qui fut la reine du roi-servant Chevalerie, était originaire de l'Intérieur ; ses parents, le seigneur Quercicombe et dame Avéria, appartenaient à la très petite noblesse, et voir leur fille épouser un prince du royaume dut être un choc pour eux, considérant surtout son caractère indocile, voire borné selon certains. L'ambition avouée de Chevalerie d'épouser dame Patience fut la cause de son premier différend avec son père, le roi Subtil : cette union ne rapportait ni alliance profitable ni avantage politique, seulement une femme excessivement excentrique dont le grand amour qu'elle avait pour son époux ne l'empêchait pas d'affirmer hautement des opinions impopulaires, pas plus qu'il ne la dissuadait de se plonger corps et âme dans n'importe quelle occupation qui captait sa capricieuse fantaisie. Ses parents la précédèrent dans la mort l'année de la Peste sanguine, et elle était sans enfant et présumée stérile quand son époux se tua en tombant de cheval.

*

Je me réveillai – ou plutôt je revins à moi. J'étais dans mon lit, dans un nid chaud et tendre. Sans bouger, je cherchai la douleur en moi : ma tête ne me faisait plus mal, mais je me sentais fatigué et dolent, courbatu comme on l'est parfois après la souffrance. Un frisson me remonta le long de l'échine : Molly était étendue nue près de moi et son haleine m'effleurait l'épaule. Le feu presque éteint brasillait à peine ; je tendis l'oreille : il devait être très tard ou très tôt car le Château était plongé dans un silence presque total.

Je n'avais aucun souvenir d'être rentré chez moi.

Un nouveau frisson me parcourut et, à côté de moi, Molly s'éveilla ; elle se rapprocha de moi, sourit d'un air ensommeillé. « Tu es très bizarre, par moments, murmura-t-elle, mais je t'aime. » Elle referma les yeux.

Œil-de-Nuit !

Je suis là. Comme toujours.

Soudain, quelque chose m'empêcha de poser des questions ; je ne voulais rien savoir. Je restai allongé sans bouger, nauséeux, triste, apitoyé par mon sort.

J'ai essayé de te réveiller, mais tu n'étais pas prêt à revenir. Le vieil autre t'a vidé.

Le « vieil autre » en question est notre roi.

Ton roi ; les loups n'ont pas de roi.

Qu'est-ce que tu... Je m'interrompis. *Merci d'avoir veillé sur moi.*

Il avait senti mes arrière-pensées. *Qu'aurais-je dû faire ? La renvoyer ? Elle pleurait.*

Je ne sais pas. N'en parlons pas. Molly avait du chagrin et il l'avait consolée. Je ne savais même pas pourquoi elle était triste – ou plutôt avait été triste, me repris-je en contemplant le doux sourire de son visage endormi. Je soupirai : mieux valait me jeter à l'eau tout de suite que plus tard ; en outre, il fallait qu'elle retourne dans sa chambre ; il serait malvenu qu'elle se trouve encore chez moi à l'éveil du Château.

« Molly ? » fis-je doucement.

Elle remua, ouvrit les yeux. « Fitz ? répondit-elle d'une voix endormie.

– Il faut que tu rentres chez toi, pour ta sécurité.

– Je sais. Je n'aurais pas dû venir. » Elle se tut un instant. « Tout ce que je t'ai dit il y a quelques jours... je ne... »

Je plaçai mon index sur ses lèvres. Elle sourit. « Grâce à toi, ces nouveaux silences sont... très intéressants. » Elle écarta ma main et l'embrassa passionnément, puis sortit de mon lit et commença de s'habiller à gestes vifs ; je me levai à mon tour, plus lentement. Elle me jeta un coup d'œil amoureux par-dessus l'épaule. « Je vais y aller seule, c'est plus sûr. Il ne faut pas qu'on nous voie ensemble.

– Un jour, ça ne... » Elle me fit taire en posant sa petite main sur ma bouche.

« Ne parlons pas de ça pour l'instant. Que cette soirée reste telle qu'elle est : parfaite. » Elle m'embrassa encore une fois, rapidement, puis s'échappa de mes bras et sortit. Elle referma sans bruit la porte derrière elle. Parfaite ?

J'achevai de me vêtir et rajoutai du bois sur le feu, puis je m'assis dans mon fauteuil au coin de la cheminée. Je n'eus pas longtemps à attendre avant que la porte du domaine d'Umbre s'ouvrît, et je montai l'escalier aussi vite que possible. Umbre était lui aussi installé devant sa cheminée. « Vous devez m'écouter », dis-je en guise de salut, et, au ton de ma voix, il leva les sourcils d'un air inquiet ; sur un geste de lui, je pris place dans le fauteuil en face du sien et m'apprêtai à parler, mais ce qu'il fit alors me donna la chair de poule : il jeta des coups d'œil autour de lui comme si nous nous trouvions au milieu d'une vaste foule, puis il porta un doigt à ses lèvres et me fit signe de parler bas ; enfin, il se pencha vers moi au point que nos fronts se touchèrent. « Doucement, doucement. Assieds-toi. Qu'y a-t-il ? »

Je m'installai à ma place familière sur l'âtre, le cœur battant : je n'aurais jamais cru devoir user de précautions pour parler chez Umbre.

« Très bien, souffla-t-il, raconte-moi. »

Je pris mon inspiration et me lançai. Je lui révélai tout, y compris mon lien avec Vérité afin que mon récit soit compréhensible ; je n'omis aucun détail : la rossée du fou, le cadeau de Kettricken à Béarns, ma visite au roi, celle de Sereine et Justin chez moi ; quand je parlai des espions de Royal, il pinça les lèvres, mais ne parut pas exagérément surpris. Lorsque j'eus fini, il me regarda calmement.

« Et quelle conclusion tires-tu de tout cela ? murmura-t-il, comme s'il s'agissait d'une énigme qu'il m'aurait donné à résoudre à titre d'exercice.

– Puis-je exprimer franchement mes soupçons ? » demandai-je à mi-voix.

Il hocha la tête et je poussai un soupir de soulagement.

A mesure que je décrivais l'image que je m'étais peu à peu formée au cours des semaines écoulées, je sentais un grand poids me quitter : Umbre, lui, saurait que faire. Aussi je lui fis mon rapport rapidement, avec concision : Royal savait que le roi se mourait de maladie ; il se servait de Murfès pour fournir sans cesse des calmants à Subtil et le maintenir ainsi dans un état réceptif à ses murmures ; il cherchait à discréditer Vérité, il voulait dépouiller Castelcerf de la moindre parcelle de richesse ; il désirait abandonner Béarns aux Pirates rouges afin de les occuper pendant qu'il travaillerait à ses propres ambitions, c'est-à-dire dépeindre Kettricken comme une étrangère qui avait des vues sur le trône, comme une épouse retorse et infidèle, accumuler du pouvoir personnel, tout cela, comme toujours, pour s'emparer de la couronne, ou du moins de la plus grande partie possible des Six-Duchés, d'où les somptueuses réceptions qu'il donnait en l'honneur des ducs de l'Intérieur et leurs nobles.

A regret, Umbre hochait la tête à mes propos. Quand je me tus, il dit à mi-voix : « Il y a de nombreux trous dans la toile que Royal tisse, d'après toi.

– Je puis en combler certains, répondis-je sur le même ton. Imaginons que le clan créé par Galen soit fidèle à Royal ? Imaginons que tous les messages reçus transitent d'abord par lui et que seuls arrivent à destination ceux qu'il approuve ? »

Le visage d'Umbre devint un masque grave.

Mes murmures se firent plus intenses. « Et s'il retardait les messages juste assez longtemps pour réduire à néant nos efforts pour nous défendre ? Il ferait passer Vérité pour un incapable, il saperait la confiance du peuple dans le roi-servant.

– Vérité ne s'en rendrait-il pas compte ? »

Je secouai lentement la tête. « C'est un puissant artiseur, mais il ne peut pas écouter partout à la fois ; la force de son talent, c'est sa capacité à le concentrer à l'extrême ; pour espionner son propre clan, il devrait renoncer à surveiller les eaux côtières.

– Est-il... entend-il notre discussion ? »

Je haussai les épaules avec honte. « Je l'ignore. C'est la malédiction de mon Art défectueux : mon lien avec lui est erratique ; parfois, je perçois ce qu'il pense aussi clairement que s'il se tenait à côté de moi et me le disait de vive voix ; en d'autres moments, c'est à peine si je sens sa présence. Hier soir, alors qu'ils parlaient à travers moi, j'entendais le moindre mot échangé ; mais maintenant... » Je tâtonnai au fond de moi comme on tâte ses poches. « Tout ce que je sens, c'est que nous sommes toujours reliés. » Je me penchai en avant et me pris la tête entre les mains ; j'étais épuisé.

« Du thé ? me demanda Umbre avec douceur.

– Oui, je vous prie. Et permettez-moi de garder le silence un petit moment, s'il vous plaît ; j'ai rarement eu aussi mal à la tête. »

Umbre accrocha la bouilloire au-dessus du feu ; les yeux douloureux, je l'observai qui mélangeait des herbes : un peu d'écorce elfique, beaucoup moins que je n'en aurais demandé plus tôt, des feuilles de menthe poivrée et de cataire, une pincée de précieux gingembre ; j'y reconnus la plupart des ingrédients de l'infusion qu'il donnait à Vérité pour combattre l'épuisement que lui causait l'Art. Il revint s'asseoir auprès de moi. « C'est impossible ; ton hypothèse exigerait une loyauté aveugle du clan à Royal.

– Elle peut être imposée par un artiseur puissant. Mon défaut provient de ce que m'a fait Galen ; et vous rappelez-vous son admiration fanatique pour Chevalerie ? Eh bien, c'était une fidélité artificielle. Galen aurait pu leur en imposer une similaire avant de mourir, alors qu'il achevait leur formation. »

Umbre secoua lentement la tête. « Crois-tu Royal stupide au point de s'imaginer que les Pirates rouges s'en tiendraient à Béarns ? Ils convoiteraient bientôt Cerf, puis Rippon et Haurfond. Que lui resterait-il ?

– Les duchés de l'Intérieur, les seuls auxquels il s'intéresse, les seuls pour lesquels il ressente de la loyauté. Cela lui laisserait un vaste périmètre de terrain pour l'isoler des Pirates rouges. Et, comme vous, il pense peut-être qu'ils ne cherchent pas des terres mais des terrains de pillage. Ce sont des marins, ils ne s'aventureront pas assez dans l'intérieur pour le gêner ; quant aux duchés côtiers, ils seront trop occupés à combattre les Pirates pour se retourner contre Royal.

– Si le royaume perd ses côtes, il perd son commerce et son transport de marchandises. Cela va-t-il plaire aux ducs de l'Intérieur, à ton avis ? »

Je haussai les épaules. « Je n'en sais rien ; je ne connais pas toutes les réponses, Umbre. Mais c'est la seule théorie que j'aie pu concocter dans laquelle presque tous les éléments trouvent leur place. »

Il se leva pour prendre une théière brune et ventrue qu'il rinça bien à l'eau bouillante avant d'y déposer le sachet d'herbes mélangées sur lequel il versa l'eau de la bouilloire. Une fragrance de jardin envahit ses appartements. Je pris cette image du vieil homme qui remettait le couvercle sur la théière, l'enveloppai dans l'instant simple et chaleureux où il plaça le récipient sur le plateau avec quelques tasses, et la rangeai soigneusement quelque part dans mon cœur. La vieillesse gagnait peu à peu Umbre, aussi certainement que la maladie dévorait Subtil ; ses gestes n'étaient plus aussi sûrs, ses réactions de rapace plus aussi vives qu'autrefois. Cet aperçu de l'inévitable me serra soudain le cœur. Comme il déposait une tasse de thé fumant dans ma main, il fronça les sourcils devant mon expression.

« Qu'y a-t-il ? murmura-t-il. Tu veux du miel dans ton thé ? »

Je fis non de la tête, pris une gorgée du breuvage et faillis me brûler la langue ; un goût plaisant atténuait l'amertume de l'écorce elfique. Au bout de quelques instants, je sentis mon esprit s'éclaircir et une douleur dont j'avais à peine conscience se calmer. « Ça va beaucoup mieux. » Je soupirai d'aise et Umbre esquissa une révérence, content de lui-même.

Il se rapprocha de moi. « N'empêche que ta théorie est très réfutable. Peut-être avons-nous simplement affaire à un prince qui ne sait rien se refuser et qui s'amuse à recevoir ses flagorneurs en l'absence de l'héritier ; il néglige de protéger ses côtes parce qu'il manque de clairvoyance et qu'il compte sur son frère, une fois qu'il sera rentré, pour remettre de l'ordre dans sa pagaille. Il pille le Trésor et brade chevaux et troupeaux pour amasser de la fortune tant qu'il n'y a personne pour l'arrêter.

– Dans ce cas, pourquoi dépeindre Béarns comme un traître ? Et Kettricken comme une étrangère ? Pourquoi faire circuler des rumeurs qui ridiculisent Vérité et son entreprise ?

– Par jalousie ; Royal a toujours été le préféré de son père, qui l'a gâté. Je ne pense pas qu'il trahirait Subtil. » Au ton d'Umbre, je compris qu'il souhaitait éperdument que ce fût la vérité. « C'est moi qui fournis les herbes que Murfès administre à Subtil pour apaiser ses souffrances.

– Je ne me méfie pas de vos herbes, mais je crois qu'on y ajoute quelques autres.

– Dans quel but ? Même si Subtil meurt, Vérité reste l'héritier.

– Sauf s'il meurt à son tour. » Je levai la main pour faire taire Umbre qui s'apprêtait à protester. « Il n'est pas nécessaire qu'il meure réellement : si Royal a le clan à sa botte, il peut annoncer la mort de Vérité quand il le souhaite ; alors, il devient roi-servant, et ensuite... » Je laissai ma phrase en suspens.

Umbre poussa un long soupir. « Assez ; tu m'as fourni suffisamment matière à réflexion et je vais étudier tes théories à l'aide des moyens dont je dispose ; pour l'instant, tu dois prendre garde à toi, ainsi qu'à Kettricken et au fou. S'il y a la moindre ombre de vérité dans tes spéculations, vous constituez tous les trois des obstacles sur le chemin de Royal.

– Et vous ? demandai-je à mi-voix. A quoi riment ces nouvelles précautions qu'il faut prendre chez vous ?

– Il existe une chambre contiguë à celle où nous nous trouvons ; jusqu'à présent, elle était toujours restée inoccupée, mais aujourd'hui un invité y couche : Brillant, un cousin de Royal et héritier du duché de Bauge. Il a le sommeil léger et s'est plaint récemment aux serviteurs d'entendre des rats couiner dans les murs ; et puis, la nuit dernière, Rôdeur a fait tomber une bouilloire : tu imagines le bruit ; ça l'a réveillé. Et ce bougre est curieux, par-dessus le marché : depuis, il ne cesse de demander aux serviteurs si l'on a déjà vu des esprits errer dans le Château, et je l'ai entendu taper aux murs pour les tester. Je pense qu'il soupçonne l'existence de mes appartements ; cela ne doit pas nous inquiéter outre mesure, puisqu'il ne va sûrement guère tarder à rentrer chez lui ; mais il est nécessaire de se montrer un peu plus prudent que d'habitude. »

J'eus l'impression qu'il ne me disait pas tout, mais ce n'était pas en posant des questions que je lui tirerais les vers du nez ; j'en posai cependant encore une : « Umbre, vous est-il encore possible de voir le roi une fois pas jour ? »

Il regarda ses mains et fit lentement non de la tête. « Royal semble se douter de mon existence, je te l'avoue entre nous. Du moins, il se doute de quelque chose et ses partisans rôdent partout, ce qui ne me facilite pas la vie. Mais assez parlé de nos soucis ; essayons de réfléchir à la façon d'améliorer la situation. »

Et là-dessus, Umbre se lança dans une longue discussion sur les Anciens, fondée sur le peu que nous savions d'eux. Nous imaginâmes que Vérité réussissait dans sa quête et spéculâmes sur la forme que prendrait l'aide des Anciens. Umbre paraissait plein d'espoir et de sincérité, voire d'enthousiasme ; j'essayais de partager ses sentiments, mais je restais convaincu que, pour sauver les Six-Duchés, il fallait éliminer la vipère que nous réchauffions en notre sein. Il ne tarda pas à me renvoyer dans ma chambre, où je m'allongeai sur mon lit dans l'intention de me reposer quelques minutes avant d'entamer la journée ; au lieu de cela, je sombrai dans un profond sommeil.

BURRICH

Pendant quelque temps, nous eûmes la chance de subir tempête sur tempête ; chaque jour où je m'éveillais au son des rafales du vent et de la pluie contre mes volets était un jour béni ; je m'efforçais de me faire le plus discret possible dans le Château, j'évitais Royal, même si je devais pour cela prendre tous mes repas dans la salle de garde, et je m'éclipsais dès que Justin et Sereine apparaissaient dans la même pièce que moi. Guillot, lui aussi, était rentré de son affectation d'artiseur à la tour Rouge en Béarns ; en de rares occasions, je l'apercevais en compagnie de Sereine et Justin, mais, le plus souvent, il traînait à table dans la Grand-Salle, ses lourdes paupières donnant toujours l'impression d'être sur le point de se fermer. Son aversion envers moi était sans comparaison avec la haine que Sereine et Justin concentraient sur moi, mais je préférais ne pas l'approcher non plus ; je voulais y voir une mesure de sagesse, mais je me soupçonnais au fond d'agir lâchement. Je rendais visite au roi chaque fois qu'on m'y autorisait, ce qui n'était pas assez fréquent.

Un matin, je fus brutalement réveillé par des coups à ma porte et mon nom braillé à tue-tête. D'un pas mal assuré, j'allai ouvrir l'huis : un garçon d'écurie blanc comme un linge tremblait sur mon seuil. « Pognes veut que vous veniez tout de suite aux écuries ! »

Et, sans me laisser le temps de répondre, il s'enfuit comme s'il avait sept engeances de démons à ses trousses.

J'enfilai mes vêtements de la veille ; quand je songeai à me débarbouiller et à refaire ma queue de cheval, j'étais déjà presque en bas de l'escalier. Comme je traversais la cour au pas de course, je perçus des éclats de voix dans les écuries ; je savais que Pognes ne m'aurait pas fait appeler pour une simple dispute entre lads, mais alors pour quelle autre raison ? Je poussai les portes, puis me frayai un chemin au milieu d'un agglutinement de garçons d'écurie et de palefreniers vers l'origine du remue-ménage.

J'y trouvai Burrich. Epuisé par son voyage, il avait cessé de hurler et se tenait à présent muet ; Pogne était devant lui, pâle mais résolu. « Je n'avais pas le choix, fit-il d'une voix calme. Vous auriez été obligé de faire la même chose. »

Burrich paraissait ravagé, son regard vidé par le choc n'exprimait que de l'incrédulité. « Je sais, dit-il au bout d'un moment.

Je sais. » Il se tourna vers moi. « Fitz ! On m'a pris mes chevaux. » Il vacilla légèrement.

« Ce n'est pas la faute de Pognes », répondis-je. Puis : « Où est le prince Vérité ? »

Son front se plissa et il me lança un coup d'œil bizarre. « Vous ne m'attendiez pas ? » Il se tut, puis, plus fort : « On avait envoyé des messages pour vous prévenir ; vous ne les avez pas reçus ?

– Nous n'étions au courant de rien. Que s'est-il passé ? Pourquoi es-tu revenu ? »

Il regarda les garçons d'écurie qui contemplaient la scène bouche bée, et je retrouvai dans son œil une expression familière. « Si vous n'êtes au courant de rien, c'est que ce n'est pas un sujet de ragots ni de commérages. Je dois aller voir le roi tout de suite. » Il se redressa, posa de nouveau les yeux sur les lads et les palefreniers, et c'est du ton cinglant que je lui connaissais bien qu'il demanda : « Vous n'avez rien à faire ? Dès mon retour du Château, je viendrai voir comment vous vous êtes occupés des écuries en mon absence. »

Les garçons d'écurie disparurent comme brume au soleil et Burrich se tourna vers Pognes. « Veux-tu prendre soin de mon cheval ? Ce pauvre Rousseau a souffert ces derniers jours ; traite-le bien, maintenant qu'il est à la maison. »

Pognes acquiesça. « Bien sûr. Vous voulez que je fasse chercher le guérisseur ? Pour qu'il soit là quand vous reviendrez ? »

Burrich secoua la tête. « Je peux m'en occuper seul. Allons, Fitz, donne-moi ton bras. »

N'en croyant pas mes oreilles, j'obéis néanmoins et Burrich s'appuya lourdement sur moi ; je pensai alors à regarder ses jambes : ce que j'avais pris pour d'épaisses jambières pour l'hiver était en réalité un pansement qui enveloppait sa mauvaise jambe. Il déplaçait son poids sur moi pour la ménager et je le sentais tremblant de fatigue ; je percevais aussi, de près, l'odeur de transpiration que provoque la douleur. Ses vêtements étaient sales et déchirés, ses mains et son visage couverts de boue, et cela ne ressemblait pas du tout à l'homme que je connaissais. « S'il te plaît, dis-je à mi-voix tout en l'aidant à marcher en direction du Château, est-ce que Vérité va bien ? »

Il me fit une ombre de sourire. « Notre prince serait mort et je serais toujours vivant ? Tu m'insultes. Et sers-toi de ta tête :

s'il était mort ou blessé, tu le saurais. » Il s'arrêta de marcher pour me dévisager. « Non ? »

Je compris de quoi il parlait. « Notre lien n'est pas fiable, avouai-je, honteux. Certaines choses sont claires, d'autres non. Je ne savais rien de ce qui vous est arrivé. Que s'est-il passé ? »

Il prit l'air songeur. « Vérité a dit qu'il essaierait d'avertir le roi à travers toi ; si tu n'as rien transmis à Subtil, c'est à lui que je dois apprendre ce qui s'est produit. »

Je n'insistai pas.

J'avais oublié que Burrich n'avait pas vu le roi Subtil depuis longtemps. Le matin, le roi n'était pas au mieux mais, quand j'en avertis Burrich, il me répondit préférer lui faire son rapport à un mauvais moment plutôt que repousser sa visite à plus tard. Nous frappâmes donc à la porte et, à ma grande surprise, on nous fit entrer ; une fois à l'intérieur, je compris que c'était à cause de l'absence de Murfès.

En revanche, le fou m'accueillit en me demandant gracieusement : « Tu reviens respirer encore un peu de Fumée ? » Soudain, il aperçut Burrich et son sourire moqueur s'effaça ; il croisa mon regard. « Le prince ?

– Burrich est venu faire son rapport au roi.

– Je vais essayer de le réveiller, bien qu'étant donné son état ces derniers temps on puisse aussi bien s'adresser à lui éveillé qu'endormi : il accorde autant d'attention à ce qu'on dit dans l'un et l'autre cas. »

J'avais beau être habitué aux railleries du fou, celle-ci m'ébranla : le sarcasme sonnait mal car on y sentait trop de résignation. Burrich me regarda d'un air inquiet et murmura : « Qu'a donc mon roi ? »

De la tête, je lui fis signe de garder le silence, puis je l'invitai à prendre un siège.

« Devant mon roi, je reste debout tant qu'il ne m'ordonne pas de m'asseoir, répondit-il avec raideur.

– Tu es blessé ; il comprendrait.

– C'est mon roi. C'est ça que je comprends. »

Je renonçai. Nous attendîmes un moment, et plus qu'un moment ; enfin, le fou ressortit. « Il n'est pas bien, nous prévint-il. Il m'a fallu du temps pour lui faire comprendre qui venait le voir ; mais il dit vouloir entendre votre rapport – dans sa chambre. »

Burrich s'appuya donc à nouveau sur moi et nous pénétrâmes dans la pénombre enfumée de la chambre à coucher du roi. Je vis Burrich plisser le nez avec dégoût ; l'air était lourd et âcre de Fumée, et plusieurs petits brûloirs rougeoyaient. Le fou avait ouvert les rideaux du lit et, comme nous nous arrêtions au chevet, il s'affaira à tapoter et à redresser coussins et oreillers dans le dos du roi jusqu'à ce que celui-ci, d'un petit signe de la main, lui fasse signe de s'écarter.

J'observai notre souverain et m'étonnai de n'avoir pas su repérer les marques de sa maladie ; elles étaient pourtant parfaitement visibles : l'affaiblissement général, l'odeur rance de la transpiration, le jaune dans le blanc des yeux, tout cela, j'aurais dû le noter. L'air bouleversé de Burrich me révéla que le changement depuis la dernière fois qu'il l'avait vu était immense ; mais il se reprit rapidement et se redressa.

« Mon roi, je viens rendre compte », dit-il d'un ton solennel.

Subtil cligna lentement les yeux. « Viens rendre compte », fit-il d'un ton vague, et je ne pus déterminer s'il donnait un ordre à Burrich ou s'il répétait simplement ses derniers mots ; Burrich, lui, y obéit comme à un ordre. Il fit son récit avec la même précision et la même minutie qu'il exigeait de ma part. Appuyé sur mon épaule, il raconta sans fard son voyage aux côtés du prince Vérité, au milieu des tempêtes hivernales, en direction du royaume des Montagnes. Le trajet avait été parsemé d'embûches ; malgré les messagers envoyés à l'avance prévenir du passage de Vérité, il n'avaient guère reçu aide ni hospitalité ; les nobles dont les terres bordaient leur route prétendaient n'avoir rien su de la venue du prince et, dans bien des cas, le roi-servant n'avait trouvé que des serviteurs pour l'accueillir et l'hébergement qu'on aurait fourni à un voyageur ordinaire ; les vivres et les chevaux qui auraient dû l'attendre en des lieux prévus à l'avance n'étaient pas là ; les montures avaient souffert plus durement que les hommes et le temps avait été affreux.

Tandis que Burrich parlait, je le sentais parfois parcouru d'un tremblement : il était au bord de l'épuisement complet. Mais, chaque fois, il se reprenait, inspirait profondément et poursuivait son récit.

Sa voix s'érailla légèrement lorsqu'il narra l'embuscade dans laquelle ils étaient tombés sur les plaines de Bauge, avant d'arriver en vue du Lac Bleu. Sans tirer la moindre conclusion, il se contenta d'observer que les bandits se battaient comme des militaires ; ils n'arboraient les couleurs d'aucun duc, mais ils semblaient bien vêtus et bien armés pour des brigands, et Vérité était manifestement leur cible. Quand deux des animaux de bât brisèrent leurs attaches et se sauvèrent, pas un seul des assaillants ne rompit le combat pour les pousuivre ; des bandits auraient normalement préféré se lancer sur les traces de bêtes chargées à se battre contre des hommes armés. Les gardes de Vérité avaient fini par trouver une position de défense et les avaient repoussés avec succès ; les attaquants avaient renoncé en comprenant que la garde de Vérité mourrait plutôt que de se rendre ou de céder, et ils s'étaient enfuis en abandonnant leurs morts dans la neige.

« Ils ne nous avaient pas vaincus, mais nous n'étions pas indemnes : nous avions perdu une bonne partie de nos vivres, sept hommes et neuf chevaux étaient morts, deux d'entre nous étaient gravement blessés et trois autres plus légèrement. Le prince Vérité a décidé alors de renvoyer les blessés à Castelcerf et il nous a fait accompagner de deux hommes valides ; il avait l'intention de continuer sa route, d'emmener sa garde jusqu'au royaume des Montagnes où elle attendrait son retour. Il a placé Perçant à la tête du groupe qui s'en retournait et il lui a confié des renseignements écrits ; j'ignore quels ils étaient. Perçant et les autres se sont fait tuer il y a cinq jours. Nous sommes tombés dans une embuscade juste avant la frontière de notre duché, alors que nous suivions la Cerf. C'étaient des archers ; ç'a été très... rapide. Quatre d'entre nous sont morts sur le coup et mon cheval a été touché au flanc ; Rousseau est jeune, il s'est affolé et il a sauté par-dessus un talus jusque dans le fleuve, en m'emportant avec lui. L'eau est profonde à cet endroit et le courant puissant. Je me suis accroché à Rousseau, mais nous avons été entraînés. J'ai entendu Perçant crier aux autres de se sauver, qu'il fallait que certains parviennent à Castelcerf, mais aucun n'y est arrivé : quand Rousseau et moi avons enfin pu nous sortir de la Cerf, nous avons fait demi-tour et j'ai trouvé les corps. Les documents que transportait Perçant avaient disparu. »

Bien droit, il parlait d'une voix claire avec des mots simples ; son rapport était une simple description de ce qui s'était passé. Il ne dit rien de ce qu'il avait ressenti à être renvoyé au Château ou à être le seul survivant de son groupe. Il allait sans doute s'enivrer ce soir et je me demandai s'il désirerait de la compagnie ; mais, pour l'instant, muet, il attendait les questions de son roi. Comme le silence s'éternisait, il risqua un : « Mon roi ? »

La forme de Subtil s'agita dans les ombres de son lit. « Cela me rappelle mon jeune temps, fit-il d'une voix rauque. A une époque, j'étais capable de manier l'épée monté sur un cheval. Quand on perd cela... enfin, une fois que cela n'est plus, on a perdu bien davantage. Mais ton cheval a survécu ? »

Burrich plissa le front. « J'ai fait ce que j'ai pu pour lui, mon roi ; il n'en gardera pas de séquelles.

– Ah ! Eh bien, c'est déjà quelque chose. C'est déjà quelque chose. » Le roi se tut. Un instant, le bruit de sa respiration emplit la pièce ; elle paraissait laborieuse. « Va te reposer, mon brave, reprit-il enfin d'un ton bourru. Tu as l'air exténué. Peut-être... » Il s'interrompit à nouveau, inspira deux fois. « Je te rappellerai plus tard, quand tu seras reposé. Il y a sûrement des questions à poser... » Sa voix mourut et nous l'entendîmes encore respirer à grandes goulées, comme on fait lorsque la souffrance est presque insupportable. Je me remémorai ce que j'avais éprouvé l'autre nuit à ses côtés, et je tentai de m'imaginer en train d'écouter Burrich tout en endurant un tel supplice et en m'efforçant de ne pas le montrer. Le fou se pencha sur le visage du roi, puis nous regarda et secoua imperceptiblement la tête.

« Viens, murmurai-je à Burrich. Ton roi t'a donné un ordre. »

Comme nous quittions la chambre du roi, j'eus l'impression qu'il s'appuyait plus lourdement sur moi.

« On aurait dit qu'il n'écoutait pas, me dit Burrich d'un ton hésitant alors que nous nous engagions lentement dans le couloir.

– Si, il écoute. Crois-moi, il écoute attentivement. » Je m'arrêtai devant les escaliers : descendre les marches, traverser la salle, les cuisines, la cour, arriver dans les écuries et enfin grimper le raide escalier qui menait chez Burrich, ou monter deux volées de marches, suivre le couloir et entrer dans ma chambre ? « Je t'emmène chez moi, déclarai-je.

– Non. Je veux rentrer chez moi. » On aurait dit un enfant que la maladie rend grincheux.

« Plus tard, quand tu auras pris du repos », répliquai-je d'un ton ferme. Je l'entraînai dans l'escalier et il me suivit sans résister ; il n'en avait sans doute plus la force. Il s'adossa au mur pendant que je déverrouillais ma porte, puis je l'aidai à entrer ; j'aurais voulu qu'il s'allonge, mais il insista pour s'asseoir sur le fauteuil près du feu et, une fois installé, il appuya sa tête contre le dossier et ferma les yeux. Ses traits se détendirent et toutes les privations qu'il avait endurées apparurent sur son visage : les os pointaient sous la peau et il avait un teint effrayant.

Il redressa la tête et promena son regard sur ma chambre comme si c'était la première fois qu'il la voyait. « Fitz ? Tu as quelque chose à boire ici ? »

Je savais que ce n'était pas de thé qu'il parlait. « De l'eau-de-vie ?

– Cet extrait de mûres à trois sous que tu bois d'habitude ? Je préférerais encore avaler du liniment pour les chevaux ! »

Je me tournai vers lui en souriant. « Ça, j'en ai peut-être. »

Il ne réagit pas, comme s'il ne m'avait pas entendu.

Je fis du feu, puis fouillai rapidement parmi la petite réserve d'herbes que je gardais chez moi ; il n'en restait plus guère, car j'en avais donné la plus grande partie au fou. « Burrich, je vais aller te chercher à manger, plus quelques affaires. D'accord ? »

Pas de réponse : il s'était assoupi dans le fauteuil et dormait à poings fermés. Je n'eus même pas besoin de toucher son visage pour savoir qu'il brûlait de fièvre, et je me demandai ce qui était arrivé à sa jambe, cette fois-ci. Une nouvelle blessure sur une ancienne, suivie d'un long trajet... Il n'était pas près de guérir, c'était évident. Je sortis rapidement.

Aux cuisines, j'interrompis Sara dans la confection d'un gâteau pour lui apprendre que Burrich était blessé, malade, et qu'il se trouvait dans ma chambre ; je mentis et lui dis qu'il avait une faim de loup, et que je lui serais reconnaissant d'envoyer quelqu'un lui apporter de quoi manger, ainsi que quelques seaux d'eau chaude. Aussitôt, elle se fit remplacer pour le pétrissage de la pâte et se mit à sortir à grand bruit plateaux, théières et couverts : j'allais sans tarder avoir de quoi organiser un petit banquet.

Je courus jusqu'aux écuries avertir Pognes que Burrich était chez moi et qu'il y resterait quelque temps, puis je me rendis dans la chambre de Burrich afin d'y prendre les herbes et les racines dont j'aurais besoin. J'ouvris la porte : la pièce était glacée, humide et sentait le moisi. Je pris note d'y dépêcher quelqu'un pour y allumer du feu et y apporter du bois, de l'eau et des bougies. Burrich pensait être absent tout l'hiver et, fidèle à lui-même, avait rangé sa chambre jusqu'à la rendre austère. Je trouvai quelques pots d'onguent, mais aucune réserve d'herbes séchées : soit il les avait emportées en partant, soit il les avait données avant son départ.

Au milieu de la pièce, je regardai ce qui m'entourait. Il y avait des mois que je n'étais plus monté et les souvenirs d'enfance affluèrent à mon esprit, les heures passées devant la cheminée à réparer ou à huiler des harnais, le matelas sur lequel je dormais devant l'âtre, Fouinot, le premier chien avec lequel j'avais partagé le lien du Vif et que Burrich avait fait disparaître dans l'espoir de me dégoûter de cette magie. Je secouai la tête sous la crue d'émotions conflictuelles qui me submergeait et sortis en hâte.

La porte à laquelle je frappai ensuite était celle de Patience. Ce fut Brodette qui m'ouvrit ; voyant mon expression, elle me demanda aussitôt : « Que se passe-t-il ?

– Burrich est revenu. Il est chez moi ; il est gravement blessé et je n'ai pas grand-chose comme herbes pour le traiter...

– Avez-vous envoyé chercher le guérisseur ? »

J'hésitai. « Burrich préfère toujours faire les choses à sa façon.

– En effet. » C'était Patience qui venait d'apparaître dans le salon. « Que s'est encore fait ce fou ? Le prince Vérité va-t-il bien ?

– Le Prince et sa garde se sont fait attaquer, mais il n'a pas été touché ; il a continué vers les Montagnes et il a renvoyé les blessés avec deux hommes valides pour les escorter. Burrich est le seul qui soit arrivé à Castelcerf.

– Le trajet de retour était donc si difficile ? » demanda Patience. Brodette était déjà occupée à réunir des herbes, des racines et des pansements.

« Le temps était froid et traître, et l'hospitalité maigre le long de leur route ; mais les hommes sont morts sous les flèches d'archers embusqués juste avant la frontière de Cerf. Burrich a été entraîné dans le fleuve par son cheval et le courant les a emportés ; c'est sans doute grâce à cela qu'il a eu la vie sauve.

– Où a-t-il été touché ? » Patience s'activait à son tour tout en m'écoutant. Elle ouvrit un petit buffet et en sortit toutes sortes de baumes et de teintures.

« A la jambe, toujours la même ; mais je n'en connais pas la gravité, je n'ai pas encore regardé. En tout cas, elle ne le porte plus : il ne peut plus marcher seul ; et il a de la fièvre. »

Patience se munit d'un panier et se mit à y entasser ses produits médicinaux. « Eh bien, que fais-tu là les bras ballants ? me jeta-t-elle. Retourne dans ta chambre voir ce que tu peux faire pour lui ; nous allons t'y rejoindre. »

Je décidai de ne pas prendre de gants : « Je ne pense pas qu'il acceptera de se laisser soigner par vous.

– Nous verrons, répondit calmement Patience. Maintenant, va voir si l'on a porté de l'eau chaude. »

Les seaux que j'avais demandés attendaient devant ma porte. Le temps que l'eau commence à fumer dans ma bouilloire, ma chambre était devenue le point de convergence d'une petite foule : Mijote fit monter deux plateaux de nourriture, du lait tiède et du thé brûlant, Patience arriva et entreprit d'étaler ses herbes sur mon coffre à vêtements, puis elle envoya Brodette chercher une table et deux sièges supplémentaires. Burrich continuait à dormir à poings fermés dans mon fauteuil en dépit des tremblements qui l'agitaient de temps en temps.

Avec une familiarité qui me laissa pantois, Patience posa sa main sur son front, puis lui palpa la gorge à la recherche d'éventuelles grosseurs, puis elle s'accroupit légèrement pour le regarder. « Burr ? » fit-elle à mi-voix, mais il n'eut pas un frémissement. Très doucement, elle lui caressa le visage. « Vous êtes si maigre, si hâve », murmura-t-elle d'un ton compatissant. Elle trempa un morceau de tissu dans de l'eau tiède, puis lui lava le visage et les mains comme s'il s'agissait d'un enfant ; enfin, elle prit une couverture de mon lit et la lui plaça délicatement sur les épaules. Elle surprit mon expression ahurie et me foudroya du regard. « Va me chercher une cuvette d'eau, dégourdi ! » jeta-t-elle sèchement. Comme j'obéissais, elle s'accroupit devant Burrich, tira calmement ses ciseaux d'argent et découpa le pansement qui lui enveloppait la jambe jusqu'au-dessus du genou ; d'après son état, il n'avait pas été changé depuis le plongeon dans le fleuve. Alors que Brodette me prenait la cuvette des mains et s'agenouillait à côté d'elle, Patience ouvrit le pansement souillé comme elle l'eût fait d'une coquille.

Burrich s'éveilla avec un gémissement et son menton retomba sur sa poitrine comme il ouvrait les yeux. L'espace d'un instant, il parut désorienté ; il me regarda qui me tenais debout auprès de lui, puis il aperçut les deux femmes accroupies devant sa jambe. « Quoi ? fit-il, incapable d'en dire davantage.

– C'est répugnant », déclara Patience ; elle le regarda comme s'il avait marché avec des bottes pleines de boue sur un sol propre. « Pourquoi ne l'avez-vous pas nettoyée, au moins ? »

Burrich baissa les yeux sur sa jambe : du sang coagulé et du limon formaient une croûte sur la longue plaie enflée qui lui descendait du genou. Cette vision lui fit manifestement horreur, et, quand il répondit à Patience, il avait la voix rauque et dure. « Quand Rousseau m'a emporté dans le fleuve, j'ai tout perdu ; je n'avais plus ni bandages propres, ni vivres, ni rien. J'aurais pu découvrir la plaie, la laver, puis la laisser geler au vent. Croyez-vous qu'elle aurait été plus belle ?

– Voici à manger », intervins-je brusquement. Apparemment, le seul moyen d'empêcher ces deux-là de se disputer était d'empêcher qu'ils se parlent. Je poussai près de lui la petite table sur laquelle était posé un des plateaux de Mijote, et Patience s'écarta pour me laisser passer ; je remplis une chope de lait tiède et la plaçai entre les mains de Burrich, qui se mirent à trembler légèrement quand il porta le récipient à sa bouche : je ne m'étais pas rendu compte de la faim qui le dévorait.

« N'avalez pas ça ! » s'exclama Patience ; Brodette et moi lui lançâmes un regard d'avertissement, mais le repas semblait retenir toute l'attention de Burrich. Il reposa la chope, s'empara d'un petit pain chaud sur lequel j'avais étalé du beurre et l'engloutit presque entièrement le temps que je lui resserve du lait. Je trouvai étrange qu'il ne se soit mis à trembler qu'une fois de quoi manger entre les mains ; comment avait-il fait pour tenir debout auparavant ?

« Qu'est-il arrivé à votre jambe ? » demanda Brodette avec douceur. Puis : « Attention », et elle plaça un tissu dégoulinant d'eau chaude sur le genou. Il tressaillit, pâlit, mais ne poussa pas un gémissement ; enfin, il but une gorgée de lait.

« Une flèche, dit-il finalement. Il a fallu une guigne du tonnerre pour qu'elle m'atteigne justement là, à l'endroit où le sanglier m'a croché il y a des années ; en plus, elle s'est logée contre l'os. C'est Vérité qui me l'a arrachée. » Il se laissa brusquement aller contre le dossier comme si ce souvenir lui donnait la nausée. « Juste sur la vieille blessure, fit-il d'une voix faible. Et chaque fois que je pliais le genou, elle se rouvrait et elle se remettait à saigner.

– Vous n'auriez pas dû la bouger », observa Patience d'un ton sentencieux. Burrich, Brodette et moi la regardâmes comme si elle était folle. « Ah, c'est vrai, ce ne devait pas être possible, se reprit-elle.

– Voyons cette blessure, maintenant », intervint Brodette en s'apprêtant à retirer le tissu mouillé.

Burrich la repoussa d'un geste. « Laissez. Je m'en occuperai moi-même quand j'aurai mangé.

– Quand vous aurez mangé, vous vous reposerez, répliqua Patience. Brodette, écarte-toi, s'il te plaît. »

A ma grande stupéfaction, Burrich ne discuta pas. Brodette recula et dame Patience s'agenouilla devant le maître d'écurie. Avec une expression étrange, il l'observa pendant qu'elle soulevait le tissu ; elle en trempa un coin dans de l'eau propre, l'essora, puis nettoya la blessure avec habileté ; le tissu imbibé d'eau tiède avait détaché la croûte de sang. Une fois nettoyée, la plaie n'était plus aussi laide qu'au premier abord ; cela n'en demeurait pas moins une mauvaise blessure, et les privations qu'avait connues Burrich compliqueraient la guérison. La chair béait et de nouveaux tissus avaient bourgeonné là où elle aurait dû se refermer ; pourtant, chacun se détendit à mesure que la plaie apparaissait plus nettement : elle était enflammée, tuméfiée, infectée à un endroit, mais il n'y avait ni putréfaction ni noircissement. Patience l'examina un instant. « Qu'en dites-vous ? demanda-t-elle sans s'adresser à personne en particulier. De la racine de gourdin-du-Diable ? En cataplasme chaud ? En avons-nous, Brodette ?

– Un peu, ma dame. » L'intéressée se pencha sur le panier qu'elles avaient apporté et se mit à en fouiller le contenu.

Burrich se tourna vers moi. « Ces récipients viennent de ma chambre ? »

J'acquiesçai et il hocha la tête. « C'est bien ce qu'il me semblait. Apporte-moi le petit pot ventru, le marron. »

Il me le prit des mains et ôta le couvercle. « Ça. J'en avais en partant de Castelcerf, mais les animaux de bât l'ont emporté en s'enfuyant lors de la première embuscade.

– Qu'est-ce que c'est ? » demanda Patience. Elle s'approcha, curieuse, la racine de gourdin-du-Diable dans la main.

« Du mouron des oiseaux et des feuilles de plantain infusés dans de l'huile, puis broyés et mélangés à de la cire d'abeille.

– Cela devrait être efficace, concéda Patience. Après le cataplasme. »

Je m'attendais à une réplique cinglante, mais Burrich se contenta de hocher la tête ; il avait l'air soudain épuisé. Il se laissa aller contre le dos du fauteuil, s'emmitoufla dans la couverture et ses yeux se fermèrent.

On frappa ; j'allai ouvrir et me trouvai devant Kettricken accompagnée de Romarin. « Une de mes suivantes m'a dit que Burrich serait rentré », dit-elle. Puis elle observa ma chambre. « C'est donc vrai. Et il est blessé ? Comment va mon seigneur ? Oh, comment va Vérité ? » Son visage devint soudain plus pâle que je ne l'aurais cru possible.

Je la rassurai.

« Il va bien. Entrez. » En même temps, je me fustigeai de mon inconséquence : j'aurais dû la prévenir immédiatement du retour de Burrich et des nouvelles qu'il apportait, car personne d'autre ne l'avertirait. A son apparition dans la chambre, Patience et Brodette se détournèrent brièvement de la racine qu'elles étuvaient pour l'accueillir avec une rapide révérence et quelques mots de bienvenue.

« Que lui est-il arrivé ? » demanda Kettricken d'une voix tendue, et je lui répétai aussitôt tout ce que Burrich avait dit au roi, car il me semblait qu'elle avait autant droit à savoir ce qu'il advenait de son époux que Subtil de son fils. Elle blêmit encore quand je parlai de l'attaque contre Vérité, mais ne dit rien tant que je n'eus pas fini. « Grâces en soient rendues à tous nos dieux, il approche de mes Montagnes ; là, il ne risquera plus rien, de la part des hommes en tout cas. » Là-dessus, elle se dirigea de Patience et Brodette qui préparaient la racine, à présent suffisamment amollie pour être malléable ; elles la laissaient refroidir avant de l'appliquer sur l'infection.

« La baie de sorbier fait une excellente lotion pour ce genre de blessures », observa Kettricken.

Patience leva les yeux vers elle d'un air d'un air timide. « Je l'ai entendu dire ; mais cette racine tiède va attirer l'infection hors de la plaie. Pour des tissus bourgeonnants comme nous en avons ici, on peut aussi employer la feuille de framboisier et l'orme rouge comme lotion ou comme cataplasme.

– Nous n'avons plus de feuilles de framboisier, lui rappela Brodette. L'humidité s'y est mise et elles ont moisi.

– Moi, j'en ai, s'il vous en faut, intervint Kettricken à mi-voix. J'en avais préparé pour le thé du matin ; c'est un remède que je tiens de ma tante. » Elle baissa les yeux et un curieux sourire lui étira les lèvres.

« Ah ? fit Brodette, soudain intéressée.

– Oh, ma dame ! » s'exclama Patience. Elle prit la main de Kettricken avec une soudaine et singulière familiarité. « Vous en êtes sûre ?

– Oui. Au début, j'ai cru que ce n'était que... Mais ensuite, d'autres signes sont apparus ; certains matins, même l'odeur de la mer me rend malade ; et j'ai sans cesse envie de dormir.

– Mais il faut dormir ! fit Brodette en éclatant de rire. Quant aux nausées, elles passent après les premiers mois. »

Je restai dans mon coin, étranger, exclu, oublié. Les trois femmes se mirent tout à coup à rire à l'unisson. « Rien d'étonnant à ce que vous soyez si impatiente d'avoir des nouvelles de lui. Etait-il au courant avant de partir ?

– Je ne soupçonnais rien moi-même, à cette époque. Si vous saviez comme j'ai envie de lui dire, de voir sa tête !

– Vous attendez un enfant », dis-je bêtement. Elles se tournèrent vers moi, puis se mirent à rire de plus belle.

« C'est encore un secret, m'avertit Kettricken. Je ne veux pas de rumeurs avant que le roi soit au courant, et je veux lui apprendre personnellement la nouvelle.

– Naturellement », répondis-je, sans lui révéler que le fou n'ignorait rien de son état, et depuis plusieurs jours déjà. L'enfant de Vérité, songeai-je. Un étrange frisson me parcourut : l'embranchement du chemin qu'avait vu le fou, la soudaine multiplication des possibilités... Un élément émergeait au-dessus de tous les autres : le brutal déplacement de Royal, repoussé un cran plus loin du trône par une nouvelle petite vie qui venait s'interposer entre lui et le pouvoir auquel il aspirait. Elle ne pèserait pas bien lourd à ses yeux.

« Naturellement, répétai-je d'un ton plus enjoué. Il vaut mieux garder la nouvelle tout à fait secrète. » Car une fois qu'elle serait rendue publique, Kettricken ne serait pas plus en sécurité que son époux.

8

MENACES

Cet hiver-là Béarns se fit lentement dévorer, telle une falaise par les marées de tempête. Tout d'abord, le duc Brondy tint Kettricken régulièrement informée : des messagers en livrée voyageaient à dos de cheval pour lui remettre en mains propres les nouvelles du duc. Au début, ces nouvelles étaient optimistes : ses opales avaient rebâti Bac et ses habitants lui envoyaient non seulement leurs remerciements mais aussi un coffret rempli des perles minuscules qu'ils prisaient fort. C'était un geste étrange : ces perles, qu'ils avaient jugées trop inestimables pour les sacrifier fût-ce pour reconstruire leur village, ils les offraient spontanément pour rendre grâces à une reine qui avait donné ses bijoux afin de leur fournir un abri. Je doute que quelqu'un d'autre pût être plus sensible à la mesure de leur sacrifice ; Kettricken versa des larmes sur le coffret.

Plus tard, les nouvelles se firent plus sinistres : entre les tempêtes, les Pirates rouges ne cessaient de frapper. Les messagers rapportèrent à Kettricken l'étonnement du duc devant le départ du membre du clan attaché à la tour Rouge ; quand Kettricken demanda carrément à Sereine si cela était vrai, celle-ci répondit qu'il était devenu trop dangereux d'y maintenir Guillot, car son Art était trop précieux pour qu'on l'exposât aux Pirates. Rares furent ceux à qui l'ironie de la situation échappa. A chaque arrivée d'un messager, les nouvelles empiraient : les Outrîliens avaient établi des têtes de pont sur les îles du Croc et Béchame ; hardiment, le duc Brondy avait alors réuni des bateaux de pêche et des guerriers pour les attaquer à son tour mais s'était heurté à des Pirates trop bien retranchés. Navires et guerriers périrent, et Béarns annonça solennellement n'avoir plus de fonds pour financer une autre expédition. A ce moment, les émeraudes de Vérité furent rendues à Kettricken, qui les renvoya sans une hésitation. Si elles furent utiles, nous n'en sûmes rien ; nous n'eûmes même jamais la certitude qu'elles fussent bien arrivées : la transmission des messages de Béarns devint erratique et il fut bientôt évident que certaines nouvelles ne nous parvenaient pas. Enfin les communications avec Brondy cessèrent tout à fait ; après que deux de ses messagers ne furent jamais revenus à Castelcerf, Kettricken décida de ne plus risquer de vies. Entre-temps, les Pirates du Croc et de Béchame avaient commencé à lancer des attaques plus bas le long de la côte, en évitant le voisinage de Castelcerf, mais en multipliant les faux assauts et les provocations au sud et au nord du Château. A tous ces raids, Royal demeurait imperturbablement indifférent ; il affirmait préserver les ressources du royaume pour le moment où Vérité reviendrait avec les Anciens et chasserait les Pirates une fois pour toutes. Cependant, les fêtes et les réjouissances étaient toujours plus somptueuses et fréquentes à Castelcerf, et les cadeaux faits aux ducs et aux nobles de l'Intérieur toujours plus généreux.

⋆

En milieu d'après-midi, Burrich avait regagné son logement. J'aurais préféré le garder là où je pourrais veiller sur lui mais il avait ri de mes craintes. C'est Brodette elle-même qui s'était occupée d'apprêter l'appartement, et Burrich avait assez grommelé à ce propos ; pourtant, elle s'était contentée de préparer un feu, de faire monter de l'eau fraîche, aérer et battre la literie, nettoyer les sols et répandre des roseaux fraîchement coupés ; une des bougies de Molly brûlait au centre de la table en répandant un agréable parfum de pin dans l'atmosphère confinée, mais Burrich avait grondé qu'il ne reconnaissait plus l'odeur de sa propre chambre. Je l'avais laissé assis dans son lit, une bouteille d'eau-de-vie à portée de main.

C'est lui qui me l'avait demandée, et je ne savais que trop bien pourquoi : en l'aidant à regagner son logement, nous avions traversé les écuries et nous étions passés devant des rangées de boxes vides. Non seulement des chevaux manquaient à l'appel mais aussi des chiens de chasse parmi les meilleurs ; je n'avais pas eu le courage d'aller voir du côté de la fauconnerie mais j'avais la certitude de la trouver semblablement pillée. Pognes nous avait accompagnés dans un silence bouleversé. Son travail était partout visible : les écuries proprement dites étaient immaculées, les chevaux restants étrillés à en briller comme des sous neufs ; même les boxes vides avaient été récurés et chaulés. Mais un buffet vide, si propre soit-il, ne console pas l'affamé. Les écuries étaient le trésor et le foyer de Burrich ; il les retrouvait tous deux mis à sac.

Après l'avoir quitté, je me rendis aux étables et aux enclos, où les animaux de reproduction passaient l'hiver. Je les trouvai aussi vides que les écuries : des taureaux de concours avaient disparu ; des moutons noirs à dos bouclés qui emplissaient d'habitude tout un parc, seuls subsistaient six brebis et un bélier rachitique. J'ignorais quelles autres bêtes hivernaient là d'ordinaire, mais trop nombreux étaient les stalles et les enclos vides à une époque de l'année où ils étaient normalement pleins.

Sorti des étables, je déambulai parmi les entrepôts et les dépendances ; devant l'une d'elles, des hommes s'affairaient à charger des sacs de grain sur un chariot ; deux autres fourgons déjà pleins attendaient non loin de là. J'observai un moment le travail, puis proposai mon aide en voyant le chargement s'élever et les sacs devenir plus difficiles à hisser ; les hommes s'empressèrent d'accepter mon offre et nous bavardâmes tout en œuvrant ; une fois la tâche achevée, je les saluai joyeusement de la main et rentrai à pas lents au Château en me demandant pourquoi on transvasait tout le grain d'un entrepôt sur un chaland avant de l'envoyer à Turlac par le fleuve.

Je décidai d'aller voir comment se portait Burrich avant de rentrer chez moi ; arrivé en haut des marches, j'observai avec inquiétude que sa porte était entrebâillée. Craignant quelque perfidie, je la poussai et fis sursauter Molly qui était occupée à disposer des plats sur une petite table à côté du fauteuil de Burrich. A la vue de Molly, je demeurai pantois, les yeux écarquillés ; enfin, je me tournai vers Burrich et trouvai son regard posé sur moi.

« Je te croyais seul », dis-je bêtement.

Il me dévisagea avec des yeux de hibou ; manifestement, il avait sérieusement entamé la bouteille d'eau-de-vie. « Je pensais le rester », me dit-il gravement ; comme toujours, il tenait bien l'alcool, mais Molly n'était pas dupe, je le voyais à ses lèvres pincées. Sans me prêter la moindre attention, elle continua de vaquer à sa tâche et dit à Burrich :

« Je ne vais pas vous déranger longtemps ; dame Patience m'a envoyé vous porter un repas chaud car vous n'avez presque rien mangé ce matin. Je vous laisse dès que j'ai fini de l'installer sur la table.

– Et mes remerciements vous accompagneront », fit Burrich. Son regard allait de Molly à moi : il percevait la contrainte qui régnait entre nous, ainsi que le dégoût que son état lui inspirait, et il voulut s'excuser. « J'ai fait un dur voyage, maîtresse, et ma blessure me fait mal. J'espère ne pas vous avoir fâchée.

– Je n'ai pas à me fâcher de ce qu'il vous plaît de faire, messire, répondit-elle en achevant de dresser la table. Puis-je faire autre chose pour votre confort ? » Elle s'exprimait poliment, mais sans plus, et elle ne me jeta pas le moindre coup d'œil.

« Oui, accepter mes remerciements, pas seulement pour le repas, mais aussi pour les bougies qui ont purifié l'air de ma chambre. On m'a dit que vous les aviez créées. »

Je la vis se dégeler un peu. « C'est dame Patience qui m'a priée de les apporter, et j'ai obéi avec plaisir.

– Je vois. » Les paroles suivantes lui coûtèrent davantage. « Dans ce cas, présentez-lui aussi mes remerciements, s'il vous plaît – et à Brodette également, sans doute.

– C'est promis. Vous n'avez donc besoin de rien d'autre ? J'ai des courses à faire à Bourg-de-Castelcerf pour dame Patience ; elle m'a dit que, si vous désiriez quelque chose, je devais vous le rapporter.

– Non, rien. Mais c'est aimable de sa part d'y avoir pensé. Merci.

– Je vous en prie, messire. » Et Molly, son panier vide au bras, sortit sans même un regard pour moi.

Burrich et moi restâmes face à face ; je jetai un coup d'œil à la porte que venait de franchir Molly, puis m'efforçai de penser à autre chose. « Il n'y a pas que dans les écuries que ça va mal, fis-je, et je lui rapportai brièvement ce que j'avais constaté aux étables et aux entrepôts.

– J'aurais pu te le dire moi-même », répondit-il d'un ton bourru. Il regarda le repas disposé sur la table, puis se resservit d'eau-de-vie. « En longeant la Cerf, on a entendu des rumeurs ; certains prétendaient que Royal vendait les bêtes et le grain pour financer la défense des côtes, d'autres qu'il envoyait les animaux de reproduction à Labour pour les mettre en sécurité. » Il avala l'alcool d'une seule lampée. « Les meilleurs chevaux sont partis ; je m'en suis rendu compte dès mon arrivée. Même avec dix années devant moi, je ne crois pas que je parviendrais à obtenir des bêtes de cette qualité. » Il remplit sa coupe à nouveau. « Toute une vie de travail réduite à néant, Fitz ! L'homme aime à croire qu'il laissera sa marque dans le monde ; moi, j'avais réuni ces chevaux, j'avais créé des lignées – et il n'en reste rien, elles sont éparpillées aux quatre vents des Six-Duchés. Bien sûr, elles amélioreront les cheptels auxquels elles seront mélangées, mais je ne verrai jamais ce qu'elles auraient donné si j'avais pu continuer. Placide va saillir les grandes juments de Labour, sans doute, et quand Braise mettra bas son poulain, celui qui le séchera n'y verra qu'un cheval comme un autre. Depuis six générations, je l'attendais, ce poulain ! Le meilleur cheval de chasse qu'une jument ait jamais porté et on va me l'atteler à une charrue ! »

Il n'y avait rien à répondre. C'était très probablement exact. « Mange un peu, proposai-je. Comment va ta jambe ? »

Il souleva la couverture pour l'examiner superficiellement. « Elle est toujours là, en tout cas. Je n'ai pas à me plaindre, j'imagine. Et elle va mieux que ce matin ; le gourdin-du-Diable a bel et bien aspiré l'infection. Cette femme a beau avoir la cervelle d'un poulet, elle s'y connaît en plantes médicinales. »

Je n'eus pas besoin de lui demander de qui il parlait. « Tu comptes manger ? »

Il posa sa coupe et prit une cuiller, puis goûta la soupe ; à contrecœur, il fit un signe approbateur de la tête. « Alors, comme ça, fit-il entre deux cuillerées, c'était la fameuse Molly. »

Je hochai la tête.

« Je l'ai trouvée un peu froide avec toi.

– Un peu », répondis-je sèchement.

Burrich sourit ironiquement. « Tu es aussi susceptible qu'elle. J'imagine que Patience ne lui a pas dit grand bien de moi.

– Elle n'aime pas les ivrognes, dis-je sans ambages. Son père s'est tué à force de boire ; mais avant ça, il s'est débrouillé pour faire un enfer de la vie de sa fille pendant des années : il la battait quand elle était petite et, quand elle est devenue trop grande, il la couvrait d'injures et de reproches.

– Ah ! » A gestes précautionneux, Burrich remplit sa coupe. « C'est bien triste.

– C'est aussi son avis », répliquai-je d'un ton cassant.

Il me regarda en face. « Je n'y suis pour rien, Fitz, et je ne me suis pas montré grossier avec elle pendant qu'elle était ici. Je ne suis même pas ivre – pas encore ; alors remballe tes grands airs et raconte-moi plutôt ce qui s'est passé à Castelcerf pendant mon absence. »

Je me levai donc et lui fis mon rapport comme s'il avait le droit de me le demander – ce qui était le cas, dans un sens. Il poursuivit son repas pendant que je parlais, puis, quand j'eus fini, il se versa encore à boire et se laissa aller contre le dossier de son fauteuil, sa coupe entre les mains. Il fit tourner l'eau-de-vie dans son verre, l'observa un instant, puis releva le regard. « Et Kettricken est enceinte, mais ni le roi ni Royal ne sont encore au courant.

– Je croyais que tu dormais.

– Je dormais ; je croyais avoir rêvé cette conversation. Enfin... » Il avala le contenu de sa coupe, puis se redressa, ôta la couverture de ses jambes et plia lentement le genou jusqu'à ce que la blessure se rouvre. Je fis la grimace, mais Burrich, lui, se contenta d'examiner la plaie d'un air pensif. Il remplit à nouveau sa coupe et la vida ; la moitié de la bouteille avait disparu. « Bon, eh bien, il va falloir que je mette une attelle à cette jambe si je veux que cette entaille reste fermée. » Il leva les yeux vers moi. « Tu sais ce qu'il me faut ; tu veux bien aller me le chercher ?

– A mon avis, tu devrais laisser ta jambe tranquille un jour ou deux, le temps qu'elle se repose. Tu n'as pas besoin d'attelle au lit. »

Il me dévisagea un long moment, puis : « Qui garde la porte de Kettricken ?

– Je ne crois pas que... Il doit y avoir des femmes qui couchent dans son antichambre.

– Tu sais très bien qu'il essayera de les tuer, elle et son enfant, dès qu'il sera au courant.

– La nouvelle est encore secrète ; si tu montes la garde à sa porte, tout le monde devinera ce qui se passe.

– Si je compte bien, cinq personnes sont dans la confidence. Ce n'est plus un secret, Fitz.

– Six, corrigeai-je, lugubre. Le fou l'a deviné il y a quelques jours.

– Ah ? » J'eus la satisfaction de voir une expression sidérée passer sur le visage de Burrich. « Eh bien, au moins, lui, il sait tenir sa langue. Mais, comme tu vois, le secret ne sera pas gardé bien longtemps ; les rumeurs commenceront à circuler avant la fin du jour, tu peux me croire sur parole. Non, ce soir, je m'installe devant sa porte.

– Mais pourquoi toi ? Repose-toi ; je vais...

– On peut mourir d'avoir manqué à son devoir, Fitz, le sais-tu ? Un jour, je t'ai dit que le combat n'était fini que quand on l'avait gagné. Je ne baisserai pas les bras à cause de ça (il désigna sa jambe d'un air dégoûté) ; j'ai déjà bien assez honte que mon prince ait continué son chemin sans moi : je ne lui faillirai pas ici. De toute manière – et il éclata d'un rire amer qui ressemblait à un aboiement – il n'y a plus assez à faire aux écuries pour Pognes et moi ; d'ailleurs, le cœur n'y est plus. Allons, veux-tu bien aller me chercher de quoi fabriquer des attelles ? »

J'obéis et je l'aidai à enduire la plaie de son baume avant de la bander proprement et de l'éclisser. Il enfila un vieux pantalon dont il avait découpé une jambe dans le sens de la longueur pour laisser passer l'attelle, puis je lui prêtai mon épaule pour descendre l'escalier. En bas, malgré ce qu'il avait dit, il se rendit au box de Rousseau afin de vérifier si l'on avait lavé et soigné sa blessure. Je l'abandonnai là et remontai au Château : je voulais avertir Kettricken que quelqu'un se tiendrait devant sa porte cette nuit et lui en expliquer le motif.

Je frappai à sa porte et Romarin vint m'ouvrir. La reine était bien chez elle, ainsi que certaines de ses dames de compagnie, la plupart occupées à bavarder tout en tirant l'aiguille ; Kettricken, elle, avait ouvert sa fenêtre sur la douceur hivernale du jour et contemplait la mer calme, le front soucieux. Elle m'évoqua Vérité lorsqu'il artisait et je soupçonnai qu'elle ruminait les mêmes inquiétudes. Je suivis son regard et me demandai, moi aussi, où les Pirates rouges frapperaient aujourd'hui et quelle était la situation en Béarns. Pourtant, cette dernière question était vaine : officiellement, nous n'avions aucune nouvelle de Béarns, mais les rumeurs disaient que ses côtes étaient rouges de sang.

« Romarin, je voudrais dire un mot en privé à Sa Majesté. »

La petite fille hocha gravement la tête et alla faire une révérence à sa reine ; l'instant suivant, Kettricken regarda dans ma direction et me fit signe de la rejoindre près de la fenêtre. Je la saluai et, souriant, me mis à désigner la mer du geste comme si nous parlions du beau temps ; mais, à mi-voix, je lui dis : « Burrich désire garder votre porte à partir de ce soir ; il craint que votre vie ne soit en danger quand certains apprendront que vous êtes enceinte. »

Une autre femme aurait peut-être pâli ou au moins eu l'air surpris ; mais Kettricken posa une main légère sur le couteau éminemment pratique qu'elle portait toujours accroché à côté de ses clés. « J'en viens presque à souhaiter une attaque aussi franche. » Elle réfléchit. « C'est sage, sans doute. Quel risque courons-nous à laisser paraître nos soupçons ? Ou plutôt, notre certitude : pourquoi devrais-je faire preuve de prudence et de délicatesse ? Burrich a déjà reçu le message d'accueil de nos ennemis sous la forme d'une flèche dans la jambe. » L'amertume de ses paroles et la férocité qu'elles recouvraient me laissèrent pantois. « Qu'il monte la garde et qu'il en soit remercié. Je pourrais choisir un homme en meilleure santé, mais je n'aurais pas en lui la confiance que j'ai en Burrich. Sa blessure lui permettra-t-elle d'accomplir son devoir ?

– Je pense que son orgueil ne lui permettrait pas de laisser quelqu'un d'autre l'accomplir.

– Alors, c'est parfait. » Elle s'interrompit un instant. « Je lui ferai donner un siège.

– Je doute qu'il s'en serve. »

Elle soupira. « A chacun sa façon de se sacrifier. Un siège sera tout de même à sa disposition. »

J'inclinai la tête et elle me congédia ; je remontai chez moi dans l'intention de ranger tout ce qui avait été sorti pour soigner Burrich, mais, dans le couloir, j'eus la surprise de voir la porte de ma chambre s'ouvrir lentement. Je me dissimulai dans l'embrasure d'une autre porte et, au bout d'un moment, Justin et Sereine sortirent de chez moi. J'émergeai de ma cachette sous leur nez.

« Toujours à la recherche d'un endroit pour vos rendez-vous d'amoureux ? » demandai-je d'un ton acide.

Ils se figèrent sur place. Justin recula presque derrière Sereine qui le foudroya du regard, puis me toisa. « Nous n'avons à répondre de rien devant toi.

– Même pas de votre intrusion chez moi ? Vous avez trouvé quelque chose d'intéressant ? »

Justin soufflait comme s'il venait de faire une longue course ; je plantai mes yeux dans les siens et souris. Il demeura coi.

« Nous n'avons rien à te dire, déclara Sereine. Nous savons ce que tu es. Viens, Justin.

– Vous savez ce que je suis ? Allons bon ! En tout cas, moi, je sais ce que vous êtes ; et je ne suis pas le seul.

– Homme-bête ! cracha Justin. Tu te vautres dans les magies les plus immondes ! Croyais-tu pouvoir passer inaperçu parmi nous ? Pas étonnant que Galen t'ait jugé indigne de l'Art ! »

Sa flèche avait frappé dans le mille et vibrait dans ma crainte la plus secrète, mais je m'efforçai de n'en laisser rien paraître. « Moi, je suis loyal au roi Subtil. » Le visage composé, je soutins leur regard. Je n'ajoutai rien, mais je les examinai de haut en bas en les comparant à ce qu'ils auraient dû être et le résultat ne fut pas à leur honneur. A leur façon imperceptible de se dandiner sur place, aux coups d'œil qu'ils échangeaient, je compris qu'ils se savaient félons : ils rendaient leurs comptes à Royal tout en sachant qu'ils auraient dû les rendre au roi. Ils ne se leurraient pas sur eux-mêmes. Peut-être Galen leur avait-il imposé une loyauté indéfectible envers Royal, peut-être ne concevaient-ils même pas de le trahir, mais une partie d'eux-mêmes savait que Subtil était le roi et qu'ils étaient parjures envers un souverain à qui ils avaient juré fidélité. J'en pris soigneusement note : c'était une fissure dans laquelle un coin pourrait bien un jour s'enfoncer.

Je m'avançai vers eux et savourai de voir Sereine s'écarter peureusement de moi tandis que Justin essayait de se faire tout petit entre elle et le mur, mais je n'eus pas le moindre geste hostile ; je leur tournai le dos et ouvris ma porte. Comme j'entrais dans ma chambre, je sentis une volute sournoise d'Art effleurer les limites de mon esprit ; je la bloquai automatiquement comme Vérité me l'avait enseigné. « Gardez vos pensées pour vous-même », leur lançai-je sans même leur faire l'honneur de me retourner, puis je fermai la porte derrière moi.

Je passai un moment à reprendre mon souffle – du calme, du calme – sans baisser ma garde mentale. Puis, sans bruit, soigneusement, je poussai mes verrous ; une fois la porte barrée, je fis prudemment le tour de ma chambre. Un jour, Umbre m'avait averti qu'un assassin devait toujours soupçonner l'adversaire d'être plus doué que lui car c'était le seul moyen de conserver la vie sauve et l'esprit vigilant ; aussi ne touchai-je à rien au cas où certains objets eussent été enduits de poison. Je me plaçai au centre de la pièce, fermai les yeux et m'efforçai de me la rappeler telle qu'elle était lorsque je l'avais quittée ; puis je rouvris les yeux et cherchai ce qui avait pu changer.

Le petit plateau d'herbes se trouvait au milieu du couvercle de mon coffre, alors que je l'avais posé à l'une des extrémités, à portée de main de Burrich ; ils avaient donc fouillé dans mes vêtements. La tapisserie du roi Sagesse, de guingois depuis des mois, était à présent verticale. Je ne remarquai rien d'autre, ce qui ne laissa pas de m'intriguer car je ne voyais pas ce qu'ils espéraient découvrir. La fouille de mon coffre semblait indiquer un objet assez petit pour s'y cacher, mais pourquoi soulever une tapisserie et regarder derrière ? Je réfléchis un moment : ils n'avaient pas opéré au petit bonheur la chance ; j'ignorais le but de leur présence chez moi, mais, à mon avis, on avait dû leur ordonner d'y chercher un passage secret, et cela signifiait que le meurtre de dame Thym n'avait pas satisfait Royal. Il nourrissait davantage de soupçons qu'Umbre ne me l'avait donné à penser ; j'éprouvai alors presque du soulagement à n'avoir jamais réussi à découvrir comment ouvrir l'accès aux appartements d'Umbre : son secret m'en semblait mieux protégé.

J'examinai chaque objet avant de m'en saisir ; je veillai à jeter la moindre miette qui subsistait sur les plateaux de Mijote là où nul, homme ou bête, ne risquerait d'y goûter par mégarde et j'en fis autant de l'eau des seaux et de ma cuvette ; j'inspectai ma literie, ma réserve de bois et de bougies à la recherche de traces de poudre ou de résine, et me débarrassai, le cœur crevé, de tout mon stock d'herbes. Je ne tenais pas à courir de risque. Rien ne semblait manquer à mes affaires et rien ne paraissait y avoir été ajouté ; pour finir, je m'assis sur mon lit, épuisé autant qu'inquiet : j'allais devoir me tenir davantage sur mes gardes ; je me rappelais l'expérience du fou et je n'avais aucune envie de me retrouver la tête dans un sac et battu comme plâtre la prochaine fois que j'entrerais chez moi.

Ma chambre me parut soudain étouffante, tel un piège dans lequel je devais me renfermer chaque jour. Je sortis sans prendre la peine de verrouiller la porte derrière moi : les verrous étaient inutiles. Que mes ennemis voient que je ne craignais pas leur intrusion – même si c'était faux.

L'après-midi était doux et le ciel clair. Je savourai ma promenade dans l'enceinte intérieure du Château, mais ce temps clément hors de saison m'angoissait et je décidai de descendre en ville rendre visite au *Rurisk* et à mes compagnons de bord, après quoi j'irais peut-être prendre une bière dans une taverne. Il y avait trop longtemps que je n'avais pas mis les pieds au bourg et que je n'avais pas écouté les commérages de ses habitants ; ce serait un soulagement que d'oublier quelque temps les intrigues de Castelcerf.

J'allais franchir les portes de la citadelle quand un jeune garde se plaça en travers de mon chemin. « Halte ! » fit-il, puis, comme il me reconnaissait : « S'il vous plaît, messire. »

J'obéis docilement. « Oui ? »

Il s'éclaircit la gorge, puis rougit soudain jusqu'à la racine des cheveux. Il prit une inspiration, mais demeura muet.

« Vous avez besoin de quelque chose ? demandai-je.

– Attendez un instant », bredouilla le jeune homme.

Il disparut dans le corps de garde et, quelques secondes plus tard, un officier, une femme, se présenta devant moi. Elle me considéra d'un air grave, souffla comme si elle rassemblait son courage et me dit à mi-voix : « Vous n'avez pas le droit de quitter le Château.

– Pardon ? » Je n'en croyais pas mes oreilles.

Elle se redressa, et, d'une voix plus ferme : « Vous n'avez pas le droit de quitter le Château. »

La colère me prit soudain, mais je la réprimai. « Sur ordre de qui ? »

Elle ne broncha pas. « Mes ordres viennent du capitaine de la garde, messire. C'est tout ce que je sais.

– Je voudrais parler à ce capitaine. » Je m'efforçais de conserver un ton courtois.

« Il n'est pas dans le corps de garde... messire.

– Je comprends. » Ce n'était pas tout à fait vrai. Je sentais les nœuds coulants se resserrer autour de mon cou, mais pourquoi maintenant ? Naturellement, la question suivante devait être : « Pourquoi pas ? » Subtil affaibli, Vérité était devenu mon protecteur, mais il était loin ; je pouvais me tourner vers Kettricken, à condition de vouloir la placer en situation de conflit ouvert avec Royal, or je ne le souhaitais pas ; et Umbre restait comme d'habitude un pouvoir dissimulé. Toutes ces réflexions traversèrent rapidement mon esprit ; je faisais demi-tour quand j'entendis quelqu'un m'appeler. Je me retournai.

C'était Molly qui revenait de la ville. Le tissu bleu de sa robe de servante battait ses mollets au vent de sa course car elle courait, lourdement, à pas inégaux qui n'évoquaient en rien ses enjambées ordinairement gracieuses. Elle était au bord de l'épuisement. « Fitz ! » cria-t-elle encore, et je perçus de l'effroi dans sa voix.

Je voulus m'élancer à sa rencontre, mais l'officier me barra brusquement le chemin ; il y avait de la peur sur ses traits, mais aussi de la détermination. « Je ne peux pas vous laisser passer les portes. J'ai des ordres. »

J'eus envie de l'écarter d'un coup de poing mais je contins ma rage : me battre avec elle n'aiderait pas Molly. « Alors, allez la chercher, par tous les diables ! Vous ne voyez pas qu'elle a des ennuis ? »

Elle ne bougea pas d'un pouce. « Milles ! cria-t-elle, et le jeune homme sortit d'un bond. Va voir ce qu'a cette femme ! Dépêche-toi ! »

Le soldat partit comme un trait. Par-dessus l'épaule de l'officier inébranlable, je le regardai, impuissant, courir vers Molly ; parvenu auprès d'elle, il lui passa un bras autour de la taille et prit son panier de l'autre main. S'appuyant lourdement sur lui, hoquetante, pleurant presque, Molly arriva près des portes ; j'eus l'impression qu'il lui fallut une éternité pour les franchir et se blottir dans mes bras. « Fitz ! Oh, Fitz ! fit-elle en sanglotant.

– Là, là », dis-je d'un ton apaisant et je l'entraînai à l'écart des gardes. J'avais fait ce que la raison dictait, mais je ne m'en sentais pas moins humilié.

« Pourquoi n'es-tu pas... venu m'accueillir ? demanda Molly, haletante.

– Les gardes m'en ont empêché. Ils ont ordre de ne pas me laisser quitter Castelcerf », répondis-je à mi-voix. Je la sentais trembler contre moi ; je lui fis tourner l'angle d'un entrepôt pour la mettre hors de vue des gardes qui nous regardaient toujours, bouche bée. « Qu'y a-t-il ? Que t'est-il arrivé ? » m'enquis-je d'une voix que je voulais rassurante ; je repoussai les cheveux qui lui tombaient sur le visage. Au bout de quelques instants, elle se calma, sa respiration devint plus égale, mais elle continua de trembler.

« J'étais descendue en ville ; dame Patience m'avait donné mon après-midi et je devais faire quelques achats... pour mes bougies. » A mesure qu'elle parlait, ses tremblements s'apaisaient. Je lui soulevai le menton et elle me regarda dans les yeux.

« Et alors ?

– J'étais... sur le chemin du retour, dans la côte raide à la sortie de la ville, tu sais, là où il y a des aulnes. »

J'acquiesçai de la tête : je connaissais l'endroit.

« J'ai entendu des chevaux arriver ; ils allaient très vite ; alors, je me suis écartée pour leur laisser le passage. » Elle se remit à trembler. « Je continuais à marcher, persuadée qu'ils allaient me dépasser ; mais tout à coup je les ai entendus derrière moi et, quand je me suis retournée, ils fonçaient droit sur moi. J'ai sauté en arrière dans les buissons, mais ça ne les a pas arrêtés ; j'ai fait demi-tour et je me suis sauvée, mais ils continuaient à me poursuivre... » Sa voix devenait de plus en plus aiguë.

« Chut ! Attends, calme-toi. Réfléchis : combien étaient-ils ? Les connaissais-tu ? »

Elle secoua violemment la tête. « Deux ; je n'ai pas vu leur visage. Je m'enfuyais et ils portaient des casques qui cachent les yeux et le nez. Ils m'ont pourchassée ; c'est raide, par là, tu sais, et plein de broussailles ; j'essayais de leur échapper, mais ils lançaient leurs chevaux à travers les buissons pour m'empêcher de m'enfuir, comme les chiens qui rattrapent les moutons. J'ai couru, couru, mais je n'arrivais pas à les semer ; et puis je suis tombée, j'ai trébuché sur un morceau de bois et je suis tombée ; alors, ils ont sauté de cheval ; l'un d'eux m'a maintenue au sol pendant que l'autre prenait mon panier. Il l'a vidé par terre comme s'il cherchait quelque chose, mais ils ne cessaient pas de rire, de rire ! J'ai cru... »

Mon cœur battait à présent aussi fort que celui de Molly. « Est-ce qu'ils t'ont fait du mal ? » demandai-je d'une voix rauque.

Elle ne répondit pas tout de suite, comme si elle n'en savait rien elle-même, puis secoua la tête d'un air éperdu. « Pas comme tu le crains. Il m'a simplement... tenue à terre, en riant aux éclats. L'autre a dit... il a dit que j'étais vraiment idiote de laisser un bâtard se servir de moi. Ils ont dit... »

Encore une fois, elle s'interrompit. Ce qu'ils lui avaient dit, les noms dont ils l'avaient traitée étaient trop affreux pour qu'elle pût me les répéter ; et ce me fut comme un coup de poignard au cœur qu'ils aient pu lui faire mal au point qu'elle ne veuille même pas partager sa douleur avec moi. « Ils m'ont mise en garde, reprit-elle enfin. Ils m'ont dit : “Tiens-toi à l'écart du bâtard, ne fais pas son sale travail à sa place.” Ils ont dit... des choses que je n'ai pas comprises, à propos de messages, d'espions et de trahison ; ils ont dit qu'ils pouvaient mettre tout le monde au courant que j'étais la putain du bâtard. » Elle avait voulu prononcer l'épithète calmement, mais n'avait pu s'empêcher de l'accentuer, comme pour voir si j'allais broncher. « Et puis ils ont dit... que j'allais finir pendue... si je ne faisais pas attention, que faire les commissions d'un traître, c'était être traître soi-même. » Soudain sa voix devint étrangement calme. « Ensuite, ils m'ont craché dessus, et ils sont partis. J'ai entendu leurs chevaux s'éloigner mais, pendant un long moment, j'ai eu peur de me relever. Jamais je n'ai été aussi terrifiée de ma vie. » Elle me regarda et ses yeux étaient comme deux plaies vives. « Même mon père me m'a jamais terrorisée à ce point. »

Je la serrai contre moi. « Tout est ma faute. » Elle s'écarta de moi pour me regarder d'un air perplexe et je compris que j'avais pensé tout haut.

« Ta faute ? Tu as fait quelque chose ?

– Non. Je ne suis pas un traître ; mais je suis un bâtard et, à cause de moi, ça retombe sur toi. Tous les avertissements de Patience, tous ceux d'Um... tous ceux que les uns et les autres m'ont donnés sont en train de se réaliser. Et je t'y ai entraînée.

– Que se passe-t-il ? » demanda-t-elle doucement, les yeux agrandis. Le souffle lui manqua soudain. « Tu as dit... que les gardes t'ont empêché de passer les portes, que tu n'avais pas le droit de quitter Castelcerf... Pourquoi ?

– Je ne sais pas exactement. Il y a beaucoup de choses que je ne comprends pas ; mais il en est une dont je suis sûr, c'est que je dois te protéger, et, pour ça, je ne dois plus m'approcher de toi pendant quelque temps, ni toi de moi. Tu comprends ? »

Une lueur de colère s'alluma dans ses yeux. « Ce que je comprends, c'est que tu me laisses me débrouiller toute seule !

– Non, ce n'est pas ça. Il faut leur faire croire qu'ils t'ont fait peur, que tu leur obéis ; comme ça, tu ne risqueras rien : ils n'auront plus de raison de s'en prendre à toi.

– Mais ils m'ont vraiment fait peur, espèce d'idiot ! siffla-t-elle. Moi, j'ai appris ceci : quand quelqu'un sait que tu as peur de lui, tu n'es plus à l'abri de ses atteintes. Si je leur obéis, ils s'en prendront encore à moi, pour m'ordonner de faire ci ou ça, pour voir jusqu'où ma peur m'obligera à me plier à leur volonté. »

Je reconnus les cicatrices laissées par son père dans sa vie, des cicatrices qui la rendaient forte, d'une certaine façon, mais aussi vulnérable. « Le moment n'est pas venu de nous dresser contre eux », lui murmurai-je. Je ne cessai de regarder par-dessus son épaule en m'attendant à voir le garde venir voir où nous avions disparu. « Suis-moi », dis-je et je l'entraînai plus loin dans le dédale des entrepôts et des dépendances. Elle m'accompagna sans mot dire un moment, puis arracha soudain sa main à la mienne.

« C'est le moment de se dresser contre eux, déclara-t-elle, parce que, quand on commence à repousser au lendemain, on n'agit jamais. Pourquoi ne serait-ce pas le moment ?

– Parce que je ne veux pas te voir impliquée dans cette histoire ; je ne veux pas qu'il t'arrive de mal et je ne veux pas qu'on dise de toi que tu es la putain du bâtard. » Le mot avait eu du mal à franchir mes lèvres.

Molly releva la tête. « Je n'ai pas honte de ce que j'ai pu faire, dit-elle d'un ton égal. Et toi ?

– Non. Mais...

– "Mais" ! Tu n'as que ce mot à la bouche ! » jeta-t-elle d'un ton amer, et elle s'éloigna.

« Molly ! » Je bondis et la saisis aux épaules. Elle se retourna d'un bloc et me frappa, non pas du plat de la main, mais de son poing fermé, d'un coup qui me fit reculer en chancelant, du sang plein la bouche. Son regard furieux me mettait au défi de la toucher à nouveau ; je m'en gardai bien. « Je n'ai jamais dit que je ne me battrais pas, seulement que je ne voulais pas t'y voir impliquée. Laisse-moi une chance de mener le combat à ma façon. » Je sentis le sang me dégouliner sur le menton ; je ne l'essuyai pas. « Crois-moi, avec du temps, je les retrouverai et je leur ferai payer – à ma façon. Maintenant, décris-moi ces hommes ; leurs vêtements, leur manière de monter à cheval ; comment étaient leurs montures ? Et les hommes, parlaient-ils comme les gens de Cerf ou comme ceux de l'Intérieur ? Portaient-ils la barbe ? Te rappelles-tu la couleur de leurs cheveux, de leurs yeux ? »

Je la vis réfléchir et je sentis que son esprit renâclait à revenir sur la scène. « Bruns, dit-elle enfin. Des chevaux bruns, avec la crinière et la queue noires ; et les hommes parlaient comme tout le monde. L'un des deux avait une barbe noire, je crois. C'est difficile d'y voir avec la figure par terre.

– C'est bien, c'est très bien », répondis-je, bien qu'elle ne m'eût rien appris d'utile. Elle détourna les yeux de mon menton ensanglanté. « Molly, fis-je plus bas, je ne viendrai pas... chez toi pendant un moment, parce que...

– Parce que tu as peur.

– Oui ! Oui, j'ai peur ! Peur qu'on te fasse du mal, qu'on te tue pour me faire du mal à moi ! Je ne veux pas te mettre en danger en venant chez toi. »

Elle ne réagit pas. Je ne savais pas si elle m'avait écouté ou non. Elle serra les bras contre sa poitrine.

« Je t'aime trop pour vouloir que ça t'arrive. » A mes propres oreilles, cette déclaration sonna creux.

Elle s'éloigna, les bras toujours serrés contre sa poitrine comme pour s'empêcher de tomber en morceaux. Qu'elle paraissait seule, dans sa robe bleue crottée, la tête courbée ! « Molly Jupes-Rouges », murmurai-je ; mais cette Molly-là, je ne la voyais plus. Je ne voyais que ce que j'avais fait d'elle.

9

FINEBAIE

Dans la tradition des Six-Duchés, le Grêlé annonce les désastres ; quand on le voit marchant à grands pas sur la route, on sait que la maladie et la pestilence ne tarderont pas, et rêver de lui avertirait, dit-on, d'une mort prochaine. Souvent, les contes le montrent apparaissant à ceux qui méritent une punition, mais il sert parfois, la plupart du temps dans les spectacles de marionnettes, de symbole diffus d'une catastrophe à venir : le pantin du Grêlé suspendu au-dessus du décor prévient le public qu'il va assister à une tragédie.

*

Les journées d'hiver passaient avec une lenteur effrayante. A toute heure, je m'attendais à un malheur ; je n'entrais pas dans une pièce sans l'avoir préalablement examinée, je ne mangeais rien que je n'eusse vu préparer, je ne buvais que l'eau que j'avais moi-même tirée du puits et je dormais mal. Cette vigilance de tous les instants jouait sur mon comportement de cent façons différentes : j'étais cassant avec ceux qui me parlaient de la pluie et du beau temps, ombrageux quand je rendais visite à Burrich, réticent avec la reine. Umbre, le seul à qui j'aurais pu m'ouvrir de mon fardeau, ne m'appelait pas. Je me sentais seul à en pleurer : je n'osais plus me rendre chez Molly, j'écourtais autant que je le pouvais mes visites à Burrich de peur de lui attirer des ennuis, je ne pouvais même plus sortir ouvertement du Château pour passer quelques heures en compagnie d'Œil-de-Nuit et je préférais m'abstenir d'emprunter notre issue secrète au cas où j'eusse été surveillé. J'étais constamment aux aguets, l'oreille tendue, et le fait que rien ne se produisît faisait de mon attente une torture raffinée.

J'allais tout de même voir le roi Subtil tous les jours et je le voyais dépérir petit à petit, le fou devenir plus morose, son humour s'aigrir. J'appelais de mes vœux une violente tempête d'hiver qui s'harmoniserait à mon humeur mais le ciel demeurait bleu et le vent calme. Les murs de Castelcerf retentissaient du charivari des réjouissances ; des bals étaient organisés et des concours où les ménestrels rivalisaient pour remporter quelque bourse replète. Les ducs et les nobles de l'Intérieur se régalaient à la table de Royal et buvaient en sa compagnie jusque tard dans la nuit.

« On dirait des tiques sur un chien en train de crever ! » m'exclamai-je violemment un jour que je changeais le pansement de Burrich ; il venait d'observer qu'il n'avait guère de mal à rester éveillé, la nuit, devant la porte de Kettricken, car le tintamarre des fêtes lui aurait de toute manière interdit de fermer l'œil.

« Qui est en train de crever ? demanda-t-il.

– Nous tous ; jour après jour, nous crevons tous ! Personne ne te l'a jamais appris ? Mais ta jambe guérit, elle, et sacrément bien, vu ce que tu lui as fait subir ! »

Il baissa les yeux sur sa jambe nue et la plia précautionneusement : le tissu cicatriciel se tendit, mais tint bon. « C'est peut-être fermé en surface, mais je sens que ce n'est pas guéri à l'intérieur », fit-il, et ce n'était pas une plainte. Il prit sa coupe d'eau-de-vie et la vida, et je lui lançai un coup d'œil acéré. Ses journées s'étaient coulées dans une routine bien ancrée : quand il quittait la porte de Kettricken le matin, il descendait manger aux cuisines, puis il remontait dans sa chambre et commençait à boire ; après mon passage pour l'aider à changer son pansement, il continuait à boire jusqu'à ce qu'il fût l'heure pour lui de dormir, puis il se réveillait le soir, juste à temps pour dîner et reprendre sa place devant les appartements de Kettricken. Il n'intervenait plus dans les écuries ; il en avait confié l'entière responsabilité à Pognes qui s'en occupait désormais avec l'air d'être victime d'une punition imméritée.

Tous les deux jours à peu près, Patience envoyait Molly faire le ménage chez Burrich ; j'avais peu d'échos de ces visites, sinon qu'elles avaient lieu et que Burrich, à mon grand étonnement, les tolérait ; quant à moi, elles m'inspiraient des sentiments mitigés : même quand il buvait beaucoup, Burrich traitait toujours les femmes avec délicatesse ; cependant, les alignements de bouteilles vides ne pouvaient manquer de rappeler son père à Molly. Pourtant, je souhaitais qu'ils se connaissent mieux tous les deux. Un jour, je racontai à Burrich que Molly avait reçu des menaces à cause de ses fréquentations. « Ses fréquentations ? répéta-t-il en me lançant un regard perçant.

– Quelques personnes savent que je m'intéresse à elle, fis-je avec circonspection.

– Un homme ne fait pas partager ses ennuis à la femme qu'il aime », me dit-il d'un ton sévère.

Comme je n'avais rien à répondre à cela, je lui fournis les détails que Molly s'était rappelés de ses agresseurs mais ils ne lui évoquèrent rien. Un moment, il demeura le regard lointain, puis il prit sa coupe et la but. « Je vais lui dire, déclara-t-il en articulant soigneusement, que tu t'inquiètes pour elle ; je vais lui dire que, si elle se croit en danger, elle doit venir me trouver. Je suis davantage en position que toi de m'en occuper. » Il croisa mon regard. « Je vais lui dire que tu as raison de te tenir à l'écart d'elle, pour son bien. » Et, comme il se versait à nouveau à boire, il ajouta doucement : « Patience ne s'est pas trompée – et elle a bien fait de me l'envoyer. »

Je blêmis en songeant à toutes les implications de cette déclaration, mais, pour une fois, j'eus le bon sens de me taire. Il but son eau-de-vie, puis considéra la bouteille ; enfin, lentement, il la poussa vers moi. « Range-moi ça sur l'étagère, tu veux ? » me demanda-t-il.

*

Castelcerf continua de se vider de ses réserves d'hiver et de ses animaux ; certains furent vendus à bas prix aux duchés de l'Intérieur. Les meilleurs chevaux de chasse et de monte partirent sur la Cerf à bord de chalands pour une région près de Turlac, ce que Royal décrivit comme un plan pour mettre nos reproducteurs à l'abri des ravages des Pirates rouges. A Bourg-de-Castelcerf, d'après Pognes, on murmurait que, si le roi était incapable de préserver son propre château, quel espoir y avait-il pour les petites gens ? Et quand toute une cargaison de somptueuses tapisseries et de beaux meubles anciens partit vers l'amont du fleuve, on se mit à chuchoter que les Loinvoyant allaient bientôt abandonner Castelcerf sans même un combat, sans même attendre une attaque, et j'eus le désagréable soupçon que cette rumeur était fondée.

Confiné à Castelcerf, je ne savais guère ce dont parlaient les gens du commun. Le silence m'accueillait à présent quand j'entrais dans le corps de garde ; mon assignation au Château avait donné naissance à maints ragots et spéculations, et les on-dit qui avaient couru sur moi après que j'eus échoué à sauver la petite fille des griffes des forgisés connurent une seconde jeunesse. Rares étaient les gardes qui m'entretenaient d'autre chose que du temps et de banalités du même genre. Sans être devenu un véritable paria, je me vis exclu des conversations détendues et des discussions à bâtons rompus qui allaient d'habitude bon train dans le corps de garde ; m'adresser la parole portait désormais malheur et je ne souhaitais pas affliger ces hommes et ces femmes à qui je tenais.

Je restais le bienvenu aux écuries mais je m'efforçais de ne pas trop parler à quiconque et de ne pas marquer d'affection particulière à tel ou tel animal. Les ouvriers étaient moroses, en ces jours, car il n'y avait guère de travail pour les occuper et les querelles étaient fréquentes ; cependant, ils constituaient ma source principale d'informations et de rumeurs. Aucune n'était réjouissante ; j'entendais parler d'attaques contre des villes béarnoises, de bagarres dans les tavernes et sur les quais de Bourg-de-Castelcerf, de gens qui déménageaient pour le Sud ou l'Intérieur, selon leurs moyens ; le peu que j'entendis sur Vérité et son entreprise était railleur et méprisant. L'espoir était mort. Comme moi, les habitants du bourg attendaient, rongés d'angoisse, que le désastre arrive à leurs portes.

Nous connûmes un mois de tempête mais le soulagement et les fêtes que ce temps occasionna à Bourg-de-Castelcerf se révélèrent plus destructeurs que la période de tension qui les avait précédés : une taverne du front de mer prit feu au cours de bacchanales particulièrement échevelées, l'incendie s'étendit et seules les trombes d'eau qui succédèrent au vent déchaîné l'empêchèrent de gagner les entrepôts. C'eût été une catastrophe à plus d'un titre car, à mesure que Royal vidait les magasins de Castelcerf de leur grain et de leurs vivres, les gens de la ville voyaient de moins en moins de raison de préserver ce qui restait. Même si les Pirates ne s'en prenaient jamais à Castelcerf proprement dit, j'étais résigné d'avance à un rationnement de la nourriture avant la fin de l'hiver.

Une nuit, je m'éveillai dans un silence de mort : les hurlements de la tempête et la mitraille de la pluie avaient cessé. Mon cœur se serra ; une terrible prémonition m'envahit, et lorsqu'à mon lever je vis un ciel limpide, mon angoisse s'aggrava encore. A plusieurs reprises, je sentis un toucher d'Art me picoter les sens, ce qui faillit me rendre enragé, car j'ignorais si cela provenait de Vérité qui essayait de me contacter ou de Justin et Sereine qui tentaient de m'espionner. La visite que je rendis au roi en fin d'après-midi ne fit qu'accroître mon abattement : amaigri au point de n'avoir plus que la peau sur les os, il était assis dans son lit, un vague sourire sur les lèvres ; il m'artisa faiblement quand je franchis la porte, puis m'accueillit ainsi : « Ah, Vérité, mon garçon ! Comment s'est passée ta leçon d'escrime, aujourd'hui ? » Et le reste de sa conversation fut à l'avenant. Royal fit son apparition presque tout de suite après mon arrivée ; il prit place sur un siège à dos droit, les bras croisés, et il m'observa. Nous n'échangeâmes pas un seul mot et je fus incapable de savoir si mon silence relevait de la lâcheté ou de la maîtrise de moi-même. Je m'esquivai aussi vite que la décence m'y autorisait malgré le regard de reproche que m'adressa le fou.

Ce dernier n'avait guère meilleure mine que le roi. Sur quelqu'un d'aussi pâle que lui, les cernes noirs de ses yeux semblaient peints à même la peau ; sa langue était aussi immobile que le battant de ses grelots. A la mort du roi Subtil, plus rien ne se dresserait entre le fou et Royal. Je me demandai si je pourrais l'aider par quelque moyen.

Comme si j'étais capable de m'aider moi-même ! me dis-je amèrement.

Ce soir-là, dans la solitude de ma chambre, je bus plus que de raison de cette eau-de-vie de mûre que Burrich méprisait. Je savais que je serais malade le matin venu mais je n'en avais cure. Je m'allongeai sur mon lit et prêtai l'oreille au son étouffé de la fête qui montait de la Grand-Salle. J'aurais voulu que

Molly soit là pour me réprimander d'être ivre : le lit était trop grand, les draps blancs et froids comme des glaciers. Je fermai les yeux et cherchai le réconfort de la compagnie d'un loup ; enfermé dans le Château, j'avais pris l'habitude de le retrouver toutes les nuits dans mes rêves afin de me donner l'illusion de la liberté.

Je me réveillai juste avant qu'Umbre me secoue l'épaule. Heureusement que je l'avais reconnu en ce bref instant, sans quoi j'eusse sûrement essayé de le tuer. « Debout ! me souffla-t-il d'une voix rauque. Lève-toi, espèce d'idiot, abruti ! Finebaie est assiégée ! Cinq Pirates rouges ! Ils ne laisseront pas pierre sur pierre si nous tardons trop ! Allons, lève-toi donc, sacrebleu ! »

Je me redressai tant bien que mal, la brume de l'alcool dissipée par le choc causé par ses propos.

« Que pouvons-nous faire ? demandai-je stupidement.

– Avertir le roi ! Avertir Kettricken, Royal ! Même Royal ne peut pas faire la sourde oreille : ça se passe à nos portes. Si les Pirates rouges s'emparent de Finebaie, nous sommes coincés ; plus aucun bateau ne pourra sortir de Port-de-Cerf. Même Royal doit s'en rendre compte ! Va, maintenant ! Va ! »

J'enfilai des chausses et une tunique, puis, pieds nus, les cheveux dans les yeux, je me précipitai vers la porte, où je m'arrêtai soudain. « Mais comment suis-je au courant ? D'où dois-je dire que me vient cet avertissement ? »

D'exaspération, Umbre se mit à sautiller sur place. « Zut et zut ! Dis n'importe quoi ! Raconte à Subtil que tu as fait un rêve où le Grêlé voyait ce qui allait se passer dans un bassin ! Il devrait comprendre, lui ! Dis que c'est un Ancien qui t'a prévenu ! Dis ce que tu veux mais qu'ils agissent tout de suite !

– D'accord ! » Je fonçai dans le couloir, descendis les escaliers quatre à quatre et me ruai jusqu'à la porte du roi à laquelle je frappai à coups redoublés. A l'extrémité du couloir, Burrich se tenait debout à côté de sa chaise, devant les appartements de Kettricken ; il se tourna vers moi, dégaina son épée courte et s'apprêta au combat en jetant des coups d'œil tout autour de lui. « Les Pirates ! criai-je sans me soucier de qui pouvait m'entendre. Cinq navires pirates à Finebaie. Réveille Sa Majesté, dis-lui qu'on a besoin de son aide ! »

Sans poser de questions, Burrich frappa chez la reine et la porte s'ouvrit aussitôt. Pour ma part, je rencontrai davantage de difficulté : Murfès finit par entrebâiller le battant mais refusa de me laisser entrer jusqu'au moment où je lui suggérai d'aller rapidement informer Royal des nouvelles que j'apportais ; la perspective de faire une entrée théâtrale et de conférer avec le prince devant tous les fêtards assemblés dut le décider car, laissant la porte sans surveillance, il alla aussitôt dans sa petite antichambre se rendre présentable.

La chambre du roi, plongée dans l'obscurité, baignait dans l'odeur suffocante de la Fumée ; je me munis d'une bougie dans le salon, l'allumai au feu mourant et entrai en hâte ; c'est alors que je faillis marcher sur le fou, couché en rond comme un vulgaire roquet au chevet du roi. J'en restai bouche bée : sans même une couverture ni un coussin, il dormait recroquevillé sur la descente de lit de Subtil. Il se déplia avec des mouvements raides, puis, éveillé, il prit aussitôt l'air alarmé. « Qu'y a-t-il ? Que se passe-t-il ? demanda-t-il d'une voix inquiète.

– Il y a des Pirates à Finebaie, cinq navires. Il faut que je prévienne le roi. Mais que fais-tu à dormir ici ? Tu as peur de retourner dans ta chambre ? »

Il éclata d'un rire amer. « Dis plutôt que je crains de quitter celle-ci, de peur de n'y plus jamais y avoir accès. La dernière fois que Murfès m'a enfermé dehors, j'ai dû hurler et tambouriner à la porte pendant une heure avant que le roi s'aperçoive de mon absence et exige de savoir où j'étais. La fois précédente, j'ai réussi à me faufiler en même temps que le petit déjeuner ; et la fois d'avant...

– On cherche à te couper du roi ? »

Il acquiesça. « Par le miel ou le fouet. Hier soir, Royal m'a offert une bourse de cinq pièces d'or pour me pomponner et descendre divertir son monde. Ah, après ton départ, il s'est longuement épanché : je manquais cruellement à la cour et quel dommage c'était de me voir perdre ma jeunesse enfermé ici ! Quand je lui ai répondu que je trouvais la compagnie du roi Subtil plus agréable que celle d'autres fous, il m'a jeté la théière à la tête, ce qui a proprement mis Murfès en rage car il venait d'y concocter un mélange d'herbes si répugnant qu'on en serait venu à regretter le parfum des pets. »

Tout en parlant, le fou avait allumé des bougies et attisé le feu ; il tira l'une des lourdes tentures sur le lit royal. « Mon suzerain ? fit-il du ton dont on s'adresse à un enfant endormi. FitzChevalerie vient vous apporter d'importantes nouvelles. Voulez-vous vous éveiller pour les écouter ? »

Tout d'abord, le roi ne réagit pas. « Votre Majesté ? » dit le fou. Il humecta un tissu d'un peu d'eau fraîche et en bassina le visage du roi. « Roi Subtil ?

– Mon roi, votre peuple a besoin de vous. » Les mots s'échappèrent de ma bouche sous le coup du désespoir. « Finebaie est assiégée par cinq Pirates rouges. Il faut envoyer des secours sans tarder, sans quoi tout est perdu ; une fois qu'ils auront pris pied là-bas...

– ... ils pourront fermer Port-de-Cerf. » Le roi ouvrit les yeux ; puis, sans changer de position, il les referma, les paupières plissées comme sous l'effet de la douleur. « Fou, un peu de vin rouge. S'il te plaît. » Sa voix était faible, guère plus qu'un souffle, mais c'était celle de mon roi. Mon cœur bondit comme celui d'un vieux chien qui entend son maître rentrer.

« Que faut-il faire ? demandai-je d'un ton implorant.

– Leur envoyer tous nos navires ; pas seulement les bateaux de combat mais aussi la flotte de pêche. C'est pour notre vie que nous nous battons maintenant. Mais comment osent-ils s'approcher autant, comment une telle audace leur est-elle venue ? Qu'on dépêche aussi des chevaux par voie de terre ; qu'ils se mettent en route cette nuit, sur l'heure. Ils n'arriveront peut-être qu'après-demain mais qu'ils partent tout de même. Que Perçant s'en charge. »

Mon cœur fit un saut périlleux dans ma poitrine. « Votre Majesté, fis-je doucement, Perçant est mort, en revenant des Montagnes avec Burrich. Des bandits les ont attaqués. »

Le fou me lança un coup d'œil furieux et je regrettai aussitôt mon intervention : toute autorité disparut de la voix de Subtil. D'un ton hésitant, il dit : « Perçant est mort ? »

Je repris mon souffle ? « Oui, Votre Majesté, mais il reste Roux, et Kerf est un homme de valeur. »

Le roi prit la coupe des mains du fou, but une gorgée de son contenu et sembla y puiser des forces. « Kerf ; que Kerf s'en occupe, alors. » Un soupçon d'assurance revint dans son maintien ; je me mordis la langue pour ne pas lui révéler que les quelques chevaux restant aux écuries ne valaient pas qu'on les expédie : sans nul doute, les habitants de Finebaie accueilleraient à bras ouverts toute aide, quelle qu'elle soit.

Le roi Subtil réfléchit un instant. « Quelles nouvelles de Baie du Sud ? Ont-ils envoyé des guerriers et des navires ?

– Votre Majesté, nous n'avons aucune nouvelle pour le moment. » Ce n'était pas un mensonge.

« Que se passe-t-il ici ? » C'était Royal, le visage soufflé d'alcool et de rage, qui avait poussé cette exclamation avant même d'être entré dans la chambre. « Murfès ! » Il pointa sur moi un index accusateur. « Fais-le sortir d'ici. Trouve de l'aide si c'est nécessaire. Et pas de douceur excessive ! »

Murfès n'eut pas à aller bien loin : deux des gardes de Royal, originaires de l'Intérieur, avaient suivi leur maître. Ils me soulevèrent carrément du sol : Royal avait choisi de solides gaillards pour cette tâche. Je cherchai des yeux un allié, le fou, mais il avait disparu ; j'aperçus une main pâle qui se retirait sous le lit et détournai résolument le regard : je ne lui en voulais pas ; à s'interposer, il n'aurait obtenu que de se faire jeter dehors lui aussi.

« Mon père, a-t-il dérangé votre repos par ses histoires sans queue ni tête ? Alors que vous êtes si malade ? » Et il se pencha sur le lit, plein de sollicitude.

Les gardes m'avaient presque amené à la porte quand le roi parla. Sa voix n'était pas forte mais l'autorité y perçait. « Arrêtez-vous », ordonna-t-il aux gardes ; toujours allongé sur son lit, il tourna le visage vers Royal. « Finebaie est assiégée, dit-il fermement. Il faut envoyer du secours. »

Royal secoua la tête d'un air navré. « Ce n'est encore qu'une fredaine du Bâtard pour vous bouleverser et vous voler votre sommeil. Nous n'avons reçu aucun appel à l'aide, aucun message d'aucune sorte. »

L'un des gardes me tenait d'une façon toute professionnelle, l'autre semblait vouloir absolument me démettre l'épaule, bien que je me retinsse de me débattre contre lui. Je mémorisai soigneusement ses traits tout en m'efforçant de ne pas manifester ma douleur.

« Vous n'auriez pas dû vous déranger, Royal ; je découvrirai la vérité ou le mensonge que recouvre cette affaire. » La reine Kettricken avait pris le temps de se vêtir d'une veste courte en fourrure blanche, de chausses et de bottes violettes, et de ceindre sa longue épée montagnarde ; Burrich s'encadrait dans le chambranle de la porte, à la main un manteau de monte à lourd capuchon et des gants. Kettricken poursuivit du ton dont on s'adresse à un enfant gâté : « Retournez auprès de vos invités. Je pars pour Finebaie.

– Je vous l'interdis ! » La voix de Royal retentit avec une singulière stridence et un profond silence s'abattit dans la pièce.

La reine Kettricken releva ce que chaque personne présente savait déjà : « Un prince n'a rien à interdire à la reine-servante. Je pars cette nuit. »

Royal devint cramoisi. « C'est un coup monté, un complot du Bâtard pour mettre Castelcerf sens dessus dessous et instiller la peur au peuple ! Personne ne nous a prévenu d'une attaque contre Finebaie.

– Silence ! » jeta le roi. Chacun se pétrifia. « FitzChevalerie ? Sacrebleu, mais lâchez-le donc ! FitzChevalerie, viens devant moi et rends-moi compte. D'où tiens-tu cette nouvelle ? »

Je rajustai mon pourpoint et lissai mes cheveux ; tout en m'approchant de mon souverain, j'avais péniblement conscience de mes pieds nus et de ma coiffure ébouriffée mais je respirai profondément et chassai ces détails de mon esprit. « Pendant mon sommeil, j'ai eu une vision, sire, une vision du Grêlé en train de lire l'avenir dans un bassin plein d'eau ; il m'a montré les Pirates rouges à Finebaie. »

Je n'avais osé insister sur aucun des mots que j'avais employés. Je soutins le regard de l'assistance. Un des gardes émit un grognement d'incrédulité. Burrich me dévisageait, bouche bée, les yeux écarquillés, Kettricken paraissait simplement perplexe. Sur le lit, le roi Subtil ferma les yeux et soupira lentement.

« Il est ivre, déclara Royal. Emmenez-le. » Jamais je n'avais entendu pareille satisfaction dans sa voix ; ses gardes avancèrent vivement pour me saisir.

« Fais... (le roi prit une longue inspiration, manifestement en lutte contre la souffrance) comme je l'ai ordonné. » Il retrouva quelque vigueur. « Comme je l'ai ordonné. Va, maintenant. TOUT DE SUITE ! »

Je me dégageai de la poigne des gardes abasourdis. « Oui, Votre Majesté », répondis-je dans le silence. Je parlai clairement afin d'être entendu de tous. « Vous ordonnez donc qu'on envoie tous les navires de combat à Finebaie, ainsi que tous les bateaux de pêche que l'on pourra réunir ; et qu'on expédie tous les chevaux disponibles par la terre, sous le commandement de Kerf.

– Oui » confirma le roi dans un soupir. Il avala sa salive, inspira et ouvrit les yeux. « Oui, je l'ordonne. A présent, va.

– Un peu de vin, mon suzerain ? » Le fou s'était matérialisé de l'autre côté du lit. Je fus le seul à tressaillir à son apparition, ce qui lui fit monter aux lèvres un sourire entendu. Puis il se pencha sur le roi pour lui soulever la tête et l'aider à boire. Je m'inclinai profondément devant mon roi, puis je me redressai et m'apprêtai à quitter la pièce.

« Vous pouvez accompagner ma garde, si vous le désirez », me dit Kettricken.

Royal vira au rouge pivoine. « Le roi ne vous a pas ordonné de partir ! fit-il en postillonnant.

– Pas plus qu'il ne me l'a interdit. » La reine le regarda bien en face.

« Ma reine ! » Une de ses gardes apparut à la porte. « Nous sommes prêtes à nous mettre en route. » Je regardai la femme, ahuri, mais Kettricken se contenta de hocher la tête.

Elle me jeta un coup d'œil. « Vous devriez vous hâter, Fitz, à moins que vous ne comptiez voyager tel que vous êtes vêtu. »

Burrich déplia le manteau de la reine. « Mon cheval est-il prêt ? demanda Kettricken à sa garde.

– Pognes a promis qu'il serait aux portes quand vous descendriez.

– Il ne me faudra qu'un moment pour me préparer », fit Burrich à mi-voix. Je notai qu'il ne demandait pas la permission de se joindre à l'expédition.

« Alors, allez-y tous les deux. Rattrapez-nous le plus vite possible. »

Burrich acquiesça. Il m'accompagna chez moi, où il se munit de vêtements d'hiver tirés de mon coffre pendant que je m'habillais. « Peigne-toi et lave-toi la figure, me dit-il sèchement. Les soldats ont davantage confiance dans un homme qui n'a pas l'air étonné de se faire réveiller en pleine nuit. »

Je suivis son conseil, puis nous redescendîmes rapidement. Sa jambe raide paraissait oubliée pour cette nuit. Dans la cour, il se mit à donner à pleine voix des ordres aux palefreniers pour qu'ils nous amènent Suie et Rousseau, puis il envoya un garçon terrorisé chercher Kerf et transmettre les ordres royaux, et un autre enfin préparer tous les chevaux disponibles des écuries ; il dépêcha quatre hommes en ville, un au mouillage des navires de combat, les trois autres pour faire la tournée des tavernes et rameuter la flotte. J'enviais son efficacité ; ce n'est qu'une fois à cheval qu'il s'aperçut qu'il avait tout fait à ma place ; il prit l'air soudain gêné et je lui souris. « C'est important, l'expérience », fis-je.

Nous nous dirigeâmes vers les portes du Château. « On devrait rattraper la reine Kettricken avant qu'elle atteigne la route côtière, me disait-il quand tout à coup un garde surgit et nous barra le chemin.

– Halte ! » s'exclama-t-il d'une voix fêlée.

Nos chevaux se cabrèrent, inquiets ; nous tirâmes les rênes. « Qu'y a-t-il ? » demanda Burrich d'un ton agacé.

L'homme ne broncha pas. « Vous pouvez passer, messire, dit-il à Burrich avec respect, mais j'ai ordre d'interdire au Bâtard de sortir de Castelcerf.

– Le Bâtard ? » Jamais je n'avais vu Burrich aussi outragé. « On dit "FitzChevalerie, fils du prince Chevalerie" ! »

Le garde resta bouche bée.

« Répète ce que je viens de dire ! » rugit Burrich en dégainant son épée. Il paraissait brusquement deux fois plus grand que nature et il irradiait la fureur.

« FitzChevalerie, fils du prince Chevalerie », bafouilla l'homme. Il prit une inspiration, la gorge serrée. « Mais je peux bien l'appeler comme je veux, j'ai des ordres : il n'a pas le droit de sortir.

– Il y a moins d'une heure, j'ai entendu notre reine nous ordonner de l'accompagner ou de la rattraper le plus vite possible. Prétends-tu que tes ordres soient supérieurs aux siens ? »

L'homme parut indécis. « Un instant, messire. » Et il rentra dans le corps de garde.

Burrich eut un grognement méprisant. « Celui qui l'a formé n'a pas à s'enorgueillir : il compte sur notre sens de l'honneur pour nous empêcher de continuer notre chemin !

– Ou alors, il te connaît », fis-je.

Burrich me lança un regard assassin. Un moment plus tard, le capitaine de la garde apparut et il nous fit un sourire complice. « Bonne route et bonne chance à Finebaie. »

Burrich lui adressa un signe à mi-chemin entre le salut et l'adieu, et nous talonnâmes nos montures. Je laissai Burrich donner le rythme. Il faisait noir mais, après la descente, la route était droite et unie, et un petit clair de lune nous éclairait. Burrich devait être plus impatient que je ne l'avais jamais vu, car il lança les chevaux au petit galop et maintint l'allure jusqu'à ce que nous apercevions la garde de la reine loin devant nous. Il ralentit alors que nous rattrapions la queue de l'escorte ; je vis les gardes se retourner et l'un d'eux nous salua de la main.

« Un peu d'exercice, ça fait du bien à une jument en début de grossesse. » Il me regarda dans la pénombre. « Je n'en sais pas autant sur les femmes », termina-t-il, hésitant.

J'eus un sourire ironique. « Parce que tu crois que j'en sais plus que toi ? » Je secouai la tête et repris mon sérieux. « Non, je n'en sais rien. Certaines femmes évitent de monter quand elles sont enceintes, d'autres non. A mon avis, Kettricken ne ferait rien qui puisse mettre en danger l'enfant de Vérité ; et puis elle court moins de risques avec nous qu'en restant au Château avec Royal. »

Burrich ne répondit pas mais je sentis son assentiment. Ce ne fut d'ailleurs pas tout ce que je sentis.

Enfin, nous recommençons à chasser ensemble !

Chut ! répliquai-je avec un coup d'œil oblique à Burrich. Je m'efforçai de penser le plus bas possible. *Nous allons loin ; seras-tu capable de tenir l'allure des chevaux ?*

Sur une courte distance, ils peuvent me distancer mais rien ne peut trotter plus longtemps qu'un loup.

Burrich se raidit légèrement dans sa selle. Je savais qu'Œil-de-Nuit trottinait le long de la route, dans les ombres : quel plaisir d'être au-dehors en sa compagnie ! Quel plaisir d'être au-dehors, tout simplement ! Je ne me réjouissais pas de l'attaque contre Finebaie, non, mais au moins j'avais l'occasion d'agir, même si je ne devais que nettoyer ce que les Pirates auraient laissé debout. Je lançai un coup d'œil à Burrich : il exhalait la colère.

« Burrich ? fis-je d'un ton hésitant.

– C'est un loup, n'est-ce pas ? » répondit Burrich à contrecœur dans l'obscurité ; il regardait droit devant lui et je reconnaissais le pli de ses lèvres.

Tu le sais bien. Un grand sourire, la langue qui pend.

Burrich tressaillit comme si on lui avait enfoncé un doigt dans les côtes.

« C'est Œil-de-Nuit », avouai-je à mi-voix en rendant l'image de son nom en termes humains. L'angoisse me rongeait : Burrich avait perçu sa présence ! Il savait ! Inutile de nier, désormais. Pourtant, je ressentais aussi un soupçon de soulagement, mortellement las que j'étais des mensonges dont je m'entourais. Burrich ne dit rien, ne me regarda pas. « Je ne l'ai pas voulu ; c'est arrivé, c'est tout. » C'était une explication, pas une excuse.

Je ne lui ai pas laissé le choix. Œil-de-Nuit prenait le silence de Burrich de façon très enjouée.

Je posai la main sur l'encolure de Suie et puisai du réconfort dans la chaleur et la vie que j'y sentis battre. J'attendis une réaction de Burrich mais rien ne vint. « Je sais que tu ne m'approuveras jamais, repris-je à mi-voix, mais je n'y peux rien. C'est ce que je suis. »

C'est ce que nous sommes tous. Œil-de-Nuit se mit à minauder : *Allons, Cœur de la Meute, dis-moi quelque chose. N'allons-nous pas bien chasser ensemble ?*

Cœur de la Meute ? répétai-je, étonné.

Il sait que c'est son nom. C'est ainsi qu'ils l'appelaient, tous ces chiens qui le vénéraient, quand ils donnaient de la voix pendant la chasse. « Cœur de la Meute, ici, ici, le gibier est ici et je l'ai trouvé pour toi, pour toi ! » Voilà ce qu'ils glapissaient tous et ce que chacun voulait être le premier à lui annoncer. Mais maintenant ils sont tous partis, emportés au loin. Ils n'ont pas aimé le quitter ; ils savaient qu'il les entendait, même s'il refusait de répondre. Tu ne les as jamais entendus ?

Je ne devais pas vouloir les écouter, sans doute.

Dommage. Pourquoi se vouloir sourd ? Ou muet ?

« Tu es obligé de faire ça en ma présence ? fit Burrich d'un ton guindé.

– Pardon. » Il était vraiment fâché. Œil-de-Nuit eut un petit rire rosse mais je fis celui qui n'y prêtait pas attention ; Burrich refusait toujours de me regarder. Au bout d'un moment, il mit Rousseau au petit galop pour rattraper la garde de Kettricken ; j'hésitai, puis me maintins à sa hauteur. Raidement, il rendit compte à Kettricken de tout ce qu'il avait fait avant de quitter Castelcerf, et elle hocha gravement la tête comme si elle était accoutumée d'entendre ce genre de rapports ; d'un signe, elle nous accorda l'honneur de chevaucher à sa gauche, tandis que le capitaine de sa garde, une certaine Gantelée, se plaçait à sa droite. Avant que l'aube nous surprît, le reste des soldats montés de Castelcerf nous rattrapa et Gantelée ralentit l'allure pour permettre à leurs chevaux essoufflés de reprendre haleine ; mais, une fois parvenus à un cours d'eau et les bêtes désaltérées, nous repartîmes à un rythme soutenu. Burrich ne m'avait pas dit un mot.

Plusieurs années auparavant, je m'étais rendu à Finebaie en tant que membre de la suite de Vérité ; le voyage avait duré cinq jours mais nous nous déplacions avec des chariots et des litières, des jongleurs, des musiciens et des valets. Aujourd'hui, nous étions à cheval, en compagnie de soldats aguerris et nous n'étions pas obligés de suivre la large route côtière. Seul le temps ne favorisait pas notre progression : vers le milieu de la matinée du premier jour, une tempête d'hiver s'abattit sur nous, nous rendant le trajet pénible, non seulement à cause de l'inconfort physique mais aussi parce que nous savions que le vent violent allait ralentir nos navires. Chaque fois que notre chemin nous menait au surplomb de l'océan, je cherchais des voiles à l'horizon mais n'en voyais aucune.

La cadence imposée par Gantelée était rude mais pas excessive, ni pour les chevaux, ni pour les cavaliers : les haltes étaient rares mais le capitaine variait le rythme de notre déplacement et veillait à ce qu'aucun animal ne manquât d'eau. Durant les arrêts, on distribuait du grain aux chevaux et du pain dur et du poisson séché pour ceux qui les montaient. Si quelqu'un remarqua qu'un loup nous suivait, il n'en fit pas mention. Deux journées entières plus tard, l'aube naissante et une trouée dans les nuages nous permirent de découvrir la vaste vallée fluviale qui menait à Finebaie.

Gardebaie était le château de Finebaie où résidaient le duc Kelvar et dame Grâce et c'était le cœur du duché de Rippon ; la tour de guet se dressait sur une falaise sableuse au-dessus de la ville. Le château, lui, avait été bâti sur un terrain quasiment plat mais fortifié d'une succession de levées de terre et de fossés ; on m'avait dit un jour qu'aucun ennemi n'avait réussi à franchir la deuxième enceinte. Ce n'était plus vrai. Nous fîmes halte et contemplâmes un paysage de destruction.

Les cinq navires rouges étaient toujours échoués sur la plage. La flotte de Finebaie, surtout composée de petits bateaux de pêche, n'était plus qu'une masse d'épaves calcinées et à demi coulées qui s'étendaient le long de la côte ; les marées avaient joué avec elles depuis que les Pirates les avaient ravagées. On pouvait suivre la progression des Outrîliens dans la ville aux maisons noircies et fumantes, tels les jalons d'une épidémie. Gantelée se dressa sur ses étriers et, tendant le doigt par-delà Finebaie, nous fit un résumé de ses observations et de ce qu'elle savait de la ville. « La baie est sablonneuse et peu profonde, si bien que, quand la marée se retire, elle se retire très loin. Ils ont hissé leurs navires trop haut sur la plage ; si nous arrivons à les faire battre en retraite, il faut que ce soit à marée basse, au moment où leurs bateaux sont sur le sec. Ils se sont enfoncés dans la ville comme un couteau dans du beurre ; à mon avis, la défense a dû être réduite, parce qu'elle n'est pas défendable : tout le monde s'est sans doute précipité au château dès qu'on a aperçu une quille rouge. Vu d'ici, on dirait que les Outrîliens ont dépassé la troisième enceinte mais, à partir de là, Kelvar devrait pouvoir les tenir en respect presque indéfiniment : la quatrième muraille est en pierre de taille, il a fallu des années pour la construire ; la forteresse dispose d'un bon puits et ses entrepôts devraient encore regorger de grain, si tôt dans l'hiver. Elle ne tombera pas, sauf traîtrise. » Gantelée cessa de gesticuler et se rassit. « C'est absurde, cette attaque, reprit-elle un ton plus bas. Comment les Pirates rouges espèrent-ils imposer un siège ? Surtout s'ils se font attaquer à leur tour par nos forces ?

– Peut-être la réponse est-elle qu'ils ne s'attendaient pas à ce que quelqu'un vienne au secours de Gardebaie, fit Kettricken sans s'embarrasser de phrases. Ils ont toute la ville pour se fournir en vivres et d'autres navires doivent peut-être les rejoindre. » Se tournant vers Kerf, elle lui fit signe de se placer à la hauteur de Gantelée. « Je n'ai aucune expérience des combats, dit-elle avec simplicité. A vous deux de dresser un plan de bataille ; je vous écoute en tant que soldat. Que devons-nous faire ? »

Je vis Burrich faire la grimace : tant de franchise est admirable mais pas toujours avisée de la part d'un chef. Gantelée et Kerf échangèrent un regard mutuellement évaluateur. « Ma reine, Kerf a plus d'expérience que moi ; j'accepterai son autorité », fit Gantelée à mi-voix.

Kerf baissa le nez, comme s'il avait un peu honte. « Burrich a été l'homme lige de Chevalerie ; il a connu bien davantage de combats que moi », dit-il, les yeux sur l'encolure de sa jument. Il leva soudain le regard. « Je vous recommande de l'écouter, ma reine. »

Sur le visage de Burrich se lisaient les émotions qui luttaient en lui. L'espace d'un instant, ses traits s'éclairèrent, puis je vis l'hésitation le gagner.

Cœur de la Meute, pour toi ils se battront bien.

« Burrich, prenez le commandement. Ils se battront avec cœur pour vous. »

Je frémis en entendant la reine Kettricken faire écho à la pensée d'Œil-de-Nuit et je vis Burrich frissonner. Il se redressa sur sa selle. « Pas question d'espérer les surprendre sur un terrain aussi plat ; et les trois enceintes qu'ils ont déjà prises peuvent devenir pour eux des ouvrages défensifs. Nous ne sommes pas nombreux mais nous avons le temps pour nous, ma reine : nous pouvons les bloquer là où ils sont. Ils n'ont pas de point d'eau ; si Gardebaie résiste et que nous maintenions les Outrîliens sur place, nous pouvons nous contenter d'attendre l'arrivée de nos navires ; à ce moment-là, il sera temps de décider si nous lançons une attaque conjointe contre eux ou si nous les affamons, tout simplement.

– Cela me paraît avisé, dit la reine.

– S'ils ne sont pas stupides, ils auront laissé au moins un petit groupe d'hommes auprès de leurs bateaux. Il faudra nous en occuper en premier lieu ; ensuite, nous devrons placer des gardes à nous pour surveiller ces navires, avec ordre de les détruire si jamais des Outrîliens nous débordent et tentent de s'enfuir. Sinon, vous aurez de nouveaux bâtiments à ajouter à la flotte du roi-servant Vérité.

– Cela aussi me semble judicieux. » Visiblement, l'idée plaisait à Kettricken.

« Ce plan n'est valable que si nous agissons rapidement. Ils ne vont pas tarder à s'apercevoir de notre présence, si ce n'est pas déjà fait, et ils jugeront la situation aussi clairement que nous. Il faut y aller vite, contenir ceux qui assiègent le Château et défaire ceux qui gardent les navires. »

Kerf et Gantelée approuvèrent de la tête. Burrich se tourna vers eux. « J'ai besoin des archers pour clore le cercle autour du Château ; le but est de les clouer sur place, pas d'engager un combat rapproché. Empêchez-les de bouger, c'est tout ; ils vont essayer de s'enfuir par la brèche qu'ils ont faite dans les enceintes, aussi faites surveiller particulièrement ces points-là, mais ne négligez pas le reste de l'enceinte extérieure. Et, pour le moment, ne tentez pas de la franchir ; laissez-les s'affoler comme des crabes dans une marmite. »

Les deux capitaines hochèrent brièvement la tête et Burrich poursuivit.

« Pour les navires, il faut des épées ; attendez-vous à un combat acharné, parce qu'ils essaieront de défendre leur unique issue de secours ; envoyez aussi quelques archers moins doués que les autres et qu'ils préparent des flèches enflammées : si vous n'arrivez à rien, qu'ils brûlent les bateaux ; mais, avant d'en venir là, tâchez de vous en emparer.

– Le *Rurisk* ! » s'exclama une voix à l'arrière-garde. Toutes les têtes se tournèrent vers la mer et, en effet, le *Rurisk* était là, qui franchissait le promontoire nord de Finebaie ; un instant plus tard, une deuxième voile apparut. Derrière nous, un grand cri de joie monta des cavaliers. Mais, au-delà de nos bateaux, mouillé en eau profonde, blanc comme le ventre d'un cadavre et les voiles aussi gonflées, flottait le navire blanc. A la seconde où je l'aperçus, une épée de terreur me fouailla les entrailles.

« Le bateau blanc ! » m'exclamai-je dans un hoquet ; presque douloureux, un frisson d'effroi me parcourut.

« Quoi ? » fit Burrich, surpris ; c'était la première fois qu'il m'adressait la parole ce jour-là.

« Le bateau blanc ! répétai-je, le doigt tendu.

– Quoi ? Où ça ? Là-bas ? C'est un banc de brouillard ! Nos navires entrent dans le port, de ce côté. »

Je regardai mieux : il avait raison ; c'était un banc de brume qui se dissipait au soleil du matin. Ma terreur s'évanouit comme un spectre au rire moqueur ; pourtant, l'air me parut soudain plus froid et le soleil qui avait brièvement écarté les nuages de tempête, un lumignon sans force. Une aura maléfique restait accrochée à la journée comme une mauvaise odeur.

« Divisez vos forces et déployez-les sans attendre, ordonna Burrich à mi-voix. Nos navires ne doivent pas rencontrer de résistance en arrivant à terre. Allons, vite ! Fitz, tu vas avec le groupe d'attaque contre les bateaux ; monte à bord du *Rurisk* quand il accostera et informe le capitaine de ce que nous avons décidé. Dès que ces navires auront été nettoyés, je veux que tous les combattants nous rejoignent pour contenir les Outrîliens. Je regrette qu'il n'y ait pas moyen d'avertir le duc Kelvar de notre manœuvre mais j'imagine qu'il ne tardera pas à voir ce qui se passe. Et maintenant, allons-y. »

Il y eut d'abord une légère confusion parmi les soldats, puis Kerf et Gantelée se consultèrent et, en un temps étonnamment court, je ne retrouvai derrière le capitaine de la garde en compagnie d'un contingent de guerriers. J'avais mon épée au côté mais ma hache me manquait, cette arme à laquelle je m'étais si bien habitué au cours de l'été.

Rien ne se passa aussi simplement que prévu. Nous tombâmes sur des Outrîliens au milieu des ruines de la ville bien avant de parvenir à la plage. Ils retournaient à leurs navires, encombrés de prisonniers attachés. Lorsque nous attaquâmes, certains tinrent leur position et se battirent, d'autres abandonnèrent leurs captifs et se sauvèrent devant nos chevaux, et bientôt nos troupes s'éparpillèrent parmi les maisons encore fumantes et les rues jonchées de débris de Finebaie. Une partie d'entre nous prit le temps de couper les cordes des prisonniers et de les aider autant que faire se pouvait ; Gantelée pesta contre ce retard, car les Pirates qui s'étaient échappés allaient avertir les gardes des navires ; aussi scinda-t-elle notre groupe en deux et laissa-t-elle une poignée de soldats pour venir en aide aux villageois malmenés. L'odeur des cadavres et de la pluie sur les poutres calcinées fit remonter en moi des souvenirs de Forge si vivaces que je faillis en perdre mes moyens ; il y avait des corps partout, en bien plus grand nombre que nous ne nous y attendions. Quelque part, je sentis un loup qui rôdait au milieu des décombres et j'y puisai du réconfort.

Gantelée nous abreuva d'injures avec un art étonnant, puis organisa la troupe restée avec elle en forme de coin. Alors nous fondîmes sur les bateaux pirates. L'un d'eux était en train de repartir avec la marée descendante ; nous n'y pouvions guère mais nous arrivâmes juste à temps pour en empêcher un second d'en faire autant. Nous tuâmes les hommes à son bord avec une surprenante rapidité – ils étaient peu nombreux, à peine le squelette d'une équipe de rameurs – et nous parvînmes même à les abattre avant qu'ils aient le temps de passer par le fil de l'épée leurs captifs ligotés sur les bancs de nage ; de là, nous suspectâmes que l'autre navire était semblablement chargé et je songeai à part moi qu'il n'avait sans doute pas l'intention d'engager le combat avec le *Rurisk* ni aucun des autres navires qui convergeaient à présent vers lui.

Mais les Pirates rouges se dirigeaient vers le large avec leurs otages : où allaient-ils ? Retrouver un bateau fantôme que j'étais le seul à avoir aperçu ? A la seule évocation du navire blanc, je sentis un frisson d'angoisse me parcourir et une pression naître dans mon crâne, comme les prémisses d'une migraine. Peut-être avaient-ils l'intention de jeter leurs prisonniers à l'eau ou de les forgiser, mais je n'étais pas en état d'y réfléchir pour l'instant ; je mis ces questions de côté pour les soumettre plus tard à Umbre. Chacun des trois navires qui restaient sur la plage était protégé par un contingent d'hommes et ils se battirent avec tout l'acharnement prédit par Burrich ; un des bâtiments fut incendié à cause de l'excès de zèle d'un de nos archers mais les autres furent pris intacts.

Le temps que le *Rurisk* s'échoue lui-même, les navires pirates étaient à nous et j'eus alors le loisir de contempler la baie. Nul signe de bateau blanc : peut-être n'avais-je vu en effet qu'un banc de brouillard. Derrière le *Rurisk* arrivait le *Constance*, et encore au-delà une flottille de pêcheurs, renforcée de deux ou trois navires marchands. La plupart durent mouiller l'ancre au large, dans l'eau peu profonde du port, mais leurs équipages furent rapidement transportés à terre. Les hommes des bâtiments de combat attendirent que leurs capitaines eussent été mis au courant de la situation, mais ceux des navires de pêche et de commerce passèrent devant nous en courant et se dirigèrent droit sur le Château assiégé.

Les équipages de vaisseaux de guerre, mieux entraînés, les rattrapèrent bientôt et, quand nous parvînmes nous-mêmes aux enceintes extérieures de la forteresse, il s'était établi entre les deux groupes une certaine coopération, à défaut d'une réelle organisation. Les privations avaient affaibli les prisonniers que nous avions libérés mais ils se remirent promptement et nous fournirent des renseignements indispensables sur les murailles externes ; l'après-midi venu, notre siège des assiégeants était en place. Non sans difficulté, Burrich réussit à convaincre les capitaines présents de maintenir un équipage en alerte sur un de nos bâtiments de combat au moins ; sa prévoyance se révéla payante le lendemain matin, lorsque deux Pirates rouges apparurent à la pointe nord de la baie. Le *Rurisk* les chassa, mais ils s'enfuirent de trop bon gré pour que nous en tirions satisfaction : nous savions tous qu'ils trouveraient tout simplement un village sans défense à piller plus loin sur la côte. Plusieurs bateaux de pêche se mirent tardivement à leur poursuite, bien qu'ils eussent peu de chances de rattraper les navires pirates propulsés à l'aviron.

Le second jour, l'ennui et l'inconfort s'installèrent : le temps était redevenu exécrable, le pain dur commençait à sentir le moisi et le poisson séché n'était plus complètement sec. Afin de nous signaler qu'il nous avait vus et soutenir notre moral, le duc Kelvar avait fait ajouter le drapeau de Cerf à sa propre oriflamme qui flottait sur Gardebaie ; toutefois, comme nous, il avait choisi la stratégie de la patience. Les Outrîliens étaient bloqués mais ils n'avaient tenté ni de traverser nos lignes ni de se rapprocher de la forteresse. Tout n'était qu'attente et immobilité.

« Tu n'écoutes pas ce qu'on te dit – comme d'habitude. » Burrich s'était adressé à moi à mi-voix.

La nuit était tombée. C'était la première fois depuis notre arrivée que nous disposions d'un moment ensemble ; il était assis sur une bûche, sa jambe blessée tendue devant lui ; moi, j'étais accroupi près du feu et j'essayais de me réchauffer les mains. Nous nous trouvions devant un abri temporaire dressé pour la reine, occupés à attiser un feu qui dégageait beaucoup de fumée. Burrich aurait voulu qu'elle s'installe dans un des rares bâtiments encore debout de Finebaie, mais elle avait refusé en exigeant de rester auprès de ses guerriers. Ses gardes allaient et venaient, entraient dans son abri et s'approchaient de son feu à leur gré. Leur familiarité faisait froncer le sourcil à Burrich, mais en même temps il approuvait le dévouement de Kettricken. « Ton père était comme ça, lui aussi », remarqua-t-il brusquement comme deux des gardes de la reine sortaient de son abri pour relever deux de leurs compagnes en sentinelle.

« Il n'écoutait pas ce qu'on lui disait ? » fis-je, étonné.

Burrich secoua la tête. « Non ; je parle de ses soldats qui allaient et venaient chez lui à toute heure. Je me suis toujours demandé où il avait trouvé un moment d'intimité pour te fabriquer. »

Je dus prendre l'air choqué car il rougit soudain. « Excuse-moi. Je suis fatigué, et ma jambe... m'élance. Je ne pensais pas ce que j'ai dit. »

Un sourire auquel je ne m'attendais pas me monta aux lèvres. « Ce n'est pas grave », dis-je et c'était vrai. Quand il avait découvert le pot aux roses pour Œil-de-Nuit, j'avais redouté qu'il m'exclue à nouveau de sa vie ; alors, une plaisanterie, même un peu rêche, était la bienvenue. « Ainsi, je n'écoute pas ce qu'on me dit ? » demandai-je d'un ton humble.

Il soupira. « Tu l'as dit toi-même : on est ce qu'on est ; et comme il l'a souligné, lui, parfois on ne te laisse pas le choix. Tu te retrouves lié sans savoir comment. »

Au loin, un chien hurla dans les ténèbres. Ce n'était pas vraiment un chien, et Burrich me lança un regard noir. « Je ne sais pas m'en faire obéir, avouai-je.

Ni moi de toi. Pourquoi devrions-nous commander l'un à l'autre ?

– Et il ne sait pas rester en dehors de conversations privées, observai-je.

– Ni de quoi que ce soit d'autre de privé », laissa tomber Burrich. Il parlait du ton de celui qui sait.

« Je croyais que tu m'avais dit ne jamais t'être servi du... ne t'en être jamais servi. » Même ici, je n'arrivais pas à prononcer le mot « Vif ».

« Et c'est vrai. Ça n'amène jamais rien de bon. Je vais te répéter en termes clairs ce que je t'ai déjà expliqué : ça... ça te change – si tu t'y laisses aller, si tu le vis. Si tu n'arrives pas à t'en défaire, au moins ne le recherche pas. Ne deviens pas...

– Burrich ? »

Nous sursautâmes. C'était Gantelée, sortie sans bruit de l'obscurité pour se planter de l'autre côté du feu. Qu'avait-elle entendu ?

« Oui ? Quelque chose ne va pas ? »

Elle s'accroupit et tendit les mains devant le feu, puis elle soupira. « Je ne sais pas. Comment poser la question ? Tu es au courant qu'elle est enceinte ? »

Burrich et moi échangeâmes un regard. « Qui ça ? demanda-t-il effrontément.

– Tu sais que j'ai deux enfants, et la plupart de ses gardes sont des femmes. Elle vomit tous les matins et elle boit de la tisane de feuilles de framboisier toute la journée ; elle a des haut-le-cœur rien qu'à voir du poisson séché. Elle ne devrait pas être ici, à mener cette vie. » Gantelée hocha la tête en direction de la tente.

Ah ! La Femelle !

Tais-toi !

« Elle ne nous a pas consultés, fit Burrich sans s'engager.

– On a la situation bien en main ; il n'y a pas de raison qu'on ne la renvoie pas à Castelcerf, répondit Gantelée d'un ton calme.

– Je ne me vois pas en train de la renvoyer où que ce soit, dit Burrich. En ce qui me concerne, c'est à elle seule de prendre cette décision.

– Tu pourrais la lui suggérer.

– Toi aussi. Tu es capitaine de sa garde ; tu es en droit de t'inquiéter pour elle.

– Mais moi je ne surveille pas sa porte toutes les nuits, objecta Gantelée.

– Tu devrais peut-être », répliqua Burrich, qui tempéra sa réponse : « Maintenant que tu sais. »

Le regard de Gantelée se perdit dans le feu. « Peut-être, oui. Bon, la question, maintenant, c'est de savoir qui va l'escorter jusqu'à Castelcerf.

– Toute sa garde personnelle, évidemment. Une reine ne voyage pas avec moins. »

Quelque part au loin, des cris éclatèrent. Je me dressai d'un bond.

« Ne bouge pas ! aboya Burrich. Attends les ordres. Ne fonce pas tête baissée avant de savoir ce qui se passe ! »

Un instant plus tard, Sifflet, de la garde de la reine, s'arrêtait devant notre feu et s'adressait à Gantelée. « Une attaque sur deux côtés ; ils ont essayé de forcer le passage à la brèche en dessous de la tour sud, et certains ont réussi à passer à... »

Une flèche la transperça et emporta le reste de son rapport. Des Outrîliens se jetèrent soudain sur nous, plus nombreux que je ne pouvais les compter et tous convergèrent sur la tente de la reine. « A la reine ! » m'écriai-je avec le mince soulagement d'entendre mon cri repris plus loin. Trois gardes sortirent précipitamment de la tente et se placèrent dos à ses fragiles murailles tandis que Burrich et moi, devant l'abri royal, faisions front à l'ennemi. Je m'aperçus que j'avais mon épée à la main et, du coin de l'œil, je vis la lumière des flammes courir le long de celle de Burrich. Soudain, la reine apparut à l'entrée de sa tente.

« Ne restez pas ici à me protéger ! s'exclama-t-elle. Allez au cœur des combats !

– Il est ici, ma dame », grogna Burrich en s'avançant brusquement pour trancher le bras d'un homme qui s'était trop approché.

Je me rappelle ces mots et je revois Burrich faisant ce pas en avant, mais ce sont mes derniers souvenirs cohérents de cette soirée. Ensuite, ce ne fut plus que cris, sang, métal et feu. Des vagues d'émotions déferlaient sur moi tandis que soldats et pirates bataillaient à mort. Très rapidement, quelqu'un mit le feu à la tente et le brasier illumina les combats comme une scène de théâtre. Je me rappelle avoir vu Kettricken, sa robe relevée et nouée, qui se battait jambes découvertes et pieds nus sur la terre gelée ; elle maniait à deux mains son épée montagnarde ridiculement longue, et sa grâce faisait du combat une danse de mort qui m'eût distrait en toute autre occasion.

Il arrivait sans cesse de nouveaux Outrîliens. Un instant, j'eus la certitude d'entendre Vérité crier des ordres, mais je ne les compris pas. Œil-de-Nuit apparaissait de-ci de-là, toujours à la lisière de la lumière, masse de fourrure et de crocs qui jaillissait soudain, tranchait brusquement un tendon, ajoutait son poids à celui d'un Pirate pour transformer sa ruée en trébuchement maladroit. A un moment où la situation se présentait mal, Burrich et Gantelée combattirent dos à dos ; je faisais partie du cercle qui protégeait la reine, du moins le crus-je jusqu'à ce que je m'aperçoive qu'elle ferraillait à côté de moi.

Dans le courant de la bataille, je laissai tomber mon épée pour ramasser la hache d'un Pirate mort ; je retrouvai ma lame le lendemain sur le sol glacé, encroûtée de boue et de sang. Mais sur l'instant je n'hésitai pas à échanger le cadeau de Vérité contre une arme plus brutalement efficace : tant que nous nous battions, seul le présent comptait. Quand enfin la fortune de la bataille changea, je me lançai sans réfléchir à la poursuite des ennemis éparpillés dans les ruines noircies et les relents d'incendie du village de Finebaie.

Là, de fait, Œil-de-Nuit et moi chassâmes très bien ensemble. Je me tins face à face avec ma dernière proie, hache contre hache, tandis qu'Œil-de-Nuit évitait en grondant les coups d'épée de la sienne, plus petite, et ne cessait de la mordre. Il l'acheva quelques secondes à peine avant que j'abatte mon adversaire.

Ce massacre final fut empreint pour moi d'un bonheur violent et sauvage. J'ignorais où se trouvait la limite entre Œil-de-

Nuit et moi ; je savais seulement que nous avions vaincu et que nous étions tous deux saufs. Nous nous désaltérâmes longuement au seau d'un puits communal et je lavai le sang de mes mains et de mon visage, puis nous nous assîmes, le dos contre la brique du puits, pour regarder le soleil se lever au-dessus de l'épaisse brume qui recouvrait le sol. Œil-de-Nuit était chaud contre moi et nous ne pensions même pas.

Je dus m'assoupir un moment car je fus réveillé en sursaut par sa fuite soudaine. Je levai les yeux pour chercher ce qui l'avait effarouché et je vis les yeux effrayés d'une jeune habitante de Finebaie posés sur moi. Le soleil levant allumait des reflets roux dans ses cheveux ; elle avait un seau à la main. Je me mis debout en souriant et brandis ma hache pour la saluer, mais elle tourna les talons et se sauva comme un lapin terrifié parmi les décombres. Je m'étirai, puis me dirigeai au milieu des lambeaux de brouillard vers l'endroit où s'était dressée la tente royale. Tout en marchant, je me remémorai les images de ma chasse de la nuit passée ; les souvenirs étaient trop nets, trop rouges et trop noirs, et je les repoussai au fond de mon esprit. Etait-ce de cela que Burrich cherchait à m'avertir ?

Malgré la clarté, il demeurait difficile de comprendre tout ce qui s'était passé. La terre autour des restes noircis de l'abri de la reine avait été battue en boue ; c'est là que le gros du combat avait fait rage. Quelques cadavres avaient été entassés d'un côté, d'autres gisaient encore là où ils étaient tombés. J'évitai de poser les yeux sur eux : tuer sous le coup de la peur et de la colère est une chose, c'en est une autre de contempler son ouvrage à la lumière froide et grise du petit matin.

On pouvait concevoir que les Outrîliens aient voulu franchir nos lignes : ils avaient une chance de parvenir jusqu'à leurs navires et d'en récupérer un ou deux. Il était moins compréhensible qu'ils aient concentré leur attaque sur la tente de la reine. Une fois sortis des enceintes, pourquoi n'avaient-ils pas saisi l'occasion de foncer vers la promesse de salut qu'offrait la plage ?

« Peut-être, fit Burrich en serrant les dents tandis que je palpais le gonflement violacé de sa jambe, peut-être n'espéraient-ils pas s'en tirer. C'est typiquement outrîlien, ça, de décider de mourir et d'essayer de faire autant de dégâts que possible avant d'y passer. Alors, ils ont attaqué ici en espérant tuer notre reine. »

J'avais découvert Burrich en train d'arpenter le champ de bataille en claudiquant. Il ne m'avait pas dit qu'il cherchait mon cadavre, mais son soulagement en me voyant l'avait suffisamment démontré.

« Comment savaient-ils que c'était la reine qui était dans la tente ? fis-je en réfléchissant tout haut. Nous n'avions hissé aucune bannière, nous n'avions lancé aucune sommation ; comment ont-ils su qu'elle était là ? Tiens, ça y est. Ça va mieux. » Je vérifiai que le pansement enserrait bien la jambe.

« La plaie est sèche, elle est propre et on dirait que le bandage atténue la douleur. Je crois qu'on ne peut pas espérer mieux. J'ai l'impression que, chaque fois que j'en demanderai un peu trop à cette jambe, elle va se mettre à enfler et à me brûler. » Il en parlait sans plus de passion que de la mauvaise patte d'un cheval. « Enfin, la cicatrice ne s'est pas rouverte, au moins. Ils ont foncé tout droit sur la tente de la reine, non ?

– Comme des abeilles sur du miel, répondis-je avec lassitude. La reine est à Gardebaie ?

– Evidemment, comme tout le monde. Tu aurais dû entendre les acclamations quand les portes se sont ouvertes devant nous : la reine Kettricken est entrée, ses jupes toujours nouées sur le côté, son épée encore dégoulinante de sang, et le duc Kelvar s'est mis à genoux pour lui baiser la main ; mais dame Grâce l'a regardée, et elle a dit : “Oh, ma dame, je vais vous faire préparer un bain sur l'instant !”

– Ah ! Voilà la matière dont on fait les épopées ! fis-je et nous éclatâmes de rire. Mais tout le monde n'est pas au château : je viens de voir une jeune fille qui venait tirer de l'eau, en bas, dans les ruines.

– Bah, au château, les réjouissances battent leur plein ; mais il y en a sûrement qui n'ont pas le cœur à la fête. Gantelée s'est trompée : les habitants de Finebaie n'ont pas baissé les bras devant les Pirates rouges et beaucoup sont morts avant la retraite au château.

– A propos, tu ne trouves rien de curieux dans tout cela ?

– Que des gens veuillent se défendre ? Non. C'est...

– Tu n'as pas l'impression qu'il y avait trop d'Outrîliens ? Plus que n'en peuvent transporter cinq navires ? »

Burrich resta un instant songeur, puis il jeta un coup d'œil aux corps épars derrière lui. « Peut-être avaient-ils d'autres navires qui les ont déposés avant de partir en patrouille...

– Ce n'est pas leur façon de faire. Je soupçonne l'existence d'un navire plus grand que les autres capable d'embarquer une troupe considérable.

– Et où serait-il ?

– Disparu, maintenant. Je pense l'avoir aperçu qui s'éloignait dans un banc de brouillard. »

Nous nous tûmes. Burrich me montra où il avait attaché Rousseau et Suie, et nous prîmes le chemin de Gardebaie. Les portes du château étaient grandes ouvertes, encombrées d'un mélange de soldats de Castelcerf et d'habitants de Gardebaie ; ils nous accueillirent d'un cri de bienvenue et nous offrirent des coupes débordantes d'hydromel avant même que nous eussions mis pied à terre ; de jeunes garçons nous supplièrent de les laisser emmener nos chevaux et, à ma grande surprise, Burrich les y autorisa. Dans la Grand-Salle, une fête battait son plein qui aurait ridiculisé n'importe lesquelles des réjouissances de Royal ; tout Gardebaie nous était ouvert ; des brocs et des cuvettes remplis d'eau chaude parfumée avaient été disposés dans la Grand-Salle afin que nous puissions nous rafraîchir, et les tables croulaient sous les plats où ne figurait ni le pain dur ni le poisson salé.

Nous demeurâmes trois jours à Gardebaie ; durant cette période, nous enterrâmes nos morts et brûlâmes les cadavres des Outrîliens ; les soldats de Castelcerf et les gardes de la reine se joignirent aux habitants de Finebaie pour réparer les fortifications du château et remettre en état ce qui restait de Bourg-de-Finebaie. Après quelques enquêtes discrètes, j'appris que le feu d'alarme de la tour de guet avait été allumé dès qu'on avait repéré les navires, mais l'éteindre avait été l'un des premiers buts des Pirates. « Et le membre du clan qui s'y trouvait ? » demandai-je alors ; Kelvar m'avait adressé un regard surpris : Ronce avait été rappelé des semaines auparavant pour une mission essentielle dans l'Intérieur. Kelvar croyait savoir qu'il avait été envoyé à Gué-de-Négoce.

Le lendemain de la bataille, des renforts arrivèrent de Baie du Sud ; ils n'avaient pas vu le feu d'alarme, mais les messagers partis à dos de cheval étaient parvenus jusqu'à eux. J'étais présent quand Kettricken félicita le duc Kelvar de la prévoyance qu'il avait eue d'établir un relais de chevaux pour ce genre de messages ; elle fit aussi transmettre ses remerciements au duc

Shemshy de Haurfond pour sa rapide réaction. Elle proposa enfin qu'ils se partagent les navires capturés afin que, plutôt que d'attendre la venue des bateaux de combat, ils puissent dépêcher les leurs pour leur défense mutuelle. C'était un présent somptueux qui fut accueilli par un silence abasourdi ; une fois remis, le duc Kelvar se leva et but à la santé de la reine et de l'héritier à naître des Loinvoyant – car la rumeur était rapidement devenue de notoriété publique. La reine Kettricken rosit joliment et tourna une réponse courtoise au duc.

Ces brèves journées de triomphe nous mirent à tous du baume au cœur : nous nous étions battus, et bien battus, Finebaie allait être rebâtie et les Outrîliens n'avaient pas pris pied dans Gardebaie. Pendant une courte période, nous crûmes possible de nous débarrasser d'eux définitivement.

Avant même notre départ, on chantait déjà l'épopée de la reine qui, les jupes retroussées, s'était hardiment dressée devant les Pirates rouges et de l'enfant dans son sein qui était guerrier avant de naître. Cette image de la reine qui n'avait pas hésité à risquer non seulement sa propre vie, mais aussi celle de l'héritier du trône, resterait gravée dans les mémoires. D'abord le duc Brondy de Béarns et maintenant Kelvar de Rippon, me dis-je : Kettricken était douée pour s'attacher la fidélité des duchés.

Pour ma part, je vécus un petit épisode qui à la fois me réchauffa le cœur et me glaça le sang. Dame Grâce m'aperçut dans la Grand-Salle, me reconnut et vint me parler. « Ainsi, me dit-elle après m'avoir salué, mon garçon de chenil des cuisines a du sang royal ; rien d'étonnant à ce que vous m'ayez si bien conseillée il y a quelques années. » Elle était aujourd'hui parfaitement à l'aise dans son personnage de dame et de duchesse ; son chien de manchon l'accompagnait toujours partout, mais il se déplaçait maintenant par ses propres moyens et cette constatation me réjouit presque autant que l'aisance de sa maîtresse à porter son titre et l'affection qu'elle manifestait à son duc.

« Nous avons tous deux beaucoup changé, dame Grâce », répondis-je, et elle accepta le compliment sous-entendu. La dernière fois que je l'avais vue, j'étais en déplacement à Rippon avec Vérité ; elle était alors beaucoup moins à l'aise dans son rôle de duchesse. Je l'avais rencontrée dans les cuisines où son chien était en train de s'étouffer avec une arête de poisson ; j'en avais profité pour la convaincre que l'argent du duc serait mieux employé à bâtir des tours de guet qu'à lui acheter des bijoux. A l'époque, elle n'était duchesse que depuis peu ; à présent, on eût dit qu'elle portait ce titre depuis toujours.

« Vous ne vous occupez donc plus des chiens ? me demanda-t-elle avec un sourire ironique.

– Des chiens, non, mais des loups ! » fit quelqu'un. Je me retournai pour voir qui avait parlé, mais la salle était bondée et nul ne semblait nous regarder. Je haussai les épaules comme si la remarque n'avait pas d'importance ; dame Grâce ne paraissait pas l'avoir entendue. Elle voulut me faire don d'un signe de sa reconnaissance avant mon départ – j'en souris encore : une petite épingle en forme d'arête. « Je l'ai fait faire pour ne pas oublier... J'aimerais qu'elle soit à vous, maintenant. » Elle ne portait plus guère de bijoux, me dit-elle. Elle me donna l'épingle sur un balcon, un soir où les lumières des tours de guet du duc Kelvar scintillaient comme des diamants contre le ciel obscur.

10

CASTELCERF

Le château de Gué-de-Négoce, sur la Vin, était une des résidences traditionnelles de la famille régnante de Bauge ; c'est là que la reine Désir avait passé son enfance et là qu'elle retournait avec son fils Royal pendant les étés de sa jeunesse. Gué-de-Négoce est une ville animée, centre de commerce implanté au cœur d'un pays fruitier et céréalier ; la Vin est un fleuve paresseux et navigable sur lequel on voyage aisément et avec plaisir. La reine Désir a toujours soutenu que Gué-de-Négoce était supérieur à Castelcerf à tous égards et eût constitué un bien meilleur siège pour la famille royale.

★

Le retour jusqu'à Castelcerf ne fut émaillé que de péripéties anodines. A l'heure du départ, Kettricken était épuisée ; elle s'efforçait de n'en rien laisser paraître mais les cernes sous ses yeux et le pli de sa bouche la trahissaient. Le duc Kelvar lui fournit une litière mais un court trajet démontra à la reine que les oscillations du véhicule ne faisaient qu'accentuer ses nausées ; aussi le rendit-elle avec ses remerciements et se mit-elle en chemin à califourchon sur sa jument.

Le second soir du voyage, Gantelée s'approcha de notre feu et dit à Burrich avoir cru à plusieurs reprises apercevoir un loup pendant la bataille ; Burrich haussa les épaules d'un air indifférent en l'assurant que la bête était sans doute curieuse et ne constituait pas une menace. Après qu'elle fut partie, il se tourna vers moi. « Un de ces jours, ça va arriver une fois de trop.

– Quoi donc ?

– Qu'on voie un loup dans tes parages. Fitz, fais attention. Des rumeurs ont circulé le jour où tu as tué les forgisés ; il y avait des empreintes partout et ce n'était pas une épée qui avait infligé les blessures que portaient ces hommes. Quelqu'un m'a dit avoir vu un loup rôder dans Finebaie la nuit de la bataille ; j'ai même entendu une faribole sur un loup qui se serait changé en homme après les combats. Devant la tente de la reine elle-même, il y avait des traces de pattes ; tu as eu de la chance que tout le monde soit sur les genoux et si pressé de se débarrasser des cadavres, parce que certains n'étaient pas morts de la main de l'homme.

Certains ? Bah !

Le visage de Burrich se tordit de colère. « Ça doit cesser ! Tout de suite ! »

Tu es fort, Cœur de la Meute, mais...

La pensée s'interrompit tandis qu'un glapissement de surprise jaillissait des buissons. Plusieurs chevaux tressaillirent et jetèrent des regards dans la direction d'où venait le cri. Pour ma part, je dévisageais Burrich, les yeux écarquillés : il avait brutalement *repoussé* Œil-de-Nuit à distance !

Je voulus mettre en garde Œil-de-Nuit :

Heureusement que tu n'étais pas tout près, parce qu'avec cette puissance...

Burrich braqua les yeux sur moi. « J'ai dit, ça doit cesser ! Tout de suite ! » Puis il détourna le regard d'un air dégoûté. « J'aimerais mieux te voir les mains tout le temps dans la culotte que t'entendre constamment faire ça en ma présence ! Ça me révulse ! »

Je ne trouvai rien à répondre : les années passées auprès de lui m'avaient appris que rien ne le ferait changer d'avis sur le Vif. Il me savait lié à Œil-de-Nuit ; il me tolérait à ses côtés mais il ne pourrait pas aller au-delà ; inutile donc de lui rappeler sans cesse que le loup et moi partagions un esprit commun. J'inclinai la tête en signe d'assentiment et, cette nuit-là, pour la première fois depuis longtemps, mes rêves n'appartinrent qu'à moi.

Je rêvai de Molly. Elle portait à nouveau ses jupes rouges et, accroupie sur la plage, elle décrochait des lustrons des rochers à l'aide de son couteau pour les manger crus. Elle leva les yeux vers moi et sourit ; je m'approchai d'elle mais elle se dressa d'un bond et s'enfuit pieds nus sur le sable ; je tentai de la poursuivre mais elle était rapide comme l'éclair. Ses cheveux flottaient derrière elle et elle ne faisait que rire quand je lui criais de m'attendre. Je m'éveillai avec un curieux sentiment de soulagement à l'idée qu'elle ait pu m'échapper ; un parfum de lavande fantomatique me restait dans les narines.

Nous pensions recevoir bon accueil à Castelcerf : avec le temps qui s'était calmé, les navires avaient dû arriver avant nous et rapporter la nouvelle de notre victoire ; aussi ne fûmes-nous pas surpris de voir un contingent de la garde de Royal venir à notre rencontre. Ce qui nous laissa perplexes, en revanche, fut qu'après nous avoir aperçus les soldats maintinssent leurs chevaux au pas ; pas un ne cria ni ne leva la main en signe de bienvenue. Non, ils continuèrent d'avancer, silencieux et retenus comme des spectres. Je crois que Burrich et moi distinguâmes au même instant le bâton que portait l'homme de tête, le petit bâton poli, symbole de nouvelles graves.

Il se tourna vers moi ; son visage était un masque d'angoisse. « Le roi Subtil est mort », murmura-t-il.

Je n'éprouvai nul étonnement, seulement un immense sentiment de perte. Au fond de moi, un petit garçon effrayé retint son souffle en songeant qu'à présent nul ne se dressait plus entre Royal et lui ; une autre partie de moi-même se demandait quel effet cela m'aurait fait de l'appeler « grand-père » au lieu de « mon roi ». Mais les émotions de ces aspects égoïstes n'étaient rien comparées à ce que ressentait l'homme lige : Subtil m'avait façonné, il avait fait de moi ce que j'étais, pour le meilleur ou pour le pire ; il s'était un jour emparé de ma vie, celle d'un petit garçon qui jouait sous une table de la Grand-Salle, et il y avait apposé son sceau ; il avait décidé que je devais savoir lire et écrire, que je devais être capable de manier une épée et d'administrer le poison. Il me sembla que sa mort m'obligeait à prendre désormais la responsabilité de mes actes, et c'était une pensée singulièrement terrifiante.

A présent, toute notre troupe avait vu l'objet que tenait l'homme de tête ; nous nous arrêtâmes au milieu de la route. Comme un rideau qui se sépare, la garde de Kettricken s'ouvrit pour permettre à l'homme d'arriver devant la reine. Dans un terrible silence, il lui tendit le bâton, puis le petit manuscrit. La cire rouge s'émietta sous les doigts de la reine et tomba dans la boue. Lentement elle déroula le parchemin, le lut, et toute vie sembla l'abandonner ; sa main retomba à son côté et laissa choir le rouleau à la suite de la cire dans la boue, comme un objet dont elle n'avait plus l'usage, qu'elle ne voulait plus jamais avoir sous les yeux. Elle ne s'évanouit pas, elle ne pleura pas. Son regard se fit distant et elle posa sa main sur son ventre. Et, à ce geste, je sus que ce n'était pas Subtil qui était mort mais Vérité.

Je tendis mon esprit vers lui. Quelque part, sûrement, toute petite, enroulée au fond de moi, une étincelle de lien, un lambeau... non. Je ne savais même pas quand le lien s'était rompu ; je me souvins que, chaque fois que je me battais, j'avais toutes les chances de le perdre, mais je n'y puisai guère de réconfort. Et puis je me rappelai ce que j'avais pris pour une simple curiosité la nuit de la bataille : il m'avait semblé entendre la voix de Vérité qui criait, qui donnait des ordres sans queue ni tête ; il ne me revenait pas de mots précis, mais j'avais maintenant l'impression qu'il s'agissait d'ordres de bataille, de dispersion, de mise à couvert peut-être, ou bien... mais je ne me remémorais rien avec certitude. Je regardai Burrich et lus la question dans ses yeux. Je ne pus que hausser les épaules. « Je ne sais pas », dis-je à mi-voix. Son front se creusa de plis profonds.

La reine Kettricken ne bougeait pas plus qu'une statue sur son cheval. Nul ne fit un geste dans sa direction, nul ne parla. Je croisai le regard de Burrich et j'y vis une résignation teintée de fatalisme : c'était la deuxième fois qu'il voyait un roi-servant tomber avant de monter sur le trône. Après un long silence, Kettricken se tourna sur sa selle ; elle parcourut des yeux sa garde, puis les cavaliers qui la suivaient. « Le prince Royal a reçu des nouvelles indiquant que le roi-servant Vérité est mort. » Elle n'éleva pas le ton mais sa voix claire porta. L'ambiance festive de la troupe s'évanouit et bien des yeux perdirent leur éclat triomphant. La reine attendit quelques instants, le temps que chacun s'imprègne de la portée du message, puis elle mit sa monture au pas et nous la suivîmes en direction de Castelcerf.

A l'approche des portes, nul ne nous interpella. Les soldats de garde nous regardèrent passer ; l'un d'eux esquissa un salut à la reine qui ne vit rien. Burrich fronça encore davantage les sourcils, mais s'abstint de tout commentaire.

Dans la cour du Château, la vie semblait suivre son cours habituel. Des garçons d'écurie vinrent emmener les chevaux tandis que serviteurs et habitants vaquaient aux occupations ordinaires de la Forteresse ; cet aspect coutumier, familier, de ce qui m'entourait heurta soudain mes nerfs comme une pluie de pierres. Vérité était mort ! La vie n'avait pas le droit de se poursuivre de façon aussi routinière !

Burrich avait aidé Kettricken à mettre pied à terre au milieu d'une volée de dames de compagnie ; une partie de mon esprit remarqua le regard de Gantelée, lorsque Kettricken fut emmenée par ses suivantes qui s'exclamaient sur sa mine épuisée et s'informaient de sa santé, tout en lui présentant leurs condoléances, leurs regrets et leur peine. Une expression de jalousie était passée sur les traits du capitaine de la garde de la reine ; Gantelée n'était qu'un soldat qui avait prêté serment de protéger sa reine ; en cette occasion, elle ne pouvait pas la suivre dans le Château, si fort qu'elle s'inquiète pour elle. Kettricken était pour l'instant à la charge de ses dames de compagnie. Mais je compris que ce soir Burrich ne monterait pas seul la garde devant sa porte.

Les murmures pleins de sollicitude de ces mêmes dames pour Kettricken prouvaient que la rumeur de sa grossesse s'était répandue, et je me demandai si elle était parvenue aux oreilles de Royal : certaines nouvelles, je le savais, circulaient exclusivement parmi les cercles féminins avant d'arriver sur la place publique. J'éprouvai soudain la nécessité urgente de découvrir si Royal savait que Kettricken portait l'héritier du trône. Je remis les rênes de Suie à Pognes et le remerciai en lui promettant de tout lui raconter ; mais, alors que je me dirigeais vers le Château, je sentis la main de Burrich se poser sur mon épaule.

« Je voudrais te parler. »

Parfois, il me traitait presque comme un prince, d'autre fois comme moins qu'un garçon d'écurie. Sa requête d'aujourd'hui n'en était pas une. Pognes me rendit les rênes de Suie avec un petit sourire pour aller s'occuper d'autres animaux et je suivis Burrich qui menait Rousseau dans les écuries. Il n'eut aucune difficulté à trouver un emplacement vide pour son cheval à côté du box habituel de Suie : les places libres n'étaient que trop nombreuses. Nous nous mîmes au travail sur nos montures et je me sentis réconforté de panser un cheval auprès de Burrich, comme je l'avais fait si souvent. Nous étions relativement à l'écart mais il attendit qu'il n'y ait plus personne dans les environs pour me demander : « C'est vrai ?

– Je n'en sais trop rien : le lien que j'avais avec lui a disparu.

Il était déjà faible avant notre départ pour Finebaie et j'ai toujours eu du mal à maintenir le contact avec Vérité lorsque je me battais ; d'après lui, je lève ma garde si haut contre ceux qui m'entourent que je l'exclus de mon esprit.

– Je n'y comprends rien mais j'étais au courant de ce problème. Tu es sûr que c'est à ce moment-là que tu l'as perdu ? »

Je lui parlai alors de la vague impression que j'avais eue de Vérité durant la bataille et de la possibilité qu'il ait été sous le coup d'une attaque lui aussi. Burrich hocha la tête d'un air impatient.

« Mais ne peux-tu pas l'artiser, maintenant que le calme est revenu ? Ne peux-tu pas renouer le lien ? »

Je pris un instant pour repousser au fond de moi mon exaspération. « Non, je ne peux pas. L'Art ne marche pas comme ça chez moi. »

Burrich fronça les sourcils. « Ecoute, nous savons que des messages se sont égarés, ces derniers temps ; qu'est-ce qui nous dit que celui-ci n'a pas été inventé de toutes pièces ?

– Rien, sans doute. Mais j'ai du mal à imaginer que Royal aurait l'audace d'annoncer la mort de Vérité si ce n'était pas vrai.

– Je le crois capable de tout », dit Burrich à mi-voix.

Je cessai de nettoyer la boue des sabots de Suie et me redressai. Burrich était adossé au portillon du box de Rousseau, le regard lointain ; la mèche blanche qui tranchait sur sa chevelure était un rappel éclatant du caractère impitoyable de Royal, qui avait ordonné la mort de Burrich avec la même désinvolture qu'il aurait écrasé une mouche agaçante. Et il n'avait jamais semblé se soucier le moins du monde que Burrich eût survécu : il ne craignait la vengeance ni d'un maître d'écurie ni d'un bâtard.

« Admettons, dis-je. Que ferait-il au retour de Vérité ?

– Une fois couronné, il pourrait faire en sorte que Vérité ne revienne jamais. L'homme qui occupe le trône des Six-Duchés a les moyens de se débarrasser des gens qui le gênent. » Burrich avait détourné le regard de moi en prononçant ces mots et je m'efforçai de ne pas relever la pique. Il avait raison : Royal au pouvoir, il ne manquerait sûrement pas d'assassins pour obéir à ses ordres ; peut-être même s'en trouvait-il déjà. Cette idée me déclencha un étrange frisson glacé.

« Si nous voulons avoir la certitude que Vérité est vivant, fis-je, il n'y a qu'une solution : envoyer quelqu'un à sa recherche qui nous rapportera des nouvelles de lui. » Je regardai Burrich.

« En supposant que ton messager arrive à s'en tirer, ça prendrait quand même trop de temps. Si Royal monte sur le trône, la parole d'un messager n'aura plus aucune valeur pour lui ; d'ailleurs, celui qui apporterait la nouvelle n'oserait pas l'annoncer. Non, il nous faut la preuve que Vérité est vivant, une preuve qu'acceptera le roi Subtil, et il nous la faut avant que Royal accède au pouvoir. En voilà un qui ne resterait pas longtemps roi-servant.

– Mais il reste Subtil et l'enfant de Kettricken entre le trône et lui, objectai-je.

– Et c'est une position qui s'est révélée malsaine pour des hommes solides et dans la fleur de l'âge ; ça m'étonnerait qu'elle porte davantage bonheur à un vieillard souffrant et à un enfant encore à naître. » D'un mouvement de la tête, Burrich écarta l'idée. « Ainsi, tu ne peux pas l'artiser. Qui en est capable ?

– Les membres du clan.

– Peuh ! Je ne leur fais confiance ni aux uns ni aux autres.

– Le roi Subtil, peut-être, suggérai-je avec hésitation, s'il tire sa force de moi.

– Même si ton lien avec Vérité est rompu ? » demanda Burrich d'un ton pressant.

Je haussai les épaules en secouant la tête. « Je l'ignore. C'est pour ça que j'ai dit "peut-être". »

Il passa une dernière fois la main sur la robe de Rousseau qui avait retrouvé son aspect lustré. « Nous devons essayer, fit-il d'un ton résolu, et le plus tôt sera le mieux : il ne faut pas laisser Kettricken dans la peine et l'inquiétude sans raison valable ; elle risquerait de perdre l'enfant. » Il soupira, puis me regarda. « Va te reposer. Tu te rendras chez le roi ce soir ; dès que je t'aurai vu entrer dans ses appartements, je me débrouillerai pour qu'il y ait des témoins de tout ce qu'il découvrira.

– Burrich, il y a trop d'impondérables ; je ne sais même pas si le roi sera réveillé ce soir, ni s'il sera capable d'artiser, ni s'il acceptera si je le lui demande ; et si nous y arrivons, Royal saura, ainsi que tout le monde, que je suis l'homme lige du roi dans le domaine de l'Art, et...

– Je regrette, mon garçon. » Burrich m'avait interrompu d'un ton brusque, presque froid. « Ce n'est pas seulement ton bien-être qui est en jeu. Ne t'imagine pas que je me fiche de ce qui peut t'arriver, mais, à mon avis, si Royal te croit capable d'artiser et que chacun sache Vérité vivant, tu courras moins de risques que si tout le monde croit Vérité mort et que Royal considère le moment venu de se débarrasser de toi. Il faut essayer ce soir ; nous échouerons peut-être mais il faut essayer.

– J'espère que tu pourras te procurer de l'écorce elfique, grommelai-je.

– Tu commences à aimer ça ? Méfie-toi. » Mais il me fit soudain un sourire complice. « J'en trouverai, sois tranquille. »

Je lui rendis son sourire et restai soudain stupéfait : je ne croyais pas à la mort de Vérité ! Et je me l'avouais par ce sourire. Je ne croyais pas que mon roi-servant était mort et je m'apprêtais à me dresser face au prince Royal pour le prouver. La seule façon qui m'eût apporté plus de satisfaction eût été de le faire la hache à la main ; mais...

« Fais-moi plaisir, veux-tu ? dis-je à Burrich.

– Comment ça ? répondit-il, circonspect.

– Fais très attention à toi.

– Toujours. Sois prudent toi aussi. »

J'acquiesçai de la tête, puis le regardai d'un air embarrassé.

Au bout d'un moment, il soupira et dit : « Allez, accouche. Si je vois Molly, tu veux que je lui dise quoi ? »

Je secouai la tête. « Qu'elle me manque, c'est tout. Que puis-je lui dire d'autre ? Je n'ai rien à lui offrir. »

Il me lança un coup d'œil bizarre ; j'y lus de la sympathie mais pas de vain réconfort. « Je lui transmettrai ton message », promit-il.

Je sortis des écurie avec l'impression d'avoir un peu grandi et en me demandant si je cesserais un jour de me mesurer à l'aune de Burrich et de sa façon de me traiter.

Je me rendis aux cuisines avec l'intention de prendre de quoi me restaurer avant d'aller me reposer, ainsi que Burrich me l'avait conseillé. La salle des gardes était bondée, envahie par les soldats revenus avec moi ; tout en avalant de grandes bouchées de ragoût et de pain, ils racontaient les événements de Finebaie à ceux qui étaient restés à Castelcerf. Je m'y étais attendu et j'avais compté emporter mes provisions dans ma chambre ; mais partout dans les cuisines des bouilloires chantaient, du pain était mis à lever et des pièces de viande tournaient sur les broches. Les marmitons découpaient, touillaient et couraient de-ci de-là d'un air pressé.

« Il y a fête, ce soir ? » demandai-je bêtement.

Sara, dite Mijote, se tourna vers moi. « Ah, Fitz ! Alors, te voilà de retour, et en un seul morceau ? Ça nous change ! » Et elle sourit comme si elle venait de me faire un compliment. « Oui, bien sûr qu'il y a fête, pour célébrer la victoire de Finebaie. S'agirait pas qu'on t'oublie.

– On va banqueter alors que Vérité est mort ? »

Mijote me regarda droit dans les yeux. « Si le prince Vérité était ici, qu'est-ce qu'il voudrait ? »

Je soupirai. « Qu'on fête la victoire, sans doute. Les gens ont plus besoin d'espoir que de deuil.

– C'est exactement ce que le prince Royal m'a expliqué ce matin », enchaîna Mijote d'un air satisfait. Elle me tourna le dos pour frotter des épices sur un cuissot. « On portera son deuil, bien entendu. Mais il faut comprendre, Fitz : il nous a abandonnés ; Royal, lui, il est resté. Il est resté pour s'occuper du roi et protéger les côtes du mieux qu'il peut. Vérité n'est plus là, mais Royal est encore avec nous – et Finebaie n'est pas tombée aux mains des Pirates. »

Je me mordis la langue en attendant que ma colère retombe. « Finebaie n'a pas été prise parce que Royal est resté ici pour nous protéger, c'est ce que tu dis ? » Je voulais m'assurer que Mijote établissait un lien entre les deux événements, qu'elle ne faisait pas que les mentionner ensemble dans la même phrase par hasard.

Elle acquiesça tout en frottant la viande. De la sauge broyée, m'apprit mon nez, et aussi du romarin. « C'est ça qu'il nous fallait. L'Art, c'est bien gentil, mais à quoi ça sert de savoir ce qui se passe si personne n'y fait rien ?

– Vérité a toujours envoyé les navires de combat.

– Et ils arrivaient toujours trop tard. » Elle se tourna de nouveau vers moi en s'essuyant les mains sur son tablier. « Oh, je sais que tu l'adorais, mon petit ; notre prince Vérité avait bon cœur et il s'est usé à vouloir nous protéger. Je ne dis pas de mal des morts, je dis seulement qu'artiser et partir à la chasse aux Anciens, ce n'est pas comme ça qu'on combat les Pirates rouges. Ce qu'il a fait, le prince Royal, envoyer des soldats et des bateaux dès qu'il a appris la nouvelle, ça, c'est ce qu'il fallait faire depuis le début. Peut-être qu'on s'en sortira, si c'est le prince Royal qui commande.

– Et le roi Subtil ? » fis-je à mi-voix.

Elle se méprit sur le sens de ma question et ainsi me révéla le fond de sa pensée. « Oh, il va aussi bien qu'on peut l'espérer ; il va même descendre pour la fête, ce soir, un petit moment, en tout cas. Le pauvre ! Il souffre trop. Pauvre homme ! »

Il était déjà mort ; c'est ce que sous-entendait sa façon de s'exprimer. Il n'était plus roi : pour elle, Subtil n'était plus qu'un pauvre homme. Royal avait réussi. « Tu crois que la reine sera présente aussi ? demandai-je. Après tout, elle vient juste d'apprendre la nouvelle de la mort de son époux et roi.

– Oh oui, elle sera là, je pense. » Sara hocha la tête. Elle retourna le cuissot sur la table et entreprit de le parsemer d'herbes. « J'ai entendu dire qu'elle attendait un enfant. » La cuisinière paraissait sceptique. « Elle voudra l'annoncer ce soir.

– Tu ne crois pas qu'elle est enceinte ? » demandai-je brutalement ; Mijote ne s'en offusqua pas.

« Oh, si, je la crois, si elle le dit. Ce que je trouve bizarre, c'est qu'elle l'annonce après la nouvelle de la mort de Vérité plutôt qu'avant, c'est tout.

– Comment ça ?

– Ma foi, il y en a qui vont se poser des questions.

– Des questions à quel propos ? » fis-je d'un ton glacial.

Mijote me lança un vif coup d'œil et je maudis mon impatience : mon but n'était pas de la faire se refermer comme une huître. Il me fallait connaître les rumeurs, toutes les rumeurs.

« Eh bien... » Elle hésita, mais ne put résister à mon air attentif. « Les questions qu'on se pose toujours quand une femme ne conçoit pas et puis, quand son mari est absent, qui annonce tout soudain qu'elle est enceinte de lui. » Elle regarda autour d'elle pour voir si on ne nous écoutait pas ; chacun paraissait affairé à sa tâche mais je ne doutais pas que certaines oreilles devaient être tournées de notre côté. « Pourquoi maintenant ? Tout d'un coup, comme ça ? Et si elle se savait enceinte, à quoi ça rime d'aller se précipiter dans la bataille en plein milieu de nuit ? Drôle de façon de faire, pour une reine qui porte l'héritier du trône.

– Ma foi (je m'efforçai de prendre un ton mesuré), à la naissance de l'enfant, on saura quand il a été conçu ; ceux qui auront envie de compter les lunaisons sur leurs doigts pourront calculer tout leur soûl. D'ailleurs (et je me penchai vers Sara avec des airs de conspirateur) il paraît que certaines de ses suivantes étaient au courant avant son départ ; dame Patience, par exemple, et sa chambrière, Brodette. » J'allais devoir m'assurer que Patience se vanterait d'avoir été parmi les premières informées et que Brodette ferait circuler l'information parmi les serviteurs.

« Ah ! Celle-là ! » Le ton dédaigneux de Sara réduisit à néant mes espoirs d'une victoire facile. « Je ne veux pas être méchante, Fitz, mais elle est un peu dérangée par moments. Brodette, par contre, en voilà une qui a la tête sur les épaules ; mais elle n'est pas causante et elle n'écoute pas volontiers ce que les autres ont à dire.

– Pourtant (je souris et clignai de l'œil), c'est chez elle que j'ai appris la nouvelle, et bien avant qu'on parte pour Finebaie. » Je m'approchai davantage de Mijote. « Renseigne-toi : on va te dire que la reine Kettricken prenait déjà de la tisane de feuilles de framboisier à cause de ses nausées du matin ; je te le parie. Vérifie, tu verras si je me trompe. Je suis prêt à parier un sou d'argent.

– Un sou d'argent ? Holà ! Comme si j'en avais de trop ! Mais je vais me renseigner, Fitz, compte sur moi. Si c'est vrai, je ne te pardonnerai jamais de ne pas m'avoir fait profiter d'une nouvelle pareille ! Et moi qui te dis tout !

– Eh bien, en voici une autre, tiens : la reine Kettricken n'est pas la seule à attendre un enfant !

– Ah ? Et qui d'autre ? »

Je souris. « Je ne peux pas en parler pour l'instant ; mais tu seras parmi les premières à le savoir, d'après ce que j'ai entendu. » J'ignorais totalement qui pouvait bien être enceinte, mais je ne risquais rien à affirmer que quelqu'un du Château l'était, ou le serait, en tout cas, à temps pour concrétiser ma rumeur. Je devais maintenir Mijote dans de bonnes dispositions envers moi si je voulais pouvoir compter sur elle pour m'informer des ragots de la cour. Elle hocha la tête d'un air entendu et je lui fis un clin d'œil.

Elle avait fini de préparer le cuissot. « Tiens, Dod, viens donc prendre ça et me l'accrocher aux crochets au-dessus du grand feu. Les plus hauts, hein, je veux que la viande soit cuite, pas carbonisée ! Allons, trotte ! Faitout ? Où est le lait que je t'ai demandé ? »

Je fis provision de pain et de pommes avant de monter chez moi : simple chère mais bienvenue pour l'affamé que j'étais. J'allai droit à ma chambre, fis ma toilette, mangeai et m'allongeai sur mon lit ; mes chances de réussite auprès du roi étaient peut-être infimes ce soir mais je voulais être aussi alerte que possible pendant la fête. Je songeai à me rendre chez Kettricken pour lui demander de ne pas pleurer Vérité tout de suite. Et si je me trompais ? Non : quand j'aurais la preuve que Vérité était vivant, il serait bien assez tôt pour le lui annoncer.

Je m'éveillai plus tard alors qu'on frappait à ma porte ; je restai un moment sans bouger, incertain d'avoir bien entendu, puis me levai, déverrouillai mes loquets et entrouvris le battant. C'était le fou. J'ignore ce qui me surprit le plus : le fait qu'il eût frappé au lieu de faire sauter mes verrous ou la façon dont il était habillé ; en tout cas, je demeurai bouche bée devant lui. Il s'inclina avec une distinction affectée, puis poussa la porte pour entrer et la referma derrière lui ; il mit quelques verrous, puis alla se placer au milieu de la pièce où il étendit les bras et tourna lentement sur lui-même pour se faire admirer. « Eh bien ?

– Je ne te reconnais plus, dis-je de but en blanc.

– C'est l'effet recherché. » Il rajusta son surpourpoint, puis tira sur ses manches pour bien mettre en évidence non seulement les broderies qui les décoraient mais aussi les crevés qui laissaient voir un somptueux tissu. Il regonfla son chapeau à panache et le replaça sur ses cheveux décolorés. Les couleurs qu'il portait allaient de l'indigo le plus profond à l'azur le plus pâle et son visage blanc paraissait un œuf dur écalé.

Je m'assis lentement sur le lit. « C'est Royal qui t'a ainsi attifé, dis-je d'une voix faible.

– Sûrement pas ! Il a fourni les habits, naturellement, mais je me suis habillé tout seul. Si les fous ne sont plus de mode, imagine quelle bassesse de rang atteindrait le valet d'un fou !

– Et le roi Subtil ? demandai-je d'un ton acide. Il est passé de mode lui aussi ?

– Il n'est plus de mode de s'inquiéter ouvertement du roi Subtil », rétorqua-t-il. Il exécuta une cabriole, s'interrompit, se redressa avec la dignité qui seyait à ses nouveaux habits et se mit à faire le tour de la chambre. « Je dois prendre place à la table du prince ce soir et me montrer plein d'entrain et d'esprit. Crois-tu que je ferai bonne figure ?

– Bien mieux que moi, répondis-je, acerbe. T'est-il donc indifférent que Vérité soit mort ?

– T'est-il donc indifférent que les fleurs s'ouvrent sous le soleil d'été ?

– Fou, nous sommes en hiver.

– L'un est aussi vrai que l'autre, fais-moi confiance. » Il s'arrêta brusquement de marcher. « Crois-le ou non, je suis venu te demander un service.

– Le second aussi aisément que le premier. De quoi s'agit-il ?

– Ne tue pas mon roi par tes ambitions pour le tien. »

Je le regardai avec horreur. « Jamais je ne tuerais mon roi ! Comment oses-tu dire ça ?

– Oh, j'ose beaucoup de choses, ces temps-ci. » Il se croisa les mains dans le dos et se mit à faire les cent pas ; avec ses habits élégants et son attitude inhabituelle, il me faisait peur. On aurait dit qu'un autre occupait son corps, un autre que je ne connaissais pas.

« Même si le roi avait tué ta mère ? »

Une atroce nausée me prit. « Qu'essayes-tu de me dire ? » soufflai-je.

En entendant mon ton douloureux, le fou pivota brusquement vers moi. « Non ! Non ! Tu m'as mal compris ! » Il y avait de la sincérité dans sa voix et, l'espace d'un instant, je retrouvai mon ami. « Mais, poursuivit-il plus bas d'un air presque matois, si tu étais convaincu que le roi a tué ta mère, ta mère bien-aimée, si affectueuse, si indulgente, qu'il l'a tuée et te l'a arrachée à jamais, penses-tu alors que tu pourrais l'assassiner ? »

Dans mon aveuglement, il me fallut un moment pour saisir ce dont il parlait. Royal, je le savais, s'imaginait que sa mère avait été victime d'empoisonnement ; c'était une des raisons de sa haine pour moi et pour « dame Thym », car c'était nous, pensait-il, qui avions exécuté la besogne sur ordre du roi. Tout cela était faux, je ne l'ignorais pas : la reine Désir s'était empoisonnée toute seule. La mère de Royal souffrait d'un penchant excessif pour la boisson et les plantes qui soulagent momentanément les soucis ; quand elle s'était trouvée incapable d'atteindre au pouvoir qu'elle croyait lui revenir de droit, elle avait cherché refuge dans ces plaisirs. Subtil avait tenté à plusieurs reprises de l'en détourner, il avait même demandé à Umbre des herbes et des potions qui mettraient fin à sa dépendance mais rien n'y avait fait. La reine Désir était morte empoisonnée, c'était exact, mais c'était sa propre faiblesse qui lui avait administré le poison. Je le savais depuis toujours et, du coup, je n'avais pas pris en compte la haine qui devait grandir dans le cœur d'un fils trop choyé soudain privé de sa mère.

Royal serait-il capable de tuer pour cela ? Evidemment. Serait-il prêt à mettre les Six-Duchés au bord du gouffre pour un acte de vengeance ? Pourquoi pas ? Les duchés côtiers ne l'avaient jamais intéressé ; c'était aux duchés de l'Intérieur, traditionnellement plus fidèles à sa mère qui en était originaire, qu'allait son cœur. Si la reine Désir n'avait pas épousé le roi Subtil, elle serait restée duchesse de Bauge ; parfois, enivrée de vin et de drogues, elle déclarait sans vergogne que, si elle était demeurée duchesse, elle aurait disposé d'un pouvoir suffisant pour persuader Bauge et Labour de s'unir, de la prendre pour reine et de se dégager de leur allégeance aux Six-Duchés. Galen, le maître d'Art et propre fils bâtard de la reine Désir, avait alimenté la haine de Royal en même temps que la sienne ; avait-il haï assez pour pervertir son clan et convertir ses membres à la revanche de Royal ? A mes yeux, c'était une effrayante trahison mais elle était plausible. Royal était capable de tout cela. Des centaines de gens tués, des dizaines de forgisés, des femmes violées, des enfants orphelins, des villages entiers rasés, tout cela à cause d'un princelet qui voulait se venger d'un tort imaginaire... C'était effarant. Mais tous les éléments s'emboîtaient parfaitement, aussi parfaitement qu'un couvercle sur un cercueil.

« J'ai l'impression que l'actuel duc de Bauge aurait intérêt à surveiller sa santé, fis-je en réfléchissant tout haut.

– Il partage le penchant de sa sœur aînée pour les bons vins et les drogues ; bien fourni en ces produits et insouciant du reste, je pense qu'une longue vie l'attend.

– Comme le roi Subtil, peut-être ? » fis-je sans trop m'avancer.

Un spasme de chagrin tordit les traits du fou. « Je doute qu'il ait encore une longue vie à espérer, dit-il à mi-voix. Mais la vie qui lui reste pourrait être agréable au lieu de s'achever dans le sang et la violence.

– Tu crois qu'on en arrivera là ?

– Qui sait ce qui peut remonter quand on touille le fond d'une marmite ? » Il s'approcha soudain de la porte et posa la main sur le loquet. « C'est ce que je te demande, reprit-il à voix basse : de renoncer à touiller, messire La Cuillère ; de laisser la situation se décanter.

– C'est impossible. »

Il appuya le front contre la porte en un geste qui ne lui ressemblait pas. « Alors tu causeras la mort des rois, fit-il d'un ton douloureux. Tu sais... ce que je suis ; je te l'ai dit. Je t'ai expliqué pourquoi j'étais ici ; et ce dont je te parle, c'est un des points dont je suis sûr. La fin de la lignée des Loinvoyant était un des tournants possibles, mais Kettricken porte un héritier et la lignée va continuer. C'est ce qu'il fallait. Un vieil homme n'a-t-il pas le droit de mourir en paix ?

– Cet héritier, Royal ne le laissera pas naître », fis-je brutalement. Le fou écarquilla les yeux à m'entendre parler avec tant de franchise. « Cet enfant n'accédera pas au pouvoir sans la main d'un roi pour le protéger, celle de Subtil ou de Vérité. Tu ne crois pas à la mort de Vérité, tu me l'as pratiquement dit tout à l'heure. Peux-tu laisser Kettricken au supplice d'y croire, elle ? Peux-tu laisser les Six-Duchés sombrer dans le sang et la désolation ? A quoi bon un héritier au trône des Loinvoyant, si ce trône n'est plus qu'un fauteuil brisé dans une salle incendiée ? »

Les épaules du fou se voûtèrent. « Il y a des milliers de croisements, fit-il dans un murmure. Certains sont clairs et francs, d'autres ne sont qu'ombres parmi les ombres ; certains sont proches de la certitude et il faudrait une immense armée ou un terrible fléau pour modifier ces chemins, d'autres sont enveloppés de brouillard et j'ignore quelles routes en partent et où elles mènent. Tu m'embrumes, bâtard, tu multiplies mille fois les avenirs par ta seule existence. Tu es un catalyseur. De certains de ces brouillards sortent les fils noirs et tors de la damnation, d'autres s'échappent des lignes d'or brillant. Tes chemins, apparemment, te conduisent dans les abîmes ou dans les hauteurs ; moi, j'aspire à un chemin intermédiaire, j'aspire à une mort simple pour un maître qui s'est montré bon avec un serviteur fantasque et moqueur. »

Ce fut sa seule rebuffade. Il leva la clenche, défit les verrous et s'en alla sans bruit. Ses habits somptueux et sa démarche circonspecte lui donnaient à mes yeux une apparence difforme qu'il n'avait jamais eue avec sa livrée de bouffon ni ses cabrioles. Je refermai discrètement la porte derrière lui, puis m'y adossai comme si je pouvais empêcher l'avenir d'entrer chez moi.

Je m'apprêtai avec le plus grand soin pour le dîner et, quand j'eus fini d'enfiler les nouveaux vêtements que m'avait faits maîtresse Pressée, j'avais presque aussi bon air que le fou. J'avais décidé de ne pas porter tout de suite le deuil de Vérité ni même de m'en donner l'apparence. Comme je descendais l'escalier, j'eus l'impression que presque tout le Château convergeait vers la Grand-Salle : à l'évidence, tous, grands et petits, avaient été invités.

Je me retrouvai à la même table que Burrich, Pognes et d'autres qui travaillaient aux écuries ; c'était la place la plus humble qu'on m'eût jamais assignée depuis le jour où le roi Subtil m'avait pris sous son aile et pourtant les convives y étaient plus à mon goût qu'aux plus hautes tables ; les tables d'honneur de la Grand-Salle étaient entourées de gens que je connaissais à peine, pour la plupart ducs et noblesse en visite de Labour et de Bauge. Certains visages m'étaient familiers, naturellement : Patience occupait une place qui seyait presque à son rang et, surprise, Brodette était assise à une table au-dessus de moi. Je ne vis Molly nulle part. J'aperçus aussi quelques personnes venues de Bourg-de-Castelcerf, des gens aisés en général, et souvent mieux placés que je ne l'aurais cru. Le roi fut introduit dans la salle, appuyé sur le fou à la récente élégance et suivi de Kettricken.

L'apparence de la reine me bouleversa. Elle portait une robe simple d'un brun terne et elle s'était coupé les cheveux en signe de deuil ; elle ne s'en était laissé qu'un demi-empan d'épaisseur et sa chevelure, privée de son poids, se dressait autour de sa tête telles les aigrettes d'un pissenlit ; sa couleur semblait avoir disparu avec sa longueur, la rendant aussi pâle que celle du fou. J'étais si habitué à voir ses lourdes tresses dorées que sa tête me paraissait curieusement petite sur ses larges épaules, et ses paupières rougies par les pleurs donnaient un étrange regard à ses yeux bleus. Elle n'avait pas l'air d'une reine en deuil, mais plutôt d'un fou bizarre nouvellement arrivé à la cour. Je ne retrouvais plus rien de ma reine, plus rien de Kettricken à son jardin, plus rien de la guerrière qui dansait pieds nus avec son épée ; plus rien qu'une étrangère, à nouveau seule à Castelcerf. Par contraste, Royal était vêtu aussi superbement que s'il allait faire la cour à quelque dame et se déplaçait avec l'assurance d'un félin en chasse.

Le spectacle auquel j'assistai ce soir-là était aussi intelligemment rythmé et soigneusement mené qu'une pièce de marionnettes. Le vieux roi Subtil était là, branlant, émacié, qui dodelinait de la tête au-dessus de son dîner ou qui parlait vaguement en souriant sans s'adresser à personne en particulier ; la reine Kettricken était là aussi, sans un sourire, mangeant à peine, silencieuse et accablée ; et puis, présidant l'ensemble, il y avait Royal, le fils consciencieux assis à côté de son père défaillant, et auprès de lui le fou, magnifiquement vêtu et qui ponctuait la conversation de Royal de traits d'esprit qui la faisaient passer pour plus brillante qu'elle n'était. Les autres convives de la Table Haute étaient le duc et la duchesse de Labour, le duc et la duchesse de Bauge et leurs favoris du moment choisis parmi la noblesse de leurs duchés. Béarns, Rippon et Haurfond n'étaient pas représentés.

Après les viandes, deux compliments furent adressés à Royal. Le premier fut prononcé par le duc Teneur de Bauge ; il oignit Royal avec prodigalité, le déclara défenseur du royaume, le loua de la rapidité de son action en faveur de Finebaie et exalta le courage dont il faisait preuve en prenant les mesures propres à servir les intérêts des Six-Duchés. Cette dernière phrase me fit dresser l'oreille mais la suite ne fut qu'éloges et congratulations, sans plus de détails sur ce que Royal avait décidé. Encore un peu et le discours eût sombré dans le dithyrambe.

Presque dès le début, Kettricken s'était redressée sur son siège pour regarder Royal d'un air incrédule, manifestement incapable de croire qu'il osait accepter tout tranquillement des félicitations qui ne lui revenaient pas. Si quelqu'un d'autre que moi remarqua l'expression de la reine, nul n'en dit rien. Le second discours, comme on pouvait s'y attendre, vint du duc Bélier de Labour et saluait la mémoire du roi-servant Vérité. C'était un éloge, mais condescendant, qui présentait ce que Vérité avait tenté, voulu, rêvé et souhaité ; ses réalisations ayant déjà été prêtées à Royal, il ne restait pas grand-chose à ajouter. Kettricken pâlit encore plus et sa bouche se pinça davantage, si cela était possible.

Je crois que, lorsque le duc Bélier en eut fini, elle était sur le point de se lever pour prendre elle-même la parole ; mais Royal se dressa précipitamment en tenant en l'air son verre que l'on venait de remplir. D'un signe, il fit taire la salle, puis tendit son verre en direction de la reine.

« On a trop parlé de moi ce soir et pas assez de notre belle reine-servante, Kettricken. Elle est rentrée au Château pour se découvrir tristement affligée ; pourtant, je ne pense pas que feu mon frère Vérité eût voulu que la peine de sa mort dissimule tout ce qui est dû à sa dame et qu'elle a gagné par ses propres efforts. Malgré son état (et le sourire entendu de Royal confinait dangereusement à la moquerie), elle a jugé bon pour son royaume adoptif de se risquer à faire front elle-même aux Pirates rouges, et ne doutons pas que nombre d'entre eux sont tombés sous sa vaillante épée ; chacun peut être sûr que nos soldats ont été inspirés par le spectacle de leur reine, résolue à se battre pour eux sans considération des dangers qu'elle courait. »

Deux taches rouges étaient apparues sur les joues de Kettricken. Royal poursuivit son compte rendu des faits d'armes de la reine qu'il souillait de condescendance et de flagornerie ; la fausseté de ses formules de courtisan rabaissait les actes de Kettricken à une mise en scène bien calculée.

En vain, je cherchai à la Table Haute quelqu'un qui pût prendre sa défense. Me dresser au milieu du commun et opposer ma voix à celle de Royal n'aurait fait qu'ajouter à la dérision. Kettricken, qui n'avait jamais été sûre de sa place à la cour de son époux et qui n'avait même plus son appui, paraissait se ratatiner sur elle-même ; à la façon dont Royal racontait ses exploits, ils semblaient discutables et irréfléchis plutôt qu'audacieux et décidés. Je la vis se réduire et je compris qu'elle ne prendrait plus sa propre défense. Le banquet reprit avec une reine accablée qui ne s'occupa plus que d'un Subtil à l'esprit embrouillé ; elle écoutait ses vagues tentatives de conversation en silence, la mine grave.

Mais le pire était encore à venir. A la fin du repas, Royal demanda qu'on l'écoute ; il y aurait ensuite des ménestrels et des marionnettistes, promit-il à l'assistance, mais qu'on veuille bien prendre patience pendant qu'il faisait une dernière annonce. Après de profondes réflexions, moult consultations et le cœur bien lourd, il avait reconnu et accepté le fait que l'attaque de Finebaie avait démontré : Castelcerf n'était plus la citadelle sûre et inexpugnable qu'elle avait été, et ce n'était certainement pas un lieu de résidence pour qui était de santé délicate ; aussi avait-on pris la décision d'envoyer le roi Subtil (le roi leva la tête et regarda autour de lui en clignant les yeux à la mention de son nom) dans l'Intérieur, à Gué-de-Négoce sur la Vin, en Bauge, où il demeurerait jusqu'à ce qu'il se rétablît. Ici, Royal s'interrompit pour remercier abondamment le duc Teneur de Bauge qui mettait si courtoisement le château de Gué-de-Négoce à la disposition de la famille royale ; il était fort heureux, ajouta-t-il, que cette résidence soit aisément accessible des deux châteaux de Bauge et de Labour, car il souhaitait demeurer en contact avec ces ducs des plus fidèles qui, dernièrement, avaient effectué de si longs trajets pour le soutenir en cette période tristement troublée. Il aurait grand plaisir à amener la vie de la cour royale à ceux qui avaient dû voyager si loin pour en profiter. Il se tut pour accepter leurs hochements de tête de remerciement et leurs assurances d'inébranlable appui, qui s'arrêtèrent avec une prompte docilité lorsqu'il leva la main à nouveau.

Il invitait, non, il priait, il suppliait la reine-servante d'accompagner le roi Subtil à sa nouvelle demeure ; elle y serait plus en sécurité et plus à l'aise, car le château de Gué-de-Négoce avait été bâti pour être habité, non pour faire la guerre. Tous ses sujets se sentiraient plus tranquilles s'ils savaient l'héritier à venir et sa mère en de bonnes mains, loin de la côte et de ses périls ; Royal promit qu'une joyeuse cour s'y reformerait bientôt et qu'une grande partie des meubles et des trésors de Castelcerf y seraient convoyés lorsque le roi s'y rendrait afin d'atténuer le choc du déménagement. Royal n'avait cessé de sourire tout en reléguant son père au rôle d'idiot sénile et Kettricken à celui de jument poulinière ; il poussa l'audace jusqu'à s'interrompre pour permettre à la reine d'exprimer son acceptation du sort qui lui était réservé.

« Je ne puis, dit-elle avec une grande dignité. C'est à Castelcerf que mon seigneur Vérité m'a laissée et, avant cela, il m'a confié le Château. J'y resterai et mon enfant y verra le jour. »

Royal détourna le visage en feignant de vouloir lui dissimuler son sourire, mais c'était pour mieux le montrer à l'assemblée. « Castelcerf sera bien gardé, ma dame reine ; mon propre cousin, le seigneur Brillant, s'est porté volontaire pour en assumer la défense ; la milice tout entière y demeurera car elle n'est pas nécessaire à Gué-de-Négoce, et je doute qu'elle ait besoin de l'aide d'une femme empêtrée dans ses jupes et un ventre bourgeonnant. »

La tempête de rires qui éclata me révolta. C'était une remarque grossière, un trait d'esprit plus digne d'un pilier de taverne que d'un prince en son château, et qui m'évoqua tout à fait la reine Désir dans ses plus mauvais jours, lorsque le vin et les herbes lui enflammaient le caractère. Pourtant, toute la Table Haute éclata de rire, et aussi une bonne part des tables basses. Le charme et l'hospitalité de Royal l'avaient bien servi : qu'importait l'insulte ou la bouffonnerie qu'il lancerait ce soir, ces flagorneurs l'accepteraient sans broncher en même temps que les plats et le vin qu'ils dégustaient à sa table. Kettricken semblait incapable de dire un mot. Elle se leva et aurait quitté la table si le roi n'avait pas tendu vers elle une main tremblante. « S'il vous plaît, ma chère, dit-il d'une voix chevrotante qui n'était que trop audible, ne me quittez pas. Je souhaite vous avoir auprès de moi.

– Vous voyez, c'est le souhait de votre roi », fit Royal, attrapant la balle au bond, et je doute qu'il mesurât complètement lui-même le hasard heureux qui avait poussé le roi à émettre cette prière à cet instant précis. Contre sa volonté, Kettricken se rassit ; sa lèvre inférieure tremblait et son visage était cramoisi. L'espace d'une terrifiante seconde, je crus qu'elle allait éclater en larmes ; ç'aurait été le triomphe ultime pour Royal, la démonstration de l'émotivité excessive d'une femme enceinte. Mais non : elle prit une profonde inspiration, se tourna vers le roi et, lui prenant la main, dit d'une voix basse mais que tous entendirent : « Vous êtes mon roi, à qui j'ai juré allégeance. Mon seigneur, il en sera selon votre souhait ; je demeurerai à vos côtés. »

Elle inclina la tête. Royal sourit d'un air affable et un vacarme exubérant monta aussitôt de l'assistance qui se félicitait de son acquiescement. Royal continua de pérorer encore un peu une fois que le bruit se fut calmé, mais son but était déjà atteint ; il parla surtout de la sagesse de sa décision, qui permettrait à Castelcerf de mieux se défendre sans craindre pour son monarque ; il eut même le front de prétendre qu'en vidant les lieux avec le roi et la reine-servante, il réduisait l'importance du Château en tant que cible aux yeux des Pirates, qui auraient moins à gagner à s'en emparer. Ce n'était que du vent, de la poudre aux yeux. Peu après, on remmena le roi dans sa chambre, son devoir de façade achevé, et la reine Kettricken s'excusa pour l'accompagner. Lors la fête se mua en une cacophonie de divertissements ; des tonnelets de bière furent apportés ainsi que des tonneaux de vin de moindre qualité ; divers ménestrels de l'Intérieur se mirent à déclamer aux quatre coins de la Grand-Salle, tandis que le prince et sa troupe choisirent la distraction d'un spectacle de marionnettes, une pièce paillarde intitulée *La Séductrice et le Fils de l'Aubergiste*. Je repoussai mon assiette et me tournai vers Burrich ; nos regards se croisèrent et nous nous levâmes à l'unisson.

11
CONTACTS

Les forgisés apparaissaient incapables d'émotion. Ils n'étaient pas mauvais, ils ne tiraient nul plaisir de leur méchanceté ni de leurs méfaits ; ayant perdu leur aptitude à éprouver le moindre sentiment envers leurs frères humains ou quelque créature que ce fût, ils avaient perdu leur qualité de membres de la société. L'homme égoïste, dur ou insensible conserve assez d'humanité pour savoir qu'il ne peut toujours exprimer son manque d'affection pour les autres et, par là, pour demeurer le bienvenu dans la communauté d'une famille ou d'un village. Les forgisés, eux, ne savaient même plus dissimuler ce qu'ils ressentaient pour leurs semblables ; leurs émotions n'avaient pas seulement cessé d'opérer ; elles avaient disparu si complètement qu'ils s'en trouvaient incapables de prévoir le comportement des autres humains en se fondant sur leurs réactions émotives.

On pourrait situer l'artiseur à l'autre extrémité du même spectre ; un individu doué de l'Art peut tendre son esprit et savoir à distance ce que les autres pensent et éprouvent, et il peut, s'il est très talentueux, leur imposer ses pensées et des émotions. Par sa sensibilité accrue, il a surabondance de ce qui manque totalement aux forgisés.

Le roi-servant avait déclaré un jour que les forgisés semblaient cuirassés contre ses capacités d'artiseur : il était impuissant à percevoir ce qu'ils éprouvaient et ce qu'ils pensaient. Cela ne signifie pourtant pas qu'ils étaient insensibles à l'Art : se pourrait-il que ce fût l'Art de Vérité qui les eût attirés vers Castelcerf ? Le fait d'envoyer son esprit partout à la recherche des Pirates rouges n'éveillait-il pas en eux une faim, un souvenir, peut-être, de ce qu'ils avaient perdu ? L'attraction devait être intense qui les menait par la glace et par les crues à toujours se rapprocher de Castelcerf. Or, lorsque Vérité quitta le Château pour sa quête, le mouvement des forgisés vers Castelcerf parut diminuer.

Umbre Tombétoile.

★

Arrivés devant la porte du roi Subtil, nous frappâmes ; ce fut le fou qui nous ouvrit. J'avais noté que Murfès se trouvait dans la Grand-Salle et qu'il y était demeuré après le départ du roi. « Laisse-moi entrer, chuchotai-je tandis que le fou me regardait d'un œil noir.

– Non », fit-il d'un ton tranchant, et il voulut refermer le battant.

Je le repoussai de l'épaule, aidé par Burrich. Ce fut la première et la dernière fois que je devais user de force avec le fou ; je n'éprouvai aucun plaisir à lui démontrer que j'étais plus fort que lui : voir le regard qu'il m'adressa dans les yeux d'un ami est un spectacle trop insupportable.

Le roi était assis devant son âtre et marmonnait des propos incohérents ; la reine-servante lui tenait compagnie, l'air affligée, et Romarin sommeillait à ses pieds. Kettricken se leva et nous regarda avec surprise. « FitzChevalerie ? » murmura-t-elle.

Je m'approchai vivement d'elle. « J'ai beaucoup à expliquer et peu de temps pour le faire, car je dois agir dès maintenant. » Je me tus un instant pour réfléchir à la meilleure manière de lui présenter mon propos. « Vous rappelez-vous le jour où vous vous êtes engagée à épouser Vérité ?

– Naturellement ! » Elle me dévisagea comme si j'étais fou.

« Il s'est servi d'Auguste, un des membres du clan, pour entrer dans votre esprit et vous montrer son cœur. Vous en souvenez-vous ? »

Elle rosit. « Bien entendu ; mais je ne pensais pas que d'autres personnes fussent au courant de ce qui s'était passé.

– Il y en a peu. » Je me retournai : Burrich et le fou suivaient la conversation, les yeux écarquillés.

« Vérité vous a artisée par le biais d'Auguste ; il est puissant : vous le savez, vous savez qu'il protège nos côtes grâce à son Art. C'est une magie ancestrale, un talent de la lignée des Loinvoyant ;

Vérité en a hérité de son père, et j'en ai hérité du mien dans une certaine mesure.

– Mais pourquoi me dites-vous tout cela ?

– Parce que je ne crois pas que Vérité soit mort. Le roi Subtil possédait un Art puissant autrefois, mais ce n'est plus le cas ; sa maladie l'en a dépouillé comme de bien d'autres choses ; cependant, si nous parvenons à le persuader d'essayer, si nous arrivons à lui faire faire cet effort, je puis mettre mon énergie à sa disposition, et peut-être pourrons-nous contacter Vérité.

– Cela le tuera. » Le fou s'était interposé sans hésiter. « J'ai entendu parler de ce que l'Art prend à son utilisateur. Mon roi n'en a plus autant à donner.

– Je ne pense pas que cela lui fasse de mal. Si nous touchons Vérité, le roi-servant interrompra le contact avant que cela nuise à son père ; à de nombreuses reprises, il s'est retenu de puiser dans mes forces pour éviter de m'affaiblir.

– Même un fou peut voir qu'il y a une faille dans ta logique. » Il tira sur les manches de sa belle chemise toute neuve. « Si tu contactes Vérité, comment saurons-nous que c'est vrai et non de la comédie ? »

Outré, je m'apprêtai à protester mais le fou leva la main pour me faire taire. « Naturellement, mon cher Fitz, nous te croirions tous, puisque tu es notre ami et que tu ne cherches qu'à servir nos intérêts ; mais certains autres risquent de mettre ta parole ou ton altruisme en doute. » Le sarcasme me brûla comme l'acide, mais je réussis à tenir ma langue. « Et si tu n'atteins pas Vérité, qu'aurons-nous obtenu ? Un roi épuisé que l'on raillera davantage de son impuissance et une reine en deuil qui devra se demander, en plus de toutes ses autres peines, si elle n'est pas en train de pleurer un homme qui n'est pas encore mort ; c'est la pire des douleurs. Non : même la réussite ne nous apporterait rien, car la confiance que nous avons en toi serait insuffisante pour arrêter les engrenages qui tournent déjà, et nous aurions trop à perdre si tu échouais. Beaucoup trop. »

Tous les yeux étaient sur moi. Même le regard sombre de Burrich paraissait indécis, comme s'il essayait de jauger le bien-fondé de ce qu'il m'avait pressé de faire ; Kettricken, immobile comme une statue, s'efforçait de ne pas se raccrocher à l'espoir que j'avais fait naître en elle, et je regrettai de ne pas avoir attendu de consulter Umbre. Cependant, l'occasion ne se représenterait sans doute plus jamais d'avoir les mêmes personnes réunies dans cette chambre alors que Murfès était absent et Royal occupé ailleurs. Ce devait être maintenant ou jamais.

Je me tournai vers le seul qui ne me regardait pas. Le roi Subtil contemplait distraitement le jeu des flammes dans la cheminée. « C'est toujours le roi, murmurai-je. Posons-lui la question et laissons-le décider.

– Ce n'est pas juste ! Il n'est pas lui-même ! » Et, d'un bond, le fou vint se placer entre Subtil et moi. Il se dressa sur la pointe des pieds pour essayer de me regarder dans les yeux. « Les drogues qu'on lui donne le rendent aussi docile qu'un cheval de trait ! Ordonne-lui de se trancher la gorge et il attendra que tu lui tendes le couteau !

– Non. » La voix chevrotait, dépourvue de timbre et de sonorité. « Non, mon fou, je n'en suis pas à ce point-là. »

Chacun retint son souffle, mais le roi Subtil n'ajouta rien. Pour finir, je m'approchai lentement de lui et m'accroupis à son côté en tentant de croiser son regard. « roi Subtil ? » fis-je d'un ton suppliant.

Ses yeux se tournèrent vers les miens, s'écartèrent brusquement, revinrent à contrecœur. Enfin, il me regarda.

« Avez-vous entendu ce dont nous parlions ? Mon roi, croyez-vous que Vérité soit mort ? »

Ses lèvres s'entrouvrirent ; sa langue était grisâtre. Il inspira longuement. « Royal m'a dit que Vérité était mort. Il a reçu la nouvelle...

– D'où ? » demandai-je avec douceur.

Il secoua faiblement la tête. « Un messager... je pense. »

Je m'adressai aux autres. « C'est probable ; un messager a dû venir des Montagnes, car Vérité doit s'y trouver maintenant ; il y était presque quand il a renvoyé Burrich. Je n'imagine pas qu'un messager arrive ici des Montagnes et ne reste pas pour annoncer la nouvelle à Kettricken elle-même.

– Elle aurait pu être relayée, objecta Burrich de mauvais gré. Pour un seul homme avec un seul cheval, le voyage serait trop épuisant ; il faudrait au moins que le cavalier puisse changer de monture ou transmette la nouvelle à un autre cavalier équipé d'un cheval rapide. C'est la dernière solution qui me paraît la plus plausible.

– Peut-être ; mais combien de temps faudrait-il à ce genre de nouvelle pour nous parvenir depuis les Montagnes ? Je sais que Vérité était vivant le jour où Béarns est parti d'ici, parce que le roi Subtil s'est servi de moi pour lui parler ; c'était le soir où je me suis presque évanoui devant cette même cheminée. Car c'est ça qui s'était passé, fou. » Je me tus un instant. « Et il me semble avoir senti sa présence pendant la bataille de Finebaie. »

Manifestement, Burrich comptait en silence les jours à rebours ; finalement, il haussa les épaules. « Ça reste possible : si Vérité a été tué ce même jour et que la nouvelle soit partie aussitôt, que les cavaliers et les montures aient été bons... ça se tiendrait encore – tout juste.

– Moi, je n'y crois pas. » Je m'adressai à tous en m'efforçant de leur faire partager mon espoir. « Je suis sûr que Vérité n'est pas mort. » Je me tournai à nouveau vers le roi Subtil. « Et vous ? Croyez-vous que votre fils ait pu périr sans que vous en ressentiez rien ?

– Chevalerie... a disparu comme ça, comme un murmure qui s'éteint. "Père", a-t-il dit, il me semble. "Père". »

Le silence s'infiltra dans la pièce. Assis sur mes talons, j'attendais la décision de mon roi. Lentement sa main se leva, comme douée d'une vie propre ; elle franchit l'espace jusqu'à moi, se posa sur mon épaule. Un instant ; ce fut tout, rien que le poids de la main de mon roi sur mon épaule. Le roi Subtil s'agita légèrement dans son fauteuil, puis il inspira par le nez.

Je fermai les yeux et nous plongeâmes à nouveau dans le flot noir ; encore une fois, je me trouvai face au jeune homme désespéré pris au piège du corps mourant du roi Subtil. Nous tourbillonnâmes ensemble dans le puissant courant du monde. « Il n'y a plus personne ici, plus personne que nous. » Le ton de Subtil était empreint de solitude.

Je n'arrivais pas à me retrouver ; je n'avais plus de corps, plus de langue ; Subtil m'entraînait sous la surface, dans les tourbillons et le rugissement. Je parvenais à peine à penser, encore moins à me rappeler les quelques leçons d'Art que j'avais retenues de la brutale formation de Galen ; c'était comme essayer de réciter un discours appris par cœur tout en se faisant étrangler. J'abandonnai, je baissai complètement les bras. Alors, de quelque part, telle une plume dans la brise ou un moucheron dans un rayon de soleil, la voix de Vérité me vint qui disait : « Etre ouvert, c'est simplement ne pas être fermé. »

Le monde était un lieu sans espace où tout était dans tout. Je ne prononçai pas son nom ni n'évoquai son visage : Vérité était là comme il l'avait toujours été et l'atteindre ne demandait aucun effort. *Vous êtes vivant !*

Bien sûr ; mais toi, tu ne le resteras pas longtemps à t'éparpiller ainsi partout. Tu lâches tout ce qui est en toi d'un seul coup ; régule ta force. Sois précis. Il me raffermit, me rendit ma forme naturelle, puis il eut un hoquet d'horreur.

Père !

Vérité m'écarta rudement. *Retourne-t'en ! Lâche-le, il n'est pas assez fort ! Tu le saignes à blanc, espèce d'idiot ! Lâche-le !*

J'eus l'impression de me faire repousser, mais plus durement encore. Quand je recouvrai mes esprits et ouvris les yeux, j'étais écroulé sur le flanc devant le feu ; mon visage était désagréablement proche des flammes. Je roulai sur le dos en gémissant et je vis le roi : ses lèvres allaient et venaient à chaque respiration et sa peau avait pris une teinte bleuâtre. Impuissants, Burrich, Kettricken et le fou l'entouraient. « Faites... quelque chose ! bredouillai-je.

– Quoi ? » me demanda le fou d'une voix tendue, croyant que je le savais.

Je fouillai ma mémoire et trouvai le seul remède dont je me souvinsse. « De l'écorce elfique », croassai-je. Les angles de la chambre ne cessaient de virer au noir ; je fermai les yeux tandis qu'autour de moi j'entendais des bruits de pas affolés. Peu à peu je compris ce que j'avais fait : j'avais artisé.

Et j'avais puisé pour cela dans les forces de mon roi.

« Tu causeras la mort des rois », m'avait dit le fou. Prophétie ou intuition subtile ? Subtil... Les larmes me montèrent aux yeux.

Je sentis l'odeur de l'écorce elfique ; de l'écorce forte, pure, sans gingembre ni menthe pour en camoufler le goût. J'entrouvris les paupières.

« C'est trop chaud ! siffla le fou.

– Ça refroidit vite dans la cuiller », répondit Burrich en glissant l'ustensile entre les lèvres du roi ; Subtil accepta le breuvage, mais je ne le vis pas déglutir. Avec le savoir-faire inconscient acquis durant ses années passées dans les écuries, Burrich lui fit doucement bouger la mâchoire inférieure, puis lui massa la gorge. Il versa une nouvelle cuillerée dans sa bouche molle. L'effet de la décoction n'était guère visible.

Kettricken vint s'accroupir auprès de moi, me souleva la tête pour la poser sur son genou et porta une coupe brûlante à mes lèvres. J'aspirai le liquide ; il était trop chaud mais cela m'était égal ; j'aspirai aussi de l'air, bruyamment. J'avalai la gorgée en m'efforçant de ne pas m'étrangler sur son amertume et les ténèbres reculèrent. La coupe revint et j'en repris un peu. Le produit concentré m'insensibilisait presque complètement la langue. Je levai les yeux vers Kettricken, trouvai son regard et hochai vaguement la tête.

« Il est vivant ? demanda-t-elle dans un murmure.

– Oui. » C'est tout ce que je parvins à dire.

« Il est vivant ! cria-t-elle à Burrich et au fou, la voix vibrante de bonheur.

– Mon père ! » C'était Royal. Il s'encadrait dans le chambranle de la porte, le visage rougi par la boisson et la colère. J'aperçus derrière lui sa garde et la petite Romarin, les yeux écarquillés. Elle réussit à se faufiler entre les hommes, se précipita vers Kettricken et s'agrippa à ses jupes. L'espace d'un instant, plus personne ne bougea.

Puis Royal entra toutes voiles dehors, posant des questions, exigeant des réponses, mais sans laisser à quiconque la possibilité de parler. Par bonheur, Kettricken me protégeait, toujours accroupie près de moi, sans quoi je suis prêt à jurer que les gardes se seraient emparés de moi. Au-dessus de moi, dans son fauteuil, le roi avait repris quelque couleur ; Burrich porta une nouvelle cuillerée à ses lèvres et je vis avec soulagement Subtil aspirer le breuvage.

Royal ne partageait pas mon sentiment. « Que lui donnez-vous ? Cessez immédiatement ! Je ne veux pas que mon père se fasse empoisonner par un garçon d'écurie !

– Le roi a encore fait une attaque, mon prince », intervint soudain le fou. Sa voix trancha le vacarme qui régnait dans la chambre, y créa un trou qui devint silence. « L'écorce elfique est un fortifiant courant dont je suis sûr que même Murfès a entendu parler. »

Ivre, le prince ne savait pas si l'on se moquait de lui ou, au contraire, si l'on pliait devant lui. Il jeta un regard furieux au fou qui lui répondit par un sourire affable.

« Ah ! » dit Royal d'un ton sec ; il n'avait manifestement aucune envie de se radoucir. « Et lui, alors, que lui arrive-t-il ? » Il me désigna d'un geste furieux.

– Il est soûl. » Kettricken se leva brusquement ; ma tête heurta le sol avec un bruit très convaincant et des éclats de lumière me brouillèrent la vue. Il n'y avait que dégoût dans la voix de la reine. « Maître d'écurie, emmenez-le. Vous auriez dû intervenir avant qu'il se mette dans cet état ; la prochaine fois, faites en sorte d'avoir du discernement pour deux.

– Notre maître d'écurie est lui-même réputé pour son amour de la dive bouteille, ma dame reine. Ils ont dû s'y abreuver ensemble, ironisa Royal.

– La mort de Vérité lui a fait un choc », dit simplement Burrich. Fidèle à lui-même, il donnait une explication sans s'excuser. Il m'agrippa par le devant de la chemise et me souleva brusquement ; sans chercher à jouer la comédie, je titubai sur place jusqu'à ce qu'il me tienne fermement. Du coin de l'œil, j'aperçus le fou qui donnait en hâte une nouvelle cuillerée d'écorce elfique au roi et je formai le vœu que nul ne l'interrompe. Au moment où Burrich m'entraînait sans ménagements hors de la chambre, Kettricken reprocha à Royal de ne pas se trouver en bas avec ses invités et l'assura qu'elle était parfaitement capable, avec l'aide du fou, de mettre le roi au lit ; puis, comme nous montions les escaliers, j'entendis descendre Royal et sa garde. De ses grommellements entrecoupés d'éclats furieux, il ressortait qu'il n'était pas stupide et qu'il savait reconnaître un complot ; ces propos m'inquiétèrent, mais je me tranquillisai, quasiment certain qu'il ignorait ce qui s'était passé.

Arrivé devant ma porte, je me trouvai assez remis pour déclencher mes verrous ; Burrich entra derrière moi. « Si j'avais un chien aussi souvent malade que toi, je le ferais abattre, me dit-il aimablement. Tu veux encore de l'écorce elfique ?

– Ça ne me ferait pas de mal, mais moins concentré que tout à l'heure. Tu as du gingembre, de la menthe ou de la baie de rosier ? »

Il me regarda longuement puis, tandis que je m'installais dans mon fauteuil, il tisonna les maigres braises de l'âtre jusqu'à ce qu'elles luisent ; alors, il ajouta du bois, versa de l'eau dans la bouilloire et la mit à chauffer. Il dénicha une théière, y jeta l'écorce en paillettes, puis prit une chope et la dépoussiéra d'un coup de chiffon. Il disposa le tout sur ma table, puis promena son regard autour de lui d'un air vaguement dégoûté. « Pourquoi vis-tu comme ça ? me demanda-t-il.

– Comme quoi ?

– Dans une pièce aussi nue, sans t'en occuper davantage ? J'ai connu des tentes de quartiers d'hiver plus accueillantes que ta chambre. On dirait que tu n'es installé que pour une nuit ou deux. »

Je haussai les épaules. « Je n'y ai jamais beaucoup pensé. »

Il y eut un moment de silence. « Tu devrais, dit-il comme à contrecœur. Et tu devrais aussi te préoccuper de la fréquence à laquelle tu te fais blesser ou à laquelle tu tombes malade.

– Ce qui m'est arrivé ce soir était inévitable.

– Tu savais le prix à payer mais ça ne t'a pas empêché de foncer, observa-t-il.

– Bien obligé. » Je le regardai verser l'eau fumante sur l'écorce.

« Ah oui ? Pourtant, j'ai trouvé très convaincant l'argument que le fou y opposait. Mais le roi Subtil et toi, vous avez foncé tête baissée.

– Et alors ?

– Alors j'en connais un petit bout sur l'Art, dit Burrich à mi-voix. J'y ai assisté Chevalerie ; pas souvent, c'est vrai, et je ne me suis jamais retrouvé dans le même état que toi, à part une ou deux fois ; mais j'ai senti l'exaltation que ça procure, le... » Il chercha le terme et soupira. « La perfection, l'union avec le monde. Chevalerie m'en a parlé, un jour ; il m'a dit qu'on pouvait en être intoxiqué, au point de chercher des prétextes pour artiser et finalement d'y finir absorbé. » Il se tut un instant. « Ça rappelle un peu l'étourdissement de la bataille par certains côtés, l'impression de bouger sans être gêné par le temps, d'être une force plus puissante que la vie elle-même.

– Comme je ne peux pas artiser tout seul, je ne crois pas que ça représente un risque pour moi.

– Tu offres souvent tes services à ceux qui en sont capables. » Il ne mâchait pas ses mots. « De même, tu te précipites volontairement dans des situations qui offrent le même genre d'excitation. Au combat, tu deviens complètement fou ; c'est pareil, quand tu artises ? »

Je n'avais pas envisagé la question sous cet angle ; une sorte de peur s'infiltra en moi, mais je l'écartai.

« Mon devoir est d'être au service du roi ; d'ailleurs, n'est-ce pas toi qui avais proposé la séance de ce soir ?

– Si, mais j'étais prêt à laisser le fou m'en dissuader. Toi, tu t'es entêté sans t'inquiéter du prix à payer. Tu devrais peut-être faire un peu plus attention à toi.

– Je sais ce que j'ai à faire. » J'avais parlé plus sèchement que je ne le voulais et Burrich ne répondit pas ; il versa la tisane dans ma chope et me la tendit avec une expression qui disait : « Là, tu vois ? » Je pris la chope et plongeai le regard dans le feu pendant qu'il s'asseyait sur mon coffre à vêtements.

« Vérité est vivant, murmurai-je.

– C'est ce que j'ai entendu la reine crier. Je n'ai jamais cru à sa mort. » Il acceptait le fait avec grand calme, et c'est calmement qu'il ajouta : « Mais nous n'en avons pas la preuve.

– La preuve ? Mais je lui ai parlé ! Le roi lui a parlé ! Ça ne te suffit pas comme preuve ?

– Pour moi, c'est plus qu'assez, mais pour la plupart des gens...

– Quand le roi sera remis, il appuiera mes dires. Vérité est vivant.

– Ça m'étonnerait que ça suffise à empêcher Royal de se proclamer roi-servant ; la cérémonie est prévue pour la semaine prochaine. Il aurait bien aimé qu'elle ait lieu ce soir, je pense, mais tous les ducs doivent être présents. »

Fut-ce l'écorce elfique qui luttait contre l'épuisement ou simplement la marche implacable des événements ? Je ne sais, mais ma chambre se mit soudain à danser autour de moi. J'eus la sensation de m'être placé devant un chariot pour l'arrêter et de m'être fait écraser. Le fou avait raison : mon geste de ce soir était insignifiant, en dehors de la tranquillité d'esprit qu'il avait procuré à Kettricken. Le désespoir m'envahit brusquement et je posai ma chope vide. Les Six-Duchés tombaient en morceaux ; à son retour, mon roi-servant, Vérité, ne trouverait qu'une parodie du royaume qu'il avait quitté : un pays divisé, une côte dévastée, un Château désert et vidé de fond en comble. Si j'avais cru aux Anciens, j'aurais peut-être pu me convaincre que tout finirait bien, mais seul mon échec se dressait devant mes yeux.

Burrich me regardait d'un drôle d'air. « Couche-toi, fit-il. Quand on prend trop d'écorce elfique, on risque de voir la vie en noir, à ce qu'on m'a dit. »

J'acquiesçai de la tête. A part moi, je me demandai si cela n'expliquait pas l'humeur souvent froide de Vérité.

« Repose-toi bien ; au matin, les choses auront peût-être meilleur air. » Il éclata d'un rire qui évoquait un aboiement, puis, avec un sourire carnassier : « Ou peut-être pas ; mais au moins, bien reposé, tu seras plus à même d'y faire face. » Il se tut le temps de reprendre son sérieux. « Molly est venue chez moi, tantôt.

– Elle va bien ? demandai-je d'un ton pressant.

– Elle apportait des bougies dont elle savait que je n'avais pas besoin, poursuivit Burrich comme si je ne l'avais pas interrompu ; à croire qu'il lui fallait un prétexte pour me parler...

– Qu'a-t-elle dit ? » Je quittai mon fauteuil.

« Pas grand-chose. Elle est toujours très correcte avec moi, et moi, je suis toujours direct avec elle. Je lui ai simplement rapporté qu'elle te manquait.

– Et qu'a-t-elle répondu ?

– Rien. » Un grand sourire. « Mais elle rougit très joliment. » Il soupira, soudain grave. « Et, avec ma franchise coutumière, je lui ai demandé si quelqu'un lui avait donné des motifs d'avoir peur ; elle a carré ses petites épaules et rentré le menton comme si j'essayais de lui faire avaler quelque chose de force, puis elle m'a répondu qu'elle me remerciait encore une fois du souci que j'avais d'elle, mais qu'elle était capable de se défendre seule. » Plus bas, il ajouta : « Demandera-t-elle de l'aide si elle en a besoin ?

– Je n'en sais rien, avouai-je. Elle ne manque pas de courage et elle se bat à sa façon, en faisant face à l'adversaire. Moi, je m'approche à la sournoise et j'essaye de lui trancher les tendons pendant qu'il regarde ailleurs. Parfois, je me fais l'impression d'être un lâche. »

Burrich se leva en s'étirant à s'en faire craquer les épaules. « Tu n'es pas un lâche, Fitz, je peux m'en porter garant ; tu te rends peut-être mieux compte qu'elle de la supériorité de l'adversaire, simplement. Il faudrait que tu te tranquillises à son sujet ; je ne peux pas le faire à ta place ; je veillerai sur elle du mieux que je pourrai et autant qu'elle me le permettra. » Il me lança un regard oblique. « Aujourd'hui, Pognes m'a demandé qui était la jolie dame qui me rendait si souvent visite.

– Et que lui as-tu répondu ?

– Rien ; je l'ai regardé, c'est tout. »

Je connaissais ce fameux regard : Pognes ne poserait plus de questions.

Burrich sortit et je m'étendis sur mon lit en m'efforçant de me reposer, mais en vain. Je me forçai à l'immobilité en songeant que mon corps, au moins, récupérerait un peu même si mon esprit persistait à courir en tous sens. Un homme de meilleur aloi n'aurait pensé qu'à la triste situation de son roi ; je dois reconnaître, à ma grande honte, que je pensais surtout à Molly, toute seule dans sa chambre. Au bout d'un moment, n'y tenant plus, je quittai mon lit et sortis discrètement.

Les bruits de la fête finissante montaient de la Grand-Salle, mais le couloir était désert et je me dirigeai sans bruit vers l'escalier. Je me répétai que j'allais être de la plus extrême prudence, que j'allais me contenter de frapper à sa porte, entrer quelques instants peut-être pour m'assurer que tout allait bien. Une brève visite...

On te suit. La nouvelle circonspection dont Œil-de-Nuit faisait preuve à l'égard de Burrich réduisait sa voix à un murmure dans ma tête.

Je continuai de marcher sans m'arrêter de façon à ne pas éveiller les soupçons de celui qui me filait. Je me grattai l'épaule afin de me fournir un prétexte pour tourner la tête et jeter un coup d'œil derrière moi, mais je ne vis personne.

Flaire.

J'obéis : une courte inspiration suivie d'une plus longue. Une vague odeur de sueur et d'ail. Je tendis délicatement mon esprit et mon sang se glaça : là, tout au bout du couloir, caché dans le renfoncement d'une porte, Guillot ! Guillot l'élancé, le sombre, aux paupières toujours mi-closes, le membre du clan qui avait été rappelé de Béarns. Très prudemment, je palpai le bouclier d'Art qui me le dissimulait : il était formé de l'ordre subtil de ne pas le remarquer et d'un imperceptible parfum d'assurance qui devait m'inciter à agir comme bon me semblait. Très astucieux et beaucoup plus travaillé que tout ce qu'avaient pu me montrer Sereine et Justin de leurs talents.

Il était beaucoup plus dangereux qu'eux.

J'allai jusqu'au palier et pris des bougies dans la réserve qui se trouvait là, puis je regagnai ma chambre comme s'il n'y avait pas eu d'autre but à ma sortie.

Quand je refermai la porte derrière moi, j'avais la bouche sèche et je laissai échapper un soupir haché. Je me maîtrisai afin d'examiner les protections de mon esprit ; il n'était pas entré en moi, j'en étais sûr ; par conséquent, il n'essayait pas de renifler mes pensées, seulement de m'imposer les siennes afin de me filer plus facilement. Sans Œil-de-Nuit, il m'aurait suivi tout droit jusqu'à la porte de Molly. Je me forçai à me rallonger pour tenter de me remémorer tous mes faits et gestes depuis le retour de Guillot à Castelcerf ; j'avais vu en lui un adversaire négligeable parce qu'il n'irradiait pas la haine comme Sereine et Justin ; adolescent, c'était un garçon discret qui n'en imposait pas ; adulte, c'était un homme ordinaire qui n'attirait l'attention de personne.

Je m'étais conduit comme un imbécile.

Je ne crois pas qu'il t'ait déjà suivi ; mais je ne peux pas en être sûr.

Œil-de-Nuit, mon frère, comment te remercier ?

Reste en vie. Un silence. *Et apporte-moi du pain d'épice.*

C'est promis ! répondis-je avec ferveur.

Le feu qu'avait fait Burrich était presque éteint et je n'avais pas encore fermé l'œil quand je sentis le courant d'air venu de chez Umbre balayer ma chambre. C'est presque avec soulagement que je me levai pour le rejoindre.

Il m'attendait avec impatience en faisant les cent pas dans sa petite pièce et il bondit sur moi dès qu'il me vit en haut des marches.

« Un assassin est un instrument ! me dit-il d'une voix sifflante. Je n'ai jamais réussi à te l'enfoncer dans le crâne : nous sommes des instruments, nous ne faisons rien de notre propre volonté ! »

Je m'arrêtai court, sidéré par sa colère. « Je n'ai tué personne ! protestai-je, indigné.

– Chut ! Parle plus bas. Je n'en serais pas si sûr, si j'étais toi, répliqua-t-il. Combien de fois ai-je effectué mon travail, non en plantant le poignard moi-même, mais en fournissant à quelqu'un d'autre un motif suffisant et l'occasion de le faire à ma place ? »

Je ne répondis pas.

Il me regarda, puis soupira, et toute colère l'abandonna. A mi-voix, il reprit : « Parfois, on doit se contenter de sauver ce qui peut l'être ; il faut parfois s'y résigner. Ce n'est pas à nous de mettre les engrenages en mouvement, mon garçon ; ce que tu as fait ce soir était inconsidéré.

– C'est ce que m'ont dit le fou et Burrich ; mais je ne pense pas que Kettricken serait du même avis.

– Kettricken et son enfant se seraient remis de son chagrin, et le roi Subtil aussi. Songe à ce qu'ils étaient : une étrangère veuve d'un roi-servant disparu, mère d'un enfant encore invisible et qui ne serait pas capable d'exercer le pouvoir avant bien des années ; quant à Subtil, Royal ne voyait en lui qu'un vieillard à demi gâteux, utile en tant que marionnette mais relativement inoffensif. Royal n'avait aucune raison immédiate de les écarter. Certes, la position de Kettricken n'était pas aussi sûre qu'elle aurait pu l'être, mais elle n'était pas en opposition directe avec Royal. Aujourd'hui, si.

– Elle ne lui a pas révélé ce que nous avons découvert, dis-je à contrecœur.

– Ce n'est pas nécessaire : cela se verra à son attitude et à sa volonté de lui résister. Il l'avait réduite à l'état de veuve, tu en as refait une reine-servante. Mais c'est pour Subtil que je m'inquiète ; c'est lui qui détient la clé, qui peut se dresser pour annoncer, même dans un murmure : "Vérité est toujours vivant, Royal n'a pas le droit d'être roi-servant." C'est lui que Royal doit craindre.

– J'ai vu Subtil, Umbre, je l'ai vraiment vu ; je ne crois pas qu'il trahira ce qu'il sait. A l'intérieur de ce corps défaillant, sous les drogues qui l'anesthésient et la douleur violente, il y a encore un homme subtil.

– Peut-être ; mais il est profondément enfoui. Les drogues, et plus encore la douleur, poussent l'homme intelligent aux actes les plus stupides : blessé à mort, il bondira sur son cheval pour mener un dernier assaut. La souffrance peut faire prendre des risques à un homme ou le pousser à s'affirmer d'étranges façons. »

Ses propos n'étaient que trop sensés. « Ne pouvez-vous lui recommander de ne pas avertir Royal qu'il sait Vérité vivant ?

– Je pourrais peut-être essayer si ce satané Murfès n'était pas constamment dans mes jambes. Au début, ce n'était pas aussi gênant : il était malléable et utile, facile à manipuler à distance ; il n'a jamais suspecté que je fournissais les herbes aux colporteurs qui les lui apportaient, il n'a même jamais soupçonné mon existence. Mais à présent il se cramponne au roi et même le fou n'arrive plus à s'en débarrasser bien longtemps ; il est bien rare que je dispose de plus de quelques minutes d'affilée seul en compagnie de Subtil, et j'ai de la chance si mon frère est lucide la moitié de ce temps. »

Quelque chose dans sa voix me fit baisser le nez, honteux. « Je regrette, chuchotai-je. J'oublie parfois qu'il est plus que le roi pour vous.

– Bah, nous n'avons jamais été intimes comme deux frères ; mais nous sommes vieux tous les deux et nous avons vieilli ensemble ; cela mène parfois à une plus grande intimité. Nous avons traversé le temps ensemble jusqu'à ton époque ; nous pouvons évoquer ensemble, à mi-voix, le souvenir d'un temps qui n'est plus. Toi, je peux te parler de ce temps mais ce n'est pas la même chose. Nous sommes un peu comme deux étrangers bloqués dans un pays lointain, incapables de regagner celui dont nous venons et qui n'ont chacun que l'autre pour confirmer la réalité du lieu où ils vivaient autrefois. Du moins, cela nous était naguère possible. »

J'imaginais deux enfants en train de courir à perdre haleine sur les plages de Castelcerf, de ramasser des lustrons sur les rochers et de les manger crus – comme Molly et moi. Il était possible d'avoir la nostalgie d'une époque et de se sentir seul sans l'unique autre personne capable de se la rappeler. Je hochai la tête.

« Enfin, bref. Cette nuit, nous parlons de rattraper des erreurs, aussi écoute-moi : je dois avoir ta parole d'honneur que tu n'entreprendras rien qui puisse avoir des conséquences majeures sans en discuter d'abord avec moi. D'accord ? »

Je baissai les yeux. « J'ai envie de dire oui mais, ces derniers temps, mes actes même les plus infimes semblent entraîner des conséquences, comme un caillou qui déclenche un glissement de terrain, et les événements s'accumulent au point que je dois prendre une décision de but en blanc, sans avoir le temps de consulter quiconque. Je ne peux donc rien promettre, sauf d'essayer. Est-ce assez ?

– Il faudra bien ; tu joues le rôle d'un catalyseur, marmonna-t-il.

– Le fou m'appelle tout le temps comme ça », fis-je d'un ton plaintif.

Umbre, qui s'apprêtait à poursuivre, s'interrompit brusquement. « C'est vrai ? demanda-t-il d'une voix tendue.

– Il m'en rebat les oreilles dès qu'il en a l'occasion. » Je m'approchai de l'âtre et m'assis devant le feu. La chaleur me fit du bien. « D'après Burrich, une trop forte dose d'écorce elfique peut rendre d'humeur morose.

– Tu as cette impression ?

– Oui, mais cela tient peut-être aux circonstances ; pourtant, Vérité paraissait souvent déprimé et il en prenait beaucoup. Mais, là encore, cela tenait peut-être aux circonstances.

– Peut-être n'en saurons-nous jamais rien.

– Vous parlez bien librement cette nuit, vous citez nommément les uns, vous imputez des raisons d'agir aux autres...

– Tout n'est que gaieté dans la Grand-Salle ; Royal pense avoir remporté la partie, ses sentinelles sont détendues, tous ses espions ont quartier libre pour la nuit. » Il m'adressa un regard aigre. « A mon avis, ça ne se reproduira pas de sitôt.

– Ainsi, vous pensez que toutes nos conversations peuvent être surprises.

– Là où je puis écouter et voir sans être vu, on peut m'écouter et me voir sans être vu. C'est possible ; mais on n'atteint pas l'âge que j'ai en s'exposant inutilement. »

Un vieux souvenir me devint soudain compréhensible. « Un jour, vous m'avez dit que, dans le jardin de la reine, vous êtes aveugle.

– C'est exact.

– Donc, vous ignoriez...

– J'ignorais ce que Galen te faisait subir au moment où il te le faisait subir. Les commérages m'étaient connus mais ils étaient pour la plus grande part indignes de foi et ils ne me parvenaient que longtemps après les faits. Mais la nuit où il t'a battu et t'a laissé à l'agonie... Non. » Il me lança un regard étrange. « Croyais-tu que j'aurais pu être au courant et rester les bras croisés ?

– Vous aviez promis de ne pas intervenir dans ma formation », dis-je d'un ton guindé.

Umbre s'assit dans son fauteuil et se laissa aller contre le dossier avec un soupir. « Je crois bien que tu ne feras jamais totalement confiance à quiconque, et que rien ne te convaincra que quelqu'un éprouve de l'affection pour toi. »

Le silence m'envahit. Je ne connaissais pas la réponse à sa déclaration. D'abord Burrich, puis Umbre, tous deux me forçaient à porter sur moi-même un regard inconfortable.

« Enfin... fit Umbre, acceptant mon silence. Comme je le disais précédemment, il faut sauver ce qui peut l'être.

– Que voulez-vous que je fasse ? »

Il expira longuement par le nez. « Rien.

– Mais...

– Absolument rien. Le roi-servant Vérité est mort : veille à ne pas l'oublier un seul instant. Vis cette conviction, persuade-toi que Royal a le droit de prétendre à son titre, qu'il a le droit de faire tout ce qu'il fait ; tranquillise-le pour le moment, ne lui donne rien à redouter. Il faut lui faire croire qu'il a gagné. »

Je réfléchis, puis je me dressai et tirai mon poignard.

« Que fais-tu ? demanda Umbre.

– Ce que Royal s'attendrait à me voir faire si je croyais vraiment à la mort de Vérité. » Je levai les mains vers la lanière de cuir qui nouait mes cheveux en une queue de cheval de guerrier.

« J'ai des ciseaux », observa Umbre d'un ton agacé. Il alla les chercher et vint se placer derrière moi. « Quelle longueur ? »

Je réfléchis à nouveau. « Le plus court possible sans que j'aie l'air de porter le deuil d'un roi couronné.

– Tu en es sûr ?

– C'est ce à quoi Royal s'attendrait de ma part.

– Tu as sans doute raison. » Et d'un seul coup de ciseau, Umbre me coupa les cheveux au niveau du nœud. L'effet me fut étrange de les sentir retomber vers l'avant, tout courts, au-dessus de la mâchoire, comme si j'étais redevenu page. Je me passai la main sur la tête en demandant : « Et vous, qu'allez-vous faire ?

– Essayer de trouver un endroit sûr pour Kettricken et le roi ; je dois tout préparer pour leur fuite ; lorsqu'ils s'en iront, il faut qu'ils disparaissent comme des ombres devant la lumière.

– Etes-vous certain que ce soit nécessaire ?

– Quelle autre solution nous reste-t-il ? Ce ne sont plus que des otages impuissants. Les ducs de l'Intérieur s'en remettent à Royal, ceux des Côtes ont perdu foi en Subtil ; toutefois, Kettricken s'est fait des alliés parmi eux et je dois faire jouer les fils qu'elle a tissés pour voir ce que je puis arranger. Au moins, veillons à les placer là où leur sécurité ne peut pas être utilisée contre Vérité lorsqu'il reviendra reprendre sa couronne.

– S'il revient, fis-je d'un ton lugubre.

– Quand il reviendra. Les Anciens l'accompagneront. » Umbre me lança un regard amer. « Essaye de croire en quelque chose, mon garçon ; fais-le pour moi. »

Sans aucun doute, la période que je passai sous la tutelle de Galen fut la pire de toute ma vie à Castelcerf, mais la semaine qui suivit cette nuit avec Umbre la serre de près. Le Château était une fourmilière qu'on vient de détruire à coups de pied ; où que j'aille, je voyais des signes que les fondations de mon existence avaient été fracassées. Plus rien ne serait comme avant.

Il y avait forte affluence de gens venus des duchés de l'Intérieur pour voir Royal intronisé roi-servant. Si nos écuries n'avaient pas été si désertes, Burrich et Pognes n'auraient plus su où donner de la tête ; le fait est que ceux de l'Intérieur semblaient partout, grands hommes de Bauge aux cheveux filasses et fermiers et éleveurs trapus de Labour qui contrastaient vivement avec les soldats moroses de Castelcerf à la coupe de deuil ; les heurts ne manquèrent pas et la grogne des habitants de Bourg-de-Castelcerf prit la forme de plaisanteries qui comparaient l'invasion de l'Intérieur aux attaques des Outrîliens, mais sous l'humour perçait toujours l'amertume.

Car la contrepartie de cet afflux de gens et de commerce à Bourg-de-Castelcerf, c'était le fleuve de biens qui quittaient Castelcerf. Les pièces du Château étaient mises à sac sans vergogne ; tapisseries et tapis, meubles, ustensiles, provisions de toutes espèces étaient emportés, chargés sur des péniches et convoyés en amont jusqu'à Gué-de-Négoce, toujours « pour les mettre en lieu sûr » ou « pour le confort du roi ». Maîtresse Pressée était à court de ressources pour héberger tant d'hôtes alors que la moitié des meubles s'en allaient à bord des péniches ; certains jours, on avait l'impression que Royal cherchait à ce que tout ce qu'il ne pouvait emporter fût dévoré sur place avant son départ.

En même temps, il dépensait sans compter pour que son intronisation bénéficie de la plus grande pompe possible. Franchement, je ne voyais pas pourquoi il se donnait tant de mal : il était évident, du moins pour moi, qu'il comptait abandonner quatre des six Duchés à leurs propres moyens ; mais, comme me l'avait dit un jour le fou, il était inutile d'essayer de mesurer le blé de Royal avec mon boisseau ; nous n'avions pas d'aune commune. Peut-être qu'exiger la présence des ducs et des nobles de Béarns, de Rippon et d'Haurfond lorsqu'il coifferait la couronne de Vérité était une vengeance subtile que je ne comprenais pas ; en tout cas, il ne se souciait guère des difficultés qu'il leur imposait en les obligeant à venir à Castelcerf alors que leurs côtes étaient en état de siège – je ne m'étonnai pas qu'ils traînent les pieds – et, lorsqu'ils arrivèrent, ils restèrent choqués devant le pillage auquel était soumis Castelcerf : le projet de Royal de changer de résidence en même temps que le roi et Kettricken n'était parvenu aux duchés côtiers que sous forme de rumeur.

Mais longtemps avant cela, alors que la confusion la plus totale régnait au Château, le reste de ma vie commença de tomber en pièces. Sereine et Justin se mirent à me hanter ; j'avais conscience de leur présence, souvent physiquement, mais aussi lors de leurs attouchements d'Art aux limites de mon esprit. On aurait dit des oiseaux qui venaient picorer mes pensées égarées, prêts à se jeter sur la première rêverie qui pouvait me venir ou sur n'importe quel instant de mon existence où j'aurais oublié de me protéger. C'était très désagréable, mais je ne voyais plus en leurs entreprises qu'une diversion mise en place pour m'empêcher de remarquer le siège plus subtil de Guillot ; aussi renforçai-je mes défenses mentales, en sachant bien que j'interdisais sans doute par là même l'accès de ma conscience à Vérité. Je craignais d'ailleurs que ce fût leur but, mais je n'osai m'ouvrir de cette inquiétude à personne. Je surveillais sans cesse mes arrières à l'aide des sens qu'Œil-de-Nuit et moi-même possédions. Je pris l'engagement de faire preuve de la plus grande prudence et décidai de découvrir à quoi œuvraient les autres membres du clan : Ronce était à Gué-de-Négoce, prétendument occupé à préparer l'accueil du roi ; j'ignorais où se trouvait Carrod et je ne connaissais personne auprès de qui m'en informer discrètement : tout ce que je pus apprendre avec certitude fut qu'il n'était plus à bord du *Constance*. Aussi me rongeais-je les sangs, à me sentir devenir fou de ne plus être capable de détecter la filature de Guillot. Savait-il que j'avais perçu sa présence ? Ou bien était-il doué au point de m'empêcher de sentir son approche ? Je commençai à me comporter comme si chacun de mes actes était l'objet d'une étroite surveillance.

Les écuries ne virent pas disparaître que les chevaux et les animaux de reproduction : Burrich m'annonça un matin que Pognes était parti sans avoir le temps de dire adieu à quiconque. « Ce qui restait du cheptel de qualité a été emmené hier ; le meilleur n'est plus là depuis belle lurette, mais c'étaient de bons chevaux et ils s'en sont allés par voie de terre à Gué-de-Négoce ;

Pognes a reçu l'ordre de les suivre, tout simplement. Il est venu me trouver en protestant, mais je lui ai dit d'obéir : au moins, ces chevaux seront entre de bonnes mains dans leur nouveau pays. Et, de toute manière, plus rien ne le retient ici : il n'y a plus d'écuries à diriger. »

Je l'accompagnai en silence dans ce qui était autrefois sa tournée du matin. La fauconnerie n'abritait plus que des oiseaux vieux ou blessés ; la clameur des chiens s'était réduite à quelques abois et glapissements ; les chevaux restants étaient les malportants, les presque-prometteurs, les sur-le-déclin, les estropiés qu'on avait gardés à but de reproduction. Quand j'arrivai au box vide de Suie, mon cœur cessa de battre. Incapable de dire un mot, je m'accoudai à sa mangeoire, le visage dans les mains. Burrich posa la sienne sur mon épaule et, quand je le regardai, il me fit un étrange sourire et secoua ses cheveux coupés court. « Des hommes sont venus la chercher hier, en même temps que Rousseau ; je leur ai dit que c'étaient des crétins, qu'il les avaient emmenés la semaine dernière ; et c'étaient vraiment des crétins, parce qu'il m'ont cru. Mais ils t'ont quand même pris ta selle.

– Où est-elle ? demandai-je péniblement.

– Il vaut mieux que tu n'en saches rien, répondit Burrich d'un ton sinistre. Suffit qu'un seul d'entre nous se fasse pendre pour vol de chevaux. » Et il ne voulut pas m'en dire davantage.

En guise d'intermède de calme, j'aurais pu espérer mieux qu'une visite en fin d'après-midi chez Patience et Brodette. Je frappai et la porte s'ouvrit après une attente inhabituelle. Il régnait dans le salon un capharnaüm pire que jamais, au milieu duquel Brodette s'efforçait de mettre de l'ordre d'un air découragé. Le sol était beaucoup plus encombré d'affaires de toute sorte que d'ordinaire.

« Un nouveau projet en préparation ? » demandai-je dans l'espoir de détendre l'atmosphère.

Brodette me regarda d'un œil lugubre. « On est venu ce matin emporter la table de ma dame, et aussi mon lit, sous prétexte qu'on en avait besoin pour les hôtes du Château. Enfin, je ne devrais pas m'en étonner, avec tout ce qui est déjà parti par le fleuve... Mais je serais très surprise de revoir ces meubles un jour.

– Peut-être vous attendront-ils à Gué-de-Négoce », fis-je bêtement. Je n'avais pas mesuré l'étendue des libertés que prenait Royal.

Il y eut un long silence, puis Brodette répondit enfin : « Alors ils attendront longtemps, FitzChevalerie, parce que nous ne faisons pas partie de ceux qui s'en vont à Gué-de-Négoce.

– Non, nous sommes parmi les rares qui restent ici, au milieu des meubles dépareillés. » C'était Patience qui venait d'entrer ; elle avait les yeux rouges et les joues pâles, et je compris alors qu'elle s'était retirée à mon arrivée pour se donner le temps de sécher ses larmes.

« Vous comptez retourner à Flétribois ? » demandai-je tout en réfléchissant à toute allure. J'avais supposé que Royal déménageait le Château tout entier, occupants compris, mais je me demandais à présent qui d'autre allait y être abandonné. Je me plaçai en tête de liste, ajoutai Burrich et Umbre ; le fou ? Peut-être était-ce pour cela qu'il semblait obéir dernièrement à Royal au doigt et à l'œil : afin d'avoir la permission de suivre le roi à Gué-de-Négoce.

Etrange, tout de même, qu'il ne me soit pas venu à l'esprit que le roi et Kettricken allaient être mis hors de portée, non seulement d'Umbre, mais aussi de moi. Royal avait renouvelé les ordres qui me confinaient à Castelcerf et je n'avais pas voulu demander à la reine de les annuler : j'avais promis à Umbre de ne pas faire de vagues.

« Je ne puis retourner à Flétribois : c'est Auguste, le neveu du roi, celui qui était chef du clan de Galen avant son accident, qui y est le maître. Il ne me porte aucune affection et je n'ai aucun titre à exiger de m'y installer. Non : nous allons rester ici et nous débrouiller du mieux possible. »

Maladroitement, j'essayai de les réconforter. « Moi, j'ai encore un lit ; je vais demander à Burrich de m'aider à l'apporter pour Brodette. »

L'intéressée secoua la tête. « Je me suis fabriqué une paillasse, ça me suffira. Gardez votre lit, peut-être n'ose-t-on pas vous en priver. Si vous me le donnez, demain il aura sûrement disparu.

– Le roi Subtil est-il donc indifférent à ce qui se passe ? me demanda Patience d'un ton attristé.

– Je l'ignore : nul n'a plus la permission d'entrer chez lui. Royal le dit trop mal pour voir quiconque.

– Je pensais que j'étais peut-être la seule qu'il ne voulait pas recevoir. Enfin ! Le pauvre homme ! Perdre deux fils, puis voir son royaume dans cet état. Dis-moi, comment va la reine Kettricken ? Je n'ai pas eu l'occasion de lui parler.

– Assez bien, la dernière fois que je l'ai rencontrée. Elle pleure son époux, naturellement, mais...

– Elle s'est donc tirée sans mal de sa chute ? J'ai craint qu'elle ne fasse une fausse couche. » Patience se détourna de moi pour contempler un mur dépouillé d'une tapisserie familière. « J'étais trop lâche pour aller me rendre compte moi-même de son état, si tu veux savoir la vérité ; je connais trop bien la douleur que cause la perte d'un enfant avant qu'on ait pu le tenir dans ses bras.

– Sa chute ? répétai-je stupidement.

– Tu n'es pas au courant ? Dans ces épouvantables marches, en redescendant du jardin de la reine. On lui avait dit que certaines statues avaient été enlevées, elle est montée voir desquelles il s'agissait et elle est tombée au retour. Oh, pas de très haut, mais lourdement, sur le dos, dans cet escalier en pierre. »

Après cela, j'eus le plus grand mal à me concentrer sur la suite de la conversation de Patience, qui portait de toute façon sur le pillage des bibliothèques, sujet auquel je préférais ne pas penser. Dès que la courtoisie me le permit, je pris congé sur la promesse creuse de lui rapporter aussitôt des nouvelles de la reine.

On m'interdit l'accès de ses appartements : plusieurs dames me dirent, en parlant en même temps, de ne pas m'inquiéter, qu'elle allait bien mais qu'elle avait besoin de repos, oh, mais c'était terrible... J'endurai leurs caquetages assez longtemps pour m'assurer qu'elle n'avait pas perdu son enfant, après quoi je m'enfuis.

Mais au lieu de retourner tout de suite chez Patience, je gravis lentement les marches qui menaient au jardin de la reine ; j'avais emporté une lampe et j'avançai avec précaution. Au sommet de la tour, ce que j'avais redouté s'offrit à mes yeux : les statues les plus petites et les plus précieuses avaient disparu ; seul leur poids avait sauvé les plus grandes, c'était évident. Les pièces manquantes déséquilibraient la délicate création de Kettricken et ajoutaient à la désolation du jardin en hiver. Je refermai la porte derrière moi et m'engageai à nouveau dans l'escalier en descendant le plus lentement possible, avec la plus grande prudence. Au neuvième pas, je trouvai ce que je cherchai – et je faillis bien le trouver à la façon de Kettricken, mais je me rattrapai et m'accroupis pour examiner la marche. On avait mélangé de la graisse à du noir de fumée pour l'empêcher de briller et la fondre à la couleur de la pierre, et on l'avait déposée à l'endroit exact où le pied devait le plus naturellement se poser, surtout si l'on descendait rapidement, emporté par la colère, et assez près du haut de la tour pour qu'on puisse incriminer de la neige fondue ou de la boue restée collée à une chaussure. Je frottai mon index sur la tache, puis le portai à mon nez.

« De la belle graisse de porc », fit le fou. Je me relevai d'un bond et faillis dégringoler dans les escaliers ; je ne dus de retrouver mon équilibre qu'à de grands moulinets des bras.

« Très joli ; tu crois que tu pourrais m'apprendre à faire la même chose ?

– Ce n'est pas drôle, fou. On me suit, ces derniers temps, et j'ai les nerfs à vif. » Je scrutai les marches plongées dans l'obscurité ; si le fou avait pu venir jusqu'à moi sans que je l'entende, Guillot ne pouvait-il en faire autant ? « Comment va le roi ? » murmurai-je. Si Kettricken avait été victime d'un attentat, Subtil n'était plus en sécurité.

« A toi de me le dire. » Le fou sortit de l'ombre. Ses beaux habits avaient disparu, remplacés par une vieille livrée bleue et rouge en harmonie avec les nouvelles ecchymoses qui lui marquaient un côté du visage. La chair s'était fendue sur sa joue droite et j'avais l'impression qu'il avait une épaule démise.

« Encore ? m'exclamai-je

– C'est exactement ce que je leur ai dit, mais ça n'a pas eu l'air de les intéresser ; il y a des gens qui n'ont pas de talent pour la conversation.

– Que s'est-il passé ? Je croyais que Royal et toi...

– Eh bien, vois-tu, même un fou ne peut pas paraître assez stupide pour plaire à Royal. J'ai voulu absolument rester auprès du roi, aujourd'hui, alors qu'on l'interrogeait sans relâche sur ce qui s'est passé le soir de la fête ; j'ai dû faire preuve d'un peu trop d'esprit en suggérant d'autres façons de s'amuser, et on m'a jeté dehors. »

Mon cœur se serra : je pensais bien connaître les gardes qui l'avaient escorté jusqu'à la porte. Burrich m'en avait toujours prévenu : nul ne savait jusqu'où Royal pouvait pousser l'audace. « Que leur a dit le roi ?

– Ah ! Tu ne me demandes pas si le roi allait bien ou s'il se remettait ? Non ! Seulement ce que le roi leur a dit ! Craindrais-tu pour ta précieuse petite peau, princelet ?

– Non. » J'étais incapable de lui en vouloir de sa question, pas même de la façon dont il l'avait formulée : c'était mérité. Je n'avais guère accordé d'attention à notre amitié, ces temps derniers ; pourtant, quand il avait eu besoin d'aide, c'est vers moi qu'il s'était tourné. « Non, mais tant que le roi ne révèle pas que Vérité est vivant, Royal n'a aucun motif de...

– Mon roi s'est montré... avare de paroles. Tout avait commencé par une aimable conversation entre père et fils ; Royal lui disait qu'il devait se réjouir de sa prochaine accession au titre de roi-servant, mais le roi Subtil ne répondait que vaguement, comme souvent en ce moment ; cette réaction a dû irriter Royal, qui s'est mis à l'accuser de n'être pas content, voire de s'opposer à lui, et, pour finir, il a soutenu qu'il existait un complot, une conspiration pour l'empêcher de monter sur le trône. Nul n'est aussi dangereux que l'homme qui n'arrive pas à savoir ce qu'il craint ; Royal est cet homme. Même Murfès en a pris pour son grade ; il avait apporté au roi une de ses mixtures destinées à engourdir l'esprit autant que la douleur, mais, alors qu'il approchait du lit, Royal la lui a fait sauter des mains, puis il a pris le pauvre Mur-Fesse à partie en prétendant qu'il était de mèche avec les conspirateurs et qu'il voulait droguer notre roi pour l'empêcher d'avouer ce qu'il savait ; finalement, il lui a ordonné de s'en aller en disant que le roi n'aurait pas besoin de lui tant qu'il n'aurait pas jugé bon de parler clairement à son fils. C'est à ce moment qu'il a voulu me faire sortir aussi, et la mauvaise volonté que j'ai mise à obéir a été balayée par deux ou trois de ses énormes laboureurs de l'Intérieur. »

Une terreur sournoise m'envahit tandis que je me rappelais l'instant où j'avais partagé la souffrance du roi : Royal allait attendre sans un remords que cette souffrance passe outre l'effet des drogues pour terrasser son père. Je n'imaginais aucun homme capable d'un tel acte, pourtant je savais que Royal n'hésiterait pas. « Quand tout cela s'est-il passé ?

– Il y a une heure. Tu n'es pas facile à trouver. »

Je me penchai vers le fou. « Descends aux écuries voir Burrich ; il s'occupera de toi. » Le guérisseur refuserait de le toucher : comme beaucoup d'occupants du Château, il craignait son étrange apparence.

« Que vas-tu faire ? demanda le fou à mi-voix.

– Je n'en sais rien », répondis-je en toute franchise : c'était précisément le genre de situation dont j'avais parlé à Umbre et dont je savais que les conséquences seraient graves quoi que je fasse. Il fallait distraire Royal de ce qu'il avait entrepris ; Umbre, j'en étais sûr, était au courant de ce qui se passait ; s'il était possible de se débarrasser un moment de Royal et de sa bande... Je ne voyais qu'une seule nouvelle assez importante aux yeux de Royal pour l'obliger à quitter le chevet de Subtil.

« Ça ira ? »

Le fou s'était laissé glisser le long du mur pour s'asseoir sur les marches glacées ; il appuya la tête contre la paroi. « Je crois. Va. »

Je commençai à descendre.

« Attends ! » fit-il soudain.

Je m'arrêtai.

« Quand tu emmèneras mon roi, je l'accompagnerai. »

Je le dévisageai.

« Je ne plaisante pas. J'ai porté le collier de Royal en échange de cette promesse de sa part ; elle ne veut plus rien dire pour lui, maintenant.

– Je ne peux rien te promettre, murmurai-je.

– Moi, si. Je te promets que, si mon roi s'en va et que je ne pars pas avec lui, je révélerai tous tes secrets. Tous sans exception. » Sa voix tremblait. Il rappuya la tête contre le mur.

Je me détournai en hâte : les larmes qui ruisselaient sur son visage étaient teintées de rose par ses entailles. Incapable de supporter cette vision, je m'enfuis dans l'escalier.

12

CONSPIRATION

Le Grêlé à ta fenêtre
Le Grêlé à ta porte
Le Grêlé amène les jours de peste
Qui t'étendront à terre.

Quand flamme bleue monte de ta bougie
Par une sorcière ta chance a péri.

Ne souffre pas de serpent sur ton âtre
Ou le mal tuera tes enfants à petit feu.

Ton pain ne lève pas, ton lait surit,
Ton beurre ne prend pas
Tes flèches tordent en séchant,
Ton couteau te coupe,
Tes coqs chantent à la lune –
Ainsi le maître de maison se sait maudit.

★

« Il nous faut du sang. » Kettricken m'avait écouté jusqu'au bout et elle venait de faire cette déclaration avec autant de calme que si elle demandait une coupe de vin ; elle regarda tour à tour Patience et Brodette qui cherchaient des idées.

« Je vais m'occuper de trouver un poulet, dit enfin Brodette à contrecœur. Je devrai le fourrer dans un sac pour l'empêcher de faire du bruit...

– Eh bien, vas-y, fit Patience. Va vite et rapporte-le dans mes appartements ; moi, je vais me munir d'un couteau et d'une cuvette, et une fois l'affaire faite, nous ne reviendrons ici qu'avec une coupe de sang. Moins nous en ferons ici, moins nous aurons à dissimuler. »

Je m'étais tout d'abord rendu chez Patience et Brodette, sachant que je n'arriverais pas à franchir seul le barrage des suivantes de la reine, et, tandis que je faisais un rapide crochet par ma chambre, elles s'étaient présentées chez Kettricken sous couvert de lui apporter une tisane spéciale, mais en réalité pour lui demander de ma part une audience privée. Elle avait renvoyé toutes ses dames en les assurant que la présence de Patience et Brodette était suffisante, puis dépêché Romarin à ma recherche ; la petite fille jouait à présent près de la cheminée, absorbée par l'habillage d'une poupée.

Tandis que Patience et Brodette sortaient, Kettricken se tourna vers moi. « Je vais éclabousser ma robe et mon lit de sang, puis j'enverrai chercher Murfès en lui faisant dire que je crains une fausse couche suite à ma chute ; mais je n'irai pas plus loin, Fitz. Je ne permettrai pas que cet homme pose la main sur moi et je ne ferai pas la bêtise de manger ni de boire l'une ou l'autre de ses mixtures. Je ne fais cela que pour le détourner de mon roi ; de plus, je ne dirai pas que j'ai perdu l'enfant, seulement que je le redoute. » Elle s'exprimait d'un ton farouche ; je me sentais glacé de voir avec quelle facilité elle avait accepté ce que Royal avait fait et faisait actuellement, et ce que j'avais proposé pour le contrecarrer. J'aurais tout donné pour être sûr que sa confiance en moi était bien placée. Elle ne parlait ni de trahison ni de bien ou de mal : elle discutait simplement de stratégie, aussi froidement qu'un général prépare une bataille.

« Cela suffira, affirmai-je. Je connais le prince Royal : Murfès se précipitera pour lui conter ce qui vous arrive et il reviendra ici avec lui, même si le moment est mal choisi. Il ne pourra pas résister au plaisir de constater la réussite de sa manœuvre.

– Toutes ces femmes qui s'apitoient sur moi à cause de la disparition de Vérité, c'est déjà pénible, mais les entendre parler de mon enfant comme s'il était mort lui aussi va être insupportable.

Cependant, je le supporterai si je le dois. Et s'ils laissent des gardes auprès du roi ? demanda Kettricken.

– Dès que Royal et Murfès seront partis vous voir, je frapperai à la porte et je créerai une diversion. Je m'occuperai des gardes, s'il y en a.

– Mais si vous êtes occupé à les détourner de leur poste, comment comptez-vous agir par ailleurs ?

– J'ai un... quelqu'un d'autre qui m'aidera. » Du moins l'espérais-je ; je pestai encore une fois intérieurement contre le fait qu'Umbre ne m'avait jamais laissé mettre en place un moyen de le contacter dans ce genre de circonstance. « Fais-moi confiance, me répétait-il. J'ai des yeux et des oreilles partout où c'est nécessaire, je te convoque quand je sais que cela ne présente aucun risque. Un secret reste un secret tant qu'un seul homme le connaît. » Je n'avais l'intention de révéler à personne que j'avais déjà confié mes plans à ma cheminée, dans l'espoir qu'Umbre écoutait : je formais le vœu que, dans le bref laps de temps que je lui donnerais, il pourrait approcher le roi et calmer sa souffrance afin qu'il puisse résister au harcèlement de Royal.

« C'est de la torture, murmura Kettricken comme si elle avait lu dans mes pensées, abandonner ainsi un vieillard à sa souffrance. » Elle me regarda dans les yeux. « Vous n'avez pas assez confiance dans votre reine pour me dire qui est votre aide ?

– Je ne puis partager un secret qui n'est pas le mien : c'est le secret de mon roi, répondis-je doucement. Mais bientôt, je pense, il faudra vous le révéler. Jusque-là...

– Allez, me dit-elle en se déplaçant, mal à l'aise, sur son divan. Meurtrie comme je suis, je n'aurai pas à feindre d'être mal, seulement à supporter la présence d'un homme qui cherche à tuer son parent qui n'est pas encore né et à tourmenter son vieux père.

– Je m'en vais », répondis-je aussitôt, car je sentais sa fureur croître et je ne désirais pas y ajouter : tout devait être convaincant dans cette mascarade et elle ne devait pas laisser voir qu'elle savait que sa chute n'était pas due à sa propre maladresse. En sortant, je croisai Brodette qui portait une théière sur un plateau, Patience sur ses talons ; ce n'était pas du thé qu'elle apportait. En passant devant les dames de compagnie de la reine, j'eus soin de prendre l'air soucieux ; lorsque la reine leur demanderait de lui envoyer le guérisseur personnel du roi, leurs réactions seraient sincères, et j'espérais qu'elles suffiraient à faire sortir Royal de son repaire.

Je me faufilai dans les appartements de Patience et laissai la porte à peine entrebâillée, puis j'attendis. Je pensai à un vieil homme chez qui les drogues ne faisaient plus effet et dont la douleur se réveillait ; je l'avais vue de l'intérieur, cette douleur. Dans ces conditions, et si un homme m'interrogeait sans relâche, combien de temps parviendrais-je à me taire ou à rester dans le vague ? Des jours entiers parurent s'écouler ; enfin, j'entendis des bruissements de jupes, des pas dans le couloir, et des coups affolés à la porte du roi Subtil. Je n'avais pas besoin de comprendre ce qui se disait, le ton suffisait, les supplications effrayées des femmes, les questions rageuses de Royal qui se muaient soudain en inquiétude feinte. Il appela Murfès qui sortit aussitôt de son exil et je perçus son exultation lorsqu'il lui ordonna de se rendre immédiatement auprès de la reine qui faisait une fausse couche.

A grand bruit, les dames passèrent à nouveau devant ma porte ; je ne bougeai pas et retins mon souffle. Ce trot, ces marmonnements, ce devait être Murfès, sans doute chargé de toute sorte de remèdes. J'attendis en respirant lentement, discrètement, et je finis par avoir la certitude que ma ruse avait échoué ; à cet instant, j'entendis le pas plus mesuré de Royal, puis ceux, pressés, de quelqu'un qui le rattrapait. « C'est du bon vin, crétin, ne le secoue pas ! » le réprimanda le prince, après quoi la distance ne me permit plus de distinguer ses paroles. Je patientai encore. Longtemps après qu'il eut dû être admis dans les appartements de la reine, je bridai ma hâte et comptai jusqu'à cent avant d'ouvrir la porte et de me diriger vers celle du roi.

Je frappai doucement, mais avec insistance, sans m'arrêter. Au bout d'un moment, une voix irritée demanda qui était là.

« FitzChevalerie, répondis-je sans faiblir. Je dois absolument voir le roi. »

Un silence, puis : « Personne n'a le droit d'entrer.

– Sur ordre de qui ?

– Du prince Royal.

– Je porte un objet que m'a donné le roi avec la promesse que je pourrais toujours le voir quand je le désirerais.

– Le prince Royal a bien spécifié qu'il ne fallait pas vous laisser entrer.

– Oui, mais c'était avant... » Et je baissai le ton en marmonnant quelques syllabes inintelligibles.

« Qu'est-ce que vous avez dit ? »

Je marmonnai derechef.

« Parlez plus fort !

– Je n'ai pas envie que tout le Château l'entende ! rétorquai-je d'un ton agacé. Ce n'est pas le moment de créer un mouvement de panique ! »

J'emportai le morceau : la porte s'entrouvrit. « Qu'est-ce qu'il y a ? » siffla l'homme.

Je me penchai vers lui, jetai un coup d'œil à gauche et à droite dans le couloir, puis encore un par-dessus son épaule. « Vous êtes seul ? demandai-je d'un ton soupçonneux.

– Oui ! répondit-il avec impatience. Alors, qu'est-ce qui se passe ? Y a intérêt à ce que ce soit important ! »

Je portai les mains vers ma bouche tout en me penchant davantage, comme si je ne voulais pas laisser échapper la moindre bribe de mon secret, et le garde se rapprocha ; aussitôt, je soufflai dans ma paume et une poudre blanche lui jaillit au visage. Il recula en chancelant et se mit à se frotter les yeux en s'étranglant ; un instant plus tard, il gisait à terre. C'était de la brume-de-nuit, rapide, efficace et souvent mortelle, mais je n'arrivai pas à ressentir de pitié : d'abord, c'était l'homme qui prenait plaisir à démettre les épaules, et surtout nul ne pouvait se trouver dans l'antichambre de Subtil sans être au courant, peu ou prou, de ce qui se passait chez le roi.

J'avais passé la main par l'entrebâillement et je m'évertuais à défaire les chaînes qui bloquaient la porte quand j'entendis un murmure familier mais pressant. « Va-t'en d'ici ! Laisse cette porte, va-t'en ! Ne la déverrouille pas, idiot ! » J'aperçus brièvement un visage grêlé, puis la porte se referma brutalement devant mon nez. Umbre avait raison : mieux valait que Royal ait affaire à une porte barricadée afin qu'il perde du temps à la faire défoncer. Chaque instant que Royal passait retenu dans le couloir était un instant de plus qu'Umbre pouvait employer au chevet du roi.

La suite fut plus dure à réaliser que tout ce que j'avais déjà fait. Je descendis aux cuisines, engageai la conversation avec la cuisinière, puis lui demandai à quoi rimait le remue-ménage dans les étages ; la reine avait-elle perdu son enfant ? Elle se débarrassa rapidement de moi pour trouver de meilleures sources de renseignements et je me rendis dans la salle des gardes contiguë où je bus une chopine de bière et me forçai à manger comme si j'en avais vraiment envie. Les aliments me restèrent sur l'estomac, pesants comme du gravier. On ne m'adressa guère la parole, mais au moins j'étais présent. Les bavardages sur la chute de la reine enflaient et désenflaient autour de moi ; des gardes de Labour et de Bauge étaient arrivés entre-temps, grands hommes aux mouvements lents qui faisaient partie de la suite de leurs ducs respectifs, et ils avaient lié conversation avec leurs homologues de Castelcerf ; il était plus amer que bile de les entendre parler avidement de la chance que représenterait la mort de l'enfant pour l'accession de Royal au trône : on eût dit qu'ils pariaient sur des chevaux.

Le seul autre sujet de bavardage était une rumeur selon laquelle un petit garçon aurait vu le Grêlé dans la cour, près du puits du Château, aux alentours de minuit ; nul n'eut le simple bon sens de se demander ce que l'enfant faisait là, ni à quelle lumière il avait pu distinguer cette vision de mauvais augure. Non : tous juraient seulement de bien se garder de l'eau car, assurément, ce présage signifiait que le puits était souillé ; j'estimai, quant à moi, qu'étant donné la quantité de bière qu'ils consommaient, ils n'avaient guère à se faire de souci. Je ne quittai ma place qu'au moment où l'on annonça que Royal avait besoin sur-le-champ de trois hommes solides munis de haches dans les appartements du roi ; tandis que les conversations repartaient de plus belle, je m'éclipsai discrètement et me rendis aux écuries.

J'avais compté me rendre chez Burrich voir si le fou était passé le consulter, mais ce fut Molly que je rencontrai ; elle descendait les marches raides alors que je commençais à les monter. Devant mon expression stupéfaite, elle éclata de rire ; mais elle reprit bien vite son sérieux et nul amusement ne brillait dans ses yeux.

« Qu'es-tu allée faire chez Burrich ? » demandai-je brutalement, en me rendant aussitôt compte de ce que ma question avait de grossier : en réalité, je craignais qu'elle ne fût allée chercher de l'aide.

« C'est mon ami », répondit-elle laconiquement en voulant me contourner. Sans réfléchir, je lui bloquai le chemin. « Laisse-moi passer ! » siffla-t-elle avec violence.

Loin de l'écouter, je la pris dans mes bras. « Molly, Molly, je t'en prie, dis-je d'une voix rauque tandis qu'elle se débattait sans conviction, trouvons un endroit où parler, ne serait-ce qu'un instant. Je ne supporte pas de te voir me regarder comme ça, alors que je ne t'ai fait aucun tort, je te le jure. Tu te conduis comme si je t'avais rejetée, mais tu ne quittes pas mon cœur ; si je ne puis être à tes côtés, ce n'est pas parce que je n'en ai pas envie. »

Elle cessa brusquement de se contorsionner.

« Tu veux bien ? » fis-je d'un ton implorant.

Elle jeta un coup d'œil circulaire à la grange plongée dans la pénombre. « Nous allons parler, mais brièvement et ici même.

– Pourquoi m'en veux-tu à ce point ? »

Elle faillit répondre, mais je la vis se mordre la lèvre, puis devenir soudain de glace. « Pourquoi t'imagines-tu que mes sentiments pour toi sont le pivot de toute mon existence ? répliqua-t-elle. Qu'est-ce qui te fait croire que je n'ai pas d'autres intérêts que toi ? »

J'en restai bouche bée. « Peut-être parce que c'est ce que je ressens pour toi, dis-je d'un ton grave.

– C'est faux. » Exaspérée, elle me reprenait comme elle aurait repris un enfant qui soutiendrait que le ciel est vert.

– Si, c'est vrai. » Je voulus la serrer contre moi, mais elle était raide comme une bûche.

« Ton roi-servant Vérité était plus important ; le roi Subtil est plus important ; la reine Kettricken et son enfant sont plus importants. » A chaque phrase, elle avait plié un doigt, comme si elle dénombrait mes fautes.

« Je sais où est mon devoir, murmurai-je.

– Moi, je sais où est ton cœur, répliqua-t-elle tout net. Et je n'y ai pas la première place.

– Vérité est... il n'est plus là pour protéger sa reine, son enfant ni son père, dis-je d'un ton raisonnable. Aussi, pour l'instant, je dois les faire passer avant ma propre vie, avant tout ce qui m'est cher, non parce que je les aime davantage, mais... » Je cherchai en vain mes mots. « Je suis l'homme lige du roi, fis-je, à bout d'arguments.

– Moi, je suis ma propre maîtresse. » Dans sa bouche, le terme devenait synonyme d'absolue solitude. « Je m'occuperai de moi-même.

– Pas toujours, protestai-je. Un jour nous serons libres, libres de nous marier, libres de faire...

– ... tout ce que ton roi te demandera, coupa-t-elle. Non, Fitz. » Il y avait de l'inéluctable dans sa façon de s'exprimer, de la souffrance aussi. Elle s'écarta de moi et continua de descendre l'escalier ; alors qu'elle était à deux marches de moi et que tous les vents d'hiver semblaient souffler entre nous, elle dit, presque tendrement : « Je dois te faire un aveu : il y a quelqu'un d'autre dans ma vie, maintenant ; quelqu'un qui est pour moi ce que ton roi est pour toi, quelqu'un qui passe avant ma propre vie, avant tout ce qui m'est cher. Selon tes propres paroles, tu ne peux pas m'en vouloir. » Et elle me regarda.

J'ignore ce qu'elle vit sur mon visage, mais elle détourna les yeux comme si elle ne le supportait pas.

« Pour lui, je m'en vais, reprit-elle, dans un lieu plus sûr.

– Molly, je t'en prie, il ne peut pas t'aimer comme je t'aime ! » m'exclamai-je d'un ton implorant.

Elle ne me regarda pas. « Ton roi non plus ne peut pas t'aimer comme je... comme je t'ai aimé. Mais la question n'est pas ce qu'il ressent pour moi, dit-elle lentement ; c'est ce que je ressens pour lui. Il doit avoir la première place dans ma vie, il en a besoin. Comprends : ce n'est pas que je n'ai plus de sentiment pour toi, c'est que je ne peux pas faire passer ce sentiment avant ce dont il a besoin. » Elle descendit encore deux marches. « Adieu, le Nouveau. » Elle prononça ces mots définitifs dans un murmure mais ils se gravèrent dans mon cœur comme au fer rouge.

Immobile dans l'escalier, je la regardai s'en aller ; et soudain l'émotion qui me tenaillait se fit trop familière, la douleur trop connue ; je me précipitai à sa suite, la saisis par le bras et l'attirai dans la pénombre sous les marches. « Molly, dis-je, je t'en prie... »

Elle ne répondit pas ; elle ne me résistait même pas.

« Que puis-je te donner, que puis-je te dire pour te faire comprendre ce que tu représentes pour moi ? Je ne peux pas te laisser t'en aller !

– Pas plus que tu ne peux m'obliger à rester », répliqua-t-elle à mi-voix. Je sentis quelque chose l'abandonner, de la colère, du courage, de la volonté... je ne trouve pas de mot. « S'il te plaît », dit-elle, et j'eus mal en l'entendant car elle m'implorait.

« Laisse-moi partir. Ne rends pas les choses difficiles ; ne me fais pas pleurer. »

Je lui lâchai le bras mais elle ne s'en alla pas.

« Il y a longtemps, fit-elle d'un ton circonspect, je t'ai dit que tu ressemblais à Burrich. »

Je hochai la tête dans le noir sans me soucier qu'elle ne pût pas me voir.

« Par certains côtés, c'est vrai, par d'autres, non. Aujourd'hui, je décide pour nous deux comme il a décidé autrefois pour Patience et lui. Nous n'avons pas d'avenir ensemble : ton cœur est déjà plein de quelqu'un d'autre, et aucun amour ne peut franchir l'abîme qui sépare nos rangs. Je sais que tu m'aimes, mais ton amour est... différent du mien. Je voulais que nous partagions nos existences ; toi, tu veux me garder dans une boîte, à l'écart de ta vie. Je ne supporterai pas que tu viennes me voir seulement quand tu n'as rien de plus important à faire. D'ailleurs, je ne sais même pas ce que tu fais quand tu n'es pas avec moi ; même ça, tu n'as jamais voulu me le faire partager.

– Ça ne te plairait pas ; mieux vaut que tu ne le saches pas.

– Ne me dis pas ça ! siffla-t-elle, furieuse. Tu ne comprends pas que c'est précisément ce que je ne supporte pas, que tu ne me laisses même pas décider toute seule si ça me plaît ou non ? Tu ne peux pas en juger à ma place, tu n'en as pas le droit ! Si même ça, tu ne peux pas me le dire, comment puis-je croire que tu m'aimes ?

– Je tue des gens, m'entendis-je répondre. Pour mon roi ; je suis un assassin, Molly.

– Je ne te crois pas ! » Elle avait parlé trop vite : l'horreur le disputait au mépris dans sa voix. Une partie d'elle-même savait que c'était la vérité. Enfin ! Un silence terrible, bref mais glacé, grandit entre nous tandis qu'elle attendait que j'avoue avoir menti – avoir menti en disant la vérité. Pour finir, elle s'en chargea pour moi. « Toi, un tueur ? Tu n'as même pas osé désobéir au garde, l'autre jour, pour voir pourquoi je pleurais ! Tu n'as pas eu le courage de le défier pour moi ! Et tu voudrais que je croie que tu assassines des gens pour le roi ! » Elle émit un son étranglé, à la fois de colère et de désespoir. « Pourquoi me dis-tu des choses pareilles ? Pourquoi maintenant ? Pour m'impressionner ?

– Si j'avais pensé que ça ne t'impressionnerait pas, je t'en aurais sans doute parlé il y a longtemps », avouai-je – et c'était vrai : j'avais principalement gardé le secret parce que je craignais de la perdre en le lui révélant. J'avais raison.

« Des mensonges, toujours des mensonges ! dit-elle en s'adressant plus à elle-même qu'à moi. Depuis le début. Quelle idiote j'ai été ! Si un homme te frappe une fois, il te frappera encore, à ce qu'on dit ; c'est la même chose pour les mensonges. Mais je suis restée, je t'ai écouté et je t'ai cru ! Quelle imbécile ! » Elle jeta ces derniers mots avec tant de violence que je reculai comme devant un coup de poing. Elle s'écarta de moi. « Merci, FitzChevalerie, reprit-elle d'un ton froid. Tu me facilites bien les choses. » Elle se détourna.

« Molly ! » fis-je, suppliant. Je voulus lui prendre le bras, mais elle pivota sur elle-même, la main levée pour me gifler.

« Ne me touche pas, gronda-t-elle. Ne pose plus jamais la main sur moi ! »

Et elle s'en alla.

Au bout d'un moment, je me souvins que je me trouvais dans le noir sous l'escalier de Burrich ; je frissonnai de froid et d'autre chose aussi – d'une absence. Mes lèvres se retroussèrent en une expression qui n'était ni un sourire ni un rictus. J'avais toujours redouté de perdre Molly à cause de mes mensonges, mais la vérité avait tranché en un instant ce que mes mensonges avaient maintenu lié pendant une année. Quelle leçon devais-je en tirer ? me demandai-je. Très lentement, je montai les marches, puis je frappai à la porte.

« Qui est là ? cria Burrich.

– Moi. » Il débarra la porte et j'entrai. « Que faisait Molly chez toi ? » demandai-je sans me préoccuper de la façon dont il pouvait prendre la question, sans me soucier non plus de la présence du fou couvert de pansements à sa table. « Elle avait besoin d'aide ? »

Burrich s'éclaircit la gorge. « Elle est venue chercher des herbes, dit-il, l'air mal à l'aise, mais je n'ai pas pu la dépanner, je n'avais pas ce qu'elle voulait ; ensuite, le fou est arrivé et elle est restée pour m'aider à le soigner.

– Il y a des herbes chez Patience et Brodette, en quantité, observai-je.

– C'est ce que je lui ai dit. » Il se détourna de moi et se mit à ranger les affaires qu'il avait sorties pour panser le fou. « Mais elle ne voulait pas aller chez elles. » Il y avait presque de la curiosité dans son ton, quelque chose qui me poussait à la question suivante.

« Elle s'en va, fis-je d'une petite voix. Elle s'en va. » Je m'assis sur un fauteuil devant la cheminée, les mains crispées l'une sur l'autre entre les genoux. Je m'aperçus que je me balançais d'avant en arrière et m'efforçai de m'en empêcher.

« Tu as réussi ? » demanda le fou à mi-voix.

Je cessai de me balancer ; l'espace d'un instant, je ne compris pas de quoi il parlait. « Oui, murmurai-je enfin. Oui, je crois. » J'avais aussi réussi à perdre Molly, à user sa fidélité et son amour à force de la croire définitivement à moi, réussi à me montrer si logique, si pragmatique, si dévoué à mon roi que je venais de perdre toute chance d'avoir une vie personnelle. Je me tournai vers Burrich. « Est-ce que tu aimais Patience quand tu as décidé de partir ? » demandai-je de but en blanc.

Le fou sursauta, les yeux écarquillés : ainsi, il y avait des secrets que lui-même ne connaissait pas. Burrich, lui, s'assombrit comme aux plus mauvais jours, puis il croisa les bras comme pour se contenir ; allait-il me tuer sur place ou bien cherchait-il seulement à empêcher quelque douleur de remonter ? « S'il te plaît, repris-je ; il faut que je sache. »

Il me foudroya du regard, puis, en articulant soigneusement : « Je ne suis pas un homme volage. Si je l'aimais, je l'aimerais encore. »

Ainsi la souffrance demeurerait. « Mais tu as quand même décidé...

– Il fallait que quelqu'un le fasse ; Patience refusait de comprendre que c'était impossible ; l'un de nous deux devait mettre fin à nos tourments. »

Tout comme Molly avait décidé pour nous deux. J'essayai de songer à ce que j'allais faire l'instant suivant, mais rien ne me vint. Je regardai le fou. « Ça va ? m'enquis-je.

– Mieux que toi, répondit-il avec sincérité.

– Je parlais de ton épaule. Je croyais...

– Luxée, mais pas brisée. Elle s'en sort bien mieux que ton cœur. »

Toujours ses traits d'esprit ; mais j'ignorais qu'il était capable de manier l'humour avec autant de compassion. Son amitié faillit me faire éclater en sanglots. « Je ne sais plus quoi faire, dis-je d'une voix hachée. Je ne pourrai pas vivre sans elle. »

La bouteille d'eau-de-vie toucha la table avec un petit bruit quand Burrich l'y posa, accompagnée de trois gobelets. « Nous allons boire, dit-il. Pour souhaiter de tout notre cœur à Molly de trouver le bonheur. »

Nous bûmes et Burrich remplit à nouveau les gobelets.

Le fou fit tournoyer l'alcool dans le sien. « Est-ce bien avisé, à l'heure présente ? demanda-t-il.

– Pour le moment, j'en ai assez d'être avisé, répondis-je ; je voudrais être fou.

– Tu ne sais pas de quoi tu parles. » Néanmoins, il leva son verre en même temps que moi aux fous de toute espèce, et une troisième fois à notre roi.

Malgré notre effort sincère, le sort ne nous donna pas assez de temps : des coups résolus furent frappés à la porte et Brodette entra, un panier au bras. Elle referma vivement le battant derrière elle. « Débarrassez-moi de ça, voulez-vous ? nous dit-elle en faisant rouler sur la table le poulet saigné.

– Voilà le dîner ! » s'exclama le fou avec enthousiasme.

Il fallut quelque temps à Brodette pour s'apercevoir de notre état mais il lui en fallut beaucoup moins pour s'emporter. « Nous jouons notre vie et notre réputation, et vous ne trouvez rien de mieux à faire que de vous soûler ! » Elle se tourna d'un bloc vers Burrich. « Au bout de vingt ans, vous n'avez toujours pas appris que ça ne résolvait rien ! »

Burrich ne broncha pas. « Il y a des choses qui ne se résolvent pas, fit-il d'un ton philosophe. L'alcool les rend beaucoup plus supportables. » Il se leva d'un mouvement fluide et se tint devant elle, ferme comme un roc ; apparemment, des années de libations lui avaient enseigné le truc pour y résister. « Que vouliez-vous ? »

Brodette se mordit la lèvre, puis préféra suivre le cours qu'il avait donné à la conversation. « Je veux qu'on me débarrasse de ça, et il me faut aussi une pommade contre les ecchymoses.

– Nul n'a donc jamais recours au guérisseur, ici ? » dit le fou sans s'adresser à personne. Brodette ne lui accorda aucune attention.

« J'ai prétendu aller en chercher chez vous ; il vaudrait donc mieux que j'en aie vraiment un pot au cas où quelqu'un exigerait de le voir. Ma véritable mission, c'est de trouver le Fitz et de lui demander s'il sait que des gardes sont en train de défoncer la porte du roi Subtil à coups de hache. »

Je hochai gravement la tête, mais estimai préférable de ne pas tenter d'imiter le lever gracieux de Burrich ; en revanche, le fou se dressa d'un bond en s'écriant : « Quoi ? Tu avais réussi, disais-tu ! Quelle réussite est-ce là ?

– La meilleure à laquelle je puisse parvenir en si peu de temps, répliquai-je. Espérons que tout ira bien ; nous avons fait tout ce que nous pouvions. Par ailleurs, songe qu'il s'agit d'une solide porte de chêne ; il va leur falloir du temps pour la défoncer et, à ce moment-là, je parie qu'il s'apercevront que celle de la chambre du roi est elle aussi verrouillée et barrée.

– Comment t'es-tu débrouillé ? demanda Burrich à mi-voix.

– Ce n'est pas moi », répondis-je avec brusquerie. Je regardai le fou. « J'en ai assez dit pour l'instant ; il est temps de me faire un peu confiance. » Je m'adressai à Brodette. « Comment vont la reine et Patience ? Comment s'est passée notre mascarade ?

– Assez bien. La reine souffre de vilaines ecchymoses dues à sa chute et, pour ma part, je ne suis pas si sûre que le bébé soit hors de danger : une fausse couche ne se produit pas toujours tout de suite après un accident. Mais inutile de courir au-devant du malheur. Murfès s'est montré soucieux mais inefficace ; pour quelqu'un qui se prétend guérisseur, il s'y connaît remarquablement peu en herbes et en simples. Quant au Prince... » Brodette eut un grognement dédaigneux, mais n'ajouta rien.

« A part moi, quelqu'un pense-t-il qu'il est dangereux de laisser circuler la rumeur d'une fausse couche ? fit le fou d'un air dégagé.

– Je n'ai pas eu le temps de trouver autre chose, rétorquai-je. D'ici un jour ou deux, la reine démentira la nouvelle en assurant que tout semble être normal.

– Bon, pour le moment donc, toutes les précautions paraissent prises, observa Burrich ; mais ensuite ? Allons-nous voir le roi et la reine Kettricken déménager pour Gué-de-Négoce ?

– Aie confiance. Je te demande de me faire confiance une journée », dis-je non sans inquiétude. J'espérais que ce délai suffirait. « Et maintenant, nous devons nous disperser et continuer à vivre aussi normalement que possible.

– Un maître d'écurie sans chevaux et un fou sans roi, musa le fou : Burrich et moi pouvons continuer à boire. Vu les circonstances, c'est vivre normalement, je pense. Quant à toi, Fitz, j'ignore quel titre tu te donnes ces temps-ci et encore plus ce que tu fais normalement de tes journées. Par conséquent...

– Personne ne boira, déclara Brodette d'un ton menaçant. Rangez-moi cette bouteille et gardez l'esprit affûté ; et dispersez-vous, comme l'a dit Fitz. Ce qui s'est raconté dans cette pièce suffirait à nous faire tous balancer au bout d'une corde pour haute trahison – sauf toi, FitzChevalerie, naturellement : pour toi, ce serait le poison. Les personnages de sang royal n'ont pas droit à la corde. »

Ses paroles nous glacèrent. Burrich prit le bouchon et referma la bouteille ; Brodette sortit la première, un pot de pommade dans son panier, et le fou l'imita peu après. Quand je quittai Burrich, il avait nettoyé le poulet et s'acharnait sur les dernières plumes qui résistaient encore : il ne laissait jamais rien perdre.

J'errai un moment dans le Château en surveillant les ombres derrière moi. Kettricken devait se reposer et je ne me sentais pas capable de supporter les bavardages de Patience ni son analyse du caractère des uns et des autres. Si le fou était dans sa chambre, c'est qu'il ne désirait pas de compagnie, et s'il se trouvait ailleurs, j'ignorais où. Castelcerf était aussi infesté de gens de l'Intérieur qu'un chien malade de puces ; je traversai les cuisines où je chapardai du pain d'épice, puis je déambulai, malheureux comme les pierres, en m'efforçant de ne penser à rien et de paraître marcher sans but alors que je me dirigeais vers la borie où je dissimulais autrefois Œil-de-Nuit. Elle était vide à présent, aussi glacée à l'intérieur qu'à l'extérieur : il y avait longtemps qu'Œil-de-Nuit n'y gîtait plus, préférant les collines boisées auxquelles s'adossait Castelcerf. Mais je n'eus guère à attendre avant que son ombre franchisse le seuil de la porte ouverte.

Un des plus grands réconforts qu'apporte peut-être le lien du Vif est de n'avoir jamais à s'expliquer ; je ne fus pas obligé de raconter à mon loup les événements de la journée passée ni de trouver les mots pour décrire ce que j'avais ressenti à voir Molly s'en aller ; il ne posa aucune question et ne me tint pas de discours compatissants : les incidents de la vie des humains n'avaient guère de sens pour lui. Il réagissait à la force de mes émotions, non aux motifs dont elles découlaient. Il s'approcha simplement de moi et s'assit à mes côtés sur le sol de terre battue ; je passai un bras autour de lui, appuyai ma tête contre son col et restai ainsi.

Les hommes font de drôles de meutes, observa-t-il au bout d'un moment. *Comment pouvez-vous chasser ensemble si vous n'êtes pas capables de courir tous dans la même direction ?*

Je ne répondis pas ; je ne connaissais pas la réponse et il n'en attendait pas.

Il courba la tête pour se mordiller la patte avant qui le démangeait, puis il se redressa, s'ébroua et demanda : *Que vas-tu faire pour te trouver une compagne, maintenant ?*

Tous les loups ne prennent pas de compagne.

Le chef, si, toujours. Comment la meute croîtrait-elle, sinon ?

Mon chef a une compagne et elle est enceinte. Ce sont peut-être les loups qui ont raison, et les hommes qui devraient les imiter. Peut-être que seul le chef devrait avoir une femelle ; c'est ce qu'a jugé Cœur de la Meute il y a très longtemps : qu'il ne pouvait avoir à la fois une compagne et un chef qu'il suivrait de tout son cœur.

Il est plus loup qu'il ne veut bien l'avouer – à quiconque. Un silence. *Pain d'épice ?*

Je le lui donnai et il l'avala voracement.

Tes rêves me manquent, la nuit.

Ce ne sont pas mes rêves, c'est ma vie. Tu y es le bienvenu, du moment que Cœur de la Meute ne se met pas en colère contre nous. La vie partagée est meilleure. Un silence. *Tu aurais préféré partager la vie de la femelle.*

Mon défaut, c'est d'en vouloir trop.

Ses paupières battirent sur son profond regard. *Tu aimes trop d'êtres à la fois. Ma vie est beaucoup plus simple.*

Il n'aimait que moi.

C'est vrai. Ma seule difficulté, c'est de savoir que tu ne le crois pas.

Je poussai un profond soupir. Œil-de-Nuit éternua sans prévenir, puis s'ébroua. *Je n'aime pas cette poussière de souris. Mais avant que je m'en aille, sers-toi de tes mains habiles pour me gratter l'intérieur des oreilles ; j'ai du mal à y arriver sans m'égratigner.*

Je lui grattai donc les oreilles, et le dessous du cou, et la nuque, jusqu'à ce qu'il se laisse tomber sur le flanc comme un chiot.

« Mon gros chien », lui dis-je avec affection.

Tu vas me payer cette insulte ! Il se remit brusquement debout, me mordit durement à travers ma manche, puis s'enfuit par la porte. Je relevai ma manche pour examiner les profondes marques blanches de mon bras ; elles ne saignaient pas, mais tout juste. C'était de l'humour de loup.

La courte journée d'hiver touchait à sa fin. Je rentrai au Château et, bien que je n'en eusse guère envie, me rendis aux cuisines afin d'écouter Mijote me rapporter les derniers commérages. Elle me bourra de gâteau aux pruneaux et de mouton tout en me parlant de l'éventuelle fausse couche de la reine, puis de la porte des appartements royaux qu'il avait fallu abattre à la hache après que le garde du roi fut soudain mort d'apoplexie. « Et pareil pour la deuxième porte, pendant que le prince Royal, qui craignait qu'il ne soit arrivé malheur au roi, n'arrêtait pas d'enguirlander ses hommes pour qu'ils se pressent. Mais une fois la porte abattue, ils ont trouvé le roi qui dormait comme un bébé malgré tout le vacarme, oui, mon sire ! Et tellement bien qu'ils n'ont jamais pu le réveiller pour lui expliquer pourquoi on lui avait démoli ses portes !

– Stupéfiant », fis-je, et elle poursuivit sur les potins ordinaires du Château ; ils portaient essentiellement sur qui était et qui n'était pas de l'exode à Gué-de-Négoce. Mijote, elle, en était, par la vertu de ses tartes aux groseilles vertes et de ses petits gâteaux ; elle ignorait qui s'occuperait de la cuisine à Castelcerf, mais ce serait sans doute un des gardes. Royal lui avait dit qu'elle pouvait emporter toutes ses meilleures marmites, ce dont elle se réjouissait, mais ce qu'elle regretterait vraiment, c'était la cheminée de l'ouest, car elle n'en avait jamais connu de plus pratique pour cuisiner : elle tirait exactement comme il fallait et les crochets à viande étaient tous disposés aux bonnes hauteurs. Je l'écoutais en essayant de ne penser qu'à ce qu'elle disait, de m'intéresser aux petits détails de ce qu'elle considérait comme important dans sa vie. J'appris que la garde de la reine devait demeurer à Castelcerf, de même que les rares soldats qui portaient encore les couleurs de la garde personnelle du roi Subtil ; depuis qu'ils avaient perdu le privilège de veiller sur les appartements royaux, leur moral avait considérablement baissé, mais le prince affirmait nécessaire de laisser ces groupes sur place afin de maintenir une présence royale à Castelcerf. Romarin était du voyage ainsi que sa mère, ce qui n'avait rien d'étonnant étant donné la personne qu'elles servaient ; Geairepu restait, Velours aussi. Ah, sa voix manquerait à Mijote, mais elle finirait sans doute par s'habituer aux gazouillis de l'Intérieur.

Elle ne songea même pas à me demander si je partais moi aussi.

Tout en gravissant l'escalier qui menait à ma chambre, j'essayai d'imaginer Castelcerf tel qu'il serait désormais : la Table Haute serait déserte à tous les repas, les plats se réduiraient à la simple nourriture de campagne que savaient préparer les cuistots militaires – du moins tant que dureraient les réserves ; nous allions sans doute manger pas mal de gibier et d'algues avant le printemps. Je m'inquiétais davantage pour Patience et Brodette que pour moi-même : vivre à la dure ne me dérangeait pas, mais elles n'y étaient pas accoutumées. Au moins, Velours serait encore là pour nous distraire, si son exil n'exacerbait pas sa nature mélancolique, et Geairepu aussi ; sans plus guère d'enfants à instruire, peut-être Patience et lui auraient-ils enfin le temps de travailler à fabriquer du papier. Ainsi, faisant contre mauvaise fortune bon cœur, je m'efforçais de trouver un avenir à chacun.

« Où étais-tu, Bâtard ? »

Sereine sortit soudain de l'embrasure d'une porte. Elle avait espéré me voir sursauter, mais le Vif m'avait prévenu d'une présence et je ne bronchai pas. « Dehors.

– Tu sens le chien.

– Moi, j'ai au moins l'excuse d'avoir été des chiens – les rares qui restent dans les écuries. »

Il lui fallut un petit moment pour déceler l'insulte sous la politesse de ma réponse.

« Tu sens le chien parce que tu es plus qu'à moitié chien, à pratiquer la magie des bêtes ! »

Je faillis lui envoyer une pique sur sa mère quand, soudain, je me la rappelai vraiment. « Quand nous apprenions à écrire, tu te rappelles que ta mère t'obligeait toujours à porter une blouse noire parce que tu te mettais de l'encre partout ? »

Elle me dévisagea d'un air renfrogné en tournant ma question en tous sens dans son esprit pour y découvrir une insulte, un affront ou une astuce.

« Et alors ? demanda-t-elle enfin, incapable de résister à la curiosité.

– Alors, rien. Ça m'est revenu comme ça ; il fut un temps où je t'aidais à tracer tes jambages droit.

– Ça n'a rien à voir avec aujourd'hui ! s'exclama-t-elle avec colère.

– Non, en effet. Ma porte est là ; tu voulais entrer avec moi ? »

Son crachat me manqua de peu et tomba à mes pieds ; je songeai qu'elle n'aurait pas agi de cette façon si elle ne devait pas quitter Castelcerf en compagnie de Royal. Le Château n'était plus son foyer et elle se sentait libre de le souiller avant de partir ; c'était très clair : elle ne comptait pas y remettre les pieds.

Une fois dans ma chambre, je tirai soigneusement chaque verrou et loquet, puis plaçai la lourde barre en travers de la porte. J'allai vérifier ma fenêtre et trouvai les volets bien clos, puis j'inspectai le dessous du lit ; enfin, je m'installai dans mon fauteuil près du feu pour somnoler en attendant qu'Umbre m'appelle.

Des coups frappés à ma porte me tirèrent de mon assoupissement. « Qui est là ? criai-je.

– Romarin. La reine désire vous voir. »

Le temps que je défasse les loquets et les verrous, l'enfant avait disparu. Ce n'était qu'une petite fille, mais je trouvais risqué qu'on m'annonce un tel message à travers une porte. J'arrangeai rapidement ma coiffure et mes vêtements, puis descendis vivement chez la reine, en remarquant au passage ce qui restait de la porte de chêne des appartements du roi Subtil ; un homme corpulent se tenait dans l'embrasure, un garde de l'Intérieur que je ne connaissais pas.

La reine Kettricken était allongée sur un divan près de son âtre ; plusieurs de ses dames papotaient en groupes répartis aux quatre coins de la pièce, mais la reine était seule. Les yeux clos, elle paraissait si totalement épuisée que je me demandai si Romarin n'avait pas fait erreur, mais dame Espérance me conduisit auprès d'elle et me fournit un tabouret bas ; elle me proposa enfin une tasse de thé que j'acceptai. Dès qu'elle se fut éloignée pour la préparer, Kettricken ouvrit les yeux. « Et maintenant ? » demanda-t-elle d'une voix si basse que je dus me pencher pour l'entendre.

Je la regardai d'un air interrogateur.

« Subtil dort pour le moment, mais il ne peut dormir éternellement. Le produit qu'on lui a donné va cesser de faire effet et nous en serons alors revenus au point de départ.

– La cérémonie d'intronisation approche ; le prince sera peut-être très occupé : il y a sans doute de nouveaux habits à coudre et à lui essayer, et toute sorte d'autres détails dans lesquels il se complaît. Cela le retiendra peut-être loin du roi.

– Et après ? »

Dame Espérance revint avec ma tasse de thé. Je lui murmurai des remerciements et, lorsqu'elle tira un fauteuil pour se joindre à nous, la reine Kettricken lui demanda, avec un pâle sourire, si elle pourrait elle aussi avoir du thé. Je me sentis presque honteux de la promptitude avec laquelle dame Espérance bondit pour lui obéir.

« Je ne sais pas, chuchotai-je en réponse à sa précédente question.

– Moi, je sais. Le roi serait en sécurité dans mes Montagnes ; il y recevrait honneur et protection, et peut-être Jonqui connaîtrait-elle... Ah, merci, Espérance. » La reine Kettricken prit la tasse qu'on lui tendait et en but une gorgée tandis que la dame s'installait.

Je souris à Kettricken, puis choisis mes termes avec soin en espérant qu'elle décrypterait mes propos. « Mais les Montagnes sont loin, ma reine, et le climat difficile à cette époque de l'année. Le temps qu'un courrier y parvienne pour y chercher le produit de votre mère, le printemps ne serait plus loin. En d'autres lieux, vous pourriez trouver le même remède à vos troubles ; Béarns ou Rippon auraient peut-être ce que nous désirons. Les dignes ducs de ces provinces ne peuvent rien vous refuser, vous le savez.

– Je le sais, dit Kettricken avec un sourire las. Mais ils ont leurs propres problèmes et j'hésite à y ajouter. Par ailleurs, la racine que nous nommons longuevie ne pousse que dans les Montagnes. Un courrier résolu pourrait s'y rendre, je pense. » Elle but une nouvelle gorgée de thé.

« Mais qui envoyer, voilà la question la plus ardue », observai-je. Elle n'ignorait sûrement pas les difficultés que présentait pour un vieillard un voyage jusque dans les Montagnes ; il ne pouvait partir seul. « L'homme qui irait devrait être tout à fait digne de confiance et doué d'une volonté inébranlable.

– L'homme que vous décrivez m'évoque une femme », repartit Kettricken et dame Espérance éclata de rire, davantage de voir s'alléger l'humeur de la reine que de son trait d'esprit. Kettricken porta sa tasse à ses lèvres, puis interrompit son geste. « Peut-être devrais-je m'y rendre moi-même afin de veiller à ce que tout soit fait dans les règles », dit-elle, puis elle sourit en me voyant écarquiller les yeux. Mais le regard par lequel elle y répondit était grave.

Nous parlâmes ensuite de tout et de rien, et Kettricken m'entretint d'une recette à base de plantes pour la plupart imaginaires que je promis de tout faire pour lui rapporter. Une fois que j'eus pris congé d'elle et regagné ma chambre, je me demandai comment faire pour l'empêcher d'agir avant Umbre. Rude casse-tête !

Je venais à peine de verrouiller et de barrer ma porte que je sentis un courant d'air dans mon dos : l'entrée du domaine d'Umbre était entrebâillée. Je m'engageai d'un pas fatigué dans les marches ; j'avais envie de dormir, mais je savais que je serais incapable de fermer l'œil.

L'odeur de la nourriture me réveilla soudain lorsque j'entrai chez Umbre et je m'aperçus que je mourais de faim. Umbre était déjà attablé. « Assieds-toi et mange, me dit-il abruptement. Nous devons préparer un plan. »

J'en étais à ma deuxième bouchée d'un pâté en croûte quand il me demanda en chuchotant : « Combien de temps crois-tu que nous pourrions garder le roi Subtil ici, dans ces appartements, sans qu'on le trouve ? »

Je finis de mâcher, puis déglutis. « Je n'ai jamais réussi à trouver comment entrer ici, répondis-je.

– Oh, les accès existent bel et bien ; et comme les aliments et autres indispensables doivent y transiter, certaines personnes les connaissent sans se rendre compte exactement de ce qu'elles savent. Le dédale de mes appartements est relié à des pièces du Château où des réserves sont régulièrement déposées à mon intention ; mais ma vie était beaucoup plus facile quand c'était à dame Thym qu'on fournissait le manger et le linge.

– Comment allez-vous vous débrouiller quand Royal sera parti à Gué-de-Négoce ?

– Moins bien qu'autrefois, sans doute : l'habitude aidant, certaines tâches continueront à être effectuées, si ceux qui ont ces habitudes restent ; cependant, lorsque les réserves baisseront, on se demandera quel est l'intérêt d'entreposer des provisions dans des parties désaffectées du Château. Mais nous parlions du confort du roi, pas du mien.

– Tout dépend de la façon dont Subtil disparaîtra. Si Royal croit qu'il a quitté Castelcerf par des moyens ordinaires, vous pourrez peut-être le cacher ici quelque temps ; mais si le prince sait qu'il se trouve dans le Château, rien ne l'arrêtera. A mon avis, son premier ordre sera de faire abattre à coups de masse les murs de la chambre du roi.

– Brutal, mais efficace, reconnut Umbre.

– Lui avez-vous trouvé un endroit sûr en Béarns ou en Rippon ?

– Si vite ? Bien sûr que non ! Il faudrait le dissimuler chez moi pendant des jours, voire des semaines, avant qu'on ait pu lui préparer un abri ; ensuite, il faudrait le faire sortir discrètement du Château, ce qui sous-entend de trouver des hommes à soudoyer et de savoir à quel moment ils sont de garde aux portes. Malheureusement, ceux qu'on peut payer pour effectuer une tâche peuvent aussi accepter de l'argent pour la dénoncer plus tard - sauf s'il leur arrive un accident. » Il me regarda.

« Ce n'est pas un problème : il existe une seconde issue à Castelcerf, dis-je en pensant au passage que j'empruntais avec mon loup. Mais il y en a un autre : il s'agit de Kettricken. Elle va agir de son propre chef si on ne lui annonce pas rapidement que nous avons un plan ; ses réflexions l'ont menée dans les mêmes voies que nous et, ce soir, elle se proposait d'emmener Subtil dans les Montagnes.

– Une femme enceinte et un vieillard malade, en plein hiver ? C'est ridicule ! » Umbre se tut un instant. « D'un autre côté, personne ne s'y attendrait ; on ne les chercherait pas de ce côté-là. Et, avec le mouvement de population que Royal a déclenché, une femme et son père souffrant passeraient inaperçus.

– Ça reste quand même une idée grotesque ! » protestai-je. Je n'aimais pas la lueur d'intérêt qui s'était allumée dans l'œil d'Umbre. « Qui donc pourrait les escorter ?

– Burrich. Ça l'empêcherait de se tuer à force de boire pour tromper son ennui et il pourrait s'occuper de leurs bêtes, ainsi que de tout ce dont ils auraient besoin, sans aucun doute. Penses-tu qu'il accepterait ?

– Vous le savez bien, répondis-je à contrecœur. Mais Subtil ne survivrait pas à un tel voyage.

– Il a plus de chances d'y survivre qu'aux traitements de Royal. Ce qui le dévore continuera de le dévorer où qu'il se trouve. » Il s'assombrit. « Quant à savoir pourquoi sa maladie progresse si vite en ce moment, cela me dépasse.

– Mais le froid, les privations ! Son état s'aggraverait !

– Il y a des auberges sur une partie du chemin ; je puis encore trouver de quoi les payer. Subtil a tellement changé qu'il n'y a guère à craindre qu'on le reconnaisse ; pour la reine, c'est plus délicat : rares sont les femmes qui aient son teint et sa taille ; cependant, des vêtements épais pour augmenter son tour de taille, un capuchon pour les cheveux, et...

– Vous plaisantez !

– Demain soir, répondit-il. Il faut agir avant demain soir, car, à ce moment-là, le soporifique que j'ai donné à Subtil cessera de faire effet. Rien ne sera tenté contre la reine avant son départ pour Gué-de-Négoce, sans doute ; mais une fois que Royal la tiendra en son pouvoir, tant de choses peuvent arriver : une chute du pont glissant d'une péniche dans l'eau glacée du fleuve, un cheval qui s'emballe, un plat de viande malsaine... Si son assassin est moitié moins doué que nous, il réussira.

– L'assassin de Royal ? »

Umbre posa sur moi un regard apitoyé. « Tu n'imagines tout de même pas notre prince en train d'enduire lui-même un escalier de graisse et de noir de fumée. De qui crois-tu qu'il s'agisse ?

– De Sereine. » Son nom m'était venu aussitôt.

« Alors, ce n'est évidemment pas elle. Non, nous nous apercevrons qu'il s'agit d'un petit homme discret aux manières affables et à l'existence tranquille – si nous découvrons un jour qui c'est. Enfin, n'y pensons plus pour l'instant ! Quoique il n'y ait rien de plus passionnant que de chercher à démasquer un autre assassin.

– Guillot, fis-je à mi-voix.

– Pardon ? »

Je lui exposai rapidement ce que je savais de Guillot et ses yeux allèrent s'agrandissant.

« Ce serait un coup de génie ! s'exclama-t-il, admiratif. Un assassin artiseur ! Etonnant que personne n'y ait jamais pensé.

– Si, Subtil, peut-être, dis-je. Mais son assassin aurait échoué à apprendre... »

Umbre se laissa aller contre le dossier de son fauteuil. « Je n'en suis pas sûr, fit-il d'un ton pensif. Subtil est assez retors pour avoir eu une idée pareille sans m'en faire part, même à moi. Mais ça m'étonnerait que Guillot soit davantage qu'un espion, pour l'instant – redoutable, c'est évident, et tu dois te montrer exceptionnellement vigilant –, mais je ne crois pas qu'il faille craindre en lui un assassin. » Il s'éclaircit la gorge. « En tout cas, il est de plus en plus évident qu'il faut faire vite. L'évasion devra s'effectuer depuis les appartements royaux ; il faudra que tu trouves encore une fois un moyen pour détourner l'attention des gardes.

– Pendant la cérémonie d'intronisation...

– Non. Nous ne pouvons pas attendre si longtemps. Demain soir, pas plus tard. Tu n'auras pas à les distraire longtemps : quelques minutes me suffiront.

– Il faut attendre ! Sinon, votre plan est irréalisable. Vous voudriez que je fasse se préparer la reine et Burrich d'ici demain soir, par conséquent il faudrait que je les mette au courant de votre existence ; et Burrich devrait s'occuper de trouver des chevaux et des vivres...

– Des canassons quelconques, pas des montures de qualité : on les remarquerait trop. Et une litière pour le roi.

– Des haridelles, il y en a en quantité, car il ne reste plus rien d'autre ; mais Burrich va l'avoir en travers de la gorge d'obliger son roi et sa reine à monter dessus.

– Et un mulet pour lui-même. Ils doivent passer pour des gens humbles qui ont à peine de quoi se rendre dans l'Intérieur ; je n'ai pas envie qu'ils attirent les voleurs de grand chemin. »

Je frémis en songeant à Burrich à califourchon sur un mulet. « Ça ne marchera pas, murmurai-je. Le délai est trop court ; il faut agir le soir de la cérémonie : tout le monde sera en bas pour le banquet.

– Ce qui doit être fait peut être fait », affirma Umbre, puis il demeura un moment pensif. « Mais ton argument n'est peut-être pas faux : il faut que le roi soit en bon état pour la cérémonie ; s'il n'y assiste pas, aucun des ducs côtiers ne donnera créance à l'intronisation de Royal ; il sera donc obligé de lui fournir ses herbes, pour le garder malléable à défaut d'autre chose. D'accord : après-demain soir ; si tu dois absolument me contacter demain, jette un peu d'écorce amère dans ton feu ; pas trop, je n'ai pas envie de me faire enfumer, mais une bonne poignée. Je t'ouvrirai. »

Une pensée me vint soudain.

« Le fou voudra accompagner le roi.

– Impossible, répondit Umbre d'un ton sans réplique. On ne peut pas le déguiser, sa présence ne ferait qu'augmenter les risques ; en outre, il est indispensable qu'il reste : nous aurons besoin de lui pour nous aider à préparer la disparition de Subtil.

– Ça m'étonnerait que ça le fasse changer d'avis.

– Laisse-moi m'en occuper : je lui démontrerai que l'évasion doit se passer sans anicroche s'il veut que le roi survive. Il faut créer une "atmosphère" telle que la soudaine absence du roi et de la reine passe pour... Enfin bref. Je me chargerai de cet aspect-là ; je découragerai les hommes d'abattre les murs. Quant à la reine, son rôle est facile : il lui suffira de se retirer tôt de la cérémonie, de déclarer vouloir dormir longuement et de renvoyer ses serviteurs ; elle devra préciser qu'elle ne souhaite être dérangée que si elle les appelle. Si tout va bien, Subtil et Kettricken devraient disposer de la plus grande partie de la nuit pour prendre de l'avance. » Il m'adressa un sourire affectueux. « Eh bien, je ne pense pas que nous puissions faire mieux. Oh, je sais, rien n'est définitivement établi, mais c'est mieux ainsi : nous aurons davantage de flexibilité. A présent, va dormir tant que tu le peux, mon garçon ; une journée chargée t'attend demain, et j'ai beaucoup à faire : je dois préparer des médicaments en quantité suffisante pour mener Subtil jusqu'aux Montagnes et noter clairement ce que chaque paquet contient. Burrich sait lire, n'est-ce pas ?

– Très bien, assurai-je ; au bout d'un moment, je demandai : Vous trouviez-vous près du puits du Château, la nuit dernière, vers minuit ? On y aurait aperçu le Grêlé. Selon certains, cela signifie que le puits va bientôt être pollué pour d'autres ; c'est de mauvais augure pour la cérémonie de Royal.

– Ah ? Eh bien, ce n'est pas impossible. » Umbre gloussa. « Les signes et les présages sinistres vont se multiplier, mon garçon, jusqu'à ce que la disparition d'un roi et d'une reine passe pour le plus naturel des événements. » Il eut un sourire gamin, les années s'effacèrent de son visage et ses yeux verts retrouvèrent un peu de leur espièglerie d'autrefois. « Va te reposer, et informe Burrich et la reine de notre plan ; moi, je parlerai à Subtil et au fou. Pas un mot à qui que ce soit d'autre. Une partie de notre plan repose sur la chance, mais pour le reste, fais-moi confiance ! »

Son rire me suivit dans l'escalier, mais ne parvint pas à me rassurer entièrement.

13

TRAÎTRES ET TRAHISONS

De tous les enfants qu'eurent le roi Subtil et la reine Désir, Royal fut le seul qui ne mourut pas à la naissance. Certains disent que les sages-femmes n'aimaient pas la reine et ne faisaient guère d'efforts pour aider ses bébés à survivre, d'autres que, dans leur souci d'éviter à la reine les douleurs de l'enfantement, elles lui donnaient trop d'herbes destinées à atténuer la souffrance ; mais, étant donné que seuls deux de ses enfants mort-nés demeurèrent en son sein plus de sept mois, la plupart des sages-femmes affirment qu'il faut incriminer les drogues dont la reine faisait usage, autant que la néfaste habitude qu'elle avait de porter son poignard à sa ceinture la lame tournée vers son ventre, coutume dont chacun sait qu'elle attire le malheur sur les femmes en âge de procréer.

*

Je ne dormis pas. Quand j'arrivais à chasser mes soucis pour le roi Subtil, Molly prenait leur place, accompagnée de quelqu'un d'autre, et mon esprit allait de l'un à l'autre telle une navette qui me tissait un manteau d'angoisse et d'accablement. Je me promis que, dès le roi Subtil et Kettricken en sécurité, je trouverais le moyen de reprendre le cœur de Molly à celui qui me l'avait volé. Cela décidé, je me tournai sur le dos et restai quelque temps les yeux grands ouverts dans le noir.

La nuit avait fermement établi son règne quand je roulai à bas de mon lit. Je me faufilai sans bruit entre les boxes vides et les animaux endormis pour monter chez Burrich. Il écouta ce que j'avais à lui dire sans m'interrompre, puis me demanda doucement : « Tu es sûr de n'avoir pas fait un cauchemar ?

– Dans ce cas, j'y ai passé la plus grande partie de mon existence, répondis-je à mi-voix.

– Je commence aussi à avoir la même impression. » Nous parlions à voix basse dans l'obscurité, lui dans son lit, moi assis par terre à son chevet ; j'avais refusé qu'il allume un feu, pas même une bougie, car je ne souhaitais pas éveiller la curiosité par un soudain changement de ses habitudes. « Pour réaliser tout ce qu'il nous demande en deux jours, chaque étape doit être exécutée à la perfection dès la première fois. C'est toi que je viens voir d'abord : peux-tu y arriver ? »

Il ne répondit pas tout de suite et, dans le noir, je ne voyais pas son visage. « Trois chevaux robustes, un mulet, une litière et des vivres pour trois, le tout sans se faire remarquer... » Un silence. « De toute manière, je ne vois pas comment flanquer le roi et la reine à cheval et leur faire franchir les portes de Castelcerf.

– Tu te rappelles le taillis d'aulnes où le grand renardier nichait ? Conduis-y les chevaux ; le roi et Kettricken t'y retrouveront. » A contrecœur, j'ajoutai : « Le loup les mènera jusqu'à toi.

– Est-ce qu'il faut vraiment qu'ils soient au courant de ce que tu fais ? » Cette idée l'horrifiait manifestement.

« Je me sers des outils disponibles ; de plus, je n'ai pas la même perception du Vif que toi.

– Combien de temps peux-tu faire esprit commun avec une créature qui se gratte, qui se lèche, qui se roule dans la charogne, qui devient folle quand une femelle est en chaleur, qui ne pense pas plus loin que son prochain repas, avant de faire tiennes ses valeurs ? Que seras-tu alors ?

– Un soldat de la garde », fis-je.

Burrich ne put s'empêcher d'éclater de rire. « Je ne plaisantais pas, dit-il au bout d'un moment.

– Moi non plus, en ce qui concerne le roi et la reine. Nous ne devons nous intéresser qu'aux moyens de réussir ; peu m'importe désormais ce que je devrai y sacrifier. »

Il demeura quelques instants sans mot dire. « Ainsi, je dois me débrouiller pour faire sortir de Castelcerf quatre animaux et une litière sans attirer la moindre attention ? »

Je hochai la tête dans le noir, puis : « C'est possible ? »

De mauvais gré, il répondit : « Il reste un ou deux lads en qui j'ai confiance, bien que je n'aie guère envie de leur demander ce service : je ne tiens pas à les voir pendre à cause de moi. Je pourrais leur faire croire qu'ils participent à un convoi d'animaux qui doit remonter le fleuve, mais mes gars ne sont pas idiots – un idiot n'a pas sa place dans mes écuries : une fois connue la nouvelle de la disparition du roi, il auront vite fait le rapprochement.

– Choisis-en un qui aime le roi. »

Burrich soupira. « Quant aux vivres, ce ne sera pas somptueux : rations de campagne, probablement. Je dois aussi fournir les vêtements d'hiver ?

– Non, pour toi seulement ; Kettricken peut porter ce qu'il lui faut et Umbre peut pourvoir aux besoins du roi.

– Umbre... Ce nom m'est presque familier, comme si je l'avais déjà entendu, il y a longtemps.

– Il est censé être mort il y a longtemps. Avant cela, on le voyait dans le Château.

– Toutes ces années à vivre comme une ombre... » Burrich était abasourdi.

« Et il compte bien continuer.

– Tu n'as pas à craindre que je le trahisse. » Burrich paraissait vexé.

« Je sais. C'est juste que je suis tellement...

– Je sais. Eh bien, tu as encore à faire. Tu m'en as assez expliqué sur mon rôle ; je serai au lieu dit avec les chevaux et les vivres. A quelle heure ?

– Pendant la nuit, lorsque le banquet battra encore son plein. Je ne sais pas ; je me débrouillerai pour t'en informer. »

Il haussa les épaules. « Dès que la nuit sera tombée, je m'y rendrai et j'attendrai.

– Burrich... merci.

– Ce sont mon roi et ma reine ; inutile de me remercier de faire mon devoir. »

Je sortis et descendis l'escalier à pas de loup en rasant les murs, tous mes sens tendus pour m'assurer que nul ne m'espionnait. Une fois hors des écuries, je me glissai d'entrepôts en étables, de porcheries en enclos et d'ombre en ombre jusqu'à la vieille borie. Œil-de-Nuit m'y rejoignit, haletant. *Qu'y a-t-il ? Pourquoi me rappeler de ma chasse ?*

Demain, à la tombée de la nuit, je risque d'avoir besoin de toi. Acceptes-tu de rester ici, dans l'enceinte du Château, et d'accourir rapidement si je te le demande ?

Naturellement. Mais pourquoi m'avoir fait venir pour ça ? Ce n'était pas la peine d'être aussi près de moi pour me demander un service aussi simple.

Je m'accroupis dans la neige ; il s'approcha et posa la gorge sur mon épaule. Je le serrai fort contre moi.

Quelles bêtises ! me dit-il, bourru. *Allons, va-t'en. Je serai là si tu as besoin de moi.*

Merci.

Mon frère.

Je me hâtai avec prudence pour regagner le Château et ma chambre, puis je verrouillai la porte et m'allongeai. La surexcitation tonnait en moi : je n'arriverais pas à me reposer vraiment tant que tout ne serait pas fini.

En milieu de matinée, je fus introduit dans la chambre à coucher de la reine, porteur de quelques manuscrits sur les simples. Kettricken, couchée sur un divan devant son âtre, jouait son rôle d'épouse affligée et de future mère inquiète ; manifestement, cette comédie la minait et sa chute lui avait causé davantage de douleur qu'elle ne voulait bien le reconnaître. Elle paraissait à peine mieux que la veille au soir, mais je la saluai chaleureusement et entrepris de lui désigner chaque plante des manuscrits avec moult péroraisons sur les bienfaits de chacune ; je réussis ainsi bientôt à faire fuir la plupart des dames de compagnie et Kettricken envoya les trois dernières chercher du thé, lui trouver d'autres oreillers et récupérer un autre manuscrit sur les simples censé se trouver dans le bureau de Vérité. La petite Romarin s'était depuis longtemps endormie dans un coin, au chaud, près de la cheminée. Dès que le bruissement des jupes se fut éteint, je me mis à parler rapidement, sachant que je n'avais guère de temps.

« Vous partirez demain soir, après la cérémonie d'intronisation », dis-je, et je poursuivis bien qu'elle eût entrouvert la bouche pour poser une question : « Habillez-vous chaudement et prenez des affaires d'hiver, mais pas trop. Remontez seule dans votre chambre dès que la bienséance le permettra en prétextant que la cérémonie et le chagrin vous ont épuisée ; renvoyez vos serviteurs, dites qu'il vous faut dormir et qu'ils ne doivent revenir que si vous les appelez. Verrouillez votre porte. Non, ne parlez pas, écoutez : préparez-vous pour le voyage, mais restez dans votre chambre. On viendra vous chercher. Faites confiance au Grêlé. Le roi part avec vous. Faites-moi confiance. » Je jetai ces derniers mots pêle-mêle, car des pas approchaient. « Tout sera prêt. Faites-moi confiance. »

Confiance... Moi-même, je n'étais pas si sûr que ce que je lui avais exposé se produirait. Dame Narcisse revenait avec les oreillers demandés et, peu après, le thé fut là aussi ; nous devisâmes aimablement et l'une des dames les plus jeunes de Kettricken me conta même fleurette. La reine Kettricken me pria de lui laisser les manuscrits, car son dos la faisait toujours souffrir ; elle avait décidé de se retirer tôt ce soir et peut-être leur lecture l'aiderait-elle à passer le temps avant de dormir. Je pris gracieusement congé de ces dames et m'en allai.

Umbre avait dit s'occuper du fou et je m'étais efforcé tant bien que mal de préparer l'évasion : ne me restait plus qu'à trouver un moyen pour que le roi soit seul après la cérémonie. Umbre ne m'avait demandé que quelques minutes ; allais-je devoir sacrifier ma vie pour les lui obtenir ? Je chassai cette idée : quelques minutes, pas davantage. J'ignorais si les deux portes enfoncées me seraient une aide ou une gêne. J'envisageai toutes les ruses évidentes : je pouvais feindre l'ivresse et entraîner les gardes dans une bagarre mais, à moins que je ne dispose d'une hache, il ne leur faudrait pas plus de quelques minutes pour me régler mon compte : me battre à mains nues ne m'avait jamais réussi ; et puis je devais rester en bon état. Je réfléchis à une dizaine d'idées similaires et les rejetai toutes : trop de facteurs entraient en ligne de compte que je ne pouvais maîtriser : combien y aurait-il de gardes, les connaîtrais-je, Murfès serait-il là, Royal ne risquait-il pas d'être venu bavarder ?

Lors de mes précédents passages chez Kettricken, j'avais remarqué qu'on avait cloué de vagues rideaux sur le chambranle des portes des appartements royaux. La plupart des débris avaient été nettoyés, mais des morceaux de bois jonchaient encore le sol, et nul ouvrier n'avait été engagé pour effectuer les réparations, autre signe que Royal n'avait aucunement l'intention de revenir un jour à Castelcerf.

J'essayai d'inventer une excuse pour m'introduire dans ces pièces. Le rez-de-chaussée du Château bruissait d'animation plus que jamais, car les ducs de Béarns, Rippon et Haurfond étaient attendus dans la journée pour assister à l'intronisation de Royal au titre de roi-servant ; il était prévu de les loger dans les petits appartements des invités, à l'autre bout de la Forteresse. Je me demandais comment ils allaient réagir à la disparition du roi et de la reine : y verraient-ils une trahison ou bien Royal trouverait-il le moyen de la leur dissimuler ? Quel augure en tirerait-on quant à son futur règne ? Pour finir, je chassai ces pensées qui ne m'aidaient guère à imaginer comment écarter les importuns de la chambre du roi.

Je quittai la mienne et déambulai dans le Château avec l'espoir que ma promenade me conduirait à l'illumination ; malheureusement, elle ne me mena qu'en plein capharnaüm, car des nobles de tous rangs arrivaient pour la cérémonie, et la marée montante des invités, de leur suite et de leur domesticité se heurtait à celle, descendante, des biens et des gens que Royal envoyait vers l'Intérieur. Mes pas m'entraînèrent sans que je l'eusse prévu au bureau de Vérité ; la porte étant entrebâillée, j'entrai. L'âtre était froid, la pièce sentait le renfermé et il flottait une forte odeur de souris ; je formai le vœu que les manuscrits dans lesquels elles nichaient ne fussent pas irremplaçables, bien que j'eusse la quasi-certitude d'avoir transporté chez Umbre ceux auxquels Vérité tenait. Je me déplaçai dans la pièce en touchant ses objets familiers et soudain sa présence me manqua cruellement, sa fermeté, son calme, sa force ; jamais il n'aurait laissé la situation se détériorer à ce point. Je m'assis dans son fauteuil de travail, devant sa table aux cartes ; des ratures et des gribouillis marquaient la table là où il avait essayé diverses teintes d'encre. A l'écart, deux plumes mal taillées et un pinceau presque sans poils à force d'usage ; dans une boîte, plusieurs petits pots qui contenaient des couleurs désormais sèches et craquelées ; pour moi, tous ces objets sentaient Vérité, comme le cuir et l'huile de harnais sentaient Burrich. Je m'accoudai sur la table et me pris la tête entre les mains. « Vérité, nous avons besoin de vous.

Je ne puis venir.

Je me dressai d'un bond, me pris les pieds dans ceux du fauteuil et m'affalai sur le tapis. Frénétiquement, je me remis debout et, encore plus frénétiquement, je cherchai à renouer le contact. *Vérité !*

Je t'entends. Qu'y a-t-il, mon garçon ? Un silence. *Tu m'as artisé tout seul, n'est-ce pas ? Bravo !*

Il faut que vous reveniez tout de suite !

Pourquoi ?

Pêle-mêle, les images se déversèrent dans le lien, bien plus rapides que les mots et avec un luxe de détails qu'il aurait peut-être préféré ignorer. Peu à peu, je le sentis qui s'attristait et devenait aussi plus circonspect. *Rentrez. Si vous étiez ici, vous pourriez tout remettre en état ; Royal ne pourrait se prétendre roi-servant, il ne pourrait pas piller Castelcerf comme il le fait, ni enlever le roi.*

Je ne peux pas. Calme-toi, réfléchis posément : je ne pourrais pas être revenu à temps pour empêcher ce qui se passe. Ce que tu m'apprends me chagrine, mais je suis trop près du but pour renoncer. Et si je dois devenir père – une chaleur nouvelle envahit sa pensée à cette idée –, *il est encore plus important que je réussisse. Je dois préserver les Six-Duchés et libérer la côte des loups des mers afin que l'enfant en hérite.*

Que dois-je faire ?

Ce que tu as prévu. Mon père, mon épouse et mon enfant ; c'est un lourd fardeau dont je te charge. Il parut soudain inquiet.

Je ferai ce que je puis, lui dis-je, craignant de promettre davantage.

J'ai foi en toi. Il se tut un instant. *As-tu senti ?*

Quoi donc ?

Quelqu'un essaye de s'introduire, d'écouter notre conversation. Un des espions de la couvée de vipères de Galen.

Je ne pensais pas que ce soit possible !

Galen a trouvé un moyen et il y a formé sa venimeuse engeance. Ne m'artise plus désormais.

J'eus une impression similaire à celle que j'avais ressentie quand il avait rompu notre lien d'Art pour épargner les forces de Subtil, mais en beaucoup plus violent, comme un jaillissement de son art pour écarter quelqu'un de nous. Il me sembla percevoir l'effort qu'il lui en coûta. Notre contact disparut.

Vérité était parti aussi brusquement que je l'avais trouvé ; tout doucement, je cherchai le lien, ne trouvai rien. Ce qu'il avait dit sur un espion qui nous écoutait m'avait laissé ébranlé mais, en moi, la peur le disputait à la fierté : j'avais artisé ! On nous avait espionnés, mais j'avais artisé, seul et sans aide !

Cependant, qu'avait-on surpris de notre conversation ? Je repoussai le fauteuil de la table et demeurai assis, l'esprit en proie à la tempête. Artiser n'avait présenté aucune difficulté ; j'ignorais comment je m'y étais pris exactement, mais ç'avait été facile ; je me sentais comme un enfant qui vient de terminer un casse-tête, mais ne se rappelle plus la séquence précise des gestes qui l'ont conduit à la solution. Sachant que je pouvais le faire, j'eus envie de recommencer sur-le-champ, mais je me bridai fermement : j'avais d'autres tâches à exécuter, beaucoup plus importantes.

Je me levai, sortis rapidement du bureau et faillis trébucher sur Justin : il était assis en travers du couloir, les jambes étendues, adossé au mur. Il avait l'air ivre mais, en réalité, il était à demi assommé par la poussée que lui avait assenée Vérité. Je le contemplai de tout mon haut. J'aurais dû le tuer, je le savais ; le poison que j'avais composé à l'intention de Murfès, bien longtemps auparavant, se trouvait toujours dans une poche à l'intérieur de ma manche et je pouvais le lui faire avaler de force. Mais le produit n'était pas conçu pour agir rapidement. Comme s'il avait deviné mes pensées, Justin s'écarta de moi à quatre pattes le long du mur.

Je restai encore un moment à le regarder en m'efforçant de réfléchir calmement. J'avais promis à Umbre de ne plus agir sans le consulter, et Vérité ne m'avait pas ordonné de chercher ni de tuer l'espion ; il l'aurait pu d'une seule pensée. Cette décision ne m'appartenait pas et je me forçai à m'éloigner de lui sans le toucher – un véritable exploit. Je n'avais pas fait six pas que je l'entendis bredouiller : « Je sais ce que tu faisais ! »

Je pivotai face à lui. « De quoi parles-tu ? » demandai-je d'un ton grondant tandis que mon cœur se mettait à marteler dans ma poitrine : j'espérais qu'il allait m'obliger à le tuer. Je fus effrayé de m'apercevoir à quel point j'en avais envie.

Il blêmit mais ne battit pas en retraite ; on aurait dit un gosse vantard. « Tu marches comme si tu te prenais pour le roi lui-même, tu me regardes de haut et tu te moques de moi derrière mon dos. Ne crois pas que je ne le sache pas ! » Il se redressa en s'agrippant au mur et vacilla sur ses pieds. « Mais tu n'es pas si noble ! Tu as artisé une fois et tu te prends pour un maître, mais ton Art pue la magie de chien ! Ne t'imagines pas pouvoir prendre toujours tes grands airs ! Tu mordras la poussière ! Et bientôt ! »

En moi, un loup hurla aussitôt vengeance, mais je me dominai. « Tu aurais l'audace de m'espionner quand j'artise le prince Vérité, Justin ? Je ne pensais pas que tu aurais ce courage.

– Tu le sais bien, Bâtard. Je n'ai pas peur de toi au point de devoir me cacher. J'ai beaucoup d'audace, Bâtard ! Beaucoup plus que tu ne le crois. » D'une minute à l'autre, il prenait davantage confiance en lui.

« Sauf si je crois être en présence d'une traîtrise et d'une trahison, répondis-je. Le roi-servant Vérité n'a-t-il pas été déclaré mort, ô membre de clan qui a juré fidélité ? Et pourtant tu espionnes ma conversation avec lui sans manifester la moindre surprise ! »

L'espace d'un instant, Justin resta pétrifié, puis il se fit téméraire. « Dis ce que tu veux, Bâtard. Personne ne te croira si nous nions tes assertions.

– Aie au moins le bon sens de te taire », déclara Sereine. Elle avançait sur moi comme un navire toutes voiles dehors ; je ne bougeai pas d'un pouce et elle dut me frôler pour saisir Justin par le bras, comme elle l'eût fait d'un panier oublié dans un coin.

« Se taire, c'est une autre façon de mentir, Sereine. » Elle était en train d'entraîner Justin. « Tu sais que le roi Vérité est toujours vivant ! criai-je après eux. T'imagines-tu qu'il ne reviendra jamais ? Que vous ne devrez jamais répondre du mensonge de votre vie ? »

Ils tournèrent un coin et disparurent, me laissant à ruminer ma fureur et à me maudire d'avoir clamé à la cantonade ce qui devait encore demeurer secret ; mais l'incident m'avait mis d'humeur agressive. Je continuai à rôder dans le Château. C'était le branle-bas aux cuisines et Mijote n'avait pas de temps à me consacrer, sauf pour me demander si j'avais appris qu'on avait trouvé un serpent sur la pierre de la grande cheminée ; je répondis qu'il avait dû se glisser dans la réserve de bois pour y passer l'hiver et qu'on l'en avait tiré en même temps qu'une bûche ; la chaleur l'avait sans doute réveillé. Elle secoua la tête en disant qu'elle n'avait jamais rien entendu de tel, mais que cela augurait du malheur ; elle me raconta de nouveau l'histoire du Grêlé près du puits, mais y ajoutant qu'il avait bu au seau et que l'eau qui avait coulé sur son menton était rouge comme le sang. D'ailleurs, elle faisait désormais tirer l'eau pour la cuisine du puits situé dans la cour des lavandières : elle ne tenait pas à ce que les invités s'écroulent raides morts à sa table.

Après cette note optimiste, je quittai les cuisines, non sans avoir chapardé quelques gâteaux sucrés sur un plateau. Je n'avais pas fait quelques pas qu'un page apparut devant moi. « Fitz-Chevalerie, fils de Chevalerie ? » me demanda-t-il d'un ton circonspect.

Ses larges pommettes le désignaient comme probablement d'origine béarnoise et je découvris en effet la fleur jaune, emblème de Béarns, cousue sur son pourpoint rapiécé. Pour un garçon de sa taille, il était d'une maigreur effrayante. Je hochai gravement la tête.

« Mon maître, le duc Brondy de Béarns, souhaite vous voir le plus tôt qu'il vous sera possible. » Il articulait avec grand soin : il ne devait pas être page depuis longtemps.

« Eh bien, maintenant, alors.

– Désirez-vous que je vous conduise à lui ?

– Je trouverai mon chemin. Tiens, je ne peux pas emporter ça chez le duc. » Je lui donnai les gâteaux et il les prit d'un air hésitant.

« Dois-je vous les garder de côté, messire ? demanda-t-il avec le plus grand sérieux, et je fus attristé de voir un enfant accorder tant de valeur à de la nourriture.

– Tu peux les manger à ma place si tu en as envie, et, s'ils t'ont plu, tu pourrais descendre aux cuisines dire à Sara, notre cuisinière, ce que tu penses de son ouvrage. »

Aussi débordée soit-elle, je savais que Mijote ne pourrait faire autrement que donner au moins un bol de ragoût à un enfant émacié qui lui ferait un compliment.

« Bien, messire ! » Son visage s'illumina et il s'éloigna en courant, la moitié d'un gâteau déjà dans la bouche.

Les petits appartements étaient à l'opposé de la Grand-Salle par rapport à ceux du roi ; on les disait petits, je suppose, surtout parce que leurs fenêtres donnaient sur les montagnes et non sur la mer, ce qui assombrissait les pièces ; mais les chambres n'étaient ni plus petites ni moins belles que celles des autres logements.

Oui, mais la dernière fois que j'en avais visité un, il était décemment meublé ; là, les gardes béarnois m'introduisirent dans un salon dont le mobilier se réduisait en tout et pour tout à trois fauteuils avec une table nue et bancale au milieu. Impassible, Félicité m'accueillit puis alla avertir le duc Brondy de ma présence. Disparues, les tentures et les tapisseries qui avaient naguère réchauffé les murs et rehaussé de leurs couleurs la salle de pierre, à présent aussi gaie qu'un cul-de-basse-fosse et seulement illuminée par une vive flambée dans l'âtre. Je restai planté au milieu de la pièce en attendant que le duc sorte de sa chambre et me souhaite la bienvenue, après quoi il m'invita à m'asseoir et, gênés l'un et l'autre, nous approchâmes nos sièges de la cheminée. Il aurait dû y avoir des petits pains et des pâtisseries sur la table, des bouilloires, des chopes, des herbes pour le thé, des bouteilles de vin pour faire bon accueil aux hôtes de Castelcerf, mais il n'y avait rien et j'en étais navré. Félicité se déplaçait sans bruit derrière nous comme un faucon en chasse ; je me demandai où était Célérité.

Nous échangeâmes quelques propos polis et sans importance, puis Brondy plongea dans le vif du sujet tel un cheval de trait dans une congère. « On m'a dit que le roi Subtil était malade, trop malade pour recevoir ses ducs, et Royal, naturellement, est beaucoup trop occupé avec les préparatifs de la cérémonie. » Le sarcasme était lourd comme une crème épaisse. « Aussi souhaitais-je rendre visite à Sa Majesté la reine Kettricken car, ainsi que vous le savez, elle s'est montrée des plus courtoises avec moi par le passé ; mais, à sa porte, ses dames m'ont annoncé qu'elle ne se sentait pas bien et ne recevait pas. J'ai entendu une rumeur selon laquelle elle était enceinte mais qu'elle aurait perdu l'enfant par trop de chagrin et à cause de sa précipitation irréfléchie à se porter au secours de Rippon. Est-ce exact ? »

Le temps d'une inspiration, j'examinai la meilleure façon de tourner ma réponse. « Notre roi, comme vous l'avez dit, est très mal et je ne pense pas que vous le verrez sauf à la cérémonie ; notre reine est elle aussi indisposée mais, si elle avait su que vous vous trouviez en personne à sa porte, elle vous aurait sûrement fait entrer. Elle n'a pas perdu son enfant et elle a volé à la défense de Finebaie pour la même raison qu'elle vous a donné ses opales : parce que, si elle n'agissait pas elle-même, elle craignait que nul n'agît. De plus, ce n'est pas ce qu'elle a fait à Finebaie qui a mis en danger son enfant, mais une chute dans l'escalier d'une tour, ici, à Castelcerf ; enfin, l'enfant n'a été que menacé, non perdu, bien que notre reine souffre de douloureuses contusions.

– Je vois. » Il se rencogna dans son fauteuil et prit l'air méditatif. Le silence prit racine entre nous et grandit tandis que j'attendais qu'il achève ses réflexions. Enfin, il se pencha vers moi en me faisait signe de l'imiter ; lorsque nos têtes furent à se toucher, il me demanda à mi-voix : « FitzChevalerie, avez-vous de l'ambition ? »

Nous y étions. Le roi Subtil avait prévu cet instant des années plus tôt et Umbre plus récemment. Comme je ne répondais pas tout de suite, Brondy continua, et j'eus l'impression que chacun de ses mots était une pierre qu'il taillait soigneusement avant de me la tendre. « L'héritier du trône des Loinvoyant est encore à naître ; une fois que Royal se sera déclaré roi-servant, croyez-vous qu'il attendra longtemps avant de s'emparer du trône ? Nous pas – car, si ce sont mes lèvres qui prononcent ces paroles, je parle aussi au nom des duchés de Rippon et de Haurfond. Subtil est vieux et faible ; il n'est plus roi que par le titre. Nous avons déjà eu un aperçu du genre de souverain que ferait Royal ; que devrions-nous subir encore sous son règne, en attendant que l'enfant de Vérité soit en âge d'être couronné ? Mais je n'espère pas, de toute façon, que l'enfant naisse un jour et encore moins qu'il monte sur le trône. » Il se tut, s'éclaircit la gorge, puis posa sur moi un regard ardent. Félicité se tenait près de la porte, comme pour protéger notre discussion contre les intrus. Je gardai le silence.

« Nous vous connaissons et vous êtes le fils d'un homme que nous connaissions. Vous portez ses traits et presque son nom. Vous avez autant le droit de vous dire de sang royal que bien d'autres qui ont porté la couronne. » Il se tut à nouveau.

Je gardai encore le silence. Ce qu'il m'offrait ne constituait pas pour moi une tentation, mais j'étais prêt à l'écouter jusqu'au bout. Il n'avait encore rien dit pour m'inciter à trahir mon roi.

Il chercha ses mots, puis croisa mon regard. « Les temps sont difficiles.

– En effet », murmurai-je.

Ses yeux redescendirent vers ses mains. C'étaient des mains usées, des mains qui portaient les petites cicatrices et les cals de l'homme qui s'en sert. Sa chemise était lavée et reprisée de frais, mais ce n'était pas un vêtement neuf, fabriqué spécialement pour l'occasion ; les temps étaient peut-être durs à Castelcerf, mais ils l'étaient bien plus en Béarns. Il chuchota :

« Si vous jugiez opportun de vous opposer à Royal, de vous déclarer roi-servant à sa place, Béarns, Rippon et Haurfond seraient prêts à vous soutenir ; la reine Kettricken en ferait autant, j'en suis convaincu, et tout Cerf aussi. » Il me regarda de nouveau. « Nous en avons longuement débattu et nous pensons que l'enfant de Vérité aurait de meilleures chances d'accéder au trône sous votre régence que sous celle de Royal. »

Ainsi, Subtil ne comptait déjà plus pour rien. « Pourquoi ne pas plutôt apporter votre appui à Kettricken ? » demandai-je, prudent.

Il se mit à contempler les flammes. « C'est dur à dire après le dévouement dont elle a fait preuve, mais elle est d'origine étrangère et, par certains côtés, nous ignorons sa valeur. Nous ne doutons pas d'elle, non, et nous ne voulons pas l'écarter. Reine elle est, reine elle demeurerait, et son enfant régnerait après elle. Mais en la circonstance nous avons besoin d'une reine et d'un roi-servant, ensemble. »

Une question soufflée par un démon me brûlait les lèvres : « Et si, une fois l'enfant en âge d'être couronné, je refusais de rendre le pouvoir ? » Ils avaient déjà dû se la poser, il avaient déjà dû convenir d'une réponse à y apporter. Immobile, je conservai le silence ; il me semblait presque percevoir les remous des possibilités qui tourbillonnaient autour de moi ; était-ce cela dont le fou me rebattait les oreilles, sentais-je la présence d'un de ces carrefours embrumés dont j'occupais toujours le centre ? « Catalyseur, murmurai-je avec dérision.

– Pardon ? » Brondy se pencha vers moi.

« Chevalerie, dis-je. Comme vous l'avez signalé, je porte presque son nom. Duc Béarns, vous êtes un homme aux abois et je sais les risques que vous avez pris en me parlant ; je me montrerai aussi direct avec vous : j'ai effectivement de l'ambition, mais je n'aspire pas à la couronne de mon roi. » Je pris une inspiration et plongeai mon regard dans les flammes ; pour la première fois, j'envisageai sérieusement les conséquences de la brutale disparition de Subtil et de Kettricken sur Béarns, Rippon et Haurfond : les duchés côtiers se retrouveraient comme un navire sans gouvernail, les ponts balayés par les vagues. Brondy avait déclaré, ou peu s'en fallait, qu'il refuserait de s'assujettir à Royal, mais je n'avais rien à lui proposer en échange : lui souffler que Vérité était vivant les obligerait, lui et les deux autres ducs, à se dresser le lendemain pour nier à Royal le droit de se déclarer roi-servant ; les avertir de l'absence prochaine de Subtil et de Kettricken ne leur donnerait aucune assurance et conduirait seulement à ce que trop de gens ne manifestent aucune surprise lorsqu'elle adviendrait. Une fois le roi et la reine en sécurité au royaume des Montagnes, peut-être pourrait-on tout leur révéler, mais ce ne serait pas avant plusieurs semaines. Je cherchai quelle réponse lui fournir pour le moment, quelles assurances, quels espoirs.

« Pour ce que cela vaut, en tant qu'homme, je suis avec vous. » Je choisis mes termes avec soin en me demandant si j'étais en train de trahir. « J'ai juré allégeance au roi Subtil ; je suis fidèle à la reine Kettricken et à l'héritier qu'elle porte. Je prévois des jours sombres et les duchés côtiers doivent s'unir contre les Pirates rouges ; nous n'avons pas le temps de nous préoccuper des actions de Royal dans l'Intérieur. Qu'il s'en aille à Gué-de-Négoce : notre vie est ici et c'est ici que nous devons résister. »

A mes propres paroles, je sentis un profond changement en moi, l'impression de me débarrasser d'un manteau ou la sensation de l'insecte qui sort de son cocon. Royal me laissait à Castelcerf, m'abandonnait, croyait-il, aux privations et au danger avec tous ceux qui m'étaient chers. Eh bien, qu'il m'abandonne ! Le roi et la reine Kettricken à l'abri dans les Montagnes, je ne le craindrais plus. Molly était partie, je l'avais perdue ; qu'avait donc dit Burrich, longtemps auparavant ? Que je ne la voyais pas, mais qu'elle me voyait peut-être ? Qu'elle voie donc que j'étais capable d'agir, qu'un seul homme dressé pouvait changer les choses. Patience et Brodette seraient plus en sécurité sous ma garde que dans l'Intérieur, otages de Royal. Mes pensées circulaient à la vitesse de l'éclair. Pouvais-je m'approprier Castelcerf et garder le Château pour Vérité en attendant son retour ? Qui se rallierait à moi ? Burrich ne serait plus là, inutile de compter sur son influence ; mais ces pochards de soldats de l'Intérieur ne seraient plus là non plus. Ne resteraient que des guerriers de Cerf qui auraient un intérêt matériel à empêcher la forteresse glacée de tomber ; certains m'avaient vu grandir, d'autres avaient appris à manier l'épée en même temps que moi ; je connaissais les gardes de Kettricken et les vieux soldats qui arboraient encore les couleurs du roi Subtil me connaissaient : j'avais ma place parmi eux avant même d'avoir ma place auprès du roi. S'en souviendraient-ils ?

Malgré la chaleur du feu, un frisson glacé me parcourut et, si j'avais été un loup, les poils se seraient dressés sur mon échine. L'étincelle qui s'était allumée en moi brilla plus fort. « Je ne suis pas roi, je ne suis pas prince, je ne suis qu'un bâtard, mais un bâtard qui aime Cerf. Je ne veux pas d'effusion de sang entre Royal et moi, pas de confrontation. Nous n'avons pas de temps à perdre et je n'ai nulle envie de tuer des gens des Six-Duchés. Que Royal coure se terrer dans l'Intérieur ; quand lui et les chiens qui lui reniflent les talons seront partis, je serai à votre service, ainsi que tous les habitants de Cerf que je pourrai rallier à moi. »

J'avais fait ma déclaration, j'étais engagé. Trahison ! Traître ! soufflait une petite voix au fond de moi, mais mon cœur savait la justesse de ma décision. Umbre ne partagerait peut-être pas mon point de vue, mais sur l'instant il me semblait que le seul moyen de m'affirmer du côté de Subtil, de Vérité et de l'enfant de Kettricken était de me déclarer dans le camp de ceux qui ne voulaient pas suivre Royal. Cependant, je tenais à m'assurer que Brondy comprenait clairement où allait ma fidélité et je plongeai le regard dans celui, circonspect, du duc. « Voici mon but, duc Brondy de Béarns ; je vous l'expose franchement et je n'en viserai pas d'autre : je veux voir le royaume des Six-Duchés unifié, ses côtes débarrassées des Pirates rouges, placer la couronne sur la tête de l'enfant de Kettricken et de Vérité. Je dois vous entendre dire que vous partagez ce but.

– Je le jure, FitzChevalerie, fils de Chevalerie. » Et, à ma grande horreur, le vieux guerrier couturé de cicatrices prit mes mains dans les siennes et les plaça sur son front, selon l'antique geste de celui qui prête serment de féauté. J'eus peine à m'empêcher de les lui arracher. Fidélité à Vérité, me dis-je : c'est dans cet esprit que j'ai entrepris l'affaire, c'est ainsi que je dois la poursuivre.

« Je parlerai aux autres, poursuivit Brondy à mi-voix ; je leur annoncerai votre désir. En vérité, nous ne souhaitons pas que le sang coule, pas plus que vous. Que le chiot se sauve dans l'Intérieur, la queue entre les jambes ; les loups resteront ici et tiendront ferme. »

Le choix des termes me fit courir un picotement dans les cheveux.

« Nous assisterons à sa cérémonie, nous nous présenterons même devant lui pour renouveler notre serment d'être fidèles à un roi de la lignée des Loinvoyant. Mais il n'est pas ce roi et il ne le sera jamais. J'ai appris qu'il partait dès le lendemain ; nous le laisserons partir, bien que, par tradition, un nouveau roi-servant soit tenu de réunir ses ducs et d'écouter leurs conseils. Peut-être demeurerons-nous un ou deux jours de plus après le départ de Royal ; Castelcerf, au moins, sera à vous avant que nous nous quittions, nous y veillerons. Et nous aurons beaucoup de sujets à débattre : le placement des navires, par exemple. Il en a d'autres, à demi finis, dans les hangars, n'est-ce pas ? »

A mon bref hochement de tête, un sourire de féroce satisfaction illumina les traits de Brondy. « Nous nous occuperons de les lancer, vous et moi. Royal a mis à sac les réserves de Castelcerf, c'est de notoriété publique, et nous devrons faire en sorte de remplir vos entrepôts ; les fermiers et les bergers de Cerf devront comprendre qu'ils doivent trouver davantage, donner davantage sur leurs propres réserves s'ils veulent que leurs soldats gardent leurs côtes libres. Ce sera un rude hiver pour tout le monde, mais les loups les plus maigres sont les plus acharnés, dit-on. »

Et nous sommes maigres, mon frère ; oh, que nous sommes maigres !

Un pressentiment effrayant naquit en moi. Qu'avais-je fait ? Il faudrait que je trouve le moyen de parler à Kettricken avant son départ pour lui assurer que je ne me retournais pas contre elle ; et aussi artiser Vérité le plus tôt possible. Comprendrait-il ? Il le fallait ! Il avait toujours su lire au plus profond de mon cœur : assurément, il verrait quelles étaient mes intentions. Et le roi Subtil ? Un jour, il y avait bien longtemps, quand il avait acheté ma loyauté, il m'avait dit : « Si un homme ou une femme cherche à te dresser contre moi en te proposant plus que moi, viens me voir, annonce-moi le montant de l'offre et j'enchérirai sur elle. » Seriez-vous prêt à me donner Castelcerf, vieux roi ? me demandai-je.

Je me rendis compte que Brondy s'était tu. « N'ayez nulle crainte, FitzChevalerie, murmura-t-il. Ne doutez pas de la justesse de ce que nous entreprenons ou notre destin est scellé. Si vous n'aviez pas tendu la main pour vous emparer de Castelcerf, un autre l'aurait fait. Nous ne pouvions abandonner Cerf sans personne à la barre ; réjouissez-vous, comme nous, d'en être le timonier. Royal s'est engagé sur un chemin où nous ne pouvons le suivre, il s'est enfui vers l'Intérieur pour se cacher sous le lit de sa mère. Nous devons nous débrouiller seuls ; d'ailleurs, tous les signes et tous les présages l'indiquent : il paraît qu'on aurait vu le Grêlé boire du sang tiré d'un puits de Castelcerf et qu'un serpent enroulé dans le maître âtre de la Grand-Salle aurait essayé de mordre un enfant ; quant à moi, alors que je faisais route au sud pour venir ici, j'ai vu un jeune aigle que des corbeaux tourmentaient ; or, à l'instant où je le voyais déjà plonger dans la mer pour leur échapper, il s'est retourné et, en plein vol, a saisi un corbeau qui s'apprêtait à fondre sur lui ; il l'a déchiré de ses serres, puis l'a laissé tomber, tout sanglant, dans la mer, et les autres corbeaux se sont enfuis à tire-d'aile en croassant à qui mieux mieux. Ce sont des signes, FitzChevalerie ; nous serions fous de n'y pas attacher d'importance. »

Malgré le scepticisme que m'inspirait ce genre de présage, un frisson me prit qui fit se dresser les poils de mes bras. Les yeux de Brondy me quittèrent pour se diriger vers la porte intérieure de la pièce et je suivis son regard : Célérité était là. Ses cheveux sombres et courts encadraient son fier visage et ses yeux bleus brillaient d'un éclat farouche. « Ma fille, tu as bien choisi, déclara le vieil homme. Je me suis naguère demandé ce que tu trouvais à un simple scribe, mais peut-être le vois-je mieux aujourd'hui. »

D'un geste, il l'invita à s'approcher ; elle s'avança dans un bruissement de jupes, s'arrêta auprès de son père et me regarda d'un air hardi. Pour la première fois, j'entr'aperçus la volonté de fer que dissimulaient ses apparences d'enfant timide ; c'était déroutant.

« Je vous ai prié de prendre patience et vous vous êtes incliné, me dit le duc Brondy. Vous vous êtes montré homme d'honneur. Je vous ai donné ma fidélité aujourd'hui ; accepterez-vous également la promesse de ma fille de devenir votre épouse ? »

Au bord de quel précipice je vacillais ! Je croisai le regard de Célérité et je n'y lus pas le moindre doute. Si je n'avais pas connu Molly, je l'aurais trouvée belle ; mais, quand je la contemplais, je ne voyais que ce qu'elle n'était pas. Je n'avais nul désir d'offrir les décombres de mon cœur à aucune femme, et surtout pas en un tel moment. Je m'adressai à son père, résolu à parler fermement.

« Vous me faites plus d'honneur que je n'en mérite, messire. Mais, duc Brondy, vous l'avez dit vous-même : nous vivons une époque difficile et incertaine. Avec vous, votre fille est en sécurité ; à mes côtés, elle ne pourra connaître que des périls plus grands encore. Les propos que nous avons tenus aujourd'hui, d'aucuns pourraient les considérer comme trahison ; je ne veux pas que l'on dise que j'ai pris votre fille pour vous lier à moi dans une entreprise discutable, ni que vous avez donné votre fille pour un tel motif. » Je me contraignis à me tourner vers Célérité, à croiser son regard. « La fille de Brondy court moins de danger que l'épouse de FitzChevalerie ; tant que ma position n'est pas plus assurée, je ne demande à personne de s'engager envers moi. J'ai la plus grande considération pour vous, dame Célérité ; je ne suis pas duc, je ne suis pas même noble : je suis ce que dit mon nom : le fils illégitime d'un prince. Tant que je ne pourrai me prétendre davantage, je ne chercherai pas d'épouse et ne courtiserai aucune femme. »

Célérité était manifestement mécontente mais son père hocha lentement la tête. « Je vois la justesse de vos propos ; ma fille, je le crains, ne voit que l'attente. » Il observa la moue de Célérité avec un sourire affectueux. « Un jour, elle comprendra que ceux qui veulent la protéger sont ceux qui l'aiment. » Il me jaugea du regard comme il l'eût fait d'un cheval. « Je pense, murmura-t-il, que Cerf tiendra, et que l'enfant de Vérité héritera du trône. »

Ces mots résonnaient encore dans ma tête quand je pris congé de lui. Je ne cessais de me répéter que je n'avais rien fait de mal : si je ne m'étais pas dressé pour m'emparer de Castelcerf, un autre l'aurait fait.

*

« Et qui donc ? » me demanda Umbre d'un ton furieux quelques heures plus tard.

J'étais assis, le nez baissé. « Je ne sais pas ; mais ils auraient trouvé quelqu'un, et ce quelqu'un aurait bien davantage risqué de mettre le royaume à feu et à sang, d'agir pendant la cérémonie d'intronisation et de réduire à néant nos efforts pour tirer Kettricken et Subtil de cette pagaille.

– Si les ducs côtiers sont aussi près de la rébellion que ton rapport l'indique, nous ferions peut-être bien de reconsidérer ce plan. »

J'éternuai. J'avais employé trop d'écorce amère et la pièce en était encore enfumée. « Brondy ne m'a pas approché pour parler de rébellion, mais de fidélité au vrai roi, et c'est dans le même esprit que je lui ai répondu. Je n'ai aucune envie de renverser le trône, Umbre, seulement de le garder pour l'héritier légitime.

– Je le sais bien. Autrement, j'irais de ce pas trouver le roi Subtil pour dénoncer cette... folie. J'ignore comment nommer ce que tu as fait. Ce n'est pas de la trahison, et pourtant...

– Je ne suis pas parjure à mon roi ! fis-je dans un murmure véhément.

– Ah non ? Alors, permets-moi de te poser une question : si, malgré nos efforts pour sauver Subtil et Kettricken, ou à cause d'eux, ils périssent tous deux et l'enfant avec eux, et que Vérité ne revienne jamais, que se passera-t-il ? Seras-tu si désireux de céder le trône au roi légitime ?

– Royal ?

– Selon l'ordre de succession, oui.

– Ce n'est pas un roi, Umbre ! C'est un petit prince trop gâté et il ne changera jamais. J'ai autant de sang Loinvoyant dans les veines que lui.

– Et tu pourrais en dire autant de l'enfant de Kettricken le moment venu. Vois-tu quel périlleux chemin nous empruntons quand nous outrepassons notre rang ? Toi et moi avons juré allégeance à la lignée des Loinvoyant, dont nous ne sommes que des pousses adventices ; pas seulement au roi Subtil, ni à un roi avisé : nous avons juré de soutenir le roi légitime de la lignée des Loinvoyant - même s'il s'agit de Royal.

– Vous serviriez Royal ?

– J'ai vu des princes plus stupides que lui acquérir de la sagesse avec l'âge. La voie où tu t'engages nous mène à la guerre civile. Bauge et Labour...

– ... n'ont aucun intérêt à ce qu'éclate une guerre. Ils se diront "Bon débarras !" et laisseront les duchés côtiers aller leur chemin. Royal l'a toujours dit.

– Et il le pense sans doute ; mais quand il s'apercevra qu'il ne peut plus acheter de soie fine et que les vins de Terrilville et d'au-delà ne remontent plus la Cerf jusqu'à ses papilles, il changera d'avis. Il a besoin de ses cités portuaires et il viendra les récupérer.

– Que faire, alors ? Qu'aurais-je dû faire ? »

Umbre s'assit en face de moi et serra ses mains tavelées entre ses vieux genoux osseux. « Je l'ignore. Brondy est effectivement aux abois ; si tu l'avais repoussé avec hauteur et accusé de trahison, ma foi... peut-être ne se serait-il pas débarrassé de toi, mais n'oublie pas qu'il s'est occupé rapidement et sans hésitation de Virilia dès qu'elle a représenté une menace pour lui. Tout cela dépasse les capacités d'un vieil assassin ; il nous faut un roi.

– En effet.

– Serais-tu capable d'artiser à nouveau Vérité ?

– J'ai peur de le tenter : je ne sais comment nous garder de Justin et de Sereine – et de Guillot. » Je soupirai. « Néanmoins, j'essaierai ; s'ils interceptent mon Art, Vérité s'en rendra sûrement compte. » Une autre pensée me vint. « Umbre, demain soir, quand vous emmènerez Kettricken, trouvez quelques instants pour lui dire ce qui s'est passé et l'assurer de ma fidélité.

– Tu crois que ce genre de nouvelles la rassureraient au moment où elle s'échappe pour regagner les Montagnes ? Non, pas demain soir. Je veillerai à ce qu'elle soit mise au courant une fois en sécurité ; quant à toi, tu dois essayer de contacter Vérité, mais fais attention que nul n'espionne ton Art. Es-tu certain qu'ils ne se doutent pas de nos plans ? »

Je ne pus que secouer la tête. « Mais je pense qu'ils ne savent rien : j'avais déjà tout dit à Vérité quand il a senti que quelqu'un essayait soudain de nous espionner.

– Tu aurais dû tuer Justin, je crois, grommela Umbre, puis il éclata de rire devant mon air outré. Non, non, garde ton calme : je ne vais pas te reprocher de t'en être abstenu. J'aurais souhaité que tu fasses preuve d'autant de prudence face au plan de Brondy ; la moindre bribe de votre entretien suffirait à Royal pour te faire étirer le col et, s'il était assez impitoyable et stupide, à vouloir faire pendre ses ducs aussi. Non, n'y pensons même pas ! Les couloirs de Castelcerf seraient éclaboussés de sang avant que tout soit fini. Dommage que tu n'aies pas trouvé le moyen de détourner la conversation avant qu'il te fasse sa proposition – sauf, comme tu l'as dit, qu'ils auraient choisi quelqu'un d'autre. Enfin ! On ne peut pas mettre une vieille tête sur de jeunes épaules ; malheureusement, Royal, lui, pourrait facilement faire sauter ta jeune tête de tes jeunes épaules. » Il s'agenouilla pour ajouter une bûche sur le feu, puis il soupira. « Tout le reste est-il prêt ? » demanda-t-il à brûle-pourpoint.

Je n'étais que trop heureux de changer de sujet de conversation. « Autant qu'il est possible. Burrich nous attendra dans le taillis d'aulnes, là où le renardier avait sa tanière. »

Umbre leva les yeux au ciel. « Et comment vais-je trouver le chemin ? Je dois me renseigner auprès d'un renardier de passage ? »

Je souris involontairement. « Presque. Par où sortirez-vous du Château ? »

Il garda le silence un moment : le vieux matois hésitait encore à livrer ses petits secrets. En fin, il dit : « Par le magasin à grain, le troisième en revenant des écuries. »

Je hochai lentement la tête. « Un loup gris vous y retrouvera ; suivez-le sans bruit et il vous montrera comment sortir des murs de Castelcerf sans passer par les portes. »

Un long moment, Umbre resta à me dévisager. J'attendis une condamnation, un regard de dégoût, même de curiosité, mais le vieil assassin s'était entraîné depuis trop longtemps à dissimuler ses sentiments. Il finit par déclarer : « Nous serions fous de ne pas employer toutes les armes à notre disposition. Est-il... dangereux pour nous ?

– Pas plus que moi ; inutile de porter de la mort-aux-loups ni de lui offrir du mouton pour l'amadouer. » Je connaissais les vieilles histoires aussi bien qu'Umbre. « Montrez-vous, tout simplement, et il viendra vous guider ; il vous fera franchir les murailles et vous mènera jusqu'au taillis où Burrich attendra avec les chevaux.

– Le chemin est-il long ? »

Je savais qu'il songeait au roi. « Pas trop, mais un peu quand même, et la neige est épaisse et elle n'est pas tassée. Passer la brèche du mur ne sera pas facile, mais c'est réalisable. Je pourrais demander à Burrich de vous y attendre plutôt qu'au taillis, mais je préfère ne pas attirer l'attention. Le fou pourrait peut-être vous aider ?

– Ce sera indispensable, tel que ça se présente, mais je ne tiens pas à impliquer d'autres personnes dans cette affaire : notre position semble devenir de plus en plus intenable. »

Je courbai la tête : c'était vrai. « Et vous ? demandai-je.

– J'ai terminé ce que j'avais à faire en avance ; le fou y a participé : il a dérobé des vêtements et de l'argent pour le voyage de son roi. De mauvais gré, Subtil a donné son accord pour notre plan ; il sait qu'il est avisé, mais l'idée le révolte. Malgré tout, Fitz, Royal est son fils, son petit dernier et son préféré ; il a eu beau faire les frais de son absence de cœur, il a encore du mal à concevoir que le prince menace sa vie ; il est dans une impasse : s'avouer que Royal est prêt à se tourner contre lui revient à s'avouer qu'il l'a mal jugé. S'enfuir de Castelcerf est encore pire, car c'est reconnaître non seulement que Royal est prêt à le menacer, mais aussi qu'il n'y a pas d'autre solution que la fuite ; or notre roi n'a jamais été un lâche et il est humilié de devoir se sauver devant quelqu'un qui, plus que tous les autres, devrait lui être fidèle. Pourtant, c'est nécessaire, et j'ai réussi à l'en convaincre, surtout, je dois l'admettre, en insistant sur le fait que, sans son accord, l'enfant de Kettricken n'a que peu de chances de monter un jour sur le trône. » Umbre soupira. « Je ne puis rien faire de mieux ; j'ai préparé les médications et tout est bien empaqueté.

– Le fou accepte-t-il l'idée qu'il ne peut accompagner son roi ? »

Umbre se massa le front. « Il compte le suivre à quelques jours de distance. Je n'ai pas pu le dissuader complètement ; j'ai seulement obtenu qu'il voyage séparément.

– Alors, il ne me reste plus qu'à trouver le moyen d'évacuer les témoins de la chambre du roi et vous à l'enlever.

– Eh oui, observa Umbre d'un ton sans joie, tout est arrangé, prêt à être exécuté, sauf le principal. »

Nous nous plongeâmes dans la contemplation du feu.

14

ÉVASIONS ET CAPTURES

Les dissensions qui apparurent entre les duchés côtiers et ceux de l'Intérieur à la fin du règne du roi Subtil ne résultaient pas d'une rupture nouvelle, mais plutôt de la résurgence d'anciens différends. Les quatre duchés de la Côte, Béarns, Cerf, Rippon et Haurfond, formaient un royaume bien avant la naissance des Six-Duchés. Quand la tactique de combat unifiée des Etats chalcèdes convainquit le roi Manieur qu'il ne tirerait nul profit de leur conquête, il tourna ses ambitions vers l'intérieur des terres ; la région de Bauge, avec ses populations au mode de vie tribal et nomade, fut rapidement soumise par les armées organisées qu'il dirigeait ; Labour, plus peuplée et plus citadine, se rendit à contrecœur lorsque le roi de cette région se retrouva avec un territoire assiégé et des routes commerciales coupées.

L'ancien royaume de Labour et la région connue sous le nom de Bauge furent considérés comme pays conquis pendant plus d'une génération ; l'opulence de leurs greniers, de leurs vergers et de leurs troupeaux fut exploitée sans vergogne au profit des duchés côtiers. La reine Munificence, petite-fille de Manieur, eut la sagesse de comprendre que cet état de fait entretenait le mécontentement des régions de l'Intérieur et, faisant preuve d'une grande tolérance et d'un grand discernement, elle éleva les doyens tribaux du peuple de Bauge et les anciennes familles régnantes de Labour au rang de nobles ; à l'aide de mariages et de dons de terres, elle forgea des alliances entre clans des Côtes et de l'Intérieur, et elle fut la première à désigner son royaume sous le nom de Six-Duchés. Mais toutes ses manœuvres politiques ne purent rien changer aux intérêts géographiques et économiques des différentes régions : le climat, les habitants et les modes de vie des duchés de l'Intérieur demeurèrent profondément différents de ceux de la Côte.

Durant le règne de Subtil, les divergences entre les deux parties du royaume furent exacerbées par les rejetons de ses deux reines ; ses fils aînés, Chevalerie et Vérité, étaient les fils de la reine Constance, noble dame de Haurfond qui possédait aussi de la famille parmi l'aristocratie de Béarns ; la seconde reine de Subtil, Désir, était originaire de Bauge, mais faisait remonter la lignée de sa famille jusqu'à la royauté séculaire de Labour ainsi qu'à de très anciennes attaches avec les Loinvoyant, d'où son assertion, souvent répétée, que son fils Royal avait plus de sang bleu que ses deux demi-frères et, par conséquent, davantage droit au trône.

Avec la disparition du roi-servant Vérité et les rumeurs de sa mort, et la faiblesse évidente du roi Subtil, il apparut aux ducs de la Côte que le pouvoir et le titre allaient revenir au prince Royal, d'ascendance de l'Intérieur ; ils préférèrent prendre position pour l'enfant à naître de Vérité, prince côtier, et firent tout pour conserver et consolider le pouvoir des lignées de la Côte. De fait, menacés comme ils l'étaient par les Pirates rouges et les forgisations, les duchés côtiers n'avaient pas d'autre solution rationnelle.

⋆

La cérémonie d'intronisation du roi-servant fut trop longue. L'assistance avait été réunie à l'avance afin de permettre à Royal de traverser majestueusement ses rangs, puis de monter vers le trône où le roi Subtil l'attendait en somnolant. La reine Kettricken, pâle comme un cierge, se tenait à la gauche de Subtil, un peu en retrait ; le roi était vêtu de robes et de cols de fourrure et arborait l'assortiment des bijoux royaux au grand complet, mais Kettricken avait résisté aux propositions et aux exhortations de Royal d'en faire autant : grande et droite, elle portait une robe pourpre unie avec une ceinture attachée au-dessus de son ventre qui s'arrondissait, et un simple bandeau en or retenait ce qui restait de ses cheveux ; sans ce cercle de métal à ses tempes, on aurait pu la prendre pour une servante prête à obéir aux ordres de Subtil. Je savais qu'elle se considérait toujours plus comme Oblat que comme reine, mais elle ne se rendait pas compte que l'austérité de sa tenue la faisait paraître excessivement étrangère à la cour.

Le fou était là aussi, dans un habit noir et blanc fort défraîchi, et Raton avait retrouvé sa place au bout de son sceptre. Le fou s'était peint la figure de rayures également noir et blanc et je me demandai s'il avait cherché à camoufler ses contusions ou à s'assortir à sa livrée. Il avait fait son apparition un peu avant Royal et s'était manifestement régalé du spectacle qu'il avait offert en remontant l'allée centrale avec force cabrioles et bénédictions de Raton avant de faire une révérence à l'assistance, puis de bondir et de s'affaler gracieusement aux pieds du roi. Des gardes avaient fait mine de l'intercepter, mais les spectateurs hilares qui tendaient le cou pour mieux voir leur avaient barré le passage. Quand il était arrivé à l'estrade et s'y était assis, le roi avait baissé la main pour ébouriffer distraitement ses boucles éparses et nul n'avait plus osé le chasser. Le public avait échangé des regards furieux ou réjouis, selon la gravité avec laquelle chacun prenait son allégeance à Royal ; pour ma part, je craignais qu'il ne s'agît de la dernière facétie du fou.

Toute la journée, l'atmosphère du Château avait évoqué une marmite en ébullition. Je m'étais trompé en comptant sur Béarns pour garder bouche close : un nombre inquiétant de nobliaux s'étaient soudain mis à me saluer de la tête ou à chercher mon regard ; comme je redoutais que les partisans de Royal ne s'en aperçoivent, je m'étais cantonné dans ma chambre, puis, pendant une bonne partie du début de l'après-midi, dans la tour de Vérité où j'avais tenté en vain de l'artiser. J'avais choisi cette pièce dans l'espoir d'évoquer clairement son souvenir, mais j'avais échoué, car je restais constamment à l'affût des pas de Guillot dans l'escalier ou du frôlement de la présence de Justin ou de Sereine aux limites de mon esprit.

Après avoir renoncé à artiser, je demeurai assis et réfléchis longuement à mon insoluble casse-tête : comment éloigner les gardes de la chambre du roi ? En bas de la tour, j'entendais la mer et le vent frapper les falaises et, quand je voulus entrouvrir les fenêtres, les rafales me repoussèrent carrément à l'autre bout de la pièce. De l'avis de la plupart des invités, c'était une belle journée pour la cérémonie : la tempête qui montait clouerait les Pirates à leurs présents mouillages et nous assurerait de l'absence de nouvelles attaques. Je regardais la pluie encroûter de glace les congères et j'imaginais Burrich voyageant de nuit par ce temps avec la reine et le roi dans sa litière : c'était une mission que je n'aurais pas entreprise de gaieté de cœur.

L'atmosphère propice à un événement mystérieux avait été mise en place. A présent, en plus des histoires à propos du Grêlé et de serpents dans les cheminées, le désespoir régnait dans les cuisines : le pain du jour n'avait pas levé et le lait avait caillé dans les barriques avant même qu'on pût en récupérer la crème. La pauvre Mijote, ébranlée jusqu'aux tréfonds, avait déclaré que jamais rien de tel ne s'était produit dans ses cuisines et les porchers avaient refusé qu'on donne le lait tourné aux pourceaux, convaincus qu'il était l'objet d'une malédiction. La fournée de pain ratée avait obligé les marmitons à travailler double pour rattraper le temps perdu, alors qu'ils étaient déjà débordés d'ouvrage avec tous les hôtes en surplus qu'il fallait nourrir ; j'étais désormais à même d'attester que des cuisines de mauvaise humeur pouvaient affecter l'ambiance d'un château tout entier.

Les plats servis à la salle de garde étaient réduits à la portion congrue, le ragoût était trop salé et la bière s'était mystérieusement éventée ; le duc de Labour se plaignit qu'on lui eût servi du vinaigre au lieu de vin dans ses appartements, ce qui conduisit le duc de Béarns à déclarer à ceux de Haurfond et de Rippon que même un fond de vinaigre dans les leurs aurait été reçu comme une marque d'hospitalité ; la remarque malheureuse parvint on ne sait comment aux oreilles de dame Pressée, qui réprimanda vigoureusement chambellans et serviteurs de n'avoir pas su étendre le peu de liesse qui restait à Castelcerf aux petits appartements ; ils protestèrent qu'ordre avait été donné de dépenser le moins possible pour ces invités-là, mais on ne put trouver personne prêt à reconnaître avoir donné cet ordre ni même l'avoir transmis. Ainsi s'était passée la journée, si bien que c'est avec un profond soulagement que je m'étais isolé dans la tour de Vérité.

Mais je n'avais pas osé couper à la cérémonie d'intronisation, car on aurait pu en tirer trop de conclusions ; aussi attendais-je l'entrée de Royal, debout parmi l'assistance, mal à l'aise dans une chemise aux manches trop amples et des chausses qui me démangeaient épouvantablement, mais le faste et l'apparat n'étaient pas au centre de mes préoccupations : mon esprit était un tourbillon de questions et d'inquiétudes. Burrich avait-il réussi à sortir du Château les chevaux et la litière ? Il faisait nuit ; il était sans doute dehors, à l'heure qu'il était, dans la tempête, avec pour seul abri le taillis d'aulnes ; il avait sûrement mis une couverture sur les chevaux, mais elle ne serait guère efficace contre la neige à demi fondue qui tombait à présent avec régularité. Il m'avait fourni le nom du forgeron chez qui il avait emmené Suie et Rousseau ; il faudrait que je me débrouille pour payer la somme hebdomadaire que demandait l'homme et me rendre sur place de temps en temps afin de vérifier qu'ils étaient bien soignés : Burrich m'avait fait promettre de ne charger nul autre de cette tâche. La reine pourrait-elle se retirer seule dans sa chambre ? Et encore et toujours, comment éloigner les occupants des appartements de Subtil afin qu'Umbre puisse l'enlever ?

Un murmure surpris me tira de mes réflexions ; je me tournai vers l'estrade où tous les regards semblaient converger : après un bref vacillement, la flamme d'une des grandes bougies qui y brûlaient était devenue bleue ; une autre se mit à cracher des étincelles, puis sa flamme devint un instant bleue elle aussi. Le murmure grandit mais les bougies fantasques s'étaient remises à se consumer de façon régulière et normale. Ni Kettricken ni le roi Subtil ne parurent remarquer quoi que ce fût d'étrange, mais le fou se redressa et réprimanda les chandelles capricieuses en agitant Raton dans leur direction.

Enfin Royal fit son apparition, resplendissant de velours rouge et de soie blanche. Une petite fille marchait devant lui en balançant un encensoir où brûlait du bois de santal, et Royal souriait à la cantonade, croisait des regards entendus et hochait la tête de même tout en avançant à pas lents vers le trône. Tout ne se passa pas aussi bien qu'il l'avait prévu : le roi Subtil eut un moment d'hésitation, puis regarda d'un air perplexe le manuscrit qu'on lui avait donné à lire ; pour finir, Kettricken prit le rouleau de ses mains tremblantes et Subtil lui sourit tandis qu'elle commençait à lire les mots qui devaient lui fendre le cœur. Il s'agissait d'un catalogue précis des enfants que le roi Subtil avait engendrés, y compris une fille morte en bas âge, d'abord selon leur ordre de naissance, puis selon la date de leur décès, le tout désignant Royal comme seul survivant et héritier légitime. Elle n'achoppa point sur le nom de Vérité et lut sans défaillir la petite phrase – « Disparu lors d'une mission au royaume des Montagnes » – comme s'il s'agissait d'une liste d'ingrédients de cuisine. Nulle mention n'était faite de l'enfant qu'elle portait : encore à naître, c'était un héritier mais pas un roi-servant ; il ne pourrait prétendre au titre avant d'avoir seize ans.

Dans le coffre de Vérité, Kettricken avait pris la couronne du roi-servant, simple bandeau d'argent serti d'une pierre bleue, et le pendentif d'or et d'émeraude en forme de cerf bondissant. Elle les remit d'abord au roi Subtil qui les contempla, comme désorienté, sans faire le moindre geste pour les confier à Royal ; pour finir, celui-ci les lui prit des mains et Subtil le laissa faire ; Royal se posa lui-même la couronne sur la tête, se passa le pendentif autour du cou et se tourna vers l'assistance, nouveau roi-servant des Six-Duchés.

Le minutage d'Umbre manquait un peu de précision et les bougies ne commencèrent à jeter des éclats bleus qu'au moment où les ducs s'avancèrent pour renouveler leur allégeance à la maison des Loinvoyant. Royal s'efforça de ne pas prêter attention au phénomène, mais les murmures de l'assistance menacèrent bientôt de noyer le serment du duc de Labour ; alors il se tourna et moucha négligemment la bougie fautive. J'admirai son aplomb, surtout lorsque la flamme d'une autre bougie devint presque aussitôt bleue et qu'il répéta son geste. Je trouvai personnellement le présage un peu excessif quand une torche plantée dans une applique au mur cracha soudain une flamme bleue dans un bruit de souffle et en émettant une odeur pestilentielle avant de s'éteindre peu à peu. Tous les yeux s'étaient tournés vers le prodige et Royal prit son mal en patience, mais je vis bien la crispation de ses mâchoires et la petite veine qui battait à sa tempe.

J'ignore comment à l'origine il avait projeté d'achever la cérémonie, mais il y mit rapidement terme. A un signal sec de sa part, les ménestrels se mirent soudain à jouer tandis que, répondant à un autre signe, les portes s'ouvraient et que des serviteurs apportaient des plateaux de table déjà dressés, suivis de jeunes garçons chargés de tréteaux pour les soutenir. Pour cette fête-ci, du moins, il n'avait pas fait les choses à moitié et les viandes et les pâtisseries soigneusement préparées reçurent le meilleur accueil ; si le pain semblait manquer un peu, nul n'en fit la remarque. Des tables avaient été installées dans la Petite Salle pour la haute noblesse et je vis Kettricken y accompagner à pas lents le roi Subtil tandis que le fou et Romarin leur emboîtaient le pas ; pour nous, de rang moindre, on avait servi des nourritures plus simples mais abondantes et une partie de la salle avait été libérée pour qui voulait danser.

J'avais prévu de manger copieusement au banquet, mais sans cesse je me faisais accoster par des hommes qui m'assenaient de trop fortes claques sur l'épaule et des femmes qui me lançaient des regards trop entendus. Les ducs de la Côte étaient à table avec les autres nobles et feignaient de rompre le pain avec Royal pour cimenter leur nouvelle relation. Béarns m'avait dit que les trois ducs côtiers seraient mis au courant du fait que j'approuvais leur plan, mais je constatai avec effroi que la petite noblesse n'en ignorait rien non plus ; Célérité ne me demanda pas franchement de lui servir d'escorte, mais m'embarrassa fort en me suivant partout sans un mot, comme un chien : je ne pouvais me retourner sans la voir quelques pas derrière moi. Manifestement, elle attendait que je lui parle, mais je ne me faisais pas confiance pour trouver les mots qu'il fallait. Je faillis m'enfuir lorsqu'un nobliau de Haurfond me demanda d'un air dégagé si je pensais qu'un des navires de combat serait posté à Fausse Baie, très au sud.

Avec désespoir, je compris soudain mon erreur : aucun d'entre eux n'avait peur de Royal. Ils ne voyaient en lui nul danger, seulement un petit freluquet qui avait envie de porter de beaux habits, un bandeau d'argent et un titre ronflant ; ils croyaient qu'il allait partir et qu'ils pouvaient le tenir pour quantité négligeable : je n'avais pas cet aveuglement.

Je savais ce dont Royal était capable, par soif de pouvoir, par caprice ou simplement parce qu'il pensait pouvoir agir impunément. Il allait quitter Castelcerf, dont il ne voulait pas ; mais s'il apprenait que j'étais prêt à reprendre le Château à mon compte, il ferait tout pour m'en empêcher. J'étais censé y rester, abandonné, pour y mourir de faim ou sous les coups des Pirates, pas accéder au pouvoir en escaladant les décombres qu'il laissait derrière lui.

Si je ne me montrais pas très prudent, ces nobles de la Côte allaient me faire tuer – ou pire, si Royal inventait à mon intention un sort qu'il jugeât plus horrible encore.

Par deux fois j'essayai de m'éclipser et par deux fois je me fis acculer par quelqu'un qui voulait me parler discrètement. Je finis par prétexter une migraine et annonçai à la cantonade que j'allais me coucher, après quoi je dus supporter les vœux de bonne nuit qu'une dizaine de personnes au moins se hâtèrent de venir me présenter. A l'instant où je me croyais enfin libre, Célérité toucha timidement ma main et me souhaita un bon sommeil d'un ton accablé ; je compris que je l'avais blessée et j'en fus bouleversé plus que par tout ce que j'avais vu ce soir-là. Je la remerciai et, geste le plus lâche que j'eusse accompli de la soirée, je baisai le bout de ses doigts. La lumière qui rejaillit alors dans ses yeux m'emplit de honte et je m'enfuis dans les escaliers. Tout en gravissant les marches, je me demandai comment Vérité ou mon père avaient pu supporter ce genre de situations ; si j'avais jamais rêvé d'être un vrai prince au lieu d'un bâtard, c'est à cet instant que je renonçai à ce rêve : c'était une fonction beaucoup trop publique. Et, le cœur serré, je m'aperçus que telle serait ma vie tant que Vérité ne serait pas revenu : l'illusion du pouvoir me collait désormais à la peau et beaucoup s'en laisseraient éblouir.

Dans ma chambre, j'enfilai avec soulagement des vêtement plus pratiques. Comme j'ajustais ma chemise, je sentis la petite poche du poison que j'avais préparé pour Murfès, toujours cousue à l'intérieur de ma manche ; peut-être, songeai-je amèrement, cette pochette me porterait-elle chance. Je sortis et commis l'acte le plus stupide de la soirée : je me rendis chez Molly. Le couloir des serviteurs était désert, à peine éclairé par deux torches vacillantes. Je frappai à sa porte : pas de réponse. Je soulevai doucement la clenche : elle n'était pas verrouillée. La porte s'ouvrit sous ma poussée.

Une chambre vide et obscure. Nul feu ne brûlait dans le petit âtre. Je mis la main sur un bout de chandelle et allai l'allumer à une torche, puis je revins dans la pièce et fermai la porte derrière moi. Je demeurai sans bouger pendant que le désastre prenait soudain substance devant moi. Tout me parlait de Molly : le lit sans draps ni couvertures, la cheminée nettoyée, mais avec une petite réserve de bois prête pour le prochain occupant, tous ces détails me dirent qu'elle s'était chargée elle-même de la chambre avant de partir. Pas un ruban, pas une bougie, pas même un bout de mèche ne subsistait pour évoquer la femme qui avait vécu ici l'existence d'une servante. Le broc était posé à l'envers dans la cuvette pour le garder de la poussière. Je m'assis dans son fauteuil devant l'âtre froid, puis ouvris son coffre à vêtements, mais ce n'était pas son fauteuil, son âtre ni son coffre : ce n'étaient que des objets qu'elle avait touchés pendant le bref moment qu'elle avait passé ici.

Molly était partie.

Elle ne reviendrait pas.

En refusant de penser à elle, j'avais réussis à ne pas m'effondrer, mais cette chambre vide arracha le bandeau que je m'étais mis sur les yeux. Je regardai au fond de moi et ce que je vis m'emplit de mépris ; que ne pouvais-je reprendre le baiser que j'avais déposé sur les doigts de Célérité ! Baume pour l'orgueil meurtri d'une jeune fille ou leurre pour la lier, elle et son père, à moi ? Je ne savais plus, mais ni l'un ni l'autre ne pouvait se justifier, ni l'un ni l'autre n'était juste si je croyais tant soit peu en l'amour que j'avais juré à Molly. Ce seul geste prouvait que j'étais bel et bien coupable de tout ce dont elle m'accusait : toujours je ferais passer les Loinvoyant avant elle. Je lui avais fait miroiter le mariage et je l'avais dépouillée de toute fierté d'elle-même et de toute foi en moi. Elle m'avait fait mal en me quittant, mais elle porterait toujours en elle ce que j'avais infligé à sa propre confiance en elle ; elle croirait toujours qu'elle avait été jouée, utilisée par un jeune homme égoïste et menteur qui n'avait même pas eu le courage de se battre pour elle.

La désolation peut-elle être source de courage ? Ou bien fut-ce témérité née d'un désir d'autodestruction ? Toujours est-il que je redescendis les escaliers d'un pas décidé et me rendis tout droit aux appartements du roi. Les torches du couloir m'agacèrent en crachotant des étincelles bleues sur mon passage. Un peu trop théâtral, Umbre ; je me demandai s'il avait ainsi traité toutes les bougies et toutes les torches du Château. J'écartai la tenture et entrai. La place était vide : personne dans le salon, personne non plus dans la chambre du roi ; tout avait un aspect usé maintenant que les objets de qualité avaient été emportés ; on eût dit la chambre d'une auberge médiocre. Il n'y avait plus rien à voler, sans quoi Royal aurait posté un garde à la porte ; curieusement, ces appartements m'évoquèrent la chambre de Molly : il y restait quelques affaires – literie, vêtements et autres –, mais ce n'était plus la chambre à coucher de mon roi.

Je m'approchai d'une table, là exactement où je me tenais enfant tandis que Subtil, tout en prenant son petit déjeuner, me posait chaque semaine des questions tortueuses sur mes leçons et me rappelait chaque fois que, si j'étais son sujet, il était aussi mon roi. Cet homme n'existait plus, il avait été arraché à cette pièce ; la pagaille d'un homme actif, le tendeur à bottes, les épées, les manuscrits éparpillés avaient été remplacés par des brûloirs à herbes et des tasses collantes où restait un fond de thé drogué. Le roi Subtil avait quitté cette chambre depuis longtemps ; cette nuit, c'est un vieillard invalide que j'allais enlever.

J'entendis des bruits de pas ; maudissant mon imprudence, je me glissai derrière une tenture et me tins immobile. Un murmure de voix me parvint du salon : Murfès et, d'après le ton moqueur, le fou. Je me faufilai hors de ma cachette pour jeter un coup d'œil par le rideau qui me séparait d'eux. Kettricken était assise sur le divan à côté du roi et parlait avec lui à voix basse ; elle paraissait lasse : des cernes noirs soulignaient ses yeux, mais elle souriait au roi, et je me réjouis d'entendre Subtil chuchoter une réponse à ce qu'elle lui avait dit. Murfès était accroupi devant la cheminée, occupé à placer des bûchettes sur le feu avec une minutie excessive ; non loin de lui, Romarin était affalée par terre, sa nouvelle robe toute froissée autour d'elle ; je la vis bâiller d'un air épuisé, puis pousser un soupir et se redresser. Elle me fit pitié : la longue cérémonie m'avait fait exactement le même effet. Le fou se tenait derrière le fauteuil du roi ; il tourna soudain la tête, fixa son regard droit sur moi comme si le rideau n'avait aucune matérialité pour lui et je ne vis plus que lui.

Il se retourna brusquement vers Murfès. « C'est ça, souffle, sire Murfès, souffle bien chaud ; peut-être n'aurons-nous pas besoin de rallumer le feu, avec la chaleur de ton haleine pour chasser le froid de la pièce. »

Toujours accroupi, Murfès le foudroya du regard par-dessus son épaule. « Apporte-moi du bois, veux-tu ? La flamme court le long des brindille, mais rien ne prend ; il me faut de l'eau chaude pour préparer sa tisane soporifique au roi.

– Tu veux que je bûche pour toi ? Que je bûche ? De bois je ne suis pas, beau Murfès, et point ne brûlerai-je, si près que tu t'enfles et souffles sur moi. Gardes ! Holà, gardes ! Venez bûcher un peu ! Apportez du bois ! » D'un bond, le fou quitta sa place derrière le roi et se dirigea en cabriolant vers la porte, où il traita le rideau comme s'il fût en chêne massif ; enfin, il passa la tête dans le couloir, appela les gardes à cris vigoureux, puis rentra la tête et revint avec la mine déconfite. « Pas de gardes, pas de bûches : pauvre Murfès ! » D'un air grave, il observa l'intéressé qui, à quatre pattes, tisonnait le feu à coups rageurs. « Peut-être que si tu te tournais de poupe en proue et soufflais ainsi sur le feu, les flammes danseraient plus gaiement pour toi. Vire d'avant en arrière et crée un courant d'air, brave Murfès ! »

Une des chandelles de la chambre se mit soudain à cracher des étincelles bleues ; tous, même le fou, tressaillirent en entendant le bruit et Murfès se redressa lourdement. Je ne l'aurais pas cru superstitieux, mais la lueur affolée qui passa brièvement dans ses yeux indiqua clairement qu'il n'appréciait pas le présage. « Le feu ne veut pas prendre », déclara-t-il, puis, comme s'il prenait conscience du sens de ses paroles, il se tut, bouche bée.

« Nous sommes ensorcelés », fit le fou d'un ton aimable. Sur la pierre d'âtre, la petite Romarin ramena ses genoux sous son menton et promena un regard effaré sur la pièce, toute trace d'assoupissement disparu.

« Pourquoi les gardes ne sont-ils pas là ? » demanda Murfès d'un ton furieux. Il s'approcha de la porte à grands pas et regarda dans le couloir. « Toutes les torches ont la flamme bleue ! » s'exclama-t-il d'une voix étranglée. Il rentra la tête, regarda autour de lui éperdument. « Romarin ! Cours chercher les gardes ! Ils ont dit qu'ils n'allaient pas tarder. »

Romarin secoua la tête et serra davantage ses genoux contre sa poitrine.

« Tu veux encore les faire bûcher ? Bûcher des gardes ? Des gardes en bois ? Ah, prends garde de ne pas être pris entre le bois et l'écorce ! Des gardes en bois brûleraient-ils ?

– Cesse tes jacasseries ! dit sèchement Murfès. Va chercher les gardes !

– Va chercher ? D'abord, il me prend pour une bûche et maintenant pour un bichon ! Ah ! Va chercher le bois : tu veux dire le bâton ! Où est le bâton ? » Et le fou se mit à aboyer comme un roquet tout en gambadant à travers la pièce à la recherche d'un bout de bois imaginaire.

« Va chercher les gardes ! » Peu s'en était fallu que Murfès ne hurle.

La reine intervint d'un ton ferme. « Fou, Murfès, assez ; vous nous fatiguez avec vos singeries, et vous, Murfès, vous faites peur à Romarin. Allez chercher vous-même les gardes, si vous tenez tant à les avoir ici. Quant à moi, j'aimerais avoir la paix ; je suis fatiguée et je vais devoir me retirer bientôt.

– Ma reine, il se prépare un malheur ce soir, insista Murfès en jetant autour de lui des coups d'œil inquiets. Je ne suis pas homme à me laisser ébranler par de vagues présages, mais ils sont trop nombreux pour qu'on n'y prête pas attention. J'irai chercher les gardes, puisque le fou n'en a pas le courage...

– Il braille et pleure pour que les gardes viennent le protéger de brindilles qui ne veulent pas brûler et c'est moi qui manque de courage ? Pauvres de nous !

– La paix, fou, par pitié ! » Le ton suppliant de la reine semblait sincère. « Murfès, allez chercher, au lieu de gardes, d'autre bois ; notre roi n'a pas besoin de tout ce remue-ménage, mais simplement de repos. Allez. »

Murfès se dirigea à pas lents vers la porte, manifestement peu réjoui à l'idée d'affronter seul la lumière bleue du couloir.

Le fou lui dit en minaudant : « Veux-tu que je t'accompagne pour te tenir la main, vaillant Murfès ? »

A ces mots, l'homme accéléra et sortit enfin ; comme le bruit de ses pas s'évanouissait, le fou tourna de nouveau son regard vers l'endroit où je me cachais pour m'inviter à révéler ma présence. « Ma reine », dis-je à mi-voix en sortant de la chambre à coucher du roi, et seule une brusque inspiration trahit sa surprise, « si vous souhaitez vous retirer, le fou et moi nous occuperons de coucher le roi ; je vous sais lasse et désireuse de vous reposer tôt ce soir. » Sur la pierre d'âtre, Romarin me dévisageait, les yeux écarquillés.

« Peut-être, en effet, répondit Kettricken en se levant avec une étonnante vivacité. Viens, Romarin. Bonne nuit, mon roi. »

Elle sortit majestueusement de la pièce et Romarin trotta sur ses talons en nous jetant des regards par-dessus son épaule. Dès que le rideau de la porte fut retombé, je me précipitai auprès du roi. « Monseigneur, il est temps, lui dis-je doucement. Je vais monter la garde ici pendant que vous vous en irez. Y a-t-il quelque chose de particulier que vous souhaitiez emporter ? »

Il avala sa salive, puis accommoda son regard sur moi. « Non. Non, il n'y a plus rien qui m'intéresse ici ; plus rien à regretter, plus rien qui me retienne. » Il ferma les yeux et murmura : « J'ai changé d'avis, Fitz. Je crois que je vais rester ici et mourir dans mon lit cette nuit. »

Le fou et moi en demeurâmes un instant pantois. Puis :

« Ah non ! » s'exclama le fou à mi-voix, tandis que je disais : « Mon roi, vous êtes simplement fatigué.

– Et je ne pourrai que me fatiguer davantage. » Il avait un regard d'une étrange lucidité. Le jeune roi que j'avais brièvement touché quand nous avions artisé ensemble me contemplait du fond de ces yeux tourmentés de douleur. « Mon corps ne m'obéit plus, mon fils est devenu un serpent ; Royal sait que son frère est vivant, il sait qu'il n'a pas droit à la couronne qu'il porte. Je ne pensais pas qu'il... Je pensais qu'au dernier moment il se reprendrait... » Des larmes montèrent à ses yeux. Je croyais sauver mon roi d'un prince félon, j'aurais dû comprendre qu'on ne sauve pas un père de la trahison de son fils. Il tendit la main vers moi, une main autrefois musclée par le maniement de l'épée, muée aujourd'hui en griffe jaunâtre et décharnée. « Je voudrais dire adieu à Vérité. Je voudrais qu'il sache de ma bouche que je ne me suis pas prêté à ce qui se passe. Que j'aie au moins cette loyauté envers le fils qui m'est resté fidèle. » Il indiqua le sol à ses pieds. « Viens, Fitz. Emmène-moi auprès de lui. »

Il n'était pas question de refuser cet ordre et je n'hésitai pas : je m'agenouillai devant lui. Le fou alla se placer derrière lui, des larmes traçant des sillons gris dans son maquillage noir et blanc. « Non, murmura-t-il d'un ton pressant. Mon roi, levez-vous, allons nous cacher ; là, vous aurez le temps d'y réfléchir. Vous n'êtes pas obligé de décider maintenant. »

Subtil ne lui prêta nulle attention. Je sentis sa main se poser sur mon épaule et je lui ouvris ma force, surpris malgré ma peine d'avoir enfin appris à le faire à volonté. Nous plongeâmes ensemble dans le fleuve noir de l'Art et nous tourbillonnâmes dans son courant tandis que j'attendais les instructions de mon roi, mais il m'étreignit soudain. *Fils de mon fils, sang de mon sang ! A ma façon, je t'ai aimé.*

Mon roi.

Mon jeune assassin, qu'ai-je fait de toi ? Comment ai-je pu ainsi pervertir ma propre chair ? Tu ignores à quel point tu es jeune encore ; fils de Chevalerie, il n'est pas trop tard pour te redresser. Relève la tête, vois au-delà de tout cela.

J'avais passé ma vie à me transformer selon ses désirs : ces mots m'emplirent de confusion et de questions auxquelles il n'était pas l'heure de répondre. Je sentais ses forces décliner.

Vérité, lui rappelai-je.

Il tendit son esprit et je l'affermis dans son effort. Je perçus l'effleurement de la présence de Vérité, puis un brusque affaiblissement du roi ; je le cherchai à tâtons comme on plonge dans l'eau profonde à la rescousse d'un homme qui se noie ; je saisis sa conscience, la serrai contre moi, mais c'était comme agripper une ombre ; dans mes bras, c'était un enfant effrayé qui luttait contre il ne savait quoi.

Puis il disparut.

On eût dit une bulle de savon qui éclate.

J'avais cru avoir un aperçu de la fragilité de la vie quand j'avais tenu la petite fille morte dans mes bras, mais maintenant je la connaissais : présent un instant, puis plus rien l'instant d'après. Même une chandelle qu'on souffle laisse un mince ruban de fumée ; mon roi avait simplement disparu.

Mais je n'étais pas seul.

Tout enfant a retourné un oiseau mort trouvé dans les bois et ressenti le bouleversement et la terreur de voir les asticots à l'œuvre sous la carcasse ; les puces sont plus nombreuses et les tiques plus grosses sur un chien mourant. Justin et Sereine, telles des sangsues délaissant un poisson à l'agonie, tentèrent de se coller à moi ; elle était là, l'origine de leur force accrue et du lent dépérissement du roi, la brume qui obscurcissait son esprit et emplissait ses jours de torpeur. Galen, leur maître, avait fait de Vérité sa cible, mais il avait échoué à le tuer et trouvé lui-même la mort. Depuis combien de temps ces deux-là étaient-ils fixés au roi, depuis combien de temps aspiraient-ils sa force d'Art ? Je ne le saurais jamais. Ils avaient dû écouter tout ce qu'il artisait à Vérité par mon biais ; bien des mystères s'éclairaient soudain, mais il était trop tard. Ils fondirent sur moi et j'ignorais comment leur échapper ; je les sentis se coller à moi et je sus que c'étaient mes forces qu'ils suçaient à présent, et que, sans motif pour les retenir, ils allaient me tuer en quelques instants.

Vérité ! criai-je, mais j'étais déjà trop faible ; je ne pouvais plus l'atteindre.

Bas les pattes, roquets ! Un grondement familier et Œil-de-Nuit *repoussa* à travers moi. Je ne pensais pas qu'il y arriverait mais, comme il l'avait déjà fait, il employa l'arme du Vif par le canal ouvert par l'Art. Vif et Art sont deux choses différentes, aussi dissemblables que la lecture et le chant ou que la nage et la monte à cheval ; pourtant, quand mes deux agresseurs étaient liés à moi par l'Art, ils devaient être vulnérables à cette autre magie. Je les sentis écartés de moi, mais ils étaient deux pour résister à l'attaque d'Œil-de-Nuit ; il ne pouvait les vaincre ensemble.

Debout, sauve-toi ! Fuis ceux que tu ne peux combattre !

Sage conseil. La peur me renvoya dans mon corps et je dressai aussitôt les protections de mon esprit contre leur contact. Quand je le pus, j'ouvris les yeux : j'étais étendu haletant sur le sol du bureau du roi, tandis que le fou s'était jeté sur le corps de Subtil et pleurait à grands sanglots. Je sentis des volutes sournoises d'Art essayer de m'atteindre ; je me retirai au plus profond de moi-même et m'abritai éperdument comme Vérité me l'avait enseigné ; pourtant, je continuais de percevoir leur présence, tels des doigts de spectres qui tiraillaient mes vêtements, qui glissaient sur ma peau. J'en fus empli de révulsion.

« Tu l'as tué, tu l'as tué ! Tu as tué mon roi, traître immonde ! me cria le fou.

– Non ! Ce n'est pas moi ! » C'est à peine si j'avais pu articuler ces mots.

A ma grande horreur, Murfès s'encadra dans la porte et embrassa la scène avec un regard effaré. Puis il releva les yeux et hurla d'épouvante en lâchant la brassée de bois qu'il avait apportée. Le fou et moi tournâmes ensemble la tête.

A la porte de la chambre du roi se tenait le Grêlé. Même en sachant qu'il s'agissait d'Umbre, je connus un instant de terreur à m'en faire dresser les cheveux sur la tête : il était vêtu d'un linceul en lambeaux, maculé de terre et de moisissures ; ses longs cheveux gris pendaient en mèches répugnantes sur son visage et il s'était passé de la cendre sur la peau pour mieux faire ressortir ses cicatrices livides. Lentement, il pointa le doigt sur Murfès. L'homme poussa un cri d'effroi, puis se sauva en hurlant dans le couloir. Ses appels bégayants à la garde retentirent dans le Château.

« Que se passe-t-il ? » demanda Umbre dès que Murfès se fut enfui. D'une seule enjambée, il fut auprès de son frère et il posa ses longs doigts maigres sur sa gorge. Je savais quel serait le verdict ; je me relevai avec difficulté.

« Il est mort. MAIS CE N'EST PAS MOI QUI L'AI TUÉ ! » Mon cri couvrit les lamentations de plus en plus aiguës du fou. Les doigts d'Art me griffaient avec insistance. « Je vais tuer les responsables. Emmenez le fou en sécurité. Vous êtes-vous déjà occupé de la reine ? »

Les yeux agrandis, Umbre me dévisageait comme s'il ne m'avait jamais vu. Toutes les bougies de la pièces se mirent soudain à cracher des flammes bleues, ce qui convenait tout à fait à l'atmosphère. « Emmenez-la en sécurité, ordonnai-je à mon mentor, et faites en sorte que le fou l'accompagne : s'il reste ici, il est mort. Royal fera tuer tous ceux qui se seront trouvés dans cette pièce ce soir !

– Non ! Je ne veux pas l'abandonner ! » Le fou avait les yeux écarquillés et vides comme ceux d'une bête enragée.

« Débrouillez-vous pour l'emmener, Umbre ! Sa vie en dépend ! » Je saisis le fou par les épaules et le secouai violemment. Sa tête ballotta d'avant en arrière sur son cou gracile. « Accompagne Umbre et ne fais pas de bruit ! Tais-toi si tu veux que la mort de ton roi soit vengée ! C'est ce que je vais faire ! » Un brusque tremblement s'empara de moi et le monde se mit à danser, noir sur les bords. « De l'écorce elfique ! fis-je d'une voix étranglée. Il faut que vous me donniez de l'écorce elfique ! Ensuite, fuyez ! » Je jetai le fou dans les bras d'Umbre ; le vieillard le prit entre ses bras noueux et j'eus l'impression de voir la Mort l'étreindre. Ils sortirent, Umbre poussant le fou en pleurs devant lui. Un instant plus tard, j'entendis l'imperceptible frottement de la pierre sur la pierre. Ils étaient saufs.

Je tombai à genoux, puis m'écroulai sans pouvoir m'en empêcher. Je levai la main vers les genoux de mon roi mort ; la sienne, qui se refroidissait, glissa de l'accoudoir et tomba sur ma tête.

« L'instant est mal choisi pour pleurer », dis-je tout haut dans la chambre vide, mais mes larmes coulèrent néanmoins. Des tourbillons noirs bordaient ma vue, les doigts d'Art fantôme griffaient mes murs, arrachaient mon mortier, testaient chaque pierre ; je les repoussais mais ils revenaient sans cesse. Je me souvins du regard que m'avait lancé Umbre et je doutai qu'il revînt ; toutefois... Je pris une inspiration.

Œil-de-Nuit, conduis-les au terrier du renardier. Je lui montrai l'entrepôt d'où ils émergeraient et l'endroit où ils devaient aller ; je ne pus faire davantage.

Mon frère ?

Conduis-les, mon frère ! Je l'écartai faiblement et le sentis s'en aller. Et toujours les larmes ruisselaient stupidement sur mon visage. Je cherchai un point d'appui et ma main toucha la ceinture du roi ; j'ouvris les yeux, m'efforçai d'éclaircir ma vision. Son couteau ; non pas une dague d'apparat incrustée de bijoux, mais le couteau simple que tout homme porte à la ceinture pour les tâches de tous les jours. J'inspirai, puis le sortis de son fourreau, le posai sur mes genoux et le contemplai. Une lame honnête, effilée par des années d'usage, une poignée en bois de cerf, sans doute sculptée autrefois, mais elle aussi usée, lissée par la main de son propriétaire. J'y passai doucement les doigts et découvris ce que mes yeux ne pouvaient déchiffrer : la marque de Hod. Le maître d'armes avait fabriqué cet objet pour son roi qui s'en était bien servi.

Un souvenir me revint. « Nous sommes des outils », m'avait dit Umbre, et j'étais l'outil qu'il avait forgé pour le roi. Subtil m'avait regardé en se demandant : Qu'ai-je fait de toi ? Moi, je ne me le demandais pas : j'étais l'assassin du roi – à plus d'un titre. Mais je ferais en sorte de le servir une dernière fois comme j'y avais été formé.

Quelqu'un s'accroupit à côté de moi : Umbre. Je tournai lentement la tête vers lui. « De la graine de caris, me dit-il. Pas le temps de préparer de l'écorce elfique. Viens, je t'emmène à l'abri.

– Non. » Je pris le petit gâteau de caris au miel et me le fourrai tout entier dans la bouche ; je me mis à mâcher en broyant soigneusement les graines pour en exprimer toute la force, puis j'avalai ma bouchée. « Allez-y, ordonnai-je. J'ai une tâche à remplir et vous aussi. Burrich vous attend ; l'alerte va être bientôt donnée ; emmenez vite la reine tant qu'il vous est possible de prendre de l'avance sur vos poursuivants. Je me charge de les occuper. »

Il me lâcha. « Au revoir, mon garçon », fit-il d'un ton bourru, et il se pencha pour me baiser le front. C'était un adieu : il n'espérait pas me revoir vivant.

Nous étions deux dans le même cas.

Il me laissa là et, avant même d'entendre le raclement de la pierre, je sentis les premiers effets de la graine de caris. J'en avais déjà pris à la fête du Printemps, comme tout le monde : un infime saupoudrage sur un gâteau provoque une joyeuse légèreté du cœur. Burrich m'avait raconté que des maquignons malhonnêtes ajoutaient au grain de leurs chevaux de l'huile de caris afin de leur faire gagner une course ou donner bon air à un animal malade lors d'une vente aux enchères ; il avait ajouté qu'un cheval ainsi traité n'était souvent plus jamais le même – s'il survivait. Je savais qu'Umbre s'en était servi à l'occasion et je l'avais vu tomber comme une masse lorsque les effets avaient cessé. Pourtant, je n'avais pas hésité ; peut-être, songeai-je brièvement, peut-être Burrich avait-il vu juste à propos de l'extase que me procurait l'Art ou l'emportement et la fureur de la bataille : méprisais-je la mort ou bien la désirais-je ? J'interrompis rapidement mes réflexions : la graine de caris s'emparait de moi, j'avais la force de dix hommes et mon cœur s'élevait comme un aigle dans le ciel. Je me relevai d'un bond, me dirigeai vers la porte, puis fis soudain demi-tour.

Je m'agenouillai devant mon roi mort, pris son couteau et le plaçai devant mon front tout en prêtant serment : « Cette lame sera l'instrument de votre vengeance. » Je lui baisai la main et le laissai devant le feu.

Les étincelles azur que crachaient les bougies m'avaient paru déconcertantes, mais l'éclat bleu des torches du couloir était franchement surnaturel : on avait l'impression de plonger le regard dans des eaux profondes et immobiles. Je me mis à courir tout en gloussant sans raison. En dessous, j'entendais des éclats de voix, celle de Murfès plus aiguë que les autres : des flammes bleues ! « Le Grêlé ! » criait-il. Le temps n'avait pas autant passé que je le craignais, et à présent il m'attendait ; léger comme la brise, je parcourus le couloir au pas de course, trouvai une porte ouverte et la franchis. Là, je pris patience. Il leur fallut une éternité pour monter l'escalier et davantage encore pour passer devant ma porte. J'attendis qu'ils fussent entrés chez le roi et, quand j'entendis les premiers cris d'alarme, je bondis hors de ma cachette et m'élançai dans les escaliers.

Quelqu'un s'exclama, mais nul ne me poursuivit, et j'étais au pied des marches quand une voix donna enfin l'ordre de me rattraper. J'éclatai de rire : comme s'ils en étaient capables ! Le château de Castelcerf était un dédale de couloirs secondaires et de passages réservés au service parfaitement connus d'un garçon qui y avait grandi. Je savais où je voulais me rendre, mais je ne pris pas le chemin le plus direct ; je courais tel un renard, faisant une brève apparition dans la Grand-Salle, survolant les pavés de la cour des lavandières, terrifiant Mijote en traversant ses cuisines à toute allure. Et toujours, toujours, les blêmes doigts d'Art me griffaient, me palpaient, sans savoir que j'arrivais, mes chéris, j'arrivais pour m'occuper de vous.

Galen, qui était né et avait grandi en Bauge, avait toujours détesté la mer. Il en avait peur, je pense, et ses appartements se trouvaient donc du côté du Château face aux montagnes. Après sa mort, j'avais appris qu'on en avait fait une sorte de mausolée à sa mémoire ; Sereine s'était installée dans sa chambre, mais le salon servait de salle de réunion pour le clan. Je n'y avais jamais été mais je connaissais le chemin. Je m'engageai dans l'escalier comme une flèche en vol, croisai dans le couloir un couple pris dans une étreinte passionnée et pilai devant la lourde porte bardée de fer. Mais un huis épais qui n'est pas convenablement barré ne constitue pas un obstacle et, quelques instants plus tard, le battant s'ouvrait devant moi.

Des chaises étaient disposées en demi-cercle autour d'une table, au centre de laquelle brûlait une grosse bougie – afin d'aider à la concentration, supposai-je. Seuls deux sièges étaient occupés : Justin et Sereine étaient assis côte à côte, les mains jointes, les yeux clos, la tête rejetée en arrière dans l'extase de l'Art. Guillot n'était pas là. J'avais espéré le trouver en leur compagnie.

Une fraction de seconde, j'observai leurs visages : ils étaient luisants de transpiration et je me sentis flatté qu'ils mettent tant d'efforts à abattre mes murailles. Leurs lèvres se tordaient en sourires convulsifs tandis qu'ils résistaient à la volupté de l'Art et se concentraient sur l'objet plutôt que sur le plaisir de leur activité. Je n'hésitai pas. « Surprise ! » fis-je à mi-voix. Je tirai la tête de Sereine en arrière et passai la lame du couteau du roi sur sa gorge offerte ; elle eut un soubresaut et je la laissai tomber par terre. Elle répandit une considérable quantité de sang.

Justin se leva brusquement en poussant un cri et je me préparai à son attaque, mais il me prit au dépourvu : il s'enfuit en piaillant dans le couloir. Je le pris en chasse, le couteau à la main. On aurait cru entendre un porc à l'abattoir et il courait à une vitesse extraordinaire ; sans s'embarrasser de détours, il se précipitait tout droit vers la Grand-Salle sans cesser de hurler. Derrière lui, je riais à gorge déployée. Aujourd'hui encore, ce souvenir me paraît incroyable, et pourtant il est véridique. Croyait-il que Royal allait tirer l'épée pour le défendre ? S'imaginait-il, après qu'il avait tué mon roi, que je laisserais le moindre obstacle se dresser entre lui et moi ?

Dans la Grand-Salle, des musiciens jouaient et l'on dansait, mais l'entrée de Justin y mit un terme. J'avais gagné du terrain, si bien que nous n'étions plus séparés que par une vingtaine de pas quand il heurta une table chargée de plats. Encore sous le choc, nul n'avait bougé quand je bondis sur lui et le précipitai à terre ; je le lardai d'une demi-douzaine de coups de couteau avant que quiconque s'avise d'intervenir. Comme des gardes originaires de Bauge cherchaient à s'emparer de moi, je leur jetai le cadavre agité de convulsions de Justin dans les jambes et sautai sur une table derrière moi. Je brandis mon arme dégouttante de sang. « Le couteau du roi ! criai-je en le montrant à la cantonade. Il s'est payé de sang pour la vengeance du roi ! C'est tout !

– Il est fou ! cria quelqu'un. La mort de Vérité l'a rendu fou !

– Subtil ! répondis-je, furieux. C'est le roi Subtil qui est mort par traîtrise cette nuit ! »

Les gardes de l'Intérieur de Royal foncèrent en bloc contre ma table. Je ne les avais pas crus si nombreux et nous nous effondrâmes tous ensemble au milieu d'une avalanche de nourriture et de vaisselle. Des gens criaient, mais certains s'avançaient pour mieux voir tandis que d'autres reculaient, en proie à l'horreur. Hod aurait été fière de moi : avec le couteau du roi, je tins en respect trois hommes armés d'épées courtes ; je dansai, bondis, pirouettai ; j'étais trop vif pour eux et les égratignures qu'ils m'infligeaient ne me causaient aucune douleur ; je portai deux bonnes entailles sur deux d'entre eux simplement parce qu'ils ne pensaient pas que j'oserais m'approcher assez.

Quelque part dans la foule, quelqu'un cria : « Aux armes ! Au Bâtard ! Ils tuent FitzChevalerie ! » Une échauffourée s'ensuivit, mais je ne pus distinguer qui y participait ni même y prêter attention. Je transperçai la main d'un garde et il lâcha son épée.

« Subtil ! s'exclama une voix par-dessus le vacarme. On a tué le roi Subtil ! » Aux bruits de la bagarre, je compris que de nouveaux protagonistes s'y étaient mêlés, mais je n'avais pas le temps d'y jeter le moindre coup d'œil. J'entendis une autre table s'écrouler à grand fracas et un hurlement traversa la salle ; à cet instant, les gardes de Castelcerf pénétrèrent dans la pièce et la voix de Kerf s'éleva au-dessus du tumulte : « Séparez-les ! Faites-leur cesser le combat ! Tâchez de ne pas verser le sang dans la salle du roi ! » Je vis mes assaillants encerclés, j'aperçus l'air consterné de Lame quand il me reconnut, puis il brailla par-dessus son épaule : « C'est FitzChevalerie ! Ils essayent de tuer le Fitz !

– Séparez-les ! Désarmez-les ! » Kerf donna un grand coup de tête contre le front d'un des gardes de Royal qui s'effondra comme une masse. Derrière lui, je vis des groupes de gens se mettre à se battre à leur tour tandis que les soldats de Cerf se jetaient sur les gardes personnels de Royal, ferraillaient pour les obliger à baisser l'épée et exigeaient qu'ils la remissent au fourreau. J'eus enfin la place de respirer et le temps de regarder autour de moi : en effet, un nombre considérable de personnes se battaient, et ce n'étaient pas seulement des gardes : des bagarres à poings nus avaient éclaté entre les invités eux-mêmes. La situation paraissait devoir tourner à la rixe générale lorsque soudain Lame, un de nos gardes, envoya deux de mes attaquants au sol à grands coups d'épaule ; puis, d'un bond, il vint se placer devant moi.

« Lame ! » m'écriai-je avec joie, le prenant pour un allié. Puis, comme je remarquais sa position défensive, je lui dis : « Tu sais bien que je ne tirerais pas l'épée contre toi !

– Je le sais bien, mon gars », répondit-il avec tristesse, et le vieux soldat se jeta sur moi et me ceintura solidement. J'ignore qui me frappa sur l'arrière du crâne et quel objet on utilisa.

15

CACHOTS

Si un maître chien soupçonne un garçon de chenil d'user du Vif pour souiller les chiens et les dévoyer à son profit, qu'il guette les signes suivants : si le garçon ne bavarde guère avec ses compagnons de travail, qu'il se méfie ; si les chiens redressent la tête avant que le garçon soit en vue ou gémissent avant qu'il soit parti, qu'il soit vigilant ; si le chien accepte de cesser de chercher une femelle en chaleur ou se détourne d'une piste de sang pour se coucher sur l'ordre du garçon, qu'il n'ait plus de doute. Il faut pendre le garçon, au-dessus de l'eau si possible, à l'écart des écuries, et brûler son cadavre ; il faut noyer tous les chiens qu'il a dressés ainsi que les rejetons des chiens ainsi salis. Un chien qui a connu l'usage du Vif ne craindra ni ne respectera aucun autre maître, et deviendra dangereux une fois privé de son maître-de-Vif ; un garçon doué du Vif refusera de battre un chien indiscipliné, de voir vendre ou utiliser pour appâter l'ours son chien-de-Vif, si vieille que soit la bête. Un garçon doué du Vif détournera les chiens de son maître à ses propres buts et sa seule véritable fidélité ira toujours à son chien-de-Vif.

★

Je me réveillai je ne sais quand. De tous les tours cruels que le sort m'avait joués ces derniers temps, ce réveil était le pire. Sans bouger, je dressai l'inventaire de mes inconforts : l'épuisement suite à la frénésie induite par la graine de caris se mêlait à celui de mon combat d'Art contre Justin et Sereine ; j'avais reçu de mauvais coups d'épée à l'avant-bras droit et un autre à la cuisse gauche, dont je n'avais aucun souvenir ; comme aucune de ces blessures n'avait été pansée, le sang m'avait en séchant collé la manche et les chausses à la peau ; enfin, celui qui m'avait assommé, voulant être sûr d'avoir bien exécuté le travail, m'avait assené plusieurs coups supplémentaires. A part cela, tout allait bien, et je me le répétai à plusieurs reprises sans prêter attention aux tremblements qui agitaient ma jambe et mon bras gauches. J'ouvris les yeux.

La pièce où je me trouvais était petite et tout en pierre ; il y avait un broc dans un coin. Quand j'estimai enfin pouvoir bouger, je tendis le cou et j'aperçus une porte avec un petit judas à barreaux ; c'était de là que venait la lumière, projetée par une torche un peu plus loin dans le couloir extérieur. Ah oui : c'étaient les cachots ! Ma curiosité satisfaite, je fermai les yeux et m'assoupis ; le nez dans la queue, je dormis dans le creux d'une tanière profonde enfouie sous la neige que soufflait par le vent. Cette illusion de sécurité, c'était tout ce que pouvait me donner Œil-de-Nuit ; j'étais si faible que même les pensées qu'il m'envoyait me paraissaient brumeuses. *Sécurité.* Il n'arrivait pas à me transmettre davantage.

Je m'éveillai à nouveau. Le temps avait passé car j'avais beaucoup plus soif qu'avant ; en dehors de cela, tout était remarquablement semblable à mon précédent réveil. Cette fois, je pris conscience que le banc sur lequel j'étais couché était lui aussi en pierre : seuls mes vêtements m'en séparaient. « Hé ! criai-je. Gardes ! » Pas de réponse. Tout avait un aspect un peu vague. Au bout d'un moment, je ne me souvins plus si j'avais déjà appelé ou bien si je rassemblais toujours mes forces pour le faire ; encore un moment et je jugeai ne pas avoir la vigueur nécessaire. Je me rendormis. Je ne voyais pas que faire d'autre.

Quand je me réveillai pour la troisième fois, j'entendis la voix de Patience. Celui ou celle à qui elle s'adressait d'un ton véhément ne répondait guère et ne cédait pas. « C'est ridicule ! Que craignez-vous que je fasse ? » Un silence. « Mais je le connais depuis qu'il est enfant ! » Encore un silence. « Il est blessé ! Quel mal cela peut-il faire que je jette au moins un coup d'œil à ses blessures ? Vous pouvez le pendre guéri aussi bien que blessé, non ? » Encore un silence.

Au bout de quelque temps, je m'estimai capable de me déplacer. Je souffrais de quantité d'ecchymoses et d'éraflures inexplicables, sans doute acquises lors du trajet entre la Grand-Salle et les cachots ; le pire, quand je bougeais, était que le tissu de mes vêtements tirait sur les croûtes de mes plaies, mais c'était supportable. Pour une si petite pièce, je trouvai extraordinairement long le chemin entre le lit et la porte. Une fois arrivé, je m'aperçus que, par le judas à barreaux, je ne voyais que le mur de pierre, de l'autre côté de l'étroit couloir. J'agrippai les barreaux de ma main valide, la gauche.

« Patience ? fis-je d'une voix croassante.

– Fitz ? Oh, Fitz, vas-tu bien ? »

Quelle question ! Mon éclat de rire se mua dans l'instant en une quinte de toux qui me laissa un goût de sang dans la bouche. Que répondre ? Non, je n'allais pas bien ; mais il était dangereux pour elle de trop s'intéresser à moi, je m'en rendais compte malgré mes esprits embrumés. « Je vais bien, dis-je enfin.

– Oh, Fitz, le roi est mort ! » me cria-t-elle de loin. Dans sa hâte de tout me raconter, elle me livra les nouvelles en vrac : « Et la reine Kettricken a disparu, et le roi-servant Royal soutient que tu as tout manigancé. On prétend...

– Dame Patience, il faut partir, maintenant », intervint le garde. Elle ne lui prêta nulle attention.

– ... que la mort de Vérité t'a rendu fou de chagrin, que tu as tué le roi, Sereine et Justin, et on ne sait pas ce que tu as fait de la reine ; et le fou...

– Vous n'avez pas le droit de parler au prisonnier, ma dame ! » Il s'exprimait avec conviction, mais elle ne l'écoutait pas.

– ... est introuvable. Murfès affirme vous avoir vus, le fou et toi, en train de vous disputer devant le corps du roi, et puis le Grêlé serait apparu pour emporter son esprit. Cet homme est fou ! Royal t'accuse aussi de pratiquer la basse magie, d'avoir l'âme d'une bête ! C'est ainsi, d'après lui, que tu aurais tué le roi. Et...

– Ma dame ! Vous devez partir ou je vais être obligé de vous faire emmener.

– Eh bien, qu'attendez-vous ? cracha Patience. Je vous mets au défi d'essayer ! Brodette, cet homme m'ennuie. Ah, vous osez lever la main sur moi ? Moi qui fus la reine-servante de Chevalerie ? Attention, Brodette, ne lui fais pas de mal, ce n'est qu'un enfant – dépourvu de manières, mais un enfant tout de même.

– Dame Patience, je vous en prie... » Le garde avait soudain changé de ton.

« Vous ne pouvez pas m'emmener d'ici par la force sans quitter votre poste ; me croyez-vous stupide au point de l'ignorer ? Alors, que comptez-vous faire ? Assaillir deux vieilles femmes l'épée à la main ?

– Castrie ! Castrie, où tu es ? beugla le garde. Maudit sois-tu, Castrie ! » D'un ton exaspéré, il appelait son équipier qui avait pris une pause et se trouvait sans doute dans la salle des gardes, près des cuisines, en train de boire de la bière fraîche et de manger du ragoût bien chaud. La tête me tourna un instant.

« Castrie ? » La voix du garde allait s'affaiblissant : il avait commis la bêtise de quitter son poste pour aller chercher son camarade. Aussitôt, j'entendis le léger bruissement des pantoufles de Patience qui s'approchait de ma porte, puis je sentis ses doigts se poser sur ma main agrippée au barreau ; elle était trop petite pour voir par le judas et le couloir trop étroit pour qu'elle pût reculer et me permettre de la voir, mais le contact de sa main me fut comme un rayon de soleil.

« Guette le retour du garde, Brodette, fit-elle, puis, s'adressant à moi : Comment vas-tu vraiment ? » Elle parlait bas de façon à n'être entendue que de moi.

« J'ai soif, j'ai faim, j'ai froid et j'ai mal. » Je ne voyais pas l'intérêt de lui mentir. « Que se passe-t-il au Château ?

– C'est la pagaille. Les gardes de Castelcerf ont mis un terme à la bagarre générale de la Grand-Salle, mais une rixe a éclaté dehors entre certains individus de l'Intérieur invités par Royal et des soldats du Château. Les gardes de la reine Kettricken se sont interposés et les officiers des deux camps ont repris leurs troupes en main ; néanmoins, l'atmosphère reste tendue. Il n'y avait pas que des gardes impliqués dans l'échauffourée : plus d'un invité a un œil au beurre noir ou la jambe raide ; par chance, aucun n'est gravement blessé. Il paraît que c'est Lame qui est le plus durement touché : il s'est interposé entre les hommes de Bauge et toi et il l'a payé de plusieurs côtes cassées, deux coquards et je ne sais quoi au bras ; mais ce n'est pas grave, d'après Burrich. En tout cas, les lignes de démarcation sont clairement tracées, à présent, et les ducs se montrent les dents les uns aux autres comme des chiens.

– Burrich ? répétai-je d'une voix rauque.

– Ne t'inquiète pas, il n'a pas participé aux bagarres et il va bien. Si l'on peut dire qu'on va bien quand on se montre d'humeur massacrante avec tout le monde ; mais enfin, chez lui, c'est un état normal, je pense. »

Mon cœur tonnait dans ma poitrine. Burrich ! Pourquoi n'était-il pas parti ? Je n'osai pas interroger Patience : une question de trop et sa curiosité serait éveillée. Tant pis. « Et Royal ? » demandai-je.

Elle eut un grognement méprisant. « On a l'impression que ce qui l'irrite vraiment, c'est de ne plus avoir d'excuse pour quitter Castelcerf ; jusque-là, tu le sais, il déménageait le roi Subtil et Kettricken dans l'Intérieur pour les protéger et il vidait le Château afin qu'ils retrouvent leurs affaires familières ; mais le prétexte ne tient plus et les ducs de la Côte ont exigé qu'il reste pour défendre le Château, ou qu'il laisse au moins sur place un homme de leur choix. Il a proposé son cousin, le seigneur Brillant de Bauge, mais les ducs côtiers ne l'aiment pas. Je crois que Royal n'apprécie pas sa nouvelle position de roi autant qu'il l'espérait.

– Il s'est couronné, alors ? » Un rugissement naquit dans mes oreilles et je me retins aux barreaux. Ne t'évanouis pas ! me dis-je. Le garde n'allait plus tarder à revenir et j'avais peu de temps pour apprendre les derniers développements de la situation.

« Non ; nous étions tous trop occupés à enterrer le roi, puis à chercher la reine. Quand on a trouvé le roi mort, on nous a envoyés réveiller la reine, mais ses portes étaient barrées et elle ne répondait pas à nos coups. Pour finir, Royal a dû encore une fois avoir recours aux haches ; la porte de la chambre était bouclée elle aussi, et la reine avait disparu. C'est un grand mystère pour tout le monde.

– Qu'en dit Royal ? » Ma tête s'éclaircissait. Oh, que j'avais mal !

« Pas grand-chose, sinon que la reine et son enfant sont sûrement morts et que c'est toi le responsable. Il t'accuse de pratiquer la Magie des bêtes et d'avoir tué le roi grâce à ton Vif ; tous exigent des preuves de ses assertions et il va répétant qu'il les produira bientôt. »

Apparemment, pas question de lancer des recherches sur les routes et les chemins pour retrouver Kettricken, donc ; j'avais bien fait de parier que ses espions artiseurs n'avaient pas découvert l'ensemble de notre plan. Cependant, il ne fallait pas crier victoire trop tôt : s'il avait envoyé des équipes de recherche, il ne leur avait sûrement pas donné ordre de ramener la reine vivante.

« Et Guillot ? Que fait-il ? demandai-je.

– Guillot ?

– Le fils de Lad. Un des membres du clan.

– Ah, celui-là ! Je ne l'ai pas vu, autant qu'il m'en souvienne.

– Ah ! » Une nouvelle vague de vertige menaçait de me submerger et, soudain, toute logique m'échappa : j'avais d'autres questions à poser, je le savais, mais j'ignorais lesquelles. Burrich était resté, mais la reine et le fou avaient disparu. Que s'était-il passé ? Impossible d'interroger Patience sans lui mettre la puce à l'oreille. « Quelqu'un d'autre sait-il que vous êtes ici ? » m'enquis-je : si Burrich était au courant de sa venue, il lui aurait confié un message pour moi.

« Bien sûr que non ! Ça n'a pas été facile à mettre au point, Fitz : Brodette a dû glisser un émétique dans la nourriture d'un des deux gardes afin qu'il laisse son camarade seul en poste ; ensuite, nous avons dû attendre son départ... Ah ! Brodette m'a demandé de te donner ça ; elle a la tête sur les épaules, elle. » Sa main quitta la mienne, revint et fit passer une, puis deux petites pommes entre les barreaux. Elles tombèrent à terre avant que je puisse les attraper et je résistai à l'impulsion qui me commandait de me jeter aussitôt sur elles.

« Que dit-on de moi ? » demandai-je à mi-voix.

Elle ne répondit pas tout de suite. « La plupart des gens assurent que tu es fou. Certains, que le Grêlé t'a ensorcelé pour apporter la mort parmi nous ; on raconte aussi que tu aurais projeté une rébellion et tué Sereine et Justin parce qu'ils t'auraient percé à jour. D'autres, peu nombreux, partagent l'avis de Royal et prétendent que tu pratiques la Magie des bêtes ; c'est Murfès, surtout, qui l'affirme. Il dit que la flamme des bougies n'est devenue bleue dans la chambre du roi qu'après ton entrée, et aussi que le fou t'accusait d'avoir tué le roi ; mais le fou a disparu lui aussi. Il y a eu tant de présages de malheur, et tant de gens ont peur, maintenant... » Sa voix mourut.

« Ce n'est pas moi qui ai tué le roi, murmurai-je : ce sont Justin et Sereine. C'est pour ça que je les ai tués avec le propre couteau du roi.

– Les gardes arrivent ! » siffla Brodette. Patience n'y prêta nulle attention.

« Mais Justin et Sereine n'étaient même pas...

– Je n'ai pas le temps de vous expliquer : il ont agi par le biais de l'Art. Mais ce sont eux, Patience, je le jure. » Je me tus un instant. « Quel sort me réserve-t-on ?

– Aucune décision n'a été vraiment prise.

– Nous n'avons pas de temps à perdre avec des mensonges polis. »

Je l'entendis avaler sa salive. « Royal veut te faire pendre. Il t'aurait fait tuer sur place dans la Grand-Salle si Lame n'avait pas tenu ses gardes en respect jusqu'à la fin des combats ; alors les ducs de la Côte ont pris ta défense, et dame Grâce de Rippon a rappelé à Royal qu'aucune personne de sang Loinvoyant ne peut être mise à mort par l'épée ni par la corde. Il a voulu nier que tu étais de sang royal, mais trop de gens se sont récriés. A présent, il jure être capable de démontrer que tu as le Vif, et on pend ceux qui pratiquent la Magie des bêtes.

– Dame Patience ! Vous devez vous en aller, maintenant, ou c'est moi qui finirai pendu ! » Le garde était de retour, manifestement accompagné de Castrie, car j'entendais les pas de plus d'une personne, et ils se précipitaient vers ma cellule. Patience lâcha mes doigts.

« Je ferai ce que je pourrai pour toi », chuchota-t-elle. Elle s'était efforcée d'effacer toute trace de peur de sa voix pendant notre conversation, mais je la sentis percer sous ces derniers mots.

Elle s'en alla en piaillant comme un geai après le garde qui l'escortait. Aussitôt, je me baissai non sans mal pour ramasser mes pommes ; elles étaient petites, et ridées d'avoir été mises en réserve pour l'hiver, mais je les trouvai délicieuses ; je les mangeai tout entières, jusqu'à la queue. Le peu d'humidité qu'elles contenaient n'étancha cependant nullement ma soif. Je m'assis un moment sur le banc, la tête entre les mains, en essayant de rester vigilant : il fallait que je réfléchisse, mais c'était affreusement difficile et je n'arrivais pas à me concentrer. J'étais tenté de décoller ma chemise de mes entailles, mais je me retins : tant qu'elles ne suppuraient pas, mieux valait les laisser tranquilles. Je ne pouvais me permettre de perdre encore du sang. Je dus faire appel à toutes mes forces pour revenir près de la porte. « Gardes ! » fis-je d'une voix rauque.

Ils ne répondirent pas.

« Je veux de l'eau – et à manger. »

Quelqu'un d'autre répondit. *Où es-tu ?*

Là où tu ne peux aller, mon ami. Comment vas-tu ?

Bien ; mais tu m'as manqué. Tu as dormi si profondément que je t'ai cru mort.

Je l'ai cru aussi. Les as-tu guidés aux chevaux ?

Oui, et ils sont partis. Cœur de la Meute leur a dit que j'étais un demi-sang que tu avais apprivoisé, comme si j'étais un cabot savant !

Il cherchait à me protéger, pas à t'insulter. Pourquoi n'est-il pas parti avec les autres ?

Je ne sais pas. Que devons-nous faire, maintenant ?

Attendre.

« Gardes ! » criai-je encore une fois, aussi fort que je le pouvais, ce qui n'était pas grand-chose.

« Ecarte-toi de la porte. » L'homme se tenait juste devant ma cellule : ma conversation avec Œil-de-Nuit m'avait à ce point absorbé que je ne l'avais pas entendu approcher. Je n'étais vraiment pas moi-même.

Un petit panneau coulissa au bas de la porte et un pichet d'eau accompagné d'une demi-miche de pain fut glissé par l'ouverture, puis le panneau se referma.

« Merci. »

On ne me répondit pas. Je pris les deux objets et les examinai soigneusement : l'eau paraissait avoir séjourné un bon moment dans le pichet, mais ni son odeur ni la gorgée que j'avalai avec prudence ne révélèrent la moindre trace de poison ; je rompis le pain en petits morceaux et cherchai dans la mie des particules étrangères ou des taches suspectes : il n'était pas frais, mais il n'était pas non plus empoisonné, pour autant que je pusse le dire – et quelqu'un avait mangé l'autre moitié de la miche. En quelques instants, je fis un sort à l'un et à l'autre, puis j'allai m'étendre à nouveau sur mon banc de pierre où je cherchai une position moins inconfortable que les autres.

La cellule était sèche mais froide, comme n'importe quelle pièce inoccupée de Castelcerf en hiver. Je savais précisément où je me trouvais : les cellules étaient situées non loin des caves à vin ; j'aurais beau hurler à m'en faire saigner les poumons, nul autre que mes gardes ne m'entendrait. Enfant, j'avais poussé quelques explorations jusqu'ici ; j'avais rarement vu de prisonniers dans les cachots et encore moins de gardes pour les surveiller : grâce à la prompte justice de Castelcerf, il était peu fréquent qu'on eût à y retenir un captif plus de quelques heures car les infractions à la loi étaient généralement punies de mort ou de travail manuel. J'avais l'impression que ces cellules allaient servir beaucoup plus souvent maintenant que Royal se prétendait roi.

Je voulais dormir, mais mon corps avait retrouvé sa sensibilité, aussi, tout en me tournant et me retournant sur la pierre froide et dure, je réfléchis. J'essayai un moment de me convaincre que, si la reine s'était échappée, j'avais gagné : après tout, gagner, c'est obtenir ce que l'on désire, non ? Mais le fil de mes pensées bifurqua et je songeai à la rapidité avec laquelle le roi Subtil s'était éteint – comme une bulle de savon qui éclate. Si on me pendait, mourrais-je aussi vite ? Ou bien danserais-je longtemps, suffoquant au bout de ma corde ? Pour me distraire de ces agréables réflexions, je me demandai combien de temps Vérité devrait conduire une guerre civile contre Royal avant de pouvoir redessiner une carte complète des Six-Duchés – à condition, naturellement, qu'il revienne de sa quête et réussisse à débarrasser la côte des Pirates rouges. Quand Royal abandonnerait Castelcerf, ce dont je ne doutais pas, qui récupérerait le Château ? Patience avait dit que les ducs côtiers ne voulaient pas entendre parler du seigneur Brillant ; Cerf comptait quelques nobles mineurs, mais aucun d'assez hardi pour s'emparer de Castelcerf, à mon avis. Peut-être l'un des trois ducs de la Côte essaierait-il ? Non : aucun d'entre eux n'avait actuellement la puissance nécessaire pour s'intéresser à autre chose que ses propres frontières ; désormais, ç'allait être chacun pour soi – sauf si Royal demeurait à Castelcerf. La reine disparue et Subtil décédé, il était après tout le roi légitime, à moins que l'on sût Vérité vivant, et peu de gens le savaient. Les ducs de la Côte accepteraient-ils Royal comme roi, maintenant ? Accepteraient-ils Vérité pour roi quand il reviendrait ? Ou bien mépriseraient-ils l'homme qui les avait abandonnés pour se lancer dans une entreprise insensée ?

Le temps s'écoulait lentement dans ce décor où rien ne bougeait. On ne me donnait à boire et à manger que si je le demandais et encore, pas toujours, si bien que je ne pouvais mesurer le passage des jours à la régularité des repas. Eveillé, j'étais prisonnier de mes pensées et de mes angoisses ; une fois, je tentai d'artiser Vérité, mais l'effort causa un obscurcissement de ma vision et une migraine qui me martela longtemps le crâne, et je n'eus pas la force de recommencer. La faim devint une compagne permanente, aussi inflexible que le froid de la cellule. Par deux fois, j'entendis les gardes renvoyer Patience et refuser qu'elle me donne la nourriture et les pansements qu'elle avait apportés ; je ne l'appelai pas : je voulais qu'elle renonce, qu'elle se dissocie de moi. Je connaissais mon seul répit la nuit, quand je dormais et chassais avec Œil-de-Nuit ; j'aurais voulu percevoir ce qui se passait à Castelcerf à l'aide de ses sens, mais il n'attachait aux choses que ses valeurs de loup et, lorsque j'étais en sa compagnie, je les partageais. Le temps ne se répartissait plus en jours et en nuits, mais en périodes de chasse ; la viande que je dévorais avec lui ne nourrissait pas mon corps humain et pourtant je trouvais de la satisfaction à m'en gorger. Grâce à ses perceptions, je m'aperçus que le temps changeait et je me réveillai un matin en sachant qu'une belle journée de printemps venait de naître. Un temps à Pirates : les ducs de la Côte ne s'attarderaient plus guère à Castelcerf, s'ils s'y trouvaient encore.

Comme pour me donner raison, j'entendis des voix au poste des gardes et des raclements de bottes sur le pavage. Je reconnus le ton coléreux de Royal, le salut apeuré du soldat, puis ils vinrent dans ma direction. Pour la première fois depuis que je m'étais éveillé dans la cellule, une clé tourna dans la serrure et la porte s'ouvrit. Je me redressai lentement sur le banc : trois ducs et un prince félon m'observaient. Je me mis debout tant bien que mal. Derrière mes seigneurs se tenait une rangée de soldats armés de piques, comme prêts à tenir en respect un animal enragé ; un garde, l'épée au clair, s'était placé près de la porte, entre Royal et moi. Il ne sous-estimait pas la force de ma haine.

« Vous le voyez, déclara Royal de but en blanc. Il est vivant et en bonne santé, je ne l'ai pas tué. Mais sachez que j'en aurais le droit : il a tué un homme, mon serviteur, dans ma salle, et une femme dans ses appartements. Pour ces seuls crimes, j'ai le droit de le faire exécuter.

– Roi-servant Royal, vous accusez FitzChevalerie d'avoir assassiné le roi Subtil en se servant du Vif, dit Brondy, puis il poursuivit avec une logique laborieuse : Je n'ai jamais entendu dire que ce fût possible ; mais, si tel est le cas, c'est le conseil qui doit statuer sur son sort, car il a d'abord tué le roi. Il faut une réunion du conseil pour décider de sa culpabilité ou de son innocence et fixer sa peine. »

Royal poussa un soupir exaspéré. « Je réunirai donc le conseil, qu'on en termine une fois pour toutes. Il est ridicule de retarder mon couronnement à cause de l'exécution d'un meurtrier.

– Monseigneur, la mort d'un roi n'est jamais ridicule, observa calmement le duc Shemshy de Haurfond. Nous devons régler les affaires d'un roi avant d'en couronner un nouveau, roi-servant Royal.

– Mon père est mort et enterré. Que voulez-vous de plus ? » Le côté insensible de Royal prenait le dessus : il n'y avait ni chagrin ni respect dans sa réplique.

« Nous voulons savoir comment il est mort et de la main de qui, répondit Brondy de Béarns. Votre serviteur Murfès dit que c'est FitzChevalerie qui a tué le roi ; vous, roi-servant Royal, l'appuyez en disant qu'il s'est servi du Vif. Nombre d'entre nous pensent que FitzChevalerie était singulièrement dévoué à son roi et n'aurait jamais commis pareil acte ; et FitzChevalerie accuse les artiseurs de ce crime. » Pour la première fois, le duc Brondy me regarda en face. Je soutins son regard et m'adressai à lui comme si nous étions seuls.

« Ce sont Justin et Sereine qui l'ont tué, murmurai-je. Par perfidie, ils ont assassiné mon roi.

– Silence ! » aboya Royal. Il leva la main, mais je ne bronchai pas.

« Et c'est pourquoi je les ai tués, poursuivis-je sans quitter Brondy des yeux, avec le couteau du roi. Pour quelle autre raison aurais-je choisi cette arme ?

– Les fous agissent étrangement. » C'était le duc Kelvar de Rippon qui avait parlé, tandis que Royal s'étranglait, livide de rage. Je regardai Kelvar avec calme ; la dernière fois que je lui avais parlé, j'étais à sa table, à Finebaie.

« Je ne suis pas fou, assurai-je. Je n'étais pas plus fou cette nuit-là que celle où je maniais la hache devant les murailles de Gardebaie.

– Peut-être, répondit Kelvar d'un ton pensif. Il est de notoriété publique qu'il devient fou au combat. »

Une étincelle rusée naquit dans l'œil de Royal. « Il est également de notoriété publique qu'on l'a vu la bouche pleine de sang après les combats, qu'il devient un des animaux avec lesquels il a grandi. Il a le Vif. »

Un long silence accueillit cette remarque. Les ducs échangèrent des regards et, quand Shemshy me jeta un coup d'œil, j'y lus du dégoût. Enfin, Brondy répondit. « C'est une grave accusation que vous portez là. Quelqu'un peut-il en témoigner ?

– Qu'il avait la bouche barbouillée de sang ? Plusieurs personnes ! »

Brondy secoua la tête. « N'importe qui peut achever un combat le visage couvert de sang. La hache n'est pas une arme propre, je puis l'attester. Non : il nous faut davantage.

– Alors, réunissons le conseil, répéta Royal avec impatience, et entendons ce que Murfès peut nous dire sur la façon dont mon père est mort et par la faute de qui. »

Les trois ducs échangèrent à nouveau des regards, puis ils tournèrent vers moi des yeux songeurs. C'était le duc Brondy qui menait la Côte à présent ; j'en eus la conviction lorsqu'il reprit la parole. « Roi-servant Royal, parlons franc : vous avez accusé FitzChevalerie, fils de Chevalerie, d'avoir usé du Vif, la Magie des bêtes, pour tuer le roi Subtil. C'est une très grave accusation. Pour nous convaincre de son bien-fondé, nous demandons que vous nous prouviez non seulement qu'il a le Vif, mais aussi qu'il peut s'en servir pour nuire à autrui. Tous ici nous sommes témoins que le corps du roi Subtil ne portait aucune marque, aucun signe qu'il se soit débattu. Si vous n'aviez pas crié à la trahison, nous aurions supposé qu'il était mort de son âge. Certains ont même murmuré que vous cherchiez seulement un prétexte pour vous débarrasser de FitzChevalerie. Vous connaissez ces rumeurs, je le sais ; je les répète tout haut afin que nous puissions les examiner. » Brondy se tut, comme s'il délibérait en lui-même, puis il jeta un nouveau regard à ses pairs. Comme ni Kelvar ni Shemshy ne lui adressait de signe de désaccord, il s'éclaircit la gorge et poursuivit.

« Nous avons une proposition à vous faire, roi-servant Royal : prouvez-nous, monseigneur, que FitzChevalerie a le Vif et qu'il s'en est servi pour tuer le roi Subtil, et nous vous laisserons le mettre à mort comme bon vous semblera. Nous assisterons à votre intronisation en tant que roi des Six-Duchés ; mieux, nous acceptérons le seigneur Brillant comme votre représentant à Castelcerf et vous autoriserons à déplacer votre cour à Gué-de-Négoce. »

Une expression de triomphe passa sur les traits de Royal, aussitôt remplacée par un air soupçonneux. « Et si je ne vous convaincs pas, duc Brondy ?

– Alors FitzChevalerie vivra, répliqua Brondy avec calme, et vous lui donnerez l'intendance de Castelcerf et les forces de Cerf en votre absence. » Les trois ducs regardèrent Royal dans les yeux.

« C'est de la trahison ! » s'exclama Royal.

Shemshy faillit mettre la main à son arme ; Kelvar rougit mais ne dit rien ; la tension monta d'un cran parmi les soldats. Seul Brondy resta impavide. « Monseigneur, portez-vous de nouvelles accusations ? demanda-t-il. Là encore, nous exigerons que vous les souteniez par des preuves, ce qui pourrait retarder davantage votre couronnement. »

Devant leur silence et leurs regards de pierre, Royal murmura : « J'ai parlé trop vite, mes ducs ; c'est une période difficile pour moi, privé que je suis de la sagesse de mon père, mon frère décédé, notre reine et son enfant disparus... Tout cela peut inciter à des déclarations hâtives. Je... Très bien, j'agrée le... marché que vous me proposez. Je prouverai que FitzChevalerie a le Vif ou je le remettrai en liberté. Etes-vous satisfaits ?

– Non, mon roi-servant, répondit Brondy sans se démonter ; tels n'étaient pas les termes prévus. S'il est innocent, FitzChevalerie sera placé à la tête de Castelcerf ; si vous démontrez sa culpabilité, nous accepterons Brillant. Tels étaient nos termes.

– Et les assassinats de Justin et Sereine, serviteurs précieux et membres du clan ? Ceux-là, nous pouvons les lui imputer, il les a lui-même reconnus. » Le regard qu'il m'adressa aurait dû me tuer sur place. Comme il devait regretter de m'avoir accusé de la mort de Subtil ! Sans les folles allégations de Murfès et sans l'appui qu'il y avait apporté, il aurait pu exiger de me voir noyer pour la mort de Justin, qui était mon fait, comme chacun en avait été témoin. Ironiquement, c'était son désir de m'avilir qui me gardait de l'exécution.

« Vous aurez tout loisir de prouver qu'il a le Vif et qu'il a tué votre père. Pour ces seuls crimes, nous vous laisserons le faire pendre. Pour les autres... il assure que ces gens sont les assassins du roi. S'il n'est pas coupable, nous sommes prêts à admettre qu'il les a tués en toute justice.

– C'est intolérable ! cracha Royal.

– Monseigneur, tels sont nos termes, répondit Brondy, impassible.

– Et si je les refuse ? » demanda Royal, furieux.

Brondy haussa les épaules. « Le ciel est clair, monseigneur ; c'est un temps à Pirates, pour nous qui avons des côtes. Nous devons retourner en nos châteaux afin de protéger du mieux possible nos duchés. Sans la réunion du conseil entier, vous ne pourrez pas vous couronner roi ni assigner légitimement quelqu'un pour vous représenter à Castelcerf. Vous devrez passer l'hiver ici, monseigneur, et affronter les pirates au même titre que nous.

– Vous me ligotez par des traditions et des lois ridicules pour m'obliger à faire vos quatre volontés ! Suis-je votre roi ou non ? demanda Royal sans ambages.

– Vous n'êtes pas notre roi, répliqua Brondy sans élever le ton mais avec fermeté. Vous êtes notre roi-servant, qui risque de le demeurer tant que ces accusations et ce problème n'auront pas trouvé leur solution. »

La noirceur du regard de Royal indiquait clairement combien ces propos lui plaisaient. « Très bien, fit-il d'un ton tranchant et trop précipitamment. Je dois, j'imagine, me plier à ce... maquignonnage. N'oubliez pas que c'est vous, non moi, qui l'aurez voulu. » Et il se tourna vers moi. Je compris alors qu'il ne tiendrait pas sa parole et que je mourrais dans cette cellule. L'atroce et soudaine prémonition de ma propre mort obscurcit ma vision et me fit vaciller ; j'eus l'impression de m'être brusquement éloigné de la vie et je sentis un froid glacé m'envahir.

« Nous sommes d'accord », répondit Brondy. Il porta ses regards vers moi et fronça les sourcils. Mes émotions devaient se voir sur mon visage car il me demanda aussitôt : « FitzChevalerie, vous traite-t-on bien ? Vous donne-t-on à manger ? » En même temps, il dégrafa la broche à son épaule ; son manteau était usé mais en bonne laine et, quand il me le lança, le poids du vêtement m'entraîna contre le mur.

J'agrippai avec reconnaissance le manteau encore chaud d'avoir été porté. « De l'eau... du pain... », dis-je. Je regardai le lourd vêtement de laine. « Merci, murmurai-je.

– C'est plus que ce dont beaucoup disposent ! grinça Royal. Les temps sont durs », ajouta-t-il, comme si ceux à qui il s'adressaient ne le savaient pas mieux que lui.

Brondy me considéra quelques instants ; je ne dis rien. Finalement, il posa un regard froid sur Royal. « Trop durs pour lui fournir au moins un peu de paille au lieu de l'obliger à dormir sur un banc de pierre ? »

Royal le foudroya des yeux, mais Brondy ne broncha pas. « Nous voulons la preuve de sa culpabilité, roi-servant Royal, avant d'acquiescer à son exécution. En attendant, nous comptons sur vous pour le garder en vie.

– Donnez-lui au moins des rations de campagne, intervint Kelvar. Nul ne pourra vous accuser de le choyer et c'est un homme en vie que vous pendrez ou à qui vous remettrez le commandement de Cerf. »

Royal croisa les bras sans répondre. Je n'obtiendrais que de l'eau et une moitié de miche, je le savais ; il m'aurait sans doute repris le manteau de Brondy s'il ne s'était pas attendu à ce que je défende mon bien. D'un mouvement du menton, il fit signe au garde qu'il pouvait refermer ma porte ; à l'instant où elle claquait, je me jetai en avant pour saisir les barreaux et regarder les hommes s'en aller. Je songeai à leur crier que Royal ne me laisserait pas vivre, qu'il trouverait le moyen de me tuer dans mon cachot, mais je n'en fis rien : ils ne m'auraient pas cru. Ils ne redoutaient pas encore assez Royal. S'ils l'avaient connu comme je le connaissais, ils auraient compris qu'aucune promesse ne l'obligerait à s'en tenir à leur marché. Il allait me tuer : il me tenait trop bien pour résister à la tentation.

Je lâchai les barreaux, regagnai mon banc d'une démarche raide et m'assis. Par réflexe plus que par réflexion, je drapai le manteau de Brondy autour de mes épaules, mais la meilleure laine n'aurait su vaincre le froid qui me tenaillait. Telle la marée montante qui se rue dans une grotte marine, la conscience de ma mort prochaine s'engouffra de nouveau en moi et je crus m'évanouir. Je *repoussai* mes propres idées sur la façon dont Royal pourrait décider de me faire mourir ; les moyens étaient si nombreux ! Je le soupçonnai néanmoins de chercher d'abord à m'arracher des aveux et, avec le temps, il y parviendrait peut-être. La nausée me saisit à cette idée. Je m'efforçai de m'écarter du bord du gouffre, de ne plus avoir une conscience aussi nette de la mort pénible qui m'attendait.

Soudain, je me sentis curieusement le cœur plus léger en songeant que je pourrais le duper : dans ma manche raide de sang séché se trouvait la petite poche contenant le poison que j'avais préparé pour Murfès ; si le produit avait provoqué une mort moins horrible, je l'eusse pris sur-le-champ. Cependant, je ne l'avais pas prévu pour donner un trépas rapide et sans douleur, mais des crampes, des diarrhées et de la fièvre ; plus tard, peut-être ce sort deviendrait-il préférable à ce que m'infligerait Royal, mais je ne puisai nul réconfort dans cette pensée. Je m'allongeai sur la plaque de pierre et m'emmitouflai dans le manteau de Brondy. J'espérais qu'il ne lui manquerait pas trop. Le don de ce vêtement était probablement le dernier geste de bonté auquel j'aurais jamais droit.

Je ne m'endormis pas ; je m'enfuis volontairement dans le monde de mon loup.

Je me réveillai d'un rêve humain où Umbre me reprochait de ne pas être attentif. Je me recroquevillai sous le manteau de Brondy ; des torches dans le couloir éclairaient faiblement ma cellule. Etait-ce le jour ou la nuit ? Je l'ignorais, mais j'avais le sentiment que c'était la pleine nuit. J'essayai de retrouver le sommeil. La voix pressante d'Umbre me suppliait...

Je me redressai lentement sur le banc : le rythme et le ton du discours étouffé étaient bien ceux d'Umbre. Assis, je l'entendais moins bien, aussi me rallongeai-je. La voix était plus forte, mais je ne distinguais pas les mots qu'elle prononçait ; je plaquai l'oreille contre le banc... Non. Je me mis lentement debout et me déplaçai dans ma petite cellule ; dans l'un des angles, la voix était plus claire, mais je ne comprenais toujours pas ce qu'elle disait. « Je ne comprends pas ce que vous dites », fis-je.

La voix étouffée se tut, puis elle reprit avec une inflexion interrogative.

« Je ne comprends pas ce que vous dites ! » répétai-je plus fort.

Umbre se remit à parler, d'un ton plus excité, mais pas plus fort.

« Je ne comprends pas ce que vous dites ! » criai-je, exaspéré.

Des pas retentirent dans le couloir. « FitzChevalerie ! »

La garde était petite et ne pouvait me voir par le judas. « Quoi ? demandai-je d'une voix endormie.

– Qu'est-ce que vous avez crié ?

– Quoi ? Ah ! J'ai fait un cauchemar. »

La garde s'éloigna. Je l'entendis déclarer en riant à sa camarade : « Je ne vois pas comment ses cauchemars pourraient être pires que ses réveils ! » Elle avait l'accent de l'Intérieur.

Je me rallongeai sur mon banc. La voix d'Umbre avait disparu. J'étais assez d'accord avec la garde. Je me demandais ce qu'Umbre avait mis tant d'acharnement à essayer de me dire ; sans doute pas de bonnes nouvelles, et je n'avais pas envie d'en imaginer de mauvaises. J'allais devoir mourir ici ; j'espérais que c'était au moins parce que j'avais contribué au succès de l'évasion de la reine. Où en était-elle de son voyage ? Et le fou, comment allait-il supporter les rigueurs d'un trajet au cœur de l'hiver ? Je m'interdis de me demander pourquoi Burrich ne les avait pas accompagnés et tournai mes pensées vers Molly.

Je dus m'assoupir car je la vis : elle remontait péniblement un sentier, sur les épaules une palanche d'où pendaient deux seaux pleins d'eau. Elle paraissait pâle, malade et fatiguée. Au sommet de la colline se trouvait une chaumière décrépite, de la neige entassée contre ses murs. Molly s'arrêta à la porte, posa ses seaux, se retourna et contempla la mer ; elle fronça les sourcils : le temps était beau et le vent léger faisait à peine moutonner la crête des vagues ; comme moi autrefois, il souleva son épaisse chevelure et passa la main le long de la courbe de son cou et de son menton tiède. Elle écarquilla soudain les yeux, et des larmes y perlèrent. « Non, dit-elle tout haut. Non. Je ne veux plus penser à toi. Non. » Elle prit les seaux et pénétra dans la chaumière, puis referma la porte d'un geste catégorique. Le vent soufflait sur le toit au chaume mal ajusté. Il forcit et je me laissai emporter.

Je roulai, plongeai dans son courant et y déversai mes douleurs. J'avais envie de m'y enfoncer davantage, jusqu'au cœur, où il pourrait m'emporter tout entier, loin de moi et de mes petits soucis ; j'immergeai les mains dans ce courant de fond, rapide et épais comme de l'eau, et il m'attira.

Je m'écarterais, si j'étais toi.

Vraiment ? Et je laissai Vérité songer un instant à ma situation.

Peut-être pas, en effet, répondit-il, lugubre, puis il poussa comme un soupir. *J'aurais dû deviner la gravité de la situation : apparemment, il faut une grande douleur, une dure maladie ou une extrême violence pour abattre tes murs et te permettre d'artiser.* Il se tut un long moment et nous restâmes tous deux silencieux à ruminer des pensées de tout et de rien à la fois. *Ainsi mon père est mort. Justin et Sereine... J'aurais dû m'en douter. Sa fatigue et ses forces qui déclinaient : ce sont les signes de l'homme lige dont on puise trop et trop souvent l'énergie. Cela devait durer depuis longtemps, avant même la... mort de Galen. Lui seul pouvait concevoir un tel plan et surtout un moyen de le mettre à exécution. Quelle révoltante façon d'employer l'Art ! Et ils nous ont espionnés ?*

Oui. J'ignore ce qu'ils ont appris ; et il y en a encore un autre à craindre : Guillot.

Triple imbécile que j'ai été ! Réfléchis, Fitz ; nous aurions dû nous en rendre compte : au début, les navires de guerre ont parfaitement rempli leur rôle, et puis soudain, dès que les membres du clan ont compris ce que nous tramions, toi et moi, ils se sont débrouillés pour nous contrecarrer ; c'est ainsi que les messages arrivaient toujours en retard ou pas du tout, les secours partaient après la bataille ou ne partaient pas du tout. Il est aussi plein de haine qu'une tique est pleine de sang, et il a gagné.

Pas tout à fait, mon roi. Je me retins de penser à Kettricken en route pour les Montagnes et répétai : *Il reste Guillot, et aussi Ronce et Carrod. Nous devons nous montrer prudents, mon prince.*

Une ombre de chaleur. *C'est promis. Mais tu sais la profondeur de ma reconnaissance. Peut-être le prix est-il élevé, mais ce que nous avons acheté le vaut bien. Pour moi, en tout cas.*

Pour moi aussi. Je perçus de la lassitude en lui, et de la résignation. *Baissez-vous les bras ?*

Pas encore. Mais, comme le tien, mon avenir me paraît peu prometteur. Mes compagnons sont tous morts ou se sont enfuis. Je continue, mais j'ignore quelle distance je dois encore parcourir ou ce que je devrai faire une fois arrivé – et je suis épuisé. Il serait si facile de renoncer.

Je savais que Vérité lisait en moi sans difficulté, mais cette fois je devais me tendre vers lui pour atteindre tout ce qu'il ne me transmettait pas. Je sentis le grand froid qui l'entourait et une blessure qui lui rendait la respiration pénible, sa solitude et la douleur de savoir que ceux qui étaient morts avaient péri loin de chez eux et pour lui. Hod, pensai-je, et ma peine fit écho à la sienne ; Charim, disparu à jamais ; et puis autre chose, une chose qu'il ne pouvait pas tout à fait me faire partager : une tentation, une hésitation au bord du gouffre, une pression, une sensation d'arrachement, de griffure très semblable à celle que j'avais perçue de la part de Sereine et de Justin. Je voulus aller plus loin, y regarder de plus près, mais il me retint.

Certains périls sont plus dangereux quand on les voit de face, me dit-il. *C'est le cas de celui-ci. Mais je suis sûr que c'est le chemin que je dois suivre si je veux trouver les Anciens.*

« Prisonnier ! »

Je sortis de ma transe avec un sursaut. Une clé tourna dans la serrure de ma porte qui s'ouvrit : une jeune fille s'y encadra. Royal se tenait près d'elle, une main posée sur son épaule dans un geste rassurant ; deux gardes, de l'Intérieur d'après la coupe de leur uniforme, les flanquaient et l'un d'eux se pencha pour avancer une torche dans ma cellule. Je reculai involontairement, puis demeurai assis sur mon banc à cligner les yeux dans la soudaine lumière. « Est-ce lui ? » demanda doucement Royal à la jeune fille ; elle m'examina d'un air apeuré, et je l'observai à mon tour en essayant de me rappeler pourquoi son visage m'était familier.

« Oui, messire... seigneur prince... messire roi. C'est lui. Je suis allée au puits le matin que je vous parlais – il me fallait de l'eau sinon le petit, il allait mourir aussi sûr que si les Pirates l'avaient tué ; y avait plus un bruit depuis un bon moment, il faisait aussi calme que dans une tombe ; alors, je suis allée au puits très tôt le matin, dans le brouillard, messire, et c'est là que j'ai vu un loup, tout à côté du puits. Il s'est levé d'un coup et il m'a regardée, et puis le vent a poussé la brume : et là, y avait plus de loup, mais un homme à la place. C'était cet homme, messire – Votre Majesté le roi. » Elle continuait à me dévisager, les yeux ronds.

Je me la rappelais, à présent : le matin qui avait suivi la bataille de Finebaie et de Gardebaie, Œil-de-Nuit et moi nous étions reposés auprès du puits, et le loup m'avait réveillé en se sauvant devant la jeune fille qui approchait.

« Tu es une brave fille, lui dit Royal en lui tapotant l'épaule. Garde, ramène-la aux cuisines et veille à ce qu'elle ait un bon repas et un lit. Non, laisse-moi la torche. » Ils s'écartèrent de la porte et le garde la referma. J'entendis des pas qui s'éloignaient, mais la lumière persista dans le couloir. Une fois le garde et la jeune fille partis, Royal s'adressa à moi.

« Eh bien, Bâtard, on dirait que la partie touche à sa fin ; tes défenseurs vont bien vite te laisser tomber, à mon avis, une fois qu'ils sauront ce que tu es. J'ai d'autres témoins, naturellement, qui évoqueront les empreintes de loup et les morsures des cadavres remarquées partout où tu t'es battu à Finebaie ; certains même de nos gardes de Castelcerf, lorsqu'ils devront déposer sous serment, seront obligés de reconnaître que, quand tu combattais les forgisés, des corps portaient des marques de crocs et de griffes. » Il poussa un grand soupir de satisfaction. A l'oreille, je sus qu'il enfonçait sa torche dans une applique, après quoi il revint auprès de la porte. Ses yeux arrivaient juste à la hauteur du judas et, dans un réflexe puéril, je me levai et m'approchai de la porte pour le contempler de tout mon haut ; il recula et j'en ressentis un plaisir mesquin.

Il prit la mouche. « Quel naïf tu as été ! Quel imbécile ! Tu es revenu éclopé des Montagnes, la queue entre les jambes, et tu as cru qu'il te suffisait d'avoir la faveur de Vérité pour survivre ! Toi et tes complots ridicules ! Je les connaissais tous, tu entends, Bâtard ? Tous ! Toutes tes petites conversations avec notre reine, les pots-de-vin dans le jardin de la tour pour retourner Brondy contre moi, même les plans qu'elle avait conçus pour s'enfuir de Castelcerf. Prenez des vêtements chauds, lui avais-tu dit ; le roi vous accompagnera. » Il se dressa sur la pointe des pieds pour que je voie bien son sourire. « Elle n'est partie ni avec l'un ni avec l'autre, Bâtard : ni le roi, ni les vêtements chauds qu'elle avait préparés. » Il se tut un instant. « Pas même un cheval. » Sa voix caressa ces derniers mots comme s'il attendait depuis longtemps de les prononcer, et il m'observa d'un air avide.

Je me traitai soudain de tous les noms : Romarin ! La douce petite fille aux airs endormis, toujours en train de dodeliner de la tête dans un coin ! Si intelligente qu'on pouvait lui demander n'importe quel service, si jeune qu'on oubliait sa présence... Pourtant, j'aurais dû m'en douter : je n'étais pas plus vieux qu'elle quand Umbre avait commencé à m'enseigner sa profession. Je fus soudain pris de vertige et cela dut se voir sur mon visage. J'étais incapable de me rappeler ce que j'avais pu dire ou ne pas dire devant elle, de savoir quels secrets Kettricken m'avait confiés au-dessus de cette petite tête aux boucles noires. De quels échanges avec Vérité, avec Patience avait-elle été témoin ? La reine et le fou avaient disparu, de cela seul j'étais sûr ; avaient-ils seulement quitté Castelcerf vivants ? Royal souriait béatement, satisfait de lui-même. La porte verrouillée constituait le seul rempart qui m'empêchât de manquer à la promesse que j'avais faite à Subtil.

Il s'en alla, souriant toujours.

En la personne de la jeune fille de Finebaie, Royal tenait la preuve que j'avais le Vif. Il ne lui restait plus qu'à m'arracher par la torture l'aveu que j'avais assassiné Subtil. Il avait tout le temps nécessaire ; il n'était pas pressé.

Je m'assis lourdement par terre. Vérité avait raison : Royal avait gagné.

16

TORTURE

Mais la princesse Volontaire ne voulait se satisfaire de rien d'autre que monter l'étalon Pie à la chasse. Toutes ses dames de compagnie la mirent en garde, mais elle détourna la tête et ne leur prêta point l'oreille ; tous ses seigneurs la mirent en garde, mais elle se moqua de leurs craintes ; même le maître d'écurie s'efforça de la décourager en lui disant : « Dame princesse, cet étalon devrait être tué dans le sang et le feu, car il fut dressé par Matois du Vif et à lui seul il est fidèle ! » Alors la princesse entra en courroux et répondit : « Ne sont-ce pas là mes écuries et mes chevaux, et n'ai-je pas le droit de choisir laquelle de mes bêtes monter ? » Tous se turent devant son ire et elle ordonna qu'on sellât l'étalon Pie pour la chasse.

L'équipage se mit en route dans de grands abois de chiens et virevoltes d'oriflammes, et l'étalon Pie la porta bien, l'emmena loin devant dans les champs, si loin qu'elle disparut à la vue des autres chasseurs. Alors, une fois la princesse Volontaire à l'écart, par-delà les collines et sous les arbres verdoyants, l'étalon Pie la conduisit de-ci de-là, tant et si bien qu'elle en fut égarée et que le clabaud des chiens ne fut plus qu'écho dans les vallons. Enfin elle s'arrêta près d'un ru frais pour s'y désaltérer mais, quand elle se retourna, voici que l'étalon Pie avait disparu et qu'à sa place se tenait Matois du Vif, aussi tacheté que sa bête-de-Vif. Alors il la prit comme l'étalon prend la jument, si bien qu'avant la fin de l'an elle devint grosse ; et quand ceux qui assistaient à la naissance virent l'enfant, tout tacheté du visage et des épaules, ils s'exclamèrent d'effroi ; et quand la princesse

TORTURE

Volontaire le vit à son tour, elle cria et son âme s'échappa dans le sang et l'humiliation car elle avait porté l'enfant-de-Vif de Matois. Ainsi naquit le prince Pie qui, par sa naissance, apporta au monde la terreur et la honte.

La légende du prince Pie.

★

La torche qu'avait laissée Royal faisait danser l'ombre des barreaux ; je restai quelque temps à la contempler, l'esprit vide, sans espoir. La conscience de ma mort prochaine m'engourdissait l'entendement. Puis, peu à peu, mon esprit se remit en route, mais dans la plus grande confusion. Kettricken sans cheval... Etait-ce de cela qu'Umbre avait tenté de me prévenir ? Que Royal savait-il à propos des chevaux ? Etait-il au courant de la destination de la reine ? Comment Burrich avait-il évité de se faire repérer ? Mais y était-il parvenu, en réalité ? Ne risquais-je pas de le croiser dans la salle de torture ? Royal soupçonnait-il Patience d'avoir pris part au plan d'évasion ? Dans ce cas, se contenterait-il de l'abandonner à Castelcerf ou chercherait-il une vengeance plus directe ? Quand les hommes de Royal viendraient me chercher, résisterais-je ?

Non : je les suivrais avec dignité. Non : je tuerais à mains nues autant de ses spadassins de l'Intérieur que possible. Non : je les accompagnerais sans rien dire et j'attendrais l'occasion de tuer Royal. Il serait là, je le savais, pour me regarder mourir. La promesse faite à Subtil de ne pas m'en prendre à sa famille ? Elle ne me liait plus. Si ? Personne ne pouvait me sauver. Je ne me demandais même plus si Umbre interviendrait, si Patience pouvait y faire quoi que ce soit. Une fois que Royal m'aurait arraché des aveux... me garderait-il en vie pour me faire pendre et écarteler en place publique ? Oui, bien sûr : pourquoi se priver de ce plaisir ? Patience viendrait-elle me voir mourir ? J'espérais que non ; peut-être Brodette saurait-elle l'en empêcher. J'avais jeté ma vie aux orties, je m'étais sacrifié pour rien. Enfin, j'avais au moins tué Sereine et Justin. Cela en valait-il la peine ? Ma reine s'était-elle échappée ou se cachait-elle encore entre les murs du Château ? Etait-ce ce qu'Umbre cherchait à me communiquer ? Non. Mon esprit pataugeait dans mes pensées comme un rat tombé dans une barrique d'eau de pluie.

J'aurais voulu avoir quelqu'un, n'importe qui, à qui parler. Je m'efforçai de réfléchir calmement, rationnellement, et finis pas trouver une prise : Œil-de-Nuit. Il avait dit les avoir emmenés, les avoir guidés jusqu'à Burrich.

Mon frère ? Je me tendis vers lui

Je suis là. Je suis toujours là.

Raconte-moi l'autre nuit.

Laquelle ?

Celle où tu as conduit les gens du Château à Cœur de la Meute.

Ah ! Je sentis son effort. Il pensait à la manière des loups : ce qui était fait était fait ; il ne voyait pas plus loin que sa prochaine chasse, ne se rappelait presque rien des événements du mois ou de l'année précédents, sauf s'ils concernaient de très près sa survie. Ainsi, il se rappelait la cage d'où je l'avais tiré, mais il avait déjà oublié où il avait chassé quatre nuits plus tôt. Il gardait en mémoire des généralités : une sente que fréquentaient les lapins, une source qui ne gelait pas en hiver, mais le nombre précis de lapins qu'il avait tués trois jours auparavant lui échappait complètement. Je retins mon souffle en souhaitant qu'il pût me rendre espoir.

Je les ai conduits à Cœur de la Meute. J'aimerais que tu sois là : j'ai un piquant de porc-épic dans la babine et je n'arrive pas à m'en débarrasser. Ça fait mal.

Et comment est-il arrivé là ? Malgré tout, je n'avais pu m'empêcher de sourire : il savait à quoi s'en tenir, mais n'avait pu résister à l'attrait de la grosse et lente créature.

Ce n'est pas drôle.

Je sais. De fait, ce n'était pas drôle : méchamment barbelé, le piquant ne pouvait que s'enfoncer en envenimant la plaie, au point d'empêcher Œil-de-Nuit de chasser. Je me penchai sur son problème car, je le savais, tant que je ne l'aurais pas résolu, il ne parviendrait à se concentrer sur rien d'autre. *Cœur de la Meute te l'enlèverait si tu le lui demandais poliment. Tu peux avoir confiance en lui.*

Il m'a poussé quand je lui ai parlé. Mais ensuite il m'a parlé.

Ah ?

Je perçus le cheminement de son esprit qui remontait lentement le fil de ses pensées. *L'autre nuit, quand je les ai guidés jusqu'à lui. Il m'a dit : « Amène-les-moi ici, pas au trou du renardier. »*

Montre-moi l'endroit.

C'était plus difficile pour lui mais il s'y efforça et se rappela le bord de la route, déserte sous les rafales de neige, hormis Burrich à cheval sur Rousseau et tenant Suie par la bride ; j'entrevis la Femelle et le Sans-Odeur, comme il appelait Kettricken et le fou. Il se souvenait bien d'Umbre, surtout à cause d'un gros os de bœuf qu'il lui avait remis avant leur séparation.

Ont-ils parlé entre eux ?

Beaucoup trop. Je les ai laissés japper entre eux et je suis parti.

J'eus beau l'interroger, il ne put m'en dire davantage, mais au moins je savais que les plans avaient été radicalement modifiés à la dernière minute. Etrange : j'avais été prêt à donner ma vie pour Kettricken mais, tout bien considéré, je n'étais pas sûr d'apprécier de donner ma jument ; et puis je me rappelai que je ne monterais sans doute plus jamais un cheval, sauf celui qui me transporterait à l'arbre où l'on me pendrait. Au moins Suie se trouvait-elle avec quelqu'un que j'aimais – ainsi que Rousseau. Pourquoi ces deux chevaux précisément ? Et pourquoi seulement deux ? Burrich avait-il été incapable d'en sortir davantage des écuries ? Etait-ce pour cela qu'il n'était pas parti ?

J'ai mal, intervint Œil-de-Nuit. *Ça m'empêche de manger.*

Je voudrais t'aider, mais c'est impossible. Tu dois demander à Cœur de la Meute.

Tu ne peux pas lui demander ? Toi, il ne te pousse pas.

Je souris. *Il l'a fait une fois et ça m'a suffi ; j'ai retenu la leçon. Mais si tu vas le trouver pour lui demander son aide, il ne te* repoussera *pas.*

Tu ne peux pas lui demander de m'aider ?

Je ne peux pas lui parler comme nous nous parlons et il est trop loin pour entendre mes abois.

Alors je vais essayer, fit Œil-de-Nuit d'un ton dubitatif.

Je le laissai aller ; j'avais envisagé d'essayer de lui faire comprendre ma situation, mais j'avais renoncé : il ne pouvait rien faire et je n'arriverais qu'à l'inquiéter. Œil-de-Nuit dirait à Burrich que je le lui avais envoyé, ainsi Burrich me saurait-il toujours en vie. Je n'avais pas grand-chose d'autre à lui transmettre qu'il ne sût déjà.

Le temps passa lentement. Je le mesurai par tous les petits moyens à ma disposition : la torche finit de se consumer, la garde fut relevée, quelqu'un me glissa de l'eau et de la nourriture par la trappe de ma porte. Je n'avais rien demandé ; cela signifiait-il qu'une longue période s'était écoulée depuis mon dernier repas ? Les gardes furent à nouveau relevés ; les nouveaux, un homme et une femme, étaient bavards, mais ils parlaient à voix basse et je ne percevais que leurs chuchotements indistincts et leurs éclats de rire – sans doute quelques remarques grivoises qui pimentaient leur marivaudage. Ils s'interrompirent soudain : quelqu'un arrivait.

J'entendis des murmures bas et respectueux, et une boule de glace se forma au creux de mon estomac. Sans bruit, je me levai, me collai à la porte et jetai un coup d'œil au poste de garde.

Il approchait comme une ombre dans le couloir, en silence mais sans furtivité : avec ses dehors effacés, il n'en avait nul besoin. Jamais je n'avais vu l'Art ainsi employé. Je sentis les poils de ma nuque se hérisser lorsque Guillot s'arrêta devant ma porte et me regarda. Il ne dit rien et je n'osai pas ouvrir la bouche ; le simple fait de lui rendre son regard lui fournissait déjà une trop grande ouverture sur moi ; pourtant je redoutais de détourner les yeux. L'Art le nimbait comme une aura de vigilance. Je me fis tout petit au fond de moi-même, ramenai à moi toutes mes émotions, toutes mes pensées, et dressai mes murs aussi vite que je le pus, tout en sachant que ces protections mêmes lui en disaient long sur moi. Pour lui, mes défenses constituaient un moyen de me déchiffrer. Pendant que je sentais la peur me dessécher la bouche et la gorge, une question me vint : d'où sortait-il ? Qu'est-ce qui pouvait avoir tant d'importance aux yeux de Royal pour qu'il confie le travail à Guillot au lieu de l'utiliser à s'assurer la couronne ?

Le bateau blanc.

La réponse était montée du tréfonds de moi, fondée sur des rapprochements si loin enfouis que j'étais incapable de les exhumer, mais je ne la mis pas en doute. Je le regardai en le considérant en conjonction avec le bateau blanc. Il fronça les sourcils et je sentis la tension entre nous grandir, l'Art forcer contre mes frontières. Il ne me griffait pas ni ne tiraillait comme l'avaient fait Sereine et Justin ; la meilleure comparaison serait un affrontement à l'épée où chacun mesure la puissance d'assaut de son adversaire. Je m'affermis pour lui résister, sachant que si je vacillais, si je baissais ma garde, fût-ce un instant, il passerait outre ma défense et m'embrocherait l'âme. Ses yeux s'agrandirent et j'eus la surprise d'y lire une brève hésitation ; mais il eut aussitôt un sourire aussi engageant que la gueule d'un requin.

« Ah ! » souffla-t-il. Il paraissait content ; il s'écarta de ma porte et s'étira comme un chat indolent. « Ils t'ont sous-estimé mais je ne commettrai pas la même erreur. Je sais bien l'avantage qu'on acquiert lorsque l'adversaire fait cette faute. » Puis il partit, ni brusquement ni lentement, mais comme la fumée disparaît à la brise : là un instant, évanouie le suivant.

Je retournai m'asseoir sur mon banc, pris une grande inspiration et la relâchai peu à peu pour apaiser mes tremblements. J'avais la sensation d'avoir passé une épreuve et, cette fois au moins, de l'avoir réussie. Je m'adossai à la pierre froide du mur et jetai un coup d'œil en direction de la porte.

Sous les lourdes paupières, le regard de Guillot me transperça.

Je me redressai si violemment que ma blessure à la jambe se rouvrit. J'observai le judas : rien. Il avait disparu. Le cœur battant et malgré moi, je m'approchai de l'ouverture et scrutai le couloir : je ne vis personne ; je ne parvins pas pour autant à me convaincre qu'il était parti.

Je regagnai mon banc en boitant et me rassis en m'emmitouflant dans le manteau de Brondy. Je surveillai le judas en quête d'un mouvement, d'une modification de la lumière ombreuse que projetait la torche, d'un signe quelconque qui trahît la présence de Guillot, mais ne décelai rien. J'avais envie de tendre mon Art et mon Vif pour voir si j'arrivais à le percevoir, mais je n'osai pas : impossible de me risquer hors de moi-même sans laisser la voie libre à qui voulait m'atteindre.

J'établis mes protections autour de mes pensées puis recommençai quelques instants plus tard pour plus de sûreté. Plus je m'efforçais au calme, plus l'effroi était violent quand il me saisissait : j'avais craint la torture physique mais, à présent, la sueur aigre de la peur me ruisselait sur les côtes et le visage quand je songeais à tout ce que Guillot pourrait m'infliger s'il passait outre mes murailles. Une fois qu'il se trouverait dans ma tête, il m'obligerait à me présenter devant les ducs réunis pour leur narrer en détail comment j'avais tué le roi Subtil. Royal avait inventé pour moi un sort pire qu'une simple exécution : j'irais à la mort après m'être reconnu lâche et traître et je me traînerais à ses pieds pour implorer publiquement son pardon.

Il dut s'écouler une nuit. Je ne fermai pas l'œil sinon pour m'assoupir et me réveiller aussitôt en sursaut d'un rêve où des yeux me guettaient par le judas. Je n'osais même pas chercher le réconfort d'un contact avec Œil-de-Nuit et j'espérais qu'il s'en abstiendrait de son côté. Je sortis d'une de ces périodes d'assoupissement en tressaillant : j'avais cru entendre des bruits de pas dans le couloir. Les yeux me piquaient, j'avais la migraine à force de rester en alerte et la tension me nouait les muscles. Je demeurai sans bouger sur mon banc pour conserver mes dernières forces.

La porte s'ouvrit à la volée, un garde avança une torche dans ma cellule, puis entra prudemment ; deux autres l'imitèrent. « Debout ! » aboya l'homme à la torche ; il avait l'accent de Bauge.

Inutile de refuser d'obéir : je me levai donc en laissant le manteau de Brondy retomber sur le banc. Sur un signe du chef, les deux gardes m'encadrèrent ; quatre autres nous attendaient dans le couloir : Royal ne prenait pas de risques. Je ne connaissais aucun de ces hommes, qui arboraient tous les couleurs de la garde de Royal. Rien qu'à leur expression, je sus les ordres qu'ils avaient reçus, mais je ne leur fournis pas de prétexte pour les appliquer. Nous passâmes le poste de garde et entrâmes dans une pièce qui servait autrefois de corps de garde ; on l'avait vidée de ses meubles, hormis un fauteuil confortable. Dans chaque applique brûlait une torche et la salle baignait dans une lumière vive qui blessait mes yeux habitués à la pénombre. Les gardes me laissèrent debout au milieu de la salle et allèrent en rejoindre d'autres alignés le long des murs. Par habitude plus que par espoir, j'évaluai ma situation : je comptai quatorze gardes, ce qui me parut excessif même pour moi. Les deux portes étaient closes. Nous restâmes sans bouger.

Demeurer debout, immobile, dans une pièce crûment éclairée, entouré d'hommes hostiles, constitue une forme de torture méconnue. J'essayai de me détendre, de déplacer discrètement mon poids d'une jambe sur l'autre, mais je me fatiguai vite. Je fus effrayé de découvrir avec quelle rapidité la faim et l'inactivité m'avaient affaibli, et c'est presque avec soulagement que je vis la porte s'ouvrir enfin. Royal entra, suivi de Guillot qui protestait à mi-voix : « ... pas nécessaire. Il me suffirait d'encore une nuit avec lui.

– Je préfère ceci », répliqua Royal d'un ton acide.

Guillot s'inclina sans rien dire. Royal s'assit et Guillot prit place derrière lui, à sa gauche. Le prince m'observa un instant, puis se laissa aller négligemment contre le dossier de son fauteuil, pencha la tête sur le côté et soupira ; puis il leva l'index et désigna un homme. « Toi, Pêne. Ne lui casse rien ; quand nous aurons ce que nous voulons, il faut qu'il soit présentable. C'est bien compris ? »

Avec un bref hochement de tête, Pêne se débarrassa de son manteau d'hiver et de sa chemise. Les autres le regardaient avec des yeux de pierre. Un conseil qu'Umbre m'avait donné longtemps auparavant me revint : « On peut tenir plus longtemps sous la torture si on se concentre sur ce qu'on veut dire plutôt que sur ce qu'on refuse de révéler. J'ai entendu des hommes répéter sans cesse la même phrase bien longtemps après qu'ils ne pouvaient plus entendre les questions. En se focalisant sur ce qu'on accepte de dire, on a moins de chances de laisser échapper ce qu'on ne veut pas avouer. »

Mais ce conseil tout théorique risquait de ne guère m'aider : Royal ne paraissait pas avoir de questions à poser.

Pêne était plus grand et plus lourd que moi, et il ne se nourrissait probablement pas que de pain et d'eau. Il pratiqua quelques exercices d'assouplissement comme si nous allions participer à un concours de lutte de la fête du Printemps. Je l'observai sans bouger ; il croisa mon regard et un sourire étira ses lèvres minces au point d'en être inexistantes, puis il enfila une paire de mitaines en cuir. La séance n'était donc pas improvisée. Il s'inclina devant Royal qui hocha la tête.

Que se passe-t-il ?

Tais-toi ! ordonnai-je à Œil-de-Nuit mais, comme Pêne s'avançait vers moi, je sentis ma lèvre supérieure se retrousser pour découvrir mes dents. J'évitai son premier coup de poing, lui en portai un puis reculai devant un moulinet. Je me déplaçais avec l'agilité du désespoir ; je n'avais pas prévu d'avoir une chance de me défendre, mais au contraire de me faire torturer, pieds et poings liés. Naturellement, il y aurait tout le temps d'y venir : Royal n'était pas pressé. Ne pas y penser. Je n'avais jamais été doué pour ce genre de combat. Ne pas y penser non plus. Le poing de Pêne m'érafla la joue, y laissant une douleur cuisante. Prudence, prudence. Soudain, comme j'essayais de l'amener à ouvrir sa garde pour prendre sa mesure, l'Art fondit sur moi ; je chancelai sous l'assaut de Guillot et Pêne me porta ses trois coups suivants sans effort, à la mâchoire, la poitrine et la pommette, tous rapides, francs et massifs : le style d'un homme qui a beaucoup pratiqué – et le sourire d'un homme qui se fait plaisir.

Suivit une période d'où le temps était absent ; je ne pouvais à la fois me protéger de Guillot et me défendre contre les coups de Pêne, et, après réflexion, si le terme est approprié dans l'état où je me trouvais, je parvins à la conclusion que mon corps disposait de ses propres moyens de défense contre la douleur physique : l'évanouissement ou la mort. Je décidai donc d'abriter mon esprit plutôt que mon corps.

Je répugne à me rappeler ces instants. Contre les assauts de Pêne, ma parade, toute symbolique, consistait à les esquiver et à l'obliger à me poursuivre, à ne pas le quitter des yeux et à le bloquer tant que cela ne contrariait pas ma vigilance à l'égard de Guillot. J'entendis les gardes conspuer le prétendu manque de ressort que trahissaient mes faibles ripostes. Un coup me projeta, titubant, au milieu des soldats et ils me renvoyèrent sans ménagements face à mon adversaire.

Je n'avais pas le temps d'établir une stratégie : quand je répliquais, c'était à grands coups désordonnés et sans guère de force les rares fois où ils portaient. J'aurais voulu me laisser aller, libérer ma fureur et me jeter sur Pêne pour le cogner par tous les moyens possibles, mais ç'aurait été ouvrir grand la porte à Guillot. Non : il me fallait garder mon sang-froid et rester stoïque. Comme Guillot augmentait sa pression sur moi, Pêne voyait sa tâche s'alléger et, pour finir, je n'eus plus qu'une alternative : me servir de mes bras pour me protéger la tête ou le corps. Dans l'un et l'autre cas, Pêne se contentait de changer de cible. L'horreur de la situation était qu'il retenait ses coups et que je le savais : il ne frappait que pour faire mal et m'infliger des dommages mineurs. Une fois, je baissai les bras et regardai Guillot en face ; j'eus la très brève satisfaction de voir son visage ruisselant de transpiration, puis le poing de Pêne s'écrasa sur mon nez.

Lame m'avait un jour décrit le bruit qu'il avait entendu quand il s'était fait casser le nez au cours d'une bagarre, mais les mots ne rendaient pas justice au fait lui-même : ce fut un bruit à lever le cœur suivi d'une douleur insoutenable, une souffrance si intense que je n'eus soudain plus conscience d'aucune autre. Je perdis connaissance.

J'ignore combien de temps je demeurai évanoui, à errer aux frontières du réveil. Quelqu'un m'avait retourné sur le dos, puis s'était redressé après m'avoir examiné. « L'a le nez cassé, annonça-t-il.

– Pêne, j'avais dit de ne pas l'abîmer ! fit Royal avec colère. Je dois pouvoir le montrer intact. Apporte-moi du vin, ajouta-t-il d'un ton irrité à l'adresse de quelqu'un d'autre.

– Vous inquiétez pas, Votre Majesté », répondit une autre voix. Son propriétaire se pencha sur moi, agrippa fermement l'arête de mon nez et la remit en place. La douleur fut pire que lors de la fracture et je sombrai à nouveau dans l'inconscience ; j'entendis des voix parler de moi, puis des mots s'en détachèrent et enfin le sens revint aux mots.

« Alors, que devrait-il faire, normalement ? » La voix de Royal. « Pourquoi ne l'a-t-il pas encore fait ?

– Je sais seulement ce que m'ont dit Sereine et Justin, Votre Majesté. » Guillot avait la voix lasse. « Ils prétendaient qu'il s'était épuisé à artiser et qu'alors Justin avait réussi à pénétrer en lui ; à ce moment, le Bâtard... s'est défendu d'une façon incompréhensible. Justin a eu l'impression de se faire attaquer par un grand loup, et Sereine affirmait qu'elle avait vu des marques de griffes sur lui, mais qu'elles s'étaient effacées peu après. »

Un grincement : Royal venait de se rasseoir sans douceur dans son fauteuil. « Eh bien, oblige-le à recommencer. Je voudrais voir de mes yeux ce Vif à l'œuvre. » Silence. « A moins que tu ne sois pas assez fort ? C'est peut-être Justin que j'aurais dû garder en réserve.

– Je suis plus fort que ne l'était Justin, Votre Majesté, assura Guillot avec calme. Mais Fitz sait ce que je recherche, alors qu'il ne s'attendait pas à l'attaque de Justin. » Plus bas, il ajouta : « Et il est beaucoup plus fort qu'on ne me l'avait laissé croire.

– Fais ce qu'il faut, c'est tout ! » ordonna Royal d'un ton exaspéré.

Ainsi Royal voulait un aperçu du Vif ? Je pris mon souffle, rassemblai le peu de forces qui me restait et m'efforçai de concentrer ma colère sur lui afin de le *repousser* avec assez de violence pour lui faire traverser le mur, mais je n'arrivai à rien. J'étais trop perclus de douleurs pour me concentrer et mes propres murailles m'empêchaient d'agir. Il se contenta de sursauter, puis il me regarda de plus près.

« Il est réveillé. » Il leva de nouveau l'index d'un air nonchalant. « Verde, il est à toi ; mais fais attention à son nez ; ne touche pas sa figure. Le reste de sa personne, on peut facilement le dissimuler. »

Verde entreprit de me mettre debout, puis de me jeter à terre à coups de poing. Je me lassai de ce jeu longtemps avant lui. Le sol m'infligeait autant de dégâts que ses poings. Je n'arrivais pas à me tenir droit ni à lever les bras pour me protéger ; aussi me renfonçais-je en moi en me faisant de plus en plus petit et je demeurais ainsi tapi jusqu'à ce que la souffrance me force à ressortir de moi-même et à me battre, en général juste avant que je perde connaissance. Je remarquai autre chose : le plaisir de Royal. Il ne voulait pas me ligoter et me faire mal : il voulait me voir me débattre, essayer en vain de rendre les coups. Il surveillait aussi ses gardes, sans doute pour repérer ceux qui détournaient les yeux de son divertissement ; il se servait de moi pour prendre leur mesure. J'essayai de rester indifférent à sa délectation : seul comptait de maintenir mes murailles dressées et d'empêcher Guillot d'entrer dans ma tête : telle était la bataille que je devais remporter.

Quand je me réveillai pour la quatrième fois, j'étais étendu par terre dans ma cellule. C'était un bruit effrayant, à la fois gargouillant et sifflant, qui m'avait tiré de l'inconscience : le bruit de ma respiration. Je demeurai quelque temps sans bouger, puis je levai la main et, à tâtons, tirai le manteau de Brondy qui tomba en me recouvrant partiellement, après quoi je restai immobile. Les gardes avaient suivi les consignes de Royal : je n'avais rien de cassé. J'avais mal partout, mais mes os étaient intacts. Ils ne m'avaient infligé que de la souffrance. Je ne risquais pas de mourir.

Je m'approchai en rampant du pot d'eau ; je ne décrirai pas le supplice que j'endurai à le soulever pour boire. Mes tentatives, en début de séance, pour me défendre m'avaient laissé les mains enflées et cuisantes, et c'est en vain que je m'efforçai d'empêcher le bord du pot de cogner contre mes lèvres, mais je réussis finalement à me désaltérer. L'eau me rendit quelque vigueur et me rendit encore plus sensible à la multiplicité de mes douleurs. Ma demi-miche de pain se trouvait là elle aussi ; j'en plongeai le bout dans l'eau restante, puis suçai le pain ramolli. Il avait goût de sang. Les coups de Pêne m'avaient déchaussé des dents et ouvert les lèvres ; mon nez, lui, n'était plus qu'une vaste zone qui m'élançait sans cesse et que je ne pus me résoudre à le palper. Manger ne me procura nul plaisir, seulement un soulagement partiel de la faim qui s'ajoutait à mes tourments.

Au bout de quelque temps, je me redressai. Assis par terre, je m'emmitouflai dans le manteau et réfléchis à ce qui m'attendait : Royal avait l'intention de me rouer de coups jusqu'à ce que je manifeste le Vif par une attaque dont ses gardes seraient témoins ou que j'abaisse assez mes murailles pour que Guillot puisse pénétrer dans mon esprit et m'oblige à me confesser. Je me demandai par laquelle de ces solutions il préférerait l'emporter – car il l'emporterait, je n'en doutais pas. La mort constituait pour moi le seul moyen de m'échapper de ma cellule. Quelles possibilités avais-je pour cela ? Les obliger à me tuer de coups avant que j'utilise le Vif ou que j'ouvre mes barrières à Guillot, ou bien absorber le poison que j'avais préparé pour Murfès. J'en mourrais, c'était certain : dans l'état d'affaiblissement où je me trouvais, l'effet serait probablement plus rapide que je ne l'avais prévu – mais encore douloureux. Epouvantablement douloureux.

Les souffrances se valaient. Laborieusement, je retroussai ma manche droite encroûtée de sang : la pochette ne tenait que par un fil qui devait casser à la moindre traction, mais le sang l'avait collée au tissu de ma chemise. Je tirai dessus avec délicatesse : il ne s'agissait pas de répandre le produit par terre. Et j'allais devoir attendre qu'on m'apporte de l'eau pour le délayer, sans quoi je n'arriverais qu'à m'étouffer sur la poudre amère. J'essayais encore de décrocher la pochette quand j'entendis des voix dans le couloir.

Non, c'était trop injuste ! Pourquoi revenaient-ils si tôt ? Je tendis l'oreille : ce n'était pas Royal ; mais si l'on venait aux cachots, ce ne pouvait être que pour moi. Une voix grave, grondante, mais qui semblait mal maîtrisée ; les gardes qui répondaient laconiquement, d'un ton hostile ; une autre voix, raisonnable celle-ci, qui intercédait ; puis à nouveau la voix grondante qui montait, manifestement belliqueuse. Soudain, un cri.

« Tu vas crever, Fitz ! On va te pendre au-dessus de l'eau et on va brûler ton cadavre ! »

C'était la voix de Burrich, étrange mélange de colère, de menace et de chagrin.

« Emmenez-le ! » Une des gardes qui s'exprimait à présent de façon audible ; à son accent, elle était de l'Intérieur.

« Je m'en occupe, je m'en occupe. » Je connaissais cette voix : c'était celle de Lame. « Il a un peu trop bu, c'est tout ; il a toujours été comme ça. Et le gosse a été son apprenti pendant des années aux écuries ; tout le monde dit qu'il aurait dû se douter de quelque chose et même qu'il savait, mais qu'il n'a rien fait.

– Ouais ! intervint Burrich d'un ton furieux. Et maintenant j'ai plus de boulot, bâtard ! Fini, le blason au cerf pour moi ! Mais ça m'est bien égal, par le cul d'El ! Y a plus de chevaux ! Les meilleurs chevaux que j'avais dressés, ils sont tous dans l'Intérieur, maintenant, vendus à des crétins pour une bouchée de pain ! Plus de chiens, plus de faucons ! Reste plus que des avortons et deux ou trois mulets ! Pas un seul cheval digne de ce nom ! » Il s'approchait tout en parlant et il y avait de la folie dans sa voix.

Je me redressai en m'appuyant à la porte, puis m'accrochai aux barreaux. Je ne voyais pas le poste des gardes, mais leurs ombres dansaient sur le mur. Celle de Burrich essayait de se diriger vers ma cellule tandis que les gardes et Lame tentaient de le retenir.

« 'Tendez. Non, 'tendez une minute, fit Burrich d'un ton d'ivrogne. 'Coutez, je veux juste lui parler, c'est tout. » Le groupe apparut dans le couloir, s'arrêta de nouveau ; les gardes se tenaient entre Burrich et ma porte, et Lame lui avait pris l'épaule. Il portait encore des marques de bagarre sur le visage et un de ses bras était dans une attelle ; il ne pouvait pas faire grand-chose pour empêcher Burrich d'avancer.

« Je veux juste ma revanche avant que Royal prenne la sienne, c'est tout. C'est tout. » L'alcool faisait bredouiller Burrich. « Allez, quoi ! Rien qu'une minute. Qu'est-ce que ça peut faire, de toute façon ? C'est un homme mort. » Un silence. « Tiens, regardez, comme ça, vous n'aurez pas perdu votre temps. Tiens. »

Les gardes échangèrent des regards.

« Euh... Lame, il te resterait pas un peu d'argent ? » Burrich fouilla dans sa besace, eut un grognement agacé et la retourna au-dessus de sa main. Des pièces tombèrent en pluie dans sa paume et roulèrent entre ses doigts. « Tenez, prenez ! » J'entendis le tintement des pièces qui roulaient sur les pierres du couloir et Burrich ouvrit les bras dans un geste de munificence.

« Hé, il rigole ! Burrich, n'essaie pas de soudoyer les gardes ou tu vas te retrouver au trou toi aussi ! » Lame se baissa vivement et se répandit en excuses tout en ramassant les pièces ; les gardes l'aidèrent et j'aperçus une main faire furtivement l'aller-retour entre le sol et une poche.

Soudain le visage de Burrich apparut au judas ; l'espace d'un instant, nous restâmes face à face de part et d'autre des barreaux. Ses traits reflétaient à la fois la peine et l'indignation ; ses yeux étaient injectés de sang et son haleine empestait l'alcool ; sa chemise était déchirée là où le blason au cerf avait été arraché. Son expression furieuse fit place, lorsqu'il me distingua mieux, au bouleversement. Je soutins son regard et, l'espace d'un instant, je crus sentir passer entre nous un message de compréhension et d'adieu ; puis il recula et me cracha en plein visage.

« Ça, c'est pour toi, gronda-t-il, et pour la vie que tu m'as volée, toutes les heures, tous les jours que j'ai passés à m'occuper de toi : il aurait mieux valu que tu te couches au milieu des bêtes et que tu meures avant d'en arriver là ! On va te pendre, petit. Royal est en train de faire construire le gibet, au-dessus de l'eau comme le veut la tradition. On va te pendre, puis te couper en morceaux et te brûler ; il ne restera rien à enterrer. Il a sans doute peur que les chiens ne te déterrent. Ça te plairait, ça, hein, petit ? Te faire enfouir comme un os pour qu'un chien vienne te chercher plus tard ? Mieux vaut t'allonger par terre et mourir là où tu es. »

Je m'étais écarté de lui quand il m'avait craché au visage ; à présent, loin de la porte, je chancelais tandis qu'accroché aux barreaux il me regardait fixement, les yeux agrandis et brillants de folie et de boisson.

« Puisque tu es si doué pour le Vif, à ce qu'il paraît, pourquoi tu ne te changes pas en rat pour te tirer d'ici ? Hein ? » Il appuya le front contre les barreaux et, sans me quitter des yeux, ajouta d'un ton presque pensif : « Mieux vaut ça que finir pendu, mon chiot : change-toi en bête et sauve-toi la queue entre les jambes. Si tu peux... je l'ai entendu dire... on raconte que tu peux te transformer en loup... Eh bien, si tu n'en es pas capable, la corde est pour toi. La corde qui t'étrangle pendant que tu donnes des coups de pied dans le vide... » Sa voix mourut. Ses yeux noirs plongèrent dans les miens ; l'alcool les faisait pleurer. « Mieux vaut que tu crèves ici que pendu. » Soudain la rage parut l'envahir. « Je pourrais bien t'aider à crever ici, moi ! fit-il, les dents serrées. Mieux vaut que tu meures à ma façon qu'à celle de Royal ! » Et, les mains autour des barreaux, il se mit à secouer violemment la porte.

Les gardes intervinrent aussitôt en jurant et s'efforcèrent de le tirer en arrière, mais il ne leur prêta nulle attention. Le vieux Lame sautillait sur place derrière eux en plaidant : « Allez, laisse tomber, Burrich, tu as dit ce que tu voulais dire, on s'en va, maintenant, on s'en va avant d'avoir des ennuis, camarade ! »

Les gardes n'arrivèrent pas à l'arracher à la porte : il lâcha brusquement prise et laissa tomber ses bras le long de son corps, et les hommes, surpris, partirent à la renverse en l'entraînant dans leur chute. Je pressai mon visage contre les barreaux.

« Burrich (j'avais du mal à articuler), je ne voulais pas te faire de mal. Je regrette. » Je pris une inspiration en cherchant des mots qui soulageraient le tourment que je lisais dans ses yeux. « On ne peut rien te reprocher : tu as fait ce que tu pouvais avec moi. »

Il secoua la tête, le visage tordu de douleur et de colère. « Allonge-toi et crève, petit. Crève, c'est tout. » Et il s'en alla. Lame le suivit à reculons en bafouillant des excuses aux gardes exaspérés qui les escortaient dans le couloir. Je les regardai s'éloigner, puis je vis l'ombre de Burrich disparaître avec force embardées tandis que Lame s'attardait pour adoucir l'humeur des gardes.

J'essuyai le crachat de mon visage et regagnai lentement mon banc. J'y restai longtemps assis à ressasser des souvenirs : depuis toujours il m'avait prévenu contre le Vif ; il m'avait enlevé le premier chien avec lequel je m'étais lié, et j'avais eu beau lutter, le *repousser* avec toute l'énergie dont je disposais, il m'avait simplement renvoyé mon attaque, si durement que pendant des années je n'avais plus osé *repousser* quiconque. Et le jour où il s'était assoupli, où il avait, sinon accepté, du moins feint de ne pas connaître mon lien avec le loup, le Vif lui avait été de nouveau imposé. Le Vif... Il m'avait mis en garde tant de fois, et moi j'étais persuadé de savoir ce que je faisais.

Et tu avais raison.

Œil-de-Nuit. Je n'avais pas le courage de répondre davantage.

Viens avec moi ; viens avec moi et nous chasserons ensemble. Je peux t'emmener loin de là où tu es.

Plus tard peut-être. La force me manquait de discuter.

Je restai longtemps sans bouger ; mon entrevue avec Burrich m'avait fait aussi mal que la rossée de Pêne. Je cherchai dans ma vie une personne à qui je n'eusse pas fait défaut, que je n'eusse pas déçue : je n'en trouvai pas.

Je baissai les yeux sur le manteau de Brondy étalé par terre ; le froid me poussait à m'y emmitoufler, mais j'avais trop mal pour le ramasser. Mon regard tomba soudain sur un caillou posé à côté ; c'était étrange : j'avais suffisamment contemplé le sol pour savoir qu'il ne s'y trouvait rien.

La force de la curiosité est remarquablement puissante : je finis par me pencher et je pris le manteau et le caillou. Il me fallut un peu de temps pour passer le vêtement sur mes épaules, après quoi j'examinai la pierre. Ce n'en était pas une ; noir et humide, l'objet évoquait une boulette de... de feuilles ? Oui. Une boulette qui m'avait heurté le menton quand Burrich m'avait craché au visage ? Délicatement, je la plaçai dans la maigre lumière qui passait par le judas. Une tige blanche maintenait la feuille extérieure fermée ; je la retirai : c'était l'extrémité d'un piquant de porc-épic, dont l'autre, noire et barbelée, servait à clore le petit paquet. Ouverte, la feuille révéla une boulette brune et collante que je reniflai prudemment : c'était un mélange de plusieurs plantes, dont l'une dominait ; je la reconnus avec une sensation de nausée : du carryme, un simple des Montagnes, sédatif et analgésique puissant qu'on employait parfois pour mettre un terme miséricordieux à l'existence. Kettricken s'en était servie pour tenter de me tuer lors de son mariage.

Viens avec moi.

Pas tout de suite.

Etait-ce un cadeau d'adieu de Burrich ? Une mort paisible ? Je songeai à ce qu'il m'avait dit : Mieux vaut crever sur place. Une telle déclaration de la part d'un homme pour qui le combat n'est fini que lorsqu'on l'a gagné ? La contradiction était excessive.

Cœur de la Meute dit que tu dois aller avec moi. Maintenant, ce soir. Il dit : Couche-toi. Il dit : Sois un os qu'un chien déterrera plus tard. Je sentais l'effort que devait fournir Œil-de-Nuit pour transmettre ce message.

Je réfléchis sans répondre.

Il a ôté le piquant de ma babine, mon frère. Je crois que nous pouvons lui faire confiance. Viens avec moi, vite !

J'observai les trois objets au creux de ma paume : la feuille, le piquant, la boulette. Je reformai le petit paquet tel que je l'avais reçu.

Je ne comprends pas ce qu'il attend de moi, dis-je.

Allonge-toi et ne bouge plus. Reste immobile et viens avec moi, deviens moi. Un long silence : Œil-de-Nuit travaillait à exprimer une pensée. *Ne mange ce qu'il t'a donné que si tu ne peux pas faire autrement ; que si tu ne peux pas me rejoindre sans aide.*

Je n'ai aucune idée de ce qu'il veut mais, comme toi, je pense que nous pouvons lui faire confiance. Dans la pénombre, au-delà de l'épuisement, je me redressai sur le banc et m'affairai à ouvrir la pochette de ma manche ; quand ce fut fait, j'en tirai la petite papillote de poudre, la remplaçai par la boulette enveloppée de sa feuille et la fixai en place grâce au piquant. Je regardai la papillote posée dans ma main ; une idée naquit en moi, mais je refusai de m'y appesantir. Je serrai le manteau de Brondy autour de moi et m'allongeai lentement sur le banc. Je devais rester vigilant, je le savais, au cas où Guillot reviendrait, mais j'étais trop las et trop désespéré. *Je suis avec toi, Œil-de-Nuit.*

Nous nous enfuîmes ensemble sur la neige blanche et glacée dans un monde de loups.

17

EXÉCUTION

Le maître d'écurie Burrich avait, durant les années qu'il passa à Castelcerf, la réputation de posséder un don exceptionnel pour les chevaux ainsi que pour les chiens et les faucons. Son savoir-faire avec les animaux était déjà légendaire de son vivant.

Il avait débuté dans la vie en tant que simple soldat ; on dit qu'il était issu d'une famille qui s'était installée en Haurfond, et aussi que sa grand-mère était une esclave héréditaire qui avait racheté sa liberté à un maître de Terrilville après lui avoir rendu un service extraordinaire.

Soldat, son acharnement au combat lui valut d'attirer l'attention du jeune prince Chevalerie – on raconte qu'il aurait dû se présenter devant son prince pour une question de discipline à la suite d'une rixe de taverne. Il servit un temps Chevalerie comme partenaire d'exercice aux armes, mais son maître découvrit son talent avec les animaux et lui confia la charge des chevaux de ses gardes ; il s'occupait aussi des chiens de chasse et des faucons, et il finit par avoir la responsabilité des écuries entières de Castelcerf. Sa connaissance des bêtes et de leurs maladies s'étendait au bétail, aux moutons, aux porcs et il lui arrivait de soigner jusqu'aux volailles ; nul n'avait une meilleure compréhension des animaux.

Gravement blessé lors d'une chasse au sanglier, Burrich garda une claudication dont il souffrit jusqu'à la fin de ses jours, mais qui parut modérer le tempérament vif et violent qu'on lui prêtait jeune homme ; il n'en est pas moins vrai qu'il conserva toujours un caractère qu'on hésitait à contrarier.

C'est grâce à sa science des simples que l'on parvint à juguler l'épidémie de farineuse du mouton qui affligea les troupeaux de Béarns à la suite de la Peste sanguine ; il sauva le cheptel de l'extinction totale tout en empêchant la maladie de s'étendre au duché de Cerf.

⋆

Une nuit claire sous les étoiles qui brillent, un corps sain qui dévale une colline enneigée en bonds exubérants ; sur notre passage, la neige tombait des buissons. Nous avions tué, nous avions mangé ; tous nos appétits étaient rassasiés. La nuit claire était craquante de froid ; nulle cage ne nous retenait, nul homme ne nous battait ; ensemble, nous connaissions la complétude de notre liberté. Nous nous rendîmes à la source qui jaillissait si fort qu'elle ne gelait presque jamais et bûmes de son eau glacée. Œil-de-Nuit nous ébroua, puis renifla longuement.

L'aube vient.

Je sais ; je n'ai pas envie d'y songer. L'aube, où les rêves devaient s'achever et où il fallait affronter la réalité.

Tu dois venir avec moi.

Mais je suis déjà avec toi, Œil-de-Nuit.

Non, tu dois venir avec moi complètement. Tu dois lâcher prise.

C'était au moins la vingtième fois qu'il me le disait aujourd'hui. Ses pensées étaient manifestement pressantes, son insistance évidente, et son obstination m'étonnait : cela ne lui ressemblait pas de s'accrocher si fort à une idée qui n'avait pas de rapport avec la nourriture. Burrich et lui avaient pris une décision : je devais aller avec lui.

Mais je ne comprenais absolument pas ce qu'il attendait de moi.

Je lui avais expliqué sur tous les tons que j'étais pris au piège, que mon corps était dans une cage, tout comme lui-même s'y était trouvé autrefois. Mon esprit pouvait l'accompagner, pendant quelque temps en tout cas, mais je ne pouvais aller avec lui comme il me le demandait ; chaque fois, il me répondait qu'il le comprenait, mais que moi je ne le comprenais pas. Et voici que cela recommençait.

Je le sentis se contraindre à la patience. *Tu dois venir avec moi, tout de suite. Complètement. Avant qu'on vienne te réveiller.*

Je ne peux pas. Mon corps est enfermé dans une cage.

Abandonne-le ! s'exclama-t-il avec violence. *Lâche prise !*

Quoi ?

Abandonne-le, lâche-le, viens avec moi.

Tu veux dire que je dois mourir ? Que je dois prendre le poison ?

Seulement si tu ne peux pas faire autrement. Mais vite, avant qu'ils puissent te faire davantage de mal. Laisse-le et viens avec moi. Abandonne ton corps. Tu l'as déjà fait, tu t'en souviens ?

L'effort que je fournissais pour comprendre ce qu'il disait me rendait conscient de notre lien ; la douleur de mon corps maltraité s'y infiltrait ; quelque part, j'étais raide de froid et perclus de souffrance ; quelque part, les côtes m'élançaient à chaque respiration. Je m'écartai de ces sensations pour retrouver le corps sain et fort du loup.

C'est ça, c'est ça ! Abandonne-le. Vas-y, lâche prise. Lâche, c'est tout.

Et je compris soudain ce qu'il voulait. Je ne savais pas exactement comment m'y prendre et j'ignorais si j'en étais capable mais une fois, en effet, j'avais délaissé mon corps et je le lui avais confié, je m'en souvenais, et je m'étais réveillé plusieurs heures plus tard aux côtés de Molly. Cependant, je n'avais aucune idée de la façon dont j'avais opéré, et les circonstances étaient différentes : le loup avait gardé mon corps pendant que je m'en allais El sait où ; aujourd'hui, je devais séparer ma conscience de ma chair, rompre volontairement le lien qui soudait l'esprit au corps. Même si je découvrais comment faire, ma volonté ne s'y opposerait-elle pas ?

Couche-toi et meurs, m'avait dit Burrich.

Oui, c'est ça. Meurs s'il le faut, mais viens avec moi.

Je pris brusquement ma décision : je devais avoir confiance. Confiance dans Burrich, confiance dans le loup. Qu'avais-je à perdre ?

Je pris une profonde inspiration, puis m'apprêtai intérieurement comme pour plonger dans une eau glacée.

Non. Non, lâche, c'est tout.

C'est ce que je fais ! Je tâtonnai en moi à la recherche de ce qui me retenait à mon corps. Je ralentis ma respiration, obligeai mon cœur à battre moins vite ; je refusai les sensations de douleur, de froid, de raideur ; je m'enfonçai loin d'elles, tout au fond de moi.

Non ! Non ! hurla Œil-de-Nuit avec désespoir. *Vers moi ! Viens vers moi, abandonne tout ça, viens vers moi !*

Mais j'entendis des frôlements de pieds et des murmures. Un brutal frisson de peur me traversa et, malgré moi, je m'emmitouflai davantage dans le manteau de Brondy ; j'entrouvris un œil et je vis toujours la même cellule mal éclairée, le même judas clos de barreaux. Je sentis une angoisse glacée au fond de moi, plus insidieuse que la faim. Ils ne m'avaient cassé aucun os mais, dans mes tréfonds, quelque chose s'était déchiré. Je le savais.

Tu es revenu dans la cage ! s'écria Œil-de-Nuit. *Va-t'en ! Laisse ton corps où il est et rejoins-moi !*

C'est trop tard, murmurai-je. *Sauve-toi, sauve-toi. Ne partage pas ça.*

Ne sommes-nous pas de la même meute ? Un désespoir aussi poignant qu'un long hurlement de loup.

Ils étaient tout près ; la porte s'ouvrit. La peur me saisit et me secoua entre ses mâchoires ; je faillis porter le poignet à ma bouche et mâchonner la boulette à travers le tissu de ma manche, mais je me contentai de serrer la papillote dans mon poing en prenant la ferme résolution de ne plus y penser.

Le même homme à la torche, les mêmes gardes, le même ordre : « Debout. »

Je me débarrassai du manteau de Brondy ; un des gardes avait conservé suffisamment d'humanité pour blêmir devant le spectacle que j'offrais, mais les deux autres demeurèrent de marbre. Comme je ne me levais pas assez vite à leur goût, l'un d'eux me saisit le bras et tira. Je poussai un cri inarticulé sans pouvoir m'en empêcher, et cette réaction me fit trembler : si j'étais incapable de me retenir de crier, comment allais-je maintenir mes défenses contre Guillot ?

Ils me firent sortir de ma cellule et me poussèrent devant eux dans le couloir. Je ne puis dire que je marchais : j'étais courbatu de la tête aux pieds et les coups avaient rouvert les blessures de mon avant-bras et de ma cuisse, dont la douleur était elle aussi revenue. La souffrance me faisait comme une seconde atmosphère : je m'y déplaçais, je l'inspirais et l'expirais. Au centre de la salle des gardes, on me bouscula par-derrière et je m'écroulai ; je demeurai couché sur le flanc. Je ne voyais pas l'intérêt d'essayer de me redresser : je n'avais plus de dignité à sauvegarder. Mieux valait qu'on me crût incapable de tenir debout ; profitant de l'occasion, je m'efforçai de rassembler le peu de forces qui me restait : lentement, laborieusement, j'éclaircis mon esprit, puis j'entrepris de dresser mes défenses en vérifiant et revérifiant encore, dans ma brume de souffrance, les murailles d'Art que j'avais érigées pour les consolider, pour me retrancher derrière elles. C'étaient elles que je devais défendre et non la chair de mon corps. Des hommes étaient alignés le long des murs de la pièce ; j'entendais le frottement de leurs bottes contre le pavage et leurs murmures, mais je n'y faisais guère attention. Le monde se réduisait à ma douleur et mes murailles.

Un grincement, un courant d'air : une porte venait de s'ouvrir. Royal entra, Guillot derrière lui irradiant la force d'Art. Je sentais sa présence comme je n'avais jamais perçu celle de quiconque ; sans même me servir de mes yeux, je le voyais, je voyais sa silhouette, la chaleur de l'Art qui brûlait en lui. Il était dangereux. Royal le croyait un simple outil ; j'osai éprouver une infime satisfaction à l'idée qu'il ignorait les périls d'un outil comme Guillot.

Royal s'assit dans son fauteuil et on porta une petite table près de lui ; j'entendis qu'on ouvrait une bouteille, puis je sentis l'odeur du vin que l'on versait. La douleur avait donné à mes sens une insoutenable acuité. J'écoutais Royal se désaltérer en refusant de faire droit à ma propre soif.

« Fichtre, regardez-le donc. Crois-tu que nous ayons été trop loin, Guillot ? » Le ton malicieux de Royal m'informa qu'il n'avait pas pris que du vin. La Fumée, peut-être ? Si tôt le matin ? Le loup avait parlé de l'aube, mais jamais Royal ne se serait levé à l'aube... Mon sens de l'écoulement du temps devait être faussé.

Guillot s'approcha de moi à pas lents, puis se tint debout près de moi. Sans faire un mouvement pour voir son visage, je m'agrippai fermement à ma maigre réserve de forces. Il me donna un méchant petit coup de pied du bout de sa botte et un hoquet de douleur m'échappa ; presque au même instant, il projeta contre moi son Art mais là, au moins, je tins bon. Guillot prit une courte inspiration, la relâcha puis retourna auprès de Royal.

« Votre Majesté, vous avez infligé presque tout ce qui était possible à son corps sans risquer de dommages encore visibles d'ici un mois, mais il résiste toujours intérieurement. La douleur peut le distraire de ses défenses mentales, pourtant elle n'affaiblit pas sa force d'Art. Je ne pense pas que vous arriverez à le briser ainsi.

– Ce n'est pas ce que je te demandais, Guillot ! » répliqua sèchement Royal. Je l'entendis s'agiter à la recherche d'une position plus confortable. « Ah, c'est trop long ! Mes ducs s'impatientent. Il faut le briser aujourd'hui même. » D'un ton presque pensif, il ajouta : « Presque tout ce qui était possible, dis-tu ? Que proposerais-tu, à présent ?

– De me laisser seul avec lui. Je puis lui arracher ce que vous désirez.

– Non. » Le refus de Royal était catégorique. « Je sais ce que tu désires, toi, Guillot : tu le considères comme une outre pleine de force d'Art que tu aimerais vider. Peut-être, lorsque tout sera fini, pourras-tu en faire ce que bon te semble, mais pas maintenant ; je veux qu'il s'accuse lui-même de parjure devant tous les ducs ; mieux, je veux qu'il rampe devant le trône en implorant merci ; je veux lui faire avouer les noms de tous ceux qui m'ont défié. C'est lui-même qui les désignera ; plus personne ne doutera quand il les dénoncera comme traîtres. Que le duc Brondy voie sa propre fille accusée, que toute la cour apprenne que la dame Patience, qui réclame si fort la justice, a elle-même trahi la couronne ; quant à lui... la chandelière, cette Molly... »

Mon cœur fit un bond dans ma poitrine.

« Je ne l'ai pas encore trouvée, monseigneur, fit Guillot.

– Silence ! » tonna Royal. On aurait presque cru entendre le roi Subtil. « Ne lui redonne pas courage. Il n'est pas utile qu'on la retrouve pour qu'il la déclare coupable ; nous aurons tout le temps de mettre la main sur elle. Qu'il aille à la mort en sachant qu'elle le suivra, trahie par sa propre bouche. Je nettoierai Castelcerf depuis les fosses à purin jusqu'aux plus hautes tours de tous ceux qui ont voulu me défier ! » Il leva sa coupe à sa propre personne et but une longue gorgée.

Je songeai qu'il ressemblait tout à fait à la reine Désir quand elle était prise de boisson : moitié fanfaron, moitié couard gémissant ; il craignait ce dont il n'avait pas la maîtrise et, plus tard, il craindrait encore plus ceux qu'il tenait sous sa coupe.

Il reposa son vin et s'adossa dans son fauteuil. « Eh bien, continuons. Kelfry, relève-le. »

Kelfry était un homme compétent qui ne tirait aucun plaisir de sa besogne, et, sans faire preuve de douceur, il ne se montra pas plus brutal que nécessaire : il se plaça derrière moi et me prit le bras pour me faire tenir debout. Il n'avait pas été formé par Hod : je savais qu'en rejetant violemment la tête en arrière, je lui briserais le nez et peut-être quelques incisives ; mais cette manœuvre m'apparaissait à peine plus facile à réaliser que soulever le Château lui-même. Je restai donc debout, les mains protégeant mon ventre, et je repoussai la douleur pour rassembler mes forces. Au bout d'un moment, je levai la tête et regardai Royal.

Je me passai la langue sur les dents pour les décoller de mes lèvres, puis : « Tu as tué ton père. »

Il se raidit dans son fauteuil, et je sentis l'homme qui me tenait se tendre. Je me laissai aller dans ses bras pour l'obliger à supporter mon poids.

« Ce sont Sereine et Justin qui ont commis le meurtre, mais c'est toi qui l'as ordonné », murmurai-je. Royal se dressa d'un bond.

« Nous avions néanmoins eu le temps d'artiser Vérité. » Je forçai ma voix et je me mis à transpirer sous l'effort. « Vérité est vivant et il est au courant de tout. » Royal s'avançait vers moi, furieux, Guillot sur les talons. Je tournai les yeux vers et pris un ton menaçant. « Il sait tout sur toi aussi, Guillot. Il sait tout. »

Le garde resserra sa prise sur moi et Royal me gifla une fois, puis une deuxième fois. Je sentis la peau tendue de ma joue éclater sous l'impact. Royal ramena son poing en arrière. Je me préparai au choc, écartai de moi toute douleur, me concentrai : j'étais prêt.

« Attention ! » hurla Guillot et il se précipita pour projeter Royal de côté.

J'en avais eu trop envie : j'avais artisé mes intentions. Comme Royal envoyait son poing vers moi, je m'arrachai à la poigne du garde, évitai le coup et me jetai sur lui ; d'une main, je lui saisis la nuque et, de l'autre, je tentai de lui écraser la papillote sur le nez et la bouche dans l'espoir irréaliste de lui faire ingérer assez de poudre pour le tuer.

Guillot m'en empêcha. Mes doigts enflés ne se refermèrent pas sur la nuque de Royal et Guillot arracha le prince à ma poigne débile pour l'écarter violemment de moi. Comme l'épaule de Guillot me heurtait la poitrine, je changeai de cible et lui appliquai le papier imprégné de poudre blanche sur le nez, la bouche et les yeux. La plus grande partie du produit se dispersa dans l'air entre nous deux. Je l'entendis s'étrangler sur la poudre amère, puis nous nous effondrâmes ensemble sous l'assaut des gardes de Royal.

J'aurais voulu m'évanouir, mais n'y arrivai pas. Je reçus une pluie de coups de poing et de pied, et des mains m'écrasèrent la gorge avant que les « Ne le tuez pas ! » éperdus de Royal parussent intéresser quiconque à part moi. On me lâcha, puis on tira Guillot d'en dessous de moi, mais je n'y voyais rien : j'avais le visage ruisselant de sang et mes larmes s'y mêlaient. Ma dernière chance et je l'avais laissée passer ! Je n'avais même pas eu Guillot ! Oh, bien sûr, il serait malade l'espace de quelques jours, mais il n'en mourrait sans doute pas. J'entendis les hommes échanger des propos au-dessus de son corps inanimé.

« Alors emmenez-le chez un guérisseur, ordonna Royal pour finir. Voyez s'il comprend ce qui lui arrive. L'un de vous lui a-t-il donné un coup de pied à la tête ? »

Je crus qu'il parlait de moi jusqu'à ce que j'entende des bruits indiquant qu'on emportait Guillot ; ainsi, je lui avais fait avaler davantage de poudre que je ne l'imaginais, ou bien il avait reçu un coup au crâne. Peut-être avait-il inhalé du poison en hoquetant ? J'ignorais quel en serait l'effet dans les poumons. Je sentis s'éloigner sa présence d'Art avec autant de soulagement que si mes douleurs avaient connu un répit. Avec prudence, je relâchai ma vigilance et j'eus l'impression de me décharger d'un poids horriblement lourd. Une autre pensée me réjouit : ils n'avaient rien vu, ni la poudre ni le papier ; tout s'était passé trop vite ; peut-être même ne songeraient-ils au poison que trop tard.

« Le Bâtard est-il mort ? demanda Royal d'un ton furieux. S'il est mort, je vous ferai pendre tous autant que vous êtes ! »

Quelqu'un se pencha en hâte sur moi pour poser deux doigts sur ma gorge. « Il est vivant », annonça une voix bourrue, presque maussade. Un jour, Royal apprendrait à ne pas menacer ses gardes ; j'espérais qu'on le lui enseignerait d'une flèche dans le dos.

Un instant plus tard, on me jeta un seau d'eau glacée en pleine figure ; le choc réveilla brutalement toutes mes douleurs. J'entrouvris un œil et j'aperçus de l'eau mêlée de sang sur le sol devant moi. Si tout ce sang m'appartenait, c'était très inquiétant. Les idées embrumées, je cherchai qui d'autre pouvait en avoir perdu autant ; mon esprit ne fonctionnait plus très bien : le temps avançait par bonds. Royal se tenait debout près de moi, en colère, échevelé, puis il se retrouva soudain dans son fauteuil. Je ne cessai de m'évanouir. Lumière, obscurité, puis lumière à nouveau.

Quelqu'un s'agenouilla près de moi et me palpa avec des mains compétentes. Burrich ? Non : c'était un rêve d'il y avait longtemps. Cet homme avait les yeux bleus et l'accent nasillard de Bauge. « Il saigne beaucoup, sire Royal, mais on peut arrêter l'épanchement. » On m'appuya sur le front, puis une coupe fut portée à mes lèvres fendues et du vin coupé d'eau me coula dans la bouche ; je m'étranglai en buvant. « Vous voyez, il est vivant. Il vaudrait mieux le laisser tranquille pour aujourd'hui, Votre Majesté ; ça m'étonnerait qu'il puisse répondre à la moindre question avant demain : il s'évanouirait sans cesse. » Une opinion professionnelle énoncée sur un ton calme. L'homme m'étendit à nouveau par terre et s'en alla.

Un spasme me convulsa : j'allais avoir un accès de tremblements. Heureusement, Guillot n'était plus là : je n'aurais pas été capable de maintenir mes murailles dressées pendant une crise.

« Eh bien, remmenez-le ! » Royal, déçu et boudeur. « Quelle perte de temps, aujourd'hui ! » Les pieds de son fauteuil raclèrent le sol, puis j'entendis le bruit de ses bottes qui allait décroissant.

Quelqu'un me saisit par le devant de la chemise et me mit brutalement debout. Je n'eus même pas la force de crier ma douleur. « Espèce de sale étron ! gronda l'homme. T'as intérêt à pas crever ! J'ai pas envie de tâter du fouet parce qu'un rat comme toi aura claqué !

– Belle menace, Verde, fit une autre voix d'un ton moqueur. Et qu'est-ce que tu lui feras une fois qu'il sera mort ?

– Ecrase : tu risques autant que moi de te faire arracher la peau du dos. Allez, on le sort d'ici et on nettoie derrière lui. »

*

La cellule ; le mur nu. Ils m'avaient abandonné par terre, le dos à la porte. C'était injuste : j'allais devoir me rouler de l'autre côté rien que pour voir s'ils m'avaient laissé de l'eau.

Non, c'était trop de peine.

Viens-tu maintenant ?

Je voudrais bien, Œil-de-Nuit, mais je ne sais pas comment faire.

Changeur. Changeur ! Mon frère ! Changeur !

Qu'y a-t-il ?

Tu es resté longtemps silencieux. Viens-tu, maintenant ?

Je suis resté... silencieux ?

Oui. J'ai cru que tu étais mort sans d'abord venir à moi. Je n'arrivais pas à t'atteindre.

Sans doute une crise. J'ignorais que j'en avais fait une ; mais je suis revenu, Œil-de-Nuit. Je suis là.

Alors viens à moi. Dépêche-toi avant de mourir.

Un instant. Je veux m'assurer que c'est ce qu'il faut faire.

Je cherchai un motif de m'en abstenir : j'en avais eu quelques-uns, mais je ne me les rappelais pas. Changeur, m'avait-il appelé ; mon propre loup qui m'appelait ainsi, comme le fou et Umbre me qualifiaient de catalyseur... Eh bien, il était temps de changer la situation de Royal. Je ne pouvais plus faire qu'un seul et dernier geste : mourir avant que Royal brise ma volonté ; si je devais périr, je préférais le faire seul : ainsi, je ne dénoncerais personne. J'espérais que les ducs exigeraient de voir mon corps.

Il me fallut un long moment pour décoller mon bras du sol et l'amener jusqu'à ma poitrine. J'avais les lèvres enflées et fendues, les gencives douloureuses, mais je portai ma manche à ma bouche et trouvai la petite bosse que formait la boulette sous le tissu. Je mordis dedans le plus fort possible, puis m'appliquai à la sucer ; au bout d'un moment, le goût du carryme déferla sur ma langue. Ce n'était pas désagréable : piquant, plutôt. Comme le produit atténuait mes souffrances, je pus mâchonner ma manche avec plus de vigueur. Bêtement, je faisais attention au piquant de porc-épic : je n'avais pas envie de me l'enfoncer dans la lèvre.

Ça fait vraiment mal quand ça arrive.

Je sais, Œil-de-Nuit.

Viens à moi.

J'essaye. Laisse-moi un petit moment.

Comment fait-on pour abandonner son corps ? Je m'efforçais de ne pas y penser, de n'avoir conscience de moi-même qu'en tant qu'Œil-de-Nuit : le flair affûté, couché sur le côté, occupé à grignoter un paquet de neige coincé entre les doigts d'une de mes pattes. Je sentais le goût de la neige et de ma patte tandis que je la mordillais. Je levai les yeux : le soir tombait. L'heure serait bientôt propice à la chasse. Je me mis debout et m'ébrouai.

C'est ça, fit Œil-de-Nuit d'un ton encourageant.

Mais il restait ce fil, cette infime perception d'un corps raide et douloureux allongé sur un pavage glacé. Rien que d'y penser, je le sentis reprendre substance. Un tremblement le parcourut qui lui ébranla les os et les dents : une attaque se préparait ; une grave, cette fois.

Soudain tout devint facile, le choix limpide : abandonner ce corps-là pour celui-ci ; il n'était plus très efficace, de toute façon, et il était enfermé dans une cage. Inutile de le conserver. Inutile de demeurer un homme.

Je suis là.

Je sais. Allons chasser.

Et nous allâmes chasser.

18

JOURS DE LOUP

L'exercice qui permet de se concentrer est simple. Il suffit de cesser de penser à ce que l'on veut faire, de cesser de penser à ce que l'on vient de faire ; puis de cesser de penser que l'on a cessé d'y penser ; alors on trouve le Maintenant, le temps qui s'étend sur l'éternité et qui est le seul temps qui existe réellement. En ce lieu, on a enfin le temps d'être soi-même.

★

La vie recèle une pureté que l'on découvre quand on ne fait que chasser, manger et dormir. En fin de compte, nul n'a vraiment besoin d'autre chose. Nous courions seuls, nous le loup, et rien ne nous manquait : nous n'avions pas envie de chevreuil quand se présentait un lapin et nous ne chassions pas les corbeaux qui venaient picorer nos reliefs. Parfois nous revenait le souvenir d'un autre temps et d'autres façons d'être ; nous nous demandions alors pourquoi nous y avions attaché tant d'importance. Nous ne tuions pas ce que nous ne pouvions manger et nous ne mangions pas ce que nous ne pouvions tuer. L'aube et le crépuscule étaient les meilleurs moments pour chasser, d'autres étaient bons pour dormir. En dehors de cela, le temps ne signifiait rien.

Pour les loups comme pour les chiens, la vie est plus courte que pour les hommes si on la mesure par le décompte des jours et le nombre de saisons que l'on voit passer. Mais en deux ans un louveteau en fait autant qu'un homme en vingt : il parvient à l'apogée de sa taille et de sa force, il apprend ce qu'il doit savoir pour être bon chasseur, bon compagnon ou bon chef. La chandelle de son existence brûle plus vite et avec un éclat plus vif que celle de l'homme. En dix ans de vie, il en fait autant qu'un homme en cinq ou six fois plus. Une année passe pour un loup comme une décennie pour un homme. Le temps n'est pas avare quand on vit toujours dans l'instant.

Ainsi, nous connaissions les nuits et les jours, la faim et la satiété, des joies et des surprises violentes. Attraper une souris, la jeter en l'air, l'avaler d'un claquement de mâchoires ; c'était si bon. Débusquer un lapin, le poursuivre tandis qu'il zigzague et tourne en rond, puis soudain allonger la foulée pour le saisir dans un nuage de neige et de fourrure. Lui briser la nuque d'une saccade, puis manger à loisir, ouvrir le ventre et fourrer le museau dans les entrailles chaudes, la viande épaisse du râble, les os aisément broyés de l'échine. Se gorger, dormir, et se réveiller pour chasser à nouveau.

Chasser une biche sur un étang gelé tout en sachant que ce n'est pas une proie pour nous, mais en prenant plaisir à la poursuite ; quand la glace se rompt sous elle, nous tournons et tournons en cercles incessants tandis qu'elle frappe du sabot sur la glace et finit par se hisser hors de l'eau, trop épuisée pour échapper aux crocs qui lui tranchent les tendons et se referment sur sa gorge. Manger à refus, non pas une, mais deux fois. Une tempête se lève, pleine de grésil qui nous refoule dans notre repaire. Dormir au chaud, le museau dans la queue, pendant que le vent cingle le dehors de pluie glacée, puis de neige. Se réveiller dans la lumière pâle qui traverse en scintillant une couche de neige, dégager l'entrée pour renifler le jour limpide et froid qui s'achève. Il reste de la viande sur la biche, rouge, gelée, douce, prête à être mangée. Y a-t-il plus satisfaisant que de savoir la viande à portée de soi ?

Viens.

Nous nous arrêtons. Non, la viande est là qui attend. Nous reprenons notre trot.

Viens. Viens à moi. J'ai de la viande pour toi.

Nous avons déjà de la viande. Et plus près.

Œil-de-Nuit, Changeur. Cœur de la Meute vous appelle.

Nous nous arrêtons à nouveau, nous nous ébrouons. Ce n'est pas agréable. Et qu'est Cœur de la Meute pour nous ? Il n'est pas de notre meute et il nous pousse. Il y a de la viande tout près. C'est décidé : nous allons au bord de l'étang. Là. Quelque part par là. Ah, voilà ! La dégager de la neige. Les corbeaux viennent nous surveiller, attendre que nous ayons fini.

Œil-de-Nuit. Changeur. Venez. Venez vite. Il sera bientôt trop tard.

La viande est gelée, craquante et rouge. Tourner la tête pour la découper à l'aide des dents du fond. Un corbeau se pose non loin de nous sur la neige. Hop, hop ! Il incline la tête. Pour le plaisir, nous nous jetons sur lui, l'obligeons à s'envoler. La viande est à nous, toute la viande. Des jours et des nuits de viande.

Venez, je vous en prie. Venez. Venez vite, tout de suite. Revenez à nous. Nous avons besoin de vous. Venez. Venez.

Il ne s'en va pas. Nous rabattons les oreilles en arrière, mais nous l'entendons toujours, *venez, venez, venez*. Il nous prive du plaisir de la viande avec ses geignements. Assez. Nous avons assez mangé pour le moment. Nous allons partir pour le faire taire.

C'est bien. C'est bien. Venez à moi, venez à moi.

Nous trottons dans l'obscurité qui s'épaissit. Un lapin se dresse soudain, détale sur la neige. Oui ? Non : le ventre est plein. Nous trottons toujours, rencontrons un chemin d'homme, bande ouverte et nue sous le ciel nocturne. Nous le franchissons vite et disparaissons dans les bois qui le bordent.

Venez à moi. Venez. Œil-de-Nuit, Changeur, je vous appelle. Venez à moi.

La forêt prend fin. Un versant de colline s'étend en contrebas et au-delà un endroit plat, sans défense sous le ciel. Trop ouvert. La neige glacée ne porte pas d'empreintes mais au bas de la colline il y a des humains. Deux. Cœur de la Meute creuse pendant qu'un autre guette. Cœur de la Meute creuse vite et dur ; son souffle fume dans la nuit. L'autre porte une lumière, une lumière trop vive qui oblige à plisser les yeux. Cœur de la Meute cesse de creuser et il lève les yeux vers nous.

Viens, dit-il. *Viens.*

Il saute dans le trou qu'il a fait. Il y a des blocs gelés de terre noire sur la neige propre. Il atterrit avec le bruit des bois d'un cerf contre un arbre. Il s'accroupit et nous entendons un craquement. Il se sert d'un outil qui cogne et casse. Nous nous asseyons pour l'observer, la queue enroulée autour des pattes avant pour les réchauffer. Qu'avons-nous à faire ici ? Nous sommes rassasiés, nous pourrions aller dormir. Il nous regarde soudain dans la nuit.

Attends. Attends encore un peu.

Il gronde à l'adresse de l'autre qui approche la lumière du trou. Cœur de la Meute courbe le dos et l'autre se baisse pour l'aider. Ils sortent quelque chose du trou. L'odeur nous hérisse le poil ; nous nous dressons d'un bond, nous essayons de nous enfuir, nous tournons en rond, nous ne pouvons pas partir. Il y a de la peur ici, du danger, une menace de souffrance, de solitude, de fin.

Venez. Venez nous rejoindre, venez. Nous avons besoin de vous, maintenant. Il est temps.

Il n'est pas temps. Le temps est toujours, il est partout. Vous avez besoin de nous, mais nous ne voulons peut-être pas que vous ayez besoin de nous. Nous avons de la viande, un trou chaud où dormir et encore de la viande pour une autre fois. Le ventre plein, un repaire douillet, que nous faut-il d'autre ? Et pourtant, nous allons nous approcher ; nous allons renifler, nous allons voir ce qui menace et invite. Le ventre au ras de la neige, la queue basse, nous descendons lentement la colline.

Assis par terre, Cœur de la Meute tient la chose. Il fait signe à l'autre de s'éloigner et l'autre recule, recule en emportant sa lumière qui fait mal. Nous approchons. La colline est derrière nous, nue, sans abri. La course sera longue pour nous cacher si nous sommes menacés. Mais rien ne bouge. Il n'y a que Cœur de la Meute et ce qu'il tient. Ça sent le vieux sang. Il secoue la chose comme pour détacher un bout de viande, puis il la frotte en bougeant ses mains comme une chienne passe les dents dans le pelage d'un chiot pour le débarrasser de ses puces. Nous connaissons cette odeur. Nous approchons, toujours davantage. Il n'est plus qu'à un bond.

Que veux-tu ? lui demandons-nous.

Reviens.

Je suis là.

Reviens, Changeur. Son ton est insistant. *Reviens là-dedans.* Il lève un bras, soulève une main. Il nous montre une tête qui roule sur son épaule ; il la tourne pour montrer son visage. Nous ne le connaissons pas.

Là-dedans ?

Oui. C'est à toi, Changeur.

Ça sent mauvais. C'est de la viande gâtée, nous n'en voulons pas. Il y a de la meilleure viande que ça près de l'étang.

Viens ici. Viens plus près.

Cela ne nous plaît pas. Nous n'irons pas plus loin. Il nous regarde et nous saisit avec ses yeux. Il s'approche de nous en crabe sans lâcher la chose. Elle ballotte dans ses bras.

Du calme. Du calme. C'est à toi, Changeur. Viens plus près.

Nous grondons mais il ne détourne pas le regard. Nous nous tapissons, la queue sous le ventre, nous voulons partir, mais il est fort. Il prend la main de la chose et la pose sur notre tête. Il nous attrape par la nuque pour nous immobiliser.

Reviens. Tu dois revenir. Il insiste fort.

Nous nous tapissons davantage, les griffes enfoncées dans la neige terreuse. Le dos voûté, nous essayons de nous dégager, de reculer d'un pas. Il nous tient toujours par la nuque. Nous rassemblons nos forces pour nous échapper.

Lâche-le, Œil-de-Nuit. Il n'est pas à toi. Les crocs luisent dans ses paroles, ses yeux sont trop durs.

Il n'est pas à toi non plus, répond Œil-de-Nuit.

A qui suis-je alors ?

Un instant de vacillement, d'équilibre entre deux mondes, deux réalités, deux chairs. Puis un loup pivote d'un coup et s'enfuit, la queue entre les jambes, se sauve tout seul sur la neige, loin de trop d'étrangeté. Il s'arrête au sommet d'une colline pour pointer le museau vers le ciel et pousser un hurlement. C'est l'injustice qui le fait hurler.

★

Je n'ai aucun souvenir du cimetière glacé où je gisais, mais je conserve l'écho d'une sorte de rêve. J'avais froid, j'étais atrocement courbatu et je sentais le goût âcre et brûlant de l'eau-de-vie non seulement dans la bouche mais partout en moi. Burrich et Umbre ne me laissaient pas tranquille. Sans souci du mal qu'ils me faisaient, ils ne cessaient de me frictionner les mains et les pieds sans se préoccuper de mes ecchymoses, des croûtes qui couvraient mes bras. Et chaque fois que je fermais les yeux, Burrich me saisissait et me secouait comme un vieux chiffon. « Reste avec moi, Fitz, répétait-il. Reste avec moi, reste avec moi. Allez, petit, tu n'es pas mort ! Tu n'es pas mort. » Et soudain il me serra contre lui et je sentis sur mon visage sa rude barbe et ses larmes. Il me berça, assis dans la neige près de ma tombe. « Tu n'es pas mort, fils. Tu n'es pas mort. »

ÉPILOGUE

Burrich en avait entendu parler dans un conte que racontait sa grand-mère, l'histoire d'une femme douée du Vif qui pouvait quitter son corps un jour ou deux, puis y revenir. Burrich l'avait narrée à Umbre et Umbre avait mélangé les poisons qui devaient m'amener à l'orée de la mort. Ils me dirent que je n'étais pas mort, que mon corps s'était seulement ralenti au point d'avoir l'apparence d'un cadavre.

Je ne le crois pas.

Je vécus donc à nouveau dans le corps d'un homme, bien qu'il me fallût plusieurs jours pour me souvenir d'avoir été un homme. Et parfois encore j'en doute.

Je ne repris pas le cours de mon existence : ma vie sous le nom de FitzChevalerie gisait en décombres fumants derrière moi. Seuls Burrich et Umbre savaient que je n'avais pas péri. Parmi les gens qui m'avaient connu, rares étaient ceux qui gardaient bon souvenir de moi. Royal m'avait tué, selon toutes les définitions qui comptent pour un homme ; me présenter à ceux qui m'avaient aimé, me tenir devant eux sous mon aspect humain, n'aurait fait que leur apporter la preuve de la magie dont je m'étais souillé.

J'avais succombé dans ma cellule un jour ou deux après la dernière rossée dont je me souvenais. Cette nouvelle avait courroucé les ducs, mais Royal disposait d'assez de preuves et de témoins de ma magie du Vif pour sauver la face. Je pense que ses gardes échappèrent au fouet en attestant que j'avais attaqué Guillot à l'aide du Vif, ce qui expliquait qu'il fût resté si longtemps malade ; ils avaient dû, assurèrent-ils, me frapper à coups redoublés pour rompre l'emprise magique que j'avais sur lui. Devant tant de témoins, les ducs avaient non seulement baissé les bras mais aussi assisté au couronnement de Royal et accepté le seigneur Brillant comme gouverneur de Castelcerf et de toute la côte de Cerf. Patience avait supplié qu'on ne brûlât pas mon corps et qu'on l'enterrât intact ; dame Grâce avait également intercédé en ma faveur, à la grande horreur de son époux ; ces deux femmes seules avaient pris ma défense face aux preuves de Royal de ma souillure, mais je ne crois pas que ce fût par considération pour elles qu'il accepta : en mourant trop tôt, je l'avais frustré du spectacle de ma pendaison et de ma crémation ; privé de sa vengeance complète, Royal s'était simplement désintéressé de mon sort. Il quitta Castelcerf pour Gué-de-Négoce et Patience prit mon cadavre pour l'inhumer.

C'est à cette vie que me ramena Burrich, une vie où je n'avais plus rien – plus rien que mon roi. Les Six-Duchés allaient s'effondrer dans les mois à venir, les Pirates allaient s'emparer de nos meilleurs ports presque à loisir, nos populations étaient chassées de chez elles ou réduites en esclavage tandis que les Outrîliens prenaient leur place ; mais, à l'instar de mon prince Vérité, je tournai le dos à ces événements et partis pour l'Intérieur. Lui était parti pour devenir roi et, moi, j'allais chercher mon roi à la suite de ma reine. Une dure période s'ensuivit.

Pourtant, aujourd'hui encore, quand la douleur se fait trop présente et qu'aucun simple ne parvient à l'apaiser, quand je regarde le corps qui enferme mon esprit, je me rappelle mes jours de Loup ; pour moi, ils ne durèrent pas quelques journées mais toute une saison de vie. Leur souvenir me réconforte et me tente aussi. Viens, viens chasser avec moi, souffle une voix dans mon cœur ; dépouille-toi de ta souffrance, que ta vie soit tienne à nouveau ; il est un lieu où tout temps est maintenant, où les choix sont simples et ne sont jamais ceux d'un autre.

Les loups n'ont pas de roi.

Table

I. L'Apprenti assassin

LA CITADELLE DES OMBRES

II. L'Assassin royal

III. La Nef du crépuscule

TABLE

Cet ouvrage a été achevé d'imprimer en juin 2014
dans les ateliers de Normandie Roto Impression s.a.s.
61250 Lonrai
N° d'édition : L.01EUCN000500.A004
N° d'impression : 14-02343
Dépôt légal : juin 2012

Imprimé en France